国家体育总局体育哲学社会科学研究成果汇编

（体育产业卷 2001-2006）

国家体育总局政策法规司　编

人民体育出版社

前　言

国家体育总局一直高度重视体育哲学社会科学研究工作，注重发挥其在体育工作中的指导和借鉴作用，并视体育哲学社会科学的繁荣发展为体育事业兴旺发达的一个重要标志。

多年来，国家体育总局在组织、指导体育哲学社会科学研究，尤其是开展体育基本理论、体育发展战略，以及围绕体育事业发展的重点、难点、热点问题研究方面做了大量工作。国家体育总局每年划拨专项经费资助体育哲学社会科学课题研究，并且资助力度在不断加大。2008 年，体育总局投入近 150 万元，资助了 130 项课题研究。近年来，国家体育总局体育哲学社会科学研究取得了一批较高质量的研究成果，既有基本理论的探索，也有实践应用方面的创新，总体上代表着我国体育哲学社会科学研究的较高水平。

为了充分实现这些研究成果的价值和作用，国家体育总局政策法规司计划不定期、分领域编辑出版体育哲学社会科学研究成果专集，第一批首先从 2001—2006 年的成果中选编了体育产业专集和竞技体育专集。这两个领域成果相对较多，部分成果与体育工作结合得也比较紧密，在研究的深度和广度上都基本能够代表目前我国在这两个领域的研究水平。

体育产业在我国是一个新兴产业，对体育产业的研究也是近些年逐渐开展起来的。这次体育产业专集中选编的成果是在 2001—2006 年这个时间段内陆续完成的，因此内容上大体能够勾勒出体育产业学科发展的轨迹。

希望这两个专集的出版能够对广大体育工作者和科研人员起到积极的参考作用。第一次做这项工作，疏漏在所难免，欢迎广大读者批评指正。

目 录

我国体育产业"十一五"规划研究报告

姚颂平　张　林　鲍明晓　陈锡尧　刘　炜

钟天朗　刘清早　李　海　柴红年　黄海燕

体育产业是体育工作的重要组成部分,加快体育产业的发展是不断深化体育改革,促进体育事业全面、协调、可持续发展的需要。加快体育产业的发展,为拉动经济增长、完善产业结构、促进社会和谐、扩大社会就业服务,为满足人民群众不断增长的体育文化需求服务,为建立科学、文明、健康的生活方式服务,为促进社会主义物质文明和精神文明建设服务,为构建社会主义和谐社会、全面建设小康社会服务,是体育工作中实现"三个代表"重要思想、落实科学发展观的必然要求。

"十一五"期间,加强对我国体育产业的深入探究,为政府部门提供决策依据,对于加快发展体育产业,使之成为国民经济新的增长点,具有重要的现实意义。本研究报告所称体育产业是指体育部门所管理和指导的从事体育产品生产和提供体育服务的经营性行业,主要涉及健身休闲业、竞赛表演业、中介服务业、体育用品业、体育彩票业等。本研究以文献资料、调查访问为主要研究方法,对我国体育产业的发展现状、面临的机遇和挑战、发展的目标和任务、发展的政策措施等方面进行深入的探讨,以期对我国体育产业在"十一五"期间的发展规划提出政策性建议。

一、我国体育产业概况

"十五"期间,我国经济和社会各项事业蓬勃发展,体育产业取得长足进步,规模不断扩大,领域不断拓展,呈现出良好的发展态势,体育产业在促进体育事业的改革与发展和全面建设小康社会的过程中的作用和地位也越来越突出。

(一)我国体育产业总体规模

当前我国国民经济核算体系中尚没有将体育产业单列,因此在国家层面上还缺乏反映体育产业总量和结构情况的权威数据。2001—2002年北京市、浙江省、广东省、辽宁省、四川省、安徽省、云南省七个省市进行了体育产业调查(表1)。

表1　全国七省市体育产业发展状况

省市	年份	总产值(亿元)	增加值(亿元)	增加值占GDP总量(%)	就业人数(万人)
北京市	2002	128.43	52.90	1.70	6.70
浙江省	2000	252.37	55.65	0.92	20.76
广东省	2002	250.13	67.90	0.57	54.46
安徽省	2001	13.07	5.33	0.16	3.90
辽宁省	2001	146.00	39.40	0.78	17.40
四川省	2001	6.74	2.87	0.07	1.50
云南省	2001	16.88	4.75	0.23	0.55

[资料来源] 本表数据根据国家体育总局经济司提供的调查统计资料整理

从表 1 中可见，2001—2002 年，上述七省市体育产业总产值为 804.56 亿元，体育产业增加值为 167.80 亿元，体育产业就业人员 105.27 万人。据有关方面的估测，我国体育产业总产值的平均增长速度为 18.39%，增加值的平均增长速度为 17.38%，带动就业增长 19.43%。以此推算，截至 2004 年底，我国体育产业增加值为 959.83 亿元，占当年全国 GDP 的比重为 0.702%；吸纳就业人数为 421.5 万人，占当年全国就业人员的 0.5%，占全国第三产业就业人数的 1.5%。

（二）体育产业结构状况

经过多年发展，我国体育产业结构有所调整。主要表现在以下三个方面：

第一，体育产业由过去单纯以体育用品业为主，发展到以体育服务业为核心，即以健身休闲业、竞赛表演业、技术培训业、体育中介业为主，体育用品业等相关产业共同组成的产业体系。在北京市、浙江省、辽宁省、安徽省和四川省五省市体育产业结构中，体育服务业总体规模上都占据了主要地位（图1）。在各省市体育服务业的调查结果中，健身休闲业成为体育服务业的主角。2002 年，广东省体育健身休闲业全年营业总收入达到了 18.93 亿元，增加值 15.69 亿元，占体育服务业创造的增加值总额的 84.9%。

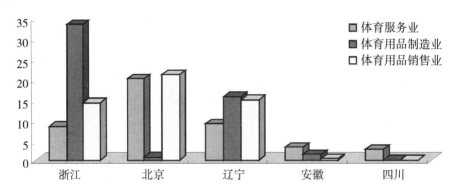

图 1 我国部分省市体育产业不同行业增加值比较（亿元）

第二，我国体育产业主体的所有制结构中，尤其是体育服务业，非公有制经济已逐步占据主导地位，与公有制经济形成多元化投资格局。我国体育在改革开放的大形势下，社会化程度不断提高，社会办体育的力度逐步增加，最主要的体现就是非公有制成分在体育产业中的地位提升。2002 年广东省体育服务企业中，个体工商户达到 4273 家，占全省体育企业总数的 49.8%，总产值为 5.044 亿元，增加值 2.66 亿元，占全省体育产业增加值的 3.9%；外资和港澳台投资成为体育产业发展的重要力量，233 个外资企业和 473 家港澳台投资企业创造的增加值达到 45.7 亿元，占到全省体育产业增加值的 67.3%。2001 年，辽宁省体育产业的企业类型结构中，排在首位的是个体工商业，占 56.6%；其次是内资企业，占 26.9%；外商投资企业属第三位，占 13.4%；最后是港澳台投资企业，占 3.1%。可见，非公有制经济单位的数量占据了体育产业经营单位数目的绝大部分。

第三，体育产业发展的地域不平衡性显著，呈现出东、中、西部梯度发展的差序格局。经济发达地区与体育运动水平较高的地区，体育产业发展水平明显高于经济欠发达地区和体育相对落后地区，中西部地区及中小城市体育产业发展水平远不及沿海经济发达地区和经济发达、现代化水平较高的大中城市。辽宁经济实力排在全国中上水平，同时也是我国的体育强省，这也为该省体育产业的发展提供了良好的条件，2001 年辽宁省体育产业增加值占全省 GDP 的比重为 0.78%。而在经济比较落后的安徽省、四川省和云南省，2001 年的体育产业增加值分别为 5.33 亿元、2.87 亿元和 4.75 亿元，与北京市、广东省、浙江省和辽宁省相比存在十分明显的差距。从一个省份的角度来看，经济发达地区的体育产业发展水平也要明显高于其他地区。在广东省，体育产业发展的地域不平衡现象比较突出，珠江三角洲区域体育产业发展较快，投资结构多元化、项目多样化、产业结构逐步优化，其中广州的体育产业增加值为 21.66 亿元，深圳 8.643 亿元，珠海 0.42 亿元，佛山 6.86 亿元，东莞 15 亿元，中山 5.741 亿元，江门 1.33 亿元，惠州 2.459 亿元，合计增加值 62.113 亿元，占全省体育产业增加值的 91.477%；粤西、粤北地区体育产业的发展相对滞后，其体育产业增加值仅占到全省体育产业增加值的 8.523%。辽宁省体育产业主要集中于中部及辽东半岛经济发达地区，2001 年辽宁省沈阳市和大连市体育产业增加值占全省体育产业增加值的比例均为 24.2%。

（三）体育产业管理状况

随着体育产业的发展，对体育产业的市场管理提出了更高的要求。随着我国政府管理职能的不断转变，国家进行了行政审批制度的改革，取消了部门对经济活动进行行政审批的权限和职责，体育产业市场的管理逐步走向政府宏观调控下的法制化管理和行业管理。经过多年摸索，我国体育产业管理的法制化程度有所提高。

体育产业的法制化管理主要体现在体育服务业上。随着体育服务业尤其是健身休闲业的发展，如何规范体育服务质量，保障体育服务安全，维护体育活动经营者和体育消费者合法权益，成为体育服务业管理的重要任务。原国家体委先后对加强体育市场管理下发了《国家体委关于加强体育市场管理的通知》（1994）和《关于进一步加强体育经营活动管理的通知》（1996）两个通知。总局从研究制定体育服务标准体系入手，开始探索新的管理方式，并积极会同国家有关部门研究上述标准的贯彻、实施办法。国家标准化工作委员会正式颁布实施了 16 项体育服务标准，其中游泳、卡丁车、攀岩、蹦极、滑雪、滑冰、轮滑、潜水、漂流、射击、射箭、热气球、滑翔伞、动力滑翔伞 14 个项目是国家强制性标准，健身房、保龄球是两项推荐性标准。此外，还有10 多项服务标准正在研究起草过程中。全国 25 个省、自治区、直辖市和 18 个大城市先后制订和颁布了体育市场管理的地方性法规，不少地方组建了市场管理队伍，对体育经营活动进行前置审批和执法检查。1999 年以后，北京市、上海市、浙江省等地相继出台了关于体育经纪人的一些地方性管理条例，中国足协、中国篮协出台了相关的项目经纪人管理办法。

发达的行业管理是市场机制发育程度的一个重要体现。当前我国体育产业的行业管理组织一般是由政府机构发起、体育企业参与的组建模式，体育政府部门在行业管理中起主导作用。目前国内体育产业的行业管理协会的数量正在逐渐增加，如江苏省体育场馆协会、浙江省体育经纪人协会、辽宁省体育用品商会、浙江省体育联合会等，都是近几年新成立的体育行业管理组织。

（四）体育产业发展中存在的问题

体育产业在我国社会经济发展的形势下，取得了长足的进步，但是还存在很多不足。

1. 体育产业的总体规模不大

我国体育产业的总体发展水平与体育产业在 80 年代末和 90 年代初刚刚起步阶段相比，有了很大的进步。但是整体上还处在起步阶段，与国内的同类产业及西方发达国家相比还有很大差距。按照 2002 年七省市体育产业统计数据估算，到 2004 年底，我国体育产业增加值为 959.83 亿元，占当年全国 GDP 的比重仅为 0.702%；体育产业吸纳就业人数为 421.5 万人，仅为全国就业人员的 0.5%。虽然体育产业的发展带动了制造、建筑、建材、房地产、高新技术、旅游、传媒等相关产业的发展，对国民经济发展显现出一定的拉动作用，但在国内生产总值中所占的比重还比较低，尚没有发挥出新兴产业的潜力和优势。

2. 体育服务业在体育产业中所占比重偏低

通过我国部分省市体育产业统计汇总的结果可以发现，体育产业相对比较发达的北京市、浙江省、辽宁省体育服务业在体育产业总体结构中市场占有率偏低。2002 年，北京体育服务业创造的增加值占北京市体育产业总体的 37.84%；2001 年，辽宁省体育服务业创造的增加值占辽宁省体育产业总体的 22.76%。20 世纪 90 年代以来，西方主要发达国家体育服务业创造的增加值占体育产业的比例均超过 60%。显然我国体育服务业在体育产业总体结构中所占比重太低，体育产业结构配置不够合理。

3. 体育产业发展的地区差距显著

我国体育产业主要集中于京津沪及东南沿海经济发达的省份，广大内地省份和西部地区体育产业发展则相对落后。浙江省土地面积达 48 万平方公里，2000 年体育产业增加值为 55.65 亿元，而人口近 9000 万的四川省体育产业增加值仅为 2.87 亿元。四川省体育产业增加值仅为浙江省的 5.3%，其中体育服务业仅为浙江省的 33.7%。从体育产业对本省经济发展的贡献来看，四川省也远逊于浙江省，浙江省体育产业增加值占本省 GDP 的比重为 0.92%，而四川省仅为 0.07%，低于浙江省 0.85 个百分点。在一个省的范围内，体育产业也往往集中于两三个城市，其他城市则存在很大差距。我国体育产业巨大的地区差距将在很大程度上制约我国体育产业的发展。

此外，我国体育产业管理体制不顺、政事不分、政企不分的问题较为普遍，缺乏完善的体育产业发展政策，体育资源配置没有充分发挥市场机制作用；体育市场不成熟，行业管理不完善，监管体系不健全，手段方法滞后，存在缺位与越位现象；体育企业的数量不多，规模不大，缺乏龙头企业，竞争力不强；体育产业中，各运动项目发展存在严重的不平衡性；高素质的体育产业经营人才匮乏，经营管理水平落后等多方面的问题都制约了我国体育产业的发展。

二、体育产业主要门类现状

（一）健身休闲业

1. 我国健身休闲业的发展状况

健身休闲业是指以非实物的形式向社会提供体育健身、休闲服务产品的经营单位集合，是体育产业的一个重要组成部分。现阶段我国健身休闲业发展状况概括如下：

（1）健身休闲业发展规模

自20世纪80年代在深圳特区出现健身休闲场所以来，我国健身休闲市场经过了80年代到90年代初的缓慢发展阶段和90年代中后期的快速发展阶段，目前已初步形成了多种所有制投资主体并存，高、中、低档健身休闲服务产品并存的市场格局。进入21世纪以来，健身休闲市场已经成长为我国体育服务市场体系中的主体市场，并处于自由竞争的发展阶段。受统计资料的制约，目前没有对我国健身休闲市场的规模作出准确描述的权威资料，但是从北京、浙江、安徽、江苏等部分省市的体育产业专项统计调查报告中可以估算，目前我国健身休闲市场年总经营收入为100亿~120亿元。

（2）健身休闲业的经济成分

目前我国健身休闲市场已基本形成了国家办、社会办、集体办、个体私营办、中外合资办和外商独资办的多档次、全方位经营的格局。从经济成分看，国家办的比重正在逐渐减少，集体办和中外合资办的比重与日俱增。在健身休闲业中的国有成分，大都是体育系统所属的体育场馆兴办，实行职工集体或个人承包经营。在集体经济成分中，有许多是名为集体经营实为私人经营，联营者多数是私人与企业或事业单位联营，其中部分是挂靠在街道文化中心的集体单位，采取合伙入股的方式，独立经营，自负盈亏。

（3）健身休闲业消费概况

随着人们物质生活水平的提高，在健身休闲方面的消费呈现逐年上升的趋势。从消费人群看，中青年是健身休闲消费的主力军，而青少年、老年参加健身休闲活动的服务性消费少，主要是购买运动服装和鞋、器材等实物性消费。从地区角度来看，我国东部经济发达地区居民健身休闲服务性消费约占40%，物质产品消费约占60%；而西部欠发达地区居民健身休闲服务性消费仅占20%以下，而且消费水平差距很大，个体消费需求的差异性也较大。从消费动机角度来看，目前消费者的消费意识还存在着某些"盲点"，这种"盲点"导致消费者的消费动机存在偏差。据调查，部分消费者的消费目的以联络感情和商务需要为主，其消费动机还处于一种被动消费的状态。

（4）健身休闲业经营项目的构成

目前我国健身休闲市场日益呈现国际化的趋势，经营项目丰富多彩，基本与国际同步。既有高档的健身休闲项目，如高尔夫、冰雪项目、航海航空项目、赛车等；也有新兴的极限运动和时尚运动，如轮滑、滑板、攀岩、悬挂滑翔、冲浪、帆船帆板、漂流、滑草、滑沙、跆拳道等；同时，还有一大批大众普及型健身休闲项目，如篮球、足球、排球、网球、羽毛球、乒乓球、台球、保龄球、武术、健身健美操、游泳、棋牌等。其经营范围既反映了健身休闲市场健身项目的全面性，又反映了其经营项目全方位发展的总体态势。但是从三类项目的实际市场运作看，我国健身休闲市场还处在低端服务产品为主题的阶段，尽管市场已经存在高档健身休闲项目和新兴的极限与时尚运动项目，但这两类项目现实的市场规模还很小。

（5）健身休闲业的经营手段与管理方法

目前我国健身休闲业的各种经营手段，从通用的"酌情打折优惠"到专业性的俱乐部会员制、月票制等，各经营单位都不同程度地加以运用，并有一定效果。但目前所开展的营销中，除个别商家刻意求新，独出心裁，采用引进别具特色的有效营销手段，收到较好效果外，较原始的一般性通用手段仍占主导地位，而具有健身休闲业特点的营销手段，尚未得到普遍的推广，仍未在营销活动中发挥应有的功效。在管理方法上，一些大中城市的中外合资或外商独资的健身休闲组织能够引进先进的管理理念，结合中国国情和企业的具体情况，提出具有针对性和特色的管理方法，形成自成一体的管理体系，从内部教育管理入手，提高服务者的素质和敬业奉献精神，大大提高了管理成效与服务水平，从而提高组织的知名度及赞誉度。而多数的健身休闲组织仅注重运用公关手段，营造良好的经营环境，塑造体育健身休闲业美好形象，而对组织内部的教育管理重视不够，缺乏对组织内部实力的提升。个别地方和单位甚至只重视外部公关或通过新闻媒体参与大型公关活动，或对利用名人效应塑造和宣传自己有极大兴趣，而忽视了广告宣传效果不能完全等同于组织实力这一客观事实。

（6）健身休闲业从业人员素质与结构

目前我国健身休闲市场的管理层中，具有本科及以上学历的管理者不到25%，还有相当一部分管理者学历层次较低。从专业化构成角度看，经营管理者中一部分是体育专业人才，但由于受高校课程设置的影响，他们缺乏经济、法律等方面的知识；另一部分则既不是体育专业的人才，也不是经济方面的人才，他们缺乏有关健身休闲方面的专业知识。此外，从业人员中相当一部分为兼职人员，很多只接受过简单的培训。

2. 我国健身休闲业存在的问题

（1）区域发展不平衡

东部经济发达地区与西部发达地区发展不平衡，沿海、沿江省份在发展速度、规模上远高于内陆省份；目前大多数健身设施和服务经营单位集中于市区商贸中心，在城乡结合部及城镇比较缺乏。

（2）管理体制不健全

目前我国正处于体育体制改革阶段，新的以市场机制为特征的综合管理体制还未能建立。对体育健身休闲这一涉及面广、综合交叉的行业，政府缺乏综合性的协调管理。体育部门既没有综合协调的职能，又由于种种原因不能完全行使《体育法》所赋予的权力，导致许多管理经营项目的体育部门难以介入，不利于发挥行业优势，不能进行有效的行业管理，因而存在多头管理与无人管理并存的现象。

（3）缺乏优惠政策的支持

健身休闲业无论在我国还是在国外都是一项社会公益事业，政府对公益事业提供减免税收的优惠政策是当前世界各国的普遍做法。健身休闲业在我国仍处于萌芽状态，体育部门还没有相应的管理、扶持政策；有关工商部门对健身休闲业还只是例行登记、发照，缺乏指导性管理和项目规划；有关税务部门对该行业的政策还不尽一致，在税收政策中将一些经营体育运动项目的企业划入了娱乐行业，执行和文化娱乐行业一样的税收标准；还有的部门对健身休闲场所抱有偏见，少数管理人员思想不够端正，层层加码收取管理费用。这些不恰当的行为严重妨碍了经营者的正当利益，影响了社会办体育的积极性，在不同程度上阻碍了我国健身休闲市场的发展。

（4）管理法制化程度低

在我国健身休闲业的出现和迅速发展壮大的同时，政府并没有及时制定出相应的、较为完善的针对健身休闲业的管理法规。在我国的健身休闲市场中，相当部分来自体育行业以外的机构和部门，缺乏明确的行政约束。甚至还出现了部分经营者以牟利为目的，不择手段，非法经营，严重损害消费者利益和体育事业的声誉。因此，健身休闲市场管理法制化亟待加强。

（5）内部管理水平和服务质量不高

健身休闲业的经营管理水平参差不齐，差异较大，整体服务质量不高。主要包括下列一些问题：市场定位随意性、盲目性较强；经营项目设置不是建立在科学考察市场的基础上，而是凭主观臆断或跟随潮流；经营队伍结构和经营者素质水平一般，表现在经营思想落后，服务理念和水平不高；广告宣传对象针对性和可接受性差，广告构思缺乏新意和特点，达不到预期效果；重外部公关，轻内部管理等。

（6）缺乏体育经营管理的专门人才

健身休闲市场的发展依赖于体育市场的繁荣，经营型健身休闲场所作为一个体育企业，需要一批精明强干，懂技术、懂业务、懂法律的经营管理人才，否则企业很难在日益激烈的市场竞争中立足并求得发展。而目前的状况是，从事体育经营管理的人员多缺乏体育经营所必需的专门知识，而本来为数不多的具备专业知识的人才又由于种种原因未能涉足这一市场，这就严重阻碍了我国健身休闲业的发展。

（二）竞赛表演业

竞赛表演业是指以竞技表演的方式向市场提供精神娱乐产品，以满足人们观赏需求的组织机构与活动的集合体。目前我国体育竞赛表演市场整体上处于粗放阶段，已初步建立起竞赛表演业的运行机制，由此形成了由职业联赛、商业比赛、各项目单项竞赛和综合性比赛组成的竞赛表演市场，每年在我国举办的体育赛事众多，体育资源极为丰富。

1."十五"期间我国竞赛表演业的发展状况

（1）职业体育赛事

近二十年来，随着世界范围内体育职业化和商业化的快速发展，许多体育赛事日益成为人们关注的热点。在我国，具有中国特色的足球、篮球、排球、乒乓球四大职业联赛已逐步呈现出一定的规模，且正成为我国竞赛市场的主角。据不完全统计，这四个项目的职业体育俱乐部的数量已接近150个。各俱乐部逐步形成由冠名、赞助、门票、转会和电视转播权等构成的收入结构。

目前我国正式开展的运动项目有近百个，就具备进入市场的程度而言，大致可以分为三类：第一类是足球、篮球、排球、乒乓球等少数项目形成了市场规模，有相对稳定的观众和球迷群体，被新闻媒体和企业界所看好；第二类是约有1/3的项目已进行有选择的开发，初步建立竞赛市场的管理模式，如体操、跳水、散打和摔跤等；第三类是将近2/3的项目虽然也试图开展市场化的运作，如射击、棒垒球、举重等拥有世界级水平的运动项目，但是市场发展的步履维艰。由此来看，我国运动项目市场发育程度极不平衡。

目前我国体育竞赛改革已取得了很大的进展。自80年代以来，我国体育竞赛以市场化为导向进行了多次改革，让体育赛事走向市场，为竞赛表演业的发展创造了有利条件。我国在"十五"期间举办了许多项国际性和全国性体育比赛，通过组织承办、商务运作、经营开发等手段，为竞赛表演业打下了较好的基础。

（2）商业性赛事

商业性赛事是竞赛表演业的一个重要组成部分，人们通过赛事资源开发（无形资产和有形资产的商务开发）、策划包装和经营实施等手段，使竞技体育比赛的商业性价值能够得以实现。随着我国经济体制改革的进一步深化，我国体育赛事正加快走向市场，体育比赛与其他社会公共产品一样，从过去单纯地由政府或非营利组织向社会提供无偿或公益性服务，逐步成为一种商品，进入市场领域进行交换。商业性赛事由此为我国竞赛表演业提供了极大的发展空间。

近年来，我国曾举办了一系列引人关注的商业赛事，如中国—巴西对抗赛、"皇马"中国行等，均取得了良好的社会效益和经济效益。特别是国外的一些国际顶尖赛事，如 NBA 篮球季前赛、F1 汽车大奖赛、ATP 网球大师杯赛，都纷纷进入国内的竞赛市场，促进了我国竞赛市场的快速发展，在一定程度上满足了国内民众观赏高水平比赛的需要。

商业性赛事的成功运作，使我国竞赛市场拥有了相当大的观赏赛事的群体。近两年来，人们对竞赛表演市场的期望值不断增加，上海大师杯网球赛、美国 NBA 篮球队中国季前赛和 F1 中国站赛以及各地商业性比赛的观众十分踊跃，表明竞赛表演的市场需求仍呈逐步增大的趋势。

我国重大体育赛事的市场运作，通常采用的是行政主导模式。就我国目前的现状而言，由于政府部门掌控着众多的社会资源，大型赛事的举办离开政府是很难获得成功的。所以，当前我国政府在赛事举办中仍发挥着不可或缺的作用。然而这种做法并不利于竞赛表演业的市场化发展，故就市场的需求及竞赛体制改革的趋势而言，今后我国的一些大型体育赛事必然逐渐从行政主导模式向市场主导模式转变。

（3）大型综合运动会

以全运会为代表的大型综合性运动会，是促进中国体育事业发展、提高体育竞技水平的重要环节，其具有推动经济发展和社会进步的体育多元化功能。加大大型综合性运动会的市场开发力度，是社会主义市场经济发展与体育体制改革的必然要求。

全运会除国家定额的承办拨款，其余费用则由承办地政府自行筹集。自 1997 年第八届全运会首次尝试对市场进行开发，向社会筹措经费，并取得了一定成效之后，2001年第九届全运会又做了进一步的积极探索，即在市场开发机构、市场开发方式和市场开发结构三个方面实现了较大的转变。2005 年在江苏举行的十运会的市场开发又达到了一个新的水准。总的来看，近几届全运会和其他大型综合性运动会的承办地政府及各参赛代表团都对市场开发进行了有益的尝试，尤其是等级赞助商、专有权、赛事与活动冠名、代表团赞助、电视转播权等市场开发手段已被广泛运用，也积累了一定的市场开发经验，这不仅对于大型综合性运动会的顺利运作，而且对于大型综合运动会的无形资产的开发和市场价值的实现做出卓有成效的探索，使我国体育竞赛表演业迈向了新的高度，拥有了广阔的发展空间。实现大型综合性运动会自身的可持续发展，是符合社会主义市场经济体制发展与我国体育运行机制转换要求的，对于大力发展体育产业，积极培育体育市场，提高赛事无形资产的价值具有重要的意义。

2. 我国竞赛表演业存在的问题

（1）竞赛表演业的市场化、产业化程度不高

市场化和产业化程度不高主要表现在：国内高水平的竞赛表演数量相对较少，体育赛事资源高度垄断，未能充分放开和利用；竞赛表演业的经营管理带有浓厚的政府管理色彩；竞赛表演业还没有形成产权清晰、权责明确、政企分开、管理科学的新型企业制

度；缺乏品牌意识，一直处在低水平运营。

（2）竞赛表演市场管理的法制化、规范化程度不高

当前，我国体育竞赛表演市场的管理极不规范，政事不分、政企不分的现象还较为普遍，政府对于竞赛表演业的越位管理和缺位管理的现象十分严重，在一定程度上造成了我国体育市场秩序的混乱。

在竞赛表演市场管理中，仅停留在简单审查、许可阶段，未实现积极的行业管理，造成管理无序、管理不力等问题，故常常会表现为现有的法规对于市场中的不良竞争缺乏约束。尤其是政府干预程度很高，随意性较强，严重损害了赞助商和观众应有的正当权益，极大地影响了正常的市场运作。由于竞赛表演市场缺乏必要的公正透明、规范有序、公平竞争的政策法规，侵害了消费者和经营者的合法权益，损害了市场主客体的声誉和利益。

（3）体育赛事无形资产的开发与利用不足

随着社会主义市场经济的发展和体育体制改革的不断深化，我国体育赛事的市场化运作已取得了一定的成绩，然而竞赛表演业的整体市场开发及其规划体系仍处于初始阶段，尚未真正形成，市场开发缺乏长期的品牌规划。如全运会没有统一的徽记、口号、会歌，没有统一的视觉识别系统和品牌形象等。

（4）多元化消费需求与低水平供给之间的矛盾

人们对于体育竞赛表演的市场需求呈现多元化趋势，但是，国内体育赛事的低劣水平，使得不少体育比赛现场门可罗雀；而在另一方面，许多人则抱怨国内没有精彩比赛可看。由此反映了我国体育竞赛表演市场的消费需求的不断增大，而与之相适应的高水平竞技体育表演的有效供给则严重不足。

（5）竞赛表演市场的内在结构不尽合理

尽管每年在我国举办的体育赛事众多，体育资源极为丰富，但是由于赛事资源基本上由国家政府部门垄断，因此，严重制约着竞赛表演业的发展空间。显然，我国对高水平竞赛表演资源的垄断、投资主体的单一、组织管理水平的低下，形成了竞赛表演市场结构的封闭性，这就使我国竞赛表演业难以符合市场运作规律的基本要求，难以进一步去扩充市场容量。

（6）竞赛表演市场的主体发育缓慢

体育竞赛资源的配置没有充分发挥市场机制的作用，竞技表演业的社会化、产业化程度仍处在较低的水平。缺乏中国的精品赛事和国际知名赛事品牌，缺乏经营高水平体育赛事的品牌意识，更缺乏具有中国特色的专业策划、专业制作、专业营销和专业服务的运营方式。

我国对竞赛表演业的中介和经营管理人才培训缺乏应有的重视，造成了现今的赛事中介和经营管理人才的严重匮乏。同时，现有的从业人员也缺乏专业化观念和意识、专业化组织和服务能力，严重制约着我国竞赛表演市场的进一步发展。

目前我国体育行业仅有一部《体育法》，立法尚不完善，故常常会表现为现有的法规对于市场中的不良竞争缺乏约束。

（三）体育中介业

体育中介服务业作为体育产业的重要组成部分，从广义上可以分为体育公证仲裁、

体育资产评估、体育信息、咨询、体育经纪、会计、审计、律师、体育产品计量、质量检查和检验等服务，它们是依照国家的有关政策、法规及市场需求，经过国家工商行政管理部门及体育行政管理部门资格审查认定建立起来的中介组织；从狭义上来讲，体育中介服务业在我国主要指经纪代理类中介活动，大体可分为三个方面：运动员经纪、体育赛事经纪和体育组织经纪。在本研究报告中，体育中介服务业主要指狭义上的概念。

1. 我国体育中介服务业的发展状况

20 世纪 80 年代，体育经纪人在我国便出现了萌芽。这段时间虽然还没有出现真正意义上的体育经纪人，但已有体育经纪人的影子。直到 90 年代，特别是 1992 年邓小平同志发表了著名的南巡讲话，党的十四大提出建立社会主义市场经济体制的改革目标后，我国体育经纪人才真正得以发展。

20 世纪 90 年代初期，我国体育体制和运行机制以社会化和产业化为方向进行了全面的改革。1992 年，国家体委在广东中山召开的全国体育工作会议上，提出了我国体育改革的发展方案与总体目标，并在会议上决定以足球为突破口，逐步与国际体育接轨，向职业化方向过渡。1994 年中国足球职业联赛启动，中国足协对联赛中球员转会作出了一系列的规定。虽然对国内球员转会作出了一定的限制（如摘牌制等），但是由于允许国内外球员的转会，使球员转会经纪活动获得了一个较大的市场空间，成为我国体育经纪人发展的一个新起点。其后，一部分国外球员转会至中国足球俱乐部踢球，同时随着我国足球水平的不断提高，我国一些优秀运动员经体育经纪人运作也到国外高水平俱乐部效力。足球职业化改革的成功，也使其他一些项目纷纷开始了职业化的发展，如篮球、排球、乒乓球、羽毛球、围棋等。篮球的王治郅、姚明、巴特尔等都是通过国内外体育经纪人的合作和努力才有机会赴美国 NBA 打球的。除运动员经纪外，我国体育经纪人在赛事运作方面也取得了很大的成绩，如中国与英格兰、韩国、巴拉圭，北京国安与英格兰阿森纳队，上海申花与英格兰曼联队，"皇马"的两次中国行等一系列的商业足球比赛；星华实业集团总裁李伟，成为中国获得 ABF 职业拳击经纪人执照的第一人，并成功操办了北京国际职业拳击赛。此外，一些跨国体育经纪公司也纷纷抢滩中国体育经纪市场，如总部在美国的国际管理集团（IMG）1994 年取得了中国足球甲 A 联赛 5 年的市场推广经营权，并垄断了中国篮球职业联赛的商业推广经营权。

当前我国体育经纪人的组织形式主要有个体体育经纪人、个人独资体育经纪企业、合伙体育经纪企业和体育经纪公司四种形式，个体经纪人和经纪公司是最常见的体育经纪人组织形式。在这里，体育经纪公司是指在我国境内设立的有限责任公司和股份有限公司。但是目前我国的绝大多数体育经纪公司是以有限责任公司的形式出现，如在上海工商局注册的十几家体育经纪公司均是有限责任公司。专业化的体育经纪公司在我国出现较晚。1997 年我国著名跳高运动员朱建华在上海注册成立了国内第一家专业化的体育经纪公司——希望国际体育经纪有限公司。同年 12 月，广东鸿天体育经纪有限公司在广州成立。随后，中体产业经纪公司、长城国际体育传播公司、东方体育经纪公司等一系列专业体育经纪公司相继成立。这类公司虽然数量少、规模小，但毕竟结束了我国体育经纪一直处于个体经营或企业兼营的状态，我国体育经纪业真正有了属于自己的市场主体组织。经过多年的发展，目前国内的专业体育经纪公司已达数百家，以经济发达的北京、上海、广州居多。1999 年，由国家体育总局信息所主持召开了首届中国体育经纪人研讨会，这次会议对提高我国体育经纪人的社会地位，扩大体育经纪人的影响，以及对体育经纪人队伍建设产生了积极的推动作用。1998 年，全国首家体育经纪人培训班在上海交通大学成功举办。随后，其他一些省市也相继举办体育经纪人培训班。经过培训和考核，由体育行政管理部门和工商行政管理部门联合颁发《体育经纪人证书》，结束了我国体育经纪人无证经营的混乱状况，逐步提高了我国体育经纪人的素质水平。截至 2005 年初，我国有 15 个省市相继开设过体育经纪人培训班，约有 5000 人获得体育经纪人资格证书。

1999 年，我国在体育经纪人以及相关的体育中介市场的立法工作方面取得了突破性进展。北京市体育局、北京市工商局于 1999 年 8 月 25 日联合发布了《关于加强我市体育经纪人管理的通知》，这是全国第一个关于体育经纪人的地方性专门法规。随后，上海市、浙江省等地也相继出台了关于体育经纪人的一些地方性管理条例。同年，中国足协出台了《足球经纪人管理办法》，规定从 2000 年开始，涉外足球经纪活动必须有中国足协当年公布的足球经纪人（公司）参与。此后，中国篮协也出台了《篮球经纪人管理办法》，使对篮球经纪人的管理走向正轨。这些法规的颁布实施对规范我国体育经纪人的活动起到了积极的推进作用。

2. 我国体育中介服务业主要门类的发展现状

（1）运动员经纪

运动员经纪可分为运动员转会经纪、运动员无形资产商务开发经纪和运动员参赛经纪三种类型。目前在我国，运动员经纪主要由运动员转会经纪和运动员无形资产商务开发经纪构成。由于特殊的管理体制，运动员的参赛经纪在我国还比较少见，故在此不作论述。

① 运动员转会经纪

运动员转会经纪是体育经纪人受运动员或俱乐部委托，为运动员在不同国家协会间或同一国家的不同俱乐部间转会提供的居间或代理服务。体育经纪人在运动员转会经纪活动中促成运动员的有价转让或市场交易，从中获得相应的经济利益。运动员转会是伴随着体育职业化、商业化以及职业体育自由转会制度的产生而发展起来的。随着我国体育产业化、职业化改革的推进，在一些项目中，逐渐推出了球员转会制度。以足球为改革突破口的职业化，在 1994 年年底推出了运动员转会制度。随后篮球、排球、围棋等都实行了球员转会。球员的转会经纪活动逐渐活跃起来，整个国家的运动员转会市场正在形成。为了规范球员转会，中国足协和篮协分别制定了各自项目的经纪人管理条例，为我国运动员转会经纪活动的健康、持续发展提供了制度保证。

② 运动员无形资产商务开发经纪

运动员无形资产商务开发经纪是指运动员借助其自身的知名度或个人成就，以企业赞助、广告或公益活动为载体，委托经纪人对其名义、肖像权等无形资产进行开发的经营活动。在欧美发达国家中，运动员无形资产商务开发经纪由来已久，目前已经成为体育经纪人为运动员提供的一项主要业务。近些年来我国运动员的商务开发也得到了快速的发展。随着我国社会主义市场经济的进一步深入和体育产业的迅速发展，以企业赞助、广告等形式与体育明星"联姻"的赞助、广告市场在我国初见端倪。在这些赞助与广告活动的背后，体育明星的经纪人在其中扮演着不容忽视的角色。目前在我国运动员中，商务开发最成功的应该算是姚明，他的背后活跃着一支经纪人队伍——"姚之队"。

（2）体育赛事经纪

体育赛事经纪是指体育经纪人以居间、行纪或代理三种形式进行体育比赛、体育表演和健身休闲活动的策划包装、赛事资源开发（无形资产和有形资产的商务开发）、组织实施的经营活动。近几十年，随着世界范围内体育职业化和商业化的发展，一些受关注的体育赛事日益成为众商家、媒体追逐的对象，这种供、需构成了一个新的市场——体育赛事媒介市场。

在我国，随着体育体制改革的进一步深化，赛事也逐渐走入市场，体育比赛与其他社会公共产品一样，从过去单纯地由政府或民间组织向社会提供无偿或公益性服务，逐步成为一种商品，进入市场领域进行交换。商品化的赛事给体育经纪人提供了发挥的空间，目前我国的许多赛事就是由体育经纪人来运作的，如一些职业联赛的整体商务开发和商业赛事的运作，均取得了一定的社会效益和经济效益。

每年在我国举办的体育赛事众多，体育资源极为丰富。如《2005年全国体育竞赛招标计划》中反映出，2005年国家体育总局及其所属各运动项目管理中心计划举办的全国性及在我国举办的国际性赛事共881项次，其中全国性赛事625项次，在国内举办的国际性赛事256项次，这些还不含部分已签订了长期协议的赛事。各种赛事由不同组织机构进行管理。在我国举办的重要国际赛事或纳入国际体育组织管理的国际邀请赛等，主要由相关国际体育组织授权我国单项运动协会主办；未纳入国际体育组织管理的一般国际邀请赛，主要由地方政府（体育部门和外事部门联合）举办。我国参加的大部分国际综合性赛事（如奥运会等）均由中国奥委会派队伍；一些国际常规单项赛事，则由各单项运动协会派队伍参赛；而一些国家间邀请赛，则由相应体育主管部门派队参赛。

目前我国体育竞赛改革已取得了很大的进展。自80年代以来，我国体育竞赛改革已迈出了三大步，首先是实行面向省、市、自治区体委的招标办法；从1998年开始又面向社会招标，打破了体委一家办体育的格局；1999年在成都举行的2000年我国部分体育赛事面向社会公开拍卖，则是体育竞赛改革的又一新举措。虽然在拍卖会上仅成交4项，但这已成为我国体育赛事走向市场的重要标志。2004年11月，在南京举行的全国体育竞赛招标会上，2005年在中国计划举办的800多项国际性和全国性体育比赛全部参加公开招标，全国各地方体育局和各种类型企业都可以参加组织承办、商务运作、经营开发等方面的公开招标。这些均为赛事经纪人提供了很好的发展机遇。

进入21世纪，随着我国体育经纪市场的逐步开放和市场秩序的进一步规范，一个以服务体育主体市场、中资企业与外资企业并存、专营机构与兼营机构并存的体育中介市场已初步形成，体育中介业在我国将进入快速发展的新阶段。

3. 我国体育中介服务业存在的问题

（1）体育管理体制不顺

现行的体育管理体制在很大程度上影响与制约了我国体育经纪人的发展。当前，由于我国体育管理体制改革的不彻底性，各单项运动协会并没有真正实现实体化，多数运动协会兼具国家体育行政机关直属事业单位和社团两种性质，无论是事业单位的管理中心，还是实体化的协会，在体育产业化的过程中都没有严格意义上的走向市场，依然可以行使行政权力，这在一定程度上形成了行业垄断和项目垄断。

在体育经纪人活跃的运动员代理领域，与国外相比，我国体育经纪人在这方面受到很大的制约。足球和篮球等项目虽然实行职业化管理模式，允许球员自由转会，但主管部门实行协会统一组织的"挂牌制",这就扼杀了体育经纪人最大的市场空间,体育经纪人的主要活动领域较长时间局限在体育赛事的推广以及少数外援球员及教练的引进等方面。体育赛事资源在我国虽已逐步放开,但有关部门对市场开发程度高、经济效益好的项目仍在实行项目垄断,向体育经纪人转让承办或推广权过程中设置过高的障碍。而且这些管理中心在本项目赛事电视转播权方面也形成了行业垄断,造成了体育组织与电视媒体之间难以形成"双赢"的局面,堵塞了体育组织有效开发无形资产的渠道,这在一定程度上也削弱了体育经纪人的发展空间。项目管理中心还垄断了运动员的各种资源与权利,它们实际上是国家体育机构行政管理职能的一种延伸,远远不能起到最大限度开发运动员商业潜力的作用。它一方面掌握着体育资源,另一方面却在进行着并不专业的资源利用。

这种管办合一、官商不分的管理体制不仅对运动员和体育赛事的商业运作毫无益处,在一定程度上甚至抑制了我国体育的产业化与体育中介行业的发展。

(2) 规范体育经纪市场的法规不完善

目前我国体育经纪市场的相关法规尚不完善,体育经纪人在从业方面、管理部门在监管方面有时无法可依。这在一定程度上给了一些不法经纪人钻空子的机会,如无证经营、不履行合同、签订虚假合同、损害委托人、采取威逼利诱等手段促成交易、明知委托人或相对人没有履行合同能力,而为其进行中介的行为等。这些行为严重影响了我国体育经纪市场的正常秩序,影响了体育经纪业的规范发展。为促进这一市场的健康、有序发展,目前国内少数几个省市如北京、上海、广东、浙江等出台了地方体育经纪人管理法规,如《上海市体育经纪人管理试行办法》《浙江省体育经纪人管理办法(试行)》等。另外,少数几个已经进入市场化运作的项目管理中心(足球和篮球)也出台了相应的经纪人管理办法(但仅限于运动员转会经纪)。这在一定程度上对体育经纪人起到了管理与约束作用,但是作为体育经纪人监管和业务主管部门的国家工商行政管理总局和国家体育总局尚没有出台全国性的体育经纪人管理法规,使经纪人在居间、行纪、代理中行为不规范的问题还没有制度约束。此外,国外体育经纪公司和个体经纪人如何依法在我国开展体育经纪业务也没有明确的规则。特别是随着我国进入WTO和2008年奥运会的临近,将有更多的国外体育经纪人参与到我国的体育经纪市场中,将使这个问题更加凸现出来。

同时,我国目前管理、约束经纪人的相关法规层次较低,对一些违规体育经纪人行为的处罚缺乏力度,没有真正起到"警示效应"。如目前唯一约束我国经纪人行为的《经纪人管理办法》,是一部部门规章,一些地市出台的《体育经纪人管理办法》也只是一些地方法规或规章,都还没有上升到法律的高度。

(3) 从业人员整体素质不高,培训机制尚不完善

目前制约我国体育经纪人进一步发展的主要因素是从业体育经纪人整体素质较差,与国外先进水平有较大差距。目前我国的现状是没有体育专门知识的人可以做体育经纪业务,没有市场经济基本常识的退役运动员、教练员也可以做体育经纪业务,甚至没有经过国家工商部门和体育行政部门组织的体育经纪人培训、没有拿到体育经纪人资格证书的人也可以开展体育经纪业务。近些年来,我国体育经纪人在从事涉外体育经纪业务如运动员转会和赛事运作时,屡屡被外国同行欺骗或吃一些哑巴亏,便很好地证明了我国目前从业的体育经纪人的业务素质尚需提高。国外体育经纪人的大量涌入,带来了资

金、技术和现代化的管理理念和方法，但同时我们以失去部分国内市场为代价。

培训环节出现问题是造成我国体育经纪人业务水平低下的一个重要原因。当前我国体育经纪人培训班存在的主要问题如下：短期培训缺乏系统性；课程内容重理论轻实践；培训途径及形式单一；需求评估与效果评估缺位。

所以，规范体育经纪人的从业资质，完善经纪人的培训机制，不断提高经纪人的理论知识和实际操作技能，是当前我国发展体育经纪业亟待解决的问题。

(4) 体育经纪人缺乏行业自律组织

目前我国体育经纪人的利益普遍得不到保障。体育经纪人在从事经纪活动时往往是单兵作战，经纪人之间缺乏联系与沟通，更没有代表经纪人整体利益和服务于各体育经纪人的行业组织。国外体育经纪市场发展的过程表明，体育经纪行业自律性程度高是体育经纪业健康发展的重要保证。当前我国举办过体育经纪人培训班的省市已有十几家，获得体育经纪人资格证书的体育经纪人也有 5000 余人，但是只有浙江省于 2003 年成立了体育经纪人协会。

体育经纪行业的特殊性要求建立相应的行业组织和行业规范对经纪行为进行约束与管理，并实施行业的自我监督。行业的管理更有利于规范经纪人的行为，是对政府管理的一种补充，在政府部门管不好或者没法管的领域实施管理。现阶段我国体育管理部门对体育经纪人过多的是采取行政管理而不是依法进行管理，更谈不上服务性管理。体育中介管理部门往往只注重收费，轻管理。有的单项运动协会，一方面通过颁发相关的规定制约体育经纪人，另一方面又搞行业垄断，侵占了本应属于体育经纪人的经营领域和业务空间，极大地损害了体育经纪人的根本利益。由于缺乏良好的经营环境，使许多体育经纪人的利益得不到保护。

(四) 体育用品业

体育用品业是生产和销售体育用品的企业集合体。我国体育用品业经过了 50 多年的发展，已形成相当规模，在国际市场上占据了重要地位。体育用品已逐步齐全，体育企业数量不断增加，行业管理也在逐渐完善。

1. 我国体育用品业的发展状况

(1) 体育用品业的市场规模

在我国，广东省、浙江省和辽宁省的体育用品制造业比较发达。浙江省 1999 年体育用品业的增加值为 38.62 亿元，2000 年为 47.37 亿元，体育用品业资产总计 116.6 亿元。2001 年辽宁省体育用品制造业增加值为 15.63 亿元。2003 年，江苏省体育用品制造业实现增加值 44.44 亿元，营业收入为 189.12 亿元。

从销售收入看，2001—2003 年我国体育用品制造业累积产品销售分别达到 110.93、140.07 和 212.64 亿元。2000 年浙江省体育用品销售业的营业收入为 19.95 亿元，实现增加值为 14.08 亿元。2001 年，浙江省体育用品制造企业实现销售收入 174.6 亿元。2001 年，辽宁省体育用品销售业贸易总额为 67.1 亿元，实现增加值近 15 亿元。安徽省和四川省体育用品销售业增加值较低，分别为 0.47 亿元和 0.12 亿元。2002 年，北京市体育用品销售业营业收入达 72.3 亿元，增加值达到 21.05 亿元。2003 年底，江苏省各类体育用品销售单位创造增加值 15.83 亿元。相对于其他制造行业来说，我国体育用品业的市场规模还很小。

从吸纳的就业人口看，2000年浙江省体育用品制造企业共吸纳就业人员达16.7万人。2002年，北京市体育用品销售业吸纳就业人口30016人。2003年底，江苏省体育用品业共为155774人提供了就业机会。

从体育用品业整体人均劳动生产率来看，呈现逐年增长态势。1997年人均劳动生产率是1996年的131%；1998年,由于1997年亚洲金融风暴对整个亚洲经济的严重冲击，1998年是1997年的98%；1999年是1998年的101%；2000年是1999年的118%。体育用品业整体人均劳动生产率也以平均每年12%左右的速度逐年稳步提高。

（2）市场开发状况

我国体育用品的主要市场在城市和国外。由于职业体育的发展都在城市，而且城市的群众体育发展远比农村好，城市居民参与体育活动的意识较强，相应带动了大众体育用品市场。国内市场需求不足，使得一些企业瞄准国外市场。仍然从事体育用品来料加工生产的企业的市场也只能是国外市场。

（3）体育用品出口状况

据世界体育用品联合会统计，全世界体育用品业有65%的产品是中国制造的。也就是说，我国体育用品的出口在世界体育用品市场中具有领先地位，已经是名副其实的世界体育用品制造大国。目前中国体育用品业出口产品主要以体育运动服装、运动鞋、运动器械和健身休闲类体育用品四大类产品为主。前三大类产品的出口量占到体育用品总出口的90%以上。根据中国海关总署的统计，1997年我国体育用品出口总额38.8亿美元，1998年为45亿美元，1999年为53.87亿美元，其中运动鞋为23.69亿美元，运动器材为25.44亿美元，运动服装为4.74亿美元。体育用品出口额逐年以15%左右的高比率率递增。我国体育用品的出口主要集中在欧美市场，其中对美国的出口总额已占该国体育用品进口总额的一半以上。2004年美国的体育器材输入中，中国大陆占58.9%，位居第一，远高于第二位台湾地区的8.3%。比2003年增长了3%。其中，运动鞋更是占据了统治地位，比例为76.7%，从2000年以后就一直占据了美国该市场的3/4。

（4）体育用品业的企业状况

根据《2001年中国经济贸易年鉴》统计，全国有体育用品生产加工企业304万家。企业规模大都处在100~500名劳动力之间，属于工业集中度低的行业。1996年中国文教体育用品协会会员单位中，体育用品企业共3372家，生产产值超过2000万的体育用品企业共有17家，占0.504%；利税超过200万的企业共有15家，占0.45%。体育用品企业的规模偏小。

从体育用品生产企业所有制结构看，包含着各种所有制形式，呈现出多元化形势，既有国营也有民营，既有中资也有外资。从总体上来说，体育用品生产厂家大多是以集体所有制和中外合资所有制形式为主的中小型企业。企业经济结构中，集体所有制企业和中外合资企业最多，分别占25.90%和23.90%，全民所有制企业占14.74%，外商独资企业占13.54%，股份制企业和私营企业分别占11.16%和10.76%。但各地有所不同，以浙江省为例，截至2000年底，体育用品专营制造业中的非公有制经济的比重达到51.7%，其中私营经济的比重最高，为24.82%，港澳台投资企业和外商投资企业也占有一定的比例，而国有企业只占0.14%。

我国体育用品制造业呈现产业集群化发展趋势，福建、广东、江苏、浙江等经济大省出现了一批体育用品企业集群。运动鞋的生产企业主要集中在福建的晋江和莆田、广东的东莞、浙江的慈溪；运动服装的生产企业主要集中在福建的石狮、广东的中山、浙江的海宁；体育器材的生产企业主要集中在浙江的富阳、苍南，江苏的江都、泰州，河北的沧州；篮足排三大球的生产主要集中在上海、天津和浙江的奉化、富阳。这表明我国体育用品制造业具有鲜明的区域特征。

从体育用品企业的区域分布来看，存在不平衡性。主要集中在东部经济发达地区和沿海城市，内地及边远少数民族地区很少，呈现"南强北弱、东强西弱"的现象。

（5）体育用品业的产品状况

目前我国体育用品业的产品几乎涵盖了所有的体育用品，企业已能生产包括运动服装（含鞋、帽、手套、护具等）、球类器材设备、运动器械及器材、健身器械、娱乐及场地设备、体育科研测试器材、户外运动（含旅游、休闲装备）、渔具系列、运动装备及奖品、运动保健用品、裁判教练用品共 12 大类产品。从大类上看，基本无缺项，只是在个别大类的高端产品中还有缺项，如户外运动中的航海、航空器材以及健身器械中的科技含量较高的大型商用器械和运动队专用器材等。由于我国体育用品出口的特殊情况，体育用品的半成品也占据了产品中相当大的份额。

（6）管理状况

我国体育用品行业是按社会生活中一个特定的使用范围来划分的，所以造成了企业布局的分散、产品规格的多重标准，也造成了我国政府和行业管理的多重性。

我国政府部门及其管辖下的行业协会是通过对下属企业的联系而行使其行政职能和业务指导功能。由于我国经济体制仍然处于逐渐变革之中，计划经济的影响依然存在，政府逐渐转变角色，由传统的"一管到底"转向宏观调控，对体育用品业的管理正在逐步放开，由市场调节体育用品业的发展。在计划体制下，轻工业部、纺织部、化工部、兵器行业、船舶行业、商业部和外贸部都对体育用品行业进行管理，可谓"部门条条管理"。体育器材涉及轻工系统的中国文教体育用品工业协会，运动服装涉及纺织系统的中国针织工业协会，橡胶运动鞋涉及化工系统的中国橡胶工业协会，还有一些机械、电子、化工等行业协会等等，都与体育用品企业有一定的关系。目前，轻工业部、商业部、外贸部和国家体育总局下属的体育器材装备中心依然是中国体育用品行业的主管部门。而分别由国家经贸委和国家体育总局管辖的中国文教体育用品协会和中国体育用品联合会是多数中国体育用品最看重的行业协会。我国在体育用品企业集中的地区，已经出现自主的行业协会，如辽宁省体育用品企业根据自己的需求成立了体育用品商会。

举办中国国际体育用品博览会是中国体育用品联合会的重要工作之一，至今已成功举办了 16 届。它由国家体育总局、中国体育用品联合会共同主办，国家体育总局体育器材装备中心承办。现在，体博会无论在规模、参展商和专业观众的质量等方面都在国内同行业展会中处于领先地位，在亚太地区乃至全球具有相当的权威性和影响力。体博会目前一年举办两届，已形成一冬一夏，一专一博的展会格局。它将为越来越多的民族产品拓展市场，成为走向世界的桥梁，同时也将成为国内外经销商、代理商在中国集中采购、寻求合作的最佳平台。中国国际体育用品博览会目前已经成为我国体育用品博览会的品牌，位居亚洲最大，世界排名第三，在中国会展行业中排名第五。

2. 我国体育用品业中存在的问题

（1）体育用品的出口市场化战略尚未形成

体育用品的出口以低端用品为主，缺少高档体育用品和品牌出口。出口依存度很高，出口市场多元化战略尚未形成。

（2）体育用品企业知识产权的保护意识薄弱

一方面表现为对别人知识产权不够尊重，在产品开发方面，多为仿造国际品牌企业的产品；另一方面也表现为对自己拥有的知识产权不会保护或保护不力，经常发生商标被抢先注册的现象。

（3）体育用品企业规模小，市场集中度低

我国体育用品企业经营理念落后，管理水平低下，目前还没有创造出国际名牌产品，缺乏能与国际知名体育用品公司比肩的龙头企业。体育用品标准水平低，标准化程度低，缺乏核心技术，新产品的研发能力弱。体育用品市场开发创新不够，深度不足。体育用品生产企业与流通环节的联系松散，未能将体育用品市场与体育服务市场紧密关联，参与国际竞争。

（4）体育用品市场缺乏经营管理人才

目前我国体育用品市场缺乏两种类型的人才：一类是高素质的通才，主要指知识结构合理、能力素质全面，并具有一定人格魅力的体育企业家队伍，他们了解国际经济和行业形势，懂得国际游戏规则，善于开拓国际市场；一类是学有所长、技有专攻的专才，精通特定领域和特定区域经济、社会和政治游戏规则，对某一专门市场的商业化运作有实际营销经验和技能的人员队伍。目前这两类人才在数量和质量两个方面都严重匮乏。

（5）政府对体育用品业的宏观管理不力，政策性培育手段不够

首先表现为政府在角色转换过程中，在移交职能的同时，未能制定出相应政策以培育市场和发展企业的能力，使企业尽快适应从"被管"向"自我管理"的角色转换；其次，在加入WTO和WSFGI后，我国政府还未及时制定相应的政策以规范国内市场，没有完善市场机制以鼓励企业适应经济体制的变革，没有及时制定相应的产业政策以扶持企业迎接国际挑战；再次，政府在对行业管理的指引和指导方面有所欠缺，没有为行业协会的发展创造合理的环境和机制，导致行业协会没有脱离政府，不能自主完成对体育用品业的市场管理。

（6）体育用品行业管理不健全，市场呈现无序竞争状态

体育用品联合会并不是真正的行业自治管理组织，还和政府有着千丝万缕的联系。成立10年来，并没有在制定行业发展规划、拟订行规行约、提供行业发展信息、协调企业间的关系以及开展国内和国际交流与合作发展方面发挥出应有的行业管理职能，实施有效的行业监管。行业管理、调控、协调、监督力度不够，行业内平等、公正、优胜劣汰的竞争机制尚未健全，造成了市场秩序混乱，竞争无序。国内体育用品市场出现地方保护和假冒伪劣产品，侵害知名企业的知识产权，出口产品竞相压价等一系列不正当竞争行为和市场秩序混乱的现象。体育用品业的标准化建设长期滞后，产品的检测标准、质量标准、定价标准、安全标准、环保标准以及"社会"标准不是空白就是低于发达国家同类标准。体育用品行业的市场信息不通畅，信息交流平台不完善，体育用品行业未能形成针对国际市场的战略联盟。

（五）体育彩票

1. 我国体育彩票的发展状况

在我国，目前国务院只批准民政部和当时的国家体委（现在的国家体育总局）两个

部门在全国范围内分别发行中国福利彩票和中国体育彩票，所筹集的公益金主要用于民政和体育部门职责范围内的社会公益事业。其中，体育彩票自 1994 年国家批准发行以来，10 年间得到了迅速的发展，愈来愈显示出其强大的社会集资功能，并已成为我国体育产业的一个重要组成部分。体育彩票筹集的公益金为实施奥运争光计划和全民健身工程，推动体育事业发展，满足人民群众对体育的需求发挥了重要作用，同时还为补充社会保障基金及其他社会公益事业作出了贡献。

本研究所称的"彩票"是指国家为支持社会公益事业而特许专门机构垄断发行，供选择和自愿购买，并按特定规则取得中奖权利的有价凭证。本研究所称的"体育彩票"是指国家授权国家体育总局发行的彩票。

（1）市场规模

自 1994 年国家批准统一发行体育彩票以来，我国的体育彩票发展很快。到 2005 年 6 月底，体育彩票总销量已突破 1000 亿元，筹集的公益金已经超过 300 亿元。2001 年至 2004 年的平均年销量为 180 亿元左右。

我国体育彩票自 1994 年国家批准发行到 2000 年一直处于高速增长状态，但在"十五"期间的发展不太平稳（表 2）。2000 年底足球彩票上市后，使得 2001、2002 两年的销量继续高速增长，但从 2003 年下半年开始，足彩风光不再，体育彩票的销量开始滑坡，"宝马案"又使体育彩票雪上加霜，2004 年销量出现大滑坡，但从 2005 年上半年开始，"排列"玩法引起彩民强烈兴趣，又使体育彩票的销量大幅度地回升。目前，我国彩票的销售总量（以 2003 年的销量计算）已进入世界前十名，但人均购彩金额、彩票销量占 GDP 的比例则还比较低。因此，从发展趋势上看，中国的彩票市场还有潜力。但我国农村人口众多，其中的大部分人由于经济收入和彩票销售点覆盖面的问题，短期内不可能经常购买彩票，因此对我国彩票市场的潜力不应估计过高。

表 2　全国彩票发行情况表　　　　　　　　　　（单位：亿元）

年份	福利彩票	体育彩票	合计
1994	17.98	—	17.98
1995	57.30	10.00（含 1994 年的销量）	67.30
1996	64.75	12.00	76.75
1997	56.74	15.00	71.74
1998	109.80	25.00	134.80
1999	35.15	40.36	75.51
2000	89.88	91.14	181.02
2001	139.57	149.29	288.86
2002	167.99	217.73	385.72
2003	200.00	201.00	401.00
2004	226	154	380
2005（上半年）	200.67（截至 7 月 17 日）	130.33（截至 6 月底）	

［资料来源］本表数据根据国家体育总局体育彩票管理中心内部资料整理

我国的体育彩票发行销售机构已在全国各省市都建立了销售点，在大多数省市，销售点已基本覆盖了主要的乡镇，但销售点主要集中在城镇，农村的销售点很少。

（2）管理状况

1994 年，国务院将中国人民银行确定为主管彩票工作的机关，2000 年起改由财政部接管全国彩票业的管理工作。国务院在 2001 年 10 月 30 日发布的《关于进一步规范彩票管理的通知》中明确了财政部负责起草和制定国家有关彩票管理的政策、法规，管理彩票市场和彩票资金，即执行监管的职能，民政部、国家体育总局则分别负责组织福利彩票、体育彩票的发行与销售活动。财政、民政和体育部门平行地对全国彩票市场和机构实行自上而下的纵向业务管理，财政部门按中央、省、地（市）、县分级设置彩票监管机构，而民政、体育部门则分别按中央、省、地（市）、县分级设置彩票发行销售机构。各级体育彩票管理中心同时接受同级体育局、财政局和上级体育彩票管理中心三方面的领导、监管和业务指导。

我国目前尚无专门的彩票法规，但国务院、中国人民银行和财政部、国家体育总局（原国家体委）都根据具体需要，以"通知""管理办法"等形式对体育彩票工作进行规范，各省（市）体育彩票管理中心也都出台了一系列内部管理的规章制度，以保证体育彩票的发行销售工作有序进行。另外，2005 年年初国务院已将彩票立法由二类项目提升为一类项目，有望在 2005 年年底前出台《彩票条例》，并将由此引起我国彩票管理体制的改革。

（3）玩法的现状

我国体育彩票的玩法一直处于不断的新陈代谢之中。目前，电脑体育彩票有全国联网玩法 8 种，区域联网玩法 3 种，各省市独立的玩法二十多种。即开型体育彩票在 2004 年禁止规模销售后，目前仍处于暂停状态。在竞猜型玩法中，篮球彩票还未成气候，足球彩票销量近年陷入低谷，因此目前最主要的玩法仍是乐透型玩法（表 3、表 4）。

表 3　2004 年各类体育彩票销量　　　　　　　　　　　　（单位：亿元）

年份	乐透型	足彩	即开型	合计
1 月	6.74	5.08	—	11.82
2 月	8.17	5.7	—	13.87
3 月	8.88	6.18	1.37	16.43
4 月	8.64	5.83	0.34	14.81
5 月	9.11	3.96	1.49	14.56
6 月	9.14	1.54	—	10.68
7 月	8.58	1.22	—	9.8
8 月	8.4	1.00	—	9.4
9 月	7.72	3.35	—	11.07
10 月	8.66	4.79	—	13.45
11 月	8.39	4.79	—	13.18
12 月	9.14	4.91	—	15.12
合计	101.46	48.36	4.35	154.19
比例	66%	31%	3%	

［注］本表数据根据国家体育总局体育彩票管理中心内部资料整理

表4　2005 年 1—7 月各类体育彩票销量　　　　　　　　（单位：亿元）

	乐透型	足彩	篮彩	即开型	合计
1 月	12.56	4.85	—	—	17.42
2 月	9.09	3.67	—	—	12.75
3 月	20.76	3.02	0.17	—	23.95
4 月	21.79	3.61	0.43	—	25.84
5 月	23.23	2.36	0.3	—	25.89
6 月	23.68	0.72	0.09	—	24.49
7 月	31.17	0.57	—	—	31.74
合计	142.27	18.82	0.99		162.08
比例	87.8%	12.2%		—	

［注］本表数据根据国家体育总局体育彩票管理中心内部资料整理

　　我国体育彩票的返奖率长期稳定在 50%。但近来财政部发出通知，从 2005 年 9 月 1 日开始，将足球彩票和网点即开型彩票的返奖率提高到 65%。同时，体育彩票的全热线销售系统正在加紧建设中。这两个新的有利因素无疑将会引起新一轮的玩法研究高潮，并有利于玩法的多样性和合理性搭配。

　　2. 我国体育彩票存在的主要问题

　　（1）未能进行企业化运营，销售成本过高

　　目前我国体育彩票的管理体制仍具有较浓的计划经济色彩，在管理上人治的成分较多。各级体育彩票管理中心作为组织体育彩票销售的部门，并未能真正进行企业化运营，销售成本较高，目前为销售额的 15% 左右，而国外经营效率高的彩票公司这一比例要低得多，如美国弗吉尼亚州彩票公司的法定经营成本为 10%，其最低时可达到 5.4%。

　　（2）玩法的生命周期较短，与福利彩票处于同质竞争状态

　　由于市场调查和玩法研究不够，目前体育彩票的玩法大多数是模仿别人，还未根据地区特点形成自己的有机体系，产品的生命周期较短。体育彩票的乐透型玩法和福利彩票的玩法没有本质区别，有些玩法更是几乎一样（如 2005 年使体育彩票走出低谷的"排列 3"玩法和福利彩票的"3D"玩法），加上两家机构的销售点又相互交织在一起，使得两家机构的竞争处于高度同质化和白热化状态，这无疑在目前体育彩票复苏的大好形势中留下了不小的隐患。

　　（3）宣传策略不够科学，影响可持续发展

　　在宣传方面，对彩票公益性的宣传不够，帮助彩民正确认识彩票特性的内容不多，而大量的是"投资""中奖"等"一夜暴富"式宣传及"选号技巧"等，其中不乏为追求短期效应而误导彩民的内容，各类媒体推波助澜，彩票发行机构听之任之。不科学的宣传策略至少已经引起了两方面的问题。一是，过多地、不科学地宣传"选号技巧"，为非正常的彩票附属产业（如"缩水公司"、选号软件、基于选号的彩票资讯等）提供了土壤，而他们对彩民的伤害，最终将还报到彩票业；二是，"一夜暴富"式宣传，使个别彩民在购彩时失去理智，一次投注几万、十几万元，逐步陷入问题博彩的泥潭。

　　（4）公益金的使用部门色彩比较浓厚，透明度不高

　　体育彩票的公益金目前主要是体育部门内部使用，尽管近年来扩大了公益金的使用

范围，也有一部分上交国家财政，但部门色彩仍然比较浓厚。而且，公益金的使用宣传不够，给人以透明度不高的感觉，在一定程度上影响了彩民购彩的积极性。

（5）专业人才严重缺乏

我国的彩票研究和培训相关专业人员等领域严重滞后于彩票业的发展，目前我国体育彩票各省（市）管理机构及其下辖机构的工作人员，大多数来自于体育系统。这些人员具有熟悉体育的优势，其中许多都具有较强的管理能力，但大部分不具备彩票业的专业背景和专业知识。目前无论是彩票营销人才、玩法开发人才、彩票管理人才，还是优秀的彩票销售人才，在我国都非常缺乏。

三、我国体育产业发展面临的机遇和挑战

（一）我国体育产业发展面临的机遇

1. 构建和谐社会的目标带来的机遇

树立和落实科学发展观，构建社会主义和谐社会，是党和政府从全面建设小康社会、开创中国特色社会主义事业新局面的全局出发提出的一项重大战略任务。新时期的体育工作如何在实现小康社会目标和构建和谐社会的大格局中抓机遇、谋发展、促改革，是当前摆在全国体育战线面前的一项重要任务，也是必须担当起的一个时代责任。和谐社会既要解决社会和经济协调发展问题，也要解决经济发展自身的结构性矛盾，特别是要大力发展提高居民素质和生活质量的现代服务业。体育产业作为现代服务业的重要组成部分和体育事业发展重要的补充机制，对落实科学发展观和构建和谐社会具有双重的作用。大力发展体育产业不仅能拉动经济增长、促进产业结构调整、扩大社会就业，而且是提高国民素质和生活质量的重要内容，是体育事业发展的重要部分。因此，在未来 10~15 年间，体育产业应是国家重点扶持和发展的产业。

2. 2008 年北京奥运会带来的机遇

首先，2008 年奥运会将使用 37 个比赛场馆（其中 32 个在北京，5 个在其他城市），训练用比赛场馆 59 个。这些场馆需要购进大量的体育器材和体育设施，预计 2008 年奥运会需采购的体育器材和设施总价值为 2 亿~2.5 亿美元（约合 20.67 亿元人民币）。这为我国体育用品业提供了巨大的发展契机。其次，2008 年奥运会前的几年时间里，将在北京举办大量高水平的国际体育赛事，这对宣传奥运，提高公民体育意识与行为起到积极的作用，也使我国竞赛表演业、健身休闲业和中介服务业得到一个难得的发展机遇。第三，奥运会的举办将进一步开放我国的体育市场，在某种程度上形成国内、国外市场一体化，国内和国外企业将在同一种规则下参与奥运市场开发与竞争，在短期内可能造成一部分国内企业退出竞争，但从长远来看，对规范我国体育市场、提高企业竞争力将起到积极的推动作用。第四，奥运会是当今全球商务活动中规模最大、影响最大、开放度最高、运作最规范的市场开发项目，2008 年奥运会将是我国体育产业的经营管理人员得到的一次极好的学习、锻炼机会，是我国培养能与国际接轨的、高层次的体育产业经营管理人才的一个良机。

3. 需求结构和消费结构的变化带来的机遇

人的需求可分为生存需求、享受需求和发展需求三类，其中生存需求是满足人们生理需要的低层次需求，享受需求和发展需求是满足人作为社会人实现自身存在价值的高

层次需求，并且人的需求结构客观上呈现出由低级向高级转化的趋势。从经济理论上来看，人的需求就是消费需求，需求结构的变化必然导致消费结构的变化。体育消费从本质上讲属于满足人们享受和发展需求的消费。当一个社会的经济水平发展到一定的程度，人们的生存需求能得到较好满足时，就会产生包括体育消费需求在内的享受和发展需求。

我国目前正处于经济高速发展时期。据2004年国民经济和社会发展统计公报显示，2004年全年国内生产总值136515亿元，按可比价格计算，比上年增长9.5%，人均为10502元。我国各地区的经济发展水平差异较大，在一些经济发展较快的地区，人均GDP要比全国平均水平高得多，2004年北京市人均GDP达4300美元，长江三角洲地区人均GDP已达到35147元（约为4247美元），其中上海人均达55306元。

需求结构的变化必然会引起消费结构的变化。随着经济增长和人们收入水平的提高，在我国，特别是在一些经济发达地区，人们正在越来越多地追求高层次需求的满足，包括体育消费需求的满足，而这必然将导致我国大众消费结构的变化。目前我国大众消费结构总的趋势是恩格尔系数逐步下降。1978年，我国农村家庭的恩格尔系数为67.7%，城市家庭为57.5%，而2004年，这一比例已经降低至47.2%和37.7%（表5）。人们对物质消费品需求的增势在减弱，而对服务消费品尤其是与人的健康和生活质量提高直接相关的服务消费品的需求迅速上升。

表5　1998—2004年我国城乡居民家庭恩格尔系数

年份	农村居民家庭恩格尔系数（%）	城镇居民家庭恩格尔系数（%）
1998	53.4	44.5
1999	52.6	41.9
2000	49.1	39.2
2001	47.7	37.9
2002	46.2	37.7
2003	45.6	37.1
2004	47.2	37.7

[资料来源]《中国统计年鉴》1998—2004年

据国家体育总局于2002年12月6日公布的《中国群众现状调查的结果》，2000年，我国7~70岁的体育人口已达到33.9%，比1996年提高了2.5%。预计到2010年，我国体育人口占总人口的比例将超过40%。体育人口的增加必然带动更多的体育消费。体育消费是顺应我国社会消费结构变化规律的、有增长潜力的服务性消费，而体育消费的增加必然拉动体育物质产品和服务产品的生产，为体育产业发展提供巨大的动力。可见我国目前需求结构和消费结构的变化，为体育产业的发展带来了良好的发展机遇。

4. 城市化发展带来的机遇

城市化是体育产业发展的助推器。城市本身是市场发展的产物。城市化滞后于工业化的进程是我国经济发展面临的一个突出矛盾，然而这种状况在21世纪上半叶将得到根本性的改变。2010年我国城市数量将达到1000个以上，城市人口将占总人口的45%~50%，达到90年代世界平均水平。市场规模的扩大和城市人口比重的提高，都将有利于现代服务业的发展，服务业的发展与城市化进程是相辅相成、相伴而生的，而作为服务业重要组成部分之一的体育产业也因此得到了难得的发展机遇。

首先，城市化可为体育产业创造巨大的体育消费需求。目前我国的体育消费主要集中在一些大中城市，占总人口约70%的农村人口几乎没有体育消费。如果我们不能找到激发广大农民体育消费的有效途径，我国体育产业就不可能得到全面、快速、可持续的发展。而城市化为解决广大农民的基本体育消费需求提供了可能。一方面城市化使农民收入有了较大幅度的提高；另一方面城市化的发展也带动了社区体育和群众性体育组织的发展，激发和引导市民进行体育消费，从而有利于拓展消费领域，扩大消费规模。其次，城市人口的聚集效应，也为体育市场的培育与发展提供了可能。再次，城市的建设也会带动体育基础设施的建设和完善，将带动体育场馆设施的发展，也是体育健身休闲业和竞赛表演业发展的必要条件。

体育是都市文化，体育产业从一定意义上讲也是经营都市体育文化的产业。没有城镇居民占总人口比重的提升，没有城市化产生的人口聚集效应，体育消费和体育市场的培育与拓展就是空中楼阁。

（二）我国体育产业发展面临的挑战

1. 经济全球一体化带来的巨大冲击

随着入世和2008年北京奥运会的临近，我国体育市场将进一步扩大开放力度。经济全球化带来了国际自由贸易的冲击，国内的体育市场逐渐国际化，国外体育资本在国内将急速扩张，使得国内体育资本的市场份额急剧下降，其最终结果可能会导致国内体育企业重组或被兼并，乃至成为国外体育企业的附属品。同时，随着外资体育企业和知名品牌企业纷纷抢滩中国，一方面由于我国体育产业本身缺乏经营管理人才，同时又会受到国外企业进入国内市场后因扩张需要而大量吸收人才，这就势必造成国内体育企业经营管理人才的严重缺失，使国内企业的国际竞争力被削弱，遭受外资和外国品牌的围攻而陷入困境。

2. 文化产业等相关产业的扩张和介入带来的竞争

随着社会经济的发展，人们生活水平逐渐提高，闲暇日益增多，人们有了多元化的消费需求。由于文化产业等相关产业在提供服务产品方面与体育产品有着高度的替代性，将进一步造成体育消费群体的分流，必将严重影响和制约新世纪我国体育产业的可持续发展。因此，面对来自于其他产业的市场竞争，如何加快改革步伐，激发人们对体育消费的需求，借此促进体育产业的快速健康发展，则是一个严峻的现实问题。

3. 我国体育产业结构调整带来的挑战

当前我国体育产业还是新兴产业、幼稚产业，在发展中自身仍存在许多问题，其自身结构的不平衡性是制约我国体育产业发展的桎梏。在城市化进程中，我国体育产业发展存在着地域不均衡性和产业项目不平衡性的矛盾；体育产业经营理念的落后以及管理人才的严重匮乏等问题，尤其是在产业结构、规模及其比例方面，都存在着严重的不足。随着体育产业的发展，国内体育市场不断扩大，必将会形成中资企业与外资企业，国有企业和非国有企业的相互竞争，专营与兼营机构并存的局面。国内企业若要有效地占领市场，必须进行必要的结构性调整和合理变化，加快提升我国体育产业的国际竞争力，以便应对即将来临的竞争。

4. 缺乏有效、规范的行业管理标准带来的挑战

制定规范的行业标准是行业管理的重要切入点，目前我国体育产业尚未建立起健全的行业管理标准，对体育产业的发展未实行积极、有效的管理，这将严重影响我国体育产业的健康发展。没有产业统计指标体系的产业就不是真正的产业。产业统计对指导产业发展具有重要作用，是了解产业发展状况、揭示产业发展中存在问题的重要手段，也是政府部门制定产业政策的重要依据。我国至今对于体育产业的统计莫衷一是，缺乏正确的认识和必要的重视。因此，缺乏准确、有效的体育产业统计，必将极大地制约着我国体育产业的快速发展。所以，无论从我国的宏观经济统计还是体育产业自身的健康快速发展出发，都需要建立一个与市场经济体制相适应又符合体育产业自身规律的科学可行的统计和评价指标体系。

四、我国体育产业发展的指导思想、目标和任务

（一）体育产业发展的指导思想

"十一五"期间发展我国体育产业的指导思想是：以树立和落实科学发展观为主题，以体育资源的开发利用为主线，以体制和机制创新为动力，以提升我国体育产业的整体水平与国际竞争力为目标，以满足人民群众体育文化需求为根本出发点，激活体育消费，完善体育市场体系，建立和健全体育产业的管理体制，实现体育产业规模、结构、质量和效益的协调发展。

——坚持以改革促发展，深化体育产业管理体制改革与运行机制的创新，减少和消除影响体育产业发展的体制和政策障碍，加大对内对外开放步伐，盘活体育系统内外资源。

——坚持以人为本、以体为本，实现体育产业发展速度和结构、质量、效益相统一，实现增长方式由粗放型向集约型转变，促进体育产业的全面、协调、可持续发展。

——坚持为人民服务的宗旨，坚持经济效益与社会效益相结合，以社会效益为主。提高体育产业整体经营管理水平，以丰富多彩的、符合市场需求的体育产品与服务，获得最大的社会效益和最佳的经济回报。

——坚持以市场为导向，以政策扶持与引导为主要手段，充分调动和发挥各方面参与发展体育产业的积极性，形成全社会共同兴办体育产业的格局。

——坚持依法管理体育市场，完善体育市场法规，建立开放透明、规范有序、公平竞争的体育市场秩序。

（二）体育产业发展的目标和任务

"十一五"期间体育产业发展的目标是：基本建立与社会主义市场经济体制相适应的，符合现代体育运动发展规律，门类齐全、结构合理、规范发展的体育产业体系；形成以体育服务业为重点，相关产业为补充，多业并举，全社会共同参与的新格局；体育消费在居民日常消费中所占比例明显提高，体育产业增长速度明显高于国民经济增长速度，把体育产业培育成为国民经济和社会就业新的增长点。

围绕着实现上述目标，"十一五"期间体育产业发展的主要任务为：

——基本建立以政府宏观管理为主导，以行业协会自律机制为基础的体育产业管理

体制。政府体育部门负责制定体育产业战略规划，构建政策法规体系，通过完善与实施体育产业政策，发布体育产业信息，对体育产业实施宏观管理，指导和协调体育产品的生产及体育市场的经营活动，用政策法规为杠杆推动全社会体育产业发展。落实行业管理与社会管理职能，充分发挥体育产业协会组织的沟通、协调、服务和监督作用，对会员进行自律性管理，推动各行业的有序发展。

——初步建立与社会主义市场经济相适应的体育市场体系。积极扶持和培育体育中介咨询、体育技术培训、体育传媒、体育旅游市场，进一步规范和完善健身休闲、竞赛表演、体育彩票、体育用品市场，形成各类市场相互交织、共同促进的完善体系。加强体育市场准入、市场竞争及监管方面的法规与制度建设，建立起开放透明、规范有序、公平竞争的市场秩序。

——基本形成全社会共同参与、共同兴办体育产业的格局。各级各类依附于体育行政事业单位的体育生产经营单位实行政企分开、营利性与非营利性分开，将可以市场运作的体育资源进入市场，改善体育产业发展环境，吸引社会资本的介入。鼓励发展多种形式的体育组织和各类经营实体，鼓励私营、个体及国外投资者以资本、技术、信息、经营管理等各种形式参与体育产品的生产经营活动。积极引导社会资本以独资、合资、合作、联营、项目融资等国家允许的方式进入体育产业领域。

——初步形成相互促进、各具特色的区域体育产业协调发展格局。大力推进环渤海、长江三角洲和珠江三角洲地区的体育产业向着规模化、现代化方向发展，将区域的中心城市建设成为国家级体育产业发展的示范城市，带动区域内及全国其他大中城市体育产业的快速发展。扶持和改善内陆和经济欠发达地区体育产业发展的基础设施条件，使之依托当地独特的体育资源发展具有地方特色的体育产业，在国民经济和社会发展中发挥积极作用，形成与东部发达地区配套发展的互补格局。

——显著提高体育产业的国际竞争力。提高体育用品业的技术装备水平和新产品的研发能力，培育一批具有国际市场竞争力的明星企业与品牌。大力发展武术、散手、传统养生功和民族传统体育项目，开拓国际市场。完善与规范各项目职业联赛、商业性赛事，支持乒乓球、羽毛球、篮球、排球、围棋等项目开拓亚洲市场和全球华人市场，变优势项目的成绩优势为产业优势、市场优势。

——初步实现体育产业管理的科学化。充分利用社会团体、科研单位、企业等多方面力量，开展体育产业的基础研究和应用研究。进一步做好体育服务标准的制定与实施工作，建立科学、严谨的体育服务质量管理体系，提升体育服务质量水平，维护消费者的权益。积极推动体育产业统计指标体系的建立与实施，建立体育产业信息发布制度，为引导社会参与提供信息咨询服务。加强体育产业人才培养，提高体育产业经营管理人才的质量。学习与借鉴国外先进的体育产业经营管理经验与做法，提高我国体育产业的管理水平。

（三）主要行业的发展目标与任务

1. 健身休闲业

"十一五"期间，我国健身休闲业的发展目标是：建立和完善与社会主义市场经济相适应、政府调控市场、市场引导企业的健身休闲业管理体制和运行机制。大力倡导与推进体育健身休闲消费，力求使参与体育健身休闲消费的人口占我国体育人口的50%以上，人均年体育健身休闲消费为100元人民币左右，健身休闲业增加值每年以20%左右的速度快速增长，到"十一五"期末，我国健身休闲业年产值力争达到1300亿元，占体育产业年产值的30%左右。

为了实现上述目标，"十一五"期间发展我国健身休闲业的主要任务是：

——建立我国体育健身休闲业市场进入的咨询部门及市场准入制度，加强对我国健身休闲业的行业宏观指导及调控力度，规范和引导我国健身休闲市场健康有序地运作与发展。

——通过制定差别税率和减免税政策促进我国体育健身休闲业的快速发展，提高我国体育健身休闲业的经济总量，形成合理的产业结构；制定鼓励各种社会资本投入我国体育健身休闲业的政策，不断拓宽我国体育健身休闲业的投融资渠道，积极鼓励各种民间资本进入我国体育健身休闲市场。

——努力培育我国体育健身休闲市场的消费主体，积极提倡和鼓励居民从事体育健身休闲消费，以为大众强身健体、延年益寿、欢度余暇提供服务的体育健身、休闲、娱乐产品的市场供应为重点，坚持常规体育健身休闲消费项目与新兴体育健身休闲消费项目并举的开发方针，注重对"银发健身市场""青春美容健美健身市场""多功能高档健身休闲市场"的开发。

——引导、支持建立全国性健身休闲业的行业协会，逐步将一些不适应由政府行使的职能交给行业协会，如行业标准的制定、行业准入的资格认定、从业人员的资格认定等，形成行业自律机制，推动健身休闲业健康发展。

——加快我国健身休闲业经营管理人才的培养，通过专业培养、岗位培训、在职进修、招聘引进等多条渠道来培养和造就我国体育健身休闲业经营管理的专门人才。

2. 竞赛表演业

"十一五"期间，我国竞赛表演业的发展目标是：以入世和2008北京奥运会为契机，进一步完善与发展我国体育竞赛表演市场，使我国竞赛表演业朝着产业化、社会化、法制化方向发展，加大以全运会为代表的综合性运动会市场开发力度，尽快建立和完善体育赛事中介服务制度，使竞赛表演业成为与社会主义市场经济相适应、具有良好监管机制、发展迅速的体育主体产业。

为实现上述目标，"十一五"期间发展我国竞赛表演业的主要任务是：

——加强竞赛表演的市场准入、市场竞争以及市场监管的法规建设，积极培育竞赛表演市场，逐步建立起公平竞争、信息畅通、规范稳定、运行有序的竞赛表演市场秩序。务必做到：从宏观上实施管理和调控；从微观上进行指导和协调，从而确保我国竞赛表演业能够快速、健康、协调的发展。

——加快各单项运动协会实体化建设，转变政府职能，破除政府及其有关部门的垄断，积极开放赛事资源。积极鼓励竞赛表演业的多元化投资，大力引进国际高水平的精彩赛事，积极引进国外先进技术，吸取管理经验，进一步拓展竞赛表演市场。

——大力推进大、中型城市的竞赛表演业朝着规模化、产业化方向发展，总结体育赛事的运作模式与经验，努力改变我国竞赛表演业存在区域性不平衡发展的格局，使竞赛表演业在地区经济和社会发展中发挥积极作用。

——根据本地独特的自然景观、地理资源和民族民间体育文化资源，大力发展具有本国民族特色的竞赛表演业。以2008年北京奥运会为契机，力争推出具有知名度高、国际竞争力强的品牌赛事，使我国竞赛表演业能够尽快走向国际市场。

——进一步加强以全运会为代表的大型综合性运动会的市场开发工作。总结全运会市场开发的模式与一般规律，以全运会品牌建设为核心，加强市场开发的统一性与延续性，一方面提升全运会的综合效益，同时也对我国举办其他大型综合性运动会提供参考与借鉴。

——建立竞赛表演业经营管理人员培训制度，拓宽高素质的体育经营管理人才培养途径，提高服务管理质量与竞争力。进一步支持体育赛事中介组织的发展，自主地实施组织协调和行业管理职能。

3. 体育中介业

"十一五"期间，我国体育中介服务业的发展目标是：初步建立与社会主义市场经济体制相适应，政府调控、市场引导、法规完善、门类齐全、多种所有制企业并存的体育中介市场运行框架，实现"国家监管、行业自律、社会监督"相结合的体育中介市场监管体系，逐步将体育中介服务业培育成为我国体育服务业新的增长点，在政府职能转变和优化体育产业结构中发挥重要作用。

为实现上述目标，"十一五"期间发展我国体育中介服务业的主要任务是：

——初步建成比较完整的体育中介市场体系。目前我国体育中介市场是以运动员经纪和赛事经纪为主的经纪代理类中介活动，力争在"十一五"期间，初步建成以体育经纪代理类中介、体育咨询代理类中介和体育监督类中介为主较完整的体育中介市场体系，使体育中介机构在市场主体之间能真正起到桥梁与纽带作用。

——以运动项目管理体制改革为先导，充分发挥体育中介机构在运动员流动、赛事策划推广、赞助商服务、项目公关服务等方面积极作用，为体育中介机构的发展提供宽松的空间和市场环境。

——初步建立运动员人力资本产权制度，严格界定运动员人力资本的所有权、占有权、支配权、使用权和收益权等，在"谁投资，谁所有，谁获益"的产权界定原则下进行运动员经纪活动。

——以2008年北京奥运会和加入WTO为契机，体育中介机构按照现代企业制度的要求，以资本为纽带，通过兼并、联合、重组等多种形式改组改造成自主经营、自负盈亏的经营实体，积极参与国际竞争，培育出具有一定国际竞争力的本土体育中介机构。

——初步建立体育中介从业人员培训制度，加快调整体育中介人才培养结构与途径，采取多渠道、多形式培养合格的体育中介经营人才和体育中介市场管理人才，提高体育中介服务管理质量与竞争力，提高国内体育中介组织的竞争实力。

——通过建立体育中介行业协会，强化对体育中介市场的管理作用，切实把体育中介市场所需要的协调、沟通、评判、纠纷解决、培训等服务功能纳入同业协会的职能范围，以作为对国家监管工作必要的、有益的补充，充分发挥体育中介业协会在行业中的领导作用。初步形成"国家监管、行业自律、社会监督"相结合的体育中介市场监管体系。

4. 体育用品业

"十一五"期间，我国体育用品业的发展目标是：建立与社会主义市场经济体制相适应、政府调控市场、市场引导企业的体育用品业运行机制，到"十一五"期末，完善体育用品统计工作，规范体育用品业市场，使之成为体育产业和体育事业发展的支柱性产业，建立体育用品国际品牌，提升我国体育用品业的国际竞争力。

为实现上述目标，"十一五"期间发展我国体育用品业的主要任务是：

——逐步建立以产业政策为主要调控手段的宏观管理体制，逐步完善以中国体育用品联合会为主体的行业管理机制，形成政府宏观调控、行业管理为主的体育用品业管理体制。

——基本形成相互促进、特色互补的区域体育用品产业协调发展格局。全国体育用品生产进行战略性规划，统筹区域特色，建成全国性的产业作业链，初步建成比较完整的体育用品市场体系。

——通过建立健全体育用品依法追究责任制度，加强市场法规建设和工商行政管理，加强行业市场的监督，严厉打击假冒伪劣产品，有效保护知识产权，形成健康、规范的体育用品市场。

——建立现代企业制度，对我国体育用品企业实行战略重组，以资本为纽带，通过兼、购、并等多种形式组建纵向一体化经营的产业集团，形成大中小并存、协调发展的产业组织结构。

——大力推进体育用品业向规模化、现代化、综合化、集约化方向发展，积极鼓励体育用品企业利用现代高新技术手段进行生产经营。要通过推进建立现代企业制度，运用科学管理制度，促进体育用品科技进步，大力开发具有自主知识产权的产品与工艺，使体育用品企业成为具有核心竞争力的市场竞争主体，力争培育1~2个国际体育用品品牌。

——加强体育用品业的标准化建设，建立和完善体育用品质量标准体系和统计指标体系，规范体育用品业的质量检测和统计工作，形成完整的体育用品业数据信息库。

5. 体育彩票

"十一五"期间，我国体育彩票的发展目标是：配合我国的彩票立法和彩票管理体制改革，完成体育彩票发行销售机构的企业化改造，初步构建成一个与社会主义市场经济相适应的、具有良好监管机制的、经济效益和社会效益并重的、实行企业化运营的、高效率的体育彩票发行销售系统；在有效控制社会负面影响的前提下，逐步、适度地提高体育彩票的销量，增加公益金总量，争取到2006年销量达260亿，以后逐年递增5%以上，争取在"十一五"期间的总销量达到1450亿；逐步提高经营效率，降低发行成本，到2010年将电脑体育彩票的综合发行成本降到销售额的12%以下。

为了达到上述目标，"十一五"期间发展我国体育彩票的主要任务是：

——促进我国彩票法规、制度的建立健全，完善监管机制，加强内部管理，进一步完善体育彩票管理规章制度。加大有关法规、制度的执行力度，杜绝有章不循、违规操作、管理不规范的现象，切实保证彩票资金的安全，保障彩民权益。

——充分挖掘体育资源，提升体育彩票的体育含量，大力开发竞猜型玩法，尤其是单场竞猜玩法，避免与福利彩票进行同质竞争，配合国家打击地下赌球和私彩。加大各类玩法的研发力度，形成一套各种玩法互相补充的有机的玩法体系，并力争将主力玩法逐步稳定下来。

——全面建成全热线销售系统，并根据全热线销售系统的特点，完善各项管理制度，做好系统的安全保障工作，完成对销售员的相关培训。

——加强人力资源开发，培养、引进各类有关人才，初步建立起一支熟悉中国国情的，包括管理人才、营销人才、玩法开发人才、技术人才、销售人才等在内的人才队伍。

——提高危机管理意识，加大危机管理力度。各级体育彩票管理机构，对自己工作的各个环节中可能出现的各种突发事件，建立一整套较完备的应急预案。

五、加快发展我国体育产业的政策和措施

（一）进一步深化体育体制改革，加速体育社会化、产业化进程

当前我国体育管理体制尚未理顺，政府办体育的格局尚未打破，政事不分、政企不分的问题还较为普遍，体育资源配置没有充分发挥市场机制的作用，体育的社会化、产业化水平仍处在较低的水平。政府的体育行政部门要切实把建立多元化体育服务体系作为当前工作的重点，下决心解决管办不分的问题，切实把办体育的职能交给社会和市场，大力发展各类非营利性和营利性体育组织，引导居民以消费的形式享受组织化和专业化的健身休闲服务。政府的体育行政部门要真正在管体育上下工夫：首先，要积极协助政府经济管理部门开展体育产业政策研究，通过政策杠杆引导产业发展方向和布局，营造良好的投资环境，引导各类资本进入体育产业领域；其次，要建立开放透明、规范有序、公平竞争的体育市场秩序，保护消费者和经营者的合法权益，并积极协同工商、质量技术监督和安全生产监督等部门，共同建立市场管理体制；第三，要立足于转变政府职能，为投资者提供信息、咨询等公共服务。争取在"十一五"末，建立起与社会主义市场经济体制相适应、符合体育产业发展规律、以间接管理为主的体育产业宏观管理体制和市场调控机制。

（二）促进体育产业的社会效益和经济效益协调发展

体育产业的健康持续发展，必须注重经济效益和社会效益的协调发展，这是由我国新阶段经济社会发展的特点所决定的，也是市场经济发展的内在要求。从体育产业的经济属性来讲，在它的运行过程中必须要遵循社会经济运行规律，即以价格、利益为杠杆，通过公平竞争，等价交换，优胜劣汰，最终实现对体育资源的优化配置，保证体育产业的正常运作。没有经济效益的产业，就不是真正的产业，产业循环就会出现问题。但我们还必须兼顾体育的社会效益，使经济效益服务于社会效益。

从体育工作的角度来讲，坚持重点培育和发展体育竞赛表演和群众健身市场，主要是提供体育服务，通过向人民群众提供优秀的体育文化产品，丰富人们的文化生活，提高人们的精神文化素质。体育产业的发展，既是体育事业发展的一种补充机制，也有利于满足人民群众不同层次的体育需求。体育部门的职责是发展体育事业，拥有的资源是全民性的，因此提供的体育服务产品和其他产品也不一样，具有公益性，即使是进入市场的部分也应坚持社会效益与经济效益相结合。只有在坚持社会效益的前提下，才能获得更多、更大、更长远的经济效益，才能不断提高服务质量和档次，满足人们丰富多彩的体育需求。

在体育产业实践中，如果片面追求经济效益则与我们的社会主义价值观背道而驰，而没有经济效益的社会效益就是无源之水，作为产业形态难以为继。所以体育产业的发展要以"三个代表"重要思想和科学发展观为指导，坚持以人为本，注重经济和社会效

益的有机结合，努力实现"双赢"，为社会主义物质文明、精神文明建设和人的全面发展作出应有的贡献。

（三）积极引导体育消费，培育体育市场

抓住 2008 年北京奥运会的机遇，积极引导和激发居民体育消费意愿，促进我国居民体育消费观念转变。大力宣传和进一步强化"花钱买健康"的理念，使体育消费成为大众日常生活消费的重要组成部分。树立"体育让生活更美好"的主题，多角度调动大众多样化、多层次的体育消费意愿。增强体育竞赛的娱乐性，重视观看体育竞赛所产生的愉悦性对促进消费观念、提高消费技能的作用。

采取多种途径，大力提高我国居民的体育消费技能水平，国家和各级政府体育行政部门要进一步推动全民健身计划二期工程的组织实施，教育部门要配套改革各级各类学校体育教学内容体系，将休闲娱乐类项目内容纳入技能教学体系，增加他们现在和未来参与体育消费所必需的技能储备。

（四）进一步推动区域体育产业的协调发展

一个国家国民经济的整体发展往往是以区域经济的发展为先导和前提的，以区域经济的发展带动国民经济的发展已经成为我国国民经济发展的国家战略。我们国家地大物博、幅员辽阔，各个地区在经济发展、文化背景、地域资源等方面有很大的不同，体育产业发展的规模和水平也不平衡，故在发展体育产业方面，各地区也不可能采取统一的发展模式。各级政府的体育行政部门要根据本地区体育资源的条件和特点，制定适合本地区发展的区域体育经济政策，以本地区内的首位城市为中心，以点带面、分层推进，形成各具特色的区域体育产业发展模式。

目前，我国体育产业主要集中在大型中心城市和沿海经济发达地区，以珠江三角洲、长江三角洲和环渤海地区为代表，这些地区的体育产业无论是从产业规模和整体发展水平上都远远超过其他地区。所以，当前我国体育产业的整体发展战略应以上述地区为重点来带动和辐射中西部体育产业的发展，最终实现体育产业的区域协调发展。在北京、上海、广州、重庆、沈阳、深圳、大连、郑州等大型城市建立国家级体育产业基地，使体育产业迅速发展成为当地国民经济的主导产业，并带动周边地区体育产业的发展。内陆和少数民族地区也要根据本地区经济和体育发展状况，因地制宜、扬长避短，大力开发和利用自身体育资源发展特色体育产业(如青海省的环青海湖自行车赛、东北的冰雪产业等)，形成适合自身发展的体育产业发展模式。最终形成各具特色的区域体育产业发展模式，使我国体育产业整体上得到快速的发展。

（五）建立体育产业发展的税收政策和投融资政策

建立健全促进体育产业发展的投融资政策，制定鼓励和放宽各种社会资金投入体育产业的政策，通过深化体育体制改革取消运动项目管理中心和协会对非体育系统、非公有经济成分投入项目产业的限制。积极引进外资，扩大体育产业对外开放领域，逐步放宽外资直接投资经营的体育产业领域。

对由经营性事业单位转制的体育企业以及体育产业体制改革试点区的新办体育企业减免企业所得税，对于新兴的体育产业项目和民族的、大众的体育产品和服务逐步实行

税收优惠政策。金融机构在独立审贷的基础上，适当向体育产业倾向，安排一定的政策性贷款用于发展和培育各类体育市场。

鼓励组建各级各类体育产业基金组织、体育投资公司，形成多元化投资主体的新格局。吸引和鼓励境内外组织和个人的捐赠和赞助，拓宽体育发展基金来源渠道，完善基金使用管理办法。

（六）以体育赛事为重点，加大体育无形资产的开发力度

每年在我国举办的体育赛事众多，体育资源极为丰富，如2005年国家体育总局及其所属各运动项目管理中心计划举办的全国性及在我国举办的国际性赛事达881项次，而且这些还不含部分已签订了长期协议的赛事和各地方要举办的赛事。"十一五"期间，由于我国将举办2008年奥运会，所以奥运会前的这段时间里，将会有更多高水平的国际赛事在我国举行。这些赛事中，有的是职业联赛和商业比赛，已经市场化运作，还有许多具有商业开发价值，为赞助商家所关注。我们要积极探索赛事运作、推广与开发的新模式，使赛事组织形式在满足观众欣赏需求的同时，最大程度地满足电视转播的要求和赞助商的要求，不断提升赛事的品牌价值。

赛事中介对一项赛事的举办与推广起到至关重要的作用，他们是举办方、赞助商等各方关系的桥梁与纽带，通过对赛事提供专业化的服务，提高赛事运作水平，提升赛事价值。加速政府体育部门的职能转变，为体育中介提供活动空间与赛事资源，协助相关部门建立体育中介行业自律组织，在"十一五"期间力争成立中国体育经纪人协会，最终实现"国家监管、行业自律、社会监督"相结合的体育中介市场的监管体系。

进一步加强以全运会为代表的大型综合性运动会的市场开发，探索其运行机制与运作规律，借鉴奥运会市场开发的成熟经验，整合全运会无形资产资源，以建立和提升全运会品牌为核心，拓宽全运会市场开发空间，实现全运会市场开发的可持续性和资源的良性循环。积极探索和推动我国电视转播权的工作，在兼顾各方利益的前提下，最终形成"多赢"的局面。

（七）实施品牌战略，提高我国体育企业国际竞争力

以2008年奥运会为契机，在"十一五"期间扶持一批在国际体育市场上具有一定竞争力的知名企业和品牌。当前我国体育市场运行不规范的根本原因在于体育企业整体素质低下，要培育和发展我国的体育产业必须致力于不断提高各类体育企业的素质。要按照建立现代企业制度的要求，规范各类体育产业经营实体的组织形式，形成科学的法人治理结构和经营管理制度，建立开放性的创新发展机制。要以资本为纽带，通过资本市场和产权市场形成具有竞争力的跨地区、跨行业、跨所有制和跨国经营的大型体育企业集团，提高我国体育产业的核心竞争力，改善体育产业的组织结构。要制定明确的扶持政策，推进品牌战略的实施，鼓励和引导大型体育企业增加研发投入，开展技术创新、产品创新和营销手段创新。同时，要制定特殊政策，扶持我国的优势运动项目开拓国际市场，提高项目在国际体坛的影响力。

政府主管体育产业和市场的部门要进一步转变职能，支持各类体育企业所有者自组行业性自律组织，逐步将一些不适合由政府行使的职能交给行业自律组织，如行业服务标准的制定、行业准入的资格认定等，形成科学规范的行业自律机制，推动各类体育市

场健康、有序地发展。

（八）积极探索提高各类体育场馆的管理运营水平

体育场馆设施资源是体育事业发展重要的物质基础，是体育健身休闲业、竞赛表演业、培训业等主体产业的载体，也是体育产业整体发展的重要内容和必要条件。"十一五"期间，随着2008奥运会的临近，国家必将加大投入力度，体育系统场馆数量也将快速增加，要在坚持正确发展方向的前提下，提高使用率，兼顾社会与经济效益，发挥公共体育场馆在满足人民群众基本体育需求方面的优势和引导作用。要在坚持"以人为本"的前提下，不断完善场馆设施、提高服务意识和管理水平，为体育赛事提供优质服务。

鼓励和支持各类体育场馆开展经营管理方式的创新。不断完善目标管理责任制和承包经营责任制，积极探索场馆建设投融资和运营一体化模式，积极推广所有权和经营权分离，扶持专业场馆运营机构，实行委托经营管理，提高专业化管理水平。场馆建设应因地制宜，讲求实效，在建设阶段要考虑综合利用、多功能使用的要求，为场馆的日后运营、维护和管理创造条件。要通过建立体育场馆商业圈、产业链，实现产业互补，增强持续发展能力。要继续探索场馆冠名等无形资产开发形式，拓展场馆收入补偿渠道。要健全完善场馆协会组织建设，发挥其纽带作用。

（九）逐步建立完善的体育服务标准体系

按照体育法的要求，培育体育市场、服务体育市场、规范体育市场、监管体育市场始终是体育部门应当履行的职能。根据行政许可法和市场管理职责的划分，当前体育部门在体育市场管理方面，应当优先做好体育服务标准化工作。体育总局要在已经颁布的16项国家标准的基础上，进一步做好标准制定工作，扩大体育服务标准的覆盖面。各省区体育局也要针对当地具有地区特色、群众喜爱的体育活动项目，制定地方体育服务标准，逐步建立完善的体育服务标准体系。

要切实做好推进体育服务标准的贯彻工作。通过体育服务标准的贯彻实施，引导体育服务提供者建立自我约束机制，提升我国体育服务质量水平，确保体育服务安全。要通过建立科学、严谨的体育服务质量管理体系，创造一个体育服务业健康发展的环境，形成规范有序、良性运行、充满活力的体育市场，以落实体育市场监管职责。

（十）建立体育彩票有效监管机制，进一步做好体育彩票各项工作

体育彩票是彩票业中非常重要的一个组成部分，世界上许多国家都把发行体育彩票作为筹措体育资金的重要手段。我国自1994年在全国统一发行体育彩票以来，体育彩票公益金为群众体育和竞技体育提供了有力的资金保障。但是，我们也要看到近些年来体育彩票发展中存在的问题，如销量下滑，"西安宝马彩票案"等问题的出现，给我们敲响了警钟。在"十一五"期间，我们要继续抓好彩票的发行销售工作，完善各项管理制度，立足细节抓落实，确保安全运行。还要加强廉政建设，建立对社会公开的监督机制，维护体育彩票在人民群众心目中的公信度，使体育彩票事业健康发展。

（十一）加强对体育产业管理的基础性工作

体育产业的发展是一项复杂的系统工程，我们必须要扎扎实实地做好每一项工作，尤其是基础性工作。要充分利用各方力量，加强对体育产业的基础研究和应用研究。"十一五"期间，要重点研究体育产业发展中战略性、前瞻性和全局性问题，把握我国体育产业发展总体趋势，研究制定发展战略。要注意研究体育产业一般规律，借鉴体育产业发达国家和我国文化、卫生等部门的经验，与有关部门紧密配合，积极研究制定体育经济政策、体育产业政策，推动体育事业和体育产业的发展。

加强体育产业人才培养工作，切实提高体育队伍中体育产业人才的数量和质量。一方面要立足自身加强培养，可充分利用高等院校、各类人才培养机构等多种培养渠道对人才进行培养，提高体育产业人才队伍素质，改善人才结构。另一方面要充分利用社会资源，转变用人观念，善于利用和借助外部力量，采取灵活多样的方式，引进高层次体育产业人才。尽快建立、完善体育服务从业人员执业资格制度。

要重视体育产业统计工作。进一步完善体育产业统计的手段和方法，力争在"十一五"期间初步制定出我国体育产业统计和评价的指标体系，对我国体育产业发展的现实状况和存在问题进行科学、理性的认识和分析。在此基础上，还要逐步建立体育产业信息发布制度，通过这一平台，为社会投资提供咨询服务，引导社会投资方向。

对当前我国体育产业发展
若干问题的思考

梁晓龙

随着社会主义市场经济体制建立以来，体育产业在我国发展方兴未艾，在取得很大成绩的同时，也产生了很多在发展过程中急需解决的问题。本文力图对体育产业在我国发展过程中所出现的一些理论和实践问题进行探讨，并提出一些建设性的意见。

一、体育产业的内涵、外延及产业属性

这是一个关于体育产业的基本理论问题，也是每一位研究体育产业的人不得不首先回答的问题。对任何一个事物进行精确的定义都是一件十分困难的事情。对如何理解"体育产业"一词的内涵在理论上一直存在不少争论。我们不想陷入对概念无休止争论的困惑中去。本文所讨论的体育产业主要是指"为满足广大人民群众日益增长的体育消费需求，社会所提供的各类体育服务及其有关体育产品活动的总和。"关于体育产业的外延，它是一个范围比较广泛的领域。如果把它尽可能穷尽的话，可以涵盖很多不同的行业和方面，有领导同志列举了体育产业可以开发和涉及的 25 个领域和方面。但本文所论述的体育产业外延主要是指体育产业（体育本体产业）、体育派生产业和体育相关产业三个方面。

体育产业（体育本体产业）主要是指各类高水平的体育竞赛表演、各类体育健身健美服务、各类经营性的运动训练培训、各类体育休闲和娱乐服务以及体育所创造的无形资产、体育电视转播开发等。体育产业的主要特点是具有明显的体育属性，以各类体育服务和产品满足不同体育需求和消费的产业。体育产业实际上就是运用群众体育和竞技体育中的一些基本内容，为社会提供的体育服务和体育产品。在很大程度上也可以理解为，凡是进入体育市场为满足社会不同人群的体育需求的群众体育和竞技体育中的各种体育服务和体育相关产品，无论是有形的还是无形的，都可以称之为"体育产业"。

体育派生产业主要是指各类体育器材和一部分特殊的体育运动装备的生产、体育出版物、体育报刊、体育文物、一部分体育科学研究等。这些产业的特点是因为体育而产生，没有体育它们就不可能出现，离开了体育运动它们就毫无用处，就根本没有可能形成一种产业。体育派生产业的内容十分丰富，而且随着社会发展和体育运动本身进步，体育派生产业所包含的内容也会不断地丰富和发展变化。

体育相关产业主要是指体育场馆设施的建设、运动服装和一部分体育装备的生产等产业，这些相关产业的特点是与体育密切相关，但又不仅仅只是从事体育运动时才需要（运动服装平时也可以当做时装用，体育场馆设施也可以用做其他多种用途），而是还有其他多种用途。

关于体育产业的基本特征。相对于发展公益性的体育事业运行方式，体育产业所具有的经营性是体育产业运作的基本特征。在市场经济条件下，体育产业的经营者享有法

律规定的产业经营者才有的权利，获得应有的利润，按照法律规定交纳税赋，承担相应的义务，根据市场经济的基本原则进入市场进行体育服务和相关产品的经营。把体育中的一些内容当做一项产业进行经营，必须以市场作为基础，而市场是以需求为基本前提的。体育产业的经营者必须按照市场经济的基本法则配置体育资源，根据市场需求的不同进行投资、成本核算、提供各类体育服务和相应的体育产品，才有可能在体育市场中获得生存和发展。因此，经营性是体育产业的基本特征。

关于体育产业的产业属性。一般认为，根据体育产业的基本属性和产业区分的标准，它应该划归于第三产业。但问题是从上述体育产业的外延中可以明显地看出，体育派生产业中的体育用品和体育器材等制造业属于第二产业，并由此而产生了对体育产业在产业属性定性上的争论和认识上的分歧。本文还是坚持认为，体育产业属于第三产业。主要理由是体育产业的主体部分是为不同的体育消费人群提供各类体育服务和体育产品为主的产业，这些服务和产品完全属于第三产业，至于体育用品、器材、装备和服装等制造产业，虽然属于第二产业，但它们是体育主体产业的派生或延伸产业，这些并不能从根本上影响对体育产业在产业属性上的定性。正如百货超市属于第三产业一样，如果对在超市中所卖的各种商品进行深究的话，可以发现在这些商品的延伸产业中不仅有第二产业，还有第一产业，但这些现象并不影响百货超市定位于第三产业的产业属性。因此，关于体育产业的产业属性，还是应该明确为第三产业。

二、在发展体育产业过程中要处理好的几个关系

体育产业作为一项新兴产业在发展过程中，不可避免地要遇到各种矛盾和问题，在理论上清楚地认识这些矛盾，在实践中处理好这些关系，对保持体育产业健康发展至关重要。近些年来，体育产业在我国的发展过程中，主要遇到了下列一些主要矛盾和问题。

（一）处理好体育产业与经济发展的关系

经济是整个社会事业发展的基础，当然也是体育产业发展的基础，这是不依人们意志为转移的一条客观规律。因此，要根据不同国家的经济发展的水平和速度来发展体育产业，特别是像我国这样一个处在社会主义初级阶段的发展中国家更应该特别注意经济发展水平对体育产业发展的决定性影响。

在衡量经济发展的若干指标中，一个国家或地区的人均收入水平这个经济学指标对体育产业发展的影响和制约最大，而恩格尔系数是一个很有参考价值的指标。社会主义初级阶段最基本的特征就是生产力发展水平低，而且不平衡。我国是由多种经济发展水平和程度不同的地区组成的大国，不同地区的经济发展水平和人均收入水平有很大的差异，应该根据不同地区的经济发展水平这个最基本的客观条件来发展体育产业。我国的东南沿海地区、中部和西部地区之间不仅经济发展水平和人均收入水平不同，而且发展体育产业所依赖的体育基础设施也有很大的差距。因此，各地在发展体育产业的过程中，必须从各地的经济发展水平的实际出发。就是从体育产业发达国家引进的各类高水平的体育竞赛表演，也必须要从我国体育消费和广大城乡居民实际经济能力以及不同地区对不同体育项目的爱好出发，从我国体育产业经营的现有基础条件出发，才有可能取得较好的实际效果和经济效益。如果不顾经济发展水平和不同地区的实际情况，盲目上

马和发展体育产业项目，将不可避免地要造成经济损失。这一点，在我国经济发展的历史上有很多惨痛的教训，我们在发展体育产业过程中应该引以为戒。

（二）处理好体育产业与体办产业的关系

严格地说，无论从产业属性还是产业性质的角度来分析，体育产业与体办产业之间都有明确的区别，这一点在理论上应该明确，也必须明确。

凡是不具备体育服务和体育产品性质的经营和生产活动都不能认为是体育产业。体育彩票不是体育产业，如果说体育彩票属于体育产业的话，那么福利彩票算什么产业？如果体育彩票中 36 选 7 是体育产业的话，那福利彩票的 33 选 6 又是什么产业？它与体育彩票的 36 选 7 又有什么本质上的区别？彩票实质上是国家的特许的一种行业，从它们的产业属性来看，无论是体育彩票还是福利彩票都应该属于博彩业。体育系统办的宾馆饭店不是体育产业，它们属于一般的社会服务业，因为从本质上看，这些宾馆饭店与社会其他行业所办的宾馆饭店没有实质性的区别。体育系统所办的农场也不是体育产业，因为产业的划分不以所办产业主体的行业为标准，而是以最终所提供的服务和产品的性质为原则。区别体育产业与体办产业的不同有利于我们保持理论上的清醒，准确地制定体育产业和体育经济政策，促进体育产业的健康发展。

但也应该清醒地认识到，在我国目前的社会经济发展水平和体育系统的现实条件下，体育系统办一些其他的产业不仅是必要的而且也是必须的，很多体办产业不仅能为体育事业发展广开财源，提供动力，也能为保证正常的体育活动提供方便，在我国体育事业发展过程中同样也在发挥十分积极的作用。近些年我国体育彩票事业的发展，极大地促进了我国体育事业的进步，就是一个十分有说服力的证据。只要不是国家明令禁止的产业，只要体育系统有条件有能力兴办的产业，只要有比较好的社会效益和经济效益的产业，都可以依法兴办。

理论上有了清醒的认识，在实践中才会有正确的行动。处理好体育产业与体办产业的关系，有利于我们采取不同的体育产业政策和体育经济政策，促进和规范我国体育产业和体办产业的健康发展，这对我国体育产业和体办产业的发展都具有十分积极的意义。

（三）处理好体育产业与体育事业的关系

从总体上看，在我国体育事业仍然属于公益性事业。过去我们只讲体育事业和体育工作，不讲或者很少讲体育产业。但随着社会主义市场经济的发展，体育的功能更加丰富，体育的社会价值逐渐多样化，特别是体育的经济功能更加显现，这为体育产业的产生和发展创造了良好的客观社会条件。同时。随着社会进步和经济发展，广大人民群众的体育消费也逐步呈现出多元化的趋势，为了更好地满足不同层次和人群的体育消费需求，体育产业在社会主义市场经济条件下，随着社会发展和人民生活水平的不断提高应运而生。体育产业的产生和发展不仅丰富了我国体育工作的内容，增强了体育事业发展的合力与后劲，还为我们提供了一套全新的体育工作方法和思路，对促进我国体育事业加快发展意义重大。

有专家认为，体育产业是市场经济条件下的体育事业。主要理由是，无论是体育产业还是体育事业，都具有丰富社会文化生活、建设精神文明、强身健体等体育所特有的本质功能，它们在发挥体育的基本功能等方面的作用是一致的，是相同的。但是，如果我们对体育产业和体育事业之间的特点进行深入的分析就会发现，体育产业与体育事业之间还是具有明显的区别。首先，开展体育产业具有经营性的基本特征，它必须在市场中进行，而发展体育事业则不然。其次，体育事业的外延更加宽泛，而体育产业只是体育事业中能进入市场进行经营的一部分内容，而经营的内容相对狭窄。第三，也是最重要的一点，无论从体育产业经营者的主观愿望还是客观效果来看，体育产业具有明显的营利性，而体育事业是社会公益性事业，属于公共产品，应该无偿地向社会公众提供，不具备营利性的特征。体育事业主要靠国家和政府支持，社会赞助，为广大人民群众提供公共体育服务，实现国家发展体育运动和为国争光的目标。体育产业则主要是面向市场，依法经营，自我积累和自我发展，满足不同人群的不同体育消费需求。

在社会主义市场经济条件下，处理好体育产业与体育事业之间的关系，有利于满足广大人民群众日益增长的不同的体育需求，也有利于实现体育功能的多样化。体育事业作为一项社会公益性事业，随着经济发展和社会进步，国家和社会应该逐步加大满足广大人民群众对体育的普遍性需求，但国家和政府所提供的体育服务是基本的和基础性的，就是在当代西方发达的北欧等高福利国家中也是如此。体育产业作为进入市场进行经营的体育服务和体育产品，在满足人民群众的多样性和特殊性的体育需求方面将发挥重要作用。因此，在坚持体育事业公益性的前提下，大力发展体育产业。既能推动体育事业不断向前发展，又能充分实现体育的多种功能，满足社会多层次的体育需求。体育事业与体育产业既有明显共性又有不同，既有区别又不相互排斥，而是相互补充、相互促进、相得益彰。在推动体育发展和满足广大人民群众日益增长的体育需求等方面共同发挥着各自不同的作用。在我国当前的历史条件下，我们不能轻视任何一个方面的发展，两手抓，两手都要硬。

（四）处理好体育产业与体育产业化的关系

体育产业与体育产业化的基本内涵有着根本性的区别。体育产业的基本含义和外延相对比较明确。而体育产业化是一个总体性的要求，主要是针对整个体育事业长期在计划经济条件下的运作方式改革而言的。由于我国体育体制改革的目标是要逐步建立与社会主义市场经济体制相适应的体育体制及其运行机制，体育产业化能有效地促进我国体育改革的不断深化。

理解体育产业化这一概念的核心和关键在于"化"字。体育产业化就是要求在进行体育体制和运行机制不断深化改革的进程中，用市场经济的观念、原则、手段和方式来代替我们原有的建立在计划经济基础上的办体育的观念、原则、方式和手段。体育产业化是针对我国整个体育事业的运作方式的改革而言的，它不仅包括体育产业运作方式也包括群众体育和竞技体育的运作方式。也就是说，在新的历史条件下和社会环境中，我国的整个体育事业的运作方式都要按照市场经济的基本要求进行运转，进行转化，它体现在体育工作和体育实践的方方面面。具体地说，体育产业化要求我们在社会主义市场经济条件下发展体育事业的方式要发生根本性的变化。在体育工作和体育实践中，遵循市场经济中的社会有效需求原则，根据国家、社会和人民群众对体育的需求配置有限的体育资源，并把这些资源配置到体育工作效益较好的方面和环节中去。根据经济成本核算的法则，讲究和追求体育工作效益的最大化。引入和充分运用市场经济竞争规律的法则，高效率地进行体育工作，发展体育事业。实行优胜劣汰的管理方式。承认和遵循物质利益原则，在体育工作中提倡无私奉献的同时，根据劳动成果和效益进行分配。不断地建立和完善有关体育的法律法规体系，实行依法治体等一系列与社会主义市场经济要求相一致的一整套运作体育工作和发展体育事业的方式。

体育产业化提出和实践的最大意义在于我国体育系统在多年的体育改革实践和探索的过程中，终于找到了一条体育与市场经济体制相适应的结合途径，市场经济所要求的一整套发展体育事业的观念、原则、手段和方法在体育产业化的过程中就有可能得到实现。体育产业化所要求的一整套做法有助于我们把传统的建立在计划经济基础上的体育体制转移到与社会主义市场经济相适应的轨道上来；有助于把发展体育事业的方式从粗放型转移到集约型的轨道上来；有助于使发展体育事业的运行机制与市场机制的要求相一致；有助于提高体育工作的效益与效率；有助于在体育工作中建立竞争机制；有助于激励和调动人们体育工作的积极性；有助于建立新的分配机制，鼓励先进，鞭策后进；有助于改变人们的体育消费观念等。事实上，经过这些年体育产业化的推进和实践，体育产业化正在悄悄地改变着我们传统的与计划经济相适应的体育工作运作方式的方方面面，改变着人们办体育的思想和观念，在促进体育改革和发展中发挥着不可代替的巨大作用。

与体育产业化办体育的方式相对应的是"国家出钱，政府办"的在计划经济条件下办体育的方式。二者的主要区别在于办体育事业的基本观念、方式与办法根本不同。体育产业化要求体育工作按照市场经济的规律和基本原则办，而计划经济条件下办体育的工作方式则要求按行政命令办。体育产业化要求在发展体育事业的过程中要讲究效率和效益，计划经济条件下办体育只要完成活动就万事大吉。体育产业化要求在办体育的过程中既要提倡奉献精神，又要承认人们的物质利益原则，讲究多种调动人们工作积极性的手段等。而计划经济条件下进行体育工作是按平均主义的原则进行分配，很难调动人们工作的积极性和创造性。经过多年的深化体育改革，在计划经济条件下办体育的工作方式正是在体育产业化办体育的工作方式强烈冲击下，其生存空间与发展活力将会越来越小。而体育产业化所要求的一整套办体育事业的工作方式正在被人们所接受，在体育工作实践中其活力越来越大，正在逐渐成为人们在体育工作中的自觉行为。体育产业化将从根本上转化着我国体育工作的运行机制和工作方式，这正是提出体育产业化的主要意义和目的所在。如果把体育产业化错误地理解为体育市场化，或者理解为把体育事业全面推向市场，不仅有悖于提出体育产业化的初衷，也不符合体育在人类社会各项事业中的社会属性和社会定位，在体育工作和体育实践中也行不通，而且还有走向反面、影响体育事业正常发展的危险。

（五）处理好体育产业发展与规范之间的关系

发展是硬道理。发展是第一要务，是解决当今中国一切问题的前提条件和关键。政府体育主管部门和相关部门在对体育产业进行规范时，首先要明确树立促进体育产业的发展意识，一切规范行为都要主动服从和服务于体育产业的发展。在体育管理实践中，应该明确，只有首先促使体育产业特别是体育本体产业的规模发展到一定的程度，有关政府体育主管部门也才有管理和规范的对象；只有把体育产业这块"蛋糕"做大，参与体育产业的市场各方才有可能分得绝对数量较大的份额。因此，在推动我国体育产业进程的过程中，要特别注意处理好发展与规范的关系。

从一个较长的历史过程来看，目前，我国体育产业的发展程度仍然处于起步阶段，在这个阶段中的主要任务就是要促使我国体育产业尽快发展，促使体育产业的规模不断扩大，促使社会中有更多的企业、单位和个人积极地参与到体育产业这个行业中来。为了实现这个目标，政府体育产业主管部门应该在有关体育产业的宏观政策上，为有关参与体育产业的各方尽可能地创造良好的进入条件或准入条件，为创办体育产业的各方提供快捷和优质的服务，而不是忙于制定各种各样限制性的"规定和条款"，更不能利用政府体育主管部门的有利条件，为了局部利益甚至是小集团的利益在体育产业这个"婴儿"身上抽血。使人望而生畏，迫人望而却步，人为地、主观地把有参与积极性和看好体育市场，有意进军体育产业的人和企业拒之于千里之外。我很赞成"降低体育产业进入门槛"的观点，这样可以促进我国体育产业加快发展。当前"规范"体育产业的第一要务就是要促进体育产业快速发展，不断地提高我国体育产业的发展程度和发展水平。在这个过程中，再根据体育产业发展进程中所出现的不同情况，区分不同的问题，有的放矢地不断地进行规范发展体育产业的行为，为体育产业创造良好的市场环境。因此，政府体育主管部门和有关单位在规范和管理体育产业的过程中，一定要从有利于体育产业发展的高度来出发，以规范促进发展，树立规范为发展服务的指导思想。并以此为基本原则来制定各种体育产业政策，采取各种各样的发展体育产业的措施、政策和手段，处理好体育产业发展与规范之间的关系。

（六）处理好体育产业内部构成之间的关系

体育产业虽然属于第三产业，但如果我们认真深入地分析体育产业内部构成，就可以发现体育产业中的不同外延可以分别划归到第二、第三产业中去。两类不同性质的产业，国家当然要有不同的产业政策加以指导。因此，国家体育主管部门和国家有关管理部门在研究和制定体育产业发展政策时，要从体育产业构成的实际内容出发，进行区别对待，分类指导，其中要特别注意区分体育本体产业和体育派生产业、体育相关产业的特点和不同。

对于体育派生产业和体育相关产业。这些产业分别属于制造业和建筑业等行业，对政府体育主管部门而言，对它们的管理主要是研究和制定发展体育产业所需要的行业准入标准。不同的体育项目对体育场馆的各项指标和标准有不同的要求，不同体育项目对装备的技术与质量标准要求不同，不同体育项目所使用器材的技术和质量标准也不一样。不同运动项目对运动服装质量与标准也各有差异。这是一项复杂的系统工程，仅奥运会正式比赛的小项就有 300 多个，而且每一个小项都有一定的特殊要求，特别是正式比赛所用的专项器材、服装和装备等，国际体育组织对它们也都有不同的标准要求，而且有很多指标都有刚性规定，必须遵照执行。还有的体育产业涉及建筑业、制造业、服装业等多个社会的不同行业。应该在国际体育组织规定的指导下，在大量调查研究的基础上，在我国建立以不同体育项目不同标准的体育市场和体育产业标准的准入制度体系。但对有些非刚性的标准的制定一定要从实际出发，逐步提高。这样有利于我国这类体育产业的发展和成熟，培养中国自己的体育产业名牌企业和名牌产品。关于它们的行业管理和规范，应该坚决归属于它们各自所属的行业和部门。

对于体育本体产业，政府体育主管部门则义不容辞地负有指导、规范和管理责任。

从根本上看，在推动体育产业化在我国的发展过程中，对体育市场的管理有两个方面最主要的内容，一是规范体育市场参与各方的行为，净化体育产业的市场环境；二是调节在发展体育产业过程中参与各方的利益分配。这种调节有市场的、法律的和政策的等多种手段，但必须确立以市场调节为主的基本观念，在条件成熟时应该及时地把一些措施和政策上升为法律法规。

从我国体育产业发展的现实情况来分析，在体育产业发展的过程中要尽快地培育出两个成熟的市场主体，一是体育产业的经营主体，就是培养一大批为广大人民群众提供的各类体育服务的企业经营主体和体育产业经营者。目前，在社会中这类经营主体数量太少，应该尽快发展。二是培育体育产业的消费主体，就是要吸引和动员更多的社会成员把体育消费看成是对健康的投资，是提高生活质量和生活水平的一个重要方面，使体育成为人们日常生活中自觉的消费行为。体育消费主体的形成和发展受经济发展水平和人们对体育的认识的影响和制约。连接这两个市场主体之间的桥梁就是体育服务、体育产品和一整套体育产业化的运作方式。如果中国社会有大量的投资和经营体育产业的企业实体出现，有众多的社会成员自觉地进行健康投资，体育产业就达到了一定规模。

当前我国的体育产业政策的主要任务就是要促进体育产业朝这个方向积极健康地发展。对于在体育产业中以体育主体产业为主要经营内容的体育产业经营主体，国家要有特别优惠的产业政策和特殊的措施促进其发展，在业务上进行有力的指导与扶植，促进这类体育产业的尽快发展，使其在社会上达到一定的规模，为我国体育事业的发展服务。对经营体育主体产业的企业，国家给予大力政策扶植具有充分的理由。因为，在我国体育事业和体育产业的基本性质仍然是社会公益性事业，国家和政府有普及体育运动的责任，也有发展体育事业的义务。为广大人民群众提供体育服务和劳务的企业和单位在很大程度上是在为社会公益事业出力，理应得到政府各方面的政策优惠与扶持。积极的鼓励措施和政策有利于体育产业的发展，有利于我国体育市场的发育和拓展。同时也有利于体育运动在我国的发展和普及，有利于我国体育系统建立与市场经济相适应的体育体制和运行机制。

三、当前体育产业发展急需解决的几个问题

但从总体上看，体育产业在我国仍然处于起步阶段，甚至可以说很多方面和领域还没有涉及，国际上很多行之有效和成熟的做法，对我们来说，仍然还很陌生。应该在发展体育产业的实践中尽快地成熟起来，推动我国体育产业健康快速发展。

（一）关于体育产业的市场观念

体育产业的从业者必须要明确地树立体育市场观念，这是发展体育产业必须首先要解决好的一个根本性问题。发展体育产业完全不同于在计划经济条件下进行的体育工作，绝不能用在计划经济条件下从事体育工作的办法发展体育产业。首先，体育产业是在体育市场中进行的，必须以市场的需要为基础配置体育资源，并根据市场需求的大小进行决策和投资，没有市场需要就没有体育产业。其次，不同的国家、不同的地区，就是在同一个国家的不同地区对体育的需要都是不同的，应该认真研究不同地区体育市场的供需规律，有的放矢地开展体育产业工作，才可能取得比较好的经济效益。第三，要明确树立体育赞助商、电视台、观众和服务对象等购买了体育服务和体育产品的机构和

个人就是上帝的思想观念，因为正是他们托起了体育产业的大厦，要千方百计为他们提供规范化和专业化的体育服务和体育产品。只有这样，体育产业才可能得到发展。第四，要积极探索体育产业发展的规律和特点。努力掌握体育产业发展的规律和特点，这是做好体育产业工作的前提条件。

转变观念，解放思想是当前我国体育产业发展过程中一个必须首先要解决好的问题。没有真正掌握和树立市场经济所要求的一整套观念、原则、方法和手段来发展体育产业，就不可能促进我国的体育产业健康发展。搞体育产业必须要具有专业策划、专业设计、专业运作、专业推销、专业服务的基本观念，才能使我国的体育产业上一个台阶。

（二）关于体育竞赛表演业

体育竞赛表演业是体育产业中的一个重要组成部分，同时也是体育系统最具有优势的一个开发领域。我们对高水平体育竞赛资源不仅有得天独厚的国际和国内两种垄断权，而且对体育运动的竞赛组织也得心应手。但遗憾的是，我们对体育竞赛表演业的经营虽然经过了十多年的尝试，仍然不得要领，还处于探索阶段，没有进入正常发展的轨道。究其原因，仅仅只学了一些发达国家举办体育竞赛表演业的皮毛，没有感悟到发展体育竞赛表演业的根本。主要表现在严重缺乏经营高水平体育竞赛表演业的专业意识和专业手段，没有形成具有中国特色，国际影响的中国体育竞赛表演市场的国际国内竞赛产业品牌，仍然还没有具备创造名牌竞赛产业的观念和意识。

看当今世界具有较大影响的奥运会、欧洲足球锦标赛、美国的 NBA 篮球、世界职业拳击拳王争霸赛、法国国际网球赛和环法自行车赛等具有很大影响力和吸引力体育竞赛表演业，无不具备了专业策划、专业制作、专业营销和专业服务的基本操作方式和手段，创造出了属于自己的高质量的体育竞赛品牌。这些专业化的运作和优质品牌是体育竞赛表演业取得成功的关键性因素，也是获得较高社会和经济回报的主要原因。

国内观众经常在电视上看到的美国职业篮球联赛的策划理念就是"财富篮球、娱乐篮球、健康篮球"，而且围绕篮球比赛和篮球运动员的商业策划、商业运作都达到了非常专业的高度，产生了巨大的经济效益。世界职业拳击拳王争霸赛大多由专业经纪公司和推广公司运作，他们在运作过程中对每一个环节都有很高的专业要求。笔者曾经与美国有关职业拳击组织在中国境内举办过职业拳击拳王争霸赛，为了做好每一个职业拳击比赛的电视画面，美国有关体育经纪公司就在比赛开赛前不久不惜舍近求远，花重金专门从美国调来电视设备和专业电视转播和摄像技术人员，目的就是要每一个电视画面都要达到专业化的要求，给电视观众和购买了电视转播权的电视台一个满意的交代。法国的国际网球赛已有 100 多年的举办历史，由法国国家网球协会定期举办，在世界上具有很高的品牌价值和很大的影响力，全世界有 197 个国家和地区的电视台购买了该项赛事的转播权，每年盈利一亿多欧元（相当于 10 亿人民币）。为了向中国的 CCTV 推销该赛事的电视转播权，他们走过了不要钱白转播，到用广告时段交换电视转播权，再到完全付费购买电视转播权的整个专业推销过程。法国的环法自行车赛，在世界上的商业体育竞赛中极富盛名，也有 103 年的经营和发展历史，该赛事完全由一家法国的私营公司经营，它们从小到大的不断发展，目前每次举办都有巨大的盈利，他们靠的就是专业化的服务，为参赛的运动队服务，为每个购买了电视转播权的电视台服务，为每一位出了钱的赞助商服务，在专业服务的各个方面都有专门化的要求和标准。

体育竞赛表演市场的经营是体育部门一项长期性和经常性的体育产业工作，必须要有专业化的观念和意识，必须要有专业化的工作要求和规范，才能创出自己的体育竞赛产业品牌，才能对电视台、观众和赞助商有吸引力，才能在体育市场激烈的国际化竞争中站有一席之地。在体育产业的这个领域中，我国的各个单项运动协会和有关体育经纪组织必须在专业化观念、意识和专业化的组织与服务能力方面有所突破，才有取得成绩的可能。如果我们在专业化运作和服务等方面存在的各种问题，得不到有效的解决，将严重影响和制约我国体育竞赛表演业的健康发展。

体育竞赛表演业在体育产业中是一个具有"龙头"性质的产业。如果能够把一部分高水平体育竞赛表演业做强做大做成品牌名牌，电视转播权有偿转让、运动员无形资产的开发，企业赞助、门票销售和广告收入等围绕体育竞赛的有关多种产业就有机会得到很大的发展。为了使我国体育竞赛表演业的各个方面得到深入发展，创造出更好的经济效益和更大的社会效益，我国的各个单项运动协会必须在创造自己的高水平竞赛表演业的名牌上，下大工夫，下苦工夫，下专业工夫。

（三）关于全民健身服务业

有专家预测，全民健身服务市场将是我国体育产业最大的市场。全民健身服务业在我国是一项新兴产业，是体育产业中的一个重要有机组成部分。主要是指社会为满足广大人民群众日益增长的体育健身、健美、娱乐和休闲等方面的需求和消费而发展起来的面向大众的有偿性体育服务行业。其特点是以活劳动的形式向社会广大成员提供各类体育服务，与此相对应的是体育物质产品的生产与经营。其基本内容主要包括体育健身、健美、休闲和娱乐、体育运动技术、技能和体育知识的培训以及体育咨询等方面的体育服务，属第三产业。它与体育用品、器材制造业、体育服装、装备制造业、体育休闲旅游业等行业有密切的关系。

全民健身服务业在一个国家中产生和发展必须具备两个基础社会条件。一是随着社会的发展与进步，人们强身健体的意识普遍增强，人们都希望通过参加体育锻炼和各类体育活动提高自己的健康素质和生活质量。广大人民群众日益增长的体育需求，为全民健身服务业在我国的发展创造了良好的社会环境。二是随着经济的发展，广大人民群众的经济收入和生活水平以及消费能力不断提高，当社会经济水平发展到一定程度后，人们不仅有强烈的强身健体的愿望和内在需求，而且有经济能力进行体育健身等方面的消费。从我国社会现实经济条件来看，有相当一部分地区具备了这样的基本条件。

在当前和未来一段时间内，我国发展全民健身服务业所面临的主要问题是广大人民群众日益增长的健身需求与国家和社会所提供的体育服务以及相关体育产品严重不足之间的矛盾。我国为满足广大人民群众进行体育运动、健身强体的需求和消费所提供的体育场地、体育设施和各类体育服务严重不足，不能有效地满足广大人民群众日益增长的各类体育需求，形成了体育需求和供给之间的矛盾，而且矛盾的主要方面在供给不足。具体表现在：全民健身服务业在我国还没有得到政府及有关部门应有的重视；国家对全民健身服务业没有一个统一的政策体系，对这项正在蓬勃兴起的全民健身服务业缺乏定位、规范和管理；全民健身服务业在法制化和规范管理等方面存在滞后现象；全民健身服务业在我国还没有完整的统计指标体系，体育行政部门和国家统计部门都无法准确掌握全民健身服务业这个行业在全国的发展现状及有关准确数字，只有部分省市进行过一些局部的调查和统计；国家对全民健身服务业在投融资政策、土地政策、税收政策等方面没有相应的优惠和扶持政策；全民健身服务业中的专业人才严重缺乏。

从现实情况看，全民健身服务业的经营群体和经营企业虽有一定的发展，但无论在数量、质量和规模上，仍然远远不能满足广大人民群众日益增长的健身需求。如何采取有力措施，促进全民健身服务业在我国健康、有序发展，是当前和将来一段时间我国体育产业发展的一项重要任务。

全民健身服务业的发展应该坚持与我国社会进步和经济发展的水平相适应，与我国大众体育消费水平相适应，与全面建设小康社会的历史进程相适应。努力构建多元化的全民健身服务体系，大力发展全民健身服务业的经营实体，扶持各种所有制形式，特别是民营全民健身企业的加快发展，加大公共体育场地、设施的建设力度，努力满足广大人民群众日益增长的强身健体的需求，推动全民健身服务业在我国有一个比较快的发展。

（四）关于体育场馆的管理与经营

如何搞好体育场馆的经营与管理，找到一条具有中国特色的体育场馆管理与经营的路子是当前我国发展体育产业面临的又一个主要问题。近些年来，在我国不少城市都投资建设了一批现代化的大型综合性体育设施。但对如何管理和经营，使这些体育设施和国有资产保值增值成了困扰我们的难题。

我国的体育场馆大多由国家和政府投资兴建，国有资产的基本性质决定了这些体育场馆首先就面临的是管理体制问题。探索一种具有中国特色的管理体制是必须要解决的问题。在国际上也有多种体制模式。例如美国德克萨斯州政府投资建造的大型体育馆交给休斯敦火箭队作为主场经营，该篮球俱乐部每年向政府交纳一定数量的费用。法国的国家体育场承包给了一家专业体育经营公司进行管理和经营。我国各地也有不同的管理体育场馆的模式和方式，但效益好并以此为主的并不多。

不同的管理体制决定不同的运行机制，运行机制的设立与改革必须与体制配套进行。我国目前体育场馆的管理与经营问题的关键是要建立一套责任明确、权力到位、利益明确的管理和经营的体制和机制，使体育场馆的管理者和经营者有危机感和紧迫感，把经营成果与经营者的利益与得失紧密地结合起来。

积极探索现有体育场馆发展体育产业的运行机制，按照市场经济的基本要求，把体育场馆改革成为"自主经营、自负盈亏，自我约束、自我发展"的面向广大人民群众和高水平运动队服务的经营实体，这对体育场馆的经营和管理是一个基本的要求。对于国家投资的新建的体育场馆和设施，可以采取转让、共同经营和委托专业化公司经营等多种手段和方法，搞活体育场馆的投资建设和经营渠道，盘活有限的体育资源，使其发挥更大的作用。

（五）关于体育产业人才培养

高水平的专业人才是发展任何一项事业的基础条件和必要条件。体育产业的专业人才对发展体育产业同样也至关重要。体育产业的经营者需要具备市场经营和体育运动两方面的知识和经验。由于长期在计划经济条件下办体育，在我国具备体育知识的人才往往缺乏应有的经营意识和知识，体育工作者市场观念不强，知识结构也不能满足市场经济的要求，而一般经营者又缺乏体育运动知识。

当前我国体育产业发展中存在的一切问题归根结底是体育产业的人才问题。就体育产业发展而言，我们缺三类人才：一是负责体育产业、体育市场规划、监管职能的行政干部；二是高素质的体育企业家和体育经纪人；三是体育营销人才和体育产品研发人才。全国人才工作会议，明确提出人才资源是第一资源。要有效地解决当前体育产业发展过程中存在的一些问题，最根本的一条就是要确立人才为本的战略思想，从加强体育产业人才资源能力建设、创新和完善体育产业人才工作的体制和机制等方面切实做好体育产业人才的选拔和培养工作。国家和有关部门应该不失时机地加大体育产业的人才培养力度，有力地促进我国体育产业健康、快速发展。

由于体育产业在我国还是一个新兴产业，以上所罗列出的各种各样的问题是任何一个产业发展过程中，特别是发展初期的必然现象。以上这些问题的出现都是体育产业发展中所出现和产生的问题，同样也需要在体育产业的发展过程中加以解决和不断完善。我们相信，只要我们共同努力，一定能够很好地不断克服前进中所出现的各种困难和问题，推动我国体育产业健康地向前发展。

中国体育及相关产业统计研究

张 林

蓬勃发展的体育产业对国民经济的重要作用已日渐凸显，但是指导我国体育产业发展的基础的体育产业统计工作却相对滞后。本文在深入调查和走访的基础上对体育及相关产业的概念与分类、体育及相关产业主要统计指标、体育及相关产业统计实施方案等问题进行了深入探讨，对于我国的体育产业经济发展具有重要的指导意义。

一、概 况

随着我国社会主义市场经济的飞速发展，国民经济结构发生了深刻的变化，第三产业取得了长足进步，在国民经济中所占的比例越来越高。但由于历史原因，我国第三产业统计工作仍处于起步阶段，很多行业还没能建立起长期的统计和信息发布制度。为全面、准确地把握第三产业总体规模，进一步指导第三产业健康、有序发展，各行业政府部门对其统计工作给予高度重视，产业统计已成为我国政府职能部门和综合统计部门一项当务之急的工作，文化、旅游、信息、海洋等第三产业部门相继开展了产业统计研究，并制定了相关产业统计制度，为各级政府职能部门管理和决策提供了科学依据。

近年来，作为第三产业组成部分的体育产业也蓬勃发展，正逐步成为保障体育事业发展的重要资金渠道，对国民经济发展和促进就业的贡献日趋显现。与这一蓬勃发展趋势相对应的是，指导我国体育产业发展的最基础、最必要的体育产业统计工作却相对滞后。迄今为止，尽管国内相继有十几个省市组织实施了该项工作，取得了一定成果，但由于缺乏科学、统一的分类标准以及全国整体领导和监控，造成各地体育产业统计各行其是，体育产业分类、统计口径不一，指标体系、实施办法等更是存在着很大差异，一定程度上影响了对我国体育产业发展状况的认识和地区间的比较。也由于我国体育产业的整体存量不清，增量统计不全，体育产业在国民经济中的地位和对社会经济的作用不能得到准确反映。这给我国体育产业的宏观管理、战略规划造成了很大困难，影响了国家体育产业政策的制定和实施。

在这一背景和形势下，国家体育总局 2006 年 5 月正式启动了中国体育及相关产业统计研究工作。该工作成立了由国家体育总局、国家统计局及各相关单位领导组成的工作领导小组；组建了以中国体育科学学会体育产业分会牵头，国家体育总局体育科学研究所、国家体育总局信息中心、北京体育大学、上海体育学院专家学者及各省市体育局有关人员共同参与的总课题组；并设立了《我国体育产业统计工作现状研究》《我国其他行业产业统计制度及发达国家体育产业统计工作研究》《体育及相关产业分类研究》《体育及相关产业统计指标体系研究》及《体育及相关产业统计实施方案研究》五个分课题。

在研究过程中，总课题组与各分课题组成员围绕我国体育产业发展中的实际问题，查阅了大量中外文献，与国外相关专家学者进行访谈；走访了国家统计局、国家旅游局、中宣部、文化部、信息产业部、商务部、商业联合会、汽车工业协会、纺织业协会等体育系统外9个相关部门，分别就国家宏观经济统计制度以及旅游、文化、流通、信息、汽车制造等领域产业统计制度进行了调研；针对研究中的重点与难点问题，组织专家赴上海、浙江、天津、安徽等省市进行考察，深入了解了上述各省市体育产业专项调查的具体实施方案及现有的统计数据情况；此外，根据课题研究的进展情况，总课题组还先后召开了10余次专题会议，分别与国家统计局设管司、社科司、工交司、城市司、核算司、调查中心及国家统计局经济普查中心、统计信息中心等专家，以及北京、上海、天津、浙江、云南等省市统计局和河北、天津、安徽、浙江、上海、云南等省市体育局的领导和专家进行了深入研讨。

经过近一年多的艰苦工作，本项工作按照计划和要求分别对体育及相关产业的概念与分类、体育及相关产业主要统计指标、体育及相关产业统计实施方案等问题进行了深入探讨，取得了一系列研究成果。

二、国内各省市体育产业统计概况

课题组在研究初始首先对以往国内各省市的体育产业统计概况进行了总结归纳，这些宝贵的经验和曾经发生的教训对本项目的研究具有参考价值。为此，课题组对浙江、北京、广东、辽宁、四川、安徽、云南等十几个省市的体育产业统计方法、统计口径、统计指标等问题进行了系统的分析和论证，结论如下。

（一）专项调查是各省市体育产业统计普遍采用的方法

各省市在开展体育产业统计工作过程中均采用了专项调查的统计方法。从世界范围看，除澳大利亚以外（澳大利亚由国家统计局开展体育产业统计工作，但体育产业的界定比较窄，仅包括赛马与赛狗、体育场地与设施及体育服务），大多数西方发达国家都是由相关研究机构和学者从国民经济统计资料中抽取体育产业的内容加以拼凑并得出不同口径的体育产业统计结果。像国内各省市这样按照国民经济核算规范对一个地区的体育产业进行专项调查在全世界尚属首次。各省市的体育产业统计方法的系统性，统计资料的完整性、翔实性和准确性在国际上都处于领先的地位。

（二）部门间的合作是各省市体育产业统计成功的保证

各省市开展的体育产业统计工作在部门间的协同合作方面进行了有益的探索，获得了宝贵的经验，它是各省市体育产业统计圆满完成的保障，这种部门间的协同合作主要表现在以下两个方面：一是上级政府部门的支持。各省市的体育产业统计工作是在国家体育总局的正确领导和指导下进行的，国家体育总局对各省市体育产业统计工作提供了全套的统计方案、数据库软件及一定的经费和技术支持。此外，国家统计局在体育产业统计方案的研究和论证当中也提供了重要的技术指导。国家体育总局和国家统计局的支持极大地推动了各省市的体育产业统计工作。二是各省市部门间的合作。在体育产业统计过程中，虽然组织方式不尽相同，但各省市体育局都与统计局、企调队、工商局等相关部门进行了密切的合作，确保了各省市体育产业统计工作保质保量地完成。

（三）体育产业名录库是各省市体育产业统计的基础

确定体育产业统计名录是体育产业统计工作的一个十分重要的环节，各省市在开展体育产业统计过程中基本都建立了体育产业名录库，而且在建立名录库的方法上，各省市还有所差别，如浙江省在 2000 年开展的体育产业统计工作以前，建立了一个重要的制度，即体育产业经营单位在开业时必须到省体育局及各级体育局市场处和市场科登记注册，通过这种方式形成了一个完整的体育产业生产单位名录库；天津市充分利用全国第一次经济普查单位名录建立了体育产业名录库；广东省则采取与省工商局合作的方法来建立体育产业生产单位名录库。以上三种方法在建立体育产业名录库过程中都发挥了一定的作用，值得未来全国体育产业统计借鉴。

（四）统计口径和统计指标不一是各省市体育产业统计的主要问题

体育产业统计口径是体育产业统计的一个十分关键的问题，它直接决定了体育产业统计的结果。但各省市在体育产业统计过程中体育产业口径不够一致，主要表现在两个方面：一是体育产业的分类不一；二是确定体育产业统计单位的原则不一。此外，各省市体育产业统计指标的设计仍不够科学，差别较大。由于各省市体育产业统计口径和指标方面存在的问题，使得各省市体育产业统计结果总体上不具备可比性，造成了我国体育产业统计工作不必要的损失。

三、国外体育产业统计概况

近年来，美国、英国、加拿大、澳大利亚以及日本等发达国家都对体育产业统计问题进行了研究，有些国家已经在开展体育产业的统计工作，他们的成功经验对我国开展体育产业统计有很大的借鉴意义。为了指导本课题的研究，课题组对其统计目的、概念与分类、开展统计的组织机构、数据来源等进行了研究，结论如下。

（一）统计目的和研究角度不同

从总体而言，国外体育产业统计目的是为政府和有关方面制定发展政策、进行有效产业管理提供科学依据。但具体还存在一定差异。有的国家是从市场发展的角度，监测体育产业发展规模，分析对国民经济的影响程度；有的是从行业角度，了解体育产业发展，分析产业结构；有的则还需要了解居民对体育活动的参与情况，反映居民生活方式的变化。

从国外体育产业统计行业分类体系中可以看出，体育及其相关活动分布在不同的行业门类之中，统计工作按门类由统计部门组织实施；经济学家和体育部门的研究者们则试图利用国家统计数据开展体育产业及其间接经济活动的总量核算。

（二）统计的基本概念和分类范围不同

目前国际上关于体育产业定义仍在争论和探索过程中，还没有一个严格的定义。各国对体育产业的内涵有理解和认识，各自根据不同的研究目的和需要，确定本国体育产业基本定义和分类范围，在不同国家统计范围的宽窄不一。有的相对宽泛些，有的相对狭窄些，而且在具体分类上也有所不同。主要争议在于：范围应多大，是以体育活动为主，还是包括体育相关产业？对体育产业概念并未形成统一意见的主要原因在于不同国家和地区对体育活动具有不同的认识，国家传统体育项目的不同也影响了对体育统计分类标准的划分。

（三）开展体育产业统计的组织机构有所不同

有的国家（如美国）主要由研究机构进行体育产业统计方面的研究和测算；有的由中央统计局负责日常体育产业统计工作，收集相关数据；有的是由体育主管部门开展相应的体育产业统计工作。在许多国家，尽管没有设立专门的体育产业统计机构，但是有关内容涵盖在官方统计相应项目之中。

（四）体育产业统计研究的数据来源多样化

包括国家统计局常规和专项调查数据、相关体育协会会员调查数据等。有的进行专项调查，有的主要取自现有的行政资料和现有的统计资料等。由于体育产业统计标准还未统一，虽然一些国家和地区已形成部分产业分析数据，但在开展国际比较时仅供参考。

尽管如此，我们应该看到，经过长期的研究探索和工作实践，国际上关于体育产业的统计和研究在许多方面也存在一些共识：第一，在定义上大多数认为体育产业是以体育活动为主体而引发的一系列生产、销售和服务活动的产业群，不仅包括体育活动本身，而且也包括与体育活动相关的产业；第二，在范围上主要以联合国产业标准分类和各国产业分类为基本框架，确定本国体育产业分类范围；第三，重视对现有统计数据的应用，既要便于与其他统计项目的数据衔接，也要避免在统计调查上的重复。特别是，许多国家研究机构在开展体育产业研究时，其统计数据基本上来源于现有统计数据，并进行相应的推算。在一些由体育主管部门委托中央统计局开展体育产业统计时，也注意与现有统计工作相结合，减少重复统计现象。

四、国内其他行业统计概况

我国文化、旅游、信息等其他行业的统计既可能为体育产业统计提供有效的数据源，也可以为体育产业统计工作提供丰富的经验，因此，课题组对国内其他行业的统计目的任务、统计制度及具体实施等进行了研究，结论如下。

（一）产业统计目的任务都很明确

我国其他行业的产业统计工作目的任务都较为明确，主要体现为：一是通过各种方式的调查统计、测算研究，分析本行业在国民经济中的地位作用（旅游局）；二是通过对重点机构产业活动的监测，分析行业动态（电子信息），为制定产业政策（文化部）、加强产业管理、宏观调控市场（商务部）提供咨询。实践中，部门产业统计在制定产业规划、政策，争取财政投入，引导市场发展等方面发挥了重要作用，取得了明显效果。在服务型政府的构建过程中，统计信息引导服务工作越来越重要和突出。

（二）有针对性地建立了自己的产业统计制度

为实现上述产业统计目标任务，各部门都是在国家统计制度的基础上，研制具有本部门特色的统计制度，包括在国家行业分类标准基础上增加部分部门特色内容，或细化某些分类内容；在国家统计指标体系中选择适合本部门特色的指标内容，或增加部分行业指标内容；在部门分类标准、指标体系的基础上结合部门情况，制定本行业产业统计报表制度，并报国家统计局审批，获得强制性、无偿性统计工作效力。

（三）国家统计局对各部门的产业统计工作给予了专业指导和支持

各部门都与国家统计局保持着密切的联系，在统计局的专业指导、要求下，各部门定期（两年一次）组织开展本部门统计制度的修改、送审等工作，协助部门组织开展本行业产业统计核算研究工作。国家统计局相关司处在本次调研中，对体育及相关产业统计工作在统计与核算思路、现有制度与数据采集利用、特征产业统计制度审批等方面给予了很多参考性意见和建议。

五、体育及相关产业的概念

体育产业的界定是进行体育产业统计工作的前提。但迄今为止，国内体育产业理论和实践界对体育产业的概念一直未能达成共识。课题组为此连续召开了若干次重要会议，经过讨论，逐步明确了对体育产业界定的思路，最终形成了关于体育产业界定问题的关键性结论。课题组认为，由于本次概念的界定是为了满足统计工作的实际需要，故应从统计工作的角度对其下定义，体育及相关产业是指："为社会公众提供体育服务和产品的活动，以及与这些活动有关联的活动的集合。"

关于体育及相关产业的界定，主要分歧点是定义的落脚点是"单位的集合"，还是"活动的集合"。经过认真研究，课题组最终决定选择后者，主要依据是：第一，国家统计制度明确规定，采用经济活动的同质性原则划分国民经济行业，即每一个行业类别都按照同一种经济活动的性质划分；第二，产业活动是相对稳定的，是"常量"，但产业单位是变化的，是"变量"，例如体育健身休闲产业活动是稳定的，但假如统计口径发生变化，产业单位将会发生很大的变化；第三，文化及相关产业统计研究中，文化及相关产业定义的落脚点也为"活动的集合"。

六、体育及相关产业的分类

长期以来，我国对体育产业缺乏科学、统一的分类标准，目前国内关于体育产业分类的主流观点主要来自《体育产业发展纲要（1995—2010年）》，即体育产业包括以下三个层次：第一层次为体育的主体产业；第二层次为体育的相关产业；第三层次为体育的外围产业。但这种分类方法存在的一个最大问题就是没有与现有的《国民经济行业分类》衔接。国家综合统计部门明确表示，我国产业的分类必须遵循《国民经济行业分类》的指导思想和原则，不能与现有的《国民经济行业分类》框架体系冲突。因此，为了与国家统计调查制度基本保持一致，课题组经过多次专题会议讨论，认为在《体育及相关产业分类》制定中，要坚持全面性和前瞻性的原则，既要综合考虑国民经济行业分类中有关体育及相关产业的活动内容，做到不重不漏；又要将目前增加值较小或易忽略的，但将来可能会有较大发展的产业活动在分类中反映出来。

在以上思路和原则的指导下，课题组将我国体育及相关产业分为8个大类，24个中类，57 个小类。根据决策分析的需要，课题组还将其分为体育产业核心层、外围层和相关体育产业层三个板块（表1）。

表 1　体育及相关产业分类与层次对应表

层次	行业分类
核心层	体育组织管理活动（4）
	体育场馆管理活动（1）
	体育健身休闲活动（1）
外围层	体育中介服务（3）
	其他体育服务活动（14）
相关体育产业层	体育用品、服装、鞋帽及相关体育产品的制造（19）
	体育用品、服装、鞋帽及相关体育产品的销售（13）
	体育场馆建筑（2）

［注］（　）里表示的是行业小类的个数。

为了能够满足政府职能部门指导我国体育产业健康发展的需要，本课题在《体育及相关产业分类》的基础上，对《体育及相关产业分类》中的行业小类进行了归类，构建了我国体育及相关产业分析框架（表2）。

表 2　体育及相关产业类别分析框架表

体育产业业态	行业分类	小类（个）
体育竞赛表演业	体育组织管理活动	4
	体育场馆管理活动	1
体育健身休闲业	休闲健身娱乐活动	1
体育中介业	体育中介服务	3
体育用品业	体育用品、服装、鞋帽及相关体育产品制造	19
	体育用品、服装、鞋帽及相关体育产品销售	13
体育建筑业	体育场馆建筑业	2
其他体育服务业	其他体育服务	14

七、体育及相关产业统计指标体系

（一）体育及相关产业主要统计指标

为全面反映体育及相关产业的情况，指标体系从财务状况、对外经济、业务活动、就业人员和补充指标五个方面对体育产业进行描述。其中财务状况指标和业务活动指标是指标体系的主体，用于反映体育产业的基本活动特点；对外经济指标反映的是体育用品器材、体育劳务及体育赛事的国际交流与贸易的经济情况；就业人员指标用于反映体育产业从业人员的基本情况；补充指标用于反映的是城市居民对体育用品和器材的拥有量和支出状况。

体育及相关产业主要统计指标是一个较为全面、完整的框架体系，受现有统计基础和统计成本的约束，每年要获取所有的指标不太现实。从与现有统计制度衔接，反映我国体育产业发展总体概况及满足政府宏观管理需求的角度考虑，课题组认为，体育产业年度及周期公布的指标包括总产出（总产值）、增加值、机构数和从业人员数，并以全国经济普查周期作为体育产业统计数据公布周期，经济普查年份公布较为全面地反映体育产业总体及各业态发展情况的数据，其他年份则公布反映体育产业总体发展的相关数据。

八、体育及相关产业统计工作方案

为了达到每年不通过体育产业普查，实现年度和周期发布反映我国体育产业发展情况的相关数据，课题组对国家现有统计制度及相关数据进行了全面分析与整理。结果表明，不同年份国家现有统计制度中有关体育产业的数据项很不一致。其中经济普查年份我国体育及相关产业的经济活动基本纳入了经济普查工作中，理论上说，从全国经济普查数据中通过检索、剥离等方法测算当年我国体育产业的统计数据是有可能的；在非经济普查年份，由于目前国家现有统计制度中关于第三产业的统计制度还不完善，《体育及相关产业分类》中的许多数据项缺失。针对这种客观现实，课题组经过反复研究，提出了以下产业统计工作方案。

（一）体育及相关产业统计周期划分

以五年为一个周期（经济普查年及随后四年，用第一、二、三、四、五年表示），第一年的相关数据以经济普查为基础，通过推测算获得；第二年和第三年的相关数据通过全国范围内的体育及相关产业专项调查获取；第四年和第五年的相关数据，通过以上三年统计所得到的相关比例关系，主要采用趋势外推的方法获取。值得提出的是，通过体育及相关产业专项调查还可以为下一个周期的经济普查年份的推测算工作提供很多相关系数。

（二）经济普查年份体育及相关产业统计

在经济普查年份，体育及相关产业相关指标的测算工作坚持尽可能地与全国经济普查制度接轨，主要采取测算的方法来实现。具体测算工作有以下途径。

对全国经济普查中直接有的、完全属于体育产业分类范畴的小类，即体育组织、体育场馆、健身休闲娱乐活动、体育用品制造与销售，数据以全国经济普查为准。

对全国经济普查中有的、但只是部分属于体育产业分类范畴的小类（体育服装、鞋帽的制造和销售除外），即体育中介服务、其他体育服务、体育相关产品制造与销售等，在"体育及相关产业活动法人单位名录库"和"全国经济普查统计数据"基础上，检索、核算得到相关数据。

对体育部门或其他统计制度中直接有的数据，如体育彩票等，本着科学、合理的原则直接测算相关数据。

对由于我国体育产业发展现实情况而导致国民经济普查可能遗漏的数据，采取科学、合理的办法推测算获得相关数据。

具体实施步骤为：

第一步，在经济普查工作全面开展之前，与国家统计局经济普查中心共同完善"体育及相关产业名录库"。

第二步，由国家统计局经济普查中心对经济普查年份体育及相关产业测算工作所需数据进行剥离。

第三步，国家体育总局委托学术单位对国家统计局数据普查中心剥离出的数据，结合体育及相关产业专项调查所获得的相关系数，对经济普查年份我国体育及相关产业的统计数据进行测算。

（三）非经济普查年份体育及相关产业统计

根据预定的统计周期划分，在非经济普查年份中，有两年要通过开展体育及相关产业专项调查获取相关数据，另外两年的相关数据是根据前三年体育及相关产业相关数据之间的比例关系，通过趋势外推的方法获取。因此，在全国范围内开展一次体育及相关产业专项调查是必要的。为此，课题组对体育及相关产业专项调查的实施方案进行了深入研究，设计了调查表式，研究了增加值的核算方法，为开展全国体育及相关产业专项调查做了较为充分的准备。

九、2004 年中国体育及相关产业核心指标测算

为了验证经济普查年份测算方案的可行性，课题组在国家统计局的帮助和指导下，根据国家统计局提供的核算公式，对 2004 年（全国第一次经济普查年份）我国体育及相关产业年度的相关指标数据进行了测算。为了保证统计的精确性，课题组委托国家统计局经济普查中心对相关数据反复进行了 3 次全面剥离，结果显示：2004 年我国体育及相关产业总产出约为 2470 亿元，增加值约为 596 亿元，从业人员约为 160 万人。以上结果是在国家统计局有关部门的参与和帮助下完成的，其成果得到了国家统计局的充分肯定。但由于相关基础条件、工作的不足，结果还存在如下局限性。

第一，由于现有国民经济统计制度中，直接与体育产业相关的类别较少，可直接利用的数据源也不多，很多数据都是采用关键词检索的办法，通过在全国经济普查所建立的数据库中剥离获得。因此，测算得出的结果存在一定误差，而且一些类别（如体育场馆建筑业）的数据无法通过剥离获得。

第二，由于我国兼营体育产业活动的单位比重较大，而现有的全国经济普查主要是针对专营单位的调查，因此，系统误差在所难免。

十、对后续工作的建议

本次研究只是我国体育及相关产业统计实践之前的一个全面系统的理论探索，要建立与完善我国体育及相关产业的统计制度还有许多工作要做。当前亟需完成以下工作：

第一，国家统计局和国家体育总局联名正式公布《我国体育及相关产业分类》，以规范今后的体育及相关产业统计工作。

第二，建立我国体育及相关产业名录库，为开展体育及相关产业专项调查工作奠定基础。

第三，尽快开展全国体育及相关产业专项调查。

第四，利用修改国民经济行业分类的时机，对涉及体育产业的相关内容进行适当修改，将健身休闲娱乐活动改为体育健身休闲活动，并纳入体育范畴；按照体育发展及国家体育总局工作的实际情况，将体育场馆、体育组织等小类的延伸层加以明确。

第五，国家体育总局与国家统计局建立长期合作关系，在建立与维护体育及相关产业名录库、实施体育及相关产业专项调查、经济普查年份体育及相关产业测算等方面开展密切合作。

第六，充分发挥协会的作用，对体育用品制造与销售、体育场馆经营与管理、体育竞赛表演、体育健身休闲及体育中介服务等产业进行动态监测。

建立我国体育服务组织
质量管理体系的研究

杨铁黎　吴永芳　刘燕华　徐松涛　刘西文　杨贵军　林显鹏

体育服务业是体育产业的主体，也是服务业的一部分，体育服务业发展的水平及程度是体育产业成熟与否的重要标志之一，本文在文献研究和访谈的基础上，借鉴 ISO9000 标准在服务业中其他行业运用的成功经验，研究了体育服务业贯彻 ISO9000 标准的实施指南，以帮助我国体育服务组织建立起自己的质量管理体系，这将是对我国体育产业理论和实践应用的有益探索。

一、我国体育服务组织建立体育服务质量管理体系的必要性和可行性

（一）在我国建立体育服务质量管理体系的必要性

1. 加入 WTO，进入世界经济一体化大循环过程，客观要求我国体育产业必须遵循国际经济规则来运行

WTO 是一个国际性贸易组织，是经济全球化的产物，具有统一的国际规则。1991 年联合国统计署发表的国际贸易分类中，体育服务列为第十类"娱乐、教育和体育服务"中的第 110 页。中国加入 WTO 首批谈判的内容之一就是我国与各国之间的标准化问题。对于体育服务业，日本、新西兰、澳大利亚等国就体育服务国际贸易进行明确的要价，提出对运动队、俱乐部、体育学校、健身房和其他体育场所的经营和管理、对体育运动和健身等活动培训的指导、对体育表演服务、对裁判服务和对裁判员、教练员及培训服务的指导等多个方面要求我国政府承诺作出取消市场准入和国民待遇限制的时间表。中国加入 WTO 以后服务业将成为开放幅度最大的领域，对我国体育产业的影响主要表现在世界上一些著名的跨国体育组织和集团纷纷进入中国体育市场，并在部分体育市场上形成一定程度的垄断，他们也将按照这种国际规则办企业，同时也要求我们的体育组织必须适应国际经济运行规则，我们以往不符合 WTO 规定的制度、法规和内容，则将以 WTO 为标准重新修订。国内体育企业将会在国际、国内两个市场上与国外同类企业展开更加激烈的竞争。

众所周知，国际市场上产品是以质量取胜。70 年代以来，国际间服务贸易发展迅速，服务质量成为生存、发展和竞争的关键因素。ISO9000 族系列质量管理体系标准是国际通用的管理标准，被称为进入国际市场的护照，适用于 39 个行业，其中包括体育服务业。运用 ISO9000 国际认证标准的理论与方法，加强体育服务组织经营的科学化、规范化管理，建立体育服务业质量管理体系，是加速提高我国体育服务质量管理水平，提升市场竞争力，与国际接轨的最直接、最有效的手段。

2. 不断提高我国体育服务质量管理水平是我国体育产业自身发展的内在需要

美国著名质量管理专家朱兰博士在美国第 48 届质量协会年会上曾预言：21 世纪将

是质量的世纪。质量已成为国际市场激烈竞争的焦点，企业为了在竞争中求得生存和发展，必须要为市场和用户提供高质量的有魅力的服务产品，建立持续有效的质量管理体系已成为经营管理中的一个课题。我国体育产业正处于一个高速发展阶段，同时又处于一个由计划经济体制向市场经济体制转型时期，因此，我国体育产业的发展既要保持持续发展的高速度，又要不断规范市场，提高产品和服务质量管理，最大限度地满足广大人民群众日益增长的、多样化的体育需求。建立健全体育服务业质量管理体系是我国体育产业得以健康发展的一个重要保证。

3. 北京申办2008年奥运会要求我国的体育服务组织进行科学管理，圆满完成赛事任务，并得以长远发展

据澳大利亚标准化协会（SAA）消息：凡用于2000年悉尼奥运会所有场馆必须通过ISO9000质量管理体系认证，组委会将通过第三方质量体系认证，作为选择体育场馆的条件。2008年北京奥运会计划使用37个比赛场馆，其中新建22个比赛场馆，需要翻新5个，场馆建设计划总投资16.5亿美元。基于2000年悉尼奥运会的经验，而且考虑到奥运会赛后这些场馆的利用和经营，比赛场馆的建设和经营管理目标的实现需要借助ISO9000标准建立起质量管理体系，提供给顾客（顾客既包括运动队，又包括竞赛表演的观众和参加健身活动的人们）满意的服务产品，并持续改进企业管理的效率和有效性，提高组织的竞争能力，从而达到提高顾客满意度和组织整体业绩的目标。

4. 随着我国体育消费者的生活水平、消费观念和法制意识的成熟与提高，体育消费者将对体育服务产品的质量提出了更高的标准和要求

由于我国大中城市的人民生活水平的快速增长，带动了体育消费水平迅速提高。而且我国体育消费者由过去仅对体育场馆设施、器材、设备的数量方面的需求逐渐转向对体育服务水平的需求。我国城市居民对体育服务产品质量的要求也越来越高。也就是说在买方的价值观念中，质量和价格的天平上，质量砝码正在迅速提高。因此，体育服务企业的生存和发展就必须根据体育消费者的需求，提供高质量、高标准的体育服务产品。可以认为，今后体育服务业的质量问题是企业生存和发展的生命线。

5. 从体育服务企业微观的角度来看，建立体育服务组织质量管理体系有利于体育服务企业的自身发展

ISO9000标准的实施，使越来越多的企业高层经营者认识到质量的重要性，由单纯重视利润转为重视用户所需要的质量，重视质量形成的过程，着手建立自己的质量体系。企业从ISO9000中得到的益处包括两个方面：一方面是企业内部建立起良好的质量管理机制；另一方面是对外建立良好的信誉，获得用户的信任。正是由于能够实现质量控制，因此ISO9000系列标准的实施能够给几乎所有的企业带来好处。不同的企业里实施的质量标准所得到的益处有不同的表现形式。首先，完善管理机制，实施ISO9000的一个重要标志就是企业内部实现"每个人都明确自己的职责"，知道自己应该做好哪些事情不能做哪些事情，这也从客观上使得企业的最高经营者能够从繁杂的日常事物中摆脱出来，更多地考虑企业的经营问题。其次，获得顾客的信任，特别是获得直接用户的信任。国际上供需交往中需方采购时，一般要求供方提供质量体系认证的情况。第三，获得良好的宣传效果。应该说，在我国获得质量体系认证的其他行业的企业中最直接的收益往往来自于能够获得良好的宣传效果。进行科学的质量管理是未来企业发展的内在需求和必然趋势。

6. 实践证明，为适应日益激烈的市场竞争，我国体育服务组织的服务管理现状要求引进新的管理思想，尽快提高整体的服务质量水平

（一）我国体育场馆管理的整体水平较低、观念落后

通过对北京市 10 家不同体制、不同规模、不同用途、不同项目的体育场馆的访谈和调查研究，我们认为目前体育服务企业普遍存在的主要问题如下。

（1）场馆的管理普遍还是经验式管理，靠经济杠杆来督促员工的工作；

（2）体育场馆的最高管理者普遍对服务质量的理解不够深刻，缺乏质量管理意识和相关新知识；

（3）服务人员培训不够，服务不够规范，缺乏为顾客服务的意识和精神；

（4）规章制度不健全、简单化、走形式，缺乏可操作性；

（5）体育服务组织的设施、设备、配套服务设施陈旧、不齐全，日常管理不善；

（6）体育消费者（顾客）普遍表现出消费观念不成熟、缺乏主人意识、对自己应享有的权利维护不够。

通过调查发现，这些体育场馆似乎并不急切地提高其服务质量，是什么原因造成这样的局面呢？我们把他归于以下原因。

（1）健身用场馆。这类场馆尚属于卖方市场，尽管这类场馆数目较多，竞争也比较激烈，但由于参加健身的人也越来越多，场地往往供不应求，场馆平常需要最多的是保持卫生、安全即可，从许多场馆的顾客满意度调查问卷的问题设置上，可以看出场馆经营管理者对服务质量观念的理解程度较低。

（2）比赛场馆。与观众上座率有最直接关系的是比赛或演出的水平和精彩程度，场馆运营成本的回收主要靠门票和部分场地广告，以及场馆辅助服务设施（商品部饮料、食品、纪念品等的发售）。场馆的经营管理者认为比赛不精彩，即使服务再好，观众也不会来。道理虽是这样，但是我国的体育场馆，大多数是由于大型比赛的需要建设的，赛事过后，考虑最多的是自身的生存和发展的问题，往往是有比赛时用于比赛，没有比赛时用于全民健身。所以比赛场馆又是健身场馆，对服务质量管理同样应引起重视。

（3）训练、教学用场馆。这类场馆的管理者和运动队、学生之间，因为没有金钱关系，没有买票与售票，只有管理没有经营，所以场馆的管理者、员工更多地把他作为一项工作来做，缺乏为运动队或学生服务的意识。

（4）体制上的问题。我国的体育场馆绝大多数属于政府投资兴建的国有资产，所以大多数场馆尽管目前也在搞经营，但都还有浓重的计划经济色彩。一方面，场馆的管理者权利有限，管理上想搞一些改进、创新，无奈还有上级领导不同意，或得不到支持，阻力很大，甚至进行不了或进行不下去；另一方面，场馆的管理者缺乏进取心和创新意识，工作上不求有功，但求无过。

（5）场馆的管理者普遍缺乏服务质量管理方面的知识。尽管有许多场馆的管理者称了解 ISO9001-2000 质量管理体系标准，但实际上对 ISO9001-2000 标准的了解有许多误区，也阻止了他们提高场馆服务质量管理的整体水平。

误区之一，ISO9000 族国际标准要求太高，以体育场馆的现状达不到标准的要求；

误区之二，ISO9000只适用于制造业；

误区之三，ISO9000标准应用起来过于繁琐，必须要编制很多文件，而且文件管理需要很多人员；

误区之四，应用ISO9000标准必须认证，需要发生很多费用，增加管理成本；

误区之五，只有大型组织需要ISO9000族国际标准，小型组织好管理并不需要这样的标准。

这些管理者，并没有理解ISO9000族国际标准的思想精髓，在管理者的头脑中对以顾客为关注焦点、领导作用、过程方法等质量管理的八项原则的思想内涵，并没有深刻的认识和理解。

实际上，简单地说，ISO9000族国际标准，只是一个质量管理方面的合格标准，他并不代表质量管理的最高境界和最高水平，而是任何一个良性运作的组织质量管理方面所要达到的基本要求；ISO9001-2000质量管理体系标准因为其利用过程方法的原则，更适合于服务业的应用；根据ISO9001-2000质量管理体系要求建立的组织质量管理体系是文件化的质量管理体系，文件化的优势在于组织的内部日常运作有章可循、有法可依，各部门协调一致，权责清晰，员工知道做什么？怎么做？做到什么程度？而且文件可繁可简，组织可根据自身的规模的大小、档次的高低、人员的素质等具体情况决定文件的多少；在组织的内部质量管理中运用ISO9001-2000标准，并不一定要进行认证，认证虽然有认证的益处，但并不要求所有运用ISO9000标准的组织一定要认证；ISO9000族标准，适用各种规模的组织。

(6) 体育场馆服务组织内部管理运行机制存在问题。

主要原因是：①没有将需要进行的工作传递至负责执行的人；②员工不知道应该做什么；③员工明白需要做什么而没有做；④员工明白需要做什么但不知道怎么去做好；⑤体育服务组织内部没有人对所进行的工作负起整体监察改进的责任。

(7) 顾客消费理念不成熟。不仅我国的体育消费者，实际上绝大多数消费者，了解ISO9000族标准的人并不多，他们往往并不知道自己作为一个顾客究竟有什么权利，怎样何时通过什么途径提出自己的要求，怎样维护自己的权益？体育场馆很少有来自顾客要求的压力来改善和提高其服务质量水平。所以不仅是体育场馆的经营管理者需要ISO9000的知识，消费者同样需要。

（二）在我国建立体育服务质量管理体系的可行性

1. 中国政府十分重视标准化工作

1988年全国人民代表大会常务委员会通过了《中华人民共和国标准化法》，于1989年起实施；1993年，又颁布了《中华人民共和国产品质量法》。此后，中国政府陆续颁布《标准化法实施条例》和《产品质量认证管理条例》，有力地促进了我国现代化建设和对外贸易的健康发展。中国政府一贯支持并积极参加国际标准化组织（ISO）、国际电工委员会（IEC）和国际电信联盟（ITU）三大国际标准化团体在协调和制定国际标准的地位和作用。

我国于1994年成立了国家质量体系认证机构国家认可委员会（CNACR），为ISO9000系列标准在我国的普及与推广提供了组织保证。为了有效应对加入WTO以后的各种挑战，加强"标准化"问题的管理，我国于2001年10月成立了中国国家标准化管理委员会。据有关资料表明，目前我国在标准化方面存在许多问题，亟待解决。国家标准化管理委员会提出了："迅速建立一套结构合理、层次分明、重点突出、面向国际的标准体系"，其中特别强调"开展服务标准化体系、框架及政策研究，制定与国际接轨的服务标准，规范和促进我国第三产业的发展。"

国务院副总理吴邦国在第 22 届全球标准化大会上表示：中国政府将积极采用国际标准和国外先进标准，作为一项重要的经济技术政策，通过采用国际标准和国外先进的标准，学习和消化国际上先进的技术和管理，提高产品质量，促进国际贸易。国家质量技术监督局是国际标准化组织合格评定委员会的成员，参与了有关合格评定的国际标准和国际指南的制定工作，在国际合格评定事务中发挥了十分积极的作用。全国质量管理和质量保证标准化技术委员会（TCBTS／TC151）作为我国对 ISO／TC176 的标准技术委员会，承担着将 ISO9000 转化为我国标准的任务。中国认证人员注册委员会（CRBA）是经国家质量技术监督局依法授权的负责中国人员认证、人员培训课程标准、考核、注册和获证注册、日常监督工作的组织。中国质量体系认证机构国家认可委员会，同样是国家授权统一负责中国认证机构认可和日常监督管理的组织，是国际认可论坛多边承认协议管理委员会的成员和太平洋认可合作组织执委会成员。说明我国已经就引进、推广和实施 ISO9000 标准作了必要的准备。

2. ISO9000 系列标准的制定和实施，对我国及全世界的经济贸易活动都起了极大的推动作用，影响广泛而深远

ISO9000 系列标准也是目前广泛开展认证、认可、审核的基础。因此，我国政府 1994 年就开始积极鼓励对 ISO9000 系列标准的引进。我国在引进、贯彻、实施的 ISO9000 系列标准中，从国家标准的制定、认证人员的培训和注册以及认证机构国家认可委员会的国际互认与不同层次体现了与国际接轨。

到目前为止，我国政府已经批准了大量的进行 ISO9000 系列标准的咨询、培训组织。并且，经过发展，目前得到认证的企业有很多，涉及电子、机械、化工、纺织、轻工以及酒店、银行、机场、商场、物业管理、供电公司等多种行业，都推行和实施了 ISO9000 系列标准。这些领域的成功引进，为建立体育服务业质量管理体系提供了许多可资借鉴的经验和必要的人才储备。

3. 我国体育行政主管部门和各个省市体育主管部门都相应地逐渐建立和完善有关体育市场经营管理的一系列法规和政策，为建立体育服务业质量管理体系创造了条件

1994 年 5 月 9 日，国家体育运动委员会印发了《关于加强体育市场管理的通知》；1995 年 6 月 16 日，国家体育运动委员会印发了《体育产业发展纲要》的通知；1996 年 7 月 1 日，国家体育运动委员会颁布《关于进一步加强体育经营活动管理的通知》；其他一些省市也都陆续颁布了体育竞赛管理办法、运动项目经营资质证书管理规定、体育经营活动管理办法等一系列管理法规和条例。

4. 我国体育产业的快速发展为其自身引进 ISO9000 系列标准，建立质量管理体系奠定了基础

1992 年党的十四大胜利召开，提出了建立社会主义市场经济体制以来，我国体育产业进入了一个快速发展时期，体育用品业已初具规模。以职业足球、职业篮球为龙头的体育竞赛表演业异常活跃，体育健身娱乐和体育培训等体育服务领域也如雨后春笋，显示出强大的生命力。体育产业作为国民经济发展的一个行业已被确认，并得到政府的高度重视。1999 年，朱镕基总理在九届全国人大二次会议所作的政府工作报告中提出："积极引导居民增加文化、娱乐、体育健身和旅游等消费，拓宽服务性消费领域。"从某种意义上讲，体育产业在国民经济发展中的作用引起了政府的重视，得到了肯定。

2001 年 1 月 1 日，国家统计局发布的新的居民消费价格指数，新指数的重要变动之一，就是比以往增加了新的商品和新的消费项目，其中，健身活动消费成为"新消费"的指标。健身消费纳入国家统计数据，从一定程度上说明，体育健身消费已经成为拉动国民经济增长的重要指标之一。

在经历了高速的数量扩张之后，体育产业的企业，特别是体育服务业已经清醒的认识到产品质量将成为今后发展的主旋律。这就为在体育服务业引进 ISO9000 系列标准，建立质量管理体系提供了有利的条件。

5. 北京申办 2008 年奥运会的成功为体育服务组织质量管理体系的建立提供了机遇

2008 年北京奥运会计划使用 37 个比赛场馆，考虑到奥运会赛后这些场馆的继续利用和经营，如何生存和发展，需要借助 ISO9000 标准建立起质量管理体系，提供给顾客满意的服务产品，才能实现这些比赛场馆的建设和经营管理目标。

二、建立体育服务组织质量管理体系的相关理论问题分析

为了统一观念，利于体育服务组织质量管理体系的建立和促进体育服务组织所建立的质量管理体系的有效运行，有必要对一些概念和理论进行探讨。

（一）体育服务业、体育服务组织

体育服务业是体育产业的一部分，也是服务业的一部分。联合国于 1991 年颁布的《全部经济活动的国际标准产业分类索引》，在联合国的标准产业分类中，体育与娱乐（代码为 924，体育代码为 9241）已被列为正式产业。

体育服务业的主体是体育健身娱乐业、体育培训业、体育竞赛表演业。而且他们都具有的一个特点是：都是在体育场馆向顾客提供体育服务产品。健身娱乐活动、体育培训的参与者和观看竞赛表演的观众是体育服务组织最大的顾客群体。体育服务业是体育产业的主体，体育服务业主要包括向顾客提供体育服务产品的健身娱乐业、体育培训业和体育竞赛表演业。本文中主要研究的体育服务组织是以体育场馆为依托，来实现体育自身的价值和本质功能，以提供体育服务产品为主的服务部门。体育服务组织是体育服务业的构成因素，各个体育服务组织质量管理水平的总体，表现为行业的整体管理水平。

（二）体育服务的特点

1. 体育服务组织借助于有形的设备设施提供的主要是无形的服务，对教练员、健身指导人员的专业技术水平要求很高。

2. 体育服务的实效性很强，没有人来健身、培训或观看比赛，场地、设施、观众席空闲，不产生价值，即是一种浪费。

3. 不同于其他服务组织，体育场馆的资源相对是有限的，但提供体育服务的成本较高。一个体育场馆场地设备设施专业性较强、要求高，建设和维护的成本就高；日常

的运行如对照明的要求，消费者往往是在晚上参与健身，灯光照明并不因为人的多少而改变。健身消费者来的多才会降低成本。

4. 顾客对体育服务质量的认可程度不一。专业性较强，水平不一，所以顾客对服务质量的要求变化很快，随着顾客对体育了解得较深、自身技术知识水平的提高，对教练员运动员水平比赛精彩的要求会随之提高。因此，提高体育服务产品质量是一个持续的过程。

5. 顾客对体育服务质量的投诉具有隐蔽性和延迟性。许多顾客对体育服务质量不满时，往往一走了之，并对有关的亲友同事做负面宣传，很少有顾客当面投诉。健身、培训竞争十分激烈，一个小区可能有类似的健美操培训班 3~4 个，所以体育服务组织应该格外重视顾客的投诉，因为他们只是冰山一角。

6. 顾客一个人是多种角色。因为场馆的用途是多样的，平时健身、娱乐、举办培训班，有时举办比赛表演，很少有专门的体育场馆只有单一的功能，往往是不比赛时用于健身。健身娱乐的顾客就是比赛时的观众。所以体育服务组织任何时候都不能松懈，每一种服务产品的质量都很重要。

（三）服务、产品、服务产品

1. 服务

1960 年 AMA（美国市场营销学会）定义为："用于出售或者同产品连在一起进行出售的活动、利益或满足感"。

1963 年著名学者雷根（Regan）的定义为："直接提供满足（交通、房租）或者与有形商品或其他服务（信用卡）一起提供满足的不可感知活动。"

1990 年北欧学者格隆鲁斯（Gronroos）定义为："服务是指或多或少具有无形特征的一种或一系列活动，通常（但并非一定）发生在顾客同服务的提供者及其有形的资源、商品或系统相互作用的过程中，以便解决消费者的有关问题。"

从上述对服务的各种定义中，我们可以发现，从 60 年代到 90 年代的 30 年间，人们对服务的认识发生了很大的变化。60 年代认为服务是有形产品的附属部分，到 90 年代除了认为服务主要作为有形产品的附属活动，对服务又有了新的认识，即产品有可能独立于产品之外，有可能有纯粹的服务发生。

2000 版 ISO9000（《质量管理体系　基础和术语》）中，把产品分为 4 种类别，即服务、软件、硬件、流程性材料，服务是其中之一。对服务的界定如下："服务通常是无形的，并且是在供方和顾客接触面上至少需要完成一项活动的结果。"（注：其中"供方"是指提供产品的组织或个人；"顾客"是指接受产品的组织或个人）

这个定义对服务的认识又进了一步，更为全面。它认为服务本身就是产品的一种，主要是一种无形的产品，可以独立于有形产品，可能利用有形的资源完成活动，也可能是作为有形产品的附属活动。

2. 服务、产品、服务产品三者之间的关系

"服务""产品""服务产品"的含义，尽管在国际标准化组织的 ISO 标准中、在服务营销中是有区别的，但在很多领域，很多时候都在互换使用。实际上，产品（Product）是一个大的概念，可分为无形产品和有形产品（Goods）两部分，服务是无形产品。

美国经济学家菲利普·柯特勒（Phillip Kotler）区分了从纯商品变化到纯服务的 4 种分类，即纯有形商品、附带服务的有形商品、附带少部分服务的主要服务和服务、纯服务。

由以上可以看出，服务与有形产品处于交融在一起的状态，服务大多数情况下是要依托有形产品的，而有形产品中也包含有服务的成分，现实中纯粹的服务和纯粹的有形产品是没有的。我们用"服务产品"一词即可用来表达服务与产品之间的关系，即服务产品是服务的生产者结合服务场所、服务设施、服务方式、服务手段、服务环境等物质条件所提供的无形服务。

（四）体育服务产品

1. 体育服务产品的定义

产品是过程的结果。那么体育服务产品是体育服务过程的结果。

我们认为，体育服务产品是体育服务组织依托体育场馆、体育服务设施、服务方式、服务手段、服务环境等物质条件向顾客所提供的无形产品及无形产品交付过程的结果。

体育服务产品的提供可涉及

——在顾客提供的无形产品（如提供体育比赛、体育表演）上所完成的活动；

——无形产品的交付（如提供健身指导、培训、开具运动处方等知识传授方面的信息提供）；

——为顾客创造氛围（如提供外部环境良好的体育场馆、体育场馆内部设施摆放合理、适当手段烘托赛场气氛等）。

2. 体育服务产品的质量特性

ISO9000–2000 标准中定义"质量"是一组固有特性满足要求的程度（其中"固有的"就是指在某事或某物本来就有的，尤其是那种永久的特性。"要求"是指"明示的、通常隐含的或必须履行的需要或期望"。"通常隐含"是指组织、顾客和其他相关方的惯例或一般做法，所考虑的需要或期望是不言而喻的）。质量特性是产品、过程或体系与要求有关的固有特性。固有特性是产品、过程或体系的一部分，如教练员、指导员的专业技术水平、讲解技术的口头表达水平、示范动作的水平等；而人为赋予的特性，不是固有特性，如服务产品的价格，不反映在体育服务产品的质量范畴之中。

体育服务产品的质量特性反映的是顾客对体育服务产品的要求，不同的体育服务产品，表现出不同的质量特性。三种主要类型的体育服务产品质量特性表现见表1。

为达到满足顾客需要的目的，各体育服务组织将体育服务产品的质量特性转化分解为必须的工作。通过认真分析从哪些方面满足顾客的要求？顾客的要求具体体现在哪些方面等问题，做好本体与服务组织服务和服务的管理工作。

（1）顾客对卫生的要求，可分解为：场地卫生、器材器械卫生、座位卫生、用品卫生；服务人员个人卫生等。

（2）对安全的要求包括体育场馆建筑的安全，体育器材，器械的安全，体育活动项目的安全，顾客生命、财物的安全。体育服务组织应保证场地器材的安全、健身培训项目设置的安全、顾客财产的安全、场馆防火安全、观众退场的安全等。顾客健身或者观

表1　各类体育服务产品的质量特性一览表

体育健身服务	体育培训服务	体育竞赛表演服务
信息查询方便准确	信息查询方便准确	信息查询方便准确
健身服务项目设置合理、吸引人	培训服务项目新颖、有趣	比赛、表演项目吸引人
指导人员专业水平较高、耐心、热情、礼貌、一视同仁	教练外表健康、健美、专业水平较高、示范动作准确、讲解生动、耐心、热情、礼貌、一视同仁	比赛裁判员、双方教练员、运动员场上表现好
服务人员外表健康、服务周到、热情、规范、效率高	服务人员外表健康、服务周到、热情、规范、效率高	服务人员外表健康、服务周到、热情、规范、效率高、专业
技术服务设施完善	技术服务设施完善	电子屏幕、电视转播设施、广播、记分牌、灯光等设施工作正常
休息座位、洗浴、更衣、商品销售等辅助服务设施完善	休息座位、洗浴、更衣、商品销售等辅助服务设施完善	休息座位、洗浴、更衣、商品销售等辅助服务设施完善
场地平整、舒适	场地平整、舒适、宽敞	场地条件适于比赛
室内空气清新、湿度适宜	室内空气清新、湿度适宜	室内空气清新、湿度适宜
卫生	卫生	卫生
安全	安全	安全
环境氛围	环境氛围	环境氛围
		购票方便
		观众入场退场方便

赏体育比赛是为了放松心绪，如果出现被盗、失窃等不愉快的事情，或者在运动中受伤，看比赛时赛场秩序混乱，就很难谈到满意。所以，体育场馆服务组织应该在日常的服务中贯彻以预防为主的原则，加强体育器材器械的检查、维修、保养；安全防火设备设施齐全、措施得当、制度严明；谨慎设置活动项目；顾客参与健身活动时，加强体育专业技术人员的保护和指导；加强防盗工作。建立起严格的安全保卫组织制度，制定好安全预防措施，切实做好安全保卫工作。

（3）顾客对环境氛围的要求是一个无形的感觉，服务因其无形性而不同于物品。物品以物质形态存在，服务以行为方式存在。顾客在接触服务之前,他们最先感受到的就是来自服务环境的影响，尤其是对于那些习惯于先入为主的顾客而言,环境因素的影响更是至关重要。所谓服务环境氛围是指体育服务企业向顾客提供服务的场所给顾客的感受，它包括三个方面，一是体育场馆所处的周围环境的情况，适当的交通方便的地理位置、空气清新、优美的周围环境能吸引更多的顾客；二是体育场馆内部服务设备、设施的完好、齐全程度，摆放美观合理程度，卫生清洁程度，以使顾客有尝试的兴趣和跃跃欲试的感觉；三是体育竞赛表演现场的气氛，是否能让顾客深受感染投入其中。可见，凡是会影响服务表现水平和沟通的任何设施都包括在内。

（4）为满足顾客对设备设施的要求，体育服务组织应在以下方面注意。

① 设备设施的齐全程度。体育场馆的设备设施齐全程度不仅由建筑设施决定，而且由独具特色的专业设施决定。建筑设施包括场地的大小数量种类、观众席位的数量、贵宾室、包厢、洗衣房、浴室、更衣室、商场、停车场等设施；专业设施包括各种运动项目的器材，如保龄球道、篮球架、乒乓球台、各种功能的组合健身器等。

② 设备设施的舒适程度。体育场馆设备设施的舒适程度是提高服务质量的一个重要因素。体育场馆的设备设施舒适程度的高低一方面取决于设备设施的档次与配置，另一方面取决于对设备设施的维修保养。因此，必须加强管理，确保设备设施的舒适，只有这样，才能为提高服务质量提供物质基础。

③ 设备设施的完好程度。体育场馆设备设施的完好程度直接影响到服务质量。如场地不平、照明灯损坏、观众座椅破损等，即使服务人员态度再好，指导人员水平再高，比赛再精彩，提高服务质量也是一句空话。所以，随时保持设备设施的完好率，是提高体育场馆服务质量的重要组成部分。

（5）顾客对服务的要求，体育服务组织应重视以下方面的管理：技术指导人员的专业水平、服务态度、服务技巧、服务项目、服务效率。

（五）对体育服务产品的要求

服务组织只有充分地了解顾客的要求和期望，才能确定满足顾客要求的服务产品质量要求。与体育服务产品有关的要求包括：

1. 顾客规定的要求，即对体育服务产品固有质量特性的要求（表1）。

2. 顾客虽未明示，但规定的用途或已知的预期用途所必需的要求。

3. 与体育服务产品有关的法律法规要求。如《中华人民共和国体育法》《中华人民共和国标准化法》、中发（2002）8号《中共中央 国务院关于进一步加强和改进新时期体育工作的意见》、国家质量技术监督局发布的《服务标准化工作指南》、国家体育总局下发的《关于进一步加强体育经营活动管理的通知》、国家体育总局下发的《关于加强体育市场的管理通知》《产品质量认证管理条例》《保龄球场馆星级的划分及评定》《北京市游泳场馆管理办法》《安全防火条例》等法律法规都是体育服务组织提供体育服务产品时的法律依据。

4. 组织确定的任何附加要求。

在满足顾客要求和国家有关的法律法规要求的基础上，组织提供有特色的服务和追求更高水平的服务质量，独特的服务产品，服务方式。

（六）顾客、体育服务组织的顾客

1. 顾客是接受产品的组织或个人

顾客既包括内部顾客也包括外部顾客。外部的顾客是指组织外部的消费者、购物者、最终使用者、零售商、受益者和采购方；内部的顾客是指组织内部的生产、服务活动中接受前一个过程输出的部门、岗位或个人。顾客又可分为老顾客、新顾客和潜在的顾客。

2. 体育服务组织的顾客

体育服务组织的顾客是指组织外部的前来训练或比赛的运动员与教练员、参加健身活动的体育消费者、观看比赛表演的观众、参加培训的体育爱好者等等。员工是组织内部的顾客（表2）。

表2　各体育服务组织顾客一览表

	体育健身服务	体育培训服务	体育竞赛表演服务
外部顾客	参与健身的人	参与培训的学员	观众、参赛的运动队、裁判、场地广告厂商、电视台、新闻记者
内部顾客	组织内员工，包括健身指导员、场地工作人员、保安、设备设施维护人员	组织内员工，包括教练员、场地工作人员、保安、设施设备维护人员	组织内员工，包括场地服务人员、技术人员、保安、设施设备维护人员

三、体育服务组织服务质量管理体系的建立

质量管理体系是"指在服务质量方面指挥和控制组织的管理体系"。其中体系是由相互关联或相互作用的一组要素构成，要素是指构成体系的基本过程。体育服务组织质量管理体系是建立质量方针和目标并实现这些目标的体系。

2000版ISO9001质量管理体系国际标准一经颁布即被我国等同采用为国家标准（GB/T19001—2000），它的理论基础是八项质量管理原则，即以顾客为关注焦点、领导作用、全员参与、过程方法、管理的系统方法、持续改进、基于事实的决策方法、与供方互利的关系。质量管理八项原则的提出，是第一次对质量管理思想的系统总结，它的内容反映了各种现代先进的管理思想精神，从而确保了质量管理体系标准的适用性和有效性。按2000版ISO9001质量管理体系国际标准建立起来的体育服务组织质量管理体系的过程和方法充分体现了这些原则和精神。

（一）建立体育服务组织体育服务质量管理体系的理论模式探讨

1. 以顾客为关注焦点

随着时代的发展，质量竞争日益激烈，顾客变得越来越挑剔。企业必须改变传统的思维方式，真正站在顾客的角度和立场上去想问题。以顾客满意为中心，是现代管理的核心，是2000版ISO9000族标准的首要内容。ISO9001：2000质量管理体系标准强调指出，组织是以顾客为关注焦点，在识别和确认顾客的需求的基础上着手建立本组织的质量管理体系。

顾客满意是经营观念的变革。传统的经营观念如生产观念、产品观念、推销观念的出发点是产品，是以卖方的需求为中心，其目的是通过产品销售获取利润；现代的经营观念如市场营销观念、社会营销观念的出发点是消费需求，是以卖方的要求为中心，其目的是从顾客的满足中获取利润。而顾客满意的引入则是现代经营观念的进一步完善。顾客不仅是企业产品、服务的销售对象，而且是企业整个经营管理活动中不可缺少的合作伙伴。顾客与企业的合作体现在他们对企业的产品或服务的高度满意上。只有顾客满意了，他们才能不断地、重复地购买企业的产品和服务，才会对企业组织产生认同感，

成为该组织忠实的顾客。

2. 领导的作用

领导者是一个组织能实现管理的最重要的基础，对一个组织来说，合格的领导者比合格的员工更重要。最高管理者对服务质量管理体系负有管理职责。

质量管理体系的建立目的之一是为了预防不合格的发生，承担最大责任的是管理层。最高管理者通过领导和各种措施可以创造一个使员工充分参与的环境，质量管理体系能够在这种环境中有效运行。最高管理者负责以下方面的工作：

(1) 建立并保持本组织的质量方针和质量目标；

(2) 通过增强员工的意识、积极性和参与程度，在整个组织内促进质量方针和质量目标的实现；

(3) 确保实施适宜的过程以满足顾客和其他相关方要求并实现质量目标；

(4) 确保建立、实施和保持一个有效习惯和效率的质量管理体系，以实现这些质量目标；

(5) 确保获得必要的资源；

(6) 决定改进质量管理体系的措施。

在建立起的体育服务质量管理体系中，作为一个体育服务组织的最高管理者，他所应该承担的不再是事无巨细的基础管理工作，而是通过建立本组织的管理体系，从这些细小的基础管理工作中解脱出来，专门考虑本组织发展战略性的大问题。

3. 全员参与

向顾客提供优质的服务这是该组织每一位员工的责任。各级人员是组织之本，只有他们的充分参与，才能使他们的才干为组织带来最大的利益。一项服务的完成，需要组织内各岗位、各部门之间的相互配合和合作。

对于体育服务组织来说，人的相互影响是体育服务质量的一个至关重要的部分。与顾客直接接触的服务人员往往成为一种服务工具，独立地、随机地、直接地面对各种各样的顾客，服务人员的服务技能和服务方式直接决定和影响着顾客对服务质量的感受。可以说，服务的所有无形因素往往是由人决定的，所以体育服务组织在建立服务质量管理体系时，应该对人的因素给予高度的重视，不能仅仅由一少部分人来做这项工作，而让大多数人置身事外，应该调动所有员工的积极性、创造性和责任感，共同为提高体育服务产品质量努力。

4. 过程方法、管理的系统方法、服务质量的持续改进

ISO9001：2000 质量管理体系标准按过程方法表述，是管理的系统方法在质量管理体系中的具体应用，这样有利于组织持续改进其质量。

他要求组织分析顾客要求，规定为达到顾客要求所必须的过程，并使这些过程处于连续受控状态，以便实现顾客可以接受的产品。针对设定的目标，识别、理解并管理一个由相互关联的过程所组成的体系，有助于提高组织的有效性和效率。管理的系统化方法最终的目的就是实现组织的有效性和效率，科学地对组织的子系统进行分类，相互关系研究可以正确地确定组织结构以及组织的运作模式。

任何使用资源将输入转化为输出的活动或一组活动可视为过程。为使组织有效运行，必须识别和管理许多相互关联和相互作用的过程。通常，一个过程的输出将直接成为另一过程的输入。系统地识别和管理所应用的过程，特别是这些过程之间的相互作

用，称为"过程方法"。

　　标准要求体育服务组织：根据顾客要求、组织的经验和资源状况，以过程方法模式，识别质量管理体系所需的过程。重点识别体育服务的实现过程、特殊过程、关键过程及其相互作用。通过把管理的过程方法原则和系统方法原理相结合，实现体育服务组织的全面质量管理。

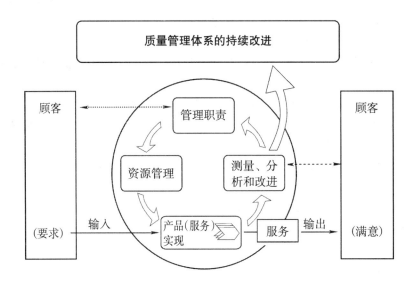

图 1　质量管理体系的过程

　　以顾客、法律法规要求为输入，顾客满意为输出；从顾客对服务要求出发，经服务实现的策划、与顾客有关的过程、服务提供、实现服务，达到顾客满意。通过各过程的输入、输出、实现过程的监视和测量、顾客满意的监视和测量、审核和管理评审，对过程的有效运行进行监控。

　　在过程运行中充分发挥"领导作用"，建立健全"全员参与"的激励机制，处理好各过程的接口关系和相互作用，明确各部门的职责和权限，充分发挥各类人员的作用。

　　（1）在管理职责中，充分发挥各管理层：体育场馆馆长、管理者代表、各部门经理及其他各类管理、执行和检查监督人员的作用，确保质量方针和目标得以实现；

　　（2）在资源管理过程中，为体系配备必要的资源，以支持这些过程的有效运行和对这些过程的监视。一要配备必要的人力资源，对有关人员进行培训，增强质量意识和业务能力；二要配备设备设施资源，确保设施和工作环境与开展的质量活动相适应，对服务过程进行测量、分析和改进，使体系不断改进。

　　（3）在服务实现过程中，确定这些过程的顺序和相互作用

　　确定各有关过程的顺序和相互作用并明确各过程内的主要活动。服务实现过程包括：服务实现过程的策划、与顾客有关的过程、采购、服务提供以及监视和测量装置的控制等过程。

　　过程的顺序和相互作用关系是相互交错、相互关联和相互影响的。

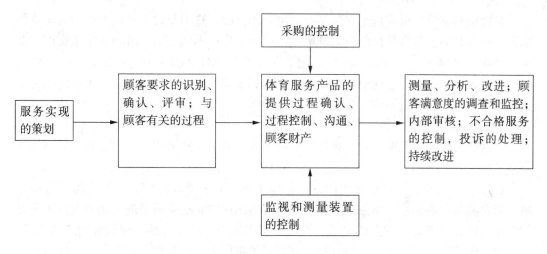

图 2 服务实现过程的子过程

（4）测量、监视、分析和改进这些过程

① 通过内审和管理评审确保体系有效运行。

② 通过对过程和产品的监视和测量控制不合格。

③ 通过数据分析，寻找改进方向。

④ 通过纠正和预防措施纠正发生的和预防潜在的不合格。

⑤ 通过满足顾客要求，增强顾客满意。

⑥ 采取措施，确保持续改进

管理和使用这些数据和信息，与预定质量方针和目标或竞争对手的水平进行比较，找出差距，采取必要的措施，以实现对这些过程的策划和对它们的持续改进。

⑦ 当组织有外包过程（或工序）时，组织也将从供方的资源、产品质量标准、采购品、接收准则、交货期等方面实施监视和控制，确保外包产品（项目）的符合性。

实现组织的有序化管理的途径是所有的活动都能得到分门别类的控制。要使组织的所有活动都得到识别，唯一科学的方法就是过程的方法。2000 版 ISO9000 族标准把过程的概念加以改进，对任何有输入和输出的过程都要从管理职责、资源管理、产品实现和持续改进的四个方面来识别控制因素。这种过程识别方法包含的所有管理都必须是闭环的原则。这种原则更细致的表示就是 PDCA 循环。

质量管理体系方法为组织持续改进其整体业绩提供了一个框架。持续改进是组织的一个永恒的目标。在质量管理体系中，改进指产品质量、过程及体系有效性和效率的提高。持续改进应包括了解现状，建立目标，寻找、评价和实施解决办法，测量、验证和分析结果，把更改纳入文件等活动。

5. 基于事实的决策方法

质量管理的发展经历了产品检验阶段、数理统计阶段、全面质量管理阶段，基于事实的决策方法这一原则对数理统计阶段质量管理思想、方法的继承和发扬，它要求组织将有检验、定性问题的定量评价、统计方法用于质量管理的分析中来，通过对从实际运作中得到的数据和信息进行充分的逻辑分析，来作出科学的决策，而不是凭借领导主观的想象。

对数据的逻辑分析或直觉判断是有效决策的基础。这项原则是强调组织中为实现预期目标而进行的决策做到科学决策的前提。以事实为依据做决策，可防止决策失误。在现代企业管理学和企业管理实践中，随着组织的复杂性和决策的定量化要求的日益突出，人们开始把企业的管理信息系统的作用提到重要的地位，定量决策水平已经成为了企业管理水平的一个重要的标志。

6. 与供方互利的关系

监视相关方满意程度，需要评价有关相关方对其需求和期望得到满足程度的感知的信息。

合作企业也就是我们所说的供方，是该企业发展的外部基础，他们之间不存在竞争，却存在共同的利益。供方提供的产品将对组织向顾客提供满意的产品可能产生重要的影响，因此处理好与供方的关系，影响到组织能否持续稳定地提供顾客满意的产品。对供方不能只讲控制，不讲合作互利。特别对关键供方，更要建立互利关系，这对组织和供方双方都有利的。通过互利的关系，可以增强组织及其供方创造价值的能力。

质量管理体系方法这八项质量管理原则可以指导一个组织在长时期内通过关注顾客及其他相关方面的需求和期望而达到改进其总体业绩的目的，这些管理思想不仅适用于体育服务组织的服务质量管理，体现在体育服务组织建立服务质量管理体系的行动中，而且他可以指导组织的全面管理。

（二）建立体育服务组织的质量管理体系的方法和步骤

顾客是每个组织存在的基础，组织应把顾客的要求放在第一位。因此，组织首先要明确谁是自己的顾客，要调查顾客的需求是什么，要研究怎么满足顾客的需求。

1. 识别体育场馆的顾客并确定顾客的需求和期望

（1）识别顾客

体育服务组织的顾客是指组织外部的前来训练或比赛的运动员与教练员、参加健身活动的体育消费者、观看比赛表演的观众、参加培训的体育爱好者等。体育服务组织的内部顾客，是组织内部的员工。对于一个体育服务组织来说，产品就是服务，服务的提供是一个过程，体育服务产品的提供不是由一个人、少数几个人实现的，而是由组织内部所有员工共同协作完成的。一般体育场馆的服务从顾客查询场馆有关的信息时服务就已经开始了。体育服务组织在还没有与顾客面对面时候的失误，其直接的结果是没有得到新顾客，还有可能失去老顾客，而且也许根本没有补救的机会，因为也许你永远也不知道你失去的这些顾客是谁？什么时候还会来到你的场馆？其负面影响是不能预知的。如果体育组织通过广告、网上、电话等方式使新老顾客了解场馆价格、培训、场地情况的信息，方便地预定场地，通过这些途径与场馆联系的顾客来到场馆健身了，那么这个咨询部门的工作是合格的。把顾客吸引到体育场馆来，咨询部门的顾客到达体育馆的前厅，这就是下一个部门的输入。体育馆的前厅服务部是咨询部的内部顾客，依次类推。组织中各个部门是一根链条上的各个环节，只有各个部门、岗位都把自己的工作做好了，顾客从头至尾都感到满意，他们才会不断地再来。如果中间有一个环节出了差错，很有可能前后其他部门所做的努力就白费了，100-1=0就说明了这个道理。

顾客又可分为老顾客、新顾客和潜在的顾客。有资料表明，吸引一个新顾客的成本要比留住一位老顾客的成本高 5 倍，所以对老顾客要尤为关注，尤其是老顾客中少数关键的顾客。例如一个游泳馆持年卡或贵宾卡的顾客，他们是游泳馆稳定的顾客，也可能是贡献最大的顾客，但他们往往是最小的那部分顾客群体。如果他们对组织的贡献得到肯定，顾客会很高兴，而且更加忠诚于这个组织。对于潜在的顾客，体育服务组织也要有意识地运用多种手段进行开发。

对顾客概念的深刻理解和清晰的认识，有助于组织的管理者决策，内部员工、部门间相互理解和合作，更好地策划和实施为顾客服务的行动。

(2) 确认顾客的需求和期望

对内部顾客的要求的确认应该在组织内部充分沟通的基础上，建立起相应的制度，用制度来规范各部门、各岗位、各过程之间的关系和日常的工作程序。做到观念、意识上相互理解、相互支持、相互协作，实际工作中按建立起的各自的程序文件、作业指导书做好自己的本职工作，通过会议、培训、竞赛、学习班等多种形式建立起组织内部有效的沟通途径，这样组织内部顾客的要求就会得到识别、确认和满足。

体育服务产品的要求包括顾客规定的要求、相关法律法规的要求和组织的附加要求，其中顾客的要求是最重要的。顾客的需求要反映到体育服务产品的质量特性上，但由于顾客的需求在不断变化和发展中，随着时间、环境及顾客自身的变化而变化，体育服务组织往往设置不同的服务项目用于满足不同顾客的需要，不同的顾客对于同一个服务可能有不同的需要，同一顾客在不同的时间或空间对同一服务可能有不同的需求。体育服务组织可以通过各种途径与顾客的沟通，如广告宣传、问卷调查、联谊活动、意见本、投诉处理、访问或面谈等多种方式了解顾客群的构成，包括顾客的年龄、职业、收入、参与动机、消费习惯等，也可通过这些方式及时了解和掌握顾客需求的变化。

2. 制定体育服务组织的质量方针和质量目标

建立质量方针和质量目标为指挥组织提供了关注的焦点。两者确定了所提供服务产品预期的结果并帮助组织利用资源达到这些结果。质量方针为建立和评审质量目标提供框架。质量目标需要与质量方针和持续改进的承诺保持一致，且能量化。质量目标的实现对产品质量、运行有效性和财务业绩都有积极影响，因此对相关方的满意和信任也产生积极影响。

(1) 质量方针是"由组织的最高管理者正式发布的该组织总的质量宗旨和方向"。体育服务组织的质量方针的制定是由最高管理者即馆长或总经理组织制定并发布实施。

体育服务组织的质量方针要包括以下内容：

——明确的全方位优质服务承诺；

——体现体育专业水平的专业服务水准；

——持续改进服务水平的承诺；

——符合法律法规要求的管理等。

(2) 质量目标是"在质量方面所追求的目的"。质量目标是对组织"满足顾客要求、增强顾客满意"的具体落实，也是评价质量管理体系有效性的重要判定指标。

体育服务组织的质量目标包括以下内容：

——顾客满意率

——各岗位员工服务达标率

——顾客投诉的处置率和时限

——员工技能达标率

——设备设施完好率等

3. 确定实现方针和目标所需的过程

体育服务产品的特性之一是同时性，即体育服务产品的生产和消费是同时的，顾客与体育组织员工接触的时候即是接受服务、感受服务的时候。如体育竞赛表演场馆的顾客既包括观众又包括运动队、裁判、媒体，他的服务产生过程如下。

（1）观众

——观众电话或网上查询票务信息、场馆基本情况介绍、价格等信息；

——观众预订门票；

——观众抵达体育场馆的停车场；

——观众抵达体育场馆的门厅；

——观众抵达体育场馆的服务台、问事处；

——售票员接待观众；

——售票员办理票务；

——观众等候入场；

——观众在检票处检票；

——检票后，观众进入场馆内所受到的接待；

——观众寻找自己的座位；

——观众在场馆内等待比赛开始；

——比赛结束观众退场。

（2）运动队

——运动队赛前适应场地、赛前训练；

——比赛中；

——中场休息。

（3）裁判

——裁判到达体育场馆；

——中场休息。

（4）媒体

——电视转播工作人员、记者到达体育场馆；

——比赛前准备；

——比赛中转播、消息发布；

——赛后新闻发布会。

可见，在当今高新技术发展迅猛的信息时代，实际上体育场馆对顾客的服务从还没有与顾客面对面的时候就已经开始了，成功的体育场馆就是善于捕捉和运用与顾客所发生的服务机遇，做好服务工作，从而形成竞争优势。

识别一个顾客与组织进行服务接触的过程之后，服务组织还要认真分析、识别影响服务质量的关键过程和关键岗位，严格管理和控制。对于一个比赛场馆，观众购票、比赛场馆内的辅助服务、比赛结束后观众安全退场、场地座位、设备设施的维修和保养，是四个关键的服务过程。而对于一个游泳馆来说，安全、水质、水温是顾客最为关注的问题，那么对于游泳馆的服务提供过程，水质检测、温度控制、救生员的岗位设置就尤为重要，属于影响组织整体服务质量的关键过程和关键岗位。体育服务组织应据此在用人资格确认上、日常监督管理上、员工技能的培训上多下工夫。

4. 根据提供体育服务产品的工作流程确定组织机构

识别本组织体育服务的流程中的各个过程，设置质量管理的组织机构的方法是现代企业管理的创新。也就是说，每个过程都有人负主要责任，有人协助工作。根据组织机构的设置，通过明确各部门、各岗位的任职标准、职责和权利，去选择合适的人员。

领导者可以分为高层和中低层领导，在现代企业制度中，高层领导的作用一是负责制定企业的发展战略（包括市场战略、经营战略和资本战略等）；二是确定企业的行为价值观——企业文化的宗旨；而中低层领导的作用是负责按既定的计划，执行既定的战略，组织进行落实、监督检查、评价处置、改进创新。

在体育服务质量管理方面，一般体育场馆的组织机构可分为四层：

一是高层管理者，也称最高管理者，是指在最高层指挥和控制组织的一个人或一组人。领导者是一个组织能实现管理的最重要的基础。

体育场馆的最高管理者包括体育馆馆长、副馆长或体育中心主任、副主任。其应承担的管理职责主要包括向组织传达满足顾客和法律法规要求的重要性；制定质量方针；确保质量目标的制定；进行管理评审；确保资源的获得。旨在建立、实施质量管理体系并持续改进其有效性。

二是中层管理者，也称部门经营管理层。包括项目部经理、人事部经理、经营部经理等。对于规模比较大、经营项目比较多的体育场馆，部门经营管理层是必不可少的，他们起着一个上传下达，沟通协调的作用。而对于规模比较小或设置项目比较少的场馆，设置这一管理层就复杂了管理程序，反倒起不到应有的作用，因而这一管理层是可以简化的。

三是基层管理者，也称服务管理层。包括各项目主管和领班。某种程度上来说，对于一般规模的体育场馆，往往是主管或领班承担这中层管理者的职责，这个管理层要求既要懂得基础的管理知识，明确理解组织的管理思想，掌握组织的管理制度，又要有较高水平的专业技能和服务技能，既能做好本职工作，又能带动其他员工规范服务。所以组织的高层管理者应该注重这一管理层人员的培养，因为组织的各项规章制度最终要靠他们来落实、监督执行，他们最能听到、看到、掌握组织实际的服务质量状况。

四是基础作业层，也称服务作业层。包括各项目的服务员、教练员和其他勤杂人员。由于他们是直接面对顾客，与顾客接触的，他们的表现直接反映一个体育服务组织整体的服务质量管理水平，而且体育服务的生产和消费是同时进行的，不可储存，使得服务的任何结果都事后无法弥补，所以对基础作业层的要求就更高。组织的管理者不仅要加强制度的建设和平时的管理，而且要向员工提供有效的培训，创造良好的工作环境和氛围。

另外，一个组织的质量管理体系的组织机构设置还应该有一位管理者代表，通常由体育场馆的一名副经理或者是由经理助理专职或兼任管理者代表，全面负责体育服务企业的质量管理工作，他负责把质量管理体系方法贯彻到具体的质量管理工作中去。确保质量管理体系所需的过程得到识别、建立、实施和保持；向最高管理者报告组织质量管理体系的业绩和任何需要改进的需求；确保在整个组织内提高满足顾客要求的意识；还负责与质量管理体系有关事宜的外部联络工作。

组织机构的设置并不是越复杂越好，也不一定教条地按理论去设置，体育服务组织的服务质量管理组织机构设置，原则上是高效、沟通顺畅、责权分明。各体育场馆可以根据自身经营的具体情况，如企业经营规模大小、档次高低、服务项目多少、风险高低、人员素质等因素进行适当的调整和简化，以达到管理工作质量和效率的最佳结合。

5. 实现体育服务质量的文件化管理

ISO9001—2000 标准是文件化的质量管理体系。所谓"文件化"就是说质量管理体系的建立、运行、改进的全过程都是在文件指导下进行的，并且各个过程都有文件予以记录和证明。体育服务质量体系的文件构成一般有四个层次构成：

（1）质量手册

质量手册是"规定组织质量管理体系的文件"，它是向组织内部和外部提供质量管理体系一致的信息文件。内容一般应包括质量方针、质量管理体系的范围、有关的程序文件（或引用）、质量管理体系所包括的过程的顺序和相互作用等。质量手册是纲领性文件，由最高管理者负责制定和组织实施。顾客有权利查看组织的质量手册，可以从中了解该组织的质量管理的基本情况。

根据 ISO9001—2000 质量管理体系标准，在手册中阐明：

① 体育服务组织的质量方针和质量目标；

② 影响体育服务质量的各部门、岗位，管理、服务和检查人员的职责、权限以及相互关系，可体现在职能分配表中；

③ 本组织体育服务质量管理体系程序文件；

④ 关于手册编制、修改、换版等方面的规定。

（2）程序文件和质量计划

为确保对过程的有效策划、运行和控制所需要的文件，如对特定的产品、项目、过程或合同，规定由谁及何时使用哪些程序和相关资源的文件称为质量计划。

程序文件是质量管理体系的主要组成部分，其作用就像公司的法律一样，用以规范各部门、各岗位的职责和活动。质量管理体系程序是一份描述获得足够控制和确保达到质量要求水平所需要的职责、权限和活动的正式文件。它清楚描述的是：①工作的目的和如果达不到目的时应该做什么；②由谁主要负责有关程序？谁负责程序中规定的工作？③如何采取行动？如何进行各项工作？④什么时候进行工作？什么时候进行测试、检查和审核？

体育服务质量管理体系必须要制定的程序文件有六个：文件控制、记录控制、内部审核、不合格品控制、纠正措施、预防措施应制定形成文件的程序，即要求建立这些程序，形成文件，并加以实施和保持。

另依据体育服务提供过程的若干阶段，分别编制、制定相应的程序文件即管理规范，如《服务质量策划程序》《质量目标管理程序》《管理评审程序》《人力资源管理程序》《基础设施和工作环境管理程序》《服务质量策划程序》《与顾客有关的过程的控制程序》《采购控制程序》《服务标识和可追溯性管理程序》《顾客财产管理程序》《监视和测量装置的控制程序》《顾客满意监视和测量程序》《前厅接待服务控制程序》《改进控制程序》《跟踪服务控制程序》《顾客投诉处理程序》等等。

（3）管理规范、作业规范、工作规范，即作业指导书

它阐明各部门、各岗位工作内容、工作性质、工作职责的不同，分别编制岗位的作业指导书，用以阐明做什么？怎么做？做到什么程度的问题。包括：

①　对直接向顾客提供体育服务的人员按期岗位制定的服务规范前厅接待员服务规范、咨询部工作人员接待服务规范、售票员服务规范、场地服务人员服务规范、指导员、培训教师等专业人员服务规范、领班服务规范；

②　对间接向顾客提供体育服务产品的人员可按其业务范围分别制定作业规范如场地工作人员作业规范、场地设备设施维修人员作业规范、采购人员作业规范、电、水气锅炉工作业规范等；

③　管理人员岗位工作规范。

这些规范都应对其岗位职责、上岗条件、任职资格、服务流程内容与要求分别作出明确具体的规定。

（4）记录性文件

对所完成活动或达到结果提供客观证据的文件称为记录。记录有利于各部门、各岗位工作的衔接，以及出现问题时分清责任，查找原因。包括服务项目表；场地使用时间安排表；培训时间安排表；赛事时间表；设备器材安全检查表；顾客意见以及处理单；卫生检查表等。

组织需要建立的是文件化的质量管理体系，而不是质量管理体系的文件。建立质量管理体系文件的价值在于便于沟通意图、统一行动，有利于质量管理体系的建立、实施、保持和改进。编制质量管理体系文件不是目的，而是一种手段，文件编写、修改的过程也是组织自我认识、自我诊断、发现不足改进管理的过程。组织质量管理体系文件的多少、繁简与组织的规模、产品的复杂程度、人员的能力素质等因素有关。

6. 提供实现质量目标、组织运作所需的资源

资源是建立和实施质量管理体系的基本保障，服务组织提供服务所需要的资源包括人力资源、基础设施、工作环境三个方面，组织根据岗位配备相应的资源。

（1）人力资源

在人力资源管理上，质量管理体系方法要求，在识别服务管理体系所需的过程时，明确各个岗位的职责和需要的任职资格，从受教育程度、技能、工作经验、培训经历四个方面考虑人员的任用和选择。

组织有责任对员工进行质量意识的培养，通过培训，使员工认识到所从事活动的相关性和重要性，以及如何为实现组织的质量目标做出应有的贡献；例如对管理人员除了要对质量管理知识进行培训之外，还应对有关的市场营销知识、体育专业知识和技能、人力资源管理知识、法律法规等进行培训。

定期对员工实施必要的培训，学习新知识、培养新技能、交流经验，并确保培训的有效性。同时，还应对人员合理的配置和调配，发挥他们的积极性、创造性及其潜能。

（2）基础设施

基础设施包括建筑物、工作场所和相关的设施、过程设备（硬件和软件）、支持性服务（通讯）设施。基础设施的基本状况，是影响体育服务产品质量的重要因素，一个组织必须从采购、使用、使用后的日常维护等各个环节入手，以确保体育场馆的设备设施一直处于一个良性的状态。

（3）工作环境

工作环境是指工作时所处的一组条件，既包括是物理的、社会的，又包括心理的和环境的因素。应该给员工制造一种良好的工作氛围,包括应用适当的奖励措施,使员工在一种积极、良好的精神状态下工作。

7. 体育服务质量的改进

对于体育服务组织,改进是针对服务过程、服务管理、服务质量管理体系的改进,其前提是改进必须是在合理的服务成本范围之内。而且服务本身就是一个过程,服务要求的是规范化的服务,保持水平稳定的服务。

体育服务质量改进的过程实际上就是 PDCA 循环的过程,即计划、实施、检查和处置。改进包括以下活动:

(1) 评价体育场馆组织服务质量现状,以识别改进区域。

(2) 确定改进的内容和所要达到的质量目标。

(3) 寻找改进办法,实现这些质量目标。

(4) 评价改进办法,选择出最佳的改进办法。

(5) 实施选定的改进办法。

(6) 测量、验证、分析和评价实施的效果,以确定改进质量目标的实现。

(7) 正式采纳更改。

体育服务组织通过一系列活动建立起来服务质量管理体系,并不是最终的目的,保证这个管理体系得到有效的运作、实施和不断改进,才能使其真正起到促进质量管理水平提高的目的。

四、结论与建议

(一) 结论

1. 我国在加入 WTO 后,迅速建立体育服务业质量管理体系是十分必要的,也是可行的。

2. 以 ISO9000 族标准为依据,建立体育服务组织质量管理体系的理论模式,符合体育服务业的特点,符合国际要求,便于接轨,便于操作。是建立我国质量管理体系的重要理论支持。

3. 建立体育服务业质量管理体系的方法和步骤:

体育服务组织的质量管理体系是运用过程方法建立起来的,各单位的最高管理层带领全体员工采取有效的措施,提高本体育服务组织的服务质量。通过如下步骤,建立起应有的制度规章,并保证得到执行和不断完善。

(1) 识别本体育场馆的顾客并确定顾客的需求和期望。

(2) 制定体育服务组织的质量方针和质量目标。

(3) 确定实现方针和目标所需的过程。

(4) 根据提供体育服务产品的工作流程确定组织机构。

(5) 实现文件化管理体育服务质量。

(6) 提供实现质量目标、组织运作所需的资源。

(7) 体育服务质量的改进。

（二）建议

1. 国家行政管理部门和各体育场馆重视 ISO9001—2000 质量管理体系标准在组织质量管理中的运用，建议要像航空行业、铁路行业一样成立体育行业自己的质量管理体系认证中心。

2. 鼓励和倡导多种途径培养既懂体育又精通标准化知识的复合型人才，满足体育事业标准化工作的需要。

3. 加快和深入体育服务业基础标准和法律法规的制定和研究的步伐，以利于 ISO9001—2000 质量管理体系标准在体育界的高效运用。

（项目编号：358ss01066）

《体育经纪人国家职业标准》构建研究

肖林鹏　邵淑月　王笑梅　李豪杰　靳厚忠　朱振伟
杨晓晨　胡春旺　伊惠琴　任丽敏　蔡劲燕　刘兆军

2006 年 4 月，"体育经纪人"作为一项我国劳动和社会保障部发布的第 6 批新职业被纳入了国家职业大典。同年 6 月，经劳动和社会保障部批准，体育经纪人被纳入体育行业特有职业范围。根据国家对职业管理的要求，规范体育经纪人职业的首要任务是制定职业标准。因此，建立统一的职业标准已经成为规范体育经纪人职业的重要工作。本课题根据《国家职业标准制定规程》的基本流程，运用文献资料、访谈、问卷调查、头脑风暴、实地考察以及数理统计等科研方法对以下内容进行了研究，主要包括我国体育经纪人职业发展现状与前景、体育经纪人职业概况、体育经纪人职业基本要求、体育经纪人职业的工作要求、理论知识比重表和专业能力比重表等。《体育经纪人国家职业标准》(以下简称《标准》) 的研制与构建不仅是推行国家职业资格证书制度的必要工作，还能为促进体育市场管理工作走向法制化、规范化轨道提供理论参考。更为重要的是，《标准》的出台将对体育经纪从业人员素质的提高、保证体育经纪服务质量、促进体育经纪人市场的有序化和职业的规范化起到积极的推进作用。另外，《标准》研制的模式还可为体育行业其他国家职业标准的研制提供经验及参考。

一、我国体育经纪人职业发展现状与前景研究

(一) 我国体育经纪人职业发展现状调查研究

1. 体育经纪人的从业人数

作为一项新职业的基本条件是具有相对稳定的从业人数。本次调查结果显示，自 1999 年以来，全国共有 15 个省 (区、市)、3 个计划单列市培训过体育经纪人，经过培训且具有正式资格证书的体育经纪人已达 4500 余人，6 年来年均产生 750 名经纪人 (体育经纪人数量统计截至 2005 年 8 月)。近年来已有个别省市一次培训体育经纪人的数量甚至达到 200 人以上。这种势头仍在继续，调查结果显示，全国各省 (区、市) 均在规划或准备实施体育经纪人的教育培训计划。到 2010 年，预计培训 300 名以内体育经纪人的省 (市) 占到总数的 44.4% (表 1)。值得注意的是，全国各地还有大量从事体育经纪活动但未取得任何资格证书的"体育经纪人"。从确立新职业的角度来看，体育经纪人作为新职业的条件——从业人数条件已初步具备。

表 1　到 2010 年各省 (区、市) 计划培训体育经纪人数量统计

体育经纪人的数量	百分比 (%)
100 ~ 300 人	44.4
301 ~ 600 人	25.9
601 ~ 900 人	14.8
901 人以上	14.8

2. 体育经纪人的分布区域

体育经纪人主要分布在北京、天津、上海、浙江、湖南、江苏、深圳、广东等市场经济较为发达、体育市场发展较好的大城市。按体育经纪人数量多少来排序，排在前五位的省市依次是北京、浙江、天津、上海、湖南，这5个省市的体育经纪人数量占到全国体育经纪人总数的一半以上（67%）（图1）。以上这些省市无论在客观经济实力，还是在近年中国社会科学院公布的"可持续发展能力"系列研究报告以及"现代化水平"系列研究报告中均排在全国前列。可见，体育经纪人的发展与经济社会的发展水平密不可分。当前，我国经济社会进入了一个新的历史时期，"我国经济将保持稳步增长的态势，到2010年人均GDP将达到1900美元。2020年我国GDP人均超过3500美元，进入中等收入国家行列。届时，我国将建成更高水平的小康社会"（国务院发展研究中心主任王梦奎在2005年全国政策咨询工作会议上的讲话）。研究表明，当一个国家人均GDP由1000美元向3500美元发展时，不但是社会大众公共需求的快速增长期，而且也是社会大众公共需求品质的快速提升期，在这种情势下，就必然会催生出体育经纪人这种新职业。

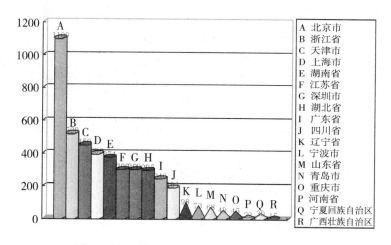

图1　全国（省、区、市）体育经纪人的区域分布（人）

3. 体育经纪人的行业分布

调查结果显示，我国体育经纪人的行业分布比较广泛，在各类企业（公关咨询公司、广告公司、私营企业、科技发展公司、文化娱乐公司等）、体育文化娱乐公司（体育俱乐部、体育文化传播公司、体育用品公司等）、体育经纪公司、体育院校、政府部门，以及传播业等均有分布。以上海市体育经纪人的行业分布为例，2002年以来，上海市体育经纪人的行业分布主要集中于各类企业、各类体育文化娱乐公司、高校教师及在校学生等（图2）。又如，北京市2003年体育经纪人所属行业的分布情况是：各类企业占34%，各类体育文化娱乐公司占29%，政府部门占7%，律师事务所占5%，行业协会占5%，新闻单位占4%，大中专院校占7%，其他占9%。其他地区体育经纪人的行业分布状况与上述两个地区相似。

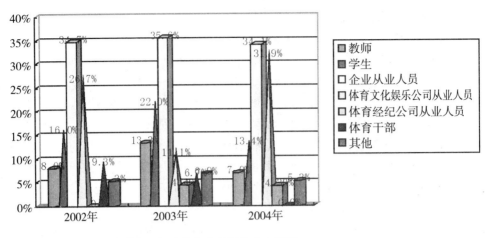

图2　上海市体育经纪人从业人员行业分布情况

4. 体育经纪人的年龄与性别分析

一种职业的从业人员年龄状况标志着该职业的基本特征。从我国体育经纪人的年龄概况来看，各地体育经纪人均以中青年为主。如天津市年龄在 20～29 岁的体育经纪人占总数的 42%，39 岁以下的体育经纪人占了总数的 76%（图3）。体育经纪人职业的年龄特征是由体育经纪职业本身特性所决定的。由于体育经纪活动需要精力体力充沛、对信息反应敏锐、勇于挑战参加竞争的从业人员介入，因而中青年这一群体无疑具有诸多先天优势。一支年轻的体育经纪人队伍还可为这一职业的稳步发展注入不竭动力。

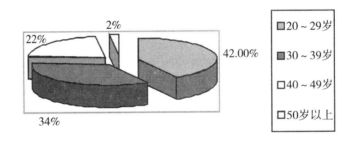

图3　天津市体育经纪人的年龄分布情况

从我国体育经纪人的性别分布来看，各地男性体育经纪人占绝大多数。如 2001—2004 年，湖南省女性体育经纪人平均占到体育经纪人总数的 22.9%（图4）。宁波市 2001 年开展体育经纪人培训以来，女性体育经纪人占体育经纪人总数的 20.3%。天津市自 2003 年开展体育经纪人培训以来，女性体育经纪人占体育经纪人总数的 24%。一般而言，女性在体育经纪活动中较之男性会有某些不足或弱点。当然，一项职业的性别分布是职业选择的结果。在我国实际就业的体育经纪人中，女性体育经纪人的所占比例要远低于在培训时所占的比例。

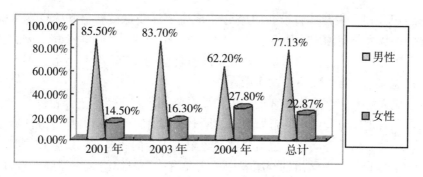

图4　湖南省体育经纪人的性别分布情况

5. 体育经纪人的业务活动范围

体育经纪人作为一种沟通体育市场的中介，其活动范围要涉及运动员经纪、体育赛事经纪、体育组织经纪等多种层面。但目前我国体育经纪人的业务范围相对狭窄，主要涉及运动员日常事务代理、运动员转会，以及个别体育赛事的转播、广告经营，体育设施、器材销售代理等内容，而且体育经纪人对职业体育的介入要远大于对群众体育的介入。由于体制方面的原因，加之缺乏体育经纪方面的法律和法规，目前大量的体育经纪资源仍被某些行政部门所掌控，这往往会使人产生"中国体育经纪人难成大业"的感觉。调查结果表明，虽然有71.9%的体育系统行政部门表明非常需要体育经纪人介入体育事务，但完全依靠本部门内部相关部门独立运作体育经纪活动的体育系统占总数的34.4%（图5），这使得一些专业体育经纪公司及体育经纪人的施展空间受到一定程度限制。另外，体育经纪人自身的原因，诸如自身素质不高，业务能力不强，不讲诚信、急功近利等，也对体育经纪人的业务开展造成很大影响。因此，我国体育经纪人的管理亟待步入制度化、规范化、标准化的轨道，而将体育经纪人纳入国家职业大典，采取职业的规范化管理是解决这一问题的基本途径。

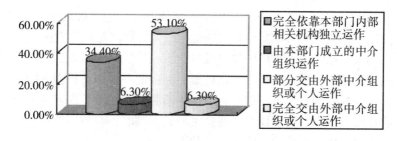

图5　体育系统体育经纪活动运作主体情况

6. 体育经纪活动组织

体育经纪活动组织包括体育经纪人事务所、体育经纪公司、兼营体育经纪业务的公司以及体育经纪人协会等。近年来，我国各地涌现出大量经营体育市场开发的中介服务机构（事业、企业）和个人，如各种广告公司、公关公司、文化娱乐传播公司、外贸公司、咨询公司和文化交流、发展、推广公司等。北京、上海、广州等地还出现了许多专业的体育经纪公司，主营体育产业的经纪事务,主要涉及球员转会和体育赛事中介或组织。目前公司法人是我国现有体育经纪人的主要组织形式，如广告公司、公关公司、咨询公司等。个体体育经纪活动主要是开展运动员转会的经纪、代理业务，但运作尚不规范，多数只能起到"帮忙联系"的作用。

体育经纪人协会应该成为体育经纪人和政府监管部门之间的纽带和桥梁，它应该成为经纪人自我管理、自我约束的自律组织。同时，体育经纪人对开展业务活动中遇到的各类政策、法律、监管等问题，也需要体育经纪人协会向政府部门反映和协调。更为重要的是，为了体育经纪人队伍的健康发展，需要有一个自律组织来帮助、教育、引导、管理广大体育经纪人，逐步建立行业自律规范、行为守则，促使广大经纪人提高业务水平、法律意识和道德素质。目前，全国仅有极少数省市成立了体育经纪人协会（如浙江、湖南等地)。可以预见，随着我国体育社会化进程的加快，各地体育经纪人协会将会相继成立。

（二）我国体育经纪人职业发展的前景研究

1. 体育经纪人职业将迎来更为有利的发展环境

当前，我国社会处在从农业的、乡村的、封闭半封闭的传统社会，向工业的、城镇的、开放的现代社会快速转型之中。中国社会发展的主要矛盾逐渐转化为生产力水平与人民群众不断扩大的数量需求和日益增长的质量需求之间的矛盾。到 2020 年前后，由于人口逐步趋于零增长和负增长，居民在文化娱乐及教育支出的比重将进一步扩大，文化体育娱乐消费滞后的现象将从根本上得到改观。随着我国社会经济和人民生活水平的不断改善，以及城市化水平的不断提高（据预测，到 2010、2020 年，中国城市化水平将分别达到 45% 和 60%），我国人民群众中体育需求意识不足和体育需求能力不足的人口将向体育人口转变，准体育人口、潜在的体育人口将向现实的体育人口转变，间接体育人口将向直接体育人口转变。

随着我国城乡居民收入的逐步提高，体育消费意识、体质与健康投资意识等日趋成熟。从近年我国体育消费情况统计结果可间接地预测到这一发展趋势：1994—1998 年中国体育消费速度平均每年增长 20%，城市人口体育边际消费倾向是 1.5，即城市人口收入每增加 1%，体育消费就增加 15%。当前，广大群众"花钱买健康""请人吃饭不如请人出汗"的事实已经说明人们的体育投资意识正悄然兴起，人们已经不再将体育消费视为单纯的和被动的消费，而是对未来健康有回报的一种体育投资。因此，体育消费与投资需求将会成为我国人民群众的一种稳定生活方式中的重要内容。人们将不再满足于简单的实物型消费，在实物型体育消费持续增长的同时，参与型体育消费将成为体育消费的主流，观赏型体育消费的群体会日趋壮大。

综上所述，体育经纪人职业的发展有赖于一定的环境因素，这主要涉及经济社会及文化大环境以及民众体育消费需求状况的具体环境。我国经济社会的快速发展，刺激了民众体育消费需求内容与结构的丰富与提升，拓展了体育市场的需求空间。为搭建起体育供给与需求的桥梁，体育经纪人职业便顺乎逻辑地产生了。

2. 体育经纪人的供给市场充足

近年来，我国体育经纪人供给市场发育迅速，为满足体育市场的需求，各地踊跃举办体育经纪人培训班。从各地体育经纪人培训的情况看，中青年是体育经纪人队伍的中坚，而在校大中专学生已经成为体育经纪人的稳定培训对象。在校大学生出于对体育经纪活动的向往与兴趣，或为增加个人就业竞争力，往往成为体育经纪人培训中的踊跃参加者，有的地方甚至开设在校学生体育经纪人培训专场。如2004年河南省在郑州大学体育学院开设了体育经纪人培训，在所有22名学员中，除了一名是广告策划公司的从业人员外，其余21名均是学生。湖北省在2003年7月已经举办了体育经纪人培训，而在同年12月另加设了学生专场体育经纪人培训，培训学生体育经纪人80人。因此，我国体育经纪人的供给市场有大量的高素质人力资源。

当前，我国体育体制和运行机制以社会化和产业化为方向的全面改革不断推进、深化，越来越多的运动项目走向市场，职业体育呈现发展迅猛、强劲的势头，体育资源由计划配置向市场配置转变，体育经纪人的生存和发展空间也越来越大。随着国内体育经纪人职业的进一步规范，体育经纪人的供给层次及结构将会发生变化，一批思维活跃、视野开阔、勇于创新、业务素质过硬的体育经纪人将会脱颖而出。大批熟悉体育经纪活动运作，了解体育国际产业规则及流程，具备国际交流沟通能力，善于开发体育产业商机的体育经纪人将会大展身手。

3. 体育经纪人的需求市场极具潜力

我国拥有13多亿人口，这无疑是潜在的庞大消费市场。随着新世纪全面建设小康社会目标的确立，全民健身热潮持续升温，休闲体育市场呈现出不可估量的庞大需求。在未来的时间里，越来越多的世界级体育赛事将在中国举行，越来越多的人将参与到体育活动和健身运动中去，越来越多的国际化大公司和中国国内的企业将投资中国的体育产业。随着2008年北京奥运会的临近，以及更多的人参与体育，体育的价值链将延伸到更多的经济部门。北京奥运经济发展正在形成一个巨大的市场，预计未来7年里北京投资和消费市场的总需求将超过30000亿元人民币。奥运经济战略的实施，还会产生大量的投资需求、消费需求、产业需求、产品和服务需求，一个巨大的奥运经济市场正在形成。据预测，从现在起到2008年，北京市与奥运相关的投资需求超过2800亿元，总投资将达到15000亿元，因举办奥运会而新增的社会消费需求总额大约为1000亿元，消费市场总量将超过15000亿元！

本课题组通过对全国体育系统行政人员的问卷调查结果显示，认为"体育经纪人需求旺盛，急需体育经纪人介入体育市场"的比例占总数的31.3%，同一问题国内专家学者的调查结果则为50%；认为"需求一般，但有很大潜力"的占总数的65.6%，同一问题国内专家学者的调查结果为33.3%（图6）。两部分问卷的调查结果均表明，我国体育经纪人的需求市场（包括潜在市场）具有较大的发展空间。另外，对体育经纪人职业发展前景的调查结果显示，体育系统行政人员认为我国体育经纪人的职业前景"非常乐观"的选项占总数的一半以上（52.2%），专家学者的选项占总数的40%。这在一定程度上表明我国体育经纪人市场需求极具潜力。

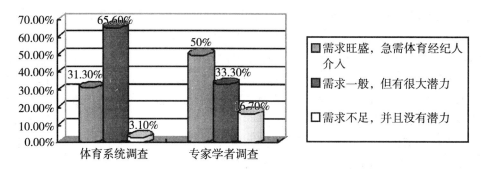

图6　体育经纪人市场需求调查结果反馈图

二、体育经纪人职业概况研究

《规程》规定，职业概况指本职业的基本情况，主要包括职业名称、定义、等级、职业环境条件、培训要求、鉴定要求等内容。

（一）体育经纪人职业名称与职业定义

1. 体育经纪人职业名称

（1）体育经纪人职业名称确定的依据

确定体育经纪人职业名称是《标准》研制的重要工作。

首先，根据《规程》规定，职业名称以最能说明该职业类别特性的名词命名，原则上依照《中华人民共和国职业分类大典》确定。2006年4月，劳动和社会保障部发布的第六批新职业中把"体育经纪人"作为正式公布的名称。2007年4月，"体育经纪人"这一职业名称被《中华人民共和国职业分类大典》正式补订。以上为体育经纪人职业名称的正式确定提供了直接依据。

"体育经纪人"这一称谓在我国体育经纪实践及学术界广为认同。从我国体育经纪实践的发展来看，体育经纪人属于"经纪人"的一种形式。我国很早就出现了经纪人，从西周的"质人"到西汉的"驵侩"（最早见诸文字记载），从唐朝的"牙人"到清朝的"买办"，都印证了中国古代商品交换的繁荣景象。经纪人作为一种社会分工，是从商品生产和商品交换实际需要中产生的。《中国经济大辞典》对经纪人的注释是："经纪人，中间商人，旧时称掮客，处于独立地位，作为买卖双方的媒介，促成交易以赚取佣金的中间商人。"经纪人的活动加速了信息的传播和交流，促进了商品的流通，有利于资源的合理配置，有利于降低社会生产成本。经纪业作为一种服务业，不仅提供了市场组织化程度，促使市场有序运行，而且提高了市场交易效率，降低了市场交易费用，进一步扩大了商品交换的广度和深度，促进了社会资源配置的优化，从而促进了市场经济的发展，经纪业因此在市场中蓬勃发展起来。1995年，我国国家工商行政管理局就是以"经纪人"的名义颁布了我国首部《经纪人管理办法》（国家工商局令〔1995〕第36号），2004年又对此《办法》进行了修订。

20世纪60年代以来，随着体育商业化、职业化的不断深入，体育经济和体育产业在世界范围内有了较大程度的发展。在许多发达国家，体育产业在经济中所占比例明显上升，有的已成为国家的支柱产业。其中体育经纪人作为体育市场发展的行为主体之一，直接参与体育比赛、体育经济活动及运动员流动等经纪活动，在运动员、俱乐部、运动协会、赞助商、广告商之间牵线搭桥，成为活跃在体育市场，促进体育事业发展不可缺少的积极因素。

从国内外体育经纪实践和学术界的观点看，大家均把"体育经纪人"作为研究"体育行业的经纪人"的统一概念。

第三，体育经纪人这一职业名称得到了国内业内专家的一致公认。针对《标准》的出台，研制组几次就相关内容征询了业内专家的意见与建议，大家均高度认可体育经纪人这一职业名称。

第四，"无名万物之始"，根据事物名称的产生规律，从理论上来讲，把"体育经纪人"叫做"体育经纪师"等其他称谓也未尝不可，但如果综合考虑概念使用的国情、传统习俗、习惯等主客观因素，我们认为将这一行业名称界定为"体育经纪人"是最恰当不过的职业名称表述方式。

（2）体育经纪人职业名称相近概念分析

为进一步明确体育经纪人作为《标准》职业名称的合理性，我们进一步区分几个与体育经纪人类似的概念。

① 体育经理人

体育经理人与体育经纪人虽为一字之差，但其含义不尽相同。我们首先分析一下职业经理人的概念。从英文单词的角度看，人们通常使用 manager 一词来表示经理人的概念，而对经纪人，人们多采用 agent 一词。两个英文单词的使用表明，前者强调的是经营、管理行为，后者注重的是代理行为。可见，职业经理人就是专门从事企业高层管理的人才，他们的职责定位是以其良好的职业境界、道德修养、专业管理能力，合理利用企业的资源，帮助企业获取最大的利润，从而把企业不断推向前进。

体育经理人是体育企业中的专门经营管理人才。随着计划经济向市场经济转变，我国体育事业开始走上产业化和社会化道路，而随之出现大量新的经济关系和微观经营问题，这就需要运用体育管理的理论解决，由体育管理人才去执行解决。体育职业经理人的任务是落实经营管理措施，追求实现企业价值最大化，建设有凝聚力的企业文化，培养锻炼员工队伍。他们必须具备独特的教育背景和经营管理能力，熟悉体育企业运作的规律和规范。

体育经理人的素质构成与体育经纪人较为相似，除了需要有良好的职业道德和健康的职业心态外，还需掌握丰富的商业理论及相关专业知识，具备实战经验，也需要体育运动和体育产业相关的认识，熟悉体育运作规律和财务管理技能，还应具备整合、策划、宣传、组织的能力。

体育经理人与体育经纪人的最大区别在于：体育经纪人是在运动员转会以及商业开发、体育赛事等活动中扮演中间人（中介）的角色，以收取佣金为获得报酬的形式；而体育职业经理人负责企业或项目的管理运营，以收取年薪以及股份、分红为获得报酬的形式。

② 体育代理人

体育经纪人有广义与狭义之分。广义体育经纪人是指体育居间人、体育行纪人及体育代理人等；狭义体育经纪人即传统意义上的体育经纪人，是指以自己的名义但却是从委托人的角度考虑，在体育领域内进行买卖或其他业务而取得报酬的一种居间人。下面分别从广义和狭义两个角度来分析体育代理人与体育经纪人之间的关系。

从广义上来看，体育代理人其实质就是体育经纪人，不过其经纪方式主要是从事代理业务，为了与体育居间人、体育行纪人区别，因而人们习惯称他们为体育代理人。众所周知，经纪活动方式有居间、行纪和代理等，1995 年国家工商局颁布的《经纪人管理办法》在经纪人的定义中也明确提出代理与居间、行纪同属于经纪活动的方式。也就是说，根据体育经纪人经纪活动方式的不同，体育经纪人可以划分为体育行纪人、体育居间人与体育代理人，即广义体育经纪人是体育行纪人、体育居间人及体育代理人的总称。

从狭义上来看，体育经纪人与体育代理人是在体育领域内，从事不同经纪业务的经纪人，由于从事经纪活动方式的不同而称谓有所区别，但二者同属于广义体育经纪人。二者的区别有以下几点：

第一，体育代理人必须由企业委托，以所代理的企业的名义，在一定时空范围内从事体育市场交易活动，代理行为的法律后果由委托人承担；体育经纪人是以自己的名义从事体育经纪活动，其法律后果必须由当事人自己承担。

第二，体育经纪人的服务范围广泛，可以为任何人从事合法的体育中介活动，而且经纪人与当事人之间没有固定联系，大多是一次性的；而体育代理人只能为一定的委托人进行媒介活动，其服务范围较窄，与当事人之间往往是一种较固定的、连续性的关系。

第三，体育经纪人从事体育经纪活动并不受时空条件限制，而体育代理人则受企业委托，在一定范围内以企业名义从事某些体育市场活动。

第四，体育经纪人需要对供求双方负有诚实媒介等方面的同等义务，而体育代理人则应按委托人的需求从事体育代理业务，他对第三人不享有任何权力，也不承担任何义务，只对委托方一方尽其义务。

第五，体育经纪人从事体育经纪活动是为了获取一定报酬，报酬性是经纪活动的重要特征；而代理可以是有偿的，也可以是无偿的。

第六，体育经纪人既不占有体育商品，也不拥有货币，他只提供服务而不从事直接经营；但大多数代理人则直接经手商品，代办一些业务，如代办货物运输等。

第七，体育经纪人没有任何代理权，不能代理委托人进行任何活动；而体育代理人或多或少有一定的代理权，可以代理委托人在控制价格、销售条件等方面行使一些权利。

但体育经纪人与体育代理人又均有各自的优势。体育经纪人具有灵活、周期短、省时省力、活动范围广等优势；体育代理人因有代理权一般信誉较高、佣金较丰厚。因此，在实际生活中，有许多人既从事经纪活动，又从事代理活动，一身兼二任。事实上，随着体育经纪活动范围的进一步拓展，现在居间已经不再是单纯的"牵线搭桥"了，而是与代理行为紧密地结合在一起。在现实体育经纪活动中，体育经纪人一方面是以委托人的名义从事体育代理活动，另一方面又以自己的名义从事体育经纪活动，很难具体区分，体育经纪人的含义广义化了。因此，在现实体育经纪活动中，我们所提的体育经纪人，指的就是广义体育经纪人。

③ 体育推广商

体育推广商是指那些专门进行体育赛事推广的经纪人。推广商进行赛事推广时，首先是进行选择与策划体育赛事；其次是包装赛事；最后是进行确定体育赛事的推广方案。推广商在进行赛事推广时，除了必须遵循体育运动规律外，还需要遵循一些媒体的广告运作规律；要了解体育、熟悉媒体（如报刊、电视等）、洞悉企业、专业运作等，挖掘、创造体育赛事媒介的最大价值。目前进驻国内的境外经纪公司，比如国际管理集团、国际体育娱乐公司、香港精英公司、香港新亚体育集团等都喜欢自称"推广商"，同时国内一些体育报刊也经常将国外个体经纪人，如唐·金等称为"赛事推广人"。"推广"一词来自英文"PROMOTE"，表示体育推广商相对于现时回报而言更看重对体育市场的培育及未来的发展，带有很强的投资意味，而且赛事经纪人确实可以通过多种渠道获取资金使赛事顺利举行并获得利益。因此，体育推广商的最终目的是为了获取利益，实质上还是体育经纪人。因为他们正如体育经纪人这种新兴的职业一样，在从事体育赛事推广时也必须具备以下几个条件：

第一，具有《体育经纪人资格证书》。

第二，在体育领域内从事经纪活动，只不过推广商主要从事体育赛事的推广。

第三，他们的目的在于获取利益。相对于体育经纪人而言，推广商更看重未来的收益。

因此，我们可以判断，体育推广商其实就是体育经纪人，而相对于中国未成熟的体育市场而言，这种称谓在现阶段更易为人们所接受。

④ 体育经销商

体育经纪人与体育经销商同是在体育领域内从事商业活动的人，乍一看，二者相差不大，只差两字而已，其实二者的内涵截然不同。

体育经销商是指以自己的名义向出卖人买进体育商品（这里指凡是与体育有关的一切商品，比如运动服装、运动饮料、体育器材、体育书籍、体育报刊杂志及与体育有关的录像带、电影、光碟等），而后再以自己的名义将该商品转让给第三者的人。体育经销商包括批发商和零售商。二者的区别主要有：

体育经纪人一般不拥有商品的所有权，无经营风险，也不从当事人的任何一方领取固定薪金；体育经销商则拥有商品的所有权，固定的劳动报酬，而且要自行承担经营后果及其风险。

体育经纪人与市场交易当事人之间的任何一方没有固定关系；体育经销商与出卖人之间经常有固定的联系。

体育经纪人媒介买卖双方，使双方之间订立合同从而发生法律关系；而体育经销商的商品买方与卖方之间并无直接的法律关系，经销商与商品卖方之间以及经销商与第三人之间的合同关系都是个别的买卖合同，两不干涉。

因此，体育经销商只是经销与体育有关的商品，确切地说，他只是零售或批发体育商品的经销商或者说商人而已。所以，在实际应用时，一定要严格区分清楚体育经纪人与体育经销商之间的关系，二者不能混淆。

⑤ 体育赞助商

体育赞助是以体育为题材、以支持和回报为内容、以利益交换为形式、以达成各自组织目标的一种特殊的商业行为。相应地，体育赞助商是指那些为体育组织、运动竞赛及运动员等提供所需要的任何物资，包括资金、产品、服装、器材、技术及服务等，并凭借赞助关系来达到营销目的的个人、企业或其他的经济组织。从对体育赞助商的描述中不难发现，体育经纪人与体育赞助商从事的活动都是在体育领域内的商业行为，他们都具有较强的体育营销意识，且认识到了体育背后蕴藏着的无限商机，但二者存在诸多不同。

第一，二者进行体育经济活动的目的不同。对企业或个人来说，通过体育赞助可以提升企业或个人的形象和士气，扩大产品销售，提高企业在国际、国内两个市场上的竞争力的实际需要，从而获得丰厚的投资回报。这是广大赞助商热衷于体育赞助的最重要原因，也是体育赞助在世界范围内得以迅猛扩展的决定性因素。而体育经纪人从事体育经纪活动的目的主要是促成双方达成互惠互利的协议，并从中获得事先约定的佣金，只要双方协议一经达成，即可拿到佣金。

第二，二者为达到目的所采用的方式不同。体育赞助是现代企业营销的一种行之有效的方式。赞助商为了获得体育组织、体育赛事或运动队的冠名权、广告权和促销等权利，为了获得巨大经济效益，采取向体育组织、运动竞赛及运动员等提供所需要的资金、产品、服装、器材、技术及服务等形式；而体育经纪人是通过居间、行纪、代理等经纪方式在买方与卖方之间牵线搭桥，或受委托人委托并为委托人谋取体育经济效益，从而获得佣金。但通常情况下，赞助商需通过体育经纪人来完成体育赞助的行为。

第三，二者从事体育经济活动所需要的资格不同。体育赞助商进行体育赞助时，其赞助行为是不受任何条件限制的；而体育经纪人从事体育经纪活动首先要具备《体育经纪资格证书》，必须经工商行政管理部门注册登记，并在规定的时间内到当地体育行政部门履行备案手续后，才能成为合法的市场经营主体，才能从事体育经纪事务，比如为运动员、体育赛事、体育组织等拉赞助。

但是，目前体育赞助商并不是一种职业，只是对那些赞助运动员、教练员、体育赛事、体育组织的企业、个人或其他经济组织的一种笼统的称谓。

综上所述，体育经纪人这一职业名称最恰如其分地表达了体育经纪行业从业人员的含义，具有不可替代性。

2. 体育经纪人职业定义

（1）体育经纪人职业定义确定的依据

《规程》规定，职业定义要求以最简练的语句表示出该职业的本质属性。原则上依照《中华人民共和国职业分类大典》确定。

目前学界对体育经纪人的定义大同小异，由于体育经纪人属于经纪人的下位概念，因此，体育经纪人的定义多从经纪人的定义推导而来，而经纪人的定义又来自于1995年国家工商总局发布的《经纪人管理办法》，在该《办法》中指出：经纪人是指在经济活动中，以收取佣金为目的，为促成他人交易而从事居间、行纪或者代理等经纪业务的公民、法人和其他经济组织。2004年该《办法》又作了修订，但仅是将"公民"修订为"自然人"。据此，体育界的多数专家认为，体育经纪人是指在各类体育活动中，从事居间、行纪、代理等体育经纪业务并从中取得合法收入的自然人、法人和其他经济组织。不难看出，此种定义是从法律角度来界定体育经纪人概念的，我们认为这是关于体育经纪人的较经典、较传统的定义，可以说较为准确地反映了体育经纪人的本质。

在《标准》初稿征求意见的过程中，体育经纪人的定义曾引起专家的广泛关注。专家认为体育经纪人的定义最好还沿用较为传统的定义。有专家还提出，体育经纪人是指在各类体育活动中，从事居间、行纪、代理等体育经纪业务并从中取得合法收入的自然人。这是因为职业特性面对的是自然人；该职业特征是从事体育经纪业务；体育经纪业务的内容不好用"从事运动员、体育赛事及体育组织等中介活动"简单解释。

我们认为，体育经纪人的定义不仅要反映出体育经纪活动的本质，还要符合《国家职业标准技术规程》的相关要求。首先，《国家职业分类大典》中的所有职业表述均需采用"从事……的人员"的方式，体育经纪人的定义也不能出其左右；其次，从职业的社会影响与推广角度来看，职业定义必须让人一看就知道本职业在干什么，如果体育经纪人定义中出现"居间、行纪、代理"等词，往往会使一般人产生疑惑，因为这几个概念很生僻也很专业；第三，传统定义中往往会出现"为了获取佣金"的表述，尽管事实确实如此，但这可能会使人的注意力转到体育经纪人的"逐利"上来，会使本职业的社会形象受到一定影响。由于以上原因，我们借鉴其他职业的定义方法，重点从概念的外延来描述职业活动的角度进行体育经纪人概念的界定。

（2）体育经纪人职业定义分析

由于体育经纪人是经纪人的下位概念，根据2004年修订的《经纪人管理办法》中对经纪人的界定："在经济活动中以收取佣金为目的，为促成他人交易而从事居间、行纪、代理等业务的公民、法人和其他经济组织。"多数业内人士将"体育经纪人"定义为：在各类体育活动中，从事居间、行纪、代理等体育经纪业务并从中取得合法收入的自然人、法人和其他经济组织。这是学术界较为传统且普遍被认可的定义。

首先，在传统定义中出现的"居间、行纪、代理"的经纪行为一直是学术界争议的内容之一，有学者提出体育经纪人的经纪行为只有居间和代理，呈众说纷纭的状态。这三个概念较为专业，尤其居间和行纪更为生僻，社会对其理解并不深刻、全面。为了达到通俗易懂的要求，本课题认为在职业定义的界定中不宜出现"居间、行纪、代理"三个专业术语。

其次，在传统定义中出现的"经济活动"容易使人产生笔误的错觉，而体育经纪活动都是在体育市场中完成的，因此本课题将定义中的"经济活动"以"体育市场"取代。

再次，在定义中强调体育经纪人以获取佣金为目的，会强化体育经纪人"逐利"的观念，不利于职业社会形象的树立和宣传。

第四，从现代汉语词典对"职业"的定义："个人在社会中所从事的作为主要生活来源的工作"中表明，职业对应的应是个人，因此，在传统定义中的"法人和经济组织"表述不准确。

因此，从传统的法律角度定义体育经纪人不适用于国家职业标准。为此，必须寻求其他表述方式。在《标准》研制过程中，研制组广泛征询专家意见与建议，先后得出以下不同体育经纪人职业定义的表述方式。

表述1：从事体育赛事、体育组织的品牌包装、经营策划、无形资产开发以及运动员的转会、参赛等中介活动的人员。

表述2：从事运动员、体育赛事及体育组织等中介活动的人员。

表述3：从事体育市场中有关运动员、体育赛事、体育组织及其他经济活动中介的人员。

表述4：从事体育市场中介活动的人员。

表述5：从事体育市场中商务活动的人员。

表述 6：在体育市场中从事人员、活动、组织等中介服务的自然人。

本研究认为，体育经纪人是指在体育市场中从事运动员、活动、组织等中介服务的人员。

表述 1 采用了 2006 年 4 月劳动和社会保障部发布的第六批新职业中"体育经纪人"的定义：体育经纪人是指"从事体育赛事、体育组织的品牌包装、经营策划、无形资产开发以及运动员的转会、参赛等中介活动的人员"。应该讲，此定义从形式上没有任何问题，符合职业的表述要求，但却存有一定的逻辑问题：首先，定义中的"无形资产开发"中就包括了"品牌包装"；其次，运动员也有无形资产开发，但却没有体现出来；再次，体育赛事和体育组织经纪的共性之处不太容易表达清楚。研制组曾采用不同的表述方式来弥补以上不足，试图找到三者活动的共性，却发现找到其中两项活动的某些共性还可以，但要找到三者的共性却很难。

由于存在以上不足，研制组出台了表述 2 的定义：即从事运动员、体育赛事及体育组织等中介活动的人员。由于找到三者的共性太难，研制组索性把三者的活动统称为中介活动，把凡是从事三者的中介活动的人定义为体育经纪人。

为什么又出现表述 3 呢？因为曾有专家提出，体育经纪人不是从事"运动员、体育赛事及体育组织等中介活动"的人，而是从事"运动员、体育赛事及体育组织等活动的中介的人"。于是，研制组又把体育经纪人的定义调整为"从事体育市场中有关运动员、体育赛事、体育组织及其他经济活动中介的人员"。但表述 3 似乎显得太笼统，而且出现了"经济"一词，可能会使人以为"经纪"的笔误。

表述 4 这一定义尽管简练、概括，没有任何赘述。遗憾的是，它所适用的场合不太适宜，这一定义显得太精炼，不太符合职业标准的定义要求。不采纳表述 5 的理由与表述 4 相同。

针对表述 6，我们认为有两点不妥：一是表述方式与其他职业标准有较大不同，目前的定义不仅在定义前面出现"在体育市场中"的表述，在定义后面又出现"自然人"的表述。显然，这与一般职业的表述方式"从事……的人员"有较大区别，这不符合劳动和社会保障部的职业定义要求。研制组认为，如果在定义中使用"从事人员"的表述会显得过于宽泛，体育经纪活动的人员对象主要是指运动员和教练员，实际上以运动员为主。由于在职业定义中可以使用"等"进行省略，因此，定义中可以仅指出运动员，而把教练员放到"等"里面（当然，从理论上讲，保留"教练员"删去"运动员"，或者同时保留"教练员"和"运动员"也未尝不可，但还要考虑到学术界以及实践方面的普遍认同性问题）。基于以上考虑，定义调整为前面使用"运动员"，后面删去"自然人"，使用"人员"。尽管未完全按照国家职业定义的一般模式，但缩短了与其他职业表述上的差距。

为避免出现界定职业定义中的种种问题，研制组经过与业内专家的反复磋商，在体育经纪人职业定义上达成了几点共识：

第一，以运动员、活动和组织三大经纪活动为职业定义的切入点。

第二，以"等"概全体育行业中其他专业技术人员，如教练员的经纪以及今后体育经纪发展中出现的新内容的表述更为贴切。

第三，为避免定义与职业名称、定义内部的字词重复，"经纪活动"以其同义词"中介服务"替代。

第四，将经纪活动限定在体育市场范畴内。

综上所述，采用《国家职业分类大典》对所有职业定义的"从事……的人员"的表述方式，本课题最终将体育经纪人职业定义界定为"在体育市场中从事运动员、活动、组织等中介服务的人员"。

经过与业内专家学者的沟通，对于这一定义，大家普遍表示赞同。

（二）　体育经纪人职业等级

1. 体育经纪人职业等级的确定依据

《规程》规定，国家职业资格等级由低到高分为五级，即国家职业资格五级（初级）、国家职业资格四级（中级）、国家职业资格三级（高级）、国家职业资格二级（技师）、国家职业资格一级（高级技师）。根据实际情况，可不设立高等级或低等级。职业技能等级的确定，应当基于职业活动范围的宽窄、工作责任的大小和工作质量的高低。

国家职业标准要求任何职业必须分出级别，体育经纪人职业也是如此，但是分为几级合适？从哪级起步？如何称谓级别？

在已经颁布的其他行业的职业标准中，将职业资格分为二级、三级、四级、五级的情况均有出现（表2）。

表 2　部分行业国家职业标准有关情况一览

职业名称	职业等级	职业等级名称	起步级别	基本文化程度
社会体育指导员	4	初级社会体育指导员（国家职业资格五级） 中级社会体育指导员（国家职业资格四级） 高级社会体育指导员（国家职业资格三级） 社会体育指导师　　（国家职业资格二级）	国家职业资格五级	初中毕业
体育场地工	5	初级　　　（国家职业资格五级） 中级　　　（国家职业资格四级） 高级　　　（国家职业资格三级） 技师　　　（国家职业资格二级） 高级技师（国家职业资格一级）	国家职业资格五级	初中毕业
农产品经纪人	3	初级　（国家职业资格五级） 中级　（国家职业资格四级） 高级　（国家职业资格三级）	国家职业资格五级	初中毕业
企业信息管理师	3	助理企业信息管理师　　（国家职业资格三级） 企业信息管理师　　　　（国家职业资格二级） 高级企业信息管理师　　（国家职业资格一级）	国家职业资格三级	大专毕业（或同等学历）
项目管理师	4	项目管理员　　　（国家职业资格四级） 助理项目管理师　（国家职业资格三级） 项目管理师　　　（国家职业资格二级） 高级项目管理师　（国家职业资格一级）	国家职业资格四级	高中毕业（或同等学历）

职业名称	职业等级	职业等级名称		起步级别	基本文化程度
采购师	4	采购员 (国家职业资格四级) 助理采购师 (国家职业资格三级) 采购师 (国家职业资格二级) 高级采购师 (国家职业资格一级)		国家职业资格 四级	高中毕业 （或同等学历）
黄金投资 分析师	3	助理黄金投资分析师 (国家职业资格三级) 黄金投资分析师 (国家职业资格二级) 高级黄金投资分析师 (国家职业资格一级)		国家职业资格 三级	高中毕业 （或同等学历）
职业信息 分析师	3	助理职业信息分析师 (国家职业资格三级) 职业信息分析师 (国家职业资格二级) 高级职业信息分析师 (国家职业资格一级)		国家职业资格 三级	高中毕业 （或同等学历）
汽车 修理工	5	初级 (国家职业资格五级) 中级 (国家职业资格四级) 高级 (国家职业资格三级) 技师 (国家职业资格二级) 高级技师 (国家职业资格一级)		国家职业资格 五级	高中毕业 （或同等学历）
营销师	2	营销师 (国家职业资格二级) 高级营销师 (国家职业资格一级)		国家职业资格 二级	高中毕业 （或同等学历）

目前，体育经纪领域进行着大量体育经纪业务活动，有些经纪活动较为简单，而有些经纪活动相对复杂。因此，与体育经纪活动相对应，从事体育经纪活动的人按照能力水平的高低也要分出级别。根据业内专家的意见反馈，结合我国体育经纪行业的实际情况，本课题将体育经纪人职业等级划分为三级，起步级别定位在国家职业资格三级。

首先，这是体育经纪活动的客观反映。体育经纪人是一个需要较高知识技能的行业，若级别过多过细，必将意味着级之间界限模糊且最低级别的体育经纪人门槛较低，从而降低了体育经纪人的身份；若级别过少，将导致级之间悬殊过大，不利于体现级的递进。如果分成二级，显然不易区分出体育经纪活动的差别；如果分成四级，则又显得过细，与实际情况不太相符。

其次，是体育经纪职业标准制定的客观要求。国家职业标准技术规程要求每一个等级的从业人员必须能够独立完成本职业的常规工作，否则这个职业就不能称其为真正的职业。因此，我们将每一级体育经纪人均定位为能够独立从事体育经纪业务的人员。而且职业等级由低到高的过程同时也是从业人员具备的知识和能力逐级递增的过程。根据我们的设想，体育经纪人各等级人数应形成一个金字塔型的结构，初级人数最多，中级次之，高级最少。

再次，是体育经纪职业发展的客观需要。体育经纪人在我国兴起的时间还不长，正是在逐步成长发展的行业。由此，也不宜将职业的等级划分过细。假若将体育经纪人职业分得过细，设置的"拔高"障碍过多，将有可能造成人为制造障碍的状况，不利于整个体育经纪行业的发展。

最后，业内专家学者基本认为，体育经纪人是一项以脑力劳动为主的职业，对从业人员的智能要求较高，相对于以技能型为主的职业如汽车修理工、体育场地工，体育经纪人活动中涉及的知识面较广，能力的综合性要求较强。同时，参考其他以智能型工作为主的职业，如职业信息分析师、黄金投资分析师的职业等级划分（这两项职业的基本文化程度要求也为高中毕业或同等学历），因此，研制组将体育经纪人的起步级别最终定为国家职业资格三级。

2. 体育经纪人职业等级的分析

在起草《标准》过程中，对体育经纪人不同级别的称谓上曾有以下表述形式：

表述1：初级（国家职业资格五级）、中级（国家职业资格四级）、高级（国家职业资格三级）。

表述2：助理体育经纪人（国家职业资格三级）、体育经纪师（国家职业资格二级）、高级体育经纪师（国家职业资格一级）。

本研究观点：三级体育经纪人（国家职业资格三级）、二级体育经纪人（国家职业资格二级）、一级体育经纪人（国家职业资格一级）。

根据《规程》，不同级别体育经纪人等级划分标准为如下。

三级体育经纪人（国家职业资格三级）：能够熟练运用基本技能和专门技能完成较为复杂的工作，包括完成部分非常规性工作；能够独立处理工作中出现的问题；能指导和培训初、中级人员。

二级体育经纪人（国家职业资格二级）：能够熟练运用专门技能和特殊技能完成复杂的、非常规性的工作；掌握本职业的关键技术技能，能够独立处理和解决技术或工艺难题；在技术技能方面有创新；能指导和培训初、中、高级人员；具有一定的技术管理能力。

一级体育经纪人（国家职业资格一级）：能够熟练运用专门技能和特殊技能在本职业的各个领域完成复杂的、非常规性工作；熟练掌握本职业的关键技术技能，能够独立处理和解决高难度的技术问题或工艺难题；在技术攻关和工艺革新方面有创新；能组织开展技术改造、技术革新活动；能组织开展系统的专业技术培训；具有技术管理能力。

基于《规程》的相关要求，本研究认为，不同级别的体育经纪人级别称谓应采用三级体育经纪人、二级体育经纪人和一级体育经纪人的表述方式。

（三）体育经纪人职业环境

1. 体育经纪人职业环境确定的依据

《规程》指出，职业环境条件指从事某一职业所处的客观环境。须考虑的主要因素如下。

（1）工作地点

室内：指从事该职业的人员在室内工作的时间超过75%。

室外：指从事该职业的人员在室外工作的时间超过75%。

室内、外：指从事该职业的人员在室内、外工作的时间大体相等。

（2）温度、湿度、噪声

低温：指从事该职业的人员在0℃以下的环境中工作的时间超过30%。

常温：指从事该职业的人员在0℃以下和38℃以上的环境中工作的时间不超过30%。

高温：指从事该职业的人员在 38℃以上的环境中工作的时间超过 30%。

潮湿：指接触水或大气中空气相对湿度平均大于或等于 80%。

噪声：指在工作时间内噪声强度等于或大于 85 分贝（dB）。

（3）大气条件

有毒有害：指环境中有毒有害物质的浓度超过国家有关规定标准。

粉尘：指空气中的粉尘浓度超过国家有关规定标准。

（4）其他

2. 体育经纪人职业环境的分析

我们将体育经纪人的职业环境表述为：室内、外。

体育经纪人是一种智能型职业，体育经纪人的工作过程中对环境条件如温度、潮湿、大气等没有特定要求，故将体育经纪人的职业环境条件表述为室内、外较为恰当。

（四）体育经纪人的职业能力特征

1. 体育经纪人职业能力特征确定的依据

《规程》指出，职业能力特征指从业人员掌握必备的职业知识和技能所需要的基本能力和潜力。职业能力特征的确定来源于该职业的工作性质和工作内容，是从业人员应具备的最基本能力。

（1）体育经纪人的职业性质

体育经纪人是经纪人的一种，在国内市场上还有农产品经纪人、房地产经纪人、保险经纪人、证券经纪人等经纪人，其主要职业活动是为买卖双方提供各类服务，以促成商品的成交。

体育经纪人是在体育活动（运动员、体育赛事、体育组织）中从事居间、行纪、代理等活动的自然人、法人或其他经纪组织。这个定义是普遍受国内体育理论界和实践界认可的定义。从中我们不难看出，体育经纪人的职业行为主要体现在"居间、行纪、代理"三个词，三者的活动性质为"中介"。

从国外的体育经纪人经纪活动来看，主要从事运动员转会、教练员转会、体育赛事推广等活动，是一种"牵线搭桥"的中间人行为，其本质也是"中介服务"。因此，体育经纪人的职业性质是一种"中介行为"。

体育经纪人从事中介活动，必须具备中介能力。中介行为中要发生的职业内容主要有接洽公关、商谈沟通、签定合同（促成交易）三项。这三项内容基本确定了体育经纪人的职业能力特征，表达、谈判、沟通，这是一个经纪人的基本能力要求。

（2）体育经纪人需要的职业能力

由于我国体育市场发展还处于起步阶段，市场细分不成熟，因此体育经纪人的职业范围更加广泛，所要从事的职业内容更加丰富，因而对体育经纪人的职业能力要求也更高。

首先，市场细分不够，体育经纪人必须提高自身的职业能力。我国缺少专业的体育信息咨询公司，因而体育经纪人无法购买体育经纪信息，如运动员的技术评估、体育赛事的价值评估等，因此这些工作必要要由体育经纪人来完成。这也就是体育信息咨询公司在中国也被列入体育经纪公司行列的原因。由于体育经纪人需要做一些调查分析和价值评估的工作，因此必须具备判断、推理的能力，从而对调查数据进行价值分析，并得出具有科学性、前瞻性的有效的结果。

其次，我国目前市场开放度低，体育经纪人不得不扩大自身的经营范围。中国体育经纪市场的开放度低，市场规模较小，因此从事体育经纪工作的体育经纪人不得不另谋出路，不断扩大自身的经营范围来求得生存与发展。比如体育赛事，赛事组织经营管理在国外有专业的操作公司来运作，而在中国则是体育经纪人一条龙服务，体育经纪公司同时也是体育赛事经营管理公司。在国外有体育商务管理的职业，而在中国一律叫体育经纪人（体育商务管理包含于体育经纪人的范畴）。因此，体育经纪人必须具备组织协调、经营管理等职业能力。

（3）体育经纪人从业性质的要求

体育经纪人的从业范围不仅仅是体育界，体育产业的核心价值在于它能够通过体育这个平台产生社会效益和经济效益，达到共赢。因此，各行各业都可以与体育挂钩，各种资源都可以为体育所用。体育经纪人从业的内在要求就是要挖掘体育产业的这种核心价值。中国体育市场未来的发展壮大，正是要求体育经纪人不断深入地挖掘体育产业的核心价值。

挖掘体育产业的核心价值，有两种途径：一是资源效用的最大化发挥，二是资源新的利用方式和再创造，这两种途径都要求体育经纪人必须具备资源整合的能力。

从以上三点的分析可以看出，体育经纪人是一个经纪人，也是一个体育策划人才、体育经营管理人才、体育营销人才，是一个复合型人才。因此，体育经纪人的职业能力特征要符合体育经纪人的行业特性，要符合中国体育经纪人市场的发展现状，要符合中国体育产业市场未来的发展要求。

2. 体育经纪人职业能力特征分析

在确定体育经纪人职业特征过程中，我们先后采用了不同表述方式。

表述1：具备一定的判断、推理和语言表达能力；具有较强的社交、公关和营销策划能力；具有良好的协调、应变和资源整合能力。

表述2：具备一定的判断、推理、语言表达、协调沟通能力，具有一定的体育营销策划和资源整合能力。

表述3：具备一定的判断、推理、语言表达、协调沟通能力，具有一定的体育营销策划、市场开发和资源整合能力。

表述4：具备一定的识别、策划、沟通、整合、执行的能力。

作为一般职业能力特征的表述应该考虑到本职业从业人员的共性能力特征，不应表述成只有在高等级体育经纪人身上才可能具备的能力。另外，"较强""良好"等词很难界定清楚。还有专家提出，表述1的表述似乎缺少体育味儿。考虑到以上原因，研制组对表述1进行了调整，改成表述2。在表述2中出现了体育一词。表述3中又增加了市场开发能力的表述。有专家提出，使用"表达"一词过窄，体育经纪人的能力不应只包括语言表达，还应有书面、肢体等其他方式的表达，因此，"语言"一词可以删去。考虑到营销策划、市场开发等行为不完全属于经纪行为，因此，删除了"营销策划"与"市场开发"的表述。另外，考虑到体育经纪人和一般经纪人的职业能力特征并无本质上的区别，只是区别于工作的具体领域不同而已。

最终，研制组把体育经纪人的职业能力特征确定为表述4，即"具备一定的识别、策划、沟通、整合、执行的能力"。研制组认为，一方面，以上这些能力的确定均来自于理论与实践专家的反复推敲，特别是将有些含义相近或相同的词汇概括为一个词来表述；另一方面，我们参考查阅了大量相关文献资料对一般经纪人能力特征的表述方式，如谌浩等提出经纪人的条件包括下列能力：（1）经纪人必要能力：表达能力、观察能力、自制能力、推理能力、理解能力、判断能力、社交能力等；（2）经纪人增效能力：谈判能力、控制能力、应变能力、协调能力、创新能力等；（3）经纪人处理经纪业务能力：调查研究能力、经营能力；（4）经纪人其他相关能力：交流能力、公关能力、广告宣传能力、权衡价值得失能力、解决突发事件的应变能力。另外，研制组在确定体育经纪人职业能力特征时还参考了体育领域知名专家学者的文献资料。如马铁研究员认为，体育经纪人必须具有与人交往的感召能力、说服能力，以及完成项目的整体运筹能力和策划能力。谭建湘教授认为，体育经纪人的职业特征是它的社会性，社会交往是体育经纪人的一项最基本和必须具备的职业能力。还应具有在对市场行情具有充分了解欲望的基础上，具有准确的市场判断能力、灵活的市场应变能力、敏锐的机遇捕捉能力和果断决策的市场驾驭能力。此外，个人处理事务的能力如信息收集和处理的能力、调查研究和掌握情况的能力、协调撮合和说服鼓动的能力、口头与文字的表达能力、谈判能力、计算机和因特网的利用能力等都是体育经纪人所必备的。

下面，对体育经纪人的职业能力特征进行简要分析。

由于体育经纪人职业能力特征应该是各个等级都应具备的基本职业能力特征，以"识别"替代"判断"和"推理"则更具有基础性特征，它是进行各项活动的基础，如初级体育经纪人只有具备了合同或相关文件的识读、核查能力，才能逐步获得撰写、修订合同的能力。

策划在体育经纪业务活动中起到开拓性的作用，在经纪活动开展之前进行的充分筹划、制定方案是活动胜败的关键。"凡事预则立、不预则废"，在策划中事先做好体育经纪活动的财务预算、风险预算、活动的组织形式和程序方案等，才能为活动的顺利、有序地开展提供保障。

体育经纪业务开展是一项人与人相互协作的工作，其完成是双方或多方社交、公关的结果，而"社交"和"公关"两者都是人与人之间的交流和协调，其基本能力和核心内容是"沟通"。而"谈判"也是双方沟通达成一致协议的过程，因此以"沟通"替代"社交""公关"和"谈判"更能体现其本质和核心内容。语言表达是沟通的一种表现方式，因此，"沟通"能力已包含了语言表达能力的要求。

资源整合是将策划投入实施的第一阶段工作，人、财、物、信息、技术等资源的合理调配对体育经纪活动能否实现最优状态具有决定性作用。整合能力作为体育经纪人职业能力特征在各个研究阶段都得到了肯定。

执行是策划投入实施的过程。在体育经纪实践中，活动执行是体育经纪人的基层工作，执行是一个实践活动的过程，也是实践和理论相结合的过程。通过参与，才能真正在实践中，从基础上掌握体育经纪这一业务。因此，"执行"能力是体育经纪人职业能力特征的一个内容。

此外，经调整后的体育经纪人职业能力特征与体育经纪人工作内容、技能知识要求更具有整体性和一致性，前后呼应。

(五) 体育经纪人的基本文化程度

1. 体育经纪人基本文化程度确定的依据

根据《规程》，基本文化程度指从事本职业应具备的最低文化程度。一般表述为初中毕业、高中毕业（或同等学历）等。

由调查现状看，我国体育经纪人职业培训机构对培训学员资格审核标准各地并不一致，以学历要求的限制标准不一致为典型，即使部分省市有学历限定，在实施过程中也并没有严格执行。图 7 显示，在体育经纪人职业培训机构及体育经纪人共 58 份调查问卷中，关于"体育经纪人职业培训学员应拥有的学历"问题，有 48.3%选择了大专或同等学历以上，选择本科或同等学历以上的占了 31%，还有 17.2%认为体育经纪人职业培训学员的文化程度应是高中或同等学历以上，而初中或同等学历以下的选择率为 0。调查结果不仅表明绝大部分培训机构和体育经纪人认为我国体育经纪人职业培训对学员的文化程度应该有所限定，并且体育经纪人应拥有较高层次的学历。

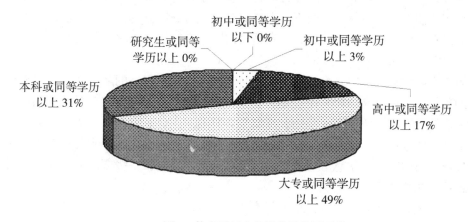

图 7　体育经纪人培训学员学历要求

根据调查结果，研制组最初把体育经纪人的文化程度定位为大专毕业（或同等学历），基本考虑的因素是体育经纪人是一种智能密集型职业，体育经纪人要具有宽广的相关知识、有一定的外语和计算机基础等，如果文化程度过低恐怕有一部分人难以胜任。

以代理运动员日常事务和发展规划一项经纪项目为例，它需要体育经纪人了解生活常识、法律知识、保险知识、理财知识等，协调大到政府、媒体，小到个人的关系，其中一些内容并不是完全依靠课本知识得以完善的，但不可否认学历背景为人文素质的培养奠定了扎实的基础。社会体育指导员就在实践过程中遇到文化结构不合理的障碍，导致指导人们开展科学锻炼中受到了其文化层次、知识背景的限制。因此，限定体育经纪人的基本文化程度是必要的，而且文化程度还不可过低。但为了新职业的宣传和发展，体育经纪人入行门槛不宜过高。

在研制过程中，有专家提出大专门槛有些不太合适，稍微偏高。理由是目前本领域从业人员有一部分运动员群体，他们的文化程度还不高。根据我国普遍教育程度（特别是一些没有取得国际大赛成绩的专业运动员），并依据该职业初级执业环境需要，应适度降低标准为：普通高级中等教育以上学历（或相当文化程度）。

2. 体育经纪人基本文化程度分析

根据我国普遍教育程度（特别是一些没有取得国际大赛成绩的专业运动员），并依据该职业需要，将职业基本文化程度定位为普通高级中等教育以上学历（或相当文化程度）是可行的。

首先，职业门槛过高不符合我国当前就业的总体形势与发展，不应从门槛上限制体育经纪行业的从业人员，要避免出现"唯学历论"。只要有志于从事这一行业，国家就应该鼓励。至于能否成为合格的从业人员，只要经过个人的努力，能够达到合格标准，就可以从事这一职业。并且目前本领域从业人员有一部分运动员群体，他们的文化程度还不高。

其次，现有的对体育经纪人职业内涵的狭隘理解，片面地认为本职业为少数知名运动员服务的所谓"金领"职业，这为体育经纪人贴上了不恰当的"标签"，导致对体育经纪人未来在我国的发展发生偏差。要让社会充分理解体育经纪人在我国体育产业发展中的作用，吸引众多的有志于在体育产业中一搏身手的人进入。

再次，门槛适当降低会增加本行业的从业人员，这在客观上加剧了本行业的业内竞争。在相关制度不断完善的情况下，合理的业内竞争是有益的，可以实现行业内部从业人员的优胜劣汰，保持本行业始终以高质量的服务面对社会需求，这无疑会对中国体育产业的健康、有序发展具有良好的促进作用。

第四，降低基本（准入）文化程度，并非代表本职业水平的降低。职业水平和整体形象的彰显，不应以高学历来论。基于我国目前普教系统的应试教育短期难以逆转，在高考冲击线前置一个职业准入范围，有利于必要的学生分流。

最后，国家职业资格三级起步的有关职业最低文化程度大部分定位在高中毕业，如黄金投资分析师、职业信息分析师等，甚至从国家职业资格二级起步的职业，如营销师也将最低文化程度定位在高中毕业。

综上所述，本课题将体育经纪人基本文化程度定位为高中毕业（或同等学历）。

（六）体育经纪人职业培训要求

根据《规程》，职业培训要求包括培训期限、培训教师和培训场地设备。《规程》指出，培训期限指本职业不同等级晋级培训的期限（以标准学时数表示）。全日制职业学校教育的培训期限，应根据其培养目标和教学计划确定。培训教师指根据本职业的特点，对各等级培训教师的基本要求。培训场地设备指实施本职业培训必备的场所和设施。

1. 培训期限的确定

体育经纪人职业培训期限的确定主要是根据基础知识和相关知识的实际培训学时而定的。基础知识是各个级别的体育经纪人都必须掌握的，因此在三级培训中应该把基础知识全部讲授完，即在二级和一级培训中不再出现基础知识的讲授；相关知识是根据各个级别的技能要求确定的，即需要具备什么技能，应有相应的知识给予支撑，因此，相关知识是在各个级别的培训中讲授的，明确以上两点，再参考已经颁布的知识技能型职业（如农产品经纪人、黄金分析师等）培训学时数，就可确定各级别体育经纪人培训的学时数。

调查中发现，培训课时较少是目前体育经纪人职业培训存在的问题。通过对体育经纪人职业培训部门的调查，有60%的培训班平均每期学时只在40~80之间（以45分钟为 1 个学时数计算），在 48 位被调查的体育经纪人中有 56.25% 的体育经纪人认为培训学时过少（表 3）。

表 3　我国体育经纪人职业培训存在的问题

	存在的问题	次数	占回答总数（171）的百分比	占样本量（48）的百分比
1	培训方式单一	42	24.6%	87.5%
2	课程设置不合理	39	22.8%	81.3%
3	没有正规的培训大纲和教材	24	14.0%	50.0%
4	培训教师师资力量不足	6	3.5%	12.5%
5	培训学时过少	27	15.8%	56.3%
6	考核流于形式	33	19.3%	68.8%
7	其他	0	0	0
总计		171	100%	356.4%

　　三级培训是体育经纪人培训的第一个阶段，即准备从事该职业的人员接受的最初培训。如前所述，在三级培训中不仅应该把基础知识全部讲授完，而且还要根据三级体育经纪人的技能要求讲授相关知识，因此，所用学时应该是各级别培训中学时最多的。究竟多到何种程度，这是由基础知识和相关知识的数量和难度决定的。另外，三个级别的培训学时应该是级别越高，学时越少。这是因为，高级别技能涵盖低级别技能，所掌握的知识数量是在低级别基础上逐级补充的。

　　基础知识培训学时

　　体育经纪人应掌握的基础知识涉及体育产业与体育市场、体育经纪活动、运动项目、体育管理、体育市场营销、体育赞助与体育广告、体育无形资产、信息技术基础、法律法规九个方面。虽然基础知识包含的内容较多，但都是最基本的。参考已经颁布的知识技能型职业（如农产品经纪人、黄金分析师等）培训学时数，将基础知识的培训定为 120 学时。

　　各级别体育经纪人"相关知识"培训学时

　　这一部分主要探讨讲授"相关知识"所用的学时，这部分学时既有理论讲授，又包括实践。由标准可知，三级培训中相关知识是完成一项体育经纪活动所应掌握的最少及最简单的知识，侧重于"能够完成"一项经纪活动，而不考虑完成该活动的技能、技巧，因此"相关知识"在三个级别中数量最少，难度最低。考虑到三级培训总体学时的限制，将三级培训中"相关知识"的学时定为 40，再加上基础知识所用学时，三级培训的学时总数应为 160。

　　二级培训体育经纪人不仅能够完成经纪活动，还应该能够掌握一些策略、技巧，更重要的是，二级体育经纪人应该能够对经纪活动的过程进行管理，能够控制整个活动的进程。因此，相关知识一方面侧重于完成一项经纪活动的技能、技巧知识，另一方面体育经纪活动控制、管理知识在这一部分占有非常大的比重。同时，二级体育经纪人的实践学时占的比重在三个级别中占的比重也是最大的。这是因为，"管理、控制活动的能力"只有通过亲身尝试，在实践中才能体会、提高。因此，将二级培训的学时定为 120（相关知识的讲授和实践）。

一级体育经纪人在能够从事二级体育经纪人全部工作基础上，还应该能够对经纪活动进行评估及对未来的活动进行预测，这部分知识在数量不是很多，但在难度上要求却最高的。同时，学时安排中也应有部分实践内容，故将一级培训学时定为80。

全日制高等院校（含高等职业教育学校），可根据其培养目标和教学计划另行确定培训期限。

2. 培训教师的确定

培训教师是整个培训过程中的决定性因素，其素质的高低关系到培训效果的好坏。但目前体育经纪人培训师资队伍的质量不尽如人意。对图8关于培训教师师资队伍评价的调查结果显示，只有12.5%人认为体育经纪人培训师资队伍质量较高，有81.3%的被调查者认为一般，从表4中看出。究其原因，是既有实际工作经验又有理论知识的专职培训教师相对匮乏，87.5%的人认为体育经纪人培训教师存在缺乏实践操作经验的问题。同时专业知识不够、教学态度不够严谨、缺乏教学经验也在不同程度上影响了培训师资队伍的素质。

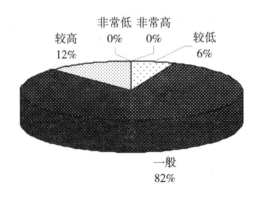

图8　培训教师师资队伍评价

表4　体育经纪人职业培训师资队伍存在的问题

	存在的问题	次数	占回答总数的（78）百分比	占样本总量（48）的百分比
1	专业知识不够	15	19.2%	31.3%
2	缺乏实践操作经验	42	53.9%	87.5%
3	教学态度不够严谨	9	11.5%	18.8%
4	缺乏教学经验	6	7.7%	12.5%
5	缺乏本职业或相关专业职业资格证书	3	3.9%	6.3%
6	其他	3	3.9%	6.3%
	总计	78	100%	162.7%

因此，本研究针对上述现状，根据国家职业标准制定技术规程中对培训教师有相关要求，同时参考专家意见（有专家提出既可以是本职业的精英，也可以是具有为本职业培训提供必要能力素质的专业人士），将参与体育经纪人职业资格培训的教师选聘标准

确定为应具备下列条件。

从事三级体育经纪人职业培训的教师应具有本职业中级职业资格证书或相关专业中级以上专业技术职务。

从事二级体育经纪人职业培训的教师应具有本职业高级职业资格证书或相关专业高级专业技术职务任职资格。

从事一级体育经纪人职业培训的教师应具有本职业高级职业资格证书并从事体育经纪实践5年以上或相关专业高级专业技术职务任职资格。

其他具有为体育经纪人职业培训提供必备能力素质的专业人士。

注：审定稿在"从事二级体育经纪人职业培训的教师"和"从事一级体育经纪人职业培训的教师"的任职资格中删去了"中级3年以上"和"高级5年以上"的任职年限，考虑到具有相应级别专业技术职称的人员已经达到该级别教师的任课条件，没有必要再限制年限。

3. 培训场地设备的确定

关于培训场地设备，有专家提出，根据体育经纪人职业需要，可否在晋级培训中，增加进行实践的场所与机会。因此建议本条目增加：初、中级晋级培训中，将提供、设置必要的实践场景。

在标准中，研制组把培训场地设备表述为具有满足培训需要的标准教室。这是因为，国家已出台"中小学校建筑设计规范 GBJ99–86"有关教室的相关规定，此处没必要重新另作规定；只要能满足培训需求的教室即可，"有必要的教学设备和设施，室内光线、通风、卫生条件良好"等表述实际上是在重复标准教室的概念而已。因此，这一段话没有必要再重复。

综上所述，研制组认为，专家提出的以上意见具有很大的合理性，鉴于《国家职业标准制定技术规程》中已经明确规定此部分内容的撰写及表述要求，研制组还是采用了不同于个别专家的表述方式。

（七）体育经纪人职业鉴定要求

根据《规程》，鉴定要求部分包括：适用对象、申报条件、考评人员与考生配比、鉴定时间和鉴定场所设备几个部分。其中申报条件是本部分的核心内容。其余部分可参考《规程》的一般模式确定。下面，对申报条件进行重点分析。

1. 不同级别体育经纪人申报条件的确定原则

根据《规程》，我们确定了各级别申报条件的基本原则

第一，可以不用获得低一级别的职业资格证书即可申报高一级别的职业资格，这是考虑到：（1）我国目前已有很多省份自己培训过体育经纪人，而且我国也有许多没有参加过任何培训但已在体育经纪领域从事多年实践的人员，这两部分人员的申报问题必须考虑在内。（2）一些具有高等教育学历的人员，可以在多年的体育经纪活动实践中通过自学掌握高一级别的知识和技能，这样的"天才"人员也应考虑在内。

第二，可以不参加国家职业资格培训，满足一定条件也可申报，即参加国家职业资格培训不是申报条件中必备的条件。

第三，各级别的申报条件中分为4类：（1）经过本职业国家职业资格相应级别正规培训达规定标准学时数，并取得毕（结）业证书；（2）仅经过若干年的体育经纪活

动实践，可不参加相应级别的国家职业资格正规培训（因为该类人员可以在长期的体育经纪活动实践中自己摸索出从事该职业所需的知识和能力，这也符合目前的实际）；（3）具有一定的高等教育学历，经过若干年体育经纪活动的实践，可不参加相应级别的国家职业资格正规培训（因为该类人员受过高等教育，应具有一定的自学能力）；（4）以上3个条件两两组合或同时具备3个条件。

第四，有3个因素限制申报条件，分别是：参与国家职业资格正规培训并获得职业资格证书、学历、从业经历。我们尝试将国家职业资格正规培训并获得职业资格证书、高等教育学历折合成体育经纪活动从业年限来确定各级别的年限。具体为：国家职业资格正规培训相当于1年从业经历，三级证书相当于8年从业经历，二级证书相当于15年从业经历；本专业专科、高职学历相当于6年从业经历，相关专业专科学历相当于5年从业经历。申报二级体育经纪人：本科学历相当于8年从业经历，研究生学历相当于11年从业经历；申报一级体育经纪人：本科学历相当于6年从业经历，研究生学历相当于9年从业经历。这是因为，申报的级别越高，要求实践的能力越强，学历折合成的从业年限越短，这是由"体育经纪人是一项实践能力要求非常强的职业"的特性决定的。

第五，国家正规培训是将理论知识和前人的实践经验传授给学员，比仅具有高等教育学历依靠自学获得知识和技能的速度要快，所用年限应该是最短的。另外，虽然对体育经纪人具有较高的智能要求，但仅有高智能要求不符合"体育经纪人是一项实践能力要求非常强的职业"的特性，具有再高的学历和再多知识，也必须在实践能够运用，许多技能只在实践中才能得到提高，而且，体育经纪人级别越高，对实践能力的要求也越高。因此，我们认为，达到国家职业资格一级的年限从小到大的排列顺序应该是：专科以上学历人员＋国家正规职业培训＋若干年从业经历＜具有硕士研究生及以上学历的人员＋若干年从业经历＜具有本科及以上学历的人员＋国家正规职业培训＋若干年从业经历＜具有本科及以上学历的人员＋若干年从业经历＜具有专科（高职）及以上学历的人员＋若干年从业经历＜仅连续从事该职业的人员。

2. 制定申报条件时的考虑事项

制定申报条件应考虑的具体问题主要包括三方面：

第一，申报人员的全面性，既要考虑到现有从业人员学历、从业年限的状况又要与国际接轨，使标准具有引导性。另外，近年来，体育高职院校和运动技术学院为适应社会对人才的需求，相继开设了体育经济、体育管理和体育市场营销等相关课程，因此，应将上述高职院校相关专业的人员也纳入申报条件之中，使得申报人员范围更加全面。

第二，现有体育经纪人人员的学历、从业年限等情况。

第三，知识技能型职业与单纯技能型职业在晋级年限上的区别，一般而言，知识技能型职业应该比单纯技能型职业的晋级年限长。

3. 不同级别体育经纪人申报条件的确定

（1）《体育经纪人国家职业标准》国家职业资格三级的申报条件

根据以上原则，依据劳动与社会保障部对"知识技能型职业申报条件"的要求，并参考其他行业已经颁布知识技能型职业标准，首先确定国家职业资格三级的申报条件，这是确定国家职业资格二级和一级的基础，是劳动与社会保障部对"知识技能型职业申报条件"的最低要求，任何职业的申报条件不能低于该要求。

（2）《体育经纪人国家职业标准》国家职业资格二级的申报条件

第（1）条是考虑仅连续从事本职业人员的情况。根据原则1、原则3中"（2）仅经过若干年的体育经纪活动实践，可不参加相应级别的国家职业资格正规培训（因为该类人员可以在长期的体育经纪活动实践中自己摸索出从事该职业所需的知识和能力，这也符合目前的实际）"及原则5，考虑到那些没有参加任何培训却有多年从业经历的人员，他们可以在不取得国家职业资格三级证书的情况下，再经过7年〔连续从事本职业的年限应比其他任何限制条件（组合）的年限长，即这是在所有限制条件中年限最长的，具体长多少，根据专家意见，我们将这类人员的晋级年限与其他类晋级年限差距控制在不小于2年〕的实践具备申报国家职业资格二级的条件，再加上三级中的6年的从业经历，应为13（7+6）年。

第（2）、（3）条是考虑获得本职业"三级证书"人员的晋级情况。根据原则3中"（1）经过本职业国家职业资格相应级别正规培训达规定标准学时数，并取得毕（结）业证书；（4）以上3个条件两两组合或同时具备3个条件。"和原则4中"国家职业资格正规培训相当于1年从业经历，三级证书相当于8年从业经历"，"三级证书+5年从业经历"就等于13年从业经历，"三级证书+4年从业+二级培训并获得证书"也等于13年从业经历。

第（4）、（5）、（6）条是考虑具有本科学历人员的晋级情况。根据原则3中"（3）具有一定的高等教育学历，经过若干年体育经纪活动的实践，可不参加相应级别的国家职业资格正规培训（因为该类人员受过高等教育，应具有一定的自学能力）；（4）以上3个条件两两组合或同时具备3个条件。"和原则4中"国家职业资格正规培训相当于1年从业经历，三级证书相当于8年从业经历，申报二级体育经纪人：本科学历相当于8年从业经历"，"本科学历+5年从业经历"，"本科学历+三级资格证+4年从业经历"，"本科学历+三级资格证+3年从业经历+二级培训并获得证书"，以上3种组合条件均相当于13年从业经历。

第（7）条是考虑具有硕士研究生及以上学历人员的晋级情况。具有研究生学历的人员自学能力较强，因此可不经过培训即可晋级，但从业经历时必不可少的，但从业年限应比第（6）条中"3年的从业年限"短，根据原则4中"申报二级体育经纪人：研究生学历相当于11年从业经历"，因此定位2年。

（3）《体育经纪人国家职业标准》国家职业资格一级的申报条件

第（1）条是仅考虑连续从事本职业人员的情况。在连续从事13年体育经纪人的实践后，不参与本专业国家任何级别培训，再经过6年〔原因同二级申报条件的第（1）条〕的从业经历，即可申报国家职业资格一级，加上二级中13年的从业经历，应为19（13+6）年。

第（2）、（3）条是考虑获得本职业"二级证书"人员的晋级情况。根据原则3中"（1）经过本职业国家职业资格相应级别正规培训达规定标准学时数，并取得毕（结）业证书；（4）以上3个条件两两组合或同时具备3个条件。"和原则4"国家职业资格正规培训相当于1年从业经历，二级证书相当于15年从业经历"，"二级证书+4年从业"，"二级证书+3年从业+一级培训"，以上两种组合均相当于19年从业经历。

第（4）条是考虑具有本科学历人员的晋级情况。根据原则4"申报一级体育经纪人：本科学历相当于6年从业经历"，"本科学历+13年从业经历"相当于19年从业经历。

第（5）条是考虑具有硕士研究生及以上学历人员的晋级情况。其从业年限应比第（4）条中"13年从业年限"短，根据原则4"申报一级体育经纪人：研究生学历相当于9年从业经历"，"研究生学历＋10从业经历"相当于19年从业年限。

这样一来，具有硕士研究生以上学历的人员，按是否参加国家职业培训，分为不参加培训经过6（2+4）年，参加培训需要经过5（2+3）年可以达到国家职业资格一级；具有本科学历的人员，按是否参加国家职业培训，分为不参加培训需要经过8（4+4）年,参加培训的人员需要经过6（3+3）年可以达到国家职业资格一级；具有本专业专科（高职）学历的人员，按是否参加国家职业培训，分为不参加培训需要经过9（5+4）年，参加培训需要经过7（4+3）年；连续从事实践工作（不参与培训，也不具有高等教育学历，实际上是高中毕业或同等学历人员）的人员需要经过19年可以达到国家职业资格一级（表5）。这样的年数分布还是比较合理的。虽然国家职业资格培训不是强制的，但依靠这样的标准确定申报条件，将具有鼓励从业人员积极参加国家职业资格培训的导向作用。

表5　各类人员达到体育经纪人国家职业资格一级所需年限

具备条件	硕士学历		本科学历		专科学历		连续从业
	培训	不培训	培训	不培训	培训	不培训	
达到一级体育经纪人的年限	5	6	6	8	7	9	19

四、体育经纪人职业的基本要求

根据《规程》，基本要求部分包括职业道德和基础知识两部分。职业道德是指从事本职业工作应具备的基本观念、意识、品质和行为的要求，主要包括职业道德基本知识和职业守则。基础知识是指本职业各等级从业人员都必须掌握的通用基础知识，主要包括与本职业密切相关并贯穿于整个职业的基本理论知识、有关法律知识和安全卫生、环境保护知识等。

（一）体育经纪人职业道德研究

1. 体育经纪人职业道德的含义

职业道德是从事一定职业的公民在职业活动中所必须遵循的道德准则和行为规范的总和。它是一定社会中占主导地位的道德在职业活动中的具体体现，即适应各种职业活动的要求而必然产生的道德原则、规范及相应的道德意识、道德情操和道德品质。恩格斯曾经指出，在社会生活中，"实际上，每一个阶级，甚至每一个行业，都各有各的道德"。这里所说的每一个行业的道德，就是职业道德。因此，职业道德是所有从业人员在职业活动中应该遵守的基本行为准则，是社会道德的重要组成部分，是社会道德在职业活动中的具体表现，是一种更为具体化、职业化、个性化的社会道德。

所谓体育经纪人的职业道德是体育经纪人在从事体育经纪活动时所应遵循的行为规范和必备的品德的总和。它是体育经纪行业的特殊道德要求，是调整经纪人与代理人、经纪人与经纪人、经纪人与第三方、经纪人与社会其他方面关系的行为准则，是一般社会道德在体育经纪人职业中的特殊体现。

2. 体育经纪人职业道德的特点

每个从业人员，不论是从事哪种职业，在职业活动中都要遵守道德。职业道德不仅是从业人员在职业活动中的行为标准和要求，而且是本行业对社会所承担的道德责任和义务。体育经纪人职业道德具有以下特点：

第一，体育经纪人职业道德表达的是职业义务、职业责任以及职业行为上的道德准则。它是在体育经纪的职业实践的基础上形成的，反映了体育经纪行业特殊利益的要求，因而它表现为体育经纪人这一职业特有的道德传统和道德习惯，表现为从事体育经纪职业的人们所特有的道德心理和道德品质。

第二，体育经纪人职业道德是从本职业的交流活动的实际出发，采用守则的形式。这种形式既易于为从业人员所接受和实行，而且易于形成一种职业的道德习惯。

第三，体育经纪人职业道德一方面是用来调节从业人员内部关系，加强职业、行业内部人员的凝聚力；另一方面，它也是用来调节从业人员与其服务对象之间的关系，用来塑造本职业从业人员的形象。

3. 体育经纪人职业道德的作用

体育经纪人职业道德是社会道德体系的重要组成部分，它一方面具有社会道德的一般作用，另一方面它又具有自身的特殊作用，具体表现在：

（1）调节作用

职业道德的基本职能是调节职能。它一方面可以调节从业人员内部的关系，即运用职业道德规范约束职业内部人员的行为，促进职业内部人员的团结与合作；另一方面，职业道德又可以调节从业人员和服务对象之间的关系。

（2）规范和约束作用

体育经纪人职业道德规范本身就在于规范体育经纪职业人员的行为，这种作用不仅体现在体育经纪职业活动过程中，还体现在体育经纪职业人员的日常活动中。职业道德虽不如法律、法规和行业规范那样具有很大的强制性，但它一旦形成，则会从体育经纪人的内心深处产生很大的约束力，并促使体育经纪人更为主动地遵守有关法律、法规和行业规范。

（3）提升作用

我国体育经纪职业人员来源较复杂，职业道德水准差异较大，且总体水平不尽如人意。加强体育经纪人职业道德建设对于提升整个体育经纪人职业队伍的职业道德水平无疑具有十分重要的作用。

（4）辐射作用

体育经纪职业人员的执业活动涉及社会生活的方方面面。体育经纪人职业人员的道德意识、道德行为对整个社会也会产生影响。职业道德一方面涉及每个从业者如何对待职业，如何对待工作，同时也是一个从业人员的生活态度、价值观念的表现；另一方面，职业道德也是一个职业集体，甚至一个行业全体人员的行为表现，如果每个行业、每个职业集体都具备优良的道德，对整个社会道德水平的提高肯定会发挥重要作用。

（5）促进作用

体育经纪人职业道德有利于保证体育经纪人自身业务水平的提高，保证专业服务的水准，提升体育经纪人职业群体良好的社会形象，减少和避免其消极的社会影响，从而促进体育市场的繁荣。

总之，职业活动是个人一生中主要生活内容，人生价值、人的创造力以及对社会的贡献是通过职业活动得到实现的。职业是个人与社会交往的交汇点，职业行为是个人与社会进行交往联系的基本方式。体育经纪人的品德、精神境界、价值观念也主要通过体育经纪职业活动体现出来。因此，规范和提高体育经纪人的职业道德水平既是体育经纪行业的良性发展的关键，也是体育市场的繁荣与发展基础。

4. 体育经纪人的职业守则

职业守则是职业道德的基本组成部分。体育经纪人首要的基本素质就是具有良好的职业守则。根据我国体育经纪人目前的实际情况，体育经纪人的职业守则体现在以下方面：

（1）诚信交易

首先，"信义既彰，人格卓立"。体育经纪人的职业道德最重要的就是诚实信用，这是体育经纪人事业成功和生存发展的前提。体育经纪人提供的服务是促成他人的交易，这种服务实质上是一种以信息沟通为主的动态过程。因此，经纪人要促成交易，首先必须使买卖双方相信自己，而这一点的基本要求就是"诚"。诚的第一个要求是真诚，即真心以客户利益为己任。第二是坦诚，即诚实地向客户告知自己的所知。以实事求是精神去开展经纪活动。讲求诚信交易的职业道德不仅仅是每个从业人员业务水平的标志，也是提高市场竞争能力水平的内涵要求。在长期的经纪活动中，体育经纪人对所服务的客户和所接手的业务不仅仅要有强烈的责任心，还必须要做到为人诚实、态度诚恳、办事认真、讲求信用。

其次，诚实信用是构成人际关系最基本的条件，也是体育经纪人应具备的最起码的素质，是促成和履行经济合同最重要的品格的反映。体育经纪人在业务活动中，说话办事要做到言而有信。要实事求是地及时向委托人通报情况，如实介绍对方有关履约能力、有无诚意以及具体业务需要注意的事项。可以说，诚信是体育经纪人的生命，也是一切经济行为的基础。总之，诚信不仅是经纪人处事立业的根本，而且是体育经纪人这个职业群体应具备的基本素质。

第三，诚信是保证体育经纪活动运行的重要因素。良好的信用可以给体育经纪人带来更多的客户，为体育经纪公司创造良好的品牌和收益。因此，诚信是体育经纪人从事经纪业务的重要资产之一，是其事业发展的源泉和经营活动的立足之本。

（2）高效服务

体育市场离不开经纪人的运作，体育经纪人必须具有现代市场观念。这种观念在体育经纪业中首先表现为一种强烈的服务精神。经纪行业属第三产业，其存在和发展的基础是服务。所以体育经纪人必须牢固树立服务意识，急客户之所急，把市场需求视为经纪活动的目的，把市场需求的满足程度视为检验中介活动的标准。

高效服务的理念，是衡量体育经纪人服务质量和服务水平的重要条件之一。体育经纪人必须热爱本职工作，积极主动地为客户提供经纪服务。体育经纪活动中许多环节都是必不可少的，因此决不能图轻松而省略，也不能马马虎虎，敷衍了事。应严格履行服务委托，信守对客户的服务承诺，对客户一视同仁，平等待客；不管是买卖能否成功，不论生意大小，对客户想要了解的、要求的、期望的事情，要全力以赴，诚心诚意地去帮助解决，应该尽早、尽快地去为客户服务。设身处地为当事人双方考虑，减少交易过程中的困难和麻烦，从而达成共识，尽快交易成功。

体育经纪人是以自己拥有的专业知识、信息和市场经验来为客户服务的。因此要实现高效的服务，就要求体育经纪人不断地提高自己的专业水平。一方面要加强理论知识学习，另一方面要不断提高专业技能。应提倡全心全意为客户服务的精神，向客户提供优质、高效、规范的专业服务。

热情地为客户服务，为客户着想，这是一切中介活动的基础，体育经纪人的所有活动归纳起来就是服务。服务贯穿在整个体育经纪活动中，尤其体育经纪人不仅成为客户商业活动的全权代理，而且完全介入到客户的私人生活（如运动员经纪），成为私人顾问和朋友。因此，只有忠实于委托者，为客户负责，才能完成好每项体育经纪业务活动。

（3）保守秘密

体育经纪人应忠实于委托人的利益，恪守客户委托事项及其他有关商业秘密。体育经纪活动有时涉及客户的机密，在体育经纪活动中经纪人由于工作需要，也会接触到客户的这类机密。除非客户涉及违法，否则经纪人决不能将客户的机密散布出去，更不能以此谋利，应该替客户严守秘密，充分保护客户的利益。

即使双方在体育经纪合同中没有明确约定，体育经纪人对其委托人也同样负有保守任何转会、比赛或商业活动秘密的义务。不经授权不得将委托人或另一方当事人的情况泄漏给对方或媒体和公众。

（4）公平公正

首先，体育经纪活动中同样存在着激烈的同行竞争，这就要求体育经纪人以坦然的心态、公平的方式参与竞争，不能采取诋毁同行、恶意削价等不正当的竞争方式。应妥善处理好同行之间关系，体育经纪同行之间应相互尊重、相互学习，共同提高体育经纪人的职业道德修养，从而提高体育经纪人整体信誉，共同促进整个体育经纪行业的发展。还应提倡相互协作、联合协作，做到资源共享、利益共得。

其次，在体育经纪活动中，体育经纪人必须保持自己的中立地位，公正地对待客户各方，对委托双方一视同仁，公平中介，如实介绍情况，要如实介绍和转达任何一方的意见，不能为了一方的利益而损害另一方的利益。在任何情况下，不能欺骗委托人，既要重友情，又不能偏袒某一方。应实事求是地向客户介绍要了解的事项，不隐瞒、不夸大、不偏向、不决策，让客户选择和判断，决不能凭借隐瞒、欺骗、胡编乱造等手段，获取不义之财。

（5）信守合同、严格履约

体育经纪合同依法成立，确认为有效合同，即具有法律约束力，当事人则必须全面履行合同规定的义务。经纪合同是经纪行为的具体体现，也是经纪活动的核心。体育经纪人应按合同规定的条款全面完成应承担的义务，从而使自己的权利也能得到完全的实现。

作为合格的体育经纪人其首要任务就是要依照于委托人签订的协议，不折不扣地为委托人履行好协议规定的有关内容。在履行协议过程中，需要修改或变更委托内容时，应事先征得委托人的同意，避免造成违约行为。

（6）依法经纪，规范经营

遵纪守法是每个公民的基本道德修养。作为体育经纪人首先必须遵从政府对体育经纪行业的从业、开业规定，不得无照、无证执业和经营。应在允许的范围内开展经纪业务，并接受主管机关监督，依法纳税。其次，在经纪活动的各个环节应保证体育经纪工作的合法性，如接受委托、签订合同、收取佣金等，都必须遵守有关法律、法规的规定。第三，在努力为客户提供服务的同时，要用法律保护自己的合法权益。第四，体育经纪人应以现有的法律、法规为准则，从事经纪或中介活动。要依法办事，不循私情，不偏袒某一方，不弄虚作假。只有依法进行经纪业务活动，才能赢得信誉。

体育经纪人从事的是体育中介的商务活动，而且合作者都是体育明星、商界名流、政府官员等高层次的人士，由此体育经纪人本身也体现着一种较高的社会层次和地位。其社会性质决定了体育经纪人应该既注重商业道德，又注重社会道德。因此，遵守职业道德，依法从业、对于体育经纪人来说，就显得尤为重要。

（二）体育经纪人的基础知识研究

体育经纪人作为体育市场发展的行为主体之一，直接参与体育比赛、体育经济及运动员流动等，为活跃体育市场、促进体育事业发展做了大量的创造性工作，对挖掘体育自身潜力、开发体育商业价值起到了不可低估的作用。而体育市场的形成与发展，也对体育经纪人在知识和能力方面提出了更高的要求。因此，对体育经纪人的知识结构加以研究显得特别重要。

体育经纪人基础知识是指从事体育经纪行业所要具备的基本常识和必要知识，是体育经纪活动的基本知识储备，是体育经纪能力的基本体现。国家职业标准制定技术规程指出："基础知识是指本职业各等级从业人员都必须掌握的通用基础知识，主要包括与本职业密切相关并贯穿于整个职业的基本理论知识、有关法律知识和安全卫生、环境保护知识等。"根据这一原则我们认为，体育经纪人的基础知识应主要包括以下几个方面。

1. 体育产业与体育市场知识

（1）体育产业知识

我国体育事业随着改革开放的进程迅速发展。作为体育事业发展命脉的体育产业，也伴随着市场经济体制的不断完善逐步形成规模，在体育社会化、职业化，以及体育市场培育等诸多方面逐渐与国际接轨，成为拉动国内消费、促进国民经济发展的组成部分。体育产业不仅包括与体育运动直接相关的体育器材、设备等的生产、销售行业，还包括体育表演、体育设施建设、体育设施经营、体育情报信息业等行业，它成为满足人们日益增长的体育需求而引导体育产品（有形产品与无形产品）进入生产、流通、消费和服务的产业门类。体育赛事策划、运动员无形资产开发等都属于体育产业范畴，都离不开策划、推介、代理和中间人服务，而这又是体育经纪人主要的业务内容。由此可见，体育经纪与体育产业知识关系密切，掌握体育产业知识是体育经纪人开展业务的基础。

总之，随着我国体育事业对社会辐射力的增加，企业、商家、媒介都十分看好蕴藏在体育产业中的巨大附加值，包括社会的、商业的和文化的，必然会促进体育市场的活力，为体育经纪人的活动提供更广阔的用武之地，并创造更多的商业化契机，使体育经纪人在体育产业发展中发挥出真正的主体作用。

（2）体育市场知识

体育市场是指在国家法律、法规和宏观调控的指导下，具有一定程序交易规则的，经营主体以体育商品、体育服务为对象的交易机制或体系。它是市场经济的组成部分。体育市场的客体是指体育市场的交易对象，包括所有可以进行商品交换的要素，体育服务、劳务和体育用品都构成体育市场的客体，竞技体育和群众体育大部分内容都可以成为市场客体，体育竞赛、体育表演、健身服务、体育用品等都是体育市场的交易对象。了解体育市场知识可以使体育经纪人有效地发挥服务、沟通、推广等作用，有利于体育商业信息的传播、传导、流通，有利于促进体育市场的繁荣与发展。

市场需求是由所有的个人、企业在一定时间里的需求和以各种价格购买的商品的总量所构成的。体育市场的需求，是指在一定价格条件下，消费者愿意并且能够购买的体育商品或服务的需求量，主要取决于需求者的资金实力水平和价格水平。同时，社会因素、心理因素等其他因素也对需求的消费动机和消费行为产生不同的影响。体育市场的供给问题，主要取决于体育资源的开发、利用的能力和程度。体育资源包括优秀运动员的培养和利用、高水平运动竞赛体制、体育设施的数量及开放程度以及训练有素的社会体育指导体系，还包括用于体育市场的资金、体育竞赛的水平、对外围体育资源的吸引力等。因此，研究体育市场供给和需求的矛盾、统一关系是体育经纪人的重要课题。

2. 体育经纪活动基本知识

体育经纪知识一方面包括体育经纪人的概念、产生与发展、作用、职责和权利、工作内容、运作流程及该方面的管理制度等基础理论，另一方面包括与体育经纪直接相关的各类知识，如运动员经纪、赛事经纪、体育组织经纪等。这些知识贴近体育经纪的实际工作内容，是体育经纪人职业入行的最基础知识。掌握体育经纪基本知识可以为从事该行业打好坚实的理论基础。

3. 运动项目知识

作为一名成功的体育经纪人，首先，要熟悉各类体育项目的专业知识，不仅包括各类项目的规则、特点、发展历史和现状，还要了解国际国内体育发展动态及情况；其次，要掌握有关体育专项的技术、战术知识，体育竞赛知识，体育政策法规知识，运动训练学知识和运动生理、运动心理知识等；第三，应了解体育运动的基本发展规律，熟悉自身业务所涉及运动项目的特点、发展水平和市场状况，以及训练、竞赛、选材等方面的知识。这些都是从事运动员经纪和赛事经纪活动的基础。

4. 体育管理知识

经纪人虽然提供的是中介服务，但整个经纪活动中蕴涵着丰富的经营管理思想。经纪活动不是简单地联系供需双方，而是一系列的经营活动。在这个经营活动中，需要经纪人了解市场需求，能根据实际情况对经纪项目发展趋势作出合理的判断与预测。此外，从经纪人本身的发展着眼，如何运作整个经纪队伍，同样需要经营管理知识的帮助。

体育经纪人其实质是一名经营管理者，以获取利润最大化为经营目标，这需要体育经纪人掌握管理学等基本知识，搞好经营管理，做好客户服务工作。体育经纪需要与人协作，并通过他人使经营活动完成，它需要经纪人有效地进行有关计划、组织、领导和控制等方面的活动，调动各方面积极性、降低成本，使资源成本最小化，提高资源利用率，实现经营的最终目标。如赛事经纪不仅包括赛事的策划、招商、执行，更重要的是对体育赛事经营管理。因此管理学的基础知识有助于体育经纪人将基础的管理知识运用到日常的经营管理中去。

5. 体育市场营销知识

体育营销是依托于体育活动（赞助形式），将产品（或企业）与体育结合，把体育项目内涵赋予企业品牌，形成特有的企业识别、形象解码转移、品牌内化演绎的价值增值的系统工程。体育经纪人作为市场经济的产物，市场营销知识非常重要。市场运作的成功与否主要取决于商品、价格、中介方式、经纪人信誉、环境等要素。因此体育经纪人应掌握体育市场环境、体育营销、体育市场竞争及交易过程等多方面的知识。

体育经纪业务从本质上讲就是市场运作。体育经纪人要立于不败之地，就必须要有市场意识。一方面要运用市场营销知识，形成自身的核心优势，赢得竞争。另一方面要善于运用市场营销知识，为客户创造市场机会，以获取最大收益。

体育经纪业务均是在体育市场中进行的，从事体育经纪业务的过程很大程度上也是体育市场营销的过程，如能否将竞技体育的价值转换为商业利润是与成功的营销策划密不可分的。尤其是在文化生活极其丰富的今天，要想引起人们对竞技体育表演的极大兴趣，就更需要对赛事营销策划有所了解。应该说赛事营销策划是实现竞技表演商业价值的关键。因此，体育市场营销知识是体育经纪人必须具备的基础知识。只有掌握体育市场营销的概念与作用、体育目标市场营销策略及体育赞助等体育市场营销的知识，才能完成体育赛事的推广、广告的营销、电视转播权的销售、企业的赞助等体育经纪业务。

6. 体育赞助与体育广告知识

体育赞助是指，企业（赞助者）和体育部门（被赞助者）之间以支持（金钱、实物、技术或劳务等）和回报（冠名、广告、专利和促销等权利）的等价交换为中心，平等合作、共同得益的商业行为。体育经纪人的根本任务就是，通过中介工作促成体育赞助成交，努力提高体育赞助的质量和效益，让赞助双方都能从中获取最大利益。这既是活跃体育赞助市场、发展体育赞助事业的需要，也是自己创牌子、打天下的根本之道。

通过体育赞助最大限度地接触目标受众，并进而不断扩大自身的目标顾客范围，这是任何一个体育赞助者的最核心的赞助意图，也是体育赞助的机理。体育赞助的目标受众越多，寓于其中的目标顾客也就越多，赞助的效益就越好。因此，如何扩大体育赞助目标受众的数量，是每一个赞助企业最为关心的事情，也是经纪人需要首先考虑的问题。

7. 体育无形资产知识

所谓体育无形资产是指存在于体育运动中具有体育特质、受特定主体控制的，不具有实物形态，能持续地为所有者和经营者带来经济效益的资产。基本内容主要包括：各级各类体育竞赛表演活动的举办权和专有经营权，包括冠名权、冠杯权、广告发布权、电视转播权、竞赛表演活动的名称、会徽、吉祥物等标志的特许使用权和经营权等；各级各类体育组织、体育团队的名称、标志的专有权。特许使用权和经营权，如"中国奥委会"的文字及其商用标志，各俱乐部的名称及其专用标志等；体育专利申请权和实施权；体育专有技术的发明权、使用权、转让权和其他体育科技成果权；体育组织、团队和名人的声誉；体育场馆、设备的租赁权、土地使用权；体育彩票的发行权、专营权和销售权；在职体育名人的广告权、代理权等。体育无形资产的开发与运用许多都离不开经纪人的作用，因此体育无形资产知识自然成为体育经纪人必备的基础知识。

8. 信息技术基础知识

对于体育经纪人而言，要学会运用电脑收集、整理、分类和整合各类信息，设计各种方案，从而提高工作效率。可以说，掌握信息量的多少，直接决定了体育经纪人的成功与否。体育经纪人所要了解的信息包括运动员转会信息、赛事招标信息、体育项目规则变化信息、商家赞助信息、同行竞争对手信息等。

另一方面，随着科技的发展和网络时代的到来，通过网络即时检索、获取信息，已成为经纪人获取信息的重要手段。同时随着互联网传播技术的成熟和扩展，运动员的网上形象开发又成为热点，在网上销售运动员签名的产品、通过网络进行形象权的营销已成为体育经纪人新的业务领域。因此，一个优秀的体育经纪人必须掌握计算机知识等现代科学技术，如数据库技术，能够进行数据的录入、检索、输出，以及数据库的维护；办公软件，能够进行文档输入、编辑、打印；网络技术，能够运用局域网和广域网进行数据信息交换、数据信息共享以及数据信息检索，同时包括浏览互联网，收发电子邮件等。

9. 法律法规知识

体育经纪人需要掌握的法律法规包括国家颁布的有关基本法规和体育行业的有关法规。如体育法、合同法、劳动法、公司法、广告法、税法、知识产权法、反不正当竞争法、保险法、经纪人管理办法、奥林匹克宪章等。

市场经济是法治经济，体育经纪活动离不开法律法规的支持。无论是签订经纪合同、替客户解决纠纷问题还是维护自身权益，都要求体育经纪人具有较强的法律观念和法律基础知识。体育经纪人依法开展经纪活动，不仅能很好地完成委托人交给的任务，还能维护自己和其他当事人的合法权益。因此，体育经纪人应按照国家的法律、法规以及体育项目行业管理规范开展业务。

体育方面与经纪活动有关的法律法规包括国际和国内两部分。国际上，不少国际体育组织，如国际足联、国际田联、国际网联、国际拳联等都出台了有关本项目体育经纪人管理的规定，以及赛事推广、获取赞助等方面的规定；许多国家的单项运动协会，如英国足协，意大利足协，美国职业篮球、棒球、冰球、拳击等联盟也都有关于本项目经纪人管理和赛事管理、推广的规定。这些都是从事国际体育经纪活动需要了解掌握的。

此外，国家体育总局和有关项目管理中心出台的体育赛事、运动员等方面的管理规定也需要认真学习掌握。

理想的体育经纪人应是知识复合型人才，能熟练并灵活地运用所掌握的各种知识，为体育经纪实践服务，从而在体育市场买卖双方之间建造一座桥梁。

五、体育经纪人职业的工作要求

工作要求部分是《体育经纪人国家职业标准》的核心部分，这一部分包括职业功能、工作内容、技能要求和相关知识四个部分。职业功能是指本职业所要实现的工作目标，或是本职业活动的主要方面（活动项目）。根据不同职业性质和特点，可按工作领域、工作项目、工作程序、工作对象或工作成果来划分。每个等级的职业功能一般不少于3个。工作内容是指完成职业功能所应做的工作，可以按种类划分，也可以按照程序划分。每项职业功能一般包含2个或2个以上的工作内容，表述形式一般使用动宾结构，如"读建筑图""介绍产品"等。技能要求是指完成每一项工作内容应达到的结果或应具备的技能。技能要求应具有可操作性，要对每一项技能有具体的描述，能量化的一定要量化。写法为"能够……"或"能……"，如工作内容里的"读建筑图"，在技能要求里可表述为"能识别各种建筑符号……"。对技能要求的内容描述不能太简单，同时对于不同等级中同一项工作或技能，要分别写出不同的具体要求。相关知识是指达到每项技能要求必备的知识，主要指与技能要求相对应的理论知识、技术要求、操作规程和安全知识等。

工作内容要根据不同职业各等级工作范围和工作任务的不同进行划分。技能要求根据不同工作内容应掌握的技能、工作难度要求等进行描述。一般不用"了解""熟悉""掌握"等词语描述同一工作内容，或仅用程度副词来区分不同的等级。

下面，分别对以上四个环节进行分析。

（一）体育经纪人职业功能研究

1. 职业功能划分的标准分析

（1）以工作领域为划分标准

目前体育经纪理论研究学者及体育经纪实践专家一致认为体育经纪人主要包括运动员经纪、体育赛事经纪和体育组织经纪三大领域，此外，还涉及体育行业之外的有关组织介入体育事务等。2007年，劳动和社会保障部补订的《国家职业分类大典》中发布的体育经纪人工作领域主要包括：① 运动员经纪，包括代理运动员转会、参赛、表演、无形资产开发与经营以及日常事务管理等；② 活动经纪，包括策划、包装、推广体育赛事、表演以及旅游等活动；③ 组织经纪，包括代理体育组织的市场开发与推广、无形资产开发与经营以及非体育组织介入体育事务等；④ 其他经纪，包括代理教练员人才流动、体育保险、体育赞助以及体育广告等。可以说，前三个领域是体育经纪人业务活动的主要方面，对于后面的业务活动内容，有些已经成为体育经纪人的正式活动项目，有些是体育经纪人正在尝试进行的业务项目，还有一些业务可能在不久的将来会成为体育经纪人的业务活动。

在体育经纪人职业不分等级的情况下，以体育经纪人工作领域作为职业功能的划分标准可为最佳方案，但国家职业标准要求工作要求的编写必须分等级进行。尽管职业功能、工作内容对各等级体育经纪人而言不绝对要求一致，但"技能要求"和"相关知识"部分对各等级体育经纪人而言必须有明显的层级区别。因此，以工作领域作为职业功能划分标准，在各等级工作要求的细分上将面临以下问题。

其一，难以区分经纪活动的难易程度。体育经纪人不同业务活动的难易程度有别，并非所有体育经纪人都能胜任所有经纪业务，这就存在如何确定划分一、二、三各等级体育经纪人的胜任界限问题。由于先天能力、知识、素养以及社会阅历等的不同，个人所擅长的和对难易程度的理解也各有不同，同时面对不同规模的同一经纪活动，其难易程度也有所区别，因此简单地区分各项经纪业务的难易不够科学，尤其在技能要求和相关知识方面的区分上，该问题会更加凸显。

其二，不符合体育经纪业务活动的实际需要。《规程》中要求"每个等级的职业功能一般不少于3个。通常，每一个职业功能都是可就业的最小技能单元，可独立进行培训和考核"，"要求从业人员能够独立完成工作项目"。由此看出，国家职业标准面对的是个人而非组织或群体。因此，任何一个体育经纪人个体都必须可独立完成任何一项运动员经纪或体育赛事经纪或体育组织经纪等活动，低级别体育经纪人不是附属于高级别体育经纪人，也不是在高级别体育经纪人的指导下才能就业和工作。而上述活动中很难有独立完整的内容，一些复杂程度较高的业务是低级别体育经纪人无法单独作业，而需要在其他人员的指导、协助或配合下完成的。因此，这不符合国家职业标准规程的规定。同时，按照工作领域划分职业功能还会造成低级别体育经纪人无事可做的尴尬局面。

其三，不利于标准的推广与实施。根据国家职业标准研制的相关要求，职业标准具有"导向作用"，应与时俱进，需有一定的前瞻性，要对职业的发展起促进作用。相对而言，我国体育经纪人职业仍属于发育阶段，一方面，在实际市场运作中出现的经纪业务内容仍需要实践的检验。另一方面，它还具有广阔的需求和发展空间，因而包揽现有的经纪活动仍然无法保证其职业内容在一个较长时期内的完整性和客观性，会给正在形成、发展中的体育经纪人业务活动人为地套上枷锁。因此，以具体工作领域作为职业功能不适应体育经纪人职业的可持续发展，有违研制体育经纪人国家职业标准的初衷。

综上所述，以工作领域为划分标准不适用于作为体育经纪人职业功能的划分标准。

（2）以工作程序为划分标准

在以工作领域作为划分标准不可行的情况下，本课题参看了其他行业经纪人的职业功能划分标准。《农产品经纪人》国家职业标准采用了按业务活动流程的方式来确定职业功能，其职业功能包括"市场信息采集与分析""建立客户与谈判定约""产品鉴别及等级评定""农产品储运""核算与结算"等环节。尽管其他行业经纪人如房地产经纪人、演出经纪人、文化经纪人等尚未制定国家职业标准，但这些行业都具有典型的、必需的业务活动流程（表6）。

表6　有关经纪领域经纪人业务活动的表述方式

房地产经纪流程	保险经纪流程	农产品经纪流程	特点概述
1. 房地产市场调查	1. 接受委托	1. 市场信息采集与分析	1. 经纪市场调查分析
2. 客户接待	2. 风险评估	2. 建立客户与谈判订约	2. 经纪权利获取
3. 房地产查验	3. 保险安排	3. 产品鉴别与等级评价	3. 经纪业务准备阶段
4. 电话约客，带客看房，价格谈判，下定成交	4. 客户服务	4. 农产品储运	4. 经纪业务执行阶段
5. 售后服务		5. 核算与结算	5. 经纪业务收尾

从上述分析可知，经纪活动存在共性，其操作流程基本包括经纪市场调查分析、获得经纪权利、经纪业务准备、经纪业务执行和经纪业务收尾五个阶段。

理论上，将体育经纪人的业务活动类比具体的"业务项目"，这些"业务项目"具有典型的"项目"特征。所谓项目是指受时间、费用和资源条件约束的，为完成某一独特产品、服务或任务所进行的一次性活动，具有一次性、目标性、资源制约性、生命周期性等特征。关于项目研究的项目管理理论把项目的过程一般分为四个阶段，即概念阶段（Conception Phase）、开发阶段（Development Phase）、实施阶段（Execute Phase）及结束阶段（Finish Phase）。我国学者也提出过体育经纪活动的业务程序，把体育经纪活动分为"接受委托和签订合同、搜集信息和寻找合作对象、体育经纪业务洽谈、体育经纪业务谈判、项目实施、获取佣金"等活动，马铁研究员提出体育经纪的运作包括"商业信息的收集、建立委托代理关系、签订委托协议书"等内容。因此，按照基本流程运作体育经纪业务具有较强的合理性。

然而在进一步论证过程中，我们发现，以工作流程确立体育经纪人职业功能并非最佳方案，它还存在"部分工作内容重复"的不足。体育经纪人的工作中，会不断出现性质相同的重复性工作。例如，"信息收集与处理"在定约前与定约后都可能存在，"市场调查与预测"在体育经纪活动的最初阶段要出现，在寻找第三方的过程中也要出现，同时在体育经纪活动实施前还要再次出现。另如商务谈判，在体育经纪代理权获得时要出现，在与第三方谈判时要出现，甚至于一个整体性的体育经纪活动与该经纪活动中的一个分经纪活动的过程也可能存在完全类似的操作行为。基于以上原因，本课题认为以工作程序确立职业功能的视角仍然不是最佳方案。

(3) 以工作项目为划分标准

虽然以工作程序作为划分职业功能的标准存在一定不足，但其总体研究方向和研究方法却为寻找另外的分析视角提供了思路。在2007年3月召开的《体育经纪人国家职业标准》审定暨研讨会上，与会专家充分肯定了以工作程序确定体育经纪人职业功能的合理性，同时建议研制组在此基础上进一步完善。

研制组经过认真分析总结，又提出了新的解决方案。我们的构想是，把体育经纪人的活动内容进行归类，把凡是属于同一性质的活动放在一起，而不再按体育经纪活动发生的先后顺序进行划分。经过对现实中运动员经纪、体育赛事经纪、体育组织经纪等经纪行为的分析发现，不同体育经纪活动确实存在性质相同的共性工作内容。于是"按工作项目"划分体育经纪人职业功能的标准开始被提上议事日程。

从工作项目的角度出发，将体育经纪活动过程中出现的"共性"特点提炼出来。可喜的是，通过对按工作项目划分职业功能与按工作流程划分职业功能进行对比发现，体育经纪人职业功能的名称可以基本保持不变，改变的只是认识职业功能的视角以及在"工作内容"中添加按工作流程中不曾出现的内容。同时，为了更好地概括体育经纪活动的基本内容，我们把职业功能的表述也进行了一定调整（表7）。

表7　按工作程序划分与按工作项目划分职业功能的对比表

按工作程序划分		按工作项目划分	
职业功能	主要范围	职业功能	主要范围
体育经纪市场调查预测	获取代理权前的调查预测，不包括取得代理权后的有关市场调研活动	体育经纪业务调研	涉及体育经纪活动中所有调研活动
体育经纪业务权利获取	获取委托人的权利，不包括获取第三方的权利	体育经纪业务权利获取	涉及所有经纪活动权利的获取
体育经纪业务规划	只针对获得经纪权利后的文案策划，不包括为获取代理权前的各种建议书、论证方案等草案	体育经纪业务谋划	涉及所有文案的设计与撰写
体育经纪业务实施	谈判定约、活动公关、资源整合、业务控制	体育经纪业务实施	涉及公共关系协调、市场推广、活动监控等
体育经纪业务收尾	业务总结、合同收尾	体育经纪业务总结	涉及评估总结、档案管理、客户关系管理等

［注］二级、一级体育经纪人职业功能的"指导与培训"未列入上表。

综上所述，以工作项目作为划分职业功能的标准，实质上是沿袭了以工作流程划分职业功能的合理成分，同时又较好地反映了体育经纪活动的一般规律。在修订稿中的职业功能条数仍为五部分，虽然仅是在表述上进行了一些微调，但却发生了质的变化。

2. 职业功能的内容分析

职业功能的内容不仅要符合并涵盖所有体育经纪活动的工作项目，在职业功能表述上还需工整、统一，参考《国家职业标准技术规程》规定及其他职业的职业功能表述，本课题采用"n+v"形式。

（1）体育经纪业务调研

本课题在"体育经纪业务调查与预测"表述的基础上，将体育经纪人第一职业功能定位为"体育经纪业务调研"。曾有专家认为体育经纪活动的第一步是"签约"。我们认为，虽然许多经纪活动首要程序是谈判签约，但现实中谈判签约的发生有前提，一种前提是客户主动委托体育经纪公司或体育经纪人承担业务，此时签约是在客户需求的推动下发生的，客户是主动方。但在竞争激烈的体育经纪市场中，"守株待兔"不是持续发展的长久之计，体育经纪人必须先了解市场需求，挖掘市场信息，主动寻求客户，经由这种方式的签约才是体育经纪实践中最常见的模式。可见，把签约作为体育经纪活动的第一步实质上是只看到了个别现象，没有认识到体育经纪活动的本质特点。体育经纪市场调研，寻找业务机会才是体育经纪活动的起点。同时，由于各等级体育经纪人的工作要求有难易之分，且考虑实际运作情况，"预测"一词过于复杂，一些预测模型在经纪业务调研中并不具有适用性，因此，本课题认为"体育经纪业务调研"的表述最为确切。

（2）体育经纪业务权利获取

由于代理权是经纪权中的一种，单以代理权的获取作为工作内容不能概全，无法代替其他诸如居间权、行纪权等权利。因此，在专家的一致认可下，本课题将体育经纪权利获取作为职业功能的第二项内容。

（3）体育经纪业务谋划

由于体育经纪活动的性质不同，对于有些相对简单的经纪业务，往往不需要进行书面的设计，因此体育经纪业务谋划常为人们所忽视，认为可有可无。"欲谋后事者先"，实际上，不管任何社会活动都会有一个"谋"的过程。大多数情况下，我们总是依靠"先验"把所做的事在脑子里进行"盘算"，这就给人造成一种错觉，以为"谋"不存在。体育经纪活动是一种"高智能"的社会活动，更加需要体育经纪人事先形成想法之后做好缜密的规划，然后才能根据规划进行业务活动方案的实施，"体育经纪业务谋划"比"体育经纪业务规划"更突出了"谋"的过程，能全面表述所有体育经纪活动的过程。因此，本课题采用了"体育经纪业务谋划"。

（4）体育经纪业务实施

体育经纪业务的实施是建立在体育经纪业务谋划上的，计划和实施是相互渗透、不可分割的活动过程。事先做了可行的规划、有了明确的目标定位，就需要把规划付诸实施。因此，本阶段的主要业务活动要围绕如何推动规划方案的实施进行考虑。

（5）体育经纪业务总结

该部分为体育经纪业务收尾阶段。当体育经纪项目准备提交最终成果的时候，做好项目的收尾工作，这是终止该项目所承担的义务和责任，也是为今后的工作积累经验和资源。但"收尾"一词是项目管理中采用的词汇，为了避免表述带有学科性，本课题将以"体育经纪业务总结"取代。

体育经纪人职业功能具体内容如图9所示：

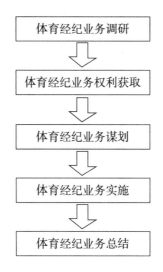

图9 体育经纪人职业功能图示

按照工作项目的方式确定体育经纪人职业功能看似缺乏特殊性，可能会缺少点"体育特色"，我们认为，这种担忧是不必要的。

首先，体育经纪人具有一般经纪人的特质，其独特之处在于所从事的领域反映在体育系统，即运用一般经纪理论、方法与技能从事体育领域的经纪业务的一种经纪人。可见，体育经纪人理所应当具有一般经纪人的素质、能力等各种要求。体育经纪人的体育特色不是靠与体育有关的字眼来凸显的，而是靠其内在的经纪人在体育领域工作的活动体现出来的。

其次，鉴于国家职业标准研制技术规程的要求，工作要求部分必须高度抽象概括出体育经纪业务活动的本质，用体育词汇概括体育业务存有一定局限，必须跳出体育的圈子来概括体育的本质。

第三，体育经纪人必须熟悉有关具体体育领域的业务，对于这些相应的"体育"要求，主要体现在"基础知识"和"相关知识"部分。

最后，标准研制完成后将有标准配套的教材、培训等工作，在教材中的三级目录中将充分体现出体育经纪活动的基本特色，这会较好地弥补标准形式上可能存在的不足。

（二）体育经纪人的工作内容

根据职业功能的基本思路，体育经纪人工作内容大致基于工作程序确定。由于不同业务活动的性质差异，个别工作内容也采用了按种类划分的方式。与不同等级体育经纪人的职业功能相对应的工作内容分别如表8所示：

表 8　不同等级体育经纪人的工作内容

工 作 内 容		
三级体育经纪人	二级体育经纪人	一级体育经纪人
（一）信息收集 （二）信息整理 （三）信息分析	（一）信息收集 （二）信息整理 （三）信息分析	（一）信息整理 （二）信息分析
（一）业务接洽 （二）业务谈判 （三）合同签订	（一）业务接洽 （二）业务谈判 （三）合同签订	（一）业务谈判 （二）合同签订
（一）方案设计 （二）文案撰写	（一）方案设计 （二）文案撰写	（一）方案设计 （二）文案撰写
（一）公关协调 （二）市场推广 （三）活动监控	（一）公关协调 （二）市场推广 （三）活动监控	（一）公关协调 （二）市场推广 （三）活动监控
（一）资料归档 （二）客户管理	（一）业务评价 （二）客户管理	（一）业务评价 （二）客户管理
	（一）业务指导 （二）业务培训	（一）业务指导 （二）业务培训

工作内容是根据对每项体育经纪人职业功能具体内容的剖析，本课题根据不同的体育经纪人职业功能对工作内容进行如下分析。

1. 体育经纪业务调研

调研是进行体育经纪活动的前提工作，调研的过程是通过各种调研方法搜集与体育经纪业务相关的信息后，将收集的信息进行分类汇总，最后利用相关方法和工具（如SPSS 软件）对信息进行分析的过程。信息是体育经纪人经纪活动的源泉，体育经纪业务的调研实质上是捕捉信息、整理信息和分析信息的过程。据此，根据体育经纪业务调研的活动内容，我们把这一部分表述为"信息收集、信息整理和信息分析"三部分。

2. 体育经纪业务权利获取

体育经纪活动中，经纪人不仅要获得第一委托人的委托权，还要获得第二委托人的委托权。获得委托权仅是一个"结果"，这一过程的完整表述应该是接洽、谈判和签约。此阶段分为三项工作内容：业务洽谈、业务谈判和合同签订。业务洽谈是为了寻找工作机会，谈判的目的是为了签订合同，签订合同才是经纪业务权利获取的保障。在体育经纪活动实践中，为了达到彼此的双赢，合作双方在密切的沟通与洽谈中直至达成共识，取得合作关系。

3. 体育经纪业务谋划

在获取体育经纪业务权利之后和进行体育经纪业务活动之前，体育经纪人需要对体育经纪业务活动明确具体活动目标、形成活动概念、作出整体规划、策划具体方案，较为复杂的经纪活动还必须以书面的形式表示，才可使活动有目的性、有序化、明朗化地进行。在体育纪经活动实践中，由于某些活动的原因以及一部分经纪人的习惯问题，并不是非得要求任何活动均得通过书面写出来。有些活动可以在头脑中进行"盘算"，但不管怎样，体育经纪业务的方案设计是存在于所有经纪活动实施之前的，不管是头脑中"构思"的，还是以书面形式表现出来的，都属于"方案设计"之列。据此，我们把这一部分的内容表述为"方案设计和文案撰写"两部分。

4. 体育经纪业务实施

寻找确定相对方（第三方），与不同的合作对象进行洽谈沟通，处理各种公共关系，整合利用各种资源开发、推广市场，以及监控业务实施中可能遇到的各种情况等等是在体育经纪业务执行阶段的主要活动。寻找第二委托人（体育经纪业务第三方）是需要首先明确的问题，针对不同业务活动的性质寻找到合适的第三方并达成合作意向非常关键；除了合作方外，体育经纪业务活动还有可能牵扯到与政府、有关社会组织以及公众（广义的公众范围很广，如媒介、球迷、政府、社区、消费者等）的关系问题，因此，针对这些对象开展公关活动也非常重要；体育经纪活动需要利用整合各种人力、物力、财力、信息、政策等资源，开发、推广市场，以使各方都满意；由于体育经纪活动环境是可变因素，在体育经纪业务执行过程中，随时可能遇到各种突发事件、危机事件、风险事件，作为体育经纪人还必须做好经纪业务开展的监控工作，以确保体育经纪业务目标的顺利实现。

5. 体育经纪业务总结

体育经纪项目收尾一项，总体工作内容在实际工作中是存在的，尽管有些专家认为这部分内容应该划入"实施"部分，但研制组认为，由于工作性质不同，这部分内容应该和其他活动独立出来，作为一项完整的体育经纪活动，体育经纪人在完成经纪合同之后，应该及时整理归档各种档案资料，根据客户的需要进行有关评估等。同体育经纪业务的方案策划一样（由于方案策划很多是在脑子里完成，于是有些人便予以否认），在实际体育经纪活动中，这一部分内容也往往被忽略不计（主要原因是客户没要求或者本人未引起重视）。研制组认为，一方面，这一部分内容确实存在着，但在实际中由于种种原因并未引起所有经纪人的足够重视；另一方面，出于对中国未来体育经纪市场规范化以及从业人员整体素质提高的考虑，应该在标准中体现出这一工作内容。基于以上原因，研制组仍然把这一部分列为一项职业功能，并细分出"资料归档、客户关系管理"等工作内容。

在体育经纪项目结束之前，需要对工作成果进行审查，将核查结果记录在案，将体育经纪项目的策划书、成果文件等资料一并归档。同时为了与客户建立良好的长期合作关系，需通过电话、邮件等方式对客户进行跟踪联系，建立客户资料库。鉴于资料归档工作较为简单，本课题认为二级、三级体育经纪人应胜任业务评估的工作，对经纪活动的经济效益、社会效益进行评估，一方面向客户提交工作成绩，另一方面为自身总结经验。

按照国家职业标准技术规程，二级体育经纪人和一级体育经纪人还要承担培训、指导低级体育经纪人的任务。

（三）体育经纪人的技能要求

1. 体育经纪人技能要求确定的依据

技能要求部分是职业标准制定的难点，因为体育经纪人级别的区别都要通过该部分技能要求的难易程度来区分。如何体现出完整的活动？我们曾试图使三级体育经纪人只需要会搜集资料，二级需要会做调查计划、设计调查问卷、写调查报告，一级要能控制过程和评估调查结果。如果按照活动完整性来考察的话，以上活动可能并不是一个完整的独立活动。

同时，过去的初稿存在表述技能要求的标准不尽统一的问题。例如体育经纪市场调查是按照"工作进程到达的点、掌握的技能"来划分难易程度，三级只需要会搜集资料，而二级需要会做调查计划、设计调查问卷、写调查报告，一级要能控制过程和评估调查结果。但是体育经纪业务规划是按照"工作进程的工作深度"来划分难易程度，三级只是简单交流并只要读识合同即可，二级要能进行业务洽谈并能审核经纪合同，一级要求能够评估目标委托人资质并评估和控制风险。

研制组经过深入讨论、分析认为，必须在过去初审稿基础上，重新审视、修订技能要求的表述方式与内容。根据专家的意见建议，我们确定了区分不同等级技能要求的基本标准。

三级体育经纪人必须能做相对独立的、完整的经纪活动，二级体育经纪人则是能做比三级体育经纪人从事工作更复杂的工作，一级体育经纪人的职业技能则体现在复杂程度比较高的"评估、控制"上。

需要特别引起注意的是，由于高级别体育经纪人的技能是建立在低级别体育经纪人的基础之上的，换句话说，凡是低级别体育经纪人的技能一定是低级别体育经纪人应该具备的。既然低级别的"活"是完整的，高级别的"活"也肯定是完整的。因此，只要保证了三级体育经纪人职业活动表述的完整性，二级、一级体育经纪人的活动就一定是完整的。

经过与实践一线的体育经纪人的访谈，并对访谈结果进行归纳总结，我们总结出体育经纪活动涉及的整个工作技能流程，具体内容如下。

表9 体育经纪人工作技能流程图

技能总类	技能分类	技能要求
一、体育市场分析	（一）市场调查	1. 市场信息采集、管理、分析 2. 市场调查目标选择与确立 3. 市场调查方法选用 4. 市场调查问卷设计 5. 市场调查计划制定与执行 6. 市场调查数据整理（问卷分发、回收） 7. 市场调查结果归纳、分析 8. 市场调查报告撰写 9. 市场调查报告评审、修改
	（二）市场预测	1. 体育市场发展趋势研究分析(国际国内) 2. 市场预测模型的使用、创新、构建 3. 撰写市场预测报告 4. 审核、修正市场预测结果 5. 根据结果预测体育经纪项目的价值、风险（商业报告预案）
	（三）市场定位	1. 目标市场细分 2. 市场战略选择（市场营利模式构建） 3. 撰写商业计划（报告） 4. 商业运作模式（方案）形成

技能总类	技能分类	技能要求
二、体育经纪代理权获得	（一）了解代理程序	1. 体育经纪项目相关资料（历史、现状、发展、案例） 2. 体育经纪代理流程及相关手续 3. 制定体育经纪代理推进计划
	（二）商务洽谈	1. 收集被代理方相关资料（经纪历史、经纪资格等） 2. 准备代理提案和商务洽谈计划 3. 进行商务谈判（执行）：谈判地点、参加人员、谈判进程控制、技巧运用…… 4. 谈判进程的记录、总结、分析 5. 调整谈判方案，更改谈判策略
	（三）签定代理合同	1. 制作代理合同（条款、权责、细节控制） 2. 合同签订仪式的组织、策划 3. 安排媒体公关事宜
三、体育经纪项目组织管理	（一）执行机构组建	1. 组织机构的确立 2. 职能划分 3. 管理规范标准的建立(执行流程、部门沟通、奖惩制度、硬件配备……)
	（二）人员设置	1. 人员招聘 2. 人员培训 3. 人员管理
四、体育经纪项目规划	（一）项目策划	1. 体育经纪项目市场环境分析 2. 体育经纪项目竞争分析 3. 体育经纪项目 SWOT 分析 4. 体育经纪项目发展战略制定 5. 体育经纪项目市场策略制定 6. 体育经纪项目媒介组合策略的制定 7. 体育经纪项目执行财务预算
	（二）文案撰写	1. 体育经纪项目策略方案撰写 2. 体育经纪项目执行计划撰写 3. 体育经纪项目推广方案撰写 4. 体育经纪项目市场开发方案撰写 5. 体育经纪项目赞助招商方案撰写
五、体育经纪项目执行	（一）赞助招商	1. 招商目标范围确定 2. 目标赞助商数据库的建立 3. 目标赞助商资料整理并分层次 4. 联系目标赞助商（公关、信函、会面、邮件、电话） 5. 提交赞助建议书、招商书等资料 6. 赞助招商洽谈 7. 制定赞助合同 8. 签订赞助合同 9. 履行赞助合同 10. 赞助商管理（协调、沟通、控制）

技能总类	技能分类	技能要求
	（二）项目包装推广	1. 媒介信息收集与分析 2. 媒体利用、整合、创新和开发 3. 媒介整合计划的制定 4. 项目形象包装、形象系统导入 5. 执行媒介计划（广告联系、媒体公关、新闻发布、项目推广……） 6. 整合项目资源和社会资源 7. 项目推广费用的控制
	（三）体育市场开发	1. 制定市场开发计划 2. 体育资源、项目资源、市场资源、社会资源的利用和整合 3. 电视转播权开发 4. 无形资产开发 5. 特许经营权开发 6. 项目衍生产品的开发
	（四）体育公关活动	1. 与政府管理部门的公关 2. 与体育组织的公关 3. 与目标客户群的公关 4. 与媒体、交通、运输等其他行业的公关
	（五）体育经营管理活动	1. 体育赛事的经营管理 2. 体育组织的经营管理
六、体育经纪活动评估	（一）信息整理	1. 组织召开评估讨论会 2. 资料的整理、汇总、归档管理 3. 项目运作评审
	（二）项目评估	1. 制定评估计划 2. 制定评估体系 3. 撰写评估报告（总结、关联、分析）
七、体育经纪事务管理	（一）体育经纪信息管理	1. 了解体育信息和体育经纪信息 2. 电子化信息管理 3. 软件化经纪操作能力
	（二）客户关系管理	1. 客户资料整理、归档、更新 2. 客户关系日常维护 3. 经纪历史资料的归档管理 4. 客户管理的评价、审核

从上表体育经纪人涉及的工作内容的技能要求看，我们发现技能要求部分有如下情况。

（1）有些技能要求不是体育经纪人必须具备的，社会已经有了专业的分工，如"体育经纪项目组织管理"一项的技能要求，有专业的职业经理人和人力资源管理人从事，因此可不列入体育经纪人的技能要求。

(2) 有些体育经纪活动的技能要求是重复的，例如体育经营管理活动和体育组织项目的经营管理其实是同样的工作内容，就是工作对象不同而已。再如，体育经纪市场定位和体育项目规划本身也是同样的职业行为。体育赞助活动（第三方洽谈）也和体育代理权的获取类似，只是权利主客体对调而已，因此技能要求也类似。

(3) 一个整体性的体育经纪活动与这个经纪活动中的一个分经纪活动，在过程中可能存在完全类似的操作行为。例如体育赛事的开发，要经过体育赛事的市场调查与预测（以选择有商业价值的体育赛事）、体育赛事代理权的获得、第三方的合作洽谈（体育场馆、体育运动员、体育组织、裁判员、体育营销推广机构、媒体组织、相关法律组织等）、体育赛事市场的开发（无形资产开发、电视转播权、特许经营产品、冠名权等）、体育赛事组织与管理、体育赛事赛后评估这样一个过程，在这个过程中以特许经营产品开发一项为例同样要经历市场调查与预测（以选择与赛事相符、有市场需求的产品）、开发权是赛事组织方自己的、与第三方合作洽谈（特许经营产品的研发设计方、生产厂家、营销推广机构、销售渠道商等）、特许经营产品营销推广及销售、特许经营产品再开发。从中我们可以看出，体育经纪活动会出现大过程与分过程相同的操作手段。

因此，我们需要对体育经纪人的技能要求进行归纳总结，去芜存精，进一步高度提炼，以得到一套符合《国家职业标准制定技能规程》要求的"体育经纪人技能要求体系"。体育经纪人技能要求（不分级）内容如下（表10）:

表 10　体育经纪人总体技能要求

职业功能	技能要求
一、体育经纪业务调研	1. 市场信息采集、管理、分析 2. 市场调查方法选用 3. 市场调查问卷设计 4. 市场调查计划制定与执行 5. 市场调查结果归纳、分析 6. 市场调查报告撰写 7. 市场调查报告评审、修改 8. 体育市场预测分析 9. 撰写市场预测报告 10. 审核、修正市场预测结果 11. 根据结果预测体育经纪项目的价值、风险（商业报告预案）
二、体育经纪业务权利获取	1. 了解潜在委托人和第三方相关资料 2. 制定体育经纪代理推进计划 3. 进行商务谈判（执行）：谈判地点、参加人员、谈判进程控制、技巧运用…… 4. 调整谈判方案，更改谈判策略 5. 制作代理合同(条款、权责、细节控制) 6. 评估代理合同的价值 7. 合同签订仪式的组织、策划

职业功能	技能要求
三、体育经纪业务谋划	1. 体育经纪项目市场环境分析 2. 体育经纪项目竞争分析 3. 体育经纪项目 SWOT 分析 4. 体育经纪项目发展战略制定 5. 体育经纪项目市场策略制定 6. 体育经纪项目媒介组合策略的制定 7. 体育经纪项目执行财务预算 8. 体育经纪项目策略方案撰写 9. 体育经纪项目执行计划撰写 10. 体育经纪项目推广方案撰写 11. 体育经纪项目市场开发方案撰写 12. 体育经纪项目赞助招商方案撰写 13. 体育经纪商业模式的构建
四、体育经纪业务实施	1. 媒介整合计划的制定 2. 项目形象包装、形象系统导入 3. 市场推广策略执行 4. 与政府管理部门的公关 5. 与体育组织的公关 6. 与目标客户群的公关 7. 与媒体、交通、运输等其他行业的公关 8. 根据合同条款控制体育经纪活动的进行 注：其他的实施部分均可根据整个体育经纪活动的过程来操作
五、体育经纪业务总结	1. 组织召开评估讨论会 2. 资料的整理、汇总、归档管理 3. 项目运作评审 4. 制定评估方案 5. 撰写评估报告（总结、关联、分析） 6. 客户资料整理、归档、更新 7. 客户关系日常维护 8. 经纪历史资料的归档管理 9. 客户管理的评价、审核

2. 不同级别体育经纪人技能要求的具体内容

体育经纪人技能要求进行分级，主要遵循两个原则：一是同样的技能活动程度和难度有差异，因此技能要求也有差异；二是部分技能活动必须达到一定的专业水平和积累一定的经验才能完成。根据体育经纪人国家职业标准的编写要求（结构、用词等），结合体育经纪人的主要工作内容，我们制定出各级别的体育经纪人技能要求，如表11。

表 11　不同等级体育经纪人技能要求

三级体育经纪人	二级体育经纪人	一级体育经纪人
1. 能够通过文案调查方法收集体育经纪信息 2. 能够通过实地调查方法收集体育经纪信息 3. 能够根据客户需求收集专题体育经纪信息	1. 能够选择调研方法 2. 能够制定体育经纪信息采集方案 3. 能够建立收集体育经纪信息的网络和渠道	能够对体育经纪信息的价值进行评估
1. 能够对体育经纪信息进行分类和汇总 2. 能够用 EXCEL 进行数据处理	能够对体育经纪信息进行筛选、辨别	1. 能够评估体育经纪信息分析报告 2. 能够根据体育经纪信息分析结果进行预测
1. 能够对体育经纪信息进行描述统计分析 2. 能够对体育经纪信息整理结果进行文字说明	1. 能够根据体育经纪信息整理结果进行定量与定性分析 2. 能够撰写体育经纪信息分析报告	1. 能够控制体育经纪业务谈判进程 2. 能够评估体育经纪业务谈判结果
1. 能够寻找目标委托人或第三方 2. 能够利用电话、传真、互联网等工具与目标委托人或第三方进行联络	能够选择目标委托人或第三方	能够评估体育经纪合同风险
能够与合作方就合作条款进行磋商	能够利用策略及技巧与合作方进行磋商	能够评估业务实施方案
能够起草合作意向书	能够起草书面合同	1. 能够评估体育经纪项目建议书和论证方案 2. 能够评估体育经纪业务策划方案
1. 能够分析委托方或第三方业务活动的要求 2. 能够判定委托方或第三方业务活动的目标 3. 能够草拟业务活动实施方案	1. 能够对委托项目的特点进行评价 2. 能够进行方案的营销策划 3. 能够进行体育经纪项目预算	1. 能够控制公关实施过程 2. 能够评估公关实施效果
能够撰写体育经纪业务活动程序与框架	1. 能够撰写体育经纪项目建议书和论证方案 2. 能够撰写体育经纪项目策划书	1. 能够评估经纪业务市场价值 2. 能够评估体育经纪市场推广效果
1. 能够选择公关对象 2. 能够组织开展公关活动	能够制定公关危机处理方案	1. 能够评估、规避和处理体育经纪业务活动风险 2. 能够选择体育经纪合同纠纷处理的方法

三级体育经纪人	二级体育经纪人	一级体育经纪人
1. 能够分析业务对象的市场价值 2. 能够根据经纪业务对象特点进行形象设计 3. 能够利用媒介对经纪业务对象进行宣传	1. 能够分析经纪业务的潜在市场价值 2. 能够制定市场推广策略	1. 能够对体育经纪业务进行效益评价 2. 能够对体育经纪业务进行持续性评价
1. 能够核查业务合同条款实施情况 2. 能够根据体育经纪活动实施情况调整工作目标与方案	1. 能够预测体育经纪活动可能存在的偏差 2. 能够根据实际情况对合同条款进行补充、修订	能够评价客户关系
1. 能够识读体育经纪业务相关记录和文件 2. 能够整理、归类体育经纪业务资料	1. 能够对业务实施目标、过程与结果进行综合评价 2. 能够撰写描述性体育经纪业务总结报告	能够指导三级、二级体育经纪人业务活动的开展
1. 能够对客户进行细分 2. 能够建立客户关系数据库 3. 能够对客户进行回访	1. 能够对客户诉求进行分析与反馈 2. 能够建立客户关系信息管理系统	1. 能够培训三级、二级体育经纪人 2. 能够对培训效果做出评估
	能够指导三级体育经纪人业务活动的开展	
	1. 能够制定培训大纲 2. 能够培训三级体育经纪人 3. 能够编写培训教案	

下面，对技能要求部分进行简要分析：

体育经纪市场调研阶段

这个阶段是根据市场调研的结果预测经纪市场动态，并通过预测来判断和选择最佳方案，在这个过程中就需要敏锐的市场判断力、缜密的思维以及较强的推理能力。通过对市场动态的研究、发展趋势的判断、推理，明确该经济活动的可行性及评估该经纪活动的财务预算、风险预算等，以确定代理权的获取与否。

体育经纪权利获取阶段

这是一个商务谈判的过程，体育经纪人扮演的是谈判专家的角色，其工作就是要与各方进行谈判交流，实际上它包括两方面的内容：商务谈判和社会交往。谈判具备的基本能力就是有较强的语言表达能力，体现在两个方面：语言能力，主要指外语与普通话水平；表达能力，需要谈判者不但具有清晰、简洁、流利的表达方式，还需要艺术和技巧，掌握谈判的节奏，让语言更舒心动听，使对方感受到共鸣。

社会交往考验的是人与人之间的协调沟通能力。在代理权的获取过程中，很多问题并非在谈判桌上即可解决并且存在很多可变因素，在谈判中遇到分歧或者突发变动都是难免的状况，这就需要体育经纪人充分发挥其协调沟通的能力，让对方体会到我方的诚意和可信任，将双方问题化解，最终达成协议，甚至可达成长期合作关系。

体育经纪业务谋划阶段

体育经纪活动归根结底是市场营销的内容。市场营销是一个系统性的工程，在业务执行的开始，首先需要对活动进行一个整体的策划，制定目的性策略的规划是必不可少的前期准备工作。规划内容包括营销过程的战略和战术、资源整合和调配、过程执行和管理的安排，以确保整个活动过程的明确性、有序性和周密性。因而具有一定的体育营销策划能力是体育经纪人进行经纪活动实践的必备能力。

体育经纪业务实施阶段

体育经纪活动需要体育经纪人挖掘市场、开发市场资源、利用并整合资源。有效整合资源是使资源利用最大化、合理化和创新化。在一场体育赛事中，常规的场地广告、VIP 坐席、电视转播等，外围的衍生产品、特许经营产品，作为支持产业的旅游、交通，以及奥运埋伏营销等，均是通过开发市场、整合资源来获取延伸受益的表现。体育经纪人需要有市场开发、资源整合能力，并通过其独特眼光开发新的资源，从而使体育经纪活动不断沿展。当然，在体育经纪活动执行中自然也离不开体育经纪人的协调沟通能力。

体育经纪业务总结阶段

在收尾阶段要求体育经纪人具备的技能主要包括对业务活动的总结评估和档案整理能力。体育经纪人不仅要熟悉各种总结报告的撰写，还要具备对客户关系管理的相关技能。对于高级别的体育经纪人要能正确评估体育经纪业务的实施目标、过程与结果，还要能对客户关系档案进行合理的利用与开发。另外，合法获得佣金也是一项重要的能力。

（四）体育经纪人的相关知识研究

根据《规程》规定，相关知识要求是指达到每项技能要求必备的知识，主要指与技能要求相对应的技术要求、操作规程、安全知识和理论知识等。"相关知识"与"基础知识"（属于"基本要求"部分）不可重复，且该部分的知识必须与前面相应的工作内容紧密相连、一一对应。不同等级体育经纪人的相关知识参见表12。

对应体育经纪人各等级的不同技能要求，体育经纪人需要学习和掌握相应难易程度相当的知识，且相关知识具有较强的针对性，实务性。

三级体育经纪人需要掌握的基础性知识较多，主要涉及信息处理、调研方法、商务谈判、合同及签订、文案策划、公共关系、市场推广、消费者行为分析等方面的知识；二级体育经纪人的相关知识在三级体育经纪人相关知识的基础上还应学习财务管理、无形资产评估和职业培训相关知识；一级体育经纪人需要掌握更多更高的技能，在知识方面主要注重"评估"，因此在二级体育经纪人相关知识的基础上还应增加评估知识，譬如绩效评估、风险评估、培训需求分析和评估等相关内容。

虽然三个等级体育经纪人涉及相关知识方面有交集，但不同等级体育经纪人的相关知识主要区别在于涉及及掌握的深入程度有所不同，具体内容由低到高呈难度递增的趋势。

表12　不同等级体育经纪人的相关知识

三级体育经纪人	二级体育经纪人	一级体育经纪人
文献资料筛选法	确定调研方法的依据	信息价值评估方法
信息检索方法	信息采集的方案设计	信息评估方法
访问法	信息来源	信息预测方法
现场观察法	逻辑分析方法	商务谈判博弈
专题调查方法	定量定性分析方法	谈判效果评估
资料归纳整理知识	分析报告的要素	合同风险评估
计算机数据处理知识	目标委托人或第三方资信与履约能力	目标与效益评估
常用描述统计分析方法	相关知识	商务文案评估方法
市场调查报告内容	社交心理与技巧	公关控制方法
目标顾客范围知识	谈判策略	公关效果评估方法
沟通类型与方法	谈判技巧	市场价值评估
谈判原则	谈判心理	体育市场推广效果评估
谈判要素	合同订立条件	风险评估、规避、处理内容与方法
谈判程序	合同内容、格式	知识
与体育经纪业务有关的法律法规	合同签定程序	合同仲裁相关知识
合同形式、种类	机会、威胁、优势、劣势分析方法	效益评价方法
经纪业务可行性分析	创造性思维的特征与形式知识	持续性评价内容
体育经纪业务目标	成本和收益核算	客户关系评价方法
商务策划程序与方法	建议书和论证方案的内容、格式	二级体育经纪人业务指导的要点、
商务文案要素	商业策划书内容、格式	方式与注意事项
商务文案类型	公共关系危机类型	培训效果评估的内容与方式
公共关系客体类型	公共关系危机处理流程	
公关专题活动内容、形式	市场价值识别方法	
公共关系礼仪	促销方式手段	
经纪业务市场价值的基本要素	预先控制方法	
形象设计方法	合同变更、解除方法	
媒介类型、特点	合同监控方法	
合同履行相关知识	项目评价的方法	
项目进度执行与控制方法	总结报告撰写	
经纪业务记录和文档相关知识	客户需求的内容	
文档分类、整理相关知识	客户关系信息管理系统	
客户类型	与体育经纪人业务有关的内容	
客户关系相关管理知识	三级体育经纪人业务指导的要点、	
客户回访方法	方式与注意事项	
	制定培训计划的原则	
	培训计划编制方法	
	培训教案的编写方法	

六、比重表

（一）比重表确定的依据

根据技术规程的要求，我们确定了体育经纪人比重表确定原则：

第一，在每个级别内依据完成每个职业功能所需能力和知识的多少进行纵向比较，确定100分的比例分配。

第二，三个级别之间依据同一职业功能所需能力和知识的多少进行横向比较，确定每项职业功能初、中、高级所占比重。

（二）比重表的基本内容

1. 理论知识比重表

根据以上原则，我们确定的理论知识比重表如表13所示。

表13　理论知识比重表

项　目		三级体育经纪人（%）	二级体育经纪人（%）	一级体育经纪人（%）
基本要求	职业道德	5	5	5
	基础知识	30	25	20
相关知识	体育经纪业务调研	15	10	10
	体育经纪业务权利获取	10	15	15
	体育经纪业务谋划	15	15	15
	体育经纪业务实施	20	15	20
	体育经纪业务总结	5	10	10
	指导与培训	—	5	5
合　计		100	100	100

职业道德：职业道德是每个等级的从业人员都必须遵守的，而且所占比重相同，参考已经颁布的职业标准，均确定为5%。

基础知识：三个级别中"基础知识"从低到高所占比重依次递减，分别为30%、25%、20%。这是因为低等级的体育经纪人侧重运用体育经纪基本知识和技能完成常规体育经纪业务，基础知识的所占比重较高，高等级的体育经纪人则偏重业务运作中的技巧，基础知识所占比重相对较低。

相关知识：根据国家职业标准，相关知识（一级指标）的二级指标就是各职业功能，每个职业等级中各"职业功能（或工作内容）"所占比例应依据"技能要求的高低"和"所需相关知识的多少"进行赋权。

"体育经纪业务的实施"功能是体育经纪人最主要的工作，所占比重在三个等级中都最高；"体育经纪业务规划""体育经纪市场调查预测"和"体育经纪业务权利获取"次之；"体育经纪业务总结"的知识则等级越高要求越高；初级没有指导与培训功能，中级需要指导和培训初级，高级需要指导和培训初、中级，所占比重分别为5%。

以"体育经纪市场调查预测"功能为例，市场调查预测是体育经纪人基础性工作，大量的工作需要三级体育经纪人来做，包括信息收集、整理、分析方法，并要求能够撰写调研报告，所需掌握的知识较多，因此所占比重较高，定为15%；二级、三级体育经纪人掌握的知识是在三级的基础上，所以知识点相对减少，定为10%。

2. 专业能力比重表

根据以上原则，我们确定的职业能力比重表如表14所示。

表14　专业能力比重表

项　　目		三级体育经纪人（%）	二级体育经纪人（%）	一级体育经纪人（%）
基本要求	体育经纪业务调研	15	20	20
	体育经纪业务权利获取	20	20	20
能力要求	体育经纪业务谋划	25	20	15
	体育经纪业务实施	30	25	25
	体育经纪业务总结	10	10	10
	指导与培训	—	5	10
合　　计		100	100	100

"体育经纪业务的实施"是体育经纪人最主要的工作，所具备的能力要求最高，所占比重在三个等级中都最高；"体育经纪业务规划""体育经纪市场调查预测"和"体育经纪业务权利获取"次之；"体育经纪业务总结"和"指导与培训"更次之。三个级别中初级没有指导与培训功能，中级需要指导和培训初级，所占比重为5%；而高级需要指导和培训初、中级，所占比重为10%。

以"体育经纪市场调查预测"功能为例，初级的技能要求能够运用文案调查方法和实地调查方法收集和整理体育经纪市场资料、根据客户需求收集专题体育经纪信息、对体育经纪信息进行分类和汇总、用EXCEL进行数据处理、对体育经纪信息进行描述统计分析、对体育经纪信息整理结果进行文字说明，这些都是体育经纪人最基本的能力，因此，其所占比重应是三个级别中最小的，定为15%；中级要能够选择调研方法、制定体育经纪信息采集方案、建立收集体育经纪信息的网络和渠道、根据体育经纪信息整理结果进行定量与定性分析、撰写体育经纪信息分析报告等，能力明显高于低级，所占比重应增加，定为20%；高级的能力侧重于评估与预测，能力与中级侧重点不同，所占比重与中级相同，也定为20%。

（项目编号：1018ss06150）

2008年奥运会对北京经济发展影响的研究

马 铁

北京是我国政治、经济、文化的中心，2002—2008年是北京实施第十个五年计划、推进北京向国际化、现代化大都市迈进的关键时期。奥运会的举办无疑将会对北京未来的经济发展产生极为重大而深远的影响，而且北京经济的发展还将极大地带动和影响周边地区和整个国家国民经济的发展，因此，开展2008年奥运会对北京经济发展影响的研究，积极探索奥运会拉动经济发展的内部动力与机制，准确评估举办2008年奥运会对北京经济发展的影响规模，对于决策部门准确科学地制定北京经济发展战略，把握历史机遇，推动北京的经济发展，避免决策失误都具有极为重要的意义。我国第一次举办奥运会，缺乏驾驭奥运会经济与商业活动的经验，对奥运会有关商业活动的运行程序和规则了解得还不全面，因此更需要开展这方面的研究，借鉴已经举办过奥运会的城市的经验和教训。

本文分析了奥运会对北京产生的经济影响，并对北京举办2008年奥运会经济发展提出了对策和建议。

一、国内外奥运经济影响研究的综述

(一) 国内外的相关研究

近年来，奥运会经济影响问题的研究已经成为奥林匹克研究的一个重要领域，许多学者和有关机构对此开展研究。国际奥委会专门成立了"奥运会研究委员会"（Olympic Games Study Commission），奥运会经济问题是该委员会的重要研究内容。在该委员会向2002年11月国际奥委会第114次大会提交的关于奥运会研究的报告中，奥运会经济影响方面的研究成为报告的主要内容之一。

西班牙巴塞罗那奥林匹克研究中心、澳大利亚悉尼奥林匹克研究中心均把奥运会经济问题作为重点研究的领域。国际奥委会奥林匹克研究中心长期举办奥林匹克经济问题的研究论坛。

2002年11月在瑞士"1984—2008年奥运会遗产大会"上，奥林匹克经济影响问题更是成为大会的讨论热点（表1）。

表 1　1972 年以来关于奥运会经济影响问题的研究概况

奥运会届次	研究者	成果发表时间	乘数值*	研究方法
1972 年慕尼黑奥运会	Werer.C	1994 年	1.5	成本—效应分析法
1976 年蒙特利尔奥运会	Chartrand.M	—	—	成本—效应分析法
	Molson，Rausseau&Co	1975 年	—	经济影响研究法
1980 年莫斯科奥运会	—	—	—	
1984 年洛杉矶奥运会	ERA	1981 年	1.5	经济影响研究法
	ERA		3.0	经济影响研究法
1988 年汉城奥运会	Kwag，D.–H.	1988 年	—	经济预测研究法
	Kim，J.et al	1989 年	1.8	经济影响研究法
1992 年巴塞罗那奥运会	Brunet，F.	1992 年	—	经济影响研究法
	Vegara，J.M./Salvandor，N.	1992 年	1.7	经济影响研究法
	Heinemann，K.	1995 年	2.7	经济影响研究法
1996 年亚特兰大奥运会	KPMG Marwick，p.	1990 年	1.2	经济影响研究法
	Humphreys，J./Plumer，M.	1992 年	1.2	经济影响研究法
	Humphreys，J./Plumer，M.	1996 年	1.2	经济影响研究法
2000 年悉尼奥运会	KPMG Marwick，p.	1993 年	—	经济影响研究法
	Madden，J/Crowe，	1997 年	—	经济影响研究法
	M./Cow R.	1999 年	—	经济影响研究法
	Andersen，A.			
2000 年柏林奥申委	Tamek，A.	1990 年	1.6	经济影响研究法
	柏林参议院	1990 年	1.6	经济影响研究法
	Ewers，H.–J.	1993 年	1.5	成本—效益研究法
	Preu，H.	1993 年	—	成本—效益研究法
2008 年奥运会	课题组	2002 年	—	综合分析方法

*：乘数值表示由于筹备和举办奥运会所做的投入能够带动当地经济增长的增量值。

　　1972 年慕尼黑奥运会申办委员会在准备申办的过程中，于 1965 年进行了若干次的成本调查分析。1969 年奥运会组委会完成了最终的融资计划，并在 1970—1971 年间分别进行了 3 次修改。

　　1976 年蒙特利尔奥运会的费用主要由蒙特利尔市政府承担，为了全面深入地了解筹备和举办奥运会的财政投入及对蒙特利尔市经济的影响，著名经济学家查特兰德（Chartrand）采用成本—效益分析方法对蒙特利尔奥运会的经济影响，特别是对蒙特利尔奥运会的财政支出和奥运会对当地经济发展的影响进行了研究。这是现代奥运会历史上第一次真正进行系统全面的奥运经济问题的研究。

　　1980 年莫斯科奥运会至今未见公开发表的相关研究成果。

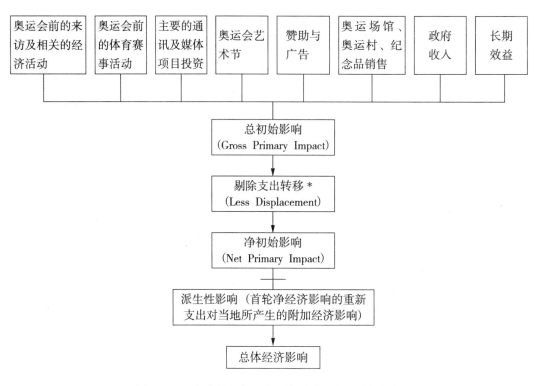

図 1　1984 年洛杉矶奥运会经济影响研究的分析框架

*：支出转移系指没有注入在举办地的那一部分奥运会投资。

1984 年洛杉矶奥运会开创了依靠市场经济和民间集资而非主要依靠政府投资举办奥运会之先河。奥运会举办前的 1982 年，洛杉矶的一家名为"经济研究中心"（Economics Research Associates）的经济研究与咨询机构承担了 1984 年洛杉矶奥运会经济影响研究的任务。在此之前该机构还曾开展过多次重大国际博览会、展览会等大型活动对举办地经济影响问题的研究。该研究将举办 1984 年洛杉矶奥运会的经济影响分为两个层面：初始影响和派生性影响（Primary Impact and Induced Impact）。初始影响主要是指与奥运会有关的初始阶段和首轮支出产生的影响。派生性影响是指初始支出带来的收入继续产生的新一轮及若干轮次的支出影响或乘数效应。其基本分析框架见图 1。

汉城在获得 1988 年奥运会主办权后，汉城奥运会组委会立即委托韩国发展研究所对举办奥运会可能对韩国经济产生的影响问题进行了研究。研究主要通过成本与效益分析(Cost & Effect Analysis)的方法，将汉城奥运会投资项目分为举办奥运会投资、直接投资和间接投资，并对投资可能产生的影响进行了系统的评估。

1990 年亚特兰大成功地获得了 1996 年奥运会的主办权，奥运会组委会立即委托 Polk-McRae 公司（美国的一家著名经济管理咨询公司）和佐治亚大学特利经济学院经济增长研究中心对亚特兰大奥运会的经济影响问题开展研究。该研究的考察时限为 7 年（1991—1997 年），主要对举办 1996 年奥运会对佐治亚州可能带来的经济影响进行量化的分析。该研究主要采用了投入产出法，在计算方法方面，主要采用了美国商务部"地方投入产出模型系统"（Regional Input-output Modeling System II），对由于举办 1996

年奥运会从佐治亚州以外流入的投入所带来的产出、收入和就业等方面的净值进行预测。该项目研究的经济预测指标主要包括直接经济影响（Direct Economic Impact）、间接经济影响（Indirect Economic Impact）、派生性经济影响（Induced Economic Impact）以及总体经济影响（Total Economic Impact）等。直接经济影响系指亚特兰大奥运会组委会的支出对佐治亚州经济所带来的增加值影响；间接经济影响是指佐治亚州以外的访问者因购买佐治亚州不同产业部门生产的物品与服务给佐治亚州带来的增加值影响；派生性经济影响是指在佐治亚州最初支出（组委会支出和佐治亚州以外访问者的支出）的乘数效益。直接经济影响、间接经济影响及派生性经济影响之和就构成了总体经济影响（具体分析框架见图2）。

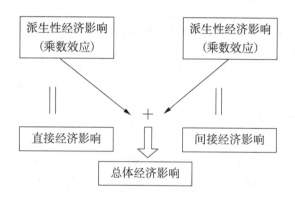

图2　1996年亚特兰大奥运会经济影响研究的分析框架

悉尼在获得2000年奥运会主办权后，澳大利亚新南威尔士州政府责成州政府财政部和塔斯曼尼亚大学地区经济分析中心共同研究筹备和举办2000年悉尼奥运会将会给悉尼、新南威尔士州及全澳大利亚带来的经济影响。

研究组从经济活动（Economic activity）和经济福利(Economic welfare)两个方面研究了悉尼奥运会的经济影响。经济活动主要包括产业产出、实际投资、出口、各产业就业、各职业劳动力需求、价格作用、政府收入、实际家庭消费等。在奥运会的经济影响方面主要选择了3个影响因素，即奥运会本身活动的影响、奥运会建设活动的影响和国内外游客带来的旅游影响。该研究将奥运会经济影响的时间跨度分为奥运筹备期(1994 / 1995年度—1999 / 2000年度)、奥运年（2000 / 2001年度）和奥运后期（2001 / 2002年度—2005 / 2006年度）三个阶段。在研究中，课题组采用了"多地区经济分析模型"（MMRF Model）进行分析预测。该模型揭示了澳大利亚12个产业、联邦政府、州政府、8个州的投资者以及一户有代表性的家庭的经济行为。模型认为8个州的经济是通过各州间的物品和生产要素（尤其是劳动力要素）的流动相互联系的。该模型包含了5个模块和27500个方程式，涉及到50000多个指标。

课题组首先估算了奥运会活动（奥运会自身活动、建设活动、国内外游客影响）对不同产业产生的直接经济影响，之后将这些直接经济影响作为投入，运用多地区经济模型进行模拟，以估算奥运会活动的总体影响，包括直接和间接经济影响（图3）。

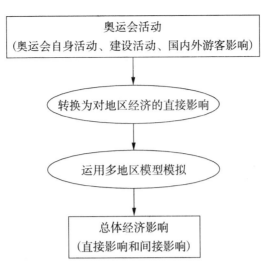

图3　悉尼奥运会经济影响研究流程图

我国在获得 2008 年奥运会主办权以后，北京市政府于 2001 年 9 月成立了《北京奥运经济研究》课题组，北京大学、中国人民大学、国家体育总局体育科学研究所、中共北京市委党校、北京市社会科学院、国务院发展研究中心等 40 余个单位的近百位专家参加了该课题的研究。经过一年多的研究，课题组于 2002 年 12 月公开发表了《北京奥运经济研究》成果。

（二）奥运会经济影响研究中的主要问题

1. 关于奥运会"经济影响"的概念及指标选择

目前各国在奥运经济影响的研究方面，对"经济影响"这一概念的内涵与外延的理解还存在着很大差异，但大多数研究比较重视奥运会投资所产生的直接经济影响（Direct Economic Impact）、间接经济影响（Indirect Economic Impact）、派生性经济影响（Induced Economic Impact）及总体经济影响（Total Economic Impact），并在此基础上，研究奥运会对举办地 GDP、国民收入、就业等方面的影响。

在对研究经济影响的关键性指标，如直接经济影响、间接经济影响等方面，也存在着不同的理解。例如亚特兰大奥运会课题组认为，直接经济影响系指组委会的直接投资产生的经济影响，间接经济影响系指佐治亚州以外的人员由于奥运会的影响而在佐治亚州发生的消费支出所产生的经济影响。而悉尼奥运会课题组则认为，直接经济影响是指奥运会相关投资在初始阶段投资所产生的经济影响，而间接经济影响则是指中间投入所产生的经济影响。

2. 奥运会带来的短期经济影响与长期经济影响

奥运会给举办城市带来的明显的短期经济影响易于被人们所看到和理解，有关奥运会投资、奥运会电视转播权、赞助、门票、特许产品销售等市场开发手段的研究因而也成为奥运经济研究的热点。然而从更全面的角度看，与奥运会的短期经济影响相比，奥运会能够带来的长期经济影响对举办城市的发展意义更大，尤其是对发展中国家和地区。1988 年汉城奥运会的举办使汉城乃至使韩国一夜之间被世界所认识和瞩目，而且其影响不断延续至今即是个最为明显的例子。

实际上奥运会的长期经济影响已经成为目前奥运会申办变得日趋激烈的重要原因之一。然而奥运会究竟能够给举办城市带来哪些长期的经济影响，这种长期影响的内部机制和规律是什么，如何真正获得和尽可能扩大这种影响，这些问题也已成为目前奥运会经济影响研究的重点和热点。关于这一问题，英国曼彻斯特大学经济学院已经进行了较长时间的研究，并取得了一定的进展。他们认为奥运会能够给举办地区带来长期经济影响的机制如下（图4）。

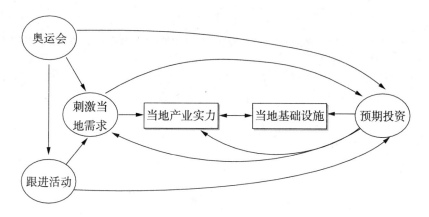

图 4　英国曼彻斯特大学经济学院提出的奥运会长期经济影响机制的模型

首先是奥运会的成功申办会导致预期的投资（Anticipatory Investment），这种投资会直接或间接地引发许多的跟进活动（Piggy-back events），这些活动又能够带动更多的投资。奥运会的举办刺激了当地的投资需求，能够在短时间内明显地促进当地经济的发展。但奥运会的举办能否产生长期的经济影响，将主要取决于奥运会及其跟进的其他活动能否给当地的基础设施或产业发展留下永久的遗产和动力。英国的研究者们认为，如果对基础设施的投资仅能使少数公民受益，如果对基础设施的投资与当地传统产业的竞争力联系得不够紧密，致使消费需求不够强烈，则奥运会对举办地的长期的经济影响力就会被削弱。此外，奥运会能否对举办地产生长期的经济影响也与举办地原有的基础设施水平和产业竞争力密切相关。

然而，英国曼彻斯特大学经济学院的这一理论仅仅是推测性的而不是结论性的，同时其理论框架也显得比较简单，许多重要的关键性的理论问题仍未能得到澄清。因此，关于奥运会能够给举办地带来的长期的经济影响及内部机制和规律的研究仍然是奥林匹克学术界孜孜不倦努力研究的热点。

3. 关于奥运经济的有形影响和无形影响

在奥运会经济影响的研究方面，许多学者同意奥运会经济影响包括有形影响和无形影响两个方面。有形影响顾名思义是指"看得见"的影响，包括基础设施、服务设施、奥运会举办本身、电视转播权销售、赞助等"直接有形影响"和服务、价格、传媒、旅游、税收、就业等带来的"间接有形影响"；而无形影响是指由于举办奥运会所带来的"看不见"的影响，诸如促进进出口、吸引投资等"间接货币影响"和城市（国家）形象、生态环境、民族精神、政治声誉、志愿精神等"非货币化的影响"。从某种角度来说，举办奥运会的这种长期的无形影响甚至要比短期的经济影响更为重要。

提出奥运经济的有形影响和无形影响，这实际上是对奥运会经济影响的另一种研究角度和方式，它还涉及对包括奥运会经济影响在内的奥林匹克遗产（Olympic Legacy）的内涵和外延的确定。德国汉堡大学著名经济学家克劳斯·海纳曼（Klaus Heinemann）提出的奥运会经济影响指标框架具有一定的参考性（图5、表2）。

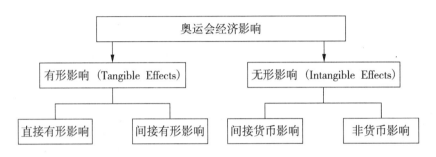

图5 克劳斯·海纳曼奥运会经济影响指标框架

表2 克劳斯·海纳曼奥运会的有形影响指标

直接有形影响		间接有形影响	
成本（与投资相关）	益处（与投资相关）	成本	益处
●基础设施支出	●使用体育设施收入	●转移影响	●旅游
☆体育场馆设施	●就业影响	☆旅游	●服务产业
☆基础设施		☆消费	●大众媒体
●服务设施		☆投资	●派生性收入
☆资本投入		●价格提高	●就业
☆运营投入		☆服务行业	●派生性税收影响
与IOC有关的投资		☆房地产与建筑行业	
●管理	●电视转播权		
●奥运会组织成本	●门票销售		
●开幕式	●特许权		
●人员	●赞助		
●广告	●租用		
●技术需求	●纪念币与邮票销售		
●住宿			
●服务与保健			
●安全			
●文化活动			
●集资成本			

［资料来源］Klaus Heinemann. The Olympic Games: Short-Term Economic Impacts or Long-Term Legacy. Symposium on the Legacy of the Olympic Games

但无形影响是很难加以量化的（至多是间接的量化），因此如何评估奥运会无形影响的经济价值问题，包括无形影响具体指标的确定、这些指标之间的关系如何、无形影响的换算，甚至包括奥运经济的有形影响和无形影响之间能否进行明确的界定，它们之间的相互影响程度如何等，都是需要进一步探讨的问题。由于没有量化的数据（货币数据）来评估奥运会的无形影响，因此对奥运会无形影响的成本和效益的评估大多还是主观的评估，甚至是政治因素在起主导作用。

4. 关于奥运会经济影响研究的预测模型

奥运会经济影响的研究总体上说是一种预测性研究，经济学预测研究需要科学地构建预测模型。特别是1984年洛杉矶奥运会以来，奥运会对举办地经济影响的规模越来越大，奥运会经济影响的研究已引起全世界范围越来越多的人们的关注，因此构建奥运会经济影响的预测模型，形成具有相对科学性、一致性和可比性的研究方法的任务就显得十分迫切。

1996年，英国休闲产业研究中心和谢菲尔德大学共同研制了英国体育业分析模型，并将其运用于计算英国体育的经济影响的研究，特别是研究重大赛事对英国国民经济的影响。该模型首先要求输入某一年度体育业的投入，通过运算得出初始体育支出，再通过与所有相关行业进行结合分析得出体育的派生性影响，最终得出体育的增加值和就业人数。这是目前国外专门研究体育及体育赛事对当地经济影响的比较系统的预测模型之一，但这一模型仅在英国得到应用，尚未在其他国家得到检验。美国、加拿大、澳大利亚、瑞士、德国等国的学者也开展了类似的研究，但均没有形成被广泛公认能够形成比较可靠结论的模型。

目前奥运会经济影响预测模型的研究已经成为奥运会经济问题研究的又一个重点。由于奥运会在不同的国家和不同的历史时期举行，各国和各举办城市的经济环境不同，因此各届奥运会所能提供的数据均不尽相同，包括举办奥运会当时的货币购买力不同、财政赞助方式不同、提供赞助时的经济状况不同、各城市结合奥运会的城市发展战略不同等。这些因素都对构建科学的奥运会经济影响分析模型造成了巨大的困难，使得研究者们难以对不同届次的奥运会经济影响的结果进行科学的比较和分析，同时也制约了各举办城市间研究成果的相互借鉴和研究的进一步深化。目前国外有关奥运会经济影响的多数研究仍仅限于对个别奥运会经济影响的研究，而缺乏不同奥运会之间的比较研究。尽管如此，寻找和建立能够被普遍认可、科学通用的奥运会经济影响的预测模型和研究方法仍是各国研究者们共同努力的目标。

5. 关于奥运会经济影响的研究方法

奥运会经济影响的研究方法日益引起各国学者们的关注。目前国外很多学者都运用了现代经济增长理论研究奥运会的投资对当地国民经济产生的影响，尤其是乘数效应（Multiplier Effect）理论得到了充分的运用。但乘数的计算方法差别很大（表1），因此还有很多学者采用了成本—效益分析方法和经济影响研究方法研究奥运会的经济影响，在具体方法上多采用投入—产出法，利用举办国的投入—产出表来核算奥运会带来的经济影响。澳大利亚塔斯曼尼亚大学地区经济分析中心则采用了"多地区经济分析模型"（MMRF Model）对悉尼奥运会的经济影响进行预测，取得了较好的研究效果，被认为是奥运经济研究方法方面的一个突破。但到目前为止，由于奥运会经济影响本身的复杂性，尚没有一种被学术界广泛认可的研究方法，因此目前有关奥运会经济影响研究方法的探讨也成为奥运会经济研究的重点。

6. 关于举办奥运会的机会成本计算

奥运会的机会成本是指由于举办了奥运会，因此具有了获得投资和效益的机会，而不举办奥运会，同样的资本就可能会投到其他项目上去，如博览会、公共交通等，可能会带来同样的效益。这样的可能应当说是存在的，但同时人们也提出，现在研究的问题是举办奥运会对"举办城市"经济的影响，而如果未举办奥运会，这些投资能否都投入到该举办城市来，或该城市能否吸引到同样规模的投资，或即使获得这些投资，究竟能取得多大的效益。这些都是假设和未知的，因此也是不可能进行计算的。

目前已经进行的所有有关奥运会经济影响问题的研究主要都是集中在"举办奥运会"所引发的成本和效益问题上。理论上，在研究奥运会的经济影响问题时，应当将是否计算机会成本的两种情况都进行统计和研究，但这样做的难度极大，而且即使做了，也只能是一种理论上的推测，不一定与实际相符，因此目前这样的统计对比和研究十分罕见。

7. 关于奥运会经济影响的空间分布

奥运会的有利影响和不利影响是相互依存的。从举办奥运会中受益的地区不一定完全承担了举办奥运会所必须承担的成本。由于奥运会引发的投资将流入举办城市，没有举办奥运会的周边城市和地区就可能会丧失应得的政府投资和私人投资。那么应当如何来比较和平衡举办城市与其他地区间的利益，包括有形影响和无形影响的利益，这也是奥运会经济影响研究中的一个难点。

8. 关于奥运会经济影响研究的时限

奥运会经济影响研究的一个关键的问题就是如何确定奥运会经济影响的时间限度，即多大的时间范围可以被用来计算奥运会的经济影响？奥运会的经济影响是否随着奥运会的筹备、举办和结束的阶段性也具有阶段性？

在奥运会经济影响研究的时限确定上，大多数研究都根据奥运会的举办特点，采取了将奥运会的经济影响分为三个阶段的做法，即奥运会前的筹备阶段、奥运会举办期间以及奥运会结束后的一段时间。奥运会前的筹备阶段通常以奥运会申办成功为起点，至奥运会年，这一阶段主要以基本建设以及由此带来的各项投资为主；奥运会年，举办奥运会的各项主体活动进入高潮，包括组织人员、参赛人员、观赛人员的往来频繁，形成旅游的高峰；而奥运会结束后的时间则需要根据研究的侧重点进行确定，通常以有形影响延续比较明显的1~2年为限。

奥运会是一个庞大的系统过程，随着社会文化和经济的发展，奥运会的组织管理将日益复杂，技术含量和知识含量也将更加丰富。同时随着人们对奥运会经济现象认识的逐步深入，奥运会经济影响的研究领域也将不断得到拓宽。

二、课题的研究设计

(一) 主要概念界定

奥运会经济影响 (Economic Impact)。经济影响系指由于某一地区的一个或若干个产业部门通过注入投资导致本地区不同部门的收入增加，经过多轮次的变化，而导致本地区生产总值及增加值等经济指标增长的过程。经济影响本身是一个过程，就奥运会经济影响而言，它强调的是与奥运会相关的一切活动在一定的时间段内对当地经济发生作用的过程。奥运会经济影响又最终表现为一定的结果，即影响的最终表现形式、影响的程度大小等。经济影响包括直接经济影响（首轮经济影响）、间接经济影响（派生性经济影响）和总体经济影响。

北京经济。北京经济是指北京行政区的一切经济活动。本课题主要从宏观角度考查北京经济，因此将北京经济界定为：北京 GDP（国内生产总值）总量与人均量、GDP 产业结构与支出结构、财政收入与支出、就业等。本课题将全面系统地考查 2008 年奥运会对这些经济指标的影响程度。

经济发展。经济发展与经济增长是两个联系紧密但又不完全相同的概念。经济增长是指一个时期内国民总产出相对于上一个时期总产出所增加的百分比，是一个"量"的概念；而经济发展则是一个"质"的概念，经济发展不仅包括经济增长的速度、规模等量化指标，而且还包括整个经济结构、社会结构以及国民平均生活质量等的总体进步。

奥运会直接经济影响。奥运会直接经济影响（或首轮经济影响）是指奥运会直接支出、间接支出给当地经济（包括增加值、就业、财政收入等）带来的初次的、第一轮的影响。

奥运会间接经济影响。奥运会间接经济影响（或派生性影响）是指筹备和举办奥运会所注入的各项支出引发的第二轮、第三轮以及以后的经济影响，即首轮经济影响的乘数效应部分。

奥运会总体经济影响。奥运会直接支出和间接支出引起的直接经济影响和间接经济影响的总和就是奥运会的总体经济影响。

奥运会直接支出。奥运会直接支出系指与筹备和举办奥运会直接相关的各项支出，具体包括奥运会运营支出、奥运会体育设施建设支出、奥运村建设支出、奥运会引发的旅游支出等。

奥运会间接支出。奥运会间接支出是指非与筹备和举办奥运会直接相关的各项支出，主要为城市基础设施建设类支出，如环境保护项目支出、道路交通设施项目支出、信息通信项目支出等。

（二）研究对象的界定

准确界定研究对象的内涵对于顺利、成功地完成研究任务至关重要。奥运会是一个庞大的系统工程，奥运会的筹备和举办对主办城市的方方面面都将产生深远而持久的影响。概括起来，奥运会对举办城市产生的影响主要有：政治影响、文化影响、生态影响、科学技术影响、社会心理影响和经济影响等。上述各方面的影响相互联系，相互依存，研究哪一个方面都不可能全然替代和全部涵盖其他几个方面，也不可能将它们截然分离。而本课题将以 2008 北京奥运会对北京的经济影响作为主要研究对象，同时在研究过程中，也将从政治、文化、生态、科技、社会心理等诸多方面联系到举办 2008 年奥运会对北京经济的影响。

北京经济是一个地域经济概念，本课题所研究的北京经济是指北京的宏观经济，作为本课题的研究客体，北京经济主要包括北京 GDP（国内生产总值）总量与人均量、GDP 产业结构与支出结构、财政收入与支出、就业等。我们将主要从这几个方面考查和分析举办 2008 年奥运会对北京经济的影响。

在本课题中，我们的研究对象是举办 2008 年奥运会将会对北京经济产生的影响。影响本身既是一个过程，即奥运会的一切相关活动在一定的时间段内对北京经济发生作用的过程，又最终表现为一定的结果，即影响的最终表现形式、程度大小等。从过程的观点来看，研究对象包括主体——奥运会活动对客体——北京经济的影响；而从结果的观点来看，最终影响的表现在直接影响、总体影响和间接影响三种形式上。

由于《北京奥运经济研究》课题（刘淇. 北京奥运经济研究. 北京：北京出版社，2003.）已经对 2008 年奥运会将对北京不同产业的影响进行了系统的研究。因此本课题将重点放在以下两个方面：1. 研究举办 2008 年奥运会对北京 GDP 总量、就业及财政收入的影响。2. 对 1972 年以来尤其是 1984 年以来历届奥运会对举办城市经济影响的规模进行深入系统的研究，以期探索奥运会对举办城市经济影响的内部机制和规律，总结国外的经验教训，结合北京市经济和社会发展状况，提出北京利用奥运会促进经济发展的对策和建议。

1. 研究对象主体的内涵

这里奥运会作为研究对象主体，不是狭义的一场体育盛会，而是与奥运会直接、间接相关的所有经济、社会活动的总和。众所周知，奥运会在古希腊起源时只是一种简单的体育竞技会，包含的竞赛项目也只有赛跑、掷铁饼、角斗、赛车等几种。可是经过漫长的历史演进，现在的奥运会不仅竞技项目愈来愈丰富，逐渐成为四年一度的体育盛宴，而且随着市场经济的发展正成为举世瞩目的经济盛会，随着参加的国家和民族不断增加而成为盛大的文化博览会。1996 年在亚特兰大举行的第 26 届奥运会恰逢现代奥林匹克运动 100 周年，在奥林匹克体育场举行的开幕式历时 3 个小时、耗资 3500 万美元，全世界有大约 35 亿的观众通过卫星转播观看了开幕式的实况。由"拳王"阿里点燃的奥运会主火炬是从希腊采集的火种，传递全程 24000 公里，经过了美国的 42 个州和华盛顿特区，参加火炬传递者多达万人，来自世界各地。而 2000 年第 27 届悉尼夏季奥运会在各个方面都更上一层楼，共有 199 个国家和地区的 11116 名运动员参加。可以说，无论是从经济的角度还是从社会的角度，现代奥林匹克运动会都已成为规模宏大的盛会。

与这样一场盛会相关的所有经济活动和影响都是我们的研究对象，但事实上，所有相关体育、经济、文化活动所引起的支出才是对北京经济产生影响的直接源头。根据研究的需要，这里先定义直接支出和间接支出这两个名词。

直接支出是指所有与奥运会直接相关的活动引起的支出，主要包括以下方面：在筹办奥运会过程中及奥运会期间的各种运营支出；在筹办奥运会过程中发生的各种建设投资支出，如新体育场馆设施的修建、现有场馆设施的改建，以及兴建奥运村、主新闻中心、奥林匹克主题公园等的支出；奥运会前、奥运会期间和奥运会后的旅游及相关文化活动引起的支出；奥运会前、奥运会期间和奥运会后的相关商务活动引起的支出，如各种赞助、广告、转播权的转让等。间接支出是指并非与奥运会直接相关，但由于我国的特殊国情和经济发展阶段为成功举办奥运会而付出的各项支出，主要包括交通设施建设、环境治理、信息通信建设等城市基本建设支出。

2. 研究对象客体的内涵及描述指标

奥运会会对举办城市甚至举办国在众多方面产生影响。从影响的领域来划分，可以包括经济、政治、文化、技术等多个方面。而在本课题中我们只涉及经济领域的影响，即只分析和研究奥运会对北京经济产生的各种直接和间接的影响。也就是说，研究对象的客体是北京经济。"经济"一词的概念是很宽泛的，人们可以从不同角度对其进行说明、限定和研究。例如，按产业分，可以分为农业、工业和第三产业；按层次分，可以分为宏观经济和微观经济。本研究则主要是从宏观层次进行量化，来研究奥运会对北京经济产生的影响，即研究对象客体的内涵主要包括以下几个方面：北京国内生产总值（GDP）总量与人均量、就业状况、财政收支状况等。

在经济学中，国内生产总值（GDP）的定义是一个地区在一段时间（通常为一年）运用生产要素所生产的全部最终产品（包括物品和劳务）的市场价值。众所周知，GDP是衡量某一地区经济活动状况的最重要的总量经济指标，任何想要对经济活动变化作出准确描述的研究都不可能缺少对 GDP 的研究。而人均 GDP 则是对 GDP 的补充，它更能反映地区的经济发达程度。2002 年，北京市实现国内生产总值 3130 亿元，比上年增长 10.2%，按当前汇率折算，约为 378 亿美元；人均国内生产总值达到 27746 元，比上年增长 8.9%，约合 3355 美元。

就业状况反映的是一个地区劳动力资源同工作岗位资源之间的对比关系。失业率是描述就业状况的常用指标，也是非常重要的宏观经济指标。1997 年以来，北京市五年新增了 64.8 万个就业岗位，到 2002 年末，全市实有城镇登记失业人员 6.02 万人，城镇登记失业率为 1.35%。

财政收支是指政府部门通过税收等一系列手段取得资金，再为保持其各项职能运转而运用资金的过程。财政收支状况不仅反映了政府管理和调控一部分社会资金的状况，而且反映了政府通过经济手段影响经济的能力。2002 年北京市财政收入保持了较快的增长，全年完成地方财政收入 534 亿元，比上年增长 25.9%，连续 8 年保持 20%以上的增长速度。

（三）本课题的前提假设

任何科学研究都是建立在一定的前提假设之上的，物理学、数学、经济学等都是如此，本研究亦不例外。

首先，我们假定研究对象主体——奥运会及其相关活动的变动规律相对稳定。这包括奥运会在世界上的受欢迎程度变动规律相对稳定，奥运会吸引的旅游人数的变动规律相对稳定等。

其次，我们假定研究对象客体——北京经济自身的客观变动规律相对稳定，也就是以北京经济现在的状况和发展速度来预测未来。假定包括北京的国民经济增长具有连续性和稳定性，产业结构的变动规律比较稳定，投资乘数变动的规律相对稳定，财政收入、就业和国民生产总值之间的相互关系及其变动也保持连续性。

再次，从经济学角度来看，假定新增支出的乘数效应在本周期即可完全发挥。

还假定在研究区间内，汇率保持相对稳定不变。这对结果的预测也十分重要。

（四）本课题不同货币汇率的处理

本课题将系统研究 1984 年洛杉矶奥运会以来，各届夏季奥运会的筹备和举办对举办城市经济发展的影响，时间跨度长达近 20 年。由于奥运会是在不同的国家、不同的历史时期举行的，而且不同举办国的货币不同，不同年代的不同货币之间的汇率亦有所不同，因此为了提高课题研究中各项数据的准确性和同一性，本课题借鉴德国著名奥运会经济研究专家豪格·普鲁斯（Holger Pruess）的货币汇率计算方法，以 1995 年的美元价格为基准，将不同时期的不同货币都折合成 1995 年的美元价格，具体折合标准见表 3。

表 3　1972—2000 年各届夏季奥运会举办国货币对美元的汇率（1995 年美元价格）

奥运会届次	货币名称	汇率
1972 年慕尼黑奥运会	1972 年德国马克价格	1 美元＝3.16 马克
1976 年蒙特利尔奥运会	1976 年加拿大元价格	1 美元＝1.24 加拿大元
1984 年洛杉矶奥运会	1984 年美元价格	1 美元＝1.00 美元
1988 年汉城奥运会	1988 年韩元价格	1 美元＝722.74 韩元
1992 年巴塞罗那奥运会	1992 年西班牙比塞塔价格	1 美元＝113.3 比塞塔
1996 年亚特兰大奥运会	1996 年美元价格	1 美元＝1.00 美元
2000 年悉尼奥运会	2000 年澳大利亚元	1 美元＝1.62 澳元

（五）课题的理论模型与研究步骤

1. 奥运会对北京经济影响的过程和表现形式

在筹备奥运会和举办奥运会的各个时期中，每一项支出都会对北京经济产生不同程度的、多轮的经济影响。从影响的过程来看，分为直接影响和间接影响。直接影响即首轮影响，是指与奥运会相关的各项直接支出、间接支出给北京经济带来的初次的、第一轮的增加值影响，简单地说就是各项支出中直接流入北京地区，形成北京当年的增加值的部分。但同时应注意到，与奥运会相关的各项直接和间接支出并不是都会对北京的经济产生影响，还有一部分支出漏出了北京经济这个圈子，形成了对京外经济的影响。因此，还必须测算出支出中流入北京经济的部分，才能比较准确地提出奥运会对北京经济的首轮影响。间接影响，或称派生性影响则是指各项流入北京的支出引发的第二轮、第三轮以及以后所有轮次的经济影响的总和，即首轮影响的乘数效应部分。例如，一项建筑工程需投资 100 万，如果其中 10 万流入京外经济，则这项 100 万的奥运支出对北京的首轮经济影响就是 90 万；而首轮经济影响转化为要素报酬会产生乘数效应，例如当承担该项工程建筑的工人得到工资后会用它来购买其他各种物品，如生活用品，这就对北京经济产生了第二轮的影响；而卖出生活用品的人又会用他所得到的收入购买他需要的商品，这样就又产生了第三轮的经济影响；如此往复……第二轮及其以后所有轮次的影响加起来成为间接影响。直接支出引起的首轮经济影响和它诱发的派生性影响合起来就是奥运直接支出的总经济影响。同理，由间接支出引发的首轮影响和它所诱发的派生性影响合起来就构成了奥运间接支出的总经济影响。

研究间接支出对北京经济产生的影响具有特殊的意义。国外的奥运经济影响研究，例如美国的亚特兰大奥运会的研究报告和澳大利亚悉尼奥运会的研究报告，基本上只涉及我们所定义的直接支出的经济影响这一范围，而我们却要包括间接支出的经济影响，这是为什么呢？其原因就是美国和澳大利亚都是资本主义发达国家，他们的经济发展水平都已达到了较高的程度，他们在城市基础设施建设以及环境保护等方面已经做得很好，因此他们不再需要为了举办奥运会而进行专门的、有针对性的交通建设、环境治理等工作。我国的情况则不是这样，尽管近年来我国经济的发展十分迅速，但由于起点较低，目前我国在经济发达程度、城市建设、环境保护等方面都还远远落后于发达国家。

显而易见，北京无论在申办奥运会还是在筹办奥运会的过程中，都需要采取专门的措施才能够达到奥运会对城市交通、环境、通信等方面的很高的要求。《北京2008年奥运会申办报告》中已经确定了巨额的城市基础设施建设和环境治理投资支出，而最新的数据显示，这些支出将会更多。应当说，在不举办奥运会的情况下，北京在这几个方面也会进行投资，但是规模是否有如此之大则很难预料，而且这些投资中相当大的一部分很可能是来自于正式的或非正式的中央政府的财政倾斜，来自于挤占私人部门对其他地区的投资，以及本地未来投资的提前。所以这部分支出与奥运会的关系尽管不如直接支出同奥运会的关系那样密切，但也不容忽视，对这部分支出影响的考察能使我们更全面、准确地描述举办奥运会将会产生的全部的经济影响。

2. 课题的理论模型

依据以上分析，参照国外各种相关的研究和经验，本课题将研究的时间区间确定为2003—2010年，并具体分划为奥运会筹备期（2003—2007年）、奥运会年（2008年）和奥运会后（2009—2010年）三个阶段。

为此本课题将首先对这三个阶段由于筹备和举办2008年奥运会而产生的各种支出项目进行详细的分类和研究。奥运会筹备期的主要支出为奥运基本建设投资、与奥运会相关的城市基本建设投资、旅游、相关的文化活动，以及各种商务活动的支出。奥运基本建设投资包括新的体育设施和场馆的修建，现有体育设施的场馆的改建，奥运村、主新闻中心、奥林匹克主题公园的建设等；城市基本建设投资包括交通建设、环境治理、信息通信建设等；相关的文化活动和商务活动主要是展览、宣传，各种赞助、广告的洽谈等。奥运年的活动和支出主要是举办奥运会期间的一切运营支出，包括比赛、开闭幕式、餐饮接待、交通、安保、医疗、推广、行政管理等；此外还有不可忽视的国内外游客的旅游及其相关支出，以及包括电视转播权转让、广告、赞助等在内的各种商务活动支出。奥运会后的活动和支出主要有各种后续的旅游活动、场馆的再利用等（表4）。

表4　本研究各奥运阶段的活动和支出分布

	奥运会筹备期	奥运年	奥运会后
直接支出项目	奥运基本建设投资	奥运基本建设投资	
	运营费用	运营费用	运营费用
	旅游及相关活动	旅游及相关活动	旅游及相关活动
间接支出项目	城市基本建设投资		

其次，本课题将上述支出分成直接支出和间接支出，在剔除在北京以外支出的部分（即支出转移）之后，得出由于筹备和举办2008年奥运会而注入北京市的支出总额。为此将测算出筹备和举办2008年奥运会对北京产生的直接经济影响（首轮经济影响）。在此基础上，本课题将结合北京经济发展状况，运用经济增长理论及相关研究方法计算出北京奥运会经济影响的乘数值。第三，对北京奥运会经济影响的乘数效应进行系统的分析和研究，测算并得出筹备和举办2008年奥运会对北京产生的间接经济影响。第四将直接经济影响和间接经济影响相加，得出对北京经济的总体经济影响。在整个研究过程中，我们将始终重点围绕举办2008年奥运会对北京GDP、就业及财政收入等重要经济指标的影响进行系统研究（图6）。

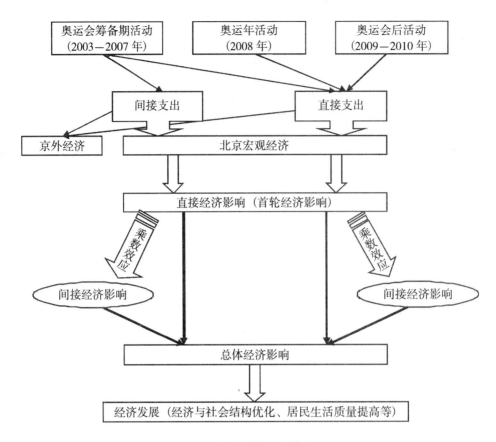

图 6　本课题的理论模型

需要说明的是，本研究不考虑奥运会的机会成本问题，而且机会成本的估计是十分困难且难以操作的。有些专家、学者指出，举办奥运会同一切经济、社会活动一样，是具有机会成本的，也就是说，用于举办奥运会的各种经济资源在不举办奥运会的情况下也会产生很大的经济和社会效益。这无疑是有道理的。但同时我们也应当考虑到，如果不举办奥运会，这些资源是否会聚集到北京，聚集的规模有多大，都是不可预知的，因此也是不可能进行统计的。这里所说的各种影响，无论是直接影响、间接影响还是总影响，都是一种影响力、带动力、贡献力的概念，而不是一种新的增量的概念。例如，当我们说某年份奥运会相关活动对国民生产总值的影响为5%时，是指这些活动的影响带动了国民生产总值5%的经济活动，而不是说这些活动使国民生产总值在原来的基础上新增加了5%，而事实可能是这些活动只使国民生产总值增加了3%。

3. 课题的研究步骤

首先，成立课题研究组，通过国家体育总局体育信息中心的大型"体育文献数据库"、加拿大体育信息中心的体育文献数据库、系统查阅了国内外有关奥运经济的研究论文。2002年课题组利用参加在瑞士洛桑举行的"1980－2008年奥运会遗产大会"的机会，系统查阅了国际奥委会奥林匹克博物馆与本课题有关的论文、论著和其史资料。使得课题组系统了解了国内外奥运经济问题的研究进展情况（具体见本文"2 国内外奥运经济影响研究的综述"）。课题组还对参加"1980－2008年奥运会遗产大会"与会人员中的20位奥运经济研究专家进行了访谈和咨询。

因为本课题是一个与奥运会有关的宏观经济报告，因此课题组还通过有关渠道获得了一部分国际奥委会掌握的可以公开的与奥运会有关的财政数据资料。北京奥运会方面的数据主要来源于《北京2008年奥运会申办报告》，由于种种原因，对重要的北京奥运会组委会的财政数据资料掌握较少（这在一定程度上影响了研究进度和效果），但课题组一直跟踪了北京奥组委及相关研究机构不断公开发表的数据。对历届奥运会经济影响的情况进行了个案分析。

其次，运用经济数学理论对上述有关数据进行统计分析和甄别，将1995年的美元价格作为统一的货币尺度对历届奥运会经济影响的情况进行对比分析。同时也对20世纪90年代以来北京宏观经济发展的情况进行了系统的研究，计算出乘数值。对北京奥运会经济影响的状况进行现状分析。

第三，结合各国经济、社会、文化等多种因素，对奥运会对举办城市经济影响的规模和程度进行系统分析，对奥运会对举办城市经济影响的内部机制和规律进行系统的梳理和分析。

第四，运用时间序列分析、投资增值分析、计量模型预测分析等方法，对奥运会经济影响尤其是北京奥运会经济影响的未来趋势进行系统的分析研究，以进一步掌握奥运会经济影响的规律，以期尽可能准确地推算出举办2008年奥运会对北京经济发展的影响趋势。

第五，通过对举办2008年奥运会对北京经济发展的情况进行进一步的系统分析和总结，撰写研究报告，并对举办奥运会促进北京经济发展提出战略对策（图7）。

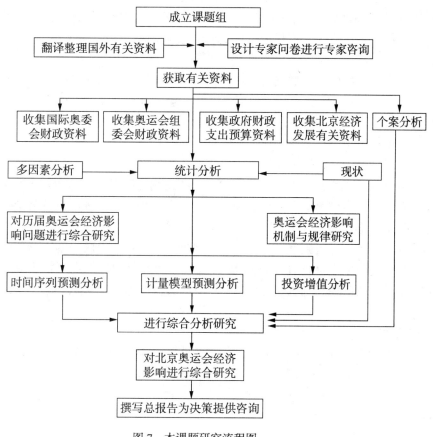

图7　本课题研究流程图

三、奥运会的运营与市场开发

（一）奥运会的财政资助模式

奥运会的财政资助模式是指奥运会举办城市和组委会为筹备和举办奥运会获得相关资金和实物支持的途径和方式。关于举办奥运会的财政经费问题，国际奥委会有着明确的规定。

《奥林匹克宪章》（2000年9月11日生效）第37条第6款规定："申办城市应提出令国际奥委会执行委员会满意的资金保证。这种保证可以由城市本身、地方、地区或全国性公共团体、国家或其他第三方提供。在决定奥运会举办城市的国际奥委会全会召开前至少6个月，国际奥委会须公布所要求资金保证的性质、形式和确切内容。"

《奥林匹克宪章》第40条规定："国家奥委会、奥运会组委会和举办城市对全部与奥运会的组织和举办有关的单独的或集体签署的协议负连带责任，但不包括组织和举办该届奥运会的财务责任，该责任完全由举办城市和奥运会组委会共同或分别承担……国际奥委会在这方面不负任何财务责任。"

《奥林匹克宪章》的上述规定明确了以下两个重要问题：一是责任问题，奥运会的财务责任完全由举办城市和奥运会组委会共同或分别承担，国家奥委会对财务工作不承担任何责任。这种规定尽管使组委会和举办城市承担了巨大的财政风险，但另一方面在很大程度上，也给奥运会组委会通过企业和社会进行融资提供了相当大的空间，这为组委会开展市场开发活动创造了很好的条件。二是资金保证的形式问题，国际奥委会须在决定奥运会主办权归属前的6个月公布其要求申办城市应提供的资金保证的性质、形式和确切内容。

在现代奥运会的历史上，财政问题曾是长期困扰奥运会成功举办的一个令人棘手的问题。1904年和1908年的奥运会就曾因为财政问题，国际奥委会不得不将这两届奥运会主办权分别从芝加哥转交给圣路易斯，从罗马转交给伦敦，使得这两届奥运会在组织上十分仓促，给国际奥委会造成了很大的麻烦。

此后，国际奥委会在筛选举办城市时，十分强调举办城市要有明确的财政保证，并有具体的保障措施，然而这也并没有改变奥运会长期赤字的窘境。直到1984年，洛杉矶奥运会开启了私人资助奥运会的全新模式，尤伯罗斯先生充分运用市场营销的理论和方法，在现代奥运会的历史上第一次使奥运会扭亏为盈。

经过多年来的实践和不断发展，奥运会的经费来源渠道和财政资助逐渐形成了以下3种模式：政府资助模式（政府投资占75%以上）、商业化运作模式（企业或私人投资占75%以上）和政府资助和商业化运作结合型模式（政府与企业投资各占25%以上）（图8）。

1. 政府资助模式

1972年慕尼黑奥运会和1976年蒙特利尔奥运会是典型的政府资助模式。

慕尼黑奥运会组委会通过市场开发获得的收入占总筹资额的19%，通过特殊融资方式（发行奥运会彩票、销售纪念币、邮票）获得的收入占50%，联邦政府、州政府及市政府的资助占31%。奥运会产生的7.43亿美元（按1995年美元价格）的财政赤字由联邦政府承担50%，州政府承担25%，其余25%由慕尼黑市政府承担。

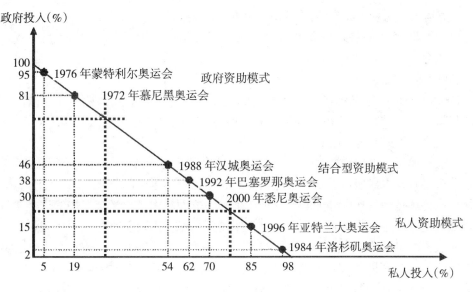

图 8　1972 年以来历届奥运会财政资助模式

1976 年奥运会由于加拿大联邦政府没有向蒙特利尔提供任何财政担保，奥运会的经费主要由蒙特利尔市政府自己解决。奥运会组委会通过市场运作的渠道仅解决了 5% 的经费，其余 95% 的经费用由蒙特利尔市政府承担，这笔巨额的财政赤字使得蒙特利尔市的纳税人不得不花费 20 多年的时间去偿还。1996 年，蒙特利尔市政府决定通过烟草税来偿还这笔财政赤字，即便如此，也要到 2006 年才能全部偿清。

2. 商业化运作模式

在蒙特利尔奥运会财政阴影的笼罩下，申办 1984 年洛杉矶奥运会时，洛杉矶的市民举行投票和游行示威反对举办奥运会。在这一背景下，加利福尼亚州政府和洛杉矶市政府决定不对奥运会提供财政资助，同时美国奥委会也摆脱了财政责任。然而这种状况反而使得洛杉矶奥运会办成了现代奥运会历史上第一个基本上由企业或私人部门资助的奥运会。洛杉矶奥运会在基础设施和体育设施方面的投入较少，因此大大降低了财政开支。整个奥运会的筹备和组织共支出 6.02 亿美元，这笔经费基本上是由组委会的收入解决。奥运会结束后，组委会还赢余了 3.35 亿美元，分别由美国奥委会、业余体育基金会（Amateur Athletic Foundation）和美国各单项体育协会分享。

奥运会能够盈利这是现代奥运会历史上的第一次，从此以后，主要由政府资助的奥运会模式成为了历史。奥运会的商业化运作收入为奥运会的成功举办奠定了牢固的财政基础。正是从洛杉矶奥运会开始，奥运会的申办竞争越来越激烈，成为各国趋之若鹜竞相争办的对象。

亚特兰大奥运会支出总额为 19.81 亿美元，其中政府机构只承担了 15% 的支出，其余的 85% 全部由企业和私人部门承担，因此亚特兰大奥运会是典型的私人资助和商业化运作的奥运会。除新建和维修少数体育场馆外，亚特兰大奥运会几乎没有在城市基础设施方面进行投资。

3. 政府资助与商业化运作相结合的模式

1988 年汉城奥运会 46% 的经费由政府承担，25% 由组委会承担，私人部门承担了

29%，奥运会共赢余 1.48 亿美元（1995 年美元价格）。

巴塞罗那市申办 1992 年的重要目的在于将奥运会作为提高城市知名度、促进城市再造的媒介，因此政府部门的资金投入占奥运会相关活动经费投入的 67.3%，私人投入占 32.7%。奥运会的赢余为 300 万美元（1995 年美元价格）。

2000 年悉尼奥运会的经费由政府和私人部门共同承担。新南威尔士州政府支出约 17.4 亿澳元，联邦政府支出 5.38 亿澳元，奥运会组委会通过市场开发渠道筹集 23 亿澳元。40% 的经费支出是通过电视转播权、赞助及门票销售等渠道解决的。

目前在奥运会的财政资助方面，国际奥委会和奥运会组委会通过电视转播权销售、赞助等市场开发方式获得的私人机构的经费，已经在奥运会的收入中占据十分重要的地位，已成为奥运会成功举办的基本保证。但另一方面，由于奥运会费用的逐步攀升，奥运会完全通过商业化运作和私人资助也很难得到保证。国际奥委会已明确表示不赞同完全由私人资助奥运会的模式。因此，从奥运会的发展趋势来看，政府和私人部门共同投入的结合型财政资助模式将成为奥运会的基本模式，1992 年巴塞罗那奥运会、2000 年悉尼奥运会、2004 年雅典奥运会和 2008 年北京奥运会都已经明显地呈现出了这一趋势。

4. 奥运会财政资助的影响因素

除了受到国家经济状况、国民支持程度等因素的影响外，有关的利益群体希望通过奥运会实现的目标成为奥运会不同财政资助模式最重要的影响因素。在一个奥运会的举办国，与奥运会相关的主要利益群体包括国家、地方政府（州政府）、举办城市政府、私人企业等。

国家举办奥运会的主要目的在于：（1）通过举办完美的奥运会，显示其国家制度的优越性，在国际上提高国家的知名度和综合国力，加强国际交往与协作。1988 年汉城奥运会举办前，韩国被许多国家看成是一个相对独裁和封闭的国家，而正是汉城奥运会极大地提升了韩国的国际形象，同时也使韩国通过奥运会逐步建立了与中国、前苏联及前东欧社会主义国家的经济和外交关系。（2）通过举办奥运会提高有关城市和地区的地方经济水平、吸引国外投资、增加就业机会及提高国民收入。

地方政府及举办城市举办奥运会的主要目的则是力图通过奥运会使举办城市成为国际化、现代化的城市，并通过举办城市带动周边地区的发展。举办城市在希望提高城市知名度的同时，还希望能够大量吸引国、内外投资和国外旅游者，同时通过举办奥运会，促进城市产业结构的调整。

对于私人企业来说，他们参与举办奥运会的最大目标是盈利。而企业要实现利益最大化，必须努力拓宽营销和促销渠道，扩大市场占有率。要实现这样的目标，企业必须与消费者建立起联络渠道，进行沟通。奥运会以其健康向上的形象为公众所喜爱，这成为企业宣传自己、与消费者进行联络和沟通的最佳平台。

显然，奥运会举办国的相关利益群体的目标对奥运会的财政资助模式产生着重要的影响。1972 年慕尼黑奥运会、1976 年蒙特利尔奥运会、1988 年汉城奥运会、1992 年巴塞罗那奥运会、2000 年悉尼奥运会都对城市的基础设施、体育场馆建设投入了巨额资金，旨在通过长期的经济和社会效益来补偿短期的财政支出。而 1984 年洛杉矶奥运会和 1996 年亚特兰大奥运会的支出则主要用于筹备和举办奥运会，对基础设施和体育设施投资很少，其目的就在于在短期内获得最大化的经济效益。

通过研究奥运会财政资助的历史，还可以看出，仅仅从经济的角度通过成本—效益的方法评价奥运会的经济影响是不全面的。评价奥运会的经济影响除了要考虑经济学本身的指标以外，还必须结合城市的基础设施建设、社会发展、生态环境、政治等因素进行综合分析，这样才能对奥运会的经济影响得出正确的结论。

（二）奥运会组委会的收入来源

奥运会是通过组委会的运作管理奉献给全球观众的，因此组委会是奥运会工作的核心，奥运会组织工作的成败直接影响奥运会能否取得成功。同时奥运会组委会也是奥运会投资的直接经营者，组委会经营奥运会投资的水平直接对奥运会的经济影响产生重大的作用，因此本课题将对奥运会组委会的收入与支出情况进行分析，并进而对组委会的经济效益进行研究。

1. 奥运会组委会的收入分布

纵观 1972 年慕尼黑奥运会以来历届奥运会的收入状况，我们可以发现，从 1972 年至 1984 年，奥运会组委会的收入增长缓慢，组委会在组织和运作奥运会之后，一般没有大的盈余。由于奥运会的规模不断扩大，奥运会的组织工作和举办奥运会所必需的资金日趋膨胀，奥运会组委会不得不启动新的融资渠道，以免造成财政赤字。在 20 世纪 70 年代，奥运会彩票、纪念币、邮票等特殊融资方式几乎是组委会唯一的收入渠道，组委会的收入在很大程度上取决于公众对奥运会的支持程度和举办国的财力。

1984 年洛杉矶奥运会是现代奥运会历史上第一次盈利的奥运会，尤伯罗斯将市场营销的理念引入奥运会的组织工作之中，使组委会仅在电视转播权（3.4 亿美元）和赞助（2.19 亿美元）两个经营项目上就获得了 5.59 亿美元的收入，一举扭转了奥运会负债经营的历史。

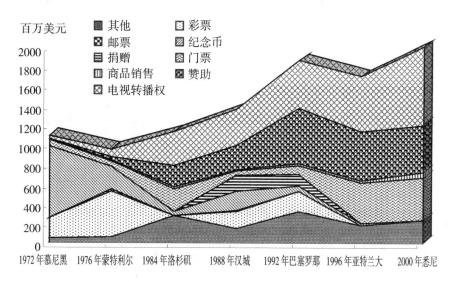

图 9　1972 年以来历届奥运会组委会的市场开发收入分布

通过图 9 我们可以看出，电视转播权、商业赞助和门票销售收入已经成为 1984 年以来历届奥运会组委会收入的三大支柱，在 20 世纪 70 年代占尽风头的彩票、纪念币和邮票等特殊融资收入在组委会的整体收入中所占份额已经很小。显然，在未来的奥运会组委会市场开发活动中，电视转播权、商业赞助和门票营销的效果将对组委会的财政收入起到决定性的作用。此外，以奥运会特许权的占有为主要特征的奥运会商品的销售从1992年以来一直呈增长的趋势，对于我国这样幅员辽阔、人口众多的国家来说，奥运会商品销售收入存在着巨大的发展空间。

2. 奥运会电视转播权的开发

20世纪30年代以来，电视就与奥林匹克运动结下了不解之缘，由于电视普及率的提高，使得奥运会的收视率得到大幅度提高，不仅有力地推动了奥林匹克运动的普及和发展，同时也给奥林匹克运动提供了重要的财源。奥运会电视转播权收入不仅成为奥运会组委会最重要的收入来源，也是国际奥运会的重要收入渠道（图10）。

在现代奥运会历史上，奥运会首次与影像播放权结缘是在1912年的斯德哥尔摩奥运会期间。奥运会组委会将照片和影片的录制权销售给了10家瑞典公司，组委会因此获得了20446克朗的收入（占组委会总收入的0.8%）。1928年阿姆斯特丹奥运会因销售照片和影片资料的录制权而获得了43830荷兰盾的收入。

现代奥运会真正进行电视现场报道的是1936年柏林奥运会，虽然当时的电视台并没有给主办者支付费用。1948年伦敦奥运会第一次销售了电视主办权，但数额很少。从1960年罗马奥运会开始，对奥运会进行电视报道的国家已经达到20个，奥运会的电视转播开始形成一定的规模，形成了真正意义的"电视转播权"。但当时的做法是，组委会只单独出售电视转播权，而不提供任何其他的实质性服务。1980年以前，电视转播权的销售收入一直很低，在组委会的整个收入中所占比例很小（图10、图11）。

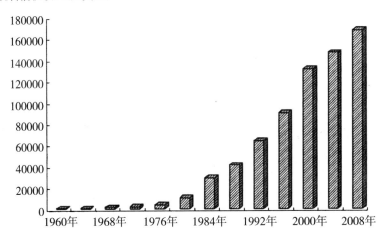

电视转播权收入（万美元）

图10　1964年以来奥运会电视转播权收入增长情况

［资料来源］Scott G.Martyn，The Struggle for Financial Autonomy：The IOC and the Historical Emergence of Corporate Sponsorship，1896—2000

从1984年开始，由于奥运会的商业开发价值日益显现，尤其是洛杉矶奥运会在市场开发方面的成功，使得大型企业都争先恐后地介入到奥运会的商业活动中来。从

1984 年开始，奥运会电视转播权的销售收入以平均每届 36%的速度增长，奥运会电视转播权的收入占组委会总收入的比例一直稳定在 30%以上。

由于转播奥运会可以吸引企业支付大量的广告费用，经济发展领先于世界的美国一直是奥运会电视转播权的最大买家。美国 ABC、NBC 和 CBS 三家电视台在购买电视转播权方面的竞争十分激烈。从 1988 年汉城奥运会开始，NBC 电视台独占鳌头，击败了美国的其他电视转播机构，买断了至 2008 年奥运会在美国进行转播的奥运会电视转播权，其中仅 2008 年奥运会其转播权支出就高达 8.94 亿美元。从 2000 年至 2008 年，NBC 将共向国际奥委会支付 24.02 亿美元的资金。从 2000 年开始，尽管美国在购买奥运会电视转播权方面的费用仍然占各地区之首，但由于欧、亚等其他地区购买电视转播权费用的增加，美国的增长趋势有所减缓。

欧洲是奥运会电视转播权的第二大买家。从 1960 年罗马奥运会开始，欧洲广播联盟（EBU）一直购买欧洲的奥运会电视转播权。目前 EBU 已买断了至 2008 年的奥运会欧洲地区电视转播权，从 2000 年至 2008 年，EBU 将共向国际奥委会支付 11.87 亿美元的转播权费用。

奥运会电视转播权的开发经历了一段不寻常的历史。在相当长的时间里，奥运会电视转播权完全由举办国组委会单独运作，国际奥委会没有发挥其应有的作用。组委会对电视转播权的开发仅仅是为了满足其本国和本届奥运会的利益，而与国际奥委会在全球普及奥林匹克运动的总目标不能形成一致，有时甚至会给奥林匹克运动的全球利益造成损害。直到 1968 年，国际奥运会在奥运会电视转播权方面没有任何发言权，一直由举办国组委会单独就电视转播权问题与有关的电视台进行谈判，而国际奥委会的分成需要再与组委会进行谈判。尽管墨西哥奥运会组委会与美国 ABC 签订了高额的电视转播合同，但当时的国际奥委会从电视转播权收入中分得的份额也只有 1.5%。

从 1972 年起，这一情况得到了改变。1972 年至 1992 年，国际奥委会在电视转播权销售收入中的分成比例达到了三分之一，1996 年这一数字是 40%，而 2000 年以后为 51%。

早在 1955 年，当时的国际奥委会主席布伦戴奇就认识到了电视转播权对于奥林匹克运动的重要性，他认为奥运会电视转播权具有很高的潜在价值，但国际奥委会并没有努力地保护这一权利。当年他曾给国际奥委会执委会写信，要求认真讨论奥运会电视转播权的问题。1957 年 12 月，国际奥委会修改了《奥林匹克宪章》，在新宪章的第 49 条中规定，"直接报道奥运会的权利或通常被称为电视直播的报道奥运会的权利由组委会销售，但需经过国际奥委会的批准，销售收入要分配给有关机构"。这一规定十分重要，它规定了国际奥委会在电视转播权方面的关键地位，同时国际奥委会也应当得到一定份额的销售收入。1964 年东京奥运会时，这一规定已经生效，国际奥委会可以阻止任何不能达到奥运会的转播要求或影响独家转播的电视转播权合同。1966 年，国际奥委会执委会在罗马通过了一项新的决议，对国际奥委会与组委会在电视转播权方面的收入分成比例做出了规定。1968 年，国际奥委会成立了电视委员会，专门研究制定未来奥运会电视转播权的销售规定以及销售收入的分成比例。1976 年蒙特利尔奥运会后，国际奥运会又决定成立一个联合委员会负责所有的有关电视转播权的谈判工作。然而直到 1988 年汉城奥运会，国际奥委会才开始与举办地组委会在电视转播权方面进行紧密的合作，共同开发。从 1992 年起，国际奥委会开始单独承担电视转播权的谈判工作（需与组委会进行协商），从而将自己的组委会伙伴的角色变成为奥运会这一主要开发项目的决策者。目前，国际奥运会已经将 1998 年日本长野冬奥会至北京奥运会的电视转播权成功销售给了有关的转播机构。

电视转播权的销售给国际奥林匹克运动提供了强大的财政支持。悉尼奥运会共获得了 13.316 亿美元的收入，其中悉尼奥运会组委会获得了 7.98 亿美元的收入，占组委会总收入的 60%。同时国际奥委会还将 8800 万美元划拨给奥林匹克团结基金，以帮助欠发达国家体育运动的发展，拨出 2500 万美元给世界反兴奋剂机构（WADA），作为该新成立的国际组织的启动经费。此外，各夏季奥运会项目的国际单项体联也从悉尼奥运会的电视转播权收入中分得了 8800 多万美元的收入。

不仅电视转播权的销售为奥运会的成功举办提供了大量资金，同时电视转播也为奥林匹克运动的传播和普及发挥了巨大的作用。2000 年共有 220 个国家和地区转播了奥运会，全球有 37 亿观众通过电视观看了奥运会的盛况，观众数量比亚特兰大奥运会增加了 7 亿，总的观看时间超过了 400 亿小时（表 5）。

表 5　2000 年悉尼奥运会全球电视收视情况

地区	人口（人数）	潜在观众（人数）	覆盖率	2000 年观众小时数	每个观众观看的时数
非　　洲	778187384	207555524	27%	1411357796	6.80
拉丁美洲	515362052	357407691	69%	5472530384	15.31
北　　美	303645955	282105233	93%	4568131161	16.19
亚　　洲	3568868139	2180334578	61%	22444822044	10.29
欧　　洲	783449295	652528723	83%	7383245380	11.31
大　洋　洲	29959819	22215782	74%	585324250	26.35
总　　计	5979472644	3702147531	62%	41865411014	11.31

[资料来源] International Olympic Committee，2002 Marketing Fact File

3. 奥运会组委会的商业赞助收入

体育赞助是指企业与体育机构（被赞助者）结成伙伴关系，企业向体育机构提供金钱、实物或劳务等支持，体育机构则以无形资产、广告、冠名等无形资产作为回报，使两者平等互利、共同得益的商业活动。奥运会的商业赞助活动是国际奥委会和组委会共同运作的，奥运会商业赞助类型可分为以下 4 种。

TOP（The Olympic Program）赞助商。TOP 赞助计划是国际奥委会从 1985 年开始，每 4 年为一个周期，在全球推行的商业赞助计划。TOP 赞助商是国际奥委会在全球不同产品领域选定的最有资质、最有实力的赞助企业，这些企业在 4 年当中给予国际奥委会巨额的现金和实物，对国际奥林匹克运动提供财政支持。作为回报，国际奥委会则容许赞助商在全球推广各自产品的商业活动中使用国际奥委会的标志。

TOP 赞助计划具有严格的排他性，国际奥委会在每一种产品类别中只确定一个赞助商。一旦赢得 TOP 赞助商资格，该赞助商就与国际奥委会、奥运会（包括夏季奥运会和冬奥会）组委会、各国奥委会、各奥运会代表队结成伙伴关系。上述机构必须严格遵守国际奥委会与赞助商达成的协议，这为 TOP 赞助商提供了绝佳的营销渠道，同时这些机构也共同分享 TOP 赞助计划的收入（表 6）。

表 6　国际奥委会 TOP 计划开发情况（单位：百万美元）

	TOPI （1985—1988 年）	TOPII （1989—1992 年）	TOPIII （1993—1996 年）	TOPIV （1997—2000 年）	TOPV （2001—2004 年）
赞助商数量	9 个	12 个	10 个	11 个	10 个
赞助商名称	Coca-Cola Kodak VISA Time Matsushita Brother Philips 3M Federal Express	Coca-Cola Kodak VISA Time Matsushita Brother Philips 3M UPS Bausch&Lomb Mars Ricoh	Coca-Cola Kodak VISA Time/Sports Illust. Matsushita Xerox IMB John Hancock UPS Bausch&Lomb	Coca-Cola Kodak VISA Time/Sports Panasonic Xerox IBM John Hancock UPS McDonald's Samsung	Coca-Cola Kodak VISA John Hancock McDonald's Panasonic Samsung Sema Group Sports Illust/Time Xerox
总收入	97	175	350	550	600
参与分成的国家奥委会	154 个，占总数的 92%	169 个，占总数的 98%	197 个，占总数的 100%	199 个，占总数的 36.2%	199 个，占总数的 33.2%
分成比例	夏奥会组委会 44%； 冬奥会组委会 20%； 各国奥委会 22%； 美国奥委会 12% 国际奥委会 2%	夏奥会组委会 36%； 冬奥会组委会 18%； 各国奥委会 20%； 美国奥委会 18.5% 国际奥委会 7.5%	夏奥会组委会 36%； 冬奥会组委会 14%； 各国奥委会 20%； 美国奥委会 20% 国际奥委会 10%	夏奥会组委会 33%； 冬奥会组委会 17%； 各国奥委会 20%； 美国奥委会 20% 国际奥委会 10%	夏奥会组委会 33%； 冬奥会组委会 17%； 各国奥委会 20%； 美国奥委会 20% 国际奥委会 10%

［资料来源］Scott G.Martyn, The Struggle for Financial Autonomy: The IOC and the Historical Emergence of Corporate Sponsorship, 1896—2000

TOP 赞助商向国际奥委会提供的赞助包括现金和实物两种，通常现金占 70%~75%，实物占 25% 左右（图 11）。

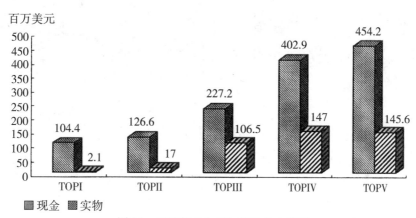

图 11　国际奥委会 TOP 赞助收入情况

组委会赞助商。组委会赞助商是奥运会组委会在特定产品领域选定的可以在举办国范围内使用奥运会标志进行产品营销活动的赞助企业。组委会赞助商可以是国内企业，也可以吸纳国外企业，它是 TOP 赞助商的有益补充，但在产品类别上必需区别于 TOP 赞助商，同时在所属产品领域具有排他性的、利用奥运会的无形资产进行产品营销的权利。

从 1988 年卡尔加里冬奥会以来，历届奥运会组委会都与本国奥委会密切合作，以保证组委会赞助商的排他性权利，同时避免产品的重叠。除奥运会标志以外，组委会赞助商还可以以"某国奥委会伙伴"和"某国奥运会代表队伙伴"的身份进行市场开发活动。从财政收入的角度，对于组委会来说，组委会赞助商比 TOP 赞助商更为重要，因为组委会从此种赞助商获得的资金支持要远远大于 TOP 赞助商。

奥运会供应商。奥运会供应商是为奥运会提供各种专用设备和服务的企业。成为奥运会供应商需向国际奥委会和奥运会组委会缴纳一定的费用，其获得的权利要低于 TOP 赞助商和组委会赞助商。

特许权经营商。奥运会特许权经营是奥委会组委会将奥林匹克标志、形象、吉祥物等知识产权的使用权以证书的形式授权给企业，用于企业产品的销售经营活动。特许权经营商与赞助商之间的最大差别在于，赞助商可以将奥林匹克知识产权与公司和产品相联系，而特许权经营商则只能将其与产品相联系。国际奥委会规定奥运会特许权经营商需将其产品营销额的 10%~15% 上缴奥运会组委会（获得特许权），其中国际奥委会先收取总收入现金价值的 7.5% 和实物价值的 5%，组委会分别留 92.5% 和 95%。

目前奥运会的特许权经营呈现逐步上升的态势（图 12），1992 年巴塞罗那奥运会特许权经营收入仅为 1488 万美元（1995 年美元价格），2000 年悉尼奥运会则达到 5085 万美元（实际价格，如按 1995 年美元价格，则为 4456 万美元）。

（百万美元，1995 年价格）

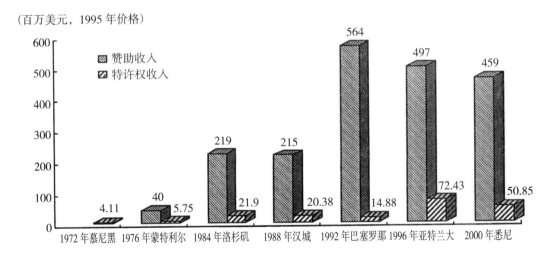

图 12　1972—2000 年奥运会赞助与特许权收入情况

［资料来源］Holger Pruess，The Economics of Olympic Games

奥运会的商业赞助收入是奥运会组委会除电视转播权以外的第二大支柱，1996 年亚特兰大奥运会的赞助收入和特许权销售收入占组委会总收入的 35%；美国 NBC 电视台在奥运会期间黄金时段广告收入的 75% 来自于奥运会赞助商。因此，奥运会赞助开发活动已经与电视转播权构成了一种相互依存的共生关系。

4. 奥运会的门票收入

现代奥运会诞生以来，门票收入就一直是组委会的一项重要收入渠道。在亚特兰大奥运会和悉尼奥运会组委会的收入中，门票收入分别达到 4.97 亿美元和 4.34 亿美元，分别占组委会总收入的 23% 和 21.77%。目前门票收入（门票收入的 5% 需上缴国际奥委会）已经成为继电视转播权、商业赞助之后的组委会第三大收入渠道。

与电视转播权和商业赞助相比，门票的潜在商业营销价值具有更多必然性的限制因素，主要包括举办国居民对有关体育项目的热爱程度、居民的购买力、举办城市对国外游客的吸引力、体育场馆的容量、体育场馆的位置等。

2000 年修改的《奥林匹克宪章》第 66 条规定，"奥林匹克运动会身份和注册卡根据各类人员的需要和证上标明的等级，允许持证人出入由奥运会组委会按照国际奥委会授权所负责的场所和活动。"按照这一规定，组委会必须向有关持证人员提供大量的免费门票，包括运动员、官员、记者等。随着奥运会规模的扩大，预留票的数量也在不断扩大。1987 年《奥林匹克宪章》第 60 条的附则规定，奥运会组委会要留出最多 1000 张票给记者，150 张给摄影师，150 张给电视和广播评论员；而 1994 年的《奥林匹克宪章》对此项规定的数额已远远超过前者，即至少要留 2200 张给记者，600 张给摄影师。

在蒙特利尔奥运会、汉城奥运会和巴塞罗那奥运会上，许多场次的比赛都出现了大量的空席，其主要原因是组委会将大量的门票留给了奥林匹克大家庭和赞助商，而他们中的许多人却没有出席。这不仅降低了组委会的收入，更重要的是对奥运会的宣传效果产生了不良的影响，对奥运会的市场开发也很不利。这是我国在举办 2008 年奥运会时需要认真注意的问题。

如果单纯从门票的销售数量来看，在现代奥运会的历史上，亚特兰大奥运会售出的门票数量最多，达到 850 万张（77%），悉尼奥运会售出了 670 万张（88%），莫斯科奥运会售出了 530 万张，洛杉矶奥运会售出了 512 万张。1972 年以来，历届奥运会售出的门票都在 300 万张以上，售出率最高为 93%（汉城），最低为 66%（慕尼黑）（图13）。

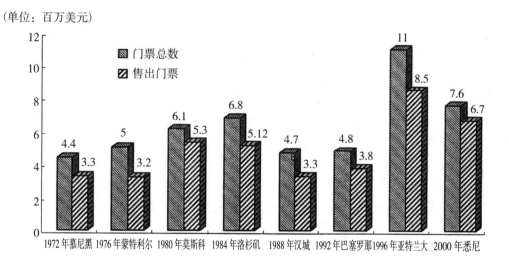

图 13　1972—2000 年奥运会门票销售数量

从销售的收入来看，悉尼奥运会最高，为 4.34 亿美元，亚特兰大奥运会为 4.17 亿美元，汉城奥运会最低，为 2891 万美元。悉尼、亚特兰大、洛杉矶门票销售收入较高的原因主要有两点：一方面这 3 届奥运会门票销售的价格较高，悉尼奥运会的最高门票价格为 834 美元，最低为 55 美元；亚特兰大奥运会的最高门票价格为 623 美元，最低为 208 美元。另一方面是由于美国和澳大利亚都是发达国家，对欣赏高水平的运动竞赛有着较高的需求（图 14）。

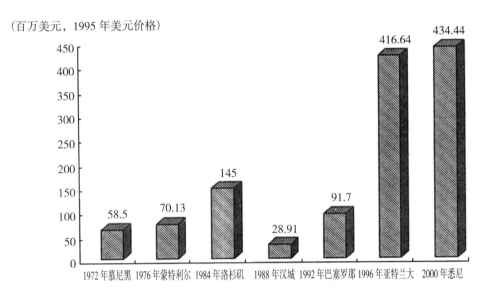

（百万美元，1995 年美元价格）

图 14　1972—2000 年奥运会门票收入

[注] 悉尼奥运会为 2000 年美元价格·

5. 奥运会的特殊融资收入

纪念币、邮票和奥运会彩票是受国家政策调控管理的资源，从某种角度来说，纪念币、邮票和奥运会彩票是国家对组委会的财政支持。在所有的举办国，上述融资手段的实施都必须得到政府的批准。

奥运会纪念币的销售具有悠久的历史，是奥运会最常见、最传统的融资方式。奥运会历史上最早发行纪念币的历史可以追溯到 2500 年以前。在现代奥运会历史上，1952 年赫尔辛基奥运会组委会第一次通过发行纪念币筹集奥运会资金，销售收入为 100 万美元（1952 年美元价格）。从 1964 年东京奥运会开始，每一届奥运会都发行纪念币。1972 年慕尼黑奥运会是纪念币发行历史上收入最高的一届，纪念币的销售收入达到 7.35 亿美元，成为慕尼黑奥运会组委会最重要的收入来源。1976 年蒙特利尔奥运会第一次在国外销售纪念币，实际销售收入为 2.82 亿美元。尽管有许多国家抵制了 1980 年莫斯科奥运会，但组委会也通过国内外销售渠道获得了 1.57 亿美元的销售收入。从 1984 年以后，奥运会纪念币的销售额下降很快，这一方面是由于纪念币销售额的提高取决于很多因素，而这些因素多数是组委会所无法控制的；另一方面，是由于电视转播权、商业赞助收入的日趋提高，使得纪念币收入的提高对于组委会的商业价值已不如以往那样重要了（图 15）。

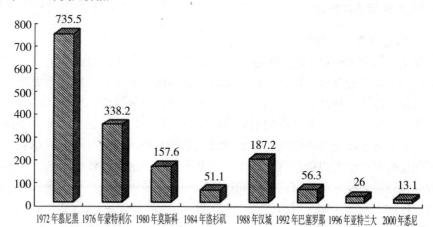

（百万美元，1995 年美元价格）

图 15　1972—2000 年奥运会组委会纪念币销售收入

　　奥运会纪念邮票从 1896 年雅典奥运会起就开始发行了。销售收入最高的是巴塞罗那奥运会，为 727 万美元，莫斯科奥运会为 620 万美元，汉城奥运会为 519 万美元，慕尼黑奥运会为 342 万美元。总体而言，纪念邮票的销售额在组委会的收入当中一般在 2%左右，但它的销售额目前呈上升趋势。

　　1972 年，为了给慕尼黑奥运会筹集资金，原联邦德国政府批准组委会发行了一种名为"幸运螺旋"（GlucksSpirale）的奥运会彩票。奥运会结束后，这种彩票继续发售，并为 1974 年世界杯足球赛筹集资金。为了给 1976 年蒙特利尔奥运会筹集资金，加拿大政府批准销售名为"加拿大彩票"（Loto-Canada）的奥运会彩票。

　　1980 年莫斯科奥运会则发售了名为"冲刺"的奥运会彩票，这一彩票除在原苏联销售以外，还在原民主德国、波兰、匈牙利、保加利亚、捷克斯洛伐克等国发行。汉城奥运会将原来的"住宅彩票"更名为"奥运会彩票"，发行效果相当好。在现代奥运会历史上，奥运会的彩票销售情况一直很好，一般来说，政府支持奥运会的力度越大，彩票的销售情况就越好，组委会从彩票中获得的收入就越多（表 7）。

表 7　奥运会彩票销售情况

	1972 年慕尼黑	1976 年蒙特利尔	1980 年莫斯科	1980 年莫斯科	1988 年汉城	1992 年巴塞罗那
彩票名称	幸运螺旋	奥林匹克彩票	冲刺	国际奥林匹克体育彩票	奥林匹克彩票	国家彩票与博彩组织
彩票购买价	5.42	20.49	0.6	面额价不同	0.77	
首次抽奖	奥运会前 2 年	奥运会前 2 年	奥运会前 4 年	奥运会前 3 年	奥运会前 5 年	奥运会前 3 年
奖金比例	25%~30%	45%	50%		45%~50%	
最高奖	1083000	2049193	5000	10000	138400	
物质奖励	汽车、旅行、门票等		汽车、旅行、门票等	汽车、旅行、门票等		
组委会收入	2.03 亿美元	4.81 亿美元	3.68 亿卢布	1.84 亿美元	1.95 亿美元	
占收入比例	46%	39%	30%	25%	25%	

[资料来源] Holger Pruess，The Economics of Olympic Games，Walla Walla Press

　　除以上收入外，组委会还能从捐赠、利率、纪念奖牌、出租奥运村、测试赛、补助等当中获得大笔的收入，这些收入一般占组委会收入的 10%~15%。

（三）奥运会的支出

1. 奥运会支出的分类

奥运会的支出根据不同的用途，分为直接支出和间接支出两大类。

奥运会的直接支出又包括奥运会场馆、奥运村、国际转播中心等奥运会设施建设类支出以及奥运本身运营的支出。这些支出是举办奥运会所必须的。

奥运会间接支出主要是指交通运输、环境保护、信息通信、旅游设施等的投资。这些投资大多属于城市基础设施建设类投资，它们与奥运会具有一定的相关性，是促进城市现代化必须产生的投资，可能即使不举办奥运会，这种投资也要产生，但在同样的时间内，投资的规模可能没有这样大和这样集中。正是由于举办奥运会，使这种投资的时间得到提前，从而加速了城市的现代化进程。

2. 奥运会的投资情况

根据1972年以来的有关研究报告，历届奥运会的大多数体育场馆、交通设施的建设、环境保护等方面的投资主要是由政府机构承担。私人企业的投资主要产生在奥运村建设、办公楼、商业中心、私营高速公路等方面，私人企业有时也在国际转播中心的建设方面进行投资。除在体育场馆建设方面进行有限的投资外，组委会的投资主要集中在奥运会的运营方面。一般来说，组委会的经营收入完全可以满足奥运会本身的运营支出。

1964年以来历届奥运会的投资状况。

首先，由于举办国经济发展水平的差距，奥运会的直接投资与间接投资的比例会产生很大的差异。1964年的日本属于前工业化时期，处于工业化快速发展的时期，国民经济的整体发展水平低于发达国家。日本在举办1964年东京奥运会时，东京的基础设施建设与举办奥运会的要求相差甚远，因此需要投入大笔经费进行基础设施建设。1988年汉城奥运会的状况与东京相似。而发达国家由于基础设施的投资已先期完成，在举办奥运会时一般不需要进行大笔的投资。到目前为止，奥运会相关投资数额最大的是1992年的巴塞罗那奥运会，达到91亿美元（表8）。这是由于巴塞罗那市希望通过奥运会，促进巴塞罗那周边环地中海地区的旅游业发展的缘故。

表8 1964年以来历届奥运会总投资情况（亿美元）

投资项目	1964年东京奥运会		1976年蒙特利尔奥运会		1984年洛杉矶奥运会		1988年汉城奥运会		1992年巴塞罗那奥运会		1996年亚特兰大奥运会		2000年悉尼奥运会	
直接支出	4.52	2.7%	28.24	89.0%	5.22	100%	15.34	46.5%	24.60	26.2%	11.82	100%	37.24	81.94%
其中：运作开支	1.69	1.0%	4.11	13.0%	4.50	86.2%	4.99	15.2%	13.61	14.5%	2.37	20.2%	15.94	48.23%
其中：直接投资	2.82	1.7%	24.13	76.0%	0.72	13.8%	10.34	31.4%	10.99	11.7%	9.44	79.8%	21.30	33.71%
间接投资	63.73	97.3%	3.5	11.1%	—	—	17.63	53.5%	69.15	73.8%			21.12	18%
奥运会总投资	68.25	100%	31.74	100%	5.22	100%	32.96	100%	93.76	100%	11.82	100%	58.36	100%

[注] 悉尼奥运会数据来自悉尼奥运会组委会与奥运会协调局的《2000年悉尼奥运会与残疾人奥运会：新南威尔士州政府对悉尼奥运会的财政资助报告》（The Sydney 2000 Olympic and Paralympic Games: A Report on the Financial Contribution by the New South Wales Government to the Sydney 2000 Games）

1988年汉城奥运会数据来自于：Korea Development Institute, Impact of the Seoul Olympic Games on National Development；1992年巴塞罗那奥运会数据来自于：CooB'92,The Official Report of XXV Olympiad；2000年悉尼奥运会数据来自于：其余数据来自：Holger Pruess, The Economics of Olympic Games，Walla Walla Press

其次，1964年以来，历届奥运会投资的主要注入产业是建筑业和房地产业，主要建设项目包括奥运村、体育场馆、国际转播中心、交通设施、住宿餐饮设施等。显然举办奥运会对举办城市来说，受益最大的是建筑业、建材业、房地产业等。

第三，自1992年巴塞罗那奥运会以来，奥运会的运营支出有了大幅度的增长。1976年至1988年，奥运会的运营支出在4.10亿美元至4.80亿美元之间，而1992年巴塞罗那的运营支出则创纪录地达到17.26亿美元，2000年悉尼奥运会为17.07亿美元。这主要是由于国际奥委会在1988年启动了TOP赞助计划，电视转播权收入的大幅度提高，使得组委会的运营经费得到了保证。此外，现代奥运会规模的扩大以及奥运会服务领域的拓宽和服务水平的提高，都加大了运营支出的额度。

3. 奥运会的运营支出

奥运会的运营支出是指奥运会组委会发生的为筹备和举办奥运会所支出的现金和实物。关于奥运会组委会的运营支出的界定，国内外学者有过许多争论，其中关键的问题是组委会对场馆建设的支出是否应当包括在运营支出的范围内。本课题将组委会场馆建设支出包括在运营支出的范围内，因为这种支出的主体是组委会。依据国际奥委会对各申办城市申办报告的规定，组委会需要明确的支出项目包括以下几方面，即场馆建设、赛事管理、文化活动与仪式、技术、安全、管理、公共关系、形象推广、媒体及联络、奥运大家庭服务、运输、奥运村运作等。

分析1972年以来各届奥运会组委会的运营支出，可以看出，奥运会组委会的运营支出总体上是呈上升趋势。1976年蒙特利尔奥运会组委会的运营支出为3.99亿美元，1988年汉城奥运会为8.14亿美元，4年之后的巴塞罗那奥运会的运营支出则达到17.23亿美元，是汉城奥运会的2倍，为历届奥运会之最（运营支出的数据主要依据有关奥运会的官方报告《Official Report》，以确保所提供的数据的准确性）。

奥运会运营支出提高的原因首先在于奥运会的规模日趋扩大。第二次世界大战后首次举行的1948年伦敦奥运会仅设17个竞赛项目，而2000年悉尼奥运会则上升到28个，运动员从4092名上升到10651名，参加的国家和地区从59个上升到199个。即使是与仅仅12年前的1988年汉城奥运会相比，2000年奥运会的运动员人数也增加了26%，竞赛项目增加了22%，比赛场次增加了27%。奥运会规模的扩大一方面促进了奥林匹克运动的普及，但同时也造成奥运会运营支出的增长，这给举办城市造成了巨大的经济负担。因此，国际奥委会新任主席罗格上任以来积极实行了奥运会的"瘦身计划"。

对1972年以来历届奥运会组委会的支出结构进行分析可以看出，在组委会的运营支出项目中，场馆设施支出、技术支出与行政管理支出是3个最大的支出项目（表9、表10）。

表 9　1972—2000 年历届奥运会的支出情况

（百万美元，1995 年价格；悉尼奥运会为 2000 年美元价格，1 美元＝1.423 澳元

支出项目	1972 年慕尼黑		1976 年蒙特利尔		1984 年洛杉矶		1988 年汉城		1992 年巴塞罗那		1996 年亚特兰大		2000 年悉尼	
	美元	%	美元	%	美元	%	美元	%	美元	%	美元	%	美元	%
场馆建设	100.3	18.4	39.55	9.9	81.27	17.4	258.7	31.7	404.82	23.49			275.79	16.15
竞赛管理	6.17	1.1	39.34	9.9			41.37	5.07	123.96	7.19	233.11	20.9	6.83	5.67
文化与仪式	24.05	4.4	15.57	3.9	24.28	5.2	12.44	1.52	79.9	4.63	30.59	2.7	83.31	4.87
技术	66.73	12.2	32.58	8.2	26.10	5.6	57.42	7.04	218.8	12.69	219.01	19.7	286.27	16.76
安全					51.56		74.16	9.1	41.23	2.39			116.34*	6.81
行政管理	55.79	10.2	59.22	14.9	159.4	34.2	114.3	14.02	202.25	11.73	201.65	18.1	114.5	6.70
公共关系	17.22	3.2	27.66	6.9			30.84	3.78	73.1**	4.24				
形象开发			6.35	1.6			36.4	4.46	70.05	4.06	51.21	4.6	36.26	2.12
新闻与联络	22.53	4.1	59.05	14.8					161.11	9.34	139.03	12.5	17.75	0.45
奥运大家庭	86.55	15.8							132.43	7.68	77.02	6.9	100.14	5,86
服务			57.79	14.5	17.89	3.8	4.28	0.53			163.12	13.57		
运输					15.54	3.3	9.54	1.17	54.46	3.16				
奥运村	82.22	15.8					52.16	6.4	139.88	8.11			135.07	7.91
门票			14.34	3.6	26.10	5.6			21.17	1.23			79.15	11.18
其他	84.93	15.5	15.78	4	64.51	13.8	81.76	10.03			97.26	8.09	109.64	6.42
合计	546	100	399	100	467	100	814.9	100	1723.17	100	1202	100	1707.46	100

[资料来源] 1988 年汉城奥运会数据来自于：Korea Development Institute, Impact of the Seoul Olympic Games on National Development；1992 年巴塞罗那奥运会数据来自于：CooB'92, The Official Report of XXV Olympiad；2000 年悉尼奥运会数据来自于：Olympic Co-ordination Authority. The Sydney 2000 Olympic and Paralympic Games: A Report on the Financial Contribution by the New South Wales Government to the Sydney 2000 Games；其余数据来自：Holger Pruess, The Economics of Olympic Games, Walla Walla Press

　　* 包括运输支出

　　** 为巴塞罗那奥运会的商务管理

表 10　悉尼奥运会组委会常规活动收入与支出情况

收入			支出		
收入项目	百万澳元	折合百万美元 *	支出项目	百万澳元	折合百万美元
赞助—现金收入	351	247	行政管理	162.6	114.5
赞助—实物收入	360.4	253	市场开发及形象开发	51.5	36.26
国际奥委会分成	25.3	17.81	澳奥委会市场开发权利	76.6	53.94
赞助净收入	686.1	483	竞赛服务	137.5	96.83
门票	598.3	421.34	场馆运营	139.4	98.17
体育场门票合同	50	35.21	附属设施	391.5	275.7
国际奥委会拥有	31.4	22.11	奥运村	191.8	135.07
门票净收入	616.9	434.44	运动会服务	142.2	100.14
电视转播权收入	1132.8	797.75	劳务支出	79.1	55.7
消费品销售	72.2	50.85	通讯 / 媒体与新闻运营	25.2	17.75

收入			支出		
利率收入	45.9	32.32	门票销售支出	112.4	79.15
政府拨款	78.6	55.35	转播运营	224.8	158.30
其他收入	198.9	140	技术	406.5	286.27
实现外汇兑换收益	1.5	1.05	仪式	67	47.18
收入总额	2832.9	1995	火炬接力	18.7	13.17
			运输与安全	165.2	116.34
			奥运会艺术节	32.6	22.96
			奥运会运营总支出	2424.6	1707.46

[资料来源] Olympic Co-ordination Authority. The Sydney 2000 Olympic and Paralympic Games：A Report on the Financial Contribution by the New South Wales Government to the Sydney 2000 Games

* 依据 2000 年澳元对美元汇率，1.423 澳元＝1 美元。

1972 年慕尼黑奥运会以来，场馆设施的支出在组委会总支出中一直占据很大的比例。汉城奥运会在场馆方面的支出占整个支出的 31.7%，巴塞罗那奥运会占 23.49%，慕尼黑奥运会占 18.4%。组委会的场馆建设支出主要用于竞赛场馆及附属设施的建设、竞赛场馆的改造、竞赛设施的购买、训练场地的建设等，以为奥运会的竞赛活动做好准备。

奥运会的技术应用是奥运会的一个重要环节。现代科学技术对奥运会的影响越来越大，奥运会几乎成为现代信息技术、通讯技术的展示会。1988 年汉城奥运会在技术方面的支出仅为 5742 万美元，仅占组委会支出的 7.04%；而在 4 年后的巴塞罗那奥运会上，技术方面的支出猛增至 2.18 亿美元，占巴塞罗那奥运会组委会支出的 12.69%。即使是在科学技术水平独领天下的美国，1996 年亚特兰大奥运会在技术方面的支出也达到 2.19 亿美元，占组委会总支出的 19.7%。悉尼奥运会在技术方面的支出达到 2.86 亿美元，创下奥运会历史上的新纪录。因此可以预见，随着现代科学技术的发展，奥运会的科技含量仍将不断提高，组委会在技术方面的投入仍将在总支出中占据很大的比例。

行政管理一般包括奥运会的行政与财务管理、后勤保障服务、办公自动化和文件处理、人力资源管理、活动的组织及一般性服务。行政管理是奥运会的支持系统，其管理的水平对奥运会的成功举办影响重大，因此历届奥运会行政管理的支出占总支出的比例都在 10% 以上。

从 1972 年慕尼黑奥运会以来各届奥运会收入与支出情况的对比可以看出，尽管组委会的运营支出不断攀升，但与收入相比，历届组委会的收入仍大于支出（图 16）。

因此可以认为，仅从奥运会组委会的角度来看，奥运会的举办本身不会带来亏损。1976 年蒙特利尔奥运会之所以出现了巨额亏损，其原因并不是组委会运营出现了亏损，而是蒙特利尔市政府为了使城市的基础设施建设达到举办奥运会的水平，投入了大笔的资金用于基础设施的建设。

总体而言，1972 年以来历届奥运会组委会在财务运营方面都是比较成功的，这不

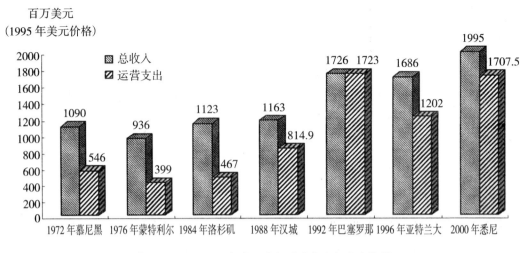

百万美元
（1995年美元价格）

图16　1972—2000年奥运会组委会收入与支出情况

仅保证了奥运会的成功举办，同时更重要的是给举办城市、举办地区甚至举办国都带来了重大的经济影响，为当地的经济发展提供了原始动力。

四、奥运会对举办城市经济发展的影响

（一）奥运会对举办城市主要相关产业的影响

1. 奥运会对建筑业的影响

建筑行业是历届奥运会中受益最大的产业部门，几乎历届奥运会都在体育场馆建设和基础设施建设方面投入了大量的资金，使得建筑业获得了勃勃生机。

1988年汉城奥运会体育场馆建设、奥运村建设及基础设施建设投资为27.97亿美元，使韩国建筑业的产值提高了32.4%，收入增加了34.8%，就业人数增加了26.8%。

1992年巴塞罗那奥运会相关建设投资达80.14亿美元，占巴塞罗那奥运会总支出的85.5%，使巴塞罗那建筑业就业人口在1985—1992年增加了72%，水泥的销售增加了74%，建筑行业的电力消费增长了142%，建筑材料行业的电力消费增长了55%。1988—1991年，巴塞罗那的停车场建设增加了34%，住宅增加了23%，商业设施增加了13%，办公室增加了12%，旅馆增加了5%。

1996年亚特兰大奥运会使加利福尼亚州建筑业的收入增加了5.5%，新创造就业机会4035个，增加了5.2%（表11）。

2. 奥运会对旅游业的影响

奥运会的筹备和举办会吸引大量的旅游者，这些旅游者主要包括：国际奥委会、国际单项体育联合会、各国奥委会等国际体育组织的官员及其他人员，运动员和教练员、记者、赞助商等，即奥林匹克大家庭成员。这些人中，国际奥运会、国际单项体育联合会及各国奥委会的官员主要是与奥运会组委会进行联系，主要是在奥运会的筹备和举办阶段来到举办城市，这些人会给举办城市带来不菲的收入。运动员和教练员在奥运会前主要是参加奥运会测试赛和奥运会集训，奥运会期间则参加正式比赛，但同时也会积极广泛地参加旅游活动。各国新闻记者也是一支不可忽视的旅游大军，他们的数量和影响

表 11　1972 年以来历届奥运会体育场馆及基础设施投资情况（百万美元，1995 年美元价格）

投资项目	1972 年 慕尼黑奥运会	1976 年 蒙特利尔奥运会	1984 年 洛杉矶奥运会	1988 年 汉城奥运会	1992 年 巴塞罗那奥运会	1996 年 亚特兰大奥运会	2000 年悉尼奥运会 （括号中为百万澳元）
奥运村	74.7	174.2	7		2063.2	189.8~245.9	485（786.9）
体育场馆	741.5	2022.6	242.3		970	496.8	475（769.9）
国际广播中心	23.5		148.9	1158.1			32.1（52）
交通运输	283.6			1974.6	3374.8		165（267）
住宿设施					1163		61.1（99.1）
其他投资	339	649.6	84.5		1574.4	201.9	305（494.1）
投资合计	1462.4	2846.3	483.7	3132.6	9105.3	1182.5	1523.82
本表包括的主要投资主体	政府组委会	政府组委会	私人机构组委会	政府私人机构组委会	政府私人机构组委会	政府组委会	政府私人机构组委会

［资料来源］悉尼奥运会资料来自：Dr John R Madden. The Economic Impact of Sydney Olympic Games. Center for Regional Economic Analysis，University of Tasmania；其他来自：Holger Pruess. The Economics of the Olympic Games.Walla Walla Press.p62

力甚至不亚于运动员。

国外游客以及举办城市地区以外的本国旅游者。这些旅游者的人数远远大于上述参加奥运会的奥林匹克大家庭成员。旅游者主要是观看奥运会（包括赛前的测试赛）、参加奥运会文化活动等。1984 年洛杉矶奥运会吸引的洛杉矶以外的游客为 608760 人（其中观看比赛的游客为 304380 人）这些人平均在洛杉矶逗留 6 天。运动员及官员为 11100 人，国际组织官员 8700 人，新闻界人员 5000 人，其他奥运会大家庭成员 4760 人。以上人员在洛杉矶的消费支出达 4.389 亿美元（1984 年美元价格）（图 17）。

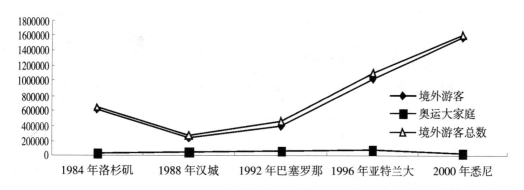

图 17　1984—2000 年历届奥运会境外游客数量

（其中洛杉矶奥运会和亚特兰大奥运会包括举办地区以外的本国游客）

［资料来源］Economic Research Associates, Community Economic Impact of the 1984 Olympic Games in Los Angeles；Do Young Pyun, The Economic Impact of the Seoul Olympic Games；Ferran Brunet, An Economic Analysis of the Barcelona'92 Olympic Games：Resources, Financing, and Impact；Jeffrey M.Humphreys and Michael K. plummer. The Economic Impact of Hosting the 1996 Summer Olympics；John R Madden, The Economics of the Sydney Olympics. Paper presented to the 23rd conference of ANZRSAI Newcastle, 19－22 September 1999.

汉城奥运会之前，1986 年境外旅游者增加了 16.4%，外汇收入增加了 97%；1987 年，旅游者人均支出达到 1227 美元。1988 年汉城奥运会期间，吸引的境外游客为 24 万人左右，奥林匹克大家庭成员 39332 人。以上人员在韩国的消费支出约为 3.42 亿美元（1988 年美元价格）。

1992 年巴塞罗那奥运会吸引的外国游客及西班牙加泰罗尼亚省以外的游客为 40 万人左右，奥运会大家庭成员 55000 人。

1996 年亚特兰大奥运会吸引佐治亚州以外的游客约 101 万人，其中奥运会期间吸引的游客为 82 万人，奥运会前和奥运会后来佐治亚州参与奥运会有关活动的游客为 27 万人。上述游客在美国共计支出 13 亿美元，其中 11.46 亿美元的消费支出流向佐治亚州。在流向佐治亚州的消费支出中，8.23 亿美元是由在奥运会前 18 天至奥运会期间来到佐治亚州的游客支出的，此前和奥运会后来到佐治亚州的游客共支出了 3.23 亿美元。

据澳大利亚旅游预测委员会的预测结果，1997 年至 2004 年期间，由于 2000 年悉尼奥运会的影响，到澳大利亚的国外游客将额外增加 160 万人，为历届奥运会之最。国外游客将在澳大利亚支出 61 亿澳元（42.957 亿美元，1995 年美元价格），新增 15 万个工作岗位。

显然 1984 年以来，历届奥运会均大幅度地提高了境外旅游者的人数，旅游人数的增加则给举办城市带来了大量的消费支出，这些支出与投资一样，将拉动举办城市的总需求。在扣除股票变化、进口支出以外，旅游消费支出对奥运会的首轮经济影响均占据很大的贡献率（图 18）。

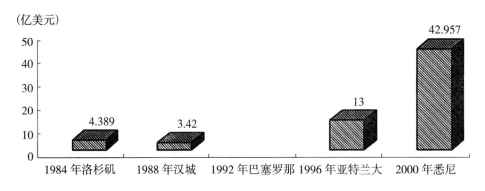

图 18　1984—2000 年奥运会境外游客的消费支出

奥运会除能够带来吸引游客、增加旅游收入以外，还对举办城市在旅游业和会展业方面具有长期的潜在的偿还功能（Payback Effect）。

3. 奥运会对宾馆业的影响

奥运会能够有效地拉动宾馆的建设，使得宾馆的数量得到增长。为了应付宾馆的不足，许多举办城市在奥运会申办成功之后，纷纷提前将宾馆设施建好，以便在奥运会的前后 5 年之中获得最大的经济效益。

1988 年汉城奥运会以来 4 届奥运会的相关资料显示，从奥运会开幕的两年前开始直到奥运年，举办城市的宾馆房间供应量均呈现上升趋势，尤其是四星级以上宾馆的数量和出租率都大幅提高。巴塞罗那的宾馆房间供应量几乎上升了 50%，亚特兰大、汉城和悉尼则提高了 35%（图 19）。宾馆建设的提速提高了举办城市的接待能力，提高了城市的吸引力以及承办更多的大型活动的能力，使得举办城市能够在城市发展战略上占据先机。

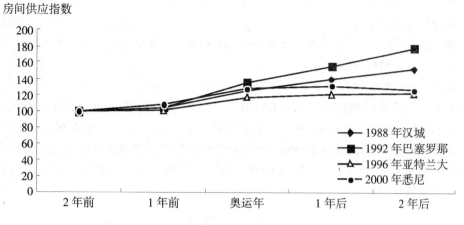

图 19　1988—2000 年奥运会举办城市宾馆房间供应的增长情况

但另一方面的不利因素也值得引起重视。1988 年奥运会以来的资料显示，宾馆的数量增长过快，有可能在短期内造成宾馆供应的过剩（巴塞罗那就出现过这种情况），影响宾馆业的经营效益。由于宾馆数量的过剩及许多游客担心奥运会期间举办城市将比较拥挤，因此在奥运年多数举办城市宾馆的平均入住率反而可能出现下降的趋势，在奥运年后的几年，入住率又会明显回升。

在奥运年，尽管宾馆入住率可能会有所下降，但所有举办城市的宾馆房间的平均房费收入却得到提高，汉城、巴塞罗那、亚特兰大和悉尼 4 届奥运会的举办城市在奥运年宾馆的房费收入平均上升了 22.6%，悉尼虽然低于平均上升水平，但也上升了 11.1%。房费收入的提高可以在一定程度上缓解入住率的下降，在奥运年，几乎所有举办城市的宾馆业的收入都表现良好。

然而奥运会结束后，这种状况发生了明显的改变，除悉尼外，近 4 届奥运会举办城市的宾馆业在奥运会结束后的收入均呈明显下降趋势。巴塞罗那奥运会结束后的两年，宾馆房间的平均房费下降了 60%，这是巴塞罗那宾馆过剩的结果（图 20）。

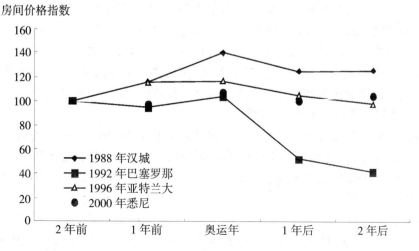

图 20　1988—2000 年奥运会举办城市宾馆房间平均收入变化情况

4. 奥运会对会展业的影响

奥运会对举办城市的会展业也将产生重要的影响，因此几乎所有的举办城市都积极利用奥运会的契机努力促进会展业的发展。从获得奥运会主办权至 2000 年，悉尼会议和旅游局申办成功了 210 个会议活动，汇集了超过 25 万名会议代表，给悉尼市带来了 10 亿澳元的经济收入。悉尼成功地获得 2000 年奥运会的主办权，使得悉尼申办会议活动的成功率平均提高 34%。

尽管在奥运年，举办城市的会议活动吸引的境外代表人数会大幅度下降，但奥运会后的 1 年，会议活动和境外代表人数均达到了创纪录的新高。1992 年巴塞罗那奥运会结束以后，1993 年巴塞罗那的会展业需求提高了 29%；亚特兰大在奥运会结束后的 1997 年，会展业需求竟提高了 90%（图 21）！奥运会给会展业带来的效益还包括会展业设施的增加和宣传效应，在 1992—1997 年间，在巴塞罗那会议住宿设施入住的外国会议代表平均每年增加 21%。

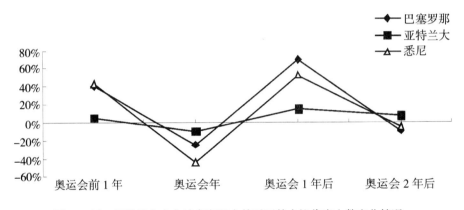

图 21　近 3 届奥运会主办城市奥运会前后国外会议代表人数变化情况

5. 奥运会对房地产业的影响

奥运会对房地产业的影响主要表现在两个方面：一是奥运会能够拉动举办城市房地产的短期出租需求和房地产价格的上涨；二是奥运会对举办城市形成新的城市中心及提升房地产业水平能够产生长期的影响。

对房地产的出租需求和价格的上涨取决于举办城市房地产业市场的规模及成熟程度。在 1988 年以来的 4 个举办城市中，奥运会对巴塞罗那房地产业的影响最大，在 1986—1993 年之间，巴塞罗那的住宅销售价格提高了 240%~287%。汉城奥运会在房地产开发方面也极为成功，在奥运会举办之前，奥运村已经以 2.03 亿美元的价格售出，汉城的房地产价格和出租率都增长很快，1996—2000 年汉城房地产价格上升了 50%。亚特兰大和悉尼则增长很少或没有增长。

奥运会对举办城市房地产业的影响不仅体现在短期的价格和房地产出租需求的提升，而且对奥运村周边地区开发也起到了很大的促进作用。这方面也是巴塞罗那受益最为明显，1988—1991 年巴塞罗那奥运村周边地区的住宅增加了 23%，使这一地区形成了美观整洁的新的繁华地带。

奥运会对汉城和巴塞罗那影响最明显的地方表现在两个城市对奥运村的开发上，两个城市环奥运村周围的地区已经成为新的城市中心。悉尼通过 Newington 村的建设以及其他奥运村周边地区住宅的建设，使得悉尼的房地产业得到了快速发展。

亚特兰大奥运会大量利用了现有的设施供运动员居住，因此在房地产建设方面投入不大。但奥运会也同样通过提高交通设施水平、公园及人行道的改建，极大地改善了市内的住宅环境，对亚特兰大的房地产也产生了一定的影响。

（二）奥运会对就业的影响

1984 年洛杉矶奥运会的直接经济影响给美国南加利福尼亚地区带来了 25000 份工作（人/年）和 4.94 亿美元的工资收入，间接经济影响给南加利福尼亚地区带来了 48375 份工作和 7.74 亿美元的工资收入。直接经济影响与间接经济影响共计给南加利福尼亚地区带来了 73375 份工作和 12.68 亿美元的工资收入。1988 年汉城奥运会给韩国带来了 33.6 万份工作，从 1982 年至 1983 年，参与奥运会相关工作的就业人数占韩国就业人口总数的 0.3%，1987 年则达到 0.5%。1992 年巴塞罗那奥运会在筹备和举行的过程中（1987—1992 年），奥运会的直接经济影响平均每年为巴塞罗那新创造了 35309 份工作，间接经济影响则新创造了 24019 份工作。因此，从 1987 年到 1992 年间，奥运会经济影响平均每年为巴塞罗那新增加就业人数达到 59328 人。同时从 1986 年 11 月到 1992 年，巴塞罗那的失业人数减少了 66889 人，其中举办奥运会的作用至少占 88.7%。1996 年亚特兰大奥运会组委会的直接支出产生了 36026 个就业机会（占总体的 47%），南加利福尼亚州以外地区旅游者的支出则创造出了 41000 个就业机会（占总体的 53%），总数为 77026 个就业机会。2000 年悉尼奥运会在 1995/96—2005/06 年度平均每年给澳大利亚带来 7500 份新的工作机会，其中 5300 份工作机会在悉尼所在的新南威尔士州。

历届奥运会前，举办城市都不同程度地存在着失业率高的问题，而奥运会的举办都大大地缓解了举办城市的失业率。以巴塞罗那奥运会为例，1986 年 11 月（巴塞罗那获得奥运会主办权时），加泰罗尼亚和巴塞罗那地区登记的失业人口达到了创纪录的最高点 127774 人，而在 1992 年 6 月，这一数字已降至历史的最低点 60885 人。从 1986 年 10 月至 1992 年 6 月，巴塞罗那的失业率从 18.4% 降为 9.6%，下降了一半，而工作合同却增加了 2.5 倍。1993 年奥运会结束后，巴塞罗那市的经济表现出了强大的抵御经济危机的能力。

奥运会带动的新增就业机会主要产生在建筑业、制造业、商业、饮食服务业、旅游业等行业上。以亚特兰大奥运为例，亚特兰大奥运会产生就业机会最多的产业为住宿与娱乐业（18067 个就业机会）、饮食服务业（11689 个）、批发与零售业（10859 个）和商业服务业（10483 个）（图 22）。

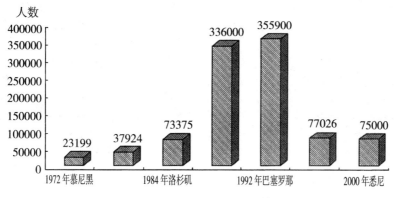

图 22　1972 年以来历届奥运会带动的就业影响

（三）奥运会的综合经济影响

下面从宏观经济的角度对近几届奥运会的综合经济影响作进一步的分析。将重点分析 1984 年以来由于奥运会带动的直接投资、间接投资和消费支出的注入，对举办城市及周边地区产生的直接经济影响（首轮经济影响）、间接经济影响（派生性经济影响）和总体经济影响，以及举办城市在总体经济规模上的增长变化，并最终概括出奥运会的总体经济影响。

需要指出的是，国外有关奥运会经济影响的数据资料均是反映奥运会对包括举办城市在内的州或省的区域范围经济增长的影响情况，其中汉城奥运会经济研究确定的地域范围是韩国全国。

根据美国洛杉矶经济研究中心（ERA）的研究结果，1984 年洛杉矶奥运会在美国加利福尼亚州带动的总支出为 12.419 亿美元（1984 年美元价格），给加利福尼亚州带来的增加值影响为 10.97 亿美元，即首轮经济影响。

首轮经济影响又会带来第二轮、第三轮，乃至更多轮次的经济影响，从而构成了派生性经济影响。该机构对派生性经济影响的计算方法为：首轮经济影响的增加值－支出转移＝首轮净经济影响×3（乘数效应）＝派生性经济影响。

洛杉矶奥运会首轮经济影响的增加值为 10.97 亿美元,支出转移为 3.31 亿美元,则首轮净经济影响为 7.66 亿美元，洛杉矶奥运会的派生性经济影响为 15.32 亿美元。综合以上研究，洛杉矶奥运会的首轮经济影响为 10.97 亿美元，创造了 25000 个专职就业岗位及 4.94 亿美元的工作收入,派生性经济影响为 15.32 亿美元，创造了 48375 个专职就业岗位及 7.74 亿美元的工资收入，总体经济影响为 22.98 亿美元，共创造 73375 个就业岗位(不包括志愿者）及 12.68 亿美元的工资收入（表 12）。

表 12　1984 年洛杉矶奥运会首轮经济影响支出项目（单位：千美元，1984 年美元价格）

支出项目	总支出	增加值
奥运会前官员、赞助商、媒体服务及经济活动支出	4532	4532
通讯、电子媒体（广播、电视）及其他资金支出	100000	80000
附加的赞助广告	4000	4000
组委会赞助商、供应商及其他娱乐公司人员娱乐和展示支出	5000	5000
文化活动	18358	16058
奥运会前体育赛事		
赛事支出	2300	1840
相关支出	1000	1000
奥运会及奥运村运营	454500	420413
组委会特许赞助商和供应商提供给组委会的物品与服务	47350	47350
加利福尼亚州以外旅游者支出	438907	416962
当地居民支出	19847	18855
当地奥运会纪念品和商品销售	45000	20000
外地奥运会纪念品和商品销售	50000	10000

支出项目	总支出	增加值
奥运村居住支出	2775	2775
当地政府收入	48324	48324
以上合计	1241893	1097109
组委会设立的业余体育基金会分成收入	50000	50000
合计	1291893	1147109

[资料来源] Economics Research Associates. Los Angeles

  奥运会还给加利福尼亚各级政府带来了巨额财政收入，其中洛杉矶市政府主要通过奥运会相关的税收获得了 3353 万美元的财政收入，洛杉矶县政府获得了 174 万美元的财政收入，加利福尼亚州政府获得了 4891 万美元的财政收入，当地政府获得的其他管理收入为 1250 万美元，政府土地使用费收入为 2800 万美元。因此洛杉矶奥运会给举办地区各级政府带来的财政收入共计为 1.248 亿美元。

  根据韩国发展研究所的研究结果，从 1982 年至 1988 年，汉城奥运会带动的直接投资为 11084 亿韩元（约合 15.336 亿美元，1995 年美元价格），其中奥运会运营支出为 7222 亿韩元（9.992 亿美元），场馆设施建设投资为 7473 亿韩元（10.339 亿美元）。间接投资为 12742 亿韩元（17.63 亿美元），总投资为 23826 亿韩元（32.966 亿美元），以上构成了首轮经济影响。汉城奥运会的乘数效应为 1.993，因此汉城奥运会的派生性经济影响为 47504 亿韩元（65.72 亿美元），总体经济影响为 71330 亿韩元（98.686 亿美元）。

  根据西班牙著名奥运会经济研究专家佛伦·布鲁奈特（Ferran Brunet）的研究，1986—1993 年，巴塞罗那奥运会带动的直接投资和间接投资为 11195.1 亿比塞塔（98.8 亿美元），直接经济影响为 11660 亿比塞塔（102.9 亿美元），派生性经济影响为 19420 亿比塞塔（177.4 亿美元），总体经济影响为 31080 亿比塞塔（274.3 亿美元）。

  1991—1997 年，亚特兰大奥运会的直接支出与间接支出为 23.07 亿美元，构成直接经济影响、间接经济影响为 28.34 亿美元，总体经济影响为 51.42 亿美元。其中组委会的直接支出及其相关的派生性支出占总体经济影响的 51%（26 亿美元），旅游者的支出及相关的派生性支出占 49%（25 亿美元）。

  根据悉尼奥运会组委会与悉尼奥运会协调局（Olympic Co-ordination Authority）2002 年向联邦政府提交的《2000 年悉尼奥运会与残疾人奥运会：新南威尔士州政府对悉尼奥运会的财政资助报告》，1993 年 9 月至 2002 年 3 月，悉尼奥运会与残疾人奥运会的直接支出为 64.84 亿澳元（45.66 亿美元），扣除残疾人奥运会的运营支出（1.55 亿澳元），2000 年悉尼奥运会的总支出为 64.82 亿澳元（45.65 亿美元）。其中与奥运会相关的场馆设施建设投资为 30.25 亿澳元（21.30 亿美元），奥运会运营支出为 2264 亿澳元（17.94 亿美元），政府的辅助服务 5.38 亿澳元（3.79 亿美元）。此外据新南威尔士州政府 2001 年发表的《悉尼奥运会的商业影响》的数据，悉尼奥运会的间接投资（包括悉尼机场扩建及环保投入）为 30 亿澳元。综合上述两个报告，悉尼奥运会的直接投资与间接投资达到 94.82 亿澳元（66.77 亿美元），其投资规模仅次于巴塞罗那奥运会。上述两个报告是悉尼奥运会以后提交的，是经过系统的财务整理和分析后得出的结论，同时这两个报告又都是官方部门提交的，因此可以认为，这两个报告中的财务数据是准确的。这些投资构成了悉尼奥运会的直接经济影响（表 13），按照 1.70 的乘数，悉尼奥运会的间接经济影响则达到了 161.19 亿澳元（113.51 亿美元），总体经济影响达到 265 亿澳元（180.3 亿美元）。

表 13　悉尼奥运会支出情况（1993 年 9 月—2002 年 3 月 31 日）

项目	百万澳元	相当于百万美元 *
建设项目投资		
新南威尔士州政府	1918.2	1350.8
私人部门	1107	779.57
建设项目投资合计	3025.2	2130.42
活动相关支出		
悉尼奥运会组委会运作项目		
管理与营销	290.7	204.72
竞赛、运营及附属设施	746.4	522.63
运动会服务	260.3	183.3
奥运村	191.8	135
通讯 / 转播与新闻运作	250	176
技术	406.5	286.27
其他	118.3	83.3
遗产贡献	106.8	75.21
悉尼奥运会组委会运营支出及遗产贡献合计	2370.8	1669.57
悉尼残疾人奥运会运营支出	155.6	109.57
奥运会协调局—悉尼奥林匹克公园规划 / 协调及运营	349	245.77
其他政府机构的辅助服务		
运输	366.7	258.24
安全	152.8	107.6
健康 / 医疗	9.4	6.62
水路及港口管理	12	8.45
其他奥运会服务	23.4	16.48
奥运会相关津贴	19.3	13.59
其他政府机构的辅助服务合计	538.6	379.29
赛事总支出	3459	2435.92
总支出	6484.2	4566.34

* 采用 2000 年澳元对美元的汇率，即 1.42 澳元＝1 美元

［资料来源］Olympic Co-ordination Authority. The Sydney 2000 Olympic and Paralympic Games: A Report on the Financial Contribution by the New South Wales Government to the Sydney 2000 Games

表 14　悉尼奥运会投资经费来源情况（百万澳元）

经费来源渠道	场馆设施与基础设施	赛事与联络	合计
悉尼奥运会组委会	361.3	2393.4	2754.7
悉尼残疾人奥运会组委会		116.9	116.9
新南威尔士州财政部外汇兑换收益（悉尼奥运会组委会外汇交易）		58	58
新南威尔士州奥运会相关附加税收入		653	653
私人部门	1107		1107
联邦政府	150	97.3	247.3
其他	221.2		221.2
资助总额	1839.5	3318.6	5158.1
新南威尔士州政府资助			1326.1
合计			6484.2

［资料来源］Olympic Co-ordination Authority. The Sydney 2000 Olympic and Paralympic Games: A Report on the Financial Contribution by the New South Wales Government to the Sydney 2000 Games

通过上述分析可以明显看出，现代奥运会的举办能够对举办城市及其所在的地区（省或州）产生巨大的经济影响。同时也可以看出，奥运会经济影响的规模，与举办国力求通过奥运会实现的经济目标密切相关。

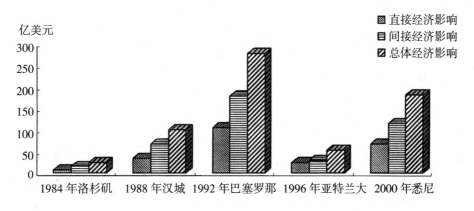

图 23　1984 年以来历届奥运会经济影响的总体规模

从 1984 年以来历届奥运会宏观经济影响的规模来看，1992 年巴塞罗那奥运会的经济影响规模最大，达 274.3 亿美元。其主要的经济背景是：1986 年西班牙加入了欧盟，但西班牙的经济衰退比较严重，其经济发展水平与多数欧盟国家相比有着一定的差距。当时西班牙希望通过第三产业的发展，进行产业结构调整，从而推动西班牙国民经济的发展。巴塞罗那市申办了 1992 年奥运会，以求通过奥运会来推动巴塞罗那城市经济和西班牙整个国民经济的发展。为了实现这一目标，显然必须在基础设施建设方面投入大量的资金，因此巴塞罗那奥运会在筹备和举办过程中在基础设施建设方面的投资达到 69.15 亿美元，占奥运会总投资的 69.98%。西班牙的经济主要以制造业为基础，旅游设施及配套设施比较落后，巴塞罗那周边地区的旅游资源尚未充分挖掘出来。为了促进加泰罗尼亚省的经济发展水平，必须同时加快旅游业的发展。

2000年悉尼奥运会的直接投资与间接投资为66.77亿美元，仅次于巴塞罗那奥运会。澳大利亚决定申办2000年悉尼奥运会在经济方面的主要目的是通过奥运会推动新南威尔士州地方经济的发展。同时，由于澳大利亚国内市场狭小，急需通过奥运会的品牌影响提高其国际市场份额，尤其需要通过奥运会提升澳大利亚旅游产业的国际影响，吸引国外游客，尤其是亚太地区的游客，以提高旅游产业的发展动力，努力打造一流的基础设施及服务设施，形成先进的服务业经营管理模式。

1988年汉城奥运会的总投资为32.96亿美元，韩国政府申办奥运会的主要目的在于把奥运会作为国家整体战略的组成部分，通过奥运会打破闭关锁国的状态，融入国际社会。同时韩国也力求通过奥运会提升城市形象，推动韩国旅游业和制造业的发展。为了实现这样的目标也必须在基础设施方面投入大量的资金，正是由于奥运会的推动，才使韩国真正成为当时亚洲经济的四小龙之一。

洛杉矶奥运和亚特兰大奥运会的经济影响规模均相对较小，主要原因在于这两个城市都拥有相对完善的基础设施，不需在这方面投入大量的资金。同时这两届奥运会是私人机构资助的奥运会，其主要目标是效益的最大化。在经济发展方面，政府部门和私人部门的主要目的都是通过奥运会吸引美国国内商界的注意力，以举办更多的商业活动或吸引有关商业机构在举办城市安家落户。汉城、巴塞罗那和悉尼奥运会的经济目标在于吸引国外的商业活动，而洛杉矶和亚特兰大的主要目标在于吸引美国国内的商业活动。在美国由于奥运会主要是由私人运作的活动，因此政府不可能，也没有投入大量的资金。

（四）奥运会的无形经济影响

1. 奥运会与提高举办城市的形象

通过奥运会提升举办城市乃至国家的形象，几乎是历届奥运会的主办者都希望实现的目标。现代奥运会的历史也已有力地证明，几乎每一届奥运会都极大地提升了举办国和举办城市的形象。美国著名的奥林匹克学者理奇和史密斯在1991年指出，举办国和举办城市的形象主要通过3个潜在的群体得以传播：（1）企业家及其他商界人士；（2）旅游者；（3）洽谈、活动、会议、展会的参加者。但除上述3个群体以外，奥运会至少还通过遍布全球的新闻媒体的报道、各界人士之间的沟通、直接的广告宣传等渠道提升了举办国和举办城市的形象。

1988年汉城奥运会使韩国从一个相对封闭的国家走向了世界，其经济发展的成功模式被誉为第三世界经济腾飞的样板。奥运会还为韩国企业界扩大其产品知名度提供了独特的机会，许多韩国企业通过成为奥运会的正式供应商、赞助各种奥运会文化活动而大大提高了广告宣传效应。韩国三星电子等许多公司都是通过汉城奥运会而成为全球性的跨国集团。

1992年巴塞罗那奥运会使巴塞罗那的知名度和吸引力空前提高。奥运会准备期间及奥运会后，许多企业都是因为看中了巴塞罗那的吸引力、高水平的服务项目（办公、企业用地、房地产等）、劳动力市场及竞争力等因素，把总部移到巴塞罗那。这种趋势在1991年就已显现出来，当时的巴塞罗那在最被企业看好的欧洲城市中名列第8。奥运会后的 1993 年名列第 9，前 8 个被企业看好的城市依次为伦敦、巴黎、法兰克福、布鲁塞尔、阿姆斯特丹、苏黎世、格拉斯哥和曼彻斯特。巴塞罗那被企业看好的主要因素包括雇员的生活质量（列欧洲第 5）、办公用房价格（第 6）、靠近市场（第 10）、交通基础设施（第 15）、通讯服务（第 19）。1986—1991 年，共有 200 多个美国和日本的公司在加泰罗尼亚省及其周边地区落户。

1996 年亚特兰大奥运会使亚特兰大在美国和全世界提高了其作为国际重要商业城市的知名度。1996 年亚特兰大奥运会之后的 1997 年，美国经济学家哈里斯（Harris）就亚特兰大的形象问题对 13 个国家的 620 名公司经理进行了调查。调查结果显示，奥运会使亚特兰大的形象提升了 17.4 个百分点。奥运会申办成功以后，亚特兰大在全球规模的许多次评选中都名列前茅。1996 年，在著名的《财富》杂志评选出的拥有全球最佳经济环境的城市中，亚特兰大名列第一。在《世界贸易杂志》评选出的拥有国际跨国公司最多的 10 个城市中，亚特兰大也名列第一。在 Ernst and Young 公司评选出的全球 10 个房地产市场前景最佳的城市中，亚特兰大同样名列第一。尽管亚特兰大奥运会的主办者希望吸引美国国内的企业迁移亚特兰大，但有关学者预计，由于亚特兰大形象的提升，会有更多的欧洲、亚洲和拉美地区的企业移至亚特兰大。1997 年，仅"再造佐治亚电力"（Sponsor Georgia Power）项目就吸引了 12 家公司在亚特兰大落户，创造了 3400 个新的就业机会。

1997—2004 年间，悉尼奥运会使澳大利亚的形象得以提升，境外游客的数量增加了 174 万人，给澳大利亚带来了 35 亿美元的外汇收入。仅 2000 年，澳大利亚境外游客的数量就增加了 11%。有关研究表明，来澳大利亚观看和参加奥运会的 11 万名国外游客中，88%的人愿意再次到悉尼旅游。1997—2000 年间，澳大利亚旅游局仅通过"媒体关系"活动，就为澳大利亚制造了相当于 21 亿美元广告费的宣传效应。澳大利亚旅游委员会估计，1997—2000 年，悉尼奥运会给悉尼带来的广告宣传效应相当于支出 48 亿澳元（33.8 亿美元）。据国际会议协会的调查，由于 2000 年悉尼奥运会对澳大利亚形象的提升，2001 年澳大利亚成为吸引国际会议及相关活动最多的国家，超过了美国和英国。新南威尔士州政府充分利用各种与奥运会相关的活动，吸引了 19 个新的投资项目，为该州赢得了 1.14 亿澳元的新的投资，创造了 1219 个就业机会。2000 年 12 月，在由澳大利亚联邦政府、州政府及两个奥运会主赞助商联合举行的"投资 2000"活动中，有 45 个公司决定在澳大利亚投资，投资总额达到 5.94 亿澳元，有 44 个公司积极考虑在澳大利亚投资。

2. 奥运会与加快城市现代化建设

现代奥运会发展的历史表明，奥运会能够有力地推动举办城市的城市改造步伐，使举办城市向现代化大都市迈进。在现代社会，城市是一个国家经济、科技现代化的载体，是经济、社会现代化的物质表现，城市现代化是一个国家和地区现代化的重要内容和主要表现形式，因此促进城市现代化无疑成为各国的国家发展战略。然而，在缺少外界刺激因素的情况下，城市现代化的过程往往要延续相当长的时间，因此世界各国的决策者都在积极寻求促进城市现代化的机会，举办奥运会无疑是促进城市现代化的极佳的选择。如果不举办奥运会，许多建设项目就会耽搁，结果则是延缓城市现代化的步伐。奥运会促进城市现代化的作用主要体现在以下两个方面：

首先，奥运会使城市重要的基础设施建设提速。韩国政府充分利用 1988 年汉城奥运会的机遇，对许多关键性的基础设施长期建设项目加快了建设步伐。这些建设项目包括金浦国际机场的扩建、新道路主干线及地下车站的修建、汉城通讯基础设施的改建等。如果没有奥运会，这些项目不会这样快地上马。

巴塞罗那奥运会是基础设施建设投入最高的奥运会，基础设施投资总额达到69.15亿美元，占整个奥运会投资的73.8%。巴塞罗那市政府建成了巴塞罗那的环路，将巴塞罗那与大海相连，也把奥运村、奥林匹克公园等连接起来。同时通过建设奥运会分赛场，进一步建设了巴塞罗那周边的3个卫星城。1992年与1989年相比，新建道路增加了15%，污水处理系统增加了17%，绿色带和海滩增长了78%，池塘和喷泉增加了268%。

尽管亚特兰大具有相对完善的城市基础设施，但亚特兰大仍投资11亿美元用于奥运会住宿设施的建设。主要投资项目还包括哈兹费尔德国际机场（Hartsfield International Airport）的改建及新的通讯基础设施的建设。亚特兰大奥运会的通讯基础设施是有史以来为一个赛事服务的最大的光纤网络，它包括45万英里的光纤（可环绕地球18圈），将9个城市的36个场地与亚特兰大国际转播中心相连接。

在悉尼奥运会的筹备过程中，新南威尔士州政府投资7亿澳元修建了连接机场和悉尼市中心商业区的道路，投资20亿澳元对悉尼机场进行改建，并修建了一条机场轻轨道路。由于"千年网络"（Millennium Network）的建设，悉尼奥运会极大地提高了悉尼的通讯设施的水平。在悉尼奥运会期间，澳大利亚电信的奥林匹克网络每天的电话传送量达到30万次，但仍没有达到其容量的50%；在下午和晚上的开幕式进行过程中，仅移动电话的拨打次数就达到50万次，是历史上移动电话拨打最集中的时刻。悉尼奥运会还对悉尼中心商业区的开发产生了重要影响，完成了价值24亿澳元的建设项目。奥运会开幕前夕，16个重要的商业项目已经完成，占地面积为39.5万平方米。在奥运会开始的前1年，中心商业区新建了12个宾馆，可提供2567个房间。奥运会前还建成了33个住宅项目，可提供3055个单元的住房。

其次，通过奥运村的设计和选址推动城市的现代化建设。在汉城奥运会和巴塞罗那奥运会的筹备过程中，通过奥运村的建设推动城市现代化进程均被政府部门列为关键性的步骤。在建设奥运村的过程中，这两个城市都新建了城区，配备了完善的商业和社区服务设施。现在，这两个原来的奥运村都已经完全融入这两个城市，成为这两个城市样板性的住宅工程项目。在悉尼，新建的奥运村是太阳能公寓，包括2000个单元，可以居住5000人。这些公园中的一些单元通过"销售和回租"的方法在奥运会前就已经售出。其他单元则是可移动的，在奥运会结束后，将从奥运村移走安置在别处。

3. 奥运会与改善城市生态环境

1995年在瑞士洛桑举行的第一届国际体育与环境大会上，当时的国际奥委会主席萨马兰奇明确指出，国际奥委会把环境问题看成是其为了工作中除体育与文化以外的第三个支柱。为了加强环境保护方面的工作，1996年，国际奥委会专门成立了体育与环境委员会，以指导未来奥运会的环境保护工作。国际奥委会要求各申办城市在申办过程中，必须认真考虑奥运会与城市生态环境的和谐性。

回顾近几十年来奥运会发展的历史，我们可以发现，奥运会的举办一般都对举办城市生态环境的改善发挥了巨大的作用。从1972年慕尼黑奥运会以来，奥运会的许多用地都是城市闲置的土地或需要进行排污改造的土地。为举办慕尼黑奥运会而修建的奥林匹克公园和娱乐区建在了大片闲置的土地上，当时地面上堆积的大量岩石和碎石，严重影响了城市的形象。奥林匹克公园的修建大大改变了这一地区衰败不堪的状况，有力提升了慕尼黑市的生态环境，慕尼黑奥林匹克公园至今仍是人们尽情休闲放松自己的好去处。汉城奥运会则改造了奥林匹克公园所在区及汉江周边的地区，建成了奥林匹克公园、体育休闲设施和娱乐区，使汉城的环境得到很大改善。1992年巴塞罗那奥运会则在日益衰落的工业区、旧铁路线和废旧的港口区建立了住宅区、公园、娱乐区、服务中心等。亚特兰大奥运会则改造了市中心的破败地段，建设了办公设施和娱乐设施。

在促进生态环境发展方面，悉尼奥运会是最成功的。悉尼在申办2000年奥运会的过程中提出了要办"绿色奥运"的口号。在申办过程中绿色和平组织及其他环保部门参与了申办工作，出台了《夏季奥运会环境保护纲要》，这也是悉尼能够成功胜出的一个重要因素。该纲要对奥运会场馆规划与建设、能源与水资源保护、垃圾的控制与管理、空气、水和土地质量、赛事管理及运输等许多与生态环境相关的问题都作出了明确具体的规定，提出具体的实施措施和方案。悉尼奥运会在生态环境保护方面取得了巨大的成就。奥运村的所有永久性公寓都拥有太阳能嵌板，每年能够提供相当于100万瓦小时的能量。此外公寓所用木材还进行了无毒防白蚁处理，减少聚氯乙稀的使用以及降低油漆的毒素以提高室内空气质量。奥运村所用木材均取自于再生性很强的森林，以利于森林的可持续性管理。以上措施使奥运村成为一个清洁、美观、绿色气息浓厚的美好家园。许多体育场馆也自己生产生态能源，罕布什海湾（Homebush Bay）建设的体育设施拥有19个太阳能吸纳设备，每小时生产相当于16万瓦电能的太阳能，多余的能源还能并入新南威尔士州电网。悉尼奥运会在生态环境保护方面的亮点还包括：

——悉尼奥运会将一片废弃的污染严重的土地变成美丽诱人的体育设施区域；

——建成可以现场处理400吨含有致命化学物质的土壤的设施；

——在罕布什海湾建成的水源再生和处理系统，可以重新使用污水和雨水，解决了50%的用水需求。

雅典奥运会的筹备目前正面临着严重的生态环境挑战，绿色和平组织已经将雅典列为欧盟国家中污染最为严重的城市，警告雅典奥运会可能成为"棕色奥运会"。为此，雅典奥运会的组织者已经认识到这一问题的严重性，并且已经将改善城市生态环境作为雅典奥运会整体目标的重要组成部分。除大量增加城市公共绿地以外，雅典正在建设许多大型交通项目，计划将私人轿车减至25万辆，此举可将大气污染水平降低35%。

（五）奥运会对举办城市经济影响的基本规律

本课题已经对1972年以来历届奥运会的市场开发状况、奥运会运营情况、奥运会对举办城市经济影响的情况进行了全面深入的分析。下面本课题拟就奥运会对举办城市产生经济影响的内部机制和规律进行探讨，以便为研究举办2008年奥运会将会给北京带来的经济影响进行充分的理论准备。

1. 奥运会对举办城市经济影响的机制

奥运会是一个庞大的社会文化现象，同时也是一个庞大而复杂的经济现象。奥运会之所以能够对举办城市的经济发展产生巨大的影响，最根本、最直接的原因是奥运会能够给举办城市带来巨大的投资。由于奥运会能给举办国及举办城市带来巨大的投资，使奥运会成为推动举办城市经济发展甚至经济腾飞的原始驱动力，所以1984年以来，奥运会一直成为世界各国及举办城市倾尽全力进行争办的对象。

关于投资对经济增长的推动作用，早在资产阶级古典经济学中就已经给予了高度的重视。亚当·斯密在其著名的《国富论》中指出："要大大改进劳动生产力，必须预先积累资金。而资金的积累，亦自然会导致劳动生产力的改进。"资本积累理论是马克思政治经济学的重要组成部分。马克思在批判地继承古典政治经济学的基础上，进一步明确指出，资本积累作为剩余价值的资本化，是扩大再生产的源泉。现代西方经济学理论特别是经济增长理论都非常关注投资对经济增长的作用。本研究将运用宏观经济学的经济增长理论对投资能够促进经济增长的机制进行探讨，并进而探讨奥运会投资促进举办城市经济发展的机制。

经济增长理论认为，现代社会国民经济一般由总需求确定总产出。在这样一个由总需求确定总产出的经济中，如果某个需求部门有一个较小的变动，该变动就会影响到整个经济中其他部门，从而使整个经济的总产出在各个部门都发生变动。这个变动的总和，就是"乘数效应"。投资之所以能够促进国民经济的增长，是由于投资通过乘数效应的扩张作用，使投资带动了国民经济更大规模的经济活动，从而使整个国民经济在总量上进一步增长。下面具体说明这一机制。

在一个开放的国民经济体系中，国民生产总值由消费支出、投资、政府支出与净出口4个部分组成，亦即

$$Y=C+I+G+NX \qquad (a)$$

这里 Y 表示国民总收入，即总产出，C 代表消费支出，I 代表投资，G 代表政府支出，NX 代表净出口。我们也可以把该等式看成函数式，等式左边的 Y 表示国民生产总值，为因变量，等式右边为自变量。等式右边每一个指标值的变动都会引起国民生产总值 Y 的变化。这就是凯恩斯理论的基本假设，即国民生产总值是由总需求决定的。总需求的确定方式为：

$$AD=a+b(1-t)Y+I+G+g-nY=(a+I+G+g)+[b(1-t)-n]Y \qquad (b)$$

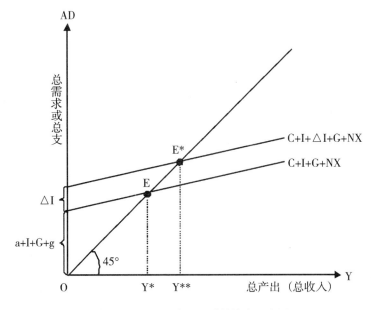

图24 国民经济增长乘数效应示意图

174

这里 AD 表示总需求，a 为国民基本消费常数，b 是大于 0 小于 1 的正数，表示人们把总收入 Y 中多大的一部分用于消费。(1−t) Y 代表国民可支配收入，其中 t 代表税率，为大于 0 小于 1 的正数。g−nY 为净出口，其中 g 为出口，n 为小于 1 的正数，nY 表示总收入中有多少用于进口，g−nY 表示净出口与收入水平 Y 成反比关系。根据总需求可以确定实际总产出值：

$$Y^* = \frac{a+I+G+g}{1-[b(1-t)-n]} \qquad\qquad (c)$$

在图 24 的坐标里，我们用横坐标表示总产出（Y），用纵坐标表示总需求（AD）。根据总需求与总产出均衡的理论，用一条经过原点的 45°直线表示这种均衡关系。从图 24 可以看出，总需求线的位置是有由截距所确定的在截距项所包含的 a+I+G+g 中，任何一项发生变动都会引起总需求线的平移，假定投资 I 增加了 △I，那么总需求线就会平衡地向上移动 △I 的距离。由于投资增加了 △I，均衡点 E 变动到 E*，而对应的实际总产出值也由原来的 Y* 增加到 Y**，我们会发现二者不相等。也就是说一个较小的总需求变化会引起一个较大的总产出变化。而且在给定 △I 的情况下，总需求线的斜率越大，总产出的变化（△Y=Y**−Y*）也就越大。从几何关系来看，总产出与总需求变化量之比 △Y/△I 的大小是由总需求线的斜率所确定的，其经济学解释就是"乘数效应"。

乘数效应的计算公式为：

$$K = \frac{1}{1-[b(1-t)-n]} \qquad\qquad (d)$$

这里 b 代表边际消费倾向，t 表示税率，n 表示边际进口倾向，三者都介于 0 和 1 之间，且 b 远远大于 t 和 n，所以 K 是一个大于 1 的数，即乘数效应值。例如，当 b=0.8，t=0.2，n=0.1 时，K=2.17。其含义在于，投资、政府支出、消费、进出口等项每变动一个单位，就会使得国民生产总值变动 2.17 个单位。

产生这种国民生产总值成倍增长的原因在于，国民经济是一个相互依存、相互联系的有机整体，国民经济某一部门的产生的投资首先会增加本部门及本地区的收入，这是首轮或直接经济影响。首轮的投资产生的收入会进一步通过投入产出链，在其他部门或地区诱发第二轮、第三轮乃至若干轮的新的投资并产生新的收入，在国民经济各部门中引起连锁反应，从而增加其他部门的收入，即派生性影响或间接经济影响，最终使国民收入成倍增长。

奥运会投资作为固定资产投资，不可能不遵循投资促进国民经济增长的一般规律，投资乘数效应在奥运会投资上同样发挥重要的作用。同时奥运会投资主要以固定资产投资为主，固定资产投资与国内生产总值之间存在着高度相关关系。以我国为例，改革开放以来，我国全社会固定资产投资与国内生产总值之间的相关系数高达 0.99。

奥运会的投资除具有一般投资所具有的特点以外，还具有自身特有的特征：

第一，涉及产业多，影响范围广。奥运会在筹备和举办的过程中，其投资注入的产业主要包括建筑业、建材业、房地产业、制造业、高新技术产业、旅游产业等。由于投资注入产业范围较大，其经济影响的范围超过了单一产业投资的影响。奥运会投资诱发的第二轮、第三轮乃至数轮的新的投资所产生的派生性影响也自然扩大。

第二，奥运会投资是一种长期性投资。奥运会的投资一般至少在奥运年的 5 年前开始注入举办城市，以后逐年递增。一般在奥运年的前1~2年达到最高点，在奥运会结束的1年后，奥运会相关直接投资基本停止。这样一个长达6~7年的大规模的持续投资期是任何一项文化活动投资都无法比拟的。

第三，奥运会投资是一种"注意力投资"，它能够引发良好的投资与消费倾向。注意力经济是一种无形的稀缺资源，它能够通过某一平台在一定的时间内，使人们的注意力集中在某一地区。在奥运会的筹备和举办过程中，奥运会这一庞大的社会文化现象无疑会使全世界将注意力集中到举办城市，能够引发投资者和消费者良好的投资与消费预期。

以上所归纳的奥运会投资的规律与特点决定了奥运会的投资必然会给举办城市带来巨大的长期的经济影响，1984年以来各届奥运会对举办城市经济影响的研究结果也充分证明了这一点。

2. 奥运会对举办城市经济影响的规律

通过分析奥运会的投资与乘数效应关系，特别1992年巴塞罗那奥运会和2000年悉尼奥运会的投资与乘数效应的交互关系，可以进一步研究奥运会投资促进举办城市经济增长的基本规律。

实际上，一个城市在获得奥运会主办权以后，与奥运会相关的直接投资和间接投资在奥运会开幕的5年前就已经开始了，这种投资在奥运会召开的前1年或2年达到最高点。奥运会结束以后，与奥运会相关的投资仍将延续1~2年，并逐步下降。

奥运会的投资产生的乘数效应并不完全与投资同步，奥运会投资发生的当年，其乘数效应较小，随着时间的推移，累加的奥运会投资引发的乘数效应也逐步增大，乘数效应往往在奥运年达到最高点（尽管奥运会当年的投资并不是最多）。奥运会结束以后，尽管奥运会直接相关的投资将在1~2年内基本结束，但奥运会投资引发的乘数效应仍能够持续5年左右（图25、图26），因此奥运会的经济影响一般能够持续12年左右。

以巴塞罗那奥运会和悉尼奥运会为例，1992年巴塞罗那奥运会的投资在1987年开始启动，投资的最高点在1991年，然而奥运会投资引发的乘数效应最高点在1992年。在1993年，与奥运会相关的直接投资和间接投资基本结束，但前几年注入的奥运会投资引发的乘数效应，在奥运会结束的4~5年仍在发挥作用（图25）。悉尼奥运会的情况与巴塞罗那奥运会的情况相似。悉尼奥运会的投资在1995年开始启动，最大规模的投资发生在奥运会开幕前的1998年，奥运会的相关投资在2001年基本结束。奥运会相关投资产生的乘数效应在2000年达到最高点，在奥运会后奥运会投资产生的乘数效应将一直持续到2005年（图26）。

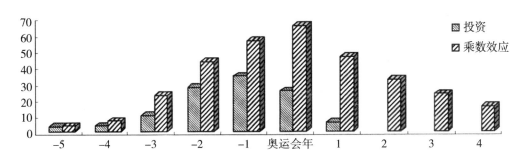

图25　1992年巴塞罗那奥运会投资与城市效应的比较

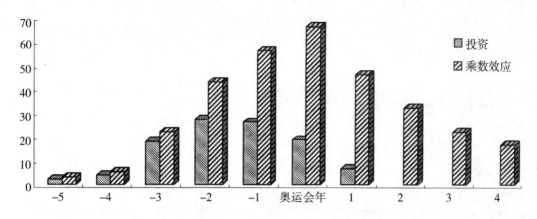

图26　2000年悉尼奥运会投资与乘数效应的对比

通过以上分析，我们至少可以认为，奥运会投资具有两个基本规律：（1）奥运会投资能够给举办城市带来长期的经济影响，影响的时限为12年左右；（2）奥运会投资的乘数效应后劲很足，具有明显的后发性特征。

奥运会投资具有的两个基本规律的原因除上面叙述的奥运会投资的基本特征以外，还由于奥运会经济作为一种注意力经济是一种逐步释放的经济，举办城市的形象在人们的心目中有一个逐步提升的过程，因此奥运会的投资和消费过程也是一个逐步延伸的过程，其乘数效应的释放也是一个逐步展开的过程。由于奥运会的主要投资都是在奥运会前的5~6年时间内完成，因此投资与乘数效应之间有一定的时间差。奥运会投资的潜在经济影响很大，但这种影响的效果却与筹备和举办奥运会的运营水平密切相关。

如果奥运会组委会、政府决策机构及相关部门能够充分利用奥运会的契机，在筹备和举办奥运会的过程中，努力提高国家及举办城市的形象及旅游观光的吸引力，就有可能在奥运会结束后，刺激举办城市的旅游投资与消费。此外，奥运会结束后的相关体育设施如能够充分利用，也能够进一步拉动举办城市的投资与消费需求，从而延长和扩大奥运会的经济影响。对此，德国著名奥运会经济研究学者豪格·普鲁斯（Holger Pruess）认为，奥运会的投资将持续17年。奥运会前7年，主要是奥运会的相关投资，奥运会后的10年主要是奥运会派生的旅游投资和消费。

五、2008年奥运会对北京经济发展的影响

（一）2008年奥运会的支出测算及其年度分布

1. 2008年奥运会组委会运营支出的分布及其特点

《北京2008年奥运会申办报告》（以下简称《申办报告》）中详细地提出了组委会的财政预算情况，其中运营费支出14.19亿美元，约合人民币117.35亿元。表15是运营支出在各具体分类上的分布。根据《申办报告》中的现金流量表，我们还可以得出行政运营支出在各年份的分布情况（表16），从中可以看出运营支出的主要部分是在奥运年。

表15　2008年奥运会运营支出的具体情况

具体支出项目	支出额(百万美元)	支出额(亿人民币)	占总支出百分比(%)
1. 体育比赛	275	22.74	19.38
2. 奥运村	65	5.38	4.58
3. 主新闻中心、国际广播电视中心	360	29.77	25.37
4. 记者村	10	0.83	0.71
5. 开闭幕式、节目	100	8.27	7.05
6. 医疗服务	30	2.48	2.11
7. 餐饮接待	51	4.22	3.6
8. 交通	70	5.79	4.93
9. 安保	50	4.14	3.53
10. 残疾人费用	82	6.78	5.78
11. 推广	60	4.96	4.23
12. 行政管理	125	10.34	8.81
13. 试运行和协调	40	3.31	2.82
14. 其他	101	8.35	7.12
全部运营支出合计	1419	117.35	100

表16　2008年奥运会运营费的年度分布情况

	2003	2004	2005	2006	2007	2008	2009	合计
支出额（百万美元）	4	5	10	100	100	1192	5	1416
支出额（亿元人民币）	0.33	0.41	0.83	8.27	8.27	98.58	0.41	117.10
占总支出的百分比(%)	0.28	0.35	0.71	7.06	7.06	84.19	0.35	100

[资料来源]《申办报告》现金流量表，近似计算时均保留到小数点后两位。

2. 奥运会相关设施建设的支出及其分布的确定和调整

（1）奥运会相关设施建设支出的确定

奥运会相关设施建设主要包括体育场馆和奥运直接相关设施项目（奥运村、记者村、主新闻中心、国际广播中心等）两个大类。《申办报告》确定的体育场馆、相关设施的总投资额为20.616亿美元，约合人民币170.49亿元，其中组委会出资1.9亿美元（其中1.02亿美元用于体育设施的建设，0.4亿美元用于奥运村的建设，0.45亿美元用于主新闻中心和国际广播电视中心，0.03亿美元用于记者村）；政府和其他方面投资18.716亿美元（其中14.29亿用于体育场馆建设，4.42亿用于奥运村建设）。

本预算中用于京内设施的支出为18.494亿美元，约合人民币152.95亿元；京外5个比赛场馆（青岛国际帆船中心、天津体育场、秦皇岛体育场、沈阳五里河体育场、上海体育场）的新建改建支出为2.122亿美元，约合人民币17.55亿元（表17）。

表 17 《北京 2008 年奥运会申办报告》中列出的体育场馆、设施支出

	在京设施支出		京外设施支出		合计	
	百万美元	亿人民币	百万美元	亿人民币	百万美元	亿人民币
体育场馆	1318.93	109.08	212.19	17.55	1531.12	126.62
奥运村等相关设施	530.48	43.87	--	--	530.48	43.87
合计	1849.41	152.95	212.19	17.55	2061.60	170.49

[资料来源] 由《申办报告》中《体育场馆建设投资总预算表现金流量表》合并计算而来，近似计算时均保留到小数点后两位。

但在后来北京市发布的《北京市奥运行动规划》（以下简称《行动规划》）中确定，奥运会比赛计划使用场馆 37 个，其中北京地区 32 个，京外地区 5 个；在北京 32 个比赛场馆中，新建 19 个（含 6 个临时赛场），改扩建 13 个；此外还要改造 59 个训练场馆及配套建设残奥会专用设施。由于客观需要，有关部门对一些投资额进行了调整，最新得到的数据显示，在京奥运场馆建设及配套设施项目的投资总计为 280 亿元人民币，这要大大高于《申办报告》中的在京投资额（表 18）。

表 18 在京奥运场馆建设及配套设施项目的投资数额

建设项目	投资额（亿元人民币）
新建场馆 19 个（含 6 个临时赛场）	95.2
改扩建场馆 13 个	24
训练场馆装修改造项目 59 项	4
残奥会专用设施改造	3.8
小计	127
新建与奥运会直接相关的设施项目	153
合计	280

造成这种差距的主要原因是在《申办报告》的预算中，主新闻中心、国际广播电视中心和记者村计划使用租用建筑，而在《行动规划》中这些设施将完全新建。目前并没有京外体育设施支出也将变动的消息，因此我们假设其不变。用表 19 中最新的在京奥运投资替换表 17 中相应数据，即可得到奥运会相关设施建设支出总额为 297.55 亿元人民币，其中体育设施支出为 144.55 亿元，相关设施支出为 153 亿元。

表 19 2008 年奥运会体育场馆、相关设施建设支出分配（亿元人民币）

	在京设施支出	京外设施支出	合计
体育场馆	127	17.55	144.55
奥运村等相关设施	153	--	153
合 计	280	17.55	297.55

（2）2008 年奥运会相关设施建设支出的年度分布情况

将《申办报告》中组委会预算和非组委会预算中的关于体育场馆和奥运村建设的支出进行合并，就可以得到二者的年度分布情况，并可以计算出各年度投资额占总投资的比例（表 20）。

表 20　2008 年奥运会体育场馆和奥运村建设支出的年度分布状况

		2003	2004	2005	2006	2007	2008	合计
场馆建设支出	百万美元	212.57	425.13	528.2	321	44.22		1531.12
	亿人民币	17.58	35.16	43.68	26.54	3.66		126.62
	占本项支出百分比(%)	13.88	27.77	34.50	20.96	2.89		100
相关设施支出	百万美元			138.41	191.29	162.53	38.25	530.48
	亿人民币			11.45	15.82	13.44	3.16	43.87
	占本项支出百分比(%)			26.10	36.06	30.64	7.20	100
支出合计	亿人民币	17.58	35.16	55.13	42.36	17.1	3.16	170.49
	占总支出百分比(%)	10.31	20.62	32.34	24.85	10.03	1.85	100

　　[资料来源] 由《申办报告》非组委会预算表和现金流量表计算得出，其中组委会在各年支出按比例分配给体育场馆和相关设施。

根据本节前面的计算，最新的体育场馆建设支出分别为 144.55 亿元人民币，我们可以认为它的分布态势同原有体育场馆投资分布具有相同的规律，因为这些投资在性质上是相同的。在不知道新增投资如何具体分配的情况下，这样做是比较合理的。因此，用最新的体育场馆建设支出乘以原来各年度场馆投资占总额的比重，即可估算出新的场馆投资年度分布情况。同理，相关设施建设支出 153 亿元，它也服从原来的相关设施建设支出年度分布规律。最后将两者汇总，就可得到奥运场馆设施投资支出的年度分布情况（表 21）。

表 21　2008 年奥运会新奥运场馆及相关设施建设支出年度分布预测（亿元人民币）

	2003	2004	2005	2006	2007	2008	合计
场馆建设支出	20.06	40.14	49.87	30.30	4.18	0	144.55
相关设施支出			39.93	55.17	46.88	11.02	153
合　计	20.06	40.14	89.8	85.47	51.06	11.02	297.55
占总支出的百分比(%)	6.74	13.49	30.18	28.73	17.16	3.70	100

（二）2008 年奥运会的旅游消费支出

旅游业历来是举办奥运会最直接受益的产业之一，与投资能够促进举办城市经济增长一样，旅游消费的增加同样能够大幅度地促进北京经济的增长。因此，对 2008 年奥运会旅游相关支出的估算成为我们研究的一个重点。

在我们所确定的三种奥运直接支出中，奥运设施支出和奥运运营支出都相对比较容易确定，这是因为他们的支出主体和预算比较容易确定，即使发生变动调整起来也不是太麻烦。而奥运旅游相关支出则比较难以估计，它不但受中国、北京的客观政治、经济环境的影响，还将受到世界政治经济环境的影响。

总的来说，中国、北京在筹办奥运会过程中的一切努力都会影响奥运旅游的变动，如前期在国、内外的宣传推广，赞助商的广告宣传，奥运设施的招标、投标、建设，北京市的基础设施建设发展程度，交通改造、住宿饮食的提供等，都会影响到奥运旅游。而从国际上看，以和平为主导的世界军事环境、各大国之间政治矛盾的缓和、相互理解程度的加深等，都有利于国家之间不搞封锁、加强交流，从而有利于增加 2008 年奥运会的外国旅游人数，而世界经济的整体复苏无疑也将有利于外国游客的增加。但与此同时，可能发生的自然灾害、疫情等则将抑制旅游人数的增长，如水患、风沙、流行性疾病都会影响中国、北京对世界的吸引力，也会影响国内旅游者的热情和旅游能力。

1. 对 2008 年奥运会带动的旅游人数的预测

（1）国内外相关研究对北京 2003—2010 年旅游人数的分析

美国高盛公司的估计，从 2002 年起到 2008 年，我国旅游业的收入每年将增长 18%。而有专家预测，在奥运会前 7 年的准备期中，北京游客数量将每年增长 20%，旅游收入每年增加 20 亿美元；奥运会举办当年，游客数量会再增加 100 万人次，旅游收入增加 50 亿美元，由奥运会直接增加的旅游收入总计将超过 1500 亿元人民币。

而根据《奥运行动规划》的《文化环境建设专项规划》，从 2001 年到 2005 年，入境旅游者人数将按 5% 的速度增长。《中国旅游报》根据历届奥运会的实际情况，预测 2008 年北京奥运会对我国入境旅游的贡献率线呈马鞍形，即在承办前几年缓慢增长，到 2008 年达到峰值，之后增速放缓，事实上绝大部分专家学者都认同旅游增长的这一规律。

在最新出版的《北京奥运经济研究》中，由北京市旅游局奥运与北京旅游业发展课题组完成的研究报告《奥运对北京旅游业的推动作用及旅游业发展思路》对外国人入境旅游、外省市来京旅游以及北京市民在京的旅游预值进行了预测。该报告认为：入境旅游者人数的增长速度 2001—2005 年为 6% 左右，2006—2007 年为 8% 左右，2008 年为 10% 左右；外省市来京游客人数增长速度 2001—2007 年约为 5%，2008 年为 3%；北京市民在京的旅游人数增长速度 2001—2007 年为 5%，2008 年为 3%，其他具体预测结果见表 22。

表22 对2008年奥运会入境、外省市以及北京游客数量的预测

	入境旅游		外省市旅游		北京市民旅游	
	人次（万）	收入（亿美元）	人次（亿）	收入（亿人民币）	人次（亿）	收入（亿人民币）
2003	321	33.1	1.03	1148	0.49	77
2004	340	35.1	1	1115	0.47	75
2005	361	37.2	0.95	1062	0.45	71
2006	390	40.2	0.91	1011	0.43	68
2007	421	43.4	0.86	963	0.41	64
2008	463	47.8	0.82	917	0.39	61

［资料来源］由《北京奥运经济研究》第 487、488 页 6 个图表整理而得。

从地域来看，按照研究的需要，我们把奥运会引起的旅游活动划分为在京旅游和京外旅游两部分。京外旅游包括京外的场馆举办的体育赛事吸引的旅游者——为了奥运会而来到北京的旅游者（包括外国游客）在欣赏奥运之余去北京之外的地方旅游。无疑，北京作为举办城市应该分享奥运旅游这块大蛋糕的绝大部分，京外旅游活动应该只占很小的比例。此外，由于本课题的任务是研究奥运对北京经济的影响，因此我们将主要考察奥运会对北京旅游的带动作用。

在前面提到的国内预测中，北京市旅游局课题组的预测是相对比较详细、全面的。但对于这一预测，我们持有不同的看法。我们认为，该报告的预测存在着比较严重的缺陷。该报告给出的结果是各种旅游收入与旅游者人数同步增长，这是不尽合理的。事实是，2001 年北京市接待海外来京旅游者 285.5 万人次，比上年增长 1.31%；旅游外汇收入 29.5 亿美元，却比上年增长 6.5%，两者并不是同步增长。理论上，旅游收入与旅游者人数同步增长的前提条件是旅游者的人均支出不变。很显然，这一前提条件是存在的。一般说来，人均旅游支出会随着经济的不断发展而变动，长期来看会逐渐增多，现实情况也正是如此。下面是北京 1980—2002 年这 23 年间的海外来京旅游者人均支出变化的折线图。从该图我们可以清晰地看出，尽管个别年份人均支出会减少，但从长期趋势来看，人均支出是增加的，已经由 1980 年的人均支出 419.6 美元增加到 1990 年的675 美元，再增加到 2002 年的 999 美元，涨幅分别为 61.87% 和 48%（图 27a）。

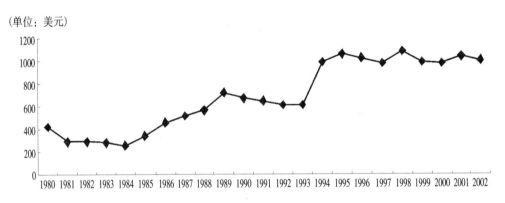

（单位：美元）

图 27a 1980—2002 年海外来京旅游者人均支出变动情况

[资料来源] 根据历年海外来京旅游人数和历年外汇旅游收入计算而得。

举办奥运会不但会引起游客数量的大幅增加，还会使游客的平均停留时间有较明显的增加，从而使人均旅游支出有比较明显的增加。为了更合理地预测旅游收入的增长，就需要更深入地探究旅游人数和人均旅游支出这两项指标的变动规律。而在对这两方面进行预测时，我们主要采取的方法是：充分借鉴国外举办奥运会的成功经验，同时参考国内专家学者所作预测中的合理部分，在客观分析我国国情以及北京市具体形势的情况下，给出我们的判断和预测，并对每一个影响因素的取舍给出相应的解释。

（2）对 2003—2010 年北京旅游人数增长的态势分析

奥运旅游者的概念是比较广泛的，它不仅包括我们平常意义上的纯旅游观光者，而且还包括奥林匹克大家庭成员、媒体人员、赞助商、运动员和官员等。

无疑，奥运会将会引起旅游者的增多。从时间区间来看，在奥运会筹备期，一些奥运场馆的试运营、举办的测试赛及其他一些体育活动、奥运会的推广宣传、奥运会赞助商的广告效应等都会使这期间的旅游人数增加。而在奥运年，除了蜂拥而至的国内外观众，训练、比赛训练间隙的运动员、采访间隙的记者等都会有许多的旅游观光和购物活动。国外经验表明，在奥运会以后，以纪念奥运会的举办为主题的各种文化、体育活动仍旧会吸引众多的兴趣各异的旅游爱好者。

在作出上述预测时，我们主要考虑了以下几个方面的客观因素：北京旅游业发展的客观状况、国外在举办奥运会时对当地旅游业的带动、北京市应对奥运会发展旅游业的相应规划等。预测过程是首先确定在不举办奥运会的情况下北京的旅游人数增长态势；然后综合国外经验和北京市的发展规划，确定 2008 年奥运会对北京旅游人数的增量影响；最后根据现实情况对上面得出的结果进行调整，并得出最后的预测结果。

① 近年来北京旅游人数的发展趋势

北京旅游业近年来发展迅速，但 2001 年受美国"9.11"恐怖事件的影响，主要客源国游客减少，入境旅游仅略增，全年接待海外游客 285.8 万人次，比上年增长 1.3%；全年接待国内旅游者 1.1 亿人次，比上年增长 8%；年末全市共有旅游定点饭店 554 家，其中星级饭店 506 家，客房数达到 9.3 万间，比上年末增加 0.9 万间。2002 年海外来京游客增长较快，全年接待海外游客达到 310.4 万人次，增长 8.6%；国内旅游发展态势也十分好，全年接待国内旅游者 1.15 亿人次，比上年增长 5%；年末全市共有旅游定点饭店 622 家，其中星级饭店 572 家，客房数达到 10.3 万间，比上年末增加 1 万间，客房出租率达到 61.7%。

根据《北京市"十五"时期旅游业发展规划》的总结，"九五"期间北京国际旅游业取得了较好的成绩。尽管与 80 年代相比，增长速度有所减缓，但海外旅游者人次数年均增长率仍高达 6.4%。事实上，根据北京 1980 年以来海外游客的具体数据（表23），我们也可以作出分析，图 27b 为入境国际游客人数的坐标图。

表23　1980—2002 年到北京旅游的海外游客人数及增长状况

年份	1980	1981	1982	1983	1984	1985	1986	1987	1988	1989	1990	1991
入境旅游者人数(万人)	28.6	39.4	45.7	50.9	65.7	93.7	99	108.1	120.4	64.5	100	132
同比增长%	—	37.8	16.0	11.4	29.1	42.6	5.7	9.2	11.4	-46.4	55.0	32
年份	1992	1993	1994	1995	1996	1997	1998	1999	2000	2001	2002	
入境旅游者人数(万人)	174.8	202.8	203	207	218.9	229.8	220.1	252.4	282.1	285.8	310.4	
同比增长%	32.4	16.0	0.1	2.0	5.7	5.0	-4.2	14.7	11.8	1.3	8.6	

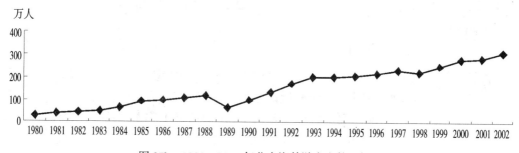

图 27b　1980—2002 年北京海外游客人数坐标图

[资料来源] 北京市旅游局统计资料。

根据上面的坐标图可以看出，除了 1989、1990、1991 三年的数值点和趋势线之间有相对较大的偏离以外，其他各年份的点都比较靠近拟和的趋势线。关于这三个年份数值点的偏离，事实上我们可以从历史中找到合理的解释——突发事件（1989 年春夏之交的政治风波）的影响。在这种情况下，入境旅游的人数由 1988 年的 120.4 万猛然下降到 1989 年的 64.5 万，减少了近一半。紧跟其后的 1990、1991 两年也因此偏离较大。所以，应该说入境国际旅游人数的变动还是比较有规律的，基本沿着趋势线的方向增长。

根据表 23，我们可以计算出从 1980 年到 2002 年这 22 年间入境国际旅游者年均增长 11.4%，其中 1980 年到 1992 年年均增长 16.3%，而从 1992 年入境国际旅游人数的变动回到合理轨道之后，到 2002 年这十年间，旅游人数年均增长率只有 5.9%，说明长期来看，增长趋势出现放缓。

参考《北京市"十五"时期旅游业发展规划》"十五"时期海外游客将年均递增 4%~6% 的目标，我们认为在未来的近 10 年中，入境国际旅游者年均增长 5% 的数量比较合理。由此可以得出在正常情况下，未来几年入境国际旅游者的人数（图 28）。

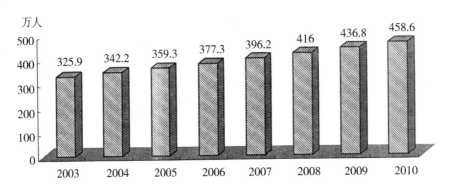

图 28　2003—2010 年北京国际入境旅游者预测人数

下面是近年来国内旅游者人数的增长情况（表 24）。

表 24　1996—2002 年在北京旅游的国内游客人数及增长状况

年份	1996	1997	1998	1999	2000	2001	2002
国内旅游人数（万人次）	7683	8221	8731	9260	10200	11000	11500
同比增长%	—	7	6.2	6.1	10.1	7.8	4.6

[资料来源] 北京市政府历年政府公报。

有必要予以说明的是，尽管在进行趋势分析时样本（数据点）的数量越多越好，但由于北京市一直到 1996 年才开始统计国内旅游者的数量，所以我们也只能根据现有的资料进行分析。根据表 24，我们可以计算出 1996 年到 2002 年这六年间北京国内旅游者人数的年均增长速度为 6.95%。考虑到最近两年的平均增速只有 6.18%，我们取这两个增速的算术平均值 6.5% 来作为未来一段时间内旅游者的增长速度，这样既可以反映出长期的发展趋势，又可以看出最近的变动方向。由此得出在正常情况下，未来几年国内旅游者人数的变化情况（图 29）。

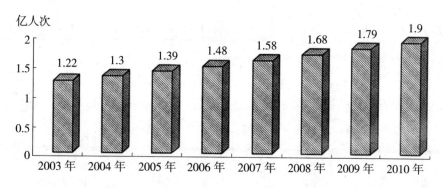

图 29　2003—2010 年北京国内旅游者人数预测

②　汉城和悉尼奥运会对当地旅游人数的影响

根据国外的经验以及北京的奥运旅游发展计划可以预测奥运会对北京旅游人数的影响。在借鉴国外的相关经验时，主要选择了澳大利亚悉尼奥运会和韩国汉城奥运会这两个实例进行更为深入的考察。选择悉尼奥运会是因为它是距离目前最近的一届奥运会，其经验和数据更贴近今天的现实，从而具有更强的借鉴意义；选择汉城奥运会的原因是因为同其他举办奥运会的国家、城市相比，韩国的汉城在以下各方面同中国的北京更具有相似性。

首先，韩国是过去五届奥运会举办国中唯一的一个发展中国家，因此它的奥运开发经验和奥运影响总结对还处在发展中国家行列的中国有着重要的借鉴意义。韩国在 20 世纪 80 年代的经济发展水平与北京市目前的状况最为接近，人均 GDP 水平大致在 2000 美元以上，基本上都处于经济发展起飞的初期。两城市在基础设施、交通、环境等方面的水平有较大可比性。

其次，奥运建设时期都遇到了世界经济调整的不利影响。

第三，中韩两国在地理位置、文化传统上有很大的相似性。两国同处世界东方，从世界范围来看，两国的旅游交通条件又比较相近；西方游客在 80 年代时对韩国的了解不会比现在对北京多，在所在时期对两国的神秘感和向往都是比较相似的。

从各夏季奥运会举办国的历史经验看，奥运会期间一般都会有大批的国际游客涌入举办城市。1984 年的洛杉矶奥运会吸引了 23 万名外国旅游者，1988 年的汉城奥运会则有 24 万人，1996 年亚特兰大奥运会增加到 30 万人，2000 年的悉尼奥运会更是激增到 44 万人。

从悉尼奥运会来看，1993 年悉尼获得奥运会主办权后，澳大利亚旅游委员会立即开始制定实施奥运旅游战略，这一战略的实施大大促进了澳大利亚旅游业的发展。1997 年以后，赴澳旅游人数迅速增多，2000 年旅游者增加了 11%；该年 9 月，悉尼的旅游人数增加了 15%。据澳大利亚旅游者委员会预测，仅在奥运会期间，悉尼奥运会诱发的旅游者从 1997 年到 2004 年，将共达到 200 万人，澳大利亚将因此获得近百亿美元的收益。

表 25　悉尼奥运会对澳大利亚旅游业的影响

年份	1994	1995	1996	1997	1998	1999	2000	2001	2002	2003	2004
奥运会使国外旅游者增加的%	1	2	3	4	5	5	5	5	4	3	2
增加的旅游者人数（万人）	3.4	7.5	12.7	18.7	25.9	28.5	31.5	33.8	28.9	4.3	3.0

［资料来源］悉尼奥运会研究报告《Economic Impact of the Sydney Olympics Games》。

汉城奥运会方面，根据韩国发展研究院（Korea Development Institute）1988 年汉城奥运会后发布的总结报告，在奥运会筹备期间，尽管随着经济的发展旅游环境已经大大改善，如基础设施建设扩展很快、社会更加稳定、旅游资源发展迅速，但同其他国家相比，仍然不是十分令人满意。而且由于汉城位于远东，以及很多主要的航空公司都没有到这里的航线，使得汉城不太容易吸引海外游客。此外，在旅游资源的开发、住宿、饮食、地区交通网络等方面，当时的汉城也还都还不尽如人意。

即便如此，汉城奥运会还是使旅游人数迅速增长。1986 年，外国旅游者人数增加了 16.4%，旅游收入更是飙升了 97%。旅游收入会有如此之大的增长，一方面是由于旅游人数的增加，另一方面则是因为旅游者的平均支出从 1985 年的人均 550 美元增加到 1986 年的人均 932 美元。1987 年，这一数字更是一跃而达到人均 1227 美元。而在仅仅十几天的奥运会期间，海外游客就达到 24 万人，除观看比赛外，比奥运会早一个月揭幕的汉城奥林匹克艺术节功不可没。30 台文艺节目、30 多场展览会、学术讨论会以及电影放映会，加上各种韩国产的旅游产品、体育休闲用品和新潮服装、汉城奥运会的各种纪念品，以及传统食品和小吃，同样为韩国人带来了巨大的收益。1983—1988 年的 5 年间，来韩国的旅游人数年均增长 14.4%，到奥运年的 1988 年，海外来韩的旅游人数全年达到了 234 万人（表 26）。

表 26　1983—1988 年海外来韩游客及带来旅游收入

	游客人数		旅游收入	
	万人	比上年增长（%）	百万美元	比上年增长（%）
1983	119.5	4.3	596.2	18.7
1984	129.7	8.6	673.4	12.9
1985	142.6	9.9	784.3	16.5
1986	166	16.4	1547.5	97.3
1987	187.5	13.0	2299.2	48.6
1988	234	24.8	3270.0	42.2

［资料来源］韩国观光产业研究院 1988 年观光年鉴。

③ 2008 年奥运会对北京旅游人数带来的影响

北京奥运会方面，由北京市旅游局制定实施的《北京奥运旅游行动规划》，以"东方古都、长城故乡"为奥运旅游的形象目标，把旅游环境建设、旅游产品开发、旅游宣传促销集中到打造国际一流、国内首位的旅游文化名城上来，并实现旅游收入与旅游者人数的快速增长。北京奥组委坚持"绿色奥运、科技奥运、人文奥运"的理念，如果能够切实、有效地执行《行动规划》的方案，以中国、北京如此丰富的旅游资源，在旅游方面北京应当会比国外做得更好。

结合前面分析的澳大利亚和韩国的经验，可以预测出北京奥运会将对入境国际旅游者增长的影响，并据此计算出2003—2010年间的旅游者数量（表27）。根据预测，2003—2010年间北京年均国际旅游者增长率为11.56%，略高于澳大利亚预测的（1994—2000年）10.5%，而远低于韩国现实的（1983—1988年）年均增长14.4%。从绝对数来看，与前面其他预测相比，属于中间水平。

表27　2003—2010年北京入境国际旅游者人数的预测

年份	2003	2004	2005	2006	2007	2008	2009	2010
奥运会使入境旅游者增加的%	3	4	5	7	10	15	6	3
调整后年入境旅游者增长率%	8	9	10	12	15	20	11	8
调整后入境旅游者人数(万人次)	335.2	365.4	401.9	450.2	517.7	621.2	689.6	744.7
奥运使入境旅游者增加(万人次)	9.3	13.4	18.3	28.1	45	77.7	37.3	20.7

对北京市国内旅游者人数的增长，可以作出如下预测（表28）。

表28　2003—2010年国内旅游者人数的预测

年份	2003	2004	2005	2006	2007	2008	2009	2010
奥运会使国内旅游者增加的%	2	3	4	5	6	15	7	6
调整后年国内旅游者增长率%	8.5	9.5	10.5	11.5	12.5	21.5	13.5	12.5
调整后国内旅游者人数(亿人次)	1.25	1.37	1.51	1.68	1.89	2.3	2.61	2.94
奥运使国内旅游者增加(万人次)	230	370	550	750	1010	2840	1610	1570

2003年由奥运带动的旅游微乎其微，基本可以忽略不计。国际旅游者方面，由于非典疫情以及世界卫生组织发出的旅游警告，5月份以后奥运会诱发的观光者很少，甚至没有；由于奥运会而需要商务旅行、公务旅行的赞助商、官员和运动员也大幅减少。这方面的例子很多，如4月14日至15日世界经济论坛在北京举行的中国商务峰会被推迟，大连队的亚超半决赛、国奥队的小组赛都被推迟，而原定今年在中国举行的女足世界杯也临时变更举办地。国内旅游者方面，形势同样不容乐观。因此前面关于奥运会使2003年入境国际旅游者和国内旅游者增加的预测需要调整，基本调整为零，即在这样的年份奥运也不能使旅游有额外的增加。

2003年以后，非典型性肺炎将基本不会影响奥运旅游。从历年统计来看，突发事件后，北京旅游人数经过一段时间终究会回到总体趋势附近，1989年之后只用了两年，入境国际旅游人数就恢复到正常趋势附近。可以认为，2004年的总旅游人数将回到正常趋势，奥运会使2004年以后各年国内外旅游人数增加将按原有规律变化，即前面关于这一时期的预测不需要进行调整。

综上所述，再考虑了各方面的影响因素并作了适当调整后，便可以预测出奥运会将带动的历年国内外旅游者的数量（表29）。

表 29　2003—2010 年间奥运会可能带动的北京国内外旅游者数量预测

年份	2003	2004	2005	2006	2007	2008	2009	2010	合计
入境旅游者增加（万人次）	0	13.4	18.3	28.1	45	77.7	37.3	20.7	240.5
国内旅游者增加（万人次）	0	370	550	750	1010	2840	1610	1570	8700

2. 北京旅游游客人均旅游支出的变化态势分析

（1）旅游支出变化原因分析

统计资料显示，人均旅游支出并不是一成不变的，也不是一定要随时间的推进而不断增加。观察 1980—2002 年海外来京旅游者人均支出的变动情况，可以看出，1980 年代末至 1990 年代初的 4 年间，旅游人均支出的变动似乎比较异常，其中 1989 年在旅游人数骤减的情况下，人均支出猛然上升了 28.5%，而随后的 3 年则在旅游人数回升的情况下，人均支出一直回落。那么这种看似异常的变动的原因是什么，是否存在其合理性呢？对此可以进行具体的分析。

首先应该看到，人均支出 = 人均停留天数 × 在京每天所需花费，其中在京每天所需要的花费主要同北京的经济、服务发达程度有关，在短期内可以认为不发生变动。1989 年最先受到冲击的是短期国际观光游客，而因公或者因商的中长期游客受到的冲击则相对较少，因此尽管 1989 年国际游客的人数骤然降低了近一半（仅为 64.5 万人，而 1988 年为 120.4 万人），但其游客构成中，中、长期游客所占的比重反而上升了，这进一步使人均停留天数上升，在短期每天花费不变的情况下，就造成了 1989 年国际旅游者骤减而人均支出反而猛然上升的现象。而随后几年的情况正好相反，1990、1991 和 1992 三年的国际游客恢复增长很快，分别增长了 55%、32% 和 32.4%。这种情况下，短期游客增长最快，使这几年的人均停留天数减少，而人均支出回落。

将历年海外旅游者人均支出的数据缩小三倍（将单位变为 3 美元即可），就可以把它同历年旅游者人数同时展现在下面的图中（图 30）。从图 30 中我们可以看出，两条曲线从长期看都是上升的，而且从凸凹状况看二者似乎与某条直线相对称。具体可以看出，旅游人数下降或者增长很慢的年份，如 1989 年（旅游人数增长率为 -46.4%）、1998 年（-4.2%）、1994 年（0.1%），人均支出则会增长很快，三年分别为 28.6%、10.8%、60.8%。而旅游人数增长较快的时期，如 1990—1993 年（年均增长 33.2%）、1999—2002 年（年均 9%），人均支出则出现了下降的状况，分别下降了 60 美元和 84 美元。

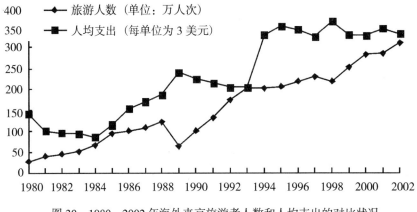

图 30　1980—2002 年海外来京旅游者人数和人均支出的对比状况

在我们的研究区间内（2003—2010 年），海外旅游者增长较快时，旅游者人均支出发生了怎样的变化呢？通过图 30 可以看出，其实人均支出从长期来讲，是有上升趋势的，论证如下。

人均支出 = 每人每天所需花费 × 人均停留天数

= 每人每天所需花费 ×（短期游客占全部游客的比例 × 短期游客平均停留时间 + 中长期游客占全部游客的比例 × 中长期游客平均停留时间）

正常情况下，各年的中长期游客和短期游客比例是稳定的；每人每天所需的花费从长期的角度看，随着经济的发展以及服务质量的提高会缓慢增加；而无论是中长期旅游者还是短期旅游者，他们的停留时间都是基本不变的，甚至会在经济发展使人们工作时间减少、假期变长的情况下有所增加；将这些因素代入上面公式，就可以发现人均支出从长期来看是增长的。而短期时，中长期游客和短期游客的比例是可变的，所以人均支出会出现下降的情况。

奥运会是一场宏大的体育盛会，与之相关的各种文化、体育活动都魅力无穷。因此奥运会不但会使旅游者数量大幅增长，还会使旅游者人均支出增加。

首先，奥运旅游者每人每天的花费要高于一般的旅游者。由于奥运的举办，奥运旅游者要观看比赛、参加开幕式以及其他文化活动、购买奥运纪念品，而这些物品从经济学角度来看是相对稀有的、甚至独一无二的，所以其价格要高于普通的旅游产品，这就使奥运旅游者每人每天的花费要高于一般的旅游者。

此外，奥运旅游者平均停留时间也要多于一般的旅游者。这是由于奥运会影响力大、会期较长等一系列原因造成的，现实数据也支持这一观点。悉尼奥运会经济影响的研究报告中，奥运旅游观光者在奥运年和奥运以前年份的平均停留时间都为 12 天；运动员、官员在奥运年平均停留为 16 天，在奥运会年以前的年份则为 7 天；奥运大家庭、媒体人员、赞助商等在奥运年为 16 天，之前年份则为 5 天。而 2001 年北京市的国际旅行社接待的海外旅游者平均停留时间仅为 4.06 天，其中外国游客 4 天、港澳游客 4.57 天、台湾游客 4.74 天。所以，既然新增奥运旅游者的人均支出会高于现有旅游者，那么在我们的研究区间内，尽管旅游者迅速增加，人均支出不但不会减少，反而会有所增加。

（2）北京奥运会期间旅游者人均支出的趋势变化

那么在 2003—2010 年间，旅游者人均支出会增加趋势是怎样的呢？我们先来看韩国的经验，海外来韩旅游者的人均支出从 1983 年的 499 美元增加到了 1988 年 1397 美元，年均增长高达 23% 之多，下面是奥运前各年平均支出的具体数据（表 30）。

表 30　1983—1988 年海外来韩旅游者人均支出

年份	1983	1984	1985	1986	1987	1988
人均支出（美元）	499	519	550	932	1226	1397
增长率（%）	—	4.1	5.9	69.5	31.5	14

［资料来源］根据韩国观光产业研究院 1988 年观光年鉴计算得出。

从表 30 可以发现，1986 年是汉城亚运会召开的年份，该年人均支出上升很快在很大程度上与此相关；如果该年没有亚运会，收入不会增长如此之快，而如果收入上升慢一些，则后面年份的增长速度就会变大。北京在 2003—2010 年期间并没有像汉城亚运会这样的机会，所以入境国际旅游者人均支出变化会有所不同。在 2002 年北京入境国际旅游者人均支出 999 美元的现实条件下，我们对其未来几年的趋势进行预测。可见 2003—2010 年人均支出增长率只有 9.5%，这要远低于韩国的 23%，这一估计应当说还是比较保守的（表 31）。

表 31　2003—2010 年北京入境国际旅游者人均支出增长趋势预测

年份	2003	2004	2005	2006	2007	2008	2009	2010
增长率（%）	3	4	6	10	15	25	10	5
人均支出（美元）	1029	1070	1134	1247	1434	1793	1972	2071

　　国内旅游者人均支出方面，根据《2001 年北京市国内旅游抽样调查结果》，2001 年北京接待外地来京游客 7462 万人次，比上年增长了 10.7%；接待本市游客 3545 万人次，比上年增长了 2.7%。外地游客在京总花费 832 亿元，比上年增长 30%；本市游客在京总花费 55.7 亿元，比上年增长 22%。外地来京游客平均停留时间为 6.5 天，人均花费 1115 元，1998—2001 年，平均每年增幅 18%，人均花费的增长与人民收入水平增长、消费力增强密切相关，同时也有交通费用增加、门票涨价等因素（表 32）。

表 32　1996—2002 年北京市国内旅游状况

年份	1996	1997	1998	1999	2000	2001	2002
国内旅游收入（亿元）	359.6	391.3	424.5	450	496	887.7	930
公布的收入增长率（%）	—	9	8.4	6	10	29	5
计算出的收入增长率（%）	—	8.82	8.48	6.01	10.22	78.97	4.77
国内旅游者（亿人次）	7683	8221	8731	9260	10200	11000	11500
人均支出（元）	468	476	486	486	486	807	809

[注] 表中货币单位均为人民币；人均支出一栏是用旅游收入除以旅游者人数得出的。

　　上表中，有两个旅游收入增长率，一个是北京政府年度统计公报中公布的，另一个是根据历年旅游收入计算出来的，两者在大多数年份都基本吻合，只是在 2001 年出现了较大差异，分别为 29% 和 78.97%，不知是否政府在公布收入增长率时出现了笔误。观察历年的人均支出数据，可以发现，尽管在这 6 年间年均增长为 11%，但事实上除了 2001 年以外，其他年份基本都没有变化，这同近年来入境国际旅游者人均支出的变化相似。在加入奥运会的影响后，未来几年国内旅游者支出变化的趋势如表 33，年均增长预计为 9.5%。

表 33　2003—2010 年北京国内旅游者人均支出增长趋势预测

年份	2003	2004	2005	2006	2007	2008	2009	2010
增长率（%）	3	4	6	10	15	25	10	5
人均支出（元人民币）	809	833	866	918	1010	1162	1453	1598

3. 2008 年奥运会的旅游支出预测

前面对奥运会带动的国内外旅游者人数和旅游者人均支出进行了分析和预测，将两者相乘即可得到奥运会带动的旅游支出。将表27、图26和表30中的数据代入下式，即可得到各年度奥运旅游支出。

各年度奥运旅游支出 = 各年度奥运带动的国际旅游者 × 国际旅游者人均支出
+ 各年度奥运带动的国内旅游者 × 国内旅游者人均支出

表 34 2003—2010 年各年度奥运旅游支出预测

年份	2003	2004	2005	2006	2007	2008	2009	2010	合计
国际旅游收入(亿美元)	0	1.43	2.08	3.50	6.45	13.93	7.36	4.29	39.04
国内旅游收入(亿人民币)	0	30.82	47.63	68.85	102.01	330.01	233.93	250.89	1064.14
总支出额(亿元人民币)	0	42.65	64.83	97.8	155.35	445.21	294.8	286.37	1387.01
占总额比重%		3.07	4.67	7.05	11.2	32.1	21.25	20.65	100

表 35 2003—2010 年奥运会直接支出年度分布状况

	2003	2004	2005	2006	2007	2008	2009	2010	合计
运营费支出	0.33	0.41	0.83	8.27	8.27	98.58	0.41		117.10
场馆、设施建设支出	20.06	40.14	89.8	85.47	51.06	11.02			297.55
旅游相关支出	0	42.65	64.83	97.8	155.35	445.21	294.8	286.37	1387.01
合 计	20.39	83.2	155.46	191.54	214.68	554.81	295.21	286.37	1801.66

[注] 表中数据的单位都是亿元人民币。

（三）2008 年奥运会直接支出对北京 GDP 的影响

按照本课题的定义，奥运直接支出对北京 GDP 的首轮影响就是奥运会引起的直接支出对北京经济初次的、第一轮的增加值影响，即各项支出中，直接流入北京地区形成北京国内生产总值（GDP）的部分。首先应当从理论上阐明哪一部分奥运支出会流出北京，是怎样流出北京的。

GDP 是以地域概念为基础的，因此只要是在北京生产的产品都会增加北京的 GDP，即便是外国公司、外省市的人员、公司生产的产品也一样。相反，如果是京外地区生产的产品，即便是北京公司生产的，也是增加了京外的 GDP。奥运会的直接支出中，有一部分是直接在京外进行的，如京外场馆的建设、改建等；有一部分是在北京地区进行的，当然这是主要部分。事实上，在北京地区进行的支出并不是全部增加了北京经济的 GDP，这是因为即使是在京内支出购买的产品中，也有一部分是京外生产的，购买京外产品的部分当然就流出了北京经济。理论上，在京外进行的支出也会购买北京的产品从而流回北京经济，但是由于北京作为一个经济体，它购买外部产品的数量要远远高于向外部输出的产品，如 2001 年北京按支出法计算的国内生产总值中货物和服务的进口要远远高于出口，差额高达 397.4 亿元，占 GDP 的 14%，占最终消费和资本支出合计的12.3%。这里的进出口概念，是以北京的边界、而不是以国界为划分标准的。按照国民经济核算理论，从北京的角度看，京外产品进入北京即为进口，反之则为出口。就是说北京每购买一百元的产品和服务，有 12.3 元是京外的产品，而且这是一个净的概念，扣除了北京出口后的净值，也就是在抵消了京外购买北京产品后还有 12.3 元。

通过上面的分析，可以得出计算奥运直接支出对北京 GDP 首轮影响的方法。第一步，通过分析北京近年的统计资料，计算出在北京的支出中流入京外经济的比例；第二步，从奥运直接支出中去除在京外支出的部分，从而得到在北京支出的数额；第三步，用得到的在京的奥运支出乘以第一步中得出的比例，得出漏出北京的支出；第四步，从在京支出中扣除漏出北京的支出，就得到了全部奥运直接支出对北京经济的首轮增加值的影响。

1. 2008 年奥运会在京支出中流出北京经济的比例

用流出北京的支出（产品和服务的净进口）除以最终消费与资本形成总额的和，就可以得到消费和投资支出流出北京的比例，这里称之为漏出率。对 1980 年以来各年份的产品和服务的净进口和总支出额的对比关系进行分析，没有发现比较明显的规律，事实上漏出率也不可能像 GDP 一样以一定的速率一直增长，所以本研究以最近几年漏出率的平均值来估计未来几年的情况。下面是 1998—2001 年的相关数据，由此可以计算出这 4 年的平均漏出率为 10.33%。

表 36　1998—2001 年总支出中漏出状况分析

年份	1998	1999	2000	2001
最终消费	809.82	954.14	1221.33	1467.71
资本形成总额	1396.4	1526.16	1517.38	1775.3
产品、服务净进口	159.91	305.84	259.95	397.36
漏出率（%）	7.25	12.33	9.49	12.25

[资料来源] 1999—2002 年的北京统计年鉴，表中 GDP，最终消费、资本形成、净出口的计量单位均为亿元人民币。

2. 2008 年奥运会各项直接支出的首轮增加值影响

事实上，不同类型的奥运支出中，在北京和在京外的比例也是互不相同的，下面分别测算不同类型奥运直接支出在北京支出的部分，再通过第一步得出的漏出比例，得到每种支出的增加值影响。

北京奥运会运营费中具体包括了 14 个不同的子类别支出，它们在北京完成的比例并不是完全相同的。例如，开、闭幕式等大型活动的支出将基本都在北京完成，而在京外场馆举办的比赛支出自然不会增加北京的 GDP。2008 年北京奥运会计划使用 37 个比赛场馆，帆船比赛和足球预赛安排在京外的 5 个赛场，分别为青岛国际帆船中心、天津体育场、秦皇岛体育场、沈阳五里河体育场和上海体育场。无疑，京外的五个赛场的比赛组织、推广、餐饮接待、交通、安保、行政管理、试运行以及协调的费用将在相应的城市支出。奥运村，主新闻中心，国际广播电视中心，记者村，开、闭幕式、大型活动，残疾人费用以及其他等项支出则基本上都发生在北京。

奥运运营费用的具体子类支出数额（见表 15），通过确定各子类支出中京外支出的比例，可以得到各子类支出的在京支出额，再根据 10.33% 的漏出率算出对北京的增加值影响，汇总后即得到奥运运营费的首轮影响（表37）。可以看出，在总共117.35亿元的奥运会运营费支出中，有85%流入了北京经济，即100.4亿元，该比率介于亚特兰大奥运会和洛杉矶奥运会的数值之间。亚特兰大奥运会组委会的直接支出中，有25%流出了亚特兰大所在的佐治亚州经济；而洛杉矶奥运会时的体育比赛和奥运村运营支出中有92.5%直接形成了当地经济的增加值。

由于没有各子类支出的年度分布，理论上可以认为其分布规律都相同，所以运营费的首轮增加值影响就具有同运营支出相同的年度分布规律。下面表38是根据运营费的年度分布（见表16）得出的它对北京经济首轮影响的年度分布。

表37 奥运运营支出对北京经济的首轮增加值影响

具体支出项目	总支出额（亿元）	京外比例%	在京支出额（亿元）	首轮影响（亿元）
1. 体育比赛	22.74	10	20.47	18.36
2. 奥运村	5.38	0	5.38	4.82
3. 主新闻中心、国际广播电视中心	29.77	0	29.77	26.69
4. 记者村	0.83	0	0.83	0.74
5. 开闭幕式、节目	8.27	0	8.27	7.42
6. 医疗服务	2.48	10	2.23	2
7. 餐饮接待	4.22	10	3.8	3.41
8. 交通	5.79	10	5.21	4.67
9. 安保	4.14	10	3.73	3.34
10. 残疾人费用	6.78	0	6.78	6.08
11. 推广	4.96	10	4.46	4
12. 行政管理	10.34	10	9.31	8.35
13. 试运行和协调	3.31	10	2.98	2.67
14. 其他	8.35	0	8.35	7.49
合　计	117.35		111.57	100.04

［注］在京支出额 = 总支出额 × （1– 京外比例），首轮影响 = 在京支出额 × （1– 漏出率），表中各支出额和首轮影响数据的计量单位为亿元人民币。

表38　奥运运营支出首轮增加值影响的年度分布（亿元人民币）

2003	2004	2005	2006	2007	2008	2009	合计
0.28	0.35	0.71	7.06	7.06	84.22	0.35	100.04

［注］由于近似计算的缘故，本表合计数小了0.01。

（1）奥运场馆设施建设支出的首轮增加值影响

前面已经确定在297.55亿的体育场馆、奥运村等一系列相关设施投资中去除京外五个场馆17.55亿投资后，有280亿是在京场馆设施投资，根据10.33%的漏出率，可以计算得出它对北京经济的增加值影响是251.08亿元，占全部奥运场馆设施投资的84.38%（表39）。

表 39　在京场馆设施投资和对北京首轮影响的年度分布（亿元人民币）

	2003	2004	2005	2006	2007	2008	合计
在京场馆建设支出	17.63	35.27	43.82	26.62	3.67	—	127
在京相关设施支出	—	—	39.93	55.17	46.88	11.02	153
合　计	17.63	35.27	83.75	81.79	50.55	11.02	280
首轮影响	15.81	31.63	75.1	73.34	45.33	9.88	251.08

［注］由于近似计算的缘故，表中个别数据差了 0.01。

　（2）旅游支出的首轮增加值影响

　　在对旅游支出的估算中，根据研究需要，没有考虑奥运会对京外旅游的带动作用，所以全部 1387.01 亿元的旅游支出都发生在北京。按照 10.33% 的漏出率，它对北京经济的首轮增加值影响是 1243.73 亿美元，其年度分布见表 40。

表 40　北京旅游支出的首轮增加值影响的年度分布（亿元人民币）

年份	2004	2005	2006	2007	2008	2009	2010	合计
旅游支出总额（亿人民币）	42.65	64.83	97.8	155.35	445.21	294.8	286.37	1387.01
首轮影响	38.24	58.13	87.7	139.3	399.22	264.35	256.79	1243.73

　　综上所述，我们得出了 2008 年奥运会对北京经济的首轮经济影响及年度分布（表41、表42）。

表 41　2008 年奥运会各类奥运直接支出的首轮影响状况比较

	总支出额	首轮 GDP 影响	占百分比（%）
运营费支出	117.35	100.04	85.25
场馆、设施建设支出	297.55	251.08	84.38
旅游相关支出	1387.01	1243.73	89.67
合　计	1801.91	1594.85	88.51

表 42　2008 年奥运会直接支出首轮影响的年度分布

	2003	2004	2005	2006	2007	2008	2009	2010	合计
运营费支出	0.28	0.35	0.71	7.06	7.06	84.22	0.35		100.04
场馆、设施建设支出	15.81	31.63	75.1	73.34	45.33	9.88			251.08
旅游相关支出		38.24	58.13	87.7	139.3	399.22	264.35	256.79	1243.73
合　计	16.09	70.22	133.94	168.1	191.69	493.32	264.7	256.79	1594.8
占总影响的%	1.01	4.4	8.4	10.54	12.02	30.93	16.6	16.1	100

3. 2008 年奥运会直接支出对北京 GDP 的总影响

前面已经计算出全部奥运直接支出中，有多少流入北京经济从而直接增加了北京的国内生产总值。这只是社会经济活动的第一轮，事实上还会发生第二轮、第三轮、……第 N 轮，每一轮都会相应地增加国内生产总值。原理是这样的，增加的这部分国内生产总值会转化为各种要素收入，即以工资、利息、利润和租金的形式流入生产要素所有者即各经济主体的手中，这些经济主体会把增加收入的一部分再花出去购买其他物品从而再次形成 GDP，如此往复、越来越小，直至最后趋向于零，这就是宏观经济学中著名的乘数效应。很多人都知道，投资会引起乘数效应。事实上，任何自主支出（支出中不受国民收入影响的部分）的变动都会引起乘数效应，新增投资、消费、政府支出、净出口等都是如此。

对于本研究，如果知道了乘数值的大小，就可以有效地估算出奥运支出对 GDP 的总影响，即全部轮次的增加值影响。因此，如何计算出乘数就显得至关重要。在宏观经济学中，有多种乘数计算方法，有两部门的（厂商和消费者）、三部门的（厂商、消费者、政府），但却很少有四部门的（再加上国外部门），即便有，也大都是假设进出口不变。在前面的分析中，已经提到北京作为一个经济体，其进口远大于出口，最终的消费支出和资本支出有一部分要漏出这一事实，但这并不符合假设。下面结合北京经济的实际，在更加符合实际的假设下推导出我们认为更为合理的乘数计算公式，并算出据此得出的具体的乘数值。这里的假设就是，用来购买产品和服务的消费支出和资本支出中有一定的部分是购买北京的物品、一定的比例购买了京外的产品。根据宏观经济学和支出法国民经济核算的基本内容，乘数计算公式推导的过程如下：

$$Y = I + C + G + (X - M) \cdots\cdots\cdots\cdots (1)$$

该式中各字母代表的经济含义为：Y 为国民收入、I 为投资、C 为居民个人消费、G 为政府支出、X 为出口、M 为进口、(X–M) 为净出口、(M–X) 为净进口。变换 (1) 式可得到 $Y + (M - X) = I + C + G$，等号右边都是支出，其经济含义是若净进口为正时，在经济中的支出一部分形成了本地的增加值 Y，一部分形成净进口流出本地经济。这里定义的漏出率（用 γ 表示）为净进口与消费、资本支出二者之和的比值，即 $\gamma = (M - X) / (I + C + G)$，则有：

$$(M - X) = \gamma \cdot (I + C + G) \cdots\cdots\cdots\cdots (2)$$

在经济含义上，居民个人消费（C）和政府支出（G）加起来是最终消费，用 C f 来表示，即 $C f = C + G$。又有 $C = \alpha + \beta \cdot Y$，$G = G0 + G1 \cdot Y$，式中 C 为自发消费，$\beta$ 为消费者的边际消费倾向，G0 为自发政府支出，G1 为政府的边际支出倾向，$C f = \alpha + \beta \cdot Y + G0 + G1 \cdot Y$，令 $\beta f = \beta + G1$，意为收入中进行最终消费的比例，即最终消费率，则有：

$$C + G = C \ f = \alpha + G0 + \beta f \cdot Y \cdots\cdots\cdots\cdots (3)$$

将 (2)、(3) 式分别代入 (1) 式整理得：

$$Y = I + C + G - \gamma \cdot (I + C + G) = (1 - \gamma)(I + C + G)$$

$$\frac{1}{1 - \gamma} \cdot Y = I + \alpha + G0 + \beta f \cdot Y$$

$$\frac{1}{(1 - \gamma - \beta f)} \cdot Y = I + \alpha + G0$$

$$\frac{1-(1-\gamma)\cdot\beta_f}{1-\gamma}\cdot Y = I+\alpha+G0$$

$$Y = \frac{1}{1-\beta_f\cdot(1-\gamma)}\cdot\left[(I+\alpha+G0)(1-\gamma)\right]$$

$$\Delta Y = \frac{1}{1-\beta_f\cdot(1-\gamma)}\cdot\left[\Delta(I+\alpha+G0)\cdot(1-\gamma)\right] \cdots\cdots\cdots\cdots(4)$$

式中 $\Delta(I+\alpha+G0)$ 是自发支出变化，$\Delta(I+\alpha+G0)\cdot(1-\gamma)$ 的经济含义则是变化的自发支出中流入本地经济从而形成本地增加值的部分，事实上，只有流入本地经济的支出才能够对本地经济产生下一轮的影响，才能发生乘数效应。

所以乘数（用 K 表示）为：$K = \dfrac{1}{1-\beta_f\cdot(1-\gamma)}$ $\cdots\cdots\cdots\cdots\cdots\cdots$ (5)

从公式（5）中可以看出，想要计算乘数值，就要知道最终消费率和漏出率这两个指标，下面用 1998 年以来的统计数据计算这两个指标（表 43）。

表 43　1998—2001 年各年的乘数值

年份	1998 年	1999 年	2000 年	2001 年	平均值
支出法 GDP	2046.31	2174.46	2478.76	2845.65	
最终消费	809.82	954.14	1221.33	1467.71	
资本形成	1396.4	1526.16	1517.38	1775.3	
净进口	159.91	305.84	259.95	397.36	
最终消费率	39.57	43.88	49.27	51.58	
漏出率	7.25	12.33	9.49	12.25	10.33
乘数值	1.58	1.63	1.8	1.83	1.71

根据计算，近 4 年的平均乘数为 K＝1.71，下面可以依此估计奥运会对北京 GDP 的影响（表 44）。

表 44　2008 年奥运会对北京 GDP 的影响（按支出类划分）

	总支出额	首轮影响	间接影响	总影响	各类占总影响的%
运营费支出	117.35	100.04	71.03	171.07	6.27
场馆、设施建设支出	297.55	251.08	178.27	429.35	15.74
旅游相关支出	1387.01	1243.73	883.05	2126.78	77.98
合　计	1801.91	1594.85	1132.34	2727.19	100

由表 44 可见，奥运旅游对北京国内生产总值的影响是所有支出中最大的，在 8 年中累计会带来 2126.78 亿元，约占全部影响的 78%。奥运场馆、设施建设支出会带来 429.35 亿，运营费的影响则有 171 亿，二者加起来占总影响的 22% 多一点。

表 45　2008 年奥运会对北京 GDP 影响的年度分布

	2003	2004	2005	2006	2007	2008	2009	2010	合计
总支出	20.39	83.2	155.46	191.54	214.68	554.81	295.21	286.37	1801.66
首轮影响	16.09	70.22	133.94	168.1	191.69	493.32	264.7	256.79	1594.8
间接影响	11.42	49.86	95.1	119.35	136.1	350.26	187.94	182.32	1132.35
总影响	27.51	120.08	229.04	287.45	327.79	843.58	452.64	439.11	2727.2
各年所占%	1.01	4.4	8.4	10.54	12.02	30.93	16.6	16.1	100

表 46　北京市近 15 年 GDP（单位：亿元人民币）

年份	1980	1981	1982	1983	1984	1985	1986	1987	1988	1989	1990	1991
GDP	28.6	39.4	45.7	50.9	65.7	93.7	99	108.1	120.4	64.5	100	132
同比增长%								327	410	456	501	599
年份	1992	1993	1994	1995	1996	1997	1998	1999	2000	2001	2002	
GDP	709	864	1084	1395	1616	1810	2011	2174	2479	2846	3130	
同比增长%												

（四）奥运会对北京市财政收入的影响

国内生产总值是影响财政收入的一个重要因素，随着经济的增长、国内生产总值的增加，财政收入也会相应地增加。因此很多人在预测财政收入时采用了将国内生产总值和财政收入作一元回归分析的方法。这样做是否合理呢？如果这样做是合理的，那么二者之间将存在一次线性关系，即"Δ财政收入 / Δ国民生产总值"的值是固定的，也就是说，一定数量的 GDP 增加引起的收入增加是不变的。事实说明这种计算方法是不对的。

表 47 是 1987—2001 年共 15 年间的 GDP 和财政收入数据，以及据此计算得出的一些指标，其中 PR / GDP 是财政收入与国内生产总值的比值，其意义就是每 1 元人民币的 GDP 引起的财政收入的数量。图 31 是根据表 47 做出的 PR / GDP 值的坐标图，从图中我们可以看到，PR / GDP 值并不是固定不变的，而且变化很大，也就是说，一定的 GDP 所引起的财政收入增加数量并不是不变的，所以两者之间不存在一次线性关系，所以不能够使用一元回归方法进行财政收入的预测。

表 47　1987—2001 年间国内生产总值与财政收入的相互关系

年　份	1987	1988	1989	1990	1991	1992	1993	1994
国内生产总值（GDP）	327	410	456	501	599	709	864	1084
财政收入（PR）	63.62	68.11	71.05	74.01	77.02	80.25	84.1	99.85
PR / GDP	19.46	16.61	15.58	14.77	12.86	11.32	9.73	9.21
（PR / GDP）的增长率	—	−14.65	−6.2	−5.2	−12.93	−11.98	−14.05	−5.34
年　份	1995	1996	1997	1998	1999	2000	2001	
国内生产总值	1395	1616	1810	2011	2174	2479	2846	
财政收入	115.26	150.9	209.91	265.61	320.44	398.39	507.68	
PR / GDP	8.26	9.34	11.6	13.21	14.74	16.07	17.84	
（PR / GDP）的增长率	−10.31	13.08	24.2	13.88	11.58	9.02	11.01	

[资料来源] 北京市统计局。

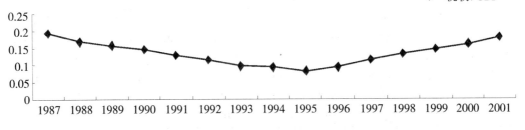

图31　1987—2001年北京财政收入与国内生产总值比值的坐标图

分析 PR / GDP 值变动的趋势，对每一年给出一个值。从图 31 中可以看到，1996 年以来 PR / GDP 值已经连续 6 年增加，也就是说 GDP 增加一定数量时，财政收入增加得越来越多。今后这种趋势会不会持续下去呢？国家税收工作的加强会收回很多原本被商业企业偷逃的税金，这些都会使 PR / GDP 增加。至于 PR / GDP 的增长速度，通过图32，虽然从 1996 年到 2001 年间看不出什么规律，但总体有下降的趋势，即 1999 和2000 两年每年各下降了 2 个百分点左右，这是符合经济规律的，因为税收不可能无限地增长。按照这个趋势，2002 年的增长率大概是 9%，以后各年平均每年约下降一个百分点，据此可以计算得出各年相应的 PR / GDP 值，最后计算得出奥运会的影响在各年对财政收入的影响。

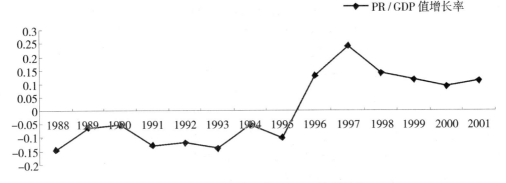

图32　1988—2001年北京 PR/GDP 值增长率

计算结果是奥运会在 8 年间带动的财政收入总共为 716.53 亿元，其中仅奥运年就有约 226 亿元，每年的具体情况见表 48。

表48　2003—2010年间各年北京 PR / GDP 值和奥运会对财政收入的影响

	2003	2004	2005	2006	2007	2008	2009	2010	合计
(PR / GDP) 增长率	8	7	6	5	4	3	2	2	8
PR / GDP	21	22.47	23.82	25.01	26.01	26.79	27.33	27.88	21
奥运带动 GDP	27.51	120.08	229.04	287.45	327.79	843.58	452.64	439.11	2727.2
带动的财政收入	5.78	26.98	54.55	71.89	85.26	225.99	123.69	122.39	716.53

[注] GDP 和财政收入单位均为亿元人民币。

（五）2008 年奥运会对北京就业的影响

很多人在预测奥运会对于就业的影响时，都是按照目前的劳动者收入或者当前的劳动生产率进行的，这就隐含了一个假定，即认为劳动生产率是不变的。事实上这是不恰当的。表 49 和图 33 分别是历年劳动生产率值及其增长速度的计算统计表和根据该表做出的坐标图。从坐标图中可以看到，劳动生产率是增加的，而且趋势比较明显。

表 49　1992—2001 年间北京劳动生产率及其增长速度

年份	2001	2000	1999	1998	1997	1996	1995	1994	1993	1992
GDP	2845.7	2478.8	2174.5	2011.3	1810.1	1615.7	1394.9	1084	863.5	709.1
从业人员	628.9	619.3	618.6	622.2	655.8	660.2	665.3	664.3	627.8	649.3
劳动生产率	45248	40025	35151	32326	27601	24473	20966	16318	13755	10921
劳动生产率比上年增长%	13.05	13.87	8.74	17.12	12.78	16.73	28.48	18.63	25.95	15.61

[注] 各指标的计量单位分别是：GDP 为亿元人民币；从业人员为万人；劳动生产率为万元 / 人。

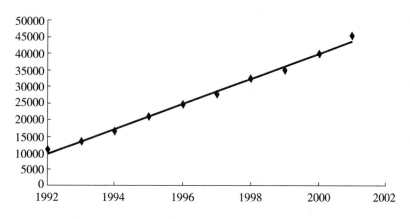

图 33　1992—2001 年间北京劳动生产率的发展趋势坐标图

根据表 49 可以看出，1992—2001 这 10 年间劳动生产率的水平法计算得出的平均增长速度为 17.01%，而 1997—2001 这 5 年间这一值则为 13.17%。综合长期趋势和短期趋势，我们取二者的平均的 15%作为劳动生产率增长速度的估计值，据此可以计算出 2003—2010 年间各年度的人均生产率。再用前面计算得出的奥运会在各年带动的GDP 除以各年人均生产率，就可以得到奥运会在各年带动的就业人数。计算结果是奥运会在 8 年间将直接带动 244.2 万人的就业，其中仅奥运年就将提供 70.1 万个就业岗位，每年的具体情况见表 50。

表 50　2003—2010 年各年份奥运会带动的就业人数预测

	2003	2004	2005	2006	2007	2008	2009	2010	合计
带动 GDP	27.51	120.08	229.04	287.45	327.79	843.58	452.64	439.11	2727.2
劳动生产率	59840	68817	79140	91011	104663	120362	138416	159178	
带动就业	4.6	17.4	28.9	31.6	31.3	70.1	32.7	27.6	244.2

[注] 各指标的计量单位分别是：GDP 为亿元人民币；劳动生产率为万元 / 人；就业为万人。

（六）2008 年奥运会对北京经济的间接影响

1. 奥运间接支出的确定和分布

根据 2002—2007 年生态环境和城市基础设施建设投资规划，2002—2007 年间，环境污染防治、生态环境建设、交通建设和管理以及信息通信建设的总投资为 2507 亿元人民币。假设其在六年间平均分配，则每年投资约 417.8 亿元。

表 51　2008 年奥运会用于生态环境和城市基础设施建设的间接支出状况

项目	投资额（亿元人民币）
1. 环境保护项目	小计：582
其中：能源项目	319
水环境治理项目	183
垃圾处理项目	14
绿化及环境监控项目	66
2. 交通及其他项目	小计：1293
其中：轨道交通项目	399
城市道路项目	191
公路项目	224
交通枢纽项目	12
铁路民航项目	199
上水项目	30
电力项目	238
3. 信息通信项目	小计：631.5
其中：光缆、管道、传输设备扩容	108.9
数据通讯网络	124.6
用户宽带接入	70
移动通信网扩容	294
奥运专项信息基础设施	13.6
数字北京	11
有线电视网工程	5
其他	4.4
总计	2507

2. 奥运会对北京经济各经济指标的间接影响

根据前面的计算方法，可以得出奥运会间接带动的生态环境和城市基础设施建设的投资对北京经济各个指标的影响（表 52）。

表 52　2003—2008 年奥运会对北京经济的间接影响预测

	2003	2004	2005	2006	2007	合计
总支出	417.8	417.8	417.8	417.8	417.8	2089
对 GDP 的首轮影响	374.6	374.6	374.6	374.6	374.6	1873
间接影响	266	266	266	266	266	1330
总影响	640.6	640.6	640.6	640.6	640.6	3203
带动的就业	107.05	93.09	80.95	70.39	61.21	412.69
带动的财政收入	134.53	143.94	152.59	160.21	166.62	757.89

［注］总支出、各种影响数据和财政收入单位均为亿元人民币，就业为万人。

六、通过举办奥运会促进北京经济发展的战略对策

（一）研究奥运经济规律，加强北京宏观经济调控

本课题的研究表明，奥运经济有其特定的运行规律。首先，奥运会的投资一般在举办奥运会的 5 年以前开始，在奥运会的前 1 年达到最高点，在奥运会结束的 1 年左右与奥运会相关的投资基本结束。然而，奥运会投资所产生的乘数效应并不是与奥运会投资完全同步的。随着时间的推移，奥运会乘数效应的最高点发生在奥运年。奥运会结束后，尽管奥运会的相关投资已经结束，奥运会的乘数效应仍将维持较高的水平，并将持续 5~6 年，因此奥运会经济影响的时限为 12 年左右。这种规律和趋势在巴塞罗那奥运会和悉尼奥运会以后已经在西班牙加泰罗尼亚州和澳大利亚新南威尔士州得到充分的印证。在奥运会结束的 5~6 年以后，由于奥运会投资效应和乘数效应产生的影响基本结束，也有可能会在一定程度上在举办城市及其周边地区产生"经济低谷"。

根据本课题的研究，北京奥运会直接和间接的投资将达到 2800 多亿元人民币，乘数效应将达到 5930.19 亿元人民币。按照北京市副市长张茅在 2004 年 3 月初的一次新闻发布会上的讲话，奥运会的总投资将达到 15000 亿元人民币，整个社会消费需求总计将超过 15000 亿元人民币，合计为 30000 亿元。这样大规模的投资和消费需求如果不能加强宏观有序调控，有可能在一定时期内使北京的投资和消费需求过热，使物价指数上升，从而形成通货膨胀。调控不当很有可能会使北京在一定时期内产生经济波动，对北京经济发展产生不良的影响。为了避免这样的结果，建议可以采取如下措施。

首先，加强奥运经济发展规律的研究，制定长期的经济调控计划（15~20 年）。奥运经济的影响过程是一个长时期的经济运行过程，因此有关政府部门必须制定长期的奥运经济调控规划，加强北京的宏观经济调控，避免短期行为。

其次，2008 年奥运会派生的投资和社会消费数额是现代奥运会历史上绝无仅有的，因此政府应当通过宏观调控和市场调节等手段，使奥运会派生出的投资和消费在各年度的分布上相对均匀，避免在某一时段内奥运会产生的投资和消费发生过度的增长，从而导致北京经济大起大落，忽冷忽热。在现代奥运会的历史上，出现过由于经济调控不力，在一定时期内导致主办城市通货膨胀和经济衰退的事例。

第三，在奥运会结束以后，尽管与奥运会有关的投资基本结束，但奥运会投资产生的乘数效应仍将持续一个较长的时间。但这种效应很可能在与奥运会的筹备和举办不太相关的产业里表现出来。在这种情况下，政府同样应当注意宏观调控，实现奥运乘数效应的"软着陆"，避免北京经济的发展产生波动。

第四，国外一些奥运经济专家曾预言，奥运会结束以后，由于奥运会相关投资基本结束，因此可能在举办城市产生"经济低谷"。我们认为，由于奥运会投资产生的乘数效应具有明显的后发性特点，因此在奥运会结束后的 5 年左右的时间里，可能不会出现明显的"经济低谷"，但在 5 年以后，则有可能出现这样的问题。有关部门应对这一问题予以重视。政府应重视利用奥运会的契机，大力推进旅游业的发展，同时重视对奥运会遗留的奥林匹克公园等奥运会遗产资源的挖掘，使奥运会的"乘数效应"影响尽可能持续更长的时间。

(二) 树立城市营销理念，建设国际化现代化大都市

在人类进入 21 世纪的今天，经济全球化正在以汹涌澎湃之势影响着人类社会，知识经济也正在以前所未有的速度和规模影响人类的生产和生活方式。在这样的背景下，各国城市经济的发展无一例外地融入到了国际经济循环和国际经济要素竞争的旋涡之中。一个城市，尤其是作为一个国家经济发展先导的城市，如果要在国际经济竞争当中取胜，就必须树立城市营销的理念，充分利用好奥运会这样的百年一遇的历史机遇，运用市场营销的理论和方法去经营城市，才能真正为城市经济的发展赢得先机。

城市营销是指利用市场营销的理念和方法管理和经营城市，把投资者、旅游者和城市居民当做顾客和消费者，把城市的软、硬件当做城市的产品，改建城市产品的生产和服务，对城市产品进行创造、包装和行销。城市营销的核心内容包括：

1. 为城市树立强大而有吸引力的地位和形象；
2. 为现有的和潜在的商品、服务的购买者和使用者提供有吸引力的刺激；
3. 以有效、可行的方法分发、配送城市产品和服务；
4. 推广城市吸引点和利益，让潜在的使用者完全了解该地区独特的长处。

西方发达国家从 20 世纪 30 年代起就开始形成城市营销的理念，到 90 年代已经形成了比较成熟的理论体系和运行模式，对促进城市经济发展尤其是城市现代化发挥了巨大的作用。

在城市营销工程中，奥运会成为绝佳的城市营销平台，受到各举办城市的高度重视。各举办城市均不遗余力地将奥运会的筹备和举办融入城市营销的整体战略之中，对完善城市产品、提升城市形象发挥了巨大的作用。例如 1992 年巴塞罗那奥运会使巴塞罗那的知名度和吸引力空前提高，1991 年巴塞罗那在最被企业看好的欧洲城市中名列第 8，奥运会结束后的 1993 年名列第 9。巴塞罗那被企业看好的主要因素包括雇员的生活质量（列欧洲第 5）、办公用房价格（第 6）、靠近市场（第 10）、交通基础设施（第 15）、通讯服务（第 19）。1986—1991 年间，共有 200 多个美国和日本的公司在加泰罗尼亚省及其周边地区落户。

1996 年奥运会使亚特兰大的形象提升了 17.4 个百分点。奥运会申办成功以后，亚特兰大在全球规模的许多次评选中都名列前茅。1996 年，在著名的《财富》杂志评选出的拥有全球最佳经济环境的城市中，亚特兰大名列第一。在《世界贸易杂志》评选出的拥有国际跨国公司最多的 10 个城市中，亚特兰大也名列第一。在 Ernst and Young 公司评选出的全球 10 个房地产市场前景最佳的城市中，亚特兰大同样名列第一。

据国际会议协会的调查，由于 2000 年悉尼奥运会对澳大利亚形象的提升，2001 年澳大利亚成为吸引国际会议及相关活动最多的国家，超过了美国和英国。新南威尔士州政府充分利用各种与奥运会相关的活动，吸引了 19 个新的投资项目，为该州赢得了 1.14 亿澳元的新的投资，创造了 1219 个就业机会。2000 年 12 月，在由澳大利亚联邦政府、州政府及两个奥运会主赞助商联合举行的"投资 2000"活动中，有 45 个公司决定在澳大利亚投资，投资总额达到 5.94 亿澳元，有 44 个公司积极考虑在澳大利亚投资。

长期以来，北京主要是通过提供优惠的财政金融政策、廉价的劳动力和有限的土地资源，来吸引投资，城市营销只是潜意识的行为。然而北京的经济发展和城市建设的目

标是要把自己建设成为国际化、现代化的大都市。要实现这样的目标仅靠优惠政策是远远不够的，而且优惠政策仅仅是短期的权宜之计。北京要实现跨越式发展，必须树立城市营销的理念去经营和推广城市。

2008 年奥运会为北京的城市营销提供了千载难逢的好机会，因此必须把奥运会融入北京的城市营销整体战略之中，通过筹备和举办 2008 年奥运会，在全世界塑造并树立起有强大吸引力的北京新形象，为国内外投资者提供有吸引力的刺激点，让全世界了解北京独特的长处。

（三）以北京为龙头，构建环渤海经济圈

在现代社会，一个国家整体国民经济的发展往往是以区域经济的发展为先导和前提。西方发达国家往往以举办奥运会为契机，把发展奥运经济作为推动区域经济发展的核心动力。西班牙政府充分利用 1992 年巴塞罗那奥运会极大地推动了加泰罗尼亚省的经济发展，而悉尼奥运会也有力地促进了新南威尔士州经济的发展。

改革开放以来，我国珠江三角洲经济圈和长江三角洲经济圈先后成为我国经济发展十分活跃的地区，目前在我国整个国民经济体系中已占据十分重要的地位。目前构建的包括北京、天津、辽宁、山东、华北等省市的环渤海经济圈已经成为新世纪我国国民经济发展的重要战略。然而构建环渤海经济圈的工作无论在规划上还是在行动上都缺乏必要的带动机缘和动力。

北京奥运会对构建和促进环渤海经济圈经济的发展提供了千载难逢的历史机遇。目前社会各界都比较关注奥运会对北京市本身经济发展的影响，而往往忽略了奥运会对促进周边更大些的环渤海经济圈经济发展的影响。2008 年奥运会大多数的比赛是在北京举行，然而青岛将承担帆船项目的比赛，天津、沈阳等地将承担部分足球项目的比赛，因此 2008 年奥运会本身就不只是北京一个城市的任务。利用奥运会构建环渤海经济圈，需重点注意以下问题。

首先，构建环渤海经济圈必须以北京为龙头。北京是我国政治、经济、文化及国际交流的中心，其经济发展的水平和实力在内国占有重要的地位，因此北京必须也有条件承担这样的历史重任。有关部门应当紧紧围绕如何使北京成为环渤海经济圈龙头城市这一主线索，来规划和促进奥运经济的发展。

其次，长期以来，环渤海地区在经济开发方面，不同省市、不同部门之间"条块分割"的现象十分严重，这种状况严重阻碍了环渤海地区的经济发展。政府有关部门应当以 2008 年奥运会为契机，解决打破"条块分割"的状态，这是构建环渤海经济圈的基本前提。

第三，环渤海地区长期以来以发展重工业和传统工业为主，其经济体制改革和经济发展的难度超过珠江三角洲和长江三角洲。政府应当充分地利用奥运会加大投入、大规模加强城市基础设施建设的机会，把思路放宽，把眼光放远，把蛋糕做大，把北京城市建设的发展纳入到带动整个环渤海地区发展这一战略目标中来，重新调整地区产业结构，努力促进以服务业为核心的第三产业的发展。

（四）增加服务项目与吸引点，提升北京旅游产业水平

本课题的研究结果表明，在 2008 年奥运会的各项直接支出当中，奥运会派生出的

旅游相关支出高达 1387 亿元人民币，产生的直接经济影响为 1243 亿元，间接经济影响为 883 亿元，产生的总体经济影响为 2126.78 亿元。奥运会派生的旅游支出产生的经济影响占奥运会总体经济影响的 77.98%，而奥运会体育场馆建设支出和奥运会运营支出产生的经济影响仅占奥运会总体经济影响的 6.27% 和 15.74%。

以上数据说明，2008 年奥运会将对北京的旅游业产生重要的影响，是提升北京旅游业最好的历史机遇。北京目前正在实施"退二进三"（减少和集约第二产业，强化第三产业）战略，其中提升北京旅游业是核心，关乎"退二进三"战略的成败。因此北京必须大力促进旅游业的发展，为此建议北京市政府有关部门应当注意以下问题。

第一，开发新的旅游热点项目。

目前北京市已经把旅游业列为重点发展的产业，希望旅游业在"十五"期间成为支柱性行业。然而近 10 年以来，尽管北京每年接待的境外游客保持了一定的增长幅度，但增幅却呈明显的减缓之势。"八五"期间，北京市接待的外国游客的人数年均增长 17.13 万人，国际旅游收入年均增长 2.45 亿美元。而"九五"期间外国游客人数年均增长仅为 7.7 万人，国际旅游收入年均增长仅为 0.63 亿美元。北京作为拥有 3000 多年的建城史和 800 多年的建都史，是一个典型的文化遗产型城市，北京的旅游业主要是靠历史文化的积淀和东方文化的独特来吸引游客的。然而随着时间的推移，传统的文化遗产类资源已经难以充分吸引境外游客，他们需要新的吸引物和刺激源。为此我们提出如下建议。

1. 结合奥运会的城市营销工作，同时结合奥运会组委会的市场开发计划，在海外大力宣传北京的历史文化，尽可能挖掘传统旅游吸引物的潜力。

2. 开发具有极高娱乐价值和市场潜力的赛马、赛狗、博彩等经营项目，促进北京新型娱乐产业的发展。这些娱乐休闲项目在西方发达国家和港澳台地区广泛开展，深受这些地区人们的喜爱，已经成为人们较为普遍的休闲生活方式，人们的生活中很难缺少这些东西。我们必须突破传统思维模式的禁锢，大胆引入这些经营项目。随着这些项目的引入，不仅北京的娱乐业能够得到新的发展，也一定能够使境外游客的数量得到大幅度的增长，使北京的旅游业焕发勃勃生机。

3. 建设主题公园是国外促进旅游业发展的重要措施。北京的公园主要以文化遗产类的公园为主，没有开发像美国迪斯尼乐园和好莱坞影城那样的主题公园，为此北京应当努力建设具有中国特色的能够吸引游客的主题公园。

第二，注意研究奥运会对旅游业产生影响的规律，正确规划和调控北京的宾馆业和会展业。

宾馆业和会展业在旅游业中占有重要的地位，也是受奥运会影响比较大的行业，奥运会对上述两个行业的影响有其自身的规律。依据本课题的研究，尽管奥运会主办国的政府部门对奥运会期间的宾馆业的入住率都给予很高的期望，并且大力新建高规格的星级宾馆饭店，然而奥运会年却出现了宾馆入住率下降，造成宾馆过剩。因此北京市政府应当科学规划星级宾馆饭店的建设，避免这一问题的出现。

根据本课题对巴塞罗那奥运会、亚特兰大奥运会和悉尼奥运会的研究，在奥运会年前后的几年中，主办城市成功举办会展活动及吸引会议代表人数的状况呈波浪式发展的趋势。在奥运会的前一年，由于受到奥运会提升当地形象的影响，主办城市吸引代表的人数逐步上升，在奥运会年则出现下降。在奥运会结束后的第一年，代表人数又大幅度回升，而第二年则又趋于下降。因此北京市政府应当注意依照会展业的这一运行规律，合理控制这一行业的发展。

（五）经营奥运会遗产，提高北京的吸引力

国际奥委会协调委员会在向国际奥委会提交的考查报告指出，如果 2008 年奥运会在中国举行，将给人类留下一份"独一无二"的遗产。奥运会遗产问题是国际奥林匹克运动长期关注的热点问题，奥林匹克遗产涉及物质层面也涉及精神层面，其中利用奥运会遗留下来的场馆资源和相关技术，来促进主办城市旅游和经济发展的发展是奥运经济领域最为引人注目的遗产。根据本课题的研究，一个主办城市能否通过奥运会促进城市经济的持续稳定发展，与主办城市奥运会遗产的经营水平有密切的关系。在挖掘北京奥运会遗产方面，我们提出以下建议。

第一，尽可能提前建成奥运会场馆，争取提前进入运营状态。

纵观现代奥运会的历史，凡是能够在奥运会开幕 1 年以前建成并进入运营状态的奥运会场馆，其赛后的运营效果相对好一些。这是由于奥运会场馆能够在奥运会举办以前获得较好的宣传效果，并且积累了宝贵的运营经验。在奥运会场馆的运营方面，建成后相当长的一段时间往往是亏损经营，但随着经验的积累情况会慢慢好转。

第二，须本着"经济奥运"的原则建设奥运会场馆和相关设施。

主办城市总是力求将奥运会办成历史上最好的一届奥运会，因此往往在各个方面都力求投入巨额资金购买最好的设备好技术。然而现代奥运会的历史表明，无论是场馆建设、奥运村的建设还是技术的投入，奥运会主要以实用为原则。在技术投入方面，奥运会不一定需要当今最先进的技术设备，而是主要考虑运行已经相对成熟和把握性较大的技术设备，巨额的经费投入不一定就能造就一届成功的奥运会。因此，我们在场馆建设和技术设备方面应树立勤俭节约的原则，能够利用现有场馆进行改建、扩建的就不再新建，能够搞临时性的场馆就不搞永久性场馆。

第三，奥林匹克公园是奥运会的主要遗产，把奥林匹克公园建设成为集旅游、娱乐、会展、商贸、文化、体育服务于一体的综合性设施，提供多功能服务。

目前很多专家提出要把奥林匹克公园建设成为北京市民参加体育休闲活动的场所，但这一点需要谨慎的论证，因为北京市民的体育休闲还远没有形成传统和热潮，这与西方发达国家相比差距明显，而西方发达国家也没有能够做到主要靠市民的体育休闲活动支撑奥林匹克公园的运营。纵观历届主办城市的奥林匹克公园，凡是运营较好的均是突出综合性服务的特点，因此我们也应注意这一点。

第四，注意在奥运会场馆地区营造体育文化氛围。

悉尼奥运会组委会在筹备奥运会的过程中，其志愿者的招募范围主要在不同项目体育场馆的周围地带，要求培养周围居民对该项目的兴趣，通过奥运会的举办，让附近的居民通过参与，了解该项目，到喜爱该项目，从而使该项目的设施具有一个良好的社会发展环境。例如，悉尼奥运会将水上运动项目设在罕布什海湾地区，组委会则主要从这一地区招募志愿者以培养当地人对水上运动的兴趣，并计划将这一地区作为未来澳大利亚举行水上项目国内外比赛的中心。这一做法值得我们借鉴。

（六）不仅注重经济数量的增长，更要注意经济质量的提高

根据本课题的研究，2008年奥运会的直接支出（包括奥运会的运营支出、奥运会场馆建设支出、奥运会派生的旅游支出）产生的总体经济影响达到2727.19亿元人民币，间接支出（包括环境保护项目支出、交通及其他支出、信息通讯项目支出）产生的总体经济影响达到3203亿元。两者合计达到5930.19亿元。这样大规模的经济影响无疑会对北京新世纪经济的腾飞发挥巨大的作用。然而我们也必须牢记通过奥运会促进北京经济的发展不仅仅是一个数量的概念，更重要的也是一个质量的概念。如果只把目光集中在奥运会拉动了北京GDP的增长等经济数量指标方面，而忽略了经济质量的提高，则结果有可能造成北京"奥运经济泡沫"。针对这一问题，我们提出如下两点建议：

第一，大力发展文化产业，提高北京可持续发展的潜力。

我们应当充分认识到，2007年以前奥运会拉动北京的经济增长，主要是通过拉动建筑业、建材业和运输业等传统性基础产业实现的。然而2007年以后以及奥运会结束以后，北京的经济发展靠什么产业来支撑呢？这是一个值得认真重视的问题。根据北京的产业结构特点，依据现代奥运会对主办城市经济影响的规律，我们认为北京应着力培养和发展文化产业，并使其成为未来北京经济发展的新的产业支柱。

依据联合国产业分类标准和我国国民经济行业分类标准，文化产业（大文化的概念）主要包括信息产业、旅游产业、娱乐产业、体育产业、文艺表演产业、报刊杂志产业、广播电视音像产业、出版发行产业、展览业与博物馆业等。目前，文化产业在西方发达国家的国民经济中占据着十分重要的地位。在西方发达国家的经济发展过程中，文化承担了重要的产业升级换代的作用，是各国国民经济的新的生长点，这是20世纪各国经济发展的基本规律和趋势。北京作为我国的首都，作为我国经济发展的先导城市，必须充分利用奥运会的机遇大力发展文化产业，为北京产业结构调整，为未来北京经济持续稳定的发展创造条件。

第二，北京应当塑造有自己品牌的大型国际知名企业，提高北京的企业竞争力。

随着经济全球化的发展，资本、劳动力、技术等生产要素在全球范围内配置，以寻求利润最大化。在这一背景下，必须努力打造具有自己品牌及较强的经济竞争力的大型国际知名企业，并以这些企业为龙头，形成区域经济的优势，这样才能在激烈的国际经济竞争中取得优势地位。然而目前以国际公认的大型企业的标准来衡量，北京的企业大都属于中小型企业，尚没有能够进入国际500强的企业。因此提高北京的经济质量必须通过利用奥运会，努力打造具有世界影响力的品牌企业。如同日本通过东京奥运会打造出了东芝，韩国通过汉城奥运会打造出了三星一样，北京奥运会也一定能够打造出中国的具有世界知名品牌的企业。

经济全球化背景下我国体育产业
发展战略研究

王曙光　何仲恺　王丹莉　来有为

本文分为理论篇、借鉴篇、中国篇，从经济全球化的视角出发，探讨了当前全球体育产业发展的基本趋势和基本特征，论述了体育产业在国民经济发展和产业结构变迁中的重要作用；本文还试图总结国外体育产业发展的宝贵经验和基本规律，分析了国际知名体育产业品牌的成功要素和具体营销战略；本课题的落脚点为中国体育产业的发展战略选择，试图回答在经济转型和产业结构升级的背景下我国体育产业的独特发展道路。

一、理论篇

产业概念在产业经济学中，从不同的角度去研究，就会赋予产业以不同的定义。一般认为，产业是具有某种同一属性，承担一定社会经济功能的生产或其他经济社会活动单元构成的，具有相当规模和社会影响的组织结构体系，是国民经济以某一标准划分的部分。产业分类方法，一般可按社会再生产过程不同功能、结构因素分类，如三次产业分类法，或按产品和企业的生产同类性标准分类。体育产业即是按照后一种原则进行分类的产业。

(一) 国内对体育产业界定的讨论

"体育产业"在我国是一个新的概念，目前国内理论界对体育产业的概念尚处在探索和实践阶段。关于体育产业的内涵和外延的研究，也是几年来国内学者讨论较多的一个领域。但到目前为止，关于什么是体育产业的争论仍然是仁者见仁、智者见智，没有统一的说法。总体上看，当前在这一问题上的争论，有代表性的学术观点如下。

第一种观点认为，体育产业就是体育服务业。所谓体育产业指的是以活劳动的形式向全社会提供各类体育服务的行业，是体育服务业的简称。这种观点严格把体育产业界定在体育运动本身能够向社会提供服务的范围内。

持这种观点的主要依据是，1985年国务院颁布的《国民生产总值的计算方案》，其中采用了联合国以及世界上大多数国家普遍采用的三层次产业分类法，将国民经济按三层次产业进行划分，该方案明确地把体育事业列入第三产业的"为提高科学文化水平和居民素质服务"的部门。1992年中共中央国务院《关于加快第三产业发展的决定》中再次确认了这一提法。从此以后，我国统计部门和体育管理部门以及体育科学界和经济界都开始使用"体育产业"这一概念。2003年5月14日，国家统计局印发了《三次产业划分规定》，对国民经济行业分类进行了重新的调整。修订后的三次产业划分将体育产业与文化和娱乐业一起组成文化、体育和娱乐业，体育产业包括体育组织、体育场馆和其他体育三个门类。新的分类标准将体育与文化与娱乐产业组合在一起，符合联合国标准产业分类的原则，同时也与许多发达国家的产业分类标准相似。但新的产业分类标准仍把一些明显属于体育产业的门类划在娱乐业中，比如保龄球、高尔夫、滑雪等。这也意味着，我们平时所说的产值很大的体育产业，如体育彩票、接受赞助（金融）、体育广告（咨询）、出售电视转播权（电讯）、销售体育纪念品、体育服装、器材（生产、生活）、体育旅游（居民服务）、休闲体育娱乐业等均不能计算到体育产业的产值中，剩下的只有体育场地租赁业、体育竞赛表演业和体育培训业的产值才属计算之列。

但是反对这种观点的人认为，第一，这样的界定没有国际通约性。国外体育产业产值统计包括体育用品和体育服务两大部分。第二，这样的界定将制约我国体育产业的发展。我国体育产业的发展刚刚起步，如果在起步阶段就对体育产业作严格的界定，不利于吸引投资和培育体育市场。

因此，人们提出了从"广义"和"狭义"两方面去理解和认识客观事物的观点，把第三产业第三层次的体育产业部门理解为狭义的体育产业，而把由体育部门经营管理或由体育事业发展而牵动的第二、第三产业理解为是"广义的体育产业"。

第二种观点认为，体育产业是与体育运动有关的一切生产经营活动。这种观点认为，体育产业的本质是体育运动中蕴含的经济价值。用市场经济的手段来挖掘由体育的经济价值所引发的生产经营，就构成存在于现实经济生活中的、事实上的体育产业。因此，体育产业是向全社会提供各类体育物质产品和服务、满足人们群众多样化体育消费需求的行业，它由体育物质产品的生产和经营与体育服务产品的生产和经营两个部分构成。所以，这一观点也被称为广义体育产业。

持这一观点的主要理由是，体育消费从根本上决定了体育产业。有什么样的体育消费就会形成什么样的体育市场，而体育市场上的主客体就构成了体育产业。由于体育消费客观上存在体育用品的消费和体育服务的消费两大类，因此，体育产业的构成上就必然是物质产品和服务产品生产与经营活动的统一。同时，我国体育行政部门也倾向于这一观点。国家体委在 1996 年颁布的《体育产业发展纲要》，把体育产业划分为三类：第一类为体育产业（也叫本体产业），指由体育部门管理的、发挥体育自身价值的功能的、以提供体育服务为主的体育产业经营活动，如体育竞赛表演业、体育健身娱乐业、体育教育科技业、体育彩票和体育赞助等；第二类为体育相关产业，指与体育有关的其他产业的生产经营活动，如体育场地、器材、服装、食品、饮料、广告和传媒的生产和经营；第三类为体办产业(外延产业)，指体育部门为创收和补助体育事业发展而开展的体育主体产业以外的各类生产经营活动。

第三种观点认为，体育产业就是体育事业中可以盈利的部分。这是一种从经济学和市场营销学的角度对体育产业所作的界定。

持这种观点的主要理由是，任何产业都是市场中真实存在的商品货币关系，没有市场的产业是不存在的。因此，体育产业属于第三产业还是属于第二和第三产业的混合产业并不重要，重要的是体育运动中到底有哪些运动项目或活动内容可以实实在在地进入市场，并能够切实盈利。也就是说，体育事业并不能在整体上被界定为体育产业，能够称之为体育产业的只是体育事业中既能进入市场又能盈利的那部分，而不能进入市场，必须靠政府财政支持的项目只能叫事业。比如在我国，足球、篮球、围棋等运动项目可以称体育产业，而田径、游泳、体操等运动项目只能称体育事业。所以，持这种观点的人实际上是把体育产业看做一个动态的概念，即所谓发展体育产业就是不断把体育事业推向市场的过程，并且随着体育产业化进程的加快，事业的比重会逐步减少，产业的比重会逐步加大。

第四种观点认为，体育产业就是社会主义市场经济体制下的体育事业，是体育事业由传统的计划经济体制转到社会主义市场经济体制下的称谓。在计划经济体制下，发展体育事业考虑的只是如何尽可能地增加传统意义上的业务成果，如组织竞赛的场次、奖牌的多少等。而在社会主义市场经济体制下，发展体育事业除了要追求"一次产出"之外，还要追求"二次产出"，即把初次产出的、具有良好社会效益的业务成果，再转化为可以用实物形态和价值形态计量的经济效益。在计划经济体制下，体育投入完全依赖政府的财政投入，计划手段是体育资源配置的唯一方式，而在社会主义市场经济体制下，体育投入要由政府和社会来共同承担，并逐步过渡到以社会投入为主，相应地要求市场在体育资源配置中发挥基础性作用。因此，用体育产业来标记社会主义市场经济体制下的体育事业，一是要强调体育事业运作方式的转变；二是要促成体育事业业务成果的二次转化。按照这一逻辑，体育产业就是体育事业，发展体育产业就是要充分发挥市场在各类体育资源配置中的基础性作用，切实抓好体育事业各项业务成果的转化，形成符合社会主义市场经济要求的体育成果转化和开发的体系与机制。

这些观点从不同的角度出发，都有其成立的理由和不足之处。第一、第二种观点是从体育产业所包含的内容的角度出发，争论的焦点在于"狭义"和"广义"之分；第三、第四种观点是从体育产业运作模式的角度出发，都强调市场在体育产业发展中的重要作用，即市场化的运作方式，所不同的只是"动态"和"静态"之分。

（二）国外对体育产业界定的讨论

在国外，体育产业的定义问题也一直存在着多种观点。无论在体育管理的学者中，还是在体育产业的实际工作者中都从未有清楚的答案。尽管如此，美国各界相对统一的看法是，应该以美国国家统计局在北美产业分类系（NAICS）中对"产业"定义的方法为参考，对体育产业下定义。这一系统对"产业"的定义为"经济活动的集合体"。根据这一定义，引申出各种不同的体育产业的定义，主要有以下几种。

克利斯坦 M. 布鲁克斯（Christine M. Brooks，1994）认为，体育产业是一种庞大的娱乐产业的集合体，包括五种基本成分，即两种与管理相关的成分（相关组织和体育单位）和三种与劳动相关的成分（运动员联盟、个体运动员和体育经纪人）。此外，还有一些相关的辅助内容，也是保证体育产品生产的不可缺少的条件（裁判员等）。

华裔学者李明（Ming Li，1999）认为，体育活动是一种与所有体育商业有关的公司和组织所从事的事务，因此，体育产业主要由两个部分组成：一部分是体育活动的生产部门，生产体育活动的公司和组织；另一部分是体育活动的支持部门，提供产品和服务来支持体育活动的公司和组织，以及销售和贸易体育活动的公司和组织。

阿尔法·米克（Meek，1997）用一种三要素的模型来解释美国的体育产业，这三要素是，体育表演和娱乐（包括职业、业余体育队伍和项目，体育媒介和体育相关的经济活动）、体育产品和服务（包括体育产品设计、制作、销售以及与体育有关的服务）、体育支持组织（包括所有的职业和业余体育组织，如体育联盟、体育公司、体育经纪人组织）。

匹茨、菲尔丁和米勒（Pills，Fielding and Miller，1994）等人，用另外的 3 要素模型把体育产业定义为"所有提供给顾客的体育和相关产品——货物、服务、地方、人员及思想"，体育产业被分成三部分，即体育表演业（包括提供体育表演的组织和既含参与者又含观众的消费群体）、体育产品（包括生产、设计满足消费者需要和影响体育表演质量的有关产品的部门和公司）、体育推销（包括那些提供各种用于推销体育产品的工具的部门和公司）。

从以上不同的观点看出，美国对体育产业的结构的划分，不管分成几个部分，从事物外部形态角度看，主要表现为有形与无形产业之分；从事物内部属性看，主要有本质与支持产业之别。这种对体育产业的理解与我国学者的第二种观点是一致的，即体育产业不仅仅是第三产业的一个组成部分，而是包含了第一、二、三产业的混合产业。从国外的各种体育产业的统计看，似乎它们都是按产品的用途是否与体育需求有关来理解和统计的，并不过分拘泥于按产业的三次划分法所规定的第一、第二、第三产业去统计，见表 1。我们目前所看到的有关西方体育产业产值统计的报道，大多是按此思路统计的。当然，西方学者对此也有争议，但他们在具体统计时，又自觉、不自觉地把体育产业的统计范围扩大了，客观上又等于承认了体育产业内涵的扩大。为了解决这一理论与实际操作上的相悖现象，西方理论界和有些研究机构从"研究体育对经济的影响及体育对国民经济的效用"的角度出发，把与体育有关的产业中的相关部分（包括第二、第三产业中的各种产业部门）加以汇总，统称为"体育复合产业"。

表 1　美国体育产业统计指标

建筑业	
234990	体育场地建筑
制造业	
运动服装生产	
316219	运动鞋生产
33992	运动商品生产
批发贸易	
42191	运动与休闲商品、器材批发
零售业	
451110	运动用品商店
453310	运动旧货商店
体育设施（不动产）出租	
532292	运动商品出租
教育服务	
61162	运动与休闲指导
艺术、娱乐与休闲	
71121	观看体育比赛
711211	职业或半职业运动队和俱乐部
711212	练习场地开放
711219	自由职业或半职业运动员、教练员
71131	体育赛事主办者
711310	体育场馆所有者、体育赛事管理者、组织者与推广者

71132	体育经纪人
711320	体育赛事经纪人
71391	高尔夫俱乐部
71392	滑板器械
71394	体育健身中心
71395	保龄球中心
713990	休闲类青年队和联盟
711410	体育图像传送与管理
其他服务业	
81149	运动设施修理与维护
81391	地方性体育机构
81399	运动员协会管理

［资料来源］Office of Management and Budget（1997），North American Industry Classification System（NAICS），1997，US Department of Commerce，Washington D.C.。

（三）体育产业的内涵和外延

在体育产业全球化的背景下，符合国际公约化的定义将更利于体育产业的发展。因此，我们倾向于"广义"体育产业的界定，借用徐本力（2002）对体育产业的划分，将体育产业分为"体育本体产业"、"体育相关产业"和"体育外延产业"三类。在此基础上，为了更准确地定位体育产业，我们从体育产业在物理属性、体育属性、隶属和经营管理关系、三次产业结构属性、基本结构属性以及在第三产业中的层次定位6个方面为这三种产业进行基本属性的定位（表2，图1）。

表2 体育产业分类结构及其属性一览

构成		物理属性		体育属性		隶属经营关系		三次产业结构属性			第三产业中的层次				基本结构属性	
		实物	非实物	体育性质	非体育性质	体办经营	社办经营	一产	二产	三产	1	2	3	4	三次产业分类结构	工作结构
体育系统产业(广义)	本体产业(狭义)			*	*	*	*			*		*			*	
	相关产业	*	*	*		*	*	*	*	*	*	*	*	*		*
	外延产业	*	*		*	*	*	*	*	*	*	*	*	*		*

［注］"体办"指体育部门经营，体育部门为主经营、体育部门参与经营；"体管"是指不由体育部门直接经营，但由体育部门管理的。

［资料来源］徐本力. 对我国体育产业理论研究中几个问题的调查与研究. 北京体育大学学报，2002（2）.

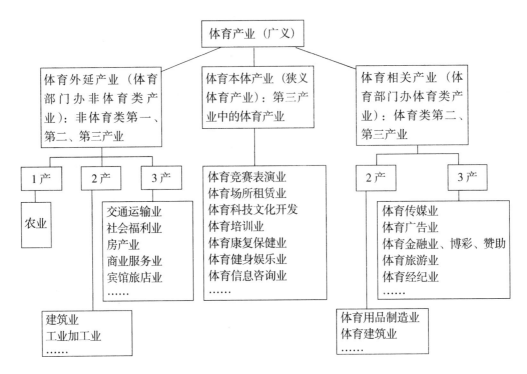

图 1　体育产业整体结构模式

体育本体产业。体育本体产业是指真正意义上的体育产业。它是从狭义的角度并依据三次产业划分法所界定的体育产业，是以发挥体育自身服务功能和非实物性特征为其主要特点，在三次产业划分中划入第三产业中的文化、体育和娱乐业的部分，是由体育部门经营管理或由非体育部门经营体育部门管理的第三产业部门。主要包括体育科技文化开发业、体育竞赛表演业、体育场所租赁业、体育培训业（其中包括体育俱乐部、运动训练业等）、体育康复保健业、体育信息咨询业 6 个体育本体产业部门。这类产业的发展前景是非常大的，美国 1988 年的 630 亿美元体育产业总产值中，有 227.89 亿美元是属这类产业，占总产值的 36%，排在第 1 位。

体育相关产业。体育相关产业是指划不到第三产业文化、体育和娱乐业的那部分体育产业，其前提条件必须是由体育事业牵动和体育事业发展所需要的，并具有体育性质的产业，主要指第二产业中的这类性质产业。从目前看，我体育相关产业的产值是非常高的，占体育部门产业总产值中的很大部分。相关产业可以是生产非实物性产品的产业，也可是生产实物性产品的产业。但它必须是体育部门经营或体育部门为主经营管理的产业。从大类上看，主要分为体育类的第二产业（包括体育建筑业和体育用品业等），以及体育类的第三产业（主要包括体育广告业、体育金融业中的体育彩票、体育赞助等、体育旅游业、体育传媒业等）。

体育外延产业。体育外延产业是指体育部门经营的或以体育部门为主经营的非体育性质的那部分产业。它们只能被看做是体育本体产业和体育相关产业的进一步延伸和扩展，是体育本体产业、体育相关产业之外的所有非体育性质产业，第一、第二、第三产业均可。其产值在体育部门产生直接的效益，因而，包含在体育产业这一大范畴之内。

无论是体育本体产业、体育相关产业，还是体育外延产业，它们的共同属性都是

"产业"，而且都是体育部门经营，并从属于体育事业这一大系统之中。由于三次产业理论的规定和各类产业分类统计中单一统计归属的不可变更性，因而每个产业只能统计到一个特定的经济活动的产业统计值中，不可能把同一个产业的产值同时统计到两个或更多的不同产业增加值中。因而，无论与体育本体产业关系非常密切的体育相关产业，还是体育外延产业，都不可能统计和划分到体育本体产业之中。但是，体育事业发展的需要，又迫使我们不得不从广义的角度将这两个产业划归到大体育产业的范畴之中去研究、去经营、去发展。所以，对于体育产业的界定，不能一味以三次产业分类法和体育产业是第三产业一个部门为标准来划分。于是，我们参照国外近年来提出的"复合型体育产业""国民体育总产值"等概念采用了广义体育产业的定义，它的含义是指，为发展体育事业而由体育部门经营的各种产业的总和。

（四）体育产业的内容

体育产业是围绕消费者需求、以消费者为轴心的行业，从体育产业发达国家的经验来看，这一行业以满足消费者和其他行业的体育需求为基点，以追求投入产出经济效益为宗旨，其领域涵盖一切与体育相关的生产经营活动。体育产业包括了与国民经济相关的多个部门，其产品形式也有很大差别，有的部门向社会提供体育服务产品，有的部门提供体育物质产品，还有的是借助其他物质产品传达体育信息等。这里以具有使用相同体育资源或相同技术、或相同产品用途的特性作为划分体育产业不同部门的标准，对体育产业的主要内容加以划分。

1. 体育健身娱乐业

体育健身娱乐业是为满足消费者健身、健美、康复、娱乐的需要而提供场地、器材、技术服务，为闲暇者提供消遣娱乐服务的经营行业。它是体育市场的主体与核心之一。在发达国家，它是体育产业中效益最好、规模最大的支柱产业。美国1988年健身娱乐业——健身、健美、狩猎、钓鱼等活动的产值近230亿美元，在美国体育产业各行业中居首位。80年代以来，日本、法国、英国、德国及北欧国家的有偿健身活动蓬勃发展。法国1998年的各类体育俱乐部17万个，正式注册会员占全国人口的73.9%。

2. 体育用品制造业

包括体育器材、服装等用品的生产和销售行业。大众体育的兴起，刺激了人们对体育用品的需求不断增长。1990年，世界体育用品市场的销售额已达1200亿美元，其中美国拥有世界上最大的体育用品市场，年销售额超过400亿美元，占世界总销售额的30%。现在，美国已有1400多家体育用品生产厂家，4万多家体育用品商店。

3. 体育竞赛表演业

体育竞赛表演业是指组织、运作各种商业性体育竞赛和体育表演的经营性行业，也称职业体育市场。它也是体育市场的主体和核心之一。它是为满足消费者观赏需要而举办各类体育竞赛和体育表演的经营行业。从发达国家看，美国约有20个运动项目进入该市场，仅棒球、篮球、橄榄球、冰球和足球五个项目就拥有近800个职业队。20世纪80年代中后期，美国成年人平均一年有8次到现场观看各种比赛。美国人1995年参加闲暇体育活动以及观看体育比赛等的开支为441.73亿美元。意大利的体育产业以"足球产业"为支柱，这一市场的年产值约为4万亿里拉，排在该国国民经济十大部门的行列。

4. 体育培训业

体育培训业是对各种体育人才培训、体育技术辅导、咨询的行业。在西方发达国家中，体育培训业是一个成熟且涉及面广的市场。少年体育技术技能的掌握或在某一运动项目上成绩的提高，大多是通过参与学校和社区体育俱乐部的训练而获得的。以体育培训为内容的机构组织和俱乐部遍布各地和各个角落，不少著名运动员在退役后也加入这一行列中。曾在奥运会上获得九枚金牌的美国运动员刘易斯，就开办了以他的名字命名的"未来之星训练营"。

5. 体育经纪业

即体育中介市场，是为各种体育赛事或活动的运作而联络和设计的中介机构。体育经纪业是知识密集型市场，主角是体育经纪人。进入该市场必须具备一些基本条件，如明确的主营项目、较高水平的专业人才、一定的客户资源、充分的信息和足够的信息渠道、与开展主营业务相匹配的资金等。其中最重要的是体育经纪专门人员的培养及从业资格的获得。按照国际惯例，没有获得从业资格的人不能进入市场。在西方发达国家中，体育经纪人是一种职业。国外著名运动员大多都雇用经纪人，全权负责他们的对外事务，体育经纪人代表体育明星从事各种活动并收取丰厚的佣金。这样一方面可以保证著名运动员有足够的时间与精力进行训练和参加重大比赛；另一方面凭借经纪人丰富的经验、渊博的知识和处理专门问题的能力，可以为运动员和明星赚取可观的收入。

6. 体育金融保险业

包括对运动员个人或团队进行保险，体育彩票的发行、体育基金和奖券、体育博彩、体育上市公司以及重大体育比赛的纪念品发行等。从国际市场看，20世纪90年代以来，体育产业发展的一个重要趋向，是体育产业与资本市场的关联性越来越强，体育股票在许多国家二级市场的影响越来越大，体育产业资本在经济发达国家资本市场上的地位越来越高。而以发行体育彩票、赛马博彩、赛车博彩等为主要渠道的体育博彩业，也已成为许多国家吸引社会游资、发展体育事业、增强政府税收的有效途径。利用体育比赛活动的吸引力、竞争性以及比赛结果的不确定性开展体育博彩，成本低、风险小、收益高。体育博彩业中的主体行业是体育彩票业。彩票发行在世界上已有200多年的历史，目前发行彩票的国家已有100多个。据国家足球彩票协会的统计，在59个国家和地区中，1997年彩票销售额为1165.92亿美元，人均购买体育彩票超过100美元的有14个国家。美国、意大利、加拿大、法国、英国等西方国家，已把发行体育彩票作为扶持体育事业的有力支柱。美国体育博彩业的年收入近40亿美元，法国"发展竞技体育基金"的年收入9亿法郎。

7. 体育传媒业

体育传媒业是体育与媒体的结合，是商业信息和媒体发生一定联系的体育精神、人物、比赛、组织等的统称，包括体育宣传报道，体育报纸杂志书籍的出版、发行，体育电视节目和体育竞赛转播权的销售等。在体育传媒业运作过程中，以电视为主的媒体利用体育的涉及面广和影响力大来获得巨额的广告费，同时为转播体育赛事而付出相应的费用。美国NBA每年的全明星赛有190个国家和地区电视台用各种语言进行现场直播，仅电视转播权的收入就可达5亿美元。奥运会的转播权更是媒体重点关注的对象，近几届电视转播权费呈递增趋势（表3），占奥运会收入的一半以上（表4）。

表 3　近几届奥运会电视转播权销售收入一览表

夏季奥运会	收入（亿美元）
1984 年（洛杉矶）	2.87
1988 年（汉城）	4.03
1992 年（巴塞罗那）	6.36
1996 年（亚特兰大）	9.35
2000 年（悉尼）	13.32
2004 年（雅典）	14.98

［资料来源］搜集整理自 CCTV《经济信息联播》，http://finance.sina.com.cn

表 4　国际奥委会 2004 年雅典奥运会收入一览表

收入类别	数额（亿美元）	占总收入比例
电视转播权	7.74	52%
顶级赞助商	4.7	32%
门票	2.0	14%
特许经营权	0.3	2%
合计	14.74	100%

［资料来源］搜集整理自 CCTV《经济信息联播》，http://finance.sina.com.cn

8. 体育广告业

利用体育比赛来宣传产品，利用优秀运动员的"明星效应"来提高产品知名度，以体促销，以销助体，已成为发达国家厂商的普遍做法，使体育广告业成为对双方有利可图的新兴行业。美国有 4000 多厂家以运动员和体育比赛为广告的媒体，体育广告业的年收入近 45 亿美元。在国际上，通过赞助体育赛事来提升品牌形象已经很普遍。有关研究表明，这种效果至少是单纯电视广告的 2~3 倍。据国外对"奥运经济"的调查，在一般情况下，投入 1 亿美元，品牌知名度可提高 1%，而赞助奥运，投入 1 亿美元，知名度可提高 3%。表 5 反映了近几届奥运会广告赞助额度的大幅增长。

表 5　近几届奥运会广告赞助一览表

夏季奥运会	赞助费（亿美元）
1984 年（洛杉矶）	0.2
1988 年（汉城）	2.0
1992 年（巴塞罗那）	5.16
1996 年（亚特兰大）	5.3
2000 年（悉尼）	5.5
2004 年（雅典）	6.03

［资料来源］搜集整理自 CCTV《经济信息联播》，http://finance.sina.com.cn

(五) 体育产业的关联性分析

体育产业关联性是指体育产业各部门在发展过程中所构成的立体型投入产出的关系的总和。这种关联性是质与量的统一。从质上讲，它是诸多部门产业在体育产业中所处的不同地位的集合；从量上讲，它是各部门产业在体育产业中的比例关系。

1. 体育产业关联性分析的模型构建

体育产业内部是许多生产同质性产品（体育物质产品和体育服务产品）部门的集合，因而，体育产业各部门的关联就集中表现为各部门互相提供中间产品或最终产品（体育物质产品和体育服务产品）的交换关系上，见表6。

表6　简化的体育产业投入产出表

投入＼产出	体育竞赛表演业	体育健身娱乐业	体育传媒业	体育培训业	体育场地租赁业	体育广告业	体育金融保险业	体育建筑业	体育用品制造业	体育经纪业	体育商业
体育竞赛表演业		*	*	*	*	*	*		*	*	*
体育健身娱乐业			*	*	*				*		
体育传媒业	*	*					*				*
体育培训业	*	*							*		
体育场地租赁业	*	*		*			*		*		
体育广告业	*	*	*						*		
体育金融保险业	*								*		
体育建筑业	*				*						
体育用品制造业	*	*			*			*			*
体育经纪业	*		*	*					*		
体育商业									*		

由于体育产业并非纯粹的物质生产部门或服务生产部门，而是既有物质产品又有服务产品的综合生产，所以，体育产业内部各部门间的投入产出关联，不仅有实物而且有服务的交换，这就决定了体育产业的投入分析不是单纯的实物性的投入产出。因而，这里的模型不易做到准确的理论实证，仅是一种趋势和经验的综合，用以表明体育产业各部门间的联系。

这个模型定性地描述了某一时段体育产业内部各部门间的相互联系。横行表示各部门产业如何把它的产品"分配"到其他各相关部门产业，即它生产出来的产品（体育物质产品和体育服务）被哪些部门产业利用了；纵列表明各部门产业又是如何从其他部门获得它所需要的产品投入的，即它的发展需要哪些部门产业来支持。这种分析是通过"交换"把各个部门产业连接到一起的。

例如，从横行看，体育竞赛表演业产品为体育健身娱乐业所用。首先，观众在观看体育竞赛表演时可以学习体育知识和体育运动技术；其次，体育竞赛表演业的主体——运动员和教练员可以为体育健身娱乐业提供健身指导；再次，体育竞赛表演业产品的公共性，对体育健身娱乐业的发展有示范效应。体育竞赛表演业的产品还为体育信息咨询、体育传媒业提供素材和内容，为体育培训业提供技术示范（高水平运动比赛的录像可以为体育培训提供教学内容），而体育场地租赁业、体育经纪业的发展必然以体育竞赛表演产品为中介，体育广告业也利用参与体育竞赛表演的运动队、运动员和比赛现场发布产品信息、推销产品，体育竞赛表演业为体育用品制造业的产品提供展示平台，为体育商业提供销售机会。

再从纵列看，体育竞赛表演业产品的生产，需要体育培训业提供体育竞赛表演人才，体育建筑业提供各种体育场地设施，体育场地租赁业提供场地服务，体育用品制造业提供体育服装和各种新技术、新设施，体育经纪业的运作、安排，以及体育传媒业的消息发布，另外还需要体育金融保险业提供各种保险和体育广告业提供经费支持等。

体育产业关联性分析包括关联水平和关联程度两个方面，可以通过这一简化投入产出表说明。具体地说，各部门产业间联系的多少表示关联水平的高低，一个部门与其他部门联系越广越好；各部门产业间产品交换量的多少表示关联程度的强弱，体育产业越发达、结构越合理，其关联程度越强。

2. 体育产业关联水平

体育产业内部各部门间相互依赖所形成的结构关联，其基础是部门产业间的产品联系。这种部门产业间的产品联系是通过互相利用对方产品来实现的。

体育产业是由多个自给自足的分系统构成的，如果各部门之间产品互换率低，就使得它们之间的相互联系松散。体育产业各部门间一旦加强了联系，各部门更多地利用其他部门的产品以及技术、人员、体育设施等，体育产业内部资源就能重复使用，较大程度地提供经济效益。西方体育产业发达的国家，体育产业内部各部门间联系都比较紧密，人、财、物等资源消耗相对较低，单一部门的产品生产会有大多数甚至全部部门产业的参与和连动，生产的产品也被其他许多部门所利用，如体育竞赛表演业的代表——美国 NBA 篮球联赛、意大利足球甲级联赛等，都已成为本国体育产业发展的主体，这些国家发达的体育产业已将体育竞赛表演业与体育健身娱乐业、体育培训业、体育广告业、体育用品制造业等各部门产业的发展融为一体，各部门产业联系紧密，其产品相互利用率较高，产生了良好的规模效益。

体育产业的关联水平一方面表现在与其他产业的直接与间接的消耗关系上，另一方面还表现在该产业与其他行业的行业边缘交叉上。如与广告业形成体育广告业，与旅游业形成体育旅游业，与娱乐业形成体育娱乐业。体育产业的资产很大一部分表现为无形资产，比如，以生产最终消费品的世界级大公司多数都利用足球运动的影响力帮助扩展自己产品及公司的知名度，足球产业无形资产与制造业厂商的结合形成了足球产业辐射而成的最大的边缘产业。

从目前我国体育产业部门间的产品联系来看，部门间相互利用产品较少，联系相对松散，很多部门是自我封闭式发展的。如体育竞赛表演业，在我国已有一定程度的发展，经常邀请国外高水平运动队（员）来华进行商业性表演、比赛，体育体制改革后实行的俱乐部联赛等，为国人提供了大量观赏性体育服务产品，但这种体育服务产品的生产成本高、中间消耗大、经济效益差。因为这种观赏性体育服务产品的生产过程比较封闭，仅有体育信息业和体育广告业加入体育服务生产，没有完全调动诸如体育经纪业、体育商业服务业、体育金融保险业等部门参与、协助的积极性。我国体育产业部门间互相依赖不仅水平低，而且联系形式单一，属于单向联系，即 A 部门产品的生产需要消耗 B 部门产品，而 B 部门生产则不消耗 A 部门产品。例如，体育健身娱乐业的发展适当使用体育培训业培养的体育指导人员，而体育培训业并不使用体育健身娱乐业的场地、设备等。其原因是我国现阶段体育产业刚起步，部门产业还不完善，使本该有联系的各部门产业发生阻断，降低了体育产业各部门间的关联水平。

3. 体育产业关联程度

体育产业各部门间的关联不仅表现为以一定的产品联系为基础的关联水平，而且还表现为相应的关联程度，这种关联程度在上述模型中的直观反映就是各部门产业间中介产品相互利用量的大小。若两部门间联系松散，它们相互提供的有效产品量也相对较少；若两部门间联系紧密，它们相互提供的有效产品量也会相对较多。之所以强调"有效"产品量，是因为产品相互使用量的大小，不仅取决于部门之间的关联程度，而且也取决于部门之间的关联水平。当体育产业关联水平低时所引起的中间产品的使用增加，对体育产业增长是具有负效应的，这是由于中间投入系数高，产品消耗高等原因引起的。只有当关联水平提高时，中间产品使用量增加才会促进体育产业的发展。

目前我们没有获得完整与准确的体育产业各部门产业的中间消耗系数，但是，一些经济学家运用里昂惕夫的部门关联数学模型（里昂惕夫矩阵），推算出体育行业与其他部门的产业关联度（表7）。

表7　体育行业与其他行业的产业关联程度

部门产业	旅游业	服装业	交通通讯	建材业	食品业	机械业
关联度	0.21	0.13	0.123	0.11	0.014	0.008
关联强弱	强	强	强	强	弱	弱

［资料来源］《中国体育报》，2001-4-7

上述仅为体育行业联系相对较为紧密的六个部门，与体育行业有产业关联的不仅限于上述六个行业。除此之外，还有广告业、娱乐业、博彩业、新闻出版业等。正是这种较强的关联性使体育产业能够叠加到其他产业中去，创造 1+1>2 的效应。在美国经济结构中现存的 42 个部门中，体育产业的产业关联强度被列为第 8 位。

从近年来我国体育产业发展的情况看，其产业内部间关联程度还比较低。以体育培训业的关联性为例，体育培训业一方面为体育竞赛表演业提供大量生产观赏性服务产品的人才，包括运动员、教练员、科研人员等，其主要部分是运动员，但我国这两部门间关联程度低，中间产品的利用量还较少，真正能被选择用于生产观赏性体育服务产品的运动员却较少。每年从二、三线基层运动队选拔入一线运动队的比例很低。另一方面，体育培训业为体育健身娱乐业提供各种健身服务。但我国目前的情况是，体育培训业培养的掌握了体育专门知识与技术的运动员，难以被体育相关产业部门所吸收、利用。每年退役的运动员只有小部分人走向体育系统，从事与体育相关的工作，大部分放弃了自己的专业特长，从事其他社会工作。因此，体育培训业产品的利用程度，最终要靠体育产业各部门较大程度的发展。如果体育产业其他各部门都得到合理发展，体育产业各部门间产品相互利用率增加，体育产业关联程度就得到相应提高。根据系统论整体功能大于部分之和的观点，体育产业各部门间关联性越强，体育产业整体效应的附加量就越大。

4. 体育产业关联方式

体育产业之间的关联是由部门产业间的供求关系所维系的，并且这种关联的方式也因各部门产业在产业链中的位置不同而有异。就体育产业来说，依据不同的维系关系，可将部门产业间的关联方式分为后向关联关系和前向关联关系。在上述已建立的模型中，后向关联关系就是通过需求联系与其他部门产业发生关联，又称为需求关联，表现为某个部门产品的生产需要其他一个或多个部门的产品，即它从其他部门获得中间投入产品。前向关联关系就是通过供给联系与其他部门产业发生关联，又成为供给关联，表现为一个部门生产的产品提供给其他一个或几个部门生产其产品时使用，即它为其他部门提供中间产品。例如，体育场地租赁业需要体育建筑业提供体育场地，需要体育用品制造业提供各种体育设施、器械等；这种体育服务不仅为体育竞赛表演业使用，还会被体育培训业、体育健身娱乐业、体育广告业等部门利用，如图2。

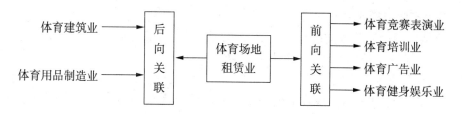

图2　体育场地租赁业的部门关联状态

[资料来源] 曹可强. 论体育产业结构关联效应. 解放军体育学院学报，2001（1）.

因此，一个部门如果后向、前向关联越多越复杂，则它的关联性越强。对体育产业每个部门的后向关联、前向关联进行分析比较，即可确定各部门在产业关联中的地位和作用。也就是说，需求关联和供给关联越高，这一部门在体育产业结构中的地位越重要，作用也越大，具体表现为在体育产业各部门中所占比例也越大。以上简化的体育产业投入产出模型，反映了各部门产业之间不同的关联关系。因此，可以从需求和供给两方面来评价某一部门产业关联关系的大小。

如果认为能带动3个以上部门发展的体育产业部门为需求关联大的产业部门，能为3个以上部门提供产品和服务的体育产业部门为供给关联大的产业部门，可以划分出不同的产业群，用以确定体育产业部门的发展次序，见表8。

表8　按需求与供给关联大小划分的不同产业群

	需求关联小	需求关联大
供给关联小	体育建筑业	体育场地租赁业
	体育商业服务业	体育培训业
	体育金融保险业	
供给关联大	体育传媒业	体育健身娱乐业
	体育经纪业	体育用品制造业
	体育广告业	体育竞赛表演业

通过以上对体育社会需求和供给两个方面的分析可以看出，体育健身娱乐业、体育用品制造业、体育竞赛表演业不仅需求和供给关联大，而且有较高的增长率和较大的附加值，具有广阔的市场前景和优先发展的基础，应该成为体育产业的主导部门。

（六）体育产业结构

产业结构指的是生产要素在各产业部门之间以及某一产业内部的比例构成和它们之间的相互依存和相互制约的关系。因此产业结构有两层含义：一是指构成国民经济各产业部门之间的关系，即第一产业、第二产业与第三产业之间的关系；二是指组成国民经济某个产业部门内部的生产单位间的比例关系。国民经济增长和产业结构转变的关系可以用一个简单的模型表示：国民经济增长→居民收入水平提高→居民消费结构改变→不同消费品产业需求的收入弹性不同→消费品产业部门结构变动→（由于消费品产业和资本品产业间的关联）资本品产业部门结构变动→产业结构变动→国民经济各部门协调发展→国民经济进一步增长。

1. 体育产业结构的发展趋势

产业结构理论以及各国统计资料都表明，随着经济的发展，三次产业结构的演变呈现出第一、第二产业的劳动力及国民收入的相对比重下降，第三产业的劳动力和国民收入的相对比重不断上升的态势。另一方面，随着科技进步，尤其是第三产业中服务业的发展，三次产业之间的界线逐渐模糊，三次产业出现融合的趋势。体育产业也不例外。从上文对体育产业的定义来看，体育产业是以第三产业为主的第一、第二、第三产业的混合体。体育产业的本体产业都是第三产业中的部门，即向社会提供体育健身指导、培训、信息服务等，辅以体育相关产业和外延产业，即为体育本体产业发展提供物质基础和服务的部门。在西方体育产业发达的国家中，如美国，其体育产业中，第一是大众体育健身服务业，占整个体育产业产值的32%；第二是体育用品制造业，约占整个体育产业产值的30%，第三是体育观赏业（包括体育竞赛表演业和传媒、广告业等），接近体育产业产值的25%，即体育服务产业的收入占体育产业总产值的57%。日本体育产业的发展情况显示，体育服务产业（体育服务、门票收入）1994年的增加值占总产值的55%，且在不断增长（表9）。

表 9　日本体育产业发展情况（单位：亿美元）

财政年度	体育用品	体育服装	体育服务	门票收入
1982	58.6	32.3	100.8	5.3
1986	59.4	31.8	137.8	6.5
1990	88.6	41.4	213.2	8.1
1994	124.1	51.3	225.6	10.4

［资料来源］Jun Dga："Recent Trends in the sports Industry in Japan"，Journal of sport Management，1993（3）.

再从居民消费结构的变动的角度来分析体育产业结构的问题。在经济发达国家，体育消费已成为人们日常消费的重要组成部分之一。随着经济的发展，人均收入的增加，人们体育消费的内容和结构不断变化，体育消费支出逐渐增加。从表10中可以看出，首先，随着经济的发展，瑞典家庭用于体育消费的总支出有显著的增加，1992年比1985年增长了43.17亿克朗；其次，体育服务消费的增加幅度大于体育物质产品消费的幅度（瑞典家庭用于参加体育活动的开支，1992年比1985年增加了17.61亿克朗，增长率为184%，而用于购买运动服和鞋帽的开支仅增长了15.95亿克朗，增长率为69%，用于购买体育器材的支出也仅增加了8.42亿克朗，增长率为63%）。1996年日本财团法人余暇开发中心的调查报告（表10）也显示了同样的体育消费支出和消费结构变动的特点。

表10　瑞典家庭体育消费情况（单位：亿克朗）

项目	1969年	1978年	1985年	1988年	1992年
运动服装、鞋帽	—	—	23.04	26.61	38.99
体育器材	2.27	8.81	13.46	17.54	21.88
参见体育活动	0.65	3.46	9.57	13.76	27.18
购买门票	0.46	1.01	1.15	2.08	2.34
合计	—	—	47.22	59.99	90.39

[资料来源] 国务院科教文卫司. 体育经济政策研究. 北京：人民体育出版社，1997.

表11　日本家庭体育消费支出与结构（单位：日元）

	1993年		1994年		1995年		1996年	
	数额	比例（%）	数额	比例（%）	数额	比例（%）	数额	比例（%）
运动器材	17901	50.34	16501	46.46	15945	45.28	15013	42.92
运动用品	5720	16.09	5609	15.80	5130	14.57	4945	14.14
劳务	11936	33.57	13389	37.72	14128	40.12	15022	42.94
合计	35557	100	35499	100	35211	100	34982	100

[资料来源] 日本财团法人余暇开发中心. 余暇活动白皮书. 日本财团法人余暇开发中心，1999.

综上所述，可以归纳出居民体育消费结构变动的一般趋势，即人们的体育消费支出随着收入水平的提高而逐渐增加，但在人们生活水平和消费水平不高的阶段，体育消费以有形的物质产品消费为主，当社会和经济发展到富裕阶段，人们的可支配收入显著增加，居民对体育服务产品消费就会逐步增加，这种消费可以使消费者精神愉悦，获得美的享受和体育知识，有利于自我锻炼和自我发展。

我国从20世纪90年代以来，随着社会的发展、人口素质的提高，以及产业结构调整所带来的工作性质的变化和居住环境向城市转移，我国体育人口持续增加，体育消费支出增长，体育消费内容也更加多样化。但是，一方面，我国仍处于社会主义初级阶段，市场经济和体育产业还不发达，人们的体育需求还局限于狭窄的领域，体育消费处于较低层次。据卢元镇的研究，1996年我国16岁以上人口中有34.35%的人参加1次或1次以上的体育活动，约为3.10亿人，全国约有4.2亿人不同程度地参加过体育活动。经常参加体育活动的体育人口，1996年我国16岁以上的体育人口为15.46%，若将7~15岁的在校学生，以及武装力量等体育人口统计在内，我国体育人口总数约为

31.20%。明显低于西方一些国家（在美国，体育人口超过总人口的70%）。在消费数量上，来自国内的调查表明，我国1991年人均消费为896.4元，体育消费仅占总消费的5.7%，近十年的发展虽然非常快，按1996年的全国人均消费2725.8元，并按体育消费占总消费5.7%计算，人均体育消费应为155.4元。而实际上，以家庭为单位主要体育消费在100元以下的占总数58%，100~200元的占总数的27.8%，201元以上的仅占总数的13.9%。显然，近十年，居民的消费水平虽提高了，但体育消费水平并没有与消费水平同步发展。另一方面，在整个体育消费构成中，体育健身咨询与培训、体育彩票、观看体育比赛等支出还很低（表12）。我国目前提供这些体育服务产品的产业部门处于起步阶段，人们虽然有需要，但产品供给较少，体育消费被抑制。

表12　2000年我国部分城市居民体育消费情况（单位：元）

	全国		上海		武汉、合肥		兰州	
	数额	比例（%）	数额	比例（%）	数额	比例（%）	数额	比例（%）
体育组织会费	17.4	5.2	20.1	4.4	16.7	5.3	16.8	6.0
体育培训与咨询	14.2	4.3	13.8	3.0	15.6	5.0	11.1	4.0
观看体育比赛	28.3	8.5	44.6	9.6	26.3	8.4	20.8	7.4
体育服装	124.5	37.5	165.2	16.0	121.1	38.7	102.3	36.4
体育用品	71.7	21.6	98.5	21.3	65.5	20.9	66.5	23.7
体育书报刊	39.1	11.8	55.0	11.9	37.3	11.9	31.8	11.3
体育彩票	36.9	11.1	65.3	14.1	30.5	9.7	30.4	11.2
合计	332.1	100	462.5	100	313.0	100	279.7	100

[资料来源] 曹可强. 我国体育市场开发对策研究. 天津体育学院学报，2000（4）.

归纳我国体育产业结构的缺陷，主要表现在本体产业发展还不够大，没有形成支柱性优势。当前乃至今后相当长的一段时期内，体育的支柱性本体产业应该定位于竞赛表演业、健身娱乐业和无形资产开发经营业。三大支柱性本体产业的定位主要是三大产业的巨大市场潜力所决定的。但是三大支柱性本体产业规模还有限，其市场运作也不够十分规范。另外，体育产业结构的缺陷还表现在有缺位的本体产业市场，如体育劳务市场和体育技术市场，虽然目前也存在一些交换交易，但真正意义上的体育劳务市场和体育技术市场并未形成，仅有的一些市场行为，如运动员转会，也不十分规范。

因此，随着国民经济的增长和居民消费结构的改变，从产业结构的第一层含义上分析，发展体育产业是我国国民经济发展的必然选择；从产业结构的第二层含义上分析，发展体育产业中的服务部门成为我国体育产业发展的重中之重。

2. 体育主导产业的选择

根据罗斯托（W. W. Rostow）的主导部门理论和国外体育产业发展的经验，在体育产业发展初期，选择一个或几个有发展潜力、产业关联程度大、扩散效应显著的部门为主导部门优先发展，带动相关产业群的发展，从而促进体育产业结构整体优化和体育产业的发展是十分必要的。

主导产业的选择应遵循以下三个原则：（1）比较优势明显，输出前景光明；（2）经济效益好，增长速度快；（3）关联效应强。从上文体育产业结构的分析中可以看出，我国居民随着收入和素质的提高、工作性质的改变，参见娱乐型项目的倾向越来越大，用于参加体育健身娱乐、体育观赏和体育旅游等的费用会越来越多，因此体育健身娱乐业和体育竞赛表演业是具有巨大的市场潜力、增长后劲很强的行业。从体育产业关联性角度分析，体育健身娱乐业和体育竞赛表演业是关联度很大的行业，具体的关联效应表现如下。

首先，在体育产业发展过程中，体育健身娱乐业和体育竞赛表演业等部门的后向和前向关联效应十分显著。体育健身娱乐业和体育竞赛表演业的发展，一方面必然对构成这些部门生产要素投入部门的服务和产品产生需求，从而带动为之提供产品的相关部门的发展；另一方面这些部门生产的产品和服务也会被其他部门所利用。以体育健身娱乐业为例，体育健身娱乐业的发展，不仅需要运动服装、运动器械，还需要体育活动场地，同时拉动了体育用品制造业、体育建筑业、场地租赁业的发展。同时，随着人们生活方式的改变和体育健身娱乐业的发展，体育健身成为人们生活中不可缺少的组成部分，人们更加关注自己喜爱的体育项目的发展，获得有关它们的各种信息，这又促进了体育信息传播业的发展。体育健身娱乐业也是体育竞赛表演业、体育康复保健业和体育商业服务业发展的基础，同时又被体育广告业所利用。以上这些由体育产业主导部门发展而直接带动得以发展的相关部门产业又会直接拉动一部分为这些部门提供产品和服务部门的发展，即体育主导部门的发展还会间接拉动体育产业的其他部门的发展。

其次，主导部门的发展具有很强的示范效应。体育消费取决于个人主观意愿与社会流行的合力以及个人在社会收入分配中的相对地位和收入的高低。低收入人群把高收入人群的体育消费行为作为自己模仿的对象，从而高收入人群的消费行为对低收入人群就产生了示范效应。体育健身娱乐业为居民提供不同档次的体育健身娱乐服务，如体育健身娱乐技能的培训、咨询、体制测试和健康评估、体育康复等。这些项目和内容的开展，使居民的体育愿望得以实现。通过部分受惠者的宣传、带动和示范影响，会有更多的潜在体育人口投身于体育健身娱乐活动之中。示范效应的最终结果是改变人们的体育消费行为，引导人们的体育消费需求，促进体育产业各部门的发展。

再次，主导部门的旁侧效应体现在主导部门与其他有联系的若干部门产业共同发展，构成了一个以主导部门发展为核心的体育产业综合体系。体育健身娱乐业、体育竞赛表演业和体育用品制造业的发展，对社区文化建设等具有重要的推动作用。例如，体育健身娱乐业以体育活动为手段，满足人们的健康需要、娱乐需要和社会需要，在提高人们生活质量的同时，它的社会效益以及对社会主义精神文明建设的作用，远远超过体育健身娱乐业发展本身。体育竞赛表演业具有较强的教育功能，特别是在振奋民族精神、激发国民的爱国热情、培养良好的社会风气方面，都有其不可替代的独特作用。

（七）体育产业组织

体育产业组织是指体育产业内体育产品和服务的生产企业间的市场关系和组织形态，以及由此影响的市场运行效率。体育产业在这一领域主要涉及体育产业内体育产品和服务的生产企业间的市场关系，是指同类企业间的垄断、竞争关系，它反映了体育产业组织内不同企业的市场支配力、市场地位差异和市场效果差异。

在体育市场上，进行商品交换的主体是具有独立经济利益的集团、企业和个人。在不同的市场结构下，企业间的竞争内容、竞争特点、竞争强度均有所不同。作为西方体育产业发展的基础，它们的体育产业组织和机构可分为三类：政府组织、社区组织和私人（商业性）体育机构（表13）。

表13　西方国家体育产业组织类型及特征

特征　　　类型	政府组织	社区组织	私人体育机构
理念	为全体国民服务	为会员服务	满足公众需求并营利
目的	为居民健康作贡献，非营利性	共同的兴趣爱好组成的社团组织，非盈利性	利润最大化
经费来源	政府税收	会费、捐赠	私人投资、向消费者收费、会员费
领导	职业管理者、志愿者	志愿者、职业管理者	职业管理者
消费者	所有公民	有限的组织成员	所有付费人
实体组织	城市公园、公共体育娱乐场所	小型协会、地方球迷协会	私人运动员俱乐部、职业运动队、体育商品

[资料来源] 曹可强. 体育产业概论. 上海：复旦大学出版社，2004.

　　这三种为大众提供体育产品和服务的体育产业组织满足了大众日益增长的不同层次的对体育的需求，它们之间虽有一些交叉，但对于社会福利，它们之间的互补大于竞争。

　　从西方发达国家体育产业的历史发展轨迹来看，体育产业已经从自由竞争阶段发展到垄断竞争阶段，并呈现出国际化和全球化的发展趋势。例如，19世纪末，初创时期的体育用品业只是地方性的小型手工业。如今，耐克、阿迪达斯、锐步等体育用品的经营公司已发展成规模巨大的跨国公司，世界体育运动服、运动鞋市场的80%已被这些跨国公司的产品占有。在当今世界产值超10亿美元的体育用品排行榜上，前10名中美国占5个，日本2个，德国、英国、瑞典各1个。其中，名列世界最有价值品牌前茅的耐克公司，1995年销售额为54.48亿美元，1997年增至80亿美元，1999年达到近百亿美元。在美国收入最高的如拳击、橄榄球、棒球等，其赛事经营基本由少数几家公司垄断经营。体育广告业也有明显的垄断性质，大型赛事的广告经营权基本上垄断在四五家大型广告商手中。这种由自由竞争走向垄断竞争的趋势，最大的益处在于可以集中资本及其他经济要素，使体育产业产生规模经济优势。

　　在我国，体育产业组织在发展过程中存在明显的不足。一方面是生产的集中度过低。我国体育类企业的生产集中度与国际水平相比，规模普遍偏小；从产品生产企业的专业化与分工状况看，大而全、小而全的企业仍占多数。这就导致行业内部的竞争过度，生产企业处于规模不经济的状态，也阻碍了体育主管部门的有效调控和干预。另一方面，行政性市场垄断严重。行政性垄断不同于一般的市场垄断，它是一些垄断性部门把行政权力带进了市场，不规范地进行企业化经营和市场化交易。这一经济转轨时期的特有产物严重制约市场机制作用的发挥，损害了体育产业政策调控目标的有效实现。

（八）体育产业政策

体育产业政策是由政府制定的，干预体育产业部门之间和体育产业内部资源配置过程的政策总和，它包括政府运用的促使体育产业结构合理化、高级化的保护、扶植或调整的体育产业结构政策，以及协调体育产业内部竞争与规模的体育产业组织政策。体育产业政策是指导和保护体育产业发展的前提条件，政府根据本国的体育产业和国民经济发展的状况来设计合理、正确的体育产业政策，引导体育产业的发展。

体育产业具有较明显的公共物品性质，是公共物品和私人物品的混合。因此，它不能像第三产业中一般的流通和服务部门那样完全市场化，不能只考虑体育产业的营利性，还要考虑其福利性和公益性，从而要求政府承担公共物品供给和管理的责任。由于各国经济体制、运行体制和经济政策的不同，各国的体育产业政策也有较大的差异。但在体育发达国家，体育产业政策有一个共同的特点，即体育产业的发展得到政府立法和政策的有力扶持。20 世纪 80 年代中期，一些发达国家的体育经费已超过国内生产总值的 1% 以上。加拿大在西方国家中是政府直接参与管理体育的典型之一，政府健康与社会福利部下属有健身与业余竞技体育部。澳大利亚政府公布的一项国家健康计划——"活跃的澳大利亚"，目的是使每一个澳大利亚人都参与社区体育消闲活动及室外消遣活动，政府每年用于运动和体育消闲方面的支出约有 4000 万澳元。政府在增加体育事业投入的同时，注重使用财政、税收、信贷等手段和政策，鼓励社会对体育公益活动的投入和支持。例如，美国政府对体育运动的发展不直接提供经费，而是主要通过税收方面的优惠政策，为体育发展提供间接的财政支持。如免除国家奥委会的纳税义务，对各类体育组织以及向体育组织提供捐赠资金的公司和个人，政府也给予税收优惠。许多国家把发行彩票作为扩大财源、发展体育产业的重要手段。体育博彩业是美国体育产业的重要支柱，年收入近 40 亿美元。国外体育产业发展的经验表明，体育事业是具有产业性质的社会公益事业，在体育产业发展初期，需要政府制定相关政策给予扶持，更需要社会各界的积极参与，只有动员社会各方力量和资源，体育产业才能实现可持续的健康发展。

而我国政府对体育投入的总量偏少，体育产业的投入渠道单一。随着国民经济的发展，各级政府对体育的投入总量虽在不断增加，但体育在政府财政支出中的比重仅为 0.4%，体育支出在科教文卫体等社会发展领域中的支出只占 2.8%，不仅远低于发达国家占 GDP3%~6% 的比重，且比印度等发展中国家也要少。除此之外，我国还缺少鼓励社会和个体兴办体育产业的投资政策、相应的低息贷款或贷款贴息政策和减免税或税款返还政策，以及建立产业发展基金的政策。目前体育彩票的生存力显得十分脆弱，政府还没有给予明确长期稳定的发行政策。另外，我国体育产业市场管理的法制化、规范化程度还不高。目前关于体育市场的管理尚缺乏高层次立法，国务院的行政法规甚至法规性文件一项也没有。另一个问题是尚未普遍建立行业管理标准。很多地区的管理停留在简单审查、许可阶段，未实现积极的行业管理。

（九）体育产业在国民经济中的作用

现代体育是一项意义深远、影响很大的社会活动，它吸引了众多部门的参与，进而决定了体育产业可以带动相关社会活动的不断深化和发展。从上面的分析也可以看出，体育产业是关联带动功能很强的产业，其关联水平广，可以涉及诸多行业；关联程度强，具有带动其他行业发展的强劲动力。这种高度的关联带动功能，使体育产业无可取代地占据了一个产业群的核心地位，也决定了其在国民经济中的重要地位。1990年以来的实践证明，体育产业以其成本低、安全性高、渗透性强、辐射范围广的优势，在许多国家持续快速发展，产业规模大幅度增长，在国民经济各个行业中的地位显著上升，成为提高就业率、促进关联产业发展的主力产业部门之一。体育产业的发展，在引导居民消费、拉动国民经济相关产业的增长，以及促进国民经济增长等方面发挥着积极的作用。体育产业在国民经济中的地位提升具体表现在以下几方面。

1. 体育产业是国民经济中最具活力的新增长点

20世纪80年代以来，体育产业在世界范围内发展迅速。目前，全世界每年体育产业总产值约4000亿美元，并以每年20%的速度增长，体育产业表现出巨大的市场潜力和强劲的发展势头。体育产业在各国国民经济中的地位大幅提升，有80多个国家发行体育彩票，有的国家还提出把体育产业作为21世纪的国家支柱产业和新的经济增长点。

考察国外体育产业发展的历史和现状，不难看出，自70年代以来，已经有一些国家的体育产业成为本国国民经济的支柱性产业。如在欧美发达国家体育产业的产值占国民生产总值的2%左右。在体育产业最发达的美国，1988年体育产业的年产值，就已达630亿美元，超过了美国石油化工业（533亿美元）、汽车工业（531亿美元）等重要工业部门的产值，占美国国民生产总值的1.5%，成为美国第22位支柱性产业。到1999年总产值达2130亿美元，占国民经济值2.4%，一下跃居为美国第6位支柱性产业（表14）；近年来美国信息、通讯等产业发展迅猛，前十大产业名次时有变化，但体育产业作为支柱产业的地位难以撼动。意大利以"足球工业"为主体的体育产业，其产值在80年代末达到24万亿里拉（182.5亿美元），人均320美元，跻身于国内十大经济部门，现在约为500亿美元。澳大利亚体育产业每年产值达60亿~80亿澳元，占澳大利亚GDP的2.2%。日本由于居民体育消费的增多，导致了日本体育市场消费猛升至世界第二位。日本1997年体育产业总产值为528亿美元，占国民经济值3.89%，成为日本第6位支柱性产业。瑞士并非体育强国，但体育产业却是该国第13位支柱性产业。这一切都说明，体育产业成为一个国家的支柱性产业，不仅是可能的，而且事实上已在一些国家中实现（表15）。

表14　1999年美国各类产业产值的排序情况　　　　（单位：亿美元）

排列顺序	产业名称	产值总量
1	地产业	9350
2	零售贸易业	7130
3	健康福利业	4600
4	银行业	2660
5	交通业	2560
6	体育产业	2130
7	通讯业	2120

[资料来源] 刘江南. 美国体育产业发展概貌及其社会学因素的分析. 广州体育学院学报，2001（3）.

表 15　部分国家和城市体育产业在占国民经济中的地位比较

国家及城市	美国	日本	韩国	瑞士	英国	意大利	澳大利亚	北京	上海
产值（亿美元）	2130	528	109	—	70 亿英镑	182.5	79	8.5	6.5
国内产业排名	6	6	—	13		10 以内			
占 GDP 比例（%）	3.35	3.89	2.3	—		—	1.0	—	0.45
年份	1999	1997	1999	—		80 年代末	1996	2000	2000

［资料来源］徐本力. 对我国体育产业理论研究中几个问题的调查与研究. 北京体育大学学报，2002（2）.

体育产业已经成为西方主要发达国家国民经济新的增长点，并大有成为支柱产业之势。我国尽管没有体育产业产值的官方统计数据，但群众对健身娱乐、竞技观赏和体育用品的消费需求愈来愈旺，不同所有制的各类经济法人纷纷投资体育产业，产业规模迅速扩大，在扩大内需、促进经济增长方面发挥作用，并表现出极大的增长潜力。2001年北京市体育经营收入 106.4 亿元，占全市 GDP 的 1.6%，在体育产业中的就业人数达到 5.6 万人。2000 年浙江省体育产业总产值 252.37 亿元，增加值为 55.65 亿元，比 1999 年增长 20.36%，占全省 GDP 的比重为 0.92%。

2. 体育产业在吸纳社会就业方面作用独特

国家经济是否真正有发展，除了要看 GDP 能否保持持续增长外，还要看就业率的高低。同样，判断一项产业在国民经济中的地位，除了要看这项产业对 GDP 增长的贡献率，还要看这项产业在吸纳社会就业方面作用的大小。体育产业的经营活动能创造众多的就业机会。据国际足联估计，足球运动直接和间接雇佣的人数高达 4.5 亿人。而在大型体育赛事举办期间，这种创造就业的经济效益更加突出。统计数据表明，1992 年举办的巴塞罗那奥运会为该市增加就业人数达 8 万；汉城奥运会为其服务业提供 16 万个就业岗位，为制造业提供 5 万个岗位，为建筑业提供 9 万个就业岗位；2000 年的悉尼奥运会使悉尼的直接就业人数增加 45 万人，在 2000 年悉尼奥运会期间就增加了上百万个就业机会；2002 年的韩日足球世界杯也有 120 多万个就业机会。我国体育产业尽管还处在起步阶段，但是在体育产业发展较好的地区，体育产业在吸纳社会就业方面的独特作用已经显现。2000 年浙江省在体育产业中的就业人数达到 20.76 万人，比上年增长 14.3%，占该省社会从业人数的比重为 0.76%。

1995 年，美国体育产业提供了 230 万个直接就业机会和 521 亿美元的收入，以及 233 万个间接就业机会和 750 亿美元的家庭收入，美国体育产业所支撑的经济活动总值超过 4000 亿美元，既为美国家庭带来 1270 亿美元的收入，又可容纳 460 万就业人口（表 16）。1996 年，澳大利亚在体育产业工作的人员达到 9.5 万人，其中 44% 的人从事的是全职工作。在某种程度上说，体育产业为人们提供的就业机会与其他行业（如铁路、银行、冶金等）相比呈相近或偏高趋势。

表 16　美国体育生产总值支持经济活动的情况

类别	直接活动	附加活动	总的活动
产业活动（亿美元）	142.9	258.9	401.8
家庭收入（亿美元）	52.1	75.2	127.3
就业岗位（美元）	2317218	2331933	4649151

［资料来源］Alfie Meek, "An Estimate of the Size and Supported Economic Activity of the Sports Industry in the United States" Sport Marketing Quarterly, 1997, 6:15–23.

3. 体育产业具有优化产业结构、带动其他行业发展的作用

体育本体产业的快速发展，不仅拓展了第三产业的领域，也在一定程度上提高了第三产业的增加值，起到了优化产业结构的作用。同时，体育产业是一个关联功能很强的产业，它既能带动和促进第二产业中的一些相关行业的发展，也能带动和促进第三产业中一部分行业的快速发展。所以，对整个国民经济总量扩张和结构改善都有一定作用。体育能有效促进旅游业的兴旺；大型国际体育赛事能有效启动消费品市场，促进商业的发展。另外，体育对服务业、通讯业、信息业、金融业等行业发展的联动效应也十分明显。国际足联的一项研究表明，与足球有关的营业额每年高达 2500 亿美元，其中包括运动员的工资、门票、广告、电视转播、运动器材销售、机票、住宿费用、旅游以及相关工业等。澳大利亚人认为，2000 年悉尼奥运会带来的不仅是 16 天的运动会，而且是 10 年的发展机遇。据澳大利亚旅游局预测，1994—2004 年，海外游客将增加 132 万人，本地游客将增加 17.4 万人，新增加的旅游生意将为澳大利亚赚取 30 亿澳元的外汇。奥运会对 GDP 的经济效应以收入的种类用乘数计算，其中投资收入乘数效应为 1.8，组织收入为 1.2，旅游收入为 1.5。

4. 体育产业是提高国民素质和生活质量的重要行业

在知识经济初现端倪、经济全球化进程加快的背景下，国民经济的增长越来越依靠国民素质的提高。体育产业在国民经济中地位的提升，除了表现在它对经济总量、结构和就业三个方面的独特作用外，还表现在它是提高国民素质和生活质量的重要行业。体育为社会提供了一种重要的文化活动内容和科学、健康、合理的生活方式。体育产业是一种维护国民健康的重要产业，它所提供的健身运动、消遣娱乐是一种积极、有效、廉价的手段，对改善生活方式、提高生活质量有着积极的作用。体育产业对安定社会、发展社区文化与服务也有重要的价值。因此，体育产业的发展程度和体育消费的数量和比例，往往可以用以衡量社会与家庭的生活质量。

体育产业所依附的大型运动会对一个地区、甚至一个国家的发展有着不可估量的贡献。从国际经验看，举办一次奥运会或者世界杯足球赛之类的大型赛会，可使举办城市基础设施水平提高 20~50 年。如 1992 年奥运会使巴塞罗那的城市结构发生了很大的变化，和 1989 年相比，该城市绿地和海滩增长了 78%，新的供排水系统增长了 17%，这些方面的投资极大地改善了巴塞罗那的生态、人文环境和城市形象，1993 年巴塞罗那城市的综合排名在欧洲上升到第 8 位，使巴塞罗那一跃成为欧洲乃至世界性的大都市。

二、借鉴篇

(一) 从国外场馆经营看体育产业双重职能的实现

体育场馆是运动员表演的舞台，是连接观众和运动员的纽带，在体育活动中不可或缺。它本身又与建筑业、社区物业管理等相联系，因此是体育经济中不能忽略的一个问题。

1. 体育场馆功能概述

总的来说，场馆有以下几项功能：

(1) 为大型赛事提供比赛场所。

(2) 作为运动员的训练场所。

（3）举办大型的商业娱乐活动。

（4）举办大型的文化活动。

（5）作为百姓休息休闲和强身锻炼的场所。

（6）成为一个城市的标志性建筑，起到装点城市的作用。

前三点主要是体育场馆的经济职能。举办大型赛事可以和赛事主办方签订高额的利润分享合同，因为赛事主办者本身就有机会从电视转播公司宣传广告以及门票收入中获得巨额的利益；作为俱乐部的训练场所，场馆往往本身就附属于俱乐部，属于俱乐部价值创造链条中的一部分；举办大型的商业娱乐活动，场馆经营者有条件向租入者索取高额的场租费。后三点主要是体育场馆的社会职能。文化事业不能直接带来太多的经济利益，但是举办活动本身就是对这个体育场的一次形象宣传；作为百姓的休闲和锻炼场所，本来是可以通过收费来做到一定程度的排他的，但因为进场锻炼并非生活的必需品，过高的收费往往限制人们到场馆锻炼反而达不到充分利用的效果，因此国外许多场馆是免费对外开放的，尤其是学校的体育设施，一些社区场馆也只是收取很低的入场费；至于作为美化装点城市的建筑物，场馆更是一种不能排他的公共品。

（二）经济功能的实现

1. 实现的途径

（1）主场冠名权

气势恢弘的体育场或体育馆往往成为当地重要的文化景观，人员过往如织，活动此消彼起，媒体播报不断，成为一个城市甚至一个国家和全世界注目的焦点。像诺坎普球场，是全世界巴萨球迷灵魂归依的天堂。有研究者对场地冠名和电视广告进行了成本核算和效果比较，发现场地冠名比电视广告更有效。

美国的第一个场馆冠名合同签于 1987 年，是美国花旗银行买下了洛杉矶运动场的冠名权。1990 年以前，只有 4 个职业球队的场地有企业冠名，到 1999 年已经增长到 70 个。目前美国的四大职业联赛的主场冠名权的年价超过 200 万美元，有 2/3 的场馆找到了冠名企业，而且许多企业在与场馆的冠名权合同中有意将期限拉长，通常都达到了十年以上。

2001 年，丹佛开放了一座体育场，Invesco 公司付了 1.2 亿美元才得到命名权，可见命名给商家能带来很大的利益，由此也成为体育场馆自身的一个利益实现点。

（2）作为富有者奢侈消费的场所

随着体育产业化的发展，运动员薪水迅速上涨，拥有一项运动的特许经营权需要越来越多的资金投入，球场也不得不变为俱乐部的牟利工具，只为那些富有的人提供高品质的服务，越来越多的体育场开辟了豪华座位和休闲娱乐、餐饮服务以及纪念品出售等一条龙服务。根据芝加哥的一份球队市场调查报告显示，现在看一场 NBA 比赛的一个四口之家至少要花费 266 美元，橄榄球和曲棍球也花费不菲，棒球算是最便宜了，每场比赛也要 121 美元。

看一下一些场馆的配置就知道高价消费并非无来由：1965 年，休斯敦的 Astrodome 体育场建成，这座体育场被称为"世界第八大奇迹"，它是一座全封闭的、可以控制天气变化的体育馆，它的比赛场地是人造的，记分板长达 474 英尺，重达 300 吨。在交通上也极尽考虑，小型有轨电车将观众送到球场入口，不用多走一步。

这种照顾富有者的趋势合乎经济规律，好的场馆能吸引富有者来此放松，富有者的到来又使场馆赚得更多的利润，因此昂贵体育馆在全世界成为一种潮流。在诺坎普，不同经济实力者之间的差别更为明显：体育场的三层是私人包厢和总统包厢所在，豪华的私人包厢不仅为客人提供美酒佳肴，更为贵宾们提供闭路电视播放慢镜头或者重播射门镜头，每个包厢还有两名侍从随时听候吩咐，老板们把社交的场所搬到了球场。

（3）功能转移

"功能转移"包括两种情况，一是暂时性功能转移，比如球场在不安排比赛时，可以作为音乐演出或商业展览的场所，现代体育场馆多位于交通便利的地方，它本身时尚动感的建筑风格和气势恢弘的场地效应也使得它很适合作为流行音乐演出的场所；地处闹市繁华区，也使商家租用它来进行产品展销变得有利可图。

二是永久性功能转移。就是体育场馆在一开始设计时就考虑到今后有可能变做它用。一个很突出的例子是奥运场馆的设计，因为奥运会整个比赛时间也就十几天，如果场馆建造时没有考虑赛后的用途转变，成本很难收回。在历史上，加拿大的蒙特利尔和日本的长野都因没有足够考虑到场馆的赛后利益收回而陷入长时间的经济衰退，蒙特利尔组委会在该市城北地区大兴土木，开辟奥林匹克中心，新建大型体育场、游泳馆、自行车场、奥运村等，这些豪华的基础设施耗费了巨额财政资金，在比赛后却闲置下来；1998 年长野冬奥会，日本政府花费 190 亿美元建造高速火车和滑雪跑道等设施，赛后还要花费巨额费用进行维护，使长野的经济陷入了"后奥林匹克衰退"。正面的例子也很多，比如盐湖城冬奥会的滑冰场是租赁来的一座大办公楼浇上水冻成冰建成的，在比赛后又还原成办公场地；悉尼奥运会的住宿场馆不够，就在港口的游船上临时开辟旅馆，既经济又富有情趣。又如有的体育馆在比赛后卖给房地产商作为社区物业，有的临时性广告版在比赛后卖给厂家做商品宣传，都成功地实现了投资的回收与增值。

2. 实现的资本

第一当然是要遵守高投入高回报的经济规律。提供舒适的设施和高品质的服务，才能吸引富有者到球场来消费，要注意球场的选址、建筑外观设计以及材料成本的节约。

第二点则更多地是从"无形资产"的角度考虑。作为一个城市或者一支球队的标志，城市和球队的兴衰与这个球馆的兴衰息息相关。西方的铁杆球迷支持自己球队的一个重要表达方式就是到球队的主场看球，如果这个球队气势鼎盛，就不用担心它的球馆会门庭冷清。李国斌在《天堂（一）——诺坎普球场》一文中热情地讴歌了这个巴萨球迷心中的圣地："古朴的红砖里凝铸着库巴拉时代的赞美乐章，蓝色海洋般的看台铭刻着马拉多纳的豪情壮志，碧绿的草坪回荡着普约尔驰骋沙场的豪气干云，湛蓝的天幕注视着里克尔梅的壮志骄阳。"有这样的历史，自然地为球场增添了一分大气和凝重，在全世界遐迩闻名，也使得球馆的经营有了足以借重的资本。

（三）社会功能的实现

这本来涉及体育产业两个互相依托又彼此矛盾的主题，就是体育产业一方面具有盈利可能，一方面又肩负强化大众体质的社会使命，经济功能的实现是履行社会职能的依托，社会功能的过多强调又常常会与经济目标相冲突，在场馆经营上，这一点体现得特别明显。

前面说过，场馆的经营逐利行为使得它们越来越远离社区，向市中心和繁华地段集中，而普通平民最方便的锻炼场所是在他们房前屋后；进入正规场馆的消费越来越高，使得中低收入的球迷因为昂贵的价格而离开运动场，没有地方进行训练。

西方国家现在的解决方式有两种，一种是在街区和学校建造较为廉价的运动场地。比如在美国，街头篮球场到处都是，而且学校的运动场所大都对外开放，收费低廉。还有一种是通过非营利性社区服务组织来解决。如美国的YMCA（基督教青年会），YM-CA是面向各界人士收费低廉的健康锻炼与社交场所，在美国的分支机构数以千计，使用者不下两千万人。

其实社会功能和经济功能并不能截然分开，只能说不同的场馆因其经营目的不同各有侧重。像营利性场馆也因为提高了大众对某一比赛项目的兴趣而达到了推广此项运动的目的，它本身的建筑景观具有丝毫不能排他的公共性；非营利场馆尽管收费不高，也总是要收取一定的费用来维持它自身的经营。分类是为了更好地研究，为了更好地比较不同场馆经营方式有什么不同，我们把体育场馆分为经营场馆和社区场馆，对它们的运作分别提出建议。

（四）对体育场馆选建和政府配套政策的一些建议

1. 对体育场馆选建的建议

首先要分清是经营场馆还是社区场馆。如果是经营场馆，那么目标就是获得盈利，它的选址应该向城市的中心和繁华地段集中，建筑应该追求豪华上档次，以此来吸引有购买力的顾客到此消费；如果是社区场馆，则建造应尽量简朴，选址也最好分散于社区，以降低成本，提高利用率。

其次要分清是永久性场馆还是一次性场馆。如果是永久性场馆，因为使用期限长，投资回收的时间长，所以在初始建造时可以多投入资金，比如一些大牌俱乐部的运动馆，将要支持几十年甚至上百年的比赛，初始的规格和用料都要考虑到未来的发展，这样才是有经济眼光的表现；如果仅为某一次比赛而造，比如奥运会和世界杯的比赛用馆，就要斟酌一下比赛后投资资金的回收问题，如果转做他用的前途看好，可以建造得高档些；如果不太好转做他用，那么宁愿建造得简朴一些或者临时租用一些场地，避免收不抵支。

2. 对政府政策的建议

首先要尊重市场规律，高消费体育场馆能够存在，自然有其存在的理由，不可以用行政手段强行抑制，可以用征高税的办法来限制这类场馆的过度发展。对社区体育场馆，为了使更多的居民能从中受益，收费不能很高，这使得这类场馆的排他性有所减弱，这时这类场馆就在一定程度上有了公共品的性质，政府可以考虑出一部分资金与私人共同建造这类场馆，可在其中占有一定的股权减少私人的风险，或者在税收政策上给这类投资者一定优惠，比如投资社区场馆5~10年内的利润免税等，或者考虑像扶持教育事业的方式来帮助社区体育场馆的发展。

另外，政府在场馆规划时要引导为某次比赛专门建造的场馆的建设者充分考虑比赛后的场馆运营，是转换功能还是出售或者是投入公益用途，在去向不同的三种方案中政府应该充当什么样的角色；对社区性体育场馆，要注意引导向简朴分散的方向发展。

（五）奥林匹克的品牌价值

从市场营销的角度看，国际奥委会和各国的奥运组委会用于营销的产品是奥运会。奥运会有久远的历史传承，又经过一百多年来好几代人的苦心经营，已经树立了良好的社会形象和独特的品牌。1998年在梅里迪安管理公司（Meridian Management SA）和埃德加·邓恩公司（Edgar Dunn Company）的协助下，国际奥委会进行了一项市场调查，调查对象为11国的5500人，其中包括250次一对一的深度访谈。调查结果表明，公众对奥运会、奥林匹克选手和奥林匹克理想评价很高。奥运会在人们心中的位置高于世界顶尖的商业公司。奥林匹克作为一种人道主义品牌，已经和红十字会、联合国教科文组织等一样得到人们的尊敬。

奥运会为什么会有如此高的商业价值？概括起来，原因有以下五点：

1. 浓厚的历史文化积淀

众所周知，在公元394年古奥运遭罗马皇帝狄奥多西一世强行禁止之前，奥运圣火曾经绵延了一千多年。古希腊奥运会，是体育和文化的结合，是人类精神升华的哲学，这也正是古奥运会在千年后得以复兴的缘由之一。

1896年奥运会开始了它的现代里程，仍然借重古代奥运的历史传统，体现奥林匹克的两大特色：美与尊严，仪式上尽量采用古奥运的某些宗教礼仪，如点燃圣火、唱赞美诗、运动员和裁判员宣誓等，尽显庄严。

奥运会同时也是一场文化的盛会。它是奥运文化、举办国文化和参赛国文化三方的碰撞和交融。美国洛杉矶两度举办奥运，都以商业文化的活力点亮了奥运的火焰。1988年，当汉城奥运会上韩国人民手拉手地朝世界走来时，全世界开始对这个民族的热情和集体感有了强烈的感受。从中国这个坐标观察，汉城奥运之后，韩国企业如三星、大宇挺进中国的速度明显加快，韩国文化对中国年轻一代的影响也明显增强，韩星、韩剧、韩国服饰，刮起了阵阵强劲的"韩流"。参赛国也通过比赛和其他活动向世界展现他们的风采：让世界了解一个国家，让世界了解一个民族，奥运会是非常好的平台。

2. 自觉抵制过重的商业气息

品牌树立之后，都涉及怎样维护和发展的问题。奥运会这个含金量很高的招牌，也需要好好呵护，才不会变味，其中就涉及商业化的"度"的问题。因为奥运品牌本身吸引人的是商业以外的东西，是商业以外的东西帮助它获得了商业上的成功，要继续保持商业上的成功，就必须注意商业化本身不能淡化了商业化赖以生存的土壤，比如文化和历史的积淀。奥运会在这一点上一直很注意，如洛杉矶奥运会。当时主办商尤伯罗斯设计了很多方案来挣钱。其中之一就是火炬接力，只要出得起3000美元，不管是小偷还是罪犯，都可以高举火炬跑1000米。这个做法之后遭到了很多批评，说明许多奥运从业者对奥运沦为纯粹商业机器的可能还有足够的清醒。事实常常是这样，如果不计手段地捞钱，往往成为金钱的奴隶，最后未必能有大得；知道如何与商业保持适当距离的，常常可以驾驭住金钱这头难驯的巨兽。

3. 几代人的悉心经营

从第一任国际奥委会主席维凯拉斯到现任主席罗格，奥委会已历经了八任掌舵人，他们都在各自任期内对奥林匹克运动作出了有益贡献，特别是顾拜旦和萨马兰奇，他们的人生甚至影响了奥运的格局。

现代奥运会的实际创始人顾拜旦不仅是伟大的理想主义者，还是他所持理想的伟大实践者。他酝酿筹备了第 1 届奥运会，并在以下几个方面完善了奥林匹克品牌。

1900 年，提出"更快、更高、更强"的口号；

1908 年，提出"参加比取胜更重要"；

1913 年，根据他的构思和建议，五环旗被定为国际奥委会会旗；

1920 年，第一次在现代奥运会点燃了奥林匹克圣火，把圣火仪式引入奥运会。

顾拜旦不仅复兴了奥林匹克，并且促成了它的国际化，为发展奥林匹克运动，他倾注了全部心血，耗尽了几乎全部家财。

萨马兰奇 1980 年接任主席时，国际奥委会正处于多事之秋，其中最突出的问题是抵制。他凭借外交家的手腕协调了大国之间的关系，妥善解决了抵制和分裂。1981 年，他让女性进入 88 年来为男性独占的国际奥委会最高管理层。他为职业运动员松绑，让世界所有优秀运动员都能参加奥运会。盐湖城丑闻曝光后，他大刀阔斧清理门户，纯洁了国际奥委会委员的队伍。奥林匹克运动能有今日的辉煌，萨马兰奇功不可没。

4. 奥运会是当今世界最高水平的比赛

现代奥运会的创始者顾拜旦一开始是业余原则的坚定支持者，他坚持让个人代表自己参赛，而不希望奥运会带上别的什么色彩。但是业余原则一方面排斥了商家赞助，因为有赞助就不免有职业运动员介入；一方面也不利于提高奥运会的竞技档次。后来不得不放松了对职业运动员的限制，奥运会也因此变得异彩纷呈。加上奥运会涵盖了大部分世界性的项目，可以很好地反映一个国家的体育实力，因此也成为和平时期国家之间的角力。政治因素和民族因素的介入，使得奥运会格外吸引眼球。

5. 作为人类理想的宣言

虽然奥运与参赛国的国家因素和政治因素相瓜葛，但它自身的运作却以淡化国家色彩和政治色彩为己任，两者看似矛盾，却是现实不够完美和理想依旧坚持的真实对偶，仅此一点，也为奥运赢得了许多理想主义者的毕生青睐。

现代奥运继承了古代奥运对美和尊严的追求，奥运会也体现了国际主义和民主色彩，比如运动员不分国家的大小强弱一律按姓名的字母排序；它的一个重要理念就是"公平、公正、公开"，不受任何政治的、民族的、宗教的干预。奥运会是追求美好，代表明天的，比如它对和平的追求和捍卫，比如它对文化教育的宣示和传扬。

以上这一切，使奥运成为无价的品牌，也给了奥运理想者们经营理想的最现实的现实支撑。

（六）奥林匹克营销

1. 奥林匹克营销的发展历程

事物的发展总是从小到大、由粗砺精的过程，奥运营销的发展也不例外。

现代奥运会的第 1 届开始了品牌营销。1896 年雅典，柯达等公司为奥运会提供资金，以取得在纪念品上作广告的权利。

1912 年斯德哥尔摩奥运会，约有 10 家公司获得了在奥运会上摄影和出售纪念物的特权，这届奥运会还发售了彩票。

1924 年巴黎奥运会出现了奥运会历史上第一次也是唯一的一次场地广告。

1928 年的阿姆斯特丹奥运会，由于赞助商过多，组委会作出了前所未有的决定，开始对奥运会的标志及相关标志进行注册以获得版权。

1932 年洛杉矶，奥运会的运动场由私人企业扩建，而它的奥运村的运动员住房，在运动会后也被拆除，卖给了建筑公司。它的奥运会组委会在报告中直言不讳地宣称："加利福尼亚处理这届奥运会的方式是典型的、充满活力的和以金钱为取向的。"

1952 年赫尔辛基，首次试图制订一个国际营销计划：由 11 国的 18 个商家提供物资和服务，包括从运动员的食物到获奖者的鲜花。

1964 年东京，首次成立了组委会自己的营销机构——奥林匹克发展基金会，进行了 23 次商业活动，营销公司数增加到 250 个，共集资 1690 万美元。

1972 年慕尼黑，私人广告商首次作为持营销特许证的中介人进行活动，首次出现奥运会吉祥物，发放特许证给私人公司使用该形象营销产品。

1980 年莫斯科，组委会与在 40 国营销的 19 家公司签定合同，4 年间共发放了 6952 张奥林匹克生产证，生产了 17500 种物品。这届奥运会的营销总收入达 1090 万美元。

到了 1984 年洛杉矶奥运会，奥林匹克营销出现了转折。

2. 1984 年洛杉矶奥运营销

前面所列举的奥运营销史上的一系列成就，都是程度很小的突破，洛杉矶之前的奥运会，主要还是以政府经济支持和社会无偿赞助为主，辅以小型、分散、无序的商业活动。财力不支意味着穷途末路，到了洛杉矶这一届，申办城市只此一家，奥运会成了烫手山芋，人人惟恐避之不及。

洛杉矶也面临前所未有的压力：66% 的洛杉矶居民反对用纳税人的钱办奥运会，洛杉矶市政府拒绝承担任何经济责任，加利福尼亚州禁止出售彩票，美国联邦政府拒绝提供任何经济援助。

这时尤伯罗斯出现了，这位有二十多年航空公司运营经验的老板一改过去的做法，开始了奥运史上前所未有的商业运作，取得了巨大的成功。可以说，洛杉矶奥运会是奥林匹克营销的转折点，自此，奥林匹克运动找到了符合现代体育市场运行规律的运作方式，确定了奥林匹克营销的基本框架。从这一点看，尤伯罗斯在奥运史上的地位丝毫不逊于顾拜旦和萨马兰奇。那么，他成功营销的经验有哪些呢？

概括起来，有以下三点：

减少商业伙伴的数量。组委会本着"获利者多付钱，多付钱获利更多"的商业准则，瞄准财力雄厚的超级跨国公司，将赞助商的数量减少到三十多个，每个行业里只留最大的一家赞助公司为奥运会指定产品，在两年中以 400 万美元的底价迅速与三十多家居于行业领导地位的超级跨国公司达成了协议。

使用招标制。让买家竞争，提高商品价值——办奥运会只有这一家，想与组委会交易并获得好处的商家却很多，竞标最好。以饮料为例，参与竞争的有可口可乐、百事可乐等许多公司，竞争之下，可口可乐以 1260 万美元的巨款战胜对手成交。

分类处理。不同质量的产品制定不同的价格，这是最基本的经济学原理。同样，不同级别的营销权限也应支付不同的赞助费。洛杉矶组委会首次将商业赞助分为三大类，每一类都授予相应范围的专有经营权。35 家公司成为奥运会的赞助商，64 家公司成为奥运会的供应商，65 家公司获得了奥运会的营销许可证。

(七）"后洛杉矶"营销架构

1. 营销的主要框架

（1）按照内容划分

奥运的营销活动按照内容划分，可以分为电视转播权、市场开发计划和门票销售三块。其中，市场开发计划又分为赞助计划和特许计划，赞助计划再细分为全球合作伙伴（TOP）、本地赞助商和本地供应商。

（2）按照营销主体划分

按照营销主体，奥运的营销活动分为由国际奥委会开展的营销和由奥运会举办城市组委会开展的营销两大块。其中，由国际奥委会开展的营销包括电视转播计划和 TOP 计划，由举办城市组委会开展的营销包括市场开发计划中除 TOP 计划之外的其他内容和门票销售。

2. 营销的具体内容介绍

（1）电视转播权营销

电视转播收入是奥运营销最大的一笔收入，2000 年悉尼奥运会在这一项上获得的收入达 13.31 亿美元，占全部收入的 45%。80 年代以后各届夏季奥运会电视版权出售状况如表 17 所示。

表 17　20 世纪 80 年代以后各届夏季奥运会电视版权出售状况　（单位：亿美元）

举办城市	莫斯科	洛杉矶	汉城	巴塞罗那	亚特兰大	悉尼	雅典 *	北京 *
版权收入	1.01	2.87	4.03	6.36	8.95	13.31	14.97	16.97

* 表示预计收入

［资料来源］奥林匹克运动全书. 134.

可以看出，电视转播收入是份额很大且增长较快很有前景的一块收入。这与奥运在全世界的影响力有关，也和国际奥委会这几十年来的精心运作有关。

通过电视对奥运会进行转播始于 1936 年柏林奥运会，共播出 138 小时，有 16.2 万观众。1948 年伦敦奥运会时，英国广播公司付给组委会 1000 几尼（相当于 3000 美元）获得电视版权，首次确立了"电视版权"的概念。此后电视转播的覆盖范围和转播权出售收入都稳步增加。

1995 年，国际奥委会开始实施长期电视版权销售战略，将每届的零售改成若干届的联合销售，与一些大广播公司签订长期合同，将奥运会电视版权的出售时间范围扩大到 2008 年。这样做有四个好处：

① 避免市场波动，使收入稳定可靠；

② 提高主办国收入的可预见性，使得他们可以根据合同制定更为切实的计划；

③ 使转播公司有更长远的计划，提供更高质量的转播；

④ 强化赞助商、广播公司和奥林匹克大家庭之间的联系。

（2）TOP 计划

TOP 计划的全称是奥运会全球赞助计划，是国际奥委会于 1984 年首次提出的，

TOP 选择赞助商十分挑剔，并设定了排他原则，即同一行业只能选一家企业作为 TOP 赞助商，同时规定，赞助企业必须符合三个条件：

  a. 企业及其产品要具有高尚品质和良好形象，居于世界领先地位；

  b. 企业必须是跨国公司，拥有充足的全球性资源；

  c. 企业能够协助推行国际奥委会营销计划。

  TOP 的准入门槛很高，1984 年最低赞助额为 4000 万美金，由国际奥委会、奥运会组委会、各国奥委会联合成立统一的招标单位，在全球范围内选择各行业最著名的大公司作为正式赞助商。

  我们可以来看一下 1997—2000 年 TOP 第四期计划和截至 2003 年 2 月选定的 2005—2008 年 TOP 第六期计划中成为赞助商的有哪些企业。

  TOP 第四期计划：可口可乐、柯达、斯沃奇钟表、三星电子、松下电器、麦当劳、人寿保险、IBM、施乐、邮政速递、《体育画报》；TOP 第六期计划：VISA 国际卡、可口可乐、柯达、斯沃奇钟表、三星电子、汉高克保险、斯伦贝神玛、松下电器。一个个都是相关行业里声名显赫的企业。这些企业对奥运事业大力投入是有商业上的目的的，它们可以获得以下回报：

  a. 取得在全世界范围内销售其附有奥林匹克标识产品的专营权，这种专营特权不仅在奥运会举办期间，而且持续到 4 年一度的整个奥林匹克周期；

  b. 和奥运会这样一个有着良好形象和优质声誉的伙伴合作，这些商家也可因此提高和改善自己的形象；

  c. 得到广告与促销机会，在奥运会电视转播中有优先权，能够得到网点经营权和橱窗展示机会；

  d. 在奥运会举办期间可以获得款待。

  国际奥委会巧妙地利用了商家的垄断心理。国际奥委会行销赞助局局长迈克·佩恩曾说："公司 CEO 们知道，一个行业一家公司独家享有的权利对拉大与竞争对手的距离是多么重要。有了这一强有力的营销手段，在市场份额上可能远远超过竞争对手。因此，如果已是行业龙头，赞助奥运将巩固其市场地位；如果是行业内排名第二或第三，奥运会后将可能成为行业龙头。"

  TOP 计划取得重要成果的标志之一就是作为销售收入最大一块的电视版权收入在总收入中的比重不断下降，它本身的统计也呈现了非常优秀的业绩。

表 18　TOP 计划实施状况

	TOP I	TOP II	TOP III	TOP IV
赞助商数目	9 个	12 个	10 个	11 个
计划创收	＞8000 万美元	1.4 亿美元	3.5 亿美元	3.5 亿美元
实际收入	9500 万美元	1.75 亿美元	＞3.5 亿美元	5 亿美元
国家奥委会参与率	154/197（92%）	169/172（98%）	197（100%）	197（100%）

  (3) 一般赞助计划和特许计划

  奥运市场计划中的其他部分主要由主办城市组委会来运作，各届奥运的情况不尽相同，但一般都由门槛稍低的本地赞助计划和特许计划组成。我们以 2000 年悉尼奥运会为例来看看它的大致框架。

悉尼奥运的一般赞助计划由 "Team Millennium Olympic Partner" "Sydney 2000 Supporter" 和 "Sydney 2000 Provider" 三部分组成。最终获得了 4.9 亿美元的收入，超过预计的两倍多。它的赞助商领域也有了前所未有的发展，报纸、电台、电影院和购物中心被首次纳入赞助计划。

悉尼奥运的特许计划包括特许商品计划、纪念邮品计划和纪念币计划。特许计划是指商家通过付给一定的费用，得到奥运会组委会许可而在商品上使用奥运标识。在悉尼奥运会上，在遍布澳大利亚的 200 个零售终端里有大约 100 家授权企业的 3000 个品类的特许商品获得了使用奥运标识的权利。

纪念邮品计划则由来已久。第 1 届现代奥运会的射击场、自行车场和船坞等几个场地的资金就由发行邮票募得；从 1920 年安特卫普奥运会起，奥运邮票发行成为惯例；不仅举办国发行邮票，不举办国也可以发行，1992 年就有 137 个国家发行了印有奥运五环标志的 123 万枚邮票。悉尼奥运的创举是在本国选手获得金牌的第二天发行特别邮票，像纪念福里曼夺冠的邮票，在公开发售的两小时内就告售罄。

特许计划中还包括纪念币发行。1951 年芬兰人首开现代奥运会纪念币发行的先河，此后许多届奥运会都沿袭了这一做法，1972 年慕尼黑从纪念币发行中获得 2.06 亿美元，1976 年蒙特利尔的收入是 1.25 亿美元。这的确是一种无须增加税收而集资的巧妙办法。在悉尼奥运会上，首次发行彩色纪念币，在全球 50 个国家售出 550 万枚。

（4）奥运会的门票营销

门票是很值得研究的一个问题。因为奥运本身就需要通过人的观赏而使它的精神得到传扬，更何况门票本身也是组委会一项很重要的收入。在悉尼奥运会上，门票发售收入达 5.51 亿美元，占奥运营销所有收入的 19%。

奥运会的门票销售一般提前两三年进行，这样一是有利于对主办地进行提前宣传，二是避免不能满席带来浪费。门票外销一般通过各国国际旅行社进行。

门票的组成需要设计，一般分为套票和单项票两种。套票又分为大套票和小套票，大套票涵盖了开幕式、闭幕式和所有的比赛，像雅典奥运会的 "奥林匹克体验"，这一套票的价格是 7.1 万欧元。小套票是指某一项目全部比赛场次的门票，或者若干比赛组合的门票。

门票的定价也需要研究，影响门票价格的因素有比赛场地的设施条件、观众的观赏兴趣和比赛的激烈程度等，门票的价格需上报国际奥委会，这也许是近二十年来各届奥运会门票价格变化不大的原因。70 年代以来各届奥运会，只有汉城、莫斯科和蒙特利尔的门票价格是低于 20 美元的，其他各届都在 20 美元以上。

门票的流向也有特点。以悉尼奥运会为例，派送给国际奥委会、单项联合会以及赞助商和转播商的门票占到了总数的 10%，其余的门票，77% 在澳大利亚国内销售，13% 则为外国观众买走。

其实，门票也是奥运这架经济战车战斗能力不断加强的一个指标。

表 19　奥运会门票发售数量比较

奥运会	雅典 1896 年	墨尔本 1956 年	亚特兰大 1996 年	悉尼 2000 年
门票数	6 万（估计）	134 万	1100 万	9600 万

（八）世界著名运动品牌的品牌塑造

1. 品牌个性的确立和品牌营销

（1）品牌个性

品牌，是指一种名称、术语、标记、符号、设计，或者是它们的组合运用，目的是借以辨认某个销售者或者某群销售者的产品或服务，并使之同竞争对手的产品或服务区分开来。品牌是一种承诺，它是销售者向购买者保证长期提供的一组特定的特点、利益和服务，是解决信息不对称的一种非常重要的机制。在服装鞋帽市场上，购买者只有购买产品并使用一段时间之后才能对质量作出评价。品牌就是将销售者与购买者之间的单次博弈变成销售者与整个市场的重复博弈，这样，销售质次品低的产品对厂商而言就很不值得，消费者购买产品更有安全感。更重要的是，品牌还代表着一种个性，它代表着一个品类的性情、气质和精神，即使在同质市场也能带来企业需要的差异化特征。好的品牌有两个要素，一是简约艺术的标识，二是明确恒久的概念。

① 简约艺术的标识

以耐克和阿迪达斯为例。耐克是飞扬的一条曲线，时尚、向上、简约；阿迪达斯的三叶草形状则如同地球立体三维的平面展开，三条纹在中间并行穿过，象征它的影响力延伸到全世界。

② 明确恒久的概念

品牌需要具有某种内在的恒定的品质，始终如一，才能谋求长期稳定的发展。如耐克和阿迪达斯。耐克的品牌概念是时尚的、超越的，直面挑战和富有进攻性的，在几十年的推广过程中一直非常强调这个品牌识别；阿迪达斯则更像一个成熟敬业的中年人，具有诚实、严肃、团队合作的品牌个性，品牌的核心识别是追求卓越表现、积极参与和情感投入。

（2）品牌个性的确立

品牌在一开始只是为消费者提供一个识别的标准，降低鉴别成本和使用风险，当消费者在心里与某种品牌建立了一种自觉的联系后，品牌就更多地代表了使用者自己的价值观和个性，体现使用者的一种情感诉求。比如说飞人鞋，穿着耐克的飞人品牌或许并不意味着能够在球场上驰骋耍"酷"，但是它可以让穿着者在场外像乔丹一样装"酷"，消费者在心中认同这样的行为方式，它就容易对这种品牌产生喜爱和依赖。那么，应该如何塑造一个品牌的个性呢？最好用也是最常见的方法是寻找一个最能代表这个品牌个性的名人，这个名人的行为方式、外界形象要与这个产品的特色和品牌要素一致。比如乔丹，代表卓越和超越的品质；比如詹姆斯，代表年轻的、桀骜不驯和前途无量的，这些特点都和耐克的品牌个性相一致，因此能够把这个品牌的信息传达给认同这些品格和特质的消费者。

（3）品牌的推广和营销

① 了解市场

据调查统计，15~22岁的消费者购买的运动鞋数量占运动鞋销售总量的30%，因此很多厂家都把面向这个年龄段的产品作为自己的主打产品。目标消费群体应与实际消费群体相一致。

除了按照年龄特点来划分市场制定相应的推销策略外，还应该根据不同运动的流行程度来制定自己的生产及营销重点。

近年来，国际体育用品市场发生了一些重大变化，比如体育用品的休闲化和休闲产品的运动化，商家如果及时捕捉到这样一种变化，就应该在产品的外观设计及用途上作相应的调整；在休闲与运动潮流汇合的同时，运动产品内部进行进一步细分，跑步、踢球有专业的行头。

② 采用适当的营销方式

针对以年轻人为主的运动产品的销售，可主办一些配套的活动，像劲歌热舞、滑板轮滑表演。现代著名运动品牌的销售多采取连锁店的形式，一是可以扩大影响，二是保证了产品的可信。耐克还在一些城市开设了"耐克城"旗舰商店，扩大产品的影响力。

③ 抓住重要机遇

20世纪70年代，跑步健身运动席卷美国乃至全球，耐克抓住了这个机遇，销售额以年递增2~3倍的速度增长。1976年、1978年、1980年的销售额分别达到了1400万美元、7100万美元和2.7亿美元。

阿迪达斯则相反。80年代后，阿迪达斯错过了运动产业的盛会，1988年到1992年，它的销售额从20亿下降到17亿，与此同时，耐克的销售额则从12亿上升到34亿，一举成为世界第一运动品牌。

④ 双雄对决

和饮料业的可口百事可乐、感光制造业的柯达富士、西式快餐业的肯德基麦当劳一样，运动服饰业也呈现双寡称雄市场的格局，那就是耐克与阿迪达斯的高峰对决。两雄相争的市场有很多共同的特征，它们在一方行动另一方跟进方面的速度也是其他格局的市场不能比的。像为耐克代言的巴西国家队和为阿迪达斯代言的法国国家队就分别是最近两届世界杯的霸主；阿迪达斯赞助的皇马、AC米兰、拜仁、马赛等球队分别成为各自联赛的翘楚，耐克也狂飙跟进，1996年，它与巴西国家队签下10年1.6亿美元的广告合同，2002年又以4.39亿美元重金拿下世界名门曼联队。

（九）过硬的质量和产品研发

1. 高科技运动鞋

鞋子越来越成为品牌运动企业研发实力的象征，谙熟各种运动可能对身体造成的伤害并研究出避免的方法，把缓冲、减压、吸震、防滑、耐磨等功能集合在一只可能不到100克的鞋子上，它的设计智慧和精细度真的可以和一辆法拉利跑车媲美。

新一代鞋子的共同特点除了上面所说的保护功能外，还有以特殊质地保证的轻重量以及良好的透气性，针对不同的运动又突出了不同的优点。比如野外鞋的鞋面多用合成皮或磨砂皮制成，令鞋头具有更好的耐磨性，整鞋的防水功能也更好；这种鞋的大底常用压缩铸模橡胶制成，提高抓地性。再如网球鞋的大底常常做成水波纹状，以增加它的防滑性，适应跑动幅度超大的网球运动。最需要科学来保护的可以说是篮球运动员了，因为他们的跳跃和急停动作非常多，很容易造成对膝盖的伤害，左冲右突又使得对脚踝的保护十分讲究，因此篮球鞋设计时通常要考虑缓冲、吸震和防扭转的功能。

2. 科技在运动服装中的应用

现在运动服装市场上，舒适和简洁已经成了人们的首选，为了更加适应人们的心理，各大品牌都不遗余力地推进产品的开发。

在韩日世界杯期间，阿迪达斯为中国队设计了"全新动力层概念"的世界杯战袍，让人领教了高科技面料的舒适。对于喜爱运动的人来说，衣物最重要的是快干和舒适好穿，一些高度透气的网状针织和纺织品，吸湿排湿极快，有助于调节体温，很能迎合大众的需要，像 DryZone、Powerdry、Coolmax、Micromesh 和 Cli-malite 等舒适面料的衣服都非常受欢迎。此外，一些有香味、可以吸收体味的抗菌质料也越来越受垂青。在制造运动内衣时，有的厂商将银的成分织入纤维中，制成抗菌内衣，据称对人体无害，也不会因洗涤而影响效果。还有像"莱卡"，可以帮助运动者在活动中自由伸展，展现运动中的体型美，符合人体生理结构的剪裁，使运动者穿着更合身。

（十）国外体育产业界的"胜者全得"现象

1."胜者全得"现象

"胜者全得"是经济学上的一个概念，是指在竞争中获得相对优势的竞争者，最后能够得到全部或大多数回报的现象。这种现象在高科技行业、娱乐产业和体育产业中都表现得十分明显。以体育产业为例，最棒的运动员总是获得最多的鲜花掌声、美酒金钱，而且得到的比付出的往往多得多；与他们相比，技术上稍逊一筹的选手们所得到的则显得十分微渺。如世界排名第一、第二的网球选手每年有大把大把的钞票可供挥霍，而排名在一百到两百之间的选手的出场费在扣除机票钱以后，往往所剩无几。其实他们在技术上的差距并不大，比赛的精彩程度常常也没什么区别，但是他们的收入却有天壤之分。

对于休闲时间不多的观众来说，一周花在看比赛上的时间也许就只有两三个小时，由他挑选，毫无疑问他会选择看排名第一、第二选手的巅峰对决，这样排在最前面的选手几乎赢取了大多数的关注，名气也就绝非排名稍微靠后的选手们能比；观众的厚爱给了电视转播商丰厚的利润空间，电视转播商也愿意出高价买下巅峰对决的转播权，这使得赛事转播者进而为高手出场而竞价，某项运动的最杰出者就可以坐收垄断租金了。对于利用明星做广告的商家也是如此，相对于默默无名的第一百号选手，排名第一的运动员有绝对的优势，可以帮助企业获得他自己的球迷的认可，而他自己就是这个优势的独家拥有者，这样，他就有理由在因他而大幅上涨的利润中分得一部分。

2. 作为"胜者"的资本

（1）杰出的竞技成绩

除了库尔尼科娃这样不用在赛场上做得特别好只凭外型魅力就日进斗金的极少数例子外，绝大多数收入上的凤毛麟角者本身在比赛成绩上也处于凤毛麟角的地位。

如 NBA 的几代球星，"星一代"乔丹超群的得分能力和领袖素质，也是有一系列数据作证的，他为芝加哥公牛队在 1991—1998 八个赛季里获得了 6 个冠军，打败了来自西部的 5 支不同球队，失去总冠军戒指的两个赛季，是因为乔丹第一次退役错失了大部分的比赛。"星二代"奥尼尔在篮下的统治力是有目共睹的，出道不长就成为 NBA50 年 50 巨星之一，更是对他个人能力的极大褒赏；即使到了今天，他已逐渐步入高龄球员行列，仍然作为湖人队中流砥柱，每每在关键时刻力挽狂澜，显示出非凡的价值。至于"星三代"詹姆斯，则很早就显示出了出众的禀赋，在进入 NBA 之前，詹姆斯几乎囊括了美国所有高中篮球的奖项；正式进入 NBA 之后，詹姆斯表现出的个人能力更让人无可辩驳，2003—2004 赛季的第一个月，詹姆斯便当选为东部最佳新秀，平均每场 17.5 分和 6.4 次助攻在所有新秀中力拔头筹，平均每场 7 个篮板和 697 分钟的出场总时间在 NBA 全联盟名列第二位。

体育界的时尚先锋贝克汉姆。很多人认为贝克汉姆的成名和风光在于他帅气的外型和着意的炒作，但实际上谁也无法否认贝克汉姆是当今世界上最好的右前卫之一，无论在皇家马德里还是英格兰国家队，他都是不可或缺的，他的任意球甚至可以说是足球史上的经典。

（2）个人的其他素质

如新闻性。像贝克汉姆这样，英格兰国家队队长、帅气阳光的外型、9 万英镑的周薪、名车豪宅、一位名气和相貌不亚于自己的妻子、两个羡煞世人的儿子，这一切组合在一个人身上，当然十分吸引外界的眼光。

对于一些特殊的运动来说，某些特殊的品格显得十分惹眼。像高尔夫这样一种王者和贵族的运动，非常需要大场合的镇定和力挽狂澜于既倒的波澜不惊，这一方面取决于球员的竞技能力，一方面也和球员的天生素质有关。伍兹曾经来到深圳参加一次商业推广性质浓郁的观澜湖挑战赛，赛前训练时，一万多名热情的球迷聚集在伍兹的附近，但即便是咫尺之远周围这么嘈杂，伍兹的身体和表情也仍然无限放松，挥杆的动作更是一丝不苟，间或还有意无意地向观众展示自己的绝顶球技，用勺子大小的高尔夫球杆把球颠起来，然后凌空一记抽射，把小小的高尔夫球当棒球一样打出去。一个人如果没有足够的定力，单凭娴熟的技术是做不到的。

形象出众至少是注意形象几乎是一切巨星之所以能成为巨星的必备素质，因为欣赏比赛不仅仅是欣赏技术的呈现，还是欣赏呈现技术的人的过程；长得好看的球员更容易获得喜爱，这个规律不可否认；再加上现代体育运作还少不了场外的亮相，对形象的修饰也就显得十分重要了。身高 1.87 米的伍兹身材非常匀称，眼睛大而有神，动作举止优雅，非常符合上流社会的审美标准，这也是他在高尔夫球坛获得欢迎的一个原因吧。再如乔丹，除了在场上无时无刻不显示的力量美和动感美之外，他在场外也是一个注重服装品位的谦谦君子，乔丹到体育馆来的时候，永远都是穿西服打领带，而且选色和剪裁都极为讲究，穿得比任何一位银行家都有品位。

再如与媒体打交道的能力。现在的体坛早已不再是能在场上奔跑跳跃就万事大吉，对于球队领袖或项目尖子来说，自如穿梭于各种社交场合特别是应对媒体的能力是很重要的。乔丹面对镜头的微笑永远是那么自信迷人，库尔尼科娃在镁光灯下的一颦一笑甚至不让于娱乐圈任何一位当红的女明星。

（3）机遇的垂青

当然，球星的大红大紫还和外部环境有关。像美国这样一个对足球并不狂热的地方，就没有出现过菲戈和齐达内；70 年代后富有阶层对品位的讲究，导致了金钱对高尔夫的追逐，伍兹恰逢其时；娱乐时代的到来，使得具有娱乐性的偶像级体育明星有了更多生财的资本，贝克汉姆和库尔尼科娃们呼啸而出；詹姆斯出道时，高中生球员已经在 NBA 获得了普遍的认可，不再像科比、加内特时代那样备受质疑，而且他还有一个绝世高手安东尼不时和他联袂演出，而不像当年的乔丹，独孤求败，拔剑四顾自茫然。

3. "全得"现象综述

（1）商家的大笔投入

伍兹成名之后，大批的赞助合同纷至沓来，动辄近亿美元的巨额条款把少年伍兹包装得金碧辉煌。2002年，伍兹的收入是6900万美元，列世界所有体育明星年收入第一位。1999年，伍兹参加了21项高尔夫赛事，总共获得6616585美元的奖金，列PGA巡回赛球员奖金榜第一位。但这些相对于商家的巨额赞助却几乎可以忽略不计。2002年10月，伍兹和瑞士手表TGA Heuer签订了一份长期赞助合约，按照协议，伍兹成为TGA Heuer手表的形象代表，当然前提是对方要支付巨额的美元。除了这家瑞士公司，伍兹也是耐克、美国运通公司、劳力士、别克、日本Asahi啤酒等世界知名企业的品牌代言人，其中耐克与伍兹的5年赞助合同总金额达1亿美元。据美国《福布斯》杂志报道，2002年伍兹的广告收入为6200万美元；自从他成为职业高尔夫球员以来，来自广告赞助和电视转播、授权、邀请活动的总收入已高达10亿美元，堪称现代体育史上的一个奇迹。

同样的现象在其他运动领域也屡见不鲜。足球作为世界第一运动，影响力辐射到千家万户，因此著名企业都喜欢请大牌球星进行产品推介。1998年世界杯后，法国电信请来亨利、德塞利等做起了手机广告，而舍甫琴科则做起了时装代言人。各种用途的产品聘用的球星也和球员自身的特质有关，比如跑得快的球员常常为航空、汽车、邮政代言，防守稳固的球员则大多被保险公司、银行请去，技术好的球员往往是电脑电信的代言人，漂亮的球员可以做些时装广告，长得丑的能在广告片中体现出商家所需要的粗犷美。一句话，只要球踢得好，足够有名，商家就会主动找上门来，许多巨星的广告收入都是收入中很大的一部分，见表20。

表20　体育明星的广告收入　　　　　　　　　　　　　　　单位：万欧元

	工资收入	奖金收入	广告收入	总收入
贝克汉姆	660	20	840	1520
齐达内	640	20	740	1400
罗纳尔多	640	30	500	1170
劳尔	640	40	250	930
欧文	480	10	400	890

可以看出，大牌球星不仅工资高得惊人，而且广告收入不菲。商家为何愿意投入如此巨大的资金来延请他们呢？一言以蔽之，与大牌球星合作能够获利。大牌球星在全球有无数的支持者，使用大牌球星代言的产品往往表达了对这种生活方式的认同，能够给使用者带来一种心理上的满足感；大牌球星代言产品也是产品品质的一种宣告，因为对于球星们来说，代言劣次产品的损失很大，他们在屏幕上的亮相等于用身价对这种产品做了一种抵押。

(2) 媒体的聚焦支持

善于经营自己的球星不会忽视媒体的作用；同样，媒体想要吸引受众的目光，也需要借重球星的影响力。

即便在战争如火如荼的伊拉克，也能在残垣断壁中看到贝克汉姆为百事可乐或者阿迪达斯做的广告。2003年皇马巡游亚洲，贝克汉姆更是获得了上宾般的簇拥和支持，这些都归功于媒体的强力支持，是媒体帮助贝克汉姆获得了具有极高经济价值的公众注意。媒体之所以不遗余力地追踪报道有关于贝克汉姆的一切，最终也是根源于经济利益的驱动，只有刊载播报读者观众们希望看到的东西，才能在市场上热销。

（十一）品牌塑造、内部利益分割与推广战略

——从 NBA 成长战略看体育产业发展

美国是世界上体育产业最为发达的国家，在美国体育产业中，NBA 无疑是运作最为成功、也是最引人注目的一个典型。我们可以用一组数据来看美国 NBA20 年间的价值增长和商业进展：20 年前，NBA 一个俱乐部的价值大约是 1500 万美元，而现在差不多达到了 3 亿；20 年前，NBA 每年授权产品的销售额是 1000 万美元，而现在已经超过了 30 亿；20 年前，NBA 整个联盟的总收入是每年 1.8 亿美元左右，而目前是 30 亿。

作为世界顶级赛事联盟中非常出众的一个，NBA 有它独特的魅力，而它的商业运作技巧，也成为体育产业研究者借鉴的一个重要蓝本。我认为，NBA 成功的原因可以概括为以下三点：一是自身形象的塑造和品牌的树立；二是内部利益分割问题的妥善解决；三是对外推广策略的步步为营。

1. 自身形象的塑造和品牌的树立

（1）不遗余力地打造正面形象

联盟要在国家框架内存在，必须遵守代表正义的法律；要获得大多数球迷的认可，必须符合道德的尺标。应该说，斯特恩和他的 NBA 着力把联盟打造成富有教养的进步文明的联盟也许不仅仅是出于商业上的揣度，更是一种推动社会向上的发自内心的自觉需要。但这的确在事实上增加了联盟的商业订单。体育产业的经济意义和社会意义本身就是相互依存的。

NBA 在 70 年代末受暴力、吸毒的影响，形象跌入深谷，其时主持 NBA 日常工作的副总裁斯特恩出台了"最严重违反药物政策的球员将被终生禁赛"的措施，有力阻止了球员吸毒等犯罪，及时维护了 NBA 的良好形象；NBA 的"留在学校"推广计划非常成功，使很多球员热衷于公益和社区服务事业，球员定期到学校和孩子们聚在一起，利用自己的影响力教导孩子做正直的人，许多 NBA 球星因此成为国际体育圈中受到广泛认可和尊重的球员。可见，NBA 所做的努力。

（2）注重明星的包装和演示效应

对一个城市的居民来说，他可能会因为热爱自己的城市而去热爱自己的球队进而去消费这个球队的比赛、新闻和相关的产品，但是一个人喜欢一支球队显然还无法使 NBA 达到今天的火爆程度——更不要说在没有球队的城市，没有自己的主队显然不成为不观看 NBA 比赛的理由。

事实上，许多球迷的狂热更多地是因为对某一个或几个明星的热爱，而并非对某一支或几支球队的执著，因为乔丹而看公牛比赛的远比因为公牛而看乔丹打球的要多。对明星的包装渲染满足了球迷对完美的心理追求和希望看到极限被不断超越的心理需要。乔丹是一个很好的例子。我们可以从乔丹二次复出给奇才队以及整个 NBA 甚至联盟之外与他有关的商业公司带来的利益来考量这样一个超级巨星的经济价值：由于乔丹的复出，奇才这支长期无人光顾的末流球队笼罩上了一层神秘之光，头几轮 6 万张套票一售而空；由于乔丹的复出，略显疲态的 NBA 似乎被打了一针强心剂，重新成为电视的宠儿，不仅 NBC 等权威电视机构趋之若鹜，调整和增加转播场次，更重要的是，NBA 在

与电视机构 4 年转播合同期满时增加了谈判的砝码，并趁机捞得一笔可观的电视转播费；由于乔丹的复出，他的队服一直在热销，据说单价高达 130~150 美元，这一大笔进账也将让 NBA29 支球队利益共享；由于乔丹的复出，"乔丹"品牌的商业价值再攀新高，耐克公司借着东风推出新款乔丹鞋并再次在市场上风靡。有人估计，乔丹这次复出的经济效益高达 1 亿美元。我们可以来考察一下乔丹在 NBA 的发展轨迹，进而了解 NBA 造星的全过程。

1984 年，乔丹通过选秀进入 NBA，出众的身体素质和稳定的心理状态开始赢得瞩目。

1987 年，乔丹在扣篮大赛上以侧翼飞扣和罚球线起跳两个动作展示了优异的爆发力和表现力，赢得了球迷的喜爱。

从 1990 年乔丹率队夺得第一个总冠军开始，他在 NBA 组织的各式各样评选中拔头筹，"第一阵容""全明星首发""常规赛 MVP""季后赛 MVP""得分王"，许多桂冠加冕，再平常的头颅也会散发光辉。

以前看公牛的比赛，镜头最多的是乔丹，一方面的确他是表现最优秀的队员，但不可否认里面有人为的追捧；播放间歇会公布各种统计数据，乔丹和马龙的大幅像就出现在屏幕上，引导观众把比赛想象成两位明星的巅峰对决，这无疑迎合了美国文化推崇个人的口味。

NBA 的整个生产线是照顾巨星的，教练会有意多安排乔丹的出场时间，队友在需要关键一击时总是把球分给乔丹，就连裁判也会有意无意地偏袒巨星。乔丹在第一次退役前曾涉嫌赌博事件，一退一进，NBA 没有再追究，有人认为，这是斯特恩法外开恩。

NBA 的这种着意努力得到了回报，乔丹二次复出的商业价值就是明证。因此，在乔丹的运动生涯逐渐接近终点时，他们也有意培养接班人，从希尔到科比，从姚明到詹姆斯，我们可以看到他们努力的轨迹。

（3）创造经典仪式获得球迷的喜爱和忠诚

① 选秀

美国篮球的机制是从小学、初中、高中直到职业队梯队培养：接受初级水平篮球训练的中小学生有 200 万；进入大学以后，只有大约 5 万名大学生能成为全美大学篮球联赛（NCAA）的队员，这 5 万名篮球队员中，只有 40~50 人有希望通过选秀进入 NBA，成为令人羡慕的职业球员。真正的万里挑一。

根据 NBA 规定，所有 22 岁以上球员（包括海外球员）都自动拥有 NBA 选秀资格，如果未满 22 岁要参加本年度 NBA 选秀，则必须通过 NBA 正式的确认。这几年来已经有越来越多的少年天才直接从高中就进入 NBA 了，像目前已是球队领袖的科比和加内特，以及去年和今年大红大紫的"国王"詹姆斯。

选秀前，NBA 球队通常要对本队感兴趣的球员进行严格评估，并进行速度、体力、控球技术、投篮、协调性等全面测试。被各球队看中的球员在每年三月的第一周被招至芝加哥参加 NBA 预选训练营，但正式成为该年度新秀的只有 58 人，供 29 支球队两轮选秀。其他进入训练营而未入选 58 人新秀的球员将成为自由签约人，并只能通过经纪人与某些尚有人员空额的球队进行谈判——即使签约，通常年薪也会低于前 58 位新秀。

在这个过程中，宣传机器早早地就为新星开动了，个别天才球员被渲染成救世主一样的人物，早早地就为公众所知。选秀当天，NBA 根据 29 支球队常规赛排名通过抽签决定两轮的选秀顺位，比赛成绩倒数第一的球队不一定获得第一选秀顺位，这也增加了选秀的悬念和可看性。球队的选秀顺位排定后，球队队名将被按顺位放置在选秀仪式现场的大公告牌上。

选秀正式开始后，从第一顺位的球队开始，将本队所选的球员姓名交给 NBA 主席，NBA 主席当即开启并向全场宣布，被选中的球员和家人一起登上主席台，戴上所在球队的队徽队帽，接受球队老板赠送的队服。

随后，入选球员将飞往球队所在的城市，并正式介绍给主队城市的市民，这是最为盛大的仪式，主队球迷亲眼目睹自己的新球员，而新球员从此便和所在城市的公众建立了联系，树立起自己的形象。像乔丹、尤因、马龙、罗宾逊等都是所在城市的城市英雄，艾弗森、邓肯等人也几乎成为球队所在城市的象征。美国文化崇尚英雄，NBA 和斯特恩深谙这一点，用英雄来凝聚人心，钱自然也不会溜走。

这也是 NBA 独有的造血机制，老将终有暮年，而江山代有才人出，通过这种周密的选拔机制，把最优秀的球员选拔进来，才是球赛永远精彩、财源不改流畅的保证。

② 全明星周末

全明星赛在 NBA 首任主席波多洛夫的手上创办，发展到今天的全明星周末，已经包括"全明星集会""新秀全明星赛""扣篮大赛""三分远投大赛"等一系列赛事以及许多球迷参与互动活动，成为 NBA 的经典节目之一。

"全明星集会"，东区和西区各出六名球员，其中先发阵容由球迷投票选出，替补阵容则由教练员选出，最大限度地调动了球迷参与的积极性。"新秀全明星赛"从上年新秀和当年新秀中选出最好的球员分别组队参加比赛，也是帮助新秀尽快获得关注、提升人气的赛事安排。"扣篮大赛"在 1984 年首办，很吸引眼球，曾经推出过"J博士"欧文、乔丹、科比、卡特等许多灌篮高手，花式扣篮成为一种张扬个性的表现，很合球迷的口味。"三分远投大赛"也在 80 年代首次举办，因为三分球也是进攻得分的重要手段，而且往往在关键时刻起作用，扣人心弦。全明星周末是给球迷的谢礼，除了以上所介绍的赛事之外，球迷参与、音乐助兴、大量的业余比赛将持续一周，像"百万美元超远投大赛"，球迷和记者都可以参加。

举办这样的活动，在吸引球迷注意、培养他们对篮球的忠诚之外，本身也带动了经济的发展。全世界的关注，让商家愿意大方地拿出赞助费。据 NBA 官方统计，1998年、2000 年、2001 年、2002 年全明星赛的主办城市克里夫兰、纽约、华盛顿、费城分别获利 3000 万美元、5240 万美元、5000 万美元、5500 万美元。全明星赛成为 NBA 赛季营运的最大商业造血机制，美国的大赞助商趋之若鹜，在财富榜排名前 500 位的商家，至少有 20 多家都各自投入了数十万美元，把全明星赛作为他们的宣传舞台，黄金时段的电视广告每 30 秒至少得支付 30 万美元。在全明星比赛的周五至周日，在主办城市搭建起的交互式篮球主题公园则被耐克、AT&T、美国在线以及 IBM 等数十家大公司的广告淹没。

③ 把比赛渲染成竞争的仪式

为了迎合体育迷们天生好斗的禀性，NBA 和斯特恩不遗余力地促进球员间的竞争，主要是为了增强比赛的激烈程度，使比赛更好看。比如每场球赛间歇公布比赛数据时，各队大大的领袖球员像总是出现在屏幕上，微笑，让人有一种感觉：这是这两个球星的对决。

NBA 也喜欢摆弄各式各样的数据，比如在一场单场比赛中，就有球员位置、上场时间、命中率（投篮—三分—罚球）、篮板（攻—防）、助攻、犯规、抢断、失误、盖帽、得分等一系列数字，随着比赛的推进不断刷新，哪个球员手热哪个球员失常一目了然，不仅和同场队员比，还和这个球员自己的历史表现比较。这也是体育记者们爱好炒作的东西，谁谁又两双了，谁谁创下了单场得分纪录，当天即可见报。每个赛季都要评选的 MVP（最有价值球员）、得分王、篮板王、盖帽王、抢断王、助攻王、最佳第六人等，也是球员无须扬鞭的激励，媒体孜孜以求的噱头。

不仅和今人比，还和过去的球员比较。这就是各式各样的纪录。比如得分榜上曾经叱咤风云的拉塞尔、张伯伦、贾巴尔就经常拿来和飞人乔丹比，当马龙和乔丹职业生涯得分超过 30000 时，他们也晋身"枭雄"行列，供后来的射手们瞻仰和挑战。体育向来厚待强者，NBA 也不例外。每个球队的展览室里都陈列着几件球衣，这些号码随着主人的退役而封存，所有的后来人都不能再使用这个号码，这是对英雄的至高褒奖。除此之外，NBA 还有自己恩宠巨星的独特的方式。比如篮球名人堂。20 世纪 90 年代，斯特恩和他的联盟评选出了 NBA 五十年的五十位巨星，包括张伯伦、拉塞尔、贾巴尔、J 博士、约翰逊以及当时的在役球星乔丹、马龙、罗宾逊、佩顿、奥尼尔等。

2. 内部利益分割问题的妥善解决

和许多体育联盟一样，在做强做大以后，NBA 也面临一个如何分割利益的问题。球员作为联盟的主要资本，应该分得多大的蛋糕，而作为联盟运作必不可少的其他工作人员以及其他配套支出，如何才能得到起码的保证？

这个问题很重要，1998 年就发生过球员因不满原先协议而大规模长时间停工的事件，总裁斯特恩还差点因此丢了位置。从经济学上来说，球员特别是大牌球星，有自己独特的打球风格，在球队甚至联盟都无人可以替代，因此特别容易造成垄断地位，处于要价的优势地位；富豪级的俱乐部竞相出价囤积居奇抬高了明星球员身价后，经济实力比较弱的俱乐部对这些名牌球星就不敢问津了，容易出现球队之间的实力悬殊，比赛也就不那么好看了。

NBA 的解决办法是规定一个"工资帽"。即为球队花在球员身上的钱规定一个上限。它是用前一年收入的 48%，除以 29 支球队，得出的数字就是球队聘用球员花钱的上限。这样做是有道理的，因为经营一个球队，不仅需要球员的精彩表现，也需要俱乐部其他员工的认真工作，还需要联盟作一些整体的支出。球员作为最大的资本，48% 已经算是比较合适的比例。不过为了自由竞争的需要，"工资帽"并不是特别硬的约束，满足一定条件的情况下，也可以超过它。

1998 年停工潮后，为了进一步约束"工资帽"的实行，又实行了所谓的"第三方托管"。"第三方托管"从 2001—2002 赛季正式开始实施，它是这样规定的：NBA 官方将球员薪金的 10% 先扣下来，放入一个托管的账户中。如果球员最后的收入没有超过联盟总收入的 55%，那么这个托管的钱将原数奉还。但是如果球员最后的收入超过了 55%，这个钱就被官方没收了。

为了达到更好的限制效果，联盟不仅在整体上限制球员薪水总额，还具体针对每一位球员，规定他能分到多大的一杯羹。形象的说法是，把整个球队的"帽子"变成大大小小规格不一的"嚼子"，套在不同球龄不同身份的球员嘴上。比如球龄 10 年以上的球员年薪不得超过 1400 万美元，球龄 6~9 年的年薪不得超过 1100 万美元，球龄 1~5 年的年薪不得超过 900 万美元。这样，像乔丹、加内特那样的天价合同以后就不可能出现了。

从降低成本的角度看，这样一个规定也有利于球队降低成本，把更多的利润投入到扩大生产中。

3. NBA 对外推广和营销战略

资本的生命在于扩张。在美国国内，橄榄球、棒球、网球的球迷都很多，留给NBA 的市场份额并不多，因此斯特恩和 NBA 很早就将目光投向了国外市场。90 年代看球的时候，印象里并没有太多美国以外的球员在 NBA 打球，但是现在，迪瓦茨、纳什、吉诺比利、斯托贾科维奇、诺维茨基、姚明……简直是扳指便来，小牛队则干脆就组成了一个"国际纵队"，斯特恩开疆拓土的速度之快，令人吃惊。在中国，已经出现了夏松这样运作球员赴 NBA 的高手；在欧洲，有很多俱乐部抢着和有天赋的篮球少年签下一份多年的篮球合同，等到他们有机会通过选秀进入 NBA 时，这些合同大多还未结束，这些俱乐部就趁机狮子大开口，提出比原始合同高得多的天价买断费。

NBA 是怎样做到这一点的呢，我们可以先来看看他们打入中国市场的过程。

• 1987 年，中央电视台第一次向国内观众播放了 NBA 全明星赛，此后很长一段时间，NBA 官方都以免费赠送的方式为中央电视台提供比赛录像，只是要求以播出 NBA赞助产品广告作为回报。NBA 在中国走出的第一步，就是从电视开始的。

• 1994 年夏天，中央电视台播出了总决赛纽约尼克斯对阵休斯敦火箭的七场比赛。1995 年，乔丹复出，NBA 开始成为很多中国少年心目中的时尚。至此，许多 NBA 的品牌产品也成为年轻人追捧的对象，比如 SPALDING 篮球、NIKE 运动鞋等。

• 2001 年，随着王治郅加盟达拉斯小牛，成为登陆 NBA 的亚洲第一人，中国球员开始了西进之旅。特别是姚明成为 2002 年状元秀，中国人开始以前所未有的热情关注NBA。NBA 十几年的深耕细作，到了开花结果的时候。2002—2003 赛季，NBA 已经和中国 14 家电视台签定了协议。

• 除了电视转播外，NBA 也很重视平面媒体和网络的作用。1999 年，NBA 中文版官方杂志《NBA 时空》面世；2003 年，另一本 NBA 授权中文版杂志《灌篮杂志》诞生；2003 年 1 月 15 日，NBA 中文官方网站也正式推出。

• NBA 对主动来访的外国媒体安排了良好的服务。采访安排、技术统计、背景资料等都安排得很完备，对记者的采访也会最大程度地配合。

• 几乎每个暑期，都会有 NBA 球员来华访问，包括科比和卡特这样的大牌球星，都曾经来过中国。NBA 当局也逐渐将更多原汁原味的活动带给球迷。NBA 嘉年华活动分别落地上海和北京，球迷亲身体验了只有在全明星赛才能参加的游戏，NBA 的传奇巨星为大家传授篮球技艺，吉祥物"洛基狮"和金州勇士队的拉拉队姑娘还为大家做了精彩表演，这样的活动不仅拉近了中国球迷与 NBA 的距离，也对 NBA 系列产品做了最佳推广。

NBA 的着意付出得到了丰厚的回报。除了前面说的丰盛的电视订单外，NBA 也开始在中国推广篮球运动服饰。日前，NBA 与 Reebok 公司在香港公布了双方的泛亚洲合作协议，为期 5 年，Reebok 负责设计、制造、出售 NBA 的官方服饰，包括球队球衣及短裤、帽、练习服、非比赛用服以及 Polo 衫，以及一系列的相关服饰。

以上只是罗列了 NBA 在中国挺进的一系列历史坐标，斯特恩的眼光是宽广的，在美国的邻邦加拿大，在欧洲，在澳洲，在亚洲的其他国家，NBA 战车有序而持续地推进。很难想象，没有纳什，加拿大会有那么多人为比赛癫狂；没有诺维茨基，小牛队的球衣在德国会那么好卖；没有斯托贾科维奇，希腊会有那么多的人抱着电视看国王队的比赛；没有姚明，全明星赛的投票网站会那么车水马龙。斯特恩的战略，就是先让你在心里喜欢上这个比赛，然后再乖乖地掏钱。就像那个简短有力的 logo 说的，I love this game！既然"love"，用行动来表示吧！

从这一点看，斯特恩和他的战斗班底更像是一群深谙人的心理的营销专家，他们让五大洲最可塑的一批人在心里接受他们的文化，认同 NBA 的眩目和招摇，然后从心里自觉产生购买和消费的需要。

NBA 作为世界上最有影响力的体育赛事之一，它的许多经营理念和经营策略都是值得我们借鉴的：比如对品牌的着力经营，通过参与社会公益活动、宣传球星和推出经典赛事来赢得球迷的认可和喜爱；比如在劳资利益分配上富有创造力的分配方案，从而确保了竞争和公平双重目标的实现；再比如在品牌推广上具有国际眼光而且目光长远，愿意为未来投资。当然，我们要批判地学习，因地制宜地制定自己的发展策略。就本文提到的这几点来看，树立正面形象，以体育产业的社会意义来促进经济价值，充分发挥体育产业中的名人效应以及制定科学合适的劳资分配方案都是体育产业界普遍适用的经营理念，至于中国相应的体育赛事如 CBA 要在国际上产生影响，则有待时日，NBA 已经具有先入优势，因此它的国际化战略我们只能有选择地学习。

（十二）国外体育产业成功因素浅析

1. 发达的体育文化

（1）富贵阶层的带动

一个社会的富贵阶层的生活方式往往对平民有一定的演示效应；如果这个社会的有钱人都崇尚体育，积极参加运动，那么为运动消费就很可能会成为中产和平民效仿的做法。在西方就是这样，一些赫赫有名的人物，他们或者自己热爱体育，或者本身就经营体育，与体育有很深的关系。

西班牙国王胡安·卡洛斯年轻时是一名优秀的帆船运动员，他曾经参加过 1972 年慕尼黑奥运会并拥有二级运动员证书。

普京年轻时是柔道高手，曾经夺得列宁格勒（今圣彼得堡）的摔跤冠军。美国总统布什也是一个体育迷，他的外曾祖父乔治·埃尔布特·沃克曾经担任美国高尔夫球业余协会（USGA）的主席，并捐资创办了著名的沃克杯大赛，他的祖父普里斯科特·布什后来也担任过 USGA 的主席，子承父业，后来，老布什和小布什也成为高尔夫球场上的常客。

许多政治人物本身也经营体育。小布什曾经是得克萨斯流浪者棒球俱乐部的总经理，在这里，他认识了亿万富翁莱因沃特，一下子拉来 8000 多万的赞助。1998 年球队被卖出，小布什分得了 1490 万美元的红利。意大利总理贝鲁斯科尼在 20 世纪八九十年代是著名的 AC 米兰俱乐部的主席，经营足球的成功使他获得了很高的政治声望。可以毫不夸张地说，足球是他登上权力巅峰的路基。同样，韩国的郑梦准在 2002 年世界杯期间建立起的声望，成为他竞选韩国总统最大的资本。

富贵阶层对体育的崇扬，一方面源于天然的纯洁的对体育的热爱，也有些是因为体育的确能完善美化他们的形象，甚至为他们赢得财富；他们与体育的亲近又使得消费体育成为一种让人向往的生活方式，在全社会得到传扬。

（2）民众的热情参与

在美国，人们参与运动的热情很高，每年享用了大量的奶酪薯条，然后再交出大量的钱给各种健身会所，在一台台跑步机上周而复始，循环不息。球场遍布街区，学校的运动场所也对外开放。美国的非营利性健身组织 YMCA，为各界人士提供健身和社交场所，分支机构遍布全国。在美国，看球是项重要的家庭活动，对某一队的感情可以作为家族的重要遗产代代相传。比赛日一到，全家老小穿上主队的队服，涂了脸，去到大球场，忘形地跟着合唱《take me out to the ball game》，大口喝啤酒，大块啃热狗，这个球场变成一个游乐场，整个比赛变成了家庭的节日。

在新加坡，社区体育设施也比较完善，几乎每一片居民楼都配备有供居民散步用的小公园、露天篮球场或网球场，有些社区还配备有"居民联络所"，其中都有运动场所。此外，俱乐部和会员制的健身中心在这里也很受欢迎。

（3）体育产业与娱乐、新闻行业的结合

体育与娱乐似乎天生就是有血缘关系的，都是人们茶余饭后消闲的佐品，都是吸引人们关注的焦点。现在的体育越来越具有娱乐性，比赛要求好看，运动员要长得养眼，漂亮的体育明星转行做娱乐并不鲜见。体育与新闻的结合也似乎是必然，新闻需要体育来提高它的人气，体育需要新闻作为宣传平台。国外体育产业在使这三者结合共赢方面做得很好。

"美女在运动"，成为国外体育界提升娱乐性的一剂良方。当体育日益成为一场商业游戏，美貌就是偶像的基础，而偶像就是赢利的资本。因为这个社会太过异彩纷呈，注意力越来越成为一种稀缺的资源，而美女运动使得运动本身所具有的活力、动感、刺激、健康和人本身的美结合为一，就比较能吸引观众和球迷的注意。托马斯·达文波特和约翰·贝克在《注意力经济》一书中写道："今天，注意力经济是企业和个人的真正货币。"霍华德·莱因戈德在《虚拟社区》一文中写道："第一法则是为注意力付费；第二法则是因为注意力是稀缺资源，所以将注意力投向你付费的地方。"看来，提高体育的娱乐性本身就有经济方面的原因。这本来就是娱乐明星的时代。因此我们可以看到排名根本上不了台面的库尔尼科娃的收入远远超过大小威廉姆斯。

体育、娱乐和新闻产业的结合在国外也是一种潮流。一体化可以带来的好处很多，比如节约成本、精简过剩的服务机构和重叠的人事部门等。迪斯尼在纵向合并得到了好处，它拥有的两个公司的员工可以在各自的营业高峰时期分别运作，在业务繁忙时交错在一起，把工作周期分为夏冬两季，为迪斯尼节约了劳动力。1995 年，迪斯尼兼并了 Capital Cities / ABC，有线广播网付费电视公司 Bnrna vista 电视台的制作经营业务全部归由 ABC 管理，通过兼并获得了经营效率，迪斯尼首席首席执行官 Michael Eisner 说："这些变化使我们的生产销售能力得到更有逻辑理性的组合，充分发挥了我们强大的经营管理能力。"

著名新闻大鳄默多克也认为，新闻集团的成功归功于"纵向一体化"的概念，他一直在努力寻求内容，并购足球俱乐部和内容提供商，因为买下整支球队可能比支付持续增长的产权费更加合算。掌握了运动员和体育比赛这个"原料"，整条供应链更加完整，更加自主。新闻集团不仅向后延伸，还向前发展，在德国，默多克买下了一家电视台（TM3）66% 的股份，然后买下 UEFA 冠军杯的转播权，成为 TM3 的主打内容。

2. 国际体育组织的运作

可以说，国际体育组织是体育产业原料生产的组织者，他们组织比赛、推广比赛并从中获得自己生存和发展所需要的东西。国际体育组织分为国际间的政府体育组织和国际间的民间体育组织。

国际间的民间体育组织一般分为三种运作形式。

（1）个人委员制。如国际奥委会（IOC）就是典型的个人委员制，所有的委员都是代表个人，而不是代表国家。

（2）协会代表制。大多数国际体育组织都采用这个制度，由协会组织派代表参加，如国际足联（FIFA）。

（3）协会个人代表制。既有协会参加，也有个人参加，主要是职业体育组织，由国家派出代表，他是个人代表，但由于有国家背景，他也代表国家，如职业高尔夫（PGA）、美国篮球协会（NBA）等。

国际体育组织是体育产业生产链的核心，它在大多数情况下是靠少数人先期运作的，决策问题一般由几个人事先策划，再通过民主程序来确定。技术问题一般交给技术专家来确定，政治问题由领导核心来解决，而会计报表则交由代表大会来审核。所以我们看到，运作得好的体育比赛都会有一个高效率的体育组织，而高效的体育组织则少不了有思想能实干的领导者和严整细密的运作规程。

成功的体育组织的标志是它的作品——能不能推出有影响力的大型赛事，如何经营它。我们说国际足联是成功的，因为世界杯让球迷和商家为之狂热，让国家情绪和民族感情在赛场上燃烧；我们说NBA是成功的，因为乔丹、加内特的名字叩开了五大洲球迷的心扉；我们说奥运会是成功的，因为四年一届的比赛使全世界的荧屏为之停驻，观众为之凝眸。

3. 企业对体育媒介的借重

从某种意义上说，企业是体育产业的生命之源，因为企业不断投入，体育产业才有不断发展的资金；但是企业可以说是纯利润动物，投资的最大目的就是回报。

投资体育的确回报丰厚。可口可乐在亚特兰大奥运会投下了1亿美元，奥运会之后，它的赢利增加了21%，达到了9.67亿美元。因为利润丰厚，理念有普及，所以投资体育的竞争也激烈，形成了卖方市场，为体育的发展提供了强劲的动力。

赞助体育有时还能形成交流商机的机会。比如悉尼奥运会就邀请了数以千计的赞助客户前去参观奥运会，为赞助商们提供了增进感情和交流的机会，从中挖掘更多的商机。

企业对体育的支持是一桩双赢的买卖。对体育来说，企业的支持为体育赛事提供了必需的经费，保证活动的顺利进行；与美誉度高的一些企业联手，也提高了赛事在民众中的影响力。

支持体育对企业也有利可图，主要有以下三点好处。

（1）通过体育的代言，改善企业的形象，打造产品品牌，扩大品牌知名度。

（2）因为体育产业具有社会意义，投资体育带有公益性，健康向上的行业特点可以增强与消费者的交流，提高企业和产品的亲和力。

（3）资助球队可以增强企业职工的凝聚力和自豪感，促进企业文化的发展。

有调查显示，花费同样的投入，体育赞助对企业的回报是常规媒介广告的三倍。所谓常规的媒介，大体上包括报刊文字、广播电视以及互联网络等几块，每个载体只有有限的服务对象，而体育媒介则贯通各种方式，再加上它特有的对人心的凝聚力，使得它对宣传企业有特殊的效果，因此企业和体育也乐得在互相合作中寻求双赢。耐克对NBA的提携、TOP企业对奥运会的资助，都是很好的范例。在合作与双赢中，企业得到了发展，体育产业也得到了兴旺。

三、 中国体育产业

（一）我国体育产业的发展历史

我国体育产业化的提出与发展出现在改革开放以后。一般认为，我国体育产业的发展大致经历了下述三个阶段。

统一认识阶段（1979—1983年）

1978年第十一届三中全会以后，我国掀开了改革开放的新一页，整个国内政治环境的好转和其他行业的改革，为原有体育体制的改革提供了契机。

1980年，国家体委就开始鼓励各系统各部门在保证完成各项体育竞赛训练及群众运动的前提下，开展以有偿服务为主的多种经营创收活动。在传统计划经济体制下，人们很难认同体育产品经营和有偿体育服务。这一阶段的工作重心则在于统一人们的意识。

实践和探索阶段（1984—1991年）

国家体委1983年对体育场馆设施提出了"以体为主，多种经营""由事业型向经营型转变"的要求。各地体委利用空闲场地设施、房屋和富余人员开展多形式、多渠道的经营创收活动。但这一阶段的体育创收经营大多停留在"多种经营、以副养体""体育搭台、经贸唱戏"的层次，体育本身的产业性质和经济功能并没有得到广泛的认同，更不是经营的主体。

在第一阶段和第二阶段，我国居民体育消费虽有所增长，但仍然处于相当低的水平。中国竞技体育在20世纪80年代即已称雄亚洲并开始向世界体育强国迈进，竞技体育的巨大发展带动了全民体育发展。但国家投入少，人民认识比较低，大多数体育健身活动的进行都以从简为准则，对体育产品的重要性认识不足。

初步发展阶段（1992年以后）

党的十四大将建立社会主义市场经济体制作为我国经济改革的目标，为我国体育产业的进一步发展指明了方向。各级体委在继续扩大原有经营规模的基础上，重点挖掘体育自身的经济价值，向社会提供各种体育服务。以篮球、足球、排球等职业俱乐部联赛为先导的体育体制改革，促进了我国体育竞赛表演业的发展。与此同时，体育用品制造、体育广告、体育信息传媒等也有了大力发展。中国体育产业发展进入了一个全新时期。

（二）我国体育产业发展的现状

1. 体育竞赛表演业

包括各种高水平体育比赛、精彩体育表演的组织和运作。

2. 体育健身娱乐业

提供各种健身、健美、康复、娱乐所需要的场地、器械、技术、服务或组织，为闲暇者提供消遣娱乐服务。

3. 体育信息传播业

包括体育宣传报道、体育杂志书籍的出版、体育电视节目和体育竞赛转播权的销售等。

（1）电视

电视在我国仍然是强势媒体。电视具有受众多、覆盖广、影响大、社会效益显著等优点。而对于体育赛事而言，电视具有特别的意义，有了电视才能使亿万观众及时看到体育赛事。体育电视的迅速发展也在情理之中。比较明显的一例是奥运会的转播权出售。美国在体育赛事的转播中的投入也极多。

在我国，除了中央电视台外，还有 30 个左右的地方电视台拥有体育频道。事实上，各个省级电视台几乎都具有体育赛事现场直播的技术。体育转播（不仅限于电视）也拥有大量的消费者，体育电视拥有迅速发展的巨大潜力。但我国体育电视转播权市场还未成形，存在以下严重问题。

一是立法保护不足。大量体育赛事都是免费转播，没有对体育赛事的产权给予足够重视，缺少对体育赛事转播权的有力保护。美国反垄断法对保障体育赛事转播权自由竞争起着相当作用，又通过反垄断豁免有效保护体育赛事转播权所有人的权益，而我国则缺少相关立法。国家体育总局在 2001 年后成立了电视转播权开发指导委员会，统一管理国内赛事转播事宜，但依旧任重道远。

二是体育赛事转播垄断严重。按照国际惯例，体育赛事转播权一般都是由赛事主办方独家垄断，但转播权的购买则是自由竞争，而我国则存在严重的买方垄断。由于电视的特殊性，在体育赛事转播中往往是市场让位于政策，地方让位于中央。中央电视台独家垄断国际赛事的转播权，在国内赛事中，则是地方电视台与中央电视台按照惯例分开购买。这种电视转播权的买方高度垄断极不正常。

三是体育电视节目的多样化也有较大限制，收费电视、数字电视点播等都停留在试验阶段，体育节目比较单调，以致体育电视盈利率较低。电视台为了压低成本，只好减少购买转播权的支出，在我国体育电视转播权基本上由国家体育总局垄断，但由于买方市场的垄断，国家体育总局在与电视台的博弈中处于劣势地位。这又必然导致电视台与赛事举办单位的矛盾。

四是我国现在缺少专业的体育电视台，难以对体育赛事和娱乐信息等进行深加工。与此同时，国外优秀体育电视台也对国内市场虎视眈眈，比较突出的是 ESPN。

因此，要促进中国体育电视的发展，必须处理好现在的地方电视台与中央电视台、各级电视台与赛事举办单位、国内与国外的关系三大难题。

（2）网络与体育产业发展

相对于电视、报纸和杂志等传统媒体而言，网络具有极强的时效性与交互性（在网上交流更为方便），内容也丰富得多。网络在提供体育新闻方面，相对传统媒体拥有绝对优势。

随着宽带的普及，网上直播、转播也开始侵入传统的电视的范围。

（3）报纸

由于网络和电视的挤压，报纸在提供新闻方面的功用已经被大大削弱。就国外的情形，专业的体育类报纸并不多，综合性的报纸一般都有专门的体育版面。在国内，体育报纸也大多是比较专业的，力求提供深度报告，创出特色。但现在国内体育报纸普遍效益不佳。

表21　我国体育报纸发行情况

综合类	所占比重	专项类	
新民体育报、羊城体育、体育参考、体育天地、青年体育、体育快报、现代体育报、体育报、山东体育报、四川体育报、体坛周报、体坛报、体育时报及钓鱼专刊、体育之声、体育生活报、体育信使报、体育文摘、河南体育报、甘肃体育报、海峡体育报、体坛导报、贵州体育报;体坛快讯、体坛风云、体育沙龙、体育大市场、中国体育报、体育文摘周报、世界体育周报，共计有30种	68.18%综合类成为体育报纸主流	球类6种 足球报、球报、球迷、足球周报、世界乒乓报、中国足球报 球牌类3种 棋牌报、围棋报、棋牌周报 气功报类3种 气功报、国际气功报、气功文化报 集邮报2种 中国集邮报、集邮报	13.63% 6.818% 6.818% 4.54%

这些报纸中，国家体育总局（中国体育报业总社）主管的体育报纸占14%，中国邮电总局和山西邮电局主管的占5%，中央媒体主管的占5%，地方报业集团主管的占18%，地方体育局（委）直属或与当地日报社合办的占58%。应该说大部分报纸还是遵循商业规则办报，但少数仍然服从国家政策安排。

据2002年5月成都市的一项调查，成都市场占有率较高的是《体坛周报》《足球》《南方体育》《二十一世纪》《球迷》。综观全国的情况，在市场竞争中占有优势的也是这几家报纸。这些报纸一般比较专业，有自己的特色。

（4）杂志

相对于报纸而言，体育杂志对于时效性很不敏感，所接收的信息都是经过网络、电视和报纸过滤过的；受到电视与网络的冲击并不十分明显。体育杂志可以凭借其专业化的深度报道与精美的包装印刷，增加自身的专业性和收藏价值，以求拓展市场。国内的大多数体育杂志都是针对单个体育项目的专业杂志，如《网球天地》《篮球》《足球世界》等。《当代体育》是为数较少的综合性杂志之一，但其中也专门辟出了篮球和足球版。

国内在印刷大量精美图片方面比较出色的是《足球周刊》，该杂志也正在向挖掘深度报道和特色新闻评论方面努力。《当代体育》则在加强杂志本身的明星化、娱乐性方面有显著成绩。而这两个杂志的努力方向也代表了国内其他体育杂志的前路。

不过，这并不意味着体育杂志在信息方面没有优势，它们在挖掘信息方面依旧大有可为，表现在以下一些方面：锦上添花——扩展性信息，顺向追踪——延展性信息，变旧为新——复活性信息，切中结点——剖解性信息，拔萝卜带泥——裂变性信息，远景近瞧——拉近性信息，背道而驰——反向性信息，海纳百川——集束性信息。

(5) 打造综合性的跨媒体交流平台

打造跨媒体交流平台，具有比较明显的优势。一是形成显著的规模效益，媒体可以充分发挥自己的专业优势；二是对消费者而言，跨媒体交流平台使他们可以享受大卖场似的服务，充分获取所需要的体育新闻、特色评论和多媒体文件。国外已经有了成功的先例。ESPN 不仅拥有专业的电视台，还拥有同样出色的同名网站和杂志。

在国内，走在前面的是《体坛周报》社，该报社在打造专业报纸的同时，还拥有相当实力的《足球周刊》，现在正致力发展体育专业网站。另一个则是中国体育报业总社，拥有报刊、网络、音像、影视等多方面的资源。

4. 体育场地服务业

在场馆数量方面，截至 1997 年，中国各类体育场地 615693 个，其中体育场 1223 个、体育馆 935 个、游泳馆 76 个、游泳池 4031 个、有固定看台的灯光球场 5672 个。全国体育场地占地 10.7 亿平方米，按 1995 年人口计，每万人占有场地 5 个，人均占有场地 0.65 平方米。场地建设累计投入资金共 372 亿元，人均 31.06 元。

(1) 可供体育服务业使用的体育场馆较少。我国的体育场地中，67.2% 的体育场馆由学校拥有和管理，由于体育教学的需要和管理的不便，很难为群众体育利用，更不能用做商业目的。农村、工矿、军队的体育场馆大多仅限于内部使用。真正属于体委系统的极少，而这些场地又在很大程度上需要用于竞技训练。

(2) 地域分布不平衡。在全部体育场地中，接近一半的场地和面积集中在东部，西部地区只有不到 20% 的场地和面积。而且，就在建的体育场馆的规模和增长速度而言，东部地区高于西部。广东省的体育场馆数量最多，有 42111 个；而最少的西藏却只有 253 个；分布在直辖市的 12641 个，在省会城市的有 70291 个，分布在省、地、区辖市的有 507669 个，占总数的 82.45%。广大县城和农村的体育场地相当少。

(3) 体育场地的构成不合理。在我国现有体育场馆中，室内体育场馆仅有 26023 个，占全国体育场地总数的 4.22%（数量），这一比重属于比较低的水平。各类体育场地中，篮球场有 428042 个，排球场 74538 个，门球场 15235 个，三种球场合计占全部体育场馆数目的 84%。

(4) 经营管理上的问题。我国体育场馆存在功能比较单一，使用率较低，很难满足群众体育活动需求；经济效益比较低；国有资产流失比较严重；冗员太多；管理不善导致对公众开放程度不够等经营管理问题。大型现代化体育场馆由于固定维护费用较高，问题更加严重。

(5) 我国高尔夫球场的建设是一个比较极端的反面教材，但也很大程度上反映了我国体育场馆建设的一些问题。一般的体育场馆通常不会像高尔夫球场那样占用大量土地，造成严重的生态问题和复杂的社会问题，但严重的脱离大众体育需求是一个很大教训，在相当多的体育场馆建设中都存在这一问题。

(6) 高校体育场馆利用的问题。相当多的文章都论及了高校体育场馆的开放问题。认为高校体育场馆开放有利于增加收入以进行体育场馆改造和运行；充分利用学校资源；促进管理人员积极性等，似乎开放实在是得天意、顺民心的大德之举。但这些文章都没有考虑到学生自身需求等因素，我国大多数高校本身体育设施就不足，在满足学生需求的方面就很紧张，1998 年的高校大规模扩招使学校体育设施更加短缺，如此情况下奢谈对校外开放实在不足为训。

5. 体育培训业

各种体育人才培训，体育技术辅导、咨询等。

6. 体育广告业

以体育比赛或优秀运动员以及各种体育用品为主体，介绍宣传体育产品。在独立广告如墙壁广告等方面，较难获得相关数据。相当部分广告很大程度上都要依赖电视、网络、报纸、期刊等媒体，这就与这些媒体的运营情况直接相关。

7. 体育金融保险业

对运动员个人或团队进行保险，组织体育彩票、体育基金、博彩、体育纪念品的发行等。目前国内发展比较快的是体育彩票和保险，体育基金的发展还不太明显。

（1）彩票

① 体育彩票的发展概况

彩票在我国长期被视为一个"禁区"，直到1984年在北京举办国际马拉松赛时，我国才首次发行体育彩票——北京国际马拉松赛彩票，并取得了良好的经济效益和社会效益。随后，全国许多省市先后都发行了体育彩票。1985年，国务院总结全国各地体育彩票发行的情况和经验，发出了关于发行彩票的通知，对体育彩票的发行做了有关的规定。1986年，国务院第128次常务会议批准有奖募捐活动"只限社会福利、体育等发展需要，国家又拿不出很多钱支持的一些事业"。在党和国家颁布的有关发展第三产业的各种文件中，明确地将体育列为第三产业，这是体育由福利型向商业型转变的标志。根据这一精神，原国家体委主任伍绍祖指出："发行体育彩票是我们体育事业的一个很重要方面。只要我们搞好体育彩票发行和销售工作，它就会成为我们发展体育事业的一个很重要、很主要的经费来源，成为我们体育经济的一个支柱产业。"1994年4月5日，国家体委正式成立了"体育彩票中心"，起草了《1994—1995年度体育彩票发行管理办法》，经中国人民银行批准，于1994年7月公布实施，它标志着我国体育彩票业开始进入相对比较规范的管理轨道。

② 我国体育彩票的收益分配情况

体育彩票按国家规定奖金返还比例为50%，奖金数额分多个等级，其他50%将固定作为公益金和发行费，其中发行费占20%，公益金的比例为30%，其用于支持国家和社会公益事业。1998年由国家体育总局、财政部、中国人民银行联合制定并下发的《体育彩票公益金管理暂时办法》规定，体育彩票公益金主要用于落实《全民健身计划纲要》和《奥运争光计划纲要》以下范围的开支：资助开展全民健身活动；弥补大型运动会比赛经费不足；修整和增建体育设施；体育扶贫工程专项支出。同时规定，国家体育总局在安排公益金时，用于落实《全民健身计划纲要》的资金为年度公益金收入总额的60%，用于弥补落实《奥运争光计划纲要》经费不足的资金为40%。

国家体育总局曾先后两次在《人民日报》刊登过体育彩票公告。1998年12月23日《人民日报》刊登的体育彩票公告摘录如下。

1997年体育彩票公益金主要用于落实《全民健身计划纲要》和《奥运争光计划纲要》的有关开支。全国共支出公益金38183万元。其中用于奥运争光计划19540万元，包括弥补大型运动会经费不足13456万元；用于维修体育设施6084万元；用于全民健身计划18643万元，包括资助开展群众体育活动5509万元；用于体育扶贫工程（包括补助灾区或库区体育）1319 万元；用于修建群众体育设施 11815 万元。1997 年剩余的 6856 万元公益金将继续用于发展体育事业。

③ 我国体育彩票的管理方式

1994 年 4 月 5 日，国家体委成立了"中国体育彩票管理中心"，作为管理体育彩票工作的专门机构。80 年代，国内有不少省市自己发行了一些体育彩票，但现在我国有体育彩票发行批准权的只有国务院。我国目前的彩票管理办法是：从 2000 年 1 月 1 日起彩票发行审批部门由中国人民银行改为国家财政部，同时，民政部和国家体育总局负责彩票的发行和销售。

④ 我国体育彩票的法律监督和保护

为使体育彩票纳入全国统一的法制化管理轨道，国家体委起草了《关于建立全国统一的体育彩票发行制度的请示》，经中国人民银行、国家计委和财政部会签，于 1992 年 6 月呈报国务院批准。1992 年国务院下达了《关于进一步加强彩票市场管理的通知》。1994 年 4 月，国家体委正式成立了体育彩票中心，起草了《1994—1995 年度体育彩票发行管理办法》，经中国人民银行批准，于 1994 年 7 月予以公布实施，它标志着我国体育彩票业开始有了一个初步的管理办法框架。毕竟这仅仅是一份年度性的管理文件，还缺乏一个比较成熟、系统的章程和法规。但这是很重要的一步。1998 年 9 月 1 日，国家体育总局、财政部、中国人民银行联合颁发了《体育彩票公益金管理暂行办法》，进一步加强了对体育彩票的管理。

(2) 体育赞助的发展情况

体育赞助主要有三个方面：对体育赛事的赞助、对体育明星的赞助和对体育场馆的赞助，其中对体育赛事的赞助是国际体育赞助的主流。在我国，体育赞助是改革开放后的产物。80 年代初有了体育经纪的萌芽，最早只是球类项目国家队接受境外企业的服装赞助等；进入 90 年代特别是我国足球职业化后，体育赞助在我国则有了快速的发展，无论是体育赞助的规模、政策法规、组织机构以及赞助的策划等均有了许多可喜的成就，这主要表现在以下几个方面。

① 体育赞助增长速度较快、规模较大。1983 年，在上海举行的第 5 届全运会上实现了 11.36 万元的赞助性广告收入，只占全部赛事支出的 1.16%。而到了 1987 年，在上海举行的第 8 届全运会上赞助收入达到了 8921 万元，比 14 年前增长了 789 倍。又如 1984 年，我国参加洛杉矶奥运会代表团吸收的赞助经费只有数十万元，而到了 1996 年亚特兰大奥运会时增至 3000 余万元，也增加了数百倍。2000 年中国代表团获得的体育赞助额为 7000 万元，其中还不包括实物赞助。

据北京广播学院的研究报告，2001 年有 8.2% 的广告主认为体育赞助是比较有效的促销方式，2003 年增加到 9.5%。我国企业对体育赞助的重视程度也在提高。在赞助体育赛事方面，联想集团是我国体育赞助的先锋。2004 年 3 月 26 日，联想成为国际奥委会第六期 TOP 计划伙伴，继可口可乐、通用电气、恒康人寿、柯达、麦当劳、松下、三星、斯伦贝谢、斯沃琪和维萨等品牌之后第十一个国际奥委会的顶级赞助商，这意味着在 2006 年都灵冬季奥运会和 2008 年北京奥运会上，所有的台式电脑、笔记本电脑、计算技术设备上的 LOGO，都将只有一个，那就是来自中国的 Lenovo。在对体育明星的赞助方面，我国比较明显的是中国联通 CDMA 与姚明。联通投入巨资与姚明签订形象代言的合同，对推销产品起到了很好的作用。对体育场馆的赞助在我国发展还不太好。体育场馆在广告宣传方面同样有巨大的作用，美国一个大型体育场馆的命名权价格在 1 亿美元以上，而我国则根本达不到。国内企业对此方面也不是特别重视。走在前面的是红塔集团。1998 年，红塔集团在昆明海埂投资 3 亿元筹建高档次现代化的综合体育场馆——"红塔体育中心"，在为支持和参与中国体育事业作出了巨大贡献的同时，也通过资助体育运动极大提升了企业的知名度和形象。其他的体育赞助形式，如赞助体育公益事业、媒体栏目、相关体育活动等在国内也有动向，如 2002 世界杯期间金士百啤酒集团在长春《城市晚报》冠名的"顺牌啤酒龙虎榜"。2003 年 11 月，安踏、搜狐两大品牌联手打造体坛风云频道，同时启动"安踏百人雅典助威团"系列活动，引起了人们的广泛关注，极大提升了品牌的知名度、拓展了品牌发展空间。

② 体育赞助的法制初步形成。国家和体育主管部门十分重视体育赞助工作，从 1980 年开始陆续出台了一系列的规章制度，为我国体育赞助工作的发展提供了保障和法律依据。如 1989 年和 1992 年颁布了《关于国家体委各直属企事业单位、单项体育协会通过体育广告、社会赞助所得的资金、物品管理暂行规定》及其《补充规定》。特别是在 1995 年颁布的《体育法》中有以下明文规定："国家鼓励企业事业组织和社会团体自筹资金发展体育事业，鼓励组织和个人对体育事业的捐赠和赞助。""在中国境内举办的重大体育比赛，其名称、徽记、旗帜及广告吉祥物等标志按照国家有关规定予以保护。"这些规定，既确立了体育赞助活动的合法地位，又鼓励了单位和个人赞助体育事业，同时也为他们享有作为体育赞助回报的各种体育无形资产的合法权益奠定了法律基础。

③ 体育经纪工作的组织管理机构初步明确。体育赞助是体育系统资金来源的一条重要渠道。一些体育组织由于局部利益的驱使，自行拉赞助，造成竞相压价、回报无保障等混乱状态出现。这给体育赞助业的规范和发展蒙上了一层阴影。为此，国家体委在 1995 年制定了统一归口管理的政策，规定凡与中国奥委会有关的以及参加国际综合性运动会的代表团的赞助事务统一归中国奥委会授权的运动器材管理中心负责管理，凡与各单项运动有关的以及参加国际单项比赛的代表队的赞助事务统一由各有关单项协会负责管理。1998 年底，国家体育总局还在福州举办了 1999 年全国体育竞赛公开招标大会，会上就 1999 年国家体育总局及其所属各运动项目管理中心计划举办的全国性体育比赛及在我国举办的国际性赛事共 458 项进行了公开招标。这些都说明我国体育赞助工作向规模化、公开化、市场化的方向发展。

④ 但我国体育赞助也存在以下一些问题。体育赛事参加者过分注意体育赞助，对赛事本身的关注却严重不足，舍本逐末的现象特别严重；赞助市场不规范，赞助商的权益不能得到有效保障；一些具有广泛影响力、对抗性强、观赏性强的项目，如足球、篮球、高尔夫球、赛车等，水平普遍较低，对观众缺乏足够的影响力，因此体育赞助的目的难以达到从而赞助商的产品也难以推销给消费者。另外，总体发展水平较低，市场疲软不稳定，没有发达国家体育赞助市场那样的稳定的体育赞助来源也是我国现阶段体育赞助发展存在的严重问题。

（3）体育保险

体育保险一般仅限于运动员人身保险和雇主责任保险、公共责任险等。在我国的发展经历如下：

① 在改革开放后我国的保险事业有了很大的发展，并在我国经济建设中发挥着越来越重要的作用。截至1998年底，我国已有22家保险公司，在全球保险业不景气的情况下，保险费收入的年均增长高达34%，然而作为保险业重要组成部分的体育保险只是在我国体操运动员桑兰1998年友好运动会上意外的受伤后才引起体育界有关部门的充分重视。

1995年3月，11位全国政协委员向全国政协八届五次会议递交提案，要求给那些曾为我国体育事业作出贡献的优秀运动员、教练员建立伤残保险和养老保险制度。1996年，香港南华体育总会会长洪祖杭以个人名义向中华全国体育基金会捐赠体育保险基金1200万元建立"祖杭体育保险基金"，以支持国家体委建立运动员保险制度。1996年5月，国家体委发出文件，同意中华全国体育基金会成立体育保险部，并设立体育保险基金管理委员会。1997年4月，国家体委召开体育保险研讨会，体育保险筹备工作正式启动。1997年8月，国家体委人事司向国家体委呈交运动员伤残保险调研情况的报告，这份报告中说，运动强度较大，超负荷训练比赛任务越重，运动伤病就越多。以乒乓球为例，1959—1997年5月，中国乒乓球队共有78人获得10215个世界冠军，这78人创伤率为75.12%，该队其他运动员共有277人，其发病率为41.15%，体操、田径、跳水等项目也是如此。此后，运动员伤残保险的一切筹备工作都在顺利地进行着。然而，1997年9月，中华体育基金会被骗资金2000万元，至此，国手保险成了无米之炊，直到桑兰受伤致残时还未有实质性的进展。桑兰的不幸受伤在某种意义上加快了我国体育保险前进的步伐。1998年9月，中华全国体育基金会与中保人寿保险公司正式签字，至此，国家运动员伤残保险之事才算有了些眉目。王择秀的不幸遇难，成了我国第一例因意外致死而获得死亡赔付的运动员。2000年澳大利亚悉尼举行的第27届奥运会上，国家体育总局与中国太平洋保险公司为我国体育代表团的官员、运动员、教练员及随行记者投保了116亿元人民币，包括人身意外保险和财产保险，每人可获得最高保险赔偿为30万元。

② 我国体育保险业的基本法规。1998年，国家体委的有关部门研究起草了《国家队运动员伤残保险事故程度分级标准定义细则》和《国家队运动员伤残保险试行办法》，并设计了《国家队运动员伤残保险体检表》。而此前运动员致残是依据民政部1989年制定的关于革命残废军人的评残标准及补助办法，以及现在国内五家人寿保险公司的普通人身意外伤害和劳动部关于职工工伤与职业病的分级鉴定标准来进行补偿的。

③ 我国体育保险的保险对象。我国体育保险的受保对象为所有奥运项目的国家队运动员。这些受保名额由国家体育总局人事司根据各项目的不同危险程度分配到各管理中心，危险性相对较大的躯体接触性项目如柔道、篮球及利用器械的项目如体操、举重等名额相对较多。

（4）对体育的其他金融支持

就这一点而言，体育产业与其他产业相比并没有什么特殊性，体育用品生产厂家等都需要金融支持，包括股票发行、银行借贷等。由于我国相当部分体育用品厂家都是中小型民营（集体或者私有）企业，在资金方面可能存在比较严重的紧缺；大多数体育用品生产厂家集中在东部沿海，他们资金需求很大程度上依靠民间融资，对民间融资的政策宽容可能更为必要。而这个问题已经涉及整个民营经济了。

对体育俱乐部而言，获得金融支持一个重要的前提是对自身资产的估价，而资产很大程度上是无形资产。则对无形资产的估价与保护成为极其重要的问题。

8. 体育商业服务业

包括各种体育用品的批发、专卖、大小型体育用品零售，体育用品的进出口代理等。

9. 体育经纪业

我国体育经纪人开始出现在 20 世纪 80 年代末和 90 年代初，当时社会主义市场经济体制刚提出，商业化运作的体育竞赛市场开始形成。应该说，是国外的体育经纪人为中国体育的职业化和市场化带了个好头，我国体育竞技的先例是国际管理集团（IMG）以 1000 万元介入我国甲 A 足球联赛。接着，中国国家足球队推广商国际体育娱乐公司（ISL）、香港精英等接踵而来。在这些外来体育经纪人的推动下，我国的体育市场逐渐活跃起来，从而带动了国内体育经纪人的发展。在体育经纪人方面，上海走在全国前列。

（1）体育经纪人的分类

我国现有的体育经纪人主要有以下几种。

① 个体经纪人：由于我国目前尚未颁布实施体育经纪人管理制度，没有资格认证程序，因此目前的个体经纪人主要是前运动员、前教练或与运动员有直接关系的个人，代理运动员的形式也多种多样。

② 经纪公司：一种是注册经营范围含体育经纪的公司。这类企业全国仅有三家，一是经国家工商行政管理局注册核准的希望国际体育经纪有限公司，主要经营范围为体育经纪、活动策划、信息咨询、运动员代理、国际民间体育交流等；第二家是广东鸿天体育经纪有限公司，属于民营企业，主营体育赛事策划组织、职业俱乐部资产评估等；第三家是中体体育经纪管理有限公司，它是属国家体育总局中体产业股份有限公司的子公司，主要经营体育赛事、电视转播权代理等。另一种体育经纪公司则是经营范围包含体育经纪的公司。既有体育类公司，亦有非体育类公司，大多数是广告公司、公关公司、外贸公司等，它们兼营着相关体育产业并属经纪行为，主要涉及球员转会和体育赛事中介或组织。

总体而言，公司法人是我国现有体育经纪人的主要组织形式。随着体育经纪业的发展，体育经纪人培训和相关的研讨会在全国范围内迅猛发展。

（2）经纪人的管理

为规范经纪人行为，鼓励经纪人发展，维护体育市场秩序，国家体育总局信息研究所于 1999 年初召开了首次以体育经纪人为主题的高级研讨会，加速了各地体育经纪人队伍的发展，并引起了政府的高度重视。之后，北京、上海、广东、江苏等省的体育业务主管部门会同相关部门相继联合举办了体育经纪人培训班，颁发了《体育经纪人资格证书》，出台了本省的体育经纪人管理办法。作为第一个走向市场、第一个职业化、第一个尝试联赛制度的足球，为足球经纪人提供了比其他经纪人更为广阔的运作空间。中国足协在 2000 年 11 月举办了首届足球经纪人培训班，并颁发了足球经纪人许可证。

虽然体育经纪人发展较为迅速，但是我国体育经纪活动在某种程度上还处于混乱状态。由于我国对经纪活动这一新事物的发展缺乏理性研究；现行的体育制度在某些方面不适应相应的管理制度；培训制度缺乏；从业人员的素质不高，造成国内体育经纪活动不少负面影响；经纪人登记注册、管理制度不完善；无照经纪；偷税、漏税现象严重；

经纪行为规划空缺，存在私下交易、欺骗性介绍、滥收佣金的情况；经纪活动合同化程度不高等。连新闻媒体也直接介入，形成官方、民办、兼营、专营、事业单位都参与经纪活动的多元局面。

10. 体育建筑业

体育场地设施的建设与修缮。

11. 体育用品制造业

包括各种体育用品的制造。

近年来，我国体育用品业在改革开放和市场经济浪潮的推动下得到了快速发展，有了更多与外界交流、互通有无的机会。结合我国的沿海发展和西部大开发战略，我国成功地接受了世界发达地区因劳动力、能源和环保问题带来的体育用品生产的国际转移，出现了大量的三资企业，为我国体育用品业在技术、设备、材料、经销及管理方面都注入了活力，大大加快了国产体育用品更新换代的步伐。

国内体育用品消费持续火爆。1997 年，全国居民体育用品支出在日常基本生活消费之外的重要消费支出中居子女教育、电器、住房、书报、高档服装之后，排名第 6。有相当一部分家庭用于体育用品的支出年平均在 200 元左右。据《中国体育商鉴》1998—1999 版刊载的资料表明，目前我国体育用品生产企业包括运动服装(含鞋、帽、手套等)、球类器材设备、运动器械及器材、健身器械、娱乐及场地设备、体育科研测试器材、户外运动装备、渔具系列及运动奖品、运动保健用品、裁判教练用品共有 12 类，3300 多家，年销售额 45.98 亿美元。以李宁、格威特、康威、双星、安踏等为代表的一批体育用品明星企业快速地成长起来。

我国体育用品生产厂家的分布并不平衡。大约 85% 的体育用品生产厂商在东部地区，70% 的企业集中在粤、闽、京、苏、沪、浙六省市。私营企业、外商独资企业、集体所有制企业、股份制企业和中外合资企业占体育用品企业的主流。大多数企业都是90 年代兴建。生产企业集中在体育服装、鞋类、球类、健身器材、训练器材等领域。企业规模较小。由国家体育总局、中国体育用品联合会主办，省市政府承办的中国体育用品博览会自 1993 年起举办。

进出口方面。据中国海关总署 1999 年的资料，1997 年我国体育用品出口创汇总额达 38.18 亿美元；1998 年为 45 亿美元，成为体育用品第一输出大国；1999 年是 53.87亿美元。体育用品业的出口增长势头强劲。我国体育用品的出口对象主要是美国、加拿大、日本、澳大利亚及西欧。1999 年，向美国出口体育设备排在第一位的国家即是中国大陆（37.19%）。美国进口体育设备的价值总额中（按美元计），中国所占比例的增幅十分明显，由 1997 年的 48.17% 增至 71%。

中国体育用品市场还成为国外体育用品制造商抢占的重地。随着经济全球化进程的加快和各大公司跨国经营战略的实施，许多著名的国际体育用品公司如耐克、锐步、阿迪达斯等纷纷涌入中国大陆，与中国的体育用品民族企业共同分享着每年 300 亿元人民币的消费市场。至 1997 年底，中国已有保龄球道 2 万条，美国的宾士、AMF 垄断了 95% 的市场份额。近两年，这两家公司靠卖保龄球从中国赚走了 9.15 亿美元。目前，国际知名品牌已占据了我国中高档体育用品市场。

我国体育用品业现在存在以下问题：

(1) 缺乏必要的总体发展战略。体育用品业虽然是为体育服务的，但实际上多年没有明确的主管部门，缺乏统一的发展战略和实施宏观调控与整体协调的机构，低水平重复建设问题突出，再加上隶属关系复杂，行业跨度大，各企业经济性质不同，条块分割、画地为牢的现象严重，市场秩序混乱。

（2）企业小规模生产，分散经营现象严重。20 世纪 90 年代以来，兼并和重组成为世界体育用品业发展的重要趋势，通过兼并和强强联合，企业资源得到了优化重组。而我国体育用品生产企业在这方面严重滞后。

（3）我国的体育用品生产企业缺乏资金，生产能力有限，产品质量的标准化工作由于种种原因一直处于落后状态，因此质量难以得到保证。而质量高的产品由于是小规模生产而使得成本较高，缺乏国际竞争力。我国生产的 360 余种体育用品，仅有 28 种被国际体育组织批准为大型体育比赛使用器材。

（4）缺乏持续而科学的市场调研活动，营销管理重视不够，产品的科技附加值较低。知识产权得不到有效保护，研发积极性低，供给不能适应需求结构的变化，企业缺乏市场开拓能力。产品低水平重复，积压严重，形成了"千店一面，百厂同貌"的不良局面。我国的体育用品企业对市场上的需求反应相对滞后；没能完全做到以市场为导向组织产品的设计、生产活动；技术上缺乏投入；产品的结构不尽合理；出口品种单一。

（5）品牌意识淡薄。据分析家估计，1998 年全球体育用品的销售中有 85% 属于品牌产品。而我国的体育用品生产厂家往往只满足于广告宣传等活动所带来的一时轰动效应，缺乏长期的战略眼光，忽视了产品的定位、新产品的开发、企业经营理念和文化的营造。世界体育用品联合会统计数字表明：全世界体育用品市场上"中国制造"占 65%，运动鞋占 70%，也就是说，中国已经是名副其实的世界体育用品制造大国。尽管出口额逐年提高，但是大约有 50% 属于来料加工，40% 属于一般贸易，真正以国产品牌打出去的可谓是凤毛麟角。

（6）广告宣传公关的力度、深度、广度与世界著名企业差距甚大。国内企业对一些影响较大的运动项目和体育赛事的赞助明显落后于国外著名公司。

（7）技术水平低下，大多数体育用品厂家都是劳动密集型企业。

（三）我国体育消费情况

在消费结构中，体育产品的消费属于较高层次。对中国而言，还需要考虑的是城乡消费函数的巨大差异。体育产品基本上只是城市居民的专利。

体育消费增加的一个最重要因素是居民收入水平的提高。在某种意义上讲，体育消费不是必需品而属于奢侈品，弹性较高。按照马克思主义的观点，体育属于享受型消费与发展消费。这就决定了体育消费只能在居民收入达到一定水平以后才能有较大的市场。中国居民收入的增加，使得恩格尔系数降低而享受型和发展性消费增加，由此导致体育消费的增加。需要注意的是，我国国家统计年鉴基本上缺少单列的体育消费，一般都是列入"文化娱乐消费"项目。而其中，教育投资占主要部分，故此真正属于体育消费的仍然较少。

我国城镇和农村居民消费结构变化。

表 22 城镇居民消费结构变化（%）

	1981 年	1985 年	1990 年	1995 年	1998 年	1999 年
人均可支配收入（元）	458.04	739.08	1510.16	4283.00	5425.05	5854.02
人均消费性支出（元）	456.84	673.20	1278.89	3537.57	4331.61	4615.91
食品（恩格尔系数）	56.66	52.25	54.24	49.92	44.48	41.86
衣着	14.79	14.55	13.36	13.55	11.10	10.45
家庭设备用品及服务	9.56	8.6	8.48	8.39	8.24	8.57
医疗保健	0.60	2.48	2.0	3.11	4.74	5.32
交通通讯	1.45	2.14	3.17	4.83	5.94	6.73
娱乐教育文化服务	6.62	8.17	8.78	8.84	11.53	12.28
居住	1.55	4.79	4.76	7.07	9.43	9.84
杂项商品与服务	2.42	7.01	5.2	4.28	4.55	4.96

表 23 农村居民消费结构变化（%）

	1980 年	1985 年	1990 年	1995 年	1998 年	1999 年
人均纯收入（元）	191.33	397.60	686.31	1577.74	2161.98	2210.34
人均消费性支出（元）	162.21	317.42	584.63	1310.36	1590.33	1577.42
食品（恩格尔系数）	61.8	57.79	58.8	58.62	53.42	52.55
衣着	12.3	9.7	7.77	6.85	6.17	5.83
居住	7.9	18.23	17.34	13.90	15.0	14.75
家庭设备用品及服务	9.4	5.1	5.29	5.2	5.15	5.22
医疗保健	2.42	3.25	3.24	4.28	4.44	
交通通讯	1.76	1.44	2.58	3.82	4.4	
文教娱乐用品及服务	2.6	3.89	5.37	7.81	10.02	10.67
其他商品及服务	1.12	0.74	1.76	2.0	2.18	

[资料来源] 根据历年《中国统计年鉴》和《中国统计摘要》整理

由上表可见，1980—1999 年我国城乡居民的收入水平有了较大的提高，恩格尔系数持续降低。由此在体育用品和服务上的花费必然会有所提高，但由于国家统计年鉴中并没有体育用品与服务的单独的统计指标，则对居民体育消费的描述存在一些困难。

生活方式的改变和生活观念的变化也是促进体育消费增长的重要因素。随着社会经济的发展，我国城市居民的空闲时间增多。中国在 1993 年和 1995 年先后两次修改工作时间，使职工工作时间减到每周 40 小时，居民有了更多空闲时间。社会经济发展的同时也带来职业病的高发期，相当多的上班族希望能在体育健身中得到休养。生活价值观的变化也是很重要的一方面，各种新式的生活方式席卷大陆，对体育的重视也蔚然成风。2003 年的"非典型性肺炎"无疑是个巨大灾难，但促进了居民对体育和健康投资的重视。

由于体育消费受收入水平和生活方式、生活观念的影响很大，我国不同群体在体育消费上存在巨大的差异。据城市居民而言，高收入群体和城市贫困人口在体育消费方面显然不同；就城乡差别而言，城市居民体育消费的总量远远高于农村；另外，学生在体育消费群体中也是一个比较特殊的群体。

城市不同收入层的家庭的体育消费。

1. 我国城市居民体育消费的总体情况

据国家体育总局 2002 年 12 月 6 日召开的新闻发布会公布的《2001 年中国群众体育现状调查报告》，家庭体育消费在我国城乡居民家庭消费中所占比例较小，在我国城乡居民家庭日常生活消费以外最主要的 11 项消费支出中，子女教育费用依然是家庭最主要的支出，占 15.9%。以家庭为单位全年体育消费平均为 397.42 元。2000 年在以下五个方面的体育消费依次为：购买运动服装、鞋帽，平均花费 204.37 元；购买体育器材，平均 92.09 元；去体育场馆参加活动，平均 56.78 元；订购体育图书，平均 26.28元；购买体育比赛门票，平均 17.85 元。研究结果还表明，体育消费能力与其文化程度成正比关系，两极差距较大，研究生文化程度的居民全年平均体育消费 1378.63 元，而小学文化程度的人群全年平均体育消费 119.28 元；对经营性体育娱乐场馆的门票，城乡居民目前能承受的价格 10 元以下(包括 10 元)的占 75%，10 元以上的占 25%，与1996 年 10 元和 10 元以上的占 15.5%；相比有较大提高，但相对来说还比较低。

2. 我国城市高收入层的体育消费

2002 年城镇居民人均可支配收入为 7703 元，其中占总户数 20% 的高收入户人均15460 元，占总户数 20% 的低收入户人均 3032 元，两者之比为 5.1∶1。收入差距的直接后果就是居民财富差距加大，且财富差距更具累积效应。从金融资产上看，全国低收入阶层占有的储蓄比率下降。1995 年，农村居民占全国储蓄存款总额的 20.8%；2000 年为19.2%；2001 年则为 18.7%，人均存款不到城镇居民的 1/10；从房产上看，2002 年上半年拥有房产价值最低的是户主月收入不足 300 元的家庭，户均仅仅 5.99 万元，只达到了平均拥有量的 54.8%。而同一时期，中国还有 1.5 亿平方米危旧房需要改造、156 万户缺房、35 万户家庭人均建筑面积低于 8 平方米。从城市内部家庭财产分布上看，2002 年上半年，10% 富裕家庭拥有城市全部财产的 45%，最贫困的 10% 则只占有了 1.4%。

高收入家庭现有消费结构。高收入家庭的恩格尔系数（食品支出占总支出的比重）为 36.01%，比城市居民平均水平（41%）低 5 个百分点。如果扣除在外就餐支出（高收入家庭在外就餐支出占食品支出的百分比为 32.20%，中低收入家庭在外就餐支出就比较少），高收入家庭的恩格尔系数就会更低。通信（含电脑上网）支出占 10.65%，交通／出行（含私家车用油及各种费用）支出占 10.11%，购置大件耐用消费品支出占18.57%，购买劳务（含雇用保姆）支出占 2.49%，其他消费支出占 22.17%。

高收入群体的一个比较明显的特征是他们大多拥有较高的学历，年龄大多在 30~50岁。收入较高，学历较高（由此而更有可能在体育消费观念上比较开放），这使高收入群体拥有更大的体育消费潜力，尤其是在购买高档体育产品，健身、体育旅游等高层次的体育服务方面。因此，体育产业的发展，很大程度上要依靠挖掘高收入群体的消费潜力。

3. 城市贫困人口的体育消费

从收入状况、财产状况和消费状况三个角度，大体上可以看出我国城镇贫困群体基本生活状态。收入状况。国家统计局对城镇 17000 户居民家庭的抽样调查显示，2000年，占调查户数 5% 的贫困户年人均可支配收入 2325 元，不及城镇居民 6280 元平均收入的 36.9%，与 10% 的高收入户相比（人均收入为 13311 元），则相差 5.7 倍。国家统计局的数据显示，到 1999 年 6 月底，城市居民户均金融资产已达 52895 元，与 1984 年城市经济体制改革开始时户均金融资产 1338 元相比，增长了 38.5 倍。但居民金融资产的分布呈不均匀状态。20%最低收入家庭仅拥有全部金融资产的1.5%，户均为4298元，仅为平均水平的1/12，与20%的高金融资产家庭相比（户均146615元，占全部城镇居民金融资产的55.4%），则相差34倍。以如此微薄的金融资产，却要面对诸如子女教育、买房、赡养老人、医疗保健以及人情交往等必不可少的开支，其生活困难可想而知。消费状况。2000年，城镇贫困居民人均消费支出为2320元，比全国城镇居民平均水平（人均4798元）低51%，其中用于食品方面的消费支出1173元，恩格尔系数为50.6%，比城镇居民平均水平（恩格尔为39.2%）高出11个百分点，按恩格尔系数的一般分类，为勉强度日。贫困群体成员在其他主要消费项目的支出也远低于社会的平均水平，其中：衣着支出166元，为城镇居民平均水平的33%；家庭设备用品及服务支出106元，为平均水平的24%；医疗保健支出141元，为平均水平的44%；交通通讯支出125元，为平均水平的32%；娱乐教育文化服务支出258元，为平均水平的41%；居住支出281元，为平均水平的27%。由于贫困群体收入低、消费水准低、营养不良状况比较普遍，加上心理压力大，因而他们的患病率往往要高于非贫困者。但是，贫困群体的医疗保健条件则较差，患病后能不看就不看，能拖则拖，这就加重了贫困群体生活的困难程度。许多贫困户因病致贫，因病返贫，形成恶性循环。

如此情形，则体育消费基本上无从谈起。上述所引的赵忆宁的文章估计是1400万左右的城市贫困人口；清华大学李强的估计是3000多万绝对贫困人口，另有20%左右的相对贫困人口。则贫困人口体育消费能力的缺失值得正视。

4. 按照年龄划分的几个群体

13~17岁的少年人群是城市体育消费人群中非常活跃的群体，他们代表着未来人们对待体育消费的态度与具体体育消费行为。18~45岁中青年组城市人群是目前体育消费的中坚力量，他们的体育消费意识与行为引领着整个体育消费的趋向，是目前体育消费的主力军。45~55岁壮年组人群受教育的影响，缺乏体育消费意识，处于体育消费的低水平区域。55岁以上老年人群虽然体育锻炼上最积极、最稳定，但体育消费上却主要集中在零消费和低消费区域，是城市体育消费人群里不太活跃的组成。

5. 学生群体

对于中小学生而言，一方面自身对体育消费认识不多，需求也不高；另一方面缺乏独立的经济来源，消费能力受到很大限制。对于大学生而言，情形则有所不同。

表24　大学生体育消费情况表（辽宁省的情况）

消费类别	调查人数	消费数（元）	消费额排序
运动服装	635	104.70 ± 122.80	1
运动器材	635	14.27 ± 32.05	5
活动场馆门票	635	28.82 ± 52.26	2
报刊杂志	635	20.18 ± 40.52	4
观看比赛门票	635	4.41 ± 17.96	10
俱乐部培训班费用	635	6.77 ± 30.94	8
音像制品	635	4.46 ± 17.82	9
体育彩票	635	7.10 ± 19.40	7
运动饮料保健品	635	23.13 ± 42.34	3
体育邮票	635	7.37 ± 23.20	6

由上表可见，辽宁省大学生的主要消费品依然是耐用品，但对其他类型的体育服务的需求还比较少。姚丽琴等在浙江省和安徽省作的调查支持这一论点，詹兴永的调查也有相似结果。另可见林少娜的研究结果。

男、女大学生在体育消费方面存在差异。女大学生一般比较重视体育在增强体质、形体健美、陶冶情操、社交方面的作用，在运动器材、体育活动场馆门票、参加体育俱乐部培训班的人均消费上稍高于男大学生;在购买体育报刊杂志和体育彩票的消费额上，男大学生在购买体育报刊杂志上比女生多，这主要因为男生运动兴趣相对广泛，对体育的关注程度也相对比女生高，常参与的多是球类项目，尤其是足球、篮球，而报刊杂志与体育彩票主要涉及的正是这些项目，因此，男生在这两项消费上较多。总体而言，男生的消费高于女生。

农村学生在体育消费上金额明显低于城市学生，这主要因为农村学生自小对体育的接触较少，收入也有很大的限制。

体育兴趣当然是影响学生消费水平的最重要的因素，学生对体育用品和服务的偏好是促成购买和消费的前提条件。

城乡不同来源的大学生的消费额有明显的差别。城乡居民收入的差距和消费观念的不同使二者的消费水平完全不同。自1983年开始，我国城市家庭和农村家庭人均纯收入的差距一直都在扩大。农村居民由于收入水平比较低，很难有能力消费体育用品，而体育服务在农村基本没有。加上对新的体育消费观念接触不多，农民家庭体育消费处在很低的水平也在情理之中。在1999年一项针对河南省农村居民的调查中，仅有15.2%的人口参加了一次或以上的体育活动，羽毛球和乒乓球、民间舞蹈、棋牌类活动、台球和保龄球等活动的普及面较广，而足球、篮球、网球等由于体育场地的限制，开展比较困难。需要注意的是，乒乓球一般都是自建的简易比赛场地，羽毛球则基本上没有比赛场地，除了球拍和球以外，无涉体育消费。民间舞蹈和棋牌也很难直接促进体育消费的扩大。体育杂志和报纸基本上没有。体育赛事一方面由于经济承受力有限，另一方面农村多在居民院里比赛场地，消费很少;体育俱乐部之类发展也极其缓慢，大多数居民是个人训练或与朋友和同事在一起，很少进行有组织的训练。而这基本上也能说明全国农村居民的体育消费情况。

（四）体育产业的政府扶持力度

1. 中国竞技体育、群众体育和学校体育的发展严重不平衡。在政府体育财政投入方面，严重倾向于竞技体育，而对群众体育和学校体育的投入相对不足。然而，正是群众体育和学校体育的发展对培养体育产品市场、促进体育产业发展有很大的作用。

2. 在计划经济时期，我国体育事业实行的是国家管理体制，各种体育活动的组织管理和运作都是由体育主管部门负责，体育系统各部门围绕国家体育事业发展战略工作，不存在体育经营与产业开发，因此也就没有促进体育产业发展的相关政策。

1984年，中共中央、国务院在总结新中国成立以来，特别是改革开放后我国体育事业发展经验的基础上，颁发了《进一步发展体育运动的通知》。国家体委于1986年发布《关于体育体制改革的决定》，明确提出体育场馆要"实行多种经营，由行政管理型向市场供应管理型过渡"。以该文件为起点，我国体育产业正式走向社会化、产业化的道路。

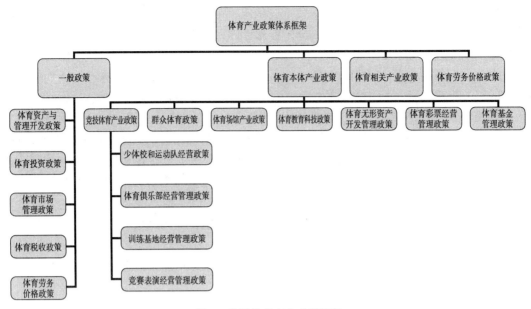

图3　我国体育产业政策框架

随着我国体育事业改革的深入和体育产业的发展，国务院、体育主管部门和其他各级相关部门以及各级地方政府，相继颁布了一系列管理、规范和促进体育产业发展的政策措施。现有的体育产业政策主要如下。

◎体育企事业经营管理规定

1989 年国家体委发布的《国家体委直属体育事业单位预算包干暂行办法》中规定，直属事业单位应当发挥自身场地、设施、技术方面的优势，开展多种经营，面向社会提供有偿服务，增加事业收入，同时改善广大干部职工的工作条件和物质待遇。随后在关于国家体委直属体育院校和各体育科研机构改革的一系列行政规章之中，提出允许学校和科研单位广泛开展社会服务，多渠道筹措教育科研经费，积极发展以高新技术为主的体育产业，发展科技、文教、信息咨询和服务等第三产业，科技成果也可以进入技术市场。

◎公共体育场馆管理规定

1980 年国家体委与有关部门联合发出了《关于充分发挥体育场地使用效率的通知》，要求各体育场馆在保证完成各项运动竞赛训练、开展群众活动基础上，充分发挥其使用效益。在国家体委《关于 1986 年全国体委主任会议情况向国务院的汇报》等文件中，又进一步指出：体育场馆在优先保证发展体育事业的前提下，开展多种经营，变行政管理型为经营管理型，并逐步向企业化、半企业化过渡。公共体育场馆在"以体为主，多种经营"的方针的指导下，要进一步深化和完善承包法，向经营型过渡。

◎体育彩票、体育广告管理规定

体育彩票在我国产生并不久，但发展极其迅速。1990 年全国体育计划财务工作会议充分肯定了这一形式。1994 年国家体委主任 20 号令明确规定了体育彩票发行管理办法，将这一经营活动纳入法制管理的轨道。

体育广告的快速发展使对其管理也成为必要。1986 年国家工商行政管理局和国家体委发布了《关于加强体育广告管理的暂行规定》，规范了体育广告的类型，明确规定了广告发布的审批制度、代理制度等。为规范运动员参与广告发布的行为，国家体委发布了《关于加强在役运动员从事广告等经营管理活动的通知》。

◎ **涉外体育经营有关规定**

1991年经国务院批准，国家体委颁发了《外国人来华登山管理办法》。在1985年国家体委《关于成立中国国际体育旅游公司的通知》和1991年外经贸部《关于对中国体育国际经济技术公司开展对外承包劳务业务的复函》中，对有关直属企业涉外体育经营范围作了具体规定。

◎ **专项体育市场管理办法**

国家体委将足球作为体育体制改革的突破口，于1993年实行足球职业化和足球协会实体化改革。为保证足球改革的顺利进行，国家体委出台了一系列规章制度，如《中国足球协会关于人才交流的若干规定》《关于实行运动员转会制度的通知》。

3. 国家体育总局《2001—2010年体育改革与发展纲要》中提出的2010年我国体育产业发展的目标是："体育产业增加值以较快速度增长，2010年达到国内生产总值1.5%左右。缩小我国体育产品与国外的差距，提高竞争力。城乡体育消费稳步增长，占全部消费性支出的比重有较大提高。努力把体育产业培育成国民经济新的增长点。"并提出了一系列相关的政策支持的要求。现阶段我国的体育产业政策存在的问题，主要集中在以下一些方面。

（1）现有的制度大多数都是对现在已成为经营单位但前身是体育事业单位的约束规则，真正指导性的政策法规比较少。

（2）现有的产业政策体系中，各种法规严重缺乏权威性。

（3）没有针对具体体育产业部门的产业政策。

（五）政策建议

1. 体育产业与政府服务支持

在体育作为一个产业的不断探索与发展过程中，存在一些问题和阻碍，对体育产业的发展产生了消极的影响。

① 对体育产业的经济功能认识模糊。对体育作为一个产业的认同和对体育产业的发展规律、特征的认识等问题上的模糊认识，以及因此而产生的制度和政策确立与制定中的偏差，影响了体育在经济发展中的产业地位和经济功能的发挥，束缚了体育产业的发展。

② 体育产业在较低水平上发展仍旧存在着不平衡。尽管在改革开放以来的二十多年时间里我国的体育产业发展很快，但由于起点低、起步晚、人口众多和其他一些原因的影响，我国的体育产业的总体发展水平与发达国家相比还是存在很大差距；而且由于国内经济发展不平衡的制约，体育产业的规模和发展水平也有很大差异，而且这种差距还有扩大的趋势。

③ 体育产业市场化程度低。体育产业的发展过程中还有较多的计划经济的因素，许多体育部门靠政府有关部门主办，产权不清，政企不分；由于过多的市场准入限制和市场决定价格的机制还没有形成，市场竞争不充分，部门垄断现象还较严重。这也导致了在我国体育产业发展过程中政府干预过多但力量有限，形成了政府心有余力不足而民

间体育资本却得不到充分利用的局面。

④ 体育产业相关法律法规不健全。体育市场管理高层次立法的缺乏使得地方性法规或规章管理权限划分、执法程序和保障措施等方面存在很多矛盾，增加了体育市场的管理难度。

为了调动社会各方面办体育的积极性，促进体育事业的全面发展，满足人民群众日益增长的体育需求，推动经济和社会的发展，体育产业的改革和发展需要改变原来在计划经济体制下，单纯依赖国家和主要依靠行政手段办体育的高度集中的体育体制，建立与社会主义市场经济体制相适应、符合现代体育运动规律、国家调控、依托社会、有自我发展活力的体育体制和良性循环的运行机制，形成国家办与社会办相结合、集中与分散相结合的格局。为了我国体育产业发展和体育事业进步这一共同目标，我国体育产业的改革不仅需要体育产业内部各部门不断探索和创新的精神和努力，也需要各种相关外部组织机构和力量的配合与支持。

一定意义上讲，体育产业是社会公益事业。国民健康是整个民族素质提高的基础，也是社会经济发展的保证。全民健康需要政府推动，体育作为公益事业也需要政府部门在产业政策上给予必要的政策支持。

产业政策是一种供给管理机制。在产业的形成和初步增长阶段，由于市场机制的作用还不充分而存在着"市场失灵"，产业政策的支持作用要强有力些；到产业成熟阶段，产业政策的作用就可以变小，更多地依靠市场。产业政策对产业的支持和一定范围内的保护也应涵盖到产业发展或产业资源配置的各个方面。

从总体情况来看，我国体育产业尚处于产业形成和初步增长阶段，存在着"市场失灵"，影响着体育资源配置和体育要素合理流动，因此，通过产业政策促进体育产业结构调整和建立市场竞争秩序的任务也非常艰巨。同时，为了促进体育经济发展和提高体育产业的竞争力，政府和国家体育主管部门也担负着通过产业政策扶持那些具有动态比较优势的体育产业部门，使潜在优势得以发挥的职能。因此，在过去改革成果上，根据目前和可预见的将来一段时间内我国体育产业发展趋势，完善政府在体育产业发展上的服务职能，协调政府与民间、政府与体育企事业单位间的关系，制定和实施正确有效的产业政策是促进我国体育经济快速发展的重要手段。

(1) 进一步改革体育行政管理体制，加强宏观调控能力

体育行政部门要按照精简、统一、效能的原则，转变职能，调整内设机构，实行政事分开，将大量事务性工作交给事业单位和社会团体，把工作重点真正转移到宏观调控上来，加强调查研究、统筹规划、政策引导、组织协调、提供服务，充分运用行政、法律、经济和竞赛等手段，建立灵活多样的调控机制，切实发挥对体育事业的领导、协调、监督作用。

逐步理顺各级体育行政部门与各类体育社会团体的关系，进一步探索在新形势下更好发挥体育总会、中国奥委会、体育科学学会作用的途径和方法。

各级政府要加强对体育工作的领导，保证体育经费与当地经济发展水平同步增长。对于体育行政部门的改革要有利于体育事业持续稳定的发展。

(2) 加速体育产业化进程的政策措施

坚持"谁投资，准所有，谁受益"的原则，打破部门、地区和所有制界限，大胆引进外资，鼓励国家、集体、个人投资兴办体育产业。同时依据体育产业发展现状和目标

方向，研究制定统一有效的体育产业统计指标体系，为发展体育产业统筹规划、宏观调控提供依据；在体育产业发展的过程中提供宏观上的指导和监控。

扩大事业型、经营型以及企业化管理的单位的业务活动和经营自主权。通过制定优惠政策，鼓励发挥体育事业各方面人士的积极性和创造性，按照市场运作的机制实现人员的进出和福利分配，允许人才的自由流动。

建立统一有效的体育市场管理机构，按照体育行业的行业标准和从业条件，允许符合条件的法人单位进入体育行业，同时对其业务经营活动进行必要的监督。

清理、修改、完善现有的政策性法规，加快制定适合体育产业发展的新法规，确保体育产业沿着法制轨道健康发展。

规范和提高体育基础设施水平。各级政府要根据当地经济条件和其他实际情况把体育场地设施建设的投资列入地方社会经济发展规划和城市建设规划，提倡建设多功能、多样化、适合群众活动的中、小型体育设施，并切实做好这些设施的维护。

对竞赛用的运动器材等体育用品，制定质量标准，进行检验。经体育行政管理部门认可合格的运动器材，可以向全国和省级各类比赛推荐使用。允许和鼓励国内体育用品生产企业之间的联合、重组和合并，创造和维护公平竞争的市场环境，促进体育用品市场的健康发展和体育用品品牌的创立。

在积极培育国内体育市场的同时，努力开拓国际体育市场，建立和加强持久性的政府与民间相结合的国际间商业性体育交往，使我国体育产业朝着集团化、市场化、国际化的方向发展。发挥体育竞赛举办权这种垄断的权利，充分挖掘这一类体育赛事的商业利润。提高体育产业在我国经济中的地位和影响力。

作为政府服务和政策扶持的重要组成部分，以下三个方面应尤为重视。

● 充分重视群众体育工作，全面落实全民健身计划，切实搞好对群众体育工作的引导和支持，把工作重点放在增强人民体质这项基本任务上，着力解决群众体育工作中面临的困难和问题。

我国仍处于社会主义初级阶段，人口众多，人均收入不高，地区间经济发展不平衡，这仍然是制约我国体育事业的发展规模和发展速度的主要因素。预计到 2010 年，全国人口将达到 14 亿。人口总量的增加、人口迁移和人口流动的加快，以及人口老龄化，这都是制定体育发展战略必须充分考虑的问题。目前，我国人均体育场地、人均体育消费和经常参加体育活动的人数还处在较低水平，与发达国家和中等发达国家相比仍有较大差距。在这样的情况下，建立健全全民健身机构，形成政府领导、依托社会、群众参与的新格局也就显得更加必要和迫切。同时引导各群众组织和社会团体在开展群众性体育活动中的重要作用，倡导建立健全行业、系统体育协会和其他群众体育组织，逐步形成社会化的全民健身组织网络。建立国民体质监测系统，实施国民体质监测制度，将国民体质监测指标纳入社会统计指标体系，定期公布国民体质监测结果。

由于经济社会发展不平衡等因素的影响，在今后一段时间内，不同区域、不同人群的收入差距仍将存在。在努力适应不同人群体育需求的同时，保障低收入人群享有最基本的体育服务和区域体育共同发展问题，特别是配合西部大开发，应当引起各级政府的重视。

体育场地是发展体育事业的最基本的硬件设施，体育场地设施建设要纳入城乡建设规划，落实国家关于城市公共体育设施用地定额和学校体育场地设施的规定。任何单位和个人不得侵占体育场地设施或挪作他用。各种国有体育场地设施都要向社会开放，加强管理，提高使用效率，并且为老年人、儿童和残疾人参加体育健身活动提供便利条件。

• 搞好政府对体育产业发展在财税上的支持。

① 财税政策是政府实施宏观调控的有利的政策手段，也是实施产业政策的重要杠杆。清理各种不利于国内体育企业参与国际竞争的税收政策，实行体育产业的出口退税。

统一内外资企业税制，并采取一定过渡措施。按公平税赋的原则统一内外资企业的税制，是入世后我国体育企业能与外国体育企业公平竞争的迫切要求。应统一内外资企业所得税、财产税以及其他各税，对内资企业征收的城市维护建设税、教育附加费、耕地占用税以及开征的其他税，对外资企业应当一视同仁。当然，对外资企业的税收优惠不能嘎然取消，否则会对引进外资不利，这是统一内外税制的难点所在。对此，可采取适当过渡措施予以解决。对外资企业可采用新企业新政策、老企业老政策的办法，并适当保留引进外资的优惠政策。同时，对原有内资企业在相同条件下应给予适当优惠，以保证国内外体育企业在过渡时期的公平竞争。

完善出口退税政策。入世后，国家鼓励出口的许多优惠政策将被取消，出口补贴将不再适应，而作为例外，出口退税政策按国际惯例不属于出口补贴范围。因此，入世后出口退税政策将作为国家鼓励出口的主要外贸支持手段。要进一步完善出口退税政策，提高出口退税率，尽可能贯彻"征多少，退多少"的税收中性原则，以体现出口企业的公平竞争，并与国际通行接轨，使我国体育产品能以零税率进入国际市场，努力扩大出口，增强国际竞争力。

② 加强税收征管，保证税收收入，稳定税源。

体育产业属于高盈利产业，也是税收征管的盲区。体育信息产品、体育劳务本身具有快捷性、流动性、隐蔽性的特点，使体育企业极易偷逃税。特别是实行各种税收优惠政策后，体育企业更容易利用各种优惠政策进行转移避税。加入WTO后，国际税收筹划的挑战以及大量外国大型体育企业的拥入，使税收征管的难度进一步加大。要进一步加大税收征管改革力度，完善征管模式，加快税务系统电子化建设速度；加强税务稽查力度和出口退税管理，严厉打击出口骗税行为；强化税收征管队伍建设，既搞税收征管水平。同时，要遏制黑色收入，使隐性收入、灰色收入公开化，重点加强对高收入者的监管，以稳定税源。

③ 加强税收宏观调控职能，引导体育产业适应国际潮流进行产业结构调整。

有统计资料表明，国际市场上销售的体育产品中有65%的产地在中国，但这些产品多为科技含量较低的运动衣裤、运动鞋之类。高端产品我国一直依赖进口。高科技产品对技术的要求高，价格也非常昂贵，市场份额小，这是制约我国体育发展的重要因素。对于生产高科技体育产品的企业给予适当的财税政策上的优惠，促使国内产业结构的调整，有助于促使我国的体育产业适应国际潮流，增强国际竞争力。

• 搞好与我国体育产业发展相适应的相关政策性法规的制定和实施。

在体育立法的过程中，要做到立法与体育产业的变化和需要相适应，体现"要树立为人民服务的宗旨，使社会效益与经济效益相结合，把社会效益放在首位"。在坚持与《体育法》相一致的前提下，制定和颁布实施的法律法规应既符合当前体育产业的发展现状，又可引导以后一段时间内体育产业的发展动向和趋势；既利于现实发展需要，又利于长远的发展；既要制定适应全国统一需要的宏观管理法规，又要推动地方性立法，以利于全国性与地方性体育产业的协调、迅速、健康发展。

在立法的内容上，首先需要完善的是体育中介服务产业的立法，这也是在我国最缺乏的。体育中介服务业是体育产业的重要组成部分，在沟通市场的供需、促进体育劳务交流、挖掘体育的经济价值、提高体育无形资产运作效率等方面发挥了主要作用。而且，体育中介市场随着体育产业呈现出的国际化发展趋势，也逐渐走向国际化。只有尽快建立完善的体育中介法规，才能为体育中介的经营运作提供依据，维护其权利。同时，应加强体育市场的规范管理，建立体育经纪人管理法规，为体育经纪人的发展创造良好的运行机制。其次是体育竞赛表演业、健身娱乐业以及体育咨询培训业的立法。

只有形成一套完整配套的法律法规，并严格依法执行，才能真正在法制上保证我国体育产业的健康良性发展。

2. 我国体育产业的外部金融支持

在我国，体育产业作为新兴产业，从一开始就表现出了旺盛的生命力。体育产业将以一个相对独立的产业部门逐步被纳入到整个国民经济中，体育产业也将逐步成为国民经济的重要组成部分。体育逐渐走向市场成为自负盈亏、自谋发展、自求生存、自我造血机能的经济体系。一个完善科学的经济体系不但应具备生产销售一条龙，还应具备市场集资、市场筹资的方法，这样才能为体育产业发展找到从金融筹资到实际生产与销售全方位的一条龙。自90年代开始，国外体育产业发展的一个重要方向就是与资本市场日趋紧密的联系。而由于体育产业经营内容的特殊性优势，也使得其在市场方面具有了更大的上升空间，特别是在经济发达国家，体育产业的资本报酬率明显高于社会资本报酬率。但是，从我国目前体育产业的融资渠道来分析，筹资方法显得单一和不够畅通，只是停留在体育彩票、封闭体育基金和体育广告费、体育赞助费上。

体育融资的渠道和出路在金融市场，包括外汇市场、货币市场、股票市场、债券市场、基金市场和商品期货市场等。体育产业要真正融合到社会主义市场经济大潮中去，就必须首先要懂得怎样筹资，怎样借别人的钱来发展自己，积极从诸多金融市场中挑选出适合体育发展的融资渠道，实现体育与金融的"联姻"。而且体育产业融入资本市场除了可以解决资金短缺问题以外，还有利于体育产业"社会化组织""企业化管理""市场化运作"。通过走公司化、产业化的发展道路，落实体育产业的经营自主权，推动体育产业生产要素的合理流动和优化组合。

下面，重点来谈谈银行信贷融资、体育债券、体育保险和体育彩票。

（1）通过与银行的合作直接融资

对于一些急需发展的体育项目，或者一些急需资金的体育场馆的建设，可以借助国家的优惠政策，通过银行信贷方面的支持，实现快速的资金融通。2004年7月14日中国银行成为北京2008年奥运会银行合作伙伴。这为具有近百年历史的中国银行带来新的发展机遇，也为北京奥运会的成功举办增添了实实在在的保障。这是在中国融入全球化新时代中国金融业与世界体育的一次牵手，是金融与体育的"双赢"壮举。

银行通过与体育界的合作，一方面作为合作伙伴，为体育事业提供充足的资金、银行业金融产品和相关服务，为体育产业的发展提供重要的物质保障。另一方面也有助于提高银行自身的知名度，实现体育和银行双赢的目标。

（2）发行体育债券

体育债券是在国家金融政策允许条件下，得到中国人民银行的批准，在特定时期为成功举办综合大型国际、国内比赛而筹集资金，由政府组织机构进行严格审计评估后，以国家体育政府机构或者大型国际、国内体育比赛举办地的人民政府机构为载体组织发行的一种以定期储蓄方式，到期退本还息的筹集资金的方法，通过国家级银行或者地方政府金融机构发行。体育债券具有专款专用基金的性质，其主要解决体育政府机构、地方政府机构在举办大型综合型体育比赛期间的基金短缺问题。体育债券是体育事业走向市场的一个重要标志之一，是体育事业从计划经济条件下过渡到市场经济条件下，不要国家财政支出的一种新尝试，对国家减轻财政负担起到积极促进作用。

体育债券作为一种服务于公益事业的债券，应该得到国家政府的优惠政策。建立健全体育融资渠道的多样性、立体性、全方位性是时代的必需，也是体育产业发展的必需。发行体育债券需要像其他行业一样尽快吸收高级经济管理人才，只有尊重知识、尊重人才，才能使体育产业真正走向市场，把体育产业的发展真正融合到经济大潮中去。还要及时像其他行业学习，学习他们成功的经营模式，成功的经营理念，并且向国际先进的体育企业学习，把中国体育产业推向国际市场，为国家挣得外汇。

（3）发展体育保险

在改革开放后我国的保险事业有了很大的发展，并在我国经济建设中发挥着越来越重要的作用。然而作为保险业重要组成部分的体育保险却是在近几年来，随着体育科学技术的提高和我国竞技体育突飞猛进的发展，同时也伴随着一些运动员的受伤和事故才发展起来的。桑兰1998年在美国友好运动会上严重受伤，之后不久王择秀在训练中意外死亡，体育保险的问题才逐步成为我国当今运动训练和比赛过程中越来越重要的一个方面。在我国运动员由国家培养，从体校到国家队基本不涉及保险，这种特殊的保险形式和训练体制导致国内体育组织及运动员的保险意识非常淡薄。但是，随着我国体育体制的改革，以及与国际惯例的接轨，应该提高自我风险意识。

在这样的形势下，体育保险的出现是我国体育事业发展到现阶段后提出的必然要求。而且随着我国体育运动的进一步发展，体育产业已成为国民经济发展的增长点，大量的体育比赛、全民健身运动，使通过商业性的体育保险转移相关风险日显必要。

2004年3月，我国成立了国内第一家专业从事体育保险的经纪公司——中体保险经纪有限公司。中体保险经纪有限公司从事保监会批准的所有保险经纪业务，主要以运动员保险、赛事保险、体育保险咨询为主体业务。这是我国体育产业发展过程中一件值得庆贺的大事，它也预示了将体育保险作为分散风险的金融手段是一种趋势。但是与国外发达的体育保险业相比，我国体育保险还处于起步阶段，体育保险历史很短，还存在着诸多值得改善的地方。如在我国体育保险的宣传力度还不够，体育保险在全部体育人口中的覆盖面还很小，保险程度也还很低；社会上的体育保险意识薄弱，旧的管理体制对商业化保险在体育领域的推行还有一定的制约作用；体育保险研究和发展时间短，水平较低，缺乏从事体育保险研究和开发的专门人才；体育保险的配套法制不健全；保险操作不够规范；缺乏可以沟通体育和保险领域的专业中介服务；为便于体育保险保费的厘定，尚需建立起一个我国运动伤病、体育赛事，以及其他体育资源的资料统计数据库；适合我国具体情况的体育保险险种不够，也还需要进一步拓展。因此，在今后的一段时间内，加强适合我国体育产业发展现实的体育保险立法，完善体育保险经纪中介机构服务体系，加快我国体育保险金融人才的培养等，都是亟待完成的工作。

(4) 发行体育彩票

体育彩票是各国发展体育事业的重要经济手段和经费来源渠道。美国、意大利、加拿大、法国、英国等西方国家，已把发行体育彩票作为扶持体育产业的有力支柱。为鼓励发行体育彩票筹集社会资金，许多国家都给予发行部门减免税的优惠政策。而且为了扩大彩票的发行，许多国家已准备将体育彩票的发行由垄断经营改为开放经营，允许各大公司参与竞争。

在我国，由于长期以来受计划经济体制下福利性体育事业的影响，人们总是习惯于把体育事业与国家福利等同起来，认为市场经济条件下发展体育事业也应当由国家拨款。因此当体育彩票最初发行的时候，很多人认为体育彩票是国家的一种"圈钱"的行为。这种观点在一定时期内也对我国的体育彩票业的发展起了一些消极的影响。但是，随着体育需求增长与国家投入不足的矛盾的不断凸显和体育彩票本身特点在很大程度上对这个矛盾缓和的功能，体育彩票逐渐为人们所接受，而且成为体育产业的重要组成部分。运用发行体育彩票的方式吸收社会游资、弥补国家财力不足、推动体育事业发展，也渐渐成为我国越来越多采取的措施。

体育彩票具有无风险、面额小、投资少的特点，而且是把体育竞猜与消遣娱乐融为一体的趣味性活动。我们应以大经营的观念把体育彩票作为一种社会型产业和社会存在来抓，而不是像我国目前把体育彩票仅仅是作为一种基金来管理。我们应通过引导，使之形成规模和完善的管理机制，长年开展，并形成良性循环，而不仅仅作为一种集资的手段或临时性、阶段性的措施。同时，我们还应充分利用体育为彩票的载体，发挥体育特长和自身的优势。我国体育彩票发行至今，在销售的各个环节上，均没有包含任何体育因素，和福利彩票没有什么本质不同。如果在体育彩票的销售过程中增加一些体育因素，使两者实现完善有机的结合，达到相辅相成、相互依存、相互促进的效果，并最终使该部分彩票业由于对体育的依赖而纳入到体育产业，由体育主管部门实施管理。体育的特点之一是竞争和比赛，这是别的行业所没有的，因此可以像意大利等西方国家那样利用足球这一大众最喜欢的运动项目作为彩票的主要载体来发挥作用。在目前已开展的运气型彩票的同时，尝试开展技能型彩票，最终形成真正意义上的"体育彩票"，并更富有生命力。

就我国目前的现实状况来看，要真正充分发挥体育彩票与体育产业相互依托、相互促进的作用，首先要解决好一些法律性问题，加强对彩票产业的保护，有效禁止体育彩票与其他类彩票相互之间的恶性竞争，使彩票的发行单位向企业化过渡，实行自收自支、独立核算。另外，体育彩票还需要树立起公益形象，将体育彩民们原始的激情转化为长期市场消费的热情，使彩民的"投机"行为转化为投身公益活动的新境界。而且竞猜型彩票要和本国的体育赛事相结合，不仅使人们关注了彩票，同时也关注了体育赛事。这样也为我国体育产业的发展提供了良好的群众基础和社会环境。

当然，体育产业作为一个相对独立产业，其融资手段不能只限于此，它的资金来源应该是包括外汇市场、货币市场、股票市场、债券市场、基金市场和商品期货市场等各种资本市场和各种民间自主投资以及政府投资在内的各个方面的，多样化的。

（六）入世与我国体育产业的发展

加入世贸组织之后，随着全球经济大循环，我国体育产业面临更激烈的国际竞争。入世会给我国体育产业带来正反两方面的影响。一方面是带来良好的发展机遇：一是引进资金、技术、人才，带来先进的管理理念、经验、监管制度以及新的运行机制；二是加速国内产业结构的调整，促进专业人才的合理流动；三是促进我国体育产业进一步对外开放，更好地学习外国经验；四是使我国更快、更好地利用国际资源和国际市场，优化资源配置，扩大生产规模，增加就业人员；五是争取更优质、廉价的服务。从而提高我国体育产业的竞争力，加速我国体育产业的国际化进程。

另一方面是面临严峻的挑战。我国体育产业属于幼稚产业，企业化和市场化程度都较低，市场开放后在体制法规、企业运作模式、商业运作环境、产业结构以及人才等方面的竞争中都处于劣势。

面对未来的国际竞争，我们与国际上体育发展的先进国家确实存在较大差距，但这些差距在新的全球背景下同时也给我们带来很多机遇，可以和国外体育产业企业同场竞技，在竞争中学习，同时可以引进外资，引进先进的技术和管理经验，通过创新体制、改进机制使我们的企业更有活力，逐渐壮大我们自己的体育产业。虽然我们的体育产业在一段时间内会受到冲击，但从长远来看对我们是有利的。

对于入世后我国体育产业面临挑战，我们应从以下一些方面多好应对工作。

1. 推进以产权为重点的改革，充分明晰企业产权按照"产权清晰、权责明确、政企分开、科学管理"的要求，建立现代企业制度。

2. 政府在加强在体育上的宏观调控之外，还要做好一些扶持工作，同时增加一些新的服务职能，以帮助企业摆脱困境，提高企业的竞争能力。

3. 制定、完善体育产业政策，建立健全与国际规则接轨的体育市场法律、法规，搞好体育产业发展的经济、政策和法制环境。

4. 加强人才培养，培养熟悉 WTO 运行机制的产业管理、经营人才，特别是中介人才，扶持国内体育中介组织。

5. 利用外资并购良机，发展壮大自己，让体育产业进入资本市场。

6. 按照 WTO 的有关协定，逐步开放我国的体育市场。但我国体育产业属幼稚产业，在市场开放、进行贸易合作时可以利用 WTO 服务贸易总协定中的有关规则进行适当的行业保护。

7. 实施科教兴体战略。提高我国体育运动的装备水平和体育用品的科技含量，提高国际竞争力。

8. 开发体育旅游资源，发展体育旅游，形成体育旅游与整个体育产业的良性互动。

9. 通过加强与新闻传媒的合作，搞好我国体育产业的宣传推广工作。

（项目编号：538ss03047）

WTO 框架下中国体育产业构成发展前景的基本评估

王德平　赵应宗　任保莲　叶　钊　刘　云　王大平

廖冠群　田永强　梁伟年　徐茂典　张武维　李　虹

"入世"后中国体育产业将进一步纳入国际分工体系，在 WTO 框架下按其惯例参与国际竞争，这将会给中国体育产业的发展提供难得的机遇。同时，随着开放程度的提高，产业自身也必将面临严峻挑战。中国体育产业如何在新的环境下扩大对外贸易，迎接挑战，进而促进产业自身的发展，这就要求我们对其参与国际竞争的条件有清醒的认识。因此，客观地对 WTO 框架下中国体育产业发展前景进行评估，并有针对性地提出其产业发展策略，对中国体育产业可持续发展具有十分重要的现实意义。

一、中国体育产业发展的制度环境、市场开放程度对 WTO 体制的适应性

（一）WTO 框架下中国体育产业发展的制度环境

市场经济体制是 WTO 运行的基本制度基础。以体育用品业和体育服务业为主要内容的体育产业涉及包括货物贸易、服务贸易和与贸易有关的知识产权协议相关的 WTO 贸易体系范围的众多产业领域。因此，较好的市场经济运行环境（包括较完备的市场竞争环境和市场体系、规范公平的市场化竞争运行规则、公平的市场监管制度等）是中国体育产业适应入世后更为激烈的市场经济环境的重要因素。

1. 中国体育产业发展的制度环境

《中华人民共和国体育法》的颁布实施，使体育事业发展的经费，体育设施用地、建设和保护等保障条件以及体育经营管理以法治的形式固定下来，体育经济工作由此进入了依法推进的新阶段。依照《体育法》，国家体育总局先后下发了《体育产业发展纲要（1995—2010 年）》《关于加强体育市场管理的通知》《关于培育体育市场，加快体育产业化进程的意见》《关于进一步加强体育经营活动管理的通知》《体育经营管理办法》《体育经纪人管理办法》等一批法规，同时还着重加强对一些重要领域的立法工作。目前，我国现有包括国家体育总局和地方省市有关体育产业法律、法规 88 部（件），全国 78% 的省、市、自治区及部分大中城市发布了与体育产业有关的地方性法规和政府规章。国家体育总局及一些省市还相继出台了单项体育经营活动的管理细则、服务标准、人员培训等配套制度，初步营建起中国体育产业发展的市场竞争环境和市场体系，逐步完善了较为规范公平的市场竞争运行规则和公平的市场监管制度，形成了有利于体育产业发展的制度环境。

2. 中国体育产业发展的制度环境与 WTO 体制的适应性

为了达到体育产业发展制度环境的国际接轨，我国在国内立法与国际接轨方面始终抱着积极的态度，然而，中国体育产业的法规建设毕竟是一项从无到有的新事物，他所

面对的对象和所要解决的问题都是历史上所不曾有过的，因此，在这一探索过程中也不可避免地会出现许多矛盾和问题。

（1）体育产业法规建设在总体上仍较薄弱，产业发展的高层次立法缺乏。目前中国尚无任何有关体育产业发展及体育市场管理的国家级行政法规（甚至法规性文件）。由于缺乏体育产业发展的高层次立法，以至于诸如产业发展政策及配套保障体系、行业管理标准、管理权限的明确划分、法律责任的界定、执法程序等产业发展中的一些重大问题上仍不能明确，影响到全国范围统一、规范的执法制度的形成。

（2）体育产业法规配套性较差，规范程度不高，已有的体育产业法规可操作性较低。我国体育产业立法涉及范围集中，覆盖面较窄；产业法规较为宏观，由于缺乏实质性的法规约束，故可操作性水平较低；目前我国还没有一套完整的体育产业支持和配套政策，与产业发展有关的行业管理标准、从业条件及服务标准规范、监督管理制度、违规处罚等产业政策配套的保障体系也有待建立；缺乏覆盖全国的行业管理标准；有关市场运作中经营主体的市场准入条件、市场竞争、市场退出的规则尚未规范，使得一些产业主体难以在公平、公开的基础上竞争。

（3）WTO在其实施"贸易政策法规透明度原则"中规定，各成员国必须将国内各行业发展的有关政策和管理法规向所有缔约方公布。然而，由于我国目前包括体育产业政策、市场管理法规及经营活动管理规章等许多产业发展基本制度尚未建立健全，实施管理的更为具体的政策及法律规章几乎空白，以至于行业法规公开的程度十分有限，使得产业政策难以预测。

基于目前中国体育产业制度现状，可以认为，中国体育产业发展的法律法规尚与WTO基本规则相距较远，体育产业的制度环境尚难以适应WTO制度框架要求。

（二）中国体育产业开放程度与WTO体制的适应性

1. 中国体育产业市场化程度

产业市场化程度可以用非国有经济占全部经济的比重来衡量。中国体育市场投资经营主体结构初步形成了包括国有、非国有经济成分共同参与竞争的格局。据对2000年人民体育出版社出版的《中华体育产业年鉴》中汇集的690多家体育用品制造企业的所有制性质调查发现，年鉴载录的体育产业实体中，非国有制经济投资主体比重占其总数的88.70%，纯粹的国有制经营投资主体仅为其总数的11.30%。可以认为，中国体育产业市场已初步具备了能够适应WTO全球化市场经济体制要求的市场开放条件，体育产业市场化程度较高。

2. 中国体育产业外向化程度

（1）中国体育产业特别是体育用品业具有较高的出口生产能力，进出口贸易在产业经济中占重要地位。据中国海关总署统计，1999年我国体育用品出口总额为53.87亿美元，2000年出口总额为70亿美元。2000年度中国进口体育用品1亿多美元。现如今，国际市场上65%的体育用品在中国制造，中国已成为全球体育用品最大的生产基地和加工基地。

（2）目前在中国体育市场上立足的国外企业几乎涉及整个体育产业。世界上著名的体育用品公司和国际著名的体育经纪公司纷至沓来，在中国设立独资或合资的生产和销售企业，他们在带来资金的同时也带来先进的技术设备和现代化的管理经验。外企的进入，形成了中国体育产业多元化、多层次的竞争格局，中国体育产业的外向化程度也因此不断提升。

（3）目前中国体育市场中各类产业投资经营组织在结构上形成国营、集体、股份制、私营及联营、合资及独资的多种经济成分并存的投资主体体系，体育市场中资本流通范围扩大，市场准入门槛逐渐降低，多元化产业资本流通路径渐已通畅，中国体育市场较为开放的投资环境已经形成。

（4）体育产业对国民经济发展和社会进步的作用日趋显著，引起国家及各级政府的重视，产业发展法规纷纷出台，产业发展的扶持措施初见成效，中国体育产业投资环境得到明显改善。特别指出的是，由国家体育总局、中国体育用品联合会及省市政府承办的中国体育用品博览会已成为全国乃至于亚太地区体育用品行业规模最大、规格最高的专业性体育用品博览会。故被列为国家级博览会，并列入世界体育用品联合会博览序列。中国体育博览会的举办，为中国体育用品业的发展起到了积极的引导和推动作用，为中国体育用品打入国际市场架起了桥梁，为国外体育用品进入中国市场提供了机遇，为推动和加快中国体育产业外向化进程作出了积极贡献。

综上所述，中国体育产业已初步形成对外经济贸易市场开放格局，体育产业外向型经济基本框架已趋清晰，以体育用品业为主流的中国体育产业基本具备外向型经济的特征，产业整体外向度较高，对WTO体制具有较强的适应能力。

二、WTO框架下中国体育产业发展的总体评估

（一）中国体育产业发展的比较优势

中国体育用品业出口贸易已拥有世界体育用品贸易额的"半壁江山"，其出口产品类别则主要集中在运动服装、运动鞋和一般运动器材及其辅助设备两大方面。现阶段中国体育用品业国际贸易比较优势集中体现在劳动力资源优势方面，即充分发挥劳动密集型行业劳动力价格相对较低，产品附加值低、生产成本亦低所形成的价格优势与国际同类产品竞争，以此赢得国际体育产品市场。

中国体育服务业尚处在发展初期，但中国体育服务业依托中国特有的环境资源和中国传统服务业优势，在体育旅游和体育场馆建筑维修等劳动密集型行业与国际同类行业形成有力的竞争；依托国内巨大的服务市场和民族特色体育文化，实现了竞赛表演、健身娱乐和体育教育等服务领域的规模化发展，以及体育保险、体育传媒、体育中介和专业服务业的兴起。就产业整体而言，中国体育服务业相对于国际同类市场在自然资源、劳动力资源方面（即在发展劳动密集型服务行业和知识密集型服务行业以及相关贸易方面）具有一定的比较优势。

（二）中国体育产业发展的动态竞争优势

1. 中国体育产业动态竞争的理论分析

（1）中国体育产业发展的要素条件

中国丰富的劳动力资源、独特的自然资源和地理环境及特色鲜明的民族传统文化形成了中国体育产业竞争力雄厚的初级要素优势，但是与产业竞争力提升关系重大的高级要素和专门要素却比较薄弱，如在人力资本与知识资源等方面仍十分落后。由于高级要

素和专门要素的提升需要较长时间，因此，中国体育产业竞争力仍将在一段时间内保持以劳动力资源和自然禀赋为主要特征的初级要素优势。

(2) 中国体育产业发展的国内需求条件

国民体育消费需求的迅速增长为中国体育产业发展孕育出巨大的市场潜力。但应该看到，由于人们体育消费意识和消费观念参差不齐，体育消费的总体水平普遍不高，缺乏讲究、挑剔的买主，以至于尚未对体育产品生产企业形成强大的创新压力，中国体育物质产品和服务产品仍以低科技含量和低附加值产品的产出为主，产业竞争力突出地体现在劳动密集型产品的生产经营上，这是中国体育产业在整体上缺乏竞争力的原因之一。

(3) 中国体育产业发展的支持性产业和相关产业条件

体育产业竞争力离不开支持性产业和相关产业形成的产业簇群的支持，中国体育产业中的大多数行业却缺乏这种支持。如运动服和运动鞋业虽然企业数量很多，产量很大，但由于中国制革业、橡胶业、机械制造业及面料、辅料、服饰鞋饰配件、运动服及运动鞋设计研发等产业都相当落后，故此运动服、运动鞋的附加值上不去，档次始终难以提高。中国体育产业发展的支持产业和相关产业薄弱已极大地影响到体育产业竞争力的提升。

(4) 中国体育产业结构、战略和竞争条件

据《2001年中国经济贸易年鉴》统计，全国有体育用品企业300多万家，分布在20多个省、市、自治区，其企业的大多数主要是运动服、运动鞋、制球、健身器材等中低档产品加工制造企业。但是由于企业规模小，商业和市场运作水平低，产品研发能力差，抵御风险能力和竞争力不强。企业普遍缺乏长远战略，缺乏对市场长远的预测和长远竞争优势的投资。企业改进经营管理和技术创新的动力不足，在国内外市场竞争中很多企业依赖价格手段，非价格竞争极为薄弱。

2. 中国体育产业动态竞争优势的实证分析

(1) 中国体育产业演进的层次及高度

体现体育产业特质的核心产业——体育服务业发展滞后，直接影响到整个体育产业演进层次的提升。虽然，目前中国已经形成了一个有相当规模的体育服务业市场，国内现有各类从事健身娱乐、竞赛表演、体育中介等体育服务业经营机构2万多家，但有一定规模的企业数量很少，按照现代化企业制度规范组建和运作的则更少。体育服务业发展的相对滞后，致使中国体育产业的核心部分尚未真正发挥产业主导和产业支柱作用，中国体育产业结构的高级化过程，即体育产业的演进层次及高度也因此受到影响。

(2) 核心产业的成长性

以健身娱乐业、竞赛表演业为支撑点形成的体育服务业，作为体育产业的基础和支柱在整个体育产业中起着产业核心的作用。尽管现阶段中国体育服务业发展水平相对较低，就产业整体而言，国际竞争力尚显得势单力薄。但是，中国职业体育的优势项目以及民族传统体育项目，以其在国际竞赛中骄人的成绩和体现民族独特人文精神的特色，在国际上形成巨大影响。在这些优势项目中体现出来的人力优势和技术技能优势已成为中国体育产业动态竞争力的核心，在国际上形成强劲的竞争优势。中国职业体育的优势项目和民族传统体育项目通过不断提升的人力资本及R&D投入，把人力资本和技术转

化成为国际竞争优势的内生变量，促进了产业长期、稳定的高水平成长。

（3）先进产业的出口竞争力

先进产业出口竞争力对整个产业参与国际竞争意义重大。中国体育用品（运动服装、运动鞋帽等）加工制造业和优势竞技项目以及民族传统体育项目以其比较优势和在此基础上内生的动态竞争优势，成为中国体育产业结构中进步最快、发展水平最高、国际竞争力最强的行业，凸显出先进产业的特征，已成为中国体育产业对外贸易的主导和支柱。目前，中国已成为世界上最大的运动服装鞋帽等生产基地，已能够生产上千种体育器材和设备，质量工艺水平不断提高，不少产品已达到或接近世界先进水平。以优势竞技项目和民族传统项目为代表的人力资本，及以人力资本为基础形成的技术却成为全球化体育服务的"卖点"，如今全球约 60.30%（117 个）的国家和地区聘请中国专家为其服务，体现出中国体育产业特色人力资本在国际体育服务市场中的强势竞争力。

（三）WTO 框架下中国体育产业面临的贸易障碍

1. 中国体育产业贸易面临的关税障碍

入世后中国中低档体育产品的出口优势将进一步发挥，然而发达国家已经为此预留了较高的关税壁垒。在乌拉圭回合谈判中纺织品、服装和鞋类产品消减的幅度相对较小，关税仍维持在较高水平，如纺织品、服装和鞋类的税率都在 15% ~ 30%。中国作为世界上最大的运动服装和运动鞋、包手套类等体育用品的出口国，自然成为首当其冲的受害者。

2. 中国体育产业贸易面临的反倾销障碍

目前中国劳动密集型行业是世界上遭到反倾销调查最多的国家之一。现在中国在法律上还不能摆脱"非市场经济国家"的反倾销困扰，一方面一些国家可以根据世界贸易组织《关于执行 1994 年关税与贸易总协定第六条的协议》第 2.7 条对中国实行"代替国价值标准"的歧视性反倾销政策。另一方面，《中美 WTO 协议》明确规定，美国在中国入世后长达 15 年的时间里对中国仍然使用非市场经济的反倾销法律，这一协议会导致主要贸易伙伴的仿效。所以外国对中国的反倾销政策不会有太大的变动，对中国反倾销指控的国家可能还会增加。

3. 中国体育产业贸易面临的保障障碍

根据中国体育产业要素禀赋优势，劳动密集型行业的生产能力和出口能力将进一步扩大，而劳动密集型产业在入世后势必遭受外国以产业保障名义对中国实行的限制。《中美 WTO 协议》中中国同意美国使用产品特殊保障协定，该协定规定中国入世后，美国可以使用比 WTO《保障措施协议》"市场严重损害"标准更为宽松的产品特殊保障协议来清除中国体育产品出口激增所导致的市场崩溃性影响。

4. 中国体育产业贸易面临的配额障碍

入世后欧美国家仍会维持对中国纺织品、服装鞋类等产品的配额限制。目前，中国与美国、欧盟、加拿大、土耳其和挪威 5 个国家和地区签订了双边纺织品协定（ATC），共有 276 个与纺织品有关的产品受到配额数量的限制。尽管 ATC 对配额追加有明确规定，但其增长率在扩大中国配额方面的作用不大。可见，配额限制不会因中国加入世界贸易组织而有所改变。

三、WTO框架下中国体育产业构成发展前景的基本评估

（一）WTO框架下中国体育用品业发展前景的评估

1. 中国体育用品业的产业结构

中国体育用品业数量虽多，但企业规模小且产值不高。据《2001年中国经济贸易年鉴》统计，全国有体育用品生产加工企业达到304万家。尽管企业数量增加很快，但是大多数企业为劳动密集度大且以来料加工为主要生产方式的中小型企业。由于企业规模小，产值普遍不高，在全国众多的体育用品企业中年产值在1亿元人民币以上的企业不过十几家。

2. 中国体育用品业的产品结构

（1）产品结构。目前中国体育用品业的各行业发展不均衡，运动鞋行业已达到世界先进水平，有能力产出与世界著名品牌相媲美的产品；运动服由于面料、生产机械、款式设计等原因目前处于中等水平；一般的体育器材和大众健身器材比较落后；最差的是体育比赛专用器材和体育科研专用仪器设备，许多领域还是空白。

（2）产品标准化程度。目前我国的体育用品标准化程度低，达到国家标准的产品只有17个，达到行业标准的产品也仅19个。生产的360多种体育器材和设备，仅有29种被国际体育组织批准为正式比赛使用器材。标准滞后也是困扰我国体育用品业发展的因素之一。

3. 中国体育用品业的市场份额

（1）国际市场。1998年世界体育用品联合会委托KSA独立顾问公司对世界体育用品业的调查结果显示："中国是世界体育用品生产商的可靠基地，是名副其实的世界体育用品制造大国"；然而世界体育用品制造大国，却不是强国。尽管"中国已经拥有全球65%以上的体育用品生产份额"，但是，大约50%属来料加工，40%属一般贸易，真正以国产品牌出口的极少。产品科技含量低，出口平均价格不及同类世界名牌的十分之一，赚取的只是为数不多的加工费。以运动鞋为例，如美国专卖便宜运动鞋的连锁店Payless Shoe，每双标明Made in China的运动鞋平均价格仅为20美元左右，每双平均获利1美元；成本35美元/台的健身器材，外商市场销售定价90美元/台，而我们只能收取5美元/台加工费，远远低于商业利润。不难看出，中国体育用品业虽有较大的国际市场份额，但因其产品档次低，利润却很薄。

（2）国内市场。体育用品业生产销售总额的77.33%在国内市场，可见巨大的国内需求形成了潜力巨大的体育用品市场，同时也为中国体育用品业的发展奠定了基础。中国体育用品市场虽大，但是市场主体尚不成熟，即生产者规模小，产品种类单一，生产能力较低；经营者经营观念落后，营销方式陈旧，创造需求的能力较弱；消费者消费意识和消费观念参差不齐，消费的总体水平普遍不高，以至于尚未对体育用品生产企业和销售部门形成强大的创新压力。

4. 中国体育用品业的市场环境

中国体育用品市场法制环境尚不健全，市场秩序比较混乱，市场运作不规范，地方保护、不正当竞争行为严重，大量假冒伪劣产品充斥市场，出口方面竞相压价等现象普遍存在。尽管国家有关部门一直非常重视体育用品业的发展，于1993年由国家体委牵

头，中国文教体育用品协会、中国针织工业协会等 7 家与体育用品有关的单位联合发起，由民政部批准，成立了中国体育用品联合会，并于 2001 年 1 月 17 日加入了世界体育用品联合会，在对体育用品各行业实施行业管理、制定行业发展规划、制定行规行约、协调企业间的关系以及国内国际间的交流与合作等方面做了大量的工作。但由于目前国家尚未有关于体育产业行业发展及市场管理的明确、统一的政策支持和规制，以致产业发展的总体法制环境欠缺。

5. WTO 框架下中国体育用品业发展前景预测

（1）中国体育用品业的国际市场销路进一步拓宽。入世后，我们可以和世贸组织成员中的国家和地区在一个多边、稳定、无条件的最惠国待遇原则下进行国际贸易，可以享受其他国家和地区关税减让和非关税减让的好处，取消出口配额和许可证等，将不遭受歧视性的贸易待遇，这无疑对扩大体育用品业产品的出口，促进我国体育用品业的发展具有重要作用。尤其是以发展中国家的身份，充分运用普遍优惠制，实行特殊和差别待遇，有利于我们打开国外市场，拓展销售渠道，扩大出口。

（2）中国体育用品业参与国际竞争的比较优势将发挥更加积极的作用，同时也将面临贸易保护的羁绊。体育用品加工制造业多为劳动密集型产业，中国人力资源的优势为体育用品业的发展提供了巨大的劳动力基础，普遍较低的劳动力成本将使中国体育用品业参与国际竞争的比较优势发挥更加积极的作用，中国制造的运动鞋、运动服装等体育用品仍将保持强劲的竞争态势，但是也将面临发达国家利用关税、配额、反倾销及保障羁绊对我国低成本优势的瓦解。

（3）中国体育用品业参与国际竞争的动态竞争优势将得到提升，同时国内企业的生存和发展将受到前所未有的挑战。潜力巨大且更加开放的中国体育用品市场将吸引外商的投资。外商的进入不仅会带来先进的管理理念、管理经验、监理制度以及新的运作机制，也将引入先进的生产技术，这不但有利于加快体育用品产业结构调整的步伐，也有利于扩张营销网络，扩大产品销售额。外企的大量涌入将对国内同类企业形成巨大的竞争压力。

（4）中国体育用品产品结构将发生变革，国内市场竞争将加剧。入世后，中国将逐步降低进口关税，有利于先进技术设备的引进和高档原材料的进口，为加快企业的技术改造、提高产品质量、提升产品档次、调整产品结构、降低产品成本、提高产品的竞争力和扩大出口奠定了物资基础。但是随着关税的降低和非关税壁垒的减少或消除，大量的国外产品将涌入国内市场，中国体育用品市场将因此受到巨大冲击。

（二）WTO 框架下中国体育服务业发展前景的评估

1. 健身娱乐业

产业结构。近年来中国健身娱乐业发展很快，但就 13 亿人口的大市场而言，无论是产业数量、产业规模、产业分布还是服务质量仍很落后。健身娱乐业发展较快的区域多集中在经济较发达的地区和大中城市，健身娱乐市场中，中小规模的产业实体数量大，规模化、集约化、集团化、综合化的产业实体却很少。

产品结构。从目前健身娱乐业产品结构看，国内市场推出的产品多以保龄球、网球、台球和健身健美等几个新兴时尚运动项目的中低档产品为主，而突出体现时尚性的高档次休闲产品（高尔夫球、赛车、冲浪、漂流、滑翔、射击射箭等）和日常型大众健身娱乐产品（如乒乓球、羽毛球、棋类、武术等）则相对较少。可以认为，现阶段中国健身娱乐业产品结构尚不够合理。

市场份额。目前国内健身娱乐业市场占有率无论是资金总投资或是企业数量，国内企业仍具有绝对优势。目前，我国高档体育健身娱乐市场已经开始出现外资垄断的态势。国内企业在高档健身娱乐市场的经营者不仅数量少，而且规模和竞争力都明显不足。

市场环境。中国健身娱乐市场的准入条件较为宽松，外资及民营资本可根据自己的实际情况不同程度地进入中国健身娱乐市场投资和经营。由于国际上还没有有关健身娱乐市场成熟的规制经验，目前中国健身娱乐市场管理体制还处在摸索和完善之中，因此市场规制尚不完善，市场管理仍不规范。

2. 竞赛表演业

产业结构。职业俱乐部是竞赛表业产业结构的主要形式。现阶段国内职业俱乐部主要有三种形式：一是国有大型企业出资和地方体育局组建而成的专业运动队；二是有限责任公司制的职业俱乐部，即某大型国有企业出资购买了某体育局的专业队，其产业性质仍是国有资产；三是股份有限制俱乐部，即由几家国有大中型企业，或一些私有资本购买俱乐部的全部股份所形成的俱乐部。俱乐部的性质不同，导致其参与市场竞争的基准条件不同，中国竞赛表演业市场公平竞争环境因此受到影响。

产品结构。中国体育竞赛表演业市场化运作的产品结构过于集中，产品种类较为单一，国内正式开展的运动项目有96项，然而，真正进入市场并按市场规律运作，且形成一定规模、具有相对稳定观众和球迷群体及被新闻媒体和企业看好的仅有如足球、篮球、排球、乒乓球等少数几个项目。散打、围棋、中国象棋、网球等项目逐步找到进入市场的立足点或形成市场雏形。但是，像田径、体操、游泳、跳水、举重等大多数项目却暂时不能形成市场。

市场份额。中国竞赛表演市场份额逐年扩大，其中以足球市场份额最大，篮球、排球、乒乓球等项目的市场拥有程度仅次于足球市场。今后一段时间，国内竞赛表演市场需求仍将较多地体现在这几个市场化运作较为成熟且观赏程度较高的竞赛表演项目。

市场环境。中国竞赛表演市场仍受到行政部门的控制，行政干预市场过多，竞赛表演市场准入存在较高壁垒，市场管理缺乏规范性。如运动管理中心是国家体育总局的直属事业单位，又是单项运动协会的常驻办事机构。既对所辖项目行使行政管理，又内设经营开发部负责本项目的商务。因此在项目市场上形成体育总局、项目管理中心、职业俱乐部多头管理格局。

3. 体育中介业

产业结构。中国体育中介机构的主要组织形式以公司法人为主，体育中介多元化产业结构尚未形成，产业规模很小。从事体育中介活动的大部分公司是在从事其他业务经营的同时兼营体育中介业务，真正意义上的专业化体育中介公司非常之少。

产品结构。目前中国体育中介产品结构还很单一，其形式主要为运动员转会经纪和商业体育赛事推广经纪。现阶段中国体育中介业产品结构狭窄，中介业务范围有限且水平不高。

市场份额。国内体育中介机构的市场份额多集中在职业俱乐部运动员转会的经纪和代理业务等方面，其市场主要集中在北京、上海、广州等经济较发达且体育市场较健全的大城市。现阶段近乎国内有商业价值的重大赛事基本上都是由国外著名体育经纪公司来代理或推广，体育中介市场呈现国外经纪机构垄断商机的局面。

市场环境。国家体育总局和国家工商行政管理局于 2000 年联合颁布了中国第一部全国性规范体育经纪人活动的行政性规章——《体育经纪人管理办法》，预示着中国体育中介市场运作的法制化建设初步形成。由于中国体育中介市场处在发展初期，行业规范尚未完全形成，尽管《体育经纪人管理办法》对行业规范作出了明确要求，但由于缺乏行之有效的监控和管理，现行的体育管理体制又对体育中介公司及经纪人的商务代理活动限制过多，中介公司及经纪人开展业务的主动性和灵活性受到不同程度的限制，行业垄断、项目垄断的存在，不同程度地影响到体育中介市场的公平竞争。

4. 体育旅游业

产业结构。现阶段中国体育旅游业的产业链是以体育活动的参与、参观为主，实现食、行、宿，娱、购等环节的连接。因此，其产业结构主要包括体育旅游需求和供给的市场中介——旅行社和体育资源开发经营场所。体育旅游的食宿、交通运输等仍分别依托大交通、大商业，尚未形成体育旅游特性的专业化行业。由于目前中国专营体育旅游业务的旅行社数量还很少，现有的体育旅行社资产总量不足，竞争力不强。

产品结构。依托独特的自然资源开发的体育活动项目和体现中国特色文化的民族传统体育活动项目构成了中国体育旅游产品结构框架，形成了挑战极限游、环境生态游、特色娱乐游三大体育旅游产品系列。民族传统体育是中华民族丰富文化遗产中的一颗绚丽璀璨的明珠，现已开发的 124 个民族传统体育竞赛表演项目对国内外游客有很强的吸引力。

市场份额。作为国家"大旅游业"的组成部分，体育旅游与有着传统优势的生态旅游和人文旅游相比，无论是市场规模还是市场份额均显得十分微弱。尽管体育旅游资源的开发取得了显著的成效，渐已形成"东部精品、中部特品、西部绝品"的体育旅游资源分布格局，但是由于我国体育旅游资源深层次的开发力度不足，经营管理水平不高，宣传力度不大，专业体育旅行社缺乏，以至于现有的体育旅游资源没有得到有效利用。

市场环境。中国体育旅游业市场环境总体较好，市场准入壁垒较低。国家根据体育旅游设施全面不足的事实，实行"国家、地方、部门、集体、个人和外资一齐上"的方针。相对灵活、开放的市场准入机制，客观上促进了体育旅游业市场的发展。现阶段，除旅行社业受政府行业准入的管制外，包括体育旅游资源的开发经营、交通运输、饮食住宿及娱乐服务等行业基本上实现了市场化。在市场化管理过程中主要采用市场准入、事中监管和资质考核等手段，基本上实现了体育旅游市场的法制化管理。

5. 体育保险业

产业结构。保险公司作为体育保险业务受理的商业机构，负责开展体育保险的全部业务。从目前国内保险业市场来看，其产业结构包括由国有独资、国内股份制、中外合资、外商独资等多种所有制经济性质组成的综合性保险公司和单一行业地方性、区域性保险公司。但是体育保险业务仅限于综合性保险公司受理。由于垄断利润的存在，其产业结构体现寡头垄断特征。由于国家现阶段在该领域实行较为严格的准入限制，国内保险业市场中以个体或私营性质的保险企业尚不存在。

产品结构。我国体育保险业起步晚，发展较缓慢，业务范围小，体育保险产品结构单一，保险种类少。目前，体育保险的范围仅为从事职业体育的运动员群体，其险种主要为人身意外伤害保险，我国体育保险业产品结构远不能满足市场需求。

市场份额。现阶段中国保险业市场已有中外保险机构 33 家（统计至 2001 年），但是中国保险市场份额的 70% 以上为有着财产保险公司、人寿保险公司和再保险公司三家子公司的中国人民保险（集团）公司所拥有，其他保险公司市场份额的总和还不足 30%。其中占有保险市场份额第二、第三位的太平洋保险公司和平安保险公司其总和不到 15%。就体育保险市场而言，其业务的经营权仍内控在几家综合性国有保险公司，国内体育保险市场竞争机制还远未发挥作用。

市场环境。由于目前体育保险法规尚未建立健全，仅出台了《国家队运动员伤残保险事故程度分级标准定义细则》和《国家队运动员伤残保险试行办法》，体育保险市场运作尚有不少困难；保险技术资源相当匮乏，在险种设计、风险识别和监督管理等方面都较落后；保险公司经营方式比较粗放，缺乏专业特色；保险业垄断经营，市场准入门槛过高，市场竞争机制尚未完全形成。

6. WTO 框架下中国体育服务业发展前景预测

（1）体育服务业各部门之间的竞争加剧，国内体育服务企业的生存将受到威胁。由于目前中国体育服务业发展水平很低，经营机制无法在短时间内彻底与国际惯例接轨，面对国外企业资金、技术和管理等方面的优势，国内企业很难与之在同一起点上展开竞争，故此，部分企业将面临生存的威胁。

（2）体育服务业市场体系会得到改善，同时国内体育服务业市场的稳定性也将因此而受到影响。国外企业的进入，必然会带来先进的管理经验、经营理念和技术设备，国内企业与其交流、合作、竞争的同时可借鉴他们的成功经验以提高自身的整体水平。但是相对于社会效益，国外企业更侧重经济效益，因此他们经营行为很可能给市场造成巨大冲击，这无疑将给国内体育服务市场带来更多波动。

（3）中国体育服务业市场运行机制会更加规范，政策法规更加健全。加入 WTO 后国内体育服务业市场的运行机制必将向国际惯例靠拢，因此，无论是采纳国际通行准则，还是依照中国实际制定的政策法规，其结果都会使中国体育服务业市场运行机制更为规范，政策法规更加健全。

（4）职业俱乐部规范化建设将加快，行业自律机制将会形成。以职业俱乐部为基本单位的竞赛表演业实体为了在市场竞争中获得优势，势必加强俱乐部规范化建设和最大限度地提高体育竞技水平。同时，俱乐部的产权交易会进一步活跃，投资者进入和退出都将更加频繁。竞赛表演市场管理体制的改革将进一步深化，行政化管理将会淡化，行业自律的机制将会形成。

（5）促进健身娱乐业多元化市场服务体系的形成，产品结构将更加合理。服务贸易全球化，将使国外大型健身娱乐企业更大规模地进入中国健身娱乐市场。为赢得市场，满足不同社会群体对健身娱乐不同程度的需求，健身娱乐服务的产品结构将会更加合理，服务内容的多样化，将加快国内健身娱乐市场多元化服务体系的形成。

（6）体育经纪机构在活跃竞赛表演市场方面的作用会越来越多，但国外著名体育经纪公司垄断大型商业赛事的推广工作不会有大的改观。体育经纪人队伍估计会较大幅度地增加，经纪活动种类也将增加，经纪服务的质量也会很快提高，市场竞争力随之提高。由于国内体育经纪公司的成长需要一定的时间，因此，它们在短期内尚不具备与国外同类公司竞争的实力。所以，在没有政府行政主管部门干预的情况下，国外著名体育经纪公司垄断国内重大商业赛事的局面不会有大的改观。

（7）体育旅游市场结构将发生变化，体育旅游市场管理方式也将得到改善。国外跨国体育旅游企业多为集约化程度很高的大型集团，其网络发达，触角也多，必将对国内体育旅游企业集团化进程产生推动作用，或促使其自发形成集团，或直接为某国际集团"收编"。加入 WTO 后使政府在市场准入方面的管理职能逐步淡化，管理手段将发生根本转变。除特殊情况外，实现审批将逐步退出，事中管理将逐步坚强。

（8）加快中国体育保险的法制化建设，使体育保险有法可依。外资保险公司进入中国体育保险业市场将带来新的保险技术、业务险种、营销制度和先进的管理经验以及优质的服务。外资保险公司引发的激烈竞争会迫使中资保险公司加快保险结构的调整和经营机制的转变，中国体育保险制度也将纳入国家的法制化建设，使体育保险有法可依。竞争机制将使保险对象的范围广，保险险种增多。

国内竞赛表演市场需求较多的体现在市场化运作较为成熟且观赏程度较高的表演项目；目前中国竞赛表演市场准入存在较高壁垒，市场环境仍与国际惯例有很大差距。

体育中介业多元化产业结构尚未形成，体育中介的专业化程度很低，产业规模很小，产品结构单一；国内企业的市场竞争力微弱，有价值的赛事基本由国外体育中介机构代理；行业规范尚未完全形成，市场环境及规范化运作过程与国际惯例仍有较大差距。

体育旅游业规模经营程度低、产品开发及企业管理规范性差，质量不高；体育旅游资源深层次的开发力度不足，专业体育旅行社缺乏，现有的体育旅游资源没有得到有效利用；缺乏明确的产业政策支持，体育旅游业的可持续发展缺乏统一筹划，其市场环境尚未完全达到国际旅游业市场规范的要求。

体育保险业产业结构体现寡头垄断特征；国内体育保险市场业务范围小，体育保险产品结构单一，保险种类少；体育保险法规尚未建立健全，体育保险市场运作尚有不少困难；保险公司经营方式比较粗放，缺乏专业特色，中国体育保险业融入国际体育保险市场并与其接轨，还需付诸更大努力。

入世后，中国体育用品业参与国际竞争的比较优势将发挥更加积极的作用，动态竞争优势将得到提升，同时也将面临贸易保护的羁绊；中国体育用品产品结构发生变革，国内市场竞争加剧，企业的生存和发展将受到前所未有的挑战。体育服务业各部门之间的竞争加剧，国内体育服务业企业的生存将受到威胁；体育服务业内部结构、市场服务体系及运行机制会更加规范；职业俱乐部规范化建设加快，健身娱乐业市场多元化服务及产品结构将更加合理；体育中介机构在活跃竞赛表演市场方面的作用会越来越大，但国外著名体育经纪公司垄断大型商业赛事的推广工作不会有大的改观；体育旅游市场结构将发生变化，管理方式将得到改善；中国体育保险法制化建设逐渐完善，竞争机制将使保险对象的范围扩大，保险险种增多。

四、WTO 框架下中国体育产业发展策略

（一）WTO 框架下中国体育用品业发展策略

1. 深化企业制度改革。通过改组、兼并、租赁、合资合作和股份制改造，建立"产权清晰、责权明确、政企分开、管理科学"的现代企业制度，完善法人治理结构，

理顺出资人、经营人的权利和义务，增强企业活力。通过体制创新，打破行业垄断、减少行业壁垒，营造良好的行业竞争环境，提高体育用品企业的竞争力。

2. 促进行业间和区域间分工协作。组织和协调企业、科研院所、体育等有关部门，联合攻关，研制开发一批新产品，推进企业的技术进步，提高自己的研发能力，打造有自主产权的名优产品，提高企业的竞争力。

3. 开拓国内国际两个市场。我国是有 13 亿人口的大国，有 8 亿农民巨大的体育用品消费潜在市场，我们应充分发挥国内市场的优势，从国内市场延伸和扩展到国际市场。充分发挥劳动力成本的优势，提高产品的附加值，开拓国际市场。

4. 建立和完善质量保证体系。强化企业标准，积极采用国际标准和国外先进标准，推行动态标准化和综合标准化，使企业标准高于国家标准和行业标准，做好质量认证工作，促进企业提高质量管理水平，消除国际贸易技术壁垒，保护自身利益，提高产品在国际市场的竞争力。

5. 促进产业结构优化和产业升级。扶持重点企业和重点产品，通过资产和品牌整合，发展有自主知识产权、主导产品突出的大企业和企业集团，提高生产集中度和规模效益，形成合力，与国外大企业抗衡。建立企业研发中心，促进科技进步和技术创新，提高产品的技术含量和档次。

6. 扶持中小明星企业。扶持一批明星企业，在外贸经营权、融资、贷款等方面，放宽审批条件和给予支持，提高中小企业的技术和市场开发能力，有利于中小体育用品企业的发展和整个行业的壮大。

7. 熟悉游戏规则。认真学习 WTO 规则，熟悉国际经济、法律及贸易知识，学会管理国内企业和发展对外贸易关系两套本领，利用世贸组织的有关规定，有利于保护自己的利益。

8. 实施名牌战略提升企业形象。随着我国经济的快速增长，国际地位的不断提高，为我国体育用品业的发展创造了良好的环境。充分利用代理业、广告业、传媒业的作用创立名牌，在国际体育用品市场上打出中国民族品牌。

（二）WTO 框架下中国体育服务业发展策略

1. 寻找体育服务业的国内市场支持，有步骤地扩大对外开放。就中国体育服务业发展现状而言，短时期内受体育服务业发展水平的限制，提高体育服务业竞争力必须立足于国内市场。在开放的环境中谋求体育服务业竞争力的提高是今后中国体育服务业发展要面对的现实。有步骤地进一步开放体育保险、体育中介、体育竞赛表演、体育健身娱乐、体育旅游等领域，并鼓励有条件的企业实行"走出去"战略，发展体育服务业的跨国经营。

2. 制定有利于体育服务业发展的产业政策和经济政策，降低体育服务业市场准入"门槛"。国家有关部门要尽快将体育服务业的发展纳入国家服务业优先发展的行业，制定有利于体育服务业发展的产业政策和经济政策。在财政、金融、税收等方面予以必要的支持，即适当增加用于扶持体育服务业发展的政策性专项投入，并通过制定差别税率和减免税政策调控体育服务业产业结构和产品结构；制定鼓励各种社会资金投入体育服务业的政策，取消对私有制经济成分投资体育服务业项目种类的限制，支持高水平职业俱乐部组建股份制企业，并为其上市创造条件。减少体育服务业市场准入审批制度，改变竞赛表演、体育保险等部分行业垄断经营、市场准入限制过严和透明度较低的状况，按市场资质和服务标准，逐步形成公开透明、管理规范和全行业统一的市场准入制度。加快垄断行业管理体制的改革，放宽其市场准入的资质条件，鼓励非国有经济在更广泛的领域参与体育服务业的发展，凡对外资开放的体育服务业领域均允许国内投资者以各种方式进入。

3. 提升人力资本，优化体育服务业内部结构。鉴于人力资本在体育服务业及体育服务贸易发展中的巨大作用，因而在发展体育服务业的同时，必须重点关注人力资本的提升。在充分发挥劳动密集型服务业竞争优势的同时，通过多种渠道培养和造就体育服务业经营、管理的专门人才，以实现人力资本的提升，并从根本上实现体育服务业内部结构的优化，使体育服务业发展真正建立在提高劳动生产率的基础之上，为中国体育服务业发展奠定坚实的基础。

4. 推进体育服务业产业化进程。以政企分开、政事分开、企事分开、营利性机构与非营利性机构分开的原则，加快推进体育服务业经营领域的产业化进程。

5. 最大限度地提高健身娱乐产品质量和竞赛表演项目的观赏价值。以市场需求为导向，以服务质量为前提，发展体育健身娱乐业市场和开发其产品种类，使健身娱乐产品的供给不仅能够满足不同层次消费者群体活动形式的需求，更重要的是提供一种高质量、全方位的服务。竞赛表演业竞争力提升的关键在于最大限度地提高竞赛表演项目的观赏价值。因此，最大限度地提高职业体育竞技水平是形成国内竞赛表演自主市场、规模市场及效益市场的前提保证，也是入世后国内体育竞赛表演经营机构提升市场竞争力的基础保证。

6. 保护公开、正当的体育中介活动。有关部门应从法律上规范体育中介代理，实行体育中介代理经营许可证制度，即由国家有关部门对欲进入体育中介市场从事体育经纪业务的机构和组织的资格予以审定，对取得资格者颁发经营许可证。组建专业化、规范化的国有控股或独资体育中介机构，并从政策上予以引导和扶持。

7. 调整体育旅游业管理体制、管理手段及产业政策。以"执法归位"为目标，调整体育旅游业管理体制，即加强政府专门管理部门宏观管理的同时，由与体育旅游业有关的部门按其职能对体育旅游业各有关方面具体管理；加强体育旅游业市场监督管理，进一步加强对体育旅游经营过程的监督和管理，改变体育旅游资源管理隶属多元、管理分散的局面，进一步规范市场主体，统一管理标准；实现体育旅游企业产权结构的多元化，建立和完善经营权和产权转让的有关规定，鼓励企业按照法律规定进行兼并和连锁经营。

8. 借鉴国外经验，逐步健全和完善体育保险法规。借鉴国外经验，结合实际，探索符合中国国情的体育保险业发展途径，循序渐进地开发中国体育保险的险种范围，规制体育保险具体投保对象，逐步健全和完善体育保险法规，以实现与国际体育保险惯例的对接。

（项目编号：409ss02055）

论社会主义条件下体育资源的配置

任 海

改革开放以来，我国社会经济开始从传统的计划经济体制向社会主义市场经济体制转变，经济增长方式也开始由粗放型向集约型转变，这是我国社会发展历史上前所未有的两个根本性转变。与社会改革的背景相适应，我国体育事业也加大了改革力度，如《关于深化体育改革的意见》，经1993年全国体委主任会议通过后正式颁发，成为一个全面系统指导体育改革的文件，提出了深化体育改革的原则，确定了我国体育改革的总目标，强调要改变原来在计划经济体制下建立起来的单纯依靠国家和主要依靠行政手段办体育的高度集中的体育体制，建立起与社会主义市场经济相适应、符合现代体育运动规律、国家调控、依托社会的充满活力的新的体育体制和运行机制。同时还推出了《关于运动项目管理实行协会制的若干意见》《关于改进训练体制的方案》《关于竞赛体制改革的方案》《关于群众体育改革的方案》等。

1992年10月12日，江泽民同志在中共十四大报告中明确提出"我们要建立社会主义市场经济体制，就是要使市场在社会主义国家的宏观调控下对资源配置起基础性作用。"

探讨转型时期中国体育的改革问题，可以有多种切入点，但是从经济学的角度来看，资源配置是其核心问题。经济学在一定意义上就是研究资源合理配置的学问，正如著名经济学家萨缪尔森所说，经济学是"如何进行抉择，来使用具有各种可供选择的用途的、稀缺的生产资源来生产各种商品"的研究领域。市场机制的本质是通过竞争提高效率，实现优胜劣汰，优化资源配置。

中国是一个发展中的人口大国，资源紧缺是长期制约我国发展的基本因素之一，是我国的基本国情。我国的耕地、林地、草地、水资源均低于世界平均水平，而资源负担系数为3，高于世界平均水平3倍之多。合理利用资源，使之发挥最大效益，在我国更具紧迫性。然而，现实情况是，我国资源的利用率却很低，资源严重不足与资源大量浪费在我国社会各个领域普遍存在，这种情况也长期困扰着我国体育的发展。

中国经济社会开始两个根本性转变以来，最先受到冲击的就是体育资源配置、开发和利用的旧有体制。改革开放极大地提高了人民的生活水平，随着温饱问题的解决，人们开始追求生活质量，对体育的需求出现迅猛发展的势头。稀少的体育资源与巨大的社会需求形成强烈的反差，矛盾加剧，原有的资源配置的种种不合理暴露无遗。新时期中国体育的改革所采取的一切体育政策方针、计划措施、组织手段都是为了使体育资源得到充分的合理利用，都是为开发出更多的资源。因此，中国体育改革成功与否的标志之一就是视其能否合理地利用现有资源，并不断地开发出新的资源。

1987年，世界环境与发展委员会提出了人类社会要坚持可持续发展的总原则。可持续发展的一个基本原则就是资源的合理利用，追求人类社会长远目标的健康而富有成果的生活。可持续发展理论将资源的配置、利用与开发提到社会发展观的高度，资源配置的合理与否成为检验当代人类社会的道德责任的一个试金石。

可持续发展强调发展的"整体性"和"综合性"。这种思想给社会转型时期的中国体育改革者以重要的思想启示。

正是在这样一种时代背景和思想背景中，本研究将围绕着体育资源配置这一逻辑主线来探讨中国体育改革。

一、体育资源配置模式

一个国家体育资源的配置涉及资源的种类、来源、影响因素和资源投入后的最终产品，这些要素的相互关系如图1所示。

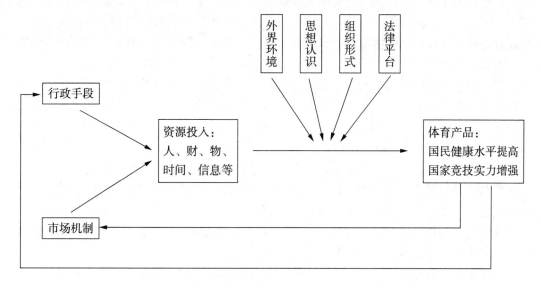

图1 体育投入—产出关系

（一）体育的"社会产品"

1. 体育的产出

一个社会之所以要向体育投入各种资源，是希望这些资源会换得理想中的产出结果。一个社会对体育产出的价值判断及对其性质的认识，对其资源配置具有关键的导向性意义。

体育是具有多功能、多维度的社会文化现象，如果将一个国家的体育事业置于"投入—产出"的框架结构，从经济管理学的视角加以简化，则可将其核心"产出"概括为：其一，国民健康水平的提高；其二，国家竞技运动实力的增强。在这两种基本产出的生产过程中，伴有大量其他相关产品出现，如体育的文化产品、体育设施、各类体育赛事与活动、体育艺术品等。

从体育的角度来看，国民健康水平提高主要是通过群众体育的方式实现的，其效果可以通过许多具体指标，如患病率的下降、医疗费用的降低、人均期望寿命的延长、体育人口的增加等显示出来。而竞技实力的增强，则主要是通过特有的运动训练系统实现的，其基本指标是在国际重大赛事中长期优良而稳定的运动成绩。

由于国民健康涉及一个国家的全体公民，竞技实力也需要以全社会的综合实力为基础，一个国家的体育事业产出的数量或质量，是以该国家的经济社会发展水平为依托，并需要全社会共同参与的。体育对社会的高度依赖性及其与社会各方面的高度融合性，决定了体育"投入—产出"过程受众多内外因素的影响，其数量之大、影响之深，远远超出许多人的想象。

2. 体育产出的两重性

体育产出既有鲜明的社会公益性也有巨大的市场开发性，既有社会价值也有商业价值。

通过体育手段促进人的健康状态，通过体育竞技为国争光。对个人而言，这一过程可以促进人的全面发展，改变不良习惯，确立健康的生活方式，培养文明的精神境界和健康的审美感；对国家而言，这一过程有提高劳动生产率和国防建设的重要作用；对社会而言，这一过程有消除和宣泄不良的社会情绪、沟通人际关系、凝聚社会各群体的作用。因此，体育毋庸置疑地成为一项社会公益事业。体育的这种增强人民体质、振奋民族精神、促进社会精神文明建设、推动经济发展、维护社会安定的积极作用，是无法用金钱来衡量的。因此，现代社会将体育视为每一个社会成员的基本权利。联合国教科文组织于1993年公布的《国际体育与运动宪章》（International Charter of Physical Education and Sport）的第一款就明确提出：

"体育与运动实践是所有人的基本权利。每个人享有对于其个性全面发展必需的参与体育与运动的基本权利。通过体育与运动发展身体的、智力的和道德的能力的自由必须在教育系统和社会生活的其他方面得到保证。

在符合其民族运动传统的条件下，每个人必须享有充分的参与体育与运动的机会，以发展其体质，并达到与其天赋相应的运动水平。

对于少年，包括学前儿童、老年人和残疾人要给以特别的机会，使他们通过体育与运动和适合他们需要的运动计划充分发展自己的个性。"

国际奥委会的《奥林匹克宪章》（Olympic Charter, 1997）在其"基本原则"的第八款中也指出："参加体育运动是人的一项权利，每个人应有根据自己的需要参加体育的机会。"

许多国家在自己的法规中，清楚地表明体育活动的社会公益性，参加体育活动是人的权利。

法国《大众与竞技体育活动的组织与促进法》指出："大众与竞技体育活动是每个人平衡、健康和发展的重要因素，也是教育、文化和社会生活的基本要素，大众与竞技体育活动的发展，关系到公众的普遍利益。每个人，不论其性别、年龄、能力或其社会地位，均有权参与体育活动。"

西班牙体育法指出："体育是一种自由、自愿的活动。作为一个教育和人的全面发展的基本因素，它构成的文化现象应该受到国家和公众权力机关的保护和鼓励。"

发展中国家也不例外，如1990年危地马拉国家议会通过的《体育、运动、娱乐法》指出："参加体育、运动、娱乐活动是全体公民应有的权利。"

马来西亚的国家体育政策也指出："竞技体育和群众体育活动是政府旨在使人民得到均衡和全面发展的努力的一个组成部分。体育同教育、交通、住房和卫生等基本的社会规划一样，应该得到全社会的承认、尊重和鼓励，使得政府能够实现国家发展、统一和长治久安的目标。"

秘鲁体育法第一条即为："推动和促进体育运动，是关系到全民族利益的事情。执法机关、国家和各个市政府以及社会和家庭都有责任促进各个项目、各种级别的体育运动的开展，以利于全国培养人才，特别是有利于青少年在体育和德育两个方面的发展。"

然而，体育的公益性并不妨碍它同时成为具有巨大商业价值、产生高额利润的巨大产业。如今天的足球运动在全世界创造的营业额每年高达 2000 亿美元，超过通用汽车公司这样的世界超大型企业的年资金流通量。就是排球运动每年的营业额也在 65 亿美元左右。

美国的"余暇企业"（Leisure Industries）现已几乎在美国各州跻身前三位，全国年均产值 3000 多亿美元，体育运动是这一企业的核心内容。

在加拿大，体育运动创造了 16.4 万人的职业，加拿大国内总产值中的 69 亿加元来自体育运动。1994 年，有 2700 万人因参加和观看体育赛事到加拿大旅游。

IEG Endorsement 公司估计，1998 年美国利用名人（其中相当部分为体育明星）做广告的投入为 8 亿美元。

澳大利亚 1993—1994 年度国民生产总值的 1.2% 来自体育娱乐业，产值高达 118 亿澳元，超过纺织、服装、制鞋和皮革加工业产值的总和，与汽车制造业并驾齐驱。

体育这种社会福利性与商业开发性共存的双重特性，深刻地影响着体育资源的配置。这一领域既是体现公平、平等社会福利性机构和政策的用武之地，又处处蕴藏着获得高额利润的巨大商机。体育无论是作为社会公益事业，由政府通过行政手段这只有形的手直接作用，还是作为企业通过市场这只无形的手来经营，都有其内在的基本依据和充足理由。在体育领域，福利性与营利性，社会公平与发展效率，盘根错节，相互交织，呈现出错综复杂之势。这就给如何作出体育资源配置的决策出了一道难题。应当说，目前无论是发达国家，还是发展中国家，在回答这一难题时，都颇为踌躇。因此，政府的体育机构设置和隶属关系的多变，有关体育政策的前后矛盾，在今日的国际体育界已屡见不鲜。

（二）体育资源及其来源

1. 体育资源的界定

体育资源，是指一个社会用于体育活动，以扩大参与体育活动的人口和提高竞技运动水平在物资、资本、人力、时间和信息等方面的投入。体育资源是发展体育的物质凭借。一般而言，体育资源越充沛，体育活动就越容易开展，其发展水平就越高。但是由于人们的健康需求水平是没有限度的，竞技运动的发展也是没有止境的，体育资源与社会的体育需求之间总是存在着差距，社会越是发展，人们越是感到体育资源的紧缺。

此外，体育资源是一个伸缩性极大的资源领域，社会通常对自己拥有的体育资源总是估计不足，在体育资源的利用中往往存在较为普遍的浪费现象，这是因为：

其一，体育活动本身的多样性，使体育资源的开发和利用出现多种可能，变非体育资源为体育资源的现象在现实中屡见不鲜。因此，体育资源的改善常有较大的空间。

其二，由于体育具有余暇活动的本质属性，人们对体育资源的利用不像在生产、军事和科研等领域里计划和使用得那样精打细算，而多留有开发的余地。

其三，体育资源的利用率没有统一的标准，如美国将大量优秀的体育天才用于非奥运项目上，以我们"奥运争光"的观点来看，显然是人力资源的浪费。

（1）人力资源

是指从事体育工作的专业工作者，如体育活动指导者、运动员、教练员、科技人员、体育教师和管理人员及开展体育活动的辅助人员等。

开展群众体育的人力资源主要有社会体育指导员、体育教师等。由于群众体育的对象是全体社会成员，其人力资源的多少是以总人口与群众体育的组织者和指导者的比例为标准的。

竞技运动的人力资源则是指直接参与运动训练的运动员、教练员、科研人员、体育管理者等。

（2）资金

今天，由于群众体育的规模向覆盖全社会的方向发展，并出现多样化的趋势，而竞技体育科技含量不断加大，需要大量的资本投入，一个国家的体育事业需要雄厚的财力支持，体育越是发展，需要的资金就越多。

（3）体育设施

开展体育活动需要一定的空间，要取得好的练习效果需要一定的场地条件和设备器材。体育设施已经构成了现代社会的特有的文明景观。

（4）余暇

余暇是重要的体育资源，有了余暇人们才有可能亲身参与体育活动或观赏体育比赛，从而刺激体育消费，导致其他体育资源的增长。余暇的多少对其他体育资源有重要的促进或促退作用。

（5）信息

开展体育活动，办体育事业需要大量的信息，诸如有关个人的合理健身和科学训练的信息、有关社团组织的经营管理、有关政府的政策法规、有关企业的商品信息等。在现代社会，体育已经成为信息产出量最大的社会部门之一，电视台的体育专用频道、报纸的体育专版，传递的都是体育信息。但是，我们也应注意到，有关体育资源及其配置方面的信息，却往往是稀少的。体育资源配置的合理与否，取决于及时、准确的信息。目前世界上体育比较发达的国家都有充足的体育信息资源，信息的收集、处理和公布的渠道畅通，网络完整。

2. 体育资源的来源

社会对体育的资源投入量及投入方式与对其最终产出的期望有直接关系。由于体育产出既有社会公益性特点，又有巨大的商业开发性，这种双重性的本质特点会带来社会和经济的双重效益，因此，其资源投入也分为政府和非政府（私人）两种渠道。政府对体育的资源投入，主要基于社会的整体利益和长远利益，其资源投入期望兼顾社会效益和经济效益，在社会效益与经济效益发生冲突时，以社会效益为重。非政府的私人投入除了公益性慈善捐助之外，多出于谋取经济利益的考虑。

（三）体育资源的配置

由于资源紧缺，而社会对体育资源的要求却与日俱增，在资源稀缺规律的作用下，社会不得不对资源的投向作出选择。一个社会如何给自己的体育事业以必要的资源投入？如何在不同的体育部门间分配有限的体育资源？资源的投入以什么样的机制进行运作？是考察该社会体育发展形态的一个基本线索。

1. 计划机制

经济学家将计划机制描述为"资源的分配由政府决定，命令个人和企业按照国家经济计划行事"的机制。在这种机制中，体育资源是由政府行政组织根据其制定的计划强制分配的。

这种根据政府的计划配置资源的机制，一般强调体育的公益性，突出体育的社会效益，常处于较强的道德优势地位，容易获得社会舆论的支持。在公有制的社会结构中，依据计划机制进行体育资源的配置，也易于与社会主流思想保持一致，从而在政治上有较大的安全系数。由于这种机制较少，或根本不考虑投入与产出的经济效益，社会各部门的运作均依计划行事，因此以这种机制为基础的体育在一定范围内，可以保持正常运转。它可以人为地制造一个体育环境，如强制性向企事业派遣退役队员，以维持运动训练资源流通渠道的通畅；指令企事业利用部分工作时间开展群众体育，以牺牲部分有效生产资源来弥补体育资源的不足。

在这种机制下，体育的发展完全依靠国家投入，资源虽少，却有稳定的来源。然而，由于这种机制不按经济规律办事，抑制了体育资源经济运行时自我调节机制，而缺乏活力，最终导致体育资源的萎缩。此外，在计划机制中完成的体育资源配置，易于在分配中出现过剩或不足的现象，从而造成体育资源的浪费。

2. 市场机制

"市场机制就是通过市场价格的波动、市场主体之间对利益的竞争、市场供求关系的变化而调节经济运行的机制。"市场机制的"基本点是主要的价格和分配决策都是在市场上作出的"。

由于市场机制以利润和亏损为标准来解决资源配置的各种问题，"具有物质利益性、自主性、平等性、竞争性、开放性等属性特征"，因此它对体育资源的利用与开发极有效率，充满活力。

但是市场机制也有其不足之处。由于市场机制追求的是利润最大化，于是，微利或无利的公共体育设施，如居民小区的公用体育设施，就难以获得资源的投入；不适合电视广告要求的运动项目也会因资源不足而萎缩。此外，在市场机制运行中，体育资源跟着购买者的货币选票走，资源易于流向那些出价最高的人，而不一定是最需要的人，从而增大在体育资源拥有量方面的社会不平等。

3. 两种机制的互补

单纯的计划机制和市场机制，各有其优点和不足。在现实生活中，一般都是以市场机制在资源配置过程中发挥基础性作用，而以计划机制作为间接的宏观调控手段，以弥补市场机制的不足。

这两种机制的相关关系实际上就是经济领域里"看不见的手"与"看得见的手"的相互关系。

然而，这一学说即便在纯粹的经济领域也有其一定的适用范围和局限性，会产生市场失灵的状况。需要政府这只看得见的手进行干预，以维持效率、平等和稳定。

现代的社会经济制度，没有一种是其中的一种纯粹形式，相反，社会是带有市场、命令和传统成分的混合经济。从来没有一种100%的市场经济。就是在美国这种市场经济高度发达的资本主义制度下，尽管大部分决策是通过价格和市场作出的，但是政府在制定经济活动的规则、生产教育和保安设施、控制污染和企业方面发挥着重要作用。

对体育这个社会公益事业为其本质特征的事物，更是需要这两种机制的有机结合。

在体育资源的配置中，既要依靠市场的价格机制、供求机制、竞争机制以更新资源、优化配置，将资源配置搞活，提高资源利用效率，又要采取必要的法律、行政手段进行干预和指导，规范市场行为，并保持其社会成员在使用体育资源方面必要的平等性。

当体育水平发展较低，参与者尚不普及，体育多种重要功能尚未充分开发，涉及的因素较为简单时，市场经济占主导地位的国家，如美、英、法等，很少通过政府行政介入对体育进行干预，而是一任体育在市场的作用下自然发展；而以计划经济为主的国家，如我国，也很少采取市场手段，而是单纯依靠计划机制完成对体育的管理。然而自20世纪中期以来，尤其是六七十年代以后，西方各国政府纷纷介入体育，不同程度地采用法律、行政手段进行干预，而我国则大力引进市场机制的办法。这种历史趋势本身就说明，在体育资源配置中两种机制的相辅相成的互补关系。

（四）资源配置的影响因素

1. 环境因素

任何一个国家的体育系统都是该社会大系统的一个子系统，与其存在的环境息息相关，受到社会的经济、政治、文化等各种因素的直接影响。体育更是由于其具有与社会结合点多、结合面广的本质特征，其资源配置也无时无刻不受到环境的影响。如在战乱时，军事体育获得较多的资源，和平时期则娱乐体育处于获取资源的有利地位。一个国家文化传统对体育资源配置的影响也是显而易见的，如武术在中国获得在其他国家无法取得的地位和资源就是一例。

2. 思想认识

在进行体育资源配置时，决策者会不断地涉及有关体育的价值判断。首先是对于体育功能的认识。如果认为体育的功能可以由劳动和军事训练所取代，社会就会将对体育的资源投入转移到生产和军事领域，如我国文革初期就是如此。其次，涉及对体育诸多形态的认识。在对不同的体育形态进行资源配置时，人们不断地对各种体育形态的价值进行评判。

3. 组织形式

体育资源的使用，最终是通过一定的体育组织形式进行的。一个社会体育组织的形态结构和运行机制，直接决定着对体育资源的利用率和利用效果。如条块分割的体育组织形态，会导致体育资源的分割；而网络化的社团组织，则多表示体育资源有较多的共享性。

4. 法规平台

现代社会是制度化的社会，一切社会活动的运作离不开制度性的凭借，制度既是对各方利益的界定，又是工作程序的规定，体育资源的配置、利用和开发涉及各种复杂的社会因素，更加需要依托完整的法规制度。

二、我国体育资源配置的问题及其原因

从宏观经济学角度来观察，首先要确定中国体育的总需求与总供给的总量，各分需

求类别、性质与数量。然后分析满足这些需求的产品是什么、如何生产、为谁生产这三个经济学的基本问题。

由于人口、社会发展水平、地域环境等原因，中国有着世界各国罕见的巨大体育社会需求，其总需求量之大为世所罕见。

（一）体育资源配置的问题

1．体育资源严重不足

资源的极度缺乏是我国体育资源配置中长期面临的带有基础性的一个难题，这表现在以下几个方面。

（1）体育人才

我国是世界上人口最多的国家，人力资源似乎不成问题。然而在巨大数量的人口中，体育专门人才的数量却十分有限。

① 竞技体育

1995 年我国各类体育人才共 14.4915 万人，其中专业队运动员 17921 人、专职教练员 25260 人、专职文化教师 11062 人、科研人员 1538 人、医务人员 1876 人、管理人员 47190 人，其他人员 40169 人。

而人口不到 3000 万的加拿大，在 1996 年就有 4.2 万人以教练员、队医、裁判员和运动员为职业。

意大利足协通过 A、B、C 三个级别的联赛推动足球运动发展，A、B 为职业联赛，共 30 个俱乐部，有 4200 名运动员参加；C 级联赛为半职业的，分为 C1 和 C2 组，共有 108 个俱乐部，有 6500 名运动员。此外还有业余联赛，52.8 万名运动员。还有 2000 个 6~16 岁的青少年足球俱乐部。职业和业余足球教练员有 4 万多人。

而巴西近 8 年来通过巴西足球联盟，向世界各国输出足球运动员就有 1907 名。

我国竞技体育人力资源存在的另一个严重问题是，后备力量不足，这已成为制约我国竞技实力提高的关键因素。1980—1995 年我国少年级运动员逐年下降，15 年下降了 13 个百分点，造成许多运动项目后继乏力，见表 1。

表 1　我国等级运动员比例

年	合计人数	国际健将级 （%）	运动健将 （%）	一级 （%）	二级 （%）	三级 （%）	少年级 （%）
1980	47214		2.4	1.7	5.4	41.8	48.7
1985	67391	0.2	1.3	1.6	6.9	47.9	42.1
1990	66174	0.1	1.5	2.1	13.5	43.8	39.0
1995	79460	0.2	1.2	2.4	21.8	38.7	35.7

［资料来源］钟秉枢. 成绩资本和地位获得. 北京：北京体育大学出版社，1998：35.

由于资源不足，我国竞技体育的人力资源配置多集中于"投入—奥运奖牌产出"比率较高的"最经济类"和"经济类"项目上，而"不经济的"大球项目人才资源 30 多年来逐步萎缩，见表 2、表 3。

表2 我国奥运会重点项目经济性分类

项目类别	特征	项目名称
最经济类	每项有15块以上金牌 每小项可报多人参加 每人可兼报项目	田径 游泳 摔跤
经济类	每项有6~9块以上金牌 每小项可报多人参加 每人可兼报项目	男子射击、体操、赛艇、 男子击剑、男子举重、柔道
尚经济类	每项有1~3块以上金牌 每小项可报多人参加 每人可兼报项目	女子射击、乒乓球、羽毛球、 跳水、女子击剑、射箭
不经济类	每项只有1块金牌 每项需报10~20人成队参加 无法兼项	篮球、足球、排球

［资料来源］钟秉枢. 成绩资本和地位获得. 北京：北京体育大学出版社，1998：38.

表3 我国优秀运动队在队运动员的分项比例（%）

年	田径	游泳	其他体能类	表现类	大球类	小球类	格斗类
1957	10.4	6.3	1.0	7.8	67.7	6.8	0
1962	13.0	5.5	4.2	13.2	55.8	7.3	1.0
1965	14.9	1.9	5.0	17.6	49.6	8.9	1.9
1970	15.1	6.4	4.1	12.7	49.0	11.7	1.0
1975	17.2	7.3	4.9	13.1	43.1	13.7	0.7
1979	13.3	6.5	5.8	12.1	48.8	11.0	2.5
1980	15.6	6.2	7.5	14.7	39.7	12.4	3.9
1985	12.8	3.8	9.4	13.5	41.8	9.3	9.4
1990	13.8	6.2	13.4	16.0	27.8	9.9	12.9
1992	13.6	6.3	14.9	15.5	25.6	9.6	14.5

［资料来源］钟秉枢. 成绩资本和地位获得. 北京：北京体育大学出版社，1998：38.

② 群众体育

截至1997年6月，我国共有社会指导员6万人，全国平均每2万人拥有一名社会指导员，每7000名参加体育锻炼的人拥有一名社会体育指导员。而日本每2000人口中就有一名社会体育指导员，是我国的10倍。

1997年中国群众体育现状调查结果表明，我国平均每个晨、晚练点有组织指导人员0.63人，其中社会体育指导员0.17人。社会体育指导员仅占组织指导人员的27.06%。我国社会体育指导员远不能满足我国社会的需求。

据15个省、市、自治区的抽样调查，76个街道社区体协中专职管理者仅占19.6%，77.5%的管理者由身兼2~3职的管理人员兼任，还有2.9%的管理者聘请离退休人员担任。由于大部分管理者身兼多职，工作内容杂，很难在社区体育工作上投入很多精力。

（2）体育设施

1996 年由国家体委、国家统计局、国家教委、全国总工会、农业部等部门联合组织的第四次全国体育场地普查，对全国各系统、各行业、各种所有制形式的单位、党政机关、社会团体、民间组织以及个人建有的符合普查标准的体育场地进行了普查登记。

截至 1995 年 12 月 31 日，我国有符合普查标准的各类体育场地 615693 个。体育场地占地面积 10.7 亿平方米。累计投入体育场地建设的资金为 372 亿元。以 1995 年年底全国总人口计算，每 10 万人拥有体育场地 50 个，人均体育场地面积 0.65 平方米。

而 1990 年，意大利每 10 万人拥有 212 个体育场地，芬兰 457 个，德国 248 个，瑞士 220 个。据日本文部省 1990 年调查和韩国文体部 1994 年资料，1990 年日本每 10 万人拥有 260 个体育场地，1994 年韩国每 10 万人拥有 100.62 个体育场地。我国的体育设施资源与上述国家有相当差距。

由于体育设施的不足，我国居民参加体育活动的主要场所是：自家庭院、公路街道边和住宅空地（占参加体育活动总人数的 46.0%）等非正规体育场所；其次是单位拥有的体育设施和公共活动场所（占 30.4%）。据北京市政协教文卫体委员会对 14 个居民区或居民小区的调查，人均室内公共文体设施仅为 0.0027 平方米，室外仅为 0.0114 平方米。

1994 年我国城市各类公园 2912 个，总面积 5.54 亿平方米，人均仅为 0.46 平方米。而人口密度高于我国的日本却人均 53 平方米（1994 年中国人口密度为 121 人／平方公里，日本为 125 人／平方公里）。

（3）体育时间

在一个相当长的时期，由于生产力发展水平低下，我国人口工作时间长，体育可利用的时间资源——余暇，极为短缺。近年来工作时间已明显减少，但由于家务劳动社会化程度不高，余暇与发达国家相比仍有较大差距。1997 年城市居民平均每天工作 5 小时 37 分钟，家务劳动 1.5 小时以上者为 76.0%，2 小时以上者占 56.0%，3 小时以上者占 38.2%，目前我国城市 16 岁以上人口的每周人均闲暇已达 19.6 小时，即日均 2.8 小时。而日本 1996 年人均每天余暇为 6.09 小时（男均 6.19 小时，女均 6 小时）。

（4）体育经费

体育经费是一个国家办体育事业的必要条件。长期以来，我国体育经费基本来源是政府拨款。与世界上一些体育强国相比，我国政府对体育的拨款处于较低水平，年人均体育经费尚不及 80 年代中期的古巴，见表 4。

表 4　20 世纪 80 年代中期部分体育强国体育经费

国家	人均产值列世界位置	年人均体育经费（合人民币元）
美国	第 4 位	16
联邦德国	第 8 位	32
日本	第 16 位	12
加拿大	第 5 位	17
英国	第 18 位	16~20
古巴	第 50 位以后	8

［资料来源］杜利军. 国外体育经济政策的发展及对我们的启示.

表5　1991—1996年期间我国体育事业费

	1991	1992	1993	1994	1995	1996
体育事业费（亿元）	16.66	18.65	17.92	20.24	23.88	28.42
人口（亿人）	11.5823	11.7171	11.8517	11.985	12.1121	12.2389
年人均体育经费（元）	1.44	1.59	1.51	1.69	1.97	2.32

［资料来源］国家体委计财司.体育事业统计年鉴（1990-1997）.中国统计年鉴（1996）：69.

1994年国家体委对我国9个省区74个县调查，发现有40%左右的县的体育经费基本上用于工资支出，甚至还不够；30%的县人头费的支出要占事业费的80%～90%。

居民的体育消费开支也是体育经费资源的重要渠道。但目前我国城乡居民的体育消费开支仍然处于较低水平。1996年体育参与者全年全家体育消费平均在200元以下者占86.08%，100元以下者占58.31%。体育参与者对经营性体育娱乐场馆的门票，还只能承受较低的价格，能承受1～3元的占63.6%，10元及10元以上的只占15.5%。

1997年国家体委对19个省市18～60岁（女55岁）的105328人进行了调查，发现在被调查人中，男女分别有24.5%和24.9%没有体育消费。每月50元以上的体育消费者，男女分别只有4.5%和4.3%，见表6。

表6　我国居民月体育消费统计

	无体育消费	1~10元	11~49元	50元以上
男	24.5%	49.2%	21.7%	4.5%
女	24.9%	49.7%	21.1%	4.3%

［资料来源］国家体育总局群体司，国家成年人体质监测中心.1997年中国成年人体质监测报告.

而1997年12月KSA公司受世界体育用品企业联合会（WFSGI）委托进行的一项体育用品（包括运动服装、运动鞋和运动器械）消费水平调查表明，该年度日本人平均消费为888美元、德国人790美元、美国人695美元、英国人443美元。1993—1994年度，澳大利亚家庭用于体育和娱乐的消费为59亿澳元。

（5）体育信息

体育资源配置的合理与否，体育资源利用率的优劣程度，取决于及时而准确的信息。在体育资源信息不足的情况下，资源配置与使用的浪费与低效是无法避免的。目前世界上一些体育发展水平较高的国家如加拿大、澳大利亚、德国、美国等国也都是体育信息资源充足的国家。如美国体育用品制造商协会（Sporting Goods Manufacturers Association-SGMA）为了营销对路，定期公布有关信息，其中包括美国人参与最为频繁的20项体育活动、6岁以上人口的锻炼活动的顺位、55岁以上老年人口的体育习惯等，以提高体育商家产品的针对性。体育信息业在日本也十分发达，近10年日本全国47个都道府有37个建立了体育信息中心，提供体育的社会供需信息，如表7所示。

表 7　1992 年日本大众体育的社会供求信息状况

信息内容	需求比例（%）	获得比例（%）
体育休闲设施的数量、内容	87.8	58.7
运动医学知识	83.8	33.7
同一项目其他团体的活动及工作	82.3	58.4
各种比赛详细的举办信息	81.0	55.0
增进健康体力	79.9	35.0
出版物信息	79.4	54.7
体质测试方式	78.9	32.7
体育休闲设施的使用费及预约	78.3	41.5
全民大众体育活动的动向	75.4	31.1
体育比赛的举办方法及典型事例	74.9	45.0
体育指导员、裁判员的培训认定	74.2	43.0
运动技术的提高	74.1	41.6
体育研究会	71.9	34.5
体育社团的整体状况及动向	71.1	26.1
运动技术及比赛规则	70.6	41.4
体育指导员、裁判员的派遣	69.2	35.2
地方政府的政策及动向	68.7	20.0
学会等研究机构的研究成果	68.0	15.7
国外体育运动的动向	66.7	30.7
体育研究人员的情况	66.6	23.6
体育休闲用具的情况	66.4	43.6
国家各省厅政策及动向	63.7	19.3

［资料来源］日本大众体育信息的社会供求情况. 国外体育动态. 1998（32）:261.

与我国体育有直接关系的许多信息资源尚处于待开发状态。如我国人口的体育消费状况、余暇利用状况、不同运动项目的群众参与率等。再如，由于我国职业足球市场信息的不足及传递过程信号的扭曲与失真，致使我国足球运动员的收入明显偏离正常状态，危及俱乐部自身的生存与发展。

2.资源分割，利用率低

在我国体育资源供应不足的同时，呈现出鲜明的分割性。资源共享率低、资源不足与资源浪费同时存在，利用率低。

据 1997 年全国群众体育调查，在被调查的 549 个体育场馆中，未对社会开放的比例高达 34.6%，部分开放的场馆占 21.3%，全部开放的仅为 44.1%。国际上一般认为，体育设施利用率达到 80% 时，方可达到满意程度。目前我国能达到这一标准的只有41.9%，其中最低的高尔夫球场只有 12.5%，最高的综合体育场也只有 56.8%。

1997 年全国体育场馆的开放时间每天平均不足 3 小时。

在人力资源方面同样也存在着资源浪费现象，据国家体育信息所调查，在 1995 年 5月 31 日前的一个月中，我国有 59.11% 的社会体育指导员对居民的体育活动提供过直接的指导服务，没有提供服务者为 40.89%，而日本社会体育指导员的指导率达 98% 以上。

3.投入渠道单一且量小

体育作为一项社会公益事业，既需要社会各方的投入，也需要政府的财政支持，目前世界上一些体育发展水平较高的国家已出现通过多种渠道对体育事业进行投入的格局，如表8所示。

表8　欧洲各国对大众体育的投入（1990）　　　　（单位：亿美元）

国别	中央及地方政府对体育的投入				民间对大众体育的投入					合计	
	总值	占GDP比例(%)	中央政府	地方政府	总值	占GDP比例(%)	企业	家庭	足球彩票等	总值	占GDP比例(%)
德国	58.88	0.35	1.2	57.68	159.73	0.95	8.28	149.54	1.9	218.61	1.28
英国	26.19	0.24	1.32	24.87	192.38	1.76	8.36	130.36	53.66	218.57	1.49
法国	26.68	0.42	13.33	13.35	157.07	2.47	6.65	85.43	65	183.75	1.1
意大利	24.88	0.2	10.66	14.22	142.87	1.15	10.26	94.35	38.27	167.75	1.04
西班牙	13.02	0.23	3.09	9.93	81.02	1.43	\	81.02	\	94.04	1.68
瑞士	5.02	0.2	0.38	4.64	86.47	3.44	2.47	81.44	2.55	91.49	3.47
瑞典	4.73	0.18	0.47	4.26	20.4	0.78	3.85	12.58	4.24	25.12	0.8
芬兰	5.09	0.33	0.76	4.33	13.38	0.87	0.81	11.63	0.93	18.46	1.13
葡萄牙	4.15	0.61	1.91	2.24	8.43	1.24	0.81	7.05	0.56	12.58	1.77
丹麦	3.27	0.22	0.53	2.75	5.14	0.35	0.46	4.67	\	8.41	0.56
匈牙利	0.88	0.28	0.57	0.31	1.05	0.33	0.11	0.89	0.05	1.93	0.6

[资料来源] 杜利军，等. 国外体育经济政策的发展及对策对我们的启示.

西班牙公共行政部门投入体育运动的资金由1985年全民生产总值的0.16%增加到1989年的0.25%。

在我国，政府对体育投入的总量偏少，体育在政府财政支出中的比重仅为4/1000左右，体育支出在科教文卫体等社会发展领域中的支出只占2.3%，这种投入水平不仅大大低于经济发达国家而且低于印度等发展中国家。西欧绝大多数国家的体育经费及与体育相关的资金，都在国内生产总值（GDP）的1%以上。

我国随着改革开放的深化和体育产业化的发展，来自非政府的资源投入近年来有所增加，依靠政府财政为单一投资渠道的状况有所改观，但还远未形成多种渠道吸引资源投入的局面。中央与地方、政府与社会的投入缺乏有机结合。

4. 资源配置结构不合理

在群众体育投入与竞技体育投入之间、奥运项目投入与非奥运项目投入之间、高水平运动队投入与后备人才培养投入之间存在着结构性的缺陷。

表9　各级体育行政机构群众体育事业支出情况　　　　（单位：万元）

	1994			1995			1996		
	事支出	群支出	群支占事支(%)	事支出	群支出	群支占事支(%)	事支出	群支出	群支占事支(%)
平均省市级	3867.22	143.78	3.7	4299.33	152.56	3.7	5178.56	174.67	3.4
平均地市级	634.57	9.93	0.2	717	13.36	1.9	782.64	24.64	3.1
平均区县级	32.9	6.57	20.3	38.09	7.89	20.7	46.41	9.96	21.5

[注] 事支出指各级体育行政机构的事业支出，群支出指各级体育行政机构的群体事业支出

在体育设施建设上，存在重基建投入轻使用管理，许多公共体育设施兴建后，没有相应配套的维修和运营费用，年久失修，设备老化。

八运会上实行彻底的"奥运战略"，调整了除武术外的所有非奥运项目，进一步加大了奥运与非奥运项目在资源配置方面的差距。

5. 资源流通渠道不畅

资源流动是任何一个系统保持活力的前提条件。资源流动起来才能保持资源的更新和实现资源的增值。我国体育资源配置中一个重要的缺陷就是渠道阻塞、流通不畅。不仅体育系统内外资源流动困难，就是体育系统内部交流也多有滞塞。就人力资源而言，体育人才资源的更新渠道不畅，一方面表现为运动员来源日益枯竭，另一方面则是退役后再就业的困难重重。自1983年以来，我国优秀运动员队伍的年淘汰率为17%～19%，其中1988年达到28.4%。1983—1993年10年间的运动员淘汰率平均达到17.1%，即每年有4000名运动员需要安置，而平均安置率仅为41.5%，也就是说每年都有近2000名退役运动员得不到安置。在全国待安置的运动员中，年限短的为2～5年，最长的12年得不到安置，到1994年，全国需退役再就业的人数近9000人。尽管80年代中期以来国家体委等机构先后下发了关于退役运动员退役安置问题的若干文件，一些地方如天津、青岛制定自己的《退役运动员安置办法》，这一状况仍无改观。国家体育总局竞技体育司1999年对34个运动项目进行了调查，大部分项目的后备力量处于不良状况。

就资金资源来说，许多国家和国际体育组织已经围绕着体育产品形成了较为完整的资金流动渠道。大量资金在体育界内外迅速地交互流动，投资方与被投资方不断变易位置，导致资本的快速增值，如欧美许多国家的职业体育俱乐部为主体的体育娱乐业与其他行业间保持极为通畅的资金流动，再如国际奥委会、国际足联、国际田联等国际体育组织也是如此。而我国资金资源的流动基本是单向的，即体育界外（主要是政府）流入体育界，多渠道的互动的流动尚处于萌芽状态。

就体育的设施资源而言，资源流通的含义主要是指资源使用权的流动，如一个体育场在不同的时间用于居民健身、学校体育课和运动队训练，也就意味着该资源在居民、学生和运动员三个群体间的流动。由于我国社会各系统之间存在的封闭性等原因，这种体育设施资源的流动多处于停滞状态。

6. 资源再生能力差

体育产品和各种资源要素没有纳入市场，使得资源投入与产出的双向驱动过程成为资源转化为产品的单向流动过程。由于缺乏对体育产品多层次的后续开发，体育产品对资源的增值功能未得到有效发挥。这就造成体育资源的利用成为单纯的资源消耗过程。具体表现在对高水平竞技运动的商业观赏价值和大众健身的消费性服务等价值的商业开发不足，从而造成对潜在体育资源的浪费，如图 2 所示。

图2　体育资源、体育产品和商业开发的相互关系

（二）体育资源配置问题

体育作为一个特殊的社会文化形态，不仅与人的生物属性密切相关，也与人的社会属性密不可分。体育特有的健身、健心和益群的功能使之衍生出一系列具有重要社会效益和经济效益的派生功能。这不仅使得体育内部每一子系统的生存与发展都以其他子系统的生存与发展为依据，形成相辅相成的互动之势，而且使体育系统与其所在的社会环境形成了许多结合点，社会得以通过多种渠道促进并制约着体育的发展。因此，我国体育资源配置中出现的种种问题，是体育系统内外多种因素综合作用的结果，归结起来主要有以下几种。

1. 客观因素

（1）经济发展水平的制约

体育作为一种社会文化系统，是以社会的经济发展水平为依托的。新中国成立以来，我国是在经济发展水平极为低下，"一穷二白"经济基础上开始社会主义建设的。国民生产总值很低，1980年时仅为4518亿元。

在社会经济发展水平的制约下，我国人口的温饱问题长期得不到解决，居民消费水平恩格尔系数居高不下，1978年为67%，处于极端贫困状态。改革开放以来，这一状况迅速得到改善，恩格尔系数逐渐降至50%以下，但与发达国家相比，仍有较大差距，如表10所示。

表10 中国历年经济发展水平和恩格尔系数

年	人均国民生产总值（元）		人均国民收入（元）		居民消费水平（元）	恩格尔系数（%）
	人民币	折美元	人民币	折美元		
1952			126	84	110	68.0*
1957			172	114	135	64.7
1965			197	131	146	68.0
1978	403	269	339	226	194	67.0
1980	456	304	376	250	227	61.0*
1984	622	415	506	337	304	58.8
1985	693	462	561	374	345	56.7
1986	741	494	604	403	361	55.6
1987	811	540	656	437	381	54.9
1988	887	591	720	480	408	53.0
1989	901	600	729	486	429	54.4
1993						50.1
1994						49.9
1995						49.9
1996						48.6
2000 预测	1480	986	1137	758	583	48.0
2020 预测	3040	2026	2123	1415	1084	40.0

[注] 人均国民生产总值与国民收入、居民消费水平均按1980年不变价格计算，人民币折美元为1980年的1.5:1计算。

[资料来源] 吴明瑜，等. 中国1997—2020科学技术与人民生活. 北京：中国财政经济出版社，1997：395.

中国物价及城镇居民家庭收支调查统计年鉴. 北京：中国统计出版社，1997.

表 11　1996 年城镇居民家庭工资收入（平均每人全年）　　（单位：元）

	全民所有制职工	集体所有制职工	其他所有制职工
最低收入户	1214.24	323.80	23.70
其中：困难户	1055.42	286.11	15.72
低收入户	1781.09	336.77	37.04
中等偏下户	2251.43	346.87	59.83
中等收入户	2866.65	358.10	84.23
中等偏上户	3529.54	369.71	106.85
高收入户	4202.05	378.60	150.81
最高收入户	5194.61	381.80	295.90

[资料来源] 中国物价及城镇居民家庭收支调查统计年鉴. 北京：中国统计出版社，1997：117-118.

在这种经济条件下，社会各种资源首先要解决居民的衣、食、住等基本生活需要，所能提供的体育资源是十分有限的。

此外，我国一直实行"注重物质资本"的发展战略，人力资本投资严重不足。如教育投资比例较低，国家公共教育经费占国民生产总值的比例，1992—1997 年 6 年中，分别为 2.99%、2.76%、2.52%、2.41%、2.44% 和 2.49%，低于世界平均水平。不仅远低于发达国家水平的 6.1%，也低于发展中国家 4% 的平均水平。1997 年度全国预算内教育经费拨款速度低于财政收入增长速度 4.67 个百分点，没有实现《教育法》规定的"教育财政的拨款的增长应高于财政性经常收入的增长"的要求。教育尚且如此，体育的状况如何，自不待言。

（2）计划经济体制的局限

在社会经济发展落后、资源紧缺的情况下，为了集中力量，保证重点，我国实行社会主义计划经济体制，这种体制正如 1982 年邓小平同志所指出的："它的优越性就在于能做到全国一盘棋，集中力量，保证重点。缺点在于市场运用得不好，经济搞得不活。"

社会经济形态与运行机制不仅提供了体育生存与发展的物质基础，也决定着体育的生存状态与发展模式。计划经济的社会体制强调社会的整体目标，突出政府的作用，强调行政力量，在资源配置上重政治效益，轻视计算"投入—产出"的经济效益。由于它有通盘筹划、集中优势的特点，在一定条件下，在一定范围内是有效的。

长期以来，正是以计划经济的社会形态为基础，我国体育事业得以形成"举国体制"，集中全国资源，利用计划体制的运行机制和强大的行政力量，使一个体育落后的东方大国迅速在世界体坛崛起，取得世人瞩目的成就。用历史唯物主义的观点来看，计划经济的社会制度成就了我国体育事业的诸多辉煌业绩。与计划经济的社会形态相吻合，我国构建了自己独特的体育体系，如以集中管理、统一调配的三级训练网为核心的高水平运动员培养体制；以工间操为核心内容、生产工作系统为依托的群众体育体制；以"两操、两课、两活动"为基本内容的学校体育体制等。

但是，这种计划经济的体育体制有其自身难以克服的局限性，主要表现为如下。

其一，仅适用于发展水平较低的社会环境

以计划经济为基础的体育体制比较适合社会发展速度缓慢、发展水平较低的社会。

改革开放前我国社会的种种特点，如落后的生产力水平、缓慢的社会变迁、封闭的社会环境、高度统一的社会价值体系等，与这种体制在结构和功能上都是相匹配的。正因为这种体制适合当时的中国国情，因此它很快改变了我国体育极其落后的面貌，取得世人瞩目的实效。但是，当社会进入较高发展阶段，各种社会因素变得日益活跃，社会关系日趋复杂，需要处理的信息量巨大而多变时，这种体制就陷入了捉襟见肘、进退维谷的窘境。

其二，仅适合体育需求较低的社会环境

当社会成员处于普遍贫困化状态时，社会对体育需求的层次较低。而人们需要的层次越低，就越具有趋同性，因此在改革开放前的许多年中，人们无论是对群众体育还是对竞技体育的体育需求均呈现出较强的单一性和同质性。此外，由于社会变化缓慢，人们的社会价值观念趋同而稳定，有较强的群体意识，可以形成价值目标趋同、活动内容简单、组织形态单一而规模较大的群众体育运动。同样，由于社会的封闭和大众传播媒介的落后，人们也易于满足于欣赏水平不高的竞技运动表演。然而，随着人们生活水平的提高、社会的开放，人们的体育需求自然会出现多元化和层次化的发展趋向，这时这种简易的计划体制便无能为力了。

其三，仅适用于依靠行政权力的运作机制

维持体育资源配置的计划体制，需要有强有力的政府行政干预，其运作的主要推动力是政府的行政力量。当社会经济转向市场经济的轨道，呈现出多元化的发展态势，这种体制由于其动力机制的单一和利益驱动不足，既无法纳入新的资源要素，又无法开发和管理新的资源渠道，因此原来高效运作的机制迅速变得笨重不灵，反应迟钝。

（3）组织体系的条块分割

以计划经济体制为基础的社会，为了便于"计划"，将各种社会部门构建为纵向层次清楚、而横向封闭的行业系统，俗称"条条"；也是为了便于"计划"，按照一定的地域构建有浓厚封闭特点的区域性行政机构，俗称"块块"。无论是"条条"，还是"块块"，其最突出的组织特征就是组织界面必须清晰，各自相对独立或孤立，否则既无法制定也无法贯彻"计划"。从管理组织学的角度来看，这种组织形态最大的弊病就是切断了社会作为一个完整的功能—结构内在固有的联系。

我国旧有体育体制也体现出这种组织特点，呈现出鲜明的条块分割状态。组织上的分割，各行业各地区自成系统。处于分割孤立的状态的体育组织体系，由于资源配置的系统分割性，缺乏横向渠道，其资源只能依靠政府等行政系统的单一渠道由上而下地输入或调拨，资源渠道的单一造成资源紧缺。系统的"条块"封闭，又决定了资源的利用不可能达到最大效率，资源的使用存在不可避免的浪费。体育的自组织能力被抑制。

于是，我国出现体育资源高度分散、高度分割的局面。学校体育、竞技体育、企事业体育各自成体系，呈现出大封闭的格局。每一个学校、企事业单位都有自己小而不全、不容别人涉足的零星资源，呈现出大封闭体系中的小封闭。就是充分体现了举国体制优势，集中了体育资源的竞技体育系统也同样深受资源分割之苦。表面上看，我国的运动训练队伍有充足的资源保证。其实不然，由于我国运动训练体系的封闭性，堵塞了该系统与社会的资源流动，出现资源浪费与资源不足并存的现象。一方面大量场地设施在训练竞赛之余闲置，造成资源浪费；另一方面又由于与社会脱节，无法利用社会的教育资源、科技资源和人力资源等，出现资源不足。

这就导致了我国运动训练科技含量不足的弊端，成绩的提高不得不依靠大量低科技含量资源的投入，呈现出鲜明的粗放型运作方式。在经济学收益递减规律的作用下，保持竞技水平需要的资源投入越来越多，因此我国运动员训练时间之长、教练员／运动员比率之低、支持辅助人员之多都是世界罕见的。据辽宁省粗略统计，培养一个全国冠军，从小到大最少花费为 20 万元，而最高花费达到 500 万元，平均开支约为 100 万元左右。

这种资源配置的不合理，也体现在分散在各省区低层次的体育设施和科学设备投入上。就是承担着我国一线运动队训练任务的训练基地的资源配置上，也存在着明显的缺陷。

自 1973 年以来，国家体委在东北、华北、西北、西南和中南地区先后与地方体委共同投资建立了 26 个训练基地，见表 12。为篮、足、排、手、网、曲棍、田径、游泳、水上项目（皮艇、划艇、滑水、赛艇、帆船、帆板）、冰雪项目（冰球、花样滑冰、短跑道、速滑、雪上项目、冬季两项）、射箭、自行车、棒垒球、滑翔等项目提供训练条件。到 1993 年国家体委在训练基地建设上共投入 1 亿多元资金。

表 12　我国现有训练基地一览表

基地名称	建设时间	运动项目
长春冰上训练基地	1973	冰球、花样滑冰、短跑道、速滑
漳州排球训练基地	1973	排球
昆明田径训练基地	1973	足球、网球、田径、游泳
武鸣射箭训练基地	1973	射箭、自行车
哈尔滨冰上训练基地	1974	冰球、花样滑冰、短跑道、速滑
秦皇岛训练基地	1974	综合基地，1978 年收归直属
肇庆划船训练基地	1976	皮艇、划艇、滑水、赛艇
梧州足球训练基地	1978	足球
郴州排球训练基地	1979	排球
柳州篮球训练基地	1979	篮球
兴隆田径训练基地	1983	田径
郑州篮球训练基地	1984	篮球
南宁手球训练基地	1984	手球
海口帆船训练基地	1986	帆船、帆板
广东英德训练基地	1986	女足
汉中棒垒球训练基地	1986	棒垒球
广阳坝曲棍球训练基地	1986	曲棍球
长白山冰雪训练基地		雪上、冬季两项
嘉峪关滑翔训练基地		滑翔
青岛篮球训练基地		篮球
吉林冰上训练基地		滑冰
黄石乒乓球训练基地		乒乓球
正定乒乓球训练基地		乒乓球
多巴高原田径训练基地		田径
广汉射箭训练基地		射箭
新津水上训练基地		水上项目

训练基地本来应具有为运动员提供生活、训练、学习、科研、娱乐等多种功能，但是，这些基地无专业科研人员，缺乏科研设备，多数基地只能为运动员提供必要的生活和训练条件。此外，多数基地仅能提供单一运动项目的训练服务，致使基地建设成本高，资源利用率低，处于低水平状态。尽管数量不少，却难以满足高水平运动训练的需要。相比之下，国外一些训练基地却真正体现出了资源集中的优势。如韩国的泰陵训练基地占地 3 万平方米，1965 年 11 月兴建，80 年代中期完善，成为集科研、生活和训练为一体的基地，除少数项目，韩国高水平运动员均在此进行训练。再如法国体育学院，1975 年建立，在巴黎郊区占地 30 公顷，拥有第一流的训练、科研和培训设施。1984 年开始，全法 22 个运动协会的高水平选手在此训练。

在计划经济条件下，这种封闭体制是唯一可选且有效的，前苏联和东欧国家均是这种体制。中国由于经济发展水平低，体育资源更为紧缺，文化传统中的封建意识浓厚，其体制也更加封闭。

体育是一种高度资源消耗的活动，要求源源不断地投放资源。久而久之，我国条块分割的体育体制不仅出现资源供应不足的问题，而且在收益递减规律和相对成本递增规律的作用下，相同资源投入获得的效率越来越低，而消耗的成本却大大增加，从而呈现出高能耗、低产出的状态。

（4）资源系统的功能错位

一个国家体育资源配置一般涉及三种不同的组织系统，即领导决策系统、协调系统和操作系统，见图 3。

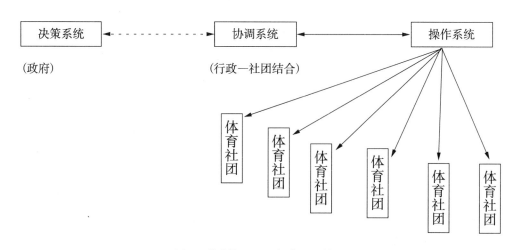

图 3　体育资源配置与使用系统

这三个功能不同的系统共同组成了一个完整的体系，以保证体育资源的配置与使用。政府作为国家权力的执行机关，其优势在于通盘考虑，统筹全局，确定方向，制定体育资源的整体性的宏观配置政策，及大型公益性设施投资。如何进行具体的资源配置和使用资源，则主要由大量的社会组织具体操作。为了保证资源配置和使用的合理，需要一个协调系统进行各种必要的调整。目前世界上一些体育发展较好的国家，这三个系统的界面清晰，各司其职，政府负责宏观管理，政策导向，而将大量的微观工作交给社会组织完成。这些国家一般都有非常发达的体育协调组织与操作组织。如美国作为协调系统的国家奥委会和大学生体育联合会，操作系统则由大大小小的体育协会构成。加拿大通过体育联合会和奥林匹克协会协调一百多个体育协会的活动。

在我国计划经济体制下，政府行政组织取代体育社团组织，出现了政府集决策者、协调者和操作者三种角色于一身。国家体委、中华全国体育总会和中国奥委会三个牌子，一套人马，就是这一现象的具体反映，表明体育社团组织的功能也集中于政府。于是政府不但管体育，而且办体育。其结果是，政府宏观调控功能弱化，纠缠于无穷无尽的微观事务，出现功能错位；社团组织却因此萎缩，众多体育协会有名无实，无个人会员，于是业余组织、志愿者队伍萎缩，这又进一步制约了体育自组织功能的发挥，减少了社会资源投入体育的渠道。这一系统功能的错位，将原本生动活泼，极为丰富的各种协调合作机制，简化为简单的行政命令，将政府管体育的机制，异化为办体育。由于政府体育管理部门独家大包大揽，协调和合作的必要性大为降低，这又进一步强化了体育系统的封闭性，抑制了资源的流动，造成资源浪费。

（5）法治不严

对于体育的社会投入和体育资源使用，国家制定了一些具体的政策与法规。如国家规定，县级以上各级政府要按照国家对城市公共体育设施用地定额指标的规定，将城市公共体育设施建设纳入城市建设规划和土地利用总体规划，合理布局，统一安排。要将体育事业费、体育基本建设资金列入同级财政预算和基本建设投资计划，并随着财政收入的增加，逐步增加对体育的投入。对中、小学的体育场地和设施，对居民区修建配套的体育设施都有明确规定，但是很多地方实际上却没有落实。随意占用学校体育场地、居民小区无体育活动场所的现象屡见不鲜。

2. 主观原因

（1）传统观念的束缚

封闭的体育体制不仅适合计划经济的运行机制、行政命令式的管理体制，而且与缺乏合作意识"万事不求人"的小农意识密切相关。追求小而全，天生缺少社会大协作精神。用小农思想办大体育，是体育资源共享无法实现的最主要的思想桎梏。

（2）体育理论认识的局限

新中国成立后的30年里，我国体育理论与实践的发展基本没有脱离苏联的模式。苏联的体育理论的主要特点是：

在体育功能方面，突出体育的生物功能（健身）、政治功能，而忽视其他功能（娱乐、经济）。

在体育的目标方面，突出体育的工具性，忽视对人的全面发展。将体育提高为政治任务，客观上提高了体育的地位，国家和社会对体育重视程度大为提高，但也由此造成运动群众的实际做法，未能启发个体内在的动机，及运动员封闭式的半军事化的训练模式。

在体育的内容上强调体育教育，以体育教育为逻辑线索展开，忽略了其他体育形态的发展。

在体育科学方面，强调体育自然科学和技术科学，而造成人文学科发育不良，缺乏体育社会学、经济学、管理学等科学知识。

在苏联体育理论模式的影响下，我国的体育理论出现以下一些不足。

其一，对体育服务的商品性认识不足。长期以来，我们习惯于将体育仅仅视为一项社会公益活动，认为国家为社会成员无偿或低偿提供体育服务，是社会主义制度优越性的体现，而对体育的潜在的巨大的经济效益，未予注意。多从政治学、社会学的角度探讨体育的规律，却极少从经济学的角度探讨作为经济形态的体育及其规律。

其二，对体育功能的多样性认识不足。体育是有着多种功能的社会文化形态。但是其各种功能发挥的程度却由于社会条件不同呈现出巨大差异。不同国家的社会经济、政治和文化背景总是强化体育的某些功能，而同时弱化另一些功能。社会条件的不同也总是为体育的某些功能的发挥提供较为有利的条件，而使另一些功能的发挥处于相对劣势。受计划经济社会条件的影响，我国体育理论界直到80年代以来对体育的多种功能才开始有了较为深入的讨论。在相当长的时期，我国体育理论对群众体育功能的认识仅局限在增强人民体质、锻炼身体、建设祖国和保卫祖国，对竞技体育的功能认识局限在树立国际形象、增加民族凝聚力上。而对体育可供商业开发的娱乐、观赏等价值认识不够。对体育功能理论认识的片面与表浅，直接影响到对体育资源的开发。

其三，对体育管理社会性的认识不足。体育是一项涉及每一个成员与诸多社会部门发生联系的事业，因此它的管理体系具有鲜明的开放性。体育的组织体系就其实质来说，是由一个社会多种系统交织在一起的网络组成的。运行在这个巨大网络中的人、财、物、信息等各种资源，通过不同的渠道，来自不同的社会部门，使用的场地设施多属不同的社会系统，资金的来源也是多种多样的。由于体育是由各个不同的社会系统共同参与的，不同的社会部门往往从自己本部门或本系统的立场出发，代表着不同的利益要求，因此，如何协调各部门的行为，尽量减少、缓和及调节它们之间的利益冲突，强化它们之间的联系与合作，整合它们的利益行为是十分重要的。同时也要在实现总体目标的同时，尽可能地照顾到各社会部门自己的分目标和局部利益。这样，体育管理具有极强的社会性，需要负责体育部门和社会其他部门合作、协调。由于计划体制下体育体系的封闭性，体育管理的社会合作特点未得到应有的重视。

三、体育资源的配置方式的改革

1993年3月第八届全国人大第一次会议通过的《中华人民共和国宪法修正案》中，最引人注目的改动是删去了计划经济的提法，写进了市场经济体制的目标。将宪法原第15条："国家在社会主义公有制基础上实行计划经济。国家通过经济计划的综合平衡和市场调节的辅助作用，保证国民经济按比例地协调发展。"改为："国家实行社会主义市场经济。""国家加强经济立法，完善宏观调控"。这一修改使中国的立法观念和发展方向转到市场经济体制建设方面，并为市场经济立法提供了符合宪法的根本依据。

从资源的角度来看，市场经济体现为人、财、物等资源突破种种壁垒流动起来，由此给社会带来活力，因此市场经济也就是开放的经济。与之相反，计划经济为了实行"计划"，必须将资源按条块加以分割，因此也是封闭的经济。于是，在由计划经济向社会主义市场经济转型的过程中，封闭性与开放性的冲突构成我国体育发展现阶段的基本矛盾。突破原有的封闭状态，建立开放的新机制成为我国体育改革的基本任务。1993年4月国家体委下发的《关于深化体育改革的意见》清楚地表明了这种观点，这个文件提出体育改革发展的总目标是："改变原来在计划经济体制下，单纯依赖国家和主要依靠行政手段办体育的高度集中的体育体制，建立与社会主义市场经济体制相适应，符合现代体育运动规律，国家调控，依托社会，有自我发展活力的体育体制和良性循环的运动机制，形成国家办与社会办相结合、集中与分散相结合的格局，力争在本世纪末初步建立具有中国特色的社会主义体育新体制。"

继而，我国体育决策层将实现这一总目标的改革具体地表述为"六化六转变"，即生活化、普遍化、社会化、科学化、产业化、法治化；个人体育费要从福利型向消费型转变，体育活动从一家办向大家办转变，体育组织形式从行政型向社会型转变，体育干部从经验型向科学型转变，体育设施的事业单位从事业型向经营型转变，体育管理从人治向法治转变。

（一）确定体育资源配置的基本依据

1. 我国人口的基本状况

体育资源配置的最终使用对象是我国国民，因此必须考虑到我国人口状况。到1998年底，全国总人口为124810万人。其中，城镇人口37942万人，占30.4%；乡村人口86868万人，占69.6%。0～14岁人口比重为25.7%，15～64岁人口比重为67.6%，65岁以上老年人口比重为6.7%，老年人口达到8375万人。家庭户平均规模为3.63人。

全年全国城镇居民人均可支配收入5425元，农村居民人均纯收入2160元。我国处于社会转型时期，贫富之间的差距较大，1994年我国城镇居民收入为农民的3.6倍，基尼系数已达0.43，超出国际公认的相对合理区域。我国人口的这些具体特点是体育资源配置时必须考虑的。

2. 我国体育事业的社会目标

体育是具有多种功能的综合性社会现象。不同的社会在发展其体育事业时既有许多共性的东西，也有大量个性的内容。每一社会总是根据其具体的社会需要，确定自己体育事业的目标。《中华人民共和国体育法》第一章总则，将我国体育事业的目标设定为"增强人民体质，提高体育运动水平，促进社会主义物质文明和精神文明建设。"指出"国家发展体育事业，开展群众性的体育活动，提高全民族身体素质。体育工作坚持以开展全民健身活动为基础，实行普及与提高相结合，促进各类体育协调发展。"

3. 我国社会经济实力

体育与解决社会成员生存的其他社会部门相比，毕竟是处于第二位的社会需求。体育资源投入的多寡，从根本上说是以社会的经济发展水平为依托的。

改革开放以来，我国经济发展速度大大提高，国民生产总值（GNP）在1986—1990年和1991—1997年的年平均增长率分别为9.7%和10.9%。

第三产业在我国发展很快，在国民生产总值产业结构中的位置已由1980年的第三位时的922亿元，从1985年开始超越第一产业上升到第二位；1995年第三产业的产值占国内生产总值的31.1%，达到18094亿元。但是应该看到，由于我国是一个人口大国，人均产值仍远低于发达国家。

4. 中国体育改革的国际背景

我国改革是在全球化的大潮中进行的，随着国际间交通和通讯的迅速发展，各国和地区间的经济联系、文化交往的密切，信息社会初露端倪。今天，我们可用的信息资源之丰富、信息渠道之多样是前所未有的。各国体育事业有着许多共同的任务，面临的问题也有极大的相似性，因此国外的经验有较多的可借鉴性。近 20 年来，国际体育也处于剧烈的变革时期，在高科技和大众传播媒介的作用下竞技运动的商业化、职业化进入一个新阶段，出现企业化、公司化的趋势。商业运作机制不仅已经渗透到竞技运动的各个层面，也延伸到群众体育领域，促进了群众娱乐体育的迅猛发展。民间的业余体育组织越来越呈现出专业的科层的组织形态和法人身份。法律机构介入体育的程度加深，法律手段和法律形式越来越成为规范体育资源配置程序的必要条件。

目前，许多西方国家在体育资源的配置中已经比较自如地利用市场机制，取得了十分成熟的经验，在竞技体育职业化、商业化，体育市场行为的规范化等方面总结出了一些行之有效的体育操作模式。这些经验对还缺乏经验、还处于探索阶段的发展中国家提供了重要借鉴或示范作用。我们必须借鉴这些宝贵经验。

但是在重视国外经验的同时，必须认识到，由于我国社会不同于西方社会的政治、经济和文化背景，不能机械地生搬硬套国外经验。

5. 不同体育形态的社会公益性与商业可开发性

体育有多种不同形态，就其大类而言，有学校体育、群众体育和竞技体育。就其小项而言，有球类、体操、田径、游泳等。

不同体育形态的社会公益性是不同的。如学校体育是关系到一个国家青少年体质健康的大事，因此理所当然地占有最大份额的体育资源，我国 60% 多的体育场地配置给学校系统，正是出于这一考虑。

体育各形态都是整个体育事业的组成部分，但它们对市场经济的反应是不一样的，有的会获得较好的发展机遇，有的则面临生存危机。如大众传媒是体育财力资源的重要来源，但不同的体育项目在受大众传媒的欢迎程度方面，差异巨大，如法国主要电视台的年播出量中，最多的是足球占 509.43 小时，最少的攀岩只有 43 分钟。

对一个社会来说，各具形态的体育项目造成了一个体育的生态环境，各种体育形态处于同一生存链中，一些"重点"项目的存在是以其他一些"非重点"项目的存在为基础的。目前一些次要运动项目的消失或衰落会危及到所谓重点项目的发展势头。应当寻求在市场经济条件下的合理的机制使各种形态的体育呈现出共同发展的态势。

（二）市场机制与政府行为相结合的配置机制

市场机制是极具效率的运行机制，在资源配置中它根据价值规律，通过价格杠杆和竞争机制，把资源配置到效益较好的环节上去。它强调的是资源利用的效率，依靠的是市场这只看不见的手，通过市场有效地聚集来自社会各方面的体育资源，不断地将资源的利用调向效益最优的方向。

但是由于体育就其本质而言是公益性的事业，市场的盲目性和自发性的天然趋利倾向，使之不可能照顾到除经济效益以外的其他考虑，而将资源注入到观赏性较强的竞技运动项目，或消费水平较高的娱乐运动，由于这些地方的收益远远大于普通群众的健身活动，这就需要政府的干预与调节。政府行为这只看得见的手与市场机制看不见的手在功能上有很强的互补性，在实践中是不可分割，也是不可相互替代的。在社会的经济领域中，这两只手缺一不可。在公益性极强，而同时又蕴藏着巨大商机的体育领域，更是要求这两只手的密切配合，在市场经济条件下发挥宏观调节和微观指导的功能，以达到效率优先、兼顾公平。各级体育行政部门在实行政事分开、管办分离的同时，应强化政策引导，合理配置体育资源，培育和开发体育市场，依法监督管理体育市场。

其实，市场机制与政府行为互相配合，也是世界上许多国家通用的做法。如澳大利亚通过社会集资与政府拨款给体育注入资金，在扩大商业渠道的同时，政府拨款也逐年增长。1940—1972 年的 32 年间政府仅拨款 790 万澳元，1972—1973 年为 120 万澳元。80 年代中期该国出台全国性的体育政策，通过立法确定体育经费，于是 1983—1984 年为 2250 万澳元，到 1988—1989 年更是高达 3200 万澳元，其中 1700 万为高水平运动员培养经费，占总数的 53.1%（其中 1400 万给运动学院）；300 万给学院以外的尖子选手；1000 万给单项协会；50 万给儿童体育；20 万给伤残人体育。1993 年澳大利亚获得 2000 年奥运会主办权后，大力加强其政府主管部门——体育委员会，从 1994 年起，环境、体育与国土部除履行一些法律的监督职能外，其他行政职能全部移交体育委员会，强化了澳竞技体育的宏观管理。1995 年上台的法国希拉克政府在青年与体育部部长之上设置了总统体育特使，以加强总统与该部的联系。

加拿大奥委会没有政府的拨款，主要依靠其自身无形资产的开发、社会赞助和体育基金。1997 年其总收入为 1498 万加元，其中，市场开发 767 万，占 51.2%，社会捐赠 660 万，占 44.1%。该奥委会设有市场开发部。但是加拿大却给予之以政策性优惠，法律规定加奥委会是非盈利性质的社会组织，享有减免税收之利。

日本文部省于 1994 年设立了针对体育设施建设的低利贷款制度，由日本开发银行和北海道东北开发公库实施具体的业务。

近来世界各国纷纷出台国民健身计划，更是说明政府在体育资源的配置中的指导作用已得到广泛的承认。如美国的《健康公民 2000 年计划》（1989）、加拿大的《积极生活计划》（1990）、新加坡的《生命在于运动计划》（1996）、澳大利亚的《积极生活计划》（1996）、老挝的《体育总计划》（1994）等。

（三）改革的困难与机遇

改革是一个新秩序的建立与旧秩序破除的过程，要经历一个由有序—无序—有序的否定之否定的过程。一般而言，旧体制面临的问题越严重，人们进行改革的动机就越强烈，对改革中遇到困难的承受力也就越强。中国体育改革是在原有体制效率开始下跌，但尚有潜力；原有机制受到挑战，但尚可运行；已感觉到迅速变化的环境压力，但尚可对付的背景下进行的。由于集中了有限的资源办竞技体育，我国的竞技体育成绩在国际体坛上名列前茅；由于指令性通过行政手段开展群众体育，我国群众体育维持了一定水平的参与率。这使得许多人缺乏改革者必须的危机意识。

这样，中国体育改革不是在原有体制无法运转的危机时开始的被动改革，而是属于主动型的增长型的改革。这种改革优势在于改革者握有较多的主动性，有较为从容的时间，有较广阔的制度创新空间，有较多的可选择性方案。历史学家汤因比提出文明生长的适度刺激原则，刺激过弱，不足以引起反应，刺激过强，则压垮了反应。中国体育的这种特殊的社会背景为改革者提供了求之不得的适度刺激。

但是，从不利的方面讲，这也容易造成人们对改革的犹豫、观望。旧有体制确实产生过辉煌的业绩，而体育资源配置方式的改革，极有可能导致竞技运动成绩的暂时下降和群众体育参与率的暂时下降。这就会加重人们对改革的必要性的怀疑，对改革深刻性的认识不足，影响到人们对待改革的态度。这些又有可能使我们失去改革的主动性，变主动改革为被动改革。此外，由于原有体制的某些矛盾已经显现，但尚未充分暴露，这也增加了改革决策的难度。最后，新的体育资源配置方式需要社会网络性的合作，而社会各方互惠互利的协调是农业社会的传统中所缺乏的。特别是由于资源配置方式的改革将不可避免地导致利益重新分配，会引起利益的冲突，使这种合作更为困难，合作意识的培养则需要更长的时间。

然而，也正是这次改革，有可能使我国体育建立起前所未有的集约高效的发展机制，有可能使我们解决长期无法解决的竞技与群体协调发展问题。改革是要付出代价的，对此应有足够的思想准备，但是一旦体育资源配置形成了良性循环的机制，无论是竞技运动成绩和群体均会出现质的飞跃，我国体育会出现持续稳定的发展局面。

四、体育资源的开发

社会经济系统实质上是以包括自然资源、资本资源、人力资源和信息资源作为输入，以向社会提供各种最终产品和劳务作为输出的一个资源转换系统。体育资源的开发，就是对资本资源、人力资源和信息资源的开发。资本资源又可分为固定资本资源和无形资本资源，哈佛企业管理学院教授科里斯和蒙哥马利认为企业有形和无形资源是决定企业制胜的关键。开发体育资源同样要注意到有形的和无形的资本资源。

在社会市场经济条件下扩大体育资源，要积极地、创造性地利用市场机制的杠杆，这就意味着，一方面政府不再以单纯行政拨款的形式对公益性体育事业进行投入，如1996年度体育彩票公益金（国家体委提存部分）的60%用于建设全民健身活动场所，分阶段、分批在全国城市社区配建群众体育活动场地、设施，实行全民健身工程。各省、市、区体育主管部门也按比例投入一定的公益金；另一方面，通过市场运作使原有的体育资本增值，并利用体育与社会结合点多的特点，从各种渠道吸收社会的投入。这就需要转换人们对体育资源传统的思想观念，充分认识到体育资源的市场价值，探索体育资源深度市场开发的规律和操作性模式。体育的健身价值、自我娱乐价值和观赏价值都是可以进行多层次开发的体育资源。体育健身、自我娱乐价值不仅其自身具有巨大的市场价值，还会带动多种体育用品业、体育服务业和体育信息业的发展，而观赏价值会产生观众和门票收入以及宣传纪念品的销售，对竞赛的良好运作，还会得到丰厚的体育赞助，并使得中介组织有大的发展。总之，通过对竞赛、表演市场的经营开发，可以对竞赛资源深度开发；通过对大众娱乐健身市场的培养，我们可以挖掘更加广泛的体育资源。

（一）体育市场开发

市场经济体制的建立为体育市场的形成奠定了基础，诸多体育产品走向市场既是体育深化改革的结果，也为开发体育资源提供了新的渠道，为优化资源配置提供了新的机制。因此，体育市场的开发在今天有格外重要的意义。90年代中期以来，我国体育市场发展迅速，已初具规模。如广东省截止1996年底有1700家体育经营场所注册开业，深圳市就有160多家体育企业，总投资额60多亿元。体育产业和体育经营的金额达到5亿元，占深圳市第三产业总额的2%以上。1996年广州市政府拨给市体委的经费不足其所需要的一半，但是该市体委与下属的39个体育场、馆通过市场开发，不仅解决了经费的不足，而且更新了许多陈旧的设施。

目前，我国体育市场的开发还存在诸多问题，诸如一些不具备条件的组织和个人，未经体育行政管理部门批准，随意向社会集资，乱拉赞助，开展质量低下的体育经营活动，欺骗消费者；一些体育经营者偷税漏税；有的将封建迷信、赌博和不健康的内容纳入体育经营中，以吸引消费者。尽管国家体委于 1993 年和 1996 年先后两次发出通知，要求各地加强体育经营活动管理，但没有与国家工商局联合行文，未经国务院转发，管理力度不足。因此，就政府而言，目前应加快建立体育市场的法规体系，制定更为宏观的体育发展政策。作为微观经济主体——企业，则应充分开发各种体育资源，并在市场中进行运作，形成资源的流动。见图 4。

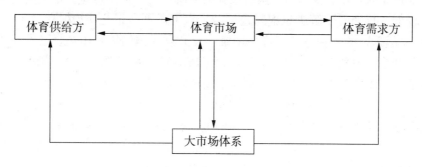

图 4　体育市场与供求双方关系

1. 体育市场的分类

开发与培育体育市场，首先需要分析体育市场的类型。从体育市场营销的对象来看，可分为体育服务产品市场、体育信息市场、体育技术市场、体育用品市场、体育人才市场五大类。具体如表 13 所示。

表 13　体育市场的类别

体育服务产品市场				体育信息市场				体育技术市场		体育用品市场		体育人才市场			
健身娱乐市场	竞赛表演市场	运动训练市场	裁判服务市场	咨询服务市场	图书音像市场	体育广告市场	无形资产市场	运动技术市场	新产品开发	体育服装市场	运动器材市场	教练员市场	管理人员市场	运动员市场	经纪人市场

2. 体育市场开发的特点

由于体育自身的特点，体育市场的开发有诸多不同于其他产品市场的特点。

（1）有潜在的巨大市场，但开发难度较大

体育市场的商品具有鲜明的文化商品的特点，一般不属于满足人们基本生存需要的必需品，而是为了提高生活质量，满足更高层次需要的"非渴求品"或"奢侈品"。提高生活质量是每一个人的愿望，使得体育产品有着巨大的潜在市场。理论上说，每一个满足了基本生存需要的人都可能成为一定体育商品的消费者，但是由于人们对体育产品的需求是"非渴求"性的，能否形成购买行为，还取决于其他诸多因素。消费者的购买过程一般分为五个阶段，如图 5 所示。

图 5　购买过程的五阶段模式

在这一过程的各环节中，消费者的购买行为受到来自四个方面的影响：文化因素（文化、亚文化、社会阶层）、社会因素（参照群体、家庭、社会角色与地位）、个人因素（年龄与人生阶段、职业、经济状况、生活方式、个性与自我观念）及心理因素（动机、感觉、学习、信念与态度）等，其中健康观念、体育意识、体育知识和体育的兴趣爱好有特别重要的意义。我国居民虽有较强的健康观念，但是体育意识较为薄弱，体育知识水平较低，再加上刚解决温饱问题，经济水平还不高，这就为树立"花钱买健康""花钱买体育娱乐"的新观念带来许多困难。要开发我国的体育市场，必须与建立体育意识、普及体育知识教育、培养人们的体育习惯结合起来。我国体育市场的开发过程应当与全社会学习体育知识、开展全民健身活动的过程并行。

（2）根据中国国情，进行体育市场细分

市场细分，是指将整个市场划分为具有不同需求或反应的不同顾客群体。体育服务产品市场、体育信息市场、体育技术市场、体育用品市场、体育人才市场均有自己的特有营销产品和各自的主要顾客群体。此外，每类市场的顾客群中存在诸多差异，从而出现许多目标市场。这就需要对我国居民的年龄、家庭、性别、收入、心理、体育行为等诸多因素进行认真分析，以确定体育产品的设计、生产和营销策略，更有效地将资源集中到确定的目标市场上。机械地照搬外国目标市场，忽略了中国自己的目标体育市场，是难以开发出稳定而持续发展的体育市场的。如最初我国引进国外的健身器械，由于占地较多，不符合我国居民现实的居住环境，销售一直不旺。近年来由于在小型化、折叠化方面有了较大的改进，比较适用于我国的居民家庭，因此市场需求大大增加。

（3）加强体育市场的综合开发

由于各类体育产品之间存在着密切的相互关系，有形的物质产品与无形的服务产品交织在一起，因此体育服务产品市场、体育信息市场、体育技术市场、体育用品市场和体育人才市场常常呈现出你中有我、我中有你、相互交叉、相互渗透的态势。这样，在开发一种体育市场时，应当进行其他市场的配套开发，使各类体育市场形成互动之势。如果忽略了体育市场的这种整体性特征，实行单一市场的开发策略，不仅会使市场开发的效益大打折扣，而且会使孤军奋进的单一市场由于缺乏其他体育市场的支撑而无法维持。

此外，体育有广泛的社会结合点。据美国经济学家推算，体育产业与其他多种产业部门关系密切，形成产业边缘交叉，在美国现存的 42 个产业部门中，体育产业的产业关联度为第 8 位，见表14。

表 14　体育产业与其他产业关联度

关联产业	旅游业	服装业	交通通讯	建材业	食品业	机械
关联度	0.21	0.13	0.123	0.11	0.014	0.008
关联强弱	强	强	强	强	弱	弱

［资料来源］徐战平. 体育产业可拉动许多关联产业的发展. 中国体育报，1999-04-11.

因此对体育市场的开发也应当与其他产业的开发结合起来。

（二）体育产业的开发

1. 体育产业的系统结构与框架

体育产业的形成，与一般产业的发展有其关联性，但也有其结构的特殊性。如果把体育产业作为一个独立的系统进行结构分析，就会发现若干因素对它的制约和驱动。

与社会的整体经济运行机制相适应，体育产业的系统结构主要有两种模式结构。

一种模式是以政府行为为主要扩展形式的体育产业形成体系和结构。产业的形成状态一般受制于政府的计划指令和各项政策。体育产品和服务的生产、销售的投入产出过程都受到政府行为的制约和规范。国家对产业的干预使产业组织几乎不具备经营自主权，这种关系在科尔内的《短缺经济学》一书中，曾喻为父子关系。政府干预体育产业的方式，使政府成为体育经济运行中作为体育产业发展的主体，承担着全部的责任。不仅确定体育经济运行的总量，而且还把体育投入产出的全过程都管了起来。在资源分配方面，计划指令是调节的唯一手段，国家统收统支，统负盈亏，显然，这种模式就是以计划经济为主要特征的体育产业系统结构。

另一种模式是以市场调节为主要扩展形式的体育产业系统结构。体育产业的形成与发展是在市场运行机制的作用下，通过有效的市场竞争和市场的调节作用，实现资源的有效配置。国家在市场充分发挥作用和市场完善的条件下，通过完善体育经济发展环境，制定产业发展政策，建立以市场为导向的体育产业发展目标的约束条件，间接干预。以市场调节为主的体育产业系统结构，产业部门具有完全的自主权，采取自负盈亏，自我完善的发展机制。在资源配置、产品销售等方面，都通过市场调节的主导作用，实现体育产品和服务的商业属性。

除了以上产业系统结构模式，还有以上两种模式结合的调节模式。这种模式除保留了以国家行政指令为干预的手段，还采取运行市场调节的手段。不同于计划经济体制模式的是，政府的直接干预主要侧重在国家宏观调控及其发展战略与政策，对产业部门不实行强制约束和直接干预，主要通过对投资政策、金融结构调整，改变产业发展的行为，实现体育与经济的结合。

图 6 中的体育产业系统结构模式表明，体育产业的系统结构和发展模式主要受到体制政策和发展战略的明显影响。采取不同的体制政策，就会产生不同的产业发展模式和结构效应。因此，体制政策与发展战略是体育产业系统结构模式设计的基本制约条件。我们应对改革的成本效益进行分析，搞清各种模式的利与弊，这就是动力问题。

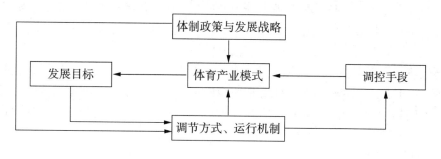

图 6　体育产业发展模式

2. 组建公司化的体育企业

体育产业开发是按工业化要求组织体育界的各种生产要素，即按社会化大生产的规律对体育方面的人力、物力、财力、信息、技术进行重新组合，以提高体育产业的整体素质。适应社会主义市场新环境，开发利用已有的及潜在的"体育资源"，开展及改善体育相关商品的经营，以增强体育事业的自我发展能力。目前，我国体育产业处于启动阶段，还存在产权关系不明、资产管理不顺、主体投入不足、市场发育不全、经济人才不多、政策研究不力、法规制度不完善、调控机制没形成等问题。

计划经济向市场经济的过渡，就是要求进行公司化改造。企业的产品是否畅销，是否有市场，企业是否能养活自己，要以市场调节为主，采用竞争机制，将产品或服务推向市场获取利润，来实现自负盈亏，自主经营，优胜劣汰。

在我国除普及程度低、科学化程度要求高、市场开发较困难，且与我国奥运战略实施关系重大的少部分奥运会项目，可组建国家独资的体育俱乐部；其他普及程度较高、有较高商业价值，且市场开发潜力较大的各类运动项目，应以股份制为模式，以资产联结为纽带，组建公司化的体育企业，如体育俱乐部。这种俱乐部制的核心，是确立俱乐部拥有包括国家在内的出资者形成的全部法人财产权，使其成为享有民事权利、承担民事责任的法人实体。

体育产业的开发及对后备经济力量的培养是体育产业化持续发展的关键。可持续发展对社会经济发展的稳定性起作用，且也是体育在走向市场经济过程中发展自身的手段。

现代公司制度的形成，使得企业大规模生产与技术创新成为可能。同时，由于现代公司完全是资合公司，通过资本联合、控股、参股，可以形成巨型公司和多级法人的母子公司，使不同的企业更易于协调和形成大规模组合的优势。

建立一个与社会主义市场经济体制相适应的体育经费管理和运作模式，既是建立新型体育体制的重要内容，也是解决现阶段体育经费短缺的必然选择。体育股份公司是应足够重视的一种形式。

股份制是商品经济发展到一定程度以后的产物，这是原始产权与法人产权相分离的企业组织形式。在股份制下，持股者可以不必成为企业的劳动者参与劳动。在股份制企业里，尽管法人（即公司）拥有整体资产，谁也无法对其分割，但就产权归属而言，产权可以量化到人，具有迅速动员社会资金的功能，有利于规模经济的发展。

股份制和股份合作制，有利于所有权和经营权的分离，有利于提高资本的运作效率。它不仅仅是企业经营方式的改革，而且是一种企业制度的创新。

通过对资金、设备、技术和劳动力等生产要素股份化形成一种广义的股份制。这是一种切合中国现阶段国情的企业组织形式。目前，我国体育产业资本在整个资本市场中所占的份额极小。体育产业股份公司具有很大的发展潜力。

美国经济突飞猛进发展的各种原因，诸如资源丰富，未曾经过两次世界大战的直接打击，等等。但是，正如经济学家张道根所说的那样，最重要的可能还是美国经济体制的创新，尤其是作为微观经济基础的企业制度创新。在美国，现代企业制度的形式就是股份公司，它包括股票不能上市的股份公司和股票能公开上市的股份公司。如成立于1998年7月的北京金航道体育健身有限责任公司就是属于股票不能上市的公司，而中体股份公司则属于股票能公开上市的公司，它们都是有可能成功的案例。

培育新的经济增长点，实现创收与投资兼顾的发展格局显得尤为重要。同时，体育系统内部要实现规模经营，联手兴办实业，创造规模效益。从资金来源上看，这样有利于打破一家经营的壁垒，广泛吸收体育内部资金，优化配置各种体育资源，避免了资金少、规模小、品种单一的弊病，从而更好地发挥了体育自身的优势。如金航道体育健身有限责任公司就是国家体育总局下属的航管中心、对外体育交流中心、后勤服务中心三个单位共同出资组建的。

在此，应着重指出的是，企业实行股份制只不过为企业的发展建立了一个好的机制，创造了一个好的条件，并不意味着企业一实行股份制就可以自然搞好。推行股份制的同时，要高度重视企业的领导班子建设、适应市场需求产品的开发和职工队伍的建设，这样才能使企业走上快速、高效发展之路。

3. 体育产业的开发

大众娱乐健身服务业和竞赛表演服务业共同组成了体育产业的主要部分，在知识经济即将到来的 21 世纪，体育信息业和体育人才资源的开发愈发显得重要。

（1）群众娱乐健身服务

自 60 年代末、70 年代初开始，群众性的健身娱乐体育浪潮首先在北欧兴起，继而扩展到各西方工业发达国家。80 年代后期以来，部分发展中国家也加入这一全球性的浪潮。这是一种以健康和自我娱乐为目的的体育形态，其社会效益早已为人们所熟知。对个人而言，它有促进全面发展，改变不良习惯，确立健康的生活方式，培养文明的精神境界的功效；对国家而言，它有提高劳动生产率和加强国防建设的重要作用；对社会而言，它有消除和渲泻不良社会情绪，沟通人际关系，凝聚社会各群体的功用。因此，在我国，在相当长的一个时期人们习惯于将群众健身娱乐体育仅仅视为一项社会公益活动，而对其潜在的经济效益，未予以足够的注意。

其实，经过三十多年的经营，群众健身娱乐体育在世界上许多国家已经发展成为一个欣欣向荣的产业，在国民经济的主战场中开始扮演引人注目的角色。如在美国，以健身、娱乐为主要内容的"余暇企业"几乎在美国各州的产值排行榜中均跻身前三位，全国年均产值 3000 多亿美元。美国约一半家庭拥有健身器械。据"体育器械推销联合会"估算，1990 年美国人用于购置家庭健身器械的开支约为 19 亿美元，到 1996 年迅速攀升到 48 亿美元。在加拿大，1994 年体育为 16.4 万人创造了工作岗位，体育产业的产值为 69 亿加元。此外，因参加和观看体育赛事到加拿大旅游者有 2700 万之多。澳大利亚 1993—1994 年度国民生产总值的 1.2% 来自体育娱乐业，产值高达 118 亿澳元，超过纺织、服装、制鞋和皮革加工业产值的总和，与汽车制造业并驾齐驱。1996 年澳大利亚约有 21.8 万人在体育娱乐业工作。1989 年澳大利亚家庭每周总支出的 6.5%（即 477.91 澳元中的 31.18 澳元）用在体育和娱乐上，在整个经济结构中，体育娱乐占个人消费的 19.2% ~ 22.6%，占其总收入的 8.6% ~ 10.1%。

改革开放以来，随着我国社会由计划经济向社会主义市场经济的转轨，群众健身娱乐体育的经济价值越来越引起社会各界的注意。开发这一潜在的巨大市场，扩大内需的条件已经基本成熟。长期以来，贫困是制约我国居民体育消费的主要因素，而现在我国绝大多数居民的温饱问题已得到解决，恩格尔系数从 1978 年的 67% 下降到 1996 年的 48.6%，开始步入小康社会，生活水平有了明显提高，人们对生活质量的要求日益迫切。由于健康是生活质量的第一要素，于是参与体育健身和娱乐已经成为普遍的社会需要；1995年五天工作制在我国的实行，家用电器的普及及家务劳动社会化进程的加速发展，使开展群众体育所需要的时间资源状况大为改善；医疗制度改革将进一步强化居民对自己身体健康的责任感，从而形成参与体育健身和娱乐的动机；工作和生活节奏的加快，精神压力的加大，也使人们越来越需要从体育活动中获得在其他活动中无法得到的心理放松和平衡。种种现象说明，群众性体育健身和娱乐已经有可能成为我国社会经济发展的一个新增长点，成为一个新的产业。与其他产业相比，这一产业具有成本低、启动快、渗透性强、辐射范围广的优势。体育健身娱乐业不仅自身可以产出可观的经济效益，而且对其他产业，如服装、饮食、旅游、通讯、交通、建筑业等形成拉动之势。

当前，在我国面临外部十分严峻的经济环境，而国内消费需求一时难以有较大增长的情况下，蓄势已久的我国体育健身娱乐产业的发展壮大正当其时。

现在，我国娱乐健身服务业一般包括以下项目或场所：传统的扭秧歌、耍龙灯、踩高跷、踢毽子、荡秋千、广播操、太极拳等依然受群众欢迎，同时，新兴的健美操、老年迪斯科、台球、健身房、康乐中心、溜冰场、保龄球、高尔夫球、网球、多功能健身器材、蹦极、攀岩、攀冰、滑板冲浪等也颇受大众的青睐。

对这些资源的开发，应遵循市场导向，紧扣我国国情，以中低收入的大众为消费主体，同时兼顾到部分高收入群体的健身娱乐需要，给产品和服务以清晰的市场定位。

（2）竞赛表演业

竞赛表演服务资源属于资本资源，主要存在于项目中心的单项协会管理的职业和非职业的竞技运动俱乐部。目前，国外职业体育已经发展成为一个高额利润的体育产业，以职业足球为例，法国统计部门1997年9月调查表明，欧洲的职业足球俱乐部均已是具有相当经济实力的产业，见表15。

表15　1997年欧洲"最富有"的足球俱乐部　　（单位：百万法国法郎）

俱乐部名称	资产	盈利
曼彻斯特联队	620	150
F.C.巴塞罗那	500	40
拜仁·慕尼黑	480	40
尤文图斯	480	30
皇家马德里	440	25
AC米兰	440	−150
多特蒙德	400	40
国际米兰	380	−80
纽卡斯尔联队	380	−180
帕尔马	350	−15
格拉斯哥	320	35
巴黎圣日尔曼	300	25
竞技马德里	280	−100
阿贾克斯	250	−20
A.S摩纳哥	240	−20

[资料来源] 国外体育动态. 1998（10）：74.

从 1997 年 11 月起，有 19 家足球俱乐部在英国的股票市场正式注册上市。1996—1997 赛季，英国足球的全年营业额为 5.17 亿英镑，其增长率为 10%。

尽管我国的竞技运动职业化还存在着种种缺陷，如市场机制的运用还不充分，法规制度尚不健全，组织体系基础不足等问题，但就总体而言，一个新的体育产业已初见端倪。

竞赛表演业有多种开发方式，如体育赞助、体育彩票、体育广告以及电视转播权的销售等集资方式。对竞赛表演业来说，体育的无形资产是一种非常重要的资源，这包括冠名权、冠杯权、电视转播权、体育专有技术、会徽、吉祥物的特许使用权等。因此，重视无形资产的开发，充分利用无形资产来获取高额的收入，应该是竞赛表演业发展的关键所在。

随着知识产业的发展，无形资产的价值越来越高。软件、图像、信息、广播、娱乐等软件产业都具有极高的附加值。发展体育产业就要在这些方面充分开发，并创造效益。

目前，在我国的体育无形资产管理、开发中存在以下问题：

①由于历史和经济体制的原因，人们对无形资产价值和作用认识不足，重视不够。在知识产权保护方面，侵权违法活动时有出现。

②随着各级体育组织的重组和实体建立、股份制改造的发展，无形资产的流失严重。

③体育组织没有充分利用有关法律来保护自身利益。

④许多体育组织没有意识到通过创建无形资产来塑造自己的形象，扩大影响，创造名牌产品和服务。

开发体育无形资产时应注意的问题主要有：

①拥有这些资源的体育组织，要提高对其的认识程度，充分挖掘其经济价值。

②体育组织要通过"形象力"来提升自己的无形资产价值。国际企业界已经将"形象力"同人力、物力、财力相提并论，称之为企业经营的第四种资源。"形象力"被公认为是 21 世纪企业的新动力。有数据表明，企业形象设计投资小，效益大。据国际设计协会统计，企业形象设计若投入 1 美元，可获得 227 美元的收益。

③无形资产与竞赛活动高度相关，要抓好每一次比赛、活动的机会，获取更高的经济效益。

④政府部门应制定出评估、确认、保护无形资产价值的各项法律以及中介机构运作的法规条例，将无形资产开发、评估纳入法制化、制度化和规范化的轨道，有助于各体育组织无形资产的顺利开发。

（3）体育信息服务业

①体育信息产业

信息产业代表着新一代的生产力，是促进世界从工业经济向信息经济过渡的先导产业，它的发展水平已成为衡量一个国家综合国力的重要尺度。因此世界各国都在竭尽全力发展信息产业，以保证信息资源的有效开发和合理利用，增强本国的经济实力。

体育信息产业是指体育信息设备业、体育信息网络业和体育信息服务业。体育信息业，就是在体育活动中，与体育信息商品和体育信息服务的生产、流通、分配、消费等直接有关的相关体育企业的集合。

体育产业部门必须建立独立的经济性信息部门，将信息深加工，从而扩大体育产业规模，在实现体育信息化的过程中，不仅要认识到知识生产的重要意义，而且还要认识到依靠现代化的信息技术进行新知识的生产、存储、检索和传播，并且将这些新知识应用于实践的重要意义。

②制约体育信息产业发展的主要因素

信息意识差。普遍存在着轻视无形的信息及其价值的现象，对信息在体育发展中的重要作用认识不足。

市场发育不健全。体育信息服务业在很大程度上还处于自产自用的状况，信息商品化、社会化程度低，缺乏统一、权威的信息产业主管部门规范信息市场。

管理上基本属于粗放式状态。造成产业发展分散化和重复建设，难以形成规模，缺乏必要的竞争机制，信息资源缺乏深加工，信息质量不高。

③以体育信息服务业来推动体育产业发展

体育产业是围绕消费者需求、以消费者为轴心的行业。从体育产业发达国家的经验来看，这一行业以满足消费者和其他行业的体育需求为基点，以追求投入产出经济效益为宗旨，其领域涵盖一切与体育相关的生产经营活动。消费是影响体育产业发展的重要因素，而信息又直接或间接地对消费有影响作用。

信息是人类精神、知识、文化等的总体现，具有作为物质和能量生产资源及人类直接消费品的双重功能，因此我们认为，作为现代生产一个重要组成部分的信息产业，其对消费既有直接的影响，也有间接的影响，主要表现在如下方面。

其一，影响消费规模

信息作为人类生产活动的一种基本资源，在生产活动中具有促使生产活动诸要素优化、替代某些基本资源、变非资源为资源的作用，因而信息产业的发展，将以生产消费的形式促进物质和能量资源的有效利用，提高劳动生产率，创造更多的物质财富，从而间接地促进消费规模的提高。"资产阶级在它不到一百年的阶级统治中所创造的生产力，比过去一切时代创造的全部生产力还要多，还要大"，其最根本的原因就是充分运用信息资源，将现代科学技术知识投入生产，并实现社会化、专业化组织方式。

信息作为直接消费品，成为人类消费品的重要组成部分，其产业的发展将以最终消费的形式直接地促进消费规模的提高。从上海对信息业的统计看，体育信息业对消费较其他行业有较高的带动度，见表16。

表16　1992年上海各信息行业对消费带动度的比较

信息行业	信息设备业		信息服务业							
	电子及通讯设备制造业	其他信息工业	邮电通信业	房地产管理业	卫生体育事业	科研与综合技术服务业	文教和广播事业	金融保险业	行政机关	其他信息服务业
消费带动度	0.47	0.39	0.27	0.44	2.74	0.74	1.04	0.11	0.24	0.33

［资料来源］中国 1997—2020——科学技术生活

其二，影响消费质量

人类的消费需求可分为物质需求和精神需求，物质需求属于基本的生存性需求，精神需求则是高层次的享受性和发展性需求。随着社会的进步，人类消费呈逐层上升的规律，即首先满足物质需求，然后满足精神需求。信息是人类重要的精神消费品，因而信息产业的发展将以最终消费的形式直接促进消费层次的提高，从而直接地提高消费质量。

通常对物质产品的评价有多少、大小、轻重等硬指标和美观、轻巧、质量等软指标，随着社会的进步，物质产品的不断丰富，人类消费呈重心由硬指标向软指标转移的规律。信息作为生产活动的一种基本资源，不仅能促进生产率的提高，而且也能提高产品软指标，因而信息产业的发展也将以生产消费的形式间接地促进消费质量的提高。

在现代经济学理论中，消费是最为重要的概念之一，被认为是拉动经济增长的三大因素（投资、消费、出口）之一。消费行为是以必要的信息为条件的，人们理性消费对信息需求呈上升趋势，见表17。

表17　我国居民历年消费支出和信息消费比重　　　　　　　　　　单位：元

年份			1985	1990	1993	1994	1995
城镇居民	支出总额		673.20	1278.89	2110.81	2851.34	3537.57
	信息消费	医疗保健	16.71	25.67	56.89	82.89	110.11
		交通通讯	14.39	40.51	80.63	132.68	171.01
		娱乐教育文化	55.01	112.26	194.01	250.75	312.71
		合计	86.11	178.44	331.53	466.32	593.83
		占总消费（%）	12.79	13.95	15.71	16.35	16.79
农村居民	支出总额		317.42	584.63	769.65	1016.81	1310.36
	信息消费	医疗保健	7.65	19.02	27.17	32.07	42.48
		交通通讯	5.48	8.42	17.41	24.02	33.76
		娱乐教育文化	12.45	31.38	58.38	75.11	102.39
		合计	25.58	58.82	102.96	131.30	178.63
		占总消费（%）	8.06	10.06	13.38	12.90	13.63

［资料来源］中国统计年鉴.1996.

因此，我们要重视体育信息的深度开发和合理利用，从而扩大体育产业规模，大量使用先进的信息技术和手段，不断提高体育活动中的信息含量，实现体育的信息化，促进体育消费，获取较高的经济效益。体育信息化是体育产业化的基础，它为体育产业的兴起、发展提供必要的知识、智慧和相应的信息设备。体育产业化离不开体育信息化。

（4）体育人才资源的开发

市场经济的本质是人才的竞争，每个体育组织都应有一个完整的人才结构，一个完整地选择和培养人才的规章；一个市场经济竞争前沿企业，应实现人才管理、人才应聘、人才使用的市场化。

①体育产业人才及其资源

体育产业人才主要是指那些从事复杂的体育产业发展的智力劳动的专业人才和管理人才。真正的体育产业的资产，不是具体的设备和场馆，而是这些体育产业人才的头脑资源，即技能、知识和水平。从产业管理的角度，体育产业人才资源是支撑产业发展的各类专门人才。这些人才的特点与一般人员的特点不同。其一，对产业发展的专业贡献要比其他人大得多；其二，对信息、知识的吸取量较大，大量的信息、知识充实这些科技人才的头脑，使头脑资源储备更加完善。他们与产业发展的需求结合起来，提出产业发展的构想和方案。

②市场经济与体育产业人才

在市场经济条件下，体育产业人才资源的需求，取决于产业结构和市场需求的变化。在市场经济运行条件下，体育产业人才资源是市场资源配置的一部分。具有市场巨大潜力的体育产业，在市场需求的作用下，应通过扩大体育人才的引进来扩大体育产业经济的规模，从而满足日益发展的市场需求。在市场经济运行条件下，体育产业人才配置主要体现出企业的主导行为。企业为了适应市场日益激烈的竞争，大量引进体育人才，使市场的竞争转化为人才的竞争，进而显示出体育人才在市场经济发展中的重要贡献。同时，体育专业人才的培养及相关法规的制定更是对体育产业长期持续发展的有力支持。

各级体育组织，在思想上要引起高度重视，树立人才观念；在制度上要制订培养方案，在机制上要促进交流引进、优化人才结构，在目标上要培养各类体育人才，尤其在教练员、运动员、社会体育指导员、科技人员、管理干部几个方面形成人才群、人才链、人才梯队。

③体育人才开发培训的要求

要适应体育商品化、产业化与国际化的发展，体育人才的供给机制必须与市场运行机制，以及与国家宏观调控机制有机地结合起来。体育企业、科研机构和大学对人才进行合作开发。通过市场的需求和企业对人才质量的要求，建立符合市场运行机制的人才资源开发网络和供求机制，以适应产业部门对体育人才需求规模和结构的变化。总之，企业需求和教育培训的目标是否协调，是体育人才资源能否获得有效开发的重要环节。

简而言之，加强培养优秀的体育人才，是一项重要任务，是体育产业发展的关键所在，各级行政部门在思想上要高度重视，应通过各种有效的方式为体育产业配套培养大批人才，从而促进体育产品质量提高和体育产业的不断发展。

五、体育资源利用的改革

（一）改革体育组织形态，提高体育资源利用率

我国经济体制和经济增长方式的根本改变，要求根据体育市场的需求调节体育资源的配置，运用集约化的体育资源增长方式，从而实现人尽其才、物尽其用、地尽其利，杜绝闲置和浪费。

提高体育资源利用率，就必须对现有的单一的、分割的、封闭的体育组织形态进行改革，建立新型的、有利于优化体育资源利用的组织形态。新型的体育组织形态应具备以下特点：其一，多种类、多模式的体育组织并存；其二，条块结合、形成网络；其三，竞技体育、社会体育、学校体育等体育组织相互交融。

1. 由政府独办向官民结合转变

（1）我国体育组织的发展变化情况

新中国成立后，我国学习前苏联的管理模式，在计划经济体制下，逐步形成了高度集中的行政型体育管理体制。从体育组织结构看，国家队建立了从国家体委、省区市体委、地市体委、区县体委这种自上而下的四级体育行政管理体制，政府在体育管理中占

主导地位。体育社团数量少，没有实质性职权，仅是名义上的一块牌子。计划经济体制下，体育事业被作为一项纯福利性的事业，根本就没有体育经营组织。这种体育管理体制的特征是：权利过分集中在体育行政部门，基层单位缺乏自主权；单一的纵向关系，缺乏横向联合，主要通过行政命令、措施开展体育工作；体育行政部门政事不分，既管体育，也办体育。这种权力高度集中的管理模式，是与计划经济体育相适应的。

十一届三中全会以来，体育领域与其他领域一样实行了改革，体育组织结构也发生了一系列新的变化。

体育组织结构的变化。体育行政部门开始转变职能，实行政事分开，下放权力，把大量的事务性工作交给事业单位和体育社团，把工作重点逐步转移到宏观管理上来；随着运动项目管理体制的改革，大批运动协会实体化，承担起本项目训练竞赛的管理职责；随着训练体制的改革，各种形式的业余体育俱乐部和职业体育俱乐部纷纷建立起来；社会体育的迅速发展，各种体育社团不断涌现；体育市场的培育和开发，一大批体育企业应运而生，成为我国体育事业的有益补充。

管理方式的变化。随着体育组织结构的变化，体育管理方式也开始由行政型向行政—社会结合型转变，由单一的集中型向集中与分散相结合转变。政企分开、管办分离，事业单位自主权扩大，活力增强。体育社团的作用得到发挥，调动了各方面的积极性。

运行机制的变化。改变了过去单一的计划机制，逐步将激励机制、风险机制、竞争机制等市场机制引入体育组织。极大地调动了各方面的积极性，增强了体育组织的生机和活力，增强了体育事业自我造血的能力。

（2）官民结合的体育组织体系的基本类型

官民结合的体育组织体系包括四类，即行政类、事业类、社团类和企业类。行政类、事业类体育组织属于官办体育组织，社团类、企业类体育组织属于官民合办类体育组织。

行政类体育组织。主要指各级政府体育主管部门，这类体育组织是体育事业的行政管理部门，在各级人民政府的领导下，承担对本行政区域体育工作的领导、协调和监督职能。

事业类体育组织。指各级体育行政部门直属的事业单位，包括国家和省市运动队、训练基地、国家体育总局各项目运动管理中心、公共体育场馆、体育院校和体育科研单位、业余体校等。主要任务是培养优秀运动员和各类体育人才，为体育训练、竞赛和群众性体育活动的开展提供场地、技术、科研等服务。

社团类体育组织。社团类体育组织指符合民政部社团登记要求的体育组织。它包括单项体育协会、公益性体育俱乐部、行业性体育协会、人群体协、社区体协等基层体育协会。

企业类体育组织。主要指以盈利为目的的体育经营组织。包括职业体育俱乐部，商业性体育俱乐部，体育报刊、图书、音像制品出版发行机构，体育中介服务机构等。

2. 由条块分割的等级组织向条块结合的网络化组织转变

多年来，等级结构一直是社会用以组织和管理自己的组织形式。70 年代末，一种新型的组织——网络组织日渐发展。网络组织打破了等级分明的界限，网络组织成员相互平等。网络组织使权力由垂直变成平行，个人自由度扩大。网络组织可以为成员提供各方面的支持和满足，可以分享思想、信息和资源，提高资源利用率。

过去，从国家体委、省区市体委、地市体委、区县体委这种自上而下的等级体育行政组织之间，只有垂直关系，没有横向组织；行业体育、系统体育、人群体育、单位体育、学生体育之间条块分割，各自为阵，形成了条块分割的等级组织形态。这种组织形态的最大弊端，就是各自的资源重复投入、难以共享，因而造成体育资源利用率低下。

十一届三中全会后，体育组织结构虽发生了一些新的变化，单项体育协会转变为实体，建立了一批业余体育俱乐部和职业体育俱乐部，涌现了各种体育社团和体育企业，出现了大批城市社区体协，初步形成了条块结合的网络组织结构。但网络化水平较低，还需进一步提高。

条块结合的体育组织结构，要强化全国体育总会和地方体育总会的功能，大力发展全国单项体协、行业体协和地方单项体协、行业体协，提高各项目运动技术水平，为竞技体育服务。社会体育方面，要大力发展基层社区体协、行业基层体育俱乐部和学校基层体育俱乐部，为群众体育服务。

3. 由竞技体育、社会体育、学校体育自成体系到三者交融

一个国家的体育就其类型结构来看，存在着社会体育、学校体育和竞技运动三大部类。这三大子系统相辅相成，互为依托。

长期以来，我国的竞技体育、社会体育、学校体育的组织结构自成体系，三个领域均按照各自的目标和规律，运用各自的人力、财力和物力资源，在各自的领域里运行和发展。三个领域相对封闭，互不交叉，因而造成三个领域的人力、财力、物力资源利用率低下、闲置与浪费。只有改革三个领域相互隔离的组织结构，方可实现三个领域体育资源的共享，从而提高体育资源的利用率。

（1）推行俱乐部制

体育俱乐部可以按以下几种分类方法进行划分：一是按俱乐部的性质，可划分为公益性体育俱乐部和商业性体育俱乐部；二是按体育俱乐部的职责任务，可划分为竞技体育俱乐部、青少年体育俱乐部和健身体育俱乐部；三是按参加训练者的性质，可划分为职业体育俱乐部和业余体育俱乐部。

推行俱乐部制既可以将学校体育、社会体育、竞技体育三者融为一体，又可以打破条块分割的等级体育组织结构，从而达到体育资源的最大利用。

目前世界上一些体育开展较好的国家一般都有比较发达的俱乐部系统，如德国，见表18。

表18　德国体育协会俱乐部发展状况

时间（年）	1993	1994	1995	1996	1997
俱乐部数（个）	81071	83342	85519	85938	85427
俱乐部成员人数（万人）	2135.7	2183.6	2228.4	2263.2	2283.3

［资料来源］Federal Statistical Office Germany. ! DOCTYPE HTML PUBLIC "–//SQ//DTD HTML 2.0HoTMetaL+extensions//EN". 1998.

澳大利亚全国人员约40%是注册的体育俱乐部成员。

丹麦法律规定，5人以上会员组成的俱乐部可作为公益团体登记，在免税的同时享受政府津贴。以公益团体登记的体育俱乐部一般受政府委托，对体育设施进行管理和经营，经营费用由政府补贴。

法国参加体育活动的人口中有 44% 参加俱乐部体育活动，7% 参加训练班，2% 参加假期俱乐部。

日本有 37.04 万个社区体育俱乐部，俱乐部人员占总人口的 19.8%。

我国体育俱乐部组织的发展程序尚有较大差距，据国家体委 1994 年对 16 个省、市 18 岁以上人口 3200 人分两次进行调查（调查对象不是同一组人群）结果显示，我国参加正式体育组织、体育俱乐部的人口比例仅占被调查人口的 10.95%。

（2）发展体育社团

现有的体育社团有：行业系统体协、人群体协、项目体协、基层社区体协等。据 1997 年调查，省市区级行业系统体协达 21 种，地市级行业系统体协达 16 种，区县级行业系统体协也达 16 种。省市区、地市、区县级人群体协均达 6 种之多，即农民体协、残疾人体协、老年体协、少数民族体协、大学生体协和中学生体协。省市区级项目体协达 56 项，地市和区县级项目体协均达 46 项。社区体协更是不计其数。

行业系统体协可以实现竞技体育与社会体育的交融，项目体协和人群体协可以实现竞技体育、社会体育和学校体育三者的交融，基层社区体协可以实现学校体育和社会体育的交融。

（二）体育资源利用的调控

体育资源利用的调控，是指体育资源分配和利用的统筹兼顾、综合平衡和合理调整。有限的体育资源，能否实现最佳的支出和使用结构，决定于我们对体育资源的宏观调控能力。

1. 重点突出，与整体均衡

由于项目特点的不同，不同的体育形态和运动项目在我国社会由计划经济向市场经济转轨的过程中获得的发展机遇是不同的，如足球、篮球等这些易于与市场结合的运动项目，在市场经济的环境中如鱼得水，只要给以适当的政策，就可红红火火地生存发展起来；一些国际重大赛事中设项较多的运动，如田径、游泳、重竞技等对国际形象的树立有较大的贡献率，自然也应当重点扶植。但是，一个国家的体育事业是一个整体，如果各体育形态间有共生共荣的内在关系，需要保持一定的均衡限度，正如一个桶的容量取决于最短的一块桶板。如意大利足球是创收的主要来源，其创收的绝大部分经意大利奥委会分配其他单项协会。意大利足协尽管是最大、最具实力的单项体协，但是其经费的 80% 由意大利奥委会拨款，20% 自筹，并接受奥委会对经费使用的经常性监督。各国彩票的分配政策是进行这种调控的有力手段。

竞技体育与群众体育协调发展是我国体育的发展战略。在体育资源利用的调控上，要根据竞技体育和群众体育资源来源不同，调控方式不同的原则，区别对待。既要竞技体育和群众体育协调发展，又要突出重点、整体均衡。

竞技体育的体育资源主要来自国家和省市区的体育事业费，国家和各省市区通常都对运动项目实行分类管理、突出重点、区别对待。我国将在奥运会上取得单项前三名、集体项目前八名的项目确定为"国家重点投入项目"，这些项目是篮球、排球、乒乓球、羽毛球、田径、游泳、跳水、体操、举重、射击、射箭、击剑、柔道、摔跤、赛艇、帆船（板）、速度滑冰、短道速度滑冰共 18 个，国家保证对重点投入项目的投入。这 18

个项目之外的其他奥运项目和可以在亚运会上获金牌的项目称为"一般性投入项目"，共 21 个，对这类项目，国家实行有限投入。其中普及程度较高、竞赛活跃、经济效益较好的项目，要依托社会投入，逐步减少国家投入；目前普及程度较低、自我发展困难较大的项目，国家予以阶段性扶持，这些项目要积极挖掘潜力，依靠自身力量，寻求自我发展的道路。上述两种项目以外的项目是"以社会投入为主的项目"，这类项目主要靠其自我经营和社会投入。各省市区也都有自己的重点、次重点、非重点项目。这种分类管理、区别对待的方法，既保证了重点项目的投入，又兼顾了其他项目的发展。

群众体育的资源主要来自政府、社会、企业和个人。国家和各级人民政府每年对群众体育都有一定数量的经费投入，社会各界、企业和个人通过投资、赞助等方式为群众体育投资。目前，群众体育最大的困难是场馆实施紧缺。群众体育资源应首先用于修建体育场馆设施，其次是用于开展体育活动、举办体育竞赛、培训社会体育指导员、普及体育科学知识和方法等方面。

2. 资源的自由流动与引导

从体育活动的组织开展看，大体可分为两种性质（营利性和非营利性）、三种经营类型。

一是企业经营型（包括商业性体育竞赛表演和商业性体育培训、体育设施和技术服务，如健美中心与台球城、保龄球中心、高尔夫球俱乐部、武术学校），这类体育服务完全商业化、市场化，主办者以营利为目的，以市场为取向，按市场规律运作，自主经营，自负盈亏。这种类型应该放手由社会去办，国家不承担经济责任，主要是通过法律和产业政策进行管理和调控。

二是事业经营型（主要指体育事业单位和体育社团组织开展的体育竞赛、业务培训活动和场地设施、技术信息服务等），这些体育服务不以营利为目的，经营收入主要是补充事业发展资金的不足。事业经营型是体育产业的主体，国家在所需经费上应该根据具体情况给予支持，并予以优惠政策，鼓励其通过广泛开展社会服务，筹集一定资金，增强自我发展能力。

三是非经营型（主要是学校体育、职工体育、社区体育、军事体育活动等），其目的是普及体育教育和体育锻炼，增进学生、职工、居民、军人的身心健康，搞好精神文明建设，促进社会进步。非经营型所需经费是社会和企事业单位发展的必要投入，不需要通过活动收入来补偿。国家对这类活动承担间接的经济责任，主要是通过法规和政策明确有关行业、系统和各个机关、学校、企事业单位的经济责任，并进行协调、监督。

从目前开展的体育项目特点看，不同项目的群众基础、市场容量、商业价值差异很大，承担的任务也不同，国家应该根据其社会条件和承担的任务采取不同的政策。

足球、篮球、排球、乒乓球、羽毛球、网球等球类项目，有着广泛的群众基础，观赏性强，社会影响大，广告效益好，商业开发上独具优势，在政策上应该鼓励和推进这些项目的产化进程。

田径、游泳、跳水、体操、举重、射击、射箭、柔道、摔跤、自行车、赛艇、手球、棒垒球以及部分冬季项目等重点项目，爱好者不多，观赏性不强，商业开发潜力有限，但其承担着奥运会上为国争光的任务，国家在经费投入上应给予重点保证。

其他社会体育项目，如台球、航模、键球、龙舟、风筝等，都有一定的社会基础，其主要任务是满足群众健身娱乐的需要，国家应该给予少量经费补助，重要的是引导其依托社会、自我发展。

3. 体育信息网络的建立

市场经济是一架精巧的机器，通过一系列的价格调节，无意识地协调着人们的经济活动。它也是一具传达信息的机器，把千百万不同个人的知识和行动汇合在一起。市场信息是决定市场经济能否正常运行的前提条件。生产者只有及时准确地掌握必要的供需信息，才能作出正确的决策。由于体育产业自身的特殊性以及体育产业在我国起步较晚等原因，我国体育市场信息处于零散混乱的状态，体育市场信息服务也处于待开发状态，体育的其他信息也多有不足，这种状况严重地制约了我国体育的发展。

我国体育信息网络的结构应以国家体育总局为中心，建立遍布各省市区的主体网络框架，同时形成国家体育总局、各运动项目管理中心、各单项协会、各体育社团等多层次的立体网络结构。应建设强有力的国家体育主干网络，它由体育系统办公自动化网络、体育健身休闲娱乐系统、竞技体育信息系统、体育科技教育信息系统、体育信息产业等子系统支撑，人们可以在不同的子系统中查询所需的信息。

六、体育资源配置改革的法规平台

社会主义市场经济体制的核心内容，就是要使市场在国家的宏观调控下对资源配置起基础性作用，这就使参与体育资源配置的主体由原来的国家行政部门单一主体变为社会、集体、个人等多元主体，由原来的单一的行政指令性分配模式转化到政府宏观调控指导下的市场机制分配模式。

市场经济是法治经济，因为在市场交换活动中，所有从事市场交易的主体，不论是商品生产者、经营者还是消费者，其地位和机会平等，既不享有任何行政、宗法特权，也不能依靠权力、地位形成的等级差别。市场主体之间的竞争遵循价值规律，按照成本与效率原则，依靠自己的经营实力和比较利益，在机会均等、公平交易的准则下参与市场竞争。只有在机会均等，公平交易的条件下，市场经济机制才能正常运作。因此，必要的法规平台是不可缺少的。已有相当规模的体育资源通过市场进行配置，迅速发展的体育市场迫切要求建立健全相应的法规。

（一）界定体育市场的主体

市场主体是指在市场领域中参与商品交易或管理市场的当事人或组织机构。就参与商品交易而言，市场主体为生产经营主体、消费主体和中介主体；就市场的组织管理而言，国家政府机构为市场管理主体，而生产经营、消费、中介主体属于被管理主体。凡是市场经济，都要求市场主体多元化。因为市场经济需要无数个具有法人地位的企业，通过市场交换来实现其劳动产品价值。如果市场主体数量不足，就无法展开各市场主体之间的竞争，市场供求规律、竞争规律、价值规律就难以发挥作用。

但是不同的市场主体在市场运行中扮演着不同的角色，如果主体身份界定不清，就会产生市场角色的功能错位，破坏市场固有的秩序，使市场的准入制度、市场主体的变更制度和退出市场制度无法执行。

在市场中参与商品交易的主体与市场管理主体是职能完全不同，不能混淆的两种市场主体。前者是被管理主体，相当于比赛场上的运动员，而后者则是管理者，相当于裁判员。这两者主体身份界限不清，就会违反市场经济规律要求，产生不正当竞争，使市场机制的效率无从发挥。因此，分清市场交易主体与市场管理主体的角色界限是市场机制正常运作的前提条件。只有这样，才有可能使产权明晰、经营者的损益边界清楚、权与责对称，也才有可能规范市场主体的准入、变更和退出制度。由于在计划经济时代，体育作为社会公益事业，完全由国家所有，资源投入也完全依靠政府。这种体育格局一旦进入市场经济，在计划经济体制的巨大惯性作用下，我国体育市场较普遍地出现主体界限含混的现象，致使体育行政部门和事业部门常以市场经营者与市场管理者的双重身份参与市场运作。体育行政部门特有行政职能使其在市场运作中处于有利地位，破坏了公平竞争的市场机制。因此，为了促进体育市场的发展，不仅政府行政部门要与企业脱钩，体育事业单位也要与企业脱钩，使参与体育市场交易的企业主体身份明晰起来。按照企业法的规定，企业是以营利为目的从事生产、交易、服务等经营活动的社会经济组织，实行独立核算，即单独计算成本费用，以收抵支，计算盈亏，对自己的经济业务作出全面反映和控制。我国已经出台了公司法、全民所有制工业企业法、私营企业条例等几十个法律、法规，对企业的经济性质、事业特点、法律地位、设立条件、结合结构、活动要求进行了明确的规范。但是，由于体育产业是我国后起的一个新兴产业，形态多样，功能复杂，许多内容具有较强的公益性与事业性，人们对体育产业，特别是体育本体产业的认识尚处于探索阶段，还未形成共识。这就为准确地界定与这一产业有关的市场主体，应用市场主体法规带来一定困难。因此，应该结合我国的具体国情，加强对我国体育产业的研究。

（二）规范体育市场行为

平等性与竞争性是市场的两个突出特征。所谓平等性是指市场主体在交易时相互承认对方将是自己产品的所有者，对其所消耗的劳动通过价值形式给予社会承认，市场的平等性是以价值规律和等价交换原则为基础的。在市场平等性的作用下，资源得以在商品经济条件下合理流动。市场的竞争性来自优胜劣汰、奖优罚劣的机制，即市场的利益实现机制。竞争机制判断优劣，确定利益归属，不断驱动市场主体去创新，降低成本，提高产品质量，从而有助于满足消费者的利益。

市场的这两个特征是通过市场主体的交易行为和竞争行为来体现的。

1. 规范体育市场的交易行为

为了保证市场交易行为遵循价值规律，顺利而有效地进行，交易行为必须是等价交换的。为达此目的，各类参与市场交易的主体必须遵循自愿、公平、等价、有偿和诚实信用的原则，否则等价交换就是一句空话。这就需要用合同法来规范交易行为，维护市场交易的原则，对交易者的签约行为、履行合同行为、变更和解除合同行为、违约及其承担责任的行为等给予明确规定。合同法就其实质而言就是市场交易法，是市场交易行为制度和法律表述。

1993年9月2日第八届全国人大常委会通过了《关于修改＜中华人民共和国经济合同法＞的决定》，以及国务院发布的法规和实施细则，为我国市场行为的规范提供了基本依据。但是由于我国市场经济体制尚处于建立过程中，法制尚不建全，重农轻商的传统思想和封建社会的等级观念的影响，致使市场交易行为中存在大量的违规行为。在体育市场中又由于体育行业本身的特殊性，造成市场行为的不规范。如近年围绕着职业足球俱乐部的经营管理、运动员的注册与转会、电视转播权的出售、运动员的合法权益的维护、裁判员的渎职行为、体育消费者利益的保护等一系列问题出现的法律纠纷，都从不同侧面反映了体育市场交易行为的规范处于相对滞后的状态。

2. 规范体育市场的竞争行为

在市场竞争行为方面，我国市场存在着政府及其所属部门利用行政权力，限定购买其指定的经营者的商品，限制其他经营者正当的经营活动，以及限制外地商品进入本地市场或本地商品流入外地市场，形成强买强卖。我国体育市场在体育健身器械的销售及运动员劳动力市场中也存在着同样的问题。至于假冒他人的注册商标、使用知名商品特有的或与之相近似的名称或包装，在账外暗中给交易对方以回扣，对商品如健身机械与方法的功能和质量作夸大其辞的虚假广告，误导消费者的行为等，都不同程度地违背了反不正当竞争法、商标法、广告法、专利法、产品质量法等规范市场竞争行为的法规，应予坚决取缔。

（三）突出行政法规的宏观指导性与调控性

在计划经济体制中，我国体育的法规制度多以行政法规的形式出现，与行政法规调整的对象是行政关系。

行政主体与其相对主体在绝大多数情况下的行政法律关系是以"命令—服从"为基本特征的，因此行政法律关系具有不对等性，即行政主体履行职能，行使权力，无须征得相对主体的同意，而且行政主体实施公务的活动是以国家名义进行的，具有国家强制性。这与建立在双方合意基础上的民商法律关系不同。

行政法规的这些特点使其有可能对市场组织和市场行为进行有效的引导和干预，也有可能干扰市场的正常秩序。在计划经济体制中，我国体育的法规制度多以行政法规的形式出现，大量地介入体育事业的中观和微观操作层次。在计划经济体制下，这样做不仅是可行的，而且是必须的。但是随着体育资源配置的基本模式由计划经济向市场经济的转型，就出现了两个问题。一是在中观和微观层次上，刚性的行政法规过多、过细，抑制了市场机制的效能；二是在宏观层次，缺乏必要的法规调控手段，造成体育资源分配中的不协调，如足球等商机较好项目的暴富，而田径、游泳等项目日益贫困。正如国务院研究室在1997年指出的"现行体育经济政策存在着不系统、不配套、可操作性差的问题。随着社会主义市场经济体制的建立，体育社会化、产业化进程的加快，体育管理体制、体育机构运行机制、体育的行为主体和利益主体都发生了很大变化。近年来，尽管国家提出了一些有利于体育改革和发展的基本思路，但由于政策不配套、不规范、不稳定，有的覆盖面窄，有的比较原则，从而弱化了对体育事业改革与发展的促进和保证作用"。

在市场经济条件下，政府不能直接干预企业的生产经营活动，只能依法实行宏观调控，以间接的宏观调控措施从企业外部进行必要而适度的干预。于是除了在必要时利用行政法规加以协调外，加大法律宏观调控的力度，这种宏观管理和调控应充分反映体育产品的价值规律和体育市场机制的要求，在充分尊重市场主体法律地位的前提下，补充市场机制的不足，使体育资源配置趋向合理。如通过制定有关的税法和计划法，从经济效益较好的运动项目和产品征得一定比例的收益，以补充全民健身和市场潜力有限的运动项目的发展。

此外，制定具体的适用于体育领域的反不正当竞争法，以打破壁垒，形成全国统一的体育市场，制定保护运动员权益的法规，如运动员的各种保险制度，以应付运动中的意外伤害、医疗及退役后的经济保障等，都是国家宏观调控需要采取的步骤。

（四）兼顾体育法规的特殊性

1. 体育产品的公益性与商品性

体育产品就总体而言，具有社会效益与经济效益并存、公益性与商品性并重的特点。如群众体育既可以看做是公民自己用以提高自己生产收益的个人行为，社会成员应该"花钱买健康"，进行人力资本投资，又可视为社会维持人的基本权利的公益事业。高水平的竞技运动既有可以产生高额利润的娱乐观赏业，又担负着振奋民族精神、增强民族凝聚力的社会任务。因此我国体育经济法规的制定必须考虑到体育的特殊性，采取特殊措施，以更好地通过市场机制，扩大体育资源的社会投入，促进体育资源的良性循环。

实际上，世界上体育比较发达的市场体制国家，都对体育采取一些特殊的经济法规政策，加以扶植。如对社会各界赞助体育给予减免税务的优惠，使社会赞助成为体育经费的主要来源之一。澳大利亚政府体育娱乐旅游部运动委员会设有专门的体育基金会，专门负责社会赞助工作。凡是给体育赞助，必须通过这个基金会协调、控制。政府规定，企业给体育赞助可免税，而要免税，须通过基金会。再如意大利是世界上比较成功地通过税收政策给体育以有力支持的国家，这完全得益于该国1986年通过的业余体育活动纳税法案、1991年通过的志愿协会和非营利协会的会计程序。根据这两项立法规定，只要是出于非营利目的的竞技体育运动收入，可得到意大利奥委会的支持或奥委会承认的协会的支持，并给予税收优惠。

八届全国人大四次会议通过的《中华人民共和国国民经济和社会发展"九五"计划和2010年远景目标纲要》提出，要形成国家与社会共同兴办体育事业的格局，走体育社会化、产业化的道路。《中华人民共和国体育法》也明确指出，各级人民政府、机关、学校、企事业单位和社会团体在发展体育事业中的责任和义务。近年来，政府有关部门已制定了一系列有利于体育事业发展的经济政策。例如，设立培养后备力量专项资金；成立中华体育基金会；发行体育彩票；鼓励社会对体育的捐赠和赞助；提倡体育场馆以体育为主，向社会开放，多种经营；对优秀运动队自用进口服装和器材免征关税等。但总的看来，我国现行体育经济政策还不能充分调动社会各方投资体育的积极性。

2. 体育商品形态的特殊性

体育商品中一些不同于普通商品的形态特性，也是在构建我国体育市场法律平台时不可忽视的。这里应当特别指出的是我国体育产业中正在迅速发展的商业性职业竞技运动。

职业竞技运动是具有较完全商品性的体育形态，是娱乐观赏业的一个重要组成部分。像美国的NBA（美国职业篮球联盟）、欧洲国家的职业足球俱乐部，都是以营利为目的的企业。这类企业出售的商品是观赏性极强的文化商品——体育比赛。由于体育比赛这种文化商品的生产需要比赛双方的共同参与，其质量也取决于竞争双方实力的均衡程度。这就使它不同于一般的商品，对于一般商品来说，垄断抑制竞争，降低商品质量，从而损害消费者的利益。但在职业运动中，集团垄断却成为保证各队竞技实力相对均衡的必要条件。因此，职业竞技运动成为高度垄断的企业组织。尽管美国制定了一系列的反垄断法，如《谢尔曼反托拉斯法》《克莱顿法》《联邦贸易委员会法》等，职业竞技运动组织却是唯一享有反垄断法豁免权的组织，不受这些反垄断法令的约束。这样做的目的主要是，使竞技运动组织有权决定运动员的合理分配，使各俱乐部的竞技实力大体相当，比赛更加吸引观众；同时严格限制职业队的数量，不使过多的队进入有限的市场。

我国处于社会的转轨过渡阶段，体育市场也尚处于萌芽时期，我国体育商品形态的特点更为复杂，需要采取特殊的措施加以保护。

3. 体育仲裁的特殊性

随着我国体育事业向市场经济体制的转型，体育中法律纠纷也纷至沓来。以前这些纠纷主要是依靠政府体育行政部门来调停解决。在市场经济条件下，由于政府不再充当仲裁人的角色，还由于涉及冲突的当事人法律观念的增强，越来越多地诉诸法律手段，这无疑是社会法治进步的一个表征。但是，体育领域毕竟是一个专业技术性很强的领域。其中出现的种种冲突与纠纷，涉及有关体育的各种专门知识。如在处理一个简单的关于学校体育教学或练习中发生的伤害事故的诉讼案时，就需要考虑到体育场地设施的安全性、教学和练习内容的适宜性、教师组织教学的合理性、事故发生时的环境因素以及学生自身的因素等诸多方面。在竞技运动的法律纠纷中，需要考虑的因素就更为复杂。简单地借助普通的民事仲裁手段，其处理结果常不能使人心悦诚服。于是需要有精通体育的法律事务人员参与与体育有关的法律仲裁。因此 1984 年由国际奥委会提议，成立专门处理与国际体育有关的法律纠纷的"国际体育法庭"不是偶然的。一些国家也有自己的体育法庭，如秘鲁。这些可以作为发展我国体育仲裁体制的借鉴。

我国体育产业投资及其政策研究

肖 文 高 崇

随着我国国民经济持续健康发展以及由此带来的人民生活水平的不断提高，人们对体育产品的需求日益增加。但由于我国长期以来在体育及体育产业内的"举国体制"等原因，在促进来体育运动水平的提高的同时，也造成了体育产业发展的瓶颈制约，面对日益高涨的对于体育和健身等产品的巨大需求，体育产品的供给却难以适应。出现这种缺口的原因在于体育产业的投资体制及相关政策不能适应市场经济条件下体育产业发展的要求，制约了体育产品的供给能力的增加。本文通过研究国内外体育产业的投融资体制，并结合现代经济学、金融学的理论，研究建立我国体育产业投融资体制的方法与对策。

一、我国体育产业的整体分析与研究

（一）中外体育产业运营的比较研究

世界体育产业虽然还不到百年的历史，但发展速度远远超过其他产业，每年以20%的速度递增。目前，全世界体育产业的年产值约4000亿美元。在体育发达的北美、西欧和日本，体育产业创造的年产值都排进国内十大产业，成为国内产业中的大项。我国的体育产业化虽然显示出良好的发展势头，但与发达国家相比，仍存在很大差距，具体表现在：

1. 体育产业的整体规模偏小

80年代末，美国体育产业年产值就达632亿美元，超过石油化工、汽车业等重要工业部门的产业。同期，意大利的体育产业年产值达182亿美元，人均达到322美元。而我国90年代末为1400亿元人民币，若以人均年产值来看，我国的体育产业显得更加弱小。1996年发达国家体育用品人均年消费量分别为：日本888美元、德国790美元、美国695美元、英国443美元。而我国城乡居民以家庭为单位全年体育消费在100元以下的占总数的58.3%，100元至200元的占总数的27.8%，201元以上的仅占总数的13.9%。

2. 体育产业在经济结构中所占的比重较小

体育产业在发达国家的经济结构中所占的比重不断上升。美国是世界上体育产业最发达的国家，美国的第三产业分21个行业，体育行业创造的产值排在第三位，仅次于商业银行和证券市场。美国体育产业的产值1988年就达到632亿美元，占国民生产总值的1.3%，在国民经济各行业中居第22位。90年代以来，美国体育产业的总产值突破了700亿美元。凭借着强大的足球产业的支撑，体育产业也已经跻身于意大利国民经济十大部门前列。而在我国经济结构中，体育产业产值所占的比重甚微，约占GDP的0.5%，远远落后于发达国家5%的水平。

3. 市场化、商业化运作水平不高

国外体育产业的资本体系基本是由风险资本和债券市场构成的。美国由于体育产业发展到相当高的水平，其资本利润率远远高于社会平均利润率，所以现在它已经完全脱离了风险资本和证券市场，主要依赖自我积累。1984年，美国商人尤伯罗斯独自筹集7亿美元筹办了洛杉矶奥运会并净赚了2.15亿美元，开创了民间办奥运会的成功模式，并且极大地带动了体育产业市场化和商业化的运作水平，增强了体育产业自我发展的能力和空间。而我国的体育产业除通过市场化模式等筹集一部分资金外，仍对国家的资金投入有较大的依赖性，没有实现体育产业资金筹措的自我发展和良性循环。国外的各类职业和大众体育俱乐部都是自负盈亏的企业，而中国足球实行职业化已经十余年，国家每年还要投入大量资金，许多俱乐部与当地体委没有脱离关系，其人事变动和经营危机甚至要市长、省长出面干预，体育产业发展过程中仍没有完全摆脱政府行为。

4. 体育产品结构单一

体育产业不只是体育器材、设备等生产和销售，还包括体育表演、设备建设、设施的经营。特别是由体育本身提供多种劳务服务而带动国民经济其他部门产生增加值，更是体育产业化的重要内容。由于管理体制及运行机制等问题约束，我国体育产业劳务服务经营水平低下，经营效果欠佳。1993年以后的5年间，全国体育场馆和事业单位体育经营收入年均创收8.26亿元，与体育业发达国家无法相比。从总量来看，它为国民经济创造的直接收入是微小的，但从发展趋势看，我国体育产业在第三产业中的位置上升速度颇快。

5. 没能全面综合开发体育产业资源

我国体育产业的发展过多地注重了本体行业，而对相关产业的重视开发不够，尤其对无形资产资源开发不够和对体育产业的商用经济价值挖掘不足，如体育广告业、体育旅游业、体育娱乐业、体育博彩业等。体育产业的资产很大一部分表现为无形资产，如以生产体育最终消费品的世界级大公司多数都利用足球运动的影响力提升自己产品及公司知名度，使足球产业成为最大的边缘产业。而美国亚特兰在奥运会出租电视转播权收入为5.6亿美元，占到了总预算开支的三分之一。

（二）我国体育产业高级化发展的相关因素分析

1. 我国体育产业发展的有利因素

首先，党的十四大以后，国家根据产业结构调整的需要，提出了加快体育产业发展的战略构想。在这一总体构想和方针的指引下，我国在体育管理体制改革和体育产业化等方面取得了快速发展，所有运动项目从政府管理职能中分离开来，尤其是以足球市场化改革为突破口，推进运动队、俱乐部的实体化和商业化进程。我国体育产业有形资产的开发步伐正在加快，在体育产业的无形资产利用方面也开始运作。并且，体育产业运作的市场环境和政策环境得到了极大的改善。1994年国家体委推出了奥运争光计划和全民健身计划，这两项计划的实施不仅会大大加快体育竞技项目的发展和运动水平的提高，而且更重要的是将促进体育健身、体育娱乐和体育商贸的发展。

其次，国民经济的发展和人民生活水平的提高是我国体育产业发展的根本动力。行为科学的需要层次理论指出，当人们的生理需要、安全需要满足以后，便产生社交、心理、自我实现需要。步入小康水平的社会，体育的市场需求越来越明显了。人们的消费

意识从生存向休闲娱乐转变，体育消费明显增加。在低收入到中等收入的过程中，恩格尔系数与体育消费的曲线回归分析说明，体育消费随着恩格尔系数降低而增加；对文化娱乐消费的曲线回归分析，同样呈这种趋势，充分说明了经济发展、人民生活与体育市场之间的本质联系。

再次，我国对外开放程度的加大将有力地促进体育产业的发展。随着我国加入WTO和市场准入条件的不断改善，我国体育器材，尤其是一些劳动密集型产品，包括运动服装、鞋以及台球桌等，进入国际市场的可能性明显增加，因生产这些产品需要的技术装备水平较低，而我们在原材料加工成本方面有比较大的优势。另外，开放的加深还可以促进我国更深入地参加国际体育产业的分工，在对外交往中吸收借鉴国外的先进运作模式和管理方法，促进我国体育产业的结构优化和升级。

2. 我国体育产业发展的制约因素

首先，我国经济的总体水平不高，并由此导致人们对体育活动的偏好不高，是制约我国体育产业发展的根本因素。我国人口众多，大约有三亿多个家庭，存在着巨大的潜在体育消费市场，体育产业的发展状况也最终取决于我国居民对体育商品的消费水平，而居民的体育消费水平取决于两方面因素，即消费能力和对体育产品（包括体育有形产品和体育服务）的消费偏好。体育产品的消费偏好是指居民在既定收入水平约束下，在可选择的产品集合中对体育产品的倾向程度。1996年，国家体委对我国城乡居民喜爱的余暇活动进行了一项调查，在被调查的居民样本中，喜欢体育活动的居民仅占12.6%，另外，在对影响我国城乡居民进行体育活动的主观因素的调查中，缺乏兴趣排在了第一位，占被调查总数的45.9%，由此客观上造成了我国城乡居民体育活动的参与者少的状况，进而影响体育消费和体育市场的发展壮大。

我国城乡居民体育活动的偏好弱，说明了我国没有形成良好的居民体育偏好环境，因为居民的体育偏好不是与生俱来的，是在社会环境中逐渐养成的。而更深层次和更根本的原因，则是因为我国社会经济发展的总体水平较低。长期以来，我国一直把体育作为社会主义现代化建设的一项重要的福利事业，体育经费也一直由国家从财政中统一支出，但由于我国的综合国力和经济发展水平都不高，制约了国家对体育的投入规模和在财政支出中的比例，体育经费一直只占国家财政支出的0.2%，1986年提高到0.4%，人均约为0.9元，低水平投入客观上造成了国家对在居民中体育推广的不力，也是缺乏良好的体育偏好形成环境的经济根源。

其次，管理体制问题是制约我国体育产业发展的重要因素。由于我国的体育事业一直是由国家出资兴办，因此，对体育的发展及其所属的资产也理所当然地由国家统一规划和管理。在我国经济体制由计划经济向社会主义市场经济转变的过程中，我国体育管理体制虽然也进行了相应的改革，但总体上仍然滞后于经济体制的改革步伐，管理体制的不适应已经成为我国体育产业化、社会化的最大的"制度瓶颈"。这可以从两方面进行分析。

（1）在群众健身娱乐产业方面，政府的直接经营和管理破坏了市场的正常秩序和体育资产的优化配置。由于目前我国的体育健身设施的投资主体是政府，全国体育设施的97%为各级政府和体育管理系统所有，其中21%的学校人口占用了67.7%的体育场地。由于这些健身设施是由无偿使用的财政拨款兴建的，不必还本付息，也就没有正常的经营者的压力。因此，这些体育健身设施在体育社会化之后参与到市场经营当中去的时候，其定价便不同于正常的经营者，不必考虑资金成本及市场的经营风险和金融财务风险。这种情况造成了市场经营中的不公平竞争，破坏了公平竞争的市场正常秩序，"挤出"了私人投资者。并且由于缺少有效的竞争和潜在竞争者的威胁，设施维护和服务质量跟不上，体育资源没有得到高效率的配置。

（2）在竞技体育项目产业化方面，我国目前的管理体制已经成为竞技体育项目走向市场、自我发展的最大瓶颈制约。据调查表明，虽然我国几年来球市持续火爆，但绝大多数俱乐部都不能盈利，其深层原因在于俱乐部的管理体制的束服和激励机制的缺位，从而制约了极具商业潜力的产业的健康发展。目前我国竞技体育俱乐部的经营管理在很大程度上受到政府的控制，俱乐部本身还没有成为一个真正意义上的市场法人主体，不能按照正常的市场规则自我经营、自负盈亏、自我约束和自我发展。我国体育产业化的过程中存在着政企不分的现象，最能说明问题的就是地方足协拥有俱乐部股份，导致足协虽然名义上是群众组织，但却仍然需要财政拨款，受行政命令支配，其结果使得企业失去了独立的法人地位，不能自主决策、自担风险，也不能够自由公平的按照市场规律行事。同时，政企不分也导致市场正常的利益驱动消失和有效的激励机制缺位，从而导致竞技体育产业化表现火爆，但实际上问题多多，难以实现持续健康发展。

最后，财政金融政策的支持不到位限制了体育产业的发展壮大。由于体育产业提供的产品，尤其是体育服务等无形产品，具有介于公共物品和私人物品之间的准公共物品的性质，其私人成本和社会成本以及私人收益和社会收益并不完全相同。经济学的理论认为，这种差异决定了这种产品必然出现供给不足，完全依赖市场将会出现"市场失灵"，不利于体育产品的供给和人们对体育产品的消费。因此，政府应运用财政和金融等宏观经济杠杆，对体育产业的发展提供有力的支持并有效地调节其方向，以避免盲目发展的现象。而我国在财政和金融方面对体育产业的支持都是不够的。在财政政策方面，对体育产业的促进方面主要表现为准许发行体育彩票。1994年以后，国家给体育事业的发展以一定的优惠政策，准许发行体育彩票来筹集体育发展资金。除了体育彩票以外，我国对体育发展的财政政策的支持就显得贫乏了一些，缺乏灵活的税收政策、财政补贴和转移支付等促进体育产业发展的有力措施。在金融支持方面，到目前为止，体育产业发展能够得到的金融支持很少。资金来源是企业发展的重要保证，现代企业的良好发展必须有相应的金融系统的有力支持，我国体育的产业化、体育经营企业的健康发展也离不开健全的金融体系的支持，尤其是民间资本介入体育产业的发展时，他们所能够得到的金融支持就更少。体育产业在规模小的时候可以通过非正规方式解决资金短缺的问题，但是，当企业规模扩大、实现规模经营的时候就必须有正规的金融系统的支持。现在我国有两个正规的金融市场，即银行借贷市场和股票证券市场，而这两个市场对民间资本很难形成有力的支持，体育产业中的民营资本能够得到的支持就更少。另外我国信贷的期限结构不合理，短期信贷多而长期的少，这就使得体育产业的固定基础设施的投资非常困难。而股票和债券市场对众多的小型体育产业经营者基本上是关闭的。因此，体育产业的正规融资渠道十分有限，限制了体育产业的发展。

（三）结论

体育产业的发展离不开国家整体经济环境的不断完善，在我国经济持续健康稳定发展、经济结构不断优化升级、人民生活水平稳步提高的前提下，我国体育产业的大发展有了广阔的空间和极大的潜力。可以预见，在新世纪全面建设小康社会的过程中，人们的观念和消费能力都将有力地促进体育消费的扩大和产品结构的升级。

但是，体育产业的发展决定于供给和需求两方面的共同作用，在需求不断增加的情况下，如何解决体育产品的供给机制问题，提高体育产品的供给能力，就显得尤其重要。体育产业的供给能力主要受制于国家宏观管理体制的转变和相应的财政金融支持系统乏力等因素的影响。我国体育产业的管理体制正处于"渐进式"的变革之中，正在朝着有利于体育产业发展的方向努力，但这个转变的过程不能一蹴而就。而财政金融等支持系统的建立和优化，却可以通过理论研究和实践总结，尽快地建立起来，以推动体育产业的发展。

二、建立我国体育产业投融资体系的实践总结和理论思考

（一）主要发达国家投融资体系的国别研究和经验总结

1. 主要发达国家投融资体系的国别研究

研究并分析当今世界主要发达国家的投融资体制，在研究的基础上加以甄别和借鉴，可以使得我国体育产业投融资体制改革更加有的放矢、科学可行、少走弯路。研究世界发达国家的经验，除了要吸收借鉴他们具体的运作模式和手段之外，还必须深切体会在一整套的运作体制里面所体现出来的科学精髓和先进理念，一定意义上讲，这一点甚至是比学习具体的操作规范、机构设施和组织结构等实践层面上更为重要的。因为各国的投融资体制的建立总是一个社会历史过程，有其独特的本国社会经济发展的历史背景和根源。每个国家的投融资体制都是独特的，但独特的投融资体制所蕴涵的经济理念都是共通的，也是在建设我国的体育产业投融资体制的过程中可以充分借鉴的。

（1）德国的投融资体制

尽管德国的投融资方面的基本观念，在联邦经济部、商会、德意志银行和各大公司等不同方面、不同层次上有不同的表述，但德国自上而下各个方面的最基本的观念是一样的，即企业投资自主决策和充分的风险意识，基本的指导原则是决策与责任、权利与义务相统一。

德国投融资体系的构成及其职能，在很大程度上由德国企业的以下两种结构特点所决定：以股份制企业为主的企业所有制结构和以中小企业为主的企业规模结构。德国的投融资体系主要由四个部分组成：企业、银行、政府（包括联邦政府和各州政府）以及中间组织和机构（包括工商会和各类协会）。

企业是德国投融资体系的核心。企业在投融资上享有高度的自主权，并自担风险。在具体项目的决策上，各企业都依据一定的内部程序和标准进行。一般来说，德国企业的投资，都是由企业有关职能部门作出相应的计划，报董事会批准实施，重大决策则必须由监事会审议和裁定。在项目的选择标准上，除了必要的技术、社会、环境标准外，财务标准是德国企业在选择投资项目时极为重要的因素，各大公司一般都有一整套财务标准用以选择项目。一般来讲，"长期投资收益率"是确定是否投资的基本原则，为此，要把政府补贴及其他临时性优惠资金来源因素对项目投资收益率的影响剔除出去，这样才能使项目具有长期的抗风险性。

德国政府通过制定一系列旨在最大地限制保护银行运行的安全性、保护储户的利益

的法规体系，对德意志银行从组成到运行做了规范。在特定的法律框架下，银行可以自行决定企业申请的项目贷款。一般银行是根据项目的生命周期，而不是建设周期决定贷款的长、中、短期及其相应的利率，从宏观的角度把握贷款的安全性和可行性。

联邦政府在企业投资方面的职能主要有两个方面：一是通过对德国、欧洲乃至整个世界的经济形势的分析，按照欧盟的有关法规的要求，制定政府的促进措施，以"创造一个有利的框架结构"；二是通过结构政策，对特定行业和地区以及一些科技研究项目进行补贴和资助。州政府的主要职责是在联邦政府有关法规和政策许可的范围内，通过自身结构和技术政策的实施，促进本地区经济发展，工作的重点主要在扶持中小企业发展和促进技术进步两个方面。

德国的中间机构的种类很多，仅工业制造协会就有 300 多家。中间机构的存在，对企业尤其是中小企业在降低经营成本、开拓业务方面起了不可替代的作用。主要的有德国工商会和德国机械与设备制造协会。此类中间机构一般都具有较强的代表性，并且承担了很多职能，主要分为两个方面：一方面是为企业提供咨询和技术经济信息服务；另一方面是代表企业与政府沟通，影响政府决策。

可见，企业投资的资助决策、决策与责任的统一原则、充分的风险意识和监督约束机制、完善的服务体系，这四个方面相互影响、共同作用，构成了德国投融资体系。

(2) 日本的投融资体制

日本的投融资体制中，企业是投资的主体，不同时期的产业政策是影响企业投资的重要因素；财政、金融和税收政策的配套支持是产业导向成功的关键；健全的法制是实施投融资宏观调控的依据；民间银行是企业投融资信贷的主要来源渠道；竞争机制是企业投融资活动的动力源泉；技术进步是企业投资的目标内涵；科学的管理体系是减少投资风险的保障，完善的中介体系是企业投融资的不可或缺的中间环节。

日本企业的投资活动十分活跃，是名副其实的投资主体，为了在激烈的竞争中求得生存和发展，所有企业都十分重视投资。日本企业的资产所有权与投资决策权是完全一致的，所以企业的投资完全是企业自主决策，以高效益为原则，以市场需求为目标，投资项目的审批和立项程序全部在企业内部完成，政府完全尊重企业的投资自主权。日本企业投资项目的审批程序是相当严格的，审批立项权全部在总公司，大企业集团一般都设有开发部和投融资委员会，专门从事企业投资的前期工作。中小企业投资的决策程序则很简单，由业主自主决策。企业作出投资决策，首先要尽可能地遵循国家产业政策引导的方向，根据自身实力情况争取参加国家提倡组织的开发计划，从而可以享受到国家的一些优惠政策，同时也可以此提高企业的社会地位。企业自主决策立项的投资，首先依据的是市场，其次是要注重法律、环境、安全等因素，最后随项目的财务成本作出精密测算。

发达的金融业，是日本企业投融资体系的一个重要组成部分，对企业投资的中长期信用贷款和投资，主要由民间的商业银行和官方的政策性银行承担。政策性金融机构（政策银行）是国家宏观调控的重要组成部分，主要是为完成产业开发、振兴进出口、扶植中小企业、促进住宅建设等政策性任务而设立的，是由政府全额出资的法人。民间银行是企业投融资贷款的主要资金来源渠道，日本为数众多的民间银行的资金，占全部金融机构资金总量的 90% 左右；在企业投资贷款中，民间银行占有量为 80%，民间银行贷款利率仅比开发银行高出 0.2 个百分点，对企业融资很有吸引力，尤其是绝大多数中小企业的投资贷款，都要依靠民间银行提供。

日本政府高度重视企业投资，主要运用经济杠杆，实行间接调控，其手段不是总量平衡而主要是方向引导。为了把有限的资源用到急需发展的重点产业和重点项目上，日本政府认为，不能单纯依靠市场机制进行资源的配置和经济的自发调节，而必须实行积极的宏观调控。政府在企业投资方面的宏观调控，主要分中央和地方两个方面：中央的宏观调控主要靠产业政策引导和税收金融政策的支持，地方政府除了着力于促进产业结构合理化和设备更新、产品开发和加快企业技术进步外，还比较重视把调控的倾斜点放在支持中小企业的发展方面。

在日本的投资体系中，中介机构已经成为连接企业与政府的桥梁和纽带。这些中介机构主要分为日本产业（行业协会）、研究咨询机构和调查机构。日本产业（行业）协会无经济行政职能和官办性质，目前，全日本各行业的工业协会共有500多个，参加协会的成员一般都是大企业，协会的主要工作是作为行业中企业的代表与政府沟通；协会内部企业之间的信息交流、市场开拓和协调；企业经营指标的统计、经济情报分析和信息传递；新技术的开发研究、产业发展趋势研究和行业内企业人员的技术培训。研究咨询机构主要是以民间性质为主的独立经济实体，一般实行股份制经营，所有工作都通过签订合同进行，研究机构人才济济，其所提供的报告具有权威性，对指导企业资金投向，为政府决策提供依据起了重要作用。日本各历史阶段产业政策的制定，都是这些研究机构参与完成的。调查机构是企业投融资活动中，对企业信用程度进行调查、诊断、评价，以确认企业信誉等级的重要环节，目的是为投资活动减少风险。

（3）美国的投融资体制

美国是世界上比较典型的、发达的、政府适当干预的自由市场经济国家，在投融资体制方面具有鲜明的特点，即政府掌管经济全局而不针对企业，不去试图调度企业生产运行情况，但会努力调节和影响经济发展趋势；不直接运用行政干预手段，而主要依据法律法规和财政货币等调控手段。企业投资和融资机制健全，行为规范，风险和利益、权利和责任紧密相关，对市场信号反应灵敏。金融市场高度发达，资本供应充裕，银行主动找企业而不是相反。中介机构功能日趋完善。美国的投融资体制基本上是以法律法规的形式予以规范和界定，使得政府、企业、银行和中介组织的职能和作用、责任和权益的界定十分清晰，这不仅保证了政府对经济发展的影响力和有效的宏观调控，同时营造了企业自主发展、公平竞争的有利环境和自由空间。

美国政府的基本职能是提供公共服务和产品，经济管理职能弱化、社会管理职能增强。尽管美国的联邦政府与州、县政府及市政府调控的目标、使用的手段有所差异，但其管理经济的主要职能基本相近，即制定法律法规；通过不同税种和差别税率来调节企业投资及居民消费；为中小企业提供贷款担保，对受地震等严重自然灾害影响的企业提供帮助；提供综合信息服务；提供水电、港口和机场等公共设施、安全等基础产品和服务。

美国的中央银行独立于政府制定货币政策，影响企业投资和经济发展，主要通过五方面基本职能发挥其作用，一是制定贴现率；二是买卖联邦政府的国库券、债券和储蓄债券，进行公开市场业务操作；三是规定商业银行准备金率；四是货币发行；五是干预和调整汇率。美国的商业银行为数众多，资本比较充裕，竞争十分激烈，他们的自主权比较大，利益、风险和责任紧密相关。政府对商业银行的行为以法律约束。美国的资本市场业十分发达，操作严格而规范。全国证券交易委员会代表联邦政府，对上市股份公司和证券交易均有严格规章，对投资人和融资人进行法律监督和保护，严禁内幕交易，证券委不以盈利为目的，但也不靠政府养活，而是向证券公司收费，满足业务需要。美国两大基金是金融市场重要的资金来源，即保险基金和养老基金，资金来源比较稳定，数额巨大。

美国中介组织大体分为两类，一类是营利性中介组织，如投资银行、投资公司、注册会计师事务所、律师事务所等；另一类是非营利性中介组织，主要包括商会、行业协会、中小企业发展促进中心和世界贸易中心协会等。其综合经济功能与德国和日本的中介组织的功能类似，为美国企业的发展和市场经济体制的完善作出了巨大的贡献，也表现出了强大的生命力。

2. 主要发达国家的投融资体系的分析和经验总结

综观以上对世界主要发达国家的各具特色的投融资体制的介绍，我们得出以下几点体会和值得借鉴的经验：

首先，建立企业的投资主体地位，是投融资体制高效运行的前提。在德国、美国和日本等发达国家，尽管政府对经济有不同程度的干预和调节，但所有的政府工作都是以企业的投资主体地位为前提，政府的作用决不是削弱这种主体地位，而是为了企业创造良好的市场竞争环境，使企业真正成为自主决策、自担风险的投资主体。为了实现这一目标，必须将产权与投融资决策权紧密结合起来，实现投资市场化，完全体现谁投资、谁决策、谁收益、谁担风险的原则。

其次，政府恰当的宏观调控和指导至关重要。政府要重视立法，使得企业投资有所遵循，政府的调控也有所依据。日本政府的一些有效做法值得借鉴，即把每一个阶段的目标实行立法，再根据总体目标要求，对产业投资加以规范，制定出具体引导措施。同时，为了使产业调整意图有效实施并且投资符合目标规范，必须制定投资引导政策、技术投资政策与装备政策。

再次，建立中介服务机构，取代行业部门管理。建立现代市场经济体制，一项主要内容就是实现企业的主体地位，减少直接行政干预。发达国家企业投资活动中存在的诸多中介机构，完全是根据企业的需要而建立的。从建立高度集中的宏观调控体系出发，切实减少对企业的多层次行政干预，把现有行业管理职能转到为企业服务上来。只有这样，才能为企业投资活动创造一个宽松的外部环境。

最后，要建立多层次、多方位的投资监督体系，降低投资的系统性风险。在树立企业投资的主体地位的同时，必须相应地完善投资监督体系，即对一个企业而言，其投资要受到内部程序和各项制度的约束，同时要受到股东的监督；如果要申请贷款，要受到银行的监督，银行本身又受到股东的监督和有关法规和内部程序、制度的约束；如果企业要获得政府的资助，除必须要符合基本条件外，还要受到政府的约束；政府本身也要受到议会和工商会的监督，工商会要受到法规的约束，协会受企业约束等。总之，完善而科学的监督体系的建立，可以最大限度地保护企业投资者的主体地位和权益。

（二）我国建立体育产业投融资体系的路径选择

新中国成立初期，由于我国经济不发达，人民生活水平不高，不具备社会办体育的条件，政府作为全社会利益的代表，必然承担起兴办体育事业的投资主体的责任和义务，包揽了体育工作的各个方面，由此形成了与计划经济体制相适应的体育"举国体制"。这一体制为我国集中有限的人力、财力、物力，提高全国人民的身体素质和体育运动水平，缩小与世界各国的差距发挥了重要作用。但政府一元化的体育投资体系使得各项体育活动非经济化，失去自我发展的能力。体育事业在经济上完全依赖政府的财政拨款，并对加大投入的要求越来越强烈。在这种情况下，政府一元化的投融资模式已经难以为继。

纵观世界各国的体育投融资体制，单纯的"政府拨款型"或"社会筹资型"都不能满足体育本身发展的需要，只有将两种模式有机地结合起来，既注重国家对体育发展的有效协调和引导，同时又充分发挥社会资源参与体育发展的积极性，既减轻政府负担又提高兴办体育的效率和效益。尽管各国在运用"结合型"投融资模式的过程中存在着一些差异，政府和社会的作用大小各异，但由于它结合上面两种模式的各自优势，并且在一定程度上克服了两者各自的弊端，故被越来越多的国家所采纳。

鉴于以上对发达国家投融资体制的研究和对我国兴办体育的实践总结，我们认为，国家对体育产业投融资体制的改革，必须在正确界定社会主义市场经济条件下政府职能的基础上，充分发掘体育本身的经济潜力，根据不同项目的不同特点，在维护广大人民根本的体育参与权益的前提下，最大限度地促进体育产业的自我发展；从根本上确立在体育产业投融资体系中企业的投资主体地位，建立投资主体的收益与风险相统一的运作机制，提高资金的使用效率；与此相配套的，要加强法律法规建设，形成有效的投融资约束机制，最大限度地降低市场盲目性所带来的风险和损失。同时，服务于体育产业的行业协会和其他中介组织，也是投融资体制建设的必要一环。总之，体育产业投融资体制改革的关键，是确立企业的投资主体地位以及建立民间资本的投资渠道，增强体育产业自我发展的能力，并努力使之成为新的经济增长点。

（三）路径选择的理论依据

1. 体育产品的性质不能为一元化的投融资模式提供合理的根据

长期以来，体育产品一直作为向全体人民提供健身服务和发扬国威的纯粹的公共物品，由国家独自承担体育发展的责任。但事实上，体育产品中，真正属于纯粹公共物品的只有体育基础研究，即其消费具有严格的非竞争性和非排他性。而其他体育"公共产品"，严格说来，不是排他的，就是竞争的，或者是两者兼具的，是纯粹的"准公共物品"。例如，能容纳三万人的体育场馆在满员以前，增加额外一个消费者，并不增加额外成本，它是非竞争性的，同时，它通过收费排除了一些人进入，从而具有排他性。体育教育在消费时是竞争性的，因为随着班级的扩大，教学的效果差了，收学费是可行的，但会排除一些学生享受体育教育。绝大多数的体育产品都是这样的准公共产品，兼具私人产品和公共产品的性质。

经济学理论认为，纯粹的公共物品天然地应由政府投资，因为这样的产品的消费具有严格的非竞争性和非排他性，这不仅是因为产品的特殊性质使得对其消费进行竞争和排他是不可能的，成本将会异乎寻常的高昂。而且，公共产品一般具有较大的正的外部性，即消费的私人收益与社会收益不相等，这一方面造成了投资者利益计算的模糊性，其生产投资所创造的收益不能直接全部回到自己的手中，而是部分地渗透到社会当中去，从而使得投资者缺乏投资的激励；另一方面，社会收益大于私人收益的部分，对社会是一种福利的增进，理应由政府兴办。而对于私人产品或者准公共物品，则显然不能为政府独自兴办提供科学合理的根据。私人物品应完全由社会出资提供，企业应完全承担投资主体的地位；至于准公共物品的提供也应主要由民间投资主体完成，而国家的角色应主要是监督和调控管理，使其在不对人们参与体育的权益受到侵犯的前提下，维护投资者的权益和积极性，以使体育产品能够自我发展。

2. 政府参与投资不利于体育金融资源的优化配置

从金融学的角度来看，体育产业化发展也是资金在体育产业和各大要素市场中合理流动和优化配置的过程。在以政府为主导的投融资模式里，体育作为一项公共事业由政府负责，而在这种集权式的政府投融资管理体制中，由于沉淀成本和信息不对称的客观存在，必然内生的导致投资项目进行中的预算软约束，从而造成该项目严格的无效率。预算软约束是指政府在自己投资的企业入不敷出后，对这些亏损的企业追加投资进行救助的现象，预算软约束在本质上是信息不充分条件下的逆向选择行为。沉淀成本是预算软约束形成的重要原因，在集权体制下，为低效率项目提供投资的主要原因在于前期投资已经沉淀而无法收回，而继续为项目融资是一种"相对有效率"的选择。

我国政府主导的国有投资一直为低效率所困扰，1978—1998 年非国有投资对 GDP 增长的贡献率为 70% 左右，而消耗更多资源的国有投资对国民经济增长的贡献率仅为 30%。

在我国政府主导的投融资体制中，政府往往拥有对项目投资的审批权，而政府的代理人拥有项目的建议权，由于信息不对称，政府代理人对项目的情况比政府具有信息优势，代理人为了自身利益，往往利用信息不对称，谎报项目的投资信息，比如高报项目的投资回报率和低报项目的投资额、快报项目的进度，以获得国家的前期投资，在项目获得批准建设、前期投资到位并已沉淀后，反过来向政府、银行讨价，以争取新的资金供应，此时，即使中央政府发现原来代理人所上报的项目是低效率的项目，但由于前期投资已经成为"人质"，而不得不从事后有效率的角度出发继续为原来低效率的项目投融资，从而造成投资项目实际投资额远远超过预算，并导致高负债。但在分权式的金融体制中，即使存在事后有效率，但是由于不同银行之间关于项目价值的私人信息不对称，使得他们无法对项目重组时的转移支付达成协议，最终导致项目清算，而非继续为项目贷款，从而硬化了预算约束。分权金融体制的信息结构内生的决定对低效率项目硬化预算约束，从而使事前的有效率起主导作用。因此，政府在体育产业投融资管理体制上的进一步分权，培养多元化的投资主体，尤其是确立民间主体的地位，将有助于克服我国预算软约束多带来的不利影响，是提高投融资体制的效率、促进我国体育产业可持续健康发展的关键。

三、建立我国体育产业投融资体系的对策分析和政策建议

体育产业的发展必须充分利用现有的社会金融资源，投融资的渠道必须多元化，在分散风险的同时，达到社会金融资源利用效率的最大化。从资金来源的角度看，社会金融资源可以分为政府金融资源和民间金融资源。政府金融资源一直是我国发展体育产业的主要资金来源渠道和投资的主体，在新中国成立之后的相当长的一段时期内，政府对体育的投入都是以财政无偿划拨的形式，这种形式在特定的历史时期起到了集中有限资源办体育的作用，但随着经济建设的不断发展，此种形式已越来越难以为继。财政的无

偿划拨不能满足体育产业和人们对体育产品需求增长的需要，也无法保证体育的可持续发展，因此，我们认为国家对体育产业的发展和扶持应转变方式，变无偿为适度有偿，即建立发展体育产业财政投融资体制，在增强国家对体育产业的调控能力的同时，也可以使得调控手段更加科学化，也更加有效。与此同时，政府还应适当利用自身的公信力资源，以体育彩票的形式和渠道筹集社会闲散资金，此举不仅可以扩大体育资金的来源渠道，更可以带动相关产业的发展、增加就业机会以及推广体育运动。在利用民间金融资源方面，除了要尽快降低民间资本进入体育产业的壁垒，打破行政垄断之外，可以考虑建立体育产业投资基金。鉴于我国体育产业发展的体制和市场环境不是十分完善，进入体育产业，尤其是体育竞技表演业等本体产业和体育保险等相关产业，市场风险很大，作为市场先行者的投资主体在可能获得潜在高收益的同时，也将面临着很大的不确定性。因此，现阶段发展体育产业，在吸引民间投资方面，应以发展体育产业投资基金的形式为重点，即以整合社会金融资源、信息资源等为特点的机构投资、专业投资为主要突破口。

（一）体育产业财政投融资体制

所谓财政投融资，是 20 世纪 40 年代产生的一个新概念，按日本当代著名财政学家井手文雄的解释为：以特定的财政资金，对指定的特别会计、政府关系机关和各种特殊法人进行借款和贷款，以促进社会资本的形成。也就是说，它是政府为实现一定的产业政策和其他政策目标，通过国家信用方式筹集资金，由财政统一掌握和管理，并根据国民经济和社会发展规划，以出资（入股）或融资（贷款）方式，将资金投向急需发展的产业部门或企事业单位的一种资金融通活动，因此又被称为政策性金融。它是在市场经济的条件下，对传统财政和金融的必要补充，是两者的有机结合。

1. 财政投融资的特点

（1）财政投融资是政府行为，是国家财政的重要组成部分。这不仅是因为财政投融资的资金很大一部分来源于财政范畴内的资金，并且其资金管理以政府管理为主；还因为财政投融资的资金投放体现着政府宏观调控的意图，着眼于不同时期所进行的产业结构调整和升级。

（2）财政投融资是财政性金融活动，是商业金融的有益补充。在整个国家融资体系当中，商业金融始终占有较大份额，而商业金融强调资本本身的增值性、流动性和安全性，只倾向于风险小、收益满意并且见效快的投资项目。因此投资周期长、风险大、经济效益低而社会效益大的项目投资就成为政府的职责。财政投融资机制的运作不仅可以有效实现这一财政职能，同时能够减轻商业金融面临的经营效益低部门的贷款压力，减少其投资风险。

（3）财政投融资是资金运用上的政策性和有偿性的统一。政策性是指投融资不以最大经济盈利为主要目标，而是主要着力于贯彻实施政府的有关经济政策和社会发展政策，这是它区别于一般金融资本的本身特点。有偿性是指财政投融资资金的运用不同于财政的无偿性贷款，它要求收回本金并收取一定的使用费用。一般来说，体现政策性的资金使用多投向于基础产业和公共产业设施部门，具有收益低、风险大、资金难收回等特点，与资金的有偿使用很难统一起来。财政投融资通过其特定运行机制，能够很好地将两者统一起来。

（4）财政投融资可以将计划和市场有效地结合起来。财政投融资体制将将部分财政资金、银行部分信贷资金和部分社会资金，通过一种新的资金营运机构，按照市场配置资源的要求，将资金作符合政府经济调节目标的有偿投资安排，达到投资资金的有效配置、克服单一计划调节或市场调节的缺陷的目的。

2. 我国财政投融资存在的问题

我国财政投融资存在的问题大致上有以下三个方面：

（1）我国财政投融资的资金来源没有跳出财政预算这个圈子，规模较小，目前的融资渠道除了预算内少量拨款和财政暂时闲置资金外就是举借外债，融资渠道窄，融资金额少。

（2）我国的财政投融资主要用在了短期融资上面，没有着重关注投入的产业结构调整等宏观效益，没有体现出较强的政策性。并且，大量资金针对企业而不针对行业，客观上造成了企业之间的不平等竞争，而且曲解了产业结构调整的意图，这种急功近利的短期行为减弱了财政投融资的作用。

（3）缺乏全国统一的领导、规划和管理，比较散乱，不成体系。从中央到地方，财政信用资金的种类繁多，管理机构也多，由于各类资金分散管理并自成体系，不仅资金的效益不高，而且地区之间的重复建设问题严重，没有形成全国统一的协调体系。

3. 建立我国体育产业财政投融资体制的适用性分析

财政投融资制度是有偿使用财政投资资金的理想办法，但也并不是每个国家或每个国家在不同的发展时期都适合使用财政投融资制度来弥补在某些领域内财政建设资金不足、引导社会资金改善投资和产业结构的。

日本是运用财政投融资体制最为成功的国家，其财政投融资的资金曾相当于财政预算的80%，规模十分庞大，并且有效地贯彻了日本的产业扶持政策和产业结构的调整。有学者研究指出，日本在财政投融资运用上的成功应归因于特殊的历史背景和经济发展条件。

日本作为二战的战败国，战后经济发展十分困难，重建日本经济的任务异常艰巨。在这种情况下，如果听任市场机制发挥作用，则经济发展会因为明显的经济周期而使发展速度受到限制，必须动用国家力量才能加速经济发展。在当时，日本除了制定周密的经济发展计划、以优惠政策引导私人投资方向以外，就是创造性地运用财政投融资体制，运用其特殊的资金筹集方式和资金营运方式，满足了产业结构调整、基础设施建设等方面的大量资金的需求，促进了在财政十分困难的情况下的经济的高速发展。

而西方的经济发达国家，虽然也有财政投融资活动，但财政资金的有偿使用则大多以财政信用方式进行，比如财政直接投资或者向使用者收费补偿。因为经济发达国家的经济实力强大，财政收入丰裕，国家对经济的扶持更多地在财政预算内进行；并且，财政投融资制度更多的是体现国家对经济干预的意图，或多或少会与市场的自由竞争条件下的资源优化配置原则相抵触，过多使用会影响市场活力。

以上事实表明，日本的成功是有其特殊的历史背景的，这是我们在引进财政投融资制度发展体育产业的时候必须认真研究的。虽然我国的经济发展经历了20多年的高速发展，但仍然处于经济发展的初级阶段，财政仍不丰裕，并且以公有制为主导的多种经济成分的结合是板块式的，财政投资资金的使用仍然不自觉地脱离市场对资源优化配置的要求，表现出资金使用上的低效率或者无效率，使得本已紧张的财政更加紧张，也就必然导致国家对体育产业的扶持不力。因此，建立财政投融资体制，扶持带有准公共物品性质或较大正外部性的部分私人不愿或难以参与的体育产业的发展，是符合财政投融资体制的自身规律和我国的具体国情的。

4. 建立我国体育产业财政投融资体制的具体设想

（1）我国体育产业财政投融资体制的定位：在国家的金融政策和法规的范围内，在促进国民经济发展的同时，以提高本行业的造血功能为目标，将资金使用在体育产业内私人投资不足的领域，通过专业化的资金运用和管理，在实现资金的保值增值的前提下，促进该领域的发展。

（2）资金来源问题。稳定而低成本的资金来源是体育产业财政投融资发挥作用的前提条件。资金的投放量要以体育产业发展的需要和目标为转移，而不能以资金的多少而定，因此必须拥有充分的资金来源，依各项政策目标所需的调控力度和方向，投入与之相匹配的资金量，才能达到应有的目的。另外，在体育产业投融资扶持体育产业发展的同时，还必须保证资金的保值增值，这也客观上要求资金的低成本和稳定性。

为我国体育产业投融资的启动资金应主要依赖于体育政府机构的资金支持，由体育政府机构出资或出面担保，不应直接吸收社会存款，不与其他金融机构展开直接的商业性竞争。其具体出资形式可以采用体育政府机构提供全部或大部分资本，国家体育政府机构持有主要股份，联合其他金融机构共同建立。在初始运营期之后，财政投融资的主要资金来源中，财政的直接投入可以逐渐减少，而改为实行财政投融资的资金来源法定委托制，将一些社会财力以法律形式，划定为投融资体系的托管资金，诸如将社会保障体系积存资金、邮政储蓄以及公共团体的某些基金存款等，划定为委托投融资体系资金。并且，国家可以发行体育基金、体育债券和体育股票，这些应该成为体育部门发展体育产业的重要的融资渠道。由于这些有价证券由体育政府机构作担保，在市场上比较容易被接受，这样不仅可以通过筹集社会资金使得体育产业财政投融资在资金的数量上得到保证，还可以改善资金的结构，适合中长期的资金需求。

（3）资金运用问题。体育产业财政投融资资金的最主要的用途是向体育产业发放政策性贷款，即直接向缺少资金的体育部门发放贷款或通过其他金融机构进行委托贷款。另外，为了分散投资风险和保证盈利水平，还可以将部分资金投资股市、期货或外汇市场，以赚钱利差或资本利得。财政投融资资金虽然主要是弥补"市场失灵"所导致的私人投资对某些体育产业领域的投资不足的投资空间，但这并不是其全部使命，它还必须适当地进入某些效益高、前景好特别是那些边际成本递减的产业部门，因为这些部门极易出现垄断，提高价格或减少产量，而这是与体育产品作为准公共产品、国家福利事业的性质相违背的。因此，在某些体育产业实体的开发或者部分运作不完善、利润前景不明朗的项目的国际重大赛事的举办和转播等领域，财政投融资也要参与其中，以打破垄断，提高社会福利水平。

（4）管理方式问题。财政投融资的政策性特点决定了资金的管理制度必须采用集中化的计划管理方式，亦即为了保障体育产业政策性投融资规模和投向能够严格而准确地符合宏观政策意图，可以编制《体育产业政策性投融资计划》，来实现集中统一的计划管理。在体育产业财政投融资的机构设置上，可以在体育政府机构内，成立一个专门的财政投融资资金的管理办公室。但在具体业务的操作上，该管理机构必须具有较大的自主权限，能够在贯彻产业扶持方针的同时，根据市场竞争原则有效运用资金，确保资金的保值增值，严格坚持科学性、安全性和高效性的统一。

另外，在资金的运行机制上，必须实现资金委托、资金管理、资金运用的三分离、全有偿的体育产业财政投融资运行体系。这样不仅可以减轻国家财政的负担，集中精力全面监督资金运作，同时可以使得资金运用者不必担心资金的来源问题，可以全神贯注地按照体育产业的发展计划，并结合专业金融知识用好资金。并且，投融资的三分离体制也可以使得资金的供、管、用之间责权利界限分明，任何一环都不能无偿动用资金，形成一个相互制约的关系，从而强化了监督机制，有利于克服投融资体制中责任不清、约束无力所带来的诸多弊端。

（二）完善我国体育彩票发行的投融资功能

关于体育彩票内涵的界定，目前主要有三种主要的提法，比较详细的解释出自于《体育彩票概览》："体育彩票是指以筹集国际和全国大型体育运动会举办资金等名义发行的，印有号码、图形或文字的，供人们自愿购买并能够证明购买人拥有按照特定规则获取奖励权利的书面凭证，无论其具体称谓和是否表明票面价格，均视为体育彩票。体育彩票不挂失，不返还本金，不流通使用。"另外在《体育产业经营管理》和经由中国人民银行批准、国家体育总局颁布的《体育彩票发行与销售管理暂行办法》中，都有大致相同的文字解释。从上述对体育彩票的概念的界定中，我们至少可以归纳出以下几点认识：

首先，我国发行体育彩票的初衷明确，即为了"筹集国际和全国大型体育运动会举办资金"。由于国家财政的覆盖范围和层次的不断提高以及举办大型体育运动会对资金要求的大幅增加，国家财政已经很难全额承担运动会的举办资金，在这种情况下，通过发行体育彩票筹集社会资金来发展体育产业，是国家做出的历史选择；其次，体育彩票的发行必须是自愿购买，不能以各种名义强迫人们购买。从本质上讲，发行彩票是一种政府主导下的博彩活动，在巨额收益的鼓励下也蕴藏着一定风险，因此必须对其运作过程进行严格的监督和规范，同时，必须采用自愿参与原则；再次，体育彩票的购买具有潜在的高收益，即彩票的购买者凭彩票参与到具有"特定规则"的抽奖活动中，因此，每个彩民都有获得巨额收益的潜在可能性，在这一过程中，"特定规则"的公平性和科学性对于彩票业的健康发展显得至关重要；另外，体育彩票不同于一般意义上的对股票和债券等有价证券的投资，因为体育彩票"不挂失，不返还本金，不流通使用"，即参与者投入的唯一补偿方式就是"获奖"，不能流通，更不可能作长远规划，因此，彩票满足的是一种特殊的娱乐需求，而不是一般意义上的投资方式。

1. 体育彩票的融资特点

首先，体育彩票的发行可以有效吸收大量社会闲散资金，开拓融资渠道，极大减轻国家财政负担。体育彩票将人们对体育的兴趣和和博彩的娱乐需求与对巨大的物质利益的追求有机地结合起来。而且，彩票的面额很小，一般只有两元，因此，彩票的广泛发行，可以有效吸收人们手中的闲散资金。1984年福建省发行了第一张体育建设彩票，为建设一座颇具规模的省体育中心弥补了1000多万元的资金缺口。此后，体育彩票的发行借鉴了发达国家的经验，改进了运行机制和管理方法，彩票的发行额逐年大幅提高，为数次大型国内国际运动会和体育场馆的建设筹集了宝贵的资金，也有效地减轻了国家财政的负担。

其次，体育彩票的筹资成本低。由于发行体育彩票无需还本付息，不会像发行国债那样由国家承担还本付息的压力。彩票的发行收益的大部分以物质奖励的形式返还给彩民，其比例在国际上和我国都超过了50%，另外有15%~20%的成本和管理运行费用，大约30%的收益则成为国家发展体育产业的公益金。

2. 体育彩票的其他经济功能

首先，增加社会就业机会。体育彩票发行需要专门的体育彩票发行中心和专门的营销网点，由此便需要大量的体育彩票专业技术人员和庞大的销售人员队伍。体育彩票发行的数年间，与体彩发行额的飞速成长相对应，体育部门也已建立起了一套完整而庞大的发行队伍，我国体彩的发行中心在全国省、地、市直到县均有发行机构，专职在编管理、经营和技术人员超过5000人，省级地工作人员就达3000多人，遍及市、地分支机构的员工总计有6000多人，职工近万人，临时性体育彩票业从业者达3万人，发行网点近2万个。

其次，带动印刷业、报业、广告业、旅游业、餐饮业和商业等相关产业的发展。大量印刷彩票不仅极大地带动了印刷业的发展，而且彩票背面的空白对广告业和商家也是一个极大的商机。北京某著名媒体曾以《中国体育彩票票面加印广告一天可赚一百万》为题进行报道说："按照全国每天发行1000万张体育彩票计算，体育彩票的票面空白每天的广告额至少在100万。"报业也在体彩的发行中找到了商机，每天发行的大部分报纸都有关于彩票的信息，很多还开辟了彩票专版，彩民踊跃购买刊登载有彩票信息的报纸，使得报纸的发行量大幅度增长。另外，旅游业、餐饮业和商业也从彩票的发行当中寻找到了恰当的营销空间。

再次，增加国家的财政税收。按照国家关于体育彩票的有关规定，彩民中取1万元以上的奖项要上缴个人偶然所得税，这无疑会给国家和各级地方财政带来客观的财政收入。湖北省在发行电脑体育彩票的一年里，销售电脑体育彩票2.6亿元，上缴个人偶然所得税1600万元，占个人所得税的"大头"，是武汉市地税系统仅次于营业税、城建税的第三大税种。并且，发行体育彩票可以客观上扩大内需刺激消费。据体育彩票中心对中大奖者进行的一项不完全调查，被调查者中的90%以上表示将把奖金用于投资经营、炒股、购置住房、汽车和医疗养老保险、投资子女教育、资助亲朋好友以及旅游等个人投资和消费，这对于扩大内需刺激消费，拉动经济增长将产生一定的促进作用。

3. 体育彩票资金在我国的应用领域分析

我国发行体育彩票的公益金主要用于弥补国家体育事业建设资金的不足。1998年9月1日，国家体委、财政部、中国人民银行联合颁发了《体育彩票公益金管理暂行办法》，在此《办法》中，明确规定了体育彩票公益金的用途，即"主要用于落实全民健身计划和奥运争光计划的开支，包括资金开展和全民健身运动会；弥补大型体育运动会经费的不足；修整和增建体育场地、场馆；体育扶贫工程专项支出四个方面。作出这样的具体规定是与我国开始发行体育彩票的初衷相一致的。

我国的体育彩票经过十余年的发行，积累了丰富的经验，并且为国家兴办社会体育事业筹集了大量的资金。截至2000年底，全国共销售体育彩票192亿元，筹集公益金57.6亿元，加上利益收入等，公益金总额达60多亿元。其中上缴国家财政3亿元；国家体育总局集中使用9.3亿元，占体育彩票公益金总额的15%；省级及省级以下体育行政部门直接使用近48亿元，占体育彩票公益金总额的80%，其中，用于全民健身计划实施 67903 万元，包括资助开展群众体育活动 11178 万元，修建群众体育设施 51923 万元，体育扶贫济困 4802 万元；用于奥运争光计划为 33535 万元，主要投入到补助全运会、冬运会、城运会的经费不足，补助承办国际单项赛事经费不足，补助申奥场馆维修，备战 2008 年奥运会场馆设施维修、器材购置、科研攻关等经费不足。

4. 进一步发展体育彩票业应注意的问题

（1）对体育彩票的宣传要客观，引导人们正确看待体育彩票。在我国，彩票曾经被当做资本主义的腐朽产物，是毒害人们思想的赌博活动，因此被长期禁止开展，这种认识显然具有片面性，事实也证明，只要加强规范引导，是可以为我所用，为社会主义现代化建设作出巨大贡献的。但同时也必须清醒的看到，彩票不同于股票和证券等有价证券投资工具，彩票从本质上讲是政府规范下的博彩活动，具有博彩的性质，过度渲染其以小博大博彩性质容易唤醒人们灵魂深处的懒惰和不劳而获的思想，对社会发展具有一定的负面作用。据调查显示，彩民中绝大多数都是收入水平相对较低的"穷人"，包括下岗失业者、退休老人、大量进城打工的农民和没有收入来源的中学生、大学生，一夜暴富成了他们购买彩票的唯一愿望。2001 年春节期间，一直火爆的北京体育彩票市场，仅仅由于民工回乡，彩票的销售收入就由上期的 2400 万元猛跌至 1400 万元。这种现象的出现一定程度上是媒体正面客观的报道的缺失甚至误导造成的，长此以往会给社会造成不良影响，也会阻碍彩票业的健康发展。

（2）尽快完善彩票立法。我国彩票业走的是先发行后立法的道路，至今在建立规范规例彩票的法律法规等方面仍然相对滞后，没有专门的彩票法，连专门的行政法规也未出台，现行的法规（文件、通知、地方法规）过于粗糙，缺乏具体的实施及奖罚细则，这与当前我国体育彩票市场发展的形势和规模不相称，因此，必须尽快制定彩票法及专门的行政法规，通过立法促进体育彩票业的大发展，从而明确相关部门的责权利，理顺管理体制，加强体育彩票业的监督，有力打击私彩。

（3）促进我国体育彩票的高级化，增加玩法，加强其娱乐功能。在我国体育彩票发行的大部分时间内，体育彩票都只是"体育部门发行的彩票"，没有将体育活动本身的娱乐性融入其中，不利于体育彩票的发展壮大。近几年相继在全国各地推出的足球彩票弥补了这一缺陷，将人们对足球比赛的热爱与体育彩票有机地结合起来，增强了彩票的娱乐性和趣味性；并且由于针对专门项目的体育彩票的购买者大部分是该项目的热衷者，通过参与者结构变化可以一定程度上优化参与行为，削弱彩票本身的"碰运气"属性，减少其负面影响。

5. 体育彩票在我国的前景分析

体育彩票在我国的发展，虽然产生了种种问题，但由于其独特的融资特点而表现出了很强的生命力，也极大地拓宽了体育事业发展的融资渠道，筹集了大笔资金用于群众体育事业和其他公共体育项目。

但我们还应该看到，我国体育彩票的发展还处于初级阶段，远远低于发达国家水平，市场还有巨大的潜力可以挖掘。虽然我国体育彩票发行总量已排在世界第 12 位，但人均购买量却只有 6 元，排在世界第 97 位。另外，据有关部门测算，今后十年中，我国人均收入按照保守预测，每年增长 6%，到 2010 年将达到 12826 元人民币，约合 1600 美元。而根据彩票的"潜在规模"（一个国家彩票发行规模的最大可能限度）的经验公式，人均收入中的彩票支出比例占收入的 0.48%，潜在人均彩票支出将达到 61

元人民币。这样算来，我国彩票发行量的年度"潜在规模"可达到846亿元人民币，届时，体育彩票的市场空间也将相应增大，其前景十分广阔。

（三）体育产业投资基金

投资基金是由投资者以购买公开发行的受益凭证的方式出资而汇集成一定规模的信托资产，交由具有相关专门知识的专家进行管理，主要投资于股票、债券等各类有价证券上，投资者按出资比例分享收益并承担风险的一种投资工具。

产业投资基金泛指以投资基金形式存在和运行，主要投资于非上市公司并从事资本经营与监督的集合投资制度。产业投资基金的特点在于"集合投资、专家管理、分散风险、共同收益、运作规范"的运行机制，即具有特定专门知识的专家运用分散投资的原理，将集合而来的社会资金投向具有潜在收益性的高科技或新兴产业，通过规范而创造性的资本运作手段来获取收益。

产业投资基金的产生和不断受到投资者的关注，得益于20世纪中叶以来大规模的科技创新活动推动着相关产业的不断升级换代，而传统的企业运行模式已经不能满足大量产生的新兴高科技企业对融资等金融服务的需求。在这样的背景下，产业投资基金应运而生，并成功地"孵化"出一大批像微软、英特尔和雅虎等巨型高科技企业。

可以说，产业投资基金在扶持高科技企业方面已经显示出独特的优势。但并不是说产业投资基金只能应用于高科技领域，只能为高新技术提供投融资支持。事实上，当这样一种产业投融资运作模式在美国取得巨大的成功之后，世界各国都在努力试图将其与本国经济发展水平和产业政策有机地结合起来，并已经取得了同样巨大的成功。

1. 体育产业与产业投资基金融合发展的可行性与必要性分析

（1）可行性分析。如前所述，世界各国在借鉴吸收美国扶持高科技产业的投融资运作模式（即风险投资基金，Venture Capital）的过程中，积累了丰富的经验并进行了创新和改善。实践表明，只要能够在充分认识本国经济发展水平、经济和政治体制以及社会文化等方面的特点的基础上，科学吸收产业投资基金模式的内在运行规律，并将其合理地运用到本国产业政策鼓励发展的产业当中去，就可以取得成功。被扶持的产业可以是高新技术产业，同样也可以是基础产业或者具有较大增长潜力的新兴产业，而体育产业完全具备与产业投资基金融合发展的兼容性特点，具体表现在以下几个方面。

首先，体育产业是极具投资价值和增长潜力的朝阳产业。随着我国经济的持续向前发展，城镇居民的货币支付能力有了显著提高，与此同时，科技进步使得人们获得更多的"空闲"。据调查，1994—1998年我国城镇人口的体育边际消费倾向为1.5，已经成为富有弹性的产业部门。在我国经济持续健康发展的背景下，可以预料，我国人民对"生存型"和"享受型""发展型"体育消费品会显示出不断增强的消费偏好。

其次，体育产业对国民经济的可持续增长具有不可替代的"基础性"贡献。体育产业的良性发展将会为我国人民提供广阔的体育消费空间，对体育的消费不仅可以愉悦身心、强健体魄，更重要的是还可以有效地提高劳动者的工作效率和减少政府财政在职工医疗费用等方面的支出。加拿大政府对1995年的公民体育参与率与其生产力的关系进行了一项研究，研究结果显示，体育参与率每增加25%，将使加拿大整个经济增加0.25%~1.5%，体育活动使加拿大整个经济的劳动生产力增加了0.75%，白领工人中体育参与者的生产力高出非参与者平均水平的12.5%。

再次，体育产业在国民经济中具有高度的产业关联性。美国的经济学家的一项研究表明，体育产业与众多的产业部门有较强的关联度，与旅游业、服装业、交通通讯业、建材业、食品业、机械制造业的关联度分别为 0.21、0.13、0.12、0.11、0.04、0.008。并有经济学家赛尔奎因通过实证性研究证明行业部门结果关联程度的深化可以促进国民经济的增长。因此，体育产业的发展可以极大地促进体育相关产业的发展，并带动整个国民经济的增长。

体育产业是非常具有投资价值和增长潜力的新兴产业，同时在国民经济可持续发展的过程中，具有重要的战略意义。因此，在我国建设社会主义市场经济并不断向深层次发展的过程中，完全可以利用产业投资基金的发展模式来促进体育产业的发展，提高国民经济增长的质量，提高人民生活水平。

（2）必要性分析。我国体育产业投融资体制已经不能适应体育产业发展的需要。具体表现在体育投入主要依靠政府财政支出，社会资本进入壁垒高，投融资渠道单一；政府对体育投入不足，体育支出在政府财政支出的比重很低；资金投入的结构不合理，在群众体育投入与竞技体育投入之间、奥运项目投入与非奥运项目投入之间、高水平运动队投入与后备人才培养投入之间以及中央和地方的财政投入之间存在着不同程度的结构失衡问题；体育产业的配套经济政策与管理体制之间的兼容性差，由于改革进程的非平衡运动规律以及各子系统的非同步性影响，各项现存政策之间不兼容问题比较严重。

体育产业投资基金不仅可以有效地筹集社会资金投资体育产业，解决国家财政支出对体育产业投入不足的问题，并且，体育产业投资基金以股权形式投资于未上市的或是国有体育经营性企业的运作和管理，有利于明晰产权，强化出资人的有限责任，建立合理有效的内部机制，有利于推进体育产业的现代企业制度改革。

2. 发展我国体育产业投资基金的战略思考

一般来说，投资者投资于产业投资基金的目的不在于短期收益，而在于所投资的产业的成长性和资本的保值增值，即该产业的可预期的稳定的盈利前景。但由于我国正处在经济转轨和体制转型的特殊时期，因此在建立体育产业投资基金发展体育产业的时候，必须要有全局观念和系统思路，不能只见树木而不见森林。具体来说，在以建立体育产业投资基金为核心目标的同时，必须注重政府在体制等方面的配套建设和精通金融投资及体育产业发展规律的专门人才的培养，走"一体两翼"式的全面发展道路，即以建立体育产业投资基金为主体任务，以抓好政府的体制配套建设和基金管理的专门人才的培养为两翼的协同发展模式。

（1）在体制等方面的配套建设

①法律法规建设。虽然我国的基金业已经初具规模，但仍然没有一部正式的《信托法》，只是一些暂行办法和规定在规范着愈来愈庞大的基金市场。然而，产业投资基金的健康发展和经济功能的正常发挥都需要在立法上严格规范基金的发起人、管理者以及广大投资者等的权利和义务，尤其是作为信息弱势方的广大中小投资者的权益必须得到切实的维护。因此，必须尽快建立产业投资基金的法律法规体系，做到严格审查基金发起人的资格，明确界定基金投资人、管理人和信托人的职责，规范基金的信息披露，健全基金财务和审计制度，从根本上降低产业投资基金的系统性风险。

②管理体制改革。管理体制包括两个方面的问题，一方面是在产业投资基金的管理体制方面，我国目前基金的主要管理权限在中国人民银行，但证券委甚至外汇局也同时

参与管理，于是出现政出多门、难以协调、效率低下的局面；另一方面是在国家对体育产业的管理方面，在计划经济时期，体育一直是我国的事业部门，归国家"统收统支"。随着我国经济体制改革的不断深入，体育也逐渐走上了产业化的道路，但即便是在非公有制经济比重较高的浙江省，在2000年的体育本体产业中，虽然非公有制经济类型企业数目占总数的86.8%，但其营业收入只占到了49.4%，国有和集体所有制仍是主导。国有或集体产权的覆盖面过大，一定程度上制约了体育产业发展效率的提高。

③财政、税收等方面的支持。政府财政可以为具有较大公益性质的体育产业投资提供补贴和或为投融资提供担保；在税收方面，要统一内外资企业的税制，并对重点项目给予税收方面的优惠。总之，要使财政税收发挥政策导向与杠杆的作用。

(2) 知识的本土化和专门人才的培养

①基金运作的知识必须经历"本土化"的过程。教科书上的知识反映的是事物规律普遍性的一面，而要将其运用到具有中国特色的产业领域内，就必须因地制宜地摸索出同样具有中国特色的基金管理技术和机制。不然，就会重蹈我国基金业在1990—1996年的覆辙，机械地要求被投资企业有三年盈利增长记录，无视由于我国产业重复建设严重而造成的产品生命周期较短的"国情"，结果当基金进入的时候，该产业已无盈利空间。因此，在建立我国体育产业投资基金的时候，必须认真研究我国经济发展及体育产业的特殊性。

②必须同步培养具有复合型特点的专门人才。专家理财是投资基金的核心条件，所以理财专家素质高低是决定投资基金生存和发展的关键因素。要尽快建立起一支既精通基金业务又熟悉体育产业运作规律和企业运作的专门管理人才队伍，与此同时积极促进为基金业务所必不可少的律师、会计师、审计师、资产评估师等服务性人才的队伍建设。

3. 我国体育产业投资基金的路径选择分析

对于我国体育产业投资基金的募集方式、组织形式和运作方式等具体问题，必须结合我国经济发展阶段和体育产业化的实际状况进行具体分析，慎重选择。

(1) 募集方式。基金的募集一般可以有公募和私募两种。由于我国发展体育产业投资基金的配套制度环境不是很好，而且体育产业化的经验不足，因此商业风险和流动性风险都比较大。在这种情况下，我国的体育产业投资基金应首先面向少数自愿承担风险的机构投资者募集，而不能在发展之初就向广大抗风险能力差的老百姓募集。在国外，这种私募的直接投资基金主要来自养老基金等大型机构投资者，这些机构投资者只拿出其总资产中一个很小的比例来冒高风险以追求高收益，其余大部分资产仍然做低风险投资，故其全部资产的总体风险是控制在低水准上的。

(2) 组织形式。基金的组织形式有两种，即契约型和公司型。契约型基金无需组建一个法人实体，其投资者即受益人不必参与基金的运作；公司型基金本身是一个法人，具备股份公司的组织机构，基金组建程序比较规范。由于基金主要投资于未上市的体育产业经营企业，它们的资产透明度与上市企业相比较差，因此，投资者希望能够参与重大决策，况且，私募方式下的体育产业投资基金都是由机构投资者所组成，他们也有能力对重大决策发表意见。因此，我国体育产业投资基金适宜采用规范运作的公司型基金模式。

(3) 运作方式。基金的运作方式也大体上有两种，即开放式和封闭式。两者之间的显著区别是基金投资者所持份额是否可以赎回，亦即基金规模是否可以变动。由于开放式基金的投资者不仅在需要变现资产时会提出赎回要求，在基金风险加大或由于收益不佳致使基金价格下跌时，也会提出赎回要求。这使得开放式基金的管理人面对很强的市场纪律约束，必须有比封闭式基金管理人更强的风险意识和风险控制能力，还必须有比封闭式基金管理人更好的经营和盈利能力。因此，我国体育产业投资基金采用开放型运作方式比较有利。

四、建立我国体育产业投融资体系的配套因素分析

（一）建立和规范体育中介组织

在对部分西方发达国家的投融资体制的考查中，我们可以明显地看到中介组织在投融资体制有效率的运行的过程中的关键作用，即处于政府和企业之间的中介组织可以有效地协调和沟通双方的利益诉求，并且为双方提供专业化的信息处理服务，可以极大地降低市场的盲目性和信息流动不畅所引致的巨额市场交易费用，是完善市场体系的关键环节。

体育产业投融资渠道的通畅有赖于体育产品和要素市场的完善，而体育中介组织的建立和发挥作用是体育市场完善的关键环节。目前，我国体育市场运作中许多问题的产生都与缺少体育中介组织或中介组织的作用未能充分发挥有关，这些问题主要有由于中介行自律组织的单项运动协会的地位作用仍未得到广泛认同，致使作为体育主体产业之一的体育竞赛表演市场行业还很不规范，缺乏必要的行业规范作为约束机制；由于缺乏体育市场中介组织的沟通和代理作用，难以引导体育人才资源的合理配置和利用，体育人才流动多采取私人协商或地方体育部门协商等低效率的方式；由于缺少体育市场中介组织对运动技术等体育无形资产的评估和咨询，使得体育无形产品市场的交易费用极高，风险很大，发育极为缓慢；由于缺少体育中介组织的代理和推广，现阶段相当数量的体育科技成果和技术发明无法产业化，造成极大的浪费，是导致科研与实践脱节的重要原因之一；对体育产业发展具有重要意义的体育信息咨询等方面发展落后，而且缺乏一套规范的符合国际管理的咨询程序、规章和计费办法；很多本应由自律性中介组织协调解决的一些体育产业和体育市场内部的问题仍由处于宏观管理层的体育行政管理部门介入微观的具体运作，其结果往往适得其反。

上述现象说明我国体育市场体系建设还处于初级阶段，在体育市场发育不完善、信息反馈不灵敏的情况下，亟需建立体育市场中介组织并确立其市场地位。然而，目前在国家有关部门注册登记过的体育经纪公司有广东的鸿天体育经纪有限公司、上海的希望国际体育经纪公司、中体经纪公司和北京高德育文化公司等为数不多的几家。由于体育中介的地位不明、管理体制不顺，各地虽有一定数量的经纪人、俱乐部之类的中介机构，但大多数是处于"地下"状态，严重制约了其作用的发挥和体育资源的优化组合。

因此，有必要进一步规范体育中介组织的运作。首先要健全法律法规，将体育中介组织纳入法制管理的轨道，通过立法的形式确定各种体育中介组织的性质、职能、任务、宗旨、服务内容、经营形式和组织形式等，并且政府要根据我国体育发展战略和体育中介组织的现状，确定统一的体育中介组织的发展规划，引导体育中介组织的发展与体育市场规模、市场结构及体育产业结构相适应，并强化某些薄弱环节，如体育经纪人

机构、体育资产评估机构、体育人才交流机构等，增强体育中介组织的结构、规模和布局上的科学性。另外，要参照国际标准，加强自律机制，促进体育中介组织运营的规范化。

（二）高素质体育经营管理人才培养

高素质体育经营管理人才培养是体育产业投融资渠道顺畅的根本保证，体育产业投融资渠道顺畅关键在于人才，尤其是在市场经济中能运用各种体育资源先进手段的经营管理人才。但如何培养体育经营人才是一个新的课题。以体育产业最发达的美国为例。该国主要依托不同学科类的大学培养 3 类体育经营人才：第一类是依托商学院培养高层次体育经营人才。这种培养的方式在课程设置上采取的 MBA 课程＋体育学课程的组合，培养目标是为跨国公司和大企业的运动行销部门输送专门体育经营人才。第二类是依托各大学的体育学或体育系培养中高级体育经营人才。在课程设置上采取的是体育学课程＋工商管理课程的组合，学制为 4 年。这类人才毕业后主要是在各类体育俱乐部从事体育经营管理工作。第三类是依托各大学的体育学院或社区学院培养专项体育经营人才。学制有 4 年和 2 年两种，这类人才毕业后主要在单项俱乐部和中介机构从事专项的赛事经营和专项运动员代理。这种形式在美国很普遍，很多大学都开展这类培训。鉴于我国体育产业还不发达，体育人才的培养还处于起步阶段，因此，可以充分利用现有条件，由体育院校加强对体育经济工作和体育管理人才的培养工作，建设和加强体育经济与经营管理等学科；开办体育产业学习班，提高现有体育产业部门的经营素质和管理水平；另外还可通过引进人才，将那些懂经营管理、热爱体育事业的各种经济人才招聘到体育产业部门，为体育产业化的发展献计献策。只有通过全方位的人才培养模式，才能从根本上保证体育产业投融资体制的发展对人才的需求。

（项目编号：417ss02063）

我国体育产业在国民经济发展中的地位和作用研究

李江帆　张保华　李仲坤　陈慧敏　李冠霖

杨年松　陈　凯　何文胜　方　娅

现代体育发展最突出的特点之一，就是体育与经济发展紧密相联，并形成体育产业（体育业），成为国民经济的重要组成部分。体育业不仅在国民经济中占有重要地位，而且对经济结构调整、促进经济增长、增加就业、带动相关产业的发展等都具有十分重要的作用。加强对我国体育业在国民经济中的地位和作用研究具有重要的现实意义。

国外对体育业在国民经济中的地位和作用研究较为深入。现有的基本结论是，随着世界经济的发展和产业结构的调整，体育业在国民经济的地位和作用不断提高。从横向看，经济越发达，居民越富裕的国家和地区，体育业的产值就越高；从纵向看，随着经济的发展和社会的进步，各类型国家的体育业产值都在增大。

总体来看，我国对体育经济的研究起步晚，层次低，特别对体育经济相关概念的界定和范围认识不清。而且研究人员多数是体育专业的学者，对体育业的微观研究较深入，但宏观把握不足。对体育业在国民经济中的地位和作用研究存在四个方面的问题：一是理论指导不够；二是发展现状不清；三是缺少政策支持；四是发展方向不明。根据我国体育业发展的形势和发展趋势，客观上要求加快体育经济的研究，正确认识体育业在我国国民经济中的地位和作用，促进体育业的发展。

一、体育产业的经济属性

（一）体育产业的产业属性

产业是社会分工的产物，它随着社会分工的产生而产生，并随着社会分工的发展而发展。

产业是一个历史范畴。在不同的历史时期和经济理论研究中具有不同的含义。随着社会生产力水平的不断提高、社会分工的精细，产业的内涵不断充实和丰富，其外延也不断扩展；其含义也在扩展，由重农学派流行时期专指农业，扩展到资本主义工业高度发展时期特指工业，再扩展到近代以后包括农业、工业、服务业三大产业及其各细分产业。今天，凡是具有投入产出活动的产业和部门都可以列入产业的范畴。因此，今天的产业概念就不再局限于物质产品领域，而是突破实物产品生产领域的限制，扩大到非实物产品（服务产品）生产领域。大到部门，小至行业，都可称为产业。即产业不仅包括实物生产部门，也包括流通部门、生产生活服务部门、科学教育文化体育以及社会公共服务等非实物生产部门。

体育产业作为第三产业的一个组成部分，其形成原因如下。首先，从产业的范畴来看，凡是具有投入产出活动的产业和部门都可以列入产业的范畴。体育部门作为社会分工条件下国民经济的一个部门，投入了一定的人、财、物后，生产出一种不采取实物形式但以运动形式存在的体育服务产品。其次，从产品性质看，一方面，体育服务产品具有使用价值，可以满足人们强身健体、娱乐休闲、审美交际等需要，另一方面，它又是体育部门人类无差别劳动的凝结，因而具有价值。因此，体育部门的产出——服务产品是使用价值和价值的统一体。只是体育服务产品在市场经济体制下经过交换才体现其价格。

某一产业能够存在和发展，是由于社会分工的需要，对其进行一定投入之后，为社会提供了生产和生活的必需品，从而确定其在国民经济中的地位和作用。

综上所述，由于体育部门既有投入，又有满足社会需要的服务产品产出，因此，体育产业属于产业范畴，具有产业属性。

在产业经济理论中，对于产业的概念有着不同的界定，产业结构理论中的产业是从宏观研究出发，把整体的国民经济活动划分为不同的部门、行业或产业。研究这些部门、行业或产业同国民经济发展的关系，因此这里的产业定义为："从事国民经济中同性质的生产或其他社会活动的企业、事业单位、机关团体和个体的总和。"而产业组织理论中的产业是从微观研究出发，把在市场运营中的生产或经营同类商品的企业作为一个集合。研究这个集合中各企业之间的竞争与垄断的经济关系。此时的产业定义为"生产同类或有密切替代关系的产品或服务的企业集合"。在产业结构和产业组织理论体系中，由于研究的出发点和目的不同，它们使用的"产业"概念的含义也不尽相同，在本课题中，研究体育产业的出发点在于考察、剖析体育产业在国民经济发展中的地位和作用，宜用产业结构理论中的产业定义，即产业是从事国民经济中同性质的生产或其他社会活动的企业、事业单位、机关团体和个体的总和。

（二）体育产业在国民经济发展中地位的变迁

体育产业在国民经济发展中的地位是由体育服务产品的消费功能决定的。体育服务消费的基本功能是满足全体社会成员，通过体育强身健体，使人的机能得以改善、工作能力获得提高的生存需要，满足社会成员不断增长的休闲娱乐、审美交际等提升生活质量的享受与发展的需要。而且，随着现代科技和社会经济的发展，体育服务产品已经开始在社会再生产中充当服务型生产资料，体育产业在国民经济发展中占据不可或缺的重要地位。近年来，伴随着世界体育产业的迅猛发展，不少国家已提出"国民体育总产值"的概念，体育产业的战略地位日益突出。

1. 体育服务产品在社会再生产中充当服务型生产资料

长期以来体育服务产品都是被用于生活消费，但随着经济的发展，体育服务产品的使用价值也被体现在作为生产要素用于生产消费，如现代企业通过组织员工参加各种形式的体育运动，以提高员工身体素质，培养团队精神，丰富企业文化；体育明星利用其本身无形资产的特殊价值为企业或公益事业作广告；体育服务生产者提供各项运动技术作为音像制造业的投入品等。可以预见随着经济的进一步发展，体育服务产品作为服务型生产资料将被应用在更多的生产领域中。

2. 体育服务产品作为必要生活消费品

体育服务产品可以满足多种需求层次需要，其强身健体功能满足人们改善机体机能和工作能力的生存需要；其休闲娱乐、审美交际等功能满足人们追求生活质量的享受与发展的需要。因此，体育服务产品在当今社会已经成为人们必不可少的生活消费品。根据发达国家现代化历程和产业结构演变规律可以预料，中国全面建设小康社会的过程，是实现现代化的进程，它将是国民经济"软化"即第三产业在国民经济中的比重进一步上升的过程。体育运动既是提高身体素质、获得健康的途径，又是个人得以娱乐和休闲、实现自我价值，提高生活质量的方式。因而，随着我国国民收入水平的提高，经济社会由小康型向富裕型的转变，居民消费需求层次升级，作为满足人们生存、享受和发展的多层次精神消费需要、需求收入弹性较高的体育产品将有广阔的市场前景。由此必然进一步促进体育产业地位的提升。

（三）体育产业在国民经济中的地位和作用

在许多经济发达国家国民经济的产业结构中，体育产业的生产总值占国内生产总值（GDP）的比重呈不断上升的趋势。表 1 可见，在西方发达国家，体育产业占国内生产总值的比重大多为 1%～3%，最高的瑞士占 3.47%。已经有一些国家的体育产业上升为本国国民经济的支柱性产业，如美国、日本、英国、意大利、加拿大。我国体育产业起步晚、起点低，我国现有各类从事健身娱乐业、竞赛表演业、技术培训业的体育企业 2 万多家，总投资额已超过 2000 亿人民币，年营业额超过 600 亿人民币。虽然我国目前体育产业占国内生产总值的比重仅为 0.2%，但是我国体育产业发展有相当大的潜力，基于目前产业结构的调整和升级，加入 WTO 及北京承办 2008 年奥运会等历史机遇和有利因素，将预示作为直接满足人们健康和提升生活质量需要的体育产业，对国民经济 GDP 贡献份额将随我国国民经济发展水平的提高而增长。

表 1　部分国家体育产业在国民经济中的地位比较

国家	产值/亿美元	占 GDP 的百分比（%）	国内产业排位	年份
加拿大	88.58	1.1	8	1994
德国	218.61	1.28	–	1995
英国	218.57	1.49	5（1990 年）	1995
法国	183.75	1.1	–	1995
意大利	167.75	1.04	10 以内	1995
西班牙	94.04	1.68	–	1995
瑞士	91.49	3.47	–	1995
芬兰	18.46	1.13	–	1995
葡萄牙	12.58	1.77	–	1995
澳大利亚	79	1	–	1996
日本	528	3.89	6	1997
中国	183.56 亿元	0.2		1998
美国	2125.3	2.4	6	1999
韩国	109	2.3	–	1999

（四）体育产业在国民经济中贡献就业份额

从西方发达国家情况来看，体育产业作为一个新兴产业，在吸纳社会就业方面正发挥着越来越大的作用。据美国学者埃尔菲·米克的测算，1995 年美国体育产业直接提供了 230 万个工作岗位；《加拿大体育报告》表明，1994—1995 年度加拿大体育部门吸收就业 262325 人，占总就业量的 2%；而在《欧洲体育与就业总报告》（1999.9）的统计是，1995 年德国、法国、英国、意大利四国体育产业分别吸纳就业 604000 人、295525 人、261670 人、213120 人，各占总就业量的 2%、1.2%、0.93%、0.9%。体育产业在我国对就业的促进作用也开始显现出来。根据 2000 年浙江体育产业就业吸纳率测算，体育产业的就业吸纳率为 0.37，高于第二产业的就业吸纳率 0.1 个百分点，比第三产业的就业吸纳率仅低 0.01 个百分点；深圳观澜湖高尔夫球会和乡村俱乐部，解决了当地 2000 多名农民的就业；四川乐山市体育局发展假日体育经济，2002 年提供就业岗位 1000 余个；安徽省 2001 年体育产业吸纳 1.8 万余人，体育相关产业吸纳 2.1 万余人。小康社会人们更加重视生活质量的提高，收入的边际增长额将用在与提高人们生活质量最密切的体育消费上，相信在我国全面建设小康进程中，体育产业将获得迅速发展的需求动力，成为开辟就业门路的重要领域。

（五）体育产业在国民经济发展中的作用的演变

从体育的产生形成和发展来看，古代社会，体育以维护统治阶级的统治地位为主要目的，以体育来满足统治阶级的娱乐消遣需要，普通百姓对体育的需求较少，体育产业处于萌芽状态，体育产业对国民经济产生的作用微乎其微；在近现代，工业革命和现代科学技术的发展，为体育的蓬勃发展奠定物质基础，体育产业逐渐形成，体育产业对国民经济产生不可忽视的作用；当代社会生产力高度发达、科学技术取得突飞猛进，使社会经济得以迅速发展，人们生活水平大大提高，人们在物质生活得到不断满足的同时，对精神生活也提出进一步需要。体育已经成为人们生活中的重要组成部分。

二、国外体育产业在国民经济中的地位和作用研究

（一）国外体育产业统计体系

分析体育产业的统计指标体系，能够把握体育产业的规模、结构状况及以对体育产业在国民经济中的地位、体育产业结构的特点和走势作出清晰的判断。

在美国、加拿大等少数西方发达国家，体育产业并未被列为正式产业，体育产业的大量统计内容被分列在不同的产业门类中。以美国为例，在美国商业部制定的产业分类标准（SIC）中，从编号 1542 的非居住性建筑到编号 7999 的娱乐与休闲等各产业门类均含有体育产业的内容。美国统计局在产业统计过程中，并不对体育产业统计数据进行汇总。美国学者在研究本国体育产业的规模时，往往将分在不同产业门类中的体育产业统计数据合并，同时又综合其他机构有关体育产业的统计资料，采用估算的方法得出本国体育产业生产总量的数据。

1993 年澳大利亚、新西兰等国将体育产业、休闲和博彩产业合并列为正式产业，其中休闲活动的内容大多数属于体育的范畴。从 1995 年起澳大利亚和新西兰统计局将高尔夫俱乐部、草地保龄球俱乐部以及政府体育组织包括在体育产业统计范围之内。

英、美等国一些研究人员所说的体育产业，并不是依据产业分类原则与方法划分的国民经济行业分类（产业分类）意义下的体育产业，而是与体育有关的各种产业的集合，经济学上称之为"复合产业"，其目的在于说明"体育的经济影响"。

20 世纪 90 年代以来，美国著名经济学家埃尔菲·米克对美国体育产业的统计与估算的问题进行了深入的研究，他对美国体育产业进行了操作层面的界定，将体育产业划分为三个门类：体育娱乐与休闲、体育产品与服务、体育组织。在此基础上，埃尔菲·米克设计了一套美国体育产业统计指标体系。

1997 年 11 月，加拿大成立了一个加拿大体育研究委员会，对加拿大的体育发展状况进行研究。建立了加拿大体育产业统计的统计框架和指标体系。

国外体育产业统计指标体系均是将体育产业作为国民经济的一个组成部分，将体育产业放在整个国民经济统计与国民经济核算体系中去考察其在国民经济中所占的位置。其中特别重视考察体育产业和其他产业的关联，重视体育产业生产总量和生产结构的统计和分析。

（二）体育产业对 GDP 的贡献

现代产业分析认为，某一产业在国民经济中的地位主要取决于两项指标：一是该产业提供的就业量占全社会就业总量的比重；二是该产业的产出（产值）在国民经济总量中的比重。体育产业在全世界范围内都在持续快速发展，发挥着越来越重要的作用。许多经济发达国家国民经济的产业结构中，体育产业的生产总值占国内生产总值（GDP）的比重呈不断上升的趋势。发达国家体育产业的产值占 GDP 的比重一般为 1% ～ 3%，而且占 GDP 的比重逐年增长。已经有一些国家的体育产业上升为本国国民经济的支柱性产业，已经成为一国经济发展水平的重要标志。

美国是世界头号体育强国，也是世界头号体育产业大国，体育产业极为发达。美国联邦政府经济分析局在近年发表的报告中，都显示了体育产业强悍的地位。例如，沃顿经济计量学预测协会按照美国商业局确定的计算国民生产总值（GNP）的标准量化了现代体育经济。该协会曾对 1986—1988 年美国体育产业的产值作过一个统计。调查显示，1986 年国民体育生产总值（GNSP）是 473 亿美元；1987 年是 502 亿美元，在美国国民生产总值中收入最高的产业之中现代体育产业被列为第 23 位（桑德梅尔，1987 年），1988 年美国体育产业的产值是 631 亿美元，超过了当年美国的石油化工业（533 亿美元）、汽车制造业（531 亿美元），以及航空、初级金属和木材加工等传统产业的产值，在全国各大行业排名榜中居 22 位。1986—1988 年体育产业的总产值以平均每年 6.8% 的速度增长。

到 90 年代后期，美国的体育消费市场持续扩张，达到了空前规模，美国著名经济学家埃尔菲·米克对美国体育产业的统计与估算问题进行了深入研究，他对体育产业的总值的统计及对体育产业规模的估算已得到美国体育界的认可。根据他的计算，1995 年，美国的体育产业产值总额已达 1520 亿美元，成为美国的第 11 大产业，占其 GDP 的 2%；1999 年，美国联邦政府经济分析局发表的报告表明，美国体育产业的产值达到 2125.3 亿美元，占民生产总值的 2.4%.（1999 年美国内生产总值约 8.8 万亿美元）成为美国的第 6 大支柱产业。体育产业作为支柱产业的地位得到进一步巩固。

美、英等发达国家的体育产业发展实践表明，体育产业是在人们解决温饱问题，已有闲暇和财力着眼于健康娱乐时，开始逐步发展的。并且随着经济发展水平的不断提高，体育产业占各国 GDP 的比重日益加大。有数据表明，体育产业的发展水平同经济发展呈完全正相关的关系。如表 2，世界前三位 GDP 排名的国家，体育产业产值也按此排名排列。

表 2 世界先进国家 GDP 排名与体育产业产值排名表

	GDP（万亿美元）	GDP 排名	体育产业产值（亿美元）	体育产业产值排名
美国	9.2	1	1800	1
日本	3.7	2	800	2
德国	2.1	3	600	3

[资料来源] GDP 数据摘自《世界经济年鉴》，经济科学出版社出版，1998. 体育产业产值数据摘自杜利军《国外体育产业发展状况的研究》，载《2001 年中国体育产业发展国际论坛》论文集。

发达国家的经验表明，体育产业的资本利润率远远高于社会平均资本利润率。体育产业创造的消费额可以达到服务中 21 个行业的前三名，仅次于商业银行和证券市场。

（三）体育产业在国民经济中贡献就业份额

从西方发达国家情况来看，体育产业作为一个新兴产业，在吸纳社会就业方面正发挥着越来越大的作用。

如 20 世纪 90 年代初，英国的体育产业产值达 70 亿英磅（约合 100 多亿美元），超过汽车制造业和烟草工业的产值，政府从体育产业中获得税收 24 亿英镑，相当于政府用于体育开支的 5 倍，这一收入甚至比对英国经济起重要作用的劳埃德保险市场的收入还要多 5.5 亿英镑。同时，体育产业为英国提供了 37.6 万个就业机会，体育产业中的就业人数相当于整个英国化工和人造纤维工业的就业人数，超过了煤炭、农业和汽车零件制造业的就业人数。

三、从投入产出的角度看体育产业在国民经济发展中的地位和作用

本研究主要是利用投入产出表，从计算产业关联程度和产业波及效果的角度来分析体育业在国民经济发展中的地位和作用。

（一）投入产出分析方法

即借助投入产出表，利用一定的数学方法，对反映产业关联程度与波及效果的有关指标进行计量分析的方法。

（二）产业关联程度指标

1. 直接与完全消耗关系

一个产业要生产产品既要消耗别的产业提供的产品，本身的产品也要被别的产业所消耗，从而构成产业与产业之间的相互消耗关系。体育业要生产体育服务产品，也需要人、财、物等资源的投入，也就是说要消耗其他产业生产的产品，生产出的体育服务产品也会被其他产业所消耗，从而构成体育业与其他产业之间的相互消耗关系。具体来看，揭示这种产业与产业之间的相互消耗关系可以用两类消耗系数来反映。

（1）直接消耗系数

直接消耗系数可以反映体育业与其他产业间存在的相互直接提供产品的依赖关系。

例如，体育业生产体育服务产品需要直接消耗第二产业生产的产品——体育器材，对体育器材的需求量越大，那么体育业对体育器材制造业的依赖程度越高，反之，则低。本研究主要从两个方面研究体育业的直接消耗关系。一方面是体育业对各产业的直接消耗系数，从而把握体育业对各产业的依赖程度；另一方面是研究各产业对体育业的直接消耗系数，从而考察各产业对体育业的依赖程度。

（2）完全消耗系数

完全消耗系数（bij）是指第 j 产业每生产一个单位产品对第 i 产业产品的完全消耗的数量。完全消耗系数的经济含义是指某产业生产 1 单位产品需要完全消耗各产业产品的数量，即某产业生产单位产品对各产业的直接消耗量和间接消耗量的总和。例如，体育业要生产体育服务产品不仅直接消耗了体育器材，由于体育器材生产直接消耗了钢材，因此体育业也就间接消耗了体育器材生产时所需的钢材。完全消耗系数是对直接消耗和间接消耗关系的全面、综合的反映，它比直接消耗系数更全面和深入地反映产业间的经济技术关系。因此，通过分析体育业的完全消耗系数，可以把握体育业与其他产业的完全依赖关系。

2. 中间需求率

中间需求率（hi）是指国民经济第 i 产业对某产品的中间需求量（中间使用）与该产品的总需求量（中间需求量＋最终需求量）之比。

某一产业的中间需求率越高，表明该产业就越带有提供中间产品（生产资料）的性质。由于任何产品不是作为中间产品，就是作为最终产品（消费资料），即中间需求率＋最终需求率＝1。因此，中间需求率实际上反映了各产业的产品作为生产资料和消费资料的比例。

通过计算各产业的中间需求率，可以把握一个产业有多少数量用于生产消费或生活消费。笔者将中间需求率大于 50% 的产业定义为以提供生产服务为主的产业（可称之为生产服务业）；将中间需求率小于 50% 的产业定义为以提供生活服务为主的产业（可称之为生活服务业）。

3. 中间投入率

中间投入率（kj）是指国民经济中第 j 产业的中间投入与总投入之比。中间投入率反映了该产业的总产值中外购的实物产品和服务产品（即中间产品之和）所占的比重。也就是该产业对其上游产业总体的、直接的带动能力的反映。由于总投入＝中间投入＋最初投入（增加值）。因此，在总投入一定的条件下，某一产业的中间投入和增加值成此消彼长的关系：中间投入率越高，其增加值率就越低，但对其上游产业的带动能力越强；中间投入率越低，增加值率就越高，但对其上游产业的带动能力越低。从另一个角度来看，增加值也就是该产业的附加值。本研究将中间投入率大于 50% 的产业定义为"低附加值、高带动能力"的产业；将中间投入率小于 50% 的产业定义为"高附加值、低带动能力"的产业。这样，通过对第三产业及其内部各行业的中间投入率进行比较研究，则可以区分出各产业的"低附加值、高带动能力"与"高附加值、低带动能力"的产业特性。

综合考察各产业的中间需求率与中间投入率，可以判断不同的产业群在国民经济发展中的地位和作用。根据钱纳里、渡边等经济学家的划分方法，笔者以 50% 的中间需求率和中间投入率作为分界点，将具有不同的中间需求率与中间投入率的产业作如下划分，见表3。这样，通过综合考察各产业的中间需求率与中间投入率，从而可以清楚地认识这些行业在国民经济发展中的地位和作用。

表3　综合考察中间需求率与中间投入率划分不同的产业群

	中间需求率小（小于50%）	中间需求率大（大于50%）
中间投入率大（大于50%）	Ⅲ最终需求型产业	Ⅱ中间产品型产业
中间投入率小（小于50%）	Ⅳ最终需求基础产业	Ⅰ中间产品型基础产业

（三）产业波及效果指标

产业波及是指国民经济产业体系中，某一产业部门的变化按照不同的产业关联方式，引起与其直接相关的产业部门的变化，然后导致与后者直接和间接相关的其他产业部门的变化，依次传递，乃至影响能力逐渐消减的过程。产业波及影响包括两个方面：一方面是某一产业的某一个因素（产量、价格、消费、投资、出口等）发生变化后，对国民经济产业体系产生的影响；另一方面是国民经济产业体系某一因素（包括产量、价格、消费、投资、出口等）的总量发生变化后，对某一产业产生的影响。

1. 影响力和影响力系数

影响力系数是某产业的影响力与国民经济各产业影响力的平均水平之比。影响力系数反映了某一产业对国民经济发展影响程度大小的相对水平，影响力系数≥1，说明该产业的影响力在全部产业中居平均水平以上或以下。

一个产业的影响力和影响力系数越高，对国民经济发展的推动力就越大。发展这些产业对经济增长可以起到"事半功倍"之效，因而成为国民经济发展的主导产业。通过计算各产业的影响力和影响力系数，可以判断这些产业（行业）能否作为国民经济发展的主导产业，从而决定是否应该对其进行重点支持，促进该产业的快速发展。

2. 感应度和感应度系数

感应度反映该产业受其他产业影响的程度。产业感应度反映了国民经济各产业变动后使某一产业受到的感应能力。这种感应能力表现为该产业受到国民经济发展的拉动能力。例如，某产业的感应度为3.6，意味着国民经济各产业均增加1单位最终产品（增加值），将会拉动该产业增加3.6个单位增加值的总产出。

感应度系数反映了某一产业受到国民经济发展的拉动力程度大小的相对水平，感应度系数≥1，说明该产业的感应能力在全部产业中居平均水平以上或以下。

感应度和感应度系数越高的产业，国民经济发展对该产业的拉动作用越大。从另外一个角度来看，该产业对国民经济发展不可或缺的程度也就越高，即越具有基础产业和瓶颈产业的属性，应该得到优先的发展。通过计算各产业的感应度与感应度系数，可以判断这些行业是否可以作为国民经济中的基础产业或瓶颈产业，从而决定其是否应该得到优先发展。

（四）我国体育业产业关联程度与产业波及效果分析

为了更加突出我国体育业的产业关联程度与产业波及效果的特点，本报告选择了全国和经济比较发达的广东的投入产出表进行比较分析，以便通过比较分析，更清晰地把握我国体育业的产业属性。

我们选用《1997年度中国投入产出表》和《1997年度广东省投入产出表》进行比较分析。以下的计算和分析数据除特别说明外，均来源于此表，下面不再加以说明。

根据中国和广东的投入产出表，我们计算了全国和广东各产业的增加值比重，见表4。

表4　全国与广东的增加值比重（%）

	第一产业	第二产业	第三产业	体育业	第三产业（除体育业）
全国	19.47	52.32	28.21	0.03	28.18
广东	13.41	50.16	36.44	0.03	36.41

表4的结果显示，从产业结构来看，全国的三次产业增加值比重为19.47∶52.32∶28.21，广东的为13.41∶50.16∶36.44，可见，广东的第一产业比重低于全国的平均水平，而第三产业比重则高于全国的平均水平，显示出广东的产业结构层次相对高于全国的平均水平的特点，实际上这也是广东经济发展水平高于全国平均水平的反映。

全国与广东体育业的增加值比重均为0.03%，可见，尽管广东经济发展水平相对于全国来说处于较高的地位，但体育业的增加值比重并没有按经济发展的水平而获得相应的发展。或者说，体育业目前仍然难以成为我国甚至发达地区（例如广东）经济发展的重要支柱性产业。

1. 全国与广东省体育业的产业关联程度比较

（1）体育业对工业品的需求量最大，其次是服务产品，对农产品的需求量很小，随着经济发展水平的提高，我国体育业发展对工业品和服务产品的需求量会逐渐增大。

根据中国和广东的投入产出表，我们计算了全国和广东各产业的直接消耗系数，见表5。

表5　全国与广东的直接消耗系数矩阵

	产业名称	第一产业	第二产业	体育业	第三产业（除体育业）
全国	第一产业	0.1606	0.0655	0.0073	0.0177
	第二产业	0.1889	0.5400	0.3110	0.2892
	体育业	0.0000	0.0000	0.0000	0.0000
	第三产业（除体育业）	0.0531	0.0960	0.1559	0.1899
广东	第一产业	0.1231	0.0296	0.0007	0.0169
	第二产业	0.1777	0.5893	0.4748	0.2491
	体育业	0.0000	0.0000	0.0005	0.0002
	第三产业（除体育业）	0.1034	0.1367	0.1685	0.2635

表5的数据显示，从全国的情况来看，体育业每生产10000元服务产品需要直接消耗第一产业、第二产业、体育业、第三产业（除体育业）产品（服务）的数量分别为73元、3110元、0元、1559元。从广东的情况来看，体育业每生产10000元服务产品需要直接消耗第一产业、第二产业、体育业、第三产业（除体育业）产品（服务）的数量分别为7元、4748元、5元、1685元。

可见，体育业对第二产业工业品的依赖程度较高，这主要表现在体育业的发展需要直接消耗大量的体育器材、体育场馆建设、体育用品等由第二产业生产的工业品所致。

其次，体育业对第三产业也形成较大的直接消耗，这些消耗主要表现在体育业的发展需要交通运输、电信、餐饮、住宿、广告等服务的支持，特别是现代体育业越来越发展，广告、金融、影视等服务的支撑作用越来越大。

从广东与全国相比的情况来看，广东体育业的发展直接消耗工业品、服务产品的数量均超过了全国的平均水平，这与广东经济发展水平相对较高有密切联系。经济发展水平高，对体育业的投入相对较大，在体育发展方面投入的体育器材、体育场馆建设、体育用品也相应较大，同时体育业在发展过程中，对交通运输、电信、餐饮、住宿、广告等服务的需求也相应大一些。这反映了我国体育业随着经济发展水平的提高，对体育业的投入会逐渐增大的特点。

（2）我国各产业对体育业没有直接的依赖关系，但发达地区（广东）的第三产业对体育业有少量的直接消耗，随着经济发展水平的提高，体育服务将越来越多地渗透到经济发展中去。

表5的数据还显示，从全国的情况来看，第一产业、第二产业、体育业、第三产业（除体育业）生产时均不需要直接消耗体育业提供的服务产品，也就是说这些产业的发展对体育业没有直接的依赖关系。从广东的情况来看，虽然第一产业、第二产业生产时也不需要体育服务的支撑，但第三产业（除体育业）和体育业本身对体育服务有少量的需求，即每生产10000元服务产品和体育服务，需要直接消耗体育服务2元和5元。这些直接消耗主要表现为第三产业的发展需要体育业提供企业的体育教育培训、企业节庆的体育活动助兴等方面的需求。实际上反映了随着经济发展水平的提高，体育服务越来越多地渗透到经济发展中去。

（3）体育服务产品主要满足最终消费需求，但随着经济发展水平的提高，体育服务产品对企业生产的支撑作用越来越大。

根据中国和广东的投入产出表，我们计算了全国和广东各产业的中间需求率，见表6。

表6　全国与广东的中间需求率（%）

	第一产业	第二产业	体育业	第三产业（除体育业）
全国	53.13	61.01	0.00	51.28
广东	35.94	46.85	22.06	60.82

表6的数据显示，从全国的情况来看，体育业的中间需求率为0，意味着体育服务产品不作为中间产品满足其他产业生产所需，全部作为最终消费满足最终需求。但从广东的情况来看，体育业的中间需求率达到22.06%，意味着广东体育服务产品有近四分之一是作为生产性服务满足其他行业生产所需的，也就是说，体育业在作为满足人们最终消费的同时，对企业生产也起到了一定的作用。我们认为，体育服务作为生产性用途主要表现为体育业向企业提供的体育教育培训、为企业节庆等事宜而举办的体育助兴活动等方面的需求。随着经济发展水平的提高，体育服务除了满足人们生活需要之外，也将越来越多地渗透到经济发展中去，为企业发展提供更多的服务。

（4）发达地区体育业对其上游产业的带动能力较高，这与发达地区对体育业的投入相对较高有密切的关系。

根据中国和广东的投入产出表，我们计算了全国和广东各产业的中间投入率，见表7。

表7　全国与广东的中间投入率（%）

	第一产业	第二产业	体育业	第三产业（除体育业）
全国	40.26	70.16	47.42	49.69
广东	40.43	75.56	64.45	52.97

表7的数据显示，从全国的情况来看，体育业的中间投入率为47.42%，低于第二产业和第三产业（除体育业）的水平，反映出体育业的附加值率较高、但对其上游产业的带动能力相对较低的特点。

而广东体育业的中间投入率达到64.45%，虽然低于第二产业的水平，但高于第三产业（除体育业）和第一产业的水平，反映出体育业对其上游产业的带动能力高于全国平均水平的特点。这一特点主要取决于广东对体育业的投入相对高于全国平均水平的缘故。

（5）体育业作为满足最终消费的产业特征非常突出。

综合考察体育业的中间需求率和中间投入率，从全国的情况来看，体育业的中间需求率和中间投入率均小于50%，因此，体育业是典型的最终需求基础产业。从广东的情况来看，体育业的中间需求率小于50%，但中间投入率大于50%，因此，体育业属于最终需求型产业。从体育业的这一产业属性看，作为最终需求基础产业，我国有必要加快发展体育业，迅速提高对体育服务产品的消费水平。

2. 全国与广东省体育业的产业波及效果比较

（1）体育业对国民经济发展的推动作用较大，随着经济发展水平的提高，这种推动作用可以超过第三产业的平均水平。

根据中国和广东的投入产出表，我们计算了全国和广东各产业的影响力和影响力系数，见表8。

表8　全国与广东的影响力和影响力系数表

		第一产业	第二产业	体育业	第三产业（除体育业）
全国	影响力	2.0016	2.9455	2.2938	2.3299
	影响力系数	0.8365	1.2310	0.9587	0.9738
广东	影响力	2.1424	3.4462	3.0729	2.5734
	影响力系数	0.7628	1.2270	1.0940	0.9162

表8的数据显示，从全国的情况来看，体育业的影响力为2.2938，即体育业每增加1单位最终产品的增加值，将会推动国民经济增加2.2938个单位增加值的总产出。体育业的影响力系数为0.9587，接近各产业影响力的平均水平，但仍然属于影响力低的产业。

从广东的情况来看，体育业的影响力为3.0729，不仅高于全国的平均水平，而且高于第三产业（除体育业）和第一产业的平均水平，但还是低于第二产业的水平。更为重要的是体育业的影响力系数达到1.0940，意味着体育业对国民经济发展的推动能力超过各产业的平均水平，属于影响力相对较高的产业。可以预见，随着经济发展水平的不断提高，体育业对国民经济发展的推动作用将会越来越大。

（2）我国体育业的需求程度非常低，这与我国总体经济发展水平低、体育活动向全民普及率低有密切的联系。

根据中国和广东的投入产出表，我们计算了全国和广东各产业的感应度和感应度系数，见表9。

表9 全国与广东的感应度和感应度系数表

		第一产业	第二产业	体育业	第三产业(除体育业)
全国	感应度	1.6225	4.8413	1.0000	2.1072
	感应度系数	0.6781	2.0233	0.4179	0.8807
广东	感应度	1.3976	5.9489	1.0011	2.8872
	感应度系数	0.4976	2.1180	0.3564	1.0280

表9的数据显示，从全国的情况来看，体育业的感应度为1，即国民经济各产业均增加1单位最终产品的增加值，将会拉动体育业增加1个单位增加值的总产出。体育业的感应度系数为0.4179，意味着体育业受到国民经济发展的拉动能力低于各产业的平均水平，而且属于非常低的产业。

从广东的情况来看，体育业的感应度为1.0011，略高于全国的平均水平，但感应度系数为0.3564，也就是说，与其他产业相比，体育业受到国民经济发展的拉动能力是非常之低的。

因此总体来看，与其他产业相比，我国体育业的需求程度非常低，全国的平均水平也比较低，而且经济比较发达的地区（广东）的需求程度也非常低，这与我国总体经济发展水平低、体育需求相对集中在一些高消费收入群体，而没有向全民普及有密切的联系。

（3）体育业适合于采取主动发展的模式，即通过主动发展体育业来推动国民经济的发展，而不是等国民经济发展后来拉动体育业的发展。

综合考察体育业的影响力和感应度，通过比较全国和广东体育业的影响力与感应度可以发现，我国甚至经济较为发达的广东体育业的影响力都高于感应度，在广东尤为明显。也就是说，体育业对国民经济发展的推动作用远远大于受到国民经济发展的拉动作用。因此，体育业适合于采取主动发展的模式，即通过主动发展体育业来推动国民经济的发展，而不是等国民经济发展后来拉动体育业的发展。

（五）我国体育业产业关联程度与产业波及效果的国际比较

为了具有可比性，我们将我国的投入产出表进行相应的产业分类变换，将体育业与娱乐服务业合并成"体育娱乐业"，这样就可以与国外的投入产出表进行横向比较了。其中，我国"娱乐服务业"是指包括卡拉OK歌舞厅、电子游戏厅（室）、游乐园（场）、夜总会等活动。本报告把我国的"体育娱乐业"称之为广义体育业。但此广义体育业与国外的"Amusement"或者"Amusement and recreational services"仍然有一定的区别，国外的"Amusement"或者"Amusement and recreational services"包括影视放映的行业，而我国的产业分类标准则将电影放映归到"文化艺术和广播影视业"中，因此将中国的投入产出表的体育业与娱乐服务业归并起来是与美国、日本的"Amusement"或者"Amusement and recreational services"只能说是大致相当。由于电影放影在"Amusement"或者"Amusement and recreational services"中的份额不大，因此，本报告将中国的"体育娱乐业"与国外的"Amusement"或者"Amusement and recreational services"都称为广义体育业并进行比较分析。

根据中国、美国和日本的投入产出表，我们计算了三个国家各产业的增加值比重，见表10。

表10　中国、美国和日本各产业的增加值比重（%）

	第一产业	第二产业	第三产业	广义体育业	第三产业（除体育业）
中国	19.47	52.32	28.21	0.18	28.03
美国	1.02	31.44	67.54	1.21	66.33
日本	1.48	30.13	68.39	1.64	66.75

表10的数据显示，中国三次产业的增加值结构为19.47：52.32：28.21，美国的为1.02：31.44：67.54，日本的为1.48：30.13：68.39。可见，中国与美国和日本相比，第一产业、第二产业的比重明显高于美国和日本的水平，而第三产业的比重则低于美国和日本的水平，反映了中国产业结构层次处于较低级阶段的特点，也就是说，中国经济发展水平低于美国和日本。

从广义体育业的增加值比重来看，中国只有0.18%，而美国和日本则分别达到了1.21%和1.64%，明显高于中国的水平。导致这种结果主要的原因有两种：一是中国的体育业确实存在不发达的情况；二是中国的体育业在发展体制上与美国和日本有所不同，中国的体育业更多的是作为非营利性的产业进行发展，而在美国和日本，体育业相对于我国来说更多的是作为营利性的产业来发展。由于营利性行业与非营利性行业在增加值核算方面有一定的差异，存在低估非营利性产业增加值的情况。我们曾经对此进行过专门的研究，认为体制因素对我国第三产业增加值核算有较大的影响。因此中国体育业的增加值比重低于美国和日本是相对合理的，但我们认为，更主要的原因在于中国体育业仍然不够发达所至。

1. 我国体育业产业关联程度的国际比较

（1）中国广义体育业对第二产业和第三产业（除广义体育业）的依赖程度较高，而美国和日本广义体育业对广义体育业自身和第三产业（除广义体育业）的依赖程度较高。

根据中国、美国和日本的投入产出表，我们计算了三个国家各产业的直接消耗系数，见表11。

表11　中国、美国和日本各产业的直接消耗系数矩阵

	产业名称	第一产业	第二产业	广义体育业	第三产业（除广义体育业）
中国	第一产业	0.1606	0.0655	0.0351	0.0176
	第二产业	0.1889	0.5400	0.3501	0.2888
	广义体育业	0.0000	0.0005	0.0003	0.0007
	第三产业（除广义体育业）	0.0531	0.0955	0.1550	0.1894
美国	第一产业	0.1978	0.0237	0.0026	0.0025
	第二产业	0.2389	0.3891	0.0870	0.0997
	广义体育业	0.0000	0.0043	0.1468	0.0016
	第三产业（除广义体育业）	0.2334	0.1597	0.2155	0.2132

	产业名称	第一产业	第二产业	广义体育业	第三产业（除广义体育业）
日本	第一产业	0.0811	0.0261	0.0016	0.0040
	第二产业	0.2414	0.4669	0.1307	0.1305
	广义体育业	0.0000	0.0001	0.0451	0.0029
	第三产业（除广义体育业）	0.1177	0.1238	0.1653	0.2002

表 11 的数据显示，中国广义体育业每生产 10000 元体育服务产品，需要直接消耗第一产业、第二产业、广义体育业和第三产业（除广义体育业）分别为 351 元、3501 元、3 元和 1550 元。

与美国、日本相比，中国广义体育业每生产 10000 元体育服务产品对第一产业农产品的消耗量大于美国（26 元）和日本（16 元），这与中国体育运动员的饮食更多地来源于农产品有密切关系，而美国和日本的运动员并非不吃农产品，而是由于这些在中国属于第一产业生产的农产品在美国、日本则更多进行企业化的工业生产，因此成为第二产业的工业品了。

中国广义体育业每生产 10000 元体育服务产品对第二产业工业品的消耗量远远大于美国（870 元）和日本（1307 元）。这一方面反映了中国体育业正处于外延式数量扩张时期，需要大量进行体育场馆建设、购置体育设施和器材等，引起对第二产业工业品消耗量的增加；另一方面也反映了中国体育业经营粗放的特点，特别是在非营利性发展体制下，国家拨款不计成本发展体育而影响了对体育经营效果的核算而引起。

中国广义体育业每生产 10000 元体育服务产品对第三产业（除广义体育业）的消耗量则略低于美国（2155 元）和日本（1653 元）。这反映了中国广义体育业对第三产业提供的服务产品消耗相对较少的情况，同时也反映了中国第三产业相对不够发达的问题。

（2）除了广义体育业自身的直接消耗量相对较大一些外，其他产业对广义体育业的直接消耗量非常低，基本上可以忽略不计，反映了广义体育业在其他产业的生产过程中起的作用非常小的特点。

中国第一产业、第二产业、广义体育业、第三产业（除广义体育业）每生产 10000 元产品（服务）对广义体育业的直接消耗量分别为 0 元、5 元、3 元和 7 元。与美国和日本相比，除了广义体育业自身的直接消耗量相对较大一些外，其他产业对广义体育业的直接消耗量也非常低，基本上可以忽略不计。这实际上反映了广义体育业在其他产业的生产过程中起的作用非常小的特点，也就是说广义体育业对这些产业的生产没有直接的决定作用，体育更多的是作为人们的最终消费品而出现。

（3）广义体育业在中国、美国和日本都主要是作为最终消费用途的服务产品，但对企业生产也有一定的支撑作用。

根据中国、美国和日本的投入产出表，我们计算了三个国家各产业的中间需求率，见表 12。

表 12 中国、美国和日本各产业的中间需求率 (%)

	第一产业	第二产业	广义体育业	第三产业 (除体育业)
中国	53.13	61.01	34.77	51.35
美国	85.15	54.18	34.82	34.43
日本	63.33	47.68	16.43	37.55

表 12 的数据显示，中国广义体育业的中间需求率为 34.77%，略低于美国 (34.82%) 但高于日本 (16.43%) 的水平。从前面的分析可知，中国体育业的中间需求率为 0，因此我们可以认为，广义体育业 34.77% 的中间需求主要是对娱乐服务业的需求，狭义体育业的中间需求非常低。由于美国和日本的投入产出表只细分到广义体育业，因此我们还不能判断真正的狭义体育业的中间需求情况。总体来看，广义体育业在中国、美国和日本都主要是作为最终消费用途的服务产品，主要满足人们最终消费需求。

（4）中国的广义体育业的中间投入率高于美国和日本的水平，反映了中国体育业处于外延扩张状态的特点较为明显，但也说明了中国体育业发展存在经营粗放的问题。

根据中国、美国和日本的投入产出表，我们计算了三个国家各产业的中间投入率，见表 13。

表 13 中国、美国和日本各产业的中间投入率 (%)

	第一产业	第二产业	广义体育业	第三产业 (除体育业)
中国	40.26	70.16	54.06	49.66
美国	67.01	57.69	45.19	31.71
日本	44.03	61.70	34.27	33.77

表 13 的数据显示，中国广义体育业的中间投入率达到 54.06%，高于美国 (45.19%) 和日本 (34.27%) 的水平。我们认为这与中国体育业的发展仍然处于外延扩张状态有密切的关系，在这一阶段，体育业的发展需要投入大量的费用进行体育场馆建设、购置大量的体育器材和体育用品等，从而表现为体育业的发展需要大量资金支撑的特点。但另一方面也反映了中国广义体育业粗放经营的特点较为明显，投入的成本高，但取得的附加值相对低的情况，这与我国体育业发展体制有密切关系，在国家大包大揽的情况下，体育业的发展不计经济效益的问题还是比较突出的。如果加大市场化发展的力度，对于提高体育业发展效益会有更大的促进作用。

（5）广义体育业作为满足最终消费的产业特征非常突出。

综合考察体育业的中间需求率和中间投入率，中国广义体育业的中间需求率低于 50%，但中间投入率则高于 50%，属于最终需求型产业；而美国和日本广义体育业的中间需求率和中间投入率都低于 50%，因此属于最终需求基础产业。

2. 我国体育业产业波及效果的国际比较

（1）中国广义体育业对国民经济发展的推动作用高于国外发达国家（美国、日本）的水平。

根据中国、美国和日本的投入产出表，我们计算了三个国家各产业的影响力和影响力系数，见表14。

表14　中国、美国和日本各产业的影响力和影响力系数

		第一产业	第二产业	广义体育业	第三产业（除体育业）
中国	影响力	2.0014	2.9450	2.4629	2.3285
	影响力系数	0.8221	1.2097	1.0117	0.9565
美国	影响力	2.3380	2.1465	1.7906	1.5540
	影响力系数	1.1945	1.0967	0.9148	0.7940
日本	影响力	1.9178	2.3532	1.6581	1.6499
	影响力系数	1.0122	1.2419	0.8751	0.8708

表14的数据显示，中国广义体育业的影响力为2.4629，高于美国（1.7906）和日本（1.6581）的水平。也就是说，中国广义体育业对国民经济发展的推动作用高于美国和日本的水平，这与中国广义体育业处于外延数量扩张状态、需要大量的投入支撑体育业的发展有密切关系。与其他产业相比，中国广义体育业的影响力高于第一产业和第三产业（除广义体育业）的平均水平，但低于第二产业的水平。而美国和日本广义体育业的影响力在各产业中来看是比较低的，虽然略高于第三产业（除广义体育业）的水平，但均比第一产业的低。也就是说，发达国家的体育业对国民经济发展的推动作用是比较低的。

（2）国外发达国家国民经济发展对广义体育业的拉动能力高于中国的水平。

根据中国、美国和日本的投入产出表，我们计算了三个国家各产业的感应度和感应度系数，见表15。

表15　中国、美国和日本各产业的感应度和感应度系数

		第一产业	第二产业	广义体育业	第三产业（除体育业）
中国	感应度	1.6641	4.9514	1.0043	2.1180
	感应度系数	0.6836	2.0339	0.4125	0.8700
美国	感应度	1.3395	2.7468	1.1907	2.5520
	感应度系数	0.6844	1.4034	0.6083	1.3039
日本	感应度	1.1902	3.1966	1.0541	2.1381
	感应度系数	0.6282	1.6871	0.5563	1.1284

表15的数据显示，中国广义体育业的感应度为1.0043，均略低于美国（1.1907）和日本（1.0541）的水平。与其他产业相比，中国广义体育业的感应度远低于第一产业（1.6641）、第二产业（4.9514）和第三产业（除广义体育业）（2.1180）的水平，反映了中国广义体育业受到国民经济发展的拉动作用相对较低的特点。

从感应度系数来看，虽然美国（0.6083）和日本（0.5563）的广义体育业的感应度系数在各产业中也是比较低的产业，但高于中国广义体育业的感应度系数，说明国外发达国家国民经济发展对广义体育业的拉动能力要高于中国的水平。我们以为这与中国经济发展水平不高有密切的关系。另外，与中国全民体育锻炼身体的意识不足也有一定的关系，全民健身需求仍然有待进一步提高。

（3）综合考察三个国家的影响力和感应度，我们发现中国广义体育业的影响力明显

高于国外发达国家的水平，但感应度则略低于国外发达国家的水平。也就是说广义体育业对国民经济发展的推动作用远远大于受到国民经济发展的拉动作用。因此，广义体育业适合于采取主动发展的模式，即通过主动发展广义体育业来推动国民经济的发展，而不是等国民经济发展后来拉动广义体育业的发展。

四、体育产业在国民经济中的地位与作用

体育产业，是指为社会提供体育产品的同一类经济活动的集合以及同类经济部门的综合。体育业作为一个覆盖非常广、产业关联度很高国民经济中的上游产业，涉及国民经济的许多部门，它在拉动消费、促进投资、解决就业、提高国民素质等方面具有显著作用，是我国国民经济的一个新增长点。

随着我国改革开放事业的深入展开和全面小康社会建设的逐步推进，我国体育业面临着更好的发展机遇。

（一）体育发展体制的变化与体育业的发展（体育事业到体育产业的变化）

1. 体育产业化的原因及动力

长期以来体育被作为一种福利事业进行经营。计划经济体制抑制体育经济功能的开发，阻碍体育资源的优化配置，不利于体育业的进一步发展。它也导致了我国体育管理体制落后、体育市场化程度低下、体育业所有权结构单一以及缺乏有效的投融资配套体制。

随着我国经济体制改革的演进已越来越不适应市场经济体制的要求，体育产业化是体育业发展壮大的必然选择。

由"行政力量"主导的中国体育及背后的体制、机制，早已到了非改不可的程度。中国体育发展的思路和战略亟需用科学的发展观重新定位，对旧体制、机制实施改革。

2. 体育产业化的历史进程

80 年代初，政府体育部门提出了体育产业化道路的问题。在当时，理论上对体育是否面向市场、走向市场争议还很大。1985 年，国务院批准了国家统计局《关于建立第三产业的统计报告》，体育被正式列入第三产业。同年，我国首次使用三次产业分类法，体育业被列入第三产业的第三层次。此后，体育具有商品属性，体育可以成为产业，才在体育界得到普遍认可。对体育经济问题和体育产业的研究也成为学术界的一个热点。

1992 年中央颁布了《关于加快第三产业发展的决定》，明确规定体育产业属于第三产业。1993 年全国体委主任会议上制定了《关于培育体育市场，加快体育产业化进程的意见》，提出了体育事业要"面向市场，走向市场，以产业化为方向"的基本思路；体育开始走向全方位的产业化开发，产业化体育的格局初步形成。

国家体委在 1996 年颁发的《体育产业发展纲要》中对体育产业作了分类。但这同时带来一个矛盾，就是国家统计局把体育业纳入了第三产业的第三层次，而国家体委对体育产业的界定中把一些属于第二产业范畴的内容如体育产品制造业纳入了体育业。这使得体育产业范围模糊，难以界定，也给准确地估量体育业的产值带来困难。

1996 年全国人民代表大会八届四次会议通过的《国民经济和社会发展"九五"计划和 2010 年远景目标纲要》进一步明确了体育要走"社会化、产业化的道路"。

3. 体育产业化的实质

根据产业经济学的原理，"体育是产业"的判断是真实的。人类从事生产的动机是为了满足人的物质或精神需要。要达到这一目的，必须创造出种种可以满足需要的稀缺对象。这一创造过程就是生产。而满足需求的对象不仅仅是物品，还包括不采取物品形式的各类服务。因此，生产不仅包括对物品的创造，还包括创造满足人的需要的服务；产品不仅包括人类生产出来的物品，还包括人类提供的非实物形态的服务；产业不仅包括生产实物产品的第一、第二产业，而且包括生产服务产品的第三产业。随着经济的发展，第三产业的比重会日趋上升，逐步超过第一、第二产业，成为现代社会最重要的支柱产业。体育业，也是一种既有投入又有产出的产业，是第三产业的重要组成部分。在我国 1985 年试行的三大产业统计体系中，体育业属于第三产业的第三层次，即为提高科学文化水平和居民素质服务的部门。因此，"体育是产业"是一个全称肯定判断，是指所有体育部门都是产业，而不是指按照市场原则经营的体育部门才是产业。承认体育业是产业，说明向体育业投入人、财、物力后生产出体育实物产品和体育服务产品。

因而，我们提出的"体育产业化"本身就有一定的逻辑错误，我们所指的实际是"体育市场化"。体育市场化是指由过去的主要依靠政府公共财政提供非营利性体育公共产品向主要通过企业经营方式提供营利性体育非公共产品进行转变。体育市场化也并不代表全盘的市场化。在我国，"体育"涵盖了学校体育、竞技体育、全民健身等广泛内容。其中一部分是公共产品，任何时候也不能改变其公益福利性质；而另一部分则可以企业化经营，形成产业。体育市场化所代表的是体育业中按市场方式经营部分比重不断上升的一个过程。

4. 我国体育业的发展

体育产业的整体规模和其他产业相比虽然不是很大，但是在社会主义市场经济发展中，已经构成了一个独具特色的产业门类。1995 年 6 月，国家体委制定了 1995—2010 年的体育产业发展纲要，纲要指出，体育产业发展的目标是"用十五年左右的时间逐步建成适合社会主义市场经济体制，符合现代体育运动规律、门类齐全、结构合理、规范发展的体育产业体系"。纲要规定的具体目标是，到 20 世纪末，基本上形成以主体产业为基础、多业并举、多种所有制并存、共同发展的产业发展新格局。

我国体育产业的发展经历了从无到有、从微不足道到引人注目的历史过程，目前已经形成了一个年产值高达 2000 亿人民币的新兴产业，并且将会在 10 年左右的时间内以 3 倍的速度持续增长。经过多年的发展，体育产业总体规模正在不断扩大，对国民经济的贡献日趋显现。以北京、上海、广州大城市和沿海开放地区为中心，正在形成我国体育产业的快速增长带。体育产业在促进旅游、餐饮、会展、广播电视、新闻出版、房地产开发等相关行业的发展方面也发挥着越来越显著的带动作用。

从 1998 年"中体产业"在上海证券交易所的成功上市，使中国体育产业进入了一个空前发展的阶段。通过证券市场直接融资，实行资本运作，大大促进了我国体育事业的发展，形成规模效应。我国体育产业正朝着快速、国际化的方向发展。在这一阶段，体育竞技市场以足球为突破口，取得了巨大成功。在足球甲 A 联赛中，通过俱乐部制的推行，与国际管理集团就经营达成协议、广告经营与分配、与央视的转播、门票收入等商业化手段，使联赛规模不断扩大。

随着我国人民生活水平的提高和休闲时间增多，健身休闲娱乐体育不断兴起。1998年我国体育消费达 1400 亿元。各地体育部门、外商及其他部门兴建了一批高中档健身休闲场所。据不完全统计，全国拥有 60 余万个场地。北京、上海、广东等地的场馆纷纷引进现代企业管理制度，充分利用自身特点，经营体育场馆，不仅取得社会效应，而且取得了较好的经济效益。此外，体育用品市场发展空前，体育用品生产企业已达 500多家，具有相当的出口能力，目前欧美市场 60% 左右的体育产品由中国厂商供应。1993 年首届体育用品博览会有 150 个厂家参展，成交达 112 亿元。到第 7 届参展企业达 550 家，成交额是第一届的 5 倍，这充分表明体育用品不仅能够创造巨额产值和出口创汇，还能直接带动工业的发展。并且随着我国经济的高速发展、人们收入的增加，体育消费的需求总量和市场开发的规模越来越大。

（二）我国体育产业对 GDP 的贡献

在许多发达国家，体育产业已成为国民经济的支柱产业。Pieda（1991）发现，在苏格兰，体育产业产值占全国国内生产总值的 2.5%，高于机械工程产业和电子产业70% 的产值。Henley Centere（1992）研究结果证明，体育产业的产值占到了英国国内生产总值的 1.7%，高于一系列的制造部门，包括汽车制造业和金属制造业。1985—1990 年，英国体育部门的产值实际增长了 48.2%。Meek（1997）根据 1995 年美国GDSP（国内体育生产总值，Gross Domestic Sport Product）为 1520 亿美元，占 GDP 的2% 这一数字，运用美国商务部运算模式，推算出同年体育产业创造了 232 万个就业机会和 521 亿美元的直接家庭收入。Li，Hofacre & Mahony（2001）进一步改善了 Meek的推算方式，根据商务部经济统计（1997）计算出体育产业就业人数为 828231 人，人均年收入为 4 万美元。日本休闲产业白皮书（1997）估算得出 1996 年日本个人和企业对于体育器材、体育训练和指导、体育器材等的消费额达到 527.4 亿美元，其中单单对高尔夫设备的消费就达到了 51.39 亿美元。

国家体育总局于 2002 年 12 月 6 日召开新闻发布会公布了 2001 年中国群众体育现状调查的结果。家庭体育消费在我国城乡居民家庭消费中所占比例偏小，在我国城乡居民家庭日常生活消费以外最主要的十一项消费支出中，购买体育比赛门票和购置体育器材分别占 7.4% 和 4.4%，居第五位和第九位。

我国城乡居民以家庭为单位全年体育消费平均为 397.42 元。2000 年在以下五个方面的体育消费依次为：购买运动服装鞋帽，平均 204.37 元；购买体育器材，平均 92.09元；去场馆参加活动，平均 56.78 元；订购体育图书，平均 26.28 元；购买体育比赛门票，平均 17.85 元。我国城乡居民体育消费能力有与其文化程度成正比的关系，两极差距较大。研究生文化程度的居民全年平均体育消费 1378.63 元，而小学文化程度的人群全年平均体育消费 119.28 元。

1. 我国体育主体产业对 GDP 的贡献

由于缺乏准确的范围界定和详细的统计资料，我们只能从大体上对体育产业产值进行估量。

（1）竞技体育产业

1994—2003 年，职业甲 A 联赛进行的 10 年间共计比赛 1726 场，观众总人数是3358.4 万人，平均每场观众人数是 1.95 万人。在球市火热的 1998 年，足球甲 A 联赛平均每场观众人数为 2.13 万，门票总收入 1 亿多元。甲 B 联赛平均每场观众人数也达到了 1.37 万。整个甲级联赛总计 580 多万观众。按保守估计，甲 A 俱乐部的市场收入平均达到 2500 万元。

篮球市场比足球市场起步较晚，但是最近几年的运作还是比较成功的，而且篮球市场的培养更加注重完善竞赛办法、营造赛场气氛。如每场比赛分成四节，增加表演以吸引球迷和观众。2003—2004 赛季男篮联赛仅常规赛 132 场比赛，观众人数达到了 49368 人，上座率为 84.65%，比上一赛季高了 4.38 个百分点。而整个联赛 162 场比赛，上座率达到了 85.74%。98 赛季篮球甲 A 联赛进行了 172 场比赛，一个赛季现场观众总人数为 67 万多人，平均每场 3700 多人，绝大多数赛区上座率在 75% 以上。赛季门票总收入也达到了 410 多万元。在 2002 年中央电视台的收视率调查中，CBA 直播的收视率居高不下，全赛季电视观众人数达到 5 亿人。目前我国篮球人口有两亿多，占全国总人口的 19%。篮球竞赛市场的发展潜力巨大。

排球联赛市场经过八年多的培育，联赛整体形象、办赛质量、管理水平等方面有了很大的改进。2003—2004 赛季男女排现场观众人数达 48.3 万，比上赛季同比增长 17.8%。赛季期间，不少于 4.6 亿的电视用户收看了联赛。

其他如乒乓球联赛、围棋联赛、羽毛球联赛等也取得很好的社会效益和经济效益。相信随着联赛的逐步完善，将对我国经济发展起到更大的带动作用。

（2）健身休闲业

人民群众消费水平的提高，多层次、多项类、多形式的需求为健身休闲市场的发展提供了无限的空间。根据调查统计，1992—1997 年全国居民的文化体育消费指数年平均增长率已达 5.1%。从体育场馆的调查资料看，到体育场馆的 90% 的消费者一次消费在 50~100 元。在全民健身运动开展较好的上海市，43.7% 的市民每月体育消费支出达 100 元以上。

（3）体育彩票

自 1994 年国家批准统一发行体育彩票至今，在不到 10 年的时间里，已累计发行体育彩票 761 亿元，筹集公益金 249 亿元，体育彩票公益金还在全民健身设施建设、体育比赛场馆建设、北京 2008 年奥运会的筹备投入、青少年业余活动场所建设以为及国家筹集社会保障基金方面发挥了重要作用，有力地支持了体育事业和国家其他公益事业的发展。

2. 我国体育相关产业对 GDP 的贡献

（1）体育用品制造业

随着体育服务业的兴起和与世界经济的接轨，我国体育用品制造业迅猛发展。据海关统计，1997 年我国体育用品出口创汇总额达 38.8 亿美元；1998 年为 45 亿美元；1999 年已达 53.87 亿美元，是 9 年前的 10 倍。根据海关不完全统计，2000 年我国部分体育用品出口达 70 亿美元。目前欧美市场上销售的体育用品 60% 左右是中国制造。根据《2001 年中国经济贸易年鉴》统计，全国有体育用品生产加工企业 304 万家，我国成为名副其实的体育用品制造大国。2002 年中国大陆向美国出口的体育用品占该国总进口额的 52.3%，居第一位。2003 年体育用品制造业资产总计为 165.71 亿元，比去年同期增长了 18.32%；实现销售收入 212.64 亿元，比去年同期增长了 24.28%；实现利润总额为 8.02 亿元，比去年同期增加了 33.42%。

（2）体育媒介

中国中央电视台体育频道（CCTV-5）是最早创办的专业体育电视媒体，也是国内规模最大、级别最高的体育频道。大量的直播赛事是 CCTV-5 的活力资源。中央电视台体育频道是世界上拥有顶级赛事报道权最多的电视媒体之一，每年都可以向广大观众直播 300 多场赛事。体育频道坐拥全球最大的体育节目收视市场，覆盖 7 亿收视人口。但是在我国很多电视经营者还没有形成主动抢购转播权的意识，还没有把电视转播权看做是一种商品。1999 年"春兰杯"世界职业围棋锦标赛举办时，主办者坚持要中央电视台出资购买转播权，而中央电视台却认为转播比赛其实就是在帮助比赛，相反，主办者应该给电视台转播费。这深刻地反映了电视经营者对电视转播权的商业意识淡薄。

（3）体育竞技游戏

竞技游戏将有望成为体育竞技场上的一部分。以电子竞技为核心的数字体育，在最近几年陆续被广大群体所了解，人们通过操控电子设备来实现竞技目的，随着相关技术的成熟与人们观念加速更新，市场上已涌现出大量种类繁多的产品。如体育类的 FIFA 足球、NBA 篮球；射击类如三角洲特种部队、反恐精英等，甚至还包括以网络为载体的各种棋牌活动。电子竞技产业在全球的影响力正在发生着日新月异的变化。在国外，即时战略游戏和第一视角射击游戏已发展到职业化程度。游戏产业在韩国不仅是国家经济的支柱产业，并且成为了韩国的国技和韩国三项拳头体育竞技（足球、围棋、"电子竞技"）之一。

（三）我国体育产业对就业的贡献

体育产业不仅关联带动作用很强，作为一种劳动密集型产业，它还可以提供较多的就业机会。

Henley Centre（1992）研究结果表明，英国在 1985—1990 年期间，体育创造的就业上升了 22.4%，而整体经济的就业增长只有 6.3%。1995 年，美国体育产业提供了 232 万个直接就业机会、521 亿美元的收入，以及 233.2 万个间接就业机会和 750 亿美元的家庭收入。美国体育产业所支撑的经济活动在产业活动方面超过 4000 亿美元，为美国家庭带来 1270 亿美元的收入（家庭收入增加 2.4 个百分点），容纳 460 万就业人口（就业人口增加 2 个百分点）。1996 年，澳大利亚在体育行业工作的人员达到 9.5 万人，其中 44%的人从事的是全职工作。巴塞罗那奥运会为该市增加就业机会 8 万个，汉城奥运会为当地提供了 16 万个就业岗位，雅典奥运会创造了 11 万个就业机会。

据测算，2002—2007 年，筹办奥运会将累计为我国新增就业岗位约为 194 万个，平均每年新增就业岗位约为 32 万个左右。其中，建筑业新增就业 22.5 万个、制造业新增就业 37.3 万个，高新技术产业新增就业 32.1 万个，旅游业新增就业 11 万个，文化体育业新增 8 万个、社会服务业新增 14.7 万个。

西方发达国家如美国每年体育产业的产值占其 GDP 比重约为 2%～3%，如果我国体育产业同样也占到 GDP 的 2%～3%，那么我国每年在体育产业上的产值将达到 2800 亿～4200 亿元人民币。如果按每 5 万元人民币一个就业人口计算，体育产业每年将能够解决 840 万就业人口，相当可观。随着我国体育产业的不断发展壮大，其在解决就业方面的能量正在逐渐释放出来。

五、提高我国体育产业在国民经济发展中地位和作用的政策取向

政府在促进体育产业发展中具有不可替代的重要作用。根据中国体育产业发展现状，借鉴国外体育产业发展的成功经验，我国体育产业政策的重点：一是加紧构建中国体育产业发展的金融支持体系，主要体现在体育金融机构设立、体育产业投资基金建立、体育资本市场启动、风险投资加入、体育保险市场开发以及体育博彩推广等方面，要有实质进展；二是以市场化为导向加紧体育产业无形资产、体育场馆的开发与经营；三是加大体育事业投入，转变政府体育管理职能，重点是加快体育基础设施建设，加强体育市场体系建设，建立健全体育法律法规，制定优惠措施，为体育产业发展提供配套措施。

（一）体育产业发展政策的国际比较

1. 美国体育产业政策

进入 20 世纪 90 年代以来，美国职业体育取得了长足的发展，不仅表现为巨大的商业盈利，也表现在一流的竞技水平提高上。美国职业体育产业政策的突出特点是针对美国职业体育发展的实际情况，给予职业体育运动一些特殊的政策支持。这些政策包括税收、版权保护、运动员资格确定、博彩法以及电视转播等各个方面。

2. 英国体育产业政策

近 20 多年来，英国政府一直为体育运动提供财政拨款，并通过制定相关的体育经济政策，如体育拨款政策、体育比赛的商业赞助政策、税收优惠政策、土地开发的"筹划协议"、大众体育政策、鼓励社会各界为发展体育运动提供经济支持，取得了一定的效果。

3. 意大利体育产业政策

意大利体育管理体制的显著特点，是政府不直接参与具体的体育管理工作，而是通过相应的法律，将国家管理体育的权力授予意大利奥委会，由奥委会来协调和管理全国的体育工作，通过为大型体育活动提供经济支持、体育信贷、体育税收政策、体育保险等措施鼓励体育产业发展。

4. 韩国体育产业政策

韩国的体育经费主要由政府拨款和财团、企业家资助两部分构成。后者虽无定数，但数目相当可观。韩国政府对体育的投入每年都有较大的增长，主要用于体育场馆设施建设，国家队和地方代表队训练、竞赛，体育科研和行政管理等方面。此外，韩国还注重加速体育用品的国产化与优秀运动员的国际化，大力开展海外体育市场。韩国体育产业政策的突出特点是高度重视大众体育。

5. 印度体育产业政策

印度属于发展中国家，其体育产业政策在发展中国家的比较有代表性，具体表现在以下几个方面：（1）关于修建基础体育设施的拨款政策；（2）农村学校的体育拨款；（3）全国体育组织计划；（4）州体育理事会的拨款；（5）地区体育发展计划；（6）全国体育单项协会的资助；（7）学校体育资金。

（二）我国体育产业发展的政策目标

1. 加大体育产业投资力度，加快体育产业发展，增加体育产业就业率，不断提高体育产业在国民经济中的地位。争取到 2010 年，体育产业增加值占 GDP 的比重增加到 0.8% 左右，使之逐步成为国民经济发展的支柱产业。

2. 坚持以人为本，正确处理体育与社会、经济、人口资源的关系，促进人与城市、人与自然、人与社会的协调和谐，提高全民身体素质，实现体育可持续发展。

3. 调整优化体育产业结构和产品结构，提高体育产业整体质量和效益，增强国际竞争力，培育一批有影响的大型多元化体育产业集团，创建国际著名体育企业品牌。

4. 积极创造条件，不断提高体育人口比例，到 2010 年，全国体育人口力争达到 45%。

5. 全面推进体育产业对外开放，连接国内外体育市场，建立结构完整、功能齐全、竞争有序、统一的体育市场体系。

6. 积极转变政府体育管理职能，逐步建立以法制为基础、以市场为导向、以经济政策为手段的体育产业政府宏观管理新体制。

（三）我国体育产业发展的政策取向

世界各国体育发展的经验表明，政府在促进体育发展中发挥着不可替代的重要作用。主要体现在：一是公共体育场馆设施与配套公共服务的建设；二是体育专业队伍培养与体育科研教育投资；三是体育市场规范与管理；四是体育产业政策制定与执行。鉴于中国仍然属于发展中国家的客观现实条件，借鉴世界各国体育产业发展的成功经验，今后我国体育产业发展的政策重点主要集中在以下方面。

1. 加大金融支持力度，尽快建立适应体育产业发展的投融资机制

设立国家政策性体育金融机构的目的是弥补我国体育产业发展过程中财政拨款资金的不足，以促使体育产业尽快发展壮大起来。

组建"中国体育产业投资基金"，中国体育产业投资基金主要投资于体育产业，并适当投资国债和与体育关联度较高的旅游、服务、交通通讯、科技、文化、建材、饮食等行业。基金在体育产业投资中主要利用自身专业和信息优势，开展体育企业投资理财、企业购并、资产重组、融资策划、风险投资、担保等资本运营业务，以保证基金增值。

中国体育产业投资基金业务范围和运营方式：基金以基金管理公司模式运作，以参股或风险投资方式投资发展前景好、回报率高的体育企业，3～5 年后退出，收取红息；认购国家长期金融债券获取利息；为体育企业融资提供信用担保，收取信用担保费。

中国体育产业投资基金用途：举办重大国际国内各类体育赛事费用；为重大伤残运动员和为体育事业献出生命的运动员提供抚恤金和养老金；为在国际国内重大体育比赛上获得名次的运动员提供奖金；资助优秀运动员到国外训练、学习或提供参加比赛费用；为优秀运动员提供保险费用；扶植职业体育俱乐部和运动队；为体育产业开发与经营提供启动资金；为国家学校体育和群众体育运动基础设施建设提供资金支持。

（1）启动体育资本市场，运营体育产业资本

为提高我国体育企业竞争力，可通过企业购并、资产重组等资本运营方式，促使体育企业走集团化、网络化、品牌化经营之路，尽快改变我国体育企业规模小、管理水平

低、经营方式陈旧、服务品牌创新意识缺乏等缺点，形成一批拥有知名品牌、创新意识强、实行现代企业制度和多元化投资主体的大型体育集团公司。

（2）加大风险投资力度，拓宽体育产业资本运营空间

通过政策优惠措施，鼓励政府出资组成的风险投资公司甚至国外风险投资公司对体育产业进行投资，适时加强体育产业资产评估工作，并利用深圳中小企业板推出的大好时机，尽快完善体育风险投资公司退出机制建设。在实际操作中，一些市场化程度比较高的体育项目（如球类、棋类）职业体育俱乐部或运动队、体育中介公司、体育用品企业可通过增资扩股、股权转让、成立新公司等方式引进风险投资，并接受风险投资公司增值服务。

（3）努力开发体育保险新兴市场

与国外体育保险比较发达国家比较，我国体育保险起步较晚，体育保险在我国还属于新兴领域，存在较大发展空间。

（4）加快发展体育博彩业

实践证明，发展体育博彩业是筹集体育发展资金、推动体育产业发展的一条有效途径。我国体育彩票市场经过二十多年的发展已经取得了一定规模和效益。

2. 以市场化为导向，加紧体育产业市场开发与经营

（1）面向社会开放，充分利用体育产业无形资产，做好体育产业开发和经营

对于体育场馆和体育基础设施建设，要严格按照"谁投资，谁所有，谁收益"原则，大力倡导、扶持社会、企业和个人力量进行投资兴建。

（2）体育产业开发与经营的重点领域

①大力发展体育竞技表演业。当前重点是建设职业体育俱乐部和体育表演团体，拓展竞技搏击类和艺术表演类形式，培育与国际水平接轨的竞赛表演市场，做好全国体育场馆规划和布局，合理开发体育竞技服务项目。②积极引导大众体育健身、体育休闲、体育旅游和体育娱乐消费，重点开发体育健身娱乐业。③举办中国国际体育用品博览会，利用电子商务等现代手段，壮大体育用品销售业务，大力发展体育用品市场。④加紧体育信息传递、体育人才交流、体育金融保险、体育赛事推广、体育商务代理、体育经纪人、体育物流配送、体育商业服务等体育中介组织体系建设。⑤利用国际体育表演赛、常规赛转播、标志性产品销售，积极引入国外资金、先进技术、经营理念和管理经验，加紧开拓世界体育市场，增强体育产业国际竞争力，尽快与国际体育市场接轨。

3. 加大体育事业投入，转变政府体育管理职能，进行制度创新

（1）转变政府职能，制定体育产业政策，推进体育产业快速发展

政府要切实转变政府体育管理方式，根据我国体育产业的实际情况，制定合理有效的体育产业政策。①体育产业组织政策。对我国现有体育各运动项目运动队逐步按照现代企业制度要求进行改造，依据职业、半职业、业余三种类型，区别对待，使之真正成为体育市场的微观主体；依托资本市场，通过产权交易，塑造具有核心竞争力的大型体育企业集团。②体育产业结构政策。以体育竞技表演和健身娱乐业为龙头，重点发展体育用品业、体育金融保险业、体育媒体业、体育经纪服务业、体育旅游业。③体育产业区域政策。鼓励各级政府、社会和企业对落后地区进行体育投资，并给予相应的政策优惠措施。

（2）加大体育基础设施建设力度，改善体育训练、竞赛和健身娱乐活动条件，为体

育产业发展提供配套措施

首先，中央政府包括各级政府要根据经济发展水平不断增加体育投入，将体育基础设施建设纳入各级政府总体发展规划，制定和完善体育基础设施投资和开发建设政策。公共体育场馆对社会开放，实行合理收费，有偿使用。

其次，通过资金支持、贴息或低息贷款、提供担保、BOT（建设－经营－移交）、TOT（移交－经营－移交）等方式进行体育基础设施和和公共工程项目建设。

第三，政府对公共体育场馆的管理方式可采用政府直接管理，收支两条线，统收统支；委托单项协会或其他体育团体及社区组织管理；对外承包租赁，利益分成。

4. 政府在税收、价格、土地使用等方面采取用力的优惠措施，推动体育产业快速发展壮大

采取体育向全社会开放以及将部分体育事业推向市场的办法，通过政府财政补贴、税收减免、投资优惠，投资环境改善，鼓励、引导社会各界、企业和个人投资兴办体育。各级政府要根据本地实际情况，在体育投入、立项、税费、建设、用水、用电、用气、土地等方面给予政策倾斜。企业、社团和个人赞助体育赛事、体育活动、运动队、体育学校和公益性体育设施，凡符合税法规定的，可以享受国家有关优惠政策；对境外捐赠的实物，涉及进口关税、进口环节增值税，按照国家有关规定办理。对非营利性体育组织开展体育活动所取得的收入免征所得税，对所办企业实行退税政策。

5. 加强体育市场体系建设，建立健全体育法律法规

体育市场体系的建设，主要是尽快建立健全各类市场。首先，体育商品市场、资金市场和人才市场是体育产业活动所需要的基本要素，是体育市场体系的三大支柱，离开三大市场，体育经济活动就无法存在。它们应当是体育市场体系建设的重中之重。其次，体育技术市场、体育用品市场、体育信息市场、体育无形资产交易市场和体育产权市场则是形成上述三大体育市场的服务保证，也应及时配套，以形成较为完备的体育市场体系。

体育市场管理的法制化是促进体育产业健康、有序、规范发展的根本保证。要加紧制定各单项管理办法及认证制度，加大体育市场执法力度，逐步建立起严格、规范的市场监督管理机制。当前的重点：一是尽快制定出台全国统一的体育市场管理条例，规范体育市场从业资格条件，保证依法管理体育市场；二是加紧完善体育彩票市场法规，将彩票市场纳入社会主义市场体系；三是规范管理体育用品市场的各类展销、展览活动。

六、结论

（一）产业结构演进规律揭示了三大产业变动的规律，即随着经济的发展，资源配置和产出结构先后集中在第一产业（农业）、第二产业（工业）、第三产业（服务业），从第三产业重要组成部分的体育产业的产生、形成和发展过程中也印证了这一经济发展规律。体育产业是为满足人们生存、享受、发展的体育消费需求而存在的，属于第三产业的第三层次"提高科学文化水平和居民素质服务"的部门。因而，从国民经济各部门之间相对地位变化趋势看，随着社会生产力的发展和生产结构与消费结构的演变，体育产业在世界经济和社会发展进程中呈迅速崛起态势。从横向看，经济越发达，居民越富裕的国家和地区，体育产业的比重就越高；从纵向看，随着经济的发展和社会的进步，各类型国家的体育产业比重都在增大。随着改革开放的深入及全面建设小康社会过程的推进，中国体育产业将得到长足的发展，体育产业在国民经济的地位和作用会日益突出。

（二）国外体育产业作为国民经济的一个组成部分，是现代经济的一个重要特征，它已经成为创造社会财富、满足社会需要的重要产业部门，在现代经济和社会发展起着重要作用。考察体育产业在国民经济中所占的位置，一般将体育产业放在整个国民经济统计与国民经济核算体系中去考察。体育产业不仅是经济增长的源泉和动力，而且是解决就业问题的重要途径；体育产业不仅在国民经济中占有重要地位，而且对促进国民经济的发展、带动相关产业的发展、对经济结构的改善等都具有十分重要的作用。体育产业的兴起，被称为朝阳产业，正是顺应了产业发展的基本规律，它的发展对推进服务业的进一步发展、产业结构不断朝着合理化的方向发展等，无疑具有十分重要的作用。

（三）随着经济发展水平的提高，我国体育业发展对工业品和服务产品的需求量会逐渐增大。体育服务产品主要满足最终消费需求，但随着经济发展水平的提高，体育服务产品对企业生产的支撑作用越来越大。体育业对国民经济发展的推动作用较大，随着经济发展水平的提高，这种推动作用可以超过第三产业的平均水平。体育业适合于采取主动发展的模式，即通过主动发展体育业来推动国民经济的发展，而不是等国民经济发展后来拉动体育业的发展。中国广义体育业对国民经济发展的推动作用高于国外发达国家（美国、日本）的水平。中国广义体育业对第二产业和第三产业（除广义体育业）的依赖程度较高，而美国和日本广义体育业对广义体育业自身和第三产业（除广义体育业）的依赖程度较高。

（四）我国体育产业对于我国 GDP 增长、就业增加起到了重要的作用。但同时，由于政策以及历史原因，体育产业的内涵仅仅被理解为体育比赛提供服务的产业门类，许多属于体育产业特定内容的产业门类被漏算。同时，另一些体育产业门类则被统计在其他产业之中，统计资料的匮乏使得我们精确地衡量体育业对于 GDP、就业的贡献比较困难。

但同时我们也可以看到，体育产业的发展面临着一系列的契机。随着城市社区化和农村城市化，体育经济将面临新的机遇。我国占总人口 70% 的农村人口几乎没有体育消费，城市化则能将农民带入城市，促进第三产业发展，增加居民收入，扩大体育消费。消费者在一定规模上的聚集也为体育健身和竞赛表演市场的培育提供了支撑。

我国正处于全面转型期，今后产业结构调整和升级的重点将是通过市场路径大力发展第三产业。随着体育产业规模、效益的不断提高，更多的社会资本、技术、专业人才也会流入体育产业这个高于社会投资平均利润率的新领域。

（五）政府在促进体育产业发展中具有不可替代的重要作用。根据中国体育产业发展现状，借鉴国外体育产业发展的成功经验，我国体育产业政策的重点：一是加紧构建中国体育产业发展的金融支持体系，主要体现在体育金融机构设立、体育产业投资基金建立、体育资本市场启动、风险投资加入、体育保险市场开发以及体育博彩推广等方面，要有实质进展；二是以市场化为导向加紧体育产业无形资产、体育场馆开发与经营；三是加大体育事业投入，转变政府体育管理职能，重点是加快体育基础设施建设，加强体育市场体系建设，建立健全体育法律法规，制定优惠措施，为体育产业发展提供配套措施。

（项目编号：731ss04131）

制度变迁条件下的体育产业化
理论与实证研究

汪浩瀚　陆亨伯　姜文达　胡求光　李秀梅　徐建军　刘　斌

　　现实经济活动中的经济行为都是在一个制度框架中进行的，中国体育产业化和市场化的发展历程，其实质是一个增长导向型的制度变迁过程。本文试图探寻中国体育产业化发展的规律，重点研究体育产业化改革的制度创新机制、体育产权分配、政府职能转变以发展战略和策略等问题，对于构建中国特色的体育产业发展理论体系，具有重要指导意义。

一、中国体育产业化改革的产生、环境、特征和影响因素

（一）体育产业与体育产业化的基本概念辨析

1. 体育产业

　　体育在市场经济体制下运行的历史已逾百年。20 世纪以来，特别是第二次世界大战以后，由于西方国家经济持续增长，人们的生活水平显著提高，体育的经济功能日益强大，体育的产业地位进一步得到了确立。西方是体育产业的先发之地，也是当今全球体育产业最活跃和最发达的地区，体育产业理论发展也形成了较完整的体系。

　　体育产业是国民经济产业体系中的组成部分。体育产业之所以与其他产业不同，就是因为根据社会分工，体育产业产生了自身特定的体育产品和自身特定的体育服务，这种特定的产品和服务可以与其他产业的产品和服务区别开来。然而对这个词的理解，不同的人又有不同的观点，可谓莫衷一是、见仁见智。

　　英国经济学家费希尔在 20 世纪 30 年代提出，体育产业是以活劳动的形式向社会提供各类体育服务的行业，包括健身娱乐业、竞技表演业、咨询培训业、体育旅游业、体育经纪业和体育博彩业。这种观点严格地把体育产业界定在体育运动本身能够向社会提供服务的范围内。它被世界上大多数国家用做划分"三次产业分类法"和统计国民生产总值的依据。

　　关于体育产业定义的问题，在美国也存在着多种观点，主要有：克利斯坦 M.布鲁克斯（1994）认为，体育产业是一种庞大的娱乐产业的集合体，它包括 5 种基本成分，即 2 种与管理相关的成分（相关组织和体育单位），3 种与劳动相关的成分（运动员联盟、个体运动员和体育经纪人）；阿尔法·米克（1997）用一种三要素的模型来解释美国的体育产业，这三种要素是：（1）体育表演和娱乐（包括职业、业余体育队伍和项目，体育媒介和体育相关的经济活动）；（2）体育产品和服务（包括体育产品设计、制造、销售以及与体育有关的服务）；（3）体育支持组织（包括所有的职业和业余体育组织）；菲尔丁和迈勒（1994）等人，也用另外的 3 要素模型把体育产业定义为"所有提供给顾

客的体育和相关产品——货物、服务、地方、人员及思想"，体育产业被分成三部分：(1) 体育表演产业部分；(2) 体育产品部分；(3) 体育推销部分。它被世界上大多数国家用做划分"三次产业分类法"和统计国民生产总值的依据。

另一种观点认为，体育产业是由体育物质产品的生产和经营与体育服务产品的生产和经营两部分构成的。体育产业不仅包括健身娱乐、竞赛表演、咨询培训和体育经纪的服务性行业，而且也包括体育服装、体育器材、体育食品及体育饮料的生产和经营。该观点认为体育产业的本质是体育运动中蕴涵的经济价值。用市场经济的手段来挖掘当代体育的经济价值所开展的任何生产经营，构成存在于现实经济生活中的、事实上的体育产业。即从分析体育消费现状和寻求国民经济新增长点的角度，把体育产业视为向全社会提供各类体育物质产品和服务，满足人民群众多样化体育消费需求的行业。韩国学者朴英玉在《韩国体育产业供给政策》一文中提到："所谓体育产业就是指与体育活动和消费有关的商品和服饰的生产和销售"，它是从经济学和市场学的角度对体育产业所作界定，认为任何产业都是市场中真实存在的商品货币关系，没有市场的产业是不存在的。因此，该观点并不关注体育产业是属于第三产业还是属于第二产业和第三产业的混合产业，而是注重体育运动中到底有哪些运动项目或活动内容可以实实在在地进入市场并能够切实盈利。持这种观点的人实际上是把体育产业看做一个动态概念，在他们的理念中，发展体育产业就是不断地将体育事业推向市场的过程，并且随着体育产业化进程的加快，事业的比重会逐渐减少，产业的比重会逐步加大。

上述几种观点是从不同的角度、不同的层面对体育产业所作的界定，应该说各有各的视角。本研究所讨论的体育产业，是更广意义上的定义，它包括体育本体产业、体育支柱产业与体育外围产业。

2. 体育产业化

体育产业化这个概念是随着我国体育体制及其运行机制的改革不断深化而提出来的。体育产业化这一概念的核心和关键在于"化"字，就是要求在进行体育体制和运行机制不断深化改革的进程中，用市场经济的观念、原则、手段和方式来代替我们原有的建立在计划经济基础上的办体育的观念、原则、方式和手段。体育产业化是针对我国整个体育事业的运作方式的改革而言的，它不仅包括体育产业运作方式也包括群众体育和竞技体育的运作方式。也就是说，在新的历史条件下和社会环境中，我国的整个体育事业的运作方式都要按照市场经济的基本要求进行运转、进行转化，它体现在体育工作和体育实践的方方面面。

具体地说，体育产业化要求我们在社会主义市场经济条件下，发展体育事业的方式要发生根本性的变化，即在体育工作和体育实践中，充分遵循市场经济中的社会有效需求原则，把有限的体育资源配置到体育工作效益较好的方面和环节中去；根据经济成本核算的法则，讲究和追求体育工作效益的最大化；引入和充分运用市场经济竞争规律的法则，高效率地发展体育事业；实行优胜劣汰的管理方式；承认和遵循物质利益原则，在体育工作中提倡无私奉献的同时，根据劳动成果和效益进行分配；不断地建立和完善有关体育的法律法规体系，实行"依法治体"等一系列与社会主义市场经济要求相一致的一整套运作体育工作和发展体育事业的方式。

体育产业化提出和实践的最大意义在于，我国体育系统在多年的体育改革实践和探索过程中，终于找到了一条体育与市场经济体制相适应的结合途径，市场经济所要求的一整套发展体育事业的观念、原则、手段和方法在体育产业化的过程中有可能实现。体育产业化所要求的一整套做法有助于我们把传统的建立在计划经济基础上的体育体制转移到与社会主义市场经济相适应的轨道上来；有助于把发展体育事业的方式从粗放型转移到集约型的轨道上来；有助于发展使体育事业的运行机制与市场机制的要求相一致；有助于提高体育工作的效益与效率；有助于在体育工作中建立竞争机制；有助于激励和调动人们体育工作的积极性；有助于建立新的分配机制，鼓励先进，鞭策后进；有助于改变人们的体育消费观念。

体育产业化要求在发展体育事业的过程中要讲究效率和效益，体育产业化要求在办体育的过程中既要提倡奉献精神，又要承认人们的物质利益原则，讲究多种调动人们工作积极性的手段等。体育产业化所要求的一整套办体育事业的工作方式正在被人们所接受，在体育工作实践中其活力越来越大，正在逐渐成为体育工作的自觉行为。体育产业化将从根本上改变我国体育工作的运行机制和工作方式，这是提出体育产业化的主要意义和目的所在。如果把体育产业化错误地理解为体育市场化，或者理解为把体育事业全面推向市场，不仅有悖于提出体育产业化的初衷，也不符合体育在人类社会各项事业中的社会属性和社会定位，在体育工作和体育实践中也行不通，而且还有走向反面、影响体育事业正常发展的危险。

体育产业化的第二层含义是把群众体育和竞技体育中能够推向市场的部分体育项目或市场有较大需求的部分体育项目推向市场，进行体育产业化经营，并尽可能按照市场经济的规律和原则进行操作和运行。例如，一部分群众喜爱、有市场基础和市场潜力的各类高水平竞技体育竞赛，由社会出资办的高水平竞技体育俱乐部，有需求的健身、健美和健康指导等体育服务和体育劳务，保龄球、台球、网球、拳击、武术和跆拳道等能够进入市场进行经营和提供服务的体育项目培训，体育的无形资产开发，体育休闲娱乐，体育电视版权和转播权的市场化运作等。体育事业中的这些能进入市场进行产业化经营的内容都应该逐步进入市场经营，纳入体育市场进行规范。这样做不仅有利于推动我国体育产业规模的发展和壮大，也有利于体育产业化在体育事业的各个方面不断地发展和深入。具备条件或有条件进入市场进行经营的体育项目才能称之为体育产业，客观上不能进行经营的体育项目和体育活动就不能称为体育产业。但是，在发展体育事业的总体指导思想上和体育工作中，也应该对那些不能进入体育市场的部分体育项目进行体育产业化操作，目的在于提高体育工作的效益与效率。体育市场是根据社会对体育的需求、价格、体育服务的质量和同业的竞争变化而变化的。体育市场需求的大小受社会经济发展水平和人们收入水平的影响，还与人们对不同的体育项目的爱好和经营体育产业实体的经营质量有密切的关系。这就要求体育产业的经营者，必须按照市场经济的基本法则来管理和经营体育活动，同时也要求政府体育主管部门和有关部门要大力培育体育市场，引导人们的体育消费，尽可能做大体育市场。只要社会有需要，就应该把有条件进入体育市场的体育项目推向市场，抓住有利时机发展壮大体育市场，进行多种多样的体育产业化经营，并在此基础上不断地规范体育市场，规范体育市场参与各方的行为。从这个意义上说，体育产业化不仅能转变人们办体育事业的观念和方式，还能产生一定的经济收益，创造一定的就业机会，提高体育工作的效益与效率，为社会进步和经济发展作出贡献。

总之，体育产业化是一种以市场为导向，将体育服务产品生产、流通、交换和消费诸环节联结为一个完整系统产业的过程。在进行体育体制和运行机制不断深化改革的进程中，要用市场经济的观念、原则、手段和方式来代替我们原有的"国家出钱，政府办"的计划经济办体育的方式，其实质是发展体育事业要在适应适应社会主义市场经济的基本要求，把体育与经济结合起来，增强体育自身的造血功能，建立体育事业的补偿机制，形成体育事业良性循环发展的过程。

（二）中国体育产业化改革的历史背景

体育产业、体育产业化等概念是 1992 年邓小平同志南巡讲话后，党的十四大正式确立社会主义市场经济体制为我国经济体制改革的目标后，在体育改革过程中应运而生的产物。当时，我国体育界在理论上对什么是体育产业、体育产业化、体育市场以及体育工作与社会主义市场经济的关系等有不同认识和不同理解，引起了一些争论。当时国家体委主管经济工作的领导同志明确提出："不要在理论上争论不休，要真抓实干。""体育产业理论是在体育产业化的实践中形成、发展和经受检验的"。这个观点对推动体育产业、体育产业化、体育市场等在我国的发展起到了积极的作用。体育产业化在体育实践中得到了很快的发展和体育界的高度认同。在社会主义市场经济条件下，体育产业化一提出就在体育工作实践中显示出其旺盛的生命力，各种不同的体育产业化形式在体育领域中不断涌现，正在改变着或者已经改变了以往办体育的工作方式。丰富多彩的体育产业化实践已经或正在证明，体育改革和体育发展只有顺应社会改革，特别是经济体制改革的要求，才能显示出强大的活力和生命力。

体育产业和体育产业化在国内兴起和发展的现实，体育产业化产生与发展的历史轨迹和历史背景，体育产业化在中国体育实践中所取得巨大成果的事实和经验告诉我们，体育产业化对当代体育运动在社会中的普及和提高，对群众体育和竞技体育的发展和进步都具有巨大的推动作用。体育产业化还有利于动员和吸引社会多种力量兴办体育和发展体育事业。体育产业化的经验和成果还表明，市场经济的基本法则和基本方法不单单是一种现代经济活动的有效组织形式，而且还是现代人类社会其他活动有效的和科学的组织形式。

（三）中国体育产业化发展面临的环境：基于 SWOT 分析

1. 内部优势分析（Strength）

现阶段体育产业化改革的内部优势主要表现在经济基础更坚实、人们体育消费意识在增强、制度方面更加完善。根据有关机构公布的数据，"十五"期间 GDP 年均增长率为 9.0%，城镇居民可支配收入增长将保持在年均 9.6%，农民人均纯收入增长将保持在年均 5.0%。"十一五"期间，平均潜在增长速度可达 7.5%左右。同时随着"全民健身计划"第二期工程的启动和实施，大众的体育意识将不断增强，我国的体育人口将不断壮大，社会对体育产品的市场需求不断增加，从而拉动体育消费需求的高速增长；宏观方面的体育制度的不断完善，也激励着人们积极地投身于体育消费，以提高自身的身体素质。

2. 内部劣势分析（Weakness）

现阶段体育产业化改革的内部劣势主要表现在体育产业结构不合理、体育市场主体不成熟、体育市场管理不规范、高素质体育经营人才缺乏等方面。体育产业结构不合理表现在，在整个体育产业创造的价值中，体育外围产业占了很大的比例。以 2002 年北京市各类体育产业经营活动情况调查总表（表 1）为例，该表充分反映了作为体育外围产业的体育用品、体育彩票、体育中介在整个产业中取得收入约占总收入的 73 %，远大于作为核心产业的体育健身、体育竞赛、体育培训取得 2% 的收入。体育市场主体不成熟表现在体育产品的生产者、经营者和消费者的不成熟。从供给方看，市场主体不成熟主要表现在企业规模小、组织形式不规范、经营方式落后、生产和经营的商品数量和品种单一、营销手段和方式陈旧；从需求方看，市场主体不成熟主要表现在体育消费者的观念还没有完全转变，消费能力和水平还比较低。体育市场管理不规范主要表现体育产业管理体制没有理顺，多头管理和无人管理并存。体育事业发展缺少三类人才：一是负责体育产业、体育市场规划、监管职能的行政干部，二是高素质的体育企业家和体育经纪人，三是体育营销人才和体育产品研发人才。

表 1　2002 年北京市各种体育产业经营活动收入情况表

	2001 营业收入	2002 单位数	营业收入（万元）	收入增长倍数
体育彩票销售	987.91	606	6212.59	5.3
体育用品销售	5069.19	419	6707.61	0.323
体育健身娱乐	3246.3	217	4466.18	0.384
体育用品生产	34.3	2	43.4	0.254
体育培训	154.1	30	269.9	0.751
体育竞技表演	14.4	12	19.9	0.382
体育中介	0	1	0	

[资料来源] 2004 年北京体育产业发展统计报告. 中国体育信息网.

3. 外部机会分析（Opportunity）

现阶段体育产业化改革的外部机会主要表现在产业结构调整和升级、城市化进程加速、入世带来的机遇。当前，全球化趋势在加强，国际间的经济联系在加强，第三产业的跨国发展更加迅速，国际产业转移为我国产业竞争力提供了重要保障，这有利于我国体育产业的发展；城市化将为加快体育产业的发展提供难得的机遇，它有利于培育和发展体育市场，有利于拉动体育产业领域的投资需求；入世后，国际市场准入条件的放松，给我国体育产业发展带来无限的生机和活力。就国际贸易而言，入世后，更加有利于体育用品的国外市场销售，根据有关资料显示，全球 65% 体育用品产自我国。同时，入世也有利于我国引进外资，使更多资金投入到我国的体育事业。当然，我们也要考虑到 WTO 所带来的负面影响。

4. 外部威胁分析（Threats）

现阶段体育产业化改革的外部威胁主要表现在现有竞争者的竞争能力和潜在的竞争者的进入能力。虽然我国体育用品出口呈上升趋势，但高科技和高附加值的体育用品的市场占有率很低，产品以运动服装、运动鞋、自行车及配件、运动设备等大路货为主。我国大多数体育用品企业主要是来料加工，赚到的只是为数不多的加工费，少数企业甚至是靠模仿或假冒某些国际品牌来获利。近年来，在全球体育用品的销售中有 85% 属于品牌产品，而我国的像李宁一样的大品牌实在太少，我国体育用品亟待品牌化。加入

WTO后，我国体育用品市场将进行新一轮的市场整合，关税的降低，相应地降低国际体育用品的价格及运营成本，世界著名品牌的进入将国内品牌构成巨大的生存威胁。在加入WTO后，外资准入条件也进一步放宽，越来越多的外资进入中国市场，使得未来的体育产业竞争越来越激烈。

（四）中国体育产业化发展的基本特征

中国作为一个发展中的大国和处于由计划经济向市场经济转轨的国家，体育产业化不仅是一个发展的概念，还是一个制度创新的概念。体育产业的产业化，是一个产业动态发展的概念，即通过重新构建以市场化为主的体育产业发展和结构优化机制，不断满足体育消费发展的需要，促进体育产业的发展和结构升级，实现产业结构的合理化、高度化和高效化。因此，我们认为中国体育产业化具有如下的特征：第一，体育产业化是一个动态的产业发展过程，要与社会经济发展水平相适应，以可持续发展为根本目标。第二，体育产业化是一个市场化的制度创新过程，企业化和社会化是重点。第三，体育产业化是一个体育消费社会化的市场创新的过程，要以体育消费的社会化、大众化为前提，以群众体育消费的升级化为导向。第四，体育产业化是一个以渐进性、非均衡性和二元机制并存为特征的产业演进过程。

经济学中非均衡是相对于西方经济学中的瓦尔拉斯均衡而言的。瓦尔拉斯均衡是假设存在完善的市场和灵敏的价格体系条件下所达到的均衡。这种状态是一种理想状态，也是现实经济活动中无法完全实现的状态。非均衡是指不存在完善的市场，不存在灵敏的价格体系的条件下，现实经济运行所处的一种状态。这种状态是现实经济生活中的客观存在。如果经济在均衡状态下运行，生产的过剩、商品的滞销、经常性的失业，以及与超额需求有关的通货膨胀也就不会出现，是一种最高效率的运行状态。相反，如果经济在非均衡状态下运行，就必然存在政府调节和市场调节"二元机制"，就会产生各种摩擦，同时伴随供需脱节、经常性失业，以及通货膨胀等现象产生，造成资源浪费的损失，是一种较低效率的运行状态。我国体育产业结构的不合理，导致了我国体育市场上的供需脱节。供需脱节是我国体育市场非均衡的显性表现。

所谓二元机制是指市场机制和政府调节机制并存于体育市场，共同对体育经济进行调节。由于我国体育经济刚刚起步，体育市场不完善，市场体系不健全，市场机制的调节作用很微弱，在这种情况下，政府调节有其存在的必要性，具体表现在三个方面：（1）由于我国的体育产业化程度不高，存在着市场调节的"盲区"；（2）体育市场法规建设滞后，存在较大数量的经济纠纷；（3）体育公益性与经营性之间的矛盾，导致我国体育资源配置过程中存在许多市场机制难以解决的问题。现阶段，市场机制和政府调节机制在我国体育经济运行中有较高的互补性，其中，市场调节是第一次调节，政府调节是第二次调节、高层次调节。通过市场机制和政府调节的两次"覆盖"，来维持我国体育经济在非均衡条件下的均衡。

（五）中国体育产业化发展的影响因素

一般说来，产业化的影响因素可以概括为三个方面的因素，即供给因素、需求因素和制度因素。

供给因素主要是指体育产业化的资源供给条件，它包括体育产业化的资金条件、人力资源条件、体育产品服务的技术、相对价格优势条件。供给因素是体育产业化的推动力，体育产业化离不开必要的要素供给保证，尤其是人力的资本投入和有素质的专业人才的加入。

需求因素主要是人们对体育产品和服务的需求的数量和需求结构，需求受多种更深层次的因素影响，如人们的收入水平、需求偏好、消费预期、营销和文化风尚等。推动体育产业化的发展需求因素是体育产业化的拉动力，不仅影响体育产业化的数量和速度，还影响体育产业化的方向。体育消费的上升和发展会为体育产业化发展提供巨大的市场空间。

制度因素主要是指微观的运营主体制度、中观的企业资源配置体制、宏观的政府管理体制。其中微观的运营主体制度主要是指以完善的企业治理机制为核心的企业制度。在完善的市场体制下，体育产业的发展主要是由具有完善的法人治理结构的体育俱乐部和职业体育联盟扮演主角。中观的企业资源配置体制主要是指体育产业企业资源配置的市场化程度和市场有效性程度。体育产业发展的市场体系主要包括上游的体育健身、竞赛表演市场，中游的体育中介、体育金融市场，以及下游的体育用品市场。宏观的政府管理体制主要是政府的财税政策、进入限制、发展战略和产业政策、行政管理手段和内容、各部门和各级管理机构之间的管理协调性等。制度因素不仅直接影响体育产业化，它还通过对供给因素和需求因素的影响间接影响体育产业化的进程。对于市场经济体制完善的国家来说，体育产业化在市场机制的主导作用下，一方面形成有效的体育产业化投融资体制，一方面有效地刺激体育消费需求政策。在利益机制的作用下，大量的微观企业主体有效运营，使体育产业持续健康发展。对于由计划经济向市场经济过渡的转型经济国家来说，研究制度因素对体育产业化的意义更大。由于传统上将体育产业看做是事业单位，采取行政性管理和事业化运营为主的体制，无论体育产业本身还是体育供给和需求都受到极大的制约，建立新的体育产业化制度体系是中国体育产业化的难点和重点。

二、中国体育产业化改革的制度创新研究

（一）制度变迁、举国体制与我国体育产业化改革

制度是一种社会博弈规则，由一系列正式和非正式约束组成的规则系统所组成，它约束着人们的行为，减少了专业化和分工发展带来的交易费用的增加。一般来说，制度，无论是规则还是习惯，都具有较为确定的边界，指明行为主体能够做什么和不能做什么，行为后果会怎样。从而使行为主体的选择空间受到限制，为行为主体交易的进行创造一个稳定的环境。简言之，制度的功能就是为实现合作创造条件，保证合作的顺利进行，为创造有效组织运行奠定基础。制度安排具有多样性是制度演进过程中的一个显著特点，即使在同样的产权制度下，人们也会选择不同的合约安排。从博弈论角度看，制度正是社会博弈均衡的积累和沉淀，制度演化的均衡结果与博弈均衡有着对应的关系。

长期以来，我国体育事业一直实行举国体制，体育作为社会公益、福利事业完全由国家拨款举办。这种在计划经济体制下形成的举国体制曾为我国体育事业作出了巨大贡献。但是，随着社会主义市场经济体制的建立，高度集中的单一发展模式已不适应社会

发展的需要。目前，国家各级体育机构在管理制度、规章制度的制定方面，体育的市场化运作方面都存在诸多问题。例如，在竞技体育方面的统包统配体制，计划由国家统一下达，经费由国家统一下发，运动员由国家统一招收，运动员退役由国家统一安置的思想给竞技体育发展带来重重障碍。从制度变迁的角度看，其运行方式形成了对计划模式的路径依赖。因此，只有从制度和体制上进行创新，才能实现由计划模式向市场模式的转轨。

中国体育产业化可以说也是一个增长导向型的制度变迁过程，深入开展体育产业化改革可通过制度创新和市场化相结合的办法来走优先发展都市体育、逐步深入农村的发展路径。体育产业化是通过对体育功能的扩展和发现以及制度上的创新，目的是要在适应市场经济的环境下，在符合现代体育运动规律的基础上，开发体育的经济功能，把体育与经济结合起来，通过一系列经济行为，刺激体育产品和劳务的需求，拓展体育市场，加快体育的产业化进程，为国民经济的发展注入新的活力。

（二）体育产业化过程中的体育制度变迁

1. 体制变迁中经济主体的目标函数分析

经济主体可以是参与经济活动的政府，也可以是从事经济活动的企业或商家，还包括每个个体。这些经济主体都有其各自的特殊利益，并追求自身利益的最大化。经济学用"经济人"假设，将利益主体的行为本质统一化和规范化。新制度经济学区别于古典经济学理论之一即是认为，人不仅追求个人利益最大化，还追求非个人利益最大化。如果说个人利益最大化表现的是个人的偏好，非个人利益最大化表现的是集体行为的偏好，那么，人们往往要在两者之间进行权衡，以寻找一个均衡点。从这个意义上说，制度的变迁就是经济主体不断寻找个人利益和集体利益均衡点的过程。在经济活动中各利益主体的最大效用表现为其目标函数。作为国家体育管理部门的代理人——国家体育总局，其目标函数是：办体育事业和改革。其中，办体育事业是其租金（个人或部门利益）最大化，具体化为实现"奥运争光计划"和"全民健身计划"，以及两者的协调发展。改革是其产出（集体或公共利益）最大化，表现为体育的社会化和产业化。体育事业发展的状况和水平反映着国家体育总局的政绩。其中由于奥运争光的政治效应和社会效应更大，更容易衡量和测度，也更显而易见，就形成了国家体育总局对奥运争光的偏好。而对改革的偏好则一方面是适应国家经济体制改革的需要，另一方面因为体育经费资源的稀缺。1993—1998年体育事业单位产业性创收以每年42.77%的增幅增加，而财政补助收入增幅为12%～13%。没有市场，没有产业开发，仅中国财政每年12%～13%的增幅是远不能满足体育事业发展的需要的。因此，目前国家体育总局的体育制度安排是以满足奥运争光偏好为前提的两个目标函数的均衡，即体育的产业化并不伴随体育的社会化，而是在体育事业内部的产业化。国家体育总局项目管理中心体制上的双轨制、职业体育俱乐部产权上的政企不分等制度安排就是这一均衡点的体现。

目前的体育制度安排除了取决于国家体育总局的目标函数外，还与我国目前的社会转型、经济转轨，计划经济体制下残留的意识、观念以及我国竞技体育的对外竞争压力。理论上，体育产业化和社会化带来的有效的制度安排和资源配置应该有利于使奥运争光计划的效用达到最大化。但是，事实上却不尽然。第一，由于奥运争光也是国家的目标函数之一，因此一方面国家会给予大量的投入；另一方面，也加重了其竞争约束的压力，加大了国家体育总局租金最大化的风险，从而使其不敢在改革预期不确定的情况下，轻易改变已有的制度安排。第二，传统体制下的思维惯性形成的对创新制度安排的抵触，举国体制下奥运争光的成功经验等，都证明变迁现有制度的成本较高。第三，国家一旦加大对体育的投入，就会降低对最大产出的需求，就降低了产出最大化的边际效用，表现在现实中即深化体制改革步伐的停滞。第四，两者冲突的根源在于，产出最大化要求确立有效的产权制度，而奥运争光偏好所依赖的体制，则不一定要求明晰的产权制度，反而可能导致扩大公共领域。

2. 双重目标函数的矛盾与统一

国家体育总局以办好体育事业和改革为其目标函数。其中，办好体育事业将由于2008 年奥运会在北京举行、国际体育竞争压力的增大，而更加突出对奥运金牌的偏好；而改革也会因为社会主义市场经济体制的逐渐完善和加入 WTO 后的更加国际化而进一步深入。前者要求从举国体制办体育，增大体育的公共性，更大范围地运用行政力量办好竞技体育，实现奥运争光的最大目标函数；后者则要求按照市场经济的规律办事，转变政府的职能，建立体育的产权制度，发挥市场配置体育资源的基础作用，使体育进一步产业化、社会化。因此，如何协调两者的矛盾并使其统一，是进行体育制度创新所必须考虑的问题。

首先，奥运争光不仅是体育管理部门的偏好，也是国家的偏好和全国人民的偏好，因此是最大的公共事业，也是必须由国家投资的事业。问题的关键是，国家投资是否就意味着举国来办？如何才能高效率地办好这项事业？尤其在我国经济体制由计划经济转变为市场经济的社会条件下，社会配置资源的方式已经发生变化，仍然延续计划经济时期的办体育模式是否是高效率的？而如何高效率地办好公共事业，是一个带有普遍意义的制度创新命题。

其次，体育事业是否都是公共物品？究竟哪些是纯粹的公共物品，哪些是混合物品，是必须搞清楚的问题。界定清楚体育事业的公共物品性质是进一步讨论管理和运作方式的前提。公共物品是指同时具有非排他性和非竞争性的物品。非排他性是指，一种公共物品一旦被生产出来，可以同时供一个以上的个人联合消费，无论个人对这种物品是否给予支付，要排除他人消费这种公共物品是不可能的或交易费用很高的；非竞争性是指，一个人对公共物品的消费不减少或不影响他人对这种物品的消费。一种物品具有非竞争性但又具有排他性被叫做俱乐部物品或排他性公共物品；有些物品具有非排他性，但在达到一定水平后又具有竞争性，这种物品被称做拥挤性公共物品。排他性公共物品和拥挤性公共物品是非纯粹公共物品。而一些既具有私人物品特性又具有公共物品特性的物品，被称做混合物品。如此看来，体育事业中只有奥运争光是纯粹的公共物品，而其他，如公共体育场馆、设施开放与运营，健身、娱乐活动的组织、管理，青少年业余训练，后备队伍培养等都不是纯粹的公共物品。

第三，既然体育事业中纯粹的公共物品是有限的，那么就追求奥运争光的目标实现来说，就不应该意味着对公共领域的扩大，而应关注如何提高公共领域的管理和运作效益问题。随着国际社会市场化进程和民主化进程的深入，人们逐渐意识到市场和政府都有失灵的时候，由此，非官方又非私人的社会组织逐渐发展壮大，并发展出"有效的治理"或叫"善治"的概念。"善治"就是使公共利益最大化的社会管理过程，其本质特征是政府与公民对公共生活的合作管理。显然，善治是建立在市场经济体制基础上的，一种独立于政府的民间组织的社会管理过程。市场经济发达国家的体育公共物品是由非官方组织或半官方组织管理和生产的，这种体制大多运行了五六十年。中国奥委会就是这样一个非政府组织，按说它应该发挥这种职能作用，但由于我国的民间组织正在形成过程中，具有某种过渡性，绝大多数民间组织是由政府创建并受政府的主导等因素，中国奥委会或其他非政府组织机构，无论从组织功能上还是管理经验上目前都难以胜任完成这一目标的角色。但是，我们假设，2008年奥运会不仅带给我们竞争的压力，同时也带来体育产业化、社会化和国际化的发展契机；2008年奥运会效应和加入WTO的机遇将加速我国的市场化进程，这一社会背景将为体育的产业化和社会化提供良好的改革与发展条件。因此，我们可以借助这样一个契机进行体育制度创新，从而在一个更高的层面上将两者的矛盾统一起来。

3. 双重目标均衡点的改变将是创新体育制度的路径

如果我们动态地分析国家体育决策部门的目标函数及其均衡点的话，就不应该忽略我国加入WTO和2008年北京奥运会所带来的社会环境的改变，以及一系列政治、经济制度因素的变化。

在国家政治、经济制度发生深刻变化的背景下，体育事业管理体制和体育产业制度必然要进行相应的改革。就体育事业管理体制而言，转变政府职能，提高效能，实行政企分开、政事分开、管办分离，是未来改革的必然趋势。就体育产业体制而言，要利用加入WTO获得的发展机遇，就必须尽快建立有效的产权制度，完善体育市场体系。因此，原有的目标函数均衡点要向产出最大化的方向移动；同时也要对租金最大化进行调整，以达到双重目标的新的均衡。在这个前提下，新的均衡点的确定与两个变量有关：一是原有的租金偏好的改变；二是租金最大化与产出最大化之间的价值权衡的改变。由于奥运争光是纯粹的公共产品，是国家和人民的共同偏好，因此对于这一偏好的改变暂时是不可能的。而租金最大化与产出最大化之间的价值权衡的改变则意味着重新认识两者之间的关系，或者改变原来租金最大化的均衡前提。这个价值权衡的改变源自国家关于制度创新与经济增长关系的认识和发展经济的迫切需要。即在发展经济、增强国家对外竞争力和奥运争光两个偏好之间，前者是最终的目的，后者充其量是前者未实现之前的一个替代品。因此，国家不可能为了一个替代品而影响最终目标的实现。这就是经济体制和政治体制改革的意义和价值所在，同时也是体育制度改革与创新的依据。

(三) 我国体育管理体制改革和体育产业制度创新分析——以项目管理中心和职业俱乐部为例

1. 以项目管理中心为例的体育管理体制改革分析

在体育产业化和社会化过程中，国家体育总局进行了一系列体制改革和制度创新，其中为了将体育由以政府办为主转变为以社会办为主，实行政事分开、管办分离，相继成立了20个运动项目管理中心，并将管理项目的权利很大程度上分解到各个运动项目管理中心。但是，在原国家体委下发的组建项目管理中心的文件中规定:管理中心一是体委的事业单位；二是协会的办事机构；三是赋予它全面管理项目的行政职能。这样集管办于一身的管理体制实际上又形成了新的政事不分，甚至影响着体育产业化进程中的政企不分。由此带来的种种弊端也逐渐显示出来。最典型的例子莫过于中国足球管理中心了。尽管目前这种双轨制已经阻碍了体育事业的发展和体育产业化进程，各方面要求改革的呼声也不绝于耳，可为什么国家体育总局就不能下大决心进行这最彻底的改革呢？这恐怕还得归因于国家体育总局的双重目标均衡点及其重心在对办体育事业的最终控制权的偏好上。这一偏好的外在形式则主要表现为对奥运争光的最大化追求。如果将各运动项目中心全部协会化，与国家体育总局行政上脱钩，将一方面意味着国家体育总局管理职能的进一步减弱，最终可能变成体育总会和奥委会这样的事业单位，无疑削弱了其租金最大化；另一方面，由于我国的体育体制改革时间和产业化进程毕竟太短，人们无论在观念意识上还是在实践经验上都无法将产业化的体育和公共事业的体育截然分开，无论政府还是社会都将职业体育与竞技体育混为一谈，因此体育管理部门不可能将职业体育彻底产业化和社会化。国家体育总局所以对双轨制下形成的利益集团，以及其寻租行为采取默认态度，就是不仅要牢牢控制体育事业的管理、运作权，还要控制体育产业的大权。其原因除了他们对社会办体育的信心不足外，还有弥补体育经费的不足的需要。而事实上，社会办体育确实时间很短，也缺乏必要的经验和制度基础，成功预期非常不确定，导致人们对社会办体育的信赖感和信心不足。这些最终导致国家体育总局理直气壮地将办体育事业和体育产业的控制权牢牢抓在手里，并提出发展竞技体育要坚持和完善社会主义市场经济体制下的"举国体制"。

2. 以职业体育俱乐部为例的体育产业制度分析

职业体育俱乐部是我国体育产业化和社会化的产物；是在政府的推动下，由高水平的职业运动队与企业联合组建起来的。因此也是体育产业化过程中的一种制度创新。在国家体育决策部门关于体育产业化认识的指导思想下，基于我国长期以来国家办专业运动队的体制，我国职业体育俱乐部在性质上还不是一个纯粹的企业。具体表现为：（1）企业的产权关系不清晰。俱乐部作为企业不具有企业法人产权，即俱乐部法人产权没有独立于投资者的所有权。俱乐部的主要资产——运动员的产权不清晰。（2）俱乐部经营、管理上的政企不分。地方体委入股俱乐部，并延续着体委办队的思维惯性；地方政府混淆了职业体育的商业性和竞技体育的公共事业性，追求金牌效应，无限度地干预俱乐部的经营与管理。（3）法人治理结构的不规范。①俱乐部股东较少、股东的投资比例相差悬殊，又没有股市作为监督机制，经常是大股东垄断决策权，职业俱乐部委托者对代理者的监督存在信息不对称、监督成本较高等问题。②由于大部分俱乐部都是由国有企业作为主要股东投资组建，国有企业公司治理结构上的问题也同样存在于俱乐部中，表现为其资产委托—代理关系本质上仍是行政性而不是市场性委托。③监事会的缺位，导致企业内部监督机制和民主决策机制的丧失。④由于产权不清而造成职业体育市场的经济秩序混乱。如职业联赛市场不规范、价格扭曲、缺乏公平竞争的市场环境、俱乐部没有成为市场的主体。这些问题的根源来自国家体育决策部门关于体育产业化的基本认识和在此认识下形成的制度安排。

三、中国体育产业化改革中的体育产权研究

（一）产权与体育产权概念辨析

费希尔认为："产权是享有财富的收益并且同时承担与这一收益相关的成本的自由或者所获得的许可，产权不是有形的东西或事情，而是抽象的社会关系。产权不是物品。"产权的这一定义有两个重要含义：第一，把人权与产权割裂开来是错误的；第二，

产权是个体之间的关系，产权具体规定了与经济物品有关的行为准则，所有人在与其他人相互作用过程中必须遵守之，否则就必须要承担不遵守所带来的惩罚成本。产权制度本身是基于私有制以及市场外部性而产生的，但它不是资本主义市场经济的专利，而是反映现代市场经济的一般特性，是其重要的制度内容和规定。

按照现代所有权理论，所有权可以区分为最终所有权和经营所有权。最终所有权也就是出资者所有权；经营所有权也就是企业法人财产所有权。最终所有权与经营所有权之间以一种特殊的市场交易方式（委托代理方式）联系和统一起来。

公有制经济的产权制度，还包括管理产权制度，尤其是国有制的管理产权制度，其中处于首位和起决定作用的是责任权，按责任权、支配权和收益权的顺序排列，这是它不同于财产所有权的主要内容和特点。也是它在现代市场经济中存在和起作用的主要依据。同时，管理产权包含管理者的才能产权（一种特殊的劳动者个人产权）。管理产权可以而且应该按市场原则配置，发挥竞争机制的作用。

体育产权是指对体育产品的一种权利，亦即对体育产品广义的所有权，包括归属权、占有权、支配权和使用权，它是人们围绕或通过体育产品而形成的经济权利关系，主要包括体育企业（俱乐部）股权，体育赛事参赛权、承办权、推广权、电视转播权，队服广告及场地广告使用权，冠名权、冠杯权、标志特许使用权，体育商品销售代理权，体育器材和用品采购权等。根据著名新制度经济学家巴泽尔的观点，体育产权的形成过程是体育产品由一种不稀缺的状态逐渐到稀缺状态的过程，即体育产业化、市场化不断发展的过程。

（二）我国体育产权的基本特征

我国体育部门在改革之前是属于政府的一个公共部门，体育产品是政府公共部门生产的。因此，体育产权归国家或政府部门所有，具有公共产权的特点。公共产权的最大特征是消费的集体性，这种特征通常导致公共财产被过度地消费，而不愿意承担其责任，使得公共财产在生产提供与消费管理上形成一个恶性循环，产权的效益低下。公有产权的另一个特征是界定十分不清楚，一种权利是否被侵犯或是否已属于所谓的入侵者是不明确的。当公有产权的价格提高时，通常会产生纠纷与冲突，而对于产权本身不清，界定成本将会很大。正是由于公有产权的特性，体育产品的生产与维护的成本与人为地过度的使用，将成本转移给下一代，改革前，我国的现状可以深刻地说明这一点。经济体制改革前，国家在体育设施的建设上以及体育事业的发展中投入了巨大的财力，取得了非常大的成就，但是在后期，其发展速度和水平是相当落后的，我国许多运动项目的发展必须借助于外国的先进技术与器械，除了一些特殊的原因，如经济发展水平外，与我国的体育产权制度不无相关。无论是大型的政府所有的体育运动设施，还是城区、学校和厂矿企业集体所有的体育设施，大都因为无人管理或管理不善而破乱不堪，因此也影响了体育事业的发展。

体育公共产权的另一个较为特殊的形式是行政特权，这种特权使得只有少数人才能使用体育公共产品。由于他们没有收益权和交换的权力，因此，他们不会考虑产权的效益问题，同样这种产权的效益是低下的。在市场经济下，虽然公共产权存在有让渡和交易的可能性，而这种让渡可以获得更大的收益，对共同财产的所有人员都有利可图。但由于产权不清，人们要达到一致的协议的可能性较小，体育产权改革，初期的困难就在此，如体育运动设施、体育比赛承办的市场化问题、体育部门所有生产进入市场的问题，以及在市场中的收益与分配管理问题等。

从上面的分析可以看出，公共产权本身存在的不利因素，尤其在市场经济中，市场经济的利益主体是追求自身利益最大化的，公共产权的缺陷越来越明显。通过多年来的实践，人们已经充分认识到公共产权不能有效地保护和利用资源，或者保护资源的代价太大，以致愿意放弃保护和管理资源的努力，从而导致体育公共资源被瓜分和掠夺，体育产权的效益低下。因此。效益低下的公共产权被私有产权所代替是不可避免的。

(三) 我国体育产权变革的原因和实施

体育公有产权所存在的问题是导致体育产权变革的主要原因，但是产权的变革是一个复杂的过程。在产权变革与形成的过程中，各种因素和市场中各经济主体相互竞争、相互作用，产权的形成是各经济力均衡的结果。

体育公共产权能否以及何时转变为私有产权，要具体地看这种产权变迁的成本和运行成本的大小，如果界定、分配、实施私有产权的费用不高，产权的变迁与形成对交易双方来说都是有利可图的，则产权的变迁才有可能实现。否则，会产生严重的问题。在这些方面有成功的经验，也有失败的经验。如在改革初期，将一些具有公共产权的体育运动设施场地、设备等在所有权不变的情况下，使用权与收益权相分离，进入市场，形成私有产权，正是这种产权制度的变革，使得原来具有公共产权性质的体育公共产品的搭便车和集体消费的问题得到缓解。由于私人可以与政府和有关体育管理部门通过签订合同，从而有权使用和从中收益，解决了公共产权让渡使用与消费的问题。为了获取更大的收益，他们加强管理，投资建设保护所有的财产，不断提高其价格，在为自己获取收益的同时，也为社会和国家作出了贡献；当然在类似的产权改革中也有失败的情况，如私人经营者为了眼前的利益，对所有的公共产品过度地使用，导致公共产品的损失，从长期来看这种短期行为不仅对国家和社会不利，对私人经营也不利。这种现象的发生，从表面上看与管理者的水平有关，但实际上与产权的运行的监督管理成本有关。当监管成本太大时，这种现象难以避免。因此在产权变革的过程中，如果没有考虑到监督成本的问题，将会使产权变革失败。

在体育产权改革中，另一个重要的方面是将体育市场化和产业化，即将原属政府和体育管理部门所有的体育运动队、企业以及产业推向市场，这些行业要在市场中运行，必须要产权明晰、主体明确，因此公有产权转变到私有产权、脱离政府与体育管理部门是必然的。这种转变是否顺利要看在转变过程中是否对产权交易的双方都有利。我们可看到，当某项运动有巨大的市场潜力、有利可图时，这种产权的转变较为顺利，市场中的企业或私人愿意与政府进行产权交易；而当某项运动的市场潜力不大，或风险大，经营所需的投资大，收益期限长时，产权的转变则难以进行。在市场经济中，政府用行政手段干预市场的可能将不复存在。因此，产权变更主要是市场中各经济主体相互竞争与合作的结果。当某项体育运动没有市场存在，或收益较小时，这种产权变更的可能性是不存在的。

在实施产权的变革中，通常不可能一步到位，这是由于产权的变革是一种利益的重新分配。当市场中各利益主体不能从产权的变革中获得各自相应的利益时，或达到一种利益均衡时，则产权的变革不可能发生，即使被强制性的发生，成本也是相当大的，以至于得不偿失。这是由于与此相关的经济主体由于没有从中获得相应收益，它们没有动力来自觉地维护产权的运行。在市场化或职业化的开始，这种现象时有发生。例如，某些企业在政府的行政干预下，从事某项俱乐部的经营，但是由于各种原因，他们难以从中获得相应的收益，因此，最终还是选择退出。此外，产权的变革所带来的收益，不是从一开始就完全明确的，存在着风险，随着市场的变化而变化，人们对产权的变革在未来的状况不十分明确，它也导致产权的变革是一个缓慢的过程、逐步实施的过程。

（四）我国体育产权改革的外部环境影响分析

在体育改革之前，我国的体育是政府部门的一项事业，发展体育运动、增强人民体质是体育事业的主导思想和原则。体育能否成为一个产业，不仅是一个思想认识、制度变改的问题，实际上它取决于这个领域中的产权是否有利可图，即体育市场的潜力如何。体育本身并非能形成产业和市场，它与经济发展水平有很大的关系。从世界各国的情况来看，经济发达的国家，体育产业产权和市场才会存在；而在不发达的国家，这个领域是一片空白。从奥运会的发展过程也可以看出这一点。1984年洛杉矶奥运会之前，由于体育市场的收益和成本的差距，奥运会是由各主办国政府出资的，与盈利没有任何关系。但是随着体育市场的发展，举办奥运会不仅能产生巨大的无形收益，而且可以带来巨大的经济效益。由此，奥运会的举办权的争夺便不可避免。随着经济的发展，人们对体育消费需求的增加，是体育形成市场和成为产业的一个决定因素。由此也导致体育产权的问题。我国的体育改革是在经济体制改革之后，并取得经济发展以后进行的。这不仅从制度上提供了良好改革基础，更重要的是打下了良好的经济基础，使得体育产业领域有利可图。但是我国是从发展中国家的经济基础上起步的，经济发展不平衡，广大的农村和边远地区经济落后，这也限制了我国体育产业的发展。

随着经济的发展，人们对体育领域中各种资源的需求也在提高。由于体育领域中资源价值的增加，人们越来越渴望确定对它的权利。中国体育改革的初期，实际上是将体育这个公共领域中的某些资源的产权私有化。如实行俱乐部制以后，企业可以参与对体育比赛的运作等。企业出资占有和经营俱乐部，并有权获取收益。这些公共领域中的资源，如体育设施、运动场地、运动员等的价值如何，取决于他们未来在体育市场中的收益如何。在当时来看，这种价值与收益具有许多不确定性，人们是否争夺这些资源，而形成新的产权取决于他们的预期和判断。由于体育本身充满了竞争，未来的收益取决于他们经营状况。因此，政府的计划体制仍然需要发挥积极的作用，如政府对经营体育俱乐部的企业给予一定的优惠政策，减免税收，以及资金的扶植等。这些对体育产权的私有化形成，体育产业的发展和市场的繁荣都是必不可少的，是为体育产业组织进行输血。

从目前产权运行的情况来看，在制度建立方面，政府及体育管理部门不断地完善。由于体育产业是一个较特殊的产业，在运行中所出现的问题是无法预期的，政策与制度的变化能否跟上形势的变化，这里有一个学习和实践的过程。尤其在中国加入WTO以后，中国体育也面临着和国际接轨的机遇，这首先表现在产权制度法律上，政企分开，产权清晰明确。在体育产权运行的管理上，计划经济体制的东西还有残留，因此自觉不自觉地时有侵权的行为发生。当出现产权不清的情况时，以过去所习惯的行政命令的方式来处理，而不是通过协商和法律的手段来解决，这些行为都使得私有产权的运行成本增大。

产权清晰是产权运行的前提，产权清晰不仅需要成本，而且需要时间和实践。在体育产权变革和形成的过程中，很多产权是不清晰的。这并不是花成本就可以完成的事，需要在运行实践中逐步落实。

四、中国体育产业化改革中的政府职能转变研究

（一）中国体育产业化改革中政府职能转变的必要性

在体育产业化过程中实现政府的职能转变，是适应市场经济体制的需要，是创新体育管理制度和运行制度的需要，是发展体育产业、提高产业国际竞争力的需要，因此按照市场经济的规律，体育产业化的过程也就是政府职能转变的过程。

1. 中国经济体制转轨的需要

中国体育产业化是在计划经济向社会主义市场经济体制转轨背景下发生的，在计划经济体制下，政府是全能型的政府，对体育实行高度集中的管理体制和主要依靠行政手段的运营模式。随着经济体制的转轨，人们认识到原有的体育管理体制和运营模式已经不能适应体制转轨和体育发展的需要，体育应该走产业化、社会化的发展道路，这就意味着，体育将由原来依靠政府办，改为主要由企业和社会来办体育的产业化，就是将体育中可以划为产业的部分实行企业化运营，体育由事业变为产业，运营主体由政府变为企业，按照市场经济的规律和要求政府，不仅要从微观的管理中转换出来，还要从经济活动中退出来，市场经济体制的建立和完善要求深化政治体制改革和进一步转变政府职能。

2. 中国体育产业制度创新的需要

中国体育产业化的起点是计划经济体制下的体育体制和举国体制，没有可以借鉴的现成的制度模式或经验，因此，中国体育实行产业化需要制度创新。在体育产业化制度创新过程中，需要进行一系列政治体制、管理体制改革和产业制度的创新，需要政企分开、产权清晰，这其中首要任务就是政府职能转变，因为政府只有从微观经济活动和市场管理中退出，才能维护好公平竞争的市场环境，才能使企业成为市场中的主体，才能建立现代企业制度和产权制度。

3. 中国加入 WTO 后参与国际竞争的需要

全球经济一体化，意味着国家市场界限的模糊和全球市场概念的清晰，由此带来了生产、销售的全球化，而 WTO 正是保障全球贸易竞争自由化的国际组织。我国加入WTO 就意味着我们在逐渐开放我国市场的同时，获得 WTO 成员国对我们的逐渐开放的条件，意味着我们在参与国际竞争的过程中必须遵守国际市场的规则，同时使我国的相关法律、法规与国际接轨。因此，来自 WTO 的压力或挑战主要是针对政府的。因为无论是国际的竞争压力，还是对外开放政策、法律法规的制定，与国际接轨还是市场环境的培育与维护，都需要政府来完成。而市场的自由化首先就是放松政府对经济的管制，这就客观上形成对政府行为的约束。由于中国的体育产业是在零起点上发展起来的，不仅产业竞争压力大，而且市场体系不完善，市场制度还没有真正建立起来。西方国家市场经济经验证明，政府的经济干预是不利于经济发展和市场竞争的，而中国体育产业化的现实状况，恰恰说明政府应该尽快转变职能，以弥补其市场"守夜人"或"裁判员"的缺位。

(二) 中国体育产业化改革中的政府职能缺位与错位分析

既然在体育产业化过程中政府职能转变是必需的，那么为什么现实中政府职能转变少，没有到位呢？首先在观念上，人们对政府转变职能虽然普遍持肯定态度，但对政府职能应该如何转变，政府的位置应该在哪里，却看法不一；其次在利益上，会受到利益集团的反对和阻挠；第三，在社会制度基础上还没有形成足够的支持；第四，政府职能的界定本身就是一个复杂的问题，至今在国内外理论界还没有一个明确的定论。所以我国体育产业化过程中的政府职能无论是宏观管理领域还是在微观经济领域存在着"错位"与"缺位"现象，这也是我国政治体制改革进程中普遍存在的问题。

1. 中国体育产业化改革中政府职能缺位与错位的表现

(1) 公共产品供给上的缺位

按照现代公共管理理论和现代治理理论，政府的主要职能之一应该是供给公共产品。体育产业化过程中的体育产业制度的创新、体育产业政策的制定、体育市场法规的建立健全等公共产品均应由政府提供。此外，体育产业化的过程就是体育产业与体育事业的发展过程，体育事业中的所有产品都是公共产品，在体育公共产品的生产、供给上还没有形成政府、第三部门和企业合作的制度安排，而政府在公共产品的供给上，没有发挥应有的职能，尤其是我国加入 WTO 以后，我们在体育产业制度、市场管理、产业政策缺乏，难以满足国内体育产业发展的需求，更无法适应国际体育市场竞争的需要。

(2) 市场秩序维护上的缺位

我国实行体育产业化改革以来，以竞赛表演市场和健身娱乐市场为龙头的体育市场已经基本形成，但是市场秩序还比较混乱，如缺乏对市场主体资格、权利、责任的法律规定，价格的决定脱离市场供求约束，交易条件的确定违反等价交换准则，造成市场交易秩序的混乱。故难以看到政府在维护市场秩序上通过政策、法律、法规的制定发挥其作用，相反，我们看到的多数是政府的直接介入和管制。此外，在体育市场管理的实际中，部分体育经营项目存在着权限交叉，有的部门在越位，同时有的项目管理存在着不到位的情况。

(3) 宏观调控上的缺位

相对于体育产业发展的规模和成熟程度，我国的体育产业尚处在幼稚产业阶段，产业发展不够平衡，产业结构不合理，投资渠道的单一，产业竞争力还没有形成，这无疑需要政府进行宏观政策调控，但是政府作为宏观调控者的职能还没有完全形成，政府更多的是体育产业的实施者而非监控者。

(4) 经济活动中的错位

政府在体育经济活动中的缺位源于其在经济活动中的错位，表现为政府既是体育市场中的"裁判员"，又是"运动员"，因此存在着深刻的角色冲突。长期以来，包办体育事业的思维惯性和观念导致政府对体育产业的态度是体育搭台、政府唱戏，而不是政府搭台、企业唱戏。目前，体育市场中存在的行业垄断和行业壁垒，即是政府参与体育经济活动的直接结果；而体育市场中市场主体的模糊、价格体系的缺欠、自由竞争环境的缺乏，都与政府的角色冲突和职能错位相关。政府的这种职能错位，使其成为体育产业的投资者、所有者甚至收益者。

2. 中国体育产业化改革中政府职能缺位与错位的原因

关于政府的职能错位与缺位应该是有目共睹的，但是看法可能不一，因此认识上的差异可能是导致政府的职能转变没有到位的首要原因；其次，还有双轨制下形成的利益集团的阻碍和改革成本较大等方面的原因。

（1）计划经济观念的残余

计划经济制度下形成的政府意识和体育管理意识在体育产业化过程中产生两种错误观念：一种观念是认为政府是万能的，因此，政府不仅要搞体育事业，更要搞体育产业，混淆了体育公共领域与体育私人领域。在这种意识支配下，一方面认为体育经济活动离不开政府的直接管理和干预，尤其在体育市场发育尚不成熟时期，政府在培育市场方面发挥着无可替代的作用；另一方面，认为体育产业是为体育事业服务的，体育产业只是发展体育事业的一种手段，因此，政府既要管理体育事业也要管理体育产业，这也是为什么体育产业在管理上还没有形成产业管理体制的原因。另一种观念是混淆了政府与市场的功能，把西方市场经济社会中的市场失灵，混同于我们经济转轨期的市场不足，认为市场是靠不住的，市场运行中出现的种种问题只有政府才能解决。

（2）双轨制形成的路径依赖

转轨好比分家，这个比喻不能狭义地只理解为公共资产转化到个人，实质上计划经济就是交易权利、高度集中的计划单一的经济，而市场经济则是交易权利高度分散的经济，因而由前者向后者的转轨，不管形式上有没有，分配式私有化的程序，实际上都意味着交易权利的分配。因此，在转轨期，随着权利的不断分化，也就形成了不同的利益集团。体育产业化的过程，其实也是一个分权的过程。体育产业的经营权分散，国家体育总局、各项目管理中心和各地方政府也就形成了不同的利益集团，这些利益集团在双轨制下获得各自的既得利益，形成了对现有制度的刚性依赖，因此，对现有政府职能的定位持积极的肯定态度，极力反对政府职能的转变。当我们学习国际奥委会或各国奥委会开发无形资产，我们大概还没有意识到人家是非政府机构，是社会团体，而我们的中华体育总会和中国奥委会却是国家体育总局的一个名誉机构，而各地方政府运动会金牌数的追逐和职业足球俱乐部的干预，也反映了其对既得利益的维护，利益集团反对加大了改革的成本，使得政府伴随市场经济的进一步发展而进行的职能转变举步维艰。

（3）制度创新的动力不足

在体育产业化过程中，政府的目标函数除了追求经济产出的最大化以外，还有政治利益的最大化，虽然目前体育经济的发展要求政府进一步转变职能，深化政治体制改革和进行制度创新，但是由于政府目标函数的多样化，其效绩的衡量也就不是一样的，所以当改革和创新存在着政治风险难以确定时，政府是不会选择制度改革和创新的；第二，现存体制还有残存价值，即政治体制改革和政府职能转变的紧迫性还不够强烈；第三，体育产业终究没有形成规模，足以影响国民经济的发展，国家对体育产业发展的需求不强，因此体育产业制度创新的动力不足，政府职能转变也就不可能到位。

（4）社会科学知识的不足

体育产业化是适应市场经济体制的产物，体育产业化的起因更多的是从经济效益角度考虑体育的现实发展问题，由于我国政治体制改革的滞后，没有政治体制改革的制度供给和相应的社会科学知识宣传，就使得人们认识政府职能转换仅仅停留在经济发展的短期效益上，没有从政治体制和经济体制的相互作用关系上和一体性上认识问题。如果说政府选择渐进式的改革模式是为了减少改革的成本，降低改革的风险，缩小社会的动荡，而社会科学理论界在及时吸收国外社会科学知识，尤其是与市场经济相关的社会科学知识上则准备不足，因此至今仍有不少人认为市场经济只是一种经济体制，我们可以学习和采用这种经济体制而不必进行政治体制和社会其他方面的改革与转变。其实，市场经济意味着一种比较先进的社会模式，市场经济与民主政治和法治社会是一个完整的社会体系。

（三）我国体育产业化过程中实现政府职能转变的条件基本成熟

根据制度经济学理论可知，没有制度约束的政府职能带有很大程度的个人意志和偏好，在现实中是很难满足公共利益需求的，因此任何一个层次上的政府职能转变都需要制度作保证。从目前我国的改革进程看，经济的发展和国际经济一体化的竞争需要对政治体制改革形成巨大的需求压力，中共十五大以来，关于政治体制改革的呼声愈加强烈，简政放权、取消部分行政审批权、精简国家机构、事业单位改制等做法已取得了显著成效，政治体制改革的正在稳步推进。

在现实生活中，推动政治体制改革的往往是靠经济发展和经济改革这种间接力量来实现的。由于政治体制构成经济体制改革与发展的外部环境，经济改革与经济发展每前进一步都必然要受到原有的政治体制的阻碍，经济改革和经济发展在前进的过程中会不停地提出政治体制改革的要求，这样从经济改革和经济发展中就不断地生长出政治体制改革的动力来。邓小平曾指出，我们提出改革时，就包括政治体制改革，现在经济体制改革每前进一步都深深感到政治体制改革的必要性，不改革政治体制就不能保障经济体制改革的成果，不能使经济体制改革继续前进，就会阻碍生产力的发展，阻碍四个现代化的实现。中共十四大在提出建立社会主义市场经济体制的同时，就提出了转变政府职能、建立健全宏观调控体系的要求。由此，体育产业化的发展和国际竞争的压力将对政治体制改革和政府职能转变形成动力。国外跨国集团对中国体育市场的抢占和威胁，中国体育产业已感觉到这种国际竞争的压力，而要迎接挑战、提高我国体育产业竞争力，则必须进行政府职能的转变，发挥政府的宏观调控功能和市场的维护功能，也就是说在国际竞争压力下，政府必须考虑更加有效地发展体育产业和体育经济。因此，中国体育产业化过程中的政府职能必然要发生转变。

五、中国体育产业化改革中市场结构、市场行为与市场绩效研究

（一）中国体育产业的统计指标体系的构建

自 1993 年国家体育宏观管理部门提出体育事业要"面向市场、走向市场、以产业化为方向"以来，中国体育产业有了飞速发展，但体育产业的统计工作却严重滞后于体育经济的发展。要研究中国体育产业化发展的绩效，必须对体育产业的发展现状进行精确统计和数理分析。为此，建立一套完整的统计指标体系是深入研究体育产业化发展绩效的前提和基础工作。

1. 西方发达国家体育产业统计的范围、对象、方法和指标体系

目前，世界上大多数国家的国民经济产业分类标准是参照联合国于 1989 年颁布的《全部经济活动的国际标准产业分类索引》制定的。在联合国的标准产业分类中，体育

已被列为正式产业（代码为 9241）。美国行业分类政策委员会在 1997 年携同加拿大统计局和墨西哥国家统计信息研究所共同编制了《北美标准产业分类》。在新的分类中，体育产业被列为正式产业并被界定为"观赏体育"，纳入艺术、娱乐与休闲产业类。澳大利亚、新西兰等国将体育产业、休闲和博彩产业合并列为正式产业，其中休闲活动的内容大多数属于体育的范畴。但在加拿大等少数西方发达国家，体育产业并未被列为正式产业，体育产业中大量的统计内容被分列在不同的产业门类中。以上诸国的体育产业统计采用扩大的生产概念，统计的范围既包括体育物质产品的生产也包括体育服务产品的生产。但体育用品制造业的产值统计在制造业之中，体育用品销售业的产值统计在销售业之中。西方发达国家体育产业统计的对象均是体育产品。但体育产品的统计是通过对从事体育生产的企业和组织的投入与产出的统计进行的。在西方发达国家，体育产业统计最权威的机构是各国统计局，体育产业统计均采用抽样调查的方法完成。

澳大利亚体育与休闲产业划分为主体产业和相关产业，主体产业和相关产业又分别包含若干个产业门类，在每个体育与休闲产业门类的生产过程中，均应包括 4 个功能。故澳大利亚体育与休闲产业统计指标体系的设定是在产业门类划分的基础上，围绕 4 个功能成分展开的，是由产业门类和功能成分构成的。美国将体育产业划分为体育娱乐与休闲、体育产业与服务、体育组织 3 个门类。加拿大将体育产业划分为 5 个门类:教练、裁判和运动员，体育用品产业，体育与休闲服务产业，全国性体育组织，政府。综上所述，西方发达国家体育产业统计指标体系，尽管不尽相同，但都包含有价值型指标和实物型指标两类。

2. 我国体育产业统计的范围、对象、方法和指标体系

国家体育总局及有关研究部门一致认为，我国的体育产业是由体育本体产业、体育相关产业及体办产业构成。本体产业是指那些以体育资源为开发基础直接进行的生产与经营活动。体育的相关产业是指那些以体育娱乐为载体向消费者间接提供各种用品与服务的生产与经营活动。这些产业现在不在体育行政管理部门控制下发展，因此称它为相关产业。体办产业是指体育行政部门或单位利用某些体育资源为弥补经费不足所进行的各种生产和经营活动。我国体育产业统计的范围包括体育本体产业、体育相关产业、体办产业（表 2）。根据国民经济统计学的理论，我国体育产业的统计对象是体育产品，通过从事体育生产的单位和组织统计而得。

表 2 我国体育产业的统计范围

范畴	类别	包括的部门和单位
体育本体产业	体育竞赛表演业	各级运动项目管理中心、单项协会、职业俱乐部、专业运动队、运动技术学院、各级少体校
	体育健身娱乐业	各类健身组织、健身中心、高尔夫球场、保龄球场、棋牌室、台球厅等
	体育培训咨询业	各级各类业余体校、培训中心等
	体育资产经营业	各类体育资产经营单位
体育相关产业	体育用品业	包括体育用品制造业、体育用品销售业（批发及零售业）
	体育彩票业	国家体育总局体育彩票管理中心及各级体委体育彩票发行处
	体育经纪业	体育经纪人公司、体育经纪人事务所、个体体育经纪人
	体育旅游业	中国国际体育旅游公司等

范畴	类别	包括的部门和单位
体育相关产业	体育建筑业	对体育场馆设施进行规划、设计、施工、维修等的单位
	体育广告业	各类体育广告代理公司
	体育新闻媒介业	各专业体育报社、杂志社、国家体育总局体育科学信息研究所、各级体育科研所等
体办产业		从事体育工作的人员，在分工、分流后所办的产业，如体育场馆出租、餐饮、宾馆、航空票务代理等

[资料来源] 沈国琴，等. 我国体育产业统计指标体系及其统计方法的研究.

　　体育产业统计指标体系是指由一系列相互联系、相互补充的不同类型与层次的统计指标构成的整体。本研究中，我们依据产业统计指标设计的全面性、通用性、准确性、长期性等原则，依据宏观经济学、国民经济统计学、产业经济学等有关理论，在吸收和借鉴西方发达国家和其他产业部门统计体系经验的基础上，初步设计了我国体育产业统计指标体系。我们认为，体育产业统计指标体系主要包括价值型指标和实物型指标。价值型指标包括总量指标和结构指标（表3）。

表3　我国体育产业统计指标体系

我国体育产业统计指标体系	体育产业价值型指标	总量指标	体育生产总值 体育生产增加值 体育生产净产值	
			体育产品成本	物质消耗总量 活劳动投入
			体育总消费	居民体育消费 社会集体体育消费
			体育净积累	
			体育总积累	国家资产积累 流动资产积累 无形资产积累
		结构指标	总产出结构	中间产品结构 最终产品结构
			总投入结构	最初投入系数 中间投入结构系数
			指标体育产业结构系数 体育产业影响力系数 体育产业感应度系数	
	体育产业实物型指标	体育场馆数量	室内与室外体育场馆 单项与综合体育场馆 公共体育场馆	
		体质监测及体育达标情况 体育产业部门数量 体育用品生产与销售数量 比赛及运动成绩数量 观看体育比赛人口数量 从业人员数量 参加体育活动人口数量		

[资料来源] 沈国琴，等. 我国体育产业统计指标体系及其统计方法的研究.

总量指标包括体育生产总值，即我国常住生产者在一定时期内（一般以年为单位）生产的全部体育产品价值总和，其值等于物质消耗总量 + 活劳动投入 + 利润应缴的税金。包括入场费、会员费、广告及赞助、培训费、转会费、体育经纪人的佣金，体育用品制造批发及零售和其他营业收入。体育生产增加值是指体育生产单位的全部体育用品价值扣除生产过程中消耗的中间投入价值而得。体育生产净产值是指体育生产单位新创造体育产品的总量，其值等于体育生产总值 − 中间投入 − 固定资产折旧。体育产品成本是指体育生产过程和流通过程投入的全部劳动量，即物质消耗总量 + 活劳动投入。体育总消费是指当期最终体育产品中由于非生产过程当期消耗的部分，其主要功能是满足社会体育需求。体育总积累是指体育固定资产、流动资产和无形资产的当期增加量。体育净积累。体育净积累 = 体育总积累 − 固定资产折旧。体育产业结构统计指标包括总投入结构、总产出结构、体育产业结构系数、体育产业影响力系数和体育产业感应度系数。总投入结构指从体育生产过程中全投入所要考察的结构比例关系，它包括中间投入结构系数和最初投入系数。中间投入结构系数指生产单位在生产过程中消耗的各种劳动对象之间的结构比例关系。最初投入系数指体育生产中劳动和资本要素的投入。体育产业结构系数指体育产业部门生产产出的数量在全民经济生产中所占的比例。体育产业结构系数等于体育产业总产值 ÷ 国民经济总产值。体育产业影响力系数即体育产业生产活动影响其他产业部门的程度。体育产业感应度系数即体育产业生产活动受其他产业部门影响的程度。

（二）我国体育产业化的市场结构、市场行为、市场绩效分析——以体育用品业为例

尽管我们对于体育产业的统计方法进行了初步构想，但限于人力、物力和财力，上述方法还不能将其完全应用于我国体育行业的统计实践中。由于体育用品业作为体育产业中最具产业规模的基础产业，统计工作相对完善。本章以体育用品业的发展为例，基于产业组织理论的 SCP 模型，进一步说明在中国体育产业化的过程中，体育用品业的市场结构（Structure），市场行为（Conduct）和市场绩效（Performance）。

1. 我国体育用品业的市场结构分析

集中度（Rate of Concentration，简称 CR，下同）是产业经济学中用于衡量同一产业内不同的企业分布，描述产业中市场垄断和竞争程度的一个重要指标，一般以市场上前几位企业的产业或销量的比例来显示。最早提出以该理论对产业集中度进行测定的是哈佛大学的贝恩，他将集中类型分为 6 级，如 CR4>30 或 CR8>40（CRn 表示市场上最大的前 n 位企业所占市场份额），则该产业为寡占结构，反之则为原子型结构。据《中国体育年鉴》统计，我国的体育用品企业共分为 l2 类 3300 多家，总数不少，但大多数属于"家庭小作坊"。我们以最能代表体育用品的服装业和文教体育用品制造业为代表，对体育用品行业集中度进行测算，计算出的 CR4，CR8 的结果见表 4。

一般而言，成熟经济中前 10 位企业的市场集中度一般应在 40% 以上。以美国为例，绝大多数行业的前 4 位企业的市场集中度在 31% ~ 97% 的水平。从表 4 可以看出，我国服装业和文体用品业市场集中度分别为低和中，说明企业规模较小，难以取得专业化分工优势和规模经济效益，企业也无力在研发上进行高投入，导致产品技术含量较低。

表 4　中国制造业集中度简表

类型	行业数	产业数	CR4	CR8
低集中度行业	服装业	4	2.9	4.3
	纺织业	33	7.6	11.2
	食品加工	23	10.7	14.8
中集中度行业	饮料	13	15.9	23.3
	医药	5	16.5	22.6
	文教体育	15	19.6	26.5
高集中度行业	仪器仪表	31	30.1	42.3
	电子通信	21	37.3	47.6
	交通运输	36	39.3	50.5

[说明] 因我国统计资料中服装与体育用品分开列示，且无法单独取得体育服装和体育用品数据，故用一般服装业代替体育服装业，以文体用品代替体育用品，应能反映集中度状况。高中低集中度的区域分别定义为0%~15%，15%~3o%，30%~100%。

[资料来源] 根据全国工业普查数据库数据整理。

虽然体育用品在我国属于典型的劳动密集型行业，但单从雇佣员工人数上分析，我国的体育用品企业也没有发挥出劳动力的比较优势。从表5可以看出，有91%的企业员工在600人以下，企业规模较小，多数企业仅仅承担了加工层次中属于劳动密集的制造部分和生产属于成熟期价格竞争的产品。国家体育总局设备装备中心2001年对166家体育用品企业的调查，年销售在5000万以下的占85%，产值超亿元的只有二三家。

表 5　体育用品企业雇用员工人数

	50 人以下	51~200 人	201~600 人	601 人以上
企业数量（个）	32	81	38	15
比例（%）	19.28	48.8	22.89	9.04

[资料来源] 唐衍平，郑志强. 我国体育用品业的产业政策选择.

2. 我国体育用品业的市场行为分析

市场行为是企业在市场上为获得更大的利润和更高的市场占有率而采取的措施，包括价格行为和非价格行为。由于耐克、阿迪达斯等国际知名品牌几乎全面占据我国高端体育用品市场，我国企业主要争夺中低档市场。又因为中低档体育用品的技术含量较小，企业的价格行为是主要的竞争手段。从表6可以看出，国外品牌的均价比国产品牌要超出266.2元，这种低水平的价格战影响了我国体育用品企业的利润和品牌，制约了我国体育用品产业的发展。

除了价格行为外，体育用品企业的非价格行为主要包括品牌塑造等方法。国内高端体育用品市场几乎全部被国外品牌占有。如高尔夫、保龄球器材，我国的2万道保龄球道95%来自美国的AMF和宾士域。我国体育用品出口额世界第一，但海关资料显示，有50%为来料加工，40%属于一般贸易，真正以国产品牌出口的可谓风毛麟角。几乎所有世界知名品牌均在国内设厂进行生产，产品的原料有的与国产的一样，但价格高得多，单纯从产品的性能价格比是无法解释的。耐克、阿迪达斯等成功运用品牌战略实现了产品差异化，并且也摆脱了传统产品生命周期的限制，在市场竞争中居于有利位置。

表 6　体育用品（运动服和运动鞋）市场份额和价格比较

名次排行	国产品牌	样本 （个）	比例 （%）	均价 （元）	国外品牌排行	样本 （个）	比例 （%）	均价 （元）
1	李宁	292	18.32	232	耐克	30	8.16	412
2	康威	52	3.26	231	阿迪达斯	120	7.53	324
3	校服	20	1.25	85	彪马	55	3.45	319
4	双星	15	0.94	115	锐步	23	1.44	590
5	十佳	10	0.63	118	王子	13	0.82	467
平均价				156.2				422.4

[资料来源] 唐衍平，郑志强. 我国体育用品业的产业政策选择.

　　广告宣传是占领市场争取消费者的重要途径，也是塑造企业品牌的主要手段。耐克等国际知名企业利用赞助、广告、明星包装等手段有效地占领了高端市场。我国企业近年来也已注意到促销的重要性。迅速崛起的福建鞋业聘请各路体育明星如孔令辉、李永波等在中央电视台 5 套节目中频频登场。

　　随着市场的发育完善和竞争的加剧，制造业的市场结构一般趋于集中化。企业规模的扩张动力越来越强。加上规模经济的作用，促使企业采取各种不同的方式扩大企业规模。从国外情况来看，以资本为纽带，实现兼并收购成为企业迅速扩大规模的主要手段。我国的体育用品业，除了李宁、双星等少数企业，并没有多少企业有大规模兼并的实力。李宁等企业又受到管理水平、技术水平和法律政策因素的制约，也无法采取大规模的兼并行为。

3. 我国体育用品业的市场绩效分析

　　市场结构和市场行为反映的是市场经济运行的基础和过程，市场绩效反映的就是市场经济运行的结果，主要指利润水平。在我国体育用品产业总量不断扩大的表面风光下，单个企业的利润率并不高，如少数有能力出口的企业，由于多采用来料加工等进行生产，虽然贸易额不小，但每件产品有的只能赚取几美分而已，企业只好进一步压低价格来扩大规模，整个行业陷入了恶性循环。2001 年的统计资料显示，体育用品制造业 78.13% 的企业盈利，21.87% 的企业亏损，整体盈利状况不佳。

六、中国体育产业化的发展战略与策略研究

（一）中国体育产业化的发展战略的思路、目标、原则与模式

1. 我国体育产业发展战略的总体思路

　　新世纪我国体育产业发展的总体思路可以表述为：以提高体育产业整体的质量和效益、增强国际竞争力为中心，以培育国民经济新增长点、提升体育产业在国民经济中的地位为目标，以产业结构和产品结构优化升级为主线，依靠深化体育体制改革和科技进步，走规模、结构、质量和效益协调发展的创新之路。要做到：坚持总量扩张与质量提高并重；坚持改革与发展统一；坚持组建大型体育企业与发展中小型体育企业相结合；坚持启动国内体育消费需求与拓展国际体育市场的统一；坚持体育主体产业与体育相关产业协调发展。

2. 我国体育产业发展战略的战略目标

中国体育产业化发展的战略目标是:建立与社会主义市场经济体制相适应的、符合体育产业发展规律的体育体制和运行机制,形成布局合理、门类齐全的体育市场体系,建立有利于体育产业成长的制度基础和运行机制,以促进中国体育产业与社会经济协调发展,提升中国体育产业的发展水平和国际竞争力。

3. 我国体育产业发展战略的战略原则

中国体育产业化的道路有其特殊性,在制订发展战略时,我们认为应遵循以下五条原则:

第一,与经济、社会发展相协调的原则。我国是一个正处于由传统的农业大国向现代的工业大国转变、由传统的计划经济向市场经济转变的重大历史时期,在体育产业化发展过程中,应当根据我国经济和社会发展状况,体育产业化发展既不严重滞后,又不过度超前,坚持体育产业化发展与我国经济和社会相协调。

第二,渐进平稳推进的原则。体育的产业化发展不仅要求以一定的市场需求和供给条件为前提,而且也要求以一定的制度条件为基础。由于目前我国的体育市场化的运行机制还极不完善,存在一些重要的制度障碍。因此,在转型经济过程中,体育产业化的推进和发展必须采取渐进平稳的原则,使体育产业化进程得以平稳地推进。

第三,分类指导的原则。结合国际上体育管理和运行方式的发展趋势和我国的体育事业发展现状,从竞技体育、体育健身娱乐、全民健身项目和体育公共设施四个方面来看,应区别不同情况采取不同的运营方式,合理确定体育产业化的范围。首先,竞技体育和体育健身娱乐的运行方式采用产业化运营的方式,主要采取企业化经营,追求经济效益为目标。其次,全民健身项目是每一个国家都非常重视的大众健身项目,各级政府在大众体育管理方面主要承担各类体育健身与休闲资源的组织和管理,采用事业化运营方式,并以追求社会效益为目标。但是随着体育产业化进程的发展,一些大众健身项目必须逐渐从"福利型"向"消费型"逐步过渡。再次,对于公共体育设施,主要是满足为了全民健身,应采用事业化经营方式,体现出公益性。公共体育设施采用各级政府投资的方式进行建设,并鼓励私人投资兴建经营性的体育设施。

第四,经济效益与社会效益相结合的原则。体育产业化的目的是以产业运作方式来发展体育事业,以提高体育资源配置效率与效益。也就是说,体育产业化是实现体育社会效益的通道,也是实现经济效益的运行方式,但最终目的是社会效益。

第五,以市场为导向的原则。体育产业化是一个体育消费社会化的市场创新的过程,要以体育消费的社会化、大众化为前提,以群众体育消费的升级化为导向。体育产业化是一个市场化的制度创新过程,企业化经营和社会化投入是重点。因此,体育产业化发展必须依托体育市场,由行政主导型向市场主导型转变,体育市场机制在体育资源合理配置中发挥基础性作用。

4. 我国体育产业发展战略的战略模式

中国正处于经济转轨时期,特别是体育产业化的发展不能离开中国转型经济的特有国情。因为在转型经济过程中,一方面由于缺乏有效的微观市场基础,制度创新并不是一个"诱致性制度变迁的过程";另一方面政府在体育产业化进程中扮演了重要的角色,在一定时期内采取"强制性制度变迁"更符合中国的现实,但是由于政府的职能和运行方式存在的问题,完全依赖政府来推进体育产业化也会带来一定的问题。因此,中国应该采取政府和市场有机结合型的体育产业化战略模式，一方面积极培育各种微观市场主体和市场体系，发挥市场机制的作用，以体育市场化促进体育产业化；另一方面要积极推进体育管理体制的改革，转变体育管理部门的职能，发挥宏观管理和制度创新的主导作用，以体育制度创新促进体育产业化，最终形成以市场化为主导的体育产业化模式。

（二）中国体育产业化发展的策略

根据体育产业化的总体战略目标要求，我们提出了如下发展策略供有关决策时参考。

1. 加快配套立法，建立健全体育法规体系

体育法作为体育部门基本法，规定了体育工作的基本方针和发展体育事业的基本原则，明确了各级政府、企业事业单位、社会团体和公民在发展体育事业和参与体育活动方面的基本权利、责任和义务。我国是一个地域辽阔、社会经济发展水平差异较大的国家，各级体育行政部门要根据体育法的规定，结合本地区、本部门的实际，针对体育改革和体育事业发展中的重点、难点问题，加快体育法配套立法工作。目前，体育立法的重点内容是：推进体育管理体制和运行机制改革的法规；落实"全民健身计划"，保障公民体育权利，提高公民身体素质的法规；落实"奥运争光计划"，促进运动技术水平提高，保障竞技体育参与者权益的法规；加强体育场地设施规划建设，提高体育场地设施利用率的法规；加强体育经营活动管理，促进体育市场繁荣的法规等。体育法制建设的目标是：在本世纪初，初步建立起适应社会主义市场经济需要，符合现代体育运动规律，以宪法为指导，以体育法为龙头，以行政法规为骨干，以部门规章和地方性法规为基础，结构合理、层次衔接有序的体育法规体系和与之相适应的体育执法监督及法律服务体系，建立一支体育执法监督检查队伍，使体育法制建设状况有明显改善。

2. 改革现有的体育管理体制，构建中国特色的体育管理新体制

将传统的集中型国家行政垂直协调体制的体育发展模式改为有宏观控制的社会自我协调体制的发展模式。宏观上由国家体育行政权力机构通过制定科学的符合实际的发展规划进行有效控制；微观上主要由社会各级体育部门、各类体育团体和社会化体育市场机制来协调。通过国家体育行政部门综合平衡后制定体育发展规划，如竞赛制度、运动员参赛资格、运动员年龄的划分等，可以是指令性的，有关部门必须认真贯彻执行。让社会执行这些规划主要不是依靠层层下达行政命令，而是通过政府制定必要的政策，以间接方法去实现。对于社会上各类体育团体、体育协会和体育俱乐部的运动训练、竞赛活动及经费开支等，除极少数体育团体由国家行政部门专门拨款、统一调配、予以重点管理和控制外，其余基本上由各类体育团体根据当地的民俗民风和社会化基础及本身的情况自行安排。国家体育行政部门主要是采用竞赛制度的杆杠作用和法律手段来调节，以促进和保证整个体育产业的基本平衡和协调发展。这种模式的特点是：把宏观控制与社会自我协调有机地结合起来，既要有控制地发展体育，又要比较充分地发挥体育为社会服务的作用。一方面，通过国家体育行政部门制定的体育发展规划的全局性，来制约社会自我协调过程中所可能产生的某种盲目；另一方面，运用社会自我协调机制的客观规律性，来制约国家体育行政部门制定体育发展规划所可能产生的某种主观性，使宏观控制与社会自我协调互相取其所长，补其所短，推动体育的健康发展。

3. 建立规范的体育市场中介机构，完善体育市场体系

加大体育市场培育力度，明确体育市场的经营主体，培育体育市场的消费主体，建立和健全我国体育市场的中介机构与组织，建立和健全体育市场的经营管理制度和各项法规，积极培育和拓展体育健身娱乐市场及体育竞赛表演市场，力争用10年左右的时间建成各类体育市场相互交织、共同发展的比较完善的且具有中国特色的社会主义体育市场体系。具体来说，要大力开拓体育健身娱乐市场，积极开发体育竞赛表演市场，加快培育体育训练、体育服务器市场和其他各类市场。

4. 培育和塑造体育产业化的微观经济主体

首先，推进体育事业单位改革，按照政企分开、政事分开、企业与事业分开、营利性与非营利性分开的原则，对于适于体育产业化运营的领域按企业化的独立法人制度进行改革，对于不适于体育产业化运营的领域要建立新的事业化管理体制，明确其社会性、公益性职能，并加大投入，强化管理提高运行效率。

其次，积极培育和发展职业体育俱乐部。在适于体育产业化和产业化市场条件成熟的领域，要大力培育发展制度完善的现代职业体育俱乐部，并为其建立和运行创造良好的经济环境。

再次，建立新的体育公共设施运营体制。重塑体育场馆建设理念，完善服务功能，改革体育场馆经营管理机制，在不损害和影响体育场馆设施的体育功能、满足基本功能需要的前提下，引入竞争机制，采取招投标形式选择经营管理机构，鼓励社会机构参与体育场馆设施的经营管理活动，通过产权特许、租赁等方式，提高服务水平，提高效率。

5. 改革完善俱乐部体制，建立现代职业体育俱乐部

体育产业化发展的微观基础是有一大批体制完善、经营机制灵活的职业体育俱乐部。一个国家体育俱乐部的数量、项目种类及其整体的规模和水平，在一定程度上决定了该国体育产业化的发展程度。与现代市场经济体育产业发展相适应的职业体育俱乐部应是中国体育产业化发展微观主体的制度创新方向。体育俱乐部改革的主要措施：第一，政企分开。①政府不直接参与俱乐部的具体事务，不按事业机构来管理俱乐部。消除上级主管机构从自身利益出发、干预俱乐部日常事务的状况。俱乐部真正摆脱行政机构的支配，能够自主的决策。②割断俱乐部在资金上对政府的依赖关系，形成经济上的硬预算约束。俱乐部所需资金主要靠自主经营来解决，政府不再对俱乐部的经营承担无限责任。第二，明确俱乐部的市场主体地位，俱乐部拥有独立的法人财产，依法自主经营、自负盈亏。建立以社会化多元投资为主体的投资制度，积极吸引非国有经济成分投资俱乐部，构建股权多元化的公司所有权结构。实现俱乐部产权的市场化、商品化，促进资本的流动重组。第三，完善组织制度和治理机制。建立一套科学完整的组织机构，完善组织运行制度，明确俱乐部的决策机构、执行机构和监督机构之间的权责关系。按照现代企业制度的要求，建立健全俱乐部的公司法人治理机制。

6. 以发展都市体育选择重点，逐步深入农村

目前，我国的体育消费主要集中在城市，占总人口约70%的农村人口几乎没有体育消费。因此，如果我们找不到激发8亿农民体育消费的有效途径，中国体育产业要想在近期成长为国民经济的新增长点就不太现实。大力发展中小城市，解决农民进城问题，才能扩大体育消费的主体。在此基础上，发展都市体育的过程中，按"提高都市居民休

闲体育参与广度与深度—实现都市体育生活化—扩大都市体育市场消费需求—拉动都市体育产业发展"四部曲路径走是行之有效的办法。发展都市体育产业的根本在于开发都市体育消费市场需求，都市体育消费需求开发的有效途径与最佳状态之一是实现都市体育生活化，实现都市体育生活化的有效方式之一是发展都市休闲体育，提高都市居民休闲体育参与意识实现。

7. 建立体育产业化的投融资体制

第一，制定有利于体育产业化发展的财政税收政策。在财政政策方面，应在不减少国家财政投入总量的情况下，调整财政投入结构和投入方式，适当增加用于扶持体育产业发展的政策性专项投入。第二，规范和发展体育彩票业，应加快体育彩票的立法，为我国体育彩票业的发展创造一个良好的法律环境。第三，尽快制定有利于体育产业化发展的投融资政策。要制定鼓励各种社会资金投入体育产业的政策，通过深化改革取消运动项目管理中心和协会对非体育系统、非公有经济成份投入项目产业的限制。鼓励组建各级各类体育产业基金组织、体育投资公司，形成多元化投资主体的新格局。创造有利于发展体育产业的综合性投融资手段和方式，设立国家级体育产业发展基金和体育资产经营公司。同时，要积极协调有关部门，支持高水平职业体育俱乐部组建股份制企业，并为该类企业的股票在二板市场上市创造条件，为优质体育企业融资开辟新的渠道。

（项目编辑：931ss06063）

基于生活方式的奥林匹克营销

鲍明晓

现代奥林匹克运动的百年营销史，是一部充满艰辛、曲折和磨难的创业史，也是一部"周虽旧邦，其命维新"的创新史。

一、奥林匹克营销的历史沿革

1894 年 6 月 23 日，在法国巴黎索邦神学院召开的"国际体育运动代表大会"通过一项关于成立国际奥林匹克委员会的决议，自此，现代奥林匹克运动拉开了它百年复兴的序幕。奥林匹克营销伴随着奥林匹克运动的复兴历程也走过了无营销、产品营销和品牌营销三个发展阶段。

无营销阶段（1894—1914 年）。1894—1914 年，是现代奥林匹克运动的初创期，国际奥委会连同它领导之下现代奥运会处于争取获得国际社会初步认可的阶段。从营销学上说，由于这一个阶段新生的现代奥林匹克运动，在组织体系、结构功能等方面都还处在萌芽期，奥运会的会期可长可短，奥运会的设项可多可少，一切都未成型，一切都未固定。因此，奥林匹克可资营销的"对象"，或者说奥林匹克自身这个"产品"还处在生产过程中，而没有营销的对象，自然也就没有奥林匹克营销的理论和实践。尽管这一时期也出现了一些具有营销意味的现象，如 1896 年的第 1 届雅典奥运会发行纪念邮票，柯达公司因提供赞助而获得了在奥运会纪念活动节目单和奥运会成绩册上刊登产品广告的权利；1912 年斯德哥尔摩奥运会 10 家瑞典公司以赞助方式参与奥运会的筹备工作，并且获得了在奥运会上照相和出售纪念品的专利经营权。但总体上看，它们还不是国际奥委会和奥运会承办国组委会有目的、有计划的市场营销行为，而更像是在巨大的资金压力之下的"饥不择食"或"有病乱投医"的本能反应。应该说，这 20 年是奥林匹克运动无营销阶段，养活奥运会这个"新生儿"的乳汁，源于奥运会承办国政府和富商的捐赠，而零星的企业赞助最多只能算作是给这个"新生儿"出少许的奶粉钱。

产品营销阶段（1914—1980 年）。这一阶段实际上可进一步细化为上下两个时段。第一时段是第一次世界大战爆发至第二次世界大战结束，这 20 年是国际奥委会进一步定型其产品的阶段。1921 年、1925 年和 1930 年连续三届的奥林匹克代表大会都将"奥林匹克的规章"作为会议中心议题，从制度上完善了奥运会的组织构架、内容体系和运行机制。1930 年的国际奥委会执委会与国际单项体育联合会代表理事会就奥运会的参赛制度进行了磋商，明确了竞赛项目及参赛办法。同时，奥林匹克组织在这一时期也有较快的发展，国家奥委会由第一次世界大战前的 29 个增加到 60 个，现代奥林匹克运动作为一个国际文化产品，初步具备了产品营销的主客观条件。从营销实践上看，这一时期也有一些亮点，譬如 1928 年阿姆斯特丹奥运会，可口可乐开始与奥运会建立长期合作关系。1932 年普莱西德湖冬奥会，一些商业机构和零售商店开始以免费提供商品来换取广告权利。1932 年洛杉矶奥运会，组委会更是有意识、有计划地推动奥运会营销，以至 1932 年奥运会的官方报告中称，"加利福尼亚处理这届奥运会的方式是典型的、充满活力、以金钱为取向的"。但是整体上看，这一阶段奥林匹克营销还处在产品营销的初级阶段，它不仅是奥运会组委会的自发行为，而且主要是在奥运会举办国国内的营销活动，且营销收入有限。

第二时段是第二次世界大战结束至 1980 年莫斯科奥运会结束。这一时期是全球经济步入持续快速增加的黄金期，也是西方发达国家人民生活水平提高最为迅速的时期。奥林匹克运动，特别是奥运会在其表层的物质设施与内容体系、中层的组织结构和规程制度、深层的价值观念和意识形态都形成了一个完整的体系，奥林匹克运动作为人类社会独特的文化遗产开始具有了广泛的国际影响力。伴随着奥林匹克产品的成熟，其营销实践在形式和内容上也不断丰富和发展。1948 年伦敦奥运会，组委会开始尝试对奥运会电视转播权进行销售，尽管当时英国广播公司的因财政困难最终没有支付 3000 美元的转播费，但促销行为本身仍不失为一次有意义的探索。1952 年赫尔辛基奥运会，首次出现了奥运会国际营销计划。来自 11 个国家的众多商家向组委会购买了多项权利，提供了从食物到鲜花的系列赞助。1960 年罗马奥运会，电视有偿转播正式问世。欧洲 18 个国家率先进行现场直播，奥运会的传播力迅速提升，46 个赞助商和供应商与组委会签约。1964 年东京奥运会，第一次通过卫星向海外传播电视节目，奥运会从此实现了真正意义上的全球电视转播，250 多家公司与组委会建立了赞助关系。即使是被世人诟病为"蒙特利尔陷阱"的 1976 年奥运会，也创造了那个时代奥林匹克营销史上的两项纪录，即赞助商和供应商的数量最多，628 家企业签约；赞助总收入最高，700 万美元。

整体上解读这一时期的奥林匹克营销，我们大致可以看到几个方面的特点：一是国际奥委会对其拥有的奥林匹克资产并没有进行有效的营销规划，并实施有效的管控。二是实际掌控奥林匹克营销权的奥运会承办国的组委会，对奥运会营销采取的也是粗放经营的模式。三是奥运会的赞助商并不看重奥运会的品牌价值，而是把奥运会直接作为广告载体和促销平台，通过提供资金和实物来获得奥运会的广告库存和现场促销机会。四是奥运会赞助商以承办国本国企业为主，赞助商权益不明确，赞助效益差强人意，所以，尽管赞助企业数量众多，但赞助收入却远不能满足赛事运营的需要。五是没有聘请专业营销机构为奥林匹克营销提供必要的营销创意和营销技术的支持和保障。应该说，这五个方面的特征，让我们有理由相信，这一时期的奥林匹克营销只能以产品营销的共性特质载入史册。

品牌营销阶段（1980 年至今）。20 世纪 70 年代奥林匹克运动遭遇了严重的财政危机，一方面奥运会规模越来越大，运营成本快速飙升；另一方面产品营销模式下的奥林匹克营销也遭遇了自身的"天花板"，营销收入远不能满足办赛的需要。正是因为巨大的生存压力迫使国际奥委会不得不对奥林匹克营销模式做出重大变革，而变革的方向就是由产品营销向品牌营销转换。值得一提的是，20 世纪 80 年代中期发生的两个重要事件对促成这一场变革起到了至关重要的作用。一是第 23 届洛杉矶奥运会组委会主席尤伯罗斯首创行业排他性原则，严格限制各等级赞助商的数量，从而引发全球各行业中领袖级企业之间的激烈竞争。而竞争的结果不仅开创了奥运会盈利的先河，而且也向人们展示了奥林匹克具有品牌溢价的巨大潜力。二是 1985 年可口可乐公司体育关系部的负责人加里·海特和阿迪达斯品牌创办人的继承者斯特·戴勒特先后向国际奥委会谏言，前者希望国际奥委会能够签署一项世界性的合同，从而避免按国家逐一谈判协议，因为那样往往会引发各种复杂、提价和不确定行为；而后者则建议 IOC 聘请专业中介公司来做这件事。两位先生的提议最终促使了 IOC 与总部设在瑞士的 ISL 公司合作，并开始实施著名的 TOP 计划。

1985 年国际奥委会正式推出旨在吸引全球各行业领袖级企业加盟的奥运会全球赞助商计划。它是一个为期四年、整合了夏季和冬季奥运会、国际奥委会及 202 个国家奥委会的奥林匹克营销资源，并确保行业排他性的顶级营销套餐。其目的是打造一个独一无二的全球化的奥林匹克营销平台，诱发全球各行业中先锋和领袖级企业之间的激烈竞争，实现奥林匹克的品牌化营销，并通过领袖级企业的全球化销售网络、强大的推广能力和娴熟的营销技巧进一步提升奥林匹克品牌的认知度和美誉度，确保奥林匹克营销具有持续的品牌溢价能力。TOP 计划从营销实绩上看，一路飙升的赞助金价格和销售总额，不仅使国际奥委会实现了营销收益最大化的运作目标，而且也开辟了奥林匹克品牌与国际一流品牌共同成长、互利双赢的品牌化营销之路。受 TOP 计划成功运作的启示，与 TOP 计划相衔接的奥运会组委会赞助商（本地赞助商）和国家奥委会赞助商也采取品牌化营销策略，纷纷与本国各行业的龙头企业建立赞助关系。至此，奥林匹克标识产品的品牌化运营的格局基本形成。同时，1995 年国际奥委会为确保奥运会电视版权收益的最大化，强化广播公司、赞助商和奥林匹克大家庭之间的战略协作关系，在电视版权销售上也采取品牌化运作，即将若干届奥运会电视版权捆绑在一起联合销售，以寻求与全球最具实力和影响力的广播公司合作，既规避了经济周期波动可能带来的风险，确保了奥运会电视版权的持续升值，也使得奥林匹克品牌具有了稳定的传播渠道和卓越的传播效果。总之，20 世纪 80 年代至今的 20 多年里，国际奥委会在资产营销上走上了一条整合资源、打造全球营销平台、与领袖级企业结盟、与卓越品牌同行的品牌化营销之路。

二、基于创造大客户的品牌化营销模式的隐忧

国际奥委会品牌化营销的成功实践，正在使越来越多的人坚信，奥林匹克运动将从此彻底摆脱困扰自身长达一个世纪的财政危机，现在的奥林匹克运动宛如插上翅膀的天使，可以在世界上的每一个角落播撒奥林匹克理想，奥林匹克运动将在 21 世纪迎来自己的盛世华章。然而，以迎合大客户趣味、追求营销收益最大化的品牌营销模式真的那么完美吗？或许我们在为这种营销模式带来巨大现金流而欢欣鼓舞的时候，反思由此可能付出的代价，才是明智之举。在我看来，基于创造大客户的品牌化营销模式至少有以下几个方面的隐忧。

其一，品牌形象与品牌核心价值观相背离。品牌的内核是一个企业或一项事业所秉持的核心价值观。奔驰汽车的品牌形象是"高技术、杰出表现和成功"，而支撑这一品牌形象的是企业所长期秉持的"严谨、高效、精益和高品质"的核心价值观。耐克的品牌形象是"卓越、运动、创新和自我表现"，同样支撑这一形象的核心价值理念是"Just do it"所蕴含和阐释的"创造随性率真的运动休闲生活方式"。传统的奥林匹克品牌形象是"和平使者、人类庆典、文化节日、全球参与、普世价值、追求卓越"，而支撑这一品牌形象的核心价值观是奥林匹克主义所倡导的"和谐发展、尊重差异、公平公正、榜样教育以及在奋斗中体验欢乐的人生哲学"。然而 20 世纪 80 年代以来，随着国际奥

委会品牌化营销模式的日臻完善和营销效益的不断彰显，人们对奥林匹克品牌形象的认知也在悄悄地发生变化。今天，恐怕有不少人会用"商业强权、豪门盛宴、零和游戏、精英文化"这样词藻来定义奥林匹克的品牌形象。因为在他们看来，奥林匹克的人文价值正在丧失，文化含量正在锐减，奥林匹克的希腊血统正在被美国基因所改造，它已经生长出了一张美国面孔，有着一副美国表情，充满了美国味道。显然，这种品牌形象与奥林匹克运动的核心价值观是相背离的，一旦这种背离越过了某个临界点，载满财富的奥林匹克之舟，就会被赞助商扔过来的最后一盎司黄金所击沉。

其二，舍本逐末，竭泽而渔。奥林匹克营销表面上看是对奥林匹克运动所拥有的文本、符号、标识、图像等无形资产的营销，而实质上是对奥林匹克运动理念及其所倡导的人生哲学对公众影响力的营销。商家斥巨资购买奥林匹克文本和符号的使用权，并不是因为奥林匹克的五环标志比自己的商标更酷、更炫，而是因为五环标志所代表的理念、愿景和生活方式席卷了太多的消费者。商家是要借奥林匹克的符号、标识来实现与消费者的情感沟通，进而获得消费者对其品牌的忠诚度和对其产品的购买力。1984年洛杉矶奥运会以来，奥林匹克运动步入了品牌化营销的新阶段，一方面我们看到了国际奥委会在运用现代化的营销技术和手段，包装、推广和营销自己的无形资产时不遗余力，竭尽所能，绩效卓著；另一方面我们也看到了国际奥委会在宣传和普及奥林匹克运动，在全球范围内推广奥林匹克运动所倡导的生活方式方面绩效平平，乏善可陈。如果奥林匹克品牌化营销所带来的高收益、所开创的财富奇迹是以奥林匹克运动丧失对大众的亲和力和影响力为代价的话，那么不仅现在的高收益不可持续，而且最终也会殃及21世纪奥林匹克运动的前途和命运。

其三，过度曝光，伤及根本。奥林匹克品牌化营销的最大特点就是与世界各行业领袖级企业建立长期的、互惠的伙伴关系，以谋求最大的营销收益。正如众多被国际奥委会、奥运会组委会排斥在门槛之外的中小企业感叹的那样，"奥运会永远是一流企业的商机，中小企业的无奈"。这种以追逐大企业为目标的品牌化营销，在带来巨额的品牌溢价和垄断溢价的同时，也产生了不容回避的奥林匹克品牌过度曝光的问题。这是因为，奥林匹克商业伙伴都是超级明星企业，而这些企业又都是谙熟品牌营销之道的高手，并且无一例外地都在本企业设有专业的运动营销部门，雇用专业的运动营销人员，同时它们还与全球最有影响力的各类媒体有着合作关系，拥有最强大的组合传播渠道和能力。当这些企业握有奥林匹克无形资产使用权时，奥林匹克的文本、符号、标识和影像资料与企业的品牌广告、产品广告一起频繁出现在全球各大媒体和各种公关及推广活动中就是不可避免的，从而产生奥林匹克品牌的过度曝光。更糟糕的是，这还不是一时一刻的过度曝光，而是长达四年，甚至更长时间的持续过度曝光。它带来的恶果是：一方面大众对奥林匹克品牌产生视觉疲劳、审美疲劳，神圣的奥林匹克品牌正在被不断地世俗化和平庸化。现在确实有不少年轻人开始拒绝购买带有奥林匹克标识的产品，因为这样的产品越来越多，随处可见。他们担心购买和使用这样的产品会使自己变得没有个性、没有品位。另一方面公众对奥林匹克品牌也会产生误识。由于奥林匹克品牌长时间在各种商业环境中与企业品牌一起撞击人们的眼球，人们会自觉或不自觉地在心中将两个本不同质的品牌划上等号。久而久之，奥林匹克品牌会被越来越多的人视为成功商业企业的象征，甚至是颁发给经济全球化急先锋们（成功的跨国企业）的奖牌。尽管当前奥林匹克品牌过度曝光所产生的恶果才端倪初现，但是如不加以防范和扭转，奥林匹克百年清誉所建立起来的亲和力、感召力和公信力就有可能丧失殆尽。

其四，YOU 时代的挑战。美国《时代》周刊将 2006 年年度人物颁发给了"YOU"，理由是用户创作的因特网内容，例如博客、分享视频文件的网站 You Tube 和社交网络 Myspace，爆炸性的增长和影响力；YOU 已控制了全球媒体，创建了新的数字民主，没有所图地工作并在专业人士的游戏中战胜了他们，信息社会进入了 YOU 时代。随着 YOU 时代的来临，奥林匹克的品牌化营销也面临着巨大挑战。过去奥林匹克品牌营销成功的关键是，国际奥委会对奥林匹克品牌传播的内容具有主控权以及奥林匹克商业合作伙伴对传播渠道具有主控权，而在 YOU 时代这两项权力都可能被颠覆。首先，无处不在的 YOU 将以自己的方式参与奥林匹克的文本、符号、标识和音频视频文件的创作，奥林匹克是什么，奥林匹克有怎样的价值，不再取决于国际奥委会的自说自画，而是由汇集在一起的 YOU 来共同解读和描述。其次，由于种类繁多的新媒体和自由媒体的大量出现，奥林匹克商业合作伙伴也无奈地发现，过去只要将传播内容交给几个主流的平面媒体和电视媒体，就可以有效地控制传播渠道和传播效果。而在新的传播环境下，既有的经验和模式都开始失灵了，企业，哪怕是全球领袖级企业都感到他们对媒体和传播渠道的控制力正在锐减。现在的问题是，国际奥委会一旦丧失对奥林匹克品牌传播内容的控制权，奥林匹克无形资产的价值就可能缩水，领袖级企业购买这类资产用于营销的动机也会衰减。而奥林匹克商业合作伙伴一旦丧失对传播渠道的控制权，它们的营销成本将激增，传播效果将锐减。显然，YOU 时代的来临改变了奥林匹克品牌化营销模式赖以生存的环境和气候，国际奥委会连同它的商业合作伙伴如果找不到与 YOU 进行平等、有效沟通的渠道，并真诚地邀请五大洲的 YOU 来一起共创奥林匹克品牌的话，那么这种营销模式将很快风光不再，难以为继。

三、创造生活方式：奥林匹克营销的未来

当下，人类社会已经步入了知识经济、体验经济和数字化、信息化的新纪元。在这样的时代背景下，奥林匹克营销必须找到与新时代相契合的新范式。在我看来，这一新范式就是回到奥林匹克运动本身，从创造大客户的营销模式向创造奥林匹克生活方式的营销模式转变。

传统的营销理论认为，企业营销的使命是创造顾客，只要企业能源源不断地创造出顾客，企业就会基业常青。而事实上所谓的顾客，并不是一个人群，而是一股人流，它是一个独立的生活方式的系统，随着生活方式的改变而发生流动性的变化。举例来说，"逛街"听起来够无聊的了吧？但是，逛街作为一种流行生活方式，却将零散的顾客汇聚成了一股不可忽视的消费人流，确切地说，是逛街创造了消费，而不是消费创造了逛街。它意味着这样一个事实：原本毫无意义的闲散的逛街，开始具有了商业价值，更准确地说，是社会的各种生活方式，开始具有了潜在的商业价值。过去，当一个企业的产品或服务受到顾客的欢迎时，我们常常称赞企业创造了顾客，但实际上，只不过是企业产品所代表的生活方式，同顾客所持有的某种生活方式不谋而合罢了。现实中，每个企业的产品或服务，都不仅仅是纯粹意义上的产品或服务，而是代表着或隐含着某种生活方式。只有当企业和顾客在同一时间、同一地点，踏入了同一条生活方式的河流中，企业的产品才会真正地畅销起来。

前面我们提到，奥林匹克营销本质上对是奥林匹克主义的营销，更确切地说，是对

奥林匹克运动所倡导的生活方式的营销，即"奥林匹克主义是增强体质、意志和精神并使之全面发展的一种生活哲学。奥林匹克主义谋求把体育运动与文化和教育融合起来，创造一种在努力中求欢乐、发挥良好榜样的教育价值并尊重基本公德原则为基础的生活方式。"现在，奥林匹克营销主要是对奥林匹克文本、符号、标识、音频视频材料所代表的无形资产的营销，关注的是，谁是能出得起大价钱的高端客户？他们在哪里？有着怎样的需求？以及如何满足他们的需求？而对在全球宣传和普及奥林匹克理想，创造基于新的时代背景，能让五大洲人民广泛接受的奥林匹克生活方式，关注不够，投入不够，收效甚微。这样的做法，不仅在逻辑上是本末倒置，而且在实践上也是杀鸡取卵、竭泽而渔的短视行为。

基于生活方式的奥林匹克营销，是将颠倒的模式校正过来。这种营销模式认为，奥林匹克营销不仅是对奥林匹克无形资产的营销，更是对奥林匹克主义所代表的生活方式的营销。国际奥委会对国际社会的贡献在于，率领奥林匹克大家庭的所有成员，共同开创一种基于奥林匹克理念的、文明健康而又充满活力、魅力和亲和力的运动休闲生活方式。在未来，国际奥委会无须费力地去创造大客户，也无须绞尽脑汁地分析大客户在哪里，只要奥林匹克大家庭能够创造出一种具有足够影响力的奥林匹克生活方式，那么，隐藏在世界各个角落的大客户，就会积极响应并自动显身。当然，前提是这种生活方式必须符合人类文明进步的要求，并且具有足够大的流行性和影响力。因为，奥林匹克生活方式越是流行，席卷进来的客户数量就越多；奥林匹克生活方式的影响力越大，客户停留在此的时间也就越长。

当然，基于生活方式的奥林匹克营销，目前还只是一个方向性的构想，如何在实践中操作还需要做进一步的研究。但是有一点是可以确定的，那就是基于生活方式的奥林匹克营销是一场持续的、全球性的奥林匹克生活化运动，也是一场把奥林匹克运动还给创造它的人民的运动。它大体应遵循以下几个基本原则。

第一，草根性原则。基于生活方式的奥林匹克营销不是向大企业、大客户卖奥林匹克无形资产的商业活动，而是向最广大的民众"卖"奥林匹克理想并引导他们实践这一理想的策略和方法。它以全球的青少年为重点，以奥林匹克进社区、进校园为形式，推动奥林匹克运动与普通大众的日常生活相融合，进而创造出体现多元文化特征的、形式多样、各具特色的奥林匹克生活方式。北京作为2008年夏季奥运会的举办城市，开展的奥林匹克社区和奥林匹克示范校的建设，就是这一方面的有益尝试。草根性是任何生活方式的基石，只有确保草根性，才能开创出真正意义上的、各具特色的奥林匹克生活方式，也才能使这样的生活方式在未来获得巨大的商业价值。

第二，游戏化原则。德国思想家席勒在《审美教育书简》中有个著名论断："只有当人是完全意义上的人，他才游戏，只有当人游戏时，他才完全是人。"游戏不仅是人类的天性，而且也是人类社会最古老、最普遍、最有效的社会习得和体验快乐的途径。基于生活方式的奥林匹克营销，就是要创造能为最广大人群接受的奥林匹克生活方式。而要创造和推广这种生活方式，就要让人们发自内心地认同奥林匹克运动的核心价值观，为此，推进的方式必须是游戏化的。因为，只有通过游戏化的设计，才能寓教于乐，才能使人们真正体会到奥林匹克运动的核心价值，进而主动地去追寻和创造属于他们自己的奥林匹克生活方式。

第三，人民创造原则。广告界有一种观点，三流的营销用数字说话，二流的营销用产品说话，一流的营销则让消费者自己开口说话。现在，国际奥委会主控之下的营销，是一种典型的用数字说话的营销。它聘请各种专业机构来搜集和统计各类数据，用以向大客户们说明自己品牌的影响力。基于生活方式的奥林匹克营销，是通过引导大众来创造他们自己引以为豪的奥林匹克生活方式，让全球最广大的民众来诠释和颂扬奥林匹克的品牌价值，进而用大客户们最害怕的"上帝"们的巨大影响力，来开辟奥林匹克营销的新空间，实现更大的商业价值。因此，新营销模式实施的关键是确保人民的主体地位和民众的自主创造，着力点是引导尽可能多的民众走进奥林匹克生活方式、创造奥林匹克生活方式和营销奥林匹克生活方式。

第四，现实与虚拟相结合原则。在数字化、信息化的新时代，奥林匹克运动要开创和营销能为大众广泛接受的奥林匹克生活方式，除了要把奥林匹克运动的理念、准则和活动内容植入人们的现实生活，还必须具备将这些元素植入人们虚拟世界的能力。换句话说，信息化时代的奥林匹克生活方式应该是虚拟与现实、线上与线下相结合的立体生活方式。为此，基于生活方式的奥林匹克营销，一方面要引导人们在线下用肢体和行动，来实践和体验奥林匹克生活方式；另一方面还要鼓励人们在线上用头脑和思维，来描绘和畅想奥林匹克生活方式。只要真正做到虚拟与实现、线上与线下的互联互动，以生活方式为卖点的奥林匹克营销，才能开创最广阔的商业空间、最诱人的商业前景。

奥林匹克百年营销走过了无营销、产品营销和品牌营销三个阶段，今天，以整合资源、搭建全球营销平台、确保行业排他性、吸引世界领袖级企业加盟为特征的奥林匹克品牌化营销，取得了空前的成功，为奥林匹克运动奠定了坚实的财政基础。然而，任何成功都不是永恒的，正如比尔·盖茨所言，"微软离破产永远只有100天"。对国际奥委会而言，当前重要的是，在品牌化营销带来丰厚收益的时候就要看到这种模式的弊端，并为变革这种模式做好准备。奥林匹克营销，从本质上讲是对奥林匹克理念和核心价值观的营销，而最能体现奥林匹克理念和核心价值观的营销方式是基于生活方式的营销。事实上，在人类社会的历史进程中，每一个伟大公司的出现，都意味着人类生活方式的改变。铁路公司的诞生彻底改变了农业时代"日出而做、日落而息"的生活方式，电话公司的出现意味着彻底颠覆了以往传统的交流生活方式，微软公司则帮助我们实现了另一种生活方式——虚拟生活方式，那么，国际奥委会能为我们开创怎样的生活方式，让我们拭目以待。

体育彩票的政府管制及立法研究

朱新力　宋华琳　吕艳滨　胡敏洁　高春燕

苏苗军　唐明良　骆梅英　张　渊

近年来我国体育彩票的发展存在一些突出的问题，主要表现在：彩民权利得不到有效保障，彩票业正在遭遇一场诚信危机；非法彩票泛滥，彩票市场秩序混乱；彩票发行销售体制不善，无法适应体育彩票市场进一步发展；彩票发行成本过高，公益金分配的正当性正在遭受质疑。这些表象上的问题背后具有深刻的制度面成因，主要在于彩票管制规范的基础薄弱、现行"政市不分"的彩票发行销售体系和彩票公益金分配体制没有理顺各方利害关系。在和谐社会理念导引下，体育彩票业如何突破制度、技术、资金上的瓶颈问题，促进体育彩票市场的进一步健康发展，彩票立法亟待规范，体育彩票管理部门急需转变职能，实行彩票销售的企业化运作，并在彩票发行中引入特许程序作为市场主体进入彩票业的唯一途径，同时进一步增强体育彩票公益金使用的透明化程度。

一、体育彩票的管制框架

管制一词由英文 Regulation 翻译过来的，意为以法律、规章、政策、制度来加以控制和制约。在西方经济学文献中，1970 年以前，经济学对政府管制的理论和经验的研究兴趣主要集中于考察对某些特殊产业的价格与进入的控制上。70 年代以后，政府管制的重心即开始转向产品安全、环境质量等非经济性领域，这种被称为社会性管制的浪潮波及各种行业。彩票业的政府管制属于社会性管制。法学界关于管制的讨论主要集中于管制机关的权限分配、管制结构、管制程序以及管制机构行为的司法控制上。研究彩票业的政府管制合理化程度，我们首先应当从考察体育彩票的管制史开始。

（一）体育彩票的管制史简考

1985 年针对彩票市场的混乱状态，国务院发布了《国务院关于制止滥发各种奖券的通知》，这是新中国第一个有关彩票业管理的规范性文件。1994 年，鉴于我国在举办大型体育运动赛事上曾多次发行彩票取得了良好的社会效果，国务院批准国家体委在全国范围内发行体育彩票，同时组建国家体育彩票管理中心，负责体育彩票的发行和管理。1999 年，国务院同意中国人民银行的请示，将彩票管理职能由中国人民银行移交给财政部，并在后来发布的一系列规范中对彩票业管制体制进行了一定的调整，形成了现行彩票业管制框架。我们以这三个标志性事件为分界点，将中国政府对体育彩票业的管制史划分为初期的无序管理、中期的部门彩票以及现在的不完全国家彩票三个阶段。

1. 无序管理阶段（80 年代中期—90 年代初）

1984 年 10 月，中国田径协会与中国体育服务公司为举办"北京国际马拉松比赛"发行了"发展体育奖一九八四年北京国际马拉松赛"奖券，这是新中国第一次有记录的发行彩票。此后，地方政府通过发行彩票性质的专项奖券为举办大型体育赛事和建设体育实施筹集资金成为惯常做法。1986年国务院第128次常务会议批准有奖募捐活动要"从严控制，只限社会福利、体育等需要发展，国家又拿不出很多钱支持的事业"。

这一时期，政府出台了两个规范性文件约束彩票市场。一是1985年《国务院关于制止滥发各种奖券的通知》，其政策取向主要是禁止彩票业的发展，内容主要是禁止工商企业举办有奖销售活动，原则上禁止文艺、体育界为举办文体活动搞有奖售票，只允许为兴办社会福利事业举办有奖集资试点，批准机关为当地人民政府。二是1991年《国务院关于加强彩票市场管理的通知》，该通知第一次形成了明确的彩票管理政策。内容主要是：针对彩票发行主体的混乱，首次明确发行彩票的批准权集中到国务院，基本程序是由省级政府和国务院有关部门提前半年向中国人民银行报送发行计划及办法，经中国人民银行审查后报国务院批准；在额度上实行数量限制，不得突破，实行一事一报批，发行完批准的额度后即告结束。

这一时期，我国没有形成系统的彩票管理制度，大多数发行活动是临时性或间断性的，没有一个政府职能部门统一管理彩票市场；彩票发行程序实行"一事一报批一发行"，彩票发行是不连续的；彩票发行主体与公益金使用主体重合，政府对彩票公益金的筹集、分配、使用基本上没有干预；全国也没有形成统一的彩票市场，被各种形式和名目的奖券所充斥，整个彩票业处于无序管理的阶段。

2. 部门彩票阶段（90年代中期—90年代末期）

由于没有形成系统的彩票管理制度和专门的监管机关，90年代初，彩票市场出现了严重的混乱局面，尽管1991年国务院已经发文明确彩票发行的批准权集中到中央，但是由于巨大的经济利益驱动，各地违规发行彩票的现象愈演愈烈，针对于此，1993年《国务院关于进一步加强彩票市场管理的通知》发布，重申彩票发行的批准权集中到国务院，任何地方、部门、组织、个人均不得擅自发行彩票。紧接着，1994年中共中央办公厅、国务院办公厅颁布了《关于彩票市场管理　禁止擅自批准发行彩票的通知》开始对全国彩票市场进行清理整顿，再一次重申彩票批准权集中到中央，禁止"六合彩"等主动型彩票，禁止外资进入彩票市场，并正式确立中国人民银行是国务院主管彩票的机关，统一管理全国彩票市场。

1994年，国务院批准国家体委在全国范围内发行体育彩票，同时组建体育彩票管理中心，负责体育彩票的发行和管理。同年，民政部将"中国社会福利奖券发行中心"更名为"中国福利彩票发行中心"，奖券更名为中国福利彩票。至此，由中国人民银行实施统一监管职能，民政部和国家体委在全国范围内分别发行中国福利彩票和中国体育彩票，所筹资金分别用于民政和体育部门职责范围内的公益事业的彩票管理体系得以形成。此后中国人民银行会同民政部和国家体委制定了一系列规范性文件，初步构筑起了包括发行销售、机构财务及公益金管理的彩票管理制度体系。

这一时期，我国对彩票业的管制还处于幼稚期，表现在认识上把彩票看成是股票性质的金融工具，将彩票行业归类于金融业，由此确定了中国人民银行为监管机关，并主要采用严格的数量限制的规制方法，为以后彩票业规模的市场化发展埋下了隐患；其次全国彩票市场被福利和体育两大彩票机构分割垄断，各自实行不同的发行销售和财务制度，发行彩票的公益金分别归两个发行部门所有。

另一方面，由于加强了对彩票市场的规范管理，特别是与福利彩票机构性质相同的体育彩票机构加入了全国彩票市场竞争，使这一阶段的彩票业获得了较快的发展，建立起两套全国性的彩票专业机构，发行量快速增长。

3. 不完全国家彩票阶段（90年代末至今）

随着彩票业发展规模的迅速扩大和管理实践经验的积累，彩票业的金融性被淡化，而彩票业的财政性被突显出来，中国人民银行逐渐认识到彩票是政府调节社会收入分配结构的一种政策工具，本身并不创造财富，而是一种财富分配的手段，不应被纳入央行的管理范围，并且认为部门性的彩票管理体制不能再适应彩票业发展的要求。鉴于此，1999年5月，其向国务院报送了《关于改革彩票管理体制的请示》，请求将彩票主管职能移交财政部并进行彩票管理体制的改革。国务院作出了将彩票主管职能移交财政部，并由财政部继续对彩票管理体制进行改革的决定。在对有关部门提交的改革方案经过近一年的讨论和协调后，2001年10月30日，《国务院关于进一步规范彩票管理的通知》出台，确定了由财政部门主管彩票法规、政策与制度，管理彩票市场和彩票资金，民政和体育部门分别负责组织福利彩票、体育彩票的发行和销售；调整了彩票资金结构与公益金分配制度，核定民政和体育部门公益金基数，超基数部分按一定比例留归民政和体育部门使用外，其余由财政部主要用于补充社会保障基金。

财政部接管彩票市场监管职责后，采取了一系列措施加强管理，并颁布了全国统一的《彩票发行与销售管理暂行规定》和《彩票发行与销售机构财务管理办法》，从制度上统一了全国彩票市场。

这一时期，我国对彩票业性质的认识逐渐深化，财政部接管彩票市场后，彩票成为国家财政对国民收入进行再分配的一个重要工具。原先由民政和体育两大部门独占全部彩票公益金的做法得到部分改变，公益金的部分社会化，使福利和体育彩票从部门彩票开始向国家彩票转化，但是还不是完全意义上的国家彩票，因此笔者将这一时期称为不完全国家彩票阶段。

（二）体育彩票的现行管制结构

《彩票发行与销售管理暂行规定》（以下简称《暂行规定》）、《国务院关于进一步规范彩票管理的通知》（以下简称2001年《通知》）以及其他彩票管理规范共同确立了现行由国务院负责发行审批，财政部、民政部、国家体育总局共同监管彩票市场的管制框架。

根据《暂行规定》第四条及2001年《通知》第一条、第三条，国务院的主要职责是批准彩票的种类、发行主体以及批准彩票发行的额度。

根据2001年《通知》第二条，财政部作为国务院彩票监管机关，其主要职责是负责起草、制定国家有关彩票管理的法规、政策；管理彩票市场，监督彩票的发行和销售活动；会同民政部和国家体育总局研究制定彩票资金使用的政策，监督彩票资金的解缴、分配和使用。但是，从我国的彩票监管立法的构架来看，并不是彩票发行审批权之外的监管权都下放给了财政部，彩票监管的具体制度、具体事务仍由民政部与国家体育总局具体制定和实施。

以上表明我国的彩票监管的立法构架是三元监管，即国务院之下由财政部、民政部和国家体育总局共同监管。概言之，国务院行使的主要是发行审批权，财政部主要是根据国务院的授权把握彩票发行的政策方针，而民政部和国家体育总局主要是制定并落实彩票发行的规则。

民政部和国家体育总局下设的福利彩票发行中心和体育彩票管理中心是我国两大彩票发行主体，分别是隶属于两大部门的事业单位，按照行政次级下设省、市、县三级地方发行机构，实行分级负责、风险共担、利益共享的管理体制。根据《暂行规定》第八条："彩票机构可以对外委托电脑系统开发、彩票印制和运输、彩票零售、广告宣传策划等业务，"因此还存在受委托经营彩票营销、印制业务的彩票公司参与彩票销售环节。

（三）彩票业各参与主体之间的法律关系
——立足于政府权力—彩民权利的考察

在对彩票业现行管制框架进行评说并主张用法律予以规范之前，我们必须首先在法律上理清各参与主体之间的法律关系和性质，界定它们的权利和义务。从行政法的视角对彩票业各参与主体之间的法律关系尤其是政府的角色加以审视，可以分为公权力行政和私经济行政两种，由此形成了两种不同的法律关系。其中，公权力行政（öffentliche Verwaltung）又称为高权行政，指国家居于统治主体地位适用公法规定所为的各种行政行为。公权力行政往往涉及人民权利义务的创设、确认、变更或废止，其措施具有迅速、直接以及效果明显等特点，是达成行政目的最具实效的方式。私经济行政（Privatwirtschaftsverwaltung）也称为国库行政，指国家并非居于公权力主体地位行使统治权，而是处于与私人相当的法律地位，并在私法支配下所为的各种行为。私经济行政一般可分为下列三种：（1）以私法方式辅助行政的行为，指行政机关以私法方式获取日常活动所需的物质或人力，例如租用办公场所。（2）行政营利行为，指国家以私法方式参与社会上的经济活动，其主要目的在于增进国库收入，执行国家政策。国家从事此种行为时，可以分成两种形态：一为由国家或行政主体以内部机关或单位直接从事营利行为；二为国家或行政主体依特别法或公司法等规定，投资设立公司而从事营利行为。国家在从事这种行政营利行为时，基于经济法则运作，并以获得利润为目的，因此，其与私人企业并无不同，故亦受私法及经济法的拘束。（3）以私法方式达到行政任务的行为，指由行政主体以私法方式直接达到行政任务，例如有关水、电、瓦斯、电话设备或公共运输工具的营运等，国家可以成立公司或与人民订立私法契约等方式提供，以满足社会大众日常生活所需。

就我国彩票业而言，在很大程度上，可以说是政府的一种政策选择。从初衷来看，主要是希望通过发行彩票为社会福利与体育事业筹集资金。具体说来，我国政府在彩票业中主要从事两类活动：1.对彩业的管制，主要包括对彩票发行主体、种类、额度进行审批，起草、制定国家有关彩票管理的法规、政策，管理彩票市场，监督彩票的发行和销售活动，会同民政部和国家体育总局研究制定彩票资金使用的政策，监督彩票资金的解缴、分配和使用。2.对彩票的发行与销售，具体包括根据国家有关法规、政策和制度，分别研究制定福利彩票和体育彩票的发行、销售和资金管理的具体办法并组织实施，负责研究制定本系统彩票发展规划，研究提出发行额度并经审核批准后组织实施。也就是说，从我国彩票业现状来看，政府一方面实行对彩票业的管制，另一方面又实施具体的发行、销售工作。概括来说，政府从事的前一类活动可归为公权力行政，而后一类活动则属于私经济行政。由此，在政府对体育彩票的管制过程中存在两种法律关系，一种是公法上的关系，彩民理应享有公法上的权利；另一种则是私法关系，彩民则可基于私法主张自己的权利。本课题重点在于关注第一种法律关系，即管制者之间或者管制者与被管制者之间的关系，这更多的是一种公共政策的制度安排，而第二种私法上的关系，由于相对于政府而言，彩民处于事实上的弱势地位。

第一种是管制者与管制者之间的法律关系，这里实际上是公权力在管制机关之间的分配问题。因此这更多的是一个政策和制度安排的问题，涉及国家在彩票问题上的政策选择。如何使权限分配实现行政效率和行政公平最大化，如何实现公共资源的最有效利用等，说到底是一个如何实现最合理管制的问题。

第二种是管制者与被管制者之间的关系，主要论述政府与彩民之间的关系。在我国彩票业中，政府在很大程度上担当着管制者的角色，行使着公权力。此时，政府与彩民之间的关系主要是公法上的法律关系。相应地，从学理上而言，彩民可能具有下述公权力：（1）要求政府给予某种对待、处理某种事务的请为权（即狭义的权利，right），政府所承担的相应义务则表现为狭义的义务（duty）。例如，彩民有权要求政府给予公平的对待，而政府所承担的则是必须给予公平对待的义务而不是可以选择斟酌的。（2）迫使政府做出某种行为或者保持某种状态的能为权（即权力，power），政府所承担的相应义务则是责任（liability）。例如，彩民有权对政府进行监督、批评、建议、控诉，而政府则具有必须接受和回应这些要求的责任。（3）思想和行为等不受政府干涉的可为权（即自由，privilege），而此时政府则处于无权利（no-right）的地位。例如，彩民具有思想自由和财产自由，假如彩民 A 想把其购买的某张彩票赠送给 B，对此，政府不能予以干涉，不能要求 A 不可以赠送。（4）不被政府强迫从事某种行为或者承担某种负担的免为权（即豁免，immunity），而政府则相应地处于无权力（no-power）的义务状态。例如，政府在某一时期为了增加彩票销售量而决定进行摊派，对此，个人（包括彩民）可以拒绝。其中，第一、第二类是要求政府积极作为的权利，而第三、第四类则是要求政府消极不作为的权利。

以上我们对彩民公权的分析只是一种逻辑上的设想。事实上，彩民是否享有公权力以及享有哪些公权力，是与多种因素紧密相关的。离开了现实条件的铺垫，讨论所谓的彩民权利也只能是纸上谈兵而已。我们认为，从事实层面而言，彩民公权利的生成与实现与下列因素息息相关：

1. 公法的发展水平。权利概念只有在法律关系的框架中才能获得正确的理解与分析。换言之，某种权利之所以成为权利正是因为现实的法律对其予以了确认。所以，考察彩民公权利问题，分析公法本身的规定与运作情况便显得非常重要。我国宪法对公民的基本权利作出了专章规定。例如，我国宪法第四十一条规定："中华人民共和国公民对于任何国家机关和国家工作人员，有提出批评和建议的权利；对于任何国家机关和国家工作人员的违法失职行为，有向有关国家机关提出申诉、控告或者检举的权利，但是不得捏造或者歪曲事实进行诬告陷害。对于公民的申诉、控告或者检举，有关国家机关必须查清事实，负责处理。任何人不得压制和打击报复。"对彩民来说，这种权利便是一种公法上的能为权，即对政府在彩票管制活动中的相关行为进行批评、建议、申诉、控告或者检举，对此，政府则必须予以接受，负责处理。但是，就具体的彩票法律而言，则显得较为欠缺。迄今，我国还没有制定专门的彩票法，虽然国务院早在 2001 年即要求财政部会同有关部门制定《彩票管理条例》，但至今仍未出台。当前，规范我国彩票业管制与运作的各种制度主要表现为党中央和彩票主管部门所发布的各类通知和规定，并且对彩民权利问题几乎没有作出任何表述。所以，就立法层次而言，对彩民公权的保护似乎仍显不足。

2. 政府对公众参与决策的认可程度。完善的政府决策制度有助于保障决策的科学性与合理性。当前，各种专家论证、专家咨询已经成为很多政府部门进行决策之前的一种通行做法。问题在于，或许"仅有专家参与是不够的，对于事关公众利益的行政决策，以专家意见来强迫群众接受也是不可取的"。随着改革开放的深入，树立法治、民主形象已成为各级政府的共同追求，在决策过程中引入公众参与机制也逐渐为政府部门所认可。

就我国彩票业中彩民的参与权而言，从理论上说，主要可以表现为以下几个方面：管制规则制定过程中的参与，对是否发行彩票、发行何种彩票、发行方式的审批过程的参与，对具体的发行销售、彩金承兑以及公益金使用情况的监督管理过程的参与。不过，就实践而论，彩民的上述参与权似乎仍处于停滞的状态（其中一个重要的原因或许是相关法律规定的欠缺，如行政程序法仍未制定）。

3. 彩民的公权意识。只有社会成员对于自己可以向公权者可以要求的东西或者要求公权者不得侵犯的东西有了感觉、认知和确信，他们才有可能对公权者享有权利。同样，在政府对彩票业的管制过程中，彩民首先需要具有公权意识，然后才可能"为公权而斗争"。

4. 社会中间组织的发达程度。对彩民而言，相对于强大的政府，没有组织的个人"人微言轻"，要想真正拥有并行使公权利，在很大程度上有赖于社会中间组织的发达与强大。

二、现行体育彩票管制的问题表象

近年来我国体育彩票的发展存在一些突出的问题，主要表现在如下。

(一) 彩民权利受损 彩票业遭遇诚信危机

彩票是国家为支持社会公益事业而特许专门机构垄断发行，供人们自愿选择和购买，并按照事前公布的规则取得中奖权利的有价凭证。支持彩票市场正常运作的是政府信誉。法律上，彩票是一种无记名有价证券，表彰着一种合同关系，即在双方意思自治的情形下，彩民通过购买彩票，与彩票销售者形成合法有效的合同关系，基于这种合同关系，彩民获得中奖的机会与权利。如果说，在开奖之前，彩民所拥有的仅仅是一种机会、一种期待权的话，那么一旦中奖，债券的期待权便转化为一种实实在在的（相对于彩票发售者的）债权，彩民可以基于这种债权要求予以承兑。

彩民购买了彩票却领不到中奖彩金的事件并不罕见。如西安宝马彩票案中，主人公好不容易抽中宝马，结果彩票却被掉了包；之后，新疆一彩民买的彩票明明与报上公布的中奖号码相同，彩票中心却说"你没中奖"，理由很简单，因为号码必须"连号"；还有更换摇奖机案、广东足球彩票开奖纠纷案等，都严重侵害了体育彩票的公正、透明形象。一旦支持整个彩票市场的政府信誉倒塌了，彩票市场也就会出现崩溃状态。

(二) 非法彩票泛滥 彩票市场秩序混乱

随着彩票业的不断发展，非法彩票的问题也逐渐引起了人们的关注。事实上，在彩票诞生之初，我国就从没有停止过针对非法彩票的清理和整顿工作。早在 20 世纪 80 年代中期，我国各地就出现了有关地方、机构滥发彩票、奖券的现象。当时，为了制止滥发彩票、奖券，国务院于 1985 年 3 月 4 日发布了《关于制止滥发各种奖券的通知》。此后，社会上仍然存在某些地方、部门、企事业单位乃至个人擅自发行各种彩票的现象，扰乱了彩票市场秩序，影响到正常的彩票发行销售秩序。为此，国务院又在 1991 年 12 月 9 日发布的《关于加强彩票市场管理的通知》（国发[1991]68 号）中明确，将彩票发行的批准权集中到了国务院，并明令禁止未经批准擅自发行彩票或者发行变相彩票。然而，非法彩票并没有得到有效的遏制，出现了各地自行发行彩票、有关部门擅自超过规模或者改变发行办法发行彩票，擅自利用外资发行彩票，有关部门和个人擅自发行彩票或变相彩票，擅自发行六合新彩票、六合彩、四合彩、万字彩票等主动型彩票的现象。为了加强对彩票市场的监督管理，规范彩票发行和销售行为，国务院在 2001 年 10 月 30 日发布的《关于进一步规范彩票管理的通知》中再次重申，我国彩票发行的审批权集中在国务院，其他任何地方和部门均无权批准发行彩票，而且当前仅仅批准发行福利彩票和体育彩票。而财政部、公安部、国家工商总局、民政部、国家体育总局 2002 年 11 月 26 日联合发布的《关于坚决打击赌博活动大力整顿彩票市场秩序的通知》（财综[2002]82 号）更进一步指出，凡未经国务院批准擅自发行彩票或以有奖销售为名发行彩票，或以一定价款给付为前提，公开组织对某种竞赛进行竞猜，参与者可根据其给付价款和兑猜结果获得中奖权利的行为，均属非法发行或变相发行彩票的赌博行为，有关部门应依法予以查处。

笔者认为，相对于合法彩票而言，非法彩票是指未经国家批准，在我国境内擅自发行销售的，供人们自愿选择和购买，并按照事前公布的规则取得中奖权利的有价凭证。非法彩票同合法彩票一样，都是一种由购买人购买的中奖凭证，这是两者的共性。但是，如上所述，合法的彩票必须是经过国家批准并由专门机构垄断发行，而非法彩票则没有经过国家的批准，有关的发行者没有依法取得发行权，因此，其存在本身是非法的，此乃两者重要的差异。同时，合法彩票与非法彩票的最大区别还在于，国家允许专门机构发行彩票，其目的在于借此筹集社会公益金，用于发展社会公益事业，即合法彩票具有公益性；而非法彩票则不具有公益性，有关机构乃至个人发行非法彩票所得的资金仅仅是作为其自身收入。区分合法彩票与非法彩票必须立足两者在本质上的差异，而不能局限于其是否必须具备彩票之名。

根据本课题组的研究，从我国现有非法彩票的状况，可以对其作一些类型化的考察，可以将其划分为依法拥有发行权的组织或者个人发行的非法彩票、未依法取得发行权的组织或者个人发行的非法彩票。

依法拥有发行权的组织或者个人发行的非法彩票主要是指彩票发行机构无额度、超额度以及以擅自变更的或者擅自制定的彩票发行方法和游戏规则发行的彩票。此类非法彩票包括在无彩票发行额度的情况下发行彩票或者超出被批准的发行额度发行彩票，以及以擅自变更彩票的发行方法和游戏规则的方式发行彩票。对此，有关部门反复发文予以制止，并在有关文件中规定了处罚措施。此类非法彩票均是以我国境内现有各种合法彩票的形式存在，发行主体是合法存在的，只不过未依法履行现有彩票管方面的审批程序等。

未依法取得发行权的组织或者个人发行的非法彩票则是指未经允许的发行主体，在我国境内擅自发行的彩票。一方面，此类彩票的发行主体是未经依法批准取得彩票发行权的个人和组织；另一方面，其发行彩票的行为也因为没有取得国家有关部门的批准而属于违法。另外，其所发行的彩票也不属于福利彩票、体育彩票等我国境内合法存在的彩票。此类非法彩票形式极其复杂，从现有情况来看，主要包括：擅自在境内发行销售境外的彩票或者与外商合作发行的彩票；有关机构乃至个人假借境内外已经存在的彩票名称、游戏规则、中奖号码等发行的非法彩票；其他有关主体在未经批准的情况下发行的各种彩票等。

其中，擅自直接在我国境内发行境外的彩票或者有关地方自行同外商等采取合资等形式在境内发行彩票，其主体既可能是境外合法的彩票机构，也可能是其他组织和个人，还可能是境内的有关组织或者个人。特别是随着电话、互联网等通讯手段的不断发展，彩民和彩票发行销售机构无需碰面即可完成彩票购买、彩票奖金的兑付等，这也使得在我国境内发行销售境外彩票的现象时有发生。据报道，新西兰名为"幸运之星"的彩票就曾经经由互联网向中国传销。而 2004 年，又有报道说香港马会已开通内地居民投注免费专线，凡持有香港银行账户并在香港马会开通投注户头的内地居民，在内地也可以投注香港的赛马、足球博彩以及六合彩。

而利用境内外已经存在的彩票的名称、游戏规则、中奖号码等发行的非法彩票则是当前非法彩票的主要存在形式，这主要是利用香港"六合彩"，我国现有的体育彩票和福利彩票等的名称、游戏方式或者所开出的号码等在内地私自销售非法彩票，其中以"六合彩"非法彩票问题较为突出。近些年来所发生的"六合彩"非法彩票最早发现于1999 年广东省，之后在湖北、湖南、广东、广西、海南、江西、安徽、福建、浙江等省、自治区活动较为猖獗，并进一步向其他省市蔓延。由于其具有回报率高、趣味性强、形式简单且灵活、方式多样等特点，所以，其蔓延势头迅猛，参与人员结构复杂。为此，国家和有关地方为此不断加大打击力度。比如，财政部、公安部、国家工商总局、民政部、国家体育总局在联合下发的《关于坚决打击赌博活动大力整顿彩票市场秩序的通知》（财综[2002]82 号）中就要求各地组织力量开展打击以"六合彩"形式进行的赌博活动，依法追究主要人员的刑事责任。

其他有关主体在未经批准的情况下发行的各种彩票是除上述两种类型之外的各种非法彩票。20 世纪 90 年代初，我国南方的一些省份曾经出现未经国务院批准自发引进境外的"六合彩""万字票"等游戏方式，发行地方性彩票，后受到国家制止；近来一些地方就相继出现了私自面向中小学生发行的以赢取现金、文娱用品和集卡有奖为名的"学生私彩""学生彩票""卡通彩票"等。但是，当前比较严重的当属各类变相彩票的发行行为。此类非法彩票多是借助有奖销售、有奖竞猜的形式，人们不易将其同彩票联系到一起。因此，如何区分某一行为究竟属于普通的有奖销售或有奖竞猜、还是属于非法彩票发行行为就成为实务中比较难以认定的问题，也是确认有关行为属性、打击非法彩票所亟待进一步研究的问题。

（三）发行销售体制不善　无法适应彩票市场进一步发展

相对国外体彩市场而言，中国的体育彩票销售方式还比较落后，仍处于较低水准。虽然为中国体育事业创造了很多财富，但也存在很多问题和不尽人意之处。我国目前的彩票发行机构分别依附于民政和体育部门。国家体育彩票管理中心是隶属于国家体育总局的国有事业单位。这种行政依附式的发行体制产生了以下的负面效果。

第一，两大发行系统之间实质上的同质竞争导致市场混乱。中国福利彩票与体育彩票虽然叫法不同，但从游戏规则看，基本可以分成即开型彩票、数字型彩票、乐透型彩票和足球竞猜彩票。除了足球彩票归体育彩票发行中心发行外，其余三类彩票由福彩和体彩两大寡头部门共同发行。因此，尽管游戏规则各异，但两大发行机构之间的竞争实质上仍是同质竞争。由此带来的结果是双方在价格上的比拼，这对于以筹集公益金为发行目的的彩票业来说并非福音。

第二，由于体制上的依附性，整个彩票发行的运作过程也呈现"行政化"特征。在彩票发行的早期，发行部门广泛采用现场销售的模式，于是，大奖组的彩票发行销售往往成了民政、体育、宣传、公安、城管、工商、银行、税务、物价、公证等数十个部门的"假日总动员"。在大量改用计算机热线销售之后，这种情况已经得到改观。但是"行政化"的倾向仍然体现于彩票发行的许多环节，导致发行效率不高、成本巨大。以发行费的分级管理为例，发行中的行政依附性使得发行费被层层削减，从中央到地方的各级彩票中心均要从中分一杯羹。于是，基层彩票中心获得的发行费就相对很少。为确保自己的利益，彩票发行中心便往往违规将部分甚至全部发行额度承包给私经济主体以转嫁风险。而无法再转嫁风险的私经济主体为谋求利益最大化，违法巧取50%返奖的动机大涨。

第三，行政依附性还导致任务牵了销售的牛鼻子。行政保护泼了市场的冷水。不仅如此，这种体制极容易混淆行政权力的行使与市场上正常的民事法律行为，造成法律关系的混乱。显然，我国的这种经营体制实际上是国家授权经营，那么福利彩票中心和体育彩票中心的行为是行政行为还是民事行为呢？或者到底哪些是行政行为，哪些是民事行为呢？其次，这种状况不利于监管行为与经营行为的分离。如果经营者又是监管者的话，自己监管自己只有完全依靠自觉。我国现行体制下，监管者和被监管者之间的关系实际上变成了两个国家机关甚至是一个国家机关内部的关系，这显然不利于对彩票市场的监管。

（四）彩票发行成本过高　公益金分配制度遭受质疑

彩票所获得资金主要有三块，根据现行我国有关彩票立法所确定的构架，50%用于返奖，35%提取公益金，15%为发行费用。

在返奖管理工作方面，国家体育总局通过数次发布规范，逐步取消了实物返奖，实现现金返奖。即开型彩票在销售过程中，1996年，针对实物返奖存在的奖品质量不高、吃批零差价等问题，国家体委采取了奖品资格审定工作；1999年7月1日后，严格执行了中国人民银行关于500元以下全部现金返奖，500元以上现金与实物任选的规定，同时大力提倡现金返奖；从2000年4月1日起，全部实行全额现金返奖。而电脑彩票则一直采用现金返奖方式。

但是在发行费用方面，一组足以令人担心的数据是，英美等彩票业管制体制相对完善的国家，发行费占到销售额的5%~6%，而我国2002年前为20%，2002年调整为15%，2000—2004年两大彩票发行机构的发行经费分别为36.2亿元、57.77亿元、57.85亿元、60.21亿元和57.1亿元，近年基本上维持在近60亿元。如此之高的发行费用背后，为何彩票界仍然存在提高发行费的呼声？一方面，如此巨额的发行费用在彩票发行机构直接投资的公司中几经辗转，不仅用于个人奖励，甚至还能用于购置物业用于出租，最终转化成了系统内利益均沾的部门私利。另一方面，按照行政级次分级设立的各级彩票机构将发行经费层层削减之后，基层彩票发行机构却面临发行经费不足、不愿意承担彩票销售亏本风险的窘境，于是为了转嫁风险，违规发生的彩票承销、包销、转销的事件便屡见报端，并由于承销商身份的灰色和监管的空白致使一些恶性彩票造假事件对彩票业的发展造成了沉重的打击。

最后，在公益金分配制度方面，过去，彩票公益金主要由民政部门和体育部门负责分配使用，但是彩票公益金使用范围过于狭窄的问题一直以来都广受各界关注。2001年国务院对公益金的分配方案进行了适当调整：由财政部会同民政部、国家体育总局分别确定民政部门和体育部门的彩票公益金基数，基数以内的彩票公益金，由民政和体育部门继续按规定的范围使用；超过基数的彩票公益金，20%由民政和体育部门分别分配使用，80%上交财政部，纳入全国社会保障基金，统一管理和使用。而纳入全国社保基金的部分，由财政部在助学、残疾、环保、社保及奥运会等八大领域分配。现在的问题在于，一方面，由体育和社会福利领域分享公益金大头的正当性依据是否具备？比如教育部也在筹备收集资料，准备向中央请示发行教育彩票的问题，同时也有九届全国人大政协委员和专家提出发行教育彩票的提案和问题。另外，还有全国人大代表提出发行彩票保护文物的建议。从道理上讲，发行教育彩票的意义也许不会比发行体育彩票和文物彩票的意义低，但这样一来，彩票的发行就不是二家，而是三家、四家，甚至更多，事实上，教育、农业、环保、西部大开发等行业和领域发行彩票的呼声从来没有间断过。如果多头开禁，这种特殊商品如此卖法，能否被市场所认可？因此今后彩票市场的蛋糕如何做大成为一个严峻的问题。另一方面，除了已经享受公益金的八大领域之外（不包括体育和福利），其他如教育、建设、西部开发等领域的利益又如何平衡？在公益金这块"香饽饽"的使用额度上部门间的争夺已是愈演愈烈。反对者认为既然彩票是公益性的，就没有理由被两个部门所独占，彩票的公益金应该被更多地利用到其他公益性更强的领域中去，尽可能扩大受众的范围。因此主张从我国作为一个发展中国家、财政支出占GDP的比重偏低和社会公益事业发展极不平衡的国情出发，拓展彩票公益金的使用范围，加大政府财政统筹的力度。

另外，公益金在中央与地方之间的分配问题也值得我们注意，公益金的分配应当与中央与地方政府事权划分结构相对应。如果公益金的提取与销售脱节，那么势必会影响彩票销售的积极性。目前，我国公益金集中到中央的越来越高，并且主要用于中央级支出（用于补充社会保障基金），这不利于调动地方政府开拓彩票市场的积极性，也不利于地方社会公益事业的开展。

三、问题表象背后的制度面成因

（一）体育彩票管制的规范基础薄弱

在我国，彩票业的发展承袭了"摸着石头过河"的改革样板，重复着"先发展、后立法"的路径。从1990年代初以来，国务院、中国人民银行、财政部以及民政部、国家体育总局先后以"通知、函、批复"等形式发布了许多规范性文件。应该说，这些文件对于统一彩票市场、监管彩票发行起到了相当的作用。但从法律（行政法）面分析，

"通知、函、批复"等"红头文件"在位阶上属于"其他规范性文件",理论上或谓之"行政规定"（行政复议法上亦有"行政规定"之谓）。"行政规定"处于法律渊源效力层次的底端,其规范效力十分有限,主要作用是对法律、行政法规、地方性法规和政府规章进行具体细化规定。

如此的效力层次显然无法适应彩票管制实践的需要:彩票管制框架的设计牵涉行政组织法上各个职能部门的权限配置问题,该种权限配置由"行政规定"来完成实在草率;公益金分配涉及国家公共财政资金的支配和使用,根据行政法上的"法律保留"原理,由"红头文件"来作出分配缺乏正当性;彩票管制中需要设定许多行政许可和行政处罚项目,而按照我们国家的立法权限分配,"其他规范性文件"几无设定权,由此可能带来巨大的管理真空。

以行政处罚的设定为例。根据《行政处罚法》的规定,法律、行政法规、地方性法规和政府规章可以设定行政处罚（其中部门规章只能设定警告和一定数量的罚款）,其他规范性文件一律不得设定行政处罚,而只能在上位法律法规规章已经设定处罚的行为、种类和幅度范围内进行具体的细化规定。在这样的处罚设定权限分配框架之下,彩票监管部门常常面临两难:一方面它没有上位法的依据对彩票市场中的违规行为进行处罚,另一方面它自己又无权设定有关的行政处罚项目。于是,我们可以看到对某些彩票中心的严重违规行为,财政部作出了两项处理决定:其一,在全国主要媒体上对其进行通报批评;其二,建议由该中心所在省人民政府依据干部管理权限,追究其主要责任人的党纪、政纪责任。如此处理存在两个问题:第一,"通报批评"作为《行政处罚法》上的"其他行政处罚",在没有相关上位法依据的前提下,由"红头文件"作出设定是否违反《行政处罚法》;第二,监管部门只能建议性地提议由有权部门追求相关责任人的政治责任,而无法追究违规者的法律责任以落实其监管职责,此种无奈充分体现了彩票规制规范的严重储备不足。

(二) 依附于行政的彩票发行销售体系

彩票业是一个特殊的行业,彩票是一种特殊的商品,由于彩票收入通常都用于兴办社会公益事业,这种特性使其与一般的商品活动有很大不同,因此往往实行国家垄断经营。从西方国家彩票发展的历史来看,国家垄断彩票的经营是治理彩票市场的手段,它是针对经营的私有化和自由化提出来的。国家将彩票市场的混乱归结为经营的私有化和自由化,于是否定经营的私有化和自由化,试图通过国家对经营的垄断来实现对市场的治理就成为了当然的选择。当然,这种认识可能是有其局限的,它从一个极端走向了另一个极端:显然,私人经营同样可以通过法律与市场的管理使之规范化,这在有限地允许赌博的国家或者地区的赌博业健康发展中可以找到明证。可见,治乱的时候经营权的国家垄断可能确实起到了行之有效的作用,但我们仍然不能当然地将彩票市场的混乱归结为私人经营,而应归结为竞争无度、缺乏监管,而经营权的国家垄断恰恰有效地遏止了这一点。可见,国家对经营的垄断常常是作为治理彩票市场的一种手段被提出来的,而这一手段的作用,自始就有点夸大了。从表面上看,我国也实行了对彩票经营权的垄断,但在这个问题上我国可能偏离得更远,显然,我国实行的是政府直营,体育与福利两大彩票机构,均为按政府行政级次设置,隶属于其行政管理部门的国有事业单位,我国经营体制的形成更是计划经济的要求,而非市场治理的需要。而实际上我们也没有很好地利用国家经营的垄断来治理彩票市场。

从发行体制上来看，我国的彩票发行制度从表面有点类似于法国。法国彩票实行国家垄断，国有公司经营。但法国彩票主管机关预算部与公司之间是一个独立的关系，并不是一个利益的共同体；彩票方面的立法是完善的，预算部是依法行使监管的权力，而不是制定监管规范；彩票市场实行公司化经营，彩票公司有完善的公司治理制度，股权多元化。这些都使得法国通过公司治理来完善对彩票市场治理的模式具有很强的科学性、很好的实践性。我国过于注重发行和销售的国家垄断，没有注意到彩票的根本是由政府提供、为公民自愿消费的私人性产品。作为产品，其价值需要按照商品供求规律，通过市场自由交换实现。因此，彩票在销售环节上应实现市场化运作，而政府的角色理应是一个审慎的监管者、第三方仲裁者，而不是市场的参与者。

因此，彩票发行销售的最佳方式，是政府直接设立企业型的组织，或通过市场竞争确定由某一些企业性质的组织垄断发行和销售彩票。后一种形式在发达国家更为多见，即政府将对彩票的特许权，以公开竞争方式，让渡给企业性的组织，政府凭借政治权力和让渡和约，通过对持有彩票发行销售权的企业性组织实施严格监督，有效地管理彩票市场。我国实行的是事业单位经营制，这种发行和销售体制是彩票发展和严格过程中的历史产物。随着社会主义市场经济体系的不断发育和完善，行政性的政府组织，已不能最有效利用其资源承担彩票发行和销售任务。事业单位毕竟不同于市场中独立的企业性主体，其没有承担风险的能力，这造成了上述在销售过程中基层彩票管理机构违规分包、转包给彩票承销商的现象屡禁不绝。

再者，行政性的政府组织已经不能最有效地利用其资源承担彩票发行和销售任务。事业单位毕竟不同于独立的市场主体，其行政性与彩票销售在营销、设奖、宣传等环节上强烈的市场属性形成了鲜明的对比。行政干预牵住了销售的牛鼻子，按行政级次设置的彩票机构不能根据市场的变化，在全国范围内迅速有效地配置资源。

最后，行政性的政府组织缺乏开拓新市场、新品种，提高体育彩票科技和文化涵养的动力。这造成了目前我国体育彩票的体育特色不强，种类单一，游戏规则没有与运动会或比赛成绩结合，缺乏吸引力，体育彩票的科技含量不高，目前占主体地位的规模销售方式还较为落后等不足。

（三）彩票公益金分配的正当性缺失

目前国际上彩票基金使用的方向大体可归纳为三种不同的模式。

第一种是，集中筹资，统归财政。这种模式是把全部彩票基金列入国家或地方财政预算，由国家或地方财政部门统一支配使用，如法国、荷兰、韩国等国家。

第二种，集中筹资，分项支出。这种模式是把全部彩票基金都不纳入国家或地方的财政预算，而是直接转入有关部门，用于各类具体用途。有些国家和地区将所有彩票基金集中用于某一个或两个方面，如美国的弗吉尼亚州将彩票基金全部用于教育事业；澳大利亚将彩票基金主要用于医疗健康事业；日本和瑞士等国家的彩票基金则全部用于慈善事业。有些国家和地区将彩票基金在多个方面酌情分配；如挪威按3：3：3的比例，将彩票基金在文化艺术、体育和科学研究三项事业之间平均分配，德国的分配方法则是面面俱到，除了上交财政一定比例外，其他分配涉及慈善、文化体育、科学研究、生态环境、医疗健康、青少年健康等各个领域。

第三种，集中筹资，混合使用。这种模式是前两种模式的综合体，即将一部分彩票基金交给国家或地方财政部门，纳入国家或地方财政预算，又将剩余部分用于其他用途。

以上三种模式中，第一种既简单又省事，只需要把所筹集的彩票基金转交到国家或地方财政部门即可，不必另行设置专门的基金使用部门，但这种模式显示不出彩票基金的特殊性。比如，2004年我国财政总收入是15110.27亿元，而这一年我国体育彩票筹集公益金53.97亿元，加上福利彩票总额也只有133.2亿元，把这些有限的彩票基金纳入国家或地区的财政预算，彩票筹资的功能容易被民众忽略，久而久之容易淡化彩民对彩票的购买兴趣和热情。

第二种的效果与第一种正好相反，他需要建立特定的资金使用与管理机构，对彩票基金从投放方向和具体比例的确定到实际使用过程中的监督都要高度关注，运作程序相对比较复杂。但这种模式的优点也很明显，即可以保证重点、绩效明显，能够将有限的彩票公益金发挥最大的绩效。但是需要建章建制，严加规范各种制度。

第三种综合了以上两种模式，它对一个国家或地区的不同利益部门来说，也许比较公平，但就彩票基金使用绩效来说，它优于第一种模式，但不及第二种模式。

以上各种模式有一点值得肯定的是，它们都是立法经过各个参与部门讨论协商的结果，因此在分配方案的立法过程中，已经充分协调了各方利益，并且最终通过立法形式予以正当化。但是我国彩票业的发展经历的是"先发行，后立法"道路，在彩票发行过程中，立法一直都没有跟上。没有经过合法化的过程，彩票公益金分配制度必然成为各方角逐的重点。

四、推动体育彩票发展的对策与建议

（一）国外两种不同的彩票管制模式的比较与借鉴

从国外关于彩票管制模式的立法和实务来看，彩票管制大体上有两种模式：一是政府通过强化对彩票公司的治理完成对彩票市场的监管；二是通过专门的监管机构对彩票经营者的经营行为的监管完成对彩票市场的监管。前一种模式以法国为代表，我们称为法国模式；后一种模式较多，以英国为代表，我们称为英国模式。

1. 法国模式

法国彩票最后的开禁是在1933年。由于一战的原因，法国财政极其困难，政府无钱安置受伤军人的治疗以及对阵亡将士家人的抚恤。彩票的弊端在解决这一问题的压力下变得无足轻重，于是法国政府通过特许法令的形式允许作为民间团体的法国退伍军人协会发行彩票。而这一举措不但解决了实际的问题，还为政府带来了滚滚财源，这也使得政府在克服彩票市场缺陷的问题上不再简单地废禁，而是采取了较为缓和的方式，加强了对彩票市场的规范和控制。法国对彩票市场监管的特别之处在于通过对彩票公司的治理来规范彩票市场。1976年乐透彩票在法国出现后取得了很大的成功，国家遂于1978年将其收归国有。1979年成立了国家彩票及国家乐透公司，垄断了彩票的经营，退伍军人协会不再直接经营彩票，而是作为公司的股东，占有49%的股份，而国家是最大的股东，占有51%的股份。1989年，在原公司的基础上成立了法国乐透公司，注册资本也由2000万法郎增至5亿法郎，国家股份也增至了72%。后来，法国又在原公司的基础上成立了法国游戏集团，其中国家股份为72%，发行商20%，公司职工5%，批发商 3%。董事会席位 18 个，国家占有 9 个席位；公司员工占有 6 个席位；其他 3 个席位由股东大会选举产生。游戏集团的董事长兼任总经理，由政府总理提名，总统任命。法国彩票的主管机关是预算部，预算部代表法国政府对游戏集团的彩票经营活动进行监管。具体管理方法是：（1）在游戏集团董事会中，法国预算部人员占多数席位，预算部的很多官员都曾经担任或者正在担任游戏集团董事。（2）政府在游戏集团派驻国家监督员，负责监督企业是否按时将公益金如数上缴国家财政；各方面措施是否和国家规定一致；企业向国家上报的诸如销售额、利润等是否符合事实；对企业的重大决策，如新游戏的玩法、子公司的经营状况等提出看法。国家监督员直接对预算部长负责。（3）预算部审核批准游戏集团的新的玩法。通常由游戏集团设计新的玩法并制定游戏规则，然后报预算部审批，预算部视其是否与国家现行制度吻合，以及是否对国家预算有好处来决定是否批准。（4）整体控制游戏集团的发展情况，例如资金的分配不但直接影响国家的财政收入，也决定了企业的发展。游戏集团为法国唯一彩票经营的合法机构后，是彩票市场唯一的发行主体。从国家与游戏集团的关系来看，国家是游戏集团的股东，国家是通过行使股东权利来控制游戏集团，并控制法国的彩票市场的。国家对彩票市场的监管，除了正常的财政、司法、审计等监督外，更为重要的是通过公司的治理来完成对彩票市场的治理。国家通过游戏集团的董事会来控制游戏集团彩票的发行、销售、兑付等一切经营活动，确保游戏集团能够按照国家期望的模式与方向发展，规范彩票市场，提高市场信誉，并最终实现国家利益。至于批发商与零售商，国家不与其直接发生商业上的联系，国家既不参与经营，也不对其经营进行正常法律监督之外的干涉。游戏集团通过正常的商业上的合同，与批发商建立商业上的联系，批发商受托从事彩票的批发，其与零售商的关系也和普通的商业活动没有本质的区别。从法国彩票发展的历史来看，彩票国有化的过程也是政府彩票合法化过程中的一个措施，它通过国有化为国家挣得丰厚的利益，也完成了国家对彩票市场的治理，反过来又为彩票合法化提供了支持。而通过对公司的治理来完成对彩票市场的监管，不但可以对彩票市场实行有效的控制，也方便权力分配。国家以股东的身份出现在游戏集团，并通过公司运营规则，通过股东权利的行使来实现对彩票市场的监管，比国家成立专门的监管机构更有效率，更有针对性。显然，董事会成员参与彩票经营，更了解彩票市场，更能因时因地制宜。但是，这种监管模式的成立首先必须保障国家对彩票市场的垄断，而且在股东会、董事会占有绝对的优势；其次必须防范经营性的公司（游戏集团）机构官僚化。

2. 英国模式

与法国不同的是，英国和美国都没有国家垄断的统一的彩票发行机构，国家不直接经营彩票，而是授权或者特许彩票公司经营，国家不参加彩票公司的内部经营和管理，只是对彩票的经营实施监管。而实际上，国家对彩票公司彩票经营的特许或者授权，也是国家监管的一个重要手段。彩票发行被废止多年后，1993 年 10 月英国颁布了《全国彩票发行法》，彩票又重新风行起来，目前英国主要有国家彩票和博彩公司发行的彩票（主要是体育彩票，这里主要探讨一下对国家彩票经营监管的策略）。对于国家彩票，国务大臣任命国家彩票总监主导彩票的监管，总监通过招标的形式招聘彩票的经营者，并向经营者颁发彩票经营许可证。国务大臣的职责是：指定彩票总监、制定彩票销售管理办法、控制和管理国家彩票分配基金、根据命令修改"国家彩票净收益分配的比例"。国家彩票总监的职责为保证国家彩票的发行销售工作依法进行、保障每一个彩票购买者的合法权益能得到保护、向国务大臣提供国家彩票的具体情况。获得经营国家彩票的公司对国家彩票总监负责，应履行的义务记载在彩票经营许可证上：在从事许可证中规定的任何事情前需要得到总监的同意；随时向总监提供信息；允许总监检查任何文件以及国家彩票的有关信息；向总监提供存储在计算机中的可视的、合法的信息拷贝。国家彩票的经营需经国家彩票总监颁发经营许可证，而且任何时期只能颁发一个经营许可证。英国是通过独立的监管机构来完成对彩票市场的监管的，尽管英美都有国有或者国家控股的彩票公司，甚至因为持股的原因国家也控制着彩票公司管理者的职位，但对彩票市场的监管其采取了与法国迥然不同的制度。公司有特许授权下的独立的经营权，彩票监管机构不介入公司内部的经营管理事务，不像法国那样监管机构直接派员担任公司的重要领导职位，并以此通过对公司的治理来完成对彩票市场治理的监管目标，其职责是监督是否存在舞弊，是否存在越权，是否应该采用什么样的调控措施来保障彩票市场的良性运行等。

课题组认为，一个国家采用何种管制模式是应从该国的管制历史、管制现状、管制环境以及行政文化等综合多种因素进行考虑，在重新设定管制框架的过程中，我们既不能一味地照搬照抄某一国的模式，也不能完全无视国外彩票业管制先进国家成熟的管制框架和理念。比较上述两种不同的管制模式后，我们认为以下几个方面值得我们在接下来的改革中予以重视。

第一，彩票业发达国家的成功经验告诉我们，彩票业能否稳步发展，关键在于制定一部适合本国实际情况的彩票法以及各个位阶的彩票管理规范的健全。比如在英国，由法律、法规和相关行政管理规范组成的完备的法律体系是英国国家彩票管理的基础。其中最主要的是《1993年国家彩票法》和《1998年国家彩票法》。《1993年国家彩票法》围绕"保护彩票购买者的利益和最大限度地获得彩票发行净收益"的宗旨，确立了行政管理体系、发行销售体系和公益金分配管理体系三个相对独立的部门组成的彩票管制框架。而《1998年国家彩票法》则在修正原法基础上用彩票管理委员会代替彩票局长来行使彩票市场的监管权。

第二，无论是法国模式还是英国模式，无一例外地都实行彩票监管与经营的分离，实现彩票经营的企业化运作，无非法国是运用公司法，国家参股的形式来完成，而英国则是通过特许程序作为彩票市场准入的条件罢了。但是在彩票的经营上，包括彩票的营销、宣传，以及与彩票承销商之间关系，都是通过市场化的运作来实现的。

第三，公益金分配和使用方面，都实行严格的监管。通过专门的分配机构、派驻国家监督员、强制信息披露、财务审计等方式对彩票公益金的使用和管理进行有效的监管。

（二）促成彩票业统一立法，明确管制权限在各主体间的分配

不论是国际彩票发行的经验，还是中国彩票的实践，得出一个共同的结论是，彩票业必须走法制化的轨道。用法律规范彩票业管制机构的权限、彩票销售的模式和公益金的分配使用。彩票的国家立法，主要是要确立彩票在国家或政治经济生活中的特殊功能和地位。不仅如此，各种位阶彩票管制规范的完善既是发行彩票正当性的依归，更可为彩票业的监管提供丰富的"弹药库"。此处我们不仅强调彩票国家立法的出台，也重视各种位阶管制规范的充实，包括法律、行政法规、部门规章以及其他规范性文件。

就目前而言，最为迫切和最为重要的当推最高位阶的管制规范——彩票法的制定

（或者国务院先行出台《彩票管理条例》）。对此，社会各界的呼请已不在少数，事实上，国务院在发布各项彩票管制政策的同时业已深觉上位规范缺位的难言之隐，这种"心情"可以在《国务院关于进一步规范彩票管理的通知》中窥见：在该份通知中，国务院一方面对彩票公益金分配比例、彩票发行收入构成等作出了调整性规范，另一方面又深知以国务院通知的形式确立如此重大的规范存在"民主赤字"问题，于是又在《通知》的最后要求财政部会同有关部门尽快起草《彩票管理条例》，报国务院审批后公布执行。——在技术层面，财政部起草条例自然没有难度，困难的正是背后的利益协调。就目前的状况而言，恐怕需要在最高仲裁者的协调下，小心翼翼地进行各方力量的平衡，立法过程本身就是一个妥协和角力的过程。

高位管制规范到位的关键正在于上述政治运作面和利益冲突面的努力，如果纯就技术面而言，我国彩票立法似应从以下方面规范彩票业：彩票立法的目的、宗旨和基本原则；彩票主管部门及其职权；彩票经营机构的设立与经营；经营彩票的许可证制度；彩票的面额、种类、具体游戏规则和监制等；彩票收入的分配与使用；彩票公益金管理制度；彩票纠纷解决机制；法律责任等。

（三）实现彩票销售经营的市场化

实行企业化经营，这里可能最难解决的是福利彩票中心与体育彩票中心怎么样定位与重组的问题，用一个非营利性的彩票经营机构从事彩票的经营在我国彩票业的发展过程中曾经也是功不可没，但终究不是大势所趋。显然，在经费投入的问题上，国家不可能像企业那样以经营效益最大化为投入标准，其投入的直接目的也不是为了产出，而是为了维护事业单位的正常的运行，这一矛盾注定无法经营实现效益最大化。另外，事业化经营的结果必然会造成市场的萎缩，这个道理很简单：没有利益的驱动，企业缺乏发展的内在动力；经营依靠经费，企业缺乏持续发展的基金积累，必然影响其合理扩张；依靠国家拨款经营，缺乏生存的压力，必然造成人浮于事，机制僵死，无力应对市场的变化。再者，事业化经营背离我国企业制度改革的大潮，不利于经营机构健康发展。

我国彩票业的市场化改革究竟应当采行何种模式，理论界和实务界也有许多不同的声音。代表性的观点有：

1. 主张成立全国统一的彩票总公司。统管全国彩票市场与行业，垄断经营全国彩票，改变目前中央、地方、部门分属管理局面，保证彩票市场的统一性和完整性。在体制上，在各省、市、自治区、计划单列市可设由总公司投资的国有独资企业法人的子公司，而地、市、县、区设立非独立核算、非企业法人的分公司、支公司。

2. 建议将全国彩票市场划分为三块：竞猜型彩票市场、数字型与乐透型彩票市场、传统型与即开型彩票市场。每一个彩票市场通过竞标方式发放一张许可证，形成多寡头的间接竞争模式。这种模式的优点在于既能促进部分竞争、实现技术进步，又由于三块市场属于异质产品之间的间接竞争，出现恶性竞争的可能性相对较小。

3. 认为只需在现有的中国福利彩票中心和中国体育彩票中心基础上予以改组，两家脱离行政依附，实行企业化运作。

我们认为，比较而言，第三种模式改革的成本最小，而且也更有助于现有资源的合理利用。事实上，国家是最应该退出商业经营的，权力经济造成的垄断应该被打破。那么，两个中心要面临的首先就是企业化改造的问题，建立一个完全独立于民政部和国家体育总局的彩票经营企业，和其他试图进入该行业的公司一起竞争。这一改革也最终将彩票的经营市场化，两个中心可以通过吸纳其他企业参股与其他企业重组的方式，建立彩票公司，继续从事彩票的发行。当然，经营体制改革对福利彩票中心或者体育彩票中心的特别考虑，主要是尊重历史，正视制度的连续性。而且这两个发行机构从事彩票的发行已经多年，有相当的基础，这使得在改制的过程中不致于引起彩票市场的巨大动荡不过。有一点是明确的，这种改制不但要实现监管机构与经营机构的利益的分离，还要在将经营机构进行企业化改制的过程中实现经营机构与国家利益的分离，使之成为彼此独立的利益主体，最终彻底实现经营与监管的分离。当然，监管体制的建立要有很多具体的监管制度的确立，如关于特许经营的具体程序问题、对代销商的监管问题、信息提取与信息披露问题等。

最后，监管者应当采用多种政策工具实现管制目的。在准入阶段，运用特许的管制策略；而在运营阶段，则采用信息规制，强制彩票发行企业进行信息披露（比如在美国，彩票公司除特别规定以外所有记录都应视为公共记录并接受公众审查；在英国，每个财政年度末尾，有关彩票的报告应提交政府，并给议会备案）；还可运用"自我规制"策略，部分事项交由彩票公司内部自我规制，而监管者为保障这一规制策略的实现，在外部为彩票公司设定罚则，或者构建诱因／激励机制等。

（四）进一步加强对彩票公益金使用的监管

根据《体育彩票公益金管理暂行办法》，体育彩票公益金主要用于落实《全民健身计划纲要》和《奥运争光计划纲要》中以下范围的开支：资助开展全民健身活动；弥补大型体育运动会比赛经费不足；修整和增建体育设施；体育扶贫工程专项支出。其中资助开展全民健身工程占公益金的60%，是体育彩票公益金支持的重中之重。由于公益金的公益性和彩民的无偿性，对体育彩票公益金的监管就显得尤为重要。应当说，国家体育总局十分重视公益金使用的监管工作，每年体育彩票的收支状况，国家体育总局体彩中心和各地体彩中心都会通过媒体向社会公布。公益金的使用有一套严格的程序：先由主管部门提出使用计划，经财务部门审核，再上报由总局群体司、经济司、监察司、财务管理审计中心、办公厅、竞技体育司、主管总局领导、财政部主管业务部门组成的联席会议讨论，提出修改建议，最后由总局办公会议通过。最近，国家体育总局为了进一步加强用于全民健身事业的公益金的使用管理，并使公益金在使用过程中做到科学规划、合理使用、规范运作、严格管理、讲求实效，防止腐败问题的发生，颁布了《关于进一步加强用于全民健身的体育彩票公益金使用管理的通知》，并建立国家体育总局体育彩票公益金使用管理联席会议制度，致力于做到体育彩票公益金的每一项资金的使用，都有章可循，有法可依。

在肯定体育部门在公益金使用管理上的工作的同时，我们也应看到，自我监管总是存在一定的可疑性。法谚有云"自己不能做自己的法官"，如果只能依靠监管主体的自觉总是不可靠的。课题组认为，应当进一步加强对彩票公益金使用的监管程度，因此设立专门的彩票公益金监管机构是大势所趋，而在这之前，应当进一步通过公开账务明细等方式进一步增强体育彩票公益金使用的透明化程度，并通过严格审计加以监督。

（项目编号：681ss04081）

提升我国体育产业竞争力的
公共政策分析

杨　越　　谢静月

经济界和体育界对我国体育产业发展战略进行了广泛讨论，形成了许多对策性建议。经济界主要是从如何利用奥运商机、体育产业在促进经济增长、扩大就业中的作用等宏观角度进行讨论；体育界则更加关注于就如何利用和扩大体育消费、健全体育市场等角度提出对策。然而，这些讨论大多属于不同部门的对策性研究，缺乏一个共同的产业政策目标；而且，不同研究成果之间很难相互比较，因此所提出的体育产业政策最终能否奏效并不清楚。这说明，目前对我国体育产业政策的研究尚缺乏一个可以和其他产业、其他国家进行综合比较的理论体系和评价标准。

随着国内外经济理论，特别是产业组织理论的发展，一种全新的研究产业政策的理论体系——"竞争力经济学"获得了广泛的认同。"竞争力经济学"对产业经济学的发展贡献表现在：从理论上明确了产业政策的目标就是提高国家整体产业竞争力和某特定产业竞争力；从方法上综合了微观经济学、产业经济学、发展经济学、制度经济学、公共部门经济学、管理经济学和统计学的相关成果；操作上，目前国内外大多数工业企业和某些特定行业已经建立了相应的分析指标和监测体系。可见，竞争力经济学的发展为政府公共部门分析特定产业政策提供了更加明确的理论依据和现实方法。

由此，在吸收前人研究成果的基础上，本文以产业组织理论的最新成果——"竞争力经济学"为理论基础，以提高我国体育产业竞争力为政策目标，以数理统计为工具，结合规范分析和实证分析方法，分析我国体育产业竞争力的诸影响因素，从而更加有针对性地对我国现有体育产业政策实施步骤进行分析，对新政策的制定和现有政策的修改完善进行全面考察。

一、竞争力经济学的含义

(一) 竞争力经济学的界定

当今世界经济界对竞争力的研究代表为美国著名经济学家迈克尔·波特的理论，这些理论基本包括在波特先生的四本著作《竞争战略》《竞争优势》《国家竞争优势》以及《竞争论》当中。从国内研究成果看，关于竞争力的定义有不同的说法，但应用最为广泛的是根据 2002 年由社科院工业经济研究所金碚教授主持完成的社科院重大课题《中国产业与企业国际竞争力研究》中提出的观点。

按照《竞争力经济学》（金碚，2003）的定义：竞争力表现一个产业比其他的产业更有效向消费者提供产品和服务，并且获得自身发展的能力或者综合素质。所谓更有效提供是指以更低的价格获得消费者更满意的质量，持续进行生产和销售。所谓获得自身发展指企业能够在经济上持续长期良性循环，具有持续良好的业绩，从而成为生存和不断壮大的强势产业。

（二）竞争力经济学的三大来源与主要研究方法

1. 竞争力经济学的来源

竞争力经济学是综合了经济学、管理学和产业经济学的新兴学科，其研究的对象是揭示导致企业或者产业之间竞争力差异的"竞争驱动力"因素。

（1）竞争力经济学与经典经济学的差异

经典经济学所进行的研究和分析是以假定"企业同质"为基本的逻辑前提，即假定企业都是具有经济人理性的。所谓经济人的理性即精于计算，并且按照微观经济学的原理和方法进行决策和行动。从经济学角度来讲，经济学遇到的最大问题是，经典经济学重点的分析是假定以企业同质为基本逻辑的前提的，人在本质上是一样的，企业的本质也是一样的。人都是经济人，企业都是追求利润的。但是，经济学竞争力的研究目的恰恰是来解释企业和企业是不一样的，那么由于这个问题的基本性质，就必然使研究竞争力的学术范示就不能仅仅局限在经典学方面内。

（2）竞争力经济学与管理学的交叉

讨论竞争力的时候，特别是国外的管理学家提出了核心竞争能力这个概念的时候，核心竞争力的本质，是一种知识，是一种理念，甚至是一种价值观。当研究深入到管理经济学或者企业经济学领域的时候，我们假定存在着实质性的企业内部结构差异和行为差异。这种情况下关注企业竞争力的因素可以涉及企业战略、组织行为、企业家行为、管理能力等。这些因素也是构成竞争力经济学的核心内容。

（3）竞争力经济学与产业经济学的交叉

从经济学的角度研究竞争力问题，主要是关注成本、价格、生产要素的配置、分工、供求这些经济学的基本因素。当一般微观经济学拓展为产业组织经济学的时候，假设条件发生了变化，企业仍然是同质，但是存在着市场结构差异和要素流动的结构性障碍。在这种情况下，在分析竞争力的时候不仅能够考察它的成本价格、规模，而且可以考察产品的差异，考察企业市场的定位、企业之间的关系、企业的博弈策略、信息等因素。这些产业经济学研究的对象也构成了竞争力经济学的组成部分。

2. 竞争力经济学的研究方法

研究竞争力最基本的逻辑方法，在最抽象层次上的研究主要应用的是理论经济学的逻辑方法，即演绎的方法，通过一定的假定假说然后进行逻辑推理。当进入比较具体层面的研究领域时，越来越倾向于经济学与管理学的结合，即引入管理学的逻辑方法。管理学的逻辑方法基本特点是更倾向于应用归纳逻辑的分析方法。在此基础之上，运用统计分析的方法又可以用数字来逼近竞争力的现实。竞争力的研究方法论上不仅有经济学的方法、管理学的方法，而且要运用统计分析的各种方法，最终将产业的竞争力落实到"竞争驱动力"上。

（三）竞争力经济学对体育产业研究的启示

竞争力问题，是世界上从国家到地区再到企业普遍关注的课题。无论是瑞士国际管理发展研究院（IMD）的《世界竞争力年鉴》、世界经济论坛（WEF）的《全球竞争力报告》，还是美国的《财富》《福布斯》《金融周刊》企业排行榜以及中国社科院《中国企业竞争力报告》等成果都一直吸引着全球政界、企业界和学界甚至社会大众的关注。作为我国体育产业自身，由于历史和现实条件的约束，一直没能建立起一套评价体育产业竞争力的体系，这既不利于体育产业管理部门对体育经济政策规划，也不利于吸引各种社会资金向体育这一朝阳产业的流动，也影响了社会公共舆论对我国体育产业的客观评价。

从当前竞争力研究已经取得的成果看，当前由于体育产业统计体系尚不完善，各种结果性和解释性指标空白点很多，给体育产业竞争力分析带来了极大的难度。虽然如此，在竞争力经济学的理论和基本思路的启示下，从竞争力经济学关注的核心要素——"体育产业竞争驱动力"出发，对我国体育产业及其公共政策进行考察仍然十分必要。

二、当前我国体育产业竞争力分析

（一）体育产业的内涵和外延

1. 体育产业的界定
在市场经济体制下，体育产业是以"体育"为媒介，满足体育消费需求而形成的体育产品生产活动的集合。

2. 体育产业的范围和特点
它既包括能够独立于国民经济中其他行业的体育本体产业（包括体育竞赛表演业、体育健身娱乐业、体育经纪业、体育场地服务业、体育博彩产业、体育康复保健业、体育咨询培训业、体育用品销售业），也应当包括其他产业中以体育为媒介的交叉产业，如体育用品制造业，体育信息业、体育媒体业、体育金融保险、体育旅游业等。

体育产品自身兼具实物性和精神性消费品的特点。从产出的角度看，体育产业既包括独立于国民经济中其他产业的内容（如竞赛表演业，健身娱乐业、体育咨询业等），也包括目前实际统计核算中其他产业部门以"体育"为媒介的交叉产品（如体育用品业、体育传媒业等）；从投入的角度看，体育产业既包含物质部门的投入，也包含非物质部门的投入。

（二）我国体育产业发展现状

本课题以国家社会科学基金项目《中国体育产业发展现状调查与研究》（项目编号：00BTY007）对全国七省市的调查的研究结果为基础，运用若干经济学的理论对我国体育产业总体规模和基本情况进行分析和研究。

从 2000—2002 年我国广东省、浙江省、北京市、辽宁省、安徽省、四川省、云南省七省市体育产业统计汇总的结果来看，我国体育产业主要经济指标在经济发达、体育运动水平较高地区的国民经济体系中，已经发挥了比较重要的作用，初步确立了体育产业作为国民经济新的增长点的地位。上述七省市体育产业生产总值已达 813.59 亿元，增加值已达 228.8 亿元，七省市体育产业吸纳的就业人口已达 104.72 万人（表1）。

表 1 我国部分省市体育产业发展状况的比较

省市名称	年份	总产值 （亿元）	增长率 （%）	增加值 （亿元）	增长率 （%）	占 GDP 比例(%)	就业人口 （万）	增长率 （%）	占就业人 口比例(%)
广东省	2002 年	250.13	17.4	67.9	9.0	0.57	54.46	－	1.37
浙江省	2000 年	252.37	20.6	55.65	－	0.92	20.76	14.3	0.76
北京市	2002 年	128.43	20.7	52.9	16.3	1.7	6.7	19.64	0.97
辽宁省	2001 年	146.00	－	39.4	11.8	0.78	17.4	－	0.95
安徽省	2001 年	13.07	14.8	5.33	20.3	0.16	3.9	29.3	0.13
云南省	2001 年	16.88	－	4.75	－	0.23	0.55	－	0.02
四川省	2001 年	6.74	－	2.87	22.1	0.07	1.5	20	0.03

[注] 增长率为同比增长率。由于各个省市的调查分不同年份进行，浙江、辽宁、云南、四川四省的调查为一次性调查，因此这里无法列出相应的同比增长率。

总之，随着国民经济的发展，特别是北京申奥成功极大地促进了体育产业的发展。由于各地区开展的体育产业调查是在不同年份进行的，为了推算全国总体必须将七省市的体育产业统计数据统一核算为 2002 年的数据，因此本文运用经济学的方法对七省市体育产业统计的数据进行了调整。总体而言，1999—2002 年是我国体育产业迅速增长的一个时期。截至 2002 年，七省市体育产业产值的平均增长速度为 18.39%，增加值的平均增长速度为 17.38%，带动就业增长 19.43%。由于在对以上七省市的计算中，本文都是按照以前年度体育产业的增长率估测 2002 年的情况，因此这个结果可以说是比较保守的估计。根据调整后的统计数据，2002 年，我国七省市体育产业总产值为 952.57 亿元，占 2002 年我国国民生产总值的 0.92%，体育产业增加值为 261.24 亿元，占我国 GDP 的 0.25%，解决就业 114.85 万人，占全国总体的 0.155%（表 2）。

表 2 调整后的七省市体育产业发展状况比较

省市名称	年份	总产值 （亿元）	增长率 （%）	增加值 （亿元）	增长率 （%）	占 GDP 比例(%)	就业人口 （万）	增长率 （%）	占就业人 口比例(%)
广东省	2002 年	250.13	17.4	67.9	9.0	0.57	54.46	－	1.37
浙江省	2002 年	367.06	20.6	80.7	20.6	1.05	27.12	14.3	0.96
北京市	2002 年	128.43	20.7	52.9	16.3	1.70	6.70	19.6	0.97
辽宁省	2002 年	163.20	11.6	44.05	11.8	0.81	19.45	11.7	1.05
安徽省	2002 年	15.00	14.8	6.41	20.3	0.18	4.65	29.3	0.14
云南省	2002 年	20.53	21.6	5.78	21.6	0.26	0.67	21.6	0.03
四川省	2002 年	8.22	22.1	3.50	22.1	0.07	1.80	20.0	0.04
平均值	－	－	18.39	－	17.38	－	－	19.43	－

由于目前国内体育产业的统计体系尚未建立，因此，本文实际上采取了典型调查方法。典型调查是一种非全面调查。它是根据调查目的，在对研究对象进行全面分析的基础上，有意识地选出少数有代表性的单位，进行深入细致调查的一种调查方法。典型调查可以弥补当前各个省市体育产业统计调查的不规范和不统一。在样本分布合理的情况下，可用典型调查估算总体数字或验证全面调查数字的真实性。

根据七省市的调查结果，本文对截至 2004 年全国体育产业增加值进行了推算。

从本文的样本覆盖范围看，本文所依据的调查省市在分布上基本囊括了全国不同经济区域体育产业的情况，适合作为对我国体育产业总体进行估算的统计依据。因此，我们可以从总体上依据七省市的 GDP 在全国的比重和体育产业规模估算出截至 2002 年全国体育产业的规模。

（1）2002 年七省市 GDP 占全国 GDP 的比重＝（11769.73＋7796.00＋3212.71＋5458.22＋3569.10＋2232.32＋4875.12）/103553.6=38913.2/103553.6=37.5%；

（2）2002 年七省市体育产业增加值＝261.24（亿元）；

（3）2002 年全国体育产业增加值＝七省市体育产业增加值/（七省市 GDP 占全国 GDP 的比例）=696.64（亿元）

（4）2002 年全国体育产业增加值占当年全国 GDP 的 0.6727%。

在此基础上，根据 2002 年七省市 GDP 平均同比增长率（17.38%），我们可以估算出截至 2004 年底，我国体育产业总体规模为 958.57 亿元，当年 GDP 的比重为 0.702%。

按照 1978—2003 年中国服务业的平均增长速度 10.29% 的速度，我们可以保守估计至 2010 年，中国体育产业将至少达到 1725.23 亿元，占 GDP 的比重超过一个百分点。

此外，2002 年七省市体育产业劳动生产率平均值为：22740 元/人，按照这个劳动生产率我们可以估算出 2002 年全国体育产业的吸纳就业人数为 306.35 万人，占全国就业人员的 0.4%，占全国第三产业就业人数的 1.4%；另一方面，体育产业就业的同比增长速度为 19.43%，而同期我国第三产业就业增长速度为 4.2%，高出 15.23 个百分点。这说明，当前我国体育产业由于规模限制，吸纳就业的作用还没有充分表现出来，但是从前景看体育产业相对于第三产业的其他行业，对扩大就业的作用潜力巨大。

（三）我国体育产业竞争驱动力分析

1. 国际层面的竞争驱动力分析

（1）加入 WTO

加入 WTO 对体育产业的影响主要来自《服务贸易总协定》。《服务贸易总协定》对于体育产业的影响表现在以下几方面。

A. 为提高体育产业的竞争力和现代化创造条件。《服务贸易总协定》是建立在尊重各国服务业法律和规章基础上的。它反映了各国服务业竞争优势的差异，体现了各方利益的妥协、义务的平衡。其中一些规定，如关于发达国家缔约方应通过个别承诺以促进发展中国家国内服务能力、效率和竞争力的增强，并促进发展中国家对技术和有关信息的获得，要求发达国家要为发展中国家的服务提供者获取有关商业和技术方面的信息提供便利。为中国体育产业的扶植与发展提供了可以利用的条件。再如，关于政府可采取服务补贴促进服务业发展的规定，也为发展和保护体育产业提供了有利的条件。

B. 促进经济全球化和生产的国际化。《服务贸易总协定》中的逐步自由化、非歧视和透明度原则为各国服务业的投资者创造了良好的投资环境，加速了服务业国际资本的移动，推动了服务生产的国际化。据《1998 年世界投资报告》统计，国际投资中50% 以上集中于服务业。这无疑为增加体育产业的国际投资提供了良好的机遇。

C.《服务贸易总协定》将会加快服务业内部的国际分工。通过国际资本的移动加快服务业内部的国际分工，有利于体育产业的资源和要素的优化配置，提高体育产业的规模和效益。

(2) 奥运会

奥运会作为世界规模最大的体育赛事，不仅会为主办国家和主办城市带来经济增长、扩大就业等宏观影响，而且能够为当地体育产业发展提供新的发展机遇。

北京承办2008年奥运会对我国体育产业的影响主要体现在以下几方面。

首先，扩大体育消费需求。承办奥运会的过程是一个不断提高国民体育意识、引导大众体育消费的过程。体育产业发展的源动力在于大众持续的体育消费需求。当前我国城市居民和部分发达农村地区的居民已具备体育消费能力，但这种理论上的消费能力能否转变为实际的消费水平，很大程度上取决于国民体育意识的强弱和体育消费习惯的形成。对体育这种需求弹性极大的消费品来说，还要有技能储备，这样才能将体育消费由尝试性和一次性消费转化为习惯性消费。承办奥运会将使体育在相当长的一段时间内成为社会关注的焦点和热点，这种关注对提升国民体育意识、引导和激发大众的体育消费行为将发挥重要作用。

其次，举办奥运会最重要意义在于扩大了体育产业发展资金来源。包括政府投资、私人部门对体育赞助、体育转播、体育彩票、体育设施的投资明显上升并保持比较高的水平。比如，举办过程中提高和规范了体育产业作为媒介产业的基础——体育赞助的规模；从组委会对体育转播权的买卖中，提高了体育转播的地位和作用。这是当前我国体育产业发展的生存之本。此外，承办奥运会可以为所有体育企业拓展业务提供资源和机会。健身娱乐企业可以借承办东风引导和刺激消费，拓展服务人群和服务领域；竞赛表演企业和体育中介企业可以借承办的影响力运作一系列国际和国内的商业赛事；体育用品企业则可以借承办奥运会这一强势品牌开展营销，开拓国内外体育用品市场；体育旅游、体育媒体、体育保险等行业也会因承办获得必要的发展机会。承办奥运会本身就是一个刺激体育产业发展的巨大需求，上千亿元的投资将极大改善中国体育产业的基本物质条件，提高整个产业的资金和技术密集程度，从而为我国体育产业的持续发展奠定坚实的基础。

第三，优化体育产业结构。当前我国体育产业结构上存在的主要问题是体育本体产业发展滞后、所有制结构失调以及项目和区域发展不平衡等。承办奥运会对改善我国体育产业结构将起到推动作用。其一，承办奥运会能极大地带动健身娱乐业、竞赛表演业、体育中介业、体育彩票业这四大体育本体产业的发展，同时也能带动体育旅游、体育保险、体育媒体等体育关联产业的发展，从而提高体育服务业在整个体育产业产值中的比例，解决本体产业发展滞后的问题。其二，举办奥运会的国家在承办期一般都会不程度上出现体育消费热，从而促成体育投资热的形成。由于体育产业属于竞争性行业，体育的商业投资与其他行业相比又存在投资少、见效快、风险低的特点，因此投资热所拉动的将主要是民间资本。同时举办所需的巨额投资有相当一部分将来自国内外的企业，而这一部分企业很多又是非公企业，由它们投资所形成的产业增量以及奥运会拉动的民间投资热，将在很大程度上改变我国体育产业所有制结构中国有比例过高的问题，从而使这一竞争性行业更具活力。其三，承办奥运会还能在一定程度上解决运动项目开发不平衡的问题。当前我国奥运会优势项目的商业化开发程度普遍较低，如体操、跳水、举重、射击等，举办奥运会可以增加这些项目商业开发机会，尤其是在带动这些项目无形资产商业开发方面的作用会更大，从而能在一定程度上改变我国低水平项目商业化、高水平项目公益化的扭曲现象。

2. 宏观层面的竞争驱动力分析

（1）宏观经济发展阶段对体育产业提出的新要求

体育产业是生产和经营体育物质产品和服务产品的各类组织的结合。一个国家体育产业发展的规模、结构、质量和效益，取决于该国整体的经济发展水平，或者说取决于该国经济处在哪个发展阶段。按照罗斯托的"经济成长理论"，人类社会发展可分为六个经济成长阶段，即传统社会阶段、为"起飞"创造前提阶段、起飞阶段、成熟阶段、高额群众消费阶段和追求生活质量阶段。体育产业一般是在一国经济整体进入高额群众消费阶段时开始活跃，进入追求生活质量阶段时开始繁荣。美国是20世纪20年代进入高额群众消费阶段，50年代进入追求生活质量阶段；西欧和日本是50年代进入高额群众消费阶段，70年代进入追求生活质量阶段。这个时间表，大体上与体育产业在这些国家和地区的发展进程相一致。目前，体育产业已经成为西方主要发达国家国民经济新的增长点，并大有成为支柱产业之势。西方主要发达国家体育产业发展的历程及其现状，说明了体育产业是后工业化社会推动一国经济持续增长的重要力量。

目前我国整体上正处于成熟阶段，尚未进入高额消费阶段，但在发达地区中高收入人群的体育消费已经形成一定市场规模。在未来10年，中国经济成长由成熟阶段向高额消费阶段的演变过程，为体育产业的迅速发展提供现实的机遇。

（2）消费结构不断改善和升级为体育产业发展创造广阔的市场需求

由邓小平同志提出并在改革开放实践中不断丰富完善的"小康"理论，是中国自己的经济成长理论。小康理论把我国改革开放以后的经济发展划分为四个阶段，即贫困阶段（1990年以前，人均GDP500美元以下）、温饱阶段（1991－2000年，人均GDP500～1000美元）、小康阶段（2000年—21世纪中叶，人均GDP1000～4000美元）、富裕阶段（21世纪中叶以后，人均GDP4000美元以上）。目前，我国已基本上进入了小康阶段的初始水平。如果按GDP年均增长7%测算，我国人均GDP到2018年将达到2516美元，完成工业化任务；到2030年，人口将达到峰值15.5亿人，人均GDP将达到5400美元，进入中等发达国家水平；2040年左右进入富裕国家行列。根据体育产业发展的一般规律以及新世纪我国经济的基本走势，21世纪将是我国体育产业发展、繁荣和成熟的世纪，体育产业在我国国民经济中的地位将进一步提升，对推动我国经济在新世纪的持续增长将发挥越来越大的作用。

目前，我国人均国民生产总值已经超过1000美元，从低收入国家跨入中低收入国家行列。随着居民收入水平和生活水平的不断提高，社会需求更趋多样化，消费结构升级加快，人们更加追求生活内容和精神享受的提高与改善，这必将使更多的对体育产业的潜在需求转变为现实需求。消费结构升级将直接创造多层次的服务需求，为体育产业的快速发展创造条件。

（3）城市化进程加快

城市化滞后于工业化的进程是我国经济发展面临的一个突出矛盾。目前，世界上高收入国家城市化水平已达80%以上，中上收入国家达60%，中下收入国家达55%，低收入国家平均也在35%。我国城市化水平在43个低收入国家中，仍然处在中位偏下水平，严重制约了消费结构和产业结构升级。从经济传导机制看，城市经济的较快发展是带动农村经济增幅回升、拓展农业人口非农化和城市化渠道的关键。同时，加快农业人口城市化进程不仅会直接扩大投资和消费需求，而且将对城市产业结构优化升级产生推动作用，有利于逐步缩小地区差距。农业人口城市化加快，会直接对建筑、建材、电力、交通、通信等行业的发展产生巨大的拉动作用，促使家电等产业的快速增长再持续10～20年。因此，加速城市化进程将是新世纪我国经济发展的必然选择。

城市化水平对体育产业发展水平有重要影响。城市化加快可以使人们的自给性服务消费逐步减少，社会性服务不断增加，促进社区体育和群众性体育组织的等体育服务业的发展。城市经济繁荣和社会分工的细化，必将带动以体育服务为代表的精神服务业的发展。城市基础设施的改善和城市功能的完善，将带动体育场馆设施的发展；随着城市化对经济增长作用的发挥以及人们生活水平的提高，将带动体育产业这样的提高生活质量的服务业的快速发展。新世纪我国城市化进程的加快，对体育产业的发展，尤其是在启动体育消费、拓展体育市场方面有十分重要的作用。体育本质上是城市文化，体育产业就是经营这种文化的行业。没有城镇居民占总人口比重的提升，没有城市化产生的人口聚集效应，体育市场拓展和体育消费的繁荣都是不可能的。

（4）产业集群的竞争驱动力分析

①总体上，以体育服务业和体育用品制造业为主导，多业并举的产业格局正在形成，体育产业集中程度比较高。

七省市的统计结果分析表明，体育服务业在我国大多数省、市、自治区已经成为体育产业的主导产业，占体育产业总体的33%，而体育用品制造业则占到了52%，两者共同构成了我国体育产业的主要内容。从产业集中的角度看，我国体育产业主要集中在经济发达省份（如北京、浙江、广东）和体育竞技水平比较高的省份（如辽宁），产业集中的趋势十分明显（图1）。然而，这只是从体育产业的总体出发得到的结果。对于产业集中程度的分析还应当细化到产业内部。

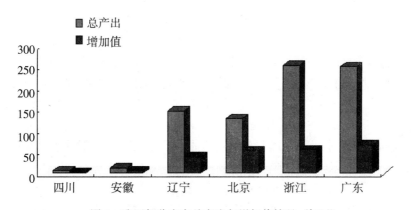

图1　我国部分省市总产出与增加值情况（亿元）

②体育用品业主要集中在制造业发达的省份，比较集中

我国体育用品制造业主要集中在东南沿海地区，尤其是广东、浙江、福建等省份（图2），集中了我国体育用品制造的80%以上的份额，这些地区的体育用品制造业已经形成了规模，产品技术信息共享、从业人员流动以及形成的定价机制已经显示出规模经济效果。

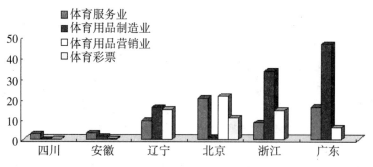

图2　我国部分省市体育业不同行业增加值比较

③体育服务业比较分散，产业集中度不高

从图2还可以看出，与体育用品制造业相比，我国体育服务业则比较分散，其中体育用品销售主要集中在体育文化比较发达的超大型城市，而健身娱乐业和竞赛表演业的分布则比较分散地分布在经济发达或者体育传统较强、体育水平比较高的省份中。体育服务业总体的集中度不如体育用品制造业那样高。

④体育产业比例结构存在的问题

首先，我国体育产业发展长期滞后，产出和就业的规模的绝对额和相对额都偏低。我国产出占GDP的比重不仅落后于发达国家，而且也低于同等发展程度的发展中国家。我国体育产业增加值占GDP的比重在申奥成功后有了迅速增长，但受到国际市场波动的影响和体育产业本身结构不合理的影响，我国体育产业的总体规模只占GDP的比重为0.702%，而发达国家的这一比例都在2%左右，而巴西、印度等国家也超过了1%。从就业结构来看，2002年全国体育产业的吸纳就业人数为421.5万人，占全国就业人员的0.5%，而发达国家的平均水平基本都在1%左右。而且，体育产业在我国第三产业中的比重也较低，只占2.4%，从业人数占全国第三产业就业人数的1.5%。而同期包括发达和下中等收入国家体育产业占第三产业的比重都在3.3%以上。

其次，我国体育产业的比例结构不合理。按照体育产业发展的一般规律，体育服务业是体育产业发展的重点，其在体育产业结构中所占的比重应达到60%~70%。20世纪90年代以来，西方主要发达国家体育服务业创造的增加值占体育产业的比例均超过60%。而我国体育服务业在体育产业总体结构中所占比重太低，体育产业结构配置不够合理。

第三，我国体育产业地区差距太大。我国体育产业主要集中于京津沪及东南沿海经济发达的地区，中西部地区体育产业发展则相对落后。我国体育产业巨大的地区差距很大程度上制约了我国体育产业的健康发展。

第四，我国体育产业的集中度不高。西方发达国家的体育产业大多是以几个大型体育产业企业集团为核心、以中小企业为基础、服务项目相对完整的体育产业体系。而目前我国只有中体产业一家规模比较大的体育上市公司，多数企业经营规模较小，没有形成自己有影响的品牌，我国体育市场总体上处于"小、散、乱、差"的局面。

最后，我国体育产业的总体竞争力水平比较低。西方发达国家体育产业的经济效益远超过中国。体现国民经济效益的一个重要的指标是劳动生产率，劳动生产率是指单位时间内平均一个劳动力所生产的产品数量或称单位时间内所消耗的劳动量。劳动生产率是产业生产技术水平、经营管理水平、职工技术熟练程度和劳动积极性的综合表现。通过中外体育产业劳动生产率的比较我们可以看出，西方发达国家体育产业劳动生产率远远超过我国。美国体育产业的劳动生产率相当于我国的 25 倍，英国相当于我国的 21.36倍，加拿大相当于我国的 13.11 倍，说明我国体育产业整体效益和经营水平远不如西方发达国家。

3. 产业层面的竞争驱动力分析

（1）我国体育健身娱乐业发展状况

现状：

在我国体育服务业中，健身娱乐业一枝独秀，在 5 个省市体育服务业的调查结果中，各项经济统计指标均超过体育服务业总体的 50%以上，充分体现了国家实施"全民健身计划"这一跨世纪宏伟事业的成果。

随着人们生活水平的提高，以及假日经济的来临，休闲体育在我国悄然兴起。除参加传统的体育活动以外，休闲与户外体育活动，如滑雪、登山、高尔夫、保龄球、网球、蹦极、攀岩、滑板、潜水、野营、健美操等日益赢得人们的青睐，同时也带动了体育休闲产业的发展。

问题：

第一，国家对体育健身娱乐业的管理关系没有理顺，没有健全相应的管理制度。长期以来我国体育健身娱乐业处于多头管理、政出多门的状况，有的部门甚至仅仅收取管理费，而不对体育健身娱乐业提供任何服务；体育健身娱乐业至今仍缺乏统一的行业管理规范，包括企业开业标准、从业人员资格认证标准、健身场所服务和管理标准。这种状况使得体育健身娱乐业恶性竞争十分严重，直接侵害了经营者和消费者的利益。

第二，长期以来国家对体育健身娱乐业对体育健身娱乐业缺乏必要的鼓励和扶持政策。从 2001 年 5 月起，国家有关部门规定对娱乐业，包括夜总会、歌厅、舞厅、射击、狩猎、跑马、游戏、高尔夫球、保龄球、台球、攀岩、滑冰、卡丁车等，一律按照20%征收营业税。在水、电、媒等能源使用方面，国家则一直把体育健身娱乐业与工业同等对待，多数游泳场馆需要将营业收入的一半用于能源费。在土地使用方面，由于长期以来城市规划和建设部门缺乏对城市居民健身需求规律的认识，在城市规划中没有给予体育健身设施足够的用地定额，致使现有的体育健身娱乐设施大多使用数量有限的租用地，社区居民参与体育活动的场地设施严重不足。这也是困扰我国体育健身娱乐业和全民健身事业健康发展的最严重的问题之一。

第三，我国体育健身娱乐业整体服务质量不高。长期以来，我国严重缺乏为普通居民服务的体育设施，缺乏人性化的符合体育健身需求的体育设施，严重限制了体育健身娱乐业的服务质量。我国体育健身娱乐业在服务产品种类、运作管理方式、发展理念方面存在巨大差距，在总体上不能满足居民多层次的体育健身需求。国家对体育健身娱乐业在建设和运营管理过程中缺乏必要的指导和监督，使得体育健身娱乐业总体上处于盲目发展的状态。我国体育健身娱乐业严重缺乏兼具市场经营和体育健身服务知识、经验的专门人才，这种状况也限制了体育健身娱乐业的整体服务质量和经营效益。

（2）我国体育竞赛表演业发展状况

现状：

我国体育竞赛表演业尽管规模不大，呈现出巨大的发展潜力。以广东省为例，2002

年，广东省体育竞赛表演业从业人员总数 0.55 万人，行业收入达到 1.23 亿元，其中门票收入 2771 万元，广告、赞助收入 7887 万元，电视转播收入 38.7 万元，无形资产开发收入 619 万元。

改革开放以来，我国体育竞赛表演业迅猛发展，每年国内外大型赛事在 600 次以上，各层次的专业运动员 80000 多人。全运会作为我国水平最高、参加人数最多的大型综合性体育赛事在市场开发方面取得了很大的成绩。八运会组委会通过运动会无形资产开发获得了 1.68 亿元的直接收入。广东省在组织第 9 届全运会过程中，在市场开发方面实现了三个转变：一是从以政府行为为主转变为以非政府行为为主；二是从过去的以优惠政策、指令性、计划性为主转变为以市场为主；三是从过去以贸易经营为主转变为以开发无形资产为主。九运会市场开发获得 2 亿多元的收入。

20 世纪 90 以来，我国职业体育获得了较快的发展，取得了很大的成绩。以足球、篮球、排球、乒乓球等为代表的职业联赛为人们提供了高水平的竞赛产品，在一定程度上满足了人们观赏高水平竞赛的需求。职业体育的发展改变了以往主要由政府办体育的格局，市场开发和市场运作能力不断增强，初步形成自我生存、自我造血和自我发展的能力。

问题：

第一，目前我国体育竞赛表演业存在的最大的问题是体育赛事资源的垄断。我国体育管理体制长期存在的问题是政企不分、政事不分、管办不分。政府部门及其所属事业单位垄断了体育赛事、体育人才、体育场馆等重要体育资源，对这些资源往往习惯于采取垄断和官办的运作方式。这种体制一方面使政府陷入了大量"不该管，管不了，也管不好"的事务性工作，严重影响了政府的工作效率，也容易滋生腐败及官僚主义作风。另一方面，这种体制严重阻塞了企业、中介机构、社会团体等社会力量支持体育的渠道，割断了体育资源通过市场进行合理配置的渠道，严重限制了我国重要体育资源的效益最大化，结果必然严重阻碍我国体育产业的发展。

第二，缺乏精品赛事。国际体育产业发展的经验表明，一个国家体育产业发展水平主要取决于一个国家是否拥有高水平的精品赛事。美国体育产业之所以成为国家的支柱产业关键在于，美国体育培育出了 NBA、橄榄球联盟、冰球联盟和棒球联盟四大职业联盟，四大联盟包括美国大学联赛为美国公众提供了国际一流水平的精品赛事。2000年四大联盟包括美国大学生联赛的收入达到 317.6 亿美元。而我国长期以来，没有培育符合中国文化特征、深受人们喜爱的精品赛事，以足球为代表的联赛水平持续低迷。这种状况也严重制约了我国体育竞赛表演业的发展。

第三，我国体育赛事缺乏大型专业性体育中介机构的有力支持。体育竞赛表演业的发展离不开具有丰富经验、专业化的、资本雄厚的大型体育中介机构、咨询公司和策划公司的帮助。如澳大利亚的"新概念公司"（New Concept Sport）、英国的德勤公司（Deloitte）、美国国际管理集团（IMG）等专业性体育咨询策划公司就在本国的体育赛事的组织、策划和包装过程中发挥了重要的作用。

（3）我国体育用品制造业发展状况

现状：

体育用品制造业是改革开放以来我国新兴的产业门类，在我国体育产业发展中占据十分重要的地位。广东省、浙江省和辽宁省的体育用品制造业比较发达，2000 年浙江体育用品制造业增加值达 33.29 亿元，2001 年辽宁省体育用品制造业增加值达 15.63 亿元，均超过本省体育服务业的增加值，同时也远远超过其他省市。

我国体育用品制造业具有鲜明的地方特色。以浙江为例，杭州富阳主要以生产羽毛球拍、乒乓球拍、网球拍及零配件为主，成为浙江有名的"球拍之乡"。丽水市主要以生产"龙泉宝剑"闻名，而宁波、绍兴、金华主要以生产健身器材为主。我国体育用品制造业在出口创汇方面发挥了重要的作用，据国家海关总署的数据，1997 年，我国体育用品出口创汇达 38.8 亿美元，1998 年为 45 亿美元，1999 年为 53 亿美元，2001 年已达到 58 亿美元。目前我国已经成为美国最大体育用品进口国，2002 年中国向美国出口的运动设备占美国进口运动设备的 55.1%，运动服装则占 75%。同时我国体育用品出口每年以近 10 亿美元的速度增长。

改革开放以来，我国政局稳定、政策优惠，同时劳动力资源十分丰富，因此国外知名名牌纷纷进驻中国，设立分厂或分支机构。这种状况使得中国体育用品制造业得到快速发展。据国际体育用品联合会资料，目前中国生产的体育用品在世界总量中已经超过 65%，中国已经成为目前世界最大的体育用品制造基地。

1993 年以来，为了提高我国体育用品的贸易额，我国每年都举行大规模的国际体育用品博览会。中国国际体育用品博览会已经成为亚洲最大，世界第三的世界性体育用品博览会。

问题：

第一，我国体育用品制造业主要以生产低附加值的来料加工产品和劳动密集型产品为主。目前如阿迪达斯、锐步等国外体育运动服装公司，甚至许多香港的体育用品企业都把产品加工的工序放在中国完成，而自己则把主要精力放在产品的技术开发、品牌的推广和产品营销上。

第二，我国的体育用品企业上万家，但大多规模太小，没有建立现代化的企业管理制度，大量的企业尚处于家庭作坊式的生产方式。由于企业小规模生产，分散经营，同时企业的管理水平低下，使得我国体育用品企业难以产生具有自己品牌和技术特点，具有国际竞争力的产品。这种状态严重限制了我国体育用品业的发展潜力。

第三，我国体育用品制造业缺乏自己的品牌。品牌在体育用品的生产和销售中起着至关重要的作用，目前全球体育用品市场销售的 85% 的产品都属于品牌产品。有些企业则主要承担国外品牌产品的生产，只赚取附加值最低的部分——加工费。

第四，我国体育用品制造业技术投入不够。技术进步和技术革新已经日益被越来越多的体育用品企业家所关注，在一个特定的体育用品产品领域的生产技术方面具有优势的国家，通常也在这一产品的市场上占有更大的份额。然而，我国的体育用品企业技术投入严重不足，产品的科技含量太低，这种状况严重地削弱了我国体育用品的竞争力。

4. 企业层面的竞争驱动力分析——以国内体育用品产业品牌竞争为例

我国整个体育产业体系发展还在起步阶段，在具体品牌竞争力、产品开发、技术含量、市场推广及融资能力上同国际品牌相比还有明显差距。中国入世后，关税壁垒消除，国内体育产业将与国外竞争对手在同一个市场上比拼。中国体育产业面临着国际体育产业的巨大威胁。

对国内体育用品企业来说，威胁最大的竞争对手莫过于三大巨头：耐克、阿迪达斯和锐步。当前，耐克和阿迪达斯两家国际巨头已经把亚洲尤其是中国作为经营重点，并且在中国的销售增长速度都很快。耐克、阿迪达斯把目标市场定位于北京、上海、广州等中国大城市，他们成功地占领了这个市场，使得这个市场的体育人口越来越多地成为耐克和阿迪达斯的忠诚消费者。

2003 年和 2004 年上半年各品牌单店销售情况比较

通过我们对京沪穗三地五个主要品牌 71 家专卖店（包括店中店）的调查，了解到了 2003 年度和 2004 年上半年各专卖店的基本竞争格局。由于样本来自京沪穗地区，所得有关数据比全国的平均数值要偏高一些，但各品牌专卖店之间的横向比较可以在一定程度上说明总体的竞争状况，见表 3。

表 3   2003 年各品牌单店业绩比较

	耐克	阿迪	锐步	李宁	安踏
平均单店面积	200.06	215.75	200.63	85	65
平均单店人数	11.84	9.67	6.29	5.57	3.14
单店销售总额	608.29	615.45	323.86	273.39	65.67
单店月平均销售额	50.69	51.28	26.98	22.78	5.47
运动休闲鞋年度销售额（%）	57.59	52.28	50.12	51.99	97.96
运动休闲服年度销售额（%）	36.52	45.46	38.46	43.35	2.04
体育器材年度销售额（%）	5.89	2.26	11.42	4.66	0
单店单人销售效率	51.38	65.1	51.52	37.89	21.59
单店平米效率	3.08	2.83	1.75	2.16	

注：单店单人效率是指每个专卖店每个员工在一定时期内（一般一年）的销售额，单店平米效率是指每个专卖店在一定时期内每平方米面积的销售额。

从以上比较可知，外国品牌专卖店单店面积一般比国内品牌大。京沪穗三地总体来看，阿迪达斯专卖店单店面积最大，其次是锐步，李宁和安踏平均单店面积不到 100 平米，安踏单店面积最小。

外国品牌专卖店单店人数一般比国内品牌多；京、沪、穗三地总体来看，耐克专卖店单店人数最多，其次是阿迪达斯，安踏单店人数最少。

外国品牌专卖店单店销售情况普遍比国内品牌的销售情况好。京、沪、穗三地总体来看，阿迪达斯专卖店单店销售业绩最好，其次是耐克，李宁专卖店和锐步专卖店相差不大，安踏单店销售业绩最差。

外国品牌专卖店单店月度销售情况普遍比国内品牌的销售情况好。京、沪、穗三地总体来看，阿迪达斯专卖店单店月销售业绩最好，其次是耐克，李宁专卖店和锐步专卖店相差不大，安踏单店月销售业绩相对最低。

阿迪达斯运动休闲服销售额在其产品系列中所占比例最大，李宁和阿迪达斯运动休闲服销售额比例相差不大。安踏运动休闲鞋所占比例最大，耐克、阿迪、锐步、李宁相差不大，都在 50%～65%。体育器材销售额比例都比较小，以锐步所占比例最大。

外国品牌专卖店单店单人销售效率普遍比国内品牌的高。京、沪、穗三地总体来看，阿迪达斯专卖店单店单人销售效率最高，其次是锐步，安踏单店单人销售效率最低。

耐克和阿迪达斯单店平米效率相当，李宁专卖店单店的要比锐步单店平米效率高，安踏最低。

三、提升我国体育产业竞争力的公共政策

（一）面对加入 WTO 和举办奥运会的外部机遇与挑战，树立我国体育产业的幼稚产业地位，在产业保护的前提下，提高体育产业竞争力的公共政策

加入 WTO，意味着我国将以更加开放的态度参与全球经济一体化的国际竞争。而提高企业竞争力不仅是我们参与竞争所必需，也是吸引投资、进一步发展的需要。因此，一方面，应尽快进行企业体制的改革，按照"产权清晰、权责明确、政企分开、管理科学"的要求建立现代企业制度，完善法人治理结构，理顺出资人的权利与义务，加强企业管理。另一方面，应下决心进行政治体制的改革，转变政府职能，精简机构，实行政资分开、政事分开。同时，对于体育产业而言，还应该进行行业管理体制的改革。通过体制创新、打破行业垄断、减少行业壁垒，提高体育企业的竞争力，营造良好的行业竞争环境。

加入 WTO 后，国内市场都将面临进一步开放问题。由于我国体育产业事实上尚处于幼稚阶段，市场发育不平衡，因此，我们对体育产业的各类市场的开放程度应该是不同的。作为幼稚产业，体育产业在开放市场、进行贸易合作时可以利用 WTO 服务贸易总协定中有关规则进行适当的行业保护。如，根据有关规定和原则，发达国家缔约方应通过个别承诺以促进发展中国家国内服务能力、效率和竞争力的增强，并促进发展中国家对技术和有关信息的获得，以及要求发达国家要为发展中国家的服务提供者获取有关商业和技术方面的信息提供便利。我们可以在协商的基础上得到发达国家的管理经验和技术帮助。根据"逐步自由化"原则，我们在少开放一些部门、放宽较少类型的交易、逐步扩大市场准入等方面，可根据实际发展情况，给予适当的灵活性，并在可能向国外服务提供者给予市场准入时把重点放在准入条件上。这些都为我们制定有关行业保护政策提供了法规依据。如适当限制竞赛表演市场的准入，加快开发体育无形资产市场、体育保险市场、体育媒体市场、体育博彩市场。

抓住入世后逐步与国际接轨前的几年时间，规划体育产业的发展步骤，确立发展的优胜目标。借鉴国内外经验，目前的优先发展产业应当是竞赛表演业。从目前中国体育市场的情况看，竞赛表演市场发育得相对较好。而目前国内市场前景最好的市场已经被国外中介集团抢占。这种趋势如不加以重视的话，将愈加不可收。从这个意义上说，适当限制市场准入是必需的。但事实上，中国的体育市场又非常需要国际集团和国际资本的介入，我们应力争在引进资本和管理的前提下，尽量少损失我们的市场占有份额。另外打破行业壁垒，创新产业制度，利用国内相关产业的人力资源和技术资源，尽快开发体育无形资产市场、体育保险市场、体育媒体市场、体育博彩市场是我们争取主动的重要基础。尤其是体育博彩市场，从发达国家的实践经验看，体育博彩市场的发育程度直接影响到竞赛表演市场的状况。

（二）面对宏观层面经济结构转型的变化，加快体育行政管理体制和产业管理体制改革的公共政策

首先，要切实转变政府职能，构建服务型政府。长期以来，我国体育行政部门习惯

于以办体育的方式管理体育，行业指导和管理比较薄弱，部门垄断、行业垄断和地区封锁现象严重。体育行政部门必须从办体育的管理模式中解脱出来，建立以体育产业政策为主要调控手段的体育产业宏观管理体制。体育行政部门应把精力集中于体育产业战略规划的制定、政策法规体系的建设、体育产业信息的提供、政策协调，并通过制定和完善体育产业政策，对体育产业实施宏观管理，指导和协调体育产业的生产和经营活动，保证体育产业快速、健康、协调发展。为社会创造公平的法制环境和政策环境，使体育行政部门成为服务型政府。

第二，进一步推进体育事业管理体制改革。推进体育事业管理体制改革是促进体育产业发展的重要环节。长期以来我国体育系统的事业单位，习惯于吃财政饭，自主开发的意识不强。推进体育事业体制改革要做好以下工作：要下决心将体育系统所属体育场馆管理单位通过企业改制坚决推向市场，彻底改变我国体育场馆运营管理长期亏损经营、服务质量与经营效益低下的状况。有步骤地推进协会实体化。将那些盈利并具有一定发展潜力的事业单位改制为企业，国家只保留少数那些国家必须的提供体育公共产品的事业单位。

第三，引导、支持建立全国性体育产业行业协会，逐步将一些不适合由政府行使的职能交给行业协会，如行业标准的制定、行业准入的资格认定、体育从业人员的资格认定等，形成行业自律机制，推动各行业健康发展。

第四，培育体育产业不同行业的认证机构，如体育器材设备认证机构、体育服务认证机构、体育场馆建设认证机构等。培育体育认证机构，通过社会渠道，运用市场化手段提高我国体育产品和体育服务的质量，对体育产品和服务实施标准化管理，是降低政府的管理成本、塑造服务型政府、提高体育产业发展水平的重要环节。

第五，培育体育中介机构，盘活中国体育市场。目前在世界各国体育产业和体育市场发展过程中，体育中介机构正在发挥着越来越重要的作用。没有体育中介机构，体育资源就不可能合理配置，体育产业就不可能得到健康的发展，体育社会化、市场化也就无从谈起。因此我国应当通过制定相应的经济政策和完善相关制度，大力培育体育中介机构，使我国体育资源得到合理配置，实现效益最大化。

（三）从提高产业集中和产业集聚出发，以调整产业结构为重点，提高我国体育产业竞争力的公共政策

当前我国体育产业面临产业分布结构、产业集中结构和产业比例结构方面的不合理。对此，公共政策应当从不同的角度对症下药。

从产业分布的角度，目前，我国体育产业主要集中大型中心城市和沿海经济发达地区，比较有代表性的地区包括珠江三角洲、长江三角洲和环渤海地区，这些地区的体育产业无论产业规模和整体发展水平都远远超过其他地区。目前我国体育产业的整体发展战略应当以上述地区为重点，通过上述地区体育产业的发展来带动我国中西部体育产业的发展，最终实现体育产业的区域协调发展的目标。应当采取以下措施实施体育产业的区域发展战略：首先，大型城市和沿海经济发达地区的体育产业应当向规模化的方向快速发展。北京、上海、天津、重庆、广州、西安、深圳、大连等大型中心城市及沿海城市应当建立国家级体育产业发展基地，使体育产业迅速发展成为当地国民经济的支柱产业和主导产业，使之在当地国民经济和社会发展中起重要的带动作用。其次，内陆和经济欠发达地区应当根据本地区经济社会发展的基本情况，依托当地的体育资源发展具有区域特色的体育产业（如黑龙江的冰雪产业），使体育产业在地区经济和社会发展中发挥重要的作用。第三，依据地方特色，发挥地方优势，形成相互促进、特色互补的区域体育产业格局。目前在我国，不同地区在体育产业发展方面都形成了各自的特色和优势，如广东省和浙江省的体育用品制造业比较发达，而北京则体育健身娱乐业比较发达。因此必须注意这些地区体育产业的不同特点，侧重发挥这些省市的地区优势，避免不同地区盲目求大求全、简单复制的做法。最终形成不同地区相互促进、特色互补的区域体育产业协调发展的格局。

从产业集中的角度，目前体育用品制造业的集中度已经很高，下一步提高的重点应当是体育服务业的集中度，发挥体育服务业的规模经济潜力。为此，国家应当鼓励和扶持建立起体育服务业中体育用品销售和体育健身娱乐业中的龙头企业，通过连锁化经营，建立南北两个全国产业集中区域，形成品牌、技术、信息和人才的集中，发挥产业集聚的效应。

从产业比例结构的角度，大力发展体育服务业是新世纪我国体育产业发展战略的重中之重，只有大力发展体育服务业才能有效地优化我国体育产业结构，扭转体育服务业长期滞后的局面，充分发挥体育服务业在吸纳就业和促进经济增长的主渠道作用，实现我国体育产业的可持续发展。针对体育服务业的特点，我们认为应当采取以下政策措施。首先，积极鼓励多元化体育服务业投资形式。政府部门应当科学地制定产业结构专项政策，积极鼓励私营、个体、港澳台及国外投资者以资本、技术、信息、经营管理等各种形式参与开发体育赛事、全民健身、体育中介、体育培训、体育咨询、场馆服务等体育经营活动，建立经营实体。政府部门应当在市场准入、工商登记、土地使用、信贷税收、固定资产折旧、劳动用工等方面提供便利。通过以上方式进一步优化我国体育服务业的所有制结构和资本结构。其次，通过财政税收等系列政策杠杆，推动体育服务业的发展。为了培育我国体育服务业，国家在税收政策方面应当通过制定减免税、差别税率、土地使用税等方面的优惠政策，同时配合优惠的水、电、煤等能源使用方面的政策，促进体育服务业的快速发展，扩大体育服务业的总量，优化体育产业结构。最后，通过投融资政策，推动体育服务业的发展。建议将部分体育彩票公益金用于支持具有发展潜力的全民健身服务业投资项目的贴息；政府应当鼓励优势体育服务企业进入资本市场，通过股票上市、发行企业债券、项目融资、股权置换等方式，为体育服务业发展提供资金保障。

（四）通过产业扶持，提高体育企业竞争力的公共政策

改革开放以来，我国体育产业总体上处于行业集中度低、经营方式落后、整体竞争力低的状况。改变这一状态必须努力构建一批具备一定规模、以体育服务业为主业的大型体育企业，全面提高我国体育服务业的整体规模和竞争力，形成以若干大型体育服务产业集团为核心、以中小企业为基础、经营项目相对完整的体育产业体系，提高我国体育产业整体运作水平和国际竞争力。为此，政府需要制定和实施相应的政策，按照建立现代企业制度的要求，规范各类体育服务业经营实体，形成科学的法人治理结构和经营管理制度。要建立以资本为纽带，通过资本市场和产权市场形成具有竞争力的跨地区、跨行业、跨所有制和跨国经营的大型体育企业集团。对于中小企业，国家应当采取改

组、联合、兼并、租赁、出售等形式，对中小体育服务业企业进行产权制度和经营机制改革，引导中小企业向"专、精、特、新"的方向发展。

相应地鼓励和扶持产业政策，包括税收、信贷、土地等多方面的政策杠杆，如政府从税收上鼓励企业对体育组织或体育活动进行赞助，尤其对国家奥委会的赞助。可以借鉴墨西哥的经验，赞助企业持国家奥委会出具的专门发票，其赞助资金可以列入成本，不再承担税负。在某些体育项目上（比如高尔夫）可以在营业税中与其他娱乐业施行不同的优惠税率，以体现国家的产业鼓励政策。

（项目编号：729ss04129）

大型体育赛事与相关产业的发展研究

丛湖平　王桥军　何　选　郑　芳　唐晓彤　罗建英　尹　亭

通过举办大型会议、展览活动，带来源源不断的商流、物流、人流、资金流、信息流，直接推动商贸旅游业的发展，不断创造商机，吸引投资，进而拉动其他产业的发展，并形成一个以会展活动为核心的经济群体，我们称之为"会展经济"。大型体育赛事作为一种特殊的会展，其产生的"会展经济"效应比一般大型会议和展览活动所产生的"会展经济"效应更大。然而，直到1984年洛杉矶奥运，大型体育赛事的"会展经济"效应才表现出来，对社会的经济价值才得以充分实现。这并不是由于大型体育赛事举办次数的增加或是规模扩大的结果，而是其通过充分发挥市场机制作用才得以实现的。

在我国，由于长期处于计划经济体制下，大型体育赛事都由国家来包办。随着计划经济向市场经济的转型，使得在我国运用市场规律举办大型体育赛事成为可能。精彩纷呈的体育比赛不仅丰富了人们的体育文化生活，促进群众体育和竞技体育的发展，而且极大地促进了举办地和国家的经济发展。通过大型体育赛事服务对经济发展的作用机制的研究，有助于我们认识大型体育赛事对经济影响的一般规律，从而采取切实有效的措施，有针对性地制订发展策略，刺激、促进举办国家和地区的经济发展。

一、大型体育赛事服务的投入品

任何产品的生产均需要一定的投入品。投入品指的是生产者在其生产过程中所使用的任何东西。投入品有固定投入品和可变投入品之分：前者指的是在所考虑的期限内相对不变的投入品数量，一般指厂房、机器设备等；后者则是指在考虑期内可以改变数量的投入品，一般指原材料、劳动力等。大型体育赛事的举办是一项庞大工程，根据本研究需要，从投入是否硬性的角度看，将大型体育赛事服务所需投入品分为直接投入品和间接投入品两大类。直接投入品是指直接与举办大型体育赛事有关的必须投入，是硬性投入；间接投入品是指不举办大型体育赛事也需要，但为了保证大型体育赛事的成功举办需提前的投入，是非硬性投入。

（一）大型体育赛事服务的直接投入品

直接投入品主要包括举办大型体育赛事的组织投入和举办大型体育赛事所必须的建设项目的投入。大型体育赛事的组织投入是指筹备、举办大型体育赛事所需要的各种活动具体运作投入，主要包括以下两个方面：1.组织管理、开闭幕式、体育比赛、药检、招待会、安全保障、售票、医疗等劳动力投入。2.开闭幕式相关道具、比赛相关用品、工作人员服装、运动员教练员村日用设备、通信联络、交通运输、水电能源、来宾住宿、餐饮等物质投入。

大型体育赛事所必须的建设项目的投入主要包括举办大型体育赛事所必须新建、改建、扩建的各项比赛体育场馆设施及配套设备、大会新闻中心建筑及传媒设施等配套设备、运动员教练员村建筑等，属于固定投入品性质。比如日韩两国为承办 2002 年足球世界杯，韩国新建 10 座球场，投入 15 亿美元。日本改建和整修体育场馆投入高达 30 亿美元。

（二）大型体育赛事服务的间接投入品

间接投入品主要包括新建、改建、扩建举办城市基础设施、环境保护、旅馆饭店等服务设施。城市基础设施主要包括道路、机场等交通基础设施、电话电视等通信基础设施、水电热气等市政基础设施。环境保护主要包括控制污染、治理污染和绿化等方面。可以看出，大型体育赛事的间接投入主要属于固定投入品性质。

二、大型体育赛事服务的消费主体

消费是人类社会经济活动的重要过程，也是社会经济生活的一个重要领域。大型体育赛事服务提供各类高规格的可供观赏的人体运动动作组合服务产品及其衍生出的无形资产。从消费主体对其消费形式不同的角度看，把大型体育赛事服务消费主体分为两大类，一类是以"最终产品"形式作为赛事观众观赏性消费，即生活消费（"最终产品"是指本时期内在生产领域已经最终加工完毕，可供社会消费和使用的产品，它是本时期领域内的最终成果，如生活消费、积累、净出口等）；另一类是以"中间产品"形式作为其他各类企业再生产投入品消费，即生产消费（"中间产品"是指一年中生产出来又回到本年生产过程中去的那些产品，这部分产品用来作为生产过程的原材料、辅助材料、动力等的消耗）。

（一）社会居民

生活消费是指人们把生产出来的生活资料或消费品，用于满足生活需要的行为和过程。生活消费品包括物质消费品、精神文化消费品和劳务消费品，而大型体育赛事服务提供的各类可供观赏的动作组合服务产品（即各类具有观赏价值的精彩体育比赛或表演等）作为精神文化消费品给社会居民带来了特殊的生活消费，社会居民通过对大型体育赛事服务的观赏消费以达到视觉感官上的满足。社会居民观赏性消费是大型体育赛事服务的最终产品消费。其消费方式主要是向大型体育赛事组织机构购买门票，获得观赏大型体育赛事服务提供的各类可供观赏的动作组合服务产品。门票收入是大型体育赛事组织机构的重要资金来源，大型体育赛事组织机构的门票收入反映了社会居民对大型体育赛事服务观赏性消费的情况。

（二）传媒业（电视产业）

传媒业是将社会各类事物进行传播服务的行业。传媒业为了获得最大利润，总以比较利益的原则寻求中间产品作为其再生产的投入品，以获取更多的广告收入，实现高效率的再生产。传媒业包括报刊、杂志、广播、网络、电视等产业，其中电视产业是传媒业中的一个重要组成部分。电视产业为了获取更多的广告收入，总是以寻求收视率高的传播内容作为其再生产投入品。在现代社会里，体育与社会的关系日益密切，虽然人们不可能都亲临赛场观看比赛，但越来越多的人乐意呆在家里收看体育比赛的转播。因此，大型体育赛事服务提供的各类高规格的可供观赏的人体运动动作组合服务产品（即各类精彩的体育赛事、表演等）具有相当的收视率。大型体育赛事服务已成为各家电视媒体不惜重金竞争电视转播权的对象。随着电视等传播媒介的日新月异和普及，大型体育赛事服务作为电视产业再生产投入品的经济价值与日俱增。以夏季奥运会电视版权出售状况为例（表1），可以看出，大型体育赛事服务已成为电视产业重要消费对象。

表 1　IOC 电视转播权收入（单位：美元）

年份	1984	1988	1992	1996	2000
地点	洛杉矶	汉城	巴塞罗那	亚特兰大	悉尼
收入	288343000	407133000	635560000	895000000	1331600000

[数据来源] Ferran Brunet, 1996; www.olympic.org.

（三）博彩业

博彩业是提供满足人们博弈心理的服务性产业部门，以大型体育赛事服务作为其投入品的赛事博彩是博彩业的主要经营项目之一。博彩业主通过买断某一大型体育赛事的使用权，将其作为再生产的投入品，以实施竞猜类的赛事博彩服务。由于大型体育赛事服务有着巨大的社会影响力，将大型体育赛事服务作为博彩业的再生产投入品，能产生较高的比较利益，给博彩业带来较大的利润。

（四）其他各类企业

树立企业形象、提升企业产品的知名度、扩大市场份额是任何一个企业发展的重要环节。由于大型体育赛事服务具有社会影响大的特点，各类企业都有可能向大型体育赛事组织机构提供赞助等手段，以通过大型体育赛事服务进行媒体宣传企业，提升企业产品知名度，甚至帮助企业开拓国际大市场。

三、大型体育赛事服务与直接波及产业部门的逻辑模型

产业关联是指产业间以各种投入品和产出品为连接纽带的技术经济联系。各种投入品和产出品可以是各种有形产品和无形产品，也可以是实物形态或价值形态的投入品或产出品；技术经济联系和联系方式可以是实物形态的联系和联系方式，也可以是价值形态的联系和联系方式。美国经济学家赫希曼认为，当代经济各部门间都存在前向、后向联系，并由这种联系形成一连串不均衡的连锁过程，在任何一个时期，各行业部门存在相互作用、相互依存的关系，经济发展是一个部门伴随着另一个部门一系列不均衡发展。其中前向关联指的是产业部门的产品在其他产业中的利用而形成的产业联系；后向关联是指产业在其生产中需要投入其他产业的产品所引起的产业联系。产业波及是指国民经济产业体系中，产业部门的变化按照不同的产业关联方式，引起与其直接相关的产业部门的变化，然后导致与后者直接或间接相关的其他产业部门的变化，乃至影响力逐渐消减的过程。为研究需要，把按照前、后向产业关联方式而引起其直接相关的产业部门的变化称为前、后向直接波及，受其波及的产业部门就是其前、后向直接波及产业部门。

由于大型体育赛事服务与其他产业之间存在着前、后向直接波及效应，因此，借鉴上述产业关联以及产业波及理论的思想，当我们在分析大型体育赛事服务与其直接波及

产业部门的波及机制时，思维落点主要体现在两个方面：第一，为大型体育赛事服务的生产提供投入品的产业部门、大型体育赛事服务、大型体育赛事服务消费主体的产业部门之间存在着前向、后向直接波及，并且这种波及形成相互依存的链式传导性；第二，上述三者间波及传导效应放大和双向波及传导效应的提升受上述三者间内部固有波及效应和外部环境相互作用的两种力量所支配。基于这样的讨论起点，本研究首先构建大型体育赛事服务与其前、后向直接波及产业部门的逻辑模型。

为大型体育赛事服务的生产提供投入品的产业部门是大型体育赛事服务的后向直接波及产业部门，大型体育赛事服务消费主体的产业部门则是大型体育赛事服务的前向直接波及产业部门，大型体育赛事服务与前二者相互之间形成一连串不均衡的连锁过程。由此，可以得到大型体育赛事服务与其前、后向直接波及产业部门的逻辑模型（图1）。

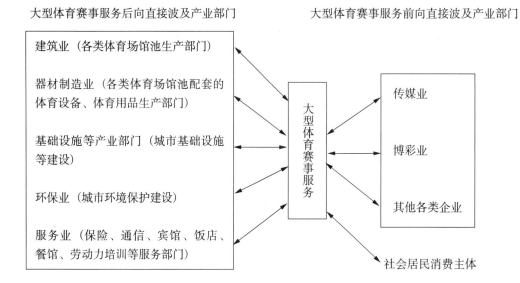

图1　大型体育赛事服务与其前、后向直接波及产业部门的逻辑模型

四、大型体育赛事服务对直接波及产业部门的波及效应

由于外部环境条件具有相对的稳定性，在一定的时期内可以假设其不变，如制度和人均收入水平的变动都是比较缓慢的，只有积累到一定的临界点才会发生较大幅度的突变。为此，在进行大型体育赛事服务与其前、后向直接波及产业部门常规波及效应分析时，我们可以暂时撇开外部环境对它的影响。

产业间的投入产出关系是产业间关联关系的主要内容和方式，投入产出关系的发展变化会影响与之相关联部门的发展变化，产业间关联的主要内容就是对产业间关联产生影响的投入品和产出品，这些要素构成了产业间关联的实质性内容，同样也构成了产业间波及的实质性内容。因此，从大型体育赛事服务与其前后向直接波及产业来看，大型体育赛事服务后向直接波及产业部门为大型体育赛事服务部门的生产提供投入品，而大型体育赛事服务作为中间产品形式的产出品，又为大型体育赛事服务前向直接波及产业部门生产提供再生产，通过投入品和产出品这些要素使三者间产生连锁路径。

在社会再生产过程中，一些部门为另一些部门提供产品或服务，或者产业部门间相互提供产品或服务。产品和服务的关联是产业间最基本的关联关系，原因在于：第一，产业间其他方面的关联关系，如技术关联、价格关联、就业关联、投资关联，都是在产品和劳务关联的基础上派生出来的关联关系，产品和服务的关联关系的变化和发展，会引起这些关联关系产生相应的变化和发展；第二，各产业部门间协调发展，本质上要求产业间相互提供的产品和服务在数量比例上相对均衡，在质量和技术上相对符合关联产业的要求；第三，产业结构的升级过程中，客观上要求相关联的产业间相互提供的产品和服务在技术含量上也要相互提升；第四，社会劳动生产率和经济效益的提高，要求相关联的产业间相互提供产品和服务的质量不断提高和成本不断降低。因此，产业间产品和服务的波及传导是最基本的波及内容。

（一）产品和服务波及传导效应分析

产业间生产能力的配置构成必然与其需求结构相对应，并适应需求结构的变动。据此，我们以大型体育赛事服务前向直接波及产业部门的产品和服务需求变动对大型体育赛事服务和大型体育赛事服务后向直接波及产业部门的影响为出发点，从这一角度分析产品和服务在三者间内部常规波及传导效应。当大型体育赛事服务前向直接波及产业部门对大型体育赛事服务的需求增加时，便释放出强烈的需求信号。但是，大型体育赛事服务具有以下基本特征：1，其产品供方具有较高的垄断地位；2，其他产品的替代性不强；3，供给数量的有限性；4，不会因需求的增加而增加。因此，大型体育赛事服务对价格完全缺乏弹性，供给的价格弹性（供给的价格弹性是指供给量变动的百分比除以价格变动的百分比）为零，供给曲线为一条垂直线。由于大型体育赛事服务作为大型体育赛事服务前向直接波及产业部门的投入品能产生很大的比较利益，需求量会不断地上升，这将促使大型体育赛事服务的均衡价格（均衡价格指的是在需求量和供给量相等的价格上，市场达到均衡。在均衡点上，价格既没有上升，也没有下降的趋势）急剧上升。

大型体育赛事服务的供给完全没有弹性，因为大型体育赛事服务的供给是固定的。因此，在大型体育赛事服务作为大型体育赛事服务前向直接波及产业部门的投入品能产生很大的比较利益的驱使下，需求曲线向右移动，这就会导致均衡价格急剧上升。以奥运会电视转播权为例，奥运会电视转播权的销售价格如此之高是由于其可以给电视转播商带来巨大的商业利益。例如，美国全国广播公司 ABC 在 1975 年的利润为 1700 万美元，由于它购买了 1976 年蒙特利尔奥运会的电视转播权，当年利润就超过了 1.1 亿美元。美国电视台的广告价格每分钟不到 1 万美元，而 ABC 因购买了洛杉矶奥运会的电视转播权，在转播期间电视广告价格达到 45 万美元。由于利润丰厚，美国电视行业展开了奥运会电视转播权争夺战，导致转播权价格直线上涨（表 2）。

表 2　美国电视媒体购买夏季奥运会转播权的价格及经营收入

年份 （届次）	承办城市	购买公司	购买价格 （亿美元）	公司转播经营收入 （亿美元）	组委会出售转播权收入 （亿美元）
1984	洛杉矶	ABC	2.25	3.4	2.36
1988	汉城	NBC	3.0	–	–
1992	巴塞罗那	ABC	4.01	–	6.4
1996	亚特兰大	NBC	4.56	7.0	8.9
2000	悉尼	NBC	7.05	9.0	13.2

由于大型体育赛事服务的供给不会因大型体育赛事服务前向直接波及产业部门的需求增加而增加，所以，不会继而引起对大型体育赛事服务后向直接波及产业部门产品和服务的需求增加。因此，在这种情况下，大型体育赛事服务只为大型体育赛事服务前、后向直接波及产业部门起着一种联系中介作用，以保证三者间波及传导的实现。另外，由于大型体育赛事服务属于一个垄断性的附加供给，生产大型体育赛事服务不仅为大型体育赛事服务前向直接波及产业部门提供了一种新的消费方式，而且为大型体育赛事服务后向直接波及产业部门的产品提供了创造性的新需求。由于大型体育赛事服务的自身特殊性（即供给数量固定），大型体育赛事服务前向直接波及产业部门对大型体育赛事服务需求的增加，会继而引起大型体育赛事服务的价格急剧上升。而为满足生产大型体育赛事服务的新需求，又会引发对大型体育赛事服务后向直接波及产业部门产品和服务的新需求。这就给出了大型体育赛事服务与其前、后向直接波及产业部门产品和服务正向波及传导变动的基本轮廓。此外，在实现上述正向波及传导变动的同时，前向直接波及产业部门（如媒体业、博彩业等）不但扩大了自身的知名度和影响力，而且也扩大了大型体育赛事服务的社会影响力，进一步提高大型体育赛事服务无形资产的价值。

（二）产品和服务衍生出的波及传导效应分析

1. 就业波及

不同的产业具有不同的技术经济特征，因而，不同产业对就业人员的素质要求和吸收能力不同，产业间和产业部门间人力资源配制状况的变化和发展，会引起直接波及产业部门人力资源配制状况产生相应的变化。因此，大型体育赛事服务与其前、后向直接波及产业部门三者间如有一方的人力资源配制发生变化都会引起其余二者人力资源配制发生相应的变化。首先，从人力资源素质配制的变化产生的波及传导看，当生产大型体育赛事服务的人力资源素质配制提高时，会促使大型体育赛事服务部门的经营质量、产品质量的提高和服务功能的完善，以及扩大产品市场和加强产品竞争力。为适应这一变化，大型体育赛事服务前、后向直接波及产业部门的人力资源素质配制也必须相应地提高，以满足大型体育赛事服务前、后向直接波及产业部门人力资源变化和发展方面的均衡。事实上，三者间只要有一方的人力资源素质配制发生变化，通过三者间人力资源素质配制波及传导都会引起其余两者人力资源素质配制发生相应的变化（图2）。

图 2　三者间的人力资源素质波及传导

再从人力资源数量配制变化产生的波及传导看，一般来说，某一产业的发展会相应地增加一定的劳动力就业机会，而该产业发展带动直接波及产业部门的发展，也就必然使这些直接波及产业部门增加劳动就业机会。但根据大型体育赛事服务与其前、后向直接波及产业部门三者间产品和服务正向波及传导可知，大型体育赛事服务的发展是限定的，因此当大型体育赛事服务前向直接波及产业部门的发展相应地增加本产业部门的劳动力就业机会时，大型体育赛事服务和大型体育赛事服务后向直接波及产业部门的劳动就业机会并没有因此而增加。

2. 技术波及

不同的产业部门对生产技术的要求不同，其产品结构的性能也不同。关联性强的产业部门间，要求各产业的技术层次处于大致相同的水平。在生产过程中，一个产业部门不是被动地接受其他产业部门的产品和服务，而是依据本产业部门的生产技术特点、产品结构特性，对所需相关产业的产品和服务提出各种工艺、技术标准和质量等特定要求，以保证本产业部门的产品质量和技术性能。因此，我们从大型体育赛事服务前向直接波及产业部门的生产技术特点、产品结构特征等变化对大型体育赛事服务和大型体育赛事服务后向直接波及产业部门的影响这一角度出发，分析三者间技术正向常规波及传导机制。当大型体育赛事服务前向直接波及产业部门的生产技术特点、产品结构特征等发生变化时，会对大型体育赛事服务的生产技术标准提出新的要求，进而又会对大型体育赛事服务后向直接波及产业部门生产技术标准提出新的要求，这给出了大型体育赛事服务与其前、后向直接波及产业部门技术正向常规波及传导的基本轮廓。事实上，大型体育赛事服务和大型体育赛事服务前、后向直接波及产业部门三者间如有一者的生产技术特点、产品结构特征等发生变化，它就会通过三者间技术双向波及传导，使三者间的技术层次处于大致相同的水平。

3. 价格波及

产业间价格关联是产业间技术经济联系的价值表现形态，实质上是产业间产品和服务关联价值量的货币表现。由于国民经济各产业部门间存在相互联系、相互影响和相互制约关系，因此，某产业部门中的产品价格发生变化，必然会引起与之有直接关联的产业部门产品价格的变动，从而产生价格波及传导。当大型体育赛事后向直接波及产业部门产品与服务的价格降低时，会使大型体育赛事服务生产成本降低，产业竞争力加强，促使产品和服务的价格降低，这种波及传导效应连续下去，又会引起大型体育赛事服务前向直接波及产业部门产品与服务的价格降低。

4. 投资波及

社会再生产是在各产业产品和服务按一定比例的供需关系为联系基础上进行的。投资不仅是需求的重要因素，而且投资也会改进和形成新的生产能力。为促进某一产业的发展，必须要有一定量的投资，从而提高其产品和服务的技术含量，扩充其现有生产能力。由于产业关联的存在，某一产业发展的直接投资必然会导致大量的相关产业的投资。使得与其相关联的产业的经营方式得到改善，产品和服务的市场占有率得到提高，从而扩张产业规模，相应地扩大其生产能力。通过产业部门间的协调发展，各产业间的数量比例、经营效果才可能相协调、相均衡。

由于大型体育赛事服务属于一个垄断性的附加供给，生产大型体育赛事服务必须要有一定量的投资，但其生产受到与其相波及产业部门的制约，特别是其前、后向直接波及产业部门的制约，因而必须增加其前、后向直接波及产业部门的投资，以保证三者间的数量比例、经营效果相协调、相均衡。

五、外环境变量变动情况下大型体育赛事服务波及效应

大型体育赛事服务的波及传导效应在很大程度上是与外部环境相互作用而形成的结

果，甚至可以说，外部环境条件起着决定性的作用。

（一）经济一体化变动下大型体育赛事服务波及效应

1. 经济全球化变动下大型体育赛事服务的波及效应

经济全球化是世界经济发展主流态势，是一个不以人们意志为转移的客观的历史的时代潮流，是社会生产力和生产关系不断发展变革以及科技进步的必然趋势和客观反映。经济全球化将影响地球上每一个国家和地区，其冲击力和渗透力是无法阻挡和回避的，尤其是在社会经济发展的方方面面。正如著名经济学家约翰.H.邓宁所言："除非有天灾人祸，经济活动的全球化不可逆转。"世界贸易组织总干事鲁杰罗也指出："阻止全球化无异于想阻止地球自转。"经济全球化是一个过程，旨在借助于全球范围内生产要素的自由流动和优化配置，使各国、各地区相互融合成整体市场。世界贸易组织的建立，更是推动了全球统一市场的形成，从而保证全球市场经济的公平竞争，推动跨国公司的全球化，促进全球生产力的大发展。大型体育赛事服务与其前、后向直接波及产业部门波及传导效应不可避免地受到经济全球化变化的影响，其影响主要体现在以下几方面。

首先，经济全球化促进资源在全球范围内的合理配置，使各类生产要素的配置构成随世界市场的需求结构变动而进行适应性的变动。经济全球化不仅使大型体育赛事服务的消费主体来自于国际市场，而且使大型体育赛事服务投入品也来自于国际市场。从而使得生产和销售大型体育赛事服务的产业能够在国际市场范围内与各产业发生联系。其结果将会大大削弱大型体育赛事服务与其前、后向直接波及产业部门各项波及传导受"瓶颈"效应的影响，有利于大型体育赛事服务与直接波及产业部门各项波及传导效应实现。

其次，经济全球化为跨国公司全球化发展提供了保障。跨国公司通过实施全球化的经营战略，以培育世界名牌、开拓国际市场。由于大型体育赛事服务（特别是奥运会、世界杯、亚运会等大型体育赛事服务）具有社会影响大等特点，跨国公司利用大型体育赛事服务为中介，树立企业形象、扩大产品影响、提升市场份额，推动了跨国公司的全球化发展。大型体育赛事服务正是迎合了跨国公司全球化经营战略的需要，从而使世界上一些著名的跨国公司都钟情于出巨资购买大型体育赛事服务实施产品经营。在跨国公司利用大型体育赛事服务为中介，推动跨国公司的全球化发展的同时，跨国公司也反过来提升大型体育赛事服务在世界范围的影响力，进一步提高大型体育赛事服务的价值。如国际奥委会的 TOP 计划［TOP 计划是指国际奥委会于 1985 年正式委托国际体育娱乐公司（ISL）全权代理奥运会的赞助事宜，该公司经过周密策划，成功地推出奥林匹克赞助计划。该计划是整合冬季、夏季奥运会组委会和各国奥委会的赞助活动，使之成为一个完整的、4 年一个周期的赞助计划］，由于国际奥委会的 TOP 计划的设计理念符合经济全球化的趋势，其包装的指向迎合国际著名跨国公司全球化经营战略的需要，从而使其价值一路飙升。TOP1 期获赞助金总额 1.015 亿美元，TOP2 期获赞助金总额 1.75 亿美元，TOP3 期获赞助金总额 4 亿美元，TOP4 期获赞助金总额超过 5 亿美元。因此，在经济全球化的影响下，跨国公司在利用大型体育赛事服务开拓国际市场、增加其产品在全球范围销售量的同时，也反过来拉动了大型体育赛事服务价值的急剧上升。其作用表现在对大型体育赛事服务与大型体育赛事服务前向直接波及产业部门（跨国公司）的双向波及传导效应的加强以及促进两者间波及传导效应放大。

第三，产业间人力资源素质的提高，必将要求与其相关联的产业在人力资源素质上相应地提高，以满足相关联产业间在人力资源变化和发展方向的均衡。在经济全球化变化影响下，人力资源在全球范围内自由流动。因此，大型体育赛事服务与直接波及产业部门对人力资源的需求将不受本国人力市场不足的束缚，促进人力资源在三部门间双向波及传导的实现。

第四，经济全球化促进各国科技的合作与发展，促进各国的技术进步。另外，经济全球化也给各企业带来空前激烈的竞争环境，这促使各类企业改进技术、提高效率，促进其国际竞争力的进一步提高，有利于实现三部门的技术进步。这保证了大型体育赛事服务与直接波及产业部门间技术双向波及传导的实现。

第五，贸易全球化是经济全球化的重要表现形式。通过贸易全球化，各国充分发挥本国的比较优势，实现"以最有利的条件生产，在最有利的市场销售"这样一种世界经济发展的最优态势。这种态势促使生产要素价格的降低，从而促使大型体育赛事服务与其前、后关联产业部门的生产要素价格的下降，有利于大型体育赛事服务与直接波及产业部门间价格波及传导的实现。

第六，在经济全球化变化影响下，生产要素摆脱了本国市场的束缚，在世界范围内合理配置。因此，大型体育赛事服务与其前、后向直接波及产业部门的投资关联将跨国界波及传导，以保证大型体育赛事服务与直接波及产业部门间的数量比例、经营效果的相协调、相均衡。

另外，"全球化将导致制度竞争"，其结果必将对参与竞争国的制度构架和内容调整产生影响，并会营造制度创新的有效环境，这将促使制度变迁。

2. 区域经济一体化变动下大型体育赛事服务波及效应

区域经济一体化（Region Economic Integration）是当今国际贸易发展的重要形式。区域经济一体化是指不同空间经济主体之间为了生产、消费、贸易等利益的获取，实行不同程度的经济联合与共同经济调节，产生的市场一体化过程，包括从产品市场、生产要素（劳动力、资本、技术、信息等）市场到经济政策统一逐步演化。就其空间范围而言，大致可以分为三个层次：一国之内的区域经济一体化、国家或地区之间的区域经济一体化、洲际之间的区域经济一体化。例如在欧洲和北美地区，通过经济一体化达到的经济总量已占世界贸易总额的 2/3，两个区域内部实现的贸易额也已经超过了他们与其他国家和地区的贸易总量。区域合作和竞争已成为当代国际贸易发展的主流，国际市场上最强大的竞争对手已非单个的贸易伙伴国，而是那些以区域联盟形式出现的群体国家。大型体育赛事服务与直接波及产业部门波及传导效应不可避免地受区域经济一体化的影响，其影响主要体现在以下几方面。

第一，区域经济一体化有利于消除民族、国家间阻碍生产力发展的各种障碍，有利于劳动和资本的节约，有利于生产要素在各成员国间自由流动、优化配置，这促进了大型体育赛事前、后向直接波及产业部门结构的合理化。从而促使大型体育赛事服务与其前、后向直接波及产业部门波及传导的实现。

第二，在区域经济一体化内部，新的、成本低廉的供给会取代某个成员国一直借助关税所保护的成本昂贵的国内生产，降低了区域内生产商的生产成本，从而使得生产大型体育赛事服务投入品的价格降低，促使大型体育赛事服务与其前、后向直接波及产业部门的生产要素价格的下降，从而有利于大型体育赛事服务与其前、后关联产业部门间价格波及传导的实现。

第三，在现实世界里，大多数市场的竞争都是相当不完全的。由于区域经济一体化内关税的废除，受到关税保护的生产者若欲生存下去，就必须仿效竞争对手，不断进行技术革新，进一步促进区域内的竞争。同时，竞争也促进了技术的进步。竞争有利于大型体育赛事服务与其前、后向直接波及产业部门的技术进步，促使大型体育赛事服务与其前、后关联产业部门间技术双向波及传导的实现。

（二）制度变动下大型体育赛事服务波及效应

制度（institution）是约束人们行为的一系列规则，它既包括人类社会的经济规则，也包括社会规则和政治规则。澳大利亚学者柯武刚（Wolfgang Kasper）、德国学者史漫飞（Manfred E. Streit）认为，制度是人类相互交往的规则，这种规则抑制着可能出现的、机会主义的和乖僻的个人行为，使人们的行为更为可预见并由此促进着劳动分工和财富创造。一个社会要有效能，总是隐含着对违规的某种惩罚。制度是各种惩罚措施并能对人们的行为产生影响的系列规则，其关键功能在于增进社会秩序。由于制度具有节约交易成本、规范社会秩序、增强社会协调、规范市场竞争等功能，因此，制度因素对大型体育赛事服务与其前、后向直接波及产业部门波及传导效应的影响是不容置疑的。

当大型体育赛事服务与其前、后向直接波及产业部门波及传导的外环境处于有序的市场配置资源的制度安排时，在市场中，价格协调着生产者和消费者的决策。较高的价格趋于抑制消费者购买，同时刺激生产；较低的价格鼓励消费，同时抑制生产。价格在市场机制中起着平衡的作用。市场配置资源这一机制很好地解决了生产什么，如何生产和为谁生产这三个基本经济问题。在这一制度保证前提下，社会各类资源（包括产品、服务、人力资源和技术等）的配置构成会随着市场需求结构的变动而有弹性的变动，这将大大削弱大型体育赛事服务与其前、后向直接波及产业部门波及传导受"瓶颈"效应的影响，有利于体育赛事服务与直接波及产业部门波及传导效应的实现。

当大型体育赛事服务与其前、后向直接波及产业部门波及传导的外环境处于强化计划配置资源的制度安排时，行政手段协调着社会经济活动。在任何类型的社会经济中，行政管理都有其客观的存在价值，任何一个国家的经济活动都不能完全排除经济计划。但实践证明，在当代社会条件下，单纯依靠行政管理来协调社会经济是行不通的。在单纯的行政管理下，大型体育赛事服务与其前、后向直接波及产业部门波及传导会受"瓶颈效应"而产生不利影响。具体表现在下面几个方面。

第一，大型体育赛事服务与直接波及产业部门的资源配置结构的畸形。当制度安排具有浓重的计划成分时，市场价格由政府决定，这往往扭曲了市场上的资源稀缺程度。大型体育赛事服务后向直接波及产业部门并不会完全按生产大型体育赛事服务的需求而进行适应性变动，同样地，大型体育赛事服务往往偏离市场价格，不会按大型体育赛事服务前向直接波及产业部门的需求进行生产，产生过剩或不足的现象，这将导致三者间无法有效地实现波及传导功能。

第二，强化政府对大型体育赛事服务的干预，会导致寻租行为。在政府主导型的制度安排下，政府通过制度安排所拥有的大型体育赛事的特许权进行寻租（所谓寻租行为指的是直接的非生产性寻利活动）。这种寻租行为将直接导致生产大型体育赛事服务的成本提高，继而抬高了体育赛事服务的价格，使体育赛事服务的社会需求量降低。而体育赛事服务社会需求量的降低对其社会影响力会产生负面影响，最终导致大型体育赛事服务与其前向直接波及产业部门的双向波及传导效应减弱，影响两者间波及效应的放大。

第三，计划体制下，不利于技术波及传导。在计划经济体制下，难以设计出经济激励措施，各类企业很少通过改进生产技术来降低生产成本，而更多是以降低生产质量来提升劳动生产率。这将不利于产业间的技术传导，最终导致大型体育赛事服务与直接波及产业部门的技术层次不能处于大致相同的水平，最终影响三者间波及效应的放大。

可以看出，制度变量尽管是非直接生产性要素，但其对大型体育赛事的发展产生巨大的作用，只有在有序的市场（即计划和市场的有机结合）配制资源这一制度安排下，才能保证大型体育赛事服务与直接波及产业部门波及传导效应的真正实现。

（三）人均收入水平变动下大型体育赛事服务波及效应

当人均国民收入达到 1500 美元以上时，其消费重心向重工业产品如汽车、住房以及更高层次的现代服务业转移，人们倾向于具有奢侈品特点的服务需求，而大型体育赛事服务正是满足了这一发展阶段人们消费重心转移的需求。因此，当社会和经济发展进入到这一发展阶段，随着人均收入水平的提高，闲暇增多，需求层次升级，人们对大型体育赛事服务的消费就会随之增加。人均收入水平的提高在促进人们的大型体育赛事服务消费水平的同时，它还将会对大型体育赛事服务与其前向直接波及产业部门的波及传导效应产生积极的影响。由于人们对大型体育赛事服务需求的增加，人们对大型体育赛事服务消费观念的偏好通过人与人的社会互动产生扩散效应，从而提高大型体育赛事服务的社会影响力，这将促使大型体育赛事服务的价值不断提高。随着大型体育赛事服务社会影响力的不断提高，大型体育赛事服务作为大型体育赛事服务前向直接波及产业部门的再生产投入品，其比较利益大幅提高，这将刺激大型体育赛事服务前向直接波及产业部门的需求扩张。也就是说，不仅大型体育赛事服务的存量利用效率得到了提高，而且也反向提高了大型体育赛事服务的社会影响力和提升其价值，最终促使大型体育赛事服务与前向直接波及产业部门的双向波及传导效应的加强，促进两者间波及效应的放大。

（项目编号：823ss05086）

我国公共体育场馆企业化改革的基本特征与制度设想

谭建湘

围绕公共体育场馆赛后利用和有效运行，体育场馆面临传统事业制度改革的挑战，也面临着入世后传统服务业转轨的挑战。公共体育场馆的企业化改革要确保公益性服务的主要目标，同时充分考虑到体育场馆经营过程的特殊性，确保体育行政部门对体育场馆运营有效监管。在企业化改革过程的制度安排中可按照非资产经营性和经营性特征进行分类管理，对实行企业改革的公共体育场馆，现阶段可根据产权、管理权、经营权分离的原则，以公共服务购买方式建立起政府与体育场馆的市场关系，加快完善体育场馆内部的企业化制度。

一、传统公共体育场馆运营管理模式面临的挑战

（一）事业管理体制改革的挑战

我国事业单位形成于计划经济时期，在《事业单位登记管理暂行条例》中，它被定义为"国家为了社会公益目的"设立的"社会服务组织"，"由国家机关举办或者其他组织利用国有资产举办"。从实际运行看，事业单位大致有行政执法类、公共服务类和生产经营类。目前，我国绝大部分公共体育场馆均具有公共服务类和生产经营类的特征。中国事业运行管理体制的形成和发展，具有多方面的原因，在传统的计划经济体制下，具有一定的历史必然性和现实合理性。事实上，中国传统的事业运行管理体制为推动中国各项事业的发展发挥了重要和积极的作用，国家集中了必要的人力、物力和财力，大力发展包括体育场馆在内的各项社会事业，极大地改善了落后的社会面貌，极大地改善了人们的健康状况和精神生活，增强了民族凝聚力和综合国力，取得了举世公认的巨大成就。

随着中国社会经济和各项事业的发展，尤其是由传统计划经济体制向市场经济体制的转轨，社会生产、分配、流通和消费活动的商品化范围不断扩大，市场化程度逐步提高，传统事业运行管理体制已不能适应社会经济的发展要求。公共体育场馆长期以服务体育系统的事业单位方式运行和管理，不同程度地依靠国家财政补贴。在面向社会提供直接服务的过程中，面临社会需求增长、投入不断加大的趋势。在市场经济条件下，资源投入需要逐步通过市场方式进行配置，体育场馆在承担社会公益性服务的同时，亦应从经营管理体制上进行相应的改革。此外，目前我国大部分体育场馆都是各级政府依据承办某一大型比赛投资建设的，通常在赛后长期处于闲置状况，有效开发程度不高，经营效益低，相当多的体育场馆满足于政府的补贴和封闭式经营。大型公共体育场馆发展中所呈现的问题均不同程度地源于新旧体制交替的矛盾，有必要通过公共体育场馆企业

化改造，从经营管理体制上进行改革。

（二）加入世贸后服务业转轨的挑战

2001 年中国正式加入世界贸易组织，这标志着中国市场将全面向世界开放，以公共服务和生产经营为主体的事业单位面临严峻的挑战。根据最惠国待遇和国民待遇的原则，世贸组织各成员应该无条件地给予任何其他成员的服务及服务提供者相同的待遇，世贸组织成员不分大小一律非歧视性地进行贸易。其次，根据市场准入的原则，《服务贸易总协定》要求各成员在非歧视原则的基础上，通过分阶段谈判，逐步开放本国服务市场，以促进服务及服务提供者之间的竞争，减少服务贸易及投资的扭曲。根据促进公平竞争与贸易的原则，世贸组织成员必须逐步取消对服务贸易的补贴。

我国公共体育场馆一直承担着公共服务的职能，属于事业单位，长期以来由财政全额或差额拨款补贴。入世对中国体育场馆经营产生了深刻影响。在 1995 年世贸组织公布的国际服务贸易分类中，体育服务列为第 10 类"娱乐、文化与体育服务"中的第110 项。入世后，越来越多的体育场馆在坚持"提供公共服务"的前提下逐步走向市场，势必引入市场竞争。而根据世界贸易组织最惠国待遇和国民待遇的原则，在市场化环境中的体育场馆经营必须全面地、无条件地向世贸组织成员开放，全面引入国际竞争。其次，根据促进公平竞争与贸易的原则，中国政府需要逐步取消对公共体育场馆经营单位的拨款和补贴。目前，世界贸易组织协议规定的我国服务业全面开放前的五年过渡期已届满，不少国外体育场馆专营公司对我国大型体育场馆虎视眈眈，有的已经进入，有的正在通过各种途径力图进入。因此，入世后加快体育场馆运营管理与国际接轨、实施企业化改制已经刻不容缓。

二、公共体育场馆进行企业化改革的基本特征

（一）企业化经营管理已成为体育场馆改革发展的趋势

第 8 届全运会以来，国内已开始了公共体育场馆企业化管理的改革尝试，先有上海市成立东亚集团，依托八运会主场馆八万人体育场等设施，实施企业化经营管理。第 9届全运会后，广州体育馆也通过委托制实施企业化管理，由广州珠江实业集团旗下的珠江文化体育转播公司运营管理 30 年。第 10 届全运会之后，南京奥林匹克中心也实施企业运营管理。目前，体育场馆的企业化改革已由单一场馆的改革，发展到区域性体育场馆的整体性改革。2006 年 7 月 5 日，中共深圳市委办公厅、深圳市人民政府办公厅联合下发了《深圳市市属事业单位分类改革实施方案》深办［2006］34 号，文件将深圳市网球中心、深圳体育场、深圳体育馆、深圳游泳跳水馆等纳入第一批 124 家转企的市属事业单位名单，按照"管事不管人"的原则，将产权、管理权、经营权三权分离。文件规定，改制后体育场馆全部资产纳入市属企业国有资产监管体系，并委托深圳市体育局管理 3 年，原体育场馆的事业编制取消，组建国有资产有限公司经营。体育场馆事业单位转制为企业后，2006 年度原财政拨款预算维持不变，2007 年和 2008 年，市财政分别按 2006 年年度预算的 50%、25%比例予以补贴，2009 年后取消现行的政府财政补贴，转以政府购买公共服务的方式提供扶植，政府对转轨企业"管事不管人"。目前，深圳市已基本完成四大场馆的企业化改制工作，并从 2007 年 1 月 1 日开始实施。虽然

大型体育场馆在引入企业化经营管理方式上各有差异，但企业化的经营管理模式已是日益明显的方向。

（二）公益性仍是公共体育场馆服务社会的主要目标

大型公共体育场馆是政府代表纳税人投资的社会公共设施，服务大众是大型体育场馆的主要公益性特征。《体育法》和一系列涉及大型体育场馆的法律法规都对此作出了明确的规定。在目前我国经济和社会发展环境下，不同经济社会发展水平的地区尽管在大型体育场馆经营管理上存在着不同的方式，但不论是采取事业管理或是企业管理，其根本目的仍然是追求公共体育场馆公益性效益的最大化。因此，追求公共体育场馆公益性效益的最大化是公共体育场馆进行企业化改革的目标，企业化改革是实现公共体育场馆公益性效益最大化的手段。目前，我国大型公共体育场馆的公益性主要体现在承担和完成国家和地方的体育训练与竞赛任务，为各类全民健身和青少年体育活动等社会文化活动提供服务。近年来，大型体育场馆在经营管理改革过程中也曾走过不少弯路，一度出现普遍重视经济效益，而忽视公益性的现象，追求短平快的经济指标，忽视体育场馆的维护和保养，导致大型公共体育场馆承担正常竞赛和训练的基本功能丧失，造成国有资产的巨大浪费。如由某企业经营管理的哈尔滨体育中心，经营者在会展馆和体育馆等对外效益明显的经营项目上投入不少精力和财力，而有训练任务的体育场建设项目迟迟不能完工，影响到黑龙江省运动队的正常训练，对该省竞技体育产生很大影响。在市场经济环境下，如何保障大型公共体育场馆的公益性是当前公共体育场馆经营管理中普遍面临的问题。

（三）公共体育场馆经营过程的特殊性

随着经济和社会的发展，人们生活水平逐步提高，体育运动开始融入人们的生活方式，并成为不同阶层人士的消费领域，构成了不同规模的体育消费市场。但是由于经济社会发展的不平衡，加上体育市场刚刚起步，目前在体育消费市场上还存在消费者主体单一、消费行为不稳定、消费层次低和消费整体水平低等特点，体育消费目前还没有成为社会的消费热点，体育观赏性消费和参与性消费整体水平不高。尤其是新建的大型体育场馆设施，周边环境不配套，还不能满足消费者需要，不能形成消费规模。加上相当多的公共体育场馆功能设计单一，未考虑到赛后面向社会的服务性经营开发，服务多元化程度低，维护成本高，依靠自身的经营还不能达到收支的平衡，目前国内绝大部分公共体育场馆要自负盈亏还有较大的困难。公共体育场馆经营过程中的这种特殊性，要求政府在公共体育场馆日常经营中给以相关的税收、用水、用电、用地等经济政策上的保障性政策措施。尤其是大型公共体育场馆的日常维护和保养更需要政府提供资金保障。国内部分地区公共体育场馆在早期开发中曾引入企业承包经营管理，有的承包企业因经营困难，缺乏对场馆维护保养，等到承包期满，场馆设备破损，功能不全，留下一个烂摊子，不仅不能保值增值，还造成国有资产的巨大损失，留下了深刻的教训。调查显示，大型公共体育场馆经营过程的特殊性已开始引起地方政府的重视，如黑龙江省政府2005年财政补贴9000万元给哈尔滨体育中心；无锡市对双轨制运行体育中心仍以差额补贴的方式予以资助，2004年拨款120万元，2005年拨款100万元，并承担日常的维护保养费用。

（四）强化体育行政部门的管理是公共体育场馆可持续发展的需要

我国体育行政部门作为政府主管体育工作的职能部门，与国家其他行政部门的管理地位是一样的。我国《体育法》和国务院一系列法规中都赋予了体育行政部门行使包括公共体育场馆在内的体育事业的管理职能。

加强体育行政部门对公共体育场馆设施的管理，也是当前体育事业向社会化产业化发展的迫切需要。由于处在转轨时期的我国市场经济体制尚不健全，市场体系还不完善，市场机制未能充分发挥作用。相对于其他产业的发展，我国公共体育场馆服务业目前还是刚刚起步的、幼稚的和效益水平不高的行业。公共体育场馆服务体系和服务功能尚未完善，尤其是目前国家体育事业中的训练、竞赛和全民健身服务并未完全市场化，仍然需要通过体育部门对体育场馆的有效调控，才能保证国家奥运争光计划和全民健身计划等体育发展战略的实现。因此，在目前体育事业承担着奥运争光和全民健身等重要任务的现实状况下，将公共体育场馆脱离体育行政部门而交由政府其他部门进行管理，或脱离体育行政部门的监管而委托企业独立经营，都势必会因为忽视体育事业发展规律而无法保障公共体育场馆为国家体育事业的重任提供有效的服务。相反，当前处在转轨时期的公共体育场馆更需要体育行政部门积极介入，对公共体育场馆的经营活动进行必要的扶植、引导和规制，确保公共体育场馆的社会功能和经济功能的相互协调。上海市以八运会场馆为基础组建的东亚集团在原归属市计委运营两年后，最终又将管理权划归上海市体育局。深圳市人民政府在市属体育场馆企业化转轨的早期方案中，曾将体育场馆的产权、管理权和经营权全部从体育行政管理部门分离，后经过广泛的调研和论证，重新将管理权交还给体育部门，充分反映出体育行政部门管理的必要性。

三、公共体育场馆企业化改革的制度设想

随着我国事业单位体制改革的深入，体育产业化的规模不断扩大，长期由国家投资、经营、管理并予财政补贴的公共体育场馆运营模式正在发生变革。当前，公共体育场馆经营体制变革中的多样化，反映了我国经济社会改革发展的必然性。因此，公共体育场馆的企业化改革也必须从我国的实际情况出发，根据公共体育场馆企业化改革的阶段性特征，对公共体育场馆的企业化进程作出相应的制度安排。

（一）按非经营性资产和经营性资产特点分类管理

根据发达国家的经验和我国目前体育事业及体育产业发展的实际情况，对目前公共体育场馆的企业化改革需要按照公共体育场馆非经营性资产和经营性资产的特点与要求进行分类管理。政府对以承担国家公益体育事业功能为主的非经营性体育场馆，如承担奥运争光计划、以满足各级运动训练为主的各级公共体育场馆，必须确保对其进行有效管理和日常维护，并承担全额费用。对部分承担国家公益职能、以面向社会服务为主的经营性公共体育场馆，可通过企业化改制，逐步推向市场，完善其生产、经营、服务的企业化和市场化职能。政府作为资产所有人，承担经营性公共体育场馆的主要设备和设备功能的维护，并通过政府采购和设立公共场馆基金等方式，履行政府对国有资产的维护和扶持的职能。

（二）实施产权、管理权、经营权分离

对实行企业化运营的经营性公共体育场馆可依照目前国有企业的管理办法，实行产权、管理权、经营权分离，将公共体育场馆产权归属于各级政府的国有资产管理部门，管理权归属于各级政府的体育行政管理部门，经营权以政府委托经营方式，归属于改制后的公共体育场馆国有资产经营公司。政府国有资产部门必须严格按照国家关于国有企业经营国有资产的相关规定，严格界定公共体育场馆资产的性质与范围，严格制定公共体育场馆国有资产移交或验收的评价标准与办法。政府体育行政管理部门要根据国家关于体育事业和公共体育场馆的相关规定，依据业务规律，对公共体育场馆落实政府采购项目的内容和质量、面向社会提供服务的市场活动进行监督管理。公共体育场馆经营公司要严格依照国家有关法规和现代企业经营要求进行市场经营活动。

（三）以公共服务支付方式建立政府与体育场馆的市场关系

经营性公共休育场馆实施企业化改制后，需要与政府建立起符合企业运营规律和要求的市场关系。将原有的政府补贴转变成为政府购买公共服务的方式，既能履行对公共体育场馆公益性服务的政府职能，又符合市场经济环境下政府与企业的平等互利关系。政府公共服务应包括接待优秀运动队训练、政府举办的竞赛表演、文化艺术、公共集会、场馆在规定的时间内面向公众免费开放、场馆提供的城市景观服务等。公共体育场馆作为政府投资的公益性设施，应坚持公共服务优先的原则，将提供公共服务放在首位，政府也应在同等条件下优先选择公共体育场馆提供的服务。

（四）加快完善公共体育场馆的企业化制度

公共体育场馆企业化改革，直接关系到体育市场主体的成长，关系到体育市场的运行质量和资源配置的优化，关系到体育产业体系的建立，关系到国家体育方针政策的落实。因此，培育体育市场主体，首先需要完善公共体育场馆企业制度。经营性公共体育场馆在企业化改革过程中要建立起逐步适应市场经济环境和要求的企业制度，建立健全自我激励、自我约束的高效率企业组织管理制度。由于长期以来由财政补贴，公共体育场馆经营管理者"等、要、靠"的思想比较严重，在经营管理过程中，热衷于"守株待兔、等客上门"，没有积极开拓市场，最大限度地挖掘和利用各种资源。在机构设置上，行政管理部门太多，市场开发、营销服务部门薄弱。经营管理者自身文化水平和业务素质不高，经营思路乏善可陈，经营手段单一，缺乏市场竞争力。因此，要积极稳妥地建立健全公共体育场馆企业管理制度，确保公共体育场馆改制后规范运营。

信息化对体育产业可持续发展的影响

罗　文　顾建萍　陈宝国　刘　权　边艳菊　姜　坤　衡　军

随着信息时代的到来，信息化已经成为当今社会发展的重要趋势，信息技术在全球各行业、各领域广泛的渗透性和带动作用正在产生日益巨大的倍增效果，成为推动各领域经济发展的重要关键力量。

信息化发展所带来的影响对于体育产业来说，具有提高产业经济运行效率，加强综合管理，催生新的产业门类，扩大产业影响，提升产业发展水平，推动体育产业可持续发展等重要作用，其影响对于我国体育产业是革命性的。顺应全球范围内信息化发展的机遇，分阶段、分步骤地推进我国体育产业信息化建设具有十分重要的意义。

体育产业信息化是指在国家统一规划和组织下，在全民健身、运动训练、竞赛组织、体育管理、体育科技、体育产业等体育领域的各个方面应用现代信息技术、深入开发、广泛利用信息资源，加速实现体育现代化的进程。

一、信息化成为推动体育产业可持续发展的"加速器"

（一）信息网络的发展极大提升了体育产业在全球的商业影响力

随着信息时代的到来，以互联网为特征的现代传播手段和经济形态逐步渗透到人们的工作、学习、生活与休闲娱乐等领域，互联网凭借强大的网络优势、技术优势和媒体影响力，将体育信息变成互联网上重要的信息资源，加速了体育产业的市场化，促进了体育实物产业的发展和全民体育意识的提高，极大提升了体育产业在全球的商业影响力。目前YAHOO（雅虎）网站列出的体育站点有10000多个，大量站点从事体育竞赛活动的报道，提供有关休闲体育、体育组织、体育用品供应商的信息。Infoseek搜索引擎显示，全球排名前10位的搜索主题中体育排在第6位。

（二）信息技术的应用提高了体育产业经济运作的效率

应用信息技术和数字技术形成体育信息产品越来越多，包括一些体育物质用品（如数码跑机）、体育服务产品（体育信息咨询报告），如通过计算机、数据库、网络技术，向异地参与者开展健身指导的"数字健身中心"也已初露端倪。信息网络化趋势的逐渐加强，加速了体育产业网络体系的形成和发展，使体育相关产业如体育健身器材、体育服装、体育食品饮料和球迷用品的研制和推广周期缩短，为体育产业由追求数量增加的粗放型，向追求质量优化的集约型方向发展奠定基础。

同时，信息系统在体育产业的推广和广泛使用，也使体育产业的产业化管理与产业开发收到较好的效果，对促进体育产业经济发展和提高经济效益起到了重要作用。

（三）信息系统的普及加速了体育赛事组织管理走向科学化

目前国际大型运动会普遍采用了计算机进行赛事管理，并逐渐成为运动会的管理核心。奥运会可称为现代大型赛事信息化的典范，其特点：一是将各类用于奥运会的信息基础设施综合集成使用，建设综合指挥决策信息共享平台，实现各类信息系统互联互通、信息资源共享；二是建设项目管理信息系统，提高奥运项目的管理水平。随时掌握、收集、处理项目的进度、质量、费用及突发事件的信息，并提供决策支持手段，实现了比赛现场实时动态成绩信息 INTERNET/INTRANIT 的页面公开发布；三是开发场馆运行支持信息系统，提高场馆智能化水平，建设场馆综合监视系统，对场馆内关键设施进行集中、可视化的协同监管。作为对外的一个窗口，奥运会网站不仅能够提供比赛资料和成绩的及时查询，而且支持电子贸易和电子售票，比赛期间日平均访问者达到数百万人，真正实现了电子空间意义上的体育盛事。

（四）信息化使运动员、球迷、媒体超时空交流成为可能

互联网与传统大众媒介最大的不同就是它的互联性，它可以在世界范围内凭借计算机的互联使世界各地的人们共享相同的信息，互联网突破了交往的时空限制，使交往具有全球性、普遍性和无限性。在网络社会中，交往的主体是无中心、非单一的，交往方式也由等级式、单向性向平等性、交互性、非中心化转变。许多体育网站开办体育聊天屋，这与其他网站的情形不同，多数网站的聊天屋没有特定的话题，而在体育聊天屋，人们真正在谈体育，而且比较容易找到兴趣相投的网友。此外，许多聊天屋主持有关体育赛事预测和体育活动的非正式讨论，许多著名运动员还拥有自己的网站或网页，使运动员、球迷、媒体实现了超时空交往。

（五）信息技术促进了体育人才培养的科学化

信息技术对体育运动实践发挥着越来越大的作用。如中国跳水队取得优异成绩，是与其采用了"跳水运动技术测量分析系统"有关，通过向科研人员、教练员和运动员快速反馈训练信息的形式，有效提高了训练效率、质量。在备战奥运会的科学训练中，各国都重视以高科技手段辅助高水平运动员的训练，最大限度地开发出人体生理和心理的极限潜能。可以说，未来奥运赛场的竞争，除超强度的刻苦训练之外，国家体育科技水平的高低和应用程度将是决定该国在未来国际体育竞争和世界体育总格局中地位的重要因素。目前在德国、美国比较流行的是高技术成分数字化技术，即以数据作支持，对技术动作进行现场图像解析等；网络技术手段也得到了有效的运用，如运动员学习网络系统等；还有为提高和保护运动员而研制的多种高科技产品，其中包括利用无线遥控技术和计算机技术制成的运动员心率遥测系统，用电脑控制对运动的各项参数进行采集和准确量化训练效果的智能化肌肉力量训练系统，用计算机、激光技术制成的激光测速仪等。

（六）信息化促生的网络远程互动式训练与健身模式已进入应用时代

通过 IP 专网及视频现场就训练或健身活动等进行互视对话交流，听到看到的声音、画面清晰，现场感真实，这就是通过网络进行的远程互动式交流。在汉城奥运会前，美国奥委会就已经在全国建起由电脑联网控制的训练管理体系，开发了教练员、运动员训练管理系统和远程训练现场监控系统等，提高了管理和训练效率。采用数据化管理方式，将健身者的数据用电脑贮存起来，之后联结到互联网上，并将这些数据传送到健身

教练的数据库中。这样，健身者可以在任何时候任何地方得到最好的健身教练的指导。远程活动模式、自我训练模式的出现拓宽了人们接受体育知识的范围与途径，使个人参与式、主导式训练真正成为可能。网络健身方式具有大众化的特点，对于初学健身的人可以通过电脑专家系统的指导避免走弯路；而对于缺乏经济实力聘请高级教练的人来说，利用电脑网络安排自己的健身计划也不失为一种最为经济的方式。

（七）信息传媒的发展带动了体育服务产业的繁荣

互联网等新兴信息传媒的发展使大众对体育信息的需求在数量和质量方面不断提高，为体育信息业、体育咨询业和体育新闻业的发展提供了广阔的空间，体育咨询业和体育新闻业随之发展壮大。新兴信息传媒的发展也促使体育劳务业的市场规模变大。随着各媒体对于报道和转播体育比赛的热情提高，大众对于观看高水平的体育比赛热情也与日俱增。体育竞赛市场因此而获得了发展的能源，体育经纪业、体育广告业、体育健身娱乐业以及体育培训业的发展也更具活力，体育产业日益朝着现代化、大众化和多样化的方向发展。

（八）信息技术构筑的体育电子商务平台促进了网上体育消费

电子商务的发展改变了体育产业的营销模式，数以千万计的体育网站能够提供通往经理人和体育商人的链接，访问者可以借助它所提供的信息开展商务活动，在互联网上再一次体现了"体育搭台，经济唱戏"。与网际娱乐或其他领域小型站点不同，体育网站通常吸引了众多的广告商，这也对网站更好地开发新项目起到了一定的资助作用。公用信息平台为电子商务提供全面支撑服务，包括在线支付、物流配送、比赛订票、订房等服务均可在线完成。在推进体育电子商务方面，发达国家重点建设和完善电子商务支撑环境:包括构建为大型赛事服务所需的电子商务的安全认证、支付配送等，建立高效快捷、安全准确、网络化的物流信息系统，发展住宿餐饮、旅游购物等面向赛事的电子商务服务，为各种支付和应用提供全方位的服务等，电子商务运行环境的逐步完善促进了体育电子商务和网上消费。

（九）信息技术开创的电子竞技已成为信息社会新的体育休闲方式

信息技术给体育产业带来的另一个重大影响是催生了以电子竞技为主要代表新的个性化体育休闲方式。电子竞技运动就是利用高科技软硬件设备作为运动器械进行的、人与人之间的智力对抗运动。通过运动，可以锻炼和提高参与者的思维能力、反应能力、四肢协调能力和意志力，培养团队精神。以电子竞技比赛为核心的数字体育运动，已经崛起成为当今影响全球的一大产业。作为体育概念的延伸，电子竞技正处于蓬勃发展的阶段，世界级的电子竞技大赛已经具有较高的水平，比如韩国三星公司举办的 WCG 世界电子竞技大赛，现已经成为电子竞技领域里的标志性专业赛事。在日本，电子竞技产业经过将近 50 年的发展，其产值远远超过了汽车工业。成熟的电子竞技产业可比拟为一个类似奥运会的巨大平台，其规模日趋增大，而且其商机和产值令人无法准确衡估。从本质上讲，电子竞技体现了数字化时代的娱乐观念、娱乐内容的深刻革命，这是人与人之间智慧、技能以及手眼速度的较量，也是人与人之间勇气、毅力、品格、心理素质甚至运气的比拼。可以说，电子竞技游戏已经具备了体育竞技运动的灵魂。

（十）信息网络化带来的虚拟组织功能导致了体育组织方式的革命

互联网促进了新型社会共同体的发育和发展。互联网所带来的社会交往的普遍化，使兴趣相投、志向一致者的交流和往来变得极为方便，促生了大批广义上的俱乐部或民间团体。网络组织（如虚拟的社团、虚拟的俱乐部、虚拟的球队等）的兴起，对现实组织的等级制、等级体系、等级管理形成巨大的冲击。网络的结构可以比任何其他现有的组织以速度更快、更富有情感、更节省能源的方式沟通信息，通过互联网人们可以了解更多的体育组织协会及著名运动员。体育组织与网络商的结合常常能实现良好的联机表现。如美国橄榄球协会（NFL）、美国篮球协会（NBA）除了拥有自己的网页之外，各个协会的每支运动队一般都有一家被几十个球迷站点所围绕的正式站点，它们主要讨论协会和球队的话题。通过登录此类网站，进一步增进了访问者对这些重要协会的了解，并且及时获取了自己感兴趣的球队和运动员的信息。

二、信息化推动体育产业可持续发展的作用机制与途径

（一）信息化推动体育产业可持续发展的作用机制

1. 带动作用：通过改善体育产业的技术基础带动体育产业快速发展

信息技术对体育产业的带动作用，集中表现在通过促进信息技术在体育产业的普及应用，对整个体育产业的技术基础进行改造，从而大大带动体育产业的发展。

这种带动作用通过多个方面的作用实现。首先，信息技术的带动作用突出表现在通过电子政务的应用，将带动和推动体育管理部门由管理型向服务型转变的体育体制改革。其次，信息技术的应用能够对传统体育工作手段起到积极的改造作用，通过体育系统管理手段、竞赛指挥组织系统、裁判系统等的使用，使体育工作手段比以往更为先进，效率大大提高。再次，信息技术在体育制造业中的应用能够改善体育制造业的装备基础，通过体育生产设备的数字化、信息化改造，体育生产管理系统等的应用，不仅制造出新的数字化体育健身产品，而且使体育制造业的生产效率大为提高了。最后，信息网络技术在体育商业活动中的应用，使体育电子商务逐步发展起来，将为体育产业发展创造更富活力和效率的发展环境。如现在我国的足球甲级联赛已经可以在网上直播，还可通过订阅手机短信及时了解各场次的比分。这些都在方便了广大球迷的同时，扩大了球赛的影响，促进了足球运动的发展。此外，其他比赛，如篮球联赛、排球联赛等各种赛事也都已经或正在利用信息技术来扩大其商业影响力，从而推动体育产业的全面发展。

2. 替代作用：通过信息投入替代物质投入改变体育产业经济增长模式

替代作用是指体育产业通过信息投入来替代各种物质、能源的投入或减少其消耗，从而改变体育产业经济增长的传统模式。

在现代社会，信息与物质、能源一起同时成为人类社会不可缺少的三大资源，信息资源的地位和作用越来越重要，与物质和能源不同的是，信息资源的最大特点是具有替代性。这种替代性表现在，信息不仅在所有经济中都是一种资源投入，而且在一定的条件下，信息可以转化或替代物质、能量、时间及其他。正确而有效地利用信息，就可以在同样的条件下创造更多的物质财富，开发或节约更多的能量，节省更多的时间。信息

作为无形资本投入，其产出可能会比传统资源投入的产出高得多，收益也可能更为理想。如1999年我国八位棋手创建了一家清风围棋俱乐部，但其发展却受到人力物力的局限，后来通过开办网站大大节省了开支，扩大了影响。当前该网站已成为中国三大对弈网站之一，拥有了一定数量的固定棋迷并举办了中韩网络对抗赛，正是信息投入的替代作用使其经济收益更加理想。

3. 增值作用：通过提高产品与劳务的附加值促进体育产业的经济增长

增值作用，是指增加财富、扩大供给，提高产品与劳务的附加值。信息技术对体育产业的增值作用主要体现在，通过挖掘、提高体育信息市场价值以促进体育产业的经济增长。

信息要素与传统的生产要素不同的是其边际收益率会持续递增。现代信息技术的普及，使网络经济成了以信息为主导的经济。互联网与旧传媒共同组成庞大的信息网络，为交换和市场活动提供新的广阔的信息平台。在网络经济中，对信息的连续追加投资，不仅可以获得一般的投资报酬，还可以获得信息累积的增值报酬；网络信息系统具有信息的自动记忆和自动生成功能，并且生成层次更高、价值更大的综合信息。

边际效用递增现象还因网络的作用而增强。在网络经济时代，产品或服务的网络价值比其自身的价值更加重要。由于互联，尤其是实时的、超越了空间限制的互联，产生了非常奇妙的结果。根据麦特卡夫定律，网络价值同网络用户数量的平方成正比，随着网络中节点数以算术级数增长，网络的价值将以指数方式增长。麦特卡夫定律在现代网络经济中的应用已经表现得越来越明显，增加几个成员，可以使所有成员的价值明显增大。比如你有一个电话网络，有100个客户，他们每天相互通话一次，每天通话10000次（100的平方）。如果增加了10个客户，你的客户总数增加了10%，你的客户相互之间的通话量会增加到每天12100（110的平方），你的收入会增加21%。在所有的经济网络中，都会产生这种收益递增。收益递增可使加入网络的价值增加，从而使塑造平台的经济驱动力越发强大，吸引更多的公司加入网络，导致网络价值滚雪球般地增大。因此，在网络经济中，较小的努力会得到巨大的结果，产生令人震撼的"蝴蝶效应"。中国足球彩票的发行就是充分利用了信息网络的优势，极大地扩大了销售面，取得了可喜的收益。

（二）信息化推动体育产业可持续发展的途径

信息化也称国民经济和社会信息化，是指在国民经济和社会各个领域，不断推广和应用计算机、通信、网络等信息技术和其他相关智能技术，达到全面提高经济运行效率、劳动生产率、企业核心竞争力和人民生活质量的目的的动态发展过程。信息化的内容包括信息资源、信息网络、信息技术应用、信息产业、信息化人才、信息化政策法规和标准六个方面。

1. 信息资源与体育产业

在信息社会，信息资源地位之重要已是不言而喻，人们把它与物质、能源一起并称为人类生存和社会发展所必须的三大基本资源。信息资源是一种无形的生产要素，随着对信息资源开发利用的不断加深，信息资源在经济社会资源结构中日益呈现出不可替代的作用，给各行各业带来巨大的经济价值和社会价值。

在许多领域，信息资源都是确定研究与开发方向的依据，是及时掌握世界最新科技成果与研究动向，提高科研效率，推动自主开发、创造的关键。同样在许多领域，信息资源帮助人们了解和认识世界，把握事物的动态和规律，制定合理的计划和目标，作出正确的预测和决策。有资料显示，在当代科学研究和技术开发课题中，一个研究人员用于查询资料和出席各种学术会议的时间约占他总的研究工作时间的60%。现代体育已进入知识体育时代，讲求体育的科技含量，这一切均须以信息资源作为基础和前提。例如，我国乒乓球队非常注重情报信息的收集、分析工作，在备战亚特兰大奥运会期间，他们收集了瓦尔德内尔、塞弗、盖亭、金泽洙等世界著名选手的大量资料，对他们的主要技术运用情况进行了详细的分析和研究并制订出相应的对策，编成口诀，让运动员背熟，并在赛前进行多次针对性训练，最终包揽了奥运会乒乓球项目的全部金牌。

随着信息化的不断推进，信息资源开发已经从文本时代、计算机时代进入了网络时代。信息资源的开发也日益走向社会化、全球化和商业化。网络化的数据库等信息资源可以为我们提供内容更为丰富、方式更为便捷的信息服务。作为一种资源，体育信息资源的开发催生的新兴体育传媒、体育商业网站等的大发展，无疑给体育产业带来前所未有市场机遇，为体育经济的发展带来巨大的商业价值。

2. 信息网络与体育产业

信息网络主要由电信网、电子传媒网和计算机网三类网络构成。目前，我国拥有世界第一大电视广播网络，世界第二大程控电话网络，并且计算机互联网已成为人们了解与交流信息的重要工具。

现代体育与信息网络的发展息息相关，大型运动会的实况转播便是典型一例。悉尼奥运会期间，东道主电视网推出了3000个小时的实况信号，200个国家和地区的电视台购买了奥运会的转播权，30亿人通过卫星转播观看了奥运会比赛。可见，信息网络在传播体育文化、加深人们对体育的认识、进一步理解奥林匹克精神方面功不可没。

目前，因特网在国际体育领域已得到广泛的应用，人们可以在网上查询国际体育文献数据库、奥林匹克数据库，浏览各种体育期刊、文献，享受网上计算机图书馆中心的信息服务……因特网内容的博大丰富、使用的方便快捷，可以很大程度上满足人们的信息需求，同时还可以大大提高体育科研人员的工作效率，缩短体育科技成果的研制周期。因此，国际体育科技成果层出不穷，竞技体育水平也随之提高。

因特网于20世纪90年代中期进入我国，1995年国家体委信息所联通了因特网，利用网络收集信息。1996年中国体育信息网页建立，国家体育总局办公自动化系统整体上网，上海、四川体委等也先后建立了自己的网页。时至今日，我国的体育信息网络有了很大发展，但与国际总体水平相比，还存在较大差距，网上信息比较匮乏，体育信息资源的共建与共享还未能实现。要赶超国际先进水平，体育界仍然任重而道远。

如今，网上远程教学在西方国家开展得如火如荼。据美国情报文献中心估计，1998—2000年，在美国大学接受远程教学的人员年均增长率为33%。美国的一份调查报告显示，今后几年，美国将有75%的大学提供网上教育。然而，我国网络体育教学基本上还是一个空白。目前，许多体育院校在积极地研究、开发这一课题，使之尽早付诸使用。远程体育教学不仅可以给更多的人提供受教育的机会，而且可以解决因受工作和训练所累，无法接受全日制教育的教练员、运动员等体育工作者的继续教育和知识更新问题，对于体育队伍整体文化素质的提高具有重要意义。

伴随着我国信息化水平的提高，信息网络与现代体育的结合，网上体育信息资源的共建与共享、远程体育教学、网上体育行业管理、单项协会和联赛的网上管理、网上体育学术交流、网上体育健康指导等，都将由设想变为现实。这不仅会使我国的体育事业有一个大的飞跃，而且还将对现代的生活理念产生深远的影响。

3. 信息技术与体育产业

信息技术是借助以微电子学为基础的计算机技术和电信技术的结合而形成的手段，对声音的、图像的、文字的、数字的和各种传感信号的信息进行获取、加工处理、存储、传播和使用的能动技术。它包括计算机技术、微电子技术、光电子技术、通信技术等。信息技术是强大的生产力，它对人类社会进步产生着巨大而深远的影响。与18世纪的蒸汽机技术、19世纪的电气技术一样，信息技术的产业和应用具有划时代的意义。

如今，信息技术已经广泛应用于国民经济和社会信息化的方方面面，而且已广泛运用于现代体育之中，使现代体育不断向科技体育、知识体育迈进。例如在体育科研、训练方面，对运动员的技术诊断大多采用高速摄像及计算机录像解析系统进行；卫星导航系统介入帆船训练；无线电指挥仪介入帆板训练；各种体育机器人在乒乓球、网球、柔道、竞走、拳击等项目的训练中发挥着重大的作用。将信息技术与体育科研、训练结合得最为密切的是美、英等信息化水平很高的国家。美国马拉松运动员的鞋上装有电脑芯片，以便随时测录运动员的各种运动数据；英国为更好地提高运动员的技术水平和运动成绩，研制了一种运动服装，这种服装在人体各关节部位分布着许多传感器，可把人体运动信息传送给电脑，由电脑处理后给出改进技能的定量标准。在体育竞赛方面：计时，采用电子计时器，精度可达数万年误差1秒；测距，采用激光测距系统，器械一落地成绩即刻显示在记分牌上；仲裁有同步高速录像设备为依据；比赛的管理工作、信息处理和信息服务工作等均由电子计算机来完成。悉尼奥运会的信息服务系统采用IBM公司赞助的"Info2000"信息系统，可储存3亿条信息，出售1100万张门票，提供10000多名运动员的简历和全部比赛的赛程、成绩。其管理工作系统、安全保障系统等也采用了大量的信息技术。

信息技术在体育领域的广泛应用，促进了体育的知识化、科学化，使体育的科技含量不断提高，运动水平逐年上升，社会影响不断扩大。

4. 信息产业与体育产业

信息产业在体育产业发展过程中的存在和表现，首先通过对体育产业政策和体育产品的宣传介绍以及对大众体育意识和行为的动员和唤醒，进而表现为对体育产业活动的支配。信息产业的发展通过报纸、电视等传统媒体以及网站等新经济媒体的发展而得以体现，并以此全方位地影响和支配体育运动。

首先，信息产业是体育及相关产业发展的基础。信息产业的核心技术，信息技术在体育生产环节的应用，使体育产业的制造水平和生产效率大大提高，并且体育用品、体育设施等相关产品生产和推广的周期日益缩短，为体育产业由追求数量增加的粗放型，向追求质量优化的集约型方向发展奠定基础。其次，各种信息终端、电子信息产品在体育产业的应用，为促进体育信息化和体育产业可持续发展提供了坚实的物质基础和保障。再次，电信网络和信息基础设施的发展使信息网络化趋势逐渐加强，促进了体育产业网络体系的形成和发展，各类信息系统加快了体育产业的信息传播速度。信息网络的发展，还有利于帮助拓宽体育产业的投资渠道，提高体育产业商业运作的效率和经济价值，促进体育产业的可持续发展。

5. 信息化人才与体育产业

在推进体育产业信息化的过程中，信息化人才是关键。信息化人才是指具有较高的文化素质且熟悉电子信息技术，懂得充分开发利用信息资源的人才。他们是将信息资源与技术应用于现代体育，推动体育的繁荣与发展的主力军，是使现代体育向科技体育、知识体育迈进，开创新的现代体育文明的中坚力量。

我国教练员、运动员队伍总体的文化水平偏低，体育教学和科研队伍的文化素质虽较之前两者高出许多，但业务能力和信息化应用能力都强的人相对较少，这会在不同程度上妨碍他们对信息资源的利用以及信息技术在体育领域的普及，也成为提高运动水平的瓶颈。因此，只有不断提高现有体育队伍的文化素质和信息素养，注意吸纳信息化人才充实体育队伍，才能最大限度地开发和利用信息资源和信息技术，促进体育事业的繁荣。

三、加快信息化建设，推动体育产业可持续发展的措施建议

从 20 世纪 80 年代起，我国开始关注信息技术的发展，1991 年成立了国家经济信息化联席会议。但直到目前关键技术及装备尚不能满足信息化发展的需要，信息市场发育不完善，缺乏统一管理，法制建设也较滞后。尽管体育产业的信息化近年得到了长足发展，但毕竟起步较晚，在信息化建设中遇到了以下一些问题：如对信息化的认识不足，在体育产业内部对推进信息化的战略性、全局性仍缺乏足够的认识；体育产业的信息管理体制比较落后；信息技术应用程度不高；信息资源开发利用进展缓慢；体育产业中适应信息化发展要求的人才普遍短缺，人才流失现象严重等。

体育信息化体系包括信息技术应用、信息资源、体育信息产业、信息化人才、信息化政策法规和标准规范等要素，我国体育产业的信息化应当主要围绕这几要素开展工作。以此为基础，我国体育产业信息化建设的技术路线是，启动"数字体育工程"，分阶段、有步骤地推进我国体育信息化建设，通过智能化办公和管理系统、电子政务、电子商务在体育产业生产、经营、管理等方面的全面应用，加快体育产业信息化步伐。

（一）健全和完善体育产业的信息管理体制

由于体育产业在我国是一个新兴产业，国家对体育产业的管理还处于探索阶段，条块分割和垄断还在一定程度存在。目前迫切需要建立一套完整的体育产业信息管理体系对体育产业信息化的发展方向、政策等方面给予宏观规划和指导。体育产业的信息管理体制，应建立宏观决策层次、检查监督层次、市场协调层次和法律保障层次，在结构体系上应形成国家体育总局、各省体育局、各市县体育局至上而下、多层次的信息管理机构，完成规划、协调、控制引导和组织信息技术发展，促进体育产业信息技术应用的任务。体育产业的信息管理体制，应遵循统一领导、循序渐进、基础转换的原则，减少盲目性。要按照市场经济的要求加快改革，打破部门间的信息封锁，推动现有事业型、非营利性的信息机构面向市场、开放经营、有偿服务、自负盈亏。

（二）加快我国体育电子政务建设

体育电子政务是现阶段我国体育信息化建设的核心和基础。我国体育电子政务将结合我国体育管理体制改革及管理流程再造，构建和优化体育行政机构内部管理系统、决

策支持系统、办公自动化系统，为国家体育总局及各级体育行政机构信息管理、服务水平的提高提供强大的技术和咨询支持。体育电子政务的主要目的是，推进体育管理部门办公自动化、网络化、电子化，运用信息技术打破体育行政机关的组织界限，建立电子化虚拟机关，实现广泛范围意义的政府体育，促进部门之间及政府与社会各界之间的信息沟通和联络。

（三）加快体育产业的信息技术改造

体育产业蕴藏了巨大发展潜力，是一个充满商机的行业，在信息技术应用方面还存在着很大的空间，充分认识信息技术与体育产业的互动关系，促进二者的共同发展，加快体育产业信息技术改造具有重要的意义。在现阶段体育产业的信息技术改造的目标是，通过对体育产业内企业的数字化改造，引入先进信息技术，提高我国体育产业整体运行的效率，以2008年北京奥运会为契机，以"数字奥运"为突破口，寻求体育产业快速发展的支点。

（四）促进体育产业和信息产业的互动合作

随着经济全球化的发展，体育信息人才、资金、技术等生产要素在全球流动配置，以求得利润最大化，这将导致体育信息产业激烈的竞争。在这种背景下，仅仅靠少数单位不可能满足全社会对体育信息的需求，难以应对国内外激烈的竞争。建议加强体育产业与信息产业部门的互动合作，充分发挥信息化在推动体育产业可持续发展过程中的"加速器"作用，加快我国体育产业信息化步伐，促进体育产业快速发展。同时建议组建中国体育信息产业联盟，吸纳包括信息产品提供商、信息系统集成商、信息网络服务提供商、信息内容提供商在内的信息行业企业参加，促进体育信息部门与信息机构与以上各单位建立长期合作伙伴关系，使各单位的资源、能力及技术整合在一起，形成一个体育信息产业联合体，更加有效地向市场提供体育产品与服务，使具有互补优势的单位既保持其独力的运营权，又可以借助彼此的优势，快速适应市场变化，获得竞争优势。

（五）整合资源构筑"中国体育数据中心"

目前大量体育信息资源处于闲置状态，特别是一些重要的体育数据资料没有被有效地开发和使用，造成信息资源的巨大浪费。目前的当务之急是要尽快打破各部门对信息资源的垄断状况，建立起信息的更新机制，提高信息的一致性和正确性，尽快将体育数据信息整合起来，利用统一的软件、编码系统和其他统一的标准，将这些数据管理起来，建成具有一定规模的"中国体育数据中心"。在运营模式上，探索出一条公益服务与市场咨询服务相结合的信息服务机制，努力实现全国体育数据资源的信息共享。

（六）提高从业人员的信息化素养

体育产业从业人员信息化素质的提高，是加快体育产业信息化建设的关键环节，影响着体育产业的快速、可持续发展。要让体育产业从业人员充分认识到信息化的战略性、全局性和改革性，树立正确的现代信息观念，明确信息资源是推动体育产业可持续发展和的战略性资源，信息活动是创造财富的活动，信息产品和服务是有价值的，真正把信息化放到重要的战略地位来考虑。同时，还应充分认识到信息技术的发展将改变整个体育产业领域经济活动的技术基础，信息产品和信息服务的有偿交换将成为规范的市场行为，信息市场将是体育市场体系中重要的组成部分。

加强体育信息专业人才的培养。体育教师的培养是体育信息化实施的源头。提高体育教师的信息技术水平，加强体育教师体育信息技术素质。建立体育专题数据库，加快与国际接轨。

提高体育经纪人的素质。经纪人在体育产业发展中是一个关键因素，培养一批懂法律、善经营、会管理的高素质体育经纪人是体育产业发展和提高经营效益的需要。根据当前国情，可从体育部门挑选管理人员，通过对其进行信息技术、法律、工商管理、市场营销等相关知识的培训，使其能承担体育经纪人的工作。也可以选择一些体育和财经院校合作办学，对体育经纪人进行系统培养。

（项目编号：820ss05083）

融资体制创新与我国体育产业的发展

康小明　邱章红　韩圣龙　黄正红

由于长期受高度集中的计划经济体制的影响，我国的体育一直作为国家政府举办的事业而存在。直到 20 世纪 80 年代中后期开始，体育产业化或与体育产业化直接相关的提法才开始正式出现在政府部门的相关文件中。1985 年，在国务院转发的国家统计局《关于建立第三产业统计的报告》中，体育第一次作为"为提高科学文化水平和居民素质服务"的部门，被正式纳入第三产业中。1999 年的《政府工作报告》中也首次将经济发展与体育健身消费问题联系在一起，体育开始成为刺激内需、推动我国经济增长的重要因素。随后，全国人大的相关文件也明确表明，体育产业是市场经济发展的必然产物，体育的社会化和产业化是我国体育发展的必由之路。由此，我国的体育事业开始从原来单一的事业形态向产业形态逐渐转型。

根据卢元镇等学者的研究，体育产业是指为社会提供体育产品（或服务）的同一类经济活动的集合以及同类经济部门的总和。因此，体育市场则是指进行体育商品和服务交换的场所，也即以商品形式向人们提供体育物质产品和服务产品的场所。与体育产品和服务的生产、销售和消费等环节相对应，体育产业又可以划分为如下三大类：核心体育产业（具体包括健身娱乐业、竞赛表演业和体育博彩业等）、中介体育产业（具体包括体育经纪产业和体育传媒产业等）和外围体育产业（具体包括体育用品业、体育旅游业和体育保险业等）。随着我国市场经济的改革不断向纵深发展，体育产业的产业化形态正在日趋完善。为了适应我国体育产业的市场化发展进程，国家体育总局也开始从行业监管部门的视角对体育产业的发展提出了一定的规划和发展目标。1995 年 6 月，国家体委就制定了 1995—2010 年的《体育产业发展纲要》。《纲要》中明确指出，我国体育产业发展的目标是用 15 年左右的时间逐步建成适合社会主义市场经济体制、符合现代体育运动规律、门类齐全、结构合理、规范发展的体育产业体系。纲要中规定的具体发展目标是到 20 世纪末，基本上形成以主体产业为基础，多业并举、多种所有制并存、共同发展的产业发展新格局。

如果从纵向发展的比较角度看，我国体育产业发展的阶段性目标已经初步实现，但是从严格的产业发展理论角度看，我国体育产业的阶段性目标由于受制于种种因素而与预期的发展目标还存在着一定的差距。这些制约因素既包括了我国政府行政模式的发展和完善程度，也包括了我国体育市场及其他市场的发展和完善程度，同时还包括了国际体育市场对我国体育市场的影响和冲击等。在这些因素的共同作用下，又突显了影响我国体育产业发展的一大非常重要的瓶颈问题——我国体育产业的融资体制严重滞后。这一瓶颈问题早在 21 世纪初便引起了相关政府监管部门的高度重视，国家体育总局发布的《2001—2010 年体育改革与发展纲要》中明确指出，要"改革体育产业融资体制，充分利用社会资源发展体育产业"。但是，意识到问题离解决好问题还有很长的一段路要走，直到现在，我国体育产业的融资体制仍未建立起符合现代市场经济体制、符合现代体育产业发展要求的融资体制。当然，要建立起系统而完善的现代体育产业的融资体制需要一定的时间和过程，特别是在我国，要从长期的计划经济形态转向市场经济形态确实还需要经历一段很长的转轨过程，但是，由于缺乏系统的融资体制设计的战略指导思想，也是影响我国体育产业现代融资体制构建和创新的重要因素。要真正建立起我国体育产业的现代融资体制，就必须在全面认清体育产业的本质属性的基础上，结合现代体育产业发展的特点和趋势，引入与体育产业发展相适应的现代金融工具，才能构建出能推动我国体育产业发展快速、健康发展的现代融资机制。

一、公共产品理论

在正确认清体育产业、体育产品和服务的特征和属性时，我们有必要对现代公共产品理论进行一番初步的梳理，然后再以公共产品理论以理论基础探讨体育产品和服务的特征和属性定位，进而设计出符合相关体育产品和服务的特征的现代融资机制。

(一) 私人需求与公共需求的理论基础

人类社会生存和发展的基本目标，或者说，人类社会生存和发展的基本动力就是不断满足日益增长的物质和精神需求。作为人类社会中的个体，其基本目标是满足个体不断增长的物质和精神需求（或称私人需求），而作为现代人类社会发展必不可少的公共部门而言，其基本职能则是满足社会公众所不断增长的公共物质和精神需求（或称公共需求）。

由于受益对象的不同，私人需求和公共需求存在着明显的区别。由于是单一个体的需求，私人需求具备着内在性（或称排他性，即一部分私人需求的满足将对他人的私人需求形成排斥）和分散性（即某一个体的私人需求的满足并不能同时使其他个体得到相同的满足）两大显著的特点。与此相对应，建立在公众整体需求基础上的公共需求则具备外在性（即一个人需求的满足会导致其他人也受益）和整体性（即这是在一定范围或地域空间内的多数人的共同需求）两大特点。为了满足相应的私人需求和公共需求，便出现了不同的产品和服务形态，那就是私人产品和公共产品以及介于二者之间的准公共产品（又称混合产品）。

(二) 公共产品理论

公共产品是相对于私人产品而言的，与纯粹的私人产品相比，公共产品具备三大显著特征。

1. 效用的不可分割性
私人产品可以为每一个具体的消费者所拥有或消费，私人产品的总量等于每一个消费者所拥有或消费的该产品或服务的总和。而公共产品是作为一个整体提供的，不能被分割为可数的若干单位提供给不同的消费者。因此，公共产品具备社会共同消费、共同受益的特点。其中体育健身领域、由财政全额投资、免费对全部公众开放的全民健身设施和场地就可视为一种公共产品，其具备着社会公众共同消费、共同受益的特点。

2. 消费的非竞争性
在私人产品的消费领域，每增加一个消费者就意味着该产品或服务的变动成本将会相应增加，即随着私人产品的不断增加，其边际成本并不等于零，也就是说，私人产品存在着消费时的竞争性。但在公共产品领域，一定范围内的消费者增加并不会导致其他人对该产品或服务的消费量减少。其中最根本的原因就是公共产品的边际成本为零，某一特定的个体或群体对公共产品的消费并不会妨碍或减少其他人对该产品或服务的消费。这就是公共产品的非竞争性。

3. 受益的非排他性

在私人产品领域，当消费者支付了该产品或服务的价格时，就拥有了该产品或服务的所有权，其他人则不能消费该产品或服务，这就是一种典型的受益的排他性。而在公共产品领域，某一特定的个体或群体在消费某一公共产品的同时，无法将另外一些人或群体排除在公共产品的受益范围之外。产生这种受益的非排他性的原因主要有两个：一个是实现排他性在技术上是不可能的；另外一个则是实现排他性在技术上是可行的，但是实现排他性的成本太高以至于无法兑现，从而导致排他失去了实际意义。

当某一特定的产品或服务同时满足上述三大特征时便可纳入公共产品范畴。但是在现实生活中，纯粹的公共产品并不多见。某些产品虽然能够实现消费的非竞争性，但是在技术上却同样可以实现受益的排他性；另外一些产品虽然具备着消费的竞争性，但是由于排他成本太高又很难实现受益的排他性。这些既不是纯粹的公共产品，又不是纯粹的私人产品，而是一种介于两者之间的准公共产品。例如，各级各类体育学校，虽然从理论上说，某一地区的适龄公民都可进入该体育学校学习，但是随着入学人数的提高，特别是当学生总数超过了该学校的办学条件而该条件又无法随之调整（在现实生活中往往是这种情况）时，则每一学生所接受的体育学校的教学质量将受到一定程度的负面影响。这时的边际成本为正，从而不能纳入纯粹的公共产品范畴。这时，该体育学校就有可能会通过收费的方式调节入学人数，很多学生由于承担不起相应的学费而无法入学，这就使得该体育学校的教学服务具有了消费上的排他性。

与公共产品、私人产品和准公共产品的特征相对应，这些产品或服务的最优提供主体也存在着很大的区别。一般来说，公共产品的提供主体应该是政府部门，私人产品的最优提供主体则应该是市场主体，而准公共产品的最优提供主体则是政府机构和市场主体联合提供，联合的比例则依据准公共产品的公益性和私益性之间的比例而定。当然，随着现代社会的发展以及政府失灵和市场失灵的出现，以非营利组织为主体构建的第三部门组织开始扮演着提供公共产品和准公共产品的重要角色。因此，概括起来看，政府部门、市场主体和第三部门之间以及提供的产品和服务之间存在的区别与联系主要反映在表1中。

表1 第一部门、第二部门和第三部门的特征及提供产品比较

项目/部门	政府组织（第一部门）	市场组织（第二部门）	非营利组织（第三部门）
收益属性	公益属性	私益属性	公益属性
营利属性	非营利性	营利性	非营利性
组织属性	官方组织	民间组织	民间组织
治理方式	行政控制	依法自治	依法自治
盈余受益	一般公众	企业股东	特定公众
产品性质	公共产品/准公共产品	私人产品	公共产品/准公共产品

正是因为公共产品、准公共产品和私人产品的有效提供主体不同，从而使得不同性质产品和服务的提供主体的运营机制和投融资体制也存在着很大的区别。因此，接下来我们将在重点讨论体育产业的产品和服务的定位基础上探讨与其对应的最优投融资体制。

二、体育产业的产品和服务定位

与其他诸多传统产业的产品和服务类似，体育产业的产品和服务也是涵盖了多重属性的多元产品和服务。也就是说，体育产业的产品和服务也同时具备着多重特征，因而同时具备着公共产品、准公共产品和私人产品等多元产品和服务的形态。这些具备不同产品和服务形态的体育产品和服务不仅在收益属性上存在着很大的区别，而且还是影响其最优投融资制度安排的前提和基础。

（一）公共产品与体育产品和服务

体育产业的发展和提高离不开完善的体育基础设施和群众性体育基础。无论是体育基础设施，还是群众性的体育基础，市场将没有足够的激励去生产和提供这些投资总量大、投资回收期长的基础设施和项目。例如全国各地的大型公益体育场馆设施、全民健身工程及其配套设施等。这些体育产品和服务不仅具备着投资额度大、投资回收期长等特点，同时还具备着鲜明的公益属性。这些体育产品和服务都属于公共产品的范畴。也就是说，公共产品范畴内的体育产品和服务的直接受益主体将是社会公众，但是其供应又很难通过市场机制加以解决。因此，公共产品范畴内的体育产品和服务主要由政府负责提供，同时也可以部分地由第三部门组织提供。所不同的是，政府组织是强制性地提供公共产品，这种公共产品大都面向所有的社会公众，而非营利组织是自愿性地提供有差异的公共产品，这种公共产品大都面向特定的社会公众。

此外，为体育公共产品筹集资金的配套行业，例如足球彩票和福利彩票行业，其核心环节，即彩票额度的控制和彩票市场的管理等也属于公共产品和服务的范畴。这些体育产业领域内的公共产品共同为我国体育产业的健康和快速发展提供着基础性的支撑作用。

（二）准公共产品与体育产品和服务

在体育产品和服务范畴内，还存在着大量的公益属性和私益属性并存的产品和服务，这些体育产品和服务既不同于严格意义上的公共产品，又不同于私益属性非常鲜明的私人产品，而是同时具备着公益属性和私益属性。此类体育产品和服务就是体育产业领域内的准公共产品。例如，与专用体育赛事密切相关的体育场馆（例如北京2008年奥运会所需的各类大型场馆，各届全运会所需的各类大型场馆等）、政府主导的各类大型体育赛事（例如我国的全运会、民运会、农运会和冬运会等）、面向特定不确定群体的健身工程极其配套设施等。这些产品和服务一方面具备着一定的私益属性，另一方面又具备着很强的公益属性。此类体育产品就是体育产业范畴内的准公共产品。

准公共产品范畴内的体育产品和服务的提供主体既可以是竞争性的市场主体，又可以是非竞争性的市场主体（包括政府和第三部门等非营利组织等），也可以是市场主体和非市场主体的联合提供模式。

（三）私人产品与体育产品和服务

与公共产品和准公共产品相对应，体育产业范畴内还存在着另外一种产品和服务形态，那就是私益性非常显著的私人产品。此类产品不仅具备着鲜明的私益属性，而且还主要由市场主体提供。市场主体不仅是创造社会财富、推动经济发展的最根本的力量，同时还是政府财政资金最主要的来源。因此，政府职能的存在基础和存在理由都离不开大量市场主体的存在。正是因为市场主体在社会经济发展中的重要作用，市场主体也在体育产业的发展过程中占据着举足轻重的地位。在长期的计划经济体制下，我国所有的体育产品和服务都是由国家财政资金在提供着，随着改革开放的不断进行，市场开始在我国的资源配置中逐渐发挥着基础性的作用。随着我国市场经济的不断发展，特别是2001年12月，我国正式成为了世界贸易组织（WTO）成员国，体育产业领域的市场主体将更加多元化。这些多元化的体育产业领域内的市场主体将为我国的体育产业提供更加多元化的体育产品和服务。

体育产业领域内的私人产品和服务几乎涵盖了体育产业的各个价值环节。从核心产业环节的体育赛事、体育场馆和各类健身和体育娱乐俱乐部，到体育中介产业的体育经纪产业、体育传媒产业等，一直到外围体育产业的体育用品制造业、体育用品会展业和体育保险业等，都离不开体育市场主体的存在和发展。那些充满着创新和进取意识的体育产业的企业和企业家们才是最终推动体育产业发展的原动力。

当然，公共产品、准公共产品和私人产品有时候是很难绝对分开的。同一体育产品，在不同的历史时期可能会属于不同的产品形态，例如大型体育赛事，包括奥运会的比赛场馆，在比赛期间带有准公共产品的属性，而一旦比赛结束后，将由于市场运营机制的引入而带有鲜明的私人产品属性。同一个体育行业，其不同的产业环节也有可能分属于不同的产品形态。例如在足球彩票和福利彩票领域，其核心环节属于公共产品的范畴，但是这些产品的销售环节（包括彩票销售设备的供应等）又离不开市场主体的参与。此外，即使是同一个市场主体，也可能会同时提供私人产品和准公共产品的等多种产品形态，例如我国第一家体育产业领域内的上市公司——中体产业（600158）就凭借着资本市场的强大融资能力顺利地实施其多元化扩张战略，其已经构建起来的三大主营业务板块中，体育赛事和健身俱乐部带有很强的私人产品属性，而体育主题社区则带有一定的准公共产品属性。因此，在确定体育产品和服务的属性和特征时，必须用一种发展和动态的观点来考察问题。只有这样，才能准确地界定体育产品和服务的真实属性。

三、我国体育产业的融资机制现状

计划经济向市场经济的转变对我国体育产业的融资体制也产生了根本而深远的影响，其中最为根本的就是政府财政包办的体育事业开始向体育事业和体育产业并重的方向转型，市场机制开始在我国体育产业的发展过程中发挥着最为关键的作用。但是由于计划经济体制的影响很难在短期内消除，长期以来的政府事业投资，使得体育产业领域内的国有资本占据着非常重要的地位。只有在体育产业领域内的增量投资部分，才逐渐出现了社会资本和国外资本的身影。概括起来，我国现阶段的体育产业融资体制主要存在着如下鲜明的特征。

(一) 政府部门的财政投入无法满足体育产业的内在需求

改革开放以后，我国的国民经济获得了飞速发展，人均国内生产总值（GDP）也于2003年内首次突破了1000美元，达到了1090美元。财政收入也随之逐年增加。但是我国毕竟还是一个发展中国家，尤其是在很多重点行业和重点领域仍然存在着大量投资缺口的情况下，体育事业将很难单纯从财政支出中获得其本身发展所需的资金。早在1996年，政府对卫生、体育和社会福利业的投资额占政府投资总额的比例只有0.85%，而到了1998年，该比例则下降到了0.8%。反映到体育领域，下降的趋势也非常明显。在20世纪90年代的很长时期内，我国的体育经费只占国家总预算的0.2%左右，进入21世纪后虽然略有增长，但是仍然只有0.3%~0.4%。随着我国市场化程度的不断提高，国家财政直接投资于体育事业领域的资金还将日渐减少。

除了体育产业领域内的国家财政投资不断减少外，国家财政资金的投入还存在着投资领域错位等问题。也就是说，政府的财政资金应主要投资于社会公益性强、市场主体不愿投入的领域，但是由于长期受计划经济体制的影响，我国在财政资金总量不足的情况下，仍然有大量的资金投资于竞争性的领域和部门，从而对市场主体在该领域的投资形成了很大程度的挤出效应。因此，在今后的体育事业发展中，如何优化配置日趋稀缺的政府财政资源也是完善我国体育产业融资机制的一个重要方面。

此外，我国的财政性投融资体系还存在着投入方式不合理等问题。这些问题也集中反映在了我国的体育领域，概括起来，这些问题主要集中在如下两方面。

1. 资金投入仍然局限在财政预算方式

我国体育领域的财政性投资方式仍然是以财政预算为主，而且还存在着相对规模日渐缩小的趋势。财政资金的使用方式也主要是以预算内的直接拨款方式为主。因此，我国在财政性投融资体制的创新领域还存在着一定的差距。也就是说，我国财政性融资体制尚存在着很大的创新空间。

2. 财政投入效益存在着很大的结构性偏差

在体育产业领域，财政性投入方式主要集中在短期、直接融资模式上，而且投入缺乏产业结构优化调整等宏观效益。政策性财政投入主要集中在具体的企业而不是特定的行业，这不仅在客观上形成了企业之间的不平等竞争，而且还对公平的市场竞争环境造成了不良的影响和冲击。

因此，无论从我国体育领域内的财政性投入总量看，还是从财政性投入方式看，我国体育产业的财政性融资体制都还存在着很大的创新空间。

(二) 市场化的融资机制尚未完善

体育产业领域内的市场化融资机制是随着我国市场经济改革的不断深入而发展起来的，市场化融资机制的核心就是充分发挥市场机制（最核心的要素就是竞争机制）在体育产业资源配置中的基础性作用。通过市场化的融资渠道筹集体育事业和体育产业发展所需的大量资金，不仅是做强、做大我国体育产业的内在要求，同时也是解决政府财政投入不足、体育事业发展受阻的重要手段。20世纪90年代后期，我国众多的体育赛事开始逐渐地引入市场化的融资渠道，筹集了大量社会资金。例如，1998年，全国体育系统的运动竞赛收入就高达1.0394亿元；上海市承办的第8届全运会筹集了1.6亿元的资金；广东省承办的第9届全运会则筹集了近20亿元资金，其中仅电视转播权收入就达到了800万元，广东省为"九运会"专门成立的"粤兴有限公司"为运动会筹集的资金高达15亿元。从而摆脱了我国历届全运会单纯依靠政府财政拨款的单一融资格局。

此外，在日渐兴起的职业体育俱乐部等主体的融资机制上，也更多地依赖市场主体的投资和经营。据不完全统计，截至2003年，我国职业足球改革9年来的27家甲级俱乐部的所有权更替就达到了30多次，这一方面是市场化融资机制带来的直接产物，同时也充分验证了市场化融资机制中的竞争机制。

而在市场化程度最高、竞争最为充分的体育用品制造业，依托着市场化的融资机制和优胜劣汰的市场竞争机制，我国已经成为了世界上最大的体育用品生产基地，全球2/3以上的体育用品在中国制造。中国的体育用品出口贸易额呈现出逐年上升的趋势，1998年为45.98亿元，1999年为53.87亿元，2000年则达到了70亿元。体育用品制造业的企业总数也达到了3372家，其中年生产产值超过2000万元的就达到了17家。

虽然我国体育产业的市场化融资体制已经获得了一定程度的发展，但是仍然存在着诸多有待完善之处。概括起来，这些不完善之处主要体现在如下方面。

1. 国有资本的比重仍然过大

由于市场化融资机制的发展并不充分，从而使得我国体育产业内的国有资本比重仍然过高。根据"中国群众体育现状调查课题组"的调查结果显示，在我国体育场馆领域，国有的体育场馆比例高达76%，集体占12%，外资（含合资）占5%，个体占5%，其他占2%。

即使是在民营经济比较发达的浙江省，体育产业中的非公有制经济仍然占据不了主导地位。在浙江省体育本体产业2000年的营业收入中，非公有制经济类型只占到了36.4%，国有和集体所有制体育经济类型仍然占据着绝对主导地位。公有制体育主体的比重偏大将在一定程度上影响着体育产业的发展和完善，也将影响到体育产业融资机制的创新和完善。

表2　浙江省2002年体育本体产业不同所有制企业分布表

所有制类型	单位数比重（%）	营业收入		从业人员	
		收入（亿元）	比重（%）	人数（万人）	比重（%）
行政事业单位	4.9	4.64	30.83	0.53	23.98
国有企业	3.5	1.4	9.3	0.16	7.24
集体企业	4.8	1.44	9.57	0.21	9.5
私营企业	4.3	0.28	1.86	0.06	2.71
港澳台投资企业	0.3	1.3	8.64	0.1	4.52
外资企业	0.2	0.59	3.92	0.04	1.81
其他企业	7.6	2.09	13.89	0.3	13.57
个体户	74.4	3.31	22	0.81	36.65

［数据来源］浙江省2002年体育产业调查研究报告.

2. 体育产业的融资渠道过于单一

随着现代公司财务理论和金融工程的不断发展，现代金融工具已经广泛应用于各大行业中。但是在我国的体育产业领域，融资渠道仍然仅仅停留在政府财政拨款、体育彩票公益金、竞赛收入、企业资本金投入和经营盈余再投入等几种模式上，大量的金融工具及其衍生工具并没有在体育产业内获得应有的应用。例如在大型体育场馆设施建设中采用的 BOT、TOT 和 ABS 等新型融资工具等尚未在我国获得广泛的应用，其他诸如合同出租模式、政策性贷款和体育产业类的产业投资基金等都没有在我国的体育产业内获得应有的应用。过于单一的融资渠道严重制约了我国体育产业的市场化发展以及体育企业竞争实力的提升。

3. 体育产业在资本市场的融资渠道不畅

我国 1997 年体育产业的增加值为 156.37 亿元，1998 年为 183.56 亿元，预计到 2010 年将可以达到 281.2 亿元，届时占国内生产总值（GDP）的比重将从 1998 年的 0.2% 增长到 0.3%。在西欧和北美等发达国家，这一比例已经达到了 1%～3%。体育产业巨大的发展空间获得了国内外众多资本的青睐，证券、基金、银行和保险等金融机构纷纷将目光投向我国的体育产业。但是，由于我国的体育产业仍然存在着整体实力不强、核心盈利能力偏弱等劣势，再加上我国的资本市场还存在着诸多不尽如人意的地方，相对于西方发达国家，我国的体育产业从资本市场上获得的直接融资额度还非常有限。例如美国，早在 1990 年便开始了体育产业与资本市场的对接。不但经营体育用品的上市公司比比皆是，体育俱乐部上市的也不少。尤文图斯俱乐部于 2001 年上市，已经是继罗马和拉齐奥俱乐部之后上市的第三家意大利甲级俱乐部了。而在英超赛场上，几乎有一半俱乐部都是上市公司。反观我国的证券市场，除了一家综合性的体育产业公司外尚没有真正意义上的上市体育俱乐部。

我国的体育产业公司多是些尚处在积累阶段的中小企业。而我国的证券市场，上市门槛较高，一般的中小企业没有机会在证券市场上融资。在沪深股票市场上，只有一家经营体育产品的上市公司——中体产业（600158）。而一些涉足体育产业的上市公司也步履维艰。如 2002 年 11 月，信联股份（股票代码：600899）宣布将分期投资 5000 万元打造中国围棋甲级联赛，拓展体育传媒产业。然而体育产业需要大量的资本投入，不少上市公司涉足体育产业仅仅是出于企业宣传和广告考虑，由于信联股份的其他业务的业绩不佳，巨资投入的前景又很难预料，导致众多的贷款银行争相收回贷款，从而引发了财务危机，使得信联股份并不能在体育产业内持续稳健地经营。

虽然我国已经从 2004 年开始开通了深圳的创业板市场，但是由于受制于资本市场的整体环境以及体育产业本身的发展和完善程度，体育产业并不能在二板市场获得畅通的融资渠道。

4. 债务融资渠道不畅

与通过资本市场进行融资相比，举债经营对企业运作及战略管理提出了更高的要求。以体育产品和服务为主业的公司要想顺利取得高质量的贷款，就必须在自身的管理手段和企业制度的健全上狠下工夫。银行愿意发放贷款的企业都是比较完善、成熟并具备一定规模的，而处于起步阶段的中国体育产业，又恰恰充满了不够成熟的、还处于"交学费"阶段的企业，所以要想从商业银行获得资金，必须首先完善企业的治理结构和经营管理模式。此外，我国的银行业也正处于加入世界贸易组织（WTO）后的关键时期，银行企业自身的风险控制问题正变得日趋重要。在这种宏观背景下，体育产业的债务融资渠道将面临着很大的困境。

5. 内部融资基础薄弱

内部融资是指将企业经营盈余用于再投资的一种融资方式，但是在我国目前的发展阶段，由于体育企业的经营模式和收入来源都非常单一，各类体育企业的经营业绩都很不理想，包括已经在资本市场上市的中体产业（600158），其2001年度到2003年度之间的平均每股收益只有0.057元，每股经营活动产生的现金流量净额则从2001年的0.2901下降到2003年的0.0092元。从收入来源看，虽然中体产业的业务范围遍及信息咨询、健身服务、体育赛事、机票代理、房地产销售、软件技术开发及销售和中空吹塑制品等，但是光房地产销售收入就占到了2003年度主营业务收入总额的70.91%，体育赛事收入只占2003年度主营业务收入总额的2.47%。已经是上市公司并且拥有强大政府资源的中体产业的经营状况尚且如此，其他大量的中小体育企业的经营模式和收入来源就可想而知了。

此外，市场化程度比较高的各类职业体育俱乐部基本上都是依靠大股东的初始股权投资在勉强支撑，由于经营业绩不理想，大量的职业体育俱乐部的初始大股东都会在难以为继的情况下选择主动退出（据统计，我国职业足球改革9年来27家甲级俱乐部的所有权更替总数就达到了30多次），这一方面是因为我国体育产业企业的内部融资基础薄弱，另一方面也是因为我国体育产业的市场化程度不高。内部融资方式是企业生存和发展的基础，因此，我国体育产业企业内部融资基础的薄弱已经严重制约了我国体育产业的发展。

6. 衍生金融工具体系尚待完善

完善的衍生金融工具体系是建立在完善的市场经济体系和完善的货币市场和资本市场体系的基础之上。由于我国的市场经济体系尚不完善，从而使得衍生金融工具体系的诞生缺乏适宜的土壤。此外，衍生金融工具体系还与体育产业的发展程度存在着非常密切的互动关系。一方面，体育产业的发展将直接决定着衍生金融工具诞生和生存的土壤或基础条件，而衍生金融工具的发展和完善程度又将直接影响到体育产业的发展和完善。在我国体育产业的目前发展阶段，着重营造并催生适合体育产业发展的衍生金融工具体系将具备着非常重大而深远的意义。

（三）第三部门的融资机制亟待规范

按照第三部门理论，我国体育产业领域内通过足球彩票、体育彩票和专项体育事业彩票筹集资金的发展模式应该通过非营利的第三部门进行。虽然我国真正意义上的第三部门并没有走上规范的发展轨道，但是通过非营利的第三部门解决政府失灵和市场失灵将是全球公共部门和第三部门发展的趋势所在。如果从我国体育彩票、足球彩票和专项体育事业彩票的发行和管理来看，我国的体育彩票和足球彩票的发行和管理方式还更加类似于政府行为。但是从长远来看，通过各类体育彩票筹集发展资金的方式应主要通过第三部门实施。从我国体育产业领域内的第三部门融资现状可以看出，我国体育产业内的第三部门融资机制存在着如下特征。

1. 彩票融资机制还亟待规范

我国第一次在全国范围内发行体育彩票可以追溯到1990年，当时为筹办北京亚运会发行的第11届亚运会基金奖券。1994年，国务院在《国务院办公厅关于体育彩票等问题的复函》中正式批复：授权国家体委适量发行体育彩票，为举办大型运动会筹集部分资金。同时批准 1994—1995 年发行额度为 10 亿元的体育彩票，以弥补在这两年中举行的 13 个大型体育赛事的经费不足。从我国体育彩票的年发行额度增长状况（图 1）以及专项体育事业彩票的发行状况（表 3）均可以看出我国彩票融资渠道的迅猛发展。迅猛发展的体育彩票大大缓解了我国财政资金面临的压力。

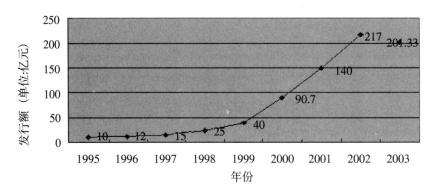

图 1 我国历年体育彩票的发行额

表 3 我国大型运动会的专项体育彩票发行情况

年份	体育彩票名称	发行额度（万元）
1987	第 6 届全运会奖券	6000
1988	第 7 届冬运会奖券	3000
1990	第 10 届亚运会奖券	40000
1991	第 2 届农民运动会奖券	8000
1991	第 2 届城市运动会奖券	1008
1992	第 7 届全运会奖券	8000
1992	第 1 届东亚运动会奖券	4000
1994	第 43 届世乒赛彩票奖券	2000
1994	第 3 届城市运动会彩票	15000
1994	第 22 届世界跳伞锦标赛彩票	200
1997	第 8 届全国运动会彩票	19000

　　我国体育彩票的融资渠道正在逐步发展和完善，但是其内在机制却仍然存在着许多有待完善之处。其中最为根本的就是尚未形成法制化和规范化的彩票融资渠道。由于彩票融资渠道涉及面广，因此，法制化和规范化将是彩票融资渠道健康发展的根本保障。例如在彩票业发达的意大利，其各种彩票活动均应遵守《公共博彩业管理法》和《博彩活动规范》。由于我国彩票业的法制化和规范化程度不高，因此为行政力量的干预留下了很大的空间。这一方面造成了彩票融资效率的低下，另一方面也使得彩票融资很难服务于体育产业的动态发展需要，而是仅仅满足于一时的体育事业发展的需要。要完善我国体育产业的融资渠道，彩票融资渠道也是其中非常重要的一个环节。

2. 第三部门组织的发展还很不完善

　　我国彩票融资渠道的发展现状还受制于我国第三部门组织的发展和完善程度。由于我国长期受计划经济体制的影响，而市场经济体系的发展又很不完善，因此，我国很多非营利的社会活动均由计划经济体制沿袭下来的事业单位负责，这些事业单位虽然拥有独立的法人地位，但是往往在很大程度上需受制于其对应的政府行政部门，体育产业领域也不例外。第三部门组织可以同时部分地解决政府失灵和市场失灵，因此，随着市场经济的不断发展，第三部门组织将在社会经济的发展中扮演着越来越重要的作用。一方面，我国彩票融资渠道的法制化和规范化程度较低将直接影响到第三部门组织的发展，另一方面，第三部门组织的发展又将直接影响到彩票融资渠道的法制化和规范化。

正是因为我国第三部门组织的发展还存在着诸多不完善之处，才使得彩票融资渠道虽然在我国获得了一定程度的发展和完善，但是从总体上看，我国的体育彩票融资渠道仍然存在着一定的问题。其中最为典型的问题包括两方面：一方面是彩票融资渠道的实施主体不能真正获得依法独立经营的资格；另一方面就是现有的彩票融资渠道尚不能真正发挥出引导体育产业资金流向和体育产业结构调整的作用。因此，要真正将我国体育产业的融资机制创新落到实处，在一定程度上是离不开第三部门组织的发展和完善的。

四、体育产业融资体制的国际比较

由于我国目前正在大力推进的经济体制改革是以市场为取向的改革模式，因此，市场经济体系比较完善的发达国家在体育产业领域内的融资机制举措将对构建我国体育产业的融资机制具备着重要的借鉴意义。特别是 2001 年 12 月，我国正式成为了世界贸易组织（WTO）成员国，世界经济一体化的进程已经推进到了我国的几乎全部竞争性行业。为了在竞争日益激烈的体育产业领域内提升我国体育企业的竞争实力，就必须在充分借鉴国际体育市场中的完善的体育融资机制的基础上，结合我国体育产业的特定发展阶段，构建出适合我国国情的体育产业融资机制。

（一）公益性和准公益性体育产业的融资机制

公益性和准公益性体育产业不仅是发展体育产业的基础和保障，同时也将对体育产业的发展起到巨大的引导和调节作用。因此，公益性和准公益性体育产业的融资机制将直接关系到整体体育产业的融资机制的创新。

1. 欧美发达国家的融资机制

在西欧和北美等发达国家，由于政府和市场的关系界定得非常清楚，因此，政府在体育产业领域的投融资职责也与市场主体和第三部门组织之间存在着明确的职能分工，从而各自在自己的效率边界范围内推动着体育产业的发展。在市场经济体系完善的发达国家，政府与营利性的市场主体和非营利性的第三部门组织之间的关系是一种建立在法律和契约基础上的指导与合作关系，而不是简单的行政命令关系。此外，政府行政部门还将自己不擅长的领域和职能分解给相应的体育组织机构，从而形成了一种权责明确、运作规范的体育产业经营和管理格局。概括起来，欧美发达国家在公益性和准公益性体育产业领域的融资机制特点主要体现在如下方面。

重点投入方向为体育基础设施。政府财政资金的投入方向必须与政府本身的职能相对应，体育领域也不例外。因此，在欧美发达国家，政府财政资金的主要投向为体育基础设施建设和公共体育服务等领域。当然，政府财政资金的投资模式主要有两种：政府直接出资建设和通过招投标方式实施政府采购。随着政府职能的不断调整，通过招投标方式实施政府采购的公共体育服务的投资方式正在成为政府财政资金投资模式的主流。也就是说，为了在不扩大政府规模、不增加公共财政支出的情况下提供高质量的公共体育服务，政府行政部门往往通过招投标方式，将原先由政府直接提供的公共体育服务转让给市场主体或其他非营利组织机构等。例如英国政府1988年通过的《地方政府法案》中明确要求地方政府必须强制性地贯彻"强制竞争投标法"（Compulsory Competitive Tendering），包括公共体育产品和服务在内的公共服务产品必须以公开竞争投标的方式进行管理和经营。1989年10月，英国国会又颁布规定，要求地方政府必须在1993年以前完全实现地方体育基础设施的竞争性投标管理。当然，为了确保政府采购的公共体育产品和服务能够达到既定的标准，政府在竞争性的招投标管理体系中一般都会预先规定公共体育产品和服务的标准和质量，以便于所有的投标单位都能在保证公共体育产品和服务质量的基础上节约成本，从而达到提高财政资金使用效率的目的。

应该说，政府财政资金使用过程中引入招投标管理是市场机制在政府行政方式中运用的结果。利用公共财政资金、通过招投标方式提供公共体育产品和服务，不仅解决了当期的公共财政资金支出，而且还通过市场机构参与公共体育服务和管理的管理与经营，提高了公共体育产品和服务的运营效率。正是由于此类投资模式的特有优势所在，世界各国都将其纳入了公共体育产品和服务投资模式的重要环节，也必将成为今后公共体育产品和服务融资渠道的主流模式。

资金拨付注重科学性和引导性。随着体育产品和服务的规模不断扩张，政府财政资金的缺口不断增加。为此，欧美等发达国家开始改变原来平均分配的公共体育资金分配模式，改为围绕着政府的体育政策目标，有针对性地实施重点投资策略。例如，英国政府体育理事会1996年决定，有选择地对体育组织进行财政资助。此后，英国先后有11个体育项目被确定为重点支持项目。这些项目要么是奥运等重大国际性赛事的项目，要么是在英国具备一定历史传统的足球和壁球项目等。此外，为了缓解中央政府的财政压力，很多欧美发达国家开始实施中央财政和地方财政分工合作的财政投资格局，中央财政一般投资于那些关系国家形象提升的高水平竞技运动；而地方政府一般投资于大众体育产品和服务。

在投入体育财政资金的同时，还通过各种政策措施实现对体育产业的引导和调节。其中税收政策和政府支持下的专项体育基金会就是其中最为常用的引导手段。例如，多数欧美发达国家都规定，非营利的体育社团组织体育比赛或开展体育活动的收入可以享受免税的优惠政策；企业向体育组织提供赞助可以享受一定的税收减免优惠政策等。而英国政府则于1991年支持建立了体育与艺术基金会，每年通过该基金会资助体育4000万英镑。

建立完善的评估和监控体系。虽然欧美等发达国家不对体育组织进行直接的行政管理或管制，但是却通过完善的资质和业绩评估与监控体系实施对体育组织的管理和监督。只有当体育组织达到了政府规定的政策标准才能获得相应的政策扶持和资金资助。例如加拿大、澳大利亚、英国、新西兰和荷兰等许多国家都采纳了相应的体育组织评估和监控机制。可以说，完善的评估和监控体系是完善政府融资渠道的重要保障。

2. 日本的财政性融资机制

日本是我国的近邻，同时也深受中华民族文化的影响。因此，全面考察日本体育产业的融资机制将对我国体育产业融资机制的创新具备着更为直接的现实意义。

日本的体育产业发展也主要是通过政府引导下的各类社会机构实现的。除了直接投资于体育基础设施和公益性的体育产品和服务外，日本政府还通过各类行之有效的政策举措激励社会机构投资于体育产业。例如企业在修建体育设施时可以减免土地税、体育设施达到一定的标准并有一定的时间向公众免费开放的，可减免相应的税收、实施"体育设施建设的低利贷款制度"等。日本在体育产业领域内的政府投资模式就是一种典型而成功的财政性投融资体制或政策性金融体制。政府为实现一定的产业政策和其他政策目标，通过国家信用方式筹集资金，由国家财政统一掌握和管理，并根据国民经济和社会发展规划，以出资（入股）或融资（贷款）方式，将资金投向急需发展的产业部门或企事业单位。

当然，政府在筹集资金时也可以通过各类金融工具。例如专项体育基金、体育债券和体育彩票等。

（二）市场化体育产业的融资机制

市场化融资机制是发展体育产业的基础和根本保障，因此，市场化体育产业的融资机制将直接关系到体育产业的发展和壮大。为此，在欧美等发达国家，依托市场主体实现的融资机制创新在体育产业的发展过程中发挥着举足轻重的作用。根据现代公司财务理论，如果从市场主体（或企业）的融资来源看，其融资方式主要可以划分为两类三种：一种是内部融资（即依靠企业自有经营盈余实施再投入的融资模式）；另外一种是外部融资，外部融资又可以根据资金性质与企业所有权之间的关系划分为债务融资和权益融资。几乎所有的融资工具都可以从上述三大类融资方式衍生而来。

1. 体育产业的内部融资机制

在成熟的市场经济国家，内部融资是企业最为重要的融资渠道。在 20 世纪 40 到 80 年代之间的近四十年内，美国企业内部融资总量的比重平均高达 73.1%，外部融资（包括债务融资和权益融资）的比重只有 26.9%。如果从选择内部融资机制的企业总数看，美国企业将其自有盈余用于再投资的比例平均高达 97%。体育产业领域也不例外，内部融资机制一直在体育产业企业的融资机制中占据着极其重要的地位。这种内部融资机制能够稳定持续发展的最根本的原因是体育产业企业的多元化收入模式和稳健的经营业绩。只有建立在良好的经营业绩基础上的企业才能建立起稳定的内部融资机制。例如曼联队就是其中的典型代表。

表 4　曼联队 1999 年的业绩指标概况

资产负债指标	收入指标
收入总额：110674000（英镑）	门票收入：4190 万英镑，占 38%
税前利润：22411000（英镑）	电视收入：2250 万英镑，占 20%
流动资产：5649 万（英镑）	赞助收入及版权收入：1750 万英镑，占 20%
	商品销售及其他收入：2160 万英镑，占 22%

内部融资机制的稳定存在一方面离不开体育企业的良好的经营业绩，另一方面也离不开发达而完善的市场体系。因此，欧美发达国家的体育产业的内部融资机制也是存在着一定的适应条件的。曼联队的收入结构与中体产业（600158）的收入结构相比，具备更为稳健的多元化结构，从而为其稳健的内部融资提供了坚实的基础。

2. 体育产业的债务融资机制

债务融资是指企业通过向银行（包括商业银行和政策性银行）借款或通过资本市场发行企业债券等方式实现的融资机制。在欧美等市场经济发达的国家，体育产业领域的常见债务融资模式主要有如下几种。

（1）政府作为出资主体的债务融资模式

在很多市场体系完善的发达国家，政府一方面通过直接出资生产或购买公共体育产品和服务，另一方面也通过各类特定的贷款方式引导体育产业的发展或体育产业结构的调整。这种债务融资模式主要具备如下特征：本金由政府财政直接出资；贷款方式一般为无息贷款或低息贷款；贷款的归还方式可以是分期偿还，也可以是到期一次性偿还。由于此类债务融资的资金来源主要是财政资金，因此，此类债务融资机制的目的更多地是服务于政府特定的体育产业政策需要，从而也是政府实施特定产业政策的重要工具。

（2）银行作为出资主体的债务融资模式

银行作为出资主体的债务融资模式在欧美发达国家运用得非常普遍。由于这些国家的市场体系都比较完善，体育产业的盈利前景都具备稳定的预期，因此，无论是商业性银行，还是政策性银行，都能为体育产业企业的经营所需资金提供一条通畅的融资渠道。银行作为出资主体的债务融资有三种担保模式：一是利用企业特定项目的预期收入作为担保（例如特定赛事的门票收入），二是通过第三方担保（类似于我国各类职业体育俱乐部通过大股东担保实现的债务融资），三是由政府提供担保（此类债务融资模式与政府的财政性融资存在着一定的相通之处）。

（3）通过资本市场实现的债务融资模式

通过资本市场实现的债务融资模式主要适用于资本市场发达的市场体系中。即通过资本市场发行企业债券获得经营所需的资金。通过资本市场发行企业债券的难易程度也与体育产业企业的经营业绩存在着非常密切的关系。只有当企业具备良好的还本付息能力时，企业债券的资信评级（国际上最权威的债券评级机构当属穆迪公司债券评级和标准普尔公司的债券评级）才能比较高，这样才能获得资本市场上广大投资者的认同。根据投资人受益方式的不同，企业债券的种类大致有如下六类。

固定利率债券。此类债券在发行之初就规定了固定的利率，同时也规定了债券利息的支付方式。例如美国职业冰球联盟下属的纽约岛人队就发行了期限为20年的2亿美元债券，其担保标的就是该队参加美国职业冰球联赛所获得的巨额有线电视转播费和丰厚的主场广告收入。

浮动利率债券。此类债券的利率将随市场利率的波动而作相应的调整。一方面增加了此类债券的投资风险（当市场利率下跌时），另一方面也提高了此类债券的预期收益（当市场利率上升时）。

分红公司债券。此类债券的利率比较低，但是当公司有超额盈余的时候，债权人可以参与公司红利的分配。

参加公司债券。此类债券与分红公司债券类似，票面利率也比较低，只要公司的盈余超出应付利息，债权人就可以与股东共同参加对公司盈余的分配。

收益债券。此类债券的利息随公司的收益多少而定，发行债券的公司如果没有盈余，就不向债权人支付利息，但在有收益时，则必须向债权人支付利息。因此，此类债券常见于公司重组时。

附新股认购债券。此类债券的发行人将该公司新股份的认购权授予此种债券的投资人．当债权人行使了新股份认购权而获得新股后，债券本身仍然有效。从而是一种融合了债务融资和权益融资的综合型融资工具。与此类债券类似的还有可转换公司债券。可转换公司债券在发行时就附有专门条款，规定债权人可以在有利时请求将该种债券转换为公司的普通股或优先股或该公司发行的其他债券。

在资本市场中运用最多的债券工具当数固定利率债券和可转换公司债券。因此，这两类债券融资工具也在我国资本市场中获得了广泛的应用。但是由于体育类上市公司不多并且业绩不尽如人意，从而使得体育类上市公司通过这两类债券实现的融资额度还非常之小。

3. 体育产业的权益融资机制

体育产业的权益融资机制主要是指通过发行股票等股权融资方式实现的融资机制。其中最为常见的就是在资本市场公开发行股票。此外，各类产业投资基金（包括政府出资组建的以及企业出资组建的各类产业投资基金）也是体育产业领域权益融资的重要主体。

随着资本市场的不断发展以及金融工具的不断创新，欧美发达国家的体育产业企业通过资本实现的权益融资规模日益扩大。截至2001年1月，在英国共有19家职业足球俱乐部股份公司的股票在证券交易所上市，每家俱乐部的股票市值平均上升幅度超过了300%。其中曼彻斯特联队的股票股价为403便士，股票市值达到了105亿英镑。在西班牙，其著名足球俱乐部的60%已经在资本市场公开上市。在意大利，其二级市场中足球股票则占到了总市值的7.21%；西班牙也将本国最著名的10支足球队的职业俱乐部推向了资本市场。此外，职业体育市场最为发达的美国，仅NBA的职业篮球俱乐部就在资本市场上获得了大量的资金。

表5 美国部分NBA球队俱乐部股票资产统计表（单位：亿美元）

球队	价值	资产增加	年增长率（%）
纽约尼克斯队	3.95	1.52	18
洛杉矶湖人队	3.6	1.332	28
芝加哥公牛队	3.14	1.122	2
波特兰开拓者队	2.72	0.972	6

此外，体育类产业投资基金（包括风险投资基金，即Venture Capital）也是体育产业企业权益融资渠道的重要来源。规范的产业投资基金是指以投资基金形式存在和运行，主要投资于非上市公司并从事资本经营与监督的集合投资制度。产业投资基金（包括风险投资基金）已经在传统产业领域获得了巨大的成功，无论是美国的硅谷，还是印度的班加罗尔，或者是我国的中关村，都在很大程度上得益于产业投资基金的支持。产业投资基金的投资方式大都以权益投资方式为主，因此，在欧美等产业投资基金发达的市场经济国家，产业投资基金也在体育产业的发展过程中发挥着非常重要的作用。

4. 三大融资机制的比较

从严格意义上说，体育产业的三大市场化融资机制并没有孰优孰劣之分，在某一特定的外部环境和企业发展阶段，内部融资、债务融资和权益融资都各自具备着自己的独特优势。虽然按照公司财务理论的分析，在理想的市场环境下，三大市场化融资机制的融资成本内部融资优于债务融资，债务融资优于权益融资。但是在特定的历史条件下，特别是债务融资和权益融资必须受制于货币市场和资本市场的影响，三大市场化融资机制的融资成本并不是如理论分析的情况那样。例如在我国，由于银行业本身的风险控制问题正变得日益重要，通过商业银行或政策性银行实现的债务融资渠道并不通畅，因此，在我国资本市场飞速发展的 20 世纪末期，债务融资的成本明显高于通过资本市场实现的权益融资。即使同是在我国资本市场飞速发展的 20 世纪末期，由于证券监管部门对权益融资工具和债务融资工具的发展重点不同，使得通过资本市场实现的债务融资（发行企业债券）成本也要远远高于权益融资成本（包括 IPO 以及配股和增发等）。

如果考虑到我国体育产业的市场化程度，同时考虑到我国资本市场近几年来的持续萧条，则可以明显地看出，三大市场化融资机制的融资成本在我国呈现出如下特点：内部融资虽然成本低，但是其可操作性太差；债务融资虽然需要付出一定的成本，但是尚有一定的可操作性；而通过资本市场实现的权益融资虽然成本极低，但是在近期内却几乎没有实现的可能，只有初始股东的资本金投入（包括产业投资基金的股权投资）尚能成为权益融资机制的主要来源。因此，考虑到可操作性原则，我国体育产业的三大市场化融资机制的优先顺序应该为：

初始股东的资金本投入（包括产业投资基金的股权投资）优于债务融资，债务融资优于内部融资，内部融资优于通过资本市场实现的债务融资，通过资本市场实现的债务融资优于通过资本市场实现的权益融资。

概括起来，体育产业企业的内部融资、债务融资和权益融资的特点和适应条件分别如表 6 所示。

表 6　市场化融资机制的特征比较

融资方式/特征		理想市场条件			我国的特定市场条件			
		融资成本	控制权集散程度	优先等级	融资成本	控制权集散程度	优先等级	可实现性
内部融资		低	集中	+++++	低	集中	+++	很难
债务融资	政府出资	低	相对集中	++++	低	相对集中	++++	较易
	银行出资	较高	相对集中	+++	较高	相对集中	++++	较易
	资本市场	较高	相对集中	+++	较低	相对集中	++	较难
权益融资	资本市场	很高	分散	++	很低	分散	+	很难
	产业基金	很高	相对分散	++	较高	相对分散	+++++	较难

在欧美等市场经济体系比较完善的发达国家，众多的衍生金融工具都建立在上述三大市场化的融资机制基础上，同时适当结合政府的财政性融资机制派生而来。例如用于大型体育场馆建设的市政债券的三种主要债券工具都是在融合上述融资机制的基础上衍生而来的。这些债券工具包括资产支持型债券（Asset-backed bonds），是以体育资产或资产组合的未来现金流为基础发行的债券，这些能够产生未来现金流的资产就是资产证券化的基础资产；税收支持型证券（Tax-backed bonds），是以政府税收为基础发行的债券；项目收入支持型债券（Bonds backed by project revenues），是以项目的未来收入为

基础而发行的债券。

此外，政府资源和市场资金相结合所产生出来的各类衍生金融工具更是在各国体育产业的发展过程中发挥着非常重要的作用。在政府资源和市场资金的结合过程中，政府往往是为项目提供专营特许、市场保障等优惠条件以吸引社会资本，即使是政府投资，也往往是以土地捐赠或奢侈品税收等形式来实现，体育设施或体育项目建设本身所需的资金则更多地依靠社会资本来投资。这样就使得政府和市场主体能够同时共享投资收益、分担投资风险以及承担社会责任等。这种融资方式中的典型金融工具就是 BOT 和 TOT。BOT（Build–Operate–Transfer）的投资对象一般是一些大型的基础设施项目，政府不直接投资，而是吸引民间资本或外资进行投资，同时政府允许其享有一定时期内的专营权，并享受专营权期限内的专营收益，专营期届满后，政府将无偿收回该专营权。TOT（Transfer–Operate–Transfer）是指政府将一些已经建成的大型基础设施项目评估作价后转让给民间资本或外资经营，政府收回投资后可以进行新的项目建设。受让经营方在一定时期内享有专营权和专营收益，专营期届满后，受让方必须无偿将经营权交还政府。这两类衍生金融工具的使用和推广充分发挥了各国体育财政资金的杠杆效应，也进而为各国体育产业的发展作出了非常巨大的贡献。

五、体育产业的融资体制创新

与其他传统产业的发展类似，体育产业的发展一方面离不开产品、服务和市场的创新，另一方面也离不开融资体制的创新。融资体制的创新既要与体育产业的特定发展阶段相适合，也要与特定国家的财政政策和产业政策相配套，同时还要受制于货币市场和资本市场的发展和完善程度。因此，我国体育产业的融资体制创新必须在综合考虑体育产业发展现状、国民经济发展水平、财政政策、产业政策、货币市场和资本市场等多重因素的基础上才能得以实现并顺利在体育产业中获得应用和推广。综合上面的分析可以看出，我国体育产业的融资体制创新应主要集中在如下方面。

（一）政府融资体制的创新

政府既是体育产业政策的制订者，同时又是体育产业结构调整和优化的源动力。因此，强化政府融资机制的创新将对市场化融资机制的创新发挥出基础性的先导作用。概括起来，政府融资体制的创新主要应集中在如下方面进行。

1. 淡化政府的直接参与，营造企业的创新环境

在长期的计划经济体制下，我国的体育产品和体育服务都是由政府资金资助下的事业单位提供的。随着市场经济体系的不断完善，政府财政包办所有体育产品和体育服务的提供不仅不可能，而且效率低下。因此，政府应该逐渐淡化财政资金在体育产业领域的直接参与程度，特别是在经营性文化产业领域，政府资金应该逐渐退出，转而将精力集中在为社会提供公益体育产品和体育服务的公益性体育产品和体育服务领域，完善以公益性为主要职能的各类体育场馆的建设和运营。

政府在逐渐退出经营性体育产业领域的同时，应该继续加大现有体育事业单位（包括事业编制、企业运作的体育产业主体）的改制和重组工作。在体育经纪、体育赛事和职业体育俱乐部等市场化程度较高的体育产业引入现代经营理念，加速完善相关企业的现代企业治理结构。

2. 建立以法律手段和经济手段为核心的间接调控机制

市场经济的显著特点就是政府通过法律法规实施间接调控，而不是像计划经济时代那样直接经营和管理。政府从经营性的体育产业领域逐渐退出后，应该逐渐强化体育产业发展的立法过程，通过建立并完善与体育产业发展相关的法律法规体系，进而推动体育产业发展的规范化和法制化进程。只有建立起规范而稳定的体育产业的间接调控机制，才能为体育产业的市场化融资机制的创新提供稳定的预期。因此，完善的间接调控机制将为融资机制的创新提供稳定的制度环境。

3. 完善财政性投融资体系，引导经营性资本的流向

由于政府在体育产业发展中的主要职责之一就是提供市场机制所无法充分供给的公益性体育产品和体育服务，因此，对于营利性的体育产品和体育服务原则上不再参与。但是政府完全可以通过专项财政资金的引导和支持，使得经营性资本流向特定的体育产业环节或体育产业门类，如由财政出资或由财政主导设立的体育产业创业基金或体育产业创新基金。此外，对于兼具营利性和公益性特点的体育产业价值链环节，可以通过财政补偿、特许经营转让（包括 BOT 和 TOT）等衍生金融工具、贷款贴息等财政手段引导经营性社会资本的流向。

4. 完善投资主体多元化、融资渠道多样化的投融资环境

投融资环境是体育产业发展的关键要素。完善的体育产业和体育市场中，投融资环境的一个显著特点就是投资主体多元化、融资渠道多样化。除了通过产业政策和财政补偿方式外，政府还可以直接将体育产业创新基金和体育产业创业基金作为体育产业的注资主体，通过贷款贴息和信贷担保等手段为体育产业企业的发展提供良好的投融资环境。由政府相关机构出面协调，打通体育产业与海内外资本市场的通道，借助海内外资本市场的强大资本支持完善体育产业发展的投融资环境。

5. 政府财政资金投入模式的创新

除了体育产业的制度环境创新以及具体的政府融资工具的创新外，相关的政府部门还应该在政府财政资金的投入模式方面引入新的创新手段。其中财政资金投入模式的招投标机制就是提高政府财政资金投入效率的重要手段。因此，在我国体育财政资金的投资过程中，应该逐渐引入真正意义上的招投标机制。这既是完善我国政府采购制度的重要环节，同时也是提高体育财政资金投资效率的重要保障。

政府融资体制的创新不仅包括直接的体育财政资金投资体制的创新，还包括政府主导的投融资政策体系的创新。这些创新举措中的一部分可以由政府直接完成，例如财政贴息、税收减免等财政投融资制度的制订和实施等，还有一部分必须由政府与市场主体一道方能顺利实施，例如特许经营转让（包括 BOT 和 TOT 等衍生金融工具）、体育资产证券化（ABS 等）创新金融工具的引入等，都需要政府与市场主体的结合才能达到既定的政策目标。随着我国市场体系的不断完善，政府的财政性融资机制也正在不断规范，例如北京 2008 年奥运会的主场馆——国家体育场项目就综合应用了招投标机制和 BOT 运营模式。国家体育场项目的中标人是以中国中信集团公司为代表的联合体。联合体成员包括了北京城建集团有限责任公司、美国金州控股集团公司、中信集团公司所属国安岳强有限公司。中国中信集团联合体分别与北京市人民政府、北京奥组委、北京市国有资产有限责任公司共同组建项目公司分别签署了《特许权协议》《国家体育场协议》和《合作经营合同》3 个合作协议。根据协议规定，中国中信集团联合体将与北京市国有

资产有限责任公司共同组建项目公司，由中信集团联合体负责该项目的设计、投融资（除政府出资外）、建设、运营及移交，项目公司将获得2008年奥运会后30年的国家体育场经营权。可以预见的是，类似的政府财政性投融资创新机制还将不断涌现。

6. 充分发挥第三部门组织的融资功能

随着我国国民经济的飞速发展，市场经济和政府部门的许多不足正在不断暴露出来。很多政府失灵和市场失灵的领域需要第三部门组织的参与，体育产业领域也不例外。因此，一方面应该借助于政府的财政性投融资机制在体育产业发展过程中的作用；另一方面还得依托不断兴起的第三部门组织解决一部分差异性体育公共产品和服务的需求。也就是说，除了有意识地强化我国政府的财政性投融资机制以及财政资金投入模式的创新外，还应该有意识地引导和扶持体育类第三部门组织的兴起。依托第三部门组织解决政府部门和市场主体所无法解决的那部分问题。只有这样，才能使我国体育产业的融资机制更为全面，进而推动我国体育产业的迅速发展。

（二）债务融资体制的创新

由于债务融资不仅可以在保证体育企业控制权的情况下解决企业发展的资金需求，而且还能充分发挥债务融资工具所带来的财务杠杆效应，因此，在我国体育产业的市场化程度还不高的情况下，应该充分借助于债务融资体制的创新解决体育产业发展所面临的资金需求。为了充分发挥债务融资在体育产业发展过程中的作用，应该充分发挥包括政府和市场主体在内的各类债务融资主体的作用。概括起来，我国体育产业领域内的债务融资机制创新应主要围绕着如下方面进行。

1. 构建多元化的债务融资主体格局

为了建立起通畅的债务融资渠道，应该有意识地引导并构建起多元化的债务融资体系。不仅政府和政策性银行应该在体育产业的债务融资体系中发挥出重要的作用，而且还应该让商业银行在体育产业的多元化融资主体格局中占据重要的地位。此外，资本市场也是体育产业获取债务融资的重要渠道。当多元化的债务融资主体格局逐渐完善后，体育产业发展所需的各类债务融资渠道才有可能从潜在的需求转变为现实的需求，从而促进我国体育产业的迅速发展。

2. 完善商业银行和政策性银行的债务融资体系

在市场体系完善的欧美等发达国家，商业银行以及各类政策性银行是体育产业发展的重要融资来源。随着我国体育产业的市场化程度不断提高，商业银行和政策性银行将在体育产业的发展过程中发挥出日益重要的作用。不过，由于政策性银行和商业银行的运行机制存在着一定的区别，因此，其债务融资工具也存在着很大的差异。政策性银行的债务融资工具应该更多地服务于政府的产业政策，而商业银行则更多地根据市场需求和市场机制自主开发和应用各类债务融资工具。随着我国四大国有商业银行的陆续改制上市，我国各类商业银行的市场主体地位将获得全面的巩固和强化。因此，无论是从债务融资的额度控制角度，还是从债务融资的期限角度，债务融资工具的创新都有赖于商业银行的自主经营创新。

3. 完善资本市场的债务融资功能

随着我国资本市场开始于2001年下半年的持续萧条，以企业债券为代表的债务融资工具开始获得了资本市场监管部门和融资企业的普遍青睐，固定利率债券和可转换债券开始成为我国资本市场中的重要融资工具。由于受制于经营业绩和资金需求等因素，我国唯一的一家真正的体育产业类上市公司——中体产业（600158）并没有在资本市场上使用过债务融资工具。

随着我国体育产业的不断发展，将有越来越多经营业绩良好或具备良好发展前景的体育企业需要借助于资本市场实现债务融资。政府应该有意识地引导社会资金流向特定的体育产业门类，而引导方式中的重要环节就是通过资本市场中的债务融资渠道进行引导。这种引导不仅可以体现在已经初具规模的上海证券交易所和深圳证券交易所等主板市场中，还可以体现在我国刚刚起步的创业板市场中，甚至还可以体现在香港，甚至海外的其他资本市场中。如果从可操作性的角度，应该是刚刚起步的创业板市场优于国内的主板市场，国内的主板市场优于海外的其他资本市场。具体的债务融资金融工具也应该多元化，既有能给投资者带来稳定投资收益的低风险债券（如固定利率债券等），也有能给投资者带来高风险高收益的高风险债券（例如浮动利率债券和可转换债券等）。

由于债务融资并不会分散原有股东对体育企业的控制权，因此，债务融资中的某类或某几类金融工具的组合将成为很多处于稳定发展阶段的诸多体育产业企业的重要融资来源。

（三）权益融资体制的创新

权益融资体制的创新是以出让部分或全部所有权为交换对象的融资方式。概括起来，体育产业企业的权益融资模式主要有如下四种：一是体育产业企业成立之初的股东注资；二是通过资本市场实现的首次公开发行股票（IPO）；三是在资本市场上实现的增发或配售；四是借助于产业投资基金实现的权益融资。

在我国目前的特定发展阶段，体育产业领域内的权益融资模式主要集中在第一类，即体育产业企业成立之初的股东注资。通过资本市场实现的首次公开发行股票也只集中反映在了中体产业，进入2001年以来，随着我国资本市场的持续萧条(沪市综合指数已经从2001年的2100多点下降到了现在的1227.4点)体育产业类企业没有一家通过深市或沪市资本市场实现了首次公开发行股票（IPO）。而作为体育产业类的龙头企业——中体产业也在此期间没有通过资本市场进行过任何形式的权益融资。直到2004年6月，李宁体育公司在香港联合证券交易所成功上市，融资总额为4.76亿港元，从而开启了我国体育企业在海外资本市场权益融资的先河。随着我国资本市场的逐步健全和完善，也随着我国体育市场的不断成熟和完善，应该在充分利用资本市场中各类可行的权益融资工具的同时，积极发展体育产业类投资基金。虽然我国酝酿已久方出台的《证券投资基金法》并没有将产业投资基金纳入其监管范畴，但是产业投资基金的发展却是大势所趋。在体育产业领域，在没有明确立法的情况下，完全可以通过行政规章引导体育产业投资基金的发展和完善。当然，体育产业投资基金的可持续发展还得依靠其他配套制度的完善以及体育消费市场的成熟和完善，只有这样，才能真正发挥体育产业投资基金在我国体育产业融资领域的作用，进而推动我国体育产业的持续和健康发展。

由于权益融资模式涉及企业所有权和控制权的分散，特别是资本市场中的权益融资，更是对体育产业企业的信息披露和规范经营提出了更高的要求。因此，在完善的市场体系中，权益融资的资金成本往往很高。故对于规模发展到一定程度的体育企业，一般不会将权益融资作为自己的首选融资手段。但是在我国的体育市场，由于大量的体育企业都是中小企业，而且往往缺乏稳定而持续的经营现金流入，因此，在我国目前的发展阶段，权益融资将是推动我国体育企业发展壮大、推动我国体育产业快速发展的重要融资工具，特别是风险投资基金或产业投资基金。因此，充分利用创新类权益融资工具将对我国体育产业的发展发挥出非常积极的作用。

（四）内部融资体制的创新

由于内部融资主要是将企业经营盈余用于再投资的融资方式，不仅资金成本低，而且也是体育产业企业稳健发展的重要融资渠道，因此，我国应该大力为企业的内部融资机制创造适宜的经营环境和政策环境。概括起来，企业的内部融资机制创新应主要围绕如下方面进行。

1. 完善体育企业的现代法人治理结构

无论是已经具备独立市场主体地位的体育企业，还是正在进行改制和转制的原有的体育事业单位，都应该将完善其现代法人治理结构列入重要的发展方向。因为只有建立起"产权明晰、权责明确、治理规范、管理科学"的现代体育企业法人治理结构，才能为其内部融资机制奠定扎实的基础。

在建立并完善体育企业的现代法人治理结构、强化体育企业的内部融资机制时，还可以充分借助于资本市场和体育产业投资基金的作用。资本市场对上市企业的信息披露和治理结构等方面都有非常严格的要求，有助于体育企业建立并完善其法人治理结构。此外，体育产业投资基金的介入可以在一定程度上发挥机构投资者对完善体育企业现代法人治理结构中的作用。因此，充分发挥资本市场和体育产业投资基金等的作用也将对体育企业的现代法人治理结构的完善发挥出重要的作用。由此可见，体育产业的各大融资机制之间并不是互相孤立的部分，而是互相联系、互相促进的有机组成部分。

2. 对企业的内部融资机制进行引导和激励

作为体育产业政策的制订者和实施者，相关的政府部门完全可以通过政策引导和财政资金等手段对体育企业的内部融资机制实施一定的激励。例如，对体育企业的所得税进行减免，或者是对体育企业用于再投资的利润部分进行免税等措施都是政策引导的重要手段。此外，对于符合体育产业政策重点发展方向的体育行业，政府可以适当地采取财政性投融资手段进行激励和引导等（例如，对于符合体育产业政策发展方向的体育企业将经营盈余用于再投资部分进行财政资金的配套投入等）。

如果从体育企业的长远发展角度看，内部融资机制将是最为根本和最为安全的融资机制。如果从体育企业的不同发展阶段看，则处于迅速成长或发展阶段的体育企业应该更多地借助于外部融资机制（包括债务融资和权益融资等）；对那些发展到一定规模年的体育企业则应该更多地借助于内部融资。只有当体育企业具备可持续发展的内部融资机制时，才是真正实现了此前外部融资的本来意义。也只有当体育企业具备了可持续发展的内部融资机制时，才能说我国的体育产业已经发展到了一个应有的高度。

六、结论和政策性建议

无论是从无到有，还是从小到大，融资机制都是体育企业发展壮大的必备机制。由于现金流量对于企业犹如血液之对于人体，因此，融资机制就犹如体育企业的供血机制。融资机制的完善与否将直接关系到体育企业能否发展壮大。为了发展并壮大我国的体育产业，不仅应该建立起多元化的融资渠道，还应该建立起各类融资渠道的完善的内在机制。多元化的体育产业融资体系不仅应该包括政府的财政性融资渠道，还应该包括企业主体和第三部门组织的各类融资渠道；不仅应该包括依托体育企业自身经营积累的内部融资机制，还应该包括依托资本市场、商业银行、体育产业投资基金等各类金融机构在内的多元化债务融资和权益融资机制。只有建立起了完善的多元化融资体系和健全的融资机制，才能推动我国体育产业的健康、迅速发展，实现我国体育产业的预期规划目标，并进而为构建我国正在努力建设的和谐社会作出应有的贡献！

（项目编号：715ss04115）

大型体育场馆设施建设与赛后产业化运作研究

高扬 闵健 李明 卿平 王进 柳伟

建设大型体育场馆作为一国或地区对外文化交流、展示政治经济风貌及建筑技术水平成就的重要形式，对其政治经济、文化科技以及社会发展、城市规划起带动作用，影响深远，意义重大。本文以大型体育场馆产业化运作为研究视角，大型体育场馆设施建设与赛后产业化运作为研究对象，力求为我国大型体育场馆设施的建设与赛后产业化运作提供理论参考和实践指导。

一、大型体育场馆设施建设

（一）我国大型体育场馆设施建设的现状与发展趋势

1. 大型体育场馆设施建设现状与分布特点

大型体育场馆兴建投资额度巨大，建设工期长、投资回收慢，加之管理复杂，早期规划好坏直接影响后期的经济效益。因此，分析我国大型体育场馆发展现状、颁布特点，对未来我国大型体育场馆的规划、建设及产业化运作十分必要。

（1）我国大型体育场馆设施建设与发展水平

据 99BTY009 课题组 2000 年调研显示，特大型体育场馆数量居首位的省区分别为广东 34 个、福建 8 个、河南 8 个、江苏 6 个及北京 18 个、上海 5 个等几个省市。大型体育场馆中仅一期工程投资额达 3000 万元人民币以上、体育场 7 万人以上、体育馆 8000 人以上座席的大型体育馆有 44 个，游泳跳水馆 6 个，体育场 31 个，滑雪场 14 个，高尔夫球场 47 个；棒垒球运动在国内开展时间不长，但已建有球场 20 多处。我国室内体育设施在改革开放前，仅占场馆的 1.2%左右，到 1995 年底上升到 2.6%，有了明显的提高。第五次全国体育场地普查显示各类体育场地 850080 个，其中标准体育场地 547178 个，占 64.4%；非标准体育场地 302902 个，占 35.6%。其呈现两大特征：一是体育场地的数量和规模有较大提高，人民群众参加体育运动条件得到了改善；二是体育场地的种类进一步多样化，结构趋于合理，在一定程度上满足了群众日益多元化的健身需求。其出现三大可喜变化：一是体育场地的开放程度逐渐增加，全国体育场地的开放率达到了 41.2%；二是体育场地的投资主体多元化趋势越来越明显，民间资本和外资逐步增多，长期以来主要由国家投资兴建体育场地的局面得到一定改观；三是体育场馆的经营状况有了较大改善，自我生存能力得到一定程度的增强。全国体育场、体育馆、游泳馆、跳水馆等大型体育场馆共 5680 个，占标准体育场地总数的 1.0%，占全国体育场地总数的 0.69%。近几年，随着北京奥运会的举办、亚运会、世界大学生运动会以及国内大型体育赛事将在不同城市的举行，一些城市体育中心、体育公园、奥林匹克中心的规划与建设加快，全国大型体育场馆设施建设呈较大幅度增长的趋势。

改革开放以来，国家投入巨资建设了大批的体育场馆，其中有一些大型的项目已经达到了国际水平，如北京奥体公园、上海八万人体育场、广州天河体育中心、广州体育馆、广东奥体中心、南京奥体中心、苏州体育中心、长沙贺龙体育中心、武汉体育中心、重庆奥体中心等。

近十多年来，我国大型体育场馆设施建设发展很快，可以说大型体育场馆设施类型多样，完全可以承接大型洲际以上比赛。同时，也为进一步发展体育事业创造了条件，大型体育场馆质量显著提高。随着经济与社会发展水平的提高，越来越多的运动项目进入室内，很多大型体育场馆装备质量高、设备现代化，如较多场馆装配有高质量塑胶跑道、良好的音响设施、照明设备、大型电子记分牌、活动看台、地板、人工草坪等先进设施。新型膜结构在大型体育设施建筑中广泛应用。这些现代化设施，为大型体育场馆带来多样的外型和更广阔的应用范围。

(2) 我国大型体育场馆设施的分布特点

随着大型体育场馆设施建设发展，我国大型体育场馆总体分布特点是：

①处于政治文化中心的城市大型体育场馆数量多、质量好，且场馆的布局相对合理、项目结构多样化，较好地适应了体育发展需要。

②经济发达地区和城市，大型体育场馆的建设规模大、质量好，项目结构贴近国际发展趋势，具有鲜明的时代特色，体育场馆的产业化运作较好，呈现出持续增长的良性发展势头。

③一些省区由于地理、气候等自然环境因素决定了具有地区特点的大型体育设施呈数量多、设施完备、布局相对集中的特点，且与国际水平相当，经济效益良好。如东北地区，冰雪项目大型场馆分布密集，国内多数高质量滑雪场、滑冰馆多集中于此，有多个国际级滑雪场，多个室内滑冰馆。

④经济发展相对较慢的地区，大型体育场馆数量少、质量差、项目结构失衡，国有固定资产流失严重。表现为已有体育基础设施无法满足体育发展需求、损毁严重，新建场馆数量又严重不足的恶性循环状态。

⑤个别省区一直没有质量合格的大型体育场馆，与体育事业的发展极不协调，特别是地处西部的西藏、青海等省，大型体育场馆数量非常少。

2. 我国大型体育场馆设施建设存在的问题

(1) 从整体上看，我国大型体育场馆设施建设缺乏宏观管理规划，投资结构失调、重复投资建设现象严重。

(2) 融资方式简单，资金来源渠道单一，不能满足大型体育场馆建设需要。改革开放以来，大型体育场馆的建设虽也采取了一些灵活的融资方式，但总体上还是以国家投入为主，尤其是中、西部经济落后地区问题突出。同时，随着我国城市化进程加快、人口增长，对大型体育场馆的需求也越来越大。在我国有 40 多个大、中城市提出要建成国际化都市。我国国际化都市发展过程中都存在经济实力不强、第二产业落后、城市设施不足的问题。第五次全国体育场地普查显示我国每万人拥有的场馆数约为 6.58 个，而仅 1990 年，意大利每万人拥有 21.1 个体育场地，芬兰拥有 45.7 个，德国 24.8 个，瑞士 22 个，日本为 26 个，韩国 10.6 个，与发达国家存在巨大的差距。

(3) 我国大型体育场馆建设的功能单一化，限制了其开发与利用率，影响其可持续性发展。我国现有大型体育场馆绝大多数是按照体育训练和比赛的要求设计的，功能比较单一，缺乏相应的配套服务设施。现有大型体育场馆大多数按观赏功能设计，很少考虑大众使用体育场馆锻炼的要求，可用于体育锻炼的最大场地面积往往不到建筑面积的10%，缺乏体育锻炼配套设施，大部分场馆经费花在看台等附属设施上，使用效率低。巨额的常年维修管理费用成为体育场馆的沉重包袱。国外公共体育场馆的维修费用一般控制在经费支出总额的20%以上，如法国是21.8%，德国是23.38%。我国1991年为20%，1995年为14.5%，低于国际水平，并呈下降趋势，使有些场馆年久失修，更新改造不力，这对国有资产的使用和保值、增值不利。功能单一化，限制了它的利用率，很难满足大众体育锻炼的多样化需求，有的甚至存在安全隐患，更加影响大型体育场馆的可持续性发展。

3. 我国大型体育场馆设施建设的发展趋势

场馆设施功能多样化，呈现出"运动—公园—旅游—休闲—办公"一体化趋势，可谓"体育场馆建设的第二次革命"。我国大型体育场馆设施建设发展的主要趋势如下。

（1）大型体育场馆设施的设计理念将更新更先进，注重赛后的综合利用

体育设施建设，设计理念在不断更新，呈现了一些新的特点，如大型体育场馆复合化、多功能化设计，大型体育场馆赛前设计更加注重场馆赛后的综合利用。许多场馆外表朴实而简单，内部装修亦较平淡，但非常突出人性化，注意使用功能的多样化，而且注重在建设阶段就为多功能的使用预留设施条件。

（2）大型体育场馆的规划布局将以国家宏观管理规划为主

体育发达国家的体育场馆规划布局，主要是以国家统一规划为主，并且已取得了很好的成效。如新加坡实施的"体育设施蓝图计划"，该计划把新加坡全国按人口分布划分为13个体育设施区，规定20万人左右的居民区，必须建有一个体育中心。我国各地也正在加强大型体育场馆建设的宏观管理与规划。

（3）大型体育场馆建设将更加注重"个性化"与高科技产品的应用

注意建设有"个性"的大型体育场馆，如我国广州体育馆，主馆与附馆是反扣的"龙舟"，代表广州地方文化民俗。

随着科技的发展，许多新技术和新材料不断涌现，体育场馆建设科技含量越来越高，各种材料越来越先进。大型的场馆结构变化更加灵活，不再是建成后不可变化。

（4）大型体育场馆设施建设在地理位置的选择上，由中心城市向周边城市辐射发展，城市中心向郊区发展，且同一城市根据赛事需要和交通等因素合理布局大型场馆（表1）

表1 我国大型体育场馆建设发展的主要趋势（多选）（n=21）

地理位置选择	支持场馆数	支持率（%）
中心城市向周边城市辐射	8	38.1
城市中心向郊区（县）发展	10	47.6
同一城市的大型场馆由分散化向集中化发展	6	28.6
体育场馆必须走产业化方向发展的道路	18	85.7
其他	1	4.8

[资料来源] 本课题调查

（5）大型体育场馆设施建设道路向产业化方向发展

市场经济制度的形成与不断完善，对场馆提出了新的发展要求，即社会效益与经济效益并重，同时为大型体育场馆产业化道路提供了条件。其一，投资主体发生了质的变化，形成以国家投资为核心，以企业、个人为辅的多元化投资格局。其二，体育运动项目的职业化发展，有效地激活了体育产业和相关产业以及人们对体育竞赛的认识和关心程度，门票收入、广告宣传、电视转播等都为大型场馆提供了丰富的经济来源。其三，现代社会大众对健康的要求越来越高，花钱买健康已成为新的消费时尚，体育场馆需延长对外开放时间，组织各类体育培训、学习班，满足群众体育的需要。其四，举办各种大型活动，如音乐会、产品展览等，成为场馆经济增长点之一。其五，以体育场馆为中心进行商业开发，在场馆周边建立多种商业群，最大限度地开发场馆的经济效益和社会效益，为体育场馆产业化发展奠定基础。

（二）大型体育场馆设施建设设计理念、原则和价值取向

1. 大型体育场馆设施建设设计的理念
（1）大型体育场馆设施建设应有的设计理念

①大型体育场馆设施建设设计要满足重大体育比赛要求，实用而不奢华。

②要广泛应用高科技，体现大型体育场馆的可持续发展。

③大型体育场馆设施建设设计安全舒适并有利于赛后的开发与利用。

（2）北京奥运场馆设计的三大新理念

①充分体现"人文奥运"的设计：注重场馆合理布局、功能完善和交通便捷，融合北京深厚的文化底蕴。

②充分体现"绿色奥运"的设计：既绿化城市、改善生态环境，又广泛采用清洁能源、无公害建材制品。

③充分体现"科技奥运"的设计：在注入诸多高新技术的同时，注意工艺的正确性和设备设施的前瞻性。

2. 大型体育场馆设施建设的原则
（1）2008北京奥运会场馆建设的原则

①奥运场馆的规划设计，既要有利于2008奥运会体育比赛，又要充分考虑赛后开发与利用。

②奥运场馆建设厉行勤俭节约，力戒奢华浪费。

③充分体现可持续发展的理念，创建奥运体育场馆设施建筑精品。

（2）2010广州亚运会场馆建设的原则

①亚运会场馆建设的多中心、多功能。

②以亚运场馆建设带动片区快速发展。

③亚运场馆设施建设及配套设施与城市公共设施配套相结合。

④亚运场馆设施建设与广州大众健身娱乐相结合。

⑤亚运场馆设施建设厉行因地制宜、勤俭节约。

（3）大型体育场馆设施建设应坚持的原则

通过分析2008北京奥运会场馆建设的原则、2010广州亚运会场馆建设的原则，认为现代大型体育场馆设施建设应坚持以下原则，以充分体现大型体育场馆建设的理

念和价值。

①大型体育场馆设施的功能性原则

赛时作为大型运动会的比赛场馆，应满足大型比赛使用的各项功能要求；赛后作为满足城市和地区大众体育健身休闲娱乐的体育中心，应能够适应体育多功能使用要求和体育场馆产业化发展需要。

②大型体育场馆设施的经济性原则

综合考虑整个场馆的现代化和运营管理体系的科学化，使建设投资和运营成本经济合理；通过科学合理的结构选型，达到经济性、先进性的统一；使用节能型机械设备和电力系统，并充分考虑外墙用材的热工性能，以达到节能要求；选择合理的布局形式，以降低赛后改建的工程投资。

③大型体育场馆设施的安全性原则

充分考虑大型体育场馆使用者安全，使用科学的防灾系统；考虑维护管理的科学性，安全防护设施齐备；疏散路线应明确合理、通畅、便捷。

④大型体育场馆设施的舒适性原则

贯彻人文、绿色、科技大型运动会场馆建设的设计理念，通过建筑手段使体育场馆同周边环境和谐统一；充分利用自然采光和先进的通风系统，营造舒适、宜人的室内环境。

⑤大型体育场馆设施的标志性原则

大型体育场馆设施应该充分展现现代城市和地区人文环境的造型理念，体现不同运动项目的精神内涵和体育建筑空间的表现力。

3. 大型体育场馆设施建设的价值取向及面对的重大问题

北京举办 2008 年奥运会，广州要承办 2010 年亚运会，山东将主办第 11 届全国运动会等，众多大型体育赛事的举行掀起了大型体育场馆建设的热潮。对此，我们面对大型体育赛事场馆设施建设必须要有理性思维，确定大型体育场馆设施建设的价值取向，解决好我们所面对的重大问题。

（1）大型体育场馆设施建设的价值取向——大型体育场馆设施赛后的综合利用

①大型体育场馆合一的新理念

以往的体育中心场馆建设都是各自独立的多，忽视实用、经济和节省土地等因素。场馆合一的理念（即把体育场和体育馆建到一起）可以实现资源共享。如果对运动员休息室、贵宾室、新闻中心、卫生服务设施、信息控制中心等调配得当更可有效地节省投资，避免重复建设。场馆合一并非只包括体育场和体育馆，还可进一步将体育场、体育馆、训练馆、游泳馆等多个设施结合在一起，形成规模效应。

②大型体育场馆看台下空间的有效利用

占体育建筑总面积 70%的看台下空间的利用不容忽视。这实际上是场馆赛后利用的最关键部分。目前体育与休闲娱乐以及旅游健身等越来越紧密结合，大型体育场馆主空间的多功能设计远远不能满足场馆本身的收支平衡，需要对看台下等辅助空间来实现多元经营。上海体育场圆环状的二层疏散平台下，就完全设计为小型商业设施，包括餐饮、专卖店及网吧等。出租费用成为体育场主要收入之一。广州奥林匹克体育场是目前国内容纳观众最多的体育场之一，但设计时对看台下空间的考虑相对欠缺，很多车展、服装展及农产品展的主办方，都因空间高度不够而遗憾离去。

③大型体育场馆与城市发展相协调

体育场馆建设应与环境发展实现良性互动和整体优化。但目前有些场馆设施规划与城市发展脱节,盲目上马和贪大求全的观点还屡见不鲜。广州市为九运会所建设的奥林匹克体育中心,由于距城市中心较远,周边环境设施又远远未能配套,致使利用率甚低,其效益远不及同一城市的天河体育中心。体育场馆建设必须同城市的发展远景相结合,允许超前,但不是无根本、无时效性的盲目超前。

④大型体育场馆与自然环境要和谐

不同建筑的结构形态和体量,常常关系到能否与环境协调。如广州体育馆利用地段高差,采用把空间大幅度下沉的办法,只把屋盖和建筑入口所需要的立面高度暴露在地面之上,以尽量避免体育馆的大体量对自然景观的破坏。如举办过1992年冬季奥运会的挪威利勒哈默尔体育馆,就在岩洞中修建冰球馆,利用巨大的山体彻底隐藏巨大建筑体量的手段,从根本上避免了对原来城镇自然风貌的影响和对原植被环境的破坏,而且能耗也减到最低限度。

另外,场馆建设中的水、电、空调等设施的设计利用也是一个整体问题。一个大型赛场的用水量是巨大的,特别是厕所用水,可利用雨水。我国的大多数体育场馆都使用城市洁净水进行冲洗,这是很大的浪费。如用体育馆大屋顶储蓄雨水,雨水回收设备投资不过十几万至几十万元,相对场馆建设造价九牛一毛,但长期使用所节约的成本就很可观了。

(2) 大型体育场馆设施建设面对的重大问题

大型体育场馆设施建设推行标准化势在必行;同时必须完善大型体育场馆运营,重视综合开发利用。体育场馆的良性运营,是体育场馆设施建设的出发点和归宿。这已成为各级体育主管部门必须面对和认真解决的问题。

①在大型体育场馆建设中要树立"节俭建场馆、勤俭办大赛"的观念

我国大型体育场馆设施建设近几年蓬勃发展,尤其在北京奥运会、广州亚运会、深圳大运会、全运会和各省市运动会的强力推动下,正处于快速发展阶段。各省市、地市级政府均加大了对大型体育设施的资金投入,体育设施是体育事业发展的物质基础,体育设施的发展成为我国体育事业发展的强大推动力。但与此同时,如何利用有限的建设资金,在满足大型体育场馆使用功能的前提下,通过整体规划、优化设计、合理建设、科学管理等手段,降低工程造价;同时尽可能利用现有体育场馆,减少重复建设,避免"政绩工程、形象工程",已经成为各级体育主管部门必须面对的问题。

②大型体育场馆设施建设应重视解决好的问题

——体育场馆设施多功能化。就是"一场馆顶几场馆用"。虽然对单个场馆来说,投资要增加一些,但可减少场馆建设总量、减少总用地、减少总维修工作量及减少总人员编制,从而节约总投资。特别是今后地方上的大型体育设施建设,场馆的多功能化,更是值得注意的方向性问题。

——在体育场馆建设之前,要高度重视赛后利用问题,为做好大型体育场馆赛后产业化运作做准备。体育场馆设计已成为投资方和业主关心的核心问题。因为它是日后场馆产业化运营的基础和前提。现在很多大型场馆经营遇到很大的困难,主要原因是建设设计时,只考虑了设施的体育竞赛和训练用途,没有为多功能使用和赛后利用提供足够的空间。从国际体育设施建设趋势看,设计理念更加注重场馆的综合利用,充分考虑场

馆的日后运营、维护和管理，为大型体育场馆的赛后产业化运作做好准备。

——体育场馆建设一体化。体育设施建设与场馆运营管理一体化涵盖体育地产的可行性研究、规划设计、体育设施建筑与工艺设计、施工、场地建设、智能化系统、运营管理、体育设施建设检测、体育场馆服务认证。

——体育场馆设施建设要充分重视体育工艺设计工作，建筑设计要服从工艺设计。体育设施不同于普通民用建筑，其标准化、专业化程度非常高，既要满足各项体育比赛规则对场地的要求、功能流程设置合理，同时要统筹灯光、音响、电视转播、计时记分等专业领域，这些内容都属于体育工艺的范畴。而目前，由于国内非常缺少体育工艺设计机构，加上建设管理者了解和重视程度不够，使体育场馆建成后不能满足体育功能要求，造成巨大浪费。

（三）大型体育场馆设施赛后利用的规划与设计

1. 体育场馆设施总体布局的长远考虑

（1）北京公共体育场馆总体布局的长远考虑

北京市区的城市总体规划是以旧城为中心，形成"分散集团式"的布局形式。公共服务设施的规划，则采用大、中、小相结合，以中、小为主，均匀布局的形式，以方便市民、就近使用。采取"长期有计划的建设方针"，从新中国成立后以"三场三馆，大型体育设施为主的公共体育设施布局，到亚运会场馆"以分散为主"的布局模式，实现与城市总体规划布局相结合。即"新建设施与改造利用原有设施相结合；分散布局与集中布局相结合；运动会比赛与平时大众使用需要相结合；满足亚运会需要与将来召开奥运会的需要相结合"。大运会建设秉承了亚运会规划建设的思路，是在前面发展的基础上，重点在大学校园内进行了进一步的增建和完善。当前北京公共体育场馆的分布及特点如下。

①北京公共体育场馆的一个总的分布特点是集中与分散相结合，以分散为主

在北郊城市中轴的北延长线上，经过亚运会和奥运会建设，逐步形成国家级的大型综合性体育中心，同时也成为城市轴线新的延续。在北京各个区内，依托亚运会建设的各区体育场馆，逐步形成各自相对完整的包括体育馆、体育场、游泳馆在内的区级体育中心，比如海淀体育中心、石景山体育中心、丰台体育中心、地坛体育中心、光彩体育中心等。

②三级设施系统发展相对不均衡

一个城市的体育设施子系统是由三个层次构成的网络：居住区大众体育中心网络，规划分区体育中心网络，城市体育比赛中心、奥林匹克中心网络。目前，北京城市后两级网络已基本形成，但为居住区大众健身休闲服务的大众体育中心网络尚不完善，人均体育用地面积同发达国家相比，还存在非常大的差距。

③公共体育场馆的向北偏心分布

北京的长远战略发展方向是沿京津发展轴向的东南方向，但由于北部地区以其"上风上水"的优势，得到了快速发展，并影响到体育设施建设上，亚运村奥林匹克公园都建在城市的北郊，加之主要的高等学校都位于北城，使体育设施的分布也呈现南北分布的不均。从场馆分布上可以看出，以长安街为界，位于长安街以南的大中型公共体育场馆只占一小部分，而且大部分分布在二环以内。在供奥运会使用的37个场馆中，有35

个比赛场馆在长安街北侧，占全部场馆的约 95% ，这种布局方式进一步加大了南北城体育场馆建设水平的差距，不利于城市的长远发展。

④场馆大都分布在主要交通干线沿线

这是由大型体育场馆的特点所决定的，体育场比赛都有很大的短时人流，需要在比较短的时间内完成疏散，因此大都沿交通干线分布，比如四环、三环、二环、城市快速路等。这样在赛后的利用中，可以方便大众往来，提高使用效率。

⑤北京体育场馆的总体布局还充分考虑了 2008 奥运会乃至更长远的建设要求

中国在 80 年代初制定了"奥运战略"，把成功举办奥运会作为北京城市公共体育设施发展的目标，亚运会建设和大运会建设都为最终举办奥运会打下坚实的硬件基础。

⑥北京奥运场馆建设的布局进一步加快了北京市规划分区体育中心网络，城市体育比赛中心、奥林匹克中心网络建设呈"一个主中心加三个区域"的分布格局

"奥林匹克公园"是举办奥运会的"主中心区"，内有 13 个场馆；"西部社区"有 9 个场馆，其中新建五棵松文化体育中心，赛后将成为市区西南部群众文体活动场所；"大学区"安排首都体育馆等 4 个场馆。奥运场馆规划采用了相对集中，合理分散的原则，方便了比赛组织及管理，从中心区到三个分区的距离分别为 3 公里、10 公里和 28 公里。同时通过合理的交通组织，确保线路的畅通安全。由于奥运场馆大部分位于四环路为主的城市快速路两侧，从奥运村到各场馆，行车在 10 分钟内可到达的占 53% ，最远的仅用 28 分钟。此外，专线城市地铁与"主中心区"相通也方便了市民观看比赛。赛后成为大学及社区文化体育活动的场所。此外，在其他地区，改扩建工人体育场等 4 个场馆，为赛后相邻地区群众开展文化体育活动创造条件。

(2) 广州亚运会体育场馆总体布局的长远考虑

广州市体育场馆总体布局，结合城市发展，结合 2010 亚运会，将形成"两心四城"发展地区空间格局，称为"分散连环型"布局结构。即多中心、多功能的场馆设施布局，这种多中心空间格局有相当弹性，可以带动每个区域的发展。

2010 年广州亚运会将有 41 个比赛项目（初定）。除了帆船（帆板）在汕尾的广东国际海上运动训练基地举行以外，其余比赛项目均在广州举行。结合城市空间形成多中心、多功能的比赛体育场馆布局：广东奥林匹克体育中心和天河体育中心作为市级复合型体育中心，将亚运会主赛区设于广东奥林匹克体育中心。在广州新城、大学城、白云新城、花地新城构建地区性的体育中心，形成专项体育功能互补、型制独立并兼容全民健身活动的多中心、多功能的赛区布局。各行政区都有规模适度场馆。构建体育场馆设施系统，原则上以改造利用原有场馆和体育设施为主，根据需要适当建新场馆。新建场馆充分考虑亚运会赛后利用和城市未来全民健身运动的需求，在城市新区或体育设施相对不足的区域建设，使每个行政区和县级市都有规模适度的体育场馆；亚运场馆要节能环保，亚运村洗浴热水供应采用太阳能集热管技术；亚运中心赛区的绿地灌溉、洗车、冲地全部使用处理后的水或污水。

2. 单体大型体育场馆设施赛后利用的设计考虑

当今，我国大部分公共体育场馆特别是奥运会体育场馆在设计时，考虑建成后非赛时利用，并反映在场馆各个组成部分的设计中。

比赛场地的大小和观众座席数量。以体育馆为例，比赛场地是体育馆的核心使用空间，它的大小和形状决定了平时可举行比赛、演出、展览的类型和规模，在允许范围

内，场地规模越大，其多功能使用的余地也就越大。目前大部分中型比赛场地以手球场为基本尺寸，其他球类，如排球、羽毛球、乒乓球、室内小足球等皆可使用，同时又能满足文娱、集会、展览等需要。

看台下空间的多功能利用。附属空间考虑设置一些健身、娱乐、客房、餐厅等功能空间，在赛后面向社会，提高场馆利用率，争取最大的社会和经济效益。

技术设备。场馆普遍采用了自然采光，同时对设置空调的用房和场地灯光照度标准都作了比较多的规定，减少日常的运行维护费用。如石景山体育馆和朝阳体育馆是国内首次采用屋面采光的体育馆。此外，视线、声学等处理也考虑到日常多功能使用的需要。

大型体育场馆配套设施的完善。在体育场馆外建设辅助配套设施，使体育场馆的功能不限于体育项目，同时可以吸引其他消费群体，为开展多种经营打下基础。如亚运会奥林匹克中心运动员村的设计，考虑到亚运会后长期使用的要求，在奥林匹克中心北侧修建了亚运村，包括2幢旅馆、17幢公寓和国际会议中心，同时还建有康乐宫、购物中心、餐厅、小学等，成为名副其实的"亚运城"，在赛后对该地区的城市发展起到很大推动作用，时至今日仍然保持了巨大的活力。

3. 大型体育场馆设施的复合功能利用设计

（1）大型体育场馆的复合性利用现状

体育场馆功能复合化是体育市场化、产业化发展所要求的一种必然趋势。通过对国内部分大型公共体育场馆经营发展现状的调查，可以将场馆复合性利用中的问题归纳为被动复合、复合程度不高、复合内容不当、复合度失调。被动复合指一些功能比较单一的场馆为了满足日益增多、增大的使用需求，实现"多种经营"而进行被动应对。复合程度不高主要表现为某些大型体育场馆设施功能虽然比较丰富，涵盖餐饮、购物、住宿等，但就主导功能——体育比赛健身的空间组成而言，多为单一的比赛厅或场地，供健身活动选择的空间类型非常有限。复合内容不当主要表现为场馆中的商业、服务性设施所占比例过大，不能与体育功能均衡发展。复合度失调表现为体育场馆中的功能单元过多或个别功能单元规模过大，以致影响体育场馆整体功效的发挥。

（2）大型体育场馆的多功能利用设计

①大型体育场馆的多功能设计

——一场一馆多用设计。一场一馆多用是指在同一片场地和同一个馆上，设计出可以进行多种体育运动的功能。在必要时，将场地进行灵活的变化，进行各种不同的体育比赛；也可以在大赛之后，根据大众需要灵活地对外开放，满足各种体育运动项目爱好者的需要。大型体育场馆由于占地面积大而城市土地资源有限，一般都远离市中心。为了方便观众和锻炼者饮食购物及停车等消费，大型体育场馆还要承担起营造这些配套功能设施的责任，几乎可以成为一个小的城镇。这样进一步拓展了体育场馆的附属功能。但在这样一些商业附属设施的规划设计时，应该合理设计人流、车流，合理进行功能分区。通过建筑后评价发现体育场馆设计的问题，通过大众大范围参与反馈，有利于发现场馆利用中的问题，总结经验，为新体育场馆的设计和利用提供直接依据。功能复合化的体育设施较单一功能的体育设施更为复杂，需要更合理的设计、运营管理。

——比赛用场地的设计利用。比赛用场地的设计要符合规范和流程要求。结构上尽可能设计成大空间，以方便赛后的综合开发利用，如文艺演出、博览会等。要充分利用体育场馆大空间特点，避免形成空间或地下死角，在不增加总面积的前提下，多出附房。比赛用场地除可进行体育运动项目外，也可进行各种与体育相关或非相关的培训活动。

——观众席的设计与利用。改变观众席设计，可以将传统斜坡结构形式改变成直角的结构形式，以便安装活动座椅。在具体设计时，对空闲时的观众席要充分考虑其利用，在长宽尺寸、空间高度、灯光照明、场地预埋件等条件方面要进行合理的设计，并且要设置充足的配套附房。如果观众席位较多，可以采用分层设计方案。如悉尼奥运会体育场，东西两侧的底层看台是活动的，可以在一夜之间伸出或退回。

——观众休息大厅的设计和利用。观众休息大厅的设计规模应充分考虑比赛时的观众人数和观众使用的基本要求。同时，在保证比赛的前提下，应有足够的长宽尺寸和空间高度。若受建筑面积限制，则应采取面积相对集中的设计方案，至少能使部分区域长宽尺寸和空间高度相对较大。白天最好采用自然采光，新风通风设计量相对较大，电量配置要求充足，地面最好为防滑面层，观众出入大门的尺寸要足够大。在没有比赛时，观众休息大厅可以对广大民众开放，进行各种器械少的体育活动，同时也可举办各类季节性展览会、招聘会等。

②选择多种经营手段

一是提供高标准的体育及其他服务；二是提供能接受的票价；三是改善交通设施；四是通过赛事品牌吸引顾客；五是进行全面的多种经营。

③选择专业化经营管理公司

在体育场馆的设计建设阶段结束后，即进入场馆的运营阶段，此时最好选择一家有丰富经验的管理公司介入，承担体育场馆的经营性管理活动。这家公司应该能够运营大型娱乐设施，负责与大型娱乐演出签约并进行推广；能够运营大型体育设施、餐饮店和商店；拥有票务、市场推广和促销方面的丰富经验。

（四）大型体育场馆设施建设的融资分析

大型体育场馆设施是体育事业和体育产业发展的重要物质基础。深化大型体育场馆建设投融资体制改革，建立稳定、多渠道的投融资资金供给结构，是当前我国大型体育场馆建设中的迫切需要解决的重大问题。

1. 国外大型体育场馆融资模式分析

（1）国外大型体育场馆的投资结构

国外大型体育场馆的前期投资大部分是中央和地方政府投资，同时，大型体育场馆属基础性投资，具有投资规模大、回收期长的特点，较难吸引社会和个人资金。国外大型体育场馆投资建设的程序通常是：由政府体育管理职能部门或国家奥委会按照城市建筑规划，提出总体发展设想和体育设施技术标准，经议会或政府讨论通过后，由各级政府分层负责建设。中央政府一般负责重点体育场馆建设，如奥林匹克中心的建设；地方公共体育场馆建设，以地方政府为主投资，中央政府酌情资助。

近年来，国外出现了大型体育场馆投资结构多元化的趋势，社会资本以及私人资本积极参与到场馆投资中。比如悉尼奥运会主会场，在总共 6.15 亿澳元的预算投资中，政府、企业、个人分别为 1.2 亿、2.1 亿、2.8 亿。因为政府的投入毕竟有限，不能满足公民增长迅速的大众体育和体育竞赛表演的需求，西方政府为了调动社团、企业和个人对体育场馆建设的积极性，分别在建设资金补贴、贷款、税收和土地征用等方面提供优惠。如西班牙政府规定，凡公司、企业或个人在市政规划内投资修建的体育场馆项目均给予投资额 20%的资助，德国则提供优惠的土地价格，意大利还对私人建场馆赋予土地无偿使用权，这些相关政策措施较大地调动了企业和个人对修建体育场馆的积极性。据报道，目前德国、西班牙、意大利三国中，社会投资建设的体育场馆均占有一定比例，德国有些州市已达 40%。

在西方发达国家，已形成国家和社会团体依据市场共同投资体育设施建设的良性融资格局。1996 年美国亚特兰大奥运场馆建设，完全由私人团体投资兴建，政府没有投入一分钱。

（2）美国体育场馆的融资方式

体育场馆投资主要有四种形式：政府资本、私人资本、公私联营、补助金。

①政府资本

政府资本投入方式包括但不局限于税收、市政公债、参与凭证以及特定权利机构债券。

——税收形式的政府资本投入。通过税收为体育场馆融资，是各级政府一贯施行的手段。政府主要通过两种方式促进体育场馆融资，即以直接的税收收入投入体育场馆融资，或刺激其他经济实体介入体育场馆融资。

——债券形式的政府资本投入——市政公债。目前美国用于体育场馆建设的市政债券主要有三种类型：资产支持型债券、税收支持型债券，以及项目收入支持型债券。其中，比较传统的是税收支持型债券和项目收入支持型债券。

除了以上主要融资手段外，政府还通过特许发行的票据或联赛组织机构发放的资助性贷款以及直接的现金捐款等进行融资。当然，银行贷款以及预付款收入等也是体育场馆融资的重要手段。而所谓的特许发行的票据或者特许发行的公司债券，是指发行的票据或者公司债券受到一些政策上的优惠，主要是政府为了提高从事体育产业的公司融资能力而设计的。

②私人资本投入

私人资本介入体育场馆的新建或者改造，大大缓解了增加税收的压力，同时也减轻了纳税人的风险。私人资本主要通过以下方式介入体育场馆建设：捐款、实物捐赠、冠名权、排外性的特权受让人、餐馆经营权、各种赞助组合、寿险组合、租赁协议、豪华套间、优先的座位安排、永久座位许可、停车费、商品收入、餐饮业服务经营权、广告权、销售合同、遗赠和信托物、房地产赠送、资产支持型证券、各种基金等。

③公私联营融资

政府主要为项目提供专营特许、市场保障等优惠条件来组织融资，即使投资，他们往往也是通过土地捐赠及奢侈品税收的形式。民间资本则集中在设施本身的融资上，他们往往对项目利润相关的部分进行投资。公私联营融资的基本特征包括共享投资收益、分担投资风险和承担社会责任等。它的典型结构是：公共机构设立独立投资项目，民营机构投资建设并负责运营。其主要方式有 BOT、TOT 两种。

在美国 NBA 联赛的菲尼克斯太阳队 1992 年建成的美国西部球馆的投资中，政府投资占 39%，并拥有体育场馆所有权，其余 61%完全由民间资本构成。具体投资额状况是：菲尼克斯市政府投入了 0.35 亿美元（0.28 亿用于建设场馆，0.7 亿用于购买土地），菲尼克斯太阳队投入 0.55 亿。同时，菲尼克斯太阳队作出承诺：在为期 30 年的时间里每年上缴 50 万美元（保持 3 % 增长率）给菲尼克斯政府，同时该场馆的豪华包厢收入以及广告收入的 40% 也要上缴给菲尼克斯政府。

④补助金

在美国，既有联邦政府和州建立的补助金，也有各市政部门建立的补助金，大型体育场馆的融资及收益风险研究同时也有私人基金参与。通常，只要项目与补助金的赋予资格、指导方针相匹配，就可能会获得这种补助金资助，从而为项目进行融资。

在美国体育场馆融资中大量应用了新型金融创新产品，如资产支持型债券、BOT、TOT、投资基金、金融租赁、收入债券、各种特许发行的公司债券等。从统计上来看，自 1990 年以来，政府资本对体育基础设施建设的贡献约 104 亿美元，而民间资本约为 76 亿美元。

（3）国外体育场馆融资的特点

①国家政策上的全面支持

各国普遍重视体育场馆建设，从各国的体育法或相关规定中都可找出修建场馆的内容，如韩国为提高全民的体育参与率，扩充体育设施数量，在《国民体育振兴法》中规定："国家及地方自治团体应根据总统令设置运动场、体育馆、游泳池及其他总统令规定的体育设施，并经营和维修。"秘鲁《体育法》指出："在全国实施的所有居住地区和城市土地规划中，都必须留出用于建设公园的 50% 的地方作为体育设施建筑用地。"

②强有力的财政拨款用于体育发展在相当大的程度上取决于社会经济的发展，取决于体育资金投入的多少

近几十年来，随着人们对体育参与程度的普遍提高，大多数发达国家的体育投资已超过国内生产总值（GDP）的 1% 以上。在体育拨款中，有很大一笔资金是用于建设场馆的。如荷兰 1990 年拨出的 9.8 亿盾中，有 8.38 亿盾是用于修建体育场馆，占 85.5%。德国更是提出了著名的三个"黄金计划"，专门进行体育设施的建设，据统计，德国政府为修建体育场地耗费了 180 亿马克的资金，使体育设施状况得到根本性的改善，为大众体育的发展奠定了坚实的基础。日本在预算范围内，给予地方公共团体一部分补助，对办学校体育设施的补助经费 1/3，对公共体育馆、游泳池等补助 1/3，对私人学校也有适当补助。

③优惠的税收政策除拨款外，还有不少针对场地设施的优惠税收政策，政府利用税收政策，鼓励私人资金流向公共体育设施的建设

莫斯科为促进体育运动的发展，免除市属体育设施的利润税和土地使用税。马来西亚体育政策规定："体育设施应纳入住房建设总的规划，为鼓励开发体育设施提供场地，各级政府应考虑削减住房建设中的征地费用或给予其他的刺激。"

④多渠道筹集体育场馆建设资金

近年来，许多国家除不断增加政府体育投资外，还借助于体育的经济功能，广开财源，大力吸收社会资金。在美国，各级政府为建设体育场馆，一方面利用联邦政府资金，另一方面还采用各种方式筹集资金，既有税收分流、税收担保，又有直接拨款。1993 年韩国用获得的社会资助修建各道、市体育设施的费用达 6000 万美元。意大利根据国会 1957 年的法令，成立了专门以资助体育场馆、设施为主，进行体育投资的公共专业银行，称为"体育信贷所"。

⑤采用灵活多样的体育场馆设施改造方案

加强对现有设施的改造也是一个较好的方案，如法国由于原有的体育设施逐步老化，而国家和体育协会又急需更规范、更标准的场馆，同时群众的兴趣也在向新的体育项目转移，因此采用了"维修、改造、重新布局"三结合的方针。另外他们还加强了各市镇间的协作，认为城镇间的合作将是解决场馆短缺问题最实际的途径，如法国南部的图卢兹市附近的33个镇便联合起来建起了一个多功能的水上运动中心。

2. 我国大型体育场馆融资模式分析

（1）我国大型体育场馆的投资结构

我国大型体育场馆的前期投资建设基本上都是由中央和地方政府投资，其中以地方政府投资为主。如广东省政府投资12.3亿元建设的广东省奥林匹克中心，武汉市政府投资15亿元建设武汉体育中心。考虑到我国经济所有制的特点，这种情况并不能称为投资结构的多元化，只能看做政府通过多种渠道筹措资金。由于现阶段我国社会力量相对较弱，所以投入体育场馆建设的资金还非常有限。

目前，我国投资结构多元化的大型体育场馆为数甚少。新建的广州体育馆投资结构采用产权多元化的形式，在总共10亿元的投资中，广州市政府9亿，珠江实业集团1亿。随着市场经济体制改革的不断深入，社会资本的不断积累壮大，大型体育场馆的经营环境、经济效益不断提高，这种产权结构多元化、融资渠道灵活，符合市场规律的多元化投资结构可能将是今后大型体育场馆建设的发展方向。

（2）大型体育场馆投资主体多元化

如今，国际上大型体育场馆投资主体多元化的趋势已经十分明显，在我国，这种趋势也已经出现，导致这一趋势产生的原因是多方面的。从西方发达国家来看，这与西方各国不同时期经济形势和整个国家的经济发展周期有关。在我国，这种多元化趋势主要是由我国经济体制的变革和经济发展水平的变化所引起的。从体育自身发展的规律上来看，社会化是现代体育发展的本质属性之一，因此，如果国家作为单一的投资主体，就不利于体育的社会化，也没有产生和发展的社会基础和条件。体育投资主体的多元化是决定体育社会化的最根本的因素和原动力。

大型体育场馆投资主体的多元化一方面可以减轻政府财政上的巨大压力；另一方面，通过改变大型体育场馆投资结构，转换场馆的经营主体，有利于提高场馆经营与开发水平，促进大型体育场馆的经济效益和社会效益的最大化。

（3）我国大型体育场馆融资模式创新

近年来，我国大型体育场馆投资规模使单一渠道的政府财政资金供给无力，于是多项大型体育场馆的建设采用了创新的融资模式。

①BOT模式

BOT是英文"Build—Operate—Transfer"的缩写，即"建设—运营—移交"方式。BOT经常被用于基础设施投资、建设和经营，以政府和私人机构之间达成协议为前提，由政府向私人机构颁布特许，允许其在一定时期内筹集资金建设某一基础设施并管理和经营该设施及其相应的产品和服务。政府对该机构提供的公共产品或服务的数量和价格可以有所限制，但保证私人资本具有获取利润的机会。整个过程中的风险由政府和私人机构分担。当特许期限结束时，私人机构按约定将该设施移交给政府部门，转由政府指定部门经营和管理。

BOT 模式对于投资巨大的大型体育场馆融资也是适用的。BOT 模式可以有效地吸引国内外的资金投入公共体育设施，弥补建设资金的不足；为私人资本对公共事业的投入开辟了渠道，它通过政府的特许授权，私人投资者的投资收益得到一定的保障，由此激发了投资积极性。而政府部门无需资金的投入，就可兴建各种急需的公共体育设施，尤其是那些资金投入大、技术含量高的大型先进体育场馆设施，在一定期限后政府可无偿获得其所有权。另外，采用 BOT 方式可以解决市场经济条件下公共体育设施的经营管理问题。通过竞争机制将国内外先进的、成熟的关于公共体育设施的管理和营运经验同时导入，这不仅解决了项目本身的经营管理问题，而且还可以为我国现有的大型体育场馆提供适应体育产业化改革要求的经营管理之道。

2004 年 12 月，中体奥林匹克花园管理集团与佛山市政府签署了一项协议，中体集团以 BOT 模式在佛山市建设一座体育中心，并负责运营 30 年，之后无偿移交给佛山市，作为补偿，佛山市则为中体集团提供一块黄金地段经营用地，进行房地产开发；整个项目还包括大量配套商业设施，将与体育场馆一起打包经营。

②PPP 模式

PPP 是英文 Private—Public—Partnership 的缩写，是指政府公共部门和私人部门合作完成基础设施的投资和建设，满足城市对基础设施的需求。很多基础设施具有公益性，如果不进行整合，不具有投资价值，很难利用私人资本建设。PPP 方式将这些不具有商业投资价值的项目商业化，在项目运营过程中，私人机构将可以收回投资并赚取利润，同时政府为项目付出的代价最小。

③企业投资入股

2002 年 2 月，由上海久事集团、上海市国有资产经营公司和嘉安投资发展有限公司共同注资人民币 8 亿元，成立了上海国际赛车场有限公司。三大投资方资本比例为 4∶3∶3，久事集团以控股 40% 成为第一大股东。承办 2004 年 F1 赛事的这座"上"字形的国际赛场虽然是城市的名片，但也是由最昂贵的材料制造的。占地 2.5 平方米的一期赛车场区域，总投资额为 26.45 亿元人民币。加上 2004 年后续建的大型购物中心、赛车博物馆等环境配套设施，总投资将超过 50 亿元，预计收回成本的时间为 10 年。目前上赛公司正在打造赛车产业链，专业性、规模化地进行赛事的经营，以期尽早收回投资。

④ABS 融资

ABS（Asset—Backed—Securitization）即资产支持证券化融资，具体是指一目标项目所拥有的资产为基础，以该项目资产的未来收益为保证，通过在国际资本市场发行高档债券等金融产品来筹集资金的一种项目证券融资方式。ABS 融资方式的最大优势是通过在国际证券市场上发行债券筹集资金，债券利率一般较低，从而降低了筹资成本。证券化形式融资代表了项目融资未来的发展方向，由在国际市场上众多的投资者购买债券，分散了投资风险。基础设施收费证券化在国外已成为投资银行界新宠，在我国也有珠海高速和广深高速两个成功先例。但是由于中国没有合适的法律环境，一般采取离岸的形式，即以国内资产的现金流为基础，通过海外的 SPV 等发行机构和中介机构，在海外实施信用增级并在海外融资。

体育场馆资产证券化融资可以以场馆设施的收费为基础，以体育场馆未来的收益为保证，或（和）以政府的税收作为担保，通过在金融市场上发行债券来筹集场馆建设资金。其流程是：发起人将被证券化了的场馆资产（如会员收入、电视转播收入、冠名权收入、场地出租收入、广告收入等）出售给一家特殊目标机构（SPV），或者由 SPV 主动购买被证券化了的场馆资产，然后 SPV 将这些资产汇集成资产池，再以该资产池所产生的现金流为支撑在金融市场上发行有价证券融资，最后用资产池产生的现金流来清偿所发行的有价证券。如果资产池产生的现金流不足以清偿所发行的有价证券，在某些特定的情况下（如发行有政府担保的债券），政府将用税收给予补偿。

（4）我国大型体育场馆建设投融资模式分析

①2008 北京奥运场馆建设融资模式分析

（1）北京奥运场馆建设融资情况

新建的 11 个北京奥运场馆分为五类。

第一类为完全国家财政投资，如北京射击馆、老山自行车馆。这是由该场馆在赛后主要用于国家射击队和自行车队训练的功能决定的，因此除去考虑奥运会射击和自行车项目比赛需要及日后举办相应的比赛需要外，不大考虑其他功能，所以采用完全由国家来投资建设。

第二类为完全自筹，如国家体育馆、五棵松体育馆、奥林匹克水上公园。这种融资方式充分考虑到三个场馆在奥运会后有条件满足周边居民的休闲娱乐需求和承接其他相关活动，带有比较明显的借奥运会契机兴建体育设施满足周边居民需求的特征，因而采用完全自筹的方式。

第三类为社会捐赠加自筹，如国家游泳中心。港澳同胞、台湾同胞、海外华侨华人的捐资是国家游泳中心的融资方式，不足部分由市政府另行筹措解决则体现了这种融资模式充分考虑到了场馆对于满足居民相关需求的潜在能力。

第四类为地方财政投资加自筹，如国家体育场。国家体育场的建设资金需求量较大、赛后运营有可能收回部分成本，这使得该场馆建设既依赖国家投资，又可以部分地以赛后运营的潜力来吸收其他资金。

第五类为财政补贴加自筹，如中国农业大学体育馆、北京大学体育馆、北京科技大学体育馆、北京工业大学体育馆。四所大学的奥运会体育场馆建设具有一个显著特点，即除了在满足奥运会比赛需要外，都能够弥补高校自身场馆不足的缺憾。赛后服务于学校教学和训练的余地和空间很大，因而采用财政补贴加自筹的融资方式。

（2）北京奥运场馆及附属设施项目法人招标的运作模式

一是招合作方模式（PPP 模式）。国家体育场项目是奥运场馆项目中的重中之重。北京市政府在项目建设上提供资金支持，招标选择国家体育场项目法人合作方，与政府出资人代表——北京市国有资产经营有限责任公司共同组建项目公司，负责项目的建设和运营。最后，中国中信集团联合体中标。经招标人与中标人之间的谈判，最终确定市政府出资（由北京市国有资产经营有限责任公司代表市政府出资 20 亿元）比例占项目总投资的 58%，其余 42%的投资由中标人——中信集团联合体筹措。中信集团联合体和国资公司共同成立了中外合作性质的项目公司——国家体育场项目公司，其中外资占 25%。项目公司获得国家体育场 30 年的运营权，30 年后，北京国有资产经营有限公司代表政府收回国家体育场的经营权。

二是商业开发运作模式。北京五棵松文化体育中心项目的运作是将预期盈利弱的体育设施搭配一定面积的商业设施，经包装后对国内外公开招标确定项目法人，由项目法人负责项目的投融资、设计、建设、经营和管理。北京市发改委把这种模式称为商业开发运作模式。五棵松文化体育中心项目的特点是，单就其中的体育馆本身而言，30 年的正常经营期内是亏损的，但是通过搭配一定面积的酒店、商业娱乐等设施，项目整体将得到较好的效益。除五棵松文化体育中心项目是按照商业开发模式运作外，会议中心项目的融资也采用这个模式并获得成功。

三是盈利项目同体育设施捆绑运作模式。国家体育馆和奥运村是打捆招标，以有盈利预期的高档住宅奥运村平衡带有公益特点的国家体育馆，使得项目整体具有较强商业价值。这种融资方式称为盈利项目同体育设施捆绑运作模式。"馆"与"村"捆绑后成为招标中最为抢手的项目，最后中标的联合体更是强强联合，既有北京城建这类的大型建筑企业，也有拥有中国超级足球俱乐部的中信国安集团，他们将共同负责国家体育馆和奥运村的投资、设计、建设和运营。

②长沙五城会和南京十运会部分场馆建设投融资模式

——五城会部分场馆建设投融资模式。长沙市作为五城会的主办城市，承担了场馆建设的大部分投入。在资金的筹集上，长沙市政府提出了"政府主导、市场运作"的思路，长沙市的决策者们以经营城市、市场运作的理念解决了场馆建设的巨大资金缺口。新世纪体育中心的总投资为 12 亿元，长沙市决定每年从财政拨款 5000 万元，3 年 1.5 亿元，但资金缺额仍为 9/10。体育中心体育场一层 7.5 万平方米的商业广场和商业步行街，以 5 亿元的价格一次性置换给长沙市商业银行，这里以其一流的建筑与一流的环境吸引了众多的投资者竞购，其中，4.3 万平方米的商业广场被家润多和城运公司以 3000 万元的年租金租下。体育场内看台上的 98 个豪华包厢，每间面积 40 平方米，因设计上既可观摩比赛又可办公，包厢竞价每间高达 180 万元，仅此一项即获资金近亿元。此外，5 万平方米的酒店式体育公寓，一经问世即受到市场的追捧，在竞拍过程中，该公寓竟以 5600 元 / 平方米的均价被抢购一空，仅此一项，又获资金近两亿元。网球俱乐部，不仅有网球场 16 片，还配套中国体育彩票长沙市全民健身中心，以 6600 万元的价格被市场抢走。在五城会以后，长沙市将新世纪体育中心的部分优良资产包括东侧一层和二层商场、一层商业街、网球俱乐部、会展中心、体育宾馆 6 个项目以总价 8 亿元的资产置换给了长沙市商业银行，并通过置换的资金，用于长沙市的城市建设。12 亿元的工程用少量的政府启动资金创造了一系列的奇迹。

——南京十运会部分场馆投融资模式。为筹备十运会，针对场馆建设巨大的投入，江苏省委省政府确立了用"经营城市"的理念来规划场馆建设、寻求市场化运作渠道、实现场馆建设投资主体的多元化的筹资思路。

南京奥体中心作为十运会的主会场，采取省市共建、市场运作的方式，工程的总投资约合人民币 22 亿元。除了省级财政出资 5 亿元、体育彩票公益金划拨 5 亿元和南京市无偿划拨的土地以外，还有 12 亿元将由市场化运作来筹措。奥体中心采用项目经营和对外招商引资，把体育场、体育馆与文化娱乐及商业网点结合，进行综合运营。场馆内的 150 多个包厢在十运会后被出售或出租。同时，奥体中心所有场馆的冠名权也进行公开拍卖，利用奥体中心的比赛场地和场馆空间开展广告经营。

中国武进曲棍球基地及其配套等设施的生活休闲区、综合服务区等设施的建设，由当地城市建设公司出资 400 万元，邀请了 6 家民营企业作为开发伙伴，每家出资 200 万元，总共 1600 万元注册成立的曲棍球发展总公司，通过公司运作筹集资金七八千万元，占到整个建设 1 亿元投资总额的 80% 多。

位于南京马群的南京马术赛马场采用市场化运作方式建设，由市国资集团通过土地挂牌出让，以 2.34 亿元人民币获得该项目投资开发权，并与民营企业南京红龙集团合股建设，红龙占 60% 股份。在马群那片 1180 亩的场地上大做"马文章"：办马术俱乐部、卖赛马用具、开展有奖赛马、开马术培训学校等。

南京钟山国际体育公园是南京市首个市场化运作的建设项目，建设用地 2300 亩，开发用地 1040 亩，由江苏万泰实业集团通过土地挂牌出让，以 6.36 亿元获得项目投资开发权，这里将建设一个符合国际标准的高尔夫球场。

南京市全民健身中心是十运会配套场馆建设的重点项目，占地面积 1.35 万平方米，总建筑面积为 7 万平方米，总投资 2.5 亿多元。其中南京市财政局明确规定三年提供 6000 万元，体育彩票公益金投入 6000 万元，剩余资金全部采用市场化民间资本方式运作，将全民健身中心的经营权转让给香港艺高公司和江苏兴业集团，获得建设资金 7000 多万元，有效缓解了建设资金不足的困难。

③佛山市"岭南明珠"体育馆及附属设施市场化建设运营模式（BOT）

广东省第十二届省运会中心场馆之一的"岭南明珠"体育馆包括主体育馆、训练馆、大众馆、全民健身广场、地下停车场、室外大型车辆停车场等，计划投资总额约 5.5 亿元人民币（不含土地费），是佛山市竞技体育、全民健身及综合使用的体育馆和广东省第十二届运动会闭幕式、篮球等项目的主会场。

广东省佛山市通过对省运会中心场馆的项目法人招标，引进市场竞争机制，形成"政府主导、市场运作、社会参与"的新的社会公益项目管理和投资运作体制，实现政府项目管理体制和机制创新。2004 年 12 月中体产业集团联合体成为佛山"岭南明珠"体育馆及附属设施项目法人合作方招标中标人。中体奥林匹克花园管理集团与佛山市政府签署了一项协议，中体集团将以 BOT 模式在佛山市建设一座"岭南明珠"体育馆，并负责运营３０年，之后无偿移交给佛山市；作为补偿，佛山市则为中体集团提供一块黄金地段经营用地，进行房地产开发；整个项目还包括大量配套商业设施，将与体育场馆一起打包经营。

④昆明新亚洲·体育城投融资模式

新亚洲·体育城采取了"政府牵头、规划到位、市场运作"的建设思路，开创了全国首家由民营企业来投资兴建和运营管理城市大型体育场馆的先例。同时也为我国城市化进程的发展建设作了一种突破性的探索。通过招标，昆明新亚洲集团成为了最后的中标单位，民营资本第一次在全国的大型赛事活动中起到重要的作用和地位。

一是政府对于场馆建设的选址作统一的规划和协调，确定场馆区的位置以及对该区域的基础设施的状况以及未来的发展形势做出统一的规划和说明。

二是政府依据选址的决定和赛事的要求，实行招标的形式确定场馆的设计和建设方案，以及确定场馆的建设方。

三是场馆的建设方应该具备相应的资质。但是对于其所有制形式没有限定，建设方须根据中标的设计方案进行建设，建设资金全部由建设方负责筹集，政府在一定程度上给予支持，场馆设施的产权归建设方所有，赛事活动后的后续经营开发由建设方依照国家的相关法律、法规进行。对于既成事实的品牌价值建设方拥有使用的权利。

四是项目的融资模式可以依照商业项目的融资渠道进行融资，项目本身和政府的作用可以是融资过程的推动作用。融资风险由融资方承担，政府部门可以在一定程度上起到保证作用，但是不承担商业的担保责任。

五是在后续的发展中，应当提前做出规划并且一并在招标中得到体现。同时政府也将会在后续的发展中给予一定的政策性优惠和经济上的补偿。

（五）大型体育场馆设施建设发展的策略与建议

1. 大型体育场馆设施建设的策略

（1）切实加强大型体育场馆设施建设的改革

大型体育场馆的建设应首先改革投资体制，实现产权主体多元化，所有权、经营权和监督权分离，以提高投资效益。具体来讲可在投资体制上，采用政府投入与市场投入相结合，鼓励社会、企业和个人积极投资，实行"谁投资，谁收益"；在投资方式上，以政府财政拨款为主，同时通过政府财政补贴、税收减免、投资优惠等相关政策措施，以改善投资环境，鼓励社会、企业和个人的投资，为赛后利用和产业化运作创造良好条件。其次，应从赛后综合利用的目的来合理规划、宏观调控，场馆设计应突出"以人为本"的理念，实用简洁，场馆与基础设施、配套一设施之间紧密结合，各种功能综合配套，在努力为大型运动会提供一流的比赛场馆、赛事设备、运动员住地和服务设施的同时，也为赛后利用和市场运作创造良好条件。

（2）大型体育场馆建设必须与城市或地区发展相匹配，且有利于城市的可持续性发展

大型体育场馆是社会资本的储存，作为投资必须明确其赛后的利用。在决定大型体育场馆的规模和观众席位时，要以该城市的现有人口及未来二三十年的人口发展目标为依据进行开发建设，不能只顾一时的比赛使用而给赛后带来巨大的负担，否则将会导致"小城市，大设施"的问题。大型体育场馆的建设开发，首先应有利于环境保护。要用可持续发展观审视大型体育场馆建设是否有利于人类和自然以及人类之间的协调发展，并努力寻求、建立一种有利于城市持续发展的社会、经济、技术、管理、生产的新的良性循环体系。

（3）重视大型体育场馆看台下空间利用的早期规划与设计

在赛后利用的诸多问题中，大型体育场馆看台下空间的利用是一个关键点。看台下空间的设计不仅要满足体育比赛时的各种辅助功能，同时为了赛后减少空间浪费，可开展多种项目的经营。大型体育场馆由于座数多，其下部空间所占面积也较大，赛后利用存在着多种可能性。看台下不同的赛后利用方式会对看台下空间有不同的要求和限制，设计师应在保证赛时使用的基础上，给赛后提供更加灵活的空间，甚至随着环境的变化，看台下空间需要做必要的改造利用，如何在看台的设计中使这一过程更加容易开展和完成，是问题的关键所在。

（4）强化大型体育场馆建设的多功能与多元化发展，为大型体育场馆赛后产业化运作做好充分准备

大型体育场馆赛后利用的发展方向是多功能与复合化，技术的先进性与可持续发展和大型体育场馆赛后利用的多方参与。体育场馆建筑多元化，是指相对于以往由一个比赛大厅及服务于比赛大厅的辅助设施形成的一元化空间格局，发展为体育场馆建筑与其他功能空间的多元化组合。体育场馆多元化组成与体育场馆建筑的多功能，目的是基本一致的，都是为了适应对活动多样化的要求和提高体育场馆的利用率。但体育场馆的多

功能是特指比赛大厅的多样功能使用，是就单一空间的使用而言的；而体育场馆的多元化则是指在一元化的空间格局基础上增加其他功能空间，是就空间的组合而言的。

现代大型体育场馆建筑正经历着功能结构的历史性变革，建筑技术的发展促进了体育运动向室内演化，使体育场馆建筑的比赛项目越来越丰富，体育运动水平不断提高，观赏价值和商业价值剧增，形成健身、娱乐、社交、产业等多种功能于一体，体育运动的商业性演出和展销，以及大众多种形式的参与活动的剧增，极大地丰富了体育场馆的内涵，许多大型体育场馆已成为了一种综合性的大空间公共建筑。

多功能与多元化已经成为大型体育场馆建筑的一个重要发展趋势。大型体育场馆的多功能与多元化的意义在于：提高空间利用率，发挥城市重点功能空间的作用；创造良好的经济效益；促进体育产业化；减少占地，精简机构；有利于大型体育场馆的可持续发展。

（5）大型体育场馆建设应走产业化发展道路

大型体育场馆建设应走产业化发展的道路：第一是指大型体育场馆的建设资金筹措走产业化的道路。坚持市场化改革方向，尽快消除社会资本投入体育场馆建设的壁垒；实行体育场馆建设投融资的市场方式多元化；"经营城市"是拓展体育场馆建设投融资的新思路；加快资本市场的发展，多渠道吸引社会投资，引进外资和新老城区土地置换等，筹措建设所需的庞大资金。第二是指场馆的赛后利用走产业化的道路。大型体育场馆建成后，必须走产业化的道路，通过市场运作筹集场馆的维护资金，才能减少国家的追加投入，扩大就业渠道，产生经济效益，实现经济效益和社会效益并举。

2. 对大型体育场馆设施建设发展的建议

（1）搞好大型体育场馆建设的规划布局

建议在以下几个区域进行大型场馆建设比较合适。一是文化区周边。二是风景旅游区周边，可以休闲旅游和健身相结合。三是城市欠发达地区，开发成本相对较低，并可带动区域城市发展。四是大型居住社区附近，满足大众日常进行体育健身活动的需要，同时可以就近吸引大众消费群体，利于场馆的综合开发利用。

（2）保持适度的大型体育场馆建设规模和数量

针对我国当前大众体育设施极度短缺的现状，建议建设一些体育中心，而中心内应以中型体育场馆为主，不能盲目的攀大求高，造成不必要的资源浪费。同时，最好还要提前考虑到资源共享的问题，多加强中小城市间的合作，考虑场馆的区域布局，避免重复建设。

（3）大型体育场馆设计时应考虑的因素

"大型体育场馆设施在一开始就应考虑设施的多功能及赛后的使用"，场馆在设计时就应当充分考虑赛后的利用问题，同甲方进行充分的交流，做赛后利用的不同方案探讨。主要包括中心的复合性与多功能、场地的多功能与灵活性、辅助设施的多样性。

（4）大型体育场馆建设模式与日常经营管理模式

在建设体育场馆的过程中，要进行科学合理的论证，如对现有大型场馆要善于开发新的适应当前需要的功能，而且要加强现有场馆的维护和保养，把新建、维修和改造三者结合起来。在建设上扩大资金来源途径，国家体育投资和社会体育投资相结合，通过社会力量建设场馆，使国家、个人和场馆三方受益。

大型体育场馆赛后利用效率直接相关的有三个因素，一是对社会的开放程度，二是开放时间，三是自身的经营状况。因此，不要过多地寄希望于建设新的大型体育场馆，而应把注意力集中放在现有场馆的赛后利用改造上，同时要转变观念，积极推动大型体育场馆由事业型向经营型的转变。

在具体日常经营管理过程中，应主动面向市场，采用市场运行机制，部分场馆可尝试实行公司制，按照现代企业制度进行经营运作；对于一些训练基地性质的场馆可以委托给运动队或俱乐部进行运作。同时还要保持场馆的社会服务功能，场馆的产业开发必须是在保证场馆原有功能基础上进行，把体育休闲健身和承办体育比赛作为场馆的根本功能。

二、大型体育场馆设施赛后产业化运作

（一）大型体育场馆设施的经营管理现状分析

1. 大型体育场馆设施的经营管理现状

在经济成分方面。据第五次全国体育场地普查结果显示，我国目前体育场馆的经济成分分为国有、集体、私有、外资、港澳台资5类，所占比例依次为国有占79.4%；集体占15.4%；私有占4.3%；外资占0.4%；港、澳、台资占0.5%。公有制经济成分偏大，达到95%左右。

在经营情况方面。根据北京华体智业体育顾问有限公司2003年所做的北京体育场馆运营状况调研结果分析，我国现有体育场馆的主要收入来源依然是场地出租和房屋出租，这两项收入占场馆总收入的60%以上。场馆的经营仍是简单地依靠场馆优越的地理位置和可利用场地等固有资源，其运营水平仍处于初级阶段。据上海市场馆协会一项调查，上海市30家主要场馆2001年总收入14805万元，总支出13614万元，说明收支基本平衡并略有剩余。但在这30家主要场馆的经营收入中，与体育业务相关的比赛性营业收入和体育健身运动收入仅占27.88%，而通过文化（演唱会等）、房产（物业经营）、广告及其他活动等多种经营的收入却达到72.12%。这说明，大多数场馆的经营还不能"以体为主"。在目前产业发展条件还不成熟的情况下，"多种经营、以副补体"成为大多数大型体育场馆维持生存的现实选择。

（1）北京亚运会场馆突出公益性，对公众开放能保证成本

为举办1990年北京亚运会而投资建设的一批场馆和配套设施，如今得到合理利用，成为市民健身的好去处，其中部分场馆将供2008年奥运会使用。据北京市体育局场馆部门有关负责人介绍，现在这些体育场馆基本上用做专业运动员的训练基地、体育竞赛场所、全民健身场所等。它们都是公益性开放，门票价格适中，其目的是给市民提供一个良好的健身场所，提高身体素质。有些场馆与企业联合经营，场馆提供场所，企业经营管理，但所有权不变。其他的场馆由国家各级体育行政部门经营管理。目前，场馆的体育开放能保障运行成本。

（2）天津大型体育场馆目前尚能持平，今后须作进一步调整

体育场馆设施须靠非体育项目经营维持，主管方并不想这样长期下去，目前却又不得不接受现实，这就是天津体育馆的现状。天津体育馆1994年底建成并投入使用建成后的三年实行的是财政全额补贴，从1998年起实行财政差额补贴，2000年起转为自收自支。转入自收自支后，这几年天津体育馆收支基本平衡。由于天津市现在还没有一座

大型会展中心，体育馆承担了天津市大部分的会展任务，再加上室外广告牌、各种赛事的配套服务，这些收入占到了体育馆所有收入的90%，而开展全民体育健身运动的收入也达到了10%。这些再加上举办"世乒赛"和"世体赛"的收入积累成为天津体育馆收入的主要来源。面对众多现实的经营问题，天津体育馆提出"以体为本、广开渠道、深入挖掘、多种经营、全面创收"的经营思路。

（3）上海大型体育场馆只够还息养人，仍需财政补贴

上海现有大型体育场馆60余个。1997年举行八运会时，上海共投入56亿元，新建和改建了38个体育场馆。从那时起上海开始较大规模地开发体育场馆"赛后效应"探索，使部分场馆走上了"以场馆养场馆"的体育产业化之路。

为八运会兴建的可容纳8万观众的新体育场。现在已远不能用"体育"涵盖其功能，除大赛外，还经营着大量"边缘产业"，像国际艺术节、上海旅游节和大型演唱会等。有万人体育馆之称的上海体育馆也改建成既可比赛又可演出的上海大舞台。两个场馆还定期举办人才交流会，场馆前的广场文化更是持续不断，还成了上海最大的旅游集散地。

除比赛外，上海场馆肩负全民健身、业余训练和产业经济开发三责。但即便是红火如足球，全国唯一一个专业足球场虹口足球场，靠自身运作，依然只够勉强"还息"和"养人"，还贷和承担维护费用几无可能。深究之下，是场馆建设和经营未完全按市场经济要求进行所致，而机制和体制改革的推进又面临着人员压力和业余训练职责承担双重困扰，上海目前已将深化场馆改革列为很主要的任务之一。

上海为用好场馆不定期在努力申办各类大型赛事，如2004年的F1赛车赛、2005年的48届世乒赛、2007年女足世界杯。但很多大型老场馆已无法承揽赛事，因设施不适应现场比赛需要，改造又缺乏资金，只能陷入"吃不饱"境地。另有部分专业场馆因项目不再列入奥运会或全运会项目而日渐萧条，上海正在对这部分场馆重新定位，或进行土地置换，或进入社会资金合作开发，发展适合都市休闲体育的项目，办中高档健身俱乐部、培训学校、训练馆等，帮助老场馆在改革中找到新的经济增长点。

（4）广州九运会场馆的建设经营模式包容了很多产业化的思路而且形式多样

广州的体育场馆设施，随着第6届和第9届全运会的举办呈跳跃式发展态势。目前全市现有各类体育场馆近7000个，可供亚运会比赛和训练使用的大型公共体育场馆有210个，占地面积近2000万平方米。主要有广东奥林匹克体育中心、天河体育中心、广州体育馆等大型体育场馆，在全国处于领先水平。另根据规划2010年广州亚运会计划使用44个比赛场馆、44个训练场馆，为此，广州拟主要采用财政拨款的方式，投资兴建10个大型体育场馆，并对天河体育中心等现有场馆进行改造，使其设备设施不断更新完善；同时，大力兴建社区体育设施，力争全市体育场馆数量到2010年达到8000个。这不仅为广州承担大型体育赛事提供了必要的前提条件，而且为满足广州市民的健身需求提供了重要的物质保障。

随着社会主义市场经济的不断完善，广东对体育场馆管理机制改革进行了有益的探索，如广州天河体育中心坚持"以体为本"，新的发展思路，使天河体育中心实现了经济效益和社会效益双赢。体制改革、观念更新后的天河体育中心，在集团化运作下，整合体育场馆资源，整体经营效益增长上了"快车道"，2003年整个中心收入3700万元，中心首度实现收支平衡；2004年天河体育中心，利用国际交流平台、体育本体产业平

台、体育文化平台三大平台，通过体育竞赛市场战略、全民健身娱乐战略、体育应用市场战略、体育文化推广战略等几大战略，已经扭转靠租赁创收的浅薄思路，经营收入超过 5000 万元；2005 年经营收入近 7000 万元；2006 年经营收入达 8000 余万元。其中绝大部分经营收入和健身人数的增加有直接的关系，健身者的增多带来了商机，体育中心的租赁收入也稳定了。同时，天河体育中心还通过为社会培养人才、带动广州市群众性体育事业的发展、作为广州标志性建筑、为大众休闲娱乐提供场所和对周边地区的经济辐射作用等方面，对广州市的发展起到了巨大的作用，在创造经济效益的同时，还在公益性上体现了更大的社会效益。天河已从荒僻地带成为新的城市中心。从天河体育中心的崛起可以看出，为大赛而兴建体育场馆有良好的"溢出效应"，能带动整个地区的良性发展。广东奥林匹克中心以积极姿态筹划综合经营，则采用的是"事业单位的建制，企业化的管理"模式，走多功能开发的经营之路，奥体中心及其周边地区将建成一个集竞赛、休闲、健身、娱乐、购物、展示等功能于一体的综合区域，而不是单纯的竞技用体育场，这里已成为市民享受体育、健身快乐的地方。通过九运会推动又一个广州新城将崛起，整个地区将建成以科技、体育、旅游等产业为主导的新型产业区。而广州新体育馆通过对投资体制的改革，在建设时由政府和珠江实业集团共同投资兴建，赛后由珠江实业集团旗下的广州珠江体育文化发展有限公司独立负责体育馆的经营管理。这种经营管理模式，充分发挥了珠实企业的积极性，3 年就实现了盈亏平衡，经营状况良好。投资 2.4 亿元的芳村区体育中心网球场，从 2002 年起也由东方明珠饮食娱乐集团进行为期 10 年的经营。10 年间，两片网球场留给运动员训练，14 片场地由企业经营，芳村区体育局每年无偿使用主赛场 15 天。

广州市体育局提出，"体育可以为国争光，也可以为国增利"的新观念；"体育场馆管理者，应以多办体育竞赛、表演和全民健身活动为己任"；"以体为本"，严禁非体育项目进场，体育本体产业收入占总收入比重不低于 60%。

（5）我国大型体育场馆的市场运作方式还比较单一

据闵健的课题研究成果显示，在专题调查的 20 个大型体育场馆中，经营管理的方式只有"事业单位管理加少量经营活动""事业单位企业化管理"和"租赁经营"三种。其中，事业单位管理加少量经营活动占 58.8%、事业单位企业化管理占 29.4%、租赁经营占 11.8%。本课题研究成果见表 2。

表 2　目前 21 个大型场馆采用的经营管理方式

	采用场馆数	采用率（%）
事业单位管理，少量经营活动	7	33.3
事业单位企业化管理（集团化或分散经营）	6	28.6
委托经营（专业公司或其他组织）	3	14.3
租赁经营	1	4.8
承包经营	1	4.8
其他	3	14.3

2. 大型体育场馆设施市场运作中存在的主要问题

（1）大型体育场馆设施经济效益与社会效益的矛盾

大型体育场馆一般是由国家来投资建设的，是为满足开展大型体育赛事和群众体育活动的场所。其投资初衷并不是为了盈利，从这个角度来说，大型体育场馆应该主要考虑社会效益。但是，大型体育场馆日常维护和运行需要大量资金，财政的经费又难以支撑。这就需要场馆开展经营活动，创造经济效益，从而为大型体育场馆积累基本的运营费用。由于诸多因素的影响，经济效益与社会效益矛盾，即在提高经济效益的同时，又要使之社会效益得以体现，是我国大型体育场馆在市场运作上存在的现实问题。

(2) 大型体育场馆存量资产不活，融资渠道不通

在我国已建成的大型体育场馆中，由于大多是按照体育比赛的要求兴建的，场馆的功能较为单一、规模较大、投资多、标准高、附属面积大，因而，场馆对外的营运成本高、使用率低，造成了场馆资产的大量闲置。场馆的闲置和维护资金的缺乏又造成了场馆的破损，从而增加场馆的维护费用。另外，场馆的存量资产如果不能有效利用，其资产的经济效益也不能体现出来，其增量资产就更谈不上，进而影响场馆融资的能力，场馆的单位性质等因素也使其融资渠道难以通畅。

(3) 大型体育场馆规划设计科学化水平低，功能单一，利用率低

我国现有体育场馆绝大多数是按照体育比赛和训练要求设计的，功能比较单一。这些场馆在设计之初，常因时间仓促，或因建设投资不足、规划设计过程中单纯追求简易等原因，而把体育设施的功能限定在较窄范围，致使建成后难以适应实际使用需要。大多缺乏相应的配套服务设施，尤其是在健身、娱乐、饮食等设施的配备上与大众需要差距较大，难以满足体育设施使用者的多种需求。大、中型体育场馆大多数按观赏功能设计，很少考虑大众使用这些体育场馆进行健身的要求，有的体育馆可用于体育锻炼的最大场地面积往往不到建筑面积的10%。造成场馆使用质量低、效益差，给经营管理带来困难，甚至给国家和社会带来沉重的经济负担。北京第 11 届亚运会使用过的体育馆中，利用率最高的月坛体育馆，利用率为 70%，利用率最少的石景山体育馆，利用率仅有10% ~ 20%。

(4) 大型体育场馆经营管理水平不高，向大众开放的程度还不够

由于我国的大型体育场馆管理受传统事业管理体制影响较深，经营管理过程中等、靠、要思想严重，不能自觉适应市场经济调节。对外开放手段不够灵活，经营管理过程中又过多地突出了竞技体育的需要，对群众体育的需要考虑较少，导致场馆开放率低下，在各类场馆中向社会开放的比例国有场馆占 35%，而未开放的场馆中国有场馆占了39.9%，表明国有大型体育场馆尚未充分适应经济体制的变化，主动面向市场提高自身的经营管理效益，造成体育场馆入不敷出现象大量存在。

(5) 缺乏有效维修与更新改造措施，限制了大型体育场馆的利用率

长期以来我国大型体育场馆的使用效率很低，巨额的常年维修管理费成为这些场馆的沉重包袱。经营管理保值、增值手段有限，浪费国有资产，影响大型体育场馆的可持续发展。大型体育场馆的较大支出主要为场馆设备维护、更新、改造费用。场馆经费除行政事业拨款外，较少资金来源又集中在对外开放、租赁上。而有限的经营收入在支付了维持场馆正常运行的水、电等能源及人员用工费用以后，所剩无几，大量场馆超期、超负荷服役。而在国外公共体育场馆的维修费用一般控制在经费支出总额的 20 %以上，如法国是 21.8%，德国是 23.38%。我国 1991 年为 20%，1995 年为 14.5%，低于国际水平，并呈下降趋势，使有些场馆年久失修，设备陈旧，维修资金不足，更新改造不力，缺乏新增群体活动配套设施，这对国有资产的使用和保值、增值非常不利。

（6）国民经济发展水平，大众的体育消费意识也影响了大型体育场馆的开放使用

我国人口众多地域辽阔，各地区经济发展水平极为不平衡，决定了大众体育消费水平的差异。1985年我国部分省区体育锻炼者在进行锻炼地点的选择时有14.2%的人选择体育场馆进行体育活动，到了1997年这一数字上升为23.2%。可见经济水平欠发达是影响人们选择体育场馆进行锻炼的一个重要原因，此外，人们对体育价值的取向、体育意识等也受经济发展水平的制约，进而影响人们主动利用场馆的积极性。

（7）大型体育场馆资产评估机制尚未健全

由于我国大型体育场馆科学客观的评估机制尚未健全，对大型体育场馆的资产缺乏较详细的清查，使得大型体育场馆在对外承包、委托、租赁经营的时候，容易造成场馆中的国有资产在一定程度上的流失。主要表现在：大型体育场馆承包、租赁合同中没有国有资产的保值增值内容和违约应付责任；对经营创收所得收入不按照规定纳入单位的财务管理，而是私设"小金库"；对场馆创办的经营实体未按照规定提取固定资产折旧和维修基金等；在场馆改制过程中，对国有资产进行准确有效的评估，可以防止国有资产在经营管理过程中的流失，避免或减少国家和社会不必要的经济损失。

（8）大型体育场馆专业经营管理人才严重缺乏

长期以来，大型体育场馆的经营管理人员主要来源于体育系统的干部，退役的运动员以及少量的场地、设备维护专业技术人才，真正具有大型体育场馆经营管理素质、工作效率高的人才较为缺乏，且结构不合理，直接影响了场馆的经营管理效益和服务水平的提高。

3. 大型体育场馆设施运作的主要困境因素

目前众多大型体育场馆运作主要困境因素是多方面的，调查资料显示，"所有权、经营权未分离"及"后续投入不足"是大型体育场馆目前存在的主要困境（表3）。大批的大型体育场馆面临后期维护费用过高、缺乏自身造血机制的窘境，如果单纯依靠国家投资来维护，它的生存应该说确实有相当大的困难。

表3　华东地区22家大型体育场馆的主要困境一览表（n=22）

选择场馆数		百分比（%）
后续投入不足	19	86.5
所有权、经营权未分离	15	68.2
多口管理	7	31.9
入不敷出	5	22.7
其他	5	22.7

[资料来源] 张元文,等. 华东地区大型体育场馆运营现状的调查与分析[J]，体育科研，2003，（5）.

近年来，全国许多大型体育场馆按市场机制进行管理和运作，扩大了场馆经营的社会开放程度，并通过市场化经营以增加更多的收入。从本研究调查的21家大型体育场馆可知，10家实行了营利性收费，4家按成本收费，7家低于成本收费，年经营收入最高也达到了2500万元，这说明大多数大型体育场馆进行了经营创收和产业化运作的尝试。

大型体育场馆建设不仅需要巨额的建设资金投入，还要有大量的后续资金进行维修以保障功能的完善。据统计，2001年，上海公共体育场馆日常维护支出2939万元，

大、中修支出 1879 万元，政府补贴占 46.41%。又如，南京奥林匹克体育中心占地面积达 89.6 公顷，总投资近 22 亿元，主体建筑包括 1 个 6.2 万个席位的体育场，1 个 1.3 万个席位的体育馆，以及游泳馆、网球中心和体育科技中心。维持这样 1 个庞然大物，每月仅水电费就高达 150 万～180 万元，物业管理费每年 1000 万元，加上职工工资、经营、维修等费用，每年总的经营成本不会少于 6000 万元。到了 15 年左右的大修期限，按照目前场馆运营情况根本就没有足够财力承担。调查显示，大多数大型体育场馆在日常维修和大型维修方面大多还是主要依靠财政拨款。日常维修时，财政拨款和自筹经费结合与自筹经费的比例大约是 2：1；大型维修时，其经费来源完全由财政拨款的占到 42.85%，财政拨款与自筹经费结合的为 42.85%，靠自筹经费解决场馆大型维修问题的只占 14.3%。可以看出，虽然许多大型体育场馆进行了市场化运作筹集资金，但不依靠政府拨款的仍然是少数，而主要的经费缺口依旧是由政府来弥补。也就是说，目前多数大型体育场馆所开展的经营活动，虽从市场上获取到一定经费，但仍未从根本上解决问题。

（二）大型体育场馆经营管理体制改革与其产业化运作协调机制建构

1. 改革经营管理体制，实施大型体育场馆设施所有权与经营权分离

（1）国有大型体育场馆产权改革的必然性和及时性。（略）

（2）明晰大型体育场馆设施的产权是体育场馆进行产业化运作的前提条件。（略）

（3）努力实施大型体育场馆设施所有权、经营权的分离。（略）

2. 大型体育场馆产业化运作协调机制建构

大型体育场馆在经营管理体制上实现所有权、经营权的分离的同时，还应积极引入市场机制，通过制度创新和管理创新，才能使大型体育场馆更加充满活力，成为体育产业发展的重要支撑。

（1）大型体育场馆产业化运作协调机制建构

鉴于我国一些经济发达地区大型体育场馆未来的市场管理模式，还是一种基于现实国情和未来发展的准行政机构主导的管理模式，因此运行主体就是作为管理主体的经营组织，它的运行目标应是通过组织化、网络化的管理，更有效地推进大型体育场馆的发展，更扎实地落实全民健身计划。市场运行目标定位是经营者对目标消费者或者说目标消费市场的选择，市场运行目标定位要充分考虑地理因素、行为因素、人口统计因素、心理因素等。因此，建立起大型体育场馆的产业化运作协调机制就更为重要。

（2）大型体育场馆产业化运作协调机制模式

我国大型体育场馆所采用的运行机制主要有少数采用封闭式管理，全额预算拨款、统收、统支、统管。这种运行机制没有与市场接轨，主要承担上级机关分配的体育训练比赛任务，造成大量国有资产闲置。大多数采用经济责任制和承包经营责任制。但承包责任制的经济指标缺乏科学的依据和客观标准，不利于健全和完善经营方自主经营、自负盈亏、自我发展的运行机制，不利于国有资产的保值增值。采取资本多元化的运作方式，如股份制、合作形式等，可以突破单纯靠自身创收增资的运行模式，如长春的五环休闲城，完全按照国家规定的标准的股份制形式运作，收效显著。通过对我国大型体育场馆经营管理模式选择分析及影响我国大型体育场馆经营模式选择的主要因素分析，认为建构大型体育场馆产业化运作协调机制，首先需要找到基本动力源。要使大型体育场

馆良性运行，实现体育场馆建设的基本点和出发点，必须在微观上给予个体和团体以激励约束机制，使其在适宜的层阶上最大限度地发挥才干与成就，在宏观上给予国家和地方以利益协调机制，使其分享发展大型体育场馆产业应有的社会和商业价值，同时还应该建立大型体育场馆产业化运作的目标保障机制。

（3）大型体育场馆产业化运作的激励约束机制

当今体育场馆最突出的问题是急功近利，而问题的核心是激励机制。有激励就必须有约束，建立激励机制的同时必须建立约束机制，这是事物矛盾的两个方面，缺一不可。

我国大型体育场馆产业化运作建立健全激励约束机制主要从全面实行产权、竞争和精神激励约束措施，建立健全经营者激励约束机制；实行以岗位工资制为基础的奖酬制度，建立健全奖酬制度激励约束机制；本着场馆需要与个人需要相结合的原则，建立健全工作设计激励约束机制；充分发挥工会的作用，建立健全参与管理激励约束机制；以完善竞争上岗、下岗分流制度为重点，建立健全人力资源管理激励约束机制；营造良好的组织气氛，建设良好的场馆文化，建立健全组织气氛、场馆文化激励约束机制几方面进行。

总的来看，要以大型体育场馆经营者激励约束为龙头，以产权和竞争激励约束为基石，在营造良好组织气氛、建设良好场馆文化的基础上，通过建立健全一系列富有激励约束作用的规章制度，主要有物质奖酬制度、工作设计制度、职工参与管理制度、人力资源管理制度等，对场馆全体员工形成强大的激励约束作用，从而最大限度地激发全体员工的积极性、主动性、创造性，最终实现场馆的持续、快速、健康发展。这应是我国大型体育场馆较为健全有效的激励约束机制的基本内涵。

（4）大型体育场馆产业化运作的利益协调机制

看大型体育场馆内部结构是否合理，其最基本的标志是：目标的一致性；运作的高效率；良好的调控机制；充足的社会支撑和支持力量。而达到这种状态，主要依赖一个新的中介，即利益协调。大型体育场馆产业化运作的利益协调机制的构建是全方位的、多渠道的，只有将各种利益协调手段综合运用，统筹兼顾，才能协调社会利益，促进社会和谐发展。

（5）大型体育场馆产业化运作的目标保障机制

建立以市场机制为核心的大型体育场馆目标保障机制，可以避免大型体育场馆的建设和发展的趋同化，可以让经营者对多样化的市场需要做出最快的适应和最迅速的反应。保障机制功能是保证目标运行的畅通。主要体现在三个方面：各级政府主管部门对大型体育场馆的高度重视，制定相应的政策；加强法律、法规制度的建设，依法保障全民健身的发展和大众应享有的体育权利；加强大型体育场馆的建设和体育场馆的管理与服务，特别是社区居民小区的体育设施建设与管理，为体育场馆的发展创造良好的环境条件。

（三）大型体育场馆经营管理模式选择

对于大型体育场馆经营管理模式的选择，应充分发挥市场在配置资源中的基础作用，除少数必须保留的主要用于运动队训练和不适宜改制的场馆外，要坚定企业化改制的改革方向，并根据自身的实际情况，选择适合的改革方式（表4），以创造更多更好的综合效益。

表4　大型体育场馆进行改制的最好方式

	选择场馆数	选择率（%）
转为企业	6	28.5
委托专业公司管理	3	14.3
采用联合经营方式	6	28.5
进行股份制改造	1	4.8
对资产进行清理后拍卖	0	0
其他	5	23.8

1.大型体育场馆经营管理模式的选择

（1）承包经营管理

在不改变所有制性质的前提下，按照体育场馆所有权与经营权完全分离的原则，以承包经营合同形式确定所有者与经营者间的责、权、利关系和承包年限，使承包人能根据公共体育场馆的自身条件和体育健身市场发展的基本规律，做到自主经营、自负盈亏。承包人按合同书规定，每年向所有者交纳一定的租金，并负责大型体育场馆日常管理和设备维护、维修。而大型的设备更新、维修则仍由所有者投资。

对于承包后的大型体育场馆，要求不能改变其为大众提供体育健身服务的性质，必须保证为全民健身和运动训练提供场地服务，但对所提供的各种服务都要收费，其收费标准应由场馆主管部门会同物价管理部门共同制定，并在合同书中标明，承包人必须严格执行。对场馆原有职工，承包人有选择是否留用的权力。这种经营管理方式，虽然减轻了所有者的负担，也提高了场馆的使用率，但承包经营者往往会改变大型体育场馆的用途，如用它演马戏、搞大型活动等。所以，大型体育场馆产权人——所有者，必须定期对该场馆的经营内容和管理情况进行检查和监督，防止违反合同规定的行为发生。

（2）租赁经营管理

实行大型体育场馆所有权与经营权分离的租赁经营方式，是指产权人授权给承租方，将体育场馆有期限地交给承租人经营，承租方向出租方交付租金，并依据合同规定对场馆实行自主经营。也可以采取合作的形式，即所有者以场馆资产入股并控股（股权高于50%），租赁经营者（经营公司）投资参股49%，并与所有者签订经营协议。经营收入除日常支出和负担小型维修外，盈余由所有者与经营者按股份分成。显然，这种经营管理方式，不仅使所有者具有控股的权力，而且降低了经营成本，提高了经营效益。既扩大了大型体育场馆的对外开放，满足了广大居民日益增长的体育健身需要，也提高了职工的待遇和积极性。

（3）委托经营管理

这是大型体育场馆所有权与经营权分离程度较小的一种经营方式，即场馆所有者，通过一定的方式选派经营者作为大型体育场馆的负责人，代理所有者经营大型体育场馆，所有者不直接参与经营管理。经济发达国家较多地采用这种经营方式管理大型体育场馆。

被委托的经营者与所有者签订经营合同，划清相互之间的责、权、利关系。经营者受所有者委托，作为场馆的法人代表，负责场馆的日常经营管理工作，场馆内的重大战略问题仍由所有者直接负责决策。原有的职工要留用，但必须服从委托经营者的安排和调度。在经费管理上，经营者与所有者签订合同协议，规定全部收入要上交，经营者没有支出经费的权力。所有者不仅核定场馆的年度支出预算，也下达收入预算项目和收入指标，以加强经费预算管理的计划性和约束力。

委托管理方式并不改变大型体育场馆为大众体育健身和运动训练、竞赛提供场地服务的性质，仅是变换了大型体育场馆的经营主体，其结果是把新的经营理念和管理方式带进体育场馆的经营活动之中，提高了管理效率，也提高了社会效益和经济效益。委托经营管理是目前大型体育场馆管理体制改革较为现实的选择方式，宁波市游泳健身中心的委托管理具有典型意义和一定的代表性。

（4）企业化管理模式

中共中央办公厅、国务院办公厅关于印发《中央机构编制委员会关于事业单位机构改革若干问题的意见》（中办发[1996]17号）指出，"要推进有条件的全额拨款的事业单位按照有关规定开展有偿服务，逐步向差额补贴过渡，差额补贴的事业单位要进一步创造条件，向自收自支或企业化管理过渡"。因此，暂不具备建立现代企业制度条件的大型体育场馆，作为过渡性措施，也应采用事业单位企业化管理的方式，加强经营管理，尽力提高经济效益。

大型体育场馆实行企业化管理，以下几个层面的问题需要解决。首先，理顺大型体育场馆管理的体制，给予场馆更大的经营管理自主权，为今后整体的发展打下坚实的基础。其次，明确国有资产的授权经营责任。可对原有非经营性资产进行清产核资，按规定和程序转换为经营性资产。确定投资方式与投资程序，明确场馆对经营资产处置的权限，对国有资产变更和增值、经营利润和收益、利润如何分配以及分配方案，都须按照企业经营管理程序依法进行财务管理等措施进行控制。其三，参照企业法对企业化场馆实行规范化管理。

（5）公司治理模式

公司治理模式实际是选择建立现代企业制度。公司治理模式是指由企业的所有者、董事会和高级管理人员组成的一种组织结构，通过这一结构，所有者将自己的资产交董事会托管，董事会是公司的最高决策机构，拥有对高级管理人员的聘用、奖惩以及解雇的权利。将企业改组为公司，可达到几个目的：筹集资金；通过分权制衡的法人治理结构，实现科学民主管理；理顺政企关系，转换经营机制；降低投资风险。

将大型体育场馆以公司治理结构进行改造，特别是进行股份制改造，是彻底的改革模式。虽然目前我国大型体育场馆的公司化改造还处于探索阶段，但部分社会投资兴建的体育场馆，如长春五环体育馆、成都龙泉阳光体育城等由上市企业或房产公司所建大型体育场馆基本是按此方式进行市场运作的，这可为大型体育场馆经营管理向公司治理转化提供一些有价值的、可借鉴的教训和经验。尽管公司治理模式在许多地方显示了其合理性，反映了社会和市场经济发展的趋势，但目前将其应用于大型体育场馆的管理体制改革仍然有一定的困难和局限性，需要从理论到实践进行积极的探索。

（6）BOT和TOT模式

BOT为建设、运营、转交的英文缩写，即在一定期的经营期内，将基础设施项目（主要是市政设施项目）交由国内或国外承包者建设、经营，特许经营期结束后，此项目设施完整地转交给国有部门单位管理经营。这对于解决基础设施瓶颈矛盾、缓解资金紧张以及加快经济发展都起到了一定的作用。BOT模式的运用主要是针对新建大型体育场馆而言。该模式虽可在一定程度上缓解国家在大型体育场馆投资上的资金不足，但在操作上仍存在项目投资量大、周期长、有较高的多种风险等问题。

TOT 即转让—运营—转让。TOT 投资模式是指由政府部门融资建设城市基础设施，建成后政府将经营权出售给民间投资者，投资者在约定时间内通过经营收回投资并取得回报后，再将经营权无偿交给原产权所有人的经营方式。对政府来讲，通过 TOT 方式出让特许经营权，可以最大限度地筹集相关建设所需资金，而对于投资者来讲，由于其受让的是已建成且正常运营的项目，建设期的风险完全不用承担。对已建成的大型体育场馆而言，TOT 模式对那些体育竞赛表演市场发育程度较高的城市来讲，是一种较佳的选择。以合同的方式将现有大型体育场馆的经营权长期转让给竞技项目俱乐部，既可减轻政府部门直接管理的压力，又可节省场馆维修保养方面的开支，还可保证其用之于体。

当前，我国大型体育场馆在拓展投融资渠道过程中，更多的专家和学者提倡采用新型融资方式 BOT，以未来经营权作为投资回报，来筹集建设资金，是缓解当前国家投资不足的一种有效补充。以 2008 年奥运会场馆项目法人招标为标志，佛山市"岭南明珠"体育馆项目法人招标为典型代表，我国体育场馆建设和经营管理进入了一个"以市场化运作为导向，充分利用各种市场化筹资渠道和方式筹集资金，鼓励社会机构参与体育场馆经营管理活动，建立体育场馆经营管理新模式"的新阶段。采用 BOT 模式建设新的大型体育场馆应根据地域的经济状况和体育消费水平，提供一些吸引社会资金的优惠政策，如优惠提供土地、配套给予优惠的房地产开发政策、税收减免等。

(7) 星级酒店式经营管理

星级酒店式管理模式是指体育场馆的运营应该像星级酒店一样，运营程序涉及选址、设施规划、投资结构、后期的商务管理、行销计划、人才资源计划、项目创新以及公共安全等问题，整个运营程序全是由专业的管理团队来运营的一种管理模式。

星级酒店式经营管理模式并不仅仅指场馆建成后的酒店管理，还包括改变投资结构，通过市场手段多渠道筹资、融资；以项目法人招标等方式，甚至政府以其投资作为股份，吸引社会（国内外）资金融资控股，从而使大型体育场馆在可行性研究阶段就基本确定了产权多元化方向，扭转了以前场馆建设资金投入单一化的局面。

大型体育场馆实行星级酒店式经营管理的优势是：其一，投资结构多元化；其二，满足体育场馆功能的多元化需求，突出"以人为本"的人性化理念；其三，培养高素质的员工队伍，树立正确的经营理念；其四，有利于把握市场定位，发展项目创新，经营专业化；其五，采用品牌营销策略，并利用品牌延伸产品，拓展市场。大型体育场馆实施星级酒店式经营管理，将真正实现从制度型经营管理向人本型经营管理转变，以财务为核心的经营管理向以现代营销为核心经营管理转变。

2. 影响我国大型体育场馆经营模式选择的主要因素

影响我国大型体育场馆经营模式选择的因素，主要有以下几个方面。

(1) 大型体育场馆自身的状况。

(2) 大型体育场馆的经营定位与潜在服务对象。

(3) 大型体育场馆的地理位置。

(4) 大型体育场馆所在城市或地区大众的消费水平。

(四) 国内外大型体育场馆产业化开发利用模式

1. 悉尼奥运场馆的开发利用

在悉尼筹办奥运会期间，大家把目光都集中在如何办好这届奥运会，却忽视了赛后利用。2000年悉尼奥运会上，最出风头的建筑要数位于悉尼的澳大利亚体育场，其建设成本高达35亿元人民币，可容纳11万人，是目前全世界技术最先进和最环保的体育场。然而，当奥运会的荣耀过后，这座体育场面临着两难的境地。体育场的规划者没有考虑到奥运会之后的因素，从而使得政府只能再斥巨资对其"重新配置"。

"奥运低谷效应"并非历史发展的必然，但如何避免低谷效应也成了北京面临的重大问题。场馆建设既要符合比赛要求，又要考虑赛后利用，要充分利用市场机制，建立社会化的投、融资和招、投标机制，把奥运工程建设成"阳光工程"。悉尼在场馆的建设方面有许多值得我们借鉴的成功经验。

(1) 采取国家投资与商业运作相结合

鼓励开发商投资奥运工程项目，充分调动各方面的积极性，国家、集体和个人共同承担风险。

悉尼奥运场馆的建设资金来源于多种渠道，不仅有政府投资，同时也有一部分社会力量投资，也有全部社会力量甚至个人投资，而且从建设初期就很好地遵循了可持续利用这个重要原则。

(2) 已有场馆的改造和临时设施的广泛使用，在节约了开支的同时也节约了土地与资源

悉尼奥运场馆中有很多属于临时性建筑，如帆船赛场、铁人三项和沙滩排球馆等，它们在奥运会后完成了自己的使命就被拆除，因此不存在持续利用的问题。

悉尼政府尽可能多地利用已有的场馆，这不仅仅是出于节约的考虑，而且也是因为已有的场馆在市场利用上已经达到一定的成熟程度，故这些场馆只需重新装修或临时进行一些布局上的调整。如组委会将悉尼会展中心不同的展厅分隔为不同的比赛场馆，柔道、摔跤、拳击和击剑都在这里举行。奥运会结束，拆除挡板，会展中心又能恢复它们原来的面貌和功能。

(3) 采用融资租赁，鼓励民间资金参与奥运建设

悉尼表演场是悉尼奥运会最大的场馆之一，它从设计之初就要建成一个多功能的建筑，而体育只是其很少的一部分功能。目前已经被完全租给皇家农业开发集团，租期是100年。可以说，它的持续利用问题已经得到解决。

(4) 采用政府部门宏观调控方式，建立专门机构研究和策划场馆的赛后使用问题

悉尼市政府在奥运会前，为了管理奥运场馆的建设，专门成立了奥林匹克协调局，奥运会后，这个机构被关闭了，但是，一个新的机构诞生了，这就是悉尼奥林匹克公园局，它担负管理和协调奥运相关场馆的持续经营运作的任务。

2. 汉城奥运场馆的开发利用

1988年汉城奥运会的场馆主要集中建在汉城的汉江以南地区，汉城综合运动场和奥林匹克公园是最具代表性的建筑。耗资1.28亿美元的综合运动场于1977年开工，历时7年，于1984年竣工。综合运动场就像一个运动场馆小王国，总占地面积54.5万平方米，其中包括可容纳10万名观众的主体育场、健身体育馆、室内游泳馆、棒球

场等。奥林匹克公园占地 144.7 万平方米，里面建有自行车比赛场馆、3 个多功能比赛馆、1 个室内游泳馆和 18 个硬地网球场。

汉城奥运会后，这些大型场馆如何能继续发挥它们的作用一直是当地政府关心的问题。1990 年 2 月，汉城市成立了专门管理各主要体育场馆的"汉城市运动设施管理办公室"（简称"管理办公室"）。管理办公室负责对汉城主要体育场馆的宣传介绍，受理在体育场馆内举行非体育性活动的申请并进行安排等工作。十几年来，在管理办公室的精心打理下，这些奥运会留下的财产没有变成"鸡肋"，而是继续为汉城市民提供各种各样的服务。

其一，奥运场馆仍然经常举行相关体育赛事。综合运动场内的健身体育馆每天都迎来送往一批批锻炼身体的人们；综合运动场的室内游泳馆里除了有标准游泳池、跳水池和水球池，还专门为学生建了一个练习池，这里经常举行各种级别的比赛；奥林匹克公园则经常是各种长跑活动的起点和终点，很多市民周末在公园的草地上打羽毛球、放风筝。公园内的自行车馆每周五到周日都会举行自行车比赛。

其二，管理办公室还开发出这些场馆的一些"副业"，在这些体育场馆里举办各种各样的学习班，还向社会市民团体出租场地举行社会文化活动，并对参观者开放。例如，综合运动场内的游泳馆在没有比赛的时候就举办各种各样的学习班，内容涉及有健身、瑜伽、羽毛球、芭蕾和韩国传统舞蹈等。奥林匹克主体育场还卖票对参观者开放，也经常出租给市民团体举行宗教、文化活动。奥林匹克公园现在已经变成具有文化气息的综合性公园。这里的草坪上展示着来自世界 60 多个国家的约 200 余件雕塑作品，其中不乏优秀之作，成为附近居民周末休闲的好去处。

3. 十运会南京奥体中心场馆的开发利用

十运会在南京奥体中心等场馆成功举办，促进了江苏全省体育基础设施建设，并将带动全民健身运动的开展。但是，投巨资修建的一系列十运场馆赛后之命运引人关注。

（1）南京奥体中心 90% 仍是政府投资

南京投资 26 亿元建设了十运会配套场馆"10+2"工程，其中全民健身中心总建筑面积 7 万平方米，单体建筑面积全国最大；苏州、无锡、扬州、泰州、盐城等地先后建成了场馆设施配套齐全的现代化体育中心；江阴、昆山、张家港、太仓、常熟、金坛等县级市的体育场馆也设计新颖，设施先进，成为当地标志性建筑。

作为十运会主会场，南京奥体中心总投资 22 亿元，仅用两年半时间就建成使用，其工程设计和建筑质量创下了十几个中国之最。设计之初计划尝试投资和经营体制改革，由江苏省、南京市和江苏省国有资产经营有限公司共同投资建设，省财政投入 10 亿元，南京市无偿提供建设用地，省国资公司的全资子公司——南京奥体中心建设经营管理有限公司负责投入除政府投资以外的项目建设资金和建成以后的经营管理。但在实际操作中，政府投资为 90%。

（2）从设计开始，南京奥体中心走出"一次性怪圈"第一步

南京奥体中心占地面积达 89.6 公顷，总投资近 22 亿元，主体建筑包括一个 6.2 万个席位的体育场，一个 1.3 万个席位的体育馆，以及游泳馆、网球中心和体育科技中心，堪称是国内功能最全、技术标准最高的综合性大型体育建筑群。

好设计是好工程的基础，在设计之初就综合考虑比赛需要和赛后管理问题，对工程结构、造价等进行了大量研究。据介绍，南京奥体中心的一个独有设计就是大平台，用

以实现人车分流并联结 5 个场馆，这个设计可以比相同面积的地下停车场节省投资约 3.5 亿元，同时大大减少了地下工程在照明、通风、消防等方面的后期维护费用。

奥体中心体育馆是我国南方第一个可以举办大型冰上赛事的场馆，可以举办除了自行车和田径之外的所有室内项目比赛。它达到了标准的冰场大小，面积近 3200 平方米，需要举办冰上项目比赛时就安装制冷管道，浇水制冰，平时则铺设美国原装进口的活动地板。举办排球、乒乓球等比赛时在地板上铺设橡胶垫，举办体操比赛时则搭建临时赛台。这就实现了最大限度地利用场馆。为调节不同比赛项目的场地尺寸需求，体育馆在 1 .3 万个席位中设置了 3000 个活动座椅。

(3) 培育体育消费市场是赛后场馆持续利用的真正出路

公共体育设施特别是为大型赛事准备的场馆，投资巨大，带公益色彩，回收周期长，回报率低，是投资者兴趣不大的原因。而其背后，是大众整体消费水平、消费能力的不足，体育市场远未发展成熟，可以说培育体育消费市场才是真正的出路。据介绍，南京奥体中心在设计中充分考虑到了赛后商业使用的可能性，除必需的竞赛用房，尽可能建成商业用房。其中体育场设有 176 个包厢，数量为全国之最；体育馆共设 28 个包厢，面积在 20～30 平方米之间，设有空调，配备了厨房和卫生间，这是国内第一家在体育馆内设包厢的。这种包厢一般是由单位预先常年购买或租用，邀请其贵宾、客户前来观看比赛，满足有实力企业的公关需要。

体育场和体育馆除了可以进行品牌专卖、展览、文娱演出等活动外，还在游泳馆、网球中心预留了很大面积，可经营餐厅、咖啡屋、酒吧、桑拿等服务项目，赛后可以成立俱乐部，吸收会员。奥体中心预留的空地还可以建成超市、汽车站或旅游集散中心，成为集健身、休闲、旅游、观光等功能于一体的公共服务场所。体育科技中心则按照宾馆的结构标准设计，赛时作为新闻中心和官员办公室，平时可作为宾馆经营。

4. 上海 8 万人体育场的开发利用

工程投资 12. 9 亿元的上海 8 万人体育场，是国内赛后利用比较成功的例子。作为上海的标致性建筑之一，该体育场除了建立比较完备的体育设施，还设立了宾馆、娱乐场所、购物商场等其他功能场所。上海 8 万人体育场的赛后运营值得借鉴。

一是扩展广泛的休闲设施，如高级座位、包厢、餐厅、酒吧等，赛场就可以显著提高在比赛日的收入。

二是最大限度地利用体育场建筑本身。体育场通常是没有比赛的日子多于比赛日，在没有比赛的日子可以把体育场变成会议设施，零售、康体中心、电影院等。当这些设施可以在比赛或非比赛日得到双重利用的时候，额外的优势和作用就能够显现出来。

三是能够显著增加体育场收入的方法就是在场内开展各种非体育活动，这些活动通常都是非常赚钱的，比如音乐会或公司活动等。为了达到这个目的，必须具备两个重要条件：当地必须具备这种活动的广泛市场，而且体育场的设计必须具备举办非体育类活动的功能条件。显然，上海作为一个国际化大都市，第一个条件是满足的，在体育场设计的多功能上也能满足。

5. 国内大型体育场馆看台下空间的多种利用模式分析

大型体育场馆看台下空间有以下几种利用模式：

(1) 体育休闲娱乐利用模式

体育场馆向大众开放已成为国家法规，这是历史发展的必然趋势。现代体育运动具有健身、娱乐、社交等综合功能，体育场馆围绕群众性体育活动作赛后的功能开发，形成以体育健身运动为核心，以文化娱乐社交等活动作补充的综合性体育设施，能够有效的提高场馆的利用率。

①综合健身用房

看台下做健身俱乐部开发，健身俱乐部经营提供相应的健美咨询、训练指导和卫生保健等综合性服务项目。大厅净高一般不宜小于3.4米。用于健美训练时，需在一侧墙面设置扶手把杆和照身镜。洗浴洁身是健身健美运动的辅助手段，如需要设置桑拿浴、蒸汽浴等特种健身洗浴，则需在看台下预留足够的设备空间，可考虑利用赛时部分运动员洗浴休息室进行适当改造。训练用房与洗浴用房及更衣室之间关系应尽量直接易达。上海万体馆自从改造为剧场式体育馆后，对观众疏散的要求低了很多，因此体育馆保留了侧面的疏散大厅，而将另一侧空间改造为健身俱乐部。但最初体育馆设计没有对赛后进行全面考虑，使健身俱乐部的空间使用上存在很多问题。首先，观众厅不在体育馆整体空调系统的服务范围之内，器材及活动室只能靠柜式空调和电风扇降温。另外，观众厅对体育馆内部和外部都开有很多疏散通道，几乎很难找到完整的墙面，给改建造成一定困难。如活动厅与更衣室面积小，健身者只能将健身必须物品存在活动厅角落的存衣柜中。健美操活动馆将有限的墙面安置镜子，却找不到合适的扶手位置，只能将临时放置在照身镜旁边。局促的空间使用状况使其在经营上大打折扣。

②保龄球馆

在看台下空间做保龄球厅设计时应注意以下几个方面：保龄球场地宜设在看台下空间的底层或地下层中，设在楼层中时，楼地面应采取隔绝震动和削减噪音的措施。球区室内净高应为3.1～3.5米。保龄球的返程道应在球道下，高度43.18～60.96厘米。当场地内有结构柱时，两侧球道间距不应小于柱宽加每侧1.3米。球道起始处距柱应不小于60厘米。另外，保龄球厅的更衣柜的位置一般应与主要的卫生设施连在一起，面积不宜过小，而且在更衣柜的前部应局部扩大，设置长条椅，便于人员换鞋用。

(2) 展览利用模式

体育馆比赛厅是个天然的大型展场，看台下空间则受看台规模所限，较适合中小型展览空间的开发利用。例如体育用品展览、车展、建材展、电器展等。这种展示已不再拘泥于展柜、实物加标签的传统方式，人与人、人与展品之间有着很强的互动性，商业洽谈、电视宣传、模型制作等各种商业手段也会出现，展览兼顾展示和交流的性质，空间布置也相对灵活多样。

广州奥林匹克体育场是目前国内可容纳观众数最多的体育场，其绶带造型的屋顶和花瓣式观众席给人们留下深刻印象，但设计中对座席下空间的考虑却相对欠缺。例如，体育场二层设有专用的展览空间，长期以来却很少使用。调查显示，体育场有7块大小不同的展览空间，平均进深约30米，而装修之后的房间净高只有2.4～2.5米。按照展览陈列空间的设计标准，展览陈列空间的最低高度应以3.6米为准。而这些展览空间显然不能满足要求。据体育场工作人员反映，车展、服装展、农产品展览的主办方都曾来看过，均因空间高度不符合标准而离去。

(3) 商业利用模式

①小型商业出租模式

将看台下零散的空间作为小型商业用房出租是灵活使用看台下空间的最常见的手段

之一。在空间设计上，由于商业功能较单一，各空间宜与其他健身休闲设施穿插设置，以形成一定的商业规模和氛围。空间应有较强的可达性，如设在体育场馆底层紧贴外墙的部分。体育场馆设计可将赛后不用的辅助功能用房沿座席外围布置，赛后作为商业出租用房，成本回报率高，可以有效减少平时赛时的差距。上海体育场圆环状的二层疏散平台下全部设为小型商业设施，包括各餐饮、专卖店、免税店、网吧等，每年的出租费用成为体育场主要的收入之一。

②大型商业中心开发模式

在前期策划各项相关条件许可的情况下，可将大型体育场馆看台下作大型商业中心开发。这种类型的赛后利用需要大面积集中的功能空间，并且在体育建筑设计前期对赛后利用有比较全面的考虑。其中各种人群的流线问题是设计的关键点。上海体育场的设计对体育建筑赛后利用的各种方式进行了大胆的尝试，其中东看台下就是一座综合性大卖场，经营状况良好。当初体育场建成时，东区疏散大平台下结合地下一层设置了一座面积达 1.8 万平方米的海洋世界，包括游水区、室内水上表演剧场、现代电子游戏区等设施。但由于经营管理不善，八运会后不到两年即宣布倒闭。与此同时，徐家汇商务区的发展使体育场周围出现大量写字楼和中高档住宅区。世纪联华集团收购了这块眼看就要闲置的空间，并进行了相应的改造重整，虽然耗资巨大，效果令人满意。在改造设计中，保留了原有两层通高的大厅，地下一层设为完全自助式的综合性超市，一层则围绕中庭，以小型店面形式为主开展经营。外部交通组织合理利用了体育场原有的设计，将外围宽 12 米的主要车道作为人流和车型的主要通道。原体育场一层设有 4 个运动员专用通道，商场的入口布置在三号通道附近，而将四号通道作为卖场的主要收货区，收货区入口设在通道内侧，避开正面的大量客流。各个区域流线清晰，使用上也比较方便。大型商业中心在看台下空间的利用虽然困难较大，但只要在体育场馆设计中就进行较全面的赛后利用策划分析，效率之高，收效之快也是其他利用模式难于比拟的。

(4) 餐饮利用模式

大型体育场馆的餐饮空间在比赛期间，主要服务于到场的观众，以茶座、咖啡及快餐形式为主；而大赛过后，伴随体育场馆新的项目的引入，以及各种休闲娱乐设施的兴起，餐饮空间一方面为到场的群众提供服务，另一方面，赛后利用的功能空间需要一定规模的餐饮空间相配套，如酒店、会展、体育俱乐部等。设计独特的餐饮空间甚至能够起到吸引旅客的作用。因此，餐饮空间在体育建筑赛后利用中是不可或缺的重要部分，而看台下的综合利用，更需要各种餐饮设施作补充。

看台下的餐饮空间按照服务对象的不同可分为两类：一类是面向社会开发的，非赛季主要针对此旅游和办公的客人，而赛季则主要服务于到场的观众。这类餐饮以经营特色餐及各种快餐为主，价位相对大众化，适合集中布置。相对集中的布局，不仅可以提高首次来此地的客人更方便地就餐，而且有利于厨房排烟排气等各项设备的组织安装。上海体育场的餐饮空间就集中在环场道路可及的二层疏散平台下，经营各种西餐、快餐及中式火锅等。另一类餐饮空间则主要作为其他功能空间布置，相对分散。主要顾客群的消费档次较高，一般不对外开放。餐饮部分以水平流线为主，横向布局，这是看台下餐饮部分最常用的布局方式，即餐饮部分沿看台外轮廓布置，环绕体育场地。可形成大、中、小系列服务。看台下的餐饮空间形成多层边观看体育比赛，加上清楚的比赛解说或美妙的音乐，不能不说是种享受。目前，在看台下设施这种可直接观看到比赛场地的餐厅已越来越多地引起设计者的兴趣。2008奥运会国家主体育场的设计中，就将部分临时看台拆除后改造为这种观光型餐厅，改造简单易行，只需将原临时看台的位置改为玻璃形状即可取得良好的效果。上海体育场则是将突出与看台之上的酒店的最上层设为观光型餐厅，即使在酒店旅客稀疏的时期，这里来宾也络绎不绝。这种观光型餐厅能够很好地体现体育建筑的特色。

（五）大型体育场馆设施赛后产业化运作的典型设计与分析

1. 南京新建大型体育场馆设施赛后产业化运作

（1）南京部分新建大型体育场馆设施赛后产业化运作项目、规模和消费者定位分析

表5　新建部分体育设施产业化运作项目、规模和消费者定位

体育设施名称	运作项目	运作规模	消费者定位
江宁体育中心	周边高校举办大型体育比赛、歌舞演出	总占地面积467亩，总建筑面积68500平方米	江宁科学园内的十几所高校共享
龙江体育馆网球馆	网球场	24米高	高校教师公寓
	健身房	建筑面积达4.35万平方米	省级机关单位
南京市全民健身中心	健身场地	占地13534平方米	公益性群众体育
	游泳馆	总建筑面积67000平方米	健身设施
南京钟山国际体育公园	高尔夫比赛	高尔夫球场占地153万平方米	高端的消费群体
别墅高尔夫		配套建筑10万平方米	
五星级酒店		商品住宅9万平方米	

（2）南京新建大型体育场馆设施赛后产业化运作的策略

——规划大型体育场馆设施的初始设计，完善体育场馆设施多功能建设。大型体育场馆的建设，应尽量满足比赛训练与群众健身的共同需要，尤其应注意满足不同人群的多种需求。在初始建设的规划方面，首先应做好整体设计：一是将场馆划分为永久性与临时性两类。所谓临时性设施，是指赛后可以拆除而改为其他公共文化娱乐活动的体育设施。对于那些永久性设施，则尽量控制其体育场馆的建设规模，并配备各种档次的贵宾包厢和高档座位，通过出售或出租收回部分投资，吸引固定观众。在非活动期间，包厢还能提供会议和商务等服务。同时，预留大面积的建设用地，配套建设以酒店、会议、商业、办公等设施，为赛后利用创造良好条件。二是对大型体育设施的未来利用进行科学规划。可将大型体育设施建于人口迅速增长的城市开发地区，以便大型比赛后将运动员公寓改为住宅出售，作为居住社区长期使用。三是对大型体育馆内部结构作出规划设计。如通过设计安装移动坐席扩大活动空间，消除单一比赛或训练所带来的结构方面的缺陷；依据参赛人数和各类项目的特点，用升降幕布或活动隔断将场馆分割成大小不同的场地，使建筑空间具有可变性，令使用功能多样化，为赛后利用和市场运作创造良好条件。

——政策"扶持"选择性与"功能目标"多样性。大型体育场馆具有公益性与经营性，因此，必须在大型体育场馆建设与使用的全过程中，自始至终树立和不断强化"功能目标"的概念，也就是要始终将全面规划与充分发挥大型体育场馆的多种作用与功能

相结合。全面规划大型体育场馆的功能目标，首先要使场馆具有承接大型体育竞赛与表演的功能；同时要能全面适应体育教学、运动训练、群众体育、健身娱乐等多种活动的多种要求；其次，要具备举办各种有关大型活动的作用；此外还要具有一定的配套服务和综合利用的功能。

对于南京的大型体育场馆设施，政府将它们作为社会公益事业，不光以政府为主投资建设，在后期的经营管理中，为了保证其正常运作，政府的支持更是不可缺少，主要包括两个方面：其一是优惠政策。政府在土地使用、社会捐赠、彩票分成、银行贷款、税收征管等方面给予体育场馆许多优惠政策。其二是财政补贴。由政府财政拨款，负责解决体育设施的大型维修和设备更新。

——拓宽融资渠道，不断改进大型体育场馆的投资结构。国外大型体育场馆的投资结构，随着大型运动会的结束，其投资结构就逐渐向着多元化发展，而这种多元化发展的代表性趋势就是通过多种途径吸引各种社会资金的参与。诸如从民间融资，利用民间资本建设互补项目，将酒店、商业、展览、会议中心与大型体育场馆的建设与经营相结合，以达到盈利的目的。近年来，商业性体育场馆经营出现了一种新趋势，就是购买体育场馆的冠名权。而南京新建的体育设施目前有龙江体育馆把其冠名权拍卖给步步高电器集团，因此，南京新建的体育场馆在冠名权拍卖上有很大的运作空间。

——建立科学的服务质量管理体系，不断提高大型体育场馆设施的"造血"功能。大型体育场馆能否卓有成效地开展赛后经营利用，与其是否采取有效措施以加强内部管理有着直接关系。因此，制定南京各大型体育场馆服务管理体系与制度。依照服务质量管理体系的科学思路，必须系统制定大型体育场馆的管理标准、管理制度、管理流程等，建立健全各岗位的工作规范，考核、奖惩制度；授予各岗位相应的权利和责任，并对其实施有效的监督和指导，使体育场馆的各项工作正常高效地运转。在建立健全大型体育场馆服务质量管理体系与制度的同时，还必须不断改善经营手段，以提高场馆的"造血"功能。

——积极推行全民健身券制度，促进体育场馆的产业化发展。全民健身券制度，即政府把原来直接投入公共体育设施的经费按照人均单位成本折算后，以面额固定有价证券的形式直接发放给市民，市民凭健身券自由选择政府所认可的体育场馆，健身券可以冲抵全部或部分健身费用，体育场馆凭收到的健身券到政府部门换取体育场馆维修或建设经费。体育场馆与健身消费者之间的关系是一种靠市场调节的关系，体育场馆好比服务者，而健身者则是消费者，市场的供求关系决定了全民健身券的最终流向。全民健身券制度的理论基础在于以下三个方面：公民有享受公共体育场馆健身资源的平等权利；对公共体育场馆健身资源进行竞争性配置有助于提高其利用效率；全民健身券计划并不减少公共体育场馆健身资源总量。所以全民健身券计划具有普遍的可行性。其意义在于推进体育健身产业市场化和保障全民健身需求。

——优化外部经济环境，扩大大型体育场馆经营的规模与效益。大型体育场馆作为一个独立的经营部门，必须主动地将自己融入整个市场体系中去，逐步扩大经营规模，为此，要加强内部经营项目的整合，采取灵活多样的经营方式，使场馆与项目、场馆与基础设施、配套设施密切结合，各种功能综合配套。其中应特别注意按市场化运作的要求与标准，规划和布置体育场馆的服务与管理场景，腾出尽可能多的商业空间，便于从事健身、娱乐、休闲方面的经营。还可以将整个体育场馆分割成既相互联系又独立经营管理的若干区域、场所，进行项目对口招商引资。广泛联系投资客户，进行定向开发。为体育场馆经营创造良好的服务、管理和商务条件。同时，还应与周围的附设项目配套建设，使主场馆与附属设施共同组成一个相辅相成的完整系统，这样，其所附加的边际成本才会被对外开放的这一系统工程所增加的经济效益减少。上海 8 万人体育场的经营模式可以借鉴。

2. 北京奥运会新建大型体育场馆赛后产业化运营分析

（1）北京奥运场馆运营体制模式预测

北京奥运场馆的建设融资和赛后运营是密切相关的。融资的模式虽然不一一对应于运用模式，但两者之间确实具有十分密切的关系，两者的关系与场馆的功能定位和建设目标有不可割裂的联系。

从北京奥运会的 11 个新建场馆看，北京射击馆、老山自行车馆具有十分显著的完全由国家投入的融资特点，是一种纵向一体化的类型。这与其主要针对北京奥运会的射击、自行车赛事和提供中国运动员训练的主要目标是一致的。这两个场馆需要确保北京奥运会比赛的顺利进行，赛后中国运动员的训练以及部分比赛的承办，因此基本不需要赛后运营。国家体育馆、五棵松体育馆实行的则是横向一体化的操作模式。两者在项目建设之前都实行法人项目国际招标，前者是将建设资金的风险转移到了承接奥运村建设和运营的公司；后者是业主自筹的融资模式，但是五棵松文化体育中心有限公司整体上承担了项目运作的任务，负责整个五棵松文化体育中心项目的融资、建设、管理和奥运会后的运营。

融资方式的改革为场馆改善经营效益提供了条件。四所高校的奥运会比赛场馆对于学校日常的体育教学和训练、对于服务周边居民均有着重要作用。虽然高校得到了主管部门的补贴，但还需要自己筹措其余资金，而由于高校体育场馆的数量无法满足教学和训练的需要，这些场馆的效益必须从服务自身的体育教学和课外锻炼的角度来考虑，而不应该仅仅用经济指标来衡量。

但奥运会大规模的场馆建设及其所需要的大额资金往往不是一般企业和单位所能承受的。从各场馆建设的可行性研究报告可以看出，如果仅仅用经济效益来衡量，11 个新建的奥运会场馆多数无法在赛后运营中收回建设投资。这也是奥运会场馆集中而庞大的特殊要求带来的，也可能与场馆融资与运营的关系不顺畅有一定关系。可以说这是今后体育场馆建设必须应对的一个新课题。

北京奥运场馆运行模式受到项目特点、融资方式、地缘优势、环居人口素质等多种原因的影响。所以在赛前就以科学严谨的经济学运算作为运行模式的依据。

（2）五棵松体育馆产业化运营分析

五棵松体育馆是北京 2008 年奥运会的重要比赛场馆之一，在 2008 年奥运会期间将承担篮球比赛。同时，按照北京市整体规划，五棵松文化体育中心将成为北京市的西部体育副中心，五棵松体育馆作为中心的标志性核心建筑。体育馆作为地区标志性建筑，也将促进周边地区的房地产、商业、服务业的发展，带动配套商业设施取得好的效益。从而使体育馆与配套商业相辅相成，形成比翼起飞、共同发展的双赢之势。

通过市场分析，提出了项目的赛后经营方案，通过项目财务分析，五棵松体育馆本身的盈利能力是非常弱的，经营期中发生巨额亏损，无法正常维持体育馆的运行。从项目微观经济效益出发，从投资者的角度考虑，该项目的投资是不合理的。但是，出于项目赛后经营的需要，政府给予了项目公司一定规模的配套商业开发面积。从五棵松文化体育中心整体效益分析可以看出，其整体效益较好，项目从财务上可行，并且，其效益还将体现在社会效益和国民经济效益上，通过奥运会的召开，项目公司还可以获得一笔巨大的无形资产。

五棵松体育馆产业化运营思路

体育馆周围5公里以内有科技部、中央电视台、中国电子信息产业集团、金盾出版社、航天数控集团、中国测绘科学研究院、中国国家税务总局、人民音乐出版社、解放军总医院、华能集团、中国国际交流协会、中国地震局、中国电子器材总公司等国家机关和一系列大型企事业单位，这些大规模消费群体的存在也将为本项目提供稳定的顾客群。

五棵松体育馆的二级客源市场包括海淀区、丰台区、石景山区。收入水平的提高对于消费能力的提高起到关键的推动作用。一个地区的收入水平主要体现在从业人数和劳动报酬这两个方面，由于五棵松体育馆辐射海淀、石景山、丰台区，具有很强的消费能力，而五棵松体育馆既能够为消费者提供一个环境优美的运动场所，又能够提供一种文化休闲、体育健身的健康生活方式，还可以提供一个综合性的体育商品市场，能够使各个阶层消费人群的需求得到有效的满足，可以预见将来的市场前景较好。

而目前北京市的主要体育场馆多数集中在城市北部和东部，西部则明显缺乏，周边市民的体育健身需求尚未得到基本满足。经统计，北京市的主要体育场馆如下：工人体育馆、奥体中心体育馆、首都体育馆、月坛体育馆、朝阳体育馆、地坛体育馆、广安体育馆、丰台体育中心、石景山体育馆、光彩体育馆、海淀体育馆、宣武体育馆、东单体育中心、北京大学生体育馆。其中，距离五棵松体育馆距离较近的有首都体育馆、月坛体育馆、广安体育馆、丰台体育中心、石景山体育馆、北京体育馆。但是距离五棵松体育馆最近的石景山体育馆和丰台体育中心，直线距离也超过了5公里，均超过了其有效覆盖范围，对五棵松地区的辐射能力较弱，市场在这里是个空白点。

而我国社会的经济发展目前正处在"成熟阶段"向"高额群众消费阶段"过渡的时期。目前阶段来看，北京市民不仅仅将收入放在耐用消费品方面，逐渐有越来越多的人更多地倾注于教育、休闲、健身、旅游等方面，逐步追求生活质量的提高。加上政府积极推动"全民健身计划"和"北京市奥运体育行动计划"，大众健康观念逐步转变，健身市场存在着极大的需求。可以预见，未来一段时期将会是健身娱乐市场飞速发展的时期，同时市场的缺口也会逐渐加大。但是五棵松周边地区的体育设施以及健身娱乐设施将更为缺乏。

同样，北京的专业健身俱乐部市场也处于不发达的状况。在北京现有的50余家职业健身俱乐部中，目前只有3~4家的房屋面积超过3000平方米。这些职业健身俱乐部多数集中在市区中部、东部和北部，西部也较为缺乏，市场空间存在着较大缺口。五棵松周边地区城市化水平以及居民收入水平的稳步提高、城市人口总量的快速上升，加上奥运会的影响、消费结构的转型和消费观念的转变，数者的合力使有购买能力的人数快速增加。从而保证了该区域对于体育健身场地和体育配套商业具有较大的需求，且供需的缺口有逐渐加大的趋势。

在奥运会之后的经营中，如60565平方米的文化体育产业设施全部按出租考虑；23.3万平方米配套商业设施的经营按两种方案考虑，分别为：方案一，商业设施全部按出租考虑；方案二，商业设施全部按出售考虑。对这两种经营方案未来整体产业经济效益的分析结果见表6。

表6 五棵松体育馆整体效益分析表

序号	项目	单位	结果 五棵松体育馆	整体方案一	整体方案二
1	五棵松体育馆投资	万元	71969.6	71969.6	71969.6
2	文化体育产业设施投资	万元	0	116947.4	116947.4
3	配套商业投资	万元	0	237951.2	237951.2
4	总投资	万元		426868.2	426868.2
5	自有资金	万元	14969.6	86868.2	86868.2
6	银行贷款	万元	57000	340000	340000
7	累计收入	万元	160582.3	2538437.9	803698.7
8	累计营业税金	万元	8832.0	139614.1	61351.1
9	累计营业利润	万元	44962.0	1181816.8	369274.2
10	累计所得税	万元	0	384878.6	121860.5
11	累计税后利润	万元	44962.0	796938.2	247413.7
12	累计可分配利润	万元	44962.0	718796.2	222672.3
13	投资利润率		0.02%	8.65%	2.70%
14	投资利税率			9.67%	3.36%
15	内部收益率		0.68%	7.93%	7.14%
16	财务净现值	万元	35906	98043	27426
17	投资回收期	年	35.6	15.2	12.8
18	贷款回收期	年	33	18	13

[资料来源] 北京五棵松文化体育中心五棵松体育馆建设项目可行性研究报告［R］

从以上分析可以看出，五棵松文化体育中心项目整体经济效益较好，主要经济指标比体育馆单独经营的指标有较大提高。内部收益率指标高于基准收益率，也高于同期银行贷款利率。虽然投资回收期、贷款偿还期还是比较长，但是考虑该项目的特殊性，这也是正常的。据此，五棵松文化体育中心整体效益较好，项目从财务上可行。建议投资者在项目未来经营中采用方案一（出租）的经营方式，虽然贷款偿还期较长，但投资者能够得到更高的收益。

3. 昆明新亚洲·体育城产业化开发利用对策

（1）新亚洲·体育城文化建设

①创造和谐社区"7+1"的文化体验，近距离贴近大众的工作和生活

根据人们每周工作周期规律，新亚洲·体育城可采用和谐社区"7+1"的文化体验，社区的建筑布局和功能分区也是根据这个公式来完成和体现。体育城建有1.2万户住宅，约5万人规模的大型社区，商务办公总面积约30万平方米，可提供300家国内外公司在此办公经营。商业步行街约9万平方米，可供2000多个商家经营。学校师生员工规模6000多人，加上场馆和物业管理工作人员，能提供约15000个就业岗位，每年能提供数亿元税收。综合这些，就是一个完整的小型城市或近距离贴近工作和生活的理想社区。

体育城建有体现城市体育文化的体育场馆中心；体现城市商业文化的商业步行街

区；反映现代企业文化的商务办公中心；体现社区群众文化的艺术文化中心；体现校园学习文化的中小学与培训中心；体现社区服务文化的国际物业管理中心；体现绿色生态文化的自然园林景观；为体现以人为本的和谐要求，甚至连每天在这7个功能区的公园道上饭后散步都做了精心布局，使其一周内的路线不会重复枯燥。这7个不同的中心或功能设施为每一个人都将提供不同的文化体验和享受，能满足不同职业和不同年龄的人对城市功能属性以及各种物质文化的需求，也就构成了一个"7 +1"的和谐生活社区。

如果说新亚洲·体育城找到了一个构建和谐社区的理想平台，这个体现平台就应该是一个健康的有机体，必须糅和集约性、多功能、最佳的人性尺度和高品位来提升生活品质和城市的现代功能。并且在消耗能源、节约时间、生活享受和文化娱乐等方面，找到较佳的解决方案。因此，体育城的近距离贴近工作和生活，让人们在工作生活之间搭起最方便最快捷的途径或通道。

②创建托升城市文化生活的和谐示范社区

真正的和谐社会，不仅是物性环境的建设，更重要的是人性领域的精神建设。新亚洲·体育城在建设初始，就把这一问题作为重要内容来考虑，因为建城，不仅仅是为人们提供一个优美的居住环境，也是营造一种新的生活方式和健康向上的理念。所以将其定位为体育城，提出"运动快乐论"就是要把健康还给人民，让体育回归大众。又提出把城市文化属性融于社区的每个领域，因为文化是一个城市的血脉和核心，只有文化的熏陶，才能提高生活的品质，提高人的素质，而人的素质又决定着一个城市的素质和面貌。还提出"居住共享"理念，让富人区和一般工薪阶层混合居住，打破那种贫富居住隔离的两极分化，让社区优良的文化资源、人力资源、物质资源共享共用等，总之，一个和谐美好的城市社区，应该有一种体现其凝聚力、向上力、活跃力的社区精神，只有将这种精神真正融入社区的建设中，才能创建个真正和谐美好幸福的生活环境，创建一种托升城市文化生活的和谐示范社区形象。

(2) 运动会主题的诠释和延续

体育场馆区的建设目的是为了2007年的全国残运会，大型的运动会的召开总能给主办城市带来许多积极的后续效应。因此全面利用运动会的品牌优势，全面诠释运动会的"健康身体，健康人生"的主题，使残运会后能有更多的大型运动会能在此举行。场馆的赛后利用不能降低场馆自身原有的含金量，因为在此曾举办过残运会的比赛，具有很强的象征意义，因此在赛后利用时需要充分挖掘和利用这些场馆的无形资产，而不是让其贬值。

在确定场馆和设施的赛后利用时，不能孤立地考虑场馆自身，需要将其与周围地区的发展需要紧密结合，使该场馆的利用能够成为该地区经济发展的一个助推器，成为当地人生活的一部分，而且也只有与周围地区的发展需要相结合，该场馆的利用才能实现最大效益。

(3) 充分利用场馆建于社区的优势，提升体育城产业化运作水平

新亚洲·体育城社区划分为六大功能区域，即竞技体育场馆区、休闲体育公园区、时尚运动区、商业区、居民住宅区、生活配套区。场馆建于这样的社区内，要充分利用社区的诸多功能，使场馆后续利用有基础支撑。不只是新亚洲·体育城社区本身，还可以把范围扩至新亚洲·体育城周边许多的大型居住小区，如世纪城、滇池卫城等。

结合社区实际情况，开拓新的服务领域，不能只局限于简单地依靠场馆的地理位

置、体育场地等固有资源，一味进行场地和房屋租赁这种初级阶段的运营方式。众所周知，租赁合约签订的年限较长，收入增长迟缓，会使场馆发展受到阻碍，这是以往体育场馆经营失败的教训所在，新亚洲·体育城场馆的管理者应引以为鉴。场馆的运营开发不妨尝试一下和场馆周边环境的开发相结合，为其他环节创造机会，形成"场馆圈"效应的办法，用场馆本身来提升该地区的人文价值，充分利用大型场馆是"城市名片"的广告效应，和周边的商务、居住、餐饮、娱乐等形成互动，即文体商互动，发挥场馆的表演、比赛、竞技训练、大众健身娱乐、大型汇演、展览会、俱乐部招收会员，以及餐饮、住宿、购物等功能，进行综合利用和协调、合理开发。这样做兼顾了场馆的社会、经济和环境三方面效益，真正造福一方百姓。

（4）康体休闲主题园的建设

一般的体育场馆设施都是属于竞技型的，对消费者年龄上有一定限制，一般年轻人参与较多，而老年人以及儿童可以利用的体育设施较少。新亚洲·体育城针对此种情况可建设康体休闲主题园，从主题园定位，设计理念，设置主题园的目标，活动内容，主题公园总体规划布局等进行整体设计，积极创造社区的"康体、运动"氛围，提高社区住户运动的积极性，赛后的体育场馆可布置康体休闲类设施，如室内攀岩、室内儿童乐园等，使体育场馆成为康体休闲主题园的一个重要组成部分，从而提高场馆使用效率。

（5）体育场馆设施的营销策略

①体育场馆的市场推广

项目区域拥有大量的体育场馆，其中包括一个万人体育馆和可以容纳两万余人的体育场，除此之外还有39块网球场地、篮球场地和壁球馆、高尔夫球场等竞技体育和休闲体育的场地设施，这样大规模的体育设施在赛事活动之后将会面临着资源过剩的情况，尤其是主体育场和主体育馆的商业开发。

——体育训练和比赛基地的市场推广方向，在云南省这是第一个可以容纳万人的室内体育场馆，所以它的后续也仍然要把握这个优势成为云南省和西南地区体育赛事活动和体育专业团队比赛和训练的场地。在这一点上要紧紧抓住"残运会"主赛场这个品牌来积极面向市场，主动联系和迎合市场，同时要建立与政府、体育总局等主管部门在赛事活动中发生的关系，作到赛事活动举办的第一手信息。

——大型盛事活动和文艺演出的举办地，就现在的市场形势而言，商业性的文艺和文化演出活动市场十分活跃，大大小小各类演出频率很高，加之昆明作为云南的省会城市和西南地区重要的中心城市，类似这样的商业活动数量很多，万人体育馆和主体育场是举办类似活动天然的场地。

——有效利用场馆的其他设施，进行改建、扩建实现新的经营方向。作为体育场的看台背墙的岩壁开发和体育馆外围的大厅的利用开发，这些都是要根据市场需要而设计的"产品"，这要从建筑的柔性设计上入手。

②体育场馆的赛后改建与开发

作为大型体育赛事活动的主场地，进入商业运营之后要根据市场的变化进行基础建设上的转型。首先是场馆的改造，作为场、馆合一的设计方案，本身有了一定的兼容性，但还是要根据市场开发的导向进行进一步的改造：场地体育设备的灵活处理，可以使得赛场变成舞台；赛场内外灯光和通讯设施的改进可以增加场馆的使用价值，地板的强化处理和体育场草地保养和维护，场馆以外的设施建设，例如东看台的迷你高尔夫球场改造和人工攀岩壁的建设。

除了这些场馆本身的改造建设以外，还要建设大众可以利用的新设施，比如要进行大型赛事活动和文艺演出的电视转播场地和设施，演员和运动员的休息室、新闻中心等。另外为了进行大众休闲运动还需要建立一些诸如温泉、按摩等的放松理疗中心建设等。

（六）大型体育场馆设施赛后产业化运作的策略

1. 科学规划，按城市或地区发展要求规划建设大型体育场馆

（1）搞好大型体育场馆建设的调研与规划，以科学化、实用化和可持续发展为建设宗旨

做好大型体育场馆投资前的调研分析和规划，以科学化、实用化和可持续发展为宗旨。在对大型体育场馆方案进行设计时应避免一味追求新、奇、特而增加成本，充分考虑承办体育比赛以外的休闲、娱乐、健身等使用功能和对外经营需要，提高其利用率，协调竞技体育与大众体育并行发展的问题，使之不仅适用于高水平体育竞技比赛和训练，而且能向广大群众开放，充分发挥其社会效益、经济效益，争取能够最大限度地使场馆得到利用。此外，避免重复投资，合理规划体育场馆的分布可以有效提高体育场馆的利用效率，避免场馆资源的浪费。

（2）投资兴建大型体育场馆的规模和水平应与城市或当地发展水平相匹配，与对大型体育赛事的承办能力相匹配

城市和地区尤其是经济欠发达地区，今后应根据本地区经济发展水平、体育赛事承办能力和居民体育消费能力来规划大型体育场馆的建设方案。减少政绩工程，使兴建的大型体育场馆能够物尽其用。可以尽量减少新建大型体育场馆的数量，不要一味追求大而全，应合理和有效地开发、利用现有的体育场馆资源，考虑在原有场馆的基础上开展翻新工程，使目前已建的这些场馆资源做到效用最大化。

2. 转变经营理念，实施大型体育场馆设施赛后综合开发与利用

只有不断解放思想，更新观念，才能适应新环境，才能出新思路新招，走新道路，不断超越自我。要在激烈的大型体育场馆经营竞争中立于不败之地，就必须树立行业策划观念、人才观念、战略优势性观念、专业合作经营观念、知识经济观念、速度观念六个经营新观念。

从六个观念入手，吸纳新的制度、人才、技术等经营理念和机制，建立、组成和培训运营者，尽早建立程序、合同等为大型体育场馆的赛后运营做好准备。在行业策划观念上，四年一度奥运会、亚运会、世界大学生运动会等作为的全球性的顶级体育盛会，其号召力和吸引力之强大不言而喻，北京奥运场馆、广州亚运场馆等的建设使用有其特殊的意义，无形中提升和延伸了场馆的品牌价值，赛后利用上应充分考虑和挖掘；在人才观念上，要做到能者上、庸者下、平者让，评聘结合，唯才是举，竞争上岗的动态用人原则，把智力资本作为场馆运营的重要资本进行配置；在培养自己的战略优势观念上，要建立起掌握关键人才和保持总部适度集权的机制，以保证企业持续性和后续核心竞争力优势；在专业合作经营观念上，要有抱团打天下的整体思想，搞专业化的合作经营，不搞一个运营场主垄断经营的出现；在知识经济观念上，要明确知识是经济社会的驱动力；在速度观念上，要做到起步早一点，要求高一点，动作快一点，打好速决战，

以快取胜。

3. 加强大型体育场馆设施建设的研究，完善体育场馆产业化运作的政策法规

（1）加强体育设施建设的研究，制定和完善大型体育场馆管理经营的政策法规

大型体育场馆设施可以说是城市功能的有机组成部分，是城市生活的重要内容之一，应与城市整体规划协调。特别是对于新建的大型体育场馆设施，沿城市道路应该有足够的疏散、活动场地。在场馆建设、设计方面，应改变目前场馆设计建设功能单一的局面；在顾全场馆的竞赛功能的同时，要兼顾场馆的使用率，提高其经营效益的长期性，这样更有利于设施功能的发挥和经营管理活动呈良性循环展开，能够使近期建设与远期规划的结合趋于完美。

要将制定和完善大型体育场馆的经营管理政策法规的管理政策进入决策程序。对其应有的价值，在分析评估、方案选优、试验验证的基础上，加以认真普遍地推广。各级体育管理部门应设立专门机构对所属场馆进行统一调配和管理，一方面可以保证场馆在业务和经营活动中高效率运行，免受多头领导的行政干预；另一方面还可以对场馆的业务和经营活动进行监督、检查和调整。还应根据所属的外部因素，对具体情况进行具体分析，分期分批地进行场馆经营管理方式的转变，避免"一刀切"和"一哄而上"的盲目决策。要促使场馆经营管理新模式呈现良性、健康地向前发展。

（2）调整体育场馆税收政策，加强体育场馆法规建设

由于大型体育场馆的经营创收不同于其他服务性行业的逐利经营，其经营一般是在平衡社会效益和经济效益的前提下进行的，有其公共服务的特殊性，因此不能简单地根据市场调节和投入产出计算其利润。对大型体育场馆的经营活动，一般性的规定和要求比较多，政府实质性的制度支持不足。如税收问题，本研究的调查对象普遍反映场馆税（费）收太重，没有扶持性优惠（表7）。对综合性大型体育场馆的建设、经营实行特殊的税收政策，有利于促进其向产业化经营方向发展。同时，还应加强场馆的法规建设，健全相关规章制度，对场馆的建设、经营等实施立法保护和监督，并加大执法力度，依法治馆，确保大型体育场馆的健康发展。

表7 部分大型体育场馆主要税（费）收情况一览表

税种	税率
企业所得税	18% ~ 33%
房产税	12% ~ 20%
营业税	3%，5%，7%
租赁税	5% ~ 6.3%
城市建设维护费	5% ~ 7%
教育附加费	3%
文化事业建设费	3%
防洪费	1.3% ~ 2‰

4. 改革经营管理体制，实施所有权与经营权分离，实现多种经营管理模式并存

（1）创新管理机制，实施大型体育场馆所有权与经营权分离

依据我国现有国情，分时期、分阶段地逐步实施，走"渐进式"发展之路，以我国经济体制和政治体制的改革为前提和基础，既不能超越经济体制和政治体制改革的步

伐，也不能滞后于政治、经济和文化发展的要求。加强大型体育场馆管理体制改革，推动其运行机制创新，建立与社会主义市场经济体制相适应的、与我国国情相符合的管理体制和运行机制是现时代的需要，也是其自我扬弃、自我更新，走可持续发展的必需。

大型体育场馆的改革要实现所有权与经营权的分离，不断构建资产经营机制、经营决策机制、利益激励机制、预算约束机制和内外协调机制。根据我国经济发展特点和大型体育场馆自身的特点及现状，采用灵活高效的管理机制，提倡多种经营管理运行机制并存。在保证竞技运动训练和比赛的前提下，可逐步推向市场，采用市场运行机制，按现代企业制度经营运作，提高大型体育场馆的"自身造血"功能。

(2) 改革大型体育场馆的管理体制，实现多种经营管理模式并存

根据我国大型体育场馆的不同特点和经营管理现状，加大场馆管理体制改革力度，实现多种管理模式并存。目前，我国大型体育场馆所采用的运行机制主要有少数采用封闭式管理，全额预算拨款，统收、统支、统管。这种运行机制没有与市场接轨，主要承担上级机关分配的体育训练比赛任务，造成大量国有资产闲置。大多数采用经济责任制和承包经营责任制。但承包责任制的经济指标缺乏科学的依据和客观标准，不利于健全和完善场馆经营方自主经营、自负盈亏、自我发展的运行机制，不利于国有资产的保值增值，已经到了不改不行的阶段。可以采取资本多元化的运作方式，如股份制、合作形式等，突破单纯靠自身创收增资的运行模式，积极探索大型体育场馆设施存量资本和增量资本良性循环、有序的产业化运作道路。大型体育场馆应按照国家建立现代企业制度的基本要求，积极探索体育场馆经营管理的新模式和新路子。

5. 明确产权关系，拓宽大型体育场馆融资渠道，拓展体育场馆资金来源

(1) 明确产权关系，加快体育设施的更新改造步伐

在激烈竞争的市场面前，要产业化运作必须进行投资，进行大型场馆改造，才能适应市场需求，引导大众的体育消费，使大型体育场馆走可持续性发展的道路，而所有这一切都需要大量资金的支持。鉴于我国大型体育场馆维修改造资金的不足，而国家投入又有限，因此，明确产权关系，多渠道筹集资金是目前大型体育场馆摆脱维修、改造资金不足的有力之举。

(2) 拓宽大型体育场馆融资渠道，拓展体育场馆资金来源

在我国，大型体育场馆投资主体较为单一，政府财政投入在整个资金投入中占据着举足轻重的地位，这与市场经济条件下大型体育场馆应有的运行机制相悖。在北京举办多次的中国体育场馆运营论坛上，提出了以市场化运作为导向，充分利用各种市场化筹资渠道和方式筹集资金，鼓励社会机构参与体育场馆经营管理活动，建立体育场馆经营管理新模式的思路。所以政府在增加对大型体育场馆投入的同时，要善于提供产业政策，逐步走上"政府支撑、企业运作"之路，引导社会资金投向大型体育场馆，广开财源，广泛吸纳社会资金，坚持"谁投资、谁所有、谁受益"的原则，采取集资、合资和引进外资等多种招商引资的方式筹集资金，造就多元化的融资渠道和灵活的投资机制，确保综合性大型体育场馆的建设和运作有源源不断的经费来源。

6. 大型体育场馆赛后应采用专业管理团队进行经营管理

(1) 采用专业管理团队经营管理大型体育场馆

以前，中国大型体育场馆的规划和建设一般由体育行政部门独家操作，使用功能和经营模式单一，高水平的场馆管理和经营人才也非常匮乏，严重影响了大型体育场馆赛

后的综合利用。随着中国市场经济的发展和大型体育场馆投资建设方结构的改变，及经营的市场化运作，在管理上也相应要求有专业的经营管理团队进行运营操作。

（2）引进专业管理营销人员，完善内部激励约束机制

经营管理人才是综合性大型体育场馆实现科学化经营管理的关键。我国大型体育场馆在激烈的市场经济竞争中必须实施"人才战略"，大力培育经营管理人才，加强经营管理队伍建设，走"以人才促发展"的新型道路。具体而言，一方面应打破长期以来进人渠道单一的模式，改善场馆管理人员结构，引进和培育既懂体育运动发展规律又谙熟市场运作机制的复合型管理人才；另一方面采取"下岗分流、减员增效"的措施，鼓励场馆干部职工在职进修，满足当今知识半衰期日益缩短对人才提出的要求，对于超编的人员和不再适合场馆管理工作的人员要说服其转岗、下岗，以克服场馆管理人员臃肿的弊端。此外，加大内部管理的力度，还要逐步完善内部激励约束机制，遵循"权、责、利"相结合的原则，推行全员劳动合同制，调动一切积极因素，充分发挥每个管理人员的积极性。

7. 积极开发经营，坚持走大型体育场馆产业化发展的道路

大型体育场馆应紧紧围绕本体产业规模发展，使体育场馆逐步实现由事业型管理向经营型管理的过渡，实现大型体育场馆经营管理综合效益最佳化。

（1）拓展思路，转变观念

大型体育场馆要迈出狭小的天地走向社会，走向市场，必须拓宽思路，转变观念：在功能上，从单一性向多样性转变；在运行机制上，从以管理为主向以经营为主转变；在服务的辐射面上，由业内人士、高层人士向面向社会，尤其是普通工薪阶层和大众百姓转变。

大型体育场馆经营的思路应是：以场馆资源为基础，利用体育专业人员技术指导性强的优势，发展技术培训；增加横向联系，广泛开展健身、娱乐、休闲、餐饮、住宿、保健、咨询、服装等"一条龙"服务。这样才能推动综合性体育场馆逐步实现由事业型管理向经营型管理的过渡，并解决场馆管理办法不完善、资金短缺等问题。

（2）发挥大型体育场馆的多功能作用

一是围绕体育运动的主题积极策划、承办各种规模的体育活动，提高体育场馆的使用率，提高体育经营管理水平，树立地方体育形象；借举办国际国内重大体育赛事，发挥体育场馆的凝聚力，带动体育门票、体育彩票、体育广告、体育纪念品和其他服务产品的消费。

二是大型体育场馆应充分显示各自的优势和长处，根据自身条件，贯彻"以体为本、全面发展"的方针，逐步把体育场馆的重心转移到着眼于发挥体育自身的经济功能和价值的体育经营活动上来。

（3）对外开放，开拓市场

一是大型体育场馆应以全民健身运动为契机，积极开拓社会体育消费市场。

二是要有计划地引进承办国内外大型体育赛事及活动，真正把体育作为产业来经营。

三是结合地方特色，可举办一些节庆活动，如国际龙舟节、国际武术节、国际舞龙舞狮节等。坚持体育搭台、企业唱戏。

四是在国家投入有限的情况下，可鼓励集体、个人投资修建体育场馆、经营管理体

育场馆，大胆引进外资。要打破部门、地区、行业和所有制的界限，形成多渠道、多形式投资建设和运营大型体育场馆的新格局。

(4) 开发"大型体育场馆"无形品牌价值

"大型体育场馆"具有较大的品牌价值，是各大城市同时也是我国不可多得的品牌资源，要非常珍惜地用好、用足"大型体育场馆"品牌。除了继续经营和管理好大型体育场馆以外，还应适时组建大型体育场馆专业经营管理公司、开发大型场馆冠名权、开发相应的品牌体育用品等，使"大型体育场馆"这一宝贵的品牌资源得到充分的挖掘和利用。

（项目编号：818ss06081）

我国知名体育用品企业文化特征研究

陈　晓　文红为　李洪斌　孙建华　杜富华　徐燕军

企业文化作为企业管理的新理念，是企业生存发展的基础和动力，是增强企业活力并保证企业在激烈的市场竞争中立于不败之地的关键。本课题应用企业文化的理论对我国体育用品企业的企业文化特征进行研究，并与世界著名体育企业耐克公司的企业文化特征进行对比分析，旨在为我国体育用品企业建设良好的企业文化提供理论和实践依据。

一、我国知名体育用品企业文化的特征

（一）企业文化发展的阶段性

任何企业都是在一定的时空范围内从事其活动。因此，企业文化也就带有深厚的时代特征，当代企业文化渗透着现代经营管理的种种意识，如商品经济意识、市场竞争意识、经济效益意识、战略管理意识，公共关系意识等。良好的企业文化可以把时代精神浓缩在内。研究发现，以李宁、安踏、双星为代表的我国知名体育用品企业的企业文化发展具有明显的阶段性特征。概括起来，大致可以划分为三个阶段。

1. 关注产品生产阶段

本阶段的主要特点表现为关注产品生产。在这一阶段，我国的许多知名体育用品企业都还只是创业阶段，企业多数关注的是产品，而不是企业文化本身。如，现为安踏总裁的丁志忠在 1991 年，凭借 1 万块钱购买的 600 双晋江鞋孤身闯荡北京；1992 年，在山西搞代理经营试点，初步获得成功；1995 年，初涉体坛，赞助第 67 届男、女世界举重锦标赛等赛事；1998 年底，安踏在全国建立起了 2000 个专营店，经营初具规模，并且初步尝试建设公司的企业文化。

2. 提升品牌形象阶段

本阶段的主要特点表现为提升品牌形象，大力建设公司的企业文化。随着企业的不断发展，企业家意识到仅仅关注产品的生产是不够的，企业在捞到第一桶金后，开始致力于品牌的提升和企业文化的建设。公司聘请品牌形象代言人、赞助体育赛事、赞助球队、赞助奥运代表团、形成一系列的标语口号、总结出一套管理的理念等。如，1999 年，安踏聘请乒坛名将孔令辉出任安踏品牌形象代言人，开始了体育营销之路。借助央视强势媒体，"我选择，我喜欢"响彻大江南北，安踏品牌的知名度得到了迅速的提高。李宁公司自成立以来，始终与体育紧密相连，先后赞助 1990 年以来历届奥运会、亚运会的中国体育代表团和体操、乒乓球、跳水等金牌代表队。连续 3 年赞助了 CUBA 全国大学生篮球联赛，并且成立了高尔夫事业部。双星在企业发展的过程中，沉淀出了一系列的文化理念，如"不管白猫黑猫，捉到老鼠就是好猫"的用人机制；"双星发展，个人发财"的激励分配机制；"干好产品质量就是最大的行善积德"的质量观等。

3. 企业战略转移阶段

本阶段的主要特点表现为：文化的发展趋向国际化。"不做中国的耐克，要做世界的李宁""做好中国的安踏，做成世界的安踏""先用 10 年时间创出中国名牌，再用 10 年时间创出世界名牌"，随着企业的战略向国际化发展，通过"国际化"行为，使得企业文化向国际化延伸。如，1999 年 2 月，李宁公司与德国 SAP 公司合作，建立了与国际同步的先进 ERP 系统；同年 8 月，公司代表中国体育用品行业，第一次参加了在德国慕尼黑举办的世界体育用品博览会，开始以品牌进入的方式征战欧洲市场；2000 年 6 月，李宁赞助法国体操协会成功，成为"法国体操队唯一比赛及领奖装备"。2001 年，李宁明确地提出了"国际化"发展方向，李宁国际化的标准有两条，一是按国际企业的规则要求企业、约束企业和提高企业，以保持良好的效率；二是用"国际的眼光"和"国际思维"来进行产品开发和推广。也就是说，李宁的"国际化"将分三步来走，即产品研发设计国际化、市场推广宣传国际化和企业经营管理国际化。实践证明，这些国际化行为，蕴藏着企业的精神和理念，对传播企业的文化起到了举足轻重的作用。

（二）企业文化建设的实用性

著名经济学家魏杰教授曾说过："企业文化不是搞给外人看的，而是重在解决企业存在的问题"。因此，建设企业文化的过程，就是企业发现自身问题、解决自身问题的过程，而不是企业文化与企业经营"两张皮"、各自为战。我国体育用品企业在企业文化建设过程中，力戒形式主义，使文化建设与企业经营相协调、相一致，实现经济文化一体化，呈现出企业文化的个性，为企业发展提供精神动力和智力支持。文化经营就是创造市场，文化渗透将开启和拉动市场经营，带来极好的有形和无形价值的收益。从某种意义上讲，独特具有个性的企业文化，决定了企业的竞争力，谁在企业文化上有特点、有优势，把文化和经营结合得好，谁就可能是胜者。

在双星集团遍布全国的大型连锁店门前，都放有两尊上写"不管黑猫白猫，抓住老鼠就是好猫""不管说三道四，双星发展是硬道理"的黑猫、白猫雕像。不让传统的石狮把门，而让"猫"来"站岗"，这是为什么？双星总裁汪海解释说："这其实就是文化经营。人们一看到门前的两只猫，便知道是双星连锁店，双星猫是双星企业文化的一个独特代表。连锁店门前放上猫，一下子把人们的好奇心给调动起来了，人无我有，很容易被人们当个奇事传播出去，使得人们纷纷前来观看，自然进店买鞋的人就多起来。这样一来，便创造了一个市场。"还开辟双星文化角、举办鞋文化表演、建起双星鞋文化博览室、雕塑民族英雄像等。此外，双星大力创造亲情文化、让产品充满温馨。

李宁公司通过经销商传承企业文化具有实用性和鲜明的个性。他们除了传统的培训外，还利用其他方法如让经销商参加公司的运动会，在运动中和公司有更多的交流和了解，对产品也有更进一步的认识，促进文化的传承。

可见，由于所处的社会环境的历史文化背景不同，在各具特色的实践活动过程中，创造了各自区别于其他企业的思想意识、价值观念和行为准则，并不断实现功能上的组合。就像与自然界找不到两片相同的树叶一样，企业文化要有鲜明的个性，没有特色的企业文化只是表面的、形式主义的，是没有凝聚力的。

（三）体育精神与民族文化的统一性

谈到李宁、安踏、双星，人们自然会想到"一切皆有可能"、"永不止步"、"穿上双星鞋，潇洒走世界"的广告语，这些广告语是体育精神和民族文化的完美结合，是在传递一种人生信念、生活品质和思想境界。

在实践中，安踏孜孜不倦地推广草根运动。安踏对于草根精神的推崇与宣扬，也恰好展现了一个成熟企业的社会责任。安踏显然已经认识到，体育精神的核心价值就是不断超越，不断改善，提升自己的能力与表现，这一点与安踏的"永不止步"实际上是一脉相承。同时安踏文化也延续了民族精神，它表达了一种中国式的坚持与执著。

2006 年 8 月，李宁公司不惜耗费巨资与 34 岁的 NBA 老将大鲨鱼奥尼尔携手。与如日中天的姚明相比，34 岁的奥尼尔似乎有些"年老色衰"，而且随时有可能退役。但仔细思量却会发现，这只大鲨鱼在 NBA 赛场的表现，与"一切皆有可能"的李宁品牌理念极为吻合。2006 年帮助热队获得总冠军足以证明大鲨鱼宝刀未老，不管今后如何，"四冠王"发挥得淋漓尽致的激情、对潜能的无止境追求和出神入化的球技魅力，都是李宁品牌永远看重的。同时，这种品牌理念与民族荣誉感、英雄主义和亲和力联系在一起，丰富了品牌的内涵。

我们还可以透过双星发展的轨迹看出，运用优秀民族文化进行企业管理是双星发展的重要因素。它妙用"孝文化"旨在培育员工忠诚度，运用"中和思想"促企业按规律发展，利用"时中思想"打造科学管理特色，运用"和为贵"的传统文化创造和谐的发展环境。通过弘扬民族文化与展示永不停息的体育精神，使得双星成为了世界鞋圈里谁都不敢小瞧的最大的鞋类供应商。

（四）"没有最好，只有更好"的创新性

任何事物都是不断发展变化的。时代在前进，社会在发展，经济市场更是瞬息万变。企业要想在竞争激烈的市场中站稳脚跟，立于不败之地，就必须不断创新，不断完善，不断向更高的目标前进，真正树立起"没有最好，只有更好"的理念。

关于创新的概念，最早是由奥地利经济学家约瑟夫·熊彼特从经济学的角度提出。他指出创新就是建立一种新的生产函数，是企业家对生产要素的新组合，其中任何要素的变化都会导致生产函数的变化从而推动经济的发展。随着社会的进步和发展，人们对创新的认识也逐步扩大和深入，创新已经不再仅仅指经济现象，而扩展到科技、政治、文化、军事和社会生活的各个方面。我国对于创新概念的研究十分滞后，也没有形成公认的结论。现在比较一致的观点认为创新是在前人或他人已经发现或发明的成果的基础上，能够做出新的发现、提出新的见解、开拓新的领域、解决新的问题、创造新的事物，或者能够对前人、他人的已有的成果做出创造性的运用。因此，创新本身就内含着一种不断改进、永不满足的精神。

在市场经济发展的实践中，双星根据时代的要求不断提出新的理念，如"九九管理模式"、"双星市场理论""心理营销""今天不创新、明天就落后；明天不创新，后天就淘汰"等都是对管理思想、市场理论的创新，反映了时代的要求和经济工作的要求。李宁的品牌理念从最早的"中国新一代的希望"到"把精彩留给自己""我运动我存在""运动之美世界共享""出色，源自本色"到现在的"一切皆有可能"，李宁逐

步积淀出它独有的内涵。

另外，一个伟大的公司之所以伟大，并不是源于它的不断成功。而是其能够在遭遇困难与挫折时依然能够不断拼争，最终实现对自我的超越。一个"打不死"的公司远比一个"大公司"更有存在的价值。李宁在企业发展历程中，就几次经历了这样自我变革、自我超越。

李宁公司从1990年创办，一直发展都比较顺利。但到了1999年，公司的销售额已从1997年的7600万美元下滑到了6000万美元左右。大幅度的销售下滑给李宁敲响了一记警钟，于是在与国际著名的公司进行方方面面合作的过程中，李宁公司开始了自己的"加减法"。

其一，"减"亲人"加"新人。与李宁有亲属关系的集团中高层管理人员相继离职。同时聘请了来自不同行业的职业经理人参与管理企业。

其二，"减"持股"加"股东。为实现经营权与所有权的分离，向现代化企业制度转型。李宁自己也淡出公司的日常运营，逐步转向把握战略布局方向和资本运作领域。并利用上市，减持家族持有的股份，引进了包括新加坡投资公司在内的股东。

其三，"减"单一"加"多元。李宁早期在国内得到了很好的发展，但要成为一个全球性的体育品牌，需要走市场多元化的道路，需要在更为广阔的竞争环境中与对手展开拼争。所以虽然在国内篮球队赞助等领域略有失利，李宁公司还是坚持走国际化道路，并成功地与法国、西班牙、NBA等国家队和体育机构展开合作。

其四，"减"关联（公司）"加"品牌（机构）。为全力打造李宁品牌，在专业人员及机构的建议下，以前十几家企业相继整合到李宁体育用品集团公司旗下，初步实现集团结构的明晰。同时为加强李宁品牌的管理工作，2001年10月，专门组建了市场部、销售部和营运支援部来负责品牌的整体规划。

（五）企业家创建企业文化的主导性

影响企业生存和发展的原因是各种各样的，其中企业家起着关键作用。企业家是类似"劳模"的荣誉身份，是一些勇担风险、勇于开拓、在市场经济中迭出新招、搏击风浪的人。企业家具备三个重要特征：一是具有强烈的创新精神、创新意识和创新能力；二是对市场变化的灵敏触角和对经济生活的高度敏感度，能够正确预见未来的发展动向，及时抓住千载难逢的机遇；三是永不满足的经济冲动，不知疲倦，勤奋工作，顽强拼搏，视"空闲是最可怕的惩罚"。企业家是经济发展中特殊的人才资源，是社会先进生产力的代表，是先进生产方式的开拓者和创造者，对于企业和社会的作用是不可估量的。

企业家作为企业的主导力量，他的思想意识、传统习惯、价值观念、人生追求、理想、人格、行为规范和道德风貌对企业文化的建设具有主导作用。有什么样的企业家就会有什么样的企业文化。一个优秀的企业家必须具备如下能力。

1. 文化创造力

企业家所创造的企业文化对企业的成长和可持续发展具有深远的意义。双星在变幻莫测的市场竞争中能保持长盛不衰，关键在于汪海总裁向员工灌输了一种核心价值观，建立起持久有力量的企业文化，源源不断地提供给企业创新、进步的精神动力，双星文化培育了一支过硬的人才队伍，成为双星持续发展的软基因，成为双星长盛不衰的生命力。这一点可以从双星总裁汪海的实践中得到非常好的诠释。双星为什么有这样好的发展，这和汪海总裁的主导作用是分不开的。总结双星的成功经验，就不能回避这样一个现实，即双星的发展离不开勇于搏击市场的企业家，企业家的作用是第一位的。30 多年来，汪海用他的理论、他的文化、他的人格、他的谋略与胆识缔造和发展了双星，把中国传统文化精髓植入到现代文化中，创建了适应市场经济发展的新文化。

2. 非凡的超前意识和决断能力

市场竞争形势瞬息万变，企业要站稳市场，开拓市场，企业家必须具有超前意识和创新胆识。企业家只能有发展的头脑，绝不能有发热的头脑。汪海以其实事求是的超前预见和决策能力，决定了双星的发展命运。1986 年汪海第一个在《人民日报》谈名牌，在人们还没有品牌概念的时候，就呼吁中国应该首先规划要创出多少个自己的牌子，并确立了用 10 年时间创出双星名牌的发展目标，激励着双星于 1995 年就首批获得了"中国驰名商标"称号；15 年前，汪海顶着各种非议，超前实施"出城、下乡、上山""三步曲"战略大转移，转出了大双星；1998 年，汪海科学决策，避开发达国家高科技的锋芒，反思维出人预料地选择了传统产业的轮胎作为企业发展新的增长点，使双星轮胎成为行业有目共睹的"后起之秀"；在明星作代言人风行中，他宣称"我就是双星最好的形象代言人"，提出企业家是国家经济的支柱和核心，他们所创造的社会价值和经济价值，不逊色于任何一个影视明星，只有他们才最有资格当代言人；此后，在引进先进生产线、以自己的品牌闯国际市场、改变连锁店所有制形式等关键问题上，汪海总是超前，总是创新，总是跨越，推动了双星不断做大做强。

3. 创新精神

创新精神是创新行为与活动的精神层面，它不仅体现在人们的认识与思维活动中，更重要的是体现在人们改造世界的实践过程中，是一种实践精神。创新精神是人进行创造性活动的精神动力。没有创新精神，哥白尼就提不出"太阳中心说"，爱因斯坦的"相对论"就无法建立，居里夫人就不会有镭的发现，莱特兄弟就不能把飞机送上天。同样，毛泽东如果不创造性地把马列主义同中国革命的实际相结合，"至少我们中国人民还要在黑暗中摸索更长的时间"。在现代，创新精神是一种最重要的时代精神，是先进文化的不可或缺的构成部分。江泽民同志明确指出："创新是一个民族进步的灵魂，是国家兴旺发达的不竭动力。"

企业家的创新精神体现为能够发现一般人无法发现的机会，能够运用一般人不能运用的资源，找到一般人无法想象的办法，因此，企业家是不墨守成规的，不死循经济循环轨道的，常常创造性地变更轨道。这种变更，具体体现为：引入一种新产品；提供一种产品的新质量；实行一种新的管理模式；采用一种新的生产方法；开辟一个新市场。而要具有创新精神需要具备如下条件：丰富的知识储备，强烈的使命感，勇往直前、决不退缩的胆略和气魄，创造性的思维方式。

双星集团总裁汪海，这位中国第一代优秀企业家，目前唯一活跃在国有企业改革前沿阵地的探索者，没有一刻停止过拼搏进取、改革创新发展的步伐。他在企业改革实践中，第一个提出了要正确理解和动用"三性"；第一个提出"要正视名与利对现代人的影响，用好钱就是最好的思想政治工作"；第一个指出"名牌关乎民族的命运和市场竞争的成败，创新名牌是市场经济中最大的政治，名牌是市场经济的原子弹"；第一个指出"琳琅满目的市场是当代布尔什维克的试金石，市场是检验企业一切工作的标准，我们永远要做市场的学生"；第一个将中国的佛文化列入当代的企业管理，创立了中外管理大师们瞩目的"干好产品质量是最大的积德行善"的管理新学说等。

（六）与体育事业互动、互利

纵观我国知名体育品牌的发展，他们走的是一条从积极支持中国体育各大赛事开始，谋求与体育事业共同发展，互动、互利的道路。

1. 实施体育赞助，推动体育运动事业的快速发展

体育赞助，是指企业为体育赛事或运动队提供经费、实物或相关服务等支持，而体育赛事组织者或运动队以允许赞助商享有某些属于它的权利（如冠名权、标志使用权及特许销售权等）或为赞助商进行商业宣传（广告）作为回报，其实质是双方资源或利益的交换与合作。现代体育的蓬勃发展离不开企业的赞助，它对推动体育事业的快速发展起到了重要作用。

"源于体育、用于体育"是李宁公司一贯坚持的宗旨。从1990年亚运会斥巨资支持中国体育代表团以来，李宁一直关注和支持着世界尤其是中国体育事业的发展。1992年巴塞罗那奥运会、1996年亚特兰大奥运会、1996年残疾人奥运会、2000年悉尼奥运会……处处可见穿着"李宁"装备的中国运动员。李宁公司还常年赞助中国体操队、射击队、跳水队、举重队等国家级运动队。在海外，李宁也对法国体操队、捷克体操队、21届大学生运动会俄罗斯代表团等提供了赞助。在专项运动装备的支持方面，李宁公司也有着突出表现：李宁为中国排球甲A联赛16支代表队设计并提供全套专业比赛装备，为国内第8届运动会26支代表队专项设计开发了各具特色的装备，为法国体操队提供全系列训练、比赛服装等。2007年，李宁公司又出新招，CCTV-5体育频道所有主持人和出镜记者都穿上了李宁的服装，直到2008年的奥运会结束。

2004年至今，安踏斥资1.2亿元赞助CBA联赛，打破了国际品牌垄断国内顶级赛事的格局，加快了中国篮球运动的职业化改革进程，推动民族体育运动事业的发展；2003年至今，安踏全面赞助全国男、女排球联赛；2002年至今，安踏赞助CUBA，推动了学校体育活动的蓬勃开展和校园精神文明建设，支持了中国的竞技体育改革大局。

2. 实施体育赞助，提升企业品牌知名度

对体育赛事赞助，就体育用品的生产企业而言，无疑是扩大产品知名度的最好时机，将运动的形象、精神和文化融入企业的品牌，通过众多媒体的关注和报道，可有效地提升品牌的知名度、美誉度和信誉度，得到了消费者的认可。这是由于体育赞助与传统广告媒体相比所具备的投入低、效益高的优势决定的。据ISL的资料，花费同样的投入，体育赞助对企业的回报是常规广告的三倍。为此，有人把体育比喻为"类媒体"，因为体育尽管不是传统意义上的媒体，但它确实具有一定的传播功能，其传播效果甚至比传统媒体还要好。在比赛中，运动队及球员积极向上、勇于进取的自身形象也对企业及其产品的形象起了"增值"的效应，这种宣传效应也是传统广告所不及的。

国外经济学家的研究表明，通常情况下，投入1亿美元，产品知名度可提高一个百分点，而赞助奥运，同样的钱可使产品知名度有3%的提升。所以许多公司坚信他们赞助奥运会能收回3倍于赞助的利润。

耐克、阿迪达斯这样的国际运动品牌之所以有如此之高的知名度与其赞助体育是密不可分的。耐克与篮球，阿迪达斯与足球，人们一看到品牌就会联想到某项运动。借助

篮球运动建立品牌形象，是耐克长期以来不变的法则，以乔丹为代表的美国黑人运动员将耐克内涵推向了一个极至：卓越、力量和不可战胜的顶峰，篮球已经成为耐克品牌的象征，并失去原本"球"的意义随着美国NBA在全球的风行和影响，耐克已经被注释为美国文化的象征，它被社会转化为一个国家的文化符号。这证明一个品牌一旦和国家与文化的因素融合为一体，它就具有了神一般的力量，人们很难抵御其品牌所产生的魅力。

由此可见，体育与企业的赞助互动、互利，实现共同繁荣。体育赞助在经济上给体育运动以财力资源，在社会上领导塑造体育文化；而体育运动是体育赞助之本。只有实现共同繁荣，才能可持续发展。

(七) 竞争与协作实现双赢

所谓竞争，则是指个体之间、群体之间或组织之间对于一个共同目标的争夺过程。竞争是遵循某些规则的一种合作性冲突。为了防止竞争转变为冲突，竞争双方必须预先就"游戏规则"达成一致意见，并且，在遵守这些规则上必须协作。所谓协作是指个体之间、群体之间或组织之间为了满足双方的利益，需要寻求相互受益的结果、自觉或不自觉地在行动上相互配合的一种行为方式。随着时代的不断发展，经济全球化已经成为不可阻挡的世界潮流。经济全球化导致竞争的内涵发生变化，竞争中的合作，使企业必须不断融合多元文化。同时，经济全球化也为企业文化的融合铺平道路，身处这个时代的企业成为跨文化的人类群体组织，既竞争又协作，在竞争中实现双赢，可以说是"竞争"的最高层次。

近几年来，青岛双星集团也开始树立起了要与同行业的其他企业共同打造世界名牌的信念。如今为双星集团定制"双星鞋"的工厂，既有韩国、台湾的客商，也有香港和东南亚的鞋厂，在中国大陆曾经声名显赫的"五环""红旗"也屈尊投到双星的麾下，就连鞋业的老牌劲旅英国、法国的鞋商，也向双星伸出橄榄枝。加盟到双星这艘鞋业巨舰的企业其性质也日益多样化，国营的、集体的、个体的、国内的、国外的、发达国家的、发展中国家的、落后国家的，都有企业相继加盟。在双星这个由不同经济成分、不同肤色组成的大家庭中，大家和睦相处，优势互补，相得益彰。彼此之间相互竞争，又相互协作。双星集团总裁就说过："对合作我一向强调双赢，不是双赢的合作是一场冒险，我不会去做。"

二、耐克文化特色及对我国体育用品企业的启示

众所周知，我国只是世界体育用品生产大国，我国的体育用品企业目前还处在"小女初长成"的阶段，其文化建设也还只是刚刚起步。虽然以李宁、安踏、双星为代表的我国知名体育用品企业的企业文化得到高度的重视，但与国际品牌的体育用品企业耐克的企业文化相比，还有很大的差距。本文对耐克的文化特色进行剖析，旨在为我国体育用品企业的文化建设提供借鉴。

(一) 重视投资"未来"，不断挖掘选手潜力，使其成为耐克品牌的精神化身

"体育、表演、洒脱自由的运动员精神"是耐克追求个性化的公司文化。耐克的成功完全归功于大家对"保持运动的魔力永在"的共识。其中很重要一点就是与选手共同

成长，不断突破选手的"极限"已经成为耐克文化的重要构成。耐克公司负责人说："耐克最愿做、最擅长做的是培养明日之星。"它不是纯粹把体育转成商业，签合同给钱了事，而是要创造机会培养他的突破能力，回报会在后面得到。

耐克的"翔计划"就是一个很好的例子。2003 年，刘翔还是一个不为世人所关注的运动员，在耐克中国公司运动市场部经理李彤的推荐下，耐克总部多次派专人赴刘翔参赛处几番实地考察，得出结论：刘翔绝对是明日之星，耐克当年便与刘翔签下合约。从 2003 年，耐克开始为刘翔开起了"小灶"，在耐克能够协助的范围内尽量提供帮助，包括安排出席一些活动，满足服装、装备、特殊要求等，特别是当刘翔出国比赛期间，会派专人陪同，协助处理干扰他比赛的各种事务。透过自己的国际网络分析，耐克已意识到刘翔可能是改变亚洲田径历史上的第一人。于是，在雅典奥运会前期他们委托广告公司制作了一条"打破定律"的广告片，画面是这样的：

起跑线上，准备动作，亚洲肤色的小腿肌肉……随着一连串起跑动作，字幕打出：

定律 1.亚洲人肌肉爆发力不够？

定律 2.亚洲人成不了世界短跑飞人？

定律 3.亚洲人缺乏必胜的气势？

镜头拉开，刘翔一路领先，把对手抛在后面。字幕打出：定律，是用来打破的！

2004 年 8 月 24 日，就在刘翔参加奥运会跨栏小组预赛前一天，上述广告开始在全国播放，并与耐克国际版广告在时段上平分秋色；27 日起，耐克全部换上了刘翔广告。28 日当刘翔成功取得冠军时，中国乃至世界都极为轰动，此时再看耐克的广告更像是一个庆功篇。人们也不由叹服耐克的前瞻眼光与独特魅力。

启示：由于各种环境的影响，很多本土公司无论什么时候都在考虑自己的生存问题，这本无可厚非，但长期的挤压式发展，普遍存在一种"快餐文化"。几乎很少人会为未来进行投资，大家拼命抓住眼前的既得利益。所以很多企业寻找形象代言人的目的也无外乎是希望迅速将明星的影响力平移到自己的产品上，促进销售。而耐克公司以发现"明日之星"、培养"明日之星"为特色的代言人合作模式，不仅使得公众越发相信这些明星成绩的取得是与耐克公司的努力休戚相关，同时耐克也获得了较低成本获得形象代言人的机会。专注于体育、专注于提高运动员的竞技水平，当耐克一方面将精力真正放在体育本身上时，也毫不影响它成为全球最大的体育用品品牌。这一点，是值得我国体育用品企业深刻思考的。

（二）紧紧围绕运动的主题，保持持续创新

创新是做大公司的唯一途径。企业在市场竞争中输赢的关键在于其核心竞争力的强弱，而增强核心竞争力的唯一方法就是创新。一项权威的调查显示，与缺乏创新的企业相比，成功创新的企业能获得 20%甚至更高的成长率：如果企业 80%的收入来自新产品开发并坚持下去，5 年内市值就能增加一倍；全球 83%的高级经理人深信，自己企业今后的发展将更依赖创新。这是在可持续竞争中企业唯一的优势。

耐克公司总裁耐特先生说："在这一行里，每 6 个月就有一个'新生命'诞生。我们的眼睛必须一刻也不放松地看紧球，因为只要有 6 个月没有跟上对手的速度，我们就会落后一大截。所有的东西都是短暂的，我们必须每 6 个月就呈现给消费者一张新面孔，所以这儿的每一个人都要具备在最短的时间内抢到球的能力。每一个人都要赢。"

由于企业文化是由物质文化、制度文化、精神文化构成，因此，耐克创新也是全方位的，突出的创新主要表现如下。

1. 层出不穷的新技术

1992年的伦敦马拉松比赛中，在跑完全程的参赛者中，有将近一半的运动员脚上穿的是耐克鞋。但是5年后的1997年马拉松赛上，耐克鞋的优势地位已被锐步所取代，因为在这次比赛期间，锐步公司推出了空气浮动运动鞋。有关专家认为这种鞋在运动鞋生产技术方面有了很大突破，这引起了参赛运动员的深厚兴趣。面对竞争对手咄咄逼人的攻势，耐克公司认识到了新科技、新产品的重要性，采取了进一步开拓新市场的措施，加快了产品更新换代的速度。从那时起，耐克公司从每年推出两种新产品变为每周都有一种新产品问世。

2. 锐不可当的新产品

在运动品牌方面，为了减少对运动鞋的依赖，耐克还并购了一些互补的品牌。耐克先后并购了高级休闲鞋名牌Colehaan、曲棍球名牌鲍尔（Bauer）、第一运动鞋名牌匡威和滑溜板名牌Hurly、服装品牌Official Starter Properties，并放手让各名牌独自经营。耐克还向女消费者、足球、网球、室外活动等新市场扩展。此外，耐克还生产童鞋、休闲鞋、工作鞋等多个品种的系列产品，以适应不同年龄层次、不同消费能力、不同兴趣爱好的顾客的需求。

另一方面，耐克公司深知运动鞋市场已处于"产品成熟期"，不易再大幅度成长了，若想让业绩更上一层楼，就得将焦点转移到其他方面。耐克选择了高科技运动型产品，它与飞利浦公司合作，推出了一款运动型MP3。在设计的时候，设计师充分考虑它要适应户外活动这一特性，添加了与机身合为一体的按键和防水功能。

近些年，耐克公司在不断研究专业运动产品市场的同时，不断将非运动概念融入产品的设计和制造中去，力图让每一件商品都"时装化"。

3. 营销创新

（1）组建新的经营团队

通过聘用外来人士，再加上提升熟知耐克文化的人，建立起新的经营团队，希望通过融合各种不同专长的人才，取得一个新旧之间、创新和稳定之间的平衡。

（2）强化供应链系统

过去，耐克的供应链管理比较落后。零售商要么苦苦等待热销品，要么就是被迫抛售滞销品，这导致了公司和经销商之间关系的紧张。为了扭转这种局面，耐克改善了自己的供应链系统。尤其是存货控制体系和海外销售体系。

（3）整顿销售渠道

为了把耐克正牌和副牌重新定位，耐特命令零售经营专家把系统精简。在企业改造的几年中，耐克授权的零售点从1400家精减到1200家。对于那些故意生产过多，或是未依据约定销毁不合格的球鞋，而将其转卖到黑市的协作商，一旦发现，立即被终止合约。而对于假冒商品，耐克公司也加大了打击的力度。

启示：创新是市场竞争的永恒主题。只有敢于"破"，才能"立"。企业要持续发展，就必须创新，而且是加快速度的创新。创新主要包括有思想创新和观念创新、管理创新、技术创新、制度创新等、产品创新、营销创新、文化创新、战略创新、服务创新、市场创新等。我国体育用品企业必须认真地审视自己，经常找出自己的差距和不足，通过营造良好的创新环境使之在企业中形成良好的创新氛围，如形成创新群体、建立民主氛围、创造良好的人际关系、采取激励手段、促进人才流动、加强创新的硬件和软件环境建设等，来加快创新的进度，增加创新的数量，提高创新的质量，不断地增强企业的成长性，实现长足发展，争取企业的长寿。

（三）以人为本，注重沟通效果

1. 一切为了运动员

耐克从一开始就坚持"要建立一个世人从未见识过的运动基地"的信念。如果不是一个"运动员的公司"，耐克根本什么都不是。耐克是一个由运动员所创立、为运动员而生存的公司。"一切为了运动员"的理念使大批运动员和体育爱好者聚焦在耐克公司周围，很多退役的运动员和教练员成了耐克公司的专业推销商。早期的耐克人都是运动员，几乎所有的员工一开始就是非常具有实力的长跑者。运动员是耐克很重要的动力。

2. 尊重员工

耐克公司企业文化的核心基于一个信念——耐克公司是由各种各样的人才组成的，它尊重员工与众不同的个性，并为每一位员工提供平等的机会。

3. 与运动员荣辱与共

在1992年巴塞罗那奥运会上，美国梦之队轻松地击败了各个对手，获得冠军，在领奖的时候，发生了一件令美国奥委会非常棘手的事。按规定，在领奖台上，所有运动员都必须换上绣有美国国旗和锐步商标的领奖外套，但是"梦之队"的成员中包括乔丹、皮蓬等一半球员都与耐克签约，他们拒绝穿锐步外套上台领奖。耐克的老板耐特不得不出面协调此事，最后形成了一个"梦之队"球员穿着锐步外衣，外面再披美国国旗上台领奖的局面，他们披国旗的目的就是要让国旗遮住锐步的商标，美国当时报纸批评"梦之队"的队员，说他们对耐克的忠诚超出了对国家的忠诚。

从此事我们可以看出，这些球员非常忠于耐克公司，他们不是把自己与耐克之间看成是商业关系，而是荣辱一体的，不是简单的赞助与被赞助的关系，他们认为自己就是耐克企业的一名员工，这是国际上很多体育赞助商做不到的。耐克之所以能做到这一点，一方面是因为耐克公司的管理很完善，耐克公司共有40多个部门，每项运动都有一个专业对口的运动管理部门，专门有退役的专业运动员担任职业经理人，他们的任务就是物色、挑选各项运动的顶尖高手。另一方面，耐克把运动员当成自己的合伙人，他们自己把这种关系比喻成婚姻关系。如乔丹拥有每双售出的飞人乔丹系列球鞋批发售价的5%。所以他们的这种做法已经超出了赞助与被赞助的关系。

4. 实行个性化营销

耐克实行个性化营销，把对人的关注、人的个性释放及人的个性需求的满足推到空前的中心地位。企业与市场逐步建立一种新型的关系，建立消费者个人数据库和信息档案，与消费者建立更为个性化的联系，及时地了解市场动向和顾客需求，向顾客提供一种个人化的销售和服务。顾客根据自己需求提出商品性能要求，耐克尽可能按顾客要求进行生产，迎合消费者个别需求和品位，并应用信息，采用灵活战备适时加以调整，以生产者与消费者之间的协调合作来提高竞争力，以多品种、中小批量混合生产取代过去的大批量生产。为此，耐克从一味地告诉消费者他们可以做什么，到现在致力于发现消费者需要的是什么。

启示：在企业中要把人当做主体，一切以人为中心，在企业内部营造一种尊重人、信任人、关心人、理解人的文化氛围，使每一个主体富有热情、充满活力、积极地、富有责任感地从事创造性实践，把客观的严格的管理体制和人内在的心灵需求和谐、完美地结合起来。同时，以消费者的需求为导向，通过市场调查去了解目标消费者的需求变化规律，并可在一定条件下，引导和调节消费者需求，使之朝着有利于企业营销的方向发展。

（四）力求品牌文化的本土化，使之能始终如一地表现其核心价值观

众所周知，以美国为代表的西方文化追求张扬、外露，而以中国为代表的东方文化相比之下则更崇尚艰苦拼搏、自强不息的精神。事实上，张扬外露的美国精神让西方体育品牌在我国市场上占据了重要地位，也为这些品牌在中国水土不服埋下了隐患。耐克的创始人耐特对中国市场曾这样憧憬道："中国有20亿只脚呢！我们要让它们都穿上耐克！"但面对中国市场，耐克特立独行的个性也遭遇了一些小麻烦，前前后后的一些小问题也使得耐克不得不认真审视自己在中国市场上的言行。中国市场上遭遇的新问题（表1），也使得耐克在全球市场的变革中有了更强的针对性。

表1　耐克遭遇四大"中国问题"

耐克在中国市场遭遇的问题	内容表述
质量问题	20世纪90年代中期，耐克开始为中国职业足球队置装时，不合脚的钉鞋让球员脚跟痛
价格问题	1999年，耐克创造了一款15美元带有闪电商标帆布球鞋，计划专为贫穷的中国人设计。没有想到这一举动不仅没有扩大目标消费群，而且还引起原有高层次消费群的不满。这款"世界鞋"的销售情况凄惨，最后耐克被迫中断了这项营销计划
广告问题	2004年，国家广电总局向全国下发《关于立即停止播放"恐惧斗室"广告片的通知》，该《通知》要求立即停止播放备受争议的耐克篮球鞋"恐惧斗室"广告片
代言人问题	1999年，耐克以20万美元的代价跟姚明签了一纸4年合约，但耐克对而后姚明登陆NBA的表现有所担心，迟迟没有续约。结果合约到期后，姚明以估计1亿美元的代价跳槽到锐步，这项失败让耐克极为沮丧

启示：当耐克等体育品牌在世界范围内攻城掠地的时候，他们如今不得不面对这样的问题，那就是美国精神虽然与青少年狂飙突进的个性取得了一致，但是这种美国精神却无法完全适合不同国家，不同民族文化的特点。不同国家有不同国家的文化，不同民族有不同民族的精神，如何打造符合民族精神的体育品牌，成为摆在中国体育用品企业面前的首要问题。尤其是随着我国体育用品企业纷纷走上了国际化道路，将国际市场运营经验、民族精神与本土特色相结合势必成为我国体育品牌继续发展的重要课题。

（五）利用文化营销，迎合时代潮流

市场营销是发现生活中的需求并利用各种营销手段满足这种需求的企业行为。为了

发现生活中的消费需求，就必须研究消费者生活、消费特征、消费观念和消费心态。文化是现实生活形态的直接反映，文化的价值在于帮助企业发现消费需求。企业可以直接以目标顾客的文化特质来研究大众生活，更容易从文化研究中发现人们生活形态中的消费需求。企业同时又可以借助文化创造需求，宣传需求。

英国文化人类学的奠基人泰勒在《原始文化》中写道："文化，就其广泛的民族学意义来讲，是一复合整体，包括知识、信仰、艺术、道德、法律、习俗以及作为一个社会成员的人所习得的其他一切能力和习惯。"其中，"共享""价值观"和"行为方式"三个方面共同构成了文化的主题，也就是说大家共有的，能影响到人的思想观念，并在这种观念指引下引起人的行为。作为企业来说，可以借助某种文化的力量，使消费者通过使用一些产品来体现其价值观，进一步形成某种生活方式，就形成了独具特色的文化营销。

耐克的"酷文化"营销是当今文化营销成功的典范。近几年以来，"酷"逐渐成为一个时髦的词汇，酷对社会，尤其是青少年影响较大，已深入到社会生活和每个人的性格中，他们以"酷"为荣，"酷毙了""帅呆了"是他们的口头禅。它描绘出社会中年轻人的一种生活状态和精神需求，并在一定程度上预示了社会发展的一种趋势。酷成为一种文化，实质上是一种流行文化。于是耐克决定进行一次酷文化营销，起始便找准市场营销与酷文化的契合点。外形款式是购买时的重要考虑因素，新颖、时尚、个性化一向被爱扮"酷"的一代所追逐。为此，耐克设计出了许多具有非凡个性的运动鞋，迎合了许多喜欢"个性彰显"的青年人的需求。结合青少年"爱酷、爱运动"的特点，突出更为贴近他们生活的诉求点才能显现优势。

1986年在一则宣传耐克充气鞋垫的广告中，耐克公司采用了一个全新的创意："由代表和象征嬉皮士的著名甲壳虫乐队演奏的著名歌曲《革命》，一群穿戴耐克产品的美国人正如痴如醉地进行健身锻炼。"这则广告准确地迎合了青少年离经叛道的个性心理特征，又适逢刚刚出现的健身运动变革之风和时代新潮，给人耳目一新的感觉。此举使得耐克公司更能适应其产品市场的新发展，耐克的市场份额也一举超过锐步公司成为美国运动鞋市场的新霸主。

启示：随着商品经济的发展和市场竞争的加剧，人们的生活水平和社会文化素质也得到了提高，消费者在购物时不光考虑到商品的使用价值，而且更讲求消费档次和文化品位，这就是对商品的外观、造型、包装提出了新的要求。实践证明，企业新产品设计开发、命名中的"文化含量"是企业商战制胜的一招高棋。因此，在创名牌、追求名牌效应的同时，除了要提高产品质量、设计和包装外，还必须注意到产品开发、包装和商标中的文化内涵，必须千方百计地利用各种手段提高产品的文化品位。通过文化优势，发掘历史文化遗产，丰富产品文化内涵，为产品打开更为广阔的销路。如山东曲阜是孔子的故乡，曲阜的企业家们大做借名文章，在产品的商标开发上非"孔"即"圣"，如"孔府家酒""孔府家宴""三孔"酒等，都名扬四海。可见，发达的商品经济以其"高雅文化"的面貌征服了以单纯利润原则为手段的原始积累模式，进而征服人们的情感，使消费者自愿地将腰包里的钱掏出来。经济与文化的双向推进呼唤"以文促销，以商兴文"的新型社会经济发展模式。这是值得我国体育用品企业好好借鉴的。

（项目编号：825ss06088）

体育产业国际比较分析报告

叶乔波 刘海藩 郭洪林 范 凯

本报告以体育产业作为研究基础，从国际比较分析角度，运用西方经济学、产业经济学和计量经济学等分析方法和工具，对体育经济若干问题进行系统分析。报告先将体育产业进行较为科学的界定，综述体育产业发达国家和相对发达的发展中国家的体育产业发展状况、体育经费来源、预算体制、体育经纪制度、运行机制、税收政策、法律环境和商业保险机制，并进行比较分析；最后，结合我国体育产业现状、存在的问题，为我国体育产业健康发展提出具有可操作性的政策建议。

一、国内外体育产业的发展及其现状的比较

（一）国外体育产业的主要市场

随着健身体育、闲暇体育、大众体育的兴起，为适应消费者需求，满足人们对体育文化享受的需要，为人们提供体育劳务产品、信息产品及其他相关产品的体育产业，在国外得到迅速发展，成为扩大就业人口、获取巨额收入、在国民经济体系中占有显著地位的重要行业。体育产业是围绕消费者需求、以消费者为轴心的行业，从体育产业发达国家的经验来看，这一行业以满足消费者和其他行业的体育需求为基点，以追求投入产出经济效益为宗旨，其领域涵盖一切与体育相关的生产经营活动。

1. 健身娱乐业

即为消费者提供健身、健美、康复、娱乐所需要的场地、器材、技术服务的行业，这一行业已成为一些国家体育产业的支柱性行业。

2. 体育用品业

包括体育器材、服装等用品的生产和销售行业。大众体育的兴起，刺激了人们对体育用品的需求不断增长。

3. 体育竞赛转播权的销售

体育与电视的关系日益密切，体育竞赛所具备的吸引力以及电视传播对大众传播的辐射力，使利用转播体育竞赛、插播商品广告成为各大厂商竞相争夺的广告媒体。体育竞赛转播权的销售，使体育组织可以依靠电视获得资金支持，电视公司利用转播体育竞赛插播广告收取巨额收入，厂商则可以通过提高产品知名度扩大销售而追求更大利润。由于其商业价值的提高，体育竞赛电视转播权的销售价格扶摇直上。

4. 体育博彩业

以发行体育彩票、赛马博彩、赛车博彩等为主要渠道的体育博彩业，已成为许多国家吸引社会游资、发展体育事业、增强政府税收的有效途径。利用体育比赛活动的吸引力、竞争性以及比赛结果的不确定性开展体育博彩，成本低、风险小、收益高。体育博彩业中的主体行业是体育彩票，其发行在世界上已有 200 多年历史，目前发行彩票的国

家超过 100 多个。美国、意大利、加拿大、法国、英国等西方国家，已把发行体育彩票作为扶持体育事业的强有力支柱。美国体育博彩业的年收入近 40 亿美元。法国"发展竞技体育基金"的年收入为 9 亿法郎。

5. 体育广告业

利用体育比赛宣传产品，利用优秀运动员的"明星效应"提高产品知名度，以体促销，以销助体，成为发达国家厂商的普遍做法，使体育广告业成为对双方有利可图的新兴行业。美国有 4000 多厂家以运动员和体育比赛为生的广告媒体，体育广告业的年收入近 45 亿美元。

6. 体育竞赛表演业

以美国的 NBA 联赛和英国、意大利、德国、法国、西班牙的五大足球联赛为代表的体育竞赛表演业，超越国境，在全球范围内开拓市场，具有广阔的消费者群体。

（二）西方体育产业主要发达国家概览

1. 体育产业全面发展的美国

美国是第一经济大国，在 20 世纪多数时间里的持续增长与其第三产业的迅速发展，尤其是体育产业成为该国第三产业中的支柱产业有着一定的关系，美国人敢于把任何活动市场化、商业化，甚至产业化。大卫·斯特恩不仅缔造了 NBA 帝国，更是创造了"乔丹产业"这样一个不可思议的神话；而著名体育经纪人唐·金能把一场拳王争霸赛的出场费炒到近亿美元，则令人瞠目结舌。美国人在 20 世纪体育产业发展史创造的一系列的奇迹和神话，使得美国体育产业的规模、结构、水平和效益都远远高于世界上任何一个国家。

关于美国体育产业的产值，不同的研究机构和学者有着不同的统计方法和测算结果。美国的《体育新闻》周报和沃顿经济计量预测协会曾对 1986—1988 年美国体育产业的产值做过统计表明，1988 年美国体育产业的产值是 631 亿美元，超过了当年美国的石油化工业（533 亿美元）、汽车制造业（531 亿美元），以及航空、初级金属和材料加工等传统产业的产值，在全国各大行业中排名 22 位。

美国 90 年代的体育消费市场持续扩张，达到空前规模，乔治亚技术学院发展研究所的著名经济学家艾尔菲·米克对美国体育产业的统计和估算问题进行了深入研究。根据他的计算，1995 年，美国的体育产业产值总额已达 1520 亿美元，成为美国第 11 大产业，占其 GDP 的 2%，1998 年已近 2000 亿元（在此，需要说明的是美国体育产业被视为混合产业，很大一部分的体育用品、制造业包括在内）。具有代表性的行业有：

（1）体育健身娱乐业（Fitness and recreation industry）

健身娱乐业是美国体育产业中最重要的组成部分。不仅市场规模巨大、经营水平高、组织化程度高，且竞争有序而激烈。20 世纪 60 年代以前，美国的健身娱乐业整体规模还比较小，体育俱乐部的数量有限，且项目单一，主要是拳击、体操和举重俱乐部。20 世纪 60 年代以后，随着网球、高尔夫等运动在美国的兴起，俱乐部的数量迅速增加。七八十年代以有氧健身操为代表的有氧运动风靡全美，进一步带动了健身娱乐业的发展。进入 90 年代以后，增长势头仍在继续。1993 年美国人每年参加健身活动超过100 天的人数达到 4390 万，且 35～54 岁的年龄段增加的幅度最大，达到 55%。1987—1996 年 10 年间，美国体育俱乐部的会员增加了 51%。

美国商业俱乐部的另一个发展趋势，是俱乐部的经营内容由单一向多元转变。1989年开展多元化经营的俱乐部只占总数的14%，而到了1996年所占比例已上升到50%。同时，与多元化经营相伴随的集团化、连锁化趋势越来越明显。目前，美国在体育健身领域最大的5家连锁经营共拥有下属俱乐部1989家，其中美国俱乐部系统公司下属661家、高德体育公司下属503家、比利健康和网球公司下属320家、美国俱乐部公司下属325家、中央体育股份有限公司下属250家，这些集团化公司占据了美国体育健身娱乐市场的绝大部分市场份额。

这项产业在美国之所以能高度发达，根本原因在于美国人有钱、有闲，有健身消费意识和习惯，还有高素质的体育经营人才，所以才拥有全球最大的体育健身娱乐市场。

(2) 职业体育产业 (Professional sport industry)

职业体育产业在美国起步早，发展也比较成熟和规范。1869年出现了美国第一个职业运动队——辛辛那提红长袜队。1876年第一个全美职业体育联盟宣告成立，当时该联盟还拥有芝加哥青年人队和其他一些球队。进入20世纪以后，美国各大职业联盟相继成立，并不断地按照法人管理模式来规范经营和运作。经过100多年的努力，美国人终于缔造了一个职业体育产业帝国，并对20世纪的国际体坛产生了全方位的深远影响。

美国职业体育产业从组织架构看，是一个包含观众、球员、俱乐部、联盟、媒体和政府在内的多层面复杂系统。其中，观众是消费者，球员是有特殊技能及高收入的劳动者，俱乐部、联盟、媒体为所有者和经营者，政府则是竞赛表演市场的管理者。从经营内容上看，美国大约有20多个运动项目进入市场，走上了职业化和商业化的道路。仅棒球、篮球、橄榄球、冰球和足球5个项目就拥有近800个职业队。美国职业体育的年总收入大约在30亿美元，而到了90年代中期，这一数字已经突破了70亿美元。其中，NFL的收入大约在17亿美元，MLB的收入是15亿美元，NBA收入是7亿美元，NHL的收入约4亿美元。

表1　美国四大职业体育联盟主要收支情况

	NFL	MLB	NBA	NHL
收入（%）				
门票收入（%）	38.9	29.1	40.6	60.5
媒体转播权收入（%）	38.2	55.4	36.9	14.9
赛场收入（%）	19.1	9.8	13.1	18.9
其他各项收入（%）	3.8	5.7	9.4	5.7
支出（%）				
球员薪金（%）	60.3	72.6	58.2	55.7

[资料来源] Lisa P Masteralexis. Principles and practice of sports management：432.

(3) 体育用品业 (The sporting goods industry)

体育用品业是美国体育产业的重要组成内容之一。20世纪50年代，尤其是朝鲜战争结束后，美国人对体育用品的需求迅速提高，体育用品市场上的需求持续大于供给，随之，日本、韩国、台湾等国家和地区的体育用品大量涌进美国市场。20世纪70年代体育用品业开始出现全球快速增长的势头，1997年全美体育用品生产者协会在芝加哥召开了一次会议，倡导成立了世界体育用品业联合会（WFSGI）。

至此，美国体育用品业产生了两大巨头：耐克和锐步。1980年耐克公司以2.69亿美元的销售额首次在国内市场上击败了当时排位第一的阿迪达斯。随后的几年耐克公司曾出现小幅下滑，1986年锐步超过耐克，排在首位，但耐克公司很快在"乔丹系列"上开展了一场声势浩大的市场营销攻势，迅速收复了失地，重新回到首位。1996年全美体育用品业市场销售额552.9亿美元，运动鞋的销售额是90.03亿美元，指定体育产品的销售额是130.8亿美元。

（4）体育经纪业（Sports agency industry）

体育经纪业从产值上看，在美国体育产业中所占比重不大，但是它在推动美国整个体育产业发展中起着至关重要的作用。一方面，体育经纪业是职业体育产业发展和壮大的直接载体，可以说，没有体育经纪业的勃兴，就没有职业体育的繁荣；另一方面，体育经纪公司和体育经纪人卓越的专业化意识和服务，尤其是拓展市场的能力，在带动体育无形资产的开发、体育书刊及音像制品的生产经营、体育广告业、体育用品业的发展发挥了不可替代的重要作用。目前，美国最大的体育经纪公司有三家，他们是国际管理集团（IMG）、帕罗晓夫公司（Prosery）和优势国际公司（Advantage international）。在这三家公司中，规模最大、影响最大及效益最好的是国际管理集团。该公司因代理经营我国的足球超级联赛和CBA联赛而为国人所熟悉。

除了上述四大领域外，美国体育产业还包括体育传媒业、体育广告业、体育博彩业、体育保险业、体育赞助、体育出版、体育纪念品销售等。总之，美国体育产业是一个无所不包的混合产业，也是当今世界上规模最大、水平最高、活力和效益最好的体育产业。

2. 各具特点的欧洲等国体育产业

英国是老牌资本主义国家，也是现代体育的发源地。该国的体育产业尽管在整体的规模、结构和发展水平上不及美国，但是英国是一个有贵族传统的国家，英国人崇尚运动，有体育消费意识和习惯。因此，该国的体育消费、体育市场、体育产业体系相当完整和发达。

英国的体育产业起步早，但发展相对缓慢。实际上英国的体育产业直到20世纪60年代，国民经济从战后重建中全面复苏后才步入快车道。经过40多年的发展，目前英国体育国内生产总值（GDSP）已占国内生产总值的1.7%，体育产业在英国经济中发挥着越来越重要的作用。1987年的调查数据显示，当年该国体育产业产值是68.5亿英镑（约合100多亿美元），超过汽车制造业和烟草工业的产值，政府从体育产业中获得的税收达24亿英镑，相当于政府用于体育开支的5倍，这一收入甚至比对英国经济起重要作用的劳埃德保险市场的收入还要多5.5亿英镑。同时，体育产业还为英国提供了37.6万个就业机会，体育产业中的就业人数相当于整个英国化工和人造纤维工业的就业人数，超过了煤炭、农业和汽车零件制造业的就业人数。

意大利体育产业中最重要的部分是职业体育产业，而在职业体育产业又以"足球产业"为支柱。意大利的足球产业是一个包括门票、广告、电视转播权、俱乐部标志产品营销、职业运动员交易、足球彩票在内的复合产业。这一产业的年产值在3.5万亿～4万亿里拉，排在意大利国民经济十大部门行列内。

足球彩票业是意大利足球产业中最重要、也最具特色。目前，意大利全国有1.66

万个足球彩票销售点和 2.4 万台足球彩票自动化处理机，整个足球彩票销售已形成系统化网络，每期约有 5000 万张销售量，等同于平均每个意大利人每期买一张。目前，意大利足球彩票每年发行量高达 20 多亿美元，彩票收入约占意大利财政收入的 1.5%，排名第 15 位。

据法国青年与体育部 1998 年统计，法国现有各项体育俱乐部 17 万个，正式注册的会员 1250 万人，体育人口占总人口的 73.9%，职业在册体育运动员约 4000 名。法国的体育产业以健身娱乐业为主。由于法国的体育人口占总人口的 2/3 以上，因此，该国的大众体育消费水平非常高。1993 年法国居民用于购买体育用品的总支出近 300 亿法郎，平均每个法国人购买体育用品的消费支出超过 500 法郎，但法国人在体育用品的消费额只占个人体育消费总额的 38%，他们用于获得体育健身娱乐服务的支出占总支出的 62%，约 409 亿法郎。

(三) 我国体育产业发展现状及存在问题

1. 我国体育产业发展现状

（1）体育竞赛表演市场日益火爆

改革开放以来，以足球职业化为突破口，篮球、排球、乒乓球、围棋、羽毛球等运动项目相继走上了职业化的发展道路，体育产业收入不断增加，为我国体育产业的发展创造了良好的营销环境。如 1999 年职业足球甲级联赛全国 26 家足球俱乐部总收入为 513 亿元；1995 年中国足协将联赛的冠名权卖给万宝路公司获得 130 万美元收入；出售 11 场比赛转播权给国际管理集团（IMG），收入近 300 万元人民币。2003 年中国足协将联赛冠名权出售给德国西门子公司，获得 800 万美元的收入。CBA 赛季观众人数不断增加，1997—1998 赛季平均每场人数 2500 人，到 2000—2001 赛季平均每场人数增加到 3750 人，收入相当可观。乒乓球擂台赛、全国羽毛球争霸赛都取得了良好的社会效益与经济效益。

以体育竞赛表演市场为依托的球员转会市场和各类体育无形资产的开发也十分活跃。其中，企业的赞助、合伙投资是各类俱乐部赖以生存的主要经济来源。据统计，中国足球超级联赛俱乐部冠名赞助费为 800 万～1200 万元之间，CBA 俱乐部的冠名赞助费平均在 380 万元，排球俱乐部的冠名赞助费为 100 万～500 万元。高水平竞赛的电视转播权收入仅体育系统内部就达 628 万元。1999 年中央电视台以每轮 13 万元共计 338 万元向中国足协购得职业足球联赛的电视转播权。虽然与发达国家相比，其收益为之过少，但对刚刚起步的中国体育产业而言，成绩相当可观。

（2）体育健身娱乐市场日益繁荣

我国体育健身娱乐市场起源于 20 世纪 80 年代，90 年代中期《全民健身计划纲要》和《体育产业发展纲要》的颁布，加速其迅速发展。开展较好的深圳市，以体育项目为经营内容的体育经营企业达 306 家，总投资额 67.79 亿元，总注册资金 34.04 亿元，从业人员 10490 人；北京市共有体育经营场所 5000 余家，年营业额 6 亿多元，上缴税金 7800 万元；上海市体育经营场所达 1057 家；湖北省和安徽省的体育经营场所也达 3000 余家。这些企业的投资主体呈现出多元化趋势。体育健身娱乐市场的规模大小与发展速度都直接影响体育产业的规模，它的日益繁荣为促进我国体育产业迅速发展、扩大发展规模提供了有利条件。

（3）体育用品市场的发展为体育产业的持续发展奠定了坚实基础

改革开放以前，我国体育用品业不仅企业数量少、规模小、产品单一、质量低下，且消费主体是机关、企业、学校、体育行政部门等团体单位，个人体育用品消费所占比例微乎其微。《全民健身计划纲要》的实施，繁荣了我国体育用品市场，体育用品的消费已成为广大群众生活的新时尚。部分家庭用于体育用品的支出年平均在 2000 元左右。从 1993 年举办历届中国体育用品博览会以来，成交金额不断增加，显示出中国体育用品业已逐渐成熟。目前，我国已经成为世界上最大的运动服装、运动鞋加工基地之一。据中国海关总署统计资料，1997 年我国体育用品出口额达 38.8 亿美元，1998 年已达 45 亿美元。体育用品市场的日益成熟为我国体育产业的发展奠定了坚实基础。

（4）体育彩票、体育中介市场在体育产业发展过程中发挥着重要作用

体育彩票业作为体育产业的一支新生力量，显示出强大的社会集资功能，它在相当程度上缓解了政府的财政压力，为我国体育事业的发展提供了大量的资金来源。

1994 年国家体委体育彩票管理中心成立，经过 11 年的发展，目前我国有 30 多个省、市、自治区设立体育彩票管理机构，初步形成一个具有一定规模的市场分收管理网络。体育彩票的销售额在 20 世纪 90 年代后期呈现出逐年增长的势头，特别是 2001 年 10 月推出的足球彩票，销售更为火爆，每期销售额均超过 2 亿元。截至 2001 年底，全国已累计销售体育彩票 342 亿元，上缴公益金 102 亿元，为国家创造了税收，为社会提供了就业机会。2001 年体育彩票的销售机构安排就业人数达到近 10 万人次，减轻了社会就业压力和负担，取得了良好的经济效益与社会效益。实践证明，体育彩票极大地促进了我国体育事业的发展，是 21 世纪中国体育产业的重要组成部分。

体育经纪人在刺激市场需求、加速市场流通、挖掘市场潜力、促进体育产业进程中发挥着不可替代的作用。我国体育经纪业发展较晚，1997 年，著名跳高运动员朱建华在上海注册成立"希望国际体育经纪有限公司"，成为国内第一家专业化的体育经纪公司。1999 年，国家体育总局为培养我国体育中介市场，与国家工商管理局联合起草《体育经纪人管理办法》，随之，体育经纪人培训资格认证工作在全国展开，对中国体育产业的发展起到了积极作用。

2. 我国体育产业存在的主要问题

（1）我国体育产业的真正形成需要时间

由于我国目前尚处于社会主义经济发展初级阶段，正逐步建立完善市场经济体制，原有的体育体制、政策改革需要一个过程，相对制约了体育产业的发展。

（2）体育产业发展不均衡

我国体育产业发展不均衡表现在两方面，一是地域发展不平衡，呈现出城乡差距与东西部差距。根据 1998 年全国体育事业统计汇总材料，当年全国体委系统产业创收共 9.59 亿元，其中地方创收 6.78 亿元。地方创收最多的是上海市 1.09 亿元，最少的是宁夏仅 28 万元，两者相差 390 倍。二是运动项目产业开发不均衡。足球、篮球、排球等市场开发已初具规模；另外一些项目如田径、游泳等难以进入市场。

（3）体育运动水平、文化教育程度不高制约着体育产业的发展

运动技术水平是竞赛表演市场的重要制约因素。受过良好文化教育的人观赏水平高、观赏需求也高。国民文化素质对促进运动技术水平的提高是成正比的，群众性体育水平的提高，也能促进竞技运动技术水平的提高，同时带动体育运动的普及，推动体育

产业的发展。我国目前的职业联赛中，部分球员职业素养不高、观众文化素质较低，又直接影响体育竞赛、表演效果、消费者消费欲望，最终影响体育产业的发展。

（4）产业质量不高，国际竞争能力弱

产业质量主要表现在体育企业的规模小、管理水平低、经营理念落后、市场竞争力弱。大多数体育企业处于小本经营状态，缺乏创造客户价值和满足消费者需求的能力，在经营上树立品牌意识差，能运用多种营销手段进行市场主位的企业少，体育产业整体水平不高，导致产业效能升级困难，难以与国际市场竞争，特别是进入 WTO 以后，将给中国体育产业带来巨大的压力和严峻的挑战。

（5）缺乏体育产业立法与政策的规范和引导

体育产业需要国家法律和政策的规范和引导。目前我国尚未出台高层次的体育产业法规，对如何促进体育消费、运用什么政策手段鼓励社会兴办体育产业未有明确规定，因此某种程度上制约了体育产业的发展。

二、体育产业管理体制的国际比较研究

发达国家体育产业的管理体制和运行机制相对成熟，对其体育产业的发展起到了很大的推动作用。近几年，源于财政的外部压力和现代信息技术的发展给管理体制改革的内在推动力、体育商业化、职业化、体育服务多样化需求对体育管理系统提出更新、更高的要求。体育产业管理体制正在进行一系列的变革，各管理主体采取政府与社团相结合的管理模式，依据市场经济的规律进行职能定位，政府向地方政府及其他社会团体分权，努力实现体育的层次化管理，理顺和完善体育运行机制和资金拨付机制，加大财政投入力度，鼓励体育组织建立多渠道的经费筹集机制。

我国体育产业相对落后的管理体制是制约我国体育产业发展的最主要因素。体育产业侧重于经济效应，而体育事业则侧重于福利效应，二者之间在运行过程中存在一定冲突。"体育产业"与"体育事业"的概念较为模糊，相对滞后的管理体制抑制了其向产权清晰、自主经营、自负盈亏、科学管理的真正市场主体的转变，导致其自身内部管理效率低下，体育产业资源配置失调，政府的宏观调节、管理体制与市场调节之间存在不可避免的摩擦，处于由市场不完善以及企业缺乏利益约束和预算约束条件下的非均衡状态过渡阶段。这些现象给中国体育产业的发展造成一定程度的制动与资源浪费，严重阻碍了我国体育产业的迅速发展。

回顾 20 世纪中国体育发展历程，我们可以作出这样的判断，中国体育在一定程度上完成了国家和民族在这个世纪所赋予的使命，实现了冲出亚洲、走向世界的任务；但完成这个任务并不等于全面实现了从传统体育向现代体育的完全转变。实际上，传统体育体制——"举国体制"，与现代体育管理体制之间的碰撞，仍然是当代中国体育的主要矛盾。

（一）世界各国体育管理体制的主要类型

1. 政府管理型

特点是由政府设立专门的机构管理体育，政府的权力高度集中，并采用行政的方式进行从宏观到微观等各个层次的全面管理；另一方面，各种社会体育组织往往不具备实质性的管理功能。这种类型主要表现在社会主义国家如前苏联、中国、古巴、朝鲜等。

2. 社会管理型

特点是体育由社会体育组织进行管理，政府一般不设立专门的体育管理机构，政府对于体育事务的介入常常采用立法或经济补贴等方式间接进行，其中最为典型的是美国的体育管理体制。

3. 结合型

特点是由政府和社会体育组织共同管理体育，政府设有专门的管理机构，或派有关部门负责管理；政府对体育实行宏观管理，即制订方针政策，发挥协调、监督的职能，而具体运作由社会体育组织负责。世界上大多数国家采用这种管理体制，如英、德、法、韩等国。

随着体育运动的不断普及与发展，体育已成为振奋民族精神、提高国家政治地位、促进经济发展的庞大事业。为加快本国体育事业发展，体育管理体制形态存在着一种由两极向中间集中的趋势，一些过去采用"社会管理型体制"的国家，政府逐渐介入体育事务，并设立专门的国家体育管理机构。如韩国在1982年成立体育部（后并入文化部，改组为文化体育部）。加拿大将健康与业余竞技运动部升格为准部级单位，这些国家对体育的宏观控制都有不同程度的加强，积极推行宏观控制的社会管理方式。

（二）我国体育管理体制的衍变

新中国成立前，我国的现代体育运动，特别是竞技体育一直与军事训练有关，并从属军队系统。新中国成立后，国家成立了大量的基层体校和依然属于军队系统的各级体工大队。各级单位，加上层层选拔和输送运动员的途径，基本构成了中国体育的举国体制并延续至今。这一切在当时背景下顺理成章且十分必要，在某种程度上，竞技体育带有浓重的政治意义，并超出了体育内涵本身。

直至雅典奥运，虽然我国体育管理体制发生了一系列的改良，但仍带有浓厚的"举国体制"的色彩。简而言之，就是举全国之力办体育，也就是常说的"集中力量办大事"。举国体育是我国学习前苏联模式的结果，多年以来形成了自己的特色，其目的很大程度上是扬国威，振民心，团结人民力量，振奋民族精神。

就一个运动员而言，举国体育体制对他来说意味着集中训练、集中管理、赛出成绩、为国争光。市级以下的运动队被划入业余范畴，运动员只有被选拔到省队或国家队，才被纳入国家统一管理负责的专业体制。国家队是冲击成绩的突击队，而退役之后的安置任务往往分配到各省级体育机构。从进入省队的那一天起，运动员的生活就要纳入这套体制为其设置的程序。首先由劳动部门调入，即：参加工作，并开始计算工龄。在整个运动生涯中，国家统包全部训练和比赛经费，运动员的任务就是配合国家为其配备的教练完成训练任务、遵守纪律、创造优异成绩。到退役时劳动部门和人事部门再次介入，予以分配工作。由于没有明确、特殊的职业定位，而是按照国有工人编制录用，其学业、就业、伤残、保险等问题在运动员退役后随逐显现。

（三）举国体制的反思

举国体制沿袭至今，其存在着一定的必然性和优越性。中国在雅典奥运会上超过俄罗斯，登上金牌榜的次席，且与传统体育强国——美国的差距明显缩小，这在很大程度上得益于举国体制。

有专家指出，虽不似20年前那样，但现在国人对奥运会的热情仍然高于西方国家，这就是我国的国情。中国的普通民众仍不富裕，在体育锻炼的消费能力十分有限，国内体育市场尚不成熟。当人们对奥运成绩的期待高于市场所能提供的力量时，举国体制就成为了现阶段较好的选择。

笔者不能完全同意这一观点。在这里，我们可以用最简单的成本收益分析方法来思考，一块奥运金牌带来的收益很大程度上只是社会效应，但其成本似乎太高了。

由于中国运动员在国际大赛的成绩一年比一年辉煌，国家向国家体育总局的拨款自然愈来愈多，令其机构不断膨胀，集权反而愈加明显。这无异于饮鸩止渴，似乎不到国家财政枯竭那天，这种情况不会终止。体育的目的到底是什么？仅仅是奥运金牌吗？笔者认为毛泽东的"发展体育运动，增强人民体质"，应该是我们始终坚持的发展体育的终极目标。迄今为止，我国所获得的奥运金牌项目大部分是奥运比赛的冷门项目，即群众普及程度不高的项目，似乎偏离了我们发展体育的终极目标。

而且，举国体制实施至今已经造成一定的社会问题。据不完全数据统计，只有35%的退役运动员因为其自身从事是热门项目，能顺利找到工作，譬如一些乒乓球、网球、篮球等运动员和一些著名运动员；15%的退役运动员则很难找工作，需自谋出路，因为运动队的教练编制有限，譬如举重、击剑等；另外，将近有50%的运动员退役后近乎无奈地选择入读高校，甚至有很多退役运动员的生活非常窘迫。

日本和韩国竞技体育的先盛后衰以及大众体育的迅猛发展，无疑为我国体育体制的改革提供了某些参考经验。这一变化又与其经济的腾飞形成显明的对照和反差，即这两个国家在经济上升和社会走向现代化的时期，其竞技运动也作为相应的某种社会心理表露出来，而一旦达到国家现代化水准，竞技运动的象征作用也便宣告消退、弱化。举国体制气氛过于浓厚的今天，我们是有必要淡化金牌的概念？

（四）我国体育管理体制改革方向的探讨

举国体制下的中国运动员可能会获得更多的奥运金牌。而奥运金牌的确有凝聚国人、诱发爱国热情的作用，运动员的拼搏精神也能激励和鼓舞国人。但是，现行的体育管理体制成本过高，社会问题严重，效率低下，因此，体育体制的改革迫在眉睫。

要改革，必须从认识清楚奥运金牌的意义开始，国与国之间激烈地较逐金牌，其实也是冷战时代的产物。当年美、苏两国为了显示其制度的优越，吸引更多国家投入其阵营，在军事、外交、经济等方面展开激烈竞争，体育运动自然不能幸免，似乎金牌愈多，国力愈强，制度愈优胜。因此，前苏联等东欧国家多采用集中力量办大事的"举国体制"来发展体育运动，运动成绩自然斐然。

冷战结束后，运动场上的金牌已对大部分国家失去意义，波兰、匈牙利等东欧国家舍弃这种"举国体制"，大刀阔斧地改革后，变成了市场化、社会化的全民体制，不再设立专门的国家机构去推广体育，国家财政基本退出体育舞台，并建立各种项目的联赛制度，增加普通市民参与程度。虽然国际比赛的成绩一度下滑，但现在已逐渐恢复元气，不但没引起社会不满，参与运动的人口直线上升，大批运动员还到欧洲及美国参加各项职业运动的联赛。东欧国家的改革方向，值得中国借鉴。

笔者认为，讨论我国体育管理体制的基本逻辑，首先应该界定清楚中国现行的体育体制，它是先进的，抑或落后？假使我们否定了或者基本否定了现行的体育体制，那么我国的体育体制应该是什么样？最后，我们应该选择怎样的一个良好而又有效的体制。但是，国内学术界和一般媒体在讨论中国体育体制改革方向的时候，几乎都漏掉了一个逻辑前提，那就是我们搞体育的目的是什么？我们把这个问题放到经济学角度进行思考时，其效用函数又是以什么为标准？以经济效用最大化原则来衡量的话，体育市场化、产业化是最佳选择；以社会效用最大化为目标，则举国体制可能是最优的。

笔者认为，我们可以将两者综合考虑，以运动项目的可普及性为标准。普及性高的项目实行产业化；普及性低的项目沿袭原有的"举国体制"继续发挥必要的作用。最终，将尽可能多的体育项目推向市场。

具体来讲，按照项目的普及程度，根据经济效益原则将普及程度高的体育项目，诸如篮球、羽毛球、乒乓球、足球、排球等，逐渐全面推向市场，淡化金牌概念，利用社会力量办体育，大力发展体育产业；根据社会效应最大化原则，将一些冷门项目，诸如体操、举重、射击、田径、游泳，仍沿袭原有的举国体制，在市场逐步成熟之后再逐步推向市场。国家体育总局最终扮演宏观调节、监控、政策制定等职能角色。

这样的改革方向，短期内可满足北京奥运金牌第一的期望和要求，长远看则有利于中国体育产业的长足发展。

三、体育产业经济政策的国际比较分述

体育经济政策，是国家在社会发展领域里宏观经济政策的组成部分，是政府发展和管理全社会体育产业的重要手段。它主要包括政府财政投入、基本建设投资、社会集资、税收、体育机构和赛事运行等方面的有关政策。完善我国体育经济政策，对于正确处理体育产业与社会各方面及体育产业内部的经济关系，推进体育改革，促进体育产业稳定、协调发展，有着重要的现实意义。

（一）国外体育产业投入构成简介

许多国家为促进体育产业发展，在不断增加用于体育产业财政预算的同时，努力开辟新的经济来源，鼓励体育组织设法筹集社会资金，使体育产业的经费来源结构日趋多元化。

由于社会制度和体育体制不同，各国体育经费来源结构有三种类型。

第一种，是与"国家管理型体制"相对应的"拨款型"结构，即体育经费主要依靠国家经济计划中的体育拨款和各系统规定的体育开支，以行政手段定量下达。

第二种，是与"社会型管理体制"相对应的"筹款型"结构，即政府不承担体育组织的活动经费，一切开支均由体育部门自行筹集，只是在极特殊的情况下政府才给予临时补助。

实践证明，这两类体育经费来源结构各有利弊。"拨款型"结构的优点在于体育投资总额由国家预算统一掌握，可以使体育工作保持与国民经济相适应的水平，体育部门有固定和相对稳定的经费保证，提高工作的计划性，可对体育经费分类进行指令性使用，保证各类体育工作都能按比例均衡地发展，还可根据人口分布等社会因素综合平衡，保证所有居民都能在均等的经济条件下从事群体活动。但是，拨款方式也存在着明显的缺点，如经费由国家大包大揽，体育部门易产生依赖性，不注重价值规律的应用，经济效果较差，过多依靠行政命令，易产生主观性和片面性等。现在，俄罗斯等独联体

国家以及多数东欧国家，均已放弃这种"国家拨款型"体育经费结构。"筹款型"结构可以迫使体育组织发挥经营主动性，提高体育的经济效益，并可扩大与社会各界的联系。但其缺点也十分明显，如削弱了政府对体育的领导权，在某些场合，甚至出现对立的局面；体育组织易受赞助财团的控制，自主性遭到侵害，受经济形势和市场行情的影响较大，体育经费难以有稳定的供给保障等。

因此，随着采用政府部门与体育组织相结合的"结合型管理体制"的国家日趋增多，与其相应的第三种体育经费来源结构——"结合型"结构也日见成熟。采用这种结构的国家，政府对体育组织给予必要拨款，保证其基本开支，其余活动经费由体育组织自行筹集，必要时政府从政策法令上予以协助。

目前看来，"结合型"经费来源结构的优点较多，主要体现在政府给予必要拨款，可以确保体育组织的基本工作条件和国家体育计划的实施；能够引导体育组织强化自身的经济功能，调动其利用体育办体育的积极性；有助于体育组织与社会各界密切联系，增加企业团体的社会责任感，并对体育工作质量实行自发的监督；由于体育部门吸收居民的资金，增多了居民参加体育活动的机会和权利，有利于大众体育的开展。

目前，相比较而言，采取"结合型"的国家为数最多，欧共体的绝大多数国家，均采用这种"结合型"的结构。近年来，过去采用"筹款型"和"拨款型"结构的国家，也出现了向"结合型"结构靠拢的趋势。一贯采用"筹款型"的美国，在慕尼黑奥委会总分落后苏联，特别是在蒙特利尔奥运会又落后于民主德国之后，引起政府的不安。总统提出质询，要求财政给予拨款援助。1978年美国颁布新体育法，决定资助美国奥委会3600万美元作为运动员强化费，突破了政府不对体育拨款的惯例。1978年，美国国会第95届会议通过决议，规定商务部长有权拨款给美国奥林匹克委员会，以资助美国业余体育运动的发展。一向依赖国家拨款的苏联，自20世纪70年代开始自筹部分经费，如全苏第7届运动会期间，通过向全国发行名为"短跑"的体育彩票，获纯利润1亿多卢布，基本保证了奥运会选手的集训费用。罗马尼亚体育经费中政府拨款只占46%，其余开支均由自己多方筹集获得。90年代以来，英国政府在体育运动资金的筹集中，实施1∶1∶1政策，即政府出资1/3，地方出资1/3，企业赞助1/3。由此可见，根据各国的实际情况，把国家拨款与社会资助结合起来，灵活地采取"结合型"的体育经费的集资方式，是世界多数国家确定体育经费来源结构的发展趋势。

我国在体育管理上长期采取的是"国家管理型"，随着社会主义市场体制改革目标的确立，经济体制由计划经济向社会主义市场经济转变，过去体育事业赖以生存的经济基础和社会环境发生了重大的变化。1992年党中央、国务院《关于加快第三产业发展的决定》明确把体育列为第三产业的第三层次，提出："以产业化为方向建立充满活力的第三产业自我发展机制。"我国体育产业迎来了前所未有的发展机遇。但我国体育产业的人均资金投入较发达国家相比差距很大，如何加大资金的投入，是我国发展体育产业的当务之急，笔者认为有以下几个途径。

1. 仍需加大中央政府和地方政府的资金投入。

2. 建议国家在政策上给予相应的优惠，引导民间资本向体育产业的汇入。

3. 扶持体育民间组织（如协会、学会、俱乐部），确定它们的法律地位，提高它们的经济能力，引导规范运作，发挥它们在吸纳社会资金、传播体育技术、提高全民运动水平方面的作用。

4. 通过发行彩票、吸收捐助、出售电视转播权等途径获得多渠道的资金来源。

（二）国外体育产业资本市场运作的启示

1. 国外发达国家体育产业的资本运作

体育产业风险投资（Sports industry Venture Capital Investment），起源于二战后的美国，是一种集金融、创新、科技管理与体育市场于一体的资金运作模式。国外发达国家体育产业的资本投资主要有风险投资和证券市场两种渠道。当体育产业发展水平较低时，主要依赖风险投资；而当其进入较高水平的发展阶段时，则主要由证券市场来提供必要的资本支持。

现在，欧洲体育产业比较发达的国家，特别是英国和西班牙，体育产业资本市场运营更多是依赖证券市场。通过发行股票改制上市及销售电视转播权是目前最重要的两大融资手段。

如，英超西汉姆俱乐部在 1964 年发行股票 4000 股，总资产 125700 英镑，净资产59154 英镑，总收入 64683 英镑。1997 年 7 月 23 日改制上市后，至 1998 年 5 月 31 日，总产值达 32395 万英镑，净产值 892.9 万英镑，总收入 2401.7 万英镑。西汉姆俱乐部从成立到上市，资产增加 257 倍，净资产增加 150 倍，总收入增加了 145 倍。

西汉姆等 10 多家足球俱乐部都通过资本市场上市发行股票，不仅增加了俱乐部的资金来源，而且使世界各国球星纷至沓来，从而带动了英国体育产业及整个国家经济的快速增长。自英超西汉姆俱乐部在 1964 年发行股票上市后，截至 2001 年，英国先后有23 家足球俱乐部在伦敦股票市场或选择性投资市场和非自由交换市场上市。英国足球资本市场在 2000 年中期达到 10 亿英镑。西班牙最著名的职业足球俱乐部大概有 60%是上市公司，也就是说它所需的资金基本上是从证券市场募集的。西班牙的足球股票是整个股票市场最为活跃，也是投资热情最高的一个板块。

美国的体育产业处于起步阶段时，一些比较幼稚的项目和不是很赚钱的项目，其发展基本上是依赖于风险投资。而当其发展到相当水平后，一方面凭借自我积累来持续发展；另一方面由于体育产业的平均资本利润已远高于其他产业的平均资本利润率，在资本市场的媒介作用下，吸引了众多的风险投资者加盟体育产业，从而实现了多元化的资本市场运营。其中，倍力是美国唯——家只靠经营健身业挤身股票市场的公司，在全美和加拿大拥有 400 多家健身连锁店，该品牌已引入中国市场。

20 世纪 90 年代，国外发达国家体育产业发展的一个重要趋向是体育产业与资本市场的关联性趋势，体育产业从证券市场募集的资金越来越多，体育股票在二级市场的影响越来越大，体育产业风险投资在经济发达国家资本市场上的地位越来越高。以 1998年 6 月为起点，美国证券二级市场中以经营体育产品及服务为主业以及体育产业相关的产业资本，占总市值的 8.12%。

国外发达国家体育产业发展表明，风险投资为现代体育产业的发展提供了巨大的资金支持，证券市场为体育行业大重组提供了运作的平台，要实现体育产业的可持续发展，资本运作起着不可忽视的作用。

2. 国内体育产业投融资的困境

计划经济体制的优势确实让中国体育走向了世界，但发展到今日的中国体育已经不仅仅局限于国力的体现，更大程度上反映在群众体育消费需求的不断蓬勃成长。体育带来的商机已经让诸如"李宁"、CBA这样的品牌享受到成功的快乐。

最典型的例子当然是足球，从1993年足球开始职业化试验以来，中国的足球事业虽然没有取得实质性的突破，甚至有人怀疑是在不断倒退了。但不可否认的是，足球这一运动完全依靠国家投资的局面已经基本结束，各种体制的企业以及部分财政拨款构成的足球投资犹如八仙过海各显神通，成为中国多种经济成分并存的一个活例子。民营的、国有的、外资的企业将大量的广告费投入球队的冠名权及其相关的广告，足球成为中国最为市场化的体育产业，足球运动员以极低的运动水平享受到极高的待遇，甚至不低于欧美水平。抛开这种待遇是否合理不谈，但资本看好体育已是不争的事实。

但是，这种所谓的"职业化"没有改变中国体育产业远离市场的窘境，"企业投入、职能部门管理"的模式仍然让投入的资本不能参与管理，不公平的游戏规则让企业在投资体育产业的时候望而却步，即使投入资金的企业也仅仅是在做广告宣传而非将俱乐部作为一个经济实体来运作，这势必导致投入的不连续性以及资金量严重不足。中国没有如英格兰的曼联那样的专事某一体育方向的上市公司，原因主要在于目前的体育产业化在深度和广度上都有待扩展。

道理很简单，投入的企业在问："作为应该履行行政管理职责的体委系统没有任何投入，仅仅是依靠行政资源折算为资金投入，而且不允许投入企业的股权超过能够决策的限度，这不公平！"

体育当局也自有难处，长期的计划经济投入体制以及"奥运战略"让一些弱势运动处于资金捉襟见肘的境地，不靠处于强势的运动来补贴怎么办？不动用行政资源怎么能够保证这种补贴的进行？体育部门也需要体育的产业化，通过市场行为来调配资源，放弃"不受欢迎"项目的补贴。

争执的双方都显得有些一厢情愿，但焦点却是共同的——体育产业化。

其实，对我国体育产业化的尝试早就开始。1980年10月，广州举办万宝路网球精英赛，靠出售门票、场地广告和比赛冠名权收回了全部投资，由此拉开了我国体育产业化发展的序幕。

从产业角度而言，可以说体育产业的市场很大，但在中国体育产业却激情遭遇尴尬，即使如足球这样的市场化程度也没有实现完全依靠俱乐部本身的运营获得盈利，更大程度上是企业的赞助行为在托市。但是，企业的赞助毕竟是有限度的，相比体育产业本身需要的大投入而言可以说是杯水车薪，于是体育产业化只能出现低投入、低产出的怪圈。

3. 国内体育产业资本市场运作的现状

体育产业在困惑中寻找出路，此时资本市场给我国体育产业带来了一丝曙光。1998年中体产业（600158）的上市将体育产业推向资本市场的前台，迄今为止，中体产业仍是我国证券市场唯一一家真正意义上的体育产业经营公司，也是我国体育产业中最大的综合性股份制企业。体育产业与资本市场的结合让中体产业在资本市场独领，并由此产生了"奥运概念"的炒作。此前虽有北方五环（0412）的努力，但北方五环的背景以及多元的经营方向与中体产业不可同日而语，其从事的业务与体育产业关系不大，而且2000年还出现了亏损。

作为国家体育总局下属的"正规军"，中体产业的优势自不待言，国家体育总局下属的体育基金筹集中心、体育彩票管理中心和体育器材装备中心，以及中华全国体育基金会等股东让中体产业至少不会忧虑背后的资金支持。

中体产业于1998年3月上市，上市公司的资产主要包括中国体育国际经合公司、航空服务公司、成都滑翔机制造厂、广告公司，上市当年在其收入和利润中所占比重较高的业务主要有健身服务、工程承包及工程设计、机票代理、玻璃钢制品的生产等。1999年，该公司的主营收入和主营利润综合排名前三位的是健身服务、承包工程设计服务、房地产和体育赛事广告服务，其中增长最为明显的是体育赛事广告收入。

中体产业依靠强大的行政资源，尚且还需要到处寻觅利润点，其他没有上市的体育公司，其境地可想而知。

资本的逐利性决定了体育产业目前仅仅能徘徊在资本市场的大门之外，即使如中体产业也基本是依靠行政资源带来的垄断性而盈利。资本市场要求盈利，而中国目前的股票发行制度决定了企业必须有盈利才能进行公募发行（IPO），这点显然让中国体育产业处于比较尴尬的境地。

但是创业板块市场的推出可说将这个问题消弭于无形，创业板对盈利水平标准的降低意味着体育产业从此可以插上资本市场的翅膀。通过资本市场筹得资金，投入体育产业，然后逐渐形成盈利点，由此反哺资本市场，然后再融资投入，形成资本和产业的良性互动，一幅美丽的蓝图足以让人心动不已。

所以，那些能够率先组成股份制，完全依照公司法行事，行政干预不再加于经营行为的俱乐部必将成为胜者。但前提是：体育产业的社会化。所谓"社会化"不是体育产业的"赞助社会化"，而是要求体育产业自身迅速转变。

创业板市场的推出给体育产业提供了一次机会，也给资本市场带来了新的投资方向，体育产业的激情将遭遇资本市场的游戏规则，这是必然的选择，也是现实的选择。

（三）国外体育产业经济活动中的税收政策及启示

税收是国家为了实现其职能，凭借其政治权力，运用法律手段无偿地征收实物或货币，以取得财政收入的一种形式。在市场经济条件下，各种经济活动无不受到国家税收政策的影响和制约，体育经济活动也不例外。当前，在一些经济发达国家，体育产业已成为国家支柱产业，体育产业总值已占到国民生产总值的2%，体育经济活动越来越活跃，国家通过税收政策调控体育经济的有序发展。

在世界各国，与体育经济活动有关的税种很多，各国税种、税率也不一样。但是，大多数国家，包括发达和发展中国家，对体育组织及其体育公益活动提供税收优惠。

1. 国外体育经济活动中的税收政策

（1）美国体育经济活动中的税收政策

美国是世界上经济最发达的国家，也是体育产业最活跃的国家。美国的税法十分复杂，牵涉面很广，除美国联邦政府制定的税收政策外，各州以及地方还根据本地的情况制定不同的税种和税率，构成了三个政府层次的税收。从总体上看，美国形成以所得税为主体的税制结构模式。在美国联邦税种中，与体育经济活动有关的主要税种有个人所得税、公司所得税、野外体育器械税、关税等。美国的联邦个人所得税分五级：15%、28%、31%、36%、39.6%。美国的职业运动员是个人所得税的征收大户。除了交纳美国联邦政府规定的个人所得税外，美国的税法还规定，在哪个城市比赛，运动员还必须在比赛城市交纳地方个人所得税。以NBA为例，2001—2002赛季总决赛，湖人队明星们必须将他们在费城比赛时获得的收入按一定比例向费城税务部门交纳个人所得税。按照费城非住人员收入所得税率计算，日薪高达 96000 美元的奥尼尔在费城每打一场比赛就要交纳 3808 美元的税金。

NBA 运动员交纳个人所得税通常是由球员的私人会计师计算和申报的，税务部门的工作只是检查申报的项目是否经过审计以及收取税款。

美国联邦政府对个人偷税漏税的违法行为的惩罚是比较严厉的，对裁判员、体育官员也不例外。美国圣保罗地方法院当地时间 2001 年 4 月 24 日裁决了一起 NBA 裁判员和官员集体逃税案。时年 45 岁的 NBA 裁判员毛尔是此案的主角，他被处以有期徒刑 5 个月以及监外软禁 5 个月的处罚，此外，他还得接受监外督导 3 年，并为社区义务劳动 800 小时。根据 NBA 裁判工会的合同，NBA 裁判员和官员有权将往返各赛场的头等舱机票换成便宜的长途汽车票，两者间的差额可以落入自己的腰包，以作为联赛给予裁判的补助。但合同明确要求裁判员和官员们将这部分收入写进税收申报单，以作为纳税的依据。但是以毛尔为首的 20 多名裁判员和官员在 1989—1994 年，却没有如实申报这笔收入。其余 20 多名裁判和官员大都被处以监外服刑、罚款和义务劳动的处罚，所有的人都被要求补缴偷漏的税款。

州税种中与体育经济活动有关的主要税种有个人所得税、公司所得税、赛马税、社会保障税等。州所得税基本上是照搬联邦税的模式。

社会保障税也叫工薪税，是对工薪所得征收的一种专门用于社会保障支出的税种。在美国境内发生雇佣关系，领取和发放工薪的雇员和雇主（不论其是否美国公民或居民），以及是美国公民或居民的自营职业者，都是社会保障税的纳税人。

地方税种中与体育经济活动有关的主要税种有个人所得税、公司所得税、社会保障税等。

美国一直没有采用增值税，只有密歇根州征收了一种采用增殖税原理的单一营业税。

职业体育是美国体育经济活动中税收的主要部分。在 1976 年以前，美国的税法对美国职业球队的所有者们非常有利。按当时税法的有关规定，球队的老板们在计算他们自己应交的所得税时，往往可以声明他们的经济损失，税法允许他们减少应该上交的所得税。在出售球队的时候，其资产增值部分减免税收，运动员合同也减增值的税。正是由于有这些税收扶持政策，职业体育运动队的股权往往成为老板们逃避税收的避风港。特别是在 20 世纪五六十年代，这些税收扶持政策曾经大大激发了美国商界收购和建立职业体育运动队的积极性。但是，随着职业体育的进一步发展，各个职业运动队的运作相对稳定，不少议员提出应该取消这些税收扶持政策。1976 年，美国进行了一场声势浩大的税收政策改革，国会修改了税法，与体育产业有关的税收政策也进行了调整。改革的目的是使职业运动队的所有权对那些希望逃税的老板们不再有吸引力，联邦政府取消了购买职业运动队股份时给予的税务方面的优惠。

在美国，对于不以营利为目的的社会公益团体，开展体育经营的目的为自身发展筹集经费，享受免税待遇。另外，美国从 1950 年起就批准了国家奥委会的章程，同意其作为一个非营利的组织，免除税收。

(2) 欧洲体育经济活动中的税收政策

英国政府采取了很多措施用以减免非营利性体育组织的税收，并且鼓励私人机构赞助体育事业。在英国，组织体育比赛的部门如果得到慈善委员会的批准，被确认为属于慈善机构的话，其收入免于纳税。对绝大多数体育组织来说，特别是对私人体育俱乐部而言，更好、更有效的减税机会在于一种名为"统一经营税"（UBR）的税种。这是一种由中央政府制定，由政府征收的财产税，地方政府有权对体育组织和其他社区组织减免这种税收。英国体育理事会一直在游说地方政府对体育组织免征这个税种，目前，英国不同的地方政府对这个问题态度不一。不过，相当数量的地方政府已经对体育组织免收了"统一经营税"。

在职业运动员纳税方面，欧洲五大足球联赛国，即英国、意大利、西班牙、德国、法国，它们之间税收与社会保险有很大差别。安德森体育咨询集团（Sport Consulting Group of Anderson）对欧洲球员市场进行了调查，分析对比了欧洲五大联赛国职业球员的收入情况，发现毛收入与纯收入的差别很大，主要表现在交纳社会保障费和所得税方面。

在欧洲五国足球俱乐部踢球的球员只领纯收入，税收与社会保险统统由俱乐部负责办妥。表2显示，假如在欧洲五国踢球的职业球员月纯收入都是7.5万马克，受各国税收与社会保险不同的影响，各国之间"俱乐部共付"和"运动员月毛收入"有很大差别，反映出在职业运动员税收与社会保险征收数额上，法国的最高，下面由高到低依次是德国、西班牙、意大利、英国。

表2 欧洲五大足球联赛国税收与社会保险统计（单位：万马克）

项目＼国别	英国	意大利	西班牙	德国	法国
月毛收入	12.30	13.75	14.05	14.91	17.56
俱乐部付社保	1.47	0.26	0.15	0.16	5.28
俱乐部共付	13.77	14.01	14.20	15.07	22.83
球员付社保	0.06	0.16	0.03	0.16	1.83
交所得税	4.74	6.09	6.52	7.25	8.23
税和社保总和	6.27	6.51	6.7	7.57	15.33
月纯收入	7.50	7.50	7.50	7.50	7.50

注：俱乐部共付=月毛收入+俱乐部付社保；税和社保总和=俱乐部付社保+球员付社保+交所得税；月纯收入=月毛收入-交所得税-球员付社保。

鲁特兹·梅耶尔—欧洲最大的咨询公司"SCORE"的合伙人明确指出："在欧洲，之所以英国能被球员们视做'税收天堂'，是因为英国有合理的税收制度和完善的社会保障制度。税率的多少将成为球员转到国外俱乐部的一个重要参考指数。"

（3）意大利体育经济活动中的税收政策

20世纪80年代中期前，意大利的体育运动受制于一个复杂而沉重的纳税系统，为此，意大利的各种体育组织不断游说政府，要求为体育组织实行减税政策。经过努力，意大利政府于1986年制定了专门针对业余体育活动盈利的纳税法案，1991年又决定简化自愿协会和非营利协会的会计程序。根据这两项法案的规定，竞技体育活动的收入（只要是出于非营利的目的，得到意大利奥委会的支持或由奥委会承认的志愿协会的支持）与其他种类的收入明确区分，前者只需缴纳很轻的税赋。在体育比赛中获得优胜的奖金，1000美元以下全部免税。在随后颁布的《志愿服务基本法》中，还对"非营利"

一词进行了定义，这里主要指非营利组织，从他们的活动和资产负债表上对此进行规定，对那些每年预算在 1 亿里拉以下的团体，实行低税赋。

意大利是"足球产业"发达的国家，政府从中获取大利。除了从足球彩票的收入中取得可观的资金外，意大利政府还从足球比赛的门票收入中提取税收。根据每场比赛的价值，门票收入的税收标准为 15% ~ 50%。

为了解决日益严重的俱乐部财政赤字问题，意大利联赛委员会效仿美国 NBA 的"工资帽"，从 2002—2003 赛季起引进工资封顶制度。根据这项计划，俱乐部所有球员的工资开支将和俱乐部的税收挂钩，2003—2004 赛季，意甲每家俱乐部的球员人数被限制在 25 人以内，如果超过这个数量，将要另外征税。

意大利政府规定，企业对体育活动的赞助属广告性质，列入生产经营成本开支。

意大利对运动员参加比赛所获得的奖金征收 20% 的所得税。

（4）法国体育经济活动中的税收政策

法国的个人所得税的税率很高，职业球员的个人所得税占月毛收入的 47.45%。扣除社会保险费，职业球员的月纯收入还低于所缴纳的个人所得税。

法国的公司所得税，1993 年的税率为 33%，职业体育俱乐部的经营收入均按照该税率纳税。

在法国，具有慈善机构地位的体育比赛主办单位，享受免税待遇。如果体育团体是非营利性团体，也免于纳税。对体育场的收入，给予减税的优惠政策，根据收入性质，相应征收 10% ~ 24% 的税金。

随着体育赛事电视转播交易价格的飙升，法国已经通过了一项增加体育赛事电视转播交易赋税的经济法案。该法案规定，体育赛事电视转播交易要加收 5% 的附加税，这项法案已于 2000 年 7 月 1 日正式生效。法国青年体育部对这一法案持欢迎态度，青体部希望向欧洲其他国家展示该法案的好处。体育赛事电视转播权交易 5% 的附加税将为业余体育的发展提供经济支持，这项税收每年将产生 1.5 亿 ~ 1.8 亿法郎的收益，几乎占法国全年体育经费的 15%。

法国税法规定，无论是提供给体育比赛主办单位，还是提供给运动员个人的赞助费，都被视为企业为制作广告而花费的生产经营开支，不给予减免税。

（5）西班牙体育经济活动中的税收政策

《西班牙体育法》规定，"除税法的一般规定外，如果股份体育公司与某些职业体育活动有法律上的合同关系，则该公司为推动和发展这些活动的支出应考虑减税。"对于向体育活动提供赞助的公司，国家在税收政策上给予优惠。例如赞助公司作为礼品馈赠给各单项体育协会的产品，可以不列入应交纳的公司收入税（通常公司收入应交纳 10% 的税金）总额。无论是提供给运动员还是提供给其所在组织的赞助款，均免征公司收入税。此外，西班牙还实行一些特殊的优惠政策。例如，在 1992 年奥运会期间，西班牙政府实施了三项特殊政策：第一，向奥运会组委会提供礼品的公司，其礼品价值的30%，可从该公司纳税总额中减免；第二，个人向组委会提供礼品，可从其应交纳的个人收税总额中，扣除这些礼品的价值；第三，为修建体育设施、出版活动、影片制作提供资金的公司，该资金的 15%，可以从公司收入税中减免。

西班牙税法规定，对运动员、教练员的奖金征收 25% 的个人所得税。

(6) 德国体育经济活动中的税收政策

德国是一个高税收高福利的国家，尤其在个人所得税上表现得特别明显。德国的个人所得税有 12 级，税率从 5%～56.8%不等。由于运动员个人所得税负担太重，许多明星萌生转会他国的念头。2000 年，德国网球界的金童玉女——贝克尔和格拉芙就因抱怨德国高额的税收而提出要移民去其他国家。

但德国政府也对体育产业给予适当的税收优惠。政府颁布的《向体育俱乐部提供援助法》自 1990 年 1 月 1 日起开始生效，这是德国税制改革的一个组成部分。按照这一法令，体育俱乐部在很大程度上减轻了纳税负担。根据德国《公司纳税法》，利润额低于 7500 马克免于纳税。对于流转资金的纳税问题，德国规定，如果俱乐部在前一年度的资金流转额不超过 60000 马克，该俱乐部有权保留应纳税流转资金的 7%作为预留税金。

德国政府十分支持各种非营利体育俱乐部开展自愿性的体育活动，政府不仅减免俱乐部的税收，而且俱乐部预算开支的 20%左右直接由政府支付，俱乐部还有权免费使用体育场地。

20 世纪 90 年代以来，一些以营利为目的的私人俱乐部在德国迅速发展起来，德国人称之为"商业性的体育企业"。这些私人俱乐部主要包括一些健美中心、健美训练房和体育学校等。

"体育企业"的收费标准要高于一般体育俱乐部的 5 倍，所以，"体育企业"的老板收入颇丰。德国政府鼓励私人开办"体育企业"以提高就业率，但同时又从税收政策上加大调控"体育企业"的收入。

(7) 日本体育经济活动中的税收政策

日本设个人事业税。个人事业税是都道府县对个人营业所得征收的税。个人事业税的纳税人为在各都道府县设立事务所或营业所，从事法定三类事业的个人。其中，第一类事业中的个别行业与体育有关。

除了个人事业税外，日本还征收法人事业税。法人事业税为都道府县税，纳税人为在都道府县内设有事务所、营业所，从事营业活动的法人，其税率为 5.6%～11%。

日本对高尔夫球运动专门设了一个税，叫"高尔夫球场使用税"，该税为都道府县税，纳税人为高尔夫球场的使用者，计税依据为使用次数，标准税率为每人每天 800 日元，限制税率为标准税率的 1.5 倍，即最高每人每天 1200 日元。高尔夫球场使用税由高尔夫球场经营者在收取使用费时代向纳税人征收，然后每个月月底向当地都道府县交纳。高尔夫球场使用税的前身是"娱乐设施使用税"，原来包括对高尔夫球场、舞厅、打靶场、麻将屋、台球厅、保龄球馆等娱乐设施的使用者课税，设置消费税和地方消费税后，将名称改为高尔夫球场使用税，仅对高尔夫球场使用者课税。

在日本有三类体育组织，其中，第三类社区体育组织是民间性质的组织，如由大财团、大企业、私人业主等自发筹建的体育中心、体育组织等。这类组织在建设之初，都要在本地区的教委和体协登记，并且必须办理各种合法手续，取得相应的资格，但由于这类组织一般有自己的体育设施，而且是自负盈亏，所以在实施具体工作时的自主性和能动性更大，只要符合各项法律法规，不需经教委和体协的批准。依靠民间团体可以促进体育设施的建设和发展，因此日本非常鼓励民间办体育，为此制定了许多鼓励性的优惠政策，如企业在修建体育设施时可以减免土地税；体育设施达到一定的标准并有一定的时间向公众免费开放的，可减免相应的税收；对体育设施的建设经费给予低息贷款等。

从1994年起，日本政府对国家奥委会发放的奥运会获奖奖金实行免税政策。

(8) 俄罗斯体育经济活动中的税收政策

俄罗斯税法规定，对提供体育运动服务中销售劳务所获得的进项征收20%的税，但对跑马场中彩收入和彩票的销售免征增值税。

在俄罗斯，根据总统颁布的《关于俄罗斯体育运动领域保护关税政策》的指令，从1994年1月1日起，纳税时，企业财产总值中，将减去用于体育运动的财产平衡值。外国法人和个人向俄罗斯体育组织和机构提供的体育用品和装备免征关税。这一指令的颁布，促使赞助体育的厂商不断增多。

俄罗斯政府还规定，经批准的公共狩猎和钓鱼爱好者联合会免征利润税。

莫斯科市政府决定，为促进体育运动的发展，免除市属体育设施的利润税和土地使用税。

(9) 墨西哥

鉴于奥林匹克运动的公益性质，为加大对体育事业的支持力度，鼓励企业界对墨西哥奥委会的支持，根据墨西哥法律规定，政府对赞助体育的企业实行免税优惠。赞助企业持墨西哥奥委会出具的专门发票，其赞助资金可以列入成本，不再承担税负。

虽然在经济不景气的时期，墨西哥政府于2002年开征高级消费品的"奢侈税"，但对体育经营活动的税收政策没有改变，仍给予一定的扶持。

2. 国外体育经济活动中的税收政策给我们的启示

以上所列各国体育经济活动中的税收政策及税收优惠政策，给我们以启示。

第一，各国利用税收杠杆，对公司、体育俱乐部、职业运动队在有关体育的经营收益、资产有偿转让、并购等方面进行有效调节，对体育经济活动过程中的投机行为进行抑制。

第二，当前世界各国政府普遍对公益性体育活动提供减免税收的优惠政策，表现比较突出的国家有英国、法国、西班牙、墨西哥等。

第三，政府从税收上鼓励企业对体育组织或体育活动进行赞助，尤其对国家奥委会的赞助。我国面临举办2008年奥运会的艰巨任务，能否得到企业的巨额赞助意义重大。可以考虑借鉴墨西哥的经验，赞助企业持国家奥委会出具的专门发票，其赞助资金可以列入成本，不再承担税负。

第四，通过征收个人所得税以调节体育专业人士（包括职业运动员、教练员、体育俱乐部老板、体育经纪人、体育官员等）的收入。在欧洲，职业运动员的个人所得税、社会保险费等一般都是由俱乐部代缴，职业运动员只计纯收入。在美国，NBA运动员交纳个人所得税通常是由球员的私人会计师进行计算和申报。

第五，对体育劳务和经营活动设营业税的国家不多，大多数国家是征收公司所得税。

第六，一些国家制定体育劳务活动的税率为20%左右，如俄罗斯征收20%，法国为10%～24%。也许各国情况不同，但笔者认为偏高，当前我国对体育业征收3%的营业税是恰当的。

第七，对个别特殊高消费体育项目专列税目，实行高税收，像日本的"高尔夫球场使用税"、美国某些州设立的"赛马税"等。我国将个别高消费体育项目、普通体育项目与纯娱乐项目混在一起，统统划归娱乐业征收营业税，从2001年5月1日起，夜总会、歌舞厅、射击、狩猎、跑马、游戏、高尔夫球、蹦极、卡丁车、热气球、动力伞、飞镖等娱乐行为的营业税统一按20%的税率执行。这一规定的出台，导致了保龄球运动的迅速降温。建议除了对高尔夫球单列征收特殊附加税外，其他项目可并入体育业，实行3%的营业税。

第八，鼓励民间团体和社会力量办体育。比如日本税法规定，企业修建体育设施可以减免土地税；体育设施达到一定的标准并有一定的时间向公众免费开放的，可减免相应的税收。我国能否对社会办的体育设施建设项目免征固定资产投资方向调节税和减免城镇土地使用税及房产税。

四、体育产业法律环境的国际比较研究

（一）我国体育产业发展的法律环境

任何产业的发展都需要相应的运行环境（其中包括政策环境、意识氛围、法律环境和制度创新等），体育产业也不例外。

当今环境科学领域给环境下的定义是：环境是指围绕着人群的空间以及其中可以直接或间接影响人类生活和发展的各种自然因素和社会因素的总体。其中自然因素的总体称为自然环境，社会因素的总体称为社会环境。据此，笔者认为法律环境可以定义为：直接或间接影响人类及人类社会发展的各种法律现象的总和。它属于社会环境的范畴。

严格意义上讲，我国体育产业概念的提出及其实施是在党的"十四大"确定市场经济体制目标以来的事情。1993年5月24日，国家体委为适应市场经济发展的形势要求，提出了《关于深化体育改革的意见》，"以产业化为方向，增强体育自我发展的能力"的发展思路，以适应体育产业化的进程；1995年8月29日，第八届全国人民代表大会常务委员会第15次会议通过了《中华人民共和国体育法》，分别从社会体育、学校体育、经济体育、体育社会团体、保障条件、法律责任等方面作了规定。事实上我国已颁布的许多法律都从不同角度调整体育市场的发展。例如，《公司法》对有限责任公司或股份有限公司形式的职业俱乐部的建立可提供相应的法律保障；《合同法》在球员转会、体育经纪人一系列体育现象中渗透；《劳动法》可保护教练员、球员的合法权益；《税法》可监督俱乐部、教练员及球员履行纳税义务；《刑法》亦涉及对俱乐部、教练员、球员三者关系的规范，此外还有《反不正当竞争法》《中外合资经营企业法》《中外合作经营企业法》《中外合作经营企业法》《外资企业法》等，它们与《体育法》共同构成了我国体育产业发展的法律环境。

（二）国外体育产业的法律环境比较分析

1. 有关体育主体的法律规定

纵观国内外法律规定，许多国家法律对于有关体育主体的规定极为详尽，如《美国业余体育法》对美国奥林匹克委员会和各单项体育协会的法律地位与权利作出了明确规定。而我国《体育法》对此规定却相当简单，尤其是各单项体育协会，由于没有相应的

法律规定，导致实践中权利过大，这在一定程度上会影响了职业联赛的进程。

2. 有关俱乐部模式的法律规定

体育俱乐部是体育商业化的必然产物，也是现代体育组织的基本形式之一。世界上著名的俱乐部如意大利的 AC 米兰足球俱乐部、德国的拜仁慕尼黑俱乐部等，它们的成功一是靠市场提供的巨大潜力；二是靠俱乐部内部的有效管理；三是因为这些国家普遍颁布了相关的法律，对俱乐部的设立、法律地位、管理模式、运作模式、产权关系等作了规定，从而为俱乐部成功运作提供了法律上的保障，降低了经营过程中的风险。西班牙体育法第二章第二节对体育俱乐部作出了专门规定，如第 13 条规定，根据本法的性质，个人和团体所组成的私人（民间）联合会，他们的目的是促进一项或几项体育运动，他们的成员参加体育活动和运动竞赛，这样的联合会被认为是体育俱乐部。事实上，这些国家的俱乐部大多是以股份有限公司的形式存在并受到各国公司法的有效调整。而在我国由于体育职业化进程较短，真正规范化、法制化、职业化的俱乐部并不多见，随着俱乐部的发展，完全可以按照国外的做法组建股份有限公司或有限责任公司，甚至成立上市公司从而受到公司法的保障，与国际职业俱乐部的发展接轨。

3. 引入司法最终解决机制

依靠司法最终解决社会争端或纠纷是人类文明发展的结果，体育职业联赛也不例外。国外在此方面有许多经验可以借鉴，最著名的当推《博斯曼法则》。在这之前欧洲传统转会制的核心是球员被视为俱乐部的财富，即使合同期满也不得自由转会，而必须向俱乐部支付一定的转会费用。1995 年比利时小球员博斯曼因不满传统转会制的束缚，一纸诉状将欧足联告上法庭，随后法院判博斯曼胜诉，而法院的判决结果便是现在的《博斯曼法则》，即球员合同期满后可自由转会，无须向原俱乐部支付转会费，该事件引发了欧洲传统转会制一场革命。

我国《体育法》第 33 条规定："在竞技体育活动中发生纠纷，由体育仲裁机构负责调解、仲裁。"而《中国足协章程》第 57 条（一）则规定："中国足球协会各会员协会、会员俱乐部及其成员，不得将他们与中国足球协会、其他会员协会、会员俱乐部及其成员的争议提交法院，并必须同意将他们之间的任何争议交由他们共同认可的仲裁委员会处理。"鉴于司法裁判的严格性、公正性与权威性，以及我国仲裁制度的现状，笔者认为应在体育市场引入司法最终解决机制，通过诉讼解决体育市场中存在的诸多争议，建立仲裁审判制度，由当事人自由选择。

4. 关于体育经纪人制度

体育经纪人是伴随着比赛职业化的发展而产生的。体育经纪人在体育职业化与体育产业化过程中发挥着巨大作用，在推动赛事进行、协调球员转会、为运动员寻求赞助等方面发挥了重要作用。由于各国文化与体育发展水平存在差异，经纪人制度也不尽相同，但各国普遍制定了适合本国国情的体育经纪人法或建立了相关制度，从经纪人资格审查与准入、经纪方式、佣金标准和违法处罚等方面作出了法律规定，对经纪人市场加以科学管理，从而使体育经纪人成为职业体育发展的催化剂，以此来规范经纪人市场。而在我国随着体育职业化的深入，体育经纪业已悄然出现，但对体育经纪人方面的立法还是空白。

5. 电视转播权营销问题

体育比赛电视转播权是指体育组织或赛会主办单位举办体育比赛表演时，许可他人进行电视现场直播、录像并从中获取报酬的权利。1976 年美国国会通过了《版权法》，规定职业体育联盟的节目可以享受联邦政府的版权保护，为保证观众能够更好地欣赏体育比赛。该法律还规定有线电视公司可以以象征性的付费重播职业体育比赛，从而解决了职业体育联盟和运动队与电视转播机构之间存在已久的矛盾。美国把电视转播权列入版权法的保护范围，从而使电视转播权营销收入成为俱乐部和职业球队的主要收入来源，极大地开发了体育的商业价值。美国的 NBA 就是最好的例证。

70 年代初期 NBA 由于财政危机几近倒闭，危难之时律师出身的大卫·斯特恩走马上任，将 NBA 与电视机构紧密联系，最终通过成功销售赛事电视转播权使 NBA 摆脱困境，成为世界上最受欢迎的体育赛事之一。而体育比赛转播权营销在我国还是一个新事物，尚处于探索与尝试阶段。如果把这种赛事转播权归属于著作权的邻接权，可适用于《中华人民共和国著作权法》第 41 条"广播电台、电视台制作广告、电视节目，应当同表演者订立合同，并支付报酬。"但除此之外再没有此方面的立法。

6. 体育彩票法

世界各国发行体育彩票的实践证明，发行体育彩票是吸引社会游资、增加政府税收、宣传体育事业的有效途径。由于彩票市场本身具有其特殊性，购买者动机各异，使得彩票市场存在一定的风险，需要政府有关部门采取一定的措施加以管理，对此许多国家都颁布了彩票法，对彩票的经营管理、中奖程序、规则、彩票公司的运作、彩票的批发商与零售商、彩票犯罪及处罚等作了详细规定，从而有力地保证了彩票市场的有序进行，以此来规范本国的彩票发行及经营。在我国 70 年代末期，国家体委就着手讨论在我国发行体育彩票。1988 年经国务院批准发行 4 亿元"第 11 届亚运会彩票"，此后又相继发行了全运会、民运会、农运会等大型综合性运动会彩票，以及现在的足球彩票等。而我国迄今为止并没有专门的彩票法，彩票发行未纳入法制的轨道。

(三) 完善我国体育产业法律环境的建议

我国由于体育产业化目标是在 1992 年之后才提出的，此后才开展了各项职业联赛，体育职业化与商业化的进程较为缓慢，国家在此方面的立法基本处于空白，这无疑严重影响了我国体育产业的规范化、法制化的发展，在这种情况下更谈不上人们在体育产业化方面的法律意识问题。因此制定全面系统的体育法律制度，规范和促进体育市场的运行，充分开发体育产业的商业价值，已迫在眉睫。

1. 建议修改补充《中华人民共和国体育法》，明确规定各体育社团尤其是全国单项体育协会的法律地位。

2. 中国的职业俱乐部可以按照公司法的规定组建有限责任公司和股份有限公司，甚至是上市公司，从而更好地与国际接轨，逐渐发展壮大。

3. 引入司法最终管辖原则或建立仲裁审判并存制度，以公正解决体育市场中存在的大量不正当竞争行为及其他违法行为。

4. 制定专门的体育经纪人法和相关的管理条例，全面规定体育经纪人制度，充分发挥经纪人在体育市场中的重要作用。

5. 明确规定体育赛事电视转播营销权的归属，充分发挥各体育社团、俱乐部或赛事主办单位的积极性，使赛事转播营销权收入成为体育产业发展的重要资金来源，最大程度地开发职业联赛的潜力。

6. 尽快制定《中华人民共和国彩票法》，使彩票的发行有法可依，使体育彩票真正成为体育产业发展中的支柱产业。

五、体育商业保险、运动员社会保障体系问题的比较研究

体育保险是指体育保险人收取一定的保险费从而承担相应体育风险的一种制度。体育保险制度是西方发达国家体育制度的重要组成部分。健全的体育保险制度，不仅有效地保护了西方发达国家的有关体育组织、运动员以及普通体育健身者的利益，而且极大地促进了体育产业的发展，同时也提高了有关体育组织的管理和组织能力。

(一) 体育保险的必要性

竞技体育运动具有不断向人类自身生理极限挑战的特点，它决定了体育运动的危险性，即在对生理极限进行挑战和超越的不断尝试中，运动员的伤病难以避免；在高强度、高难度、高标准以及大运动量的训练和比赛当中，运动伤害和意外事故难以完全避免。

1. 体育运动风险的特点

体育风险同其他风险一样，也是必然性和偶然性的统一体。从宏观整体来讲，具有发生的必然性；就微观个体而言，又具有发生的偶然性。体育风险的发生将直接影响到运动员、运动队和一般体育活动参与者的正常体育活动、工作和生活，这样也就产生了人们对体育运动风险损失寻求保障和补偿的需要。

2. 体育运动风险的类型

(1) 体育自然风险

体育自然风险是由于自然现象和意外事故所致体育设施、体育资源、运动器材和运动员伤亡的风险。它的客观存在是所有体育保险产生的基本需求之一。我国体操运动员桑兰在友好运动会上不幸受伤，属于典型的体育自然风险。另外，在北京奥运场馆建设的招标工程文件中，已明确写入的有关场馆建设的保险内容，也属于体育自然风险的范畴。

(2) 体育社会风险

体育社会风险是由于社会政策、体育组织管理措施或运动员等过失、疏忽、侥幸、恶意等不当行为所致的损害风险。其中运动员退役与转业问题是我国体育领域中主要社会风险之一。

(3) 体育经济风险

体育经济风险是指体育组织或运动员在经营或竞赛活动中，由于相关因素变动或估计错误而导致利益损失的风险。女足世界杯因为"非典"影响而易址，给赛事主办方带来近亿元的损失，属于赛事取消险范畴，是典型的体育经济风险。

(4) 体育政治风险

体育政治风险是指由于政治原因，如政局的变化、政权的更替、政府法令和决定的颁布实施，以及种族和宗教冲突、叛乱、战争等引起社会动荡而造成体育损害的风险。

简而言之，体育运动是人类挑战和超越生理极限的勇敢实践，体育比赛充满了激烈的对抗，而且比较容易受社会经济综合因素的影响，这就难免给运动员、观众和赛事举

办方带来一定风险，而体育保险将会降低或弥补风险损失，把不利影响减至最小。

（二）西方发达国家体育保险市场及保险经纪现状

1. 西方发达国家的保险市场现状

在西方发达国家，体育保险是整个体育制度的重要组成部分。健全的体育保险制度，有效保护了与体育发生关联各方的利益，包括体育组织、运动员和普通健身者。尤其在体育商业化、职业化程度比较高的国家，体育保险运用普及而深入。法规条例在制度上确保了体育保险业的健康发展。

有些国家在体育保险法规方面十分健全，如1984年7月法国政府颁布的体育运动法第37条和38条，直接与体育保险有关。第37条规定："体育组织为开展活动签订保险合同，为其所应负责任投保……该种保险合同应承保体育组织、活动组织者和运动员的民事责任……"第38条规定："体育组织应告知其成员投保人身保险的益处，以便在其受到意外伤害时提供保障……"意大利体育法明确规定："职业俱乐部将运动员收入的4%~5%作为保险费用"。多数国家有规定，体育协会、联合会、俱乐部凡举行比赛必须给运动员上保险。同时，运动员、教练员、志愿者等参加有关俱乐部的活动时也必须上保险。

目前，体育保险的对象主要是各级各类体育联合会、体育协会及其下属的体育俱乐部，还有归属这些体育组织的会员、教练员、社会体育指导员、志愿者等。如法国有1300万人是各类体育俱乐部的会员，拥有比赛许可证，都是保险公司的保险对象。由于保险对象多元化，保险公司承担的风险减少，保费也相应较低。目前在西方发达国家，体育保险的险种大体包括以下几种：

（1）责任保险

责任保险是指以被保险人的民事损害赔偿为保险对象的保险。凡是根据法律被保险人应对其他人的损害负有经济赔偿责任的，均由保险人承担补偿责任。这种保险在西方发达国家体育保险的门类中占有重要地位，具体可分为以下四种：

①公共责任险。这一险种主要承保各种体育场馆设施在进行比赛、训练和其他活动中，由于意外事件而造成第三者人身伤害或财产损失，依法应由被保险人所承担的各种经济赔偿责任。

②产品责任险。这一险种主要承保由于体育用品的制造、销售或修理商因其制造、销售和修理的产品具有缺陷，致使用户和消费者遭到人身伤害或财产损失，依法应由制造、销售或修理商承担的经济赔偿责任。西方国家的保险法一般都规定体育用品责任险的赔偿责任，其事故发生必须是在用户（或消费者）的场所以及由有关体育组织认可的体育比赛和训练的场合，并为制造商不能预料而且是偶然发生的才能成立。索赔人在索赔时必须举证来证明其损害是由产品直接引起的。

③雇主责任险。这一险种主要承保雇主对雇佣人在受雇期间的人身损害而根据劳工法或雇佣合同应承担的经济赔偿责任。

④职业责任险。这一险种主要是承保各类体育专业人员（如教练员、社会体育指导员、体育教师、运动医学专业人员等）因工作上的疏忽或过失，使他人遭受损害的经济赔偿责任。如日本规定日本体育协会承认的社会体育指导员（包括竞技项目的教练员、体育保健医生、体育节目制作者）在体育运动中发生事故（特别是人身事故），或他人

在体育运动中发生事故，而指导员对其负有行政责任、刑事责任或民事责任，应向对方赔偿损失时，对指导员给予赔付。

（2）人身意外伤害保险

人身意外保险是指在体育活动中，由于遭受不可预知的意外伤害而直接引起的人身伤害时，由保险人提供一定给付的一种险种。西方发达国家在体育活动中遭受人身伤害时，保险人提供的经济赔偿形式一般包括死亡时支付身故保险金、致残时支付部分或全部保险金、治疗费用的偿付、支付日常津贴、支付复学的费用。在西方发达国家体育人身伤害保险中，医疗费用的偿付、支付日常津贴是两个主要的保险支出项目，大体占体育保险总支出的80%～90%，尤以医疗费最为重要。西方国家对运动伤害造成的残疾等级有明确具体的规定，在赔付时按致伤致残的等级予以赔付。如日本一般按残疾等级赔付49万～2290万日元；造成死亡的，一次性赔付1700万日元。然而，体育的医疗保险并不等同于一般的医疗保险，它与体育运动密切相关，伤害的部位及病种都与其他一般的社会保险有别。另外，西方发达国家的人身伤害保险对待一般的参加体育活动者和职业运动员是不一样的。一般人员必须是在参加体育活动中，受到伤害才能得到赔偿；而职业运动员则在任何时候受到人身伤害都会得到赔偿。

（3）对重大赛事的保险

重大赛事的保险是在西方发达国家的体育保险业中占据重要的地位。大型赛事的保险在性质上属于责任保险，但由于现代体育的发展，体育赛事的规模越来越大，它对主办国在政治、经济与文化的影响是深入和持久的。因此，重大赛事的保险又与一般的责任保险有很大的区别。西方发达国家重大赛事保险的险种一般包括如下几种。

①财务风险。在赛事全部或部分取消以及由于利率或汇率（例如长野冬奥会由于亚洲金融危机的影响使日本组委会损失了预算的30%）发生变化而给组委会带来经济损失的情况下，保险公司将向赛事组委会给予赔付。

②运作风险。赔付由于自然灾害、火灾、机器损坏、建筑物的损坏、运动设施的损坏、利润损失以及不法分子的盗窃、欺诈和其他恶意破坏而给组委会带来经济损失。

③法人责任险。根据法律，协议及举办赛事的要求，组委会所应承担的责任，包括合同险、工伤事故保险、观众保险、志愿者保险等。

④经营保险。包括运输保险、违约责任保险、车辆保险、工作失误保险、服务的不完善保险等。

⑤环境损坏保险。包括对自然环境（如空气、水、土壤等损坏）的保险，以及对考古遗址以及其他文物损坏的保险等。

表 3　重大赛事保险费用实例

赛事名称	险种及对象	保费	保额及条件
1996 年亚特兰大奥运会	赛事取消保险	600 万美元	2 亿美元
1998 年世界杯足球赛	责任险	400 万法郎	6 亿法郎
1998 年世界杯足球赛	志愿人员人身保险	5 法郎	每名志愿人员／每天
1998 年世界杯足球赛	到场观众人身保险	10 法郎	每人／每场比赛
1992 年阿尔贝维尔冬奥会	车辆保险	1200 万法郎	保险期限 5 年

2. 西方发达国家体育保险经纪人的经营活动

（1）体育保险经纪人的分类

在西方发达国家的体育保险活动中，经纪人主要包括一般体育保险经纪人、体育再保险经纪人和体育保险代理人。

一般体育保险经纪人是指，代表被保险人在体育保险市场中选择保险人或设计保险组合方案，与保险方洽谈保险合同条款并代办保险手续的经纪人。保险经纪人向保险公司或直接向客户收取佣金。

体育再保险经纪人是指，专门从事将某一保险公司的再保险业务介绍给其他保险人，并收取一定费用的中间人。

体育保险代理人是指保险人的代理人，根据保险合同或授权书向保险人收取报酬，并在规定的授权范围内，以保险人的名义代理保险业务。

（2）体育保险经纪人的业务范围

①体育保险市场调查

在西方发达国家，体育保险市场调查是体育保险经纪人的一个十分重要的业务领域。体育保险市场调查的内容一般包括体育保险需求调查和体育保险供给调查。

体育保险需求调查主要是调查投保人对体育保险的现实需求和潜在需求的情况。调查体育保险的现实需求，可以使体育保险经纪人及时了解投保人对具体险种的需求状况和需求程度，以便有针对性地调整自己的业务方向，加强对需求比较多的体育保险险种的推销，提高推销成功率。调查潜在需求，可以使体育保险经纪人及时发现新险种，并与保险人协商开办新险种的可行性，还可以了解现有险种中的不足，并反映给保险人以获改进，从而不断开拓体育保险市场，积极地把潜在保险需求变成现实需求。因此不仅可以扩大自己的业务来源，也可以树立良好的业务形象，提高在体育保险市场上的声誉。

体育保险供给调查主要是了解体育保险市场上可以提供的体育保险险种，以及各种体育保险人的保险供给能力。通过对体育保险人的保险供给能力的调查分析，可以使体育保险经纪人对体育保险市场上各体育保险人的业务经营状况、现有保险险种，以及各体育保险人的经济实力和声誉等有一个详细的了解，以便在接受体育保险委托后，迅速与恰当的体育保险人洽谈承保业务。

②体育保险推销。体育保险推销就是千方百计地使被保险人加入体育保险人所设计开办的保险险种可以得到某种好处，从而增强被保险人的保险意念，调动其投保热情，促成其采取投保行动的过程。

③承担体育保险的风险评估。体育保险尤其重大赛事的保险不确定的因素要高于其他许多险种，因此保险公司在承保之前必须进行风险评估。由于体育保险的专业化很强，因此在西方发达国家一般重大赛事的保险均需首先由体育保险经纪人进行风险评估。体育保险的风险评估要求经纪人必须具有丰富的实践经验，同时又精通有关体育保险各方面的知识。对重大赛事的风险评估一般包括以下内容：有关体育组织（如国际奥委会，国际足联）对体育保险的有关规定，主办国或主办地区的政治稳定状况，举办时间内天气、空气污染的情况，突发事件可能对预算产生的影响，技术、经济、法律等方面因素以及组委会的组织水平等。

④投保后的跟踪管理服务。体育保险人与被保险人签订保险合同以后，体育保险人为了最大限度地盈利，就必须尽可能地使被保险人可能遭受的风险降至最低。因此，西

方发达国家的保险公司通常委托经纪人参与对被保险人承办的体育赛事和活动的监督及管理。由于体育保险经纪人往往在体育赛事和体育活动方面富有经验和知识，能够及时发现问题，避免不必要的损失。其结果一方面使得保险公司盈利，另一方面也提高了被保险人的体育管理水平和效率。例如1996年亚特兰大奥运会的组委会与有关企业和组织签订过1万多份合同，保险公司委托经纪人对大部分重要的合同均进行专门检查，以减少合同存在的风险性。

⑤对保险人和被保险人提供咨询服务。对保险人提供的咨询服务主要包括保险市场的状况、竞争对手的情况、审查投保单、将被保险人的有关情况及时报告保险人等。对被保险人提供的咨询服务主要包括险种的选择、保单的填写、协助被保险人索赔和协助投保人办理投保、加保、退保、续保等手续。

⑥替保险人收取保险费。

⑦协助保险人进行理赔。

⑧协助保险人设计和设立新的险种。

(三) 我国体育保险的发展前景

体育保险业是体育产业的重要组成部分。在中国，这个领域几乎是一片空白，但国内注册运动员和全民健身运动的相关保险却是一个潜力无穷的市场。

据统计，我国市场化运作最好的中超联赛，十年比赛总数达3024场，现场观众约5000万人次，这其中就存在着大量的保险需求。目前，我国注册的系统训练的运动员有5万多人，持证教练员近5000人，持证裁判员8000余人。中国足协给国家队队员上了意外伤残和医疗保险，各俱乐部对俱乐部运动员办理了意外伤残保险，其他运动员、裁判员、教练员实行自保。而在国外，一般是通过行业协会进行统保，例如在运动员的注册费中就包括了保险费。至于在国外很成熟的赛事取消险、运动员职业生涯突然结束保障险及俱乐部降级保险、赞助取消险等在国内更是空白。

资料显示，目前我国有60多万座体育场馆，3亿多人经常参与体育活动，各层次的专业运动员达8万多人，每年举办的各种体育赛事不计其数，与此相关的体育保险也应是一个巨大的数目。2008年北京奥运会是我国体育保险一个巨大的市场，有关专家根据《北京奥运行动规划》估算，北京筹备和举办2008年奥运会将会带来近3000亿元的保险需求，由此产生的保险费就将达3亿元。

(四) 我国体育保险业存在的问题

我国的保险业与发达国家相比还存在很大差距，几乎是一块仍未开发的处女地。1998年的"桑兰事件"引起了国人的高度关注，体育保险问题成为体育理论的热点之一。我国加入WTO和2008年北京奥运会为我国的体育保险业带来了严峻的挑战和前所未有的发展机遇。

目前在我国的社会保障体系中还没有专门的体育保险，50年代初我国实施的资金全部由国家和单位承担的公费医疗制度在一定程度上发挥着体育保险的作用。公费医疗制度在推动我国的体育运动，促进国民身体健康方面发展起到了积极作用，为体育活动中的伤害事故提供了一定的经济补偿。但是，现行的公费医疗还远远不能满足解决体育活动中重大伤害事故的需要，不能解除体育爱好者和运动员的后顾之忧。

1998 年以来，我国已陆续推出一些体育保险，但总体来讲我国体育保险的发展还处于刚刚起步阶段，体育保险业尚有许多问题亟待解决。

1. 我国体育保险险种比较单调

体育保险具有高度的专业性与复杂性，但在我国，体育保险历史很短，保险公司还没有针对体育项目和运动创伤及运动伤病开办具体的保险，目前实行的人身意外伤害保险中，竞技体育运动所致伤残情况大都又作为除外责任，不予赔偿。这样，许多体育项目没有可保险种，即使能套用的也存在险种少、费率高、条款不明确、保障范围窄等问题，这样套出来的体育保险缺乏灵活性，无法覆盖种类各异、难度和危险程度各不相同的体育项目，更不能满足不同项目运动员千差万别的要求。

2. 保险对象的范围相对狭窄

桑兰的不幸，使得国家体育总局主管部门下定决心实施关于运动员人身保险的一揽子计划，开始了我国体育保险商业化的尝试。隶属于国家体育总局的中华全国体育基金会先后向国内两家保险公司投保了两期运动员伤残保险，参保人为 1400 名国家队运动员。基金会每年交费 100 万元，运动员交少量保费，运动员在死亡和伤残时最高可得到 30 万元的赔偿。但是，只有奥运项目的运动员和省一级运动员投保，非奥运项目的运动员的保险没有得到很好的保障。

3. 缺乏从事体育保险研究和开发的专业人才

具有高度专业性与复杂性的体育保险研究在我国起步晚、水平也比较低。比如朱朝晖飞跃黄河，他作为一个非专业运动员，飞跃活动影响大，却只得到了保险公司 20 万元的保额，而且这 20 万元的保险也是一波三折。这说明体育保险无论是从保险产品品种上还是经营者经营意识上都缺乏保险专业人才的眼光，严重滞后于市场的发展。

4. 保险公司还普遍缺乏体育保险经验

体育保险的范围、费率和金额的确定都应该建立在严格的基础数据统计分析和精算的基础上，国内体育保险业由于起步较晚，缺乏相关的数据统计资料库，缺乏先进的精算技术，当然也就难以开展业务。

5. 体育保险观念相对落后

作为保险对象的运动员和普通人群的保险观念相对落后，始终存在侥幸的心理，甚至根本就没有体育保险的概念；作为保险提供者的保险公司在体育保险的时候，也缺乏市场的、战略的眼光，这也是导致我国体育保险业发展缓慢的一个重要原因。

6. 缺乏相应的体育保险人才和中介机构

既懂保险又精通体育的保险经纪公司，是活跃体育保险市场的重要组成部分，其主要任务是根据不同的场合和运动项目特点与供需双方协商制定保险方案，同时对于保险理赔、赛事风险的识别等提供咨询服务。但国内目前的保险市场上这种中介机构只有中体保险经纪有限公司等有限的几家。

另外，我国尚没有专门的体育保险公司，体育保险业务只是某些商业保险公司经营业务的一部分，被纳入意外伤害保险和综合责任保险之中，专业化程度较差；国内保险业处于垄断状态，经营主体数量少，尚未建立起有效的竞争机制。

（五）完善我国体育保险市场的政策建议

国内体育保险发展滞后的现状，与我国作为一个世界体育强国的地位极不相称，也不适应我国体育产业的发展。为了从根本上解决体育领域的风险问题，单靠国家和社会的支持是远远不够的，应当尽快建立和完善体育保险政策法规。

1. 形成明确的保险理念

在体育产业发达的西方国家中，人们的保险意识很强，这些在市场经济环境中长大的运动员，从小就受到保险观念的熏陶，深知投保的重要性和必要性，养成了主动投保的保险意识。然而我国，有关体育组织、运动员及广大普通体育健身者在这方面仍缺乏充分的认识。所以我们只有加大体育保险宣传力度，扩大体育保险的社会影响，才能使我国体育保险业走上一条健康的发展之路。

2. 建立健全体育保险业的法规

西方发达国家在体育保险法规方面均比较健全，并且多数国家都明文规定，所有的体育运动组织和运动员都应投保。只有这样才能在法律上保护运动员和广大体育爱好者，为他们解除后顾之忧，从而促进体育保险事业的健康发展。

3. 合理地确定体育保险险种

现代保险业从人类最早的海上保险至如今西方发达国家体育保险业中的责任保险、人身意外保险和对重大赛事的保险，可以看出只有制定出正确合理的保险险种，才能最大限度地保护有关体育组织、运动员以及普通体育健身者的利益。日前国内体育保险险种的匮乏迫切要求，保险公司及相关机构应根据我国的实际情况，尽快制定出适合我国国情的体育保险险种。

4. 体育保险对象的多元化

保险对象的多元化可以将保险的利益惠及更为广泛的人群，而且也是保险公司减少其承担风险的一种手段。西方发达国家中所有从事体育活动的体育组织及其会员均为体育保险的对象，而在我国，除享有体育保险的少数奥运项目的国家队员之外，已注册运动员约2万人，二、三线运动员不下8万人（据不完全统计），每年参加全民健身的人数在亿人次以上。所以只有加速体育保险对象的多元化进程，才能使得各保险公司积极地投身于体育保险事业中来，加速我国体育保险业的发展。

5. 加速体育保险中介业的发展

在西方发达国家的体育保险活动中，体育保险经纪人起着至关重要的作用。在我国，要建立一个健全的体育保险市场，既不能缺少保险人和被保险人（投保人），也更不能缺少体育保险中介——体育保险经纪人。

6. 加快体育产业的发展

体育保险可以说是体育产业发展的一个附属产物，二者相得益彰。只有体育产业得到长足的发展，体育保险才能够有广阔的市场。反过来，体育保险逐步深入到体育产业中来，将促进体育产业的健康发展。目前我国的体育产业本身的发展正面临着艰难的路径选择的问题，体育产业化、社会化是必然的趋势，只有体育产业很好地发展，才能实现体育保险的长足发展。

六、体育经纪业的国际比较研究

（一）国外体育经纪人管理的现状

体育经纪人发展比较迅速和成功的国家以及管理富有成效的体育组织，都已形成了一套比较成熟的对本国或本项目的经纪人管理的办法。

1. 体育经纪人的管理体制

国际上，体育经纪人的管理根据项目的职业化和发展程度不同，主要分由国际体育组织和国家有关部门管理两种情况。

（1）国际体育组织对经纪人的管理

一些职业化程度比较高的项目，如足球、网球、田径等，都成立了国际性的体育经纪人管理机构。其中足球由于发展规模最大，情况与田径和网球等又有所不同。

①单项体育组织管理

国际足联设立了专门的经纪人管理部门，并制定了相应的经纪人管理条例，对全行业的经纪人进行宏观管理和指导。其主要职责是：制定本项目经纪人管理条例，包括对所属各国家协会的经纪人管理提出要求，并具有很强的约束力；负责中介国际间（即不同国家协会间）运动员转会和比赛事务的经纪人的管理，包括明确经纪人、运动员和俱乐部各方的权利和义务，实施监督和裁决等。但国际足联不具体颁发经纪人执照，从事国际转会和比赛经纪事务的经纪人必须经各国家协会批准获得执照后，到国际足联注册以获得国际足联许可证。

国际足联既管理运动员经纪人也管理比赛经纪人，并分别制定了管理条例。运动员经纪人通常以个体经纪人即自然人的身份注册。目前，经国际足联批准的有资格从事国际间运动员经纪活动的个体经纪人已达 400 多人，分布在 44 个国家和地区，其中英国最多，为 67 人，西班牙、德国、意大利、法国等为 30～50 人，亚洲的日本、韩国、沙特、阿联酋等国也都有国际足联批准的经纪人。

②体育经纪人行业协会管理

国际田径经纪人联合会则是另一种相对松散的经纪人自律性国际管理组织，它在组织上独立于国际田联，但实际上与国际田联和各国田协有着千丝万缕的联系。它也制定了有关的管理条例和制约监督机制，进行资格审定，以保障国际田径界经纪人的正常运作和经纪人的合法利益，但它对经纪人的约束力不及国际足联，有待更多国家田协的承认和合作。该组织目前已有 60 余名田径经纪人注册。国际网球经纪人联合会的情况与此类似。

（2）各国对体育经纪人的管理

体育经纪人更多的还是在国家层次进行管理。其中政府主要通过法律法规和市场经济规律，对包括体育经纪在内的整个经纪事务活动进行宏观管理，发挥监督和调控作用，而体育组织对体育经纪人进行行业管理。

①政府机构管理

在美国，体育经纪人的管理分为两种形式：一是政府，主要是州政府；二是社会团体，包括运动员工会（职业体育）、大学生体联（业余体育）等。但无论是政府还是社会团体，均依靠多年形成的市场机制，以法律手段为主，对体育经纪人进行调控和管理。

美国目前已有 24 个州制定了体育经纪人管理的专门条例，并指定了相应的注册管理机构。各州设置的体育经纪人管理机构主要有劳工会、行业管理部门、州政府专门秘书处和立法委员会法律办公室四类。

在欧洲，不少国家的民法和商法中对经纪人都有专门的论述，一些国家还制定了专门的经纪人法。有些国家还在新修改的体育法中增加了针对体育经纪人的有关条款。如

1992 年修改的法国体育法，就增加了关于体育经纪人的规定。尽管政府部门一般不直接对微观的中介活动进行管理，但许多国家的政府对涉及劳资关系的经纪活动非常重视，因为劳资关系处理不当，往往会导致劳动者罢工，影响国家的稳定。所以，一些国家的劳工法和反垄断法也往往对体育经纪活动有着非常重要的影响，法院也经常处理这些方面的纠纷。据英格兰足球协会官员介绍，在委托人与经纪人出现纠纷时，一般要通过法院进行调解或处理。

②体育组织管理

国家体育组织或单项协会对从事本行业（项目）经纪活动的经纪人实施直接或间接的管理。如美国的各项目运动员工会为保护职业运动员的利益不受损害，相继推出体育经纪人管理条例。美国全国橄榄球运动员工会于 1983 年第一个施行经纪人管理办法。篮球、棒球等运动员工会也相继公布了自己的有关规定。各工会在管理办法上大体一致。一些国家的足球协会根据本国实际情况，依据国际足联的有关规定，建立了国内经纪人队伍，主要负责国内球员的转会，同时制定了具有约束力的经纪人管理条例，包括经纪人条件及活动范围、组织管理、中介行为准则、佣金标准、违章处罚等。如英格兰足球经纪人由英国足球协会竞赛委员会管理，1998 年度在该委员会注册并且有资格从事英格兰各俱乐部之间球员转会的足球经纪人为 26 人。

在职业足球开展得最为成功的意大利，由意大利足协负责足球经纪人的管理。意足协制定了《经纪人管理条例》，批准足球经纪人名单，并成立了专门的经纪人事务委员会负责具体事务。该委员会由包括经纪人协会的代表等多方面的人员组成。

还有一些国家则通过自律性的不同项目经纪人协会进行具体管理工作。这些协会往往与该国的单项协会密切合作，参与经纪人的资格认定、资格考试、争议仲裁等，在经纪人的管理中起着十分重要的作用。

2. 体育经纪人的管理制度和内容

尽管不同国家对体育经纪人的管理规定不一、方法各异，但基本上都抓住以下主要环节，并制定了相应的管理制度加以保障。

（1）资格审定制度

经纪人从业资格通常根据申请人的自然条件和专业知识与能力两方面考察。

一般说来，对申请体育经纪人的自然条件要求并不十分严格，本国公民或在所在国居住一定时间以上，没有犯罪和违反体育法规的记录，具备基本的文化程度（如高中毕业）和一定的经济实力，都可申请从事体育经纪人职业。

此外，体育经纪人一般不能同时在相应的体育组织内任职，也不能与这些体育组织存在伙伴关系。体育组织的官员和雇员必须要等原工作结束一定期限后才能申请成为经纪人。

除满足上述条件，有些体育项目的申请人还必须通过特定的经纪人行业考试。考试一般由相应的体育组织、行业协会或者两者共同组织。

例如国际足联规定，申请获得国际足联经纪人许可证的面试由本国足球协会组织，由国际足联发布考试大纲。田径经纪人考试由田径经纪人联合会组织，并得到国际田联的认可。考试或考查的内容主要是申请人对该项目及其管理规定的熟悉程度、对有关法律的掌握和运用，以及是否具备为委托人提供咨询服务的能力三个方面。经纪人考试一般每年都要进行，合格者颁发证书，有效期通常为 2～5 年。

申请人通过考试后，再经过一个专门机构进行资格审定。如国际田径和网球经纪人的资格审定分别由国际田径经纪人和网球经纪人联合会进行。意大利足球经纪人的资格审定权在意大利足协设立的足球经纪人事务委员会。

（2）注册登记制度

申请人经资格认定后，须到相应的体育组织或经纪人联合会注册，并同时交纳注册费。有些项目还实行年度注册制度，经纪人须接受年审，并交纳年度注册费。美国州立法规规定，体育经纪人必须到州政府指定的经纪人管理机构注册，填写申请表（包括工作经历、实际工作经验和培训证书），并缴纳 50～1000 美元不等的注册费。

为了保护自身及其成员的利益，许多体育组织规定体育经纪人只有在取得其承认的经营许可证后，方可组织其名下的比赛或代理其名下的运动员。

（3）保证金制度

在申请注册的同时，申请人一般还须在注册机构指定的银行存入一定数额的保证金，作为押金来约束经纪人履行义务，规范经营。经纪人一旦违约，将从其银行保证金中扣除部分或全部作为罚款；之后经纪人还必须立即在银行内补足这笔钱，否则将被取消经纪资格。

国际足联规定的保证金数额为 20 万瑞士法郎；意大利足协规定其国内足球经纪人的保证金是 7000 万里拉；英格兰足球协会类似的规定是 3 万英镑；田径经纪人的保证金约为 1 万美元；美国经纪人的保证金为 2.5 万～10 万美元不等。

由于经纪人行为具有一定的隐蔽性，容易滋生经纪活动中的欺诈行为，因此保证金制度是利用经济手段，约束和规范经纪行为的一项重要管理措施和制度。

（4）合同管理制度

为保障经纪人和委托人双方的合法权益，体育经纪人在实施代理前必须与委托人签订委托合同，将责、权、利以合同的形式确定下来，以便受到法律的保护。委托合同书通常包括双方基本情况、服务范围、经纪期限、佣金支付、合同终止、争议解决等条款。

为加大管理力度，还采取了一些特殊措施。如美国篮球运动员工会要求经纪人使用规范的"经纪人／运动员"委托合同范本；棒球运动员工会则把每年呈交"委托合同"作为经纪人保留继续从业资格的硬性规定。

（5）佣金制度

体育经纪人在完成其经纪活动后有权得到合理的报酬，即佣金。根据不同的代理事务和运动项目，佣金有不同的支付标准和方式。

①按比例收费。这是最常用的收费方式，经纪人按事先谈好的比例从运动员收入中提成。一般来说，代理运动员与俱乐部或职业体育组织进行劳资谈判的佣金比例较低，通常为 0.5％～5％（美国为 3％～5％）；负责运动员的财务管理一般收取总额的 5％；比赛奖金提取 10％。

代理运动员与体育组织以外的自然人或法人，进行运动员名字或形象的商业开发，包括广告、赞助和电视转播合同等，佣金比例较高。足球经纪人在这方面的佣金可达15％；田径经纪人是 25％～30％，网球经纪人是 20％～25％。

针对不同的代理事务，采用不同的佣金标准，一方面有助于建立职业体育中较为稳定的劳资关系，保护运动员和职业体育组织的利益；另一方面也能鼓励经纪人积极开发运动员的商业价值。近年来，在足球经纪人的实际操作中，越来越多的运动员与经纪人经过协商，根据获益情况，确定基本佣金和激励佣金两个不同标准，以调动经纪人进行商业操作的积极性。

如果由经纪人公司代理，佣金提成比例则更大。一些田径经纪人公司代理运动员劳资谈判会收取运动员收入的40%～45%，国际管理集团代理网球运动员谈判出场费和奖金的佣金标准是25%。

②按时间收费。采取律师的做法，收费以小时计算。

③综合收费。将比例收费与时间收费结合起来计算的收费方式。

④固定收费。不计谈判耗费的时间及合同款数额，按事先谈好的费用收取。

一些体育组织还制定措施，加强对经纪人收费的监督和管理。如美国橄榄球运动员工会规定，经纪人前三年只能拿劳资协议所定最低薪金的5%，小时收费不得超过125美元，合同固定收费不超过2000美元。篮球运动员工会实行经纪人收费记账管理制度，以备运动员工会检查。

（6）仲裁制度

出现各种争议和纠纷时，通常的做法是请有关的机构进行调解和仲裁。运动员工会、体育组织的仲裁机构或体育法庭都可成为最终仲裁者。

在一些职业联赛体系较完善的国家，如美国、英国、意大利等，委托人与经纪人出现的纠纷除了涉及运动员比赛资格问题外，主要根据有关的公共立法提请法院按司法程序或诉诸仲裁处理，体育组织一般不介入。

（7）违规处罚制度

对体育经纪人的违法行为，轻者有通报批评、经济制裁，重者要取消成员资格、责令停业、甚至吊销执照、给予刑事处罚等。在美国，罚金为1000～10000美元；若以民事论处，罚款可高达10万美元；如牢狱，期限为90天至2年。

（8）培训制度

一名成功的体育经纪人必须具备很高的业务素质和能力。许多体育组织和经纪人联合会在举行经纪资格考试前，要组织申请人进行相应的培训，培训内容集中在相关法律法规、市场营销、经济合同、公共关系和行业规范等多个方面，使得申请人初步具备从事经纪活动所需要的知识和技能。

比利时、西班牙、荷兰、德国、法国等欧洲国家都有培养体育经纪人的高等院校，法国的贝尔纳大学和荷兰的欧洲体育管理学院还设立了专门的体育经纪人专业，培养高素质的体育经纪专门人才。其中贝尔纳大学的体育经纪人培养制度最为完善，分基础课程、学位课程和实践操作三个层次。

接受继续教育也是体育经纪人保留从业资格的必备条件和提高方式，经纪人须参加每年一度的培训，了解运动员收入的发展趋势、新出台的相关法律、重大经纪案件的审议等。

以上制度的确立，保证了体育经纪人和经纪活动的正常运作和发展。

通过以上体制和机制上的管理，以及一系列规章制度的保证，既为希望从事体育经纪人这一行业的人们提供了机会，铺设了入门的道路，也为他们日后的规范操作提供了权利义务的保障以及按市场规律办事的准则，同时，还规范了国际、国内的体育经纪人市场，保护公平竞争，从而从总体上促进了体育经纪人和体育事业的发展。

（二）我国体育经纪业的现状及问题

中国体育经纪人在国内出现了近 20 年，发展道路充满了坎坷和艰辛。现活跃在中国体育经纪业内的仅有北京的梅珑、高德、中篮、中体经纪，广东的鸿天，上海的希望国际等，在人们不经意间缓步稳进，逐渐扩张。目前从业人员的数量不到整个行业需求的 20%，而且极其缺乏高素质的经纪人，我国体育经纪人队伍的缓慢发展反映了体育经纪业务的艰难拓展。

1. 体育经纪经营主体少，发展水平低下

（1）目前我国体育经纪人数量不多，主要集中在北京、上海、广州等经济发达、体育市场看好的大城市。公司法人是我国现有体育经纪人的主要组织形式，但多以兼营的形式从事活动，如广告公司、公关公司、咨询公司等。现有的经营形式也主要有两种，一种是球员转会的经纪；一种是赛事推广。而球员转会的经纪活动，主要处于一种自发的、地下的、无序的状态，经营严重不规范，水平较低；从赛事经纪来讲，缺乏长远眼光，而且很多活动偏向于买断经营，实际上真正的、积极的经纪运作是没有的，包括国际管理集团或国际体育休闲等跨国公司，进入中国市场也是凭自己对市场的占有率、自身的品牌、资金优势，抢占中国市场。

（2）国内体育经纪业存在一定的垄断现象。中体经纪是实际上典型的官办企业，该公司在国内的赛事推广上的垄断经营严重破坏了我国体育经纪业刚刚起步时需要的平等、自由竞争的市场环境。

2. 体育经纪人自身素质亟需提高

体育经纪人在体育产业中的作用越来越大，同时对体育经纪人的要求也相应提高了。譬如，体育经纪人应具备良好的职业道德和较高的思想政治素质；应该具有较强的公关意识和能力；必须有全面的知识储备，需要掌握经济学、心理学、体育学等多学科的知识，以便在业务复杂的体育经纪业务中立足；另外，体育经纪人应具备良好的心理素质，善于控制自己的情绪。

体育经纪人，在我国作为一个新兴的行业，从业的个人素质与上述标准相比较存在着不足，这也是制约我国体育经纪业发展的一个因素。

3. 外部环境存在若干不利因素

（1）国外体育经纪人的竞争

进入国内体育市场的国外专业体育经纪公司，如篮球甲 A 联赛的推广商国际管理集团，以及曾协助创办 CNBA 和排球联赛的香港精英公司，由于他们在资金、经验和人员等方面的优势，对我国的体育经纪业带来了很大的冲击。

（2）国内体育产业化程度较低

目前我国体育管理体制还处于从计划经济向市场经济体制转变的过程中，在这个过程中很多关系还没有理顺，体育产业化刚刚起步，体育职业化程度不高，经纪人的发展空间受到了一定的限制，而且实际上在很多情况下，体育协会甚至政府占据了经纪人发展的空间。

（3）现行体制下体育经纪业获利空间较小

在我国体育产业现行的利益分配体制下，与国家体育总局有关部门相比，经纪人的利润相对微薄。目前国家体育总局安排的商业活动在利益分配上实行的三三制原则，以

中体产业公司为例，如果签订了包装篮球赛事的经纪合同，其所获得的利益，1/3 要上交到国家体育总局，1/3 上交到篮球管理中心（协会），1/3 给运动员。而中体产业公司，只能依据国家体育部门签订的另一份合同收取小额的资金。

有关资料表明，国家体育总局一年的经费一半来自于国家拨款，一半来自于市场经营。足球每年从市场收益 6000 万元，篮球收益 3000 万元，收益在 1000 万元以上的项目有十几个。不难看出，国家体育总局是体育商业化运作的最大赢家。

体育市场中的产权、经营权还处于国家相关机构的垄断中，所以体育经纪人可以运作并获利的空间相当狭窄。

（4）未能很好地实现与国际接轨

以足球经纪人为例，我国体育经纪业内尚无一人获得国际足联认可的足球经纪人资格。由于没有国际足联授权的经纪人牌照，1998 年高德公司的刘宏伟在范志毅横闯英伦事件中只能是充当了铺路石的角色。2001 年，合同期满的范志毅同水晶宫俱乐部续约 4 年，其中也基本没任何与"高德"相关的事宜了。

4. 缺乏相应的法律、规范制度

体育经纪人作为一门新兴的职业，其发展速度较快，但也正因为体育经纪业的高速发展，给体育经纪人的生存带来了压力，加之体育经纪人的"软服务"的特点，使得体育经纪活动和不良现象不时发生。所以说要发展体育经纪人就必须建立良好的管理体制。国外经纪人制度的构成一般包括体育经纪人的资格认证制度、注册登记制度、保证金制度、佣金制度、仲裁制度、培训制度、违规操作经纪活动的法律、法规的处罚条例等。国内体育经纪业的发展急需相应完善的法律、规章制度规范其发展。

（三）　规范我国体育经纪业的意义

针对目前体育经纪人的发展现状及存在的问题，有必要加强体育经纪业的管理，以促进其更好地发展。

第一，规范市场，保护竞争。目前我国的体育经纪活动中，很多球员转会和赛事活动经纪人，处于一种自发、地下的状态，有些国外的经纪人（有的也不见得是经纪人）在我国境内从事非法交易，没有履行任何法律程序，造成了市场的混乱。制定体育经纪人管理办法，保护公开的、正当的竞争，规范体育市场是非常有必要的。而且通过培训和考核合格的经纪人应该说都是了解市场和法律的经纪人，他们依靠自己的专业素质会给体育经纪市场带来一些新的东西，使体育经纪市场在比较规范的环境中去运作。

第二，促进分工，提高效益。目前体育管理存在许多政企不分、政事不分的情况，一些体育组织既有行政职能，自己又在运作经济活动，前店后厂，自产自销，表面上看，肥水不流外人田，却很不利于提高整体效益，而且让体育管理者去做生意、搞经济活动，非其所长，力不从心。也有一些单位成立了自己的经营开发机构，专门做本单位的经营开发，但由于其隶属关系，它也不能完全从企业的角度、从市场的规律出发来进行运作。后一阶段，有些单位又办了一些公司，无论是从注册资本还是登记手续上看，它都是名正言顺的，是合法的公司，但从公司自负盈亏、自担风险、自主经营、自我约束的特点看，它并不纯粹，它完全仰仗行业管理部门生存，或高枕无忧，或勉强为继，没有市场风险，也缺乏自我发展的可能。经纪人以一种独立的姿态进入体育经营活动，应当在促进分工、提高效益方面发挥积极作用。

第三，推动改革，转变职能。这个推动是双向的。经纪人的介入依赖于我们体育改革的推进；其次它也可以推进体育体制改革。经纪人利用自己的力量，把自己的观念渗透到行政管理工作当中去，这种力量是不能忽视的。

第四，面向市场，满足大众。经营者要面向大众，面向市场，同时只有面向市场才能面向大众，市场是平民百姓的市场，从这个角度来讲，以商业的眼光来运作体育，去发展体育，与为人民服务并不违背，同样能很好地为人民服务。通过商业运作盈利的目的和满足群众的需求是不谋而和的。

（四）规范和促进我国体育经纪业的建议

1. 加速体育产业的发展

体育产业化是体育经纪业发展的市场基础，体育经纪必须依托于体育产业发展，体育实现产业化才能使体育经纪也有更广阔的运作空间。

体育经纪人的出现是体育产业化的必然结果，是体育产业化发展到一定水平的象征和标志。体育市场的需求使体育经纪人成为不可缺少的交易中介。体育市场诸要素中，运动员需要有人帮助他人在有限时间内发挥体育潜能，利用其知名度获取最大收益；体育组织需要有人为他们的比赛寻求赞助，利用其无形资产获取各方面的收益及最大限度地开发该组织的市场；俱乐部和球队需要最优秀的运动员，为他们取得最佳成绩，并通过包装获取更多的赞助投资；体育投资商和赞助商们则需要有人为他们联系合适的投资对象，并最大限度地回收赞助效益。

2. 提高我国职业体育的竞技水平

体育竞技水平发展是体育经纪业发展的竞技基础，体育竞技水平提高促使体育走上职业化的道路发展，使体育的竞技价值向商业价值转化成为可能。职业化水平越高，体育经纪业发展也越成熟，如美国的拳击业、意大利的足球等，经纪业就开展的比较广泛、成熟。在我国现阶段，我们需要加强体育科研工作、场馆设施建设等工作，促使竞技体育达到世界一流水平，这样体育市场才能得到发展，体育经纪业相应地得到发展。没有高竞技水平的体育比赛，就没有体育门票、电视转播等市场的发展，体育经纪业的发展也受到一定的局限。

3. 提升体育经纪人的自身素质，建立经纪人培训机构

建立一套完整的体育经纪人培训制度和相关机构，经过培训使体育经纪人，除熟练掌握经纪人的专门知识外，还精通一至两门外语，这样才能在跨国的经营活动中最充分地体现运动员和运动队的价值，更好地实现经济效益和社会效益。同时还必须懂得自己所经纪的有关体育项目的法规知识，了解比赛规则和运动方式，熟悉圈内人士，熟练掌握各种法律知识，如经济法、合同法、仲裁法等。

4. 尽快同国际各种体联接轨，完善管理体制

因为体育经纪人必须持有国际各体联组织颁发的资格证书才可参与正常的经营活动，特别是跨国经纪活动。中国没有一个国际足联认可的经纪人或公司，但中国的球员交易却很活跃。如果我们有了这样一批水平较高的经纪人，就能把我国具有培养前途的运动员输送出去深造提高；把对我国体育运动有推动作用的外国优秀运动员引进来。但到目前为止，我国还没有获得过这种证书的个人和公司。因此，在经纪活动中，国内的体育经纪人不得不与外国经纪人合作，结果一半的利益被人家分去不说，还容易引起一

些纠纷，很不利于我国体育事业的发展。

5. 建立和完善法规体系

参考其他行业的经验和分析我国体育经纪人的特征，借鉴国外有关体育经纪人的管理法规，笔者认为，我国体育经纪人各级法律规范文件的具体内容应包括以下几个方面。

（1）体育经纪人的资格认定。包括从业人员的申请资格、考核、资格的有效期和相关说明。

（2）体育经纪人的注册登记。包括注册登记的程序和时间、相关管理机构的组成和工作办法等。

（3）保证金的管理。包括保证金的交纳方法和时间、金额、违约后保证金的处理办法及补偿规定等。

（4）佣金的管理。一般包括佣金的标准、给付佣金的时间及方式、佣金的结构、佣金的请求及丧失权。

（5）体育经纪人的法律责任。一般包括体育经纪人违反有关条例相应的处罚方式以及参照的法律依据。

（6）仲裁制度。包括解决体育经纪纠纷的专门法规说明、仲裁的机构、提请仲裁的程序及办法、仲裁的交费方式以及仲裁的期限规定。

总之，我国的体育产业有着很大的发展潜力，我国的体育经纪业也将是一个前景非常光明的服务行业，随着一系列的行业规范和配套法律逐步完善，我国的体育产业将获得更为长足的健康发展。

七、促进我国体育产业健康可持续发展的几点建议

（一）当前体育产业仍然呈现的是以政府办为主的格局，这样的格局不打破，体育的社会化和产业化的程度就不会太高，而社会化和产业化水平低，推动体育产业发展的有效需求水平就必然处于低位徘徊。换言之，当前我国体育产业的发展还存在体制性障碍。体育产业管理部门应该弄清体育产业与体育事业的概念，更新管理理念，依据市场经济体制的基本要求，实现职能转换。以社会化和产业化为方向，改革体育管理体制和运行机制。要把建立多元化体育服务体系作为当前体育工作的重点，下决心解决管办不分的问题，切实把办体育职能交给社会和市场，大力发展各类非营利性和营利性体育组织，引导居民以消费的形式享受组织化和专业化的健身娱乐服务。

（二）重视体育产业发展对国民经济的促进作用，逐步完善我国体育国内生产总值统计指标体系。体育产业有较高的产业关联度，体育产业发展具有很强的社会和经济功能，体现着以人为本的发展理念，所以国家职能部门管理层应从根本上重视体育产业发展。

（三）通过优惠的经济和税收政策，扶持和培育高水平的内资体育企业。给予体育产业相关企业优惠的经济和税收政策，引导国内大型体育用品企业走大资本、大市场的发展道路。一方面优势企业要通过资本市场进行兼并、收购、联合、重组，抢在国外企业前面，扩充资本，组建产业集团，并切实转变经营机制，增加企业研发投入，提高产品的科技含量，开发一批有自主知识产权、能与国外名牌产品竞争的优质品牌，抢占高档体育用品市场。同时利用国内企业对国内市场和消费者心理熟悉的优势，进一步拓展

中低档体育用品市场。

（四）全面开放国内市场，积极有效地利用外资。开放国内市场，合理利用外资，拓宽体育产业的经费来源，是加快我国体育产业发展的必由之路，它对提高国内体育资源配置的效率和效益，提高全行业的技术水平和管理水平都有重要意义。

（五）通过增加有效供给来调动和激发体育产业有效需求。当前制约我国体育产业发展的最大问题是有效需求不足。而有效需求不足，除了与消费者自身存在主客观制约因素有关之外，也与有效供给不足有关。即各类体育市场中产品结构单一，消费者几乎没有多样化、个性化的选择余地，这也在一定程度上抑制了有效需求。所以，必须推动体育产业产品结构的调整与升级，鼓励体育企业引入国外新型的体育娱乐项目和组织高水平的赛事，通过丰富有效供给来激活有效需求。同时，引导消费者转变观念，鼓励国民进行体育消费，树立体育消费健康、快乐、时尚的新形象。

（六）以维护消费者权益为主旨来制定和完善加快体育产业发展政策和法规。切实加强市场管理。近年来各级政府都在支持和鼓励体育产业发展方面制定了一些政策和法规。但这些政策和法规的着力点主要鼓励和扩大体育产业的供给能力，如鼓励资本进入的投融资政策、税收减让政策、用工用地政策以及鼓励企业做大做强的产业组织政策等。尽管这些政策举措在促进体育产业发展方面发挥了一定的作用，但是为了更好地引导和激发有效需求，今后这类政策法规必须把维护消费者权益作为着力点，要以制定服务标准、开展服务等级评定工作为切入点，引导体育娱乐休闲企业在场地、器材、经营场所的卫生、环境、安全保障、服务规程等方面全面达标。同时，引入国外成熟的体育保险制度，扩大保险对象的范围和险种，用法规的形式规定体育经营企业对消费者的保险责任。

（七）建立和完善体育经纪人制度。体育经纪人是开发和运作体育市场的重要因素，体育经纪业的相对薄弱，导致我国体育产业资源严重流失。体育经纪业内相对混乱的局面，也阻碍了我国体育产业的迅速发展。今后，应当大力培养体育经纪人才，并制定相关的政策法规，健全体育经纪业的约束机制。

（八）完善我国体育商业保险体系，建立运动员社会保障体系。我国目前尚无专门的体育保险公司，体育保险对象范围狭窄、险种单调，应当借鉴国外成熟的体育保险制度，完善我国体育商业保险体系，针对国家运动员，建立完善的社会保障体系，以解除运动员的诸多后顾之忧。

（九）健全体育产业相关的法律体系。我国现有的体育产业相关法律法规，多是纲要式、原则性的概括，缺乏可操作性，所以，今后应加强相关法律法规的建设，完善我国体育产业法律法规体系。特别是要明确体育运动员个人无形资产归属问题，强化体育产业相关企业的知识产权意识。

（项目编号：602ss04002）

中俄体育产业政策比较研究

王子朴　M.Zolotov　高晓慧　孙　琦　原玉杰

张凤彪　张枝梅　张作梅　贾晓鸣

目前，对中国体育产业政策的研究不是很多，对俄罗斯体育产业政策的研究则更少。而将两国体育产业政策的制定和实施加以对比分析和研究，几乎是一个空白。

本课题组主要运用文献资料法和逻辑分析法，从社会学和经济学的视角对中俄两国的体育产业政策进行比较研究。

一、体育产业政策的概念

体育产业政策是一个比较新的概念，当前国内学者对体育产业政策有着各种不同的理解。有的学者认为体育产业政策是干预体育产业发展的一种经济政策。它是以体育产业结构政策为核心，并由其组织政策、区域政策等多种政策相配合，共同组成体育产业发展目标和发展手段的体系。有的学者认为体育产业政策是国家为实现一定历史时期的体育产业路线而制定的行动准则，是国家干预体育产业发展的一种经济政策，也是国家宏观领导、调控、优化和监督体育产业发展和运行的重要依据和手段。有的学者则认为体育产业政策是政府运用财政、金融、税收、价格等经济手段支持发展产业的基本措施。还有的学者认为体育产业政策是一国政府为了体育产业的整体发展和长远利益而实施的以影响体育产业的结构、行为及其成果为直接目的的一种产业政策，主要包括体育产业结构政策、体育产业组织政策、体育产业技术政策、体育产业布局政策及体育产业投入政策和体育产业规制政策等在内的一系列政策体系的总和。

尽管各种理解在表述上存在差异，但是归纳起来我们不难发现其中存在着的共同点，即体育产业政策的概念既要符合一般性的产业政策的概念，又要体现出其特殊的政策目标、政策主体、政策依据和政策手段。根据这一基本原则，本文提出自己的产业政策定义，即体育产业政策是政府和体育主管部门为实现国民经济和社会发展目标，根据体育产业发展的客观要求和自身特点，主动运用各种经济手段和政策工具，规划、干预、引导体育产业的形成和发展的一种经济政策。

苏联时期，以及俄罗斯转型以来，类似我国的"体育产业"或者"体育产业政策"，几乎没有出现或使用过。但这并不等于俄罗斯没有此类政策，相反以产业经济学的视角去分析俄罗斯转型以来的体育政策、体育经济政策，以及相关的各种体育政策、法律法规等文件，它一直是其中最重要的组成部分，而且十分丰富，并对其体育产业的发展起到了决定性的作用。尤为重要的是其体育产业经济政策背后的政治社会背景，相关财政政策的演变历程、阶段特征等，对我国同为转型期的体育产业政策将有很好的参考价值。

二、体育产业政策的基本要素

根据产业政策学的基本理论，体育产业政策的基本要素应当包括政策的主体、客体和运行环境三个部分。体育产业发展相对较为成熟的西方发达国家的体育产业政策（客体）主要是产业运行和产业发展方面的政策，而且以产业发展政策为主，基本上很少有产业关系方面的体育产业政策。从政策手段上看，主要是通过立法、税收和财政拨款等方式进行。这也决定了其政策的主体主要是立法机关和行政机关。这是由其所处的特殊运行环境所决定的。因为西方发达国家的市场经济体制比较成熟，经济运行更多地依靠市场的自发调节，其调节手段一般是经济和法律手段，而较少运用行政手段。但是体育在国民经济中具有特殊的地位，西方各国政府经常把一部分体育活动作为其增进社会福利的政策手段，因而不可避免地需要政府在财政支出等方面予以扶持。而在市场机制不太发达的国家，体育产业政策的制定和实施主体则更多地是各级政府部门，其政策手段更多地依赖于行政手段。

表 1　欧美发达国家体育产业政策

国家 ＼ 政策	体育产业运行政策	体育产业发展政策
美　国	1. 《反垄断法》。给予职业体育"反垄断豁免"，限制了职业运动员的自由转会权，允许联盟就电视转播权问题进行集体谈判，使联盟有权确定职业运动队的分布和数量。 2. 《版权法》。明确了职业体育联盟的节目可以享有联邦政府的版权保护。	1. 《税法》。取消了购买职业运动队股份时给予的税收优惠；利用税收政策鼓励私人资金流向公共体育场馆建设。 2. 投融资。利用联邦政府资金支持体育场馆建设；利用各种方式筹集资金进行场馆建设。
加拿大	1. 《联合调查法》。要求各种职业体育组织在该法律框架内开展活动；防止不公平的商业行为。 2. 立法禁止外国橄榄球联盟进入加拿大。 3. 1985 年通过《竞赛法》，防止职业运动员过度流动，保护加拿大的体育人才市场。	1. 投融资。各级政府仅负责体育组织预算的 50%，其余部分由体育组织通过社会渠道进行筹集；发行奥运彩票和体育彩票，筹集资金用于发展艺术文化、医药健康研究和体育。
德　国		1. 税收。对非营利性的体育俱乐部和体育协会实行减税，其捐赠者可以要求减免个人所得税；体育俱乐部可以免费或者以很低的价格使用公共场地。 2. 投融资。非营利性体育俱乐部预算开支的 20% 左右直接由政府支付；法律规定体育博彩收入的 50% 提供给各种体育组织。
英　国		税收。政府减免非营利性体育组织的税收，并且鼓励私人机构赞助体育事业；《娱乐慈善法》允许体育组织通过向公众开放获得税收减免；地方政府有权对体育组织减免"统一经营税"。

政策 国家	体育产业运行政策	体育产业发展政策
意大利		1. 投融资。政府注重为一些规模较大的体育计划提供资助，除了为这些活动提供一定的举办费外，还负责增加城市的基础设施建设的费用；成立了进行体育投资的公共专业银行——体育信贷所，专门资助体育场馆、设施的建设，对国家承认的"非直接营利的""以娱乐和健身为目的"的体育组织给予支持。 2. 税收。1986年制定了专门针对业余体育活动盈利纳税法案。1991年又决定简化志愿者协会和非营利性协会的会计程序。明确区分竞技体育收入与其他种类收入，使竞技体育运动的收入只需要交纳很少的税赋。

三、体育产业政策与其他经济政策的关系

（一）体育产业政策与体育经济政策的关系

体育经济政策是国家在社会发展领域里宏观经济政策的组成部分，是政府发展和管理全社会体育事业的重要手段。它主要包括政府财政投入、基本建设投资、社会集资、税收、体育机构和赛事运行等方面的有关政策。从体育经济政策的定义来看，体育经济政策应当是包含体育产业政策的，原因主要有如下几点：一是体育经济政策的调控对象既包括体育产业，也包括公益性的体育事业，所以体育经济政策有很多内容是关于公共体育财政支出和管理的；二是从政策手段上看，体育经济政策的政策手段要更加丰富多样，其除了包括体育产业政策手段之外，还包括一些其他的经济手段；三是从政策目标上看，体育产业政策主要是为了促进体育产业的健康快速发展，促进体育产业的结构优化和升级。体育经济政策的目标除了包括这些供给方面的目标外，还要关注市场需求方面，包括正确地引导人们的体育消费观念，促进体育市场的繁荣、稳定和健康发展等。因此，体育经济政策是不同于产业政策的更高层次的概念，切不可将两者混为一谈。

（二）体育产业政策与其他经济政策之间的关系

体育产业政策只是国家宏观经济政策系统中产业政策系统的一个子系统，其制定和实施既要受到一般性产业政策的制约和影响，又要受到本系统内和系统外其他经济政策的影响。所以体育产业政策不是孤立的，其制定和实施不是体育部门一个部门的任务，也不是单靠体育部门自己就能搞好的。必须要使体育部门与财政、税收、金融、法律、工商、劳动等多个部门密切配合，使体育产业政策与财政政策、税收政策、金融政策、

价格政策、外贸政策以及国家法律法规相配合，才能充分发挥其应有的作用。

四、中、俄两国 20 世纪 90 年代以后制定体育产业政策的社会、经济体制背景比较

（一）俄罗斯体育产业政策的社会、经济背景

一般认为俄罗斯的经济转型可以分为两个阶段（表 2）：以 2000 年普京当选俄罗斯总统为界，之前是俄罗斯经济转型的阵痛期，之后是俄罗斯经济改革的复兴时期。

表 2　俄罗斯经济转型阶段特征表

阶　段	时　间	特　征	目的或措施	效　果
第一阶段（1992 年初 –1999 年底）叶利钦时期	1992 年初	休克疗法	①制止经济危机②改革经济制度	经济形式更加恶化，导致失败
	1992 年至 1999 年底	私有化	所有制改革	所有制结构改变；私有企业产值占国内生产总值 70% 以上
第二阶段（1999 年底至今）普京时期	1999 年底起至今	"第三条道路"方针	①打击经济寡头②改善经济环境	走出"叶利钦"困境

第一阶段 1992—1999 年。1992 年初，在传统政治经济体制解体、国民经济处于崩溃边缘的情况下，俄罗斯选择了激进的"休克疗法"作为经济转型的开始。"休克疗法"的政策目的有二：一是制止俄罗斯日益严重的经济危机趋势，实现经济的迅速稳定；二是对经济制度本身进行根本性变革，通过建立自由市场经济制度来恢复俄罗斯经济的生机与活力。然而，由于旧的政府体系在改革前已经瓦解，以叶利钦为首的新政府不仅在管理体系和执行层面上存在很大的缺位，而且还常常受到政治上"保守派"力量的制约和反对，其政策在执行过程中往往大打折扣或是走样。更为严重的是，新政府难以快速建立起与自由市场经济相适应的制度体系和法律框架，最终，"休克疗法"的实施使得俄罗斯的经济形势更加恶化并失控。"休克疗法"在全民的一片讨伐声中以失败告终。不过，国有部门私有化的步伐并没有因此停止。从 1992 年开始，俄罗斯通过股份化、拍卖、竞购、重组等形式，对国有企业展开了大规模的私有化，这一所有制改革一直延续至今。1992—1996 年是私有化的高峰期，1996 年 12 月后，俄私有企业的产值已占国内生产总值的 70% 以上。在这一进程中，俄罗斯所有制结构迅速转变，政府难以再通过指令性计划来配置稀缺资源。但是，由于当时的俄罗斯并不存在一个公正、透明的产权交易市场，俄政府过于追求私有化速度，没有肩负起保证产权交易过程公平的责任，因而私有化的过程事实上是权势阶层利用手中的权力，变国有资产为个人资产，攫取了大量社会财富，迅速"富起来"的过程。尽管叶利钦政府在 1993 年 10 月"白宫"事件后，通过了总统集权的新宪法，试图加强政府对国家的控制力，但在私有化过程中产生的金融工业寡头和既得利益集团，通过其广泛的经济、政治影响力，在与政府的博弈中占据了上风，维持了一种对他们有利但却损害社会利益的制度结构，导致了长达 10 年的经济大幅滑坡。这一状况被后人称之为"叶利钦困境"。

第二阶段从 1999 年底普京开始执政起至今。普京政府一方面坚持经济转型的既定方向；另一方面，针对前 10 年经济转型的问题和教训，提出了"将市场经济和民主原则与俄罗斯的现实有机地结合起来"的俄罗斯式的"第三条道路"的经济方针。一方面对金融工业寡头势力进行了打击，重新树立了政府的权威和独立性；另一方面取缔和清理了一些妨碍正常商业活动的行政规制，减少了行政机关对商业活动的检查和监督，并进一步完善了市场经济运行的制度环境。其中，包括先后制定通过了一揽子税法典、劳动法、土地法和土地流通法，进行了税制改革、土地改革、银行制度改革、养老金制度改革、住房和医疗制度改革等，使市场为主导的经济调节作用能够得到更好的发挥。普京政府还改变了以前那种为私有化而私有化的做法，而更强调所有制改革的效率，鼓励中小企业的发展，确保经济复苏，改善人民的生活。进入 21 世纪以来，俄罗斯的经济转型终于逐步走出"叶利钦困境"，市场经济制度框架得到基本确立并不断完善，国民经济得到稳定的恢复性增长，企业的活力和投资欲望不断增强，居民收入稳步提高。当前，普京政府经济政策的重心已经转向经济增长和经济结构调整。这也为财政政策乃至体育产业政策提供了一种良好的宏观经济环境。

(二) 中国体育产业政策的社会、经济背景

与俄罗斯的激进改革不同，中国的经济转轨基本上是采取循序渐进、由易到难的"渐进"方式，逐步推进。中国的改革先从农村开始。80 年代初，农村推广家庭联产承包责任制，农民生产积极性大大提高，农业生产快速发展，乡镇企业异军突起。在农村市场化改革推动下，城市经济体制改革开始起步。1984 年后，我国经济体制改革的重点开始由农村转移到城市。我国市场取向改革的主要特点是政府放松对价格及国有企业生产经营和分配的管制。到 90 年代初，工业消费品、农产品和生产资料基本实现市场定价。在国企改革方面，1983—1984 年主要是部分企业实行利改税；1985—1989 年主要是试行和实行多种形式的两权分离制，1987 年十三大后，开始按所有权与经营权相分离的原则推进国有企业改革，以"调放结合"的原则推进价格改革，并开始把生产要素纳入市场体系建设，进一步缩小了计划管理的范围。1990—1992 年主要是坚持和完善承包制，积极试行企业放开经营、全员风险抵押承包、股份制、利税分流和租赁制等。1992 年的十四大明确提出建立社会主义市场经济体制的改革目标，肯定了市场对资源配置的基础性作用。国有企业按"产权清晰、权责明确、政企分开、管理科学"的原则进行了以建立现代企业制度为目标的改革。随后进行了财税、金融、外汇、投资等方面的改革，建立与市场经济相适应的宏观管理体系，形成了以市场为基础、有管理的浮动汇率。1997 年，十五大报告提出加快国民经济市场化进程，要充分发挥市场机制作用，健全宏观调控体系，继续发展各类市场，进一步发挥市场对资源配置的基础性作用。随着社会主义市场经济体制的不断完善，市场机制在资源配置中的作用日益增强，非国有经济所占份额逐步扩大，多种所有制经济共同发展的局面正在形成，国民经济摆脱了短缺状态转入供求基本平衡。

从中国的情况看，体育产业政策制定的背景是体制转轨和社会转型。体制转轨主要是指从计划经济体制向市场经济体制的转变，社会转型主要是指从农业国向工业国的转变。而从俄罗斯的情况看，由于历史的原因，体育产业发展的背景更多的是体制转轨。两国体育产业发展背景的不同导致了两国体育产业政策的不同。

五、中俄两国宏观经济环境比较

所谓政策环境，就是指影响政策产生、存在和发展的一切因素的总和。政策环境包括自然环境和社会环境两大部分。在政策环境的诸多因素中，社会经济状况、体制和制度条件、国际环境三个因素对产业政策的影响最大。

本课题将研究的对象锁定为社会转型期中俄两国的体育产业政策，从产业政策的构成要素来看，要比较两国的体育产业政策，就必须先对中俄两国体育产业的政策主体、政策客体以及特有的政策环境进行分析。特别是政策环境，其影响着政策的产生、存在与发展，并影响着其产业政策主体的地位与决策，进而影响到具体的体育产业政策客体的产生。所以，在对中俄两国的体育产业政策进行比较之前，首先对两国的社会经济体制环境进行比较研究，特别是两国主要的政策主体——政府的地位与作用的比较是必要的，也是必需的。

（一）中俄两国国民收入及增长速度比较

苏联解体之后，俄罗斯经济经历了较长时间的衰退期，从表3俄两国的国民生产总值（GDP）的增长速度来看，1991—1998年，除1997年俄罗斯经济有较小幅度的增长外，其他年份均为负增长状态，八年平均GDP增长率为-6.56%。而同一时期的中国，GDP一直保持着较高的增长速度，平均增长率达到10.78%，远远高于俄罗斯。1999年之后，俄罗斯经济开始走向复苏，首次出现了较大幅度的增长，增长率达到5.4%，从1999年之后，俄罗斯经济一直维持着较高的增长态势，1999—2005年7年间，GDP年均增长率达到6.57%，并且一度在2000年增长速度达到10%，超过了同年度的中国。同一时期的中国，虽然与前一时期相比，GDP增长速度有所减慢，但仍然维持着较高的增长幅度，年均增长速度为8.83%，仍要高于同时期的俄罗斯。

从人均国民生产总值的比较来看，就绝对值而言，中国要远远低于同年度的俄罗斯（表3）。但从变化趋势来看，2000年以前，除1996年和1991年俄罗斯人均国民生产总值有较小的回升之外，其余年份一直呈下降趋势，而同一时期的中国，人均国民生产总值则持续增长，两国人均国民生产总值的差距呈不断缩小状态。2000年之后，俄罗斯人均国民生产总值开始呈现逐年快速增长态势，到2004年，人均国民生产总值达到3280美元，但是仍未恢复到1991年的水平（3830美元）。同一时期的中国，人均国民生产总值仍在稳步增长之中，2004年人均国民生产总值达到1230美元。

表3 中俄两国国民收入及增长速度比较

比较项目	国民生产总值增长率（%）		人均国民生产总值（美元）		人均国民生产总值增长率（%）	
年份	俄罗斯	中国	俄罗斯	中国	俄罗斯	中国
1991	−5.0	9.2	3830	440	−5.5	7.63
1992	−14.5	14.2	3150	480	−15.4	12.7
1993	−8.7	13.5	2770	490	−8.3	11.8
1994	−12.6	12.6	2310	540	−12.5	11.4
1995	−4.1	10.5	2270	620	−4.4	7.9
1996	−3.5	9.6	2390	750	−2.6	9.2
1997	0.8	8.8	2680	860	1.3	7.7

比较项目	国民生产总值增长率（%）		人均国民生产总值（美元）		人均国民生产总值增长率（%）	
年份	俄罗斯	中国	俄罗斯	中国	俄罗斯	中国
1998	−4.9	7.8	2270	740	−8.8	6.4
1999	5.4	7.1	1750	780	3.3	5.8
2000	10	8	1720	840	10	7.6
2001	5	7.3	1790	900	5.3	7.5
2002	4.7	9.1	2120	970	5.2	8.4
2003	7.3	10	2610	1100	7.9	9.3
2004	7.2	10.1	3280	1230	7.7	9.4
2005	6.4	10.2			6.9	9.2

[资料来源] 1. 两国国内生产总值数据取自国际货币基金组织世界经济展望数据库。2. 俄罗斯人均国民生产总值数据取自世界银行世界发展指标数据库，中国数据取自世界银行统计数据。3. 两国人均国民生产总值增长率数据取自世界银行世界发展指标数据库，以上数据均转引自中华人民共和国国家统计局官方网站。

从人均国民生产总值增长速度来看（表3），1998年以前，除1997年人均国民生产总值有小幅度（1.3%）的增长之外，其他年份均为负增长，七年平均增长速度为 −7.03%，同时期中国人均国民生产总值保持着较高的增长速度，年均增长速度为9.34%，远远高于同期的俄罗斯。1999年之后，俄经济走向恢复，人均年国民生产总值增长率达到6.61%，而同一时期的中国人均国民生产总值增长率也维持在年均8.17%的增速上。

（二）中俄三次产业发展比较

从两国三次产业的构成来看（表4），两国三次产业结构的变化呈现出以下共同之处：一是第一产业尽管有个别年份两国农业比重有小幅度回升（俄罗斯1995年、1999年，中国1994年、2004年），但其总体比重呈不断下降趋势，俄罗斯从1991年的12.9%下降到2004年的5.1%，中国从1991年的24.5%下降到13.1%。二是第三产业的比重呈上升趋势，俄罗斯第三产业的比重由1991年的37.4%上升到59.4%，中国第三产业比重由1991年的33.4%上升到40.7%。从两国产业结构的差异来看，主要表现为以下几个方面：首先最为明显的第二产业的比重问题，俄罗斯第二产业自1991年的49.7%下降到2004年的35.5%，而同一时期的中国，第二产业比重则呈上升趋势，由1991年的42.1%上升到46.2%。其次，从第一产业的比重变化来看，俄罗斯第一产业比重的下降幅度更大，其在整个国民经济中的比重更小。再次，从第三产业的变化来看，俄罗斯第三产业的增长幅度明显要快于中国，且第三产业比重已经远远超过第二产业，成为国民经济中最大的产业部门；而中国，第二产业仍然是整个国民经济中最大的产业部门。

表4　中俄两国三次产业构成比例比较（%）

比较项目	俄罗斯			中国		
年份	第一产业	第二产业	第三产业	第一产业	第二产业	第三产业
1991年	12.9	49.7	37.4	24.5	42.1	33.4
1992年	11.5	50.1	38.4	21.8	43.9	34.3
1993年	8.8	48.1	43.1	19.9	47.6	32.5

比较项目	俄罗斯			中国		
年份	第一产业	第二产业	第三产业	第一产业	第二产业	第三产业
1994 年	6.4	42.5	51.1	21.0	47.2	31.8
1995 年	7.9	39.2	52.9	20.5	48.8	30.7
1996 年	7.5	36.7	55.7	20.4	49.5	30.1
1997 年	7.5	34.1	58.4	19.1	50.0	30.9
1998 年	5.4	36.4	58.2	18.6	49.3	32.1
1999 年	6.6	37.7	55.7	17.6	49.4	33.0
2000 年	6.4	37.9	55.6	14.8	45.9	39.3
2003 年	5.2	34.2	60.7	12.5	46.0	41.5
2004 年	5.1	35.5	59.4	13.1	46.2	40.7

［资料来源］世界银行世界发展指标数据库，转引自中华人民共和国国家统计局官方网站。

从三大产业对两国的 GDP 增长的拉动作用来看（表 5），1998 年以前，俄罗斯三大产业对 GDP 的拉动作用基本上为负值，其中第二产业的负拉动作用最为明显，这表明第二产业的衰退是造成俄罗斯经济衰退的重要原因。第三产业的拉动作用变动幅度较大，尽管如此，第三产业仍然是 1998 年以前拉动俄罗斯经济增长的主要动力。而同时期的中国，三大产业对 GDP 的拉动作用相对比较稳定，但总体而言，第二产业的拉动作用是最主要的，八年平均拉动国民经济增长 7.13 个百分点；其次是第三产业，拉动 2.80 个百分点；第一产业平均每年拉动 0.89 个百分点。

表 5　中俄两国三大产业对国内生产总值增长的拉动比较

比较项目	第一产业拉动率（%）		第二产业拉动率（%）		第三产业拉动率（%）	
年份	俄罗斯	中国	俄罗斯	中国	俄罗斯	中国
1991 年	−0.73	0.6	−7.04	5.8	−5.05	2.8
1992 年	−0.88	1.2	−6.91	9.2	−14.51	3.8
1993 年	−0.42	1.09	−8.05	9.16	0.78	3.29
1994 年	−1.39	1.01	−10.15	8.95	−3.46	2.88
1995 年	−0.61	0.99	1.76	7.09	−5.44	2.44
1996 年	−0.65	0.96	−6.36	6.36	2.73	2.25
1997 年	0.01	0.63	−2.49	5.65	2.85	2.56
1998 年	−1.29	0.6	−1.61	4.86	−0.96	2.34
1999 年	0.14	0.46	2.48	4.47	0	2.12
2000 年	0.71	0.38	4.04	5.35	4.11	2.22
2003 年	0.16	0.3	2.89	5.9	3.49	3.8
2005 年	0.06	0.59	1.41	6.19	4.06	3.12

［资料来源］俄罗斯数据取自世界银行世界发展指标数据库，中国数据来自世界银行统计数据，转引自中华人民共和国国家统计局官方网站。注：2001、2002、2004 年数据缺失。

（三）中俄两国三大需求的拉动作用比较

从两国资本形成总额、最终消费支出和净出口对 GDP 的拉动作用来看，两国经济增长的动力存在着较大的差异。

首先，从资本形成总额（投资）来看（表6），1998年之前，投资对中国经济的拉动作用要远远高于俄罗斯，而同时期的俄罗斯投资拉动的贡献基本上是负面的。1999年之后，投资的拉动作用在俄罗斯才得以体现，并逐渐成为拉动经济增长的主要动力，而在中国，投资的拉动作用具有明显的周期性特征，投资拉动的第一次高峰出现于1993年，到1999年达到低谷，1999年之后投资增长又进入新的一轮增长，其对经济的带动作用也越来越强。

表6　中俄两国三大需求对国内生产总值增长的拉动作用比较

比较项目	资本形成总额的拉动（%）		最终消费支出的拉动（%）		净出口的拉动（%）	
年份	俄罗斯	中国	俄罗斯	中国	俄罗斯	中国
1991 年	4.53	2.20	−23.42	6.00	6.06	1.00
1992 年	−13.00	4.90	−8.22	10.30	−1.07	−1.00
1993 年	−6.23	8.47	−2.26	5.83	0.80	−3.41
1994 年	−6.92	5.84	−7.37	4.82	−0.71	3.44
1995 年	−3.64	5.94	0.06	5.31	−0.44	0.73
1996 年	−5.92	3.29	2.37	5.76	0.15	0.29
1997 年	−0.92	3.01	3.15	3.09	−1.33	3.41
1998 年	−6.41	2.97	−1.42	3.88	2.93	0.22
1999 年	0.98	1.25	−2.67	3.91	4.88	−1.63
2000 年	8.83	1.78	3.57	4.90	−2.26	1.12
2003 年	8.10	2.61	3.43	4.20	0.71	0.48
2004 年	2.36	5.41	5.60	1.21	−1.59	2.41

[资料来源] 俄罗斯数据取自世界银行世界发展指标数据库，中国数据来自世界银行统计数据，转引自中华人民共和国国家统计局官方网站。注：2001与2002年因统计标准调整，数据缺失。

其次，从最终消费支出（消费）来看（表6），俄国消费的拉动表现为一定的周期性特征，尽管在1991年前，消费对俄罗斯经济的整体拉动作用是负值，但是在1995、1996、1997年出现短暂的恢复，并且于1997年达到一个小的高峰，1999年之后消费对GDP增长的拉动作用日益明显，消费拉动逐渐进入新一轮的高峰。相比之下，同时期的中国，消费的拉动作用变化不大，其对经济的拉动大体维持在5个百分点左右，但从总体的变化趋势来看，中国消费对经济的拉动作用呈缓慢下降的趋势。

再次，从净出口的拉动作用来看，两国净出口对经济的拉动作用在各年份存在着显著的差异，大部分年份，两国净出口的拉动作用是反方向的。

最后，从三大需求的贡献率来看，各主要年份，两国各种需求对经济增长的贡献是不同的。从俄罗斯来看（表6），1991年、1993年、1998年、1999年等年份，净出口对经济增长的贡献是最主要的，在1995年、1996年、1997年和2004年等年份，消费的贡献是GDP增长的最主要动力，而在2000年、2003年等年份，投资的拉动则是主要的。中国除个别年份（如2004年）外，消费和投资都始终是拉动经济增长的主要动力，两者对GDP增长的贡献一直都在70%以上。而相比之下，净出口的贡献波动变化则比较大。

六、中俄两国体育产业政策的演变比较

(一) 俄罗斯体育产业政策的演变

俄罗斯体育产业政策在转型后的演变历程和俄罗斯其他相关政策的演变历程是密不可分的。其中财政政策的影响作用是最直接的。

1.转型后俄罗斯财政政策演变过程

俄罗斯经济经历了转轨型危机→萧条式稳定→恢复性增长的转型过程。在此过程中，作为国家宏观调控组成部分的财政政策也在不断地调整变化，基本可以概括为六个阶段（表7），尤其在前五个阶段，财政政策伴随着俄罗斯转型后一段时期的经济衰退、社会动荡，其被动性特征十分明显。经过这五个阶段的调整，俄罗斯很多财政指标呈现出良性化发展的态势，财政政策的作用越发显著。

表7 转型后俄罗斯财政政策变化阶段

时　期	阶段特征	政策手段	目　标
1992—1993 年	严格紧缩阶段	增加税收和缩减预算支出	减弱通货膨胀
1994—1996 年	适度紧缩阶段	不再强调赤字预算	降低国债增长
1997—1998 年	"积极"迹象阶段	规范税制、压缩支出和继续扩大国债规模	
1998 年 3 月—1999 年 8 月	刺激供给阶段	降低税率、扩大税基和重组债务	发挥"发展预算"的作用
1999—2005 年	松紧配合阶段	以刺激供给为主	追求投资增长与经济增长速度
2006 年至今	加强完善阶段	公共财政服务，完善税收体系，降低税负，保障投资环境，加大基础投资力度，完善政府财政关系	实现促进国家经济发展总体目标

2006—2008 年俄罗斯财政政策调整的整体思路是将全面贯彻公共财政的服务理念，进一步完善税收体系，继续降低税负，保障良好的投资环境，加大对基础设施和人力资本的投入力度，加大对社会事业和农村经济的支持力度，完善政府间财政关系，以实现促进国家经济发展的政策目标。在俄罗斯历史上，2006—2008 年的中期财政计划是第一个面向结果、途径明确和致力于可持续发展的政策，这为体育产业政策的转变和实施提供了一个崭新的时代。

2. 俄罗斯财政调整的主要内容

财政政策由税收政策、支出政策、国债政策和预算平衡政策 4 个有机部分组成，其中支出政策对体育的发展有着直接意义，同时虽然俄罗斯财政政策调整的范围广泛，但总体上表现出刺激供给的路径依赖，调整的重点依然是税收和支出。所以我们将从支出政策角度分析俄罗斯财政政策调整的内容。从而探讨转型期俄罗斯体育的发展轨迹。

2006—2008 年预算支出总量要由预算收入来保障，支出方向要首先保证国家宏观政策的重点领域，同时各战略目标之间的资金配置要尽量稳定。2006 年联邦预算支出

有所增长。未来 3 年的财政计划还明确规定了各级政府在预算中的职能范围:联邦政府的职能是支付养老金和补助、国防和国家安全、高等教育和科学研究经费;地区和地方政府的职能是提供卫生保健、基础教育和住宅服务。在最主要的支出构成中（不考虑对其他级次预算的转移支付），地区和地方支出占主导地位，是基本财政服务经费的重要来源。2006 年转移支付的总额比 2005 年增长 0.17 倍。其中，俄罗斯联邦主体财政支持基金使1/3 居民的财政保障能力得到提高，使各联邦主体的财政保障能力不低于平均水平的 64%;补贴基金将向某些特定人群提供社会统筹的社会援助;社会支出共同拨款基金总额增长了 1.2 倍;地区发展基金在竞争的基础上继续支持预算改革规划的实施;财政改革依然是地区改革基金支持的重点。

3. 近期与体育发展相关的财政预算收入情况

发达国家的财政政策发展经验告诉我们，财政政策的改革应提高公共财政的管理水平。唯如此，才会大大提高公民在教育、卫生保健、社会保障等方面所应有的公共服务水平，有助于保障国家安全和社会稳定，维护公共利益公民权利和自由。

俄罗斯 2006—2008 年的财政预算安排充分体现了这一点。俄罗斯将提高教育、卫生保健和文化事业等社会公共服务领域工作人员的工资，以激励他们提高公共服务的质量。2006—2008 年预算支出总量要由预算收入来保障，支出方向要首先保证国家宏观政策的重点领域，同时各战略目标之间的资金配置要尽量稳定。2006 年联邦预算支出有所增长。其中，"卫生保健"和"体育运动"增长 64%，"教育事业"增长 29%，"国防事业"增长 20.5%，"国家安全"增长 22.5%。在考虑通货膨胀因素后，2006 年联邦预算无息支出与 2005 年相比增长了 15%，到 2008 年将增长 27%。近期与体育发展相关的财政预算增长速度比教育事业、国防事业乃至国家安全等方面力度要大得多，排在首位。

4. 俄罗斯体育产业政策演变历程

俄罗斯虽然没有类似我国"体育产业政策"一词，但其中相关的各种政策、法律法规却十分丰富，并对其体育产业的发展起到了决定性的作用（为便于描述，以下均统称体育产业政策）。转型后俄罗斯与体育产业政策相关的法律法令主要经历了叶利钦和普京两个时代的演变历程。

（1）叶利钦时代（1991—2000 年）

在宪法改革的相关法律文件和一些总统令中提出"把尽一切可能发展体育确定为国家的首要任务"。例如，在 1995 年 3 月 6 日 244 号、1997 年 4 月 2 日 277 号、1997 年 5 月 16 日 491 号总统令中提出，免除相关体育产品、器材企业机构的税收，通过这种方式鼓励发展以体育用品业为代表的体育产业的发展。在政府令中提出免除获奖运动员因产品代言及获奖等所获收入的税收，通过税收政策调整放开对于体育产业特别是体育无形资产开发的控制。

苏联刚刚解体后的俄罗斯转型初期，虽然受到一些政策惯性的影响，同时也有总统令这一类的法律文件，但毕竟受到经济全面衰退的宏观影响，俄罗斯体育产业出现了大幅度下滑，甚至波及整个俄罗斯体育事业的发展。主要体现在:①原有体育设施缺乏保养，使用效率极低;②缺少技术保障。③体育产品的生产和销售困难重重。由于科技和生产工艺基础薄弱、水平落后，企业间缺乏联系，体育商品的生产规模已经到了崩溃的边缘。在这种背景下，总体宏观财政政策以增加税收和减缩预算支出的严格紧缩阶段，俄罗斯却以总统令的形式出台在体育产业领域中免除税收的相关政策，足见国家对体育产业的重视。

(2) 普京时代（2000 年至今）

《俄罗斯联邦到 2005 年之前体育发展规划》中提出"体育全面而有效地发展是国家经济社会政治的重要组成部分"，提出"为发展体育事业以及竞技体育吸引不同资金来源，包括各级拨款和预算外资金""发展民族体育项目、体育旅游以及有特色的体育比赛，并利用这些项目使居民积极投入体育活动中"。放开了国家对于体育产业的控制，允许社会投资进入体育产业，鼓励用市场方法经营和管理包括体育赛事、体育旅游和体育彩票在内的体育产业，鼓励体育实行产业化、市场化运营。

这一时期的体育产业政策在经历了国民经济稳定并走向好转，其具体内容也倾向于促进体育投资并鼓励体育消费。

（二）我国体育产业政策发展的回顾

我国体育产业政策的研究、制定和颁布大致经历了三个历史阶段。

1. 第一阶段（1978—1992 年）：这一阶段是我国体育产业政策由点到面，由一个方面向多方面深入的准备阶段和起步阶段

党的十一届三中全会，把重点转移到社会主义现代化建设上，我国经济进入了一个快速发展的时期。1984 年党中央在总结新中国成立以来特别是改革开放后我国体育工作基本经验的基础上，发布了《关于进一步发展体育运动的通知》，提出了加快我国体育事业发展的指导思想、主要任务和工作措施。1986 年国家体委发布了《关于体育体制改革的决定》，明确提出了体育场馆等要"实行多种经营，由行政管理型向经营管理型过渡"，从此开始了我国体育事业社会化、产业化的进程。从这一时期体育产业政策来看，其政策着力点主要集中于两个方面：一是鼓励体育系统有条件的事业单位由事业型向经营型转变，开展多种经营，扩大服务范围，积极增收节支。二是吸引社会资金，以赞助和联办的形式，资助体育竞赛活动和创办高水平运动队，缓解体育事业发展资金的不足。但从这一时期的各项政策来看，体育产业的主体地位还没有真正确立，体育产业政策也还停留在附属于一般体育事业发展的相关政策的阶段。

2. 第二阶段（1992—1997 年）：这一阶段是我国体育产业政策的探索和实践阶段，也是体育具有产业属性的政策逐渐明朗的阶段

这一时期的体育产业政策大致可以归为三大类。

一是关于体育的产业地位确立方面的政策。1992 年国家体委召开了"中山会议"，把体育产业问题作为深化体育改革的重要内容，这也意味体育的产业地位得到了国家体育部门的承认。同年，《中共中央国务院关于加快发展第三产业的决定》将体育列入第三产业中的第三层次，属于提高科学文化水平和居民素质的服务部门，这一规定明确了体育的产业属性问题。1995 年国家体委颁布了《体育产业发展纲要（1995—2010)》，它明确了体育的产业性质和体育的经济属性，界定了体育产业的边界，提出了我国体育产业发展的指导思想和目标以及政策措施。

二是与体育事业改革相关的体育产业发展政策。1993 年全国体委主任会议上制定了《关于培育体育市场，加快体育产业化进程的意见》，提出了体育事业要"面向市场、走向市场，以产业化为方向"的基本思路。1993 年国家体委《关于深化体育改革的意见》，提出了要"建立与社会主义市场经济体制相适应，符合现代体育运动规律，国家调控，依托社会，有自我发展活力的体育体制和良性循环的运行机制，形成国家办与社会办相结合、集中与分散相结合的格局"。1996 年全国人民代表大会八届四次会议通过的《国民经济和社会发展"九五"计划和 2010 年远景目标纲要》，明确了"进一步改革体育管理体制，有条件的运动项目要推行协会制和俱乐部制，形成国家与社会共同兴办体育事业的格局，走社会化、产业化的道路"。第一次在国家五年规划中提及到体育的产业化问题，从而确定了体育产业发展的政策性导向。这类政策多见于与体育整体改革相关的文件中，将"产业化、市场化"作为体育事业改革的发展方向，尽管不直接针对体育产业本身，但是对于体育产业的发展也是至关重要的，特别是确保了体育产业化的大方向。

三是专门的针对体育产业或其产业部门的政策。1994 年国家体委发布了《1994—1995 年度体育彩票发行管理办法》和《关于加强体育市场管理的通知》，使体育经营活动纳入法制管理的轨道。1996 年国家体委发布了《关于进一步加强体育经营活动管理的通知》。国家体委、各省市也先后颁布了一些体育经济的法规，将发展体育产业的重点从经营创收转为推动体育事业向产业化方向发展上来，并争取到国家对体育实行的一些优惠经济政策。这些专门性的针对体育产业的政策的出台，也标志着体育产业政策逐渐从一般性的体育政策和经济政策中独立出来，逐渐成为一种独立的政策形式。

3. 第三阶段（1997 年至今）：这一阶段，既是国家发展体育产业政策、明确各地进一步探索发展体育产业政策的阶段，也是国家实施发展体育产业初见成效的阶段

这一阶段体育产业政策的发展主要表现为四个方面。

一是在体育整体改革中继续坚持和明确了产业化的大方向。2003 年 10 月中国共产党第十六届中央委员会第三次全体会议通过的《中共中央关于完善社会主义市场经济体制若干问题的决定》提出要"深化体育改革，构建群众体育服务体系，健全竞技体育体制，促进体育产业健康发展"。2004 年《国家发展改革委员会关于贯彻落实党的十六届三中全会〈决定〉精神推进 2004 年经济体制改革的意见》（发改经体〔2004〕538号），在当年的经济体制改革的重点工作中，提出要"深化体育改革，促进体育产业健康发展"。2007 年 3 月《国务院关于加快发展服务业的若干意见》（国发〔2007〕7号），提出要"大力发展体育和休闲娱乐等服务业，优化服务消费结构……加快事业单位改革，将营利性事业单位改制为企业，并尽快建立现代企业制度。这些体育产业政策将发展体育产业作为继续深化体育改革的重要内容之一，为体育产业的整体推进提供了政策方向上的保证。

二是对体育产业发展的重点推动。2000 年 7 月经国务院批准，国家计委、国家经贸委发布了《当前国家重点鼓励发展的产业、产品和技术目录（2000 年修订）》，将服务业中的大众体育设施建设列为当前国家重点鼓励发展的产业。2001 年 3 月通过的《中华人民共和国国民经济和社会发展第十个五年计划纲要》进一步提出要"促进职业培训产业成长……开发健康有益大众化的娱乐健身项目，发展文化和体育产业"。2001年 12 月国家计委《"十五"期间加快发展服务业若干政策措施的意见》提到要"积极发展……文化、体育等需求潜力大的行业，形成新的经济增长点"。国务院 2005 年第 40号令颁布的《产业结构调整指导目录（2005 年本）》，将全部产业分为鼓励类、限制类和淘汰类，其中"体育设施建设及产业化运营"被列为鼓励发展的其他服务业类。从这些政策来看，体育产业的作用和价值越来越受到国家相关部门的重视。同时这些重点推动型的政策也是体育产业政策地位显现的一个重要表现。

三是专门性的体育产业政策进一步发展成熟。2003年财政部、国家税务总局、海关总署颁布了《关于第29届奥运会税收政策问题的通知》，明确制定了对第29届奥运会组委会、对国际奥委会和奥运会参与者实行的若干税收优惠政策。2007年1月国家标准委《关于推进服务标准化试点工作的意见》（国标委农联〔2007〕7号），将体育标准化作为其试点的内容之一，提出"要以健身休闲、竞技表演和运动训练等体育活动为主要内容，制定实施体育场所开放条件、体育场馆等级划分和体育活动组织等服务标准，保证体育服务安全，提升体育服务质量水平，创造体育服务市场健康有序的竞争环境，推动群众体育和竞技体育协调发展"。专门性体育产业政策的成熟与完善也意味着体育产业政策作为一个独立的政策系统逐渐完善和发展起来。

四是有了针对体育产业发展的整体规划性政策。2000年国家体育总局发布了《2001—2010年体育改革与发展纲要》，提出了十年来的体育产业发展目标、基本战略以及加入WTO后的发展策略，并提出"应尽快着手制定科学的体育产业发展规划和相应的政策法规，加速培育体育市场"。2006年3月通过的《中华人民共和国国民经济和社会发展第十一个五年规划纲要》中有了专门的关于发展体育产业的内容，在第十七章第六节《发展体育事业和体育产业》提出要"深化体育改革，鼓励社会力量兴办体育事业和投资体育产业。规范发展体育健身、竞赛表演、体育彩票、体育用品，以及多种形式的体育组织和经营实体"。2006年12月国家体育总局公布的《体育产业"十一五"规划》分析了"十一五"期间我国体育产业发展面临的形势，指出了该期间体育产业发展的指导原则和目标。并指出要改革体育产业的管理体制，加强对体育市场的规范管理，进一步完善体育产业政策，加强对体育产业的指导与服务。这也是我国第一次以五年规划的形式对体育产业的发展进行总体性的指导。它标志着我国体育产业政策开始逐步走向正规化。同时这些以"规划"形式的体育产业政策的出现，也标志着我国体育产业整体体系的形成和逐步走向完善。

七、中俄体育产业政策特征比较

（一）转型后俄罗斯体育产业政策主要特征

俄罗斯体育产业政策按照转型以来的经济发展阶段和政策侧重点的转变两个标准对之划分，其主要特征如下。

1. 转型初期的体育产业税收鼓励政策

俄罗斯转型初期，在宪法改革的相关法律文件和一些总统令中提出"把尽一切可能发展体育确定为国家的首要任务"。在总统令中提出，免除相关体育产品、器材企业机构的税收，通过这种方式鼓励发展以体育用品业为代表的体育产业的发展。在政府令中提出免除获奖运动员因产品代言及获奖等所获收入的税收，通过税收政策调整放开对于体育产业特别是体育无形资产开发的控制。

俄罗斯转型之初，伴随整个宏观经济衰退，体育产业政策也受到相关消极影响。体育事业经费的欠缺，包括消费水平在内的整体国民经济水平下滑，使得体育产业政策的出台象征意义大过实际效果。

2. 优先为竞技体育服务的体育产业政策

竞技体育长期以来一直是苏联和俄罗斯发展体育的重中之重。发展尖端体育是苏联体育运动事业的主线，其体育产业政策也证明了这一点。

在"关于保护体育行业关税的政策"中决定：把尽一切可能发展体育确定为国家的首要任务。其中第 4 条确定了从 1993 年 9 月 1 日开始，运动员参加世界锦标赛、欧洲锦标赛、奥运会的奖金和薪酬（包括外币），以及体育训练参与者和在培训机构训练者一天膳食费用的数额。收入总数、体育形象代言收入、纳税额没有列入。还有第 7 条，俄罗斯联邦政府大臣意见：为了让保障体育发展和生产体育器材的纳税企业、机构和组织得到解放，以及在国际比赛中参加和获奖运动员奖金收入免除税收，要引起俄罗斯联邦会议在俄罗斯联邦税法修改方面的关注。

俄罗斯转型以来，依然作为世界体育强国，在许多项目上占有绝对优势，如冰雪运动项目、体操、田径、游泳、击剑、举重、国际象棋及各种球类项目等。这一点首先得益于俄罗斯从苏联继承了良好的运动训练体系。还有一点不能忽视的就是资金保障，尤其是在解体之初的经济全面倒退背景下，以其强有力的政策保障经费来源显得难能可贵。在相关体育产业政策支持下，国家奥委会的拨款、体彩收入、广告商及赞助商、集体或个人的捐款，以及运动基金会的收入等成为主要资金保障来源。1993 年开设的专门资助各项体育运动发展的贷款机构———体育科学院银行为俄运动员参加国际比赛提供了保障。113 个体育运动项目、4 万多名专职教练员以及俄联邦每年用于培养后备力量的高投入（约 600 亿卢布），为体育后备力量的培养及进一步发展尖端体育运动提供了保障。

3. 典型的体育产业政策主体偏好特征

转型至今，俄罗斯体育产业政策经历了叶利钦和普京两个时代。这两个时代的体育产业政策的共同点就是具有相同的主体偏好特征。

政策主体，又称政策行为主体或政策行动主体。它的作用主要体现在一种政策的制定，必须能够识别参与政策过程的行动主体以及所追求的利益。而政策的制定包含了众多的行动主体，当然他们的利益可能相近也可能不同。俄罗斯体育产业政策的制定也是如此。俄罗斯转型中，可以大致把国家体育产业政策主体分为三类：统治者（叶利钦、普京）、机构官员和行政机构官员。其中统治者的偏好和行为在俄罗斯体育产业政策制定中起到了决定性的作用。

作为俄罗斯转型期的统治者叶利钦和普京两位总统，具有相似的共同点就是对体育事业的重视和热爱，同时体育给苏联以及俄罗斯历史上带来的辉煌和荣耀也使得无论统治者还是民意都有此共性；而体育产业政策又是直接对体育事业的发展具有积极作用，所以体育行政官员对此的偏好也毋庸置疑；加之体育产业政策较之其他国家宏观经济政策的地位影响，既便立法官员的政策偏好不能和前者相近，也不足以影响其对立的程度过大。故最终的博弈结果也受统治者影响甚重。

4. 为国家体育战略发展方针的服务性特征

随着俄罗斯联邦国民经济战略发展方针的转变，尤其是普京时期，体育产业政策逐步为国家体育战略方针服务特征日趋明显。在"俄罗斯政府命令（2002 年 10 月 29 日第 1507 号文件）"中批准的"俄罗斯联邦政府决议俄罗斯联邦到 2005 年之前体育发展规划"中明确提出：体育全面而有效地发展是国家经济社会政治的重要组成部分。在体育领域国家的主要政治目标是人民的健康、居民健康生活方式、相应的体育素养和身体强壮的一代人的形成，以及俄罗斯运动员在大型国际比赛中优秀的表现。

转型后的俄罗斯体育基础设施、资金短缺等问题制约国家体育发展的状况始终得到国家的重视，但是在这一时期由于经济的好转，财政的支持使其问题的解决达到了可行并执行的层面，尤其是竞技体育之外的大众体育、青少年健康等问题也上升到同等的地位。"俄罗斯联邦到 2005 年之前体育发展规划"中第一条之"俄罗斯联邦体育发展的现状"，首先强调了"从 1999 年开始俄罗斯一直在扩大体育康复和健身设施网络，10年间这一数量几乎减少了 20%。由于经济不协调发展，许多企业和组织拒绝支持体育和健身项目。一系列体育场和其他体育项目闲置无用。在城里和居民区建体育设施的规定没有完全实现"。以及"预算拨款无论对大众体育和青少年体育还是对竞技体育的需要都不能充分满足。同时没有为准备在体育发展中投资的投资人和赞助商提供相应的条件"。还有包括全民体质下降、体育人口不足 10% 等问题在文件中都特别提出。

相应的政策措施在第三条"发展方针"中指出，"吸收和利用预算外资金的法律和经济组织机构的建立；体育设施利用的有效性分析""为发展体育事业以及竞技体育吸引不同资金来源，包括各级拨款和预算外资金（包括出让电视转播权、推行体育彩票和依据俄罗斯法律举行的其他活动)"。第四条"实施措施"中明确，"对居民身体素质和身体发育进行监测，尤其是青少年儿童""发展民族体育项目、体育旅游以及有特色的体育比赛，并利用这些项目使居民积极投入体育活动中；在俄罗斯联邦城区建立开通地区健康促进网络的休闲区，在休闲区有全套标准的专业体育设施""运动竞赛、体育康复与旅游俱乐部以及提供舒适条件和多样服务的经营性体育中心应该是国家体育运作的基础组织""为了青少年儿童参与体育活动应生产实惠而又实用并合乎卫生标准的商品和训练器材"。

这些具体且明确的政策内容，直接反映了在普京时期利用鼓励投资、吸引赞助、行政拨款以及各种体育产业的预算外收支等各种手段，来发展经营性体育组织，为改善国家全民健康尤其是青少年体质、发展国家体育总体水平的服务性特征。同时从另一个方面也体现了普京时期的俄罗斯总体经济水平的改善和财政政策的面向公共服务质量提高的倾向性特点。

（二）我国体育产业政策的主要特点

结合上述我国体育产业政策的发展历史，并对比西方发达国家体育产业政策，我们不难发现我国体育产业政策具有以下特点。

1. 体育产业政策主体的多元化

西方发达国家的体育产业政策主体比较单一，不论是美国给予职业体育反垄断豁免的《反垄断法》，还是给予购买职业运动队税收优惠的《税法》，或是加拿大的《联合调查法》和《竞赛法》，其政策主体都是以立法机关为主，另外政府也主要是在公共体育场地设施的投资建设方面给予优惠。所以，西方发达国家的体育产业政策主体主要是立法机关和政府。而从我国的情况来看，体育产业政策的主体除了这两者外，还有政党，例如 2003 年《中共中央关于完善社会主义市场经济体制若干问题的决定》便是由我国的执政党——中国共产党在第十六届中央委员会第三次全体会议通过提出的。并且我国体育产业政策所涉及的政府部门也更为复杂，包括国务院、国家体育总局、发改委、标准委、财政部、国家税务总局、海关总署、经贸委等多个部门。很多政策的制定，往往需要几个或多个部门联合才能实现，例如2003年《关于第29届奥运会税收政策问题的通知》就是由财政部、国家税务总局、海关总署等多个部门联合颁布。所以说，从政策主体看，我国体育产业政策所涉及的主体更加具有多元化的特征。

2. 产业政策手段的特殊性

西方发达国家的体育产业政策中运用最多的就是立法和税收手段。这是由其所处的特殊运行环境所决定的。因为西方发达国家的市场经济体制比较成熟，经济运行更多地依靠市场的自发调节，其调节手段一般是经济和法律手段，而较少运用行政手段。但是体育在国民经济中具有特殊的地位，西方各国政府经常把一部分体育活动作为其增进社会福利的政策手段，因而不可避免地需要政府在财政支出等方面予以扶持。而从我国的情况来看，由于市场机制的相对不成熟，我国体育产业政策的制定和实施主体则更多的是各级政府部门，其政策手段更多地依赖于行政手段，立法型的体育产业政策较少。从具体的政策手段来看，主要包括国家整体的规划、指导意见以及国家各部门的意见和规定。

3. 产业政策的层次性

从我国体育产业政策的各项条款内容来看，大致可以分为三类，第一类是国家整体的发展规划，例如《国务院关于加快发展服务业的若干意见》《中华人民共和国国民经济和社会发展第十个五年计划纲要》《中华人民共和国国民经济和社会发展第十一个五年规划纲要》。虽然这些整体性的规划不是专门针对体育产业制定的，但是对体育产业的发展具有战略高度的指导性。第二类是国家和地方各部门出台的与体育产业有关的政策内容，例如《关于第29届奥运会税收政策问题的通知》《关于推进服务标准化试点工作的意见》。这些政策虽然不是直接由体育部门制定，但是经常针对体育产业的某一方面，往往与专门性的体育产业政策相互配合，共同发挥作用。第三类是体育主管部门出台的专门针对体育产业发展的政策，例如《1994—1995年度体育彩票发行管理办法》《体育产业"十一五"规划》等，这类体育产业政策由体育相关部门制定，具有很强的针对性，也是体育产业政策的主体部分。总体而言，这三类政策既有政策效力上的层次性，又共同构成了我国体育产业政策所特有的政策体系。

4. 产业政策演化的动态特征

从我国体育产业政策发展的历史来看，在体育产业发展的早期，体育产业政策依附于其他政策，特别是依附于一般性的体育改革政策或是经济政策。并且其政策主体也仅限于体育管理部门内部，多是由体育主管部门单独制定。但随着体育产业的发展，体育产业政策逐渐从一般性的体育政策和经济政策中独立出来，成为一种独立的政策体系。同时越来越多的部门都投入到体育产业政策的制定中来，体育产业政策的演化越来越具有多个部门的协同联动性。

八、中俄宏观经济环境对体育产业发展的影响

中俄宏观经济环境对体育产业发展的影响主要表现为以下三个方面。

(一) 市场化改革对体育产业发展的基础作用

市场化改革是体育产业化的制度基础。因为，体育产品属于比较高层次的产品（满足享受和发展需要），它只有在商品化程度很高、市场化较为成熟的阶段才能真正作为商品进入市场，才能以价格作为信号进行生产和交换。也只有在市场化高度发展的经济

中才能为其提供产业化所必需的各种物质、资金和人才支持。中俄两国在改革开放前，体育都被作为纯粹的公共事业，其产业性质被人们忽略。中国改革开放以后，特别是进入 20 世纪 90 年代，部分体育项目开始进入市场，走产业化道路，体育作为一种产业的地位才逐渐得以实现。随着中国市场化改革的逐步深入，由市场配置部分体育资源的制度安排也会逐渐发挥作用，从而为体育的产业化奠定坚实的制度基础。苏联解体后，俄罗斯原有的体育体制难以为继，同时俄的市场化改革使得体育主动地转向市场寻求发展所需的资金，也催生了俄罗斯的体育产业。

（二）经济发展阶段对体育产业发展程度的决定作用

钱纳里根据人均国民收入的变动情况将一国工业化的进程划分为六个发展阶段，依次是工业化前的准备阶段、工业化的实现和经济高速增长阶段（含初期阶段、中期阶段和后期阶段）和工业化后的稳定增长阶段（含初级阶段和高级阶段），具体划分标准如表 8。

表 8　钱纳里对工业化阶段的划分

时期	人均收入变动范围 1970 年美元	经济发展阶段	
0	100～140		工业化前的准备阶段
1	140～280		
2	280～560	初期阶段	工业化的实现和经济高速增长阶段
3	560～1120	中期阶段	
4	1120～2100	后期阶段	
5	2100～3360	初级阶段	工业化后的稳定增长阶段
6	3360～5040	高级阶段	

［资料来源］H.钱纳里，等.工业化和经济增长的比较研究.上海：上海三联书店，1989.

库兹涅茨在统计分析的基础上提出了自己的对于经济发展阶段的看法，他依据三次产业占 GDP 的比重、城市人口的比重以及三次产业劳动力比重等指标，将经济发展阶段划分为工业化前的准备阶段、工业化的实现和经济高速增长阶段以及工业化后的稳定增长阶段，具体指标和发展阶段如表 9、表 10 所示。

表 9　库兹涅茨的统计分析 1

经济发展阶段	第一产业占 GDP 比重（%）	第二产业占 GDP 比重（%）	第三产业占 GDP 比重（%）	城市人口比重（%）
工业化前的准备阶段	49.8	22.8	27.4	22.9
	32.7	28.6	38.7	32.0
工业化的实现和经济 高速增长阶段	33.7	29.0	37.3	36.0
	15.1	39.4	45.5	49.9
	14.0	50.9	35.0	65.8
工业化后的稳定增长阶段				68.2

［资料来源］S. 库兹涅茨.现代经济增长. 北京：北京经济学院出版社，1989.

表 10　库兹涅茨的统计分析 2

经济发展阶段	第一产业劳动力比重（%）	第二产业劳动力比重（%）	第三产业劳动力比重（%）	第一/第二、三产业劳动力比重（%）
工业化前的准备阶段	80.5	9.6	9.9	0.86 ~ 0.52
	63.3	17.0	19.7	0.52 ~ 0.62
工业化的实现和经济	46.1	26.8	27.1	0.62 ~ 0.47
高速增长阶段	31.4	36.0	32.6	0.47 ~ 0.45
工业化后的稳定增长阶段	17.0	45.6	37.4	0.45 ~ 0.31

[资料来源] S. 库兹涅茨.各国经济增长和国家经济增长的数量方面. 转引自刘伟，等. 资源配置与经济体制改革. 北京：中国财政经济出版社，1989.

结合钱纳里和库兹涅茨的划分标准，我们可以对中俄两国大致的经济发展阶段作出判断。根据表 3 的统计数据，中国 2003 年人均 GDP 达到了 1100 美元，2004 年达到 1230 美元，从表 8 的标准来看，中国的工业化应处于"工业化的实现和经济高速增长阶段"的中后期阶段。结合 2004 年的三次产业产值比重一产 13.1%、二产 46.2%、三产 40.7%，基本上与库兹涅茨的统计分析中"工业化的实现和经济高速增长阶段"的中期阶段特征相符，三大产业的就业结构（49.1%、21.6%、29.3%），城市化水平（38.6%）则分别与表 9 和表 10 中的"工业化的实现和经济高速增长阶段"的初期和中期阶段相似。总体而言，中国的工业化尚处在"工业化的实现和经济高速增长阶段"。2004 年俄罗斯年人均 GDP 达到了 3280 美元，从表 3 的标准来看，俄罗斯的工业化应处于"工业化后的稳定增长阶段"的初期阶段。2003 年俄罗斯城市化水平（73.2%）基本上与表 9 中工业化后的稳定增长阶段的城市化水平相当，而 2004 年俄罗斯三大产业的构成比例（5.1%、35.5%、59.4%）和三大产业的就业结构（10%、31.3%、58.7%）在表 9 和表 10 中则没有较好的对应，但总体而言，俄罗斯的工业化应当正处在"工业化后的稳定增长阶段"。

体育产业整个国民经济的重要组成部分，只有当一国或一个地区的经济发展到一定程度或阶段之后，体育产业才可能有大的发展。而从目前中俄两国经济所处的发展阶段来看，俄罗斯基本上具备了体育产业整体推进的条件，而中国，体育产业近几年虽然获得了较大的发展，但现阶段体育产业的繁荣只能是在部分经济较为发达的地区，体育产业成为整个国民经济支柱产业还为时尚早。

（三）宏观经济政策对体育产业发展的影响作用

宏观经济政策构建了体育产业发展的宏观政策环境，其影响主要表现为宏观经济政策对不同产业的鼓励或者限制、宏观经济政策对居民可支配收入进而对市场消费水平的影响以及宏观经济政策对体育产业政策的影响作用。从两国的具体情况来看，直接对体育产业进行鼓励或者限制的宏观经济政策在两国都相对较少，中国近几年逐渐意识到体育产业的重要作用，开始在政府的文件里提及"鼓励和促进体育产业发展"之类的政策，俄罗斯则基本上没有涉及。但是两国都有一些促进第三产业发展的相关政策，这些政策对体育产业的发展也有间接的促进作用。影响居民消费收入的政策主要包括税收政策、价格政策、供给政策以及增加居民可支配收入的政策等。从现阶段来看，两国都实施了一些促进国民可支配收入增加的政策，对于体育等行业也给予了一定的政策优惠以增进其供给水平。从普京总统上台之后，俄政府又相继实施了一系列的减免税赋的政策。从宏观经济政策对体育产业政策的影响来看，由于体育产业政策是国家宏观经济政策系统中产业政策系统的一个子系统，其制定和实施既要受到一般性产业政策的制约和影响，又要受到本系统内和系统外其他经济政策的影响。而两国在宏观经济政策方面的差异，必然在体育产业政策方面有所反应，进而对本国体育产业的发展产生影响。

九、近年来俄罗斯财政政策变化对体育事业的影响

俄罗斯联邦发展的战略目标是在每年的总统咨文中确定的，这些目标是近 10 年的行动纲领，它涉及社会生活的各个方面，规定着全民发展的总体方向和优先次序。当前，俄罗斯按照提高居民生活水平、国家安全、未来可持续发展和经济稳定增长的次序来制定国家发展的战略目标，而财政政策要为实现上述战略目标服务。

近年来俄罗斯财政的预算安排还充分体现出其提高公共服务质量的决心。这一点从俄罗斯将提高教育、卫生保健和文化事业等社会公共服务领域工作人员的工资，以激励他们提高公共服务的质量等方面不难看出。

根据相关法律，从 2006 年 5 月 1 日起，最低劳动工资水平提高到 1100 卢布。在卫生保健方面，俄罗斯注重提高医疗救助的效率和质量，计划到 2008 年将对门诊部和医疗所的投入扩大到 11%，对一般医院的投入扩大到 64%，并为无偿医疗救助拨付更多的财政资金。在教育方面，目标是排除社会地位、收入和居住位置等因素的影响，使所有居民都得到优质的教育，扩大教育覆盖率，提高人均教育支出。在科研方面，巩固俄罗斯在基础研发领域的国际领先地位，计划在 2008 年以前基础科研支出将提高两倍。在文化事业方面，支持文化遗产的修复、文化产品的出版和发行，支持戏剧、电影和体育事业的发展，使健康的生活方式得到普及。在社会保障方面，2006 年联邦预算中养老金支出份额扩大到 24%，到 2008 年养老金平均规模将提高 0.9 倍，养老金最低水平将提高 1 倍，退役军人养老金将提高 0.6 倍，以此来提高退休人员的生活水平。在社会救助方面，2006 年力求使国家贫困率下降到 13.5%，2008 年下降到 9.7%;增加残疾人康复拨款，最大限度地满足残疾人的需求。

十、俄罗斯财政政策调整的方向

大多数发达国家已经或正在进行着财政领域的改革，特别是公共财政改革，许多经济转型国家也步入了这一改革进程，其中包括俄罗斯和中国。2006 年，俄罗斯在形式和内容上对其财政政策进行了全面调整，这是转型国家财政改革实践的有益探索。

(一) 中期预算的雏形

在形式上，俄罗斯财政政策调整既为转型国家进行中长期预算或滚动预算（连续预算）提供了思路，也为应对全球竞争加剧的现实，在绩效预算方面进行了必要的尝试。

俄罗斯首次采取与许多发达国家一样的做法，将联邦预算列入未来 3 年财政计划的组成部分。同时，中期财政政策调整更加注重结果，规定了各级政府的职责范围，特别是注重用一些数据指标来说明各级政府的公共服务力度。

(二) 提升财政政策在宏观调控中的作用

在内容上，俄罗斯财政政策体系的安排具有紧密配合国家发展战略目标、面向提高公共服务质量、稳定宏观经济、维护国家安全以及促进未来发展等特点，是最大发挥和提升财政政策效力的典范。借鉴俄罗斯的经验，首先应确立国家发展的战略目标及其优先次序，依照此次序安排财政资金的比例，并根据财力在各目标间配置财政资金。

提高居民的生活水平应该是国家发展战略制定的出发点和归宿，财政应以满足公民在教育、卫生保健、文化和社会保障等方面的需求为目标;经济稳定且快速增长是解决社会问题的基础，必须尽量降低通货膨胀和本币升值的压力，完善税收体系并保护财产权益，在此基础上优化投资和经营管理，创造新的工作岗位，提高工资水平，大力促进运输、交通、能源等基础领域和战略领域的发展，支持技术创新;国家安全是经济发展的必要条件，当前各国人民都不同程度地受到战争、恐怖主义、社会犯罪和自然灾害的威胁，维护国家和公民的安全是财政政策的重要战略目标;为可持续发展创造条件是现代国家的重要使命，财政政策在这方面应定位于创建未来发展的潜力，致力于促进人力资源与自然资源的管理、开发和利用;效率国家能够提升该国的国家竞争力，财政政策应促使国家各级权力机关提高行政效率，以最低的行政费用获取最大的行政效果。

其次，应提高公共财政的管理水平。俄罗斯中期财政计划试图表达的基本理念是:高质量的公共财政管理必须对所有纳税人和公共服务的消费者负责，保障他们交由国家配置的资金使用透明和有效，从而使整个社会、每个家庭和每个人都能获得和分享公共财政管理带来的效益。严格界定国家职能，进而严格界定公共财政的法定支出责任是提高公共财政管理质量的前提条件;建立预算支出的绩效评价机制是提高公共财政管理质量的必要条件。满足了这些条件将会大大提高公民在教育、卫生保健、社会保障和宏观经济调控等方面所享有的公共服务水平，有助于保障国家安全和社会稳定，维护公共利益及公民的权利和自由。

在俄罗斯历史上，2006—2008 年的中期财政计划是第一个面向结果、途径明确和致力于可持续发展的政策，如果这一科学政策能够得以顺利实施和有效运行，其结果必然是引导俄罗斯的经济和社会发展进入崭新的时代。这为进行经济转型的国家提供了宝贵的经验借鉴。毫无疑问，俄罗斯此次财政政策的目标结果也正是多数国家所向往的:基础设施供给充裕，人力资源和自然资源潜能得到最佳发挥，民主、法律和秩序得到贯彻，公民的权利和自由得到保障，国际协作实现一体化，对外政治利益得到全面保护，国家安全得到有效保障，国家效率得以提高，财政体系得以稳固。

十一、俄罗斯体育产业政策的发展趋势

俄罗斯体育产业政策的发展过程和国家财政政策乃至整个宏观经济背景是紧密相关的。这里包含了其客观因素，同时主观因素也不容忽视。

(一) 由一般性体育产业政策向特殊政策发展趋势

根据体育产业政策体系的研究框架，体育产业政策大体可分为一般性政策和特殊性政策。作为宏观的、带有普遍意义的基础体育经济政策，体育产业一般政策对体育投资、体育税收、体育资产管理与开发、体育市场管理以及体育劳务价格等特殊政策的制

定，对整体体育产业发展起着重要的指导作用。在俄罗斯转型之初，即使政治十分动荡、经济严重衰退，虽然在具体措施方面并没有十分有力的政策措施，但基础性的体育一般政策却没有忽视。以总统令等形式的体育产业政策在当时起到了积极作用。

随着政局和经济的稳定和好转，相应的俄罗斯体育产业特殊政策也应时而出。而且从对俄罗斯体育产业现状的认识、原则的制定，以及具体层面的指导和要求，体现得十分全面。其中有关于吸引体育投资的政策，也有体育税收的相关规定；有体育市场开发的措施，还有体育资产管理与开发的要求等。相应的政策不仅有"俄罗斯联邦到2005年之前体育发展规划"，而且在俄罗斯政府命令（2002 年 10 月 29 日第 1507 号文件）特别强调批准和保证力度。这种由一般性政策向特殊性政策过渡的发展趋势不仅符合时势的社会背景，也符合体育产业政策的发展趋势。

我们国家现阶段即使有许多地方性的体育产业政策，但许多还是属于一般性体育产业政策体系。

(二) 长远期目标制定向中近期目标计划过渡

转型之初的俄罗斯体育产业政策不仅体现在基础层面，甚至对具体的目标期限也没有明确，可以说是一个长期的宏观性指导政策，其象征性意义远大于实际效果。而到了普京执政时期，出台的一系列体育产业政策，在具体层面的特殊政策方面突出了实际意义，其重要特征就是目标周期比较明确且相对较短，基本上在五年以内，甚至有些政策仅为年度性目标。这种由长远期体育产业政策目标向中近期目标计划过渡的发展趋势为绩效考评提供了可能，也使得其体育产业政策成为一种面向结果、途径明确并致力于可持续发展的政策。

(三) 发展体育战略目标的优先秩序发生变化

竞技体育运动一直是俄罗斯乃至苏联的体育发展战略重点。在经济十分窘迫的转型初期也是如此，换句话说就是当时将有限的体育经费都用在了所谓国家形象方面的"刀刃"上了。相应的就是大众体育受到了冲击，几乎陷入了瘫痪的困境。特别是已制定的政策、法规与规定也没有真正地得到贯彻。俄罗斯社会转型期大众体育发展滞后和混乱带来的直接后果，就是造成了俄罗斯国民体质的严重下降。国民的生命指数根据世界卫生组织的数据显示，在俄罗斯是 1.4 级（最高是 5 级）。根据尤·阿·亚门巴列斯高依的资料，90 年代的青少年身体质量的一系列指数比 70 年代的同龄人低 18%~21%。这些问题并非俄罗斯政府和相关部门没有意识到，而是无能为力。所以当普京时期经济出现转机后，相关的政策也体现出来了。直接反映就是体育产业政策中关于发展体育战略目标中，将"人民的健康、居民健康生活方式、相应的体育素养和身体强壮的一代人的形成"放在体育领域国家的主要政治目标之首，而"俄罗斯运动员在大型国际比赛中优秀的表现"则次之。

十二、政策建议

（一）我国体育产业政策的制定和实施要与我国体育产业所处的政策环境相协调，具体表现为要与我国国民经济和社会发展的目标相一致，要尊重我国的特殊国情，考虑我国体育产业自身发展的特点和目的性。

（二）我国体育产业政策要与我国宏观的国民经济政策相配合，体育产业政策的制定和实施需要多个部门、多种政策的配合，而绝不仅仅只是体育部门自己的事情。

（三）我国的体育产业政策必须根据我国经济社会的发展以及体育产业的发展进行适时的调整，要以我国体育产业发展的动态视角审视我国体育产业政策的制定、实施以及调整。

（四）特殊性的体育产业政策仍需加强。在俄罗斯转型之初，即使政治十分动荡、经济严重衰退，虽然在具体措施方面并没有十分有力的政策措施，但基础性的体育一般政策却没有忽视。以总统令等形式的体育产业政策在当时起到了积极作用。我们国家现阶段即使有许多地方性的体育产业政策，但许多还是属于一般性体育产业政策体系。

（五）目标周期应比较明确且相对较短。普京执政时期出台的一系列体育产业政策，在具体层面的特殊政策方面突出了实际意义，其重要特征就是目标周期基本上在五年以内，甚至有些政策仅为年度性目标。这种由长远期体育产业政策目标向中近期目标计划过渡的发展趋势为绩效考评提供了可能，也使得其体育产业政策成为一种面向结果、途径明确并致力于可持续发展的政策。

（六）俄罗斯提高教育、卫生保健和文化事业等社会公共服务领域工作人员的工资，以激励他们提高公共服务的质量。在经济转型国家财政政策的改革主要体现在公共财政政策中，这一点俄罗斯和我国具有相似性。具体反映在其中的体育产业政策方面也有着可比性以及对我国的重要借鉴意义。

（项目编号：764ss06027）

全面建设小康社会进程中西部体育产业发展规划研究

祝　莉　张剑渝　许传宝　范佳音

一、西部地区社会经济与体育产业发展情况分析

（一）西部地区社会经济发展情况分析

能否抓住历史机遇，树立科学发展观，统筹规划，摆正体育产业在西部大开发中的地位，找准西部体育产业发展的依据、目标和对策，培育出新的经济增长点，首先要正确判断西部地区经济所处的发展阶段以及现阶段的发展特征。经济学界认为，从西部大开发战略实施情况看，西部经济发展正处于如下几个阶段。

1. 工业化初中期向中后期转变阶段，经济发展呈现不平衡的特征

按照发展经济学的划分标准，工业化阶段可以分为人均国民收入 280～560 美元、560～1120 美元、1120～2100 美元三个阶段。静态地看，按照一般汇率换算，我国西部大部分地区仍处在人均国民收入 280～1120 美元的初、中阶段。

表1　2001 年西部地区人均国内生产总值比较

指标	总计	西部 12 省（区、市）	西部 12 省（区、市）占全国比重（%）
国内生产总值（亿元）	95933.3	18248.4	17.1
人均国内生产总值（元）	7543.0	5042.7	14.7

［注］在计算西部 12 省（区、市）占全国的比重时，为西部 12 省（区、市）占 31 个省（区、市）合计的比重。

一般说来，国民经济在工业化早期经过或长或短的轻工业振兴阶段后，将进入主要依靠重工业支持增长的过程。这一阶段又可以区分为工业化初期阶段和随产业结构不断重心后移、产品附加价值不断提高的工业化中期和后期阶段。工业化后期阶段其产品结构会发生由以生产资料为主向以消费资料为主的转变。在经济发展走出工业化过程之后，高新技术产业和服务业将成为国民经济增长的主要支持力量，如旅游、体育等行业即属于此类。

从总体情况看，可以判断，西部地区仍处于工业化初、中期，而以省会为核心的大中城市经济处于工业化中后期发展阶段，其总体特征是经济发展不平衡。

2. 新一轮固定资产大规模投入时期，其边际收益递增现象开始显现

一方面，新中国成立以后，西部地区有过两次工业化发展的高潮时期。一次是"一五"时期，另一次是从"三五"到"五五"计划的"三线建设"时期。从现实需要和工业固定资产更新的周期性看，目前西部正面临新一轮固定资产投入和形成时期。

首先，20世纪80年代初期建设起来的工业框架和工艺、技术，虽然经过了多次的扩张和改造，但从资产投资周期角度看，这些产业的固定资产的技术寿命、经济寿命基本完结，已经到了大规模更新的周期。由此带来的将不仅是投资需求的扩大，而且是产业结构的进一步变化和区域经济竞争力的持续增强。

其次，"九五"时期为应对普遍性供大于求为特征的通货紧缩趋势，中国开始实施"积极的财政政策"。在积极财政政策下，政府的投入主要是以大规模的基础设施建设为核心，这些投入主要受益区域就是西部。

表2　1998—2001年我国西部、中部和东部地区固定资产投资情况比较

地　区	固定资产投资占全国的比重（%）				基本投资占固定资产投资的比重（%）			
	1998年	1999年	2000年	2001年	1998年	1999年	2000年	2001年
全国	100	100	100	100	41.95	41.72	40.79	39.82
西部地区	17.77	18.16	18.56	19.24	48.75	48.20	48.83	47.84
中部地区	21.20	20.82	21.37	21.66	42.02	42.99	42.73	42.75
东部地区	57.63	58.05	56.97	56.09	36.63	36.32	34.35	32.80

另外，2000年初西部大开发的正式启动。按照西部大开发的战略设想，"十五"计划初期，西部的投入重点之一仍是完善基础设施，即农村以电网和水利设施为核心，城市以交通枢纽工程、周边高等级公路建设以及通信设施为核心。经过若干年的积累，西部的基础设施条件已经有了清晰可见的变化，其成果已经开始促进了经济社会发展，经济发展的"外部性成本"已经初步支付，经营性资产的"收益递增"现象开始显现。

3. 西部经济发展正处于政策效应不断显现增强的时期

从党和国家实施西部大开发战略以来，政府发展西部的政策体系已经不局限于以财税优惠为核心的"招商引资"政策，而是一个长期、完整的、支持西部经济持续增长的政策体系。

从目前发展来看，以"西气东输""西电东送"、水利资源大规模开发、机场建设和一系列环保项目的上马为代表，第一阶段的政策已经进入大规模投入的高潮，其政策效用已经发挥了积极作用。以国务院西部办《"十五"西部开发总体规划》的发布、西部各省区城市改造纷纷上马以及《国务院关于进一步推进西部大开发的若干意见》的发布，第二阶段进程也已经初步展开。当前，西部社会经济发展有两个明显趋势：一是西部城市正在加速与国际市场的连接过程，积极打造参与全球化竞争的城市窗口；二是西部资源分布信息和开发性政策扶持的信息已经呈现出前所未有的透明度。同时，关于西部大开发中"制度环境改造优先"的舆论声音已经逐步大了起来，关于西部国有资本退出、培育市场化投资主体、建立区域性产权交易市场等方面的讨论已经成为当前"西部大开发"研究中的热点之一。

4. 城市化高潮前期，集聚效应、集约化和边际收益的递增趋势较明显

"十五"以来，我国的城市化进程正在明显加速。在这个进程中，不仅基础设施投入、新兴产业向城市集中，而且政策性的生态移民、水利移民也由过去从农村到农村的移民演变为部分地向城市移民。西部地区普遍出现了以新城区建设和城市重心外移为特征的城市规模扩张趋势。

表 3　西中东部地区城市数量的变化情况比较　　　　　（单位：个）

地区	1978 年	1980 年	1985 年	1990 年	1995 年	2000 年
全国	193	223	324	467	640	660
西部	40	45	78	93	116	121
中部	84	100	133	193	234	244
东部	69	78	113	181	290	295

［注］本表中的数据没有计算广西和内蒙古城市数量的变化。

5. 产业结构转换与优势产业成长期，依托区域性市场的产业将成为经济发展中的重要增长点

20 世纪 90 年代中期以来，西部各省区的产业结构正在进入一个明显的结构变动过程。结构变动尤其是各省区具有不同特点的结构变动，意味着西部经济正在处于一个重新分工和资源重新组合的过程。这个变动对经济发展的影响目前虽然还难以充分显现，但根据国内外经验，未来 5~10 年将是西部地区受益于结构升级的重要时期。

西部地区产业结构升级和重点产业发展已经呈现出两个明显特点。一是具有独特资源优势的产业迅速崛起。如很多省区近年来的旅游业和旅游资源已经向主题公园、体育休闲、度假保健等方向发展。二是具有区域性垄断市场资源的产业进一步成长壮大。目前，沿边境线的各省区已经形成了以边境口岸加工区、纵深边境城市和区内中心城市加工区三道针对这种境外区域性市场的产业加工梯次。可以预见，这种依托区域性市场的产业也将成为西部省区经济发展中的重要增长点。

6. 对外开放的加速期，边贸的地缘优势增强

我国陆路边境长达 2.2 万公里，在与我国接壤的 15 个邻国中，有 14 个国家与西部省区接壤。在我国周边这些地缘相接的国家中，很多国家资源丰富、出口通道畅通，与我国西部省区具有明显经济互补性。

从 20 世纪 90 年代初期开始，西部省区沿周边对外开放的条件已经逐步趋于成熟。一方面，我国和周边邻国的政治、经济关系不断改善，边境贸易不断发展扩大；另一方面，由于交通基础设施的发展，通过陆路及河道与外部经济体发展经贸合作的机会大大增加。此外在过去 10 余年中，以地缘关系、民族关系为纽带的各种跨界经济往来也有了长足发展。

（二）西部地区体育产业发展情况分析

1. 西部体育产业的发展现状分析

统计资料显示，西部地区各省市体育产业发展情况也各不相同。

表 4　西部部分省市体育产业发展状况的比较

省市名称	就业人口（万人）	总产值（亿元）	增加值（亿元）	年份	占当地 GDP 比例（%）
云南省	0.5519	16.881	4.75	2001 年	0.86
四川省	1.5	6.74	2.87	2001 年	0.07
陕西省	5.5	41.1	18.65	2001 年	0.92
重庆市	0.9367	1.97	2.49	2002 年	0.10
合　计	8.4886	66.691	28.76	—	—

2001 年，四川省体育产业总产出为 6.74 亿元，创造增加值 2.87 亿元，体育产业从业人员 15247 人，分别比 2000 年增长 22.1% 和 20%。体育产业增加值占全省 GDP 的比重仅为 0.07%，占第三产业增加值的比重也仅为 0.17%。体育产业增长对全省 GDP 增长的贡献仅约为 0.01%；对第三产业增加值增长的贡献也仅为 0.04%。目前，四川省体育产业在国民经济中尚处于弱势地位。

2002 年，云南省体育产业调查结果显示，在云南省 848 个体育经营单位中，2001年体育从业人员已达到 5519 人，收入合计为 168810.2 万元，体育营业部门劳动者报酬为 3070.8 万元，体育营业部门上缴的各种税费为 8279.2 万元，体育营业部门当年提取的固定资产折旧为 12449.2 万元，体育营业部门的资产合计为 414310.8 万元。其中，体育营业部门固定资产合计为 162803.2 万元。体育收入已占 2001 年全省 GDP 的 0.86%。另外，云南省在充分发挥高原优势和地域特色，发展高原训练与服务产业。2003 年共接待前来高原训练的国内运动队伍 130 余支，国外运动队 88 支，总人数突破12 万人次，云南省的高原训练由此形成了一种良好的市场发展态势。目前，云南省体育产业已具备一定规模。

2001 年，陕西省体育产业总产值 41.1 亿元，增加值为 18.65 亿元，体育产业增加值占 GDP 的 0.92%。体育产业增长率在 15%～36%，大大高于陕西省经济的增长率。与其他行业对比，陕西省体育产业增加值的增长率列第三位。2001 年，陕西省体育产业数量为 6070 家，资产合计 104 亿元，营业收入 41.1 亿元，净利润 2.8 亿元，上缴利税 8.3 亿元，从业人员 5.5 万人。以上表明，陕西省体育产业具有良好的发展前景，具有成为国民经济增长点的巨大潜力，是陕西省今后可以重点发展的产业之一。

2002 年，重庆市体育产业调查结果显示，2002 年末，重庆市体育产业主营和专营的单位数量为 1875 家，从业人员 9367 人，注册资金总额 26867.07 万元，纳税总额2022.75 万元。2002 年重庆市体育产业实现增加值 24982.72 万元，比上年增长 28.6%，占 GDP 的比重为 0.10%。总体上看，重庆市体育市场不断扩大，体育产业发展加快，但规模不大。

2. 西部体育产业的发展特征分析

从总体上看，西部地区体育产业的发展基本上与本地的经济发展水平相同步，即落后于沿海和经济发达地区；从局部来看，西部地区的体育产业发展又体现出不同的特征。

（1）集体企业、私营个体企业以及外商企业兴办体育产业的数量有所增加，体育社会化、产业化进程加快

随着经济体制改革的深入、体育事业管理和运行机制的深化改革，原机关职能、政府职能正逐步转移和分离，集体企业、私营个体企业以及外商企业兴办体育产业的数量明显增长，计划经济体制下政府独家办体育的格局已经发生了明显变化，体育事业与社会的联系越来越广泛，体育与经济融洽的程度也越来越明显。

从四川省和云南省的统计资料来看，2001 年，四川省体育局系统体育产业活动创造的增加值约为 5642.8 万元，非体育局系统体育产业活动创造的增加值为 2.3 亿元，二者之比约为 1：4。这表明非体育局系统的体育产业已经占有较大比重，四川体育产业的社会化水平正在逐步提高。调查结果表明，云南省体育经营单位中国有企业仅占单位总数的 7.3%，2001 年体育经营单位所创造的增加值为 8647.3 万元，比 2000 年的3701.8

万元增长 1.3 倍。2001 年体育经营企业固定投资达到 162803.2 万元，比 2000 年增长 1.2 倍。2001 年云南省体育产业从业人员达到 5519 人，比 2000 年的 4162 人增长 32.4%。从业人员不断增加，为就业提供了岗位。体育产业经营单位基本打破了国家办体育的格局，体育产业不仅集体单位办，而且股份制、联营企业、有限责任公司、股份有限公司都在办，更为可喜的是私营企业和外商投资企业以及港澳台商投资企业也在兴办体育产业，体育产业正逐步走向社会化。

但是，资料也表明，体育局系统经营单位大部分收入，基本上靠财政和上级补助。2001 年四川省行政事业体育经营收入为 1.63 亿元。其中，财政补助和上级补助收入为 9303.6 万元，占总收入的 57.1%；而竞技体育、门票、广告赞助、技术服务等收入合计为 1208.4 万元，仅占总收入的 7.4%。这表明，随着体制改革的深入和市场经济的进一步发展，体育产业的市场化、社会化、产业化步伐还需进一步加快。

（2）城市化水平较高、经济较发达的大中城市体育产业发展较好，积聚效应趋于显现

受城市化水平的影响，从总体上看，西部地区体育产业相对集中于城市化水平较高、经济较发达的大中城市，省会城市的体育产业发展好于其他地区。

2001 年，四川省体育产业按增加值排序统计结果显示，成都、乐山、德阳、南充、攀枝花、绵阳、泸州、资阳等城市体育产业增加值合计占全省体育产业的 90% 以上，而成都市体育产业增加值占全省体育产业的 36%。而重庆市体育产业在三大经济圈的分布也呈现明显的不平衡现象。重庆市都市发达经济圈体育产业的单位达 1242 家，占全市体育产业单位总数的 66.2%，营业收入 23007.44 万元，占全市体育营业收入的 61.3%；渝西经济走廊有体育产业单位 218 家，占全市体育产业单位总数的 11.6%，营业收入 6753.39 万元，占全市体育营业收入的 18.0%；三峡库区生态经济区有体育产业单位 415 家，占全市体育产业单位总数的 22.1%，营业收入 7775.28 万元，占全市体育营业收入的 20.7%。

（3）体育服务业占主导地位，经营项目不断增加

从产出总量的构成看，体育产业活动主要是立足于利用和发挥体育基本功能来展开的，体育产业的增长主要来源于健身休闲服务业的贡献。2001 年，在四川省体育产业调查的 24 个主要运动项目中，棋牌、游泳、乒乓球、羽毛球等健身休闲类运动所占的比例较大，而在四川体育产业增加值比上年增加额中，健身休闲服务业占 93.7%，即健身休闲服务业对四川体育产业增长的贡献率为 93.7%。而体育用品业的增长对四川体育产业的贡献仅为 6.3%；健身休闲服务业对体育产业增长的贡献达到 20.7%，而体育用品业的贡献仅为 1.4%。由此可见，四川体育产业集中于健身休闲服务领域，而与其他产业相关度高、市场营运能力强的体育用品业的发展还比较弱。

2001 年，云南省体育经营项目有 24 种。其中，经营足球的 38 个，全省 16 个地州市中有 8 个地州市经营足球体育产业；经营篮球的 45 个，16 个地州市中有 8 个地州市经营篮球产业；经营排球的 29 个，乒乓球的 106 个，羽毛球的 47 个，田径的 24 个，网球的 55 个，保龄球的 66 个，高尔夫球的 5 个，台球的 216 个，壁球的 5 个，拳击的 6 个，游泳的 102 个，轮滑的 5 个，武术的 17 个，体操的 18 个，登山的 3 个，冰雪运动的 10 个，赛车的 10 个，蹦极 3 个，棋牌的 381 个，水上运动的 5 个，射击射箭的 8 个，其他体育经营单位 183 个。

（4）体育产业经营主体多元化，但体育产业专营化水平不高

西部地区体育产业经营主体既有行政事业单位、国有企业、集体企业，又有联营企业、股份合作制企业、港澳台投资企业、外资企业、私营企业和个体户。其中，行政事业单位、股份合作制、私营企业和其他类型的企业经营规模所占的比重较大。资料显示，2001年，云南省体育经营机构共848个，从业人员已达到5519人。体育行政事业单位58个，比上年增加2个。体育兼营单位557个，比上年增加101个，增长22.1%。其中，内资国有体育企业52个，比上年增加4个；内资集体体育企业75个，比上年增加9个；内资联营体育企业1个，内资私营体育企业109个，比上年增加15个，内资股份合作体育企业8个，比上年增加2个；内资其他体育企业302个，比上年增加68个；港澳台投资体育企业5个，与上年持平；外商投资体育企业5个，比上年增加2个。

体育产业专营即指企业或单位专门经营体育的行为。从四川体育产业的现状看，虽然体育用品业以主营单位经营为主，特别是体育用品销售业主营单位的从业人员和创造的经营收入占到行业的90%以上，但由于占主导地位的四川体育服务的专营化水平还处于较低水平，其主营系统的从业人员和创造的营业收入均在本行业的四成以下，导致体育产业专营化水平较低，从业人员和创造的社会财富大部分来源于兼营服务的经济单位。

（5）与经济发达省区相比，西部地区体育产业化水平总体上还比较低

与经济发达省区比较，西部地区体育产业发展状况差距较明显。仅与浙江省2000年体育产业发展水平相比，从增加值总量上看，2001年四川省体育产业创造的增加值仅为浙江省的5.3%，其中，体育服务业为33.7%、体育用品业仅为0.4%。从GDP的比重上看，四川体育产业仅为0.07%，低于浙江省0.92%的0.85个百分点，其中，体育服务业低0.08个百分点，体育用品业低0.78个百分点。

表5　东、西、中部分省市体育产业化水平的比较

	省市	就业人口（万人）	总产值（亿元）	增加值（亿元）	年份	占当地GDP比例（%）
东部	广东省	54.46	250.13	67.9	2002年	0.57
	浙江省	20.76	252.37	55.65	2000年	0.92
中部	北京市	6.7	128.4	52.9	2002年	1.7
	辽宁省	17.4	146	39.4	2001年	0.78
	安徽省	3.9	13.07	5.33	2001年	0.16
西部	云南省	0.5519	16.881	4.75	2001年	0.86
	四川省	1.5	6.74	2.87	2001年	0.07
	重庆市	0.9367	1.97	2.49	2002年	0.10

二、西部体育产业发展规划

（一）西部体育产业发展的指导方针

总的方针是：从西部地区区情出发，充分抓住西部大开发的有利时机，以科学发展观统筹西部体育产业发展，坚持体育事业与经济、文化、教育、旅游、新闻等行业的协调发展，有步骤地推进重点地区体育产业的发展；发挥多民族文化资源优势、人才资源优势和地缘优势，充分调动社会力量，探索西部体育产业发展的多种形式，注重地域特

色项目开发和新运动项目经营。

——在开发目标上，要确立"以人为本"的指导思想，充分发挥体育在扩大消费需求领域的作用；

——在开发体制上，形成和完善适应市场经济与对外开放要求的新型体育产业体制；

——在开发基点上，把西部地区体育产业的自身奋斗和国家扶持以及东部支持有机地结合起来；

——在开发导向上，从传统的体育资源导向型开发转向市场导向型开发；

——在开发模式上，从粗放型开发模式转向集约型开发；

——在开发布局上，选择具有辐射和扩散功能、关联效应较强的重点产业以及经济较发达的大、中城市率先进行开发。

（二）西部体育产业发展的目标

力争在西部地区工业化后期阶段，建成适合社会主义市场经济体制、与西部地区社会经济相适应的、区位特色明显、结构合理、规范发展的体育产业体系。

——重点培育和发展健身休闲市场、体育旅游市场、体育竞赛与训练市场、体育人才市场和体育用品市场，促使体育的固定市场与流动市场、国内市场与国外市场等各级各类市场充分发育，初步形成符合西部区情、比较健全而完善的体育市场体系；

——抓住城市化发展机遇，加大体育行政部门职能转变，整合区域资源，力争一批体育事业单位通过自身经营优势和潜力的发挥，增强自我发展能力，由差额管理逐步做到自收自支；一批自收自支的经济实体能够逐年增加上缴利润；

——形成一批符合现代企业制度、产权明晰、开展体育经营、综合开发、效益显著、规模发展的股份制企业或企业集团；

——不断增加体育产业开发收入的总量，使之占体育事业经费的比重每隔几年上一个台阶，成为弥补体育事业发展经费不足的主要来源之一。

（三）西部体育产业发展的重点

改革开放以来，尤其是西部大开发战略的实施，西部地区体育产业有了很大发展，为西部地区经济和体育事业的发展发挥了积极作用。但总的来说，西部地区发展体育产业的潜力和区位优势尚未充分发挥出来，体育产业的主体尚未形成，体育产业的本体化发展还有待加强，体育产业的管理工作还远远不能适应新时期西部体育事业迅速发展的需要。

在今后一定时期内，有步骤地发展西部地区自然资源和体育优势、特色和潜力，以"经济带"为重点，以"中心城市"为主要支撑点，发展体现西部体育自身经济功能和价值的主体产业；因地制宜，统筹规划、整合资源，努力培育和发展特色体育市场，适度发展其他各类体育产业经营活动。

（四）西部体育产业的发展模式

1. 以"经济带"为重点，把"中心城市"确立为体育产业发展的主要支撑点

重点经济带是"沿基础设施通道建设的、具有较强大经济实力且具有较密切经济和

社会联系、具有基本一致的对外经济合作方向、具有一个或两个能发挥组织功能的一级中心城市的综合地域社会经济体系"。重点经济带一方面是空间开发重点的象征，另一方面也是具体经济活动聚集地以及不同中心城市之间空间联系的载体和通道。中心城市是地区经济发展的聚集地和支撑点。目前，西部地区有建制市160个（其中地级市68个）。这些城市在经济发展、基础设施建设、社会发展、城市人居环境建设、辐射带动能力、综合竞争力以及区位条件等方面存在着很大的差异，决定了它们在西部体育产业开发中的战略地位和分工各不相同。科学地确定不同等级的中心城市对实施"以线串点、以点带面"的体育产业开发战略至关重要。

西部体育产业带的选择既要反映现实体育产业的空间结构，也要体现体育产业发展规划的战略思想；既要考虑体育产业现实的状况及其附近的经济发展情况，也要考虑具有未来体育产业发展潜力的地区和促进重要区域联系和区域发展的必要性。因而，西部体育产业带要么是由目前的综合运输通道联系起来的西部经济重心所在，要么是根据宏观发展环境应该着重建设且具有体育产业发展条件的地区。基于这样的考虑以及上述对西部经济发展阶段和体育产业发展情况的分析，针对促进西部重点地区体育产业发展的目标，确定了西部体育产业开发的5个经济带。即①西陇海—兰新线经济带。②长江上游成渝经济带。③南贵昆经济区。④呼包—包兰—兰青线经济带。⑤西藏"一江两河"经济带。

同时，根据可比性原则、可获性原则、中心区原则和可持续性原则，从城市经济社会综合发展实力、对外经济联系强度、经济产出密度、城市基础设施建设水平、参与全球和全国产业分工的能力、技术创新能力、城市经济吸引范围、人口规模和体育产业发展情况等方面出发，把上述5个经济带上的24个中心城市，即重庆、成都、西安、昆明、兰州、乌鲁木齐、南宁、呼和浩特、银川、贵阳、西宁、拉萨、柳州、包头、绵阳、桂林、遵义、玉溪、攀枝花、内江、石河子、哈密、延安、日喀则，确立为西部体育产业发展的"支撑点"和"增长极"。以5个经济带为纽带连接12个省（市、区）城市体育产业发展的连动功能，挖掘城市人口密集、信息密集、产业集中以及体育资源优势，变体育资源优势为体育产业优势，强化体育产业集聚功能，壮大中心城市体育产业的关联度，努力使这些城市成为辐射周边地区体育产业发展的连动轴，使它们能够尽快带动整个西部地区体育产业的发展。

2. 深入挖掘少数民族体育文化资源，大力发展体育休闲旅游产业

西部地区幅员辽阔，有50多个民族的人们在这里繁衍生存，可用于开展体育运动的地理资源和民族体育文化资源丰富。因此，挖掘这些优秀的民族体育文化，并结合丰富的地理资源，把资源转变成资本，大力发展体育休闲旅游产业是西部地区体育产业发展的优势。

借助西部大开发和2008年北京奥运会的有利时机，大力挖掘和推广西部少数民族体育文化，并根据中心城市体育产业的发展情况，将长江流域和黄河流域作为发展体育休闲旅游产业的主轴，将长江和黄河沿岸的少数民族集居区和旅游区作为体育休闲旅游产业的一级增长中心，其他沿长江和黄河流径的城市作为该轴线发展体育产业的二级增长中心，点轴共振，为西部地区体育产业发展提供强大的物质和资源保障。如将丝绸之路古道、唐蕃古道和新欧亚大陆桥相连作为西部地区体育产业开发亚轴，积极开发敦煌体育文化、伏羲体育文化、仰韶体育文化、西夏体育文化，巴蜀体育文化，利用这些闻

名世界的优秀传统文化，使之与旅游资源相融合，成为西北地区体育休闲旅游产业发展的一个增长点。同时，将渭水流域，河西走廊、长江上游流域作为西部地区体育休闲旅游产业发展的次增长中心和该亚轴上首位增长中心，其他中小城市作为该轴线体育休闲旅游产业发展增长次中心，培育体育产业经济增长能力，逐步发展和完善该地带的体育产业。

3. 依靠区位优势，有重点地发展体育用品市场和体育竞赛市场

西部地区边境线绵长，与印度、尼泊尔、锡金、不丹、缅甸、老挝、越南、俄罗斯以及中亚五国都有接壤，开放口岸多。因此，无论在体育产业的布局和产品的构成上，还是在技术、资本、体育劳务市场等方面都存在着较强的相互依存性和优势互补性，有着较明显的区位优势。这种区位优势能为整个西部地区乃至我国发展外向型体育产业起到一定的诱导作用。

西部地区依靠区位优势，应有重点地发展以广西、云南、甘肃、青海、内蒙古为主的地缘优势和出海通道优势，利用信息、政策、市场等优先条件，发展成体育用品集散地、高原训练与服务基地；依靠重庆、成都、西安、兰州、呼和浩特为主的体育竞赛市场和训练基地，成昆明、重庆、成都、乌鲁木齐、西安、兰州六个体育产业带动点，以西陇海—兰新线、宝成—成昆线、成渝—川黔—黔桂线、滇黔—滇黔线作为贯通西部省区体育产业发展的主轴线，并与各轴线上体育产业增长中心相呼应，实现西部地区体育产业的双向梯度推移，使该区域体育产业结构更加优化，空间布局更趋合理。

在此模式实施的基础上，关注中等城市体育产业的发展，落实贫困地区全民健身计划和学校体育以及社区体育的发展，依靠极点、轴线所扩散的体育产业带动力加强中等城市体育产业的开发，以此作为区域体育产业的网络结点，建设西部体育产业发展网络，为实施西北部区体育产业的网络开发做好准备。

（五）西部地区中心城市发展体育产业的功能定位与发展方向

1. 功能定位

确定西部地区中心城市发展体育产业的功能定位与发展方向主要考虑以下原则：

第一，城市是重点体育产业发展的核心和主要支撑点；

第二，体育产业要融入全国和世界体育产业体系；

第三，突出城市密集区（带）的地位和作用；

第四，强调职能分工、资源互补、统筹开发的协作型城市体育产业分工体系；

第五，充分重视100万及以上人口规模的大中城市的体育产业发展，优化城市体育产业规模结构。

2. 发展方向

根据这些原则、上述分析以及前期研究的基础上，我们认为在西部地区应该以24个中心城市为依托，培育西安、成都、昆明、重庆、乌鲁木齐、兰州、呼和浩特七个具有全国意义的都市体育产业区，作为西部参与全国和全球体育产业的主要网络结点。

西安都市体育产业区以西安市区为核心，范围上可包括咸阳和渭南，应主要以体育竞赛、健身休闲和体育人才培训为主，建设成西部体育产业发展的重要战略支撑点，成为西陇海—兰新经济带发展体育产业的"龙头"。

重庆和成都分别构成两个独立的都市体育产业区，同时也构成西部重要的体育产业群之一。两个都市体育产业区都应建设为西部体育产业重要的战略支撑点，成为西南地区发展"龙头"。其中，重庆可侧重于发挥西南地区体育用品制造业中心和健身休闲中心的地位和作用；成都应侧重于发挥体育休闲旅游中心、体育竞赛中心、健身休闲中心和体育人才培训基地的作用。

昆明、兰州、乌鲁木齐、呼和浩特，应充分发挥开放的边贸口岸等优势，利用周边国家体育产业开发相对滞后的特点，对体育用品的出口、技术转让、体育劳务市场的开发等合理规划，以体育用品制造、体育休闲旅游和体育训练为主的、面向南亚、中亚和俄罗斯体育市场的对外开放战略基地和战略支撑点，建成西部体育产业的外向型中心区域，使之成为推动西部地区体育产业发展的牵动力。

此外，南宁、银川、贵阳、西宁、拉萨、柳州、包头、绵阳、桂林、遵义、玉溪、攀枝花、内江、石河子、哈密、延安、日喀则也应建设为西部体育产业的次中心和西部体育产业开发的重要支撑点；其中柳州应建成西部体育用品的重要生产基地。而云南省可充分利用气候条件和高原优势，大力发展高原训练服务项目，开拓省外和国外市场。

三、西部体育产业发展规划的实施对策

中国西部地区体育产业正面临着大好机遇，潜力巨大。要实现西部地区体育产业的腾飞，落实西部体育产业的发展目标，必须在财政投入、制度建设、管理方式、技术改造和人才培养等方面进行大力创新。

(一) 加大财政投入力度，实行更优惠的体育产业财税政策

实施西部大开发战略，加快中西部地区的发展，是中国政府实现现代化建设第三步战略部署的重要组成部分。2000 年以来，按照先行建设、适度超前的原则，在扩大内需、实行积极财政政策的支持下，国家财政加大了西部投入力度，加快了西部地区基础设施的建设，集中力量建设"西气东输""西电东送""青藏铁路"公路国道主干线、江河上游水利枢纽等一批重大项目，仅 2000 年支持西部地区基础设施等方面建设的国债资金达 430 亿元，加上中央财政预算内的基本建设资金，共计有 700 多亿元。同时，加强了西部地区生态建设和环境保护，积极改善整个西部地区投资环境。

《2004 年中央和地方预算草案的报告》中指出，2003 年，中央财政教育、卫生、科技、文化、体育事业投入 855 亿元，比上年增加 94 亿元，增长 12.4%；2004 年国家财政增加了教育、文化、卫生、体育等的资金投入，拟安排教育、卫生、科技、文化、体育支出 955 亿元，比 2003 年增加 100 亿元，并且向中西部倾斜。这些措施的执行对改善西部地区体育产业投资环境具有重要的作用。

然而，我们也看到，完成西部大开发的各项重点任务，逐步改变西部地区相对落后的面貌，是一个长时期、多方位、需要付出艰苦努力的过程。国家财政应根据政府的统一部署，在多年通过财政再分配手段协调地区经济发展、努力提高西部地区政府提供公共服务水平的基础上，进一步加大体育资金投入力度和实行更优惠的体育产业财税政策。

首先，进一步加大体育场馆、体育设施建设资金的投入力度，改善西部体育产业投资的硬件环境。为加大西部体育场馆、体育设施的建设力度，中央财政安排的基础设施建设投资项目中，资金分配向西部地区倾斜，重点安排体育场馆、体育设施的建设，提

高西部地区体育场馆、体育设施所占的比例；同时，在按贷款原则投放的条件下，尽可能多地安排国际金融组织和外国政府优惠贷款投向西部地区体育场馆、体育设施的建设项目，力争国际金融组织在西部地区体育等领域实行更优惠的贷款条件。此外，加大体育彩票公益金投入，支持西部体育产业开发。

其次，中央对地方体育专项资金的补助，重点向西部地区倾斜。中央财政要进一步转变财政职能，将支持西部大开发同建立公共财政框架结合起来，加大对西部地区的体育等方面投入力度，中央财政专项补助资金的分配，向西部地区倾斜，以支持西部地区的投资软环境的改善。

在体育用品制造、健身休闲与培训方面，实行优惠的税收政策。一是对设在西部地区从事体育用品产业的内资企业和外商投资企业，在一定期限内按15%的税率征收企业所得税，允许体育用品生产企业提高折旧率和技术开发经费提取比例。二是对在民族自治地方以及视同少数民族自治区管理的体育用品企业，经省、自治区人民政府批准，可以自主决定实行减征或免征企业所得税措施。三是对在西部地区新办体育用品生产企业，实行两年免征三年减半征收企业所得税。四是对西部地区内资的著名体育用品企业、外商投资的著名体育用品企业，在投资总额内进口自用先进技术设备，除国家规定不予免税的商品外，免征关税和进口环节增值税。

在体育休闲旅游开发方面，加大对西部地区旅游经济结构调整、资源配置和建设等方面的投入力度，不断提高西部地区体育休闲旅游景区和发展水平，推动西部地区体育产业化进程。

在体育经营管理人才培养方面，逐步增加科技"基金"等专项经费用于西部地区体育人才培养的数额。把西部民族地区和边境地区列为重点地区，予以重点支持，加大体育经营管理人才培养的投入力度。

（二）加快体育产业化改革步伐，进一步推进体育产业制度创新

第一，建立以现代企业制度为模式的产业组织形式，加大对体育产业化的改革、改组、改造力度，通过结构调整和机制创新，培养一批懂经营、善管理的高素质体育人才，提高体育产业经营效益。

第二，积极调整体育产业所有制结构，优化配置，合理布局。结合西部地区的地理位置和地区文化特点，建立以休闲体育产业和民族体育产业为主体的产业结构，在休闲体育产业有效增长的前提下，大力推广民族体育产业。民族体育产业的充分发展不仅对促进民族地区经济、社会的全面发展有积极作用，而且也能增强民族间的交流和发展，使民族体育向国际化方向发展。更为重要的是，民族体育产业具有强有力的扩散效应，它涉及民族体育文化、民族体育旅游等各个方面的发展。通过休闲体育产业和民族体育产业的双重发展，确立西北地区发展体育产业的优势。

第三，进一步完善合作经营和招商引资的相应机制，提高资金的利用效率，吸引国外和东部地区的民间资金、技术、信息，拓展西部地区体育产业的发展空间。

第四，在西北地区体育产业发展阶段，要对非公有资本投资体育产业给予宽松的积极的扶持政策，放宽非公有资本进入体育产业发展领域，营造非公有资本进入体育市场的各种便利条件，使各种体育产业所有制成分在特色体育产业和优势体育产业的发展中形成合理的结构。

第五，西部体育产业结构调整还应加快大、中、小城市间的协调发展和城乡体育市场的培育与壮大，打破体育体制与产业结构趋同、地方体育市场进入壁垒的格局。根据国家西部经济开发的整体布局，树立科学发展观，统筹大、中城市体育市场的发展，并兼顾小城镇和农村地区体育市场的培育。通过以上措施，提高西部地区体育经济总量，为下一阶段的发展夯实基础。

（三）营造良好的体育产业市场秩序，加大体育产业管理创新

良好的市场秩序是西部体育产业健康发展的必然要求。相对于东部地区来说，西部地区总体上商品经济欠发达。在这种情况下，西部地区体育发展要缩短与东部沿海地区体育发展的差距，就必须充分利用西部的自然条件和资源优势，走市场化、产业化之路，大力进行管理创新。但现代体育产业的发展，不能只看到自然条件和资源优势，品牌、商标、专利、市场信息、市场环境等是更为重要的条件。其中，体育产业市场环境是西部体育产业发展的各项硬件措施得以顺利实施的基础和先决条件，西部体育产业发展与体育产业市场秩序是相辅相成、互为因果。只有营造良好的体育产业市场秩序，创造良好的外部投资环境，才能保证西部体育产业规划目标的顺利实现。我国加入WTO后，大量外商和外资参与西部的开发与建设，加强法制建设，打破地区保护和部门垄断，打击体育用品假冒伪劣，保护体育知识产权，反对不正当竞争，为投资商创造全国统一、公平竞争、规范有序的市场环境十分重要和紧迫。西部市场秩序的规范和管理必须与国际接轨，这方面的任务相当艰巨。

一是以打击制售假冒伪劣停用商品等违法行为为重点，大力整顿和规范体育用品市场交易行为。对影响人民群众身体健康的体育用品等假冒伪劣商品，尤其是制假产地、售假集散地以及售假问题突出的各类体育商品交易市场，要下大力气进行专项重点整治，铲除窝点，狠抓大要案件的查处。把打假与维护西部地区名优体育企业的合法权益结合起来，并逐步实施体育企业合同信用公示制度和信用备案制度，增强体育企业的信用观念。

二是以查处违法违章体育经营为重点，大力整顿和规范体育市场主体准入行为。全面进行体育经营前置审批的复查，加强实地检查，堵塞漏洞，消除隐患，扫除盲区，坚决取缔"三无"企业；加强体育经营企业登记审查和属地监督管理，从源头上抑制扰乱体育市场秩序行为的发生。

三是以打破地区封锁和部门、行业垄断为重点，大力整顿和规范体育市场竞争行为。主要包括地方封锁、行业和部门不正当竞争和限制竞争、公有体育企业滥用支配地位强制交易等不正当竞争行为，直接影响到西部地区统一规范、公平竞争的体育市场体系的形成，严重阻碍了西部体育产业发展目标的顺利实施的行为。西部地区的工商行政管理机关，要配合地方体育主管部门抓紧清理文件，尽快废止明显不符合体育市场发展要求的规定；要充分履行职能，深入推进反不正当竞争和反垄断工作，打破地方保护主义和地区封锁、行业垄断，严厉查处体育行政机关、体育事业单位、体育垄断性行业和公有体育企业妨碍公平竞争，阻挠外地体育产品或体育工程建设类服务进入本地体育市场的行为，真正形成优胜劣汰的体育市场竞争机制，营造良好的公平竞争体育产业市场环境。

四是积极支持和引导西部地区非公有制体育产业发展。非公有制体育产业不发达，

也是西部地区体育产业相对于东部地区落后的一个重要原因。加强对个体私营体育经营者的引导和监管，把引导个体私营体育产业发展与促进国有企业下岗职工再就业结合起来，与促进国有中小体育企业改制工作的顺利进行结合起来，积极发挥个体私营体育产业在深化国有企业改革中的作用。

五是积极支持和促进国有体育企业运用商标、广告策略开拓体育市场。要进一步加大对西部地区国有体育企业商标权的保护力度，积极扶持和鼓励国有体育企业争创驰名商标；加强对国有体育企业商标和广告工作的指导，促进国有体育企业建立和完善商标、广告管理机制，正确运用商标、广告策略提高产品竞争力。

六是积极引导外商投资西部地区体育产业的发展。适当放宽中西部地区外商投资体育企业登记授权条件，进一步落实《中西部地区外商投资企业优势产业目录》和《关于外商投资企业境内投资的暂行规定》的优惠政策，鼓励在华外商投资体育企业到西部地区再投资，对外商投资西部地区体育优势产业项目，适当放宽外商投资的股权限制。鼓励外商投资于西部地区的体育资源开发，允许外商在西部地区依照有关规定投资体育用品业、健身休闲服务业、体育旅游业，允许体育企业通过转让经营权、出让股权、兼并重组等方式吸引外商投资。

（四）深入开发体育人力资源，加快体育产业创新人才的培养

人才是提高现代生产力和加快经济发展的关键因素，高素质的人才同样也是体育产业发展的必要条件。由于历史原因，西部地区不但受教育人口尤其是高等教育的人口少，而且体育科技人才队伍人数也很少，体育科技水平较低，劳动力素质和水平普遍不高，给生产力与体育产业的发展带来了严重影响。

开发体育人力资源，关键要加大西部地区体育创新人才培养和体育科技进步的步伐，建立合理的体育经营管理人才网络，形成复合型的体育人才供应机制，为西部体育产业的发展建立良好的社会支持体系。要通过发展西部地区体育教育事业，提高人口素质，开发体育人力资源，培养高级体育经营管理人才，实现西部体育产业的发展规划。

加大西部地区体育创新人才培养，首先要走体育人才培养的创新之路。政府职能部门要给予积极支持、主动的引导、协调和组织，利用西部地区和其他地区培养体育人才的资源，加大与高等院校、科研机构的合作，在体育人才的培养上给予优惠政策。其次，要抓住对体育产业经营管理方面急需人才的培养和引进。定期组织或选派一定比例的人员到高等学府进修，鼓励个人通过自己的努力提高体育经营和管理方面的素质，增长能力。

（五）加快体育产业技术创新步伐，建立适应市场经济体制的技术创新机制

当今世界经济发展的一个明显趋势就是科学技术发展日新月异，科技在经济发展中的作用越来越大。面对这一趋势，各个行业都在抓紧制定面向新世纪的发展战略，争先抢占科技、产业的制高点。

体育产业技术创新，一是要进一步深化国有体育经营企业改革，建立适应市场经济体制的技术创新机制。以建立现代企业制度为目标，构建有利于体育企业技术创新的体制和氛围；对现行的体育科技管理体制进行改造，将体育经营企业的信息、情报、科技、设计、研究集中起来，成立体育企业技术研发与跟踪服务中心，实现资源的合理配

置。尽快制定体育经营企业技术创新的能力评价指标体系，建立与市场经济体制相适应的技术创新机制，最大限度地利用企业和社会的各种信息、资源，为企业技术创新服务。重视市场营销，及时了解体育市场信息和用户需求并获得新的技术创新信息源，调整技术创新策略，更好地贯彻以市场、顾客为导向的企业经营理念，实现技术创新与市场的有效衔接。

二是要加大体育科技投入力度，为体育产业技术创新提供资金支持。从战略高度出发，我国已经加大了体育科技的投入，但目前还集中在竞技体育这一范畴，对体育市场、体育产业方面的投入还相当有限。因此，在发展西部体育产业时，应有步骤、有重点地多方筹措资金，加大体育产业经营方面的投入，以保证技术创新资金需求。另外，要扩大技术创新资金来源渠道，除企业按照销售额提取技术创新资金外，还要通过政府倡导建立技术创新基金和技术创新风险投资基金，促进和推动体育企业技术创新快速发展。

三是要积极运用体育产业技术创新政策，推进体育产业发展。实行技术强制，对现有的落后的工艺及技术，以法律形式禁止使用或取缔。

四是要树立正确的体育产业技术创新战略，为体育产业经营和管理提供良好的技术创新服务。在分析西部地域经济环境的基础上，树立区域体育产业发展的战略意识，打破原有的体育经营"条块分割"体制，从区域经济发展全局出发，制定切实可行的体育产业技术创新政策和措施，使体育产业经营者能够利用其技术、制度、人才、信息等资源优势，在激烈的体育产业市场竞争中占有先机，求得生存与发展。

（项目编号：546ss03055）

以冰雪体育产业带动东北老工业基地经济增长的战略研究

闫育东　赵　晶　朱志强　王家宏　贾春佳　董新光　李颖川　田雨普

振兴东北老工业基地是党中央、国务院继"东部大发展""西部大开发"之后作出的又一项重大的战略性决策。这是辽宁、吉林、黑龙江东北三省实现"努力快发展，全面建小康"的奋斗目标及走新兴工业化道路的历史性机遇。"新东北时代"的到来，对老工业基地的深化改革、扩大开放、加快发展，推进社会主义现代化进程具有重大的现实意义和深远的历史意义。那么应如何以冰雪体育产业带动东北老工业基地的经济增长，将是摆在我们面前的重大且应亟待解决的问题。

一、对东北老工业基地历史沿革的研究

东北地区的工业化起始于19世纪末的中日甲午战争和20世纪初的日俄战争。中华人民共和国成立后，通过国民经济恢复时期和"一五"期间的重点建设，东北地区的工业化水平得到了前所未有的提高。"一五"期间国家156个重大项目布局中有58个在东北地区，使东北地区成为以重工业为主的工业化基地。

东北老工业基地为我国经济建设和社会主义事业发展，特别是为全国建设独立、完整的工业化体系和国民经济体系，推动工业化和城市化进程，增强国防实力和综合国力作出了历史性的重大贡献。50多年来，仅黑龙江一省就累计为国家提供了占全国1/2的原油、1/3的木材、1/10的煤炭、1/3的电站成套设备以及大量的机械和国防军事装备。1978年改革开放之初，除京、津、沪三个直辖市及台湾省外，在全国27个省、自治区中，辽、吉、黑三省经济发展分别位于全国的第一、第四和第二位，其中辽宁省到1994年以前一直居全国第一位。

(一) 制约东北老工业基地经济发展的主要原因

随着社会主义市场经济体制的逐步建立、对外开放政策的不断深入，老工业基地长期积累起来的经济结构、经济管理体制和经济运行机制已越来越不适应市场经济体制的运行要求，制约了经济和社会的发展。经济发展速度减慢，对外开放力度不足，对内搞活效果较差，与东部地区的差距逐渐扩大，影响了国民经济的平衡发展。究其原因，主要为如下几个方面。

1. 国有经济比重高，缺乏发展活力

老工业基地经济结构的特点是国有企业比重大、大中型企业多；重工业比重大，能源和原材料行业集中。这种经济结构在改革开放前以重工业为主、优先发展重工业的格局下是有利的，但是实行改革开放以后，特别是国家"六五"计划时期大力调整农、轻、重比例关系，实行支持轻工业优先发展的政策后，老工业基地的经济发展出现了滞

后现象。随着经济体制改革的不断深入，虽然非国有经济比重逐渐增大，市场配置资源的效率得以体现，但由于老工业基地国有经济比重居高不下，所有制固化、经济体制僵化、经营机制不灵活，使非国有经济难以发展壮大，经济发展缺乏应有的活力和动力。

2. 产业结构不合理，传统产业比重大

农业中种植业仍占主体地位，是农民收入的主要来源，高附加值的农产品深加工没有形成规模；传统工业比重高，高新技术产业比重小，产业链条短，大部分产品科技含量和附加值低下，经济效益不高；工业对农业的带动能力差，农村农业工业化程度低；第三产品没有得到长足发展，占国民经济的比重没有较大幅度的提高。

3. 企业负担重、负债率高

老工业基地在市场化经济的进程中新兴非国有企业发展速度慢，形成下岗待业职工多，人均可支配收入低于全国平均水平，生活水平低下。煤炭、森林等资源性城市因资源枯竭，国有企业普遍不景气，待业现象大量存在，人民生活相当困难。虽然国家采取了一定的保障政策，但在这部分弱势群体中仍潜伏着较大的隐患，对社会稳定和国民经济的可持续发展带来较大影响。由于老工业基地国有企业经济发展滞后、经济效益差等原因造成企业负债沉重，平均负债率达90%以上，多数企业已超过了法定破产界限，使企业生存难以为继、发展举步维艰。

4. 民营经济发展、市场化程度低

由于老工业基地是以国有大中型企业为经济结构的主体，加之长期计划经济体制观念的影响，使民营企业和中小型企业的发展相对较慢，"船大调头慢"的大型企业适应市场经济的市场化程度低，产业竞争能力下降，市场份额逐步萎缩，形成了工业经济效益下滑的"东北现象"。

5. 装备老化、技术落后、整体竞争能力下降

由于技改资金投入不足，一些国家在"一五"和"二五"期间投资建设的大型、定型生产线及设备更新改造跟不上，造成设备老化、技术工艺和产品落后、质量差、价格高，无法满足市场需求的变化。

6. 资源枯竭型城市矛盾突出，接续产业发展缓慢

煤炭、森林、石油资源衰退，可采量急剧减少，开采成本增加；产品结构单一，接续产业发展慢、规模小，难以弥补采掘业下降带来的缺口。

由于以上弊端导致了东北老工业基地财政收入增长缓慢，直接影响到地区经济和社会事业的发展，进而影响到中国经济的可持续发展和全面建设小康社会的进程。

（二）促进东北老工业基地调整改造的驱动因素

在党的十六大报告和全国人大十届一次会议的政府工作报告中均明确指出："现阶段应采取有力措施，支持东北老工业基地改造，支持以资源开发为主的城市和地区发展接续产业的经济发展战略"。这是继20世纪80年代东部地区"大发展"，90年代西部地区"大开发"之后的又一重大举措。温家宝总理还明确指出："振兴东北老工业基地与开发大西北同等重要，是东西互动的两个轮子，是党中央推进全面建设小康社会的重大战略措施之一。"我们认为，现阶段，促进东北老工业基地调整改造的主要驱动因素如下。

1. 东北老工业基地的调整改造是国民经济平衡发展的需要

中国改革开放的实践证明，国家每一次重大战略决策的出台，都将形成新的经济增长点并带动相关地区经济的快速发展。20 世纪 80 年代初东南沿海地区的开放和 90 年代初上海浦东的开发，带来了沿海城市和地区的快速发展。1999 年长江三角洲的人均 GDP 达到 14934 元，而东北地区仅为 7063 元。"大开发"战略带来了西部地区的快速发展，同样，东北老工业基地的调整改造也必将使东北地区潜在的优势得以充分发挥，并在国内形成东西部互动、经济平衡发展的新格局。

2. 东北老工业基地的调整改造是实现国民经济战略性结构调整的需要

东北老工业基地经济结构、产业结构不合理的现象，制约着本地区经济和社会发展，这些问题的形成有深刻的体制背景和历史背景，必须依靠国家的政策支持和自身努力，方能取得成效，只靠老工业基地自身去解决是无法实现的。

3. 东北老工业基地的调整改造是走新型工业化道路的需要

东北老工业基地过去所走的是中国传统型的工业化道路，以高消耗、低产出、高产值、低效益为主要特征，要想改变这种落后的传统工业状况，必须在国家政策与资金的大力支持下，加快重点产业技术装备的更新改造，提升产业结构，实现技术装备现代化，以期提高企业生产能力、改善产品结构、满足市场需求、提高企业的竞争能力，走新型工业化道路。正如温家宝总理所言："加快东北老工业基地调整、改造和振兴，有利于促进地区经济的协调发展，有利于增强国民经济的活力和发展后劲，有利于增强国民经济的布局和产业结构的调整，有利于提高我国产业和企业的国际竞争力，有利于维护社会稳定。实施这一战略，具有多方面重大的经济意义和政治意义。"

随着"新东北时代"的到来，东北老工业基地更应明确目标、锐意改革、抢抓机遇、乘势而上，借助党中央、国务院振兴东北老工业基地的战略东风，全面加快改革、开放和发展的步伐，重振东北老工业基地的雄风，为东北老工业基地的振兴、为全国国民经济的发展作出应有的贡献。

二、对东北老工业基地产业结构调整趋向的研究

（一）对"新东北时代"第三产业的探析

要进行老工业基地的调整改造，促进老工业基地的经济振兴，必须在经济结构调整的同时进行产业结构的调整。在产业结构调整中，要在大力发展第一、第二产业，增强第二产业国民经济支撑能力的同时，加快第三产业的发展步伐。据有关研究资料表明，我国三种产业的比重分别已由 1980 年的 24.9：59.3：15.8，调整为 2002 年的 11.5：56.1：32.4，与 1980 年相比，2002 年第三产业的比重已翻了一番。第三产业作为新的经济增长点，对拉动国民经济的增长起到了至关重要的作用。为积极发展第三产业，促进产业结构进一步优化，黑龙江省以坚持"扩大总量、提高比重、优化结构、提高水平、深化改革、扩大开放、拓宽领域、增强就业"为战略方针，提出了"加快第三产业发展步伐，提高第三产业增加值占国内生产总值的比重，扩大从业人员占全社会从业人员的比重。到 2005 年，第三产业增加值达到了 1770 亿元，年均增长 12%；到 2010 年第三产业增加值将达到 3015 亿元，年均增长 11% 的工作目标"。

（二）对"新东北时代"旅游产业的探析

旅游的含义包括"旅"和"游"两个方面。"旅"是指旅行，即旅游者从住地到目的地的空间移动；"游"则是指游览，是一种休闲、消遣活动。旅游以游览对象和内容为基本条件，满足人们在身体、精神和文化等方面的需求。近年来，随着社会经济的发展，人们生活水平的大幅度提高和余暇的增多，旅游活动越来越被人们喜爱，逐步成为闲暇消费的热点。由于旅游业关联度高、带动性强、增长势头强劲，许多国家已经把旅游业作为支柱产业来发展，并将其喻为第三产业中永不衰落的"朝阳"。当今旅游产业已成为世界第一大产业，它的影响已反映到社会生活的各个方面，成为一个不可忽视的经济增长点。

1. 旅游产业具有的经济效应

（1）增加外汇收入，平衡国际收支

在高度发达的商品经济条件下，国际间的经济关系一般是以货币为媒介的商品交换。要扩大对外经济合作，在国际市场上必须具有一定的购买力，拥有一定数量的外汇。因此，一个国家持有外汇的多少，是衡量这个国家经济实力强弱和国际支付能力大小的一个重要标志。扩大国家外汇收入无非有两条途径，一是外贸创汇；二是非贸易创汇。而用接待国际入境旅游的方法增加外汇，是非贸易创汇的重要组成部分。旅游创汇比外贸创汇具有更多的优越性，一是换汇成本低。旅游业提供的是无形贸易的服务产品，不用付出很多的物质产品，不需要消耗很多的能源，符合中国经济的增长方式；二是就地创汇，不受对方国家或地区的贸易限制。三是节省开支，创汇便利。旅游产品不必包装、保险和储运，也不必长期等待对方付款和繁杂的进出口手续。四是弥补贸易逆差，平衡国际收支。

（2）加速货币回笼，减轻市场压力

一个国家发行货币的数量必须与市场上流通商品的数额协调一致，如果发行货币的数量超过市场流通商品的数额，就会发生通货膨胀，从而引发一系列的社会问题和经济问题。任何一个国家都十分重视货币的投放和回笼。国家货币回笼的渠道主要有四种：一是商品回笼，即通过出售商品回收货币；二是服务回笼，即通过服务行业的收费回笼货币；三是财政回笼，即通过各种税款的征收回笼货币；四是信用回笼，即通过吸收居民存款和回收贷款来回收货币。旅游产业既有商品回笼，又有服务回笼，但以服务为主。刺激旅游消费是扩大内需、回笼货币的一个重要途径。

（3）扩大就业机会，促进社会稳定

就业问题是国家政治和国民经济发展中一个至关重要的问题，它不仅关系到每个劳动者的生存与发展，而且涉及一系列的社会问题。因此，每个国家都在努力地开辟就业门路、扩大就业机会、降低失业率。旅游行业是劳动密集型行业，需要大量的经短期培训后即可上岗的劳动人员；旅游行业又是一个具有联带性、综合性的服务行业，在满足旅游者在旅游活动中食、住、行、游、购、娱等多方面需求的同时，带动其他行业的发展，从而带来更多的就业机会。

（4）"一业兴起，百业昌盛"，必将牵动相关产业的发展

① 旅游业的发展，促进了建筑业的发展。

开发旅游产业，必须修建机场、码头、车站、城乡道路，以解决"行"的问题；必

须开辟景点，建造博物馆、展览馆，修建自然和人造景观以解决"游"的问题；必须兴建宾馆、饭店、商店、娱乐场所，以解决"住、食、购、娱"的问题。这些问题的解决带动了建筑业的发展，而建筑业的发展又必然带动了相关建筑材料生产加工行业，水、电、气、卫生设施等行业的发展。

②旅游业的发展，促进了铁路、公路、水路、航空和特种交通行业的发展。

③旅游业的发展，促进了电话、电报、传真、计算机、邮政等信息通讯行业的发展。

④旅游业的发展，促进了轻工业、农副业、装饰业、商业的发展。

旅游是现代人们生活方式中的一种综合性、高层次的消费，无疑这种消费不仅刺激着生产的发展，而且对消费产品、服务质量提出了较高的要求，轻工业、农副业、装饰业、商业等生产、服务行业必须为旅游者提供新技术、新工艺，提供舒适愉悦的高质量服务。

⑤旅游业的发展，促进了旅游区经济和社会的发展。

旅游者的货币消费，对旅游区的经济和社会发展必然产生外来刺激，一个旅游区开发必然需要与之匹配的食、住、行、游、购、娱的相应设施和就业人员，"一业兴"可带来"百业旺"的经济繁荣和社会发展。

⑥旅游业的发展，促进了社会的进步与发展。

旅游具有促进民间往来、国际交流、科技互动、文化传播、美化环境、热爱和平、陶冶情操等推进人类文明和加速社会进步的功能。

2. 旅游产业给东北老工业基地带来的历史机遇

我国加入 WTO 以后，各行各业都面临着机遇和挑战，旅游业更是如此。党的十五届五中全会通过的"十五"计划中就明确提出："我国要积极发展旅游事业"。国家有关部门已对我国旅游业的发展作出了明确规划，可以预见，在未来的 20 年，中国的旅游业必将得到长足的发展。面对如此良好的发展契机和党中央、国务院振兴东北老工业基地的发展战略，黑龙江省委省政府审时度势，因地制宜，明确提出了"大力发展旅游战略，以冰雪旅游为重点，并将其逐步培育成为国民经济的支柱产业。使黑龙江成为夏季的清凉世界、冬季的冰雪天堂，全力打造旅游'酷'省"。

三、对以冰雪体育产业带动东北老工业基地经济增长发展战略的研究

在党中央、国务院"振兴东北老工业基地发展战略"目标的引导下，现阶段东北地区应充分利用其自身的地域、文化、历史资源，大力发展以冰雪体育为主的体育产业，以此作为优化调整产业结构的切入点和国民经济的增长点，以促进东北地区的经济发展和社会进步。

(一) 对"新东北时代"冰雪文化的探析

冰雪是寒冷气候的产物，是大自然最迷人、最珍奇的杰作之一。冰雪资源从总体上讲应包括冰和雪两部分；从时间上可划分为长年性结冰、永久性积雪和季节性结冰、季节性积雪。

而冰雪文化是指在冰雪自然环境中生活的人们，为了求得生存和发展，在与寒冷的气候、冰雪环境的斗争中，逐步创造的独特的文化情境与模式，它是一种地域性文化。

而冰雪体育文化又是指在冰雪自然环境中开展的体育活动，它具有发展技能、强身健体、陶冶情操、锻炼意志、超越自我的作用与功能。现阶段，冰雪体育文化已成为冰雪文化的重要组织部分。

1. 对冰雪资源的剖析

（1）冰雪资源的基本特性

①资源的地域性。

冰雪是在寒冷地区、在严寒的气候条件下形成的。地域分布为地球的两极和中高纬度地区，集中分布在部分国家和地区。因此冰雪资源就成了地域性的优势资源。

②资源的时间性和周期性。

地球上除了两极及高山地区外，其他广大的中高纬度地区大气候的时间性、周期性变化非常明显，季节变化规律性较强，一年呈春、夏、秋、冬四季变化，且仅在冬季的严寒气候条件下，才可能有冰雪资源形成。

③资源规模的限定性及有限的可再生性。

在目前的科学技术水平下，人类能够掌握地球大气候的运行规律，但人类还不能改变地球大气候的运行规律，因此，也就不能够影响地球上冰雪资源的总体状况，包括地域分布、时间变化、规模总量等。所以，无论从总体上还是从地域上讲，冰雪资源都是有限的。由于冰雪是在特定的温度、湿度条件下形成的，在现有的科学技术水平上，人类虽然可以通过模拟环境条件，小规模地、有限地再生一部分冰雪资源，但这同大自然形成的资源规模相比微乎其微。因此，从总体上讲，冰雪资源总体规模是有限的，虽可再生，但仅是有条件的、有限制的再生。

④资源的多重物理特性。

冰雪具有多重物理特性，可供人类从多角度进行开发利用。冰和雪的多重物理特性主要表现在有独特的形态特征和一定的景观效应。如冰——结晶、透明；雪——洁白、晶莹；雪花——玲珑多姿。她们都给人一种纯洁的美感。冰雪在物理性能上，有较强的可塑性，可以进行多种形式的物理加工和形态的变化。此外还具有一定的冷藏功能。

（2）冰雪资源的开发与利用

①开发利用的区域性限定。

冰雪资源形成、分布的地域性，决定了对冰雪资源的开发、利用仅能在特定的地域内进行，因而具有较强的区域限定性。

②开发利用规模的限制。

虽然从总量上看，地球上有较大规模的冰雪资源，但由于受贮存环境条件及所在区域的限制，有相当数量的冰雪资源在短时间内难以被人类开发与利用。地球上所有的冰川均贮存在海拔3500米以上的高山及两极地区，难以被人类开发与利用。地球上规模有限的季节性结冰及季节性积雪只有在接近人类居住的地域内才具备一定的开发可能。

③开发利用方式、途径的多样性。

冰雪资源的多重物理特性可以利用其景观效应，发展冰雪观光旅游项目；利用其可塑性，发展艺术；利用其形态、性质转化功能，开发淡水资源；利用其冷藏功能，发展制冰工业等。

2. 对冰雪文化的剖析

（1）冰雪文化的内容

冰雪文化的内容主要包括冰雪科学、冰雪艺术、冰雪运动、冰雪旅游、冰雪经贸、冰雪饮食、冰雪商品等。但目前为了突出冰雪旅游的意义与作用，所以人们几乎为冰雪旅游赋予了冰雪文化的全部内容。

（2）冰雪文化的形态

从文化形态上看，冰雪文化作为一个体系包括了冰雪科技、冰雪物质、冰雪规模和冰雪精神等子系统。

冰雪文化中的科技子系统由冰雪环境研究、冰雪器物试制和冰雪学术交流等部分构成；冰雪文化中的物质子系统主要是指寒带居民根据自然环境和地域资源所生产和创造的，涉及人们日常生活和生产的物质系统，它包括冰雪服饰、冰雪饮食、冰雪建筑、冰雪运输及冰雪器物等方面；冰雪文化中的规模子系统主要是指独特的地域文化布局、文化情境以及行为模式等，包括伦理、道德、风俗、习惯和规范等；冰雪文化中的精神子系统主要是指在冰雪环境下的居民在宗教、信仰、审美、艺术、文学和娱乐等方面的内容。

3. 对冰雪体育文化的剖析

世界上开展最早的冰雪体育运动是滑冰和滑雪。滑冰运动正式形成于17世纪初，而滑雪运动正式形成于17世纪中叶；18世纪初，滑冰运动在欧洲、美洲全面展开；到19世纪末成为国际性的体育比赛项目。

目前，在世界范围内较为普及和最受人们喜爱的冰雪体育运动是滑雪运动。最早的大规模滑雪比赛是1879年在挪威首都库利斯蒂亚尼城（现挪威首都奥斯陆）哈斯白山霍尔门科伦雪场举行的全国性比赛，正式开展了北欧两项滑雪运动。并在1879年瑞典举行了首次滑雪比赛。现在，世界性的滑雪比赛，除4年一届的冬季奥林匹克运动会之外，还有世界滑雪锦标赛和世界杯滑雪赛。滑雪比赛吸引了成千上万的观众，比赛期间还举行一些其他活动，比赛的门票、广告、运动员及观众的住宿、购物、参观、游览为比赛的举办城市带来了可观的经济效益和较好的社会效益。

1996年2月，黑龙江省成功地举办了第3届亚洲冬季运动会，黑龙江得天独厚的冰雪资源和别具一格的异质文化得到了向亚洲、乃至世界各国人民展示的机会。滑雪运动已从专业体育运动逐步转变为大众体育运动，又进而从体育运动发展为旅游活动。

随着人们经济意识的不断增强，冰雪体育运动现已被演变成为具有冰雪科学、冰雪艺术、冰雪旅游、冰雪经贸、冰雪饮食、冰雪商品等丰富内涵的冰雪体育文化。冰雪体育文化已带动了社会的进步，拉动了经济的增长，并已形成了"冰雪搭台、经济唱戏"的喜人景象。

（二）对"新东北时代"的经济增长点——冰雪体育旅游产业的探析

人流带动物流，物流化为财源。旅游专家介绍，旅游业挣1分钱，相关产业就能挣7~8元钱。冰雪旅游将白雪化成了"白金"，冰雪资源的地域性决定了冰雪旅游的跨区域性、跨国际性，旅游者由全国各地赶往冰雪旅游目的地，必将为旅游业及其相关产业带来较为丰厚的经济效益，并对国民经济产生较大的拉动作用。现阶段，东北老工业基地大力开展冰雪旅游产业的主要战略意义如下。

1. 增加了国民收入，加大了创汇力度

2001 年黑龙江冰雪旅游吸引国内游客 135 万人次，旅游收入 7.01 亿元人民币；接待外国游客 8000 人次，创汇 275 万美元。据黑龙江省假日办统计，2003 年春节期间共接待国内游客 201.1 万人次，旅游收入 11.7 亿元人民币，接待国外入境游客 10035 人次，旅游创汇 370 万美元，分别比上年同期增长了 12% 和 15%，人数和收入第四次超过了海南省。

2. 扩大了经贸，增强了国内外的经济技术交流

"冰雪搭台，经济唱戏"——第 17 届冰雪节经贸洽谈会，历时 7 天，共达成交易额 23.9 亿元，创历届之最。打破过去单一的地方产品经贸洽谈会的模式，开始转向专业化、国际化，邀请了外资企业及俄罗斯、新加坡、土耳其、韩国等国家和地区的企业参展，170 户国内参展企业及一批国外商贸企业和中外合资企业参加了经贸活动。除商贸洽谈外，还进行了招商引资洽谈，600 个项目涉及工业、农业、科技等 10 多个领域，招商引资达 4.7 亿元。在洽谈会期间同时还举办了科技成果转让展，公布了 200 多项高新技术成果和专利技术，通过经协活动共签订经济技术合作项目 243 项，可实现产值 11.8 亿元，引进外地资金 6.4 亿元。大庆、牡丹江、佳木斯、绥芬河等地也纷纷开展以冰雪为契机的经贸洽谈、招商引资、物资交易、经济技术合作活动，使对外经济合作水平不断提高。

3. 牵动了相关产业的发展

为满足冰雪旅游活动的需要，相关行业必需满足其相应的配套服务功能。宾馆、饭店、商场、活动场馆的建设为建筑业、装饰业带来了发展；客流量的增加又促使航空、铁路、公路、水路等交通行业的快速发展。

2003 年春节期间，哈尔滨火车站共发送旅客 26.5 万人次，加发班车 27 车次，新增开至北京、天津、济南、青岛等 5 条线路的临时列车。哈尔滨机场加飞到北京、深圳、长沙、海口、温州、烟台、广州、桂林、南宁、昆明、青岛等航线的航班，民航发送量达 4.1 万人次，出港航班 347 班次，加飞 94 班次。哈尔滨公路客运发送旅客 18.6 万人次，春节黄金周期间，哈尔滨累计接待游客 106.72 万人次（其中冰雪大世界接待 9.3 万人次、太阳岛风景区接待 8.5 万人次、亚布力滑雪旅游渡假区接待 7.5 万人次、龙珠二龙山滑雪场接待 2 万人次、东北虎林园接待 1.6 万人次、欧亚之窗公园接待 1.1 万人次）。

冰雪活动为住宿、商店、餐饮行业带来了大好商机，香格里拉、新加坡、融府康年、凯莱、昆仑等大酒店春节前期即被抢订一空，全市四星级以上的宾馆全部爆满，一些二星级、三星级酒店入住率始终保持百分之百，其他宾馆入住率也大大提高。春节期间，远大购物中心、哈一百、松雷商厦等大型商场的零售额分别达到了 1500 万元、1024 万元和 690 万元。清香阁酒店、日月潭美食城、华梅西餐厅春节期间营业额分别达到了 46 万元、47.2 万元和 34 万元。哈尔滨的肉联红肠、秋林大列巴、正阳楼干肠久负盛名，一直是外来游客离哈必带的哈尔滨特产，由于大量游客涌入哈市，需求量大增，原本就供不应求的局面显得更加紧张。土特产热销，旅游纪念品抢手，各大商场的礼品及旅游纪念品销售额比平时多出三成以上。冰雪活动也带动了冰雪用品的发展，如滑雪服、滑冰运动装、滑雪板、滑雪杖、冰刀等，从而促进了体育用品行业的生产与发展。

4. 扩大了内需，促进了消费

先进的生产力和国家"黄金周"休假制，给现代人带来了许多闲暇，休闲文化应运而生。冰雪旅游是消闲文化的外延，是需求弹性高的一种消费性文化活动，在实施消费行为的同时扩大了内需，加速了国家的货币回笼，促进了国民经济的增长。

5. 推动城乡联合，缩小城乡差别

设置在农村山区的冰雪基地和城乡结合部的旅游活动景点，必须兴建与其相配套的住宿、购物及活动场所，这些设施的兴建及旅游活动的开发，促进了当地的经贸活动，吸纳了农村的劳动力，带动了农村副食品基地和乡镇企业建设及市场贸易的发展，进而达到服务旅游、富裕农村、优势互补、协调发展，缩小城乡差别的目的。例如，坐落在哈尔滨与牡丹江之间的亚布力镇，自建成国际滑雪基地之后，不仅拉动了当地的国民经济增长，而且成为当今举世闻名的冰雪圣地。

6. 提升了城市品位和国际地位

哈尔滨市随着第三届亚冬会和各届国际冰雪节、滑雪节等国际活动的开展，促进了城市建设和环境改善，增加了城市与国际接轨的机遇，提高了市民素质，增强了城市的亲和力，提高了国际地位的渲染力。

(三) 东北地区冰雪体育旅游产业的发展现状与存在问题

1. 东北地区冰雪体育旅游产业的发展现状

我国东北三省具有得天独厚的地域条件，大自然赋予东北三省丰富的冰雪资源和优越的地理资源。地处北温带，拥有季节性冰雪资源，结冰积雪期可达 4~5 个月之久。冬季漫长而寒冷，黑龙江和吉林两省冬季平均气温可达零下 20℃～25℃，长白山、大小兴安岭、张文才岭、完达山、大青山等山地面积约占总土地面积的 60%，山体高度一般在 500～1000 米，山地高度适中、坡度平缓、冬季雪量大、雪期长、雪质好、生态环境好，这些都为滑雪等冰雪体育旅游活动提供良好的地域资源。松花江、牡丹江、嫩江、松花湖为冰雪雕制提供了丰富的物质资源。

我国东北地区的冰雪旅游起源于 20 世纪 60 年代，黑龙江省哈尔滨市从 1963 年就创办了"冰灯游园会"，1985 年又开始举办"冰雪节"，至今已有 20 余年。而吉林省也举办过"中国长春净月潭冰雪节""雾凇节"等。为适应冰雪艺术和旅游的需要，哈尔滨市曾先后创办了兆麟公园的冰灯艺术博览会、松花江的冰雪大世界、太阳岛公园的雪雕艺术展、欧亚之窗的雪上风情游。而黑龙江省的牡丹江、佳木斯、大庆、鹤岗、鸡西等城市也分别举办了冰灯游园会、雪乡游、林海雪原行等颇具特色的冰雪活动。这些都为冰雪旅游的发展注入了勃勃生机。

随着东北地区冰雪文化的蓬勃发展，冰雪体育旅游也得以迅速升温。黑龙江省目前已建成亚布力、二龙山、长寿山等 50 余家滑雪场，其中各类雪道 70 余条，各种档次的索道 50 余条，滑雪板万余副，直接用于接待滑雪旅游者的床位达 5000 余张，现已具备接待近百万滑雪旅游者的能力与条件。而与黑龙江省比邻的吉林省，目前已初步形成了以标准竞技滑雪场为主体、旅游滑雪场为补充的滑雪旅游服务体系。

现阶段，东北地区的冰雪旅游活动，主要包括如下 6 类。

(1) 观赏型旅游项目。主要包括冰灯、冰雕、雪雕等。

(2) 娱乐型体育旅游项目。主要包括坐冰帆、打冰撬、打滑梯、打冰杂、划冰舢

板、滑雪盆等。

（3）锻炼（竞技）型体育旅游项目。主要包括滑冰、滑雪、冰球、冰壶、雪地足球、花样滑冰、冬泳等。

（4）民俗型旅游项目。主要包括冰雪婚礼、冬季狩猎等。

（5）购物型旅游项目。主要包括冰饮、热饮、冷冻食品、山珍野味、冰糖葫芦、冰雪旅游纪念品、冰雪交易会上的各种商品等。

（6）洽谈型经济技术项目。主要包括国际冰雪节经贸洽谈会、各种专业论坛会、国际滑雪节等专项经济技术洽谈会。

2. 东北地区冰雪体育旅游产业存在问题

（1）缺乏总体发展规划，造成资源浪费

在大力发展冰雪产业和冰雪旅游的氛围中，把目光投入滑雪产业的开发和发展是极为正常和富有远见的。但在具体的操作过程中，由于缺乏总体发展规划，忽视市场需求，盲目做大，导致重复开发，造成资源浪费。

1996年以来，黑龙江雪场迅速发展到50余家，仅哈市周边地区就多达20余家，重复建设现象极为严重。这些雪场除东北原来供竞技所用的几个较大雪场外（如吉林北大湖滑雪场、黑龙江省亚布力滑雪场、长白山滑雪场），其余都是90年代以后开发的。由于滑雪旅游在我国刚刚兴起，政府缺乏统一的科学规划，一些地方和企业受到利益驱动，急于上项目，找市场，凭热情和感觉硬搬他人和国外的套路，使雪场的建设处于一种混乱的无序状态。这种盲目上马、乱砍滥伐的低水平重复建设，不仅造成了资源的浪费和流失，而且严重破坏了滑雪产业的整体形象，损害了产业的整体生命力，牺牲了滑雪产业的未来市场和发展前景，不利于产业发展。

（2）缺乏统一的滑雪产业等级评定标准，产生不正当竞争

中国有大小滑雪场近百家，其规模、功能参差不齐。由于国家缺乏统一的滑雪产业等级评定标准，形成各雪场的等级、功能、档次不清。滑雪者不易根据自己的技术水平而选择去处，初学者如果误入了适宜于高水平滑雪者的场地就会带来安全隐患，给自己和他人带来不便。而高水平的滑雪者误入初级场地玩得肯定不会尽兴，同时也会给初学者带来安全威胁，上述现象极大地影响了游客的兴致。

一些规模小、设施简陋的雪场利用低成本的优势，打出低廉的价格与正规雪场竞争，还有一些雪场利用导游拉客等手段欺骗、误导消费者。这些不公平竞争给我国的滑雪产业造成了一系列不良后果，破坏了我国滑雪产业的品牌形象，破坏了滑雪产业的市场秩序，破坏了整体规划和自然生态。

（3）大部分雪场功能不完善，建设水平低

一些地方受经济利益趋动，急于上项目、抢市场，雪场开发缺乏必要的论证和设计，或是不具备深开发的地理条件、或是设施不全、或是破坏景观环境、或是在功能上无法适应旅游者的多层面需求。有的雪具供不应求；有的在旅游旺季接待能力不足；有的涉外宾馆设施老化、陈旧，无法满足国外游客的需求；有的缺乏必要的医务救护能力……

（4）业务水平不高，专业人才匮乏

体育旅游相对于传统旅游，需要经营者有更高的市场把握度与体育的专门知识，经营管理者既要熟悉旅游业务，把握旅游市场的运作规律，又要了解体育项目的特点，懂

得如何将体育与旅游相结合。滑雪不仅仅是娱乐活动，也是一项高雅时尚的体育运动，可是现在一些根本不懂得滑雪、不懂雪场管理的人员也纷纷建起了小雪场。在 2003 年春节期间，部分雪场在高峰时段不得不对游客进行限时规定，影响游客的情绪，从而也说明我省冰雪旅游管理水平尚显薄弱。

在世界滑雪发达国家，滑雪教练要经过正规培训，一些刺激但有危险的项目，其教练的培训更为正规、严格。加拿大拥有高山滑雪教练 6030 人（其中初级 5340 人，中级 680 人，高级 10 人）。亚洲的日本、韩国都类似于加拿大，拥有相当正规的培训内容和相当多的正规化教练队伍。

相比之下，我国的滑雪场缺少经过正规、专业化培训的教练队伍，有些雪场所谓的教练，基本不懂滑雪知识，没有经过专业培训，即便能做出简单动作，但理论水平、文化素质偏低，在引导广大滑雪者入门时造成了误导。有的滑雪场甚至根本就没有配备教练，任凭滑雪者"放羊"，这样做既不安全，也不利于培养滑雪者的兴趣，从而无形中失去了市场，影响滑雪产业的健康发展。

(5) 缺乏环保观念，环保能力无法适应行业需求

滑雪旅游属于生态旅游范畴，但多数雪场，疏于生态环境的管理和维护，环保能力无法适应旅游行业的需要。如雪场开发中为满足雪道、公路、服务设施等建设要求，大量树木被砍伐，雪场区域水土流失严重；由于风大，雪道存雪量明显减少；建筑废弃物、生活垃圾随意堆放；污水、粪便未经处理排放；能源供应仍以粉尘排放高的煤炭为主等。从长远看，这些行为所引发的环境恶化，会对滑雪旅游产业的发展起到抑制作用。

(6) 管理水平、服务质量尚待提高

目前，我国滑雪产业的系统服务质量低、管理水平差、服务不配套、不规范，尚未与国际接轨。中国旅游业投诉率最高的就是服务质量问题，中国滑雪业是超常速发展的产业，它的发展速度与其服务质量未成正比。其主要表现在：雪场各类人员优质服务意识淡薄，没有将游客当做上宾和上帝；雪场从业人员文化素质较低，有的甚至用农工管理，平均素质较差，属家庭作坊式经营，不能与国际优质快捷的服务要求接轨；雪场对从业人员的教育无持续性，不能造就一支稳定、优质的服务队伍；缺乏管理的规范性。

(7) 安全救护措施尚待加强

安全问题是每个滑雪者都十分关心和谨慎对待的问题。在安全措施方面，国外的滑雪场地都很严格和专业，有即时的天气预报系统、专业巡逻队伍、不同场地滑道的详细资料、适当的警示牌和伤者救护中心及重伤者简便运输工具（救护车或直升飞机）。安全措施的周密与严谨，使滑雪者玩得开心、玩得安心。与之相比，我国滑雪产业的安全救护意识淡薄，滑雪场应有的专业救护设备和救护人员多数雪场尚未达到标准。雪道，特别是危险地段没有警告和防护设施，一旦发生意外，后果不堪设想，既影响了企业形象，又不利于市场的培育与发展。

(8) 营销手段、市场刺激均应强化

随着国民收入水平的提高，人民消费需求也会日益增长。能否把这些消费需求转化为推动滑雪旅游发展的实际行动，与个人的体育素养及外部环境的有效刺激相关。目前，国际滑雪产业正朝着多样化、高水平的方向发展，不断加大宣传、促销力度，全世界 6000 多个滑雪场已有 2000 多家上了 Internet 网，较著名的站点如 goski、skimap、skito 等。相比而言，我国滑雪产业的宣传力度不够突出，营销意识薄弱。究其原因，主

要表现在：建场早、基础好的国有制滑雪场不重视对外宣传，等客上门；规模小的滑雪场经费不足，在有限的范围内作微型广告；政府对于滑雪产业的宣传未能给予足够重视。滑雪旅游作为一项产品和商品，如果忽视对它的宣传，必然弱化了我国滑雪产业在国际旅游滑雪产业中的竞争力。

（9）滑雪场地、人员闲置长，设备利用率低

由于雪期短，不论雪期收益多高，而休雪期滑雪场人力、物力及自然资源的闲置都是一种浪费，加大了企业的运营成本，形成收益率低、经济效益差的局面。

（四）对"新东北时代"冰雪体育旅游产业的可持续发展战略的探析

冰雪、山川、江河、湖泊是大自然赋予东北地区神奇的礼物和宝贵的资源。要取得老工业基地的振兴，必须在发展第一、第二产业的同时，把旅游业作为第三产业的重点和对外开放的主要产业来抓，突破现有旅游业发展的格局，依托本地资源，着力发展冬季冰雪和夏季避暑的特色旅游，带动其他产业，逐步形成一个冬夏各具特色、四季皆宜的大旅游产业格局，把旅游业从现在的单纯接待型转向产生综合效益的行业，从追求自身的直接效益转向同时追求全社会的效益上来。

冰雪体育旅游要以本地冰雪旅游资源为基础，以国内、国际资源市场需求为依据，以提高国民收入和经济效益为中心，突出特色，坚持国内、国际并重的方针，形成大冰雪体育旅游产业格局，发挥其在国民经济增长的拉动作用，对相关行业的牵动作用，把相关工作纳入冰雪体育旅游的工作轨道，统筹考虑，在实践上采取切实可行的措施，实行冰雪体育旅游的可持续发展战略，使东北地区的冰雪体育旅游赶超国际水平。为实现上述目标，应采取如下战略举措。

1. 制定和把握总体发展规划，避免重复建设和资源浪费

对东北地区的冰雪文化开发，应打破省际区域限制，从东北地区的整体大格局出发，统盘规划，以各自的特色和优势为开发重点，形成东北冰雪文化的立体网络。

各省市在调查研究的基础上制定科学的发展规划，并在各自总体发展规划的指导下，对增设项目进行严格的可行性调研，避免只顾局部利益、短期利益的盲目性重复建设，避免植被、地貌、土地的破坏和浪费。制定滑雪基地等级评价体系，对可以继续按滑雪场功能运营但目前尚有缺陷的雪场限期整改，届时另行验收，直至验收合格后方可投入运营；对不符合任何等级标准，资源消耗大、收益率低、设施不全的雪场应及早责令关闭。

2. 加强冰雪体育旅游人才的培养

根据我国经济学家预测，21世纪初我国的第三产业将占全部产业的1/3，作为第三产业的冰雪体育旅游产业，其专业人才匮乏，将不适宜其产业发展的需要。

（1）冰雪体育旅游人才应具备的素质

①优良的政治思想素质。每个旅游工作人员一言一行都与本地发展息息相关，为此必须具备优秀的职业道德、优良的政治思想素质。

②较高的文化素质。旅游工作者是亲善大使，要提供优质服务，就必须具备相应的外语、计算机、旅游学科的基本知识；具有良好冰雪人文知识；掌握冰雪运动基本理论和一定技能。

③相应的专业素质。只有具备相应的专业知识、应变能力、协调能力、创新能力才

能出色地完成本职工作。

④健康的身心素质。北方的冬季气候寒冷，冰雪体育旅游工作人员除了要有健康的身体，还要具备坚强的心理品质。

（2）冰雪体育旅游人才的培养途径

现阶段可以利用体育院校及旅游学校，培养具备从事冰雪体育旅游工作所需要的具有优秀综合素质和行业管理、市场营销、运动技术指导等实践能力的高级冰雪体育旅游专门人才。另外，也可以通过举办各种冰雪体育旅游培训班，进行各项管理和岗位技能的培训。

3. 强化营销手段，拓宽客源市场

在市场定位上，国内市场以省内为基础，以福建、广东、大连等沿海地区为重点，扩展到华东、京津、江浙、西南等地。国外市场以开发港、澳、台地区，东南亚、日本、韩国、俄罗斯等国家和地区为重点，加强与日本、韩国的交流，辐射欧美，形成多方位、多层次的市场格局。

在市场培育策略上，强化市场刺激，重点开发省内大中城市和国内发达地区；开发全民冰雪活动意识，造就休闲文化和全民参与的氛围；增强竞争能力，提高国际市场份额。

在宣传手段上，实行新闻媒体、社会宣传和行业营销相结合，采取精品化、个性化、多样化和网络化的手段，多形式、多角度、多层面的宣传和营销。除利用报纸、杂志、广播、电视等传统手段之外，还可以利用互联网等更快捷、更方便的手段，宣传自己、推销自己。开辟滑雪等冰雪体育旅游的专业网站，推出冰雪体育活动的详细资料及相关民族特色、地域文化。录制主题片，制作体育冰雪旅游宣传册，举办系列报道，利用境外宣传网、展销会等方式广泛宣传。到客源市场定位的国内外大城市，开办旅游推介会、宣传会，召开旅游说明会，推销冬季冰雪的特色旅游；举办与外地和国外旅行社的互动联谊会，互换客源双方受益；开办旅游专列、增设旅游航班、降低旅游费用，加大吸引力。

4. 以"六大要素"为内容，提高服务质量，带动相关产业的同步发展

旅游产业也是一项系统工程，"食、住、行、游、购、娱"是旅游系统工程中的六大要素，也是决定旅游服务质量的六个中心环节。要创造和扩大冰雪旅游的名牌效应，一靠质量，二靠宣传，重点是自身质量。在提高旅游服务质量的同时，做大与发展旅游相关产业，并发挥旅游对建筑、装饰、餐饮、住宿、交通等相关产业的牵动作用，使旅游与相关产业同步发展。

5. 大力普及冰雪运动，营造冰雪体育活动全民参与的氛围

"百万青少年上冰雪活动"已经开设了多年，但因中小学校场地条件、经济条件所限，"百万青少年上冰雪活动"没有发挥实效。开展冰雪体育旅游必须充分利用现有的体育场地设施、冰雪专业人才和管理人才群体，健全体育制度和法规，专门训练和培训组织机构，加强社区群众体育工作，培养人们对冬季体育旅游的爱好和兴趣，提高人们对冬季体育旅游品位的需求，进而大力开展冬季体育旅游，使其在广泛普及的基础上，进一步营造全民参与的氛围。

6. 扩展冰雪文化的创意，实行"大冰雪"战略格局

要实行"大冰雪"战略和冰雪文化的可持续发展，必须使冰雪体育活动项目和内容

有新的创意、新的举措。为此，首先，应明确主题，不断创新。每届冰雪节、滑雪节、冰雪大世界、雪雕艺术博览会、冰灯游园会、冰雪风情游园会，应设立具有新的创意、新的内涵的各自每届不同的新的主题，依据主题进行相应设计和开发，做到气势宏伟、磅礴、大气，景观上宏大、新颖、壮观。其次，应增设亮点，不断扩展冰雪体育文化氛围。在城市冰雪活动布局上要在固定封闭的冰雪体育活动区域以外增设亮点景区、特色街区和免费游览区、活动区。让国内外游客和当地群众受到冰魂雪韵的冰雪文化的熏陶。

7. 以冰雪文化为契机，造就旅游商贸国际大都市

冰雪文化的发展，离不开孕育它成长发展的土壤，冰雪文化的发展与城市的文明进步相辅相承。在实行城市文明建设中，各系统、各行业应规范服务标准、内容、语言，市民应加强自身文明行为的培养。人们的一言一行、一举一动都体现着这座城市的文明程度，文明水平，关系到这座城市的对外形象。为此，必须加强"文明形象、文明语言、文明行为、文明口号、文明作风"的培养，在城市文明化建设的同时促进冰雪文化的发展。

争办国内外大型赛事，加大城市建设和经济发展的力度。哈尔滨市1996年亚冬会的举办，为哈尔滨的城市建设、市容、市貌带来了一次飞跃性的进步，尤其是亚冬会过后掀起的"冰雪热"，直接带动了哈尔滨市，乃至黑龙江省的冰雪体育旅游发展。毋庸置疑，2009年世界大学生冬季运动会在哈尔滨举办的历史契机，将为全面推动哈尔滨市的经济、环境、交通、电视传播、体育设施、旅游业的发展带来勃勃生机。

8. 加强政策引导，推进产业开发

政策扶持，加大开发力度，实行旅游强省战略。出台扶持旅游产业的优惠政策，在贷款、土地、税收、交通、通讯、水利使用等方面给予政策上的倾斜，鼓励国内外各种经济实体加大向旅游产业的投入，对国外投资者按WTO规则给予国民待遇，加大招商引资和旅游及相关产业的开发力度。发挥旅游对相关产业的牵动作用，拉动国民经济的增长，扩大影响，让哈尔滨走向世界，让世界了解哈尔滨，营造国际化的旅游大都市。

四、研究结论

"变冷为宝、点冰成玉、化雪成金"——东北地区依靠自身的地域文化、地理资源，大力发展冰雪体育旅游产业，实施产业结构调整，造就冰雪产业的大格局，发挥其牵动作用，促进相关行业的发展，是拉动国民经济增长、促进老工业基地经济振兴的重要举措。在已取得上述成果的基础上，深入地进行冰雪文化的社会学、文化学、经济学的研究与实践，进而以科学理论为指导，实行冰雪体育文化的可持续发展战略，让冰雪体育产业在国民经济的发展中发挥更大的拉动作用、促进作用。实现"努力快发展，全面建小康"的奋斗目标。

（项目编号：670ss04070）

图书在版编目（CIP）数据

国家体育总局体育哲学社会科学研究成果汇编. 体育
产业卷 2001—2006 / 国家体育总局政策法规司编 .
—北京：人民体育出版社，2009
ISBN 978-7-5009-3605-3

Ⅰ.国…　Ⅱ.国…　Ⅲ.①体育-文集　②体育经济学：
产业经济学-文集　Ⅳ.G8-53

中国版本图书馆 CIP 数据核字（2009）第 021859 号

*

人民体育出版社出版发行
北京华正印刷有限公司印刷
新　华　书　店　经　销

*

787×1092　16 开本　40.5 印张　977 千字
2009 年 6 月第 1 版　　2009 年 6 月第 1 次印刷
印数：1—4,000 册

*

ISBN 978-7-5009-3605-3
定价：80.00 元

社址：北京市崇文区体育馆路 8 号（天坛公园东门）
电话：67151482（发行部）　　　邮编：100061
传真：67151483　　　　　　　邮购：67143708
（购买本社图书，如遇有缺损页可与发行部联系）